# 晨色苍琅 ㊤

赵政坤★著

中国出版集团
现代出版社

图书在版编目（C I P）数据

晨色苍琅 ： 全 2 册 / 赵政坤著 . -- 北京 ： 现代出版社，2015.7
ISBN 978-7-5143-3874-4

Ⅰ. ①晨… Ⅱ. ①赵… Ⅲ. ①长篇小说－中国－当代
Ⅳ. ①I247.5

中国版本图书馆 CIP 数据核字 (2015) 第 157715 号

---

**晨色苍琅**（全 2 册）

作　　者　赵政坤
责任编辑　陈世忠
出版发行　现代出版社
地　　址　北京市安定门外安华里 504 号
邮政编码　100011
电　　话　010-64267325　010-64245264（兼传真）
网　　址　www.1980xd.com
电子信箱　xiandai@vip.sina.com
印　　刷　三河市金泰源印务有限公司
开　　本　710×1000　1/16
印　　张　44
字　　数　965 千字
版　　次　2016 年 1 月第 1 版　2016 年 1 月第 1 次印刷
印　　数　1—20000 册
书　　号　ISBN 978-7-5143-3874-4
定　　价　140.00 元（上下册）

# 目录

# 目录

# 目录

# 目录

# 第 一 章

**王处长深情地看着李明强。这位在战场上经过生死考验的侦察英雄，很有前途的干部苗子，为了把腐败分子拉下马，选择了牺牲自己的军旅前程。**

李明强永远不会忘记1987年5月16日。陆建峰也不会忘记，田聪颖更不会忘记，中国人民解放军香山步兵侦察大队的许多人都不会忘记。

那一天，大队长程富荣破天荒地宣布步兵侦察大队放假一天。

那一天，陆建峰和田聪颖举行了盛大的结婚典礼。

那一天，李明强走进了首都军区纪律检查处的办公室。

李明强清楚地记得那一天是星期六，步兵侦察大队放假，军区机关不休息，他吃过早饭就骑着一辆自行车悄悄地去了军区。

李明强轻轻地敲了敲纪检处办公室敞开的门，室内两位桌对桌办公的机关干部几乎同时抬起了头。他们看到门口一身戎装的李明强，先是一怔，然后异口同声地喊："李明强。"

李明强是当年的名人，青屏县保卫战的英模人物，各大报纸都刊登过他的事迹和照片。他鹰一般的眼睛、挺拔的鼻子、厚厚的嘴唇，让人过目难忘。

"两位领导好。"李明强笑着走进屋，同迎上来的两位机关干部握手。

"啊，英雄，英雄啊！今天我们算是见到真人了！"瘦高个儿小分头的干部握着李明强的手，激动地说："我姓王，这是我们处的李干事，你的本家。"说着，用左手指了指身旁胖乎乎的小平头。

"这是我们王处长。"小平头急忙介绍小分头。

"处长好，李干事好。"李明强的右手让王处长拉着，只能冲两人一一点头。

“真魁梧，有一米八吧？”王处长爱怜地右手拉着李明强，左手抚着李明强坚实的臂膀问。

“不到。一米七八。”李明强憨笑着答。

“腿怎么样？”王处长又关切地看李明强的双腿。

“没事儿？不耽误走路。”李明强原地踏了几步笑着回答。

“从报纸上看伤得不轻，都致残了。”王处长看了看李明强屈着膝的双腿，又问，“手，左手怎么样？听说也残了。”

李明强伸出左手，由于肌腱粘连，骨节骨化变型，五个手指支叉着不能自然弯曲并拢，就像农家用的铁耙子似的。他用力将五指握成半拳，冲王处长摇了摇笑着说：“不耽误干活、开车。”

王处长拉着李明强的左手小心地摁了摁，看了看说：“这么厚，这么硬。”

“疤痕增生。”李明强笑着解释道。

“子弹从这里打穿的，这是手术留下的刀口。”王处长用手指点着李明强手背上的圆形伤疤和条状刀痕说。那样子像是在问李明强，又像是对伸着小平头看的李干事说，还像是自言自语。

李明强看着自己手上的疤痕，微笑着说：“看，这子弹贯穿的伤疤与手术留下的刀口连在一起，就像一道河流连着湖泊那么美丽。”

“嗯——革命英雄主义，革命浪漫主义。”王处长托着李明强的左手一边看一边说。

“作家的视角，诗人的语言。”李干事也激动地插言。

“对，我们的英雄还是作家、诗人呢。坐，快请坐。”王处长一边说一边拉着李明强把他扶到桌子前的椅子上，侧身对李干事说：“小李，给大英雄倒茶。”

“不，不用，我待一会儿就走。”李明强有点儿拘谨地又站起来说。

“不急。我知道，你的事儿时间短不了！”王处长把李明强又按在椅子上，收起了笑容，盯着李明强的脸问：“你是不是听说你的转业报告批下来了？”

“批下来了？没人跟我说呀。”李明强摇了摇头，还是没有摆脱拘谨的表情。他紧张，这是他第一次进军区领率机关，苏联专家帮助设计的营房，处处体现着高大威严。

“批是批了，但是，军区首长有批示，安置不好，不得转业！”王处长将李干事放到桌子上的茶杯向李明强推了推，以示让茶，接着说：“我已经听说了，你们大队有些领导结帮拉派，故意找茬整你。是不是他们逼你写的转业报告？如果真是这样，你给我们写个材料，我帮你呈给首长！”

“处长，我不是为这事儿来的。转业是我提出来的，没人逼我。我今天来是——”李明强说着从黄挎包中掏出一个写着“军区纪委收”的厚信封递给王处长。

“这么厚啊。侦察英雄，你是不是侦察出腐败分子了？”王处长拿着那厚厚的信封笑着问。

“还是军区机关领导英明，不看就知道。”李明强有点儿放开了，笑着说。

“谁？”

“大队长——程富荣！”李明强一字一顿地说。

“都属实吗？”王处长一脸严肃地问。

“我以党性担保！”李明强“噌”地一下又站了起来，指着王处长手中的信封说：“我没有封口，处长可以检查，署的就是我的真名。如有诬陷，我愿在转业之前接受军区最严肃的处理！”

“你要求转业是不是跟举报程富荣有关？”王处长盯着李明强问。

“有点儿。我认为，他这样的人进入我军高级干部行列，就是害群之马，必须有人站出来揭露他。”李明强见王处长怔怔地看着他，遂瞪大了眼睛迎着王处长的目光追上一句：“舍得一身剐，敢把皇帝拉下马。”

王处长没有说话，他不知道怎么说。他深情地看着李明强。这位在战场上经过生死考验的侦察英雄，很有前途的干部苗子，为了把腐败分子拉下马，选择了牺牲自己的军旅前程。

王处长面色凝重地抽出李明强写的那厚厚的一叠纸，展开慢慢地翻看，翻到最后一页，只见“李明强”三个字的下边还有三个字——卫廉清。

“你们政委也签名了。”王处长把李明强的举报材料放在桌上，理了一下自己的分头，若有所思地说。他知道，卫廉清是步兵侦察大队的政治委员。步兵侦察大队是旅级单位，卫廉清和程富荣都是副师职，属高级军官，卫廉清能实名举报程富荣，说明事态比较严重。

“我们政委也签了名？”李明强惊疑地伸长脖子去看。

“怎么？你们政委签名你不知道？”王处长抬起头惊讶地看着李明强问。

“不知道。”李明强说，“他是党委书记，我先给他看，不想越级。他看完后给我，让我谁也别说，直接送给你们。”李明强说完，又喃喃地嘟噜一句：“我怎么没有发现他签名呢？”作为侦察兵，人家在自己写的检举材料上签了名都不知道，真是缺失了警惕性。

“李明强同志，谢谢你对我们的信任，你已经替我们做了大量的工作。”王处长说，“对程富荣的一些事，我们也有所耳闻。今天你送来了署名材料，我们一定认真对待！回去转告卫政委，今天我们就给军区首长报告，研究调查处理。”一位侦察英雄和一位高级军官实名举报，他不敢怠慢，要立即上报。他转向小平头说：“李干事，赶紧登记一下，给首长打个报告。”

“是。”李干事拿起那封举报信，感到似有千钧。

“那好，我这就告辞了！”

“别急，中午一块儿吃个便饭，请你给我们处讲讲前线的事情。”王处长笑着说。

“处长，实在对不起。今天我同学结婚，我必须赶回去。”李明强说着伸出了有力的大手。

“真的？”

“真的。不信，你打我们大队值班室的电话问问，警通连代理指导员陆建峰结婚。”

“那，我就不留你了。”王处长笑着说，“改日吧。”

李明强告别了王处长和李干事，抄近路向侦察大队疾驰。当他骑车到八大处居民区时，看到程富荣的专车停在巷道里。李明强一惊，脑海里浮现出一个大问号——程富荣来这里干什么？真是冤家路窄！为避免照面，他一转车把，自行车就驶进了一边的小胡同。

李明强向前骑了约二十米，突然看到从胡同左侧的一家大门里走出一个熟悉的身影，那人矮胖，大背头，上着一件黑色夹克衫，下穿一条蓝色休闲裤，手提一只黑色公文包，俨然一位阔佬。

程富荣。李明强急忙停下，把自行车藏在旁边住户的墙后，伏在墙角看程富荣的动静。他穿着军装太显眼了，不能让程富荣发现。

只见一个身着紧身牛仔衣裤、细高挑儿、金黄头发、蓝眼睛、高鼻梁的姑娘走出那门，挽着程富荣的胳膊，把程富荣送到胡同里。程富荣说：“回去吧，我的车就在胡同口。”

那姑娘向胡同两头儿看了看，突然抱住程富荣亲吻一口。程富荣推开那姑娘说：“你疯了，让人看见。”

“我看了没人。”

程富荣也向胡同前后看了看，确定没人，照那姑娘的小脸蛋上爱惜地摸了一把，然后把那姑娘像拨浪鼓似的拨回到出来的方向，笑着说：“回去吧，我抽空再来，人家等着我去主持婚礼呢！”

“你今晚来。”那姑娘又转过身，对着程富荣扭着细腰撒娇说。

“好，我今晚来！”程富荣冲那那姑娘笑笑摆摆手，转身快步向胡同口走去。

那姑娘没动，看着程富荣消失在胡同口，理了下额前的头发，低着头悻悻地向回走去。

李明强急忙推上自行车，飞身跨上，七拐八拐钻出胡同，咬着牙蹬上山道，又一路下坡，飞也似的向步兵侦察大队驰去。

陆建峰和田聪颖的婚礼定在步兵侦察大队的大礼堂举行，11 时 16 分准时开始。

李明强刚把自行车扎到礼堂门口，程富荣的切诺基就从身后冲上来，“吱”的一声停在了李明强的身旁。

“李明强，听说今天你是伴郎？”程富荣一走出车门就阴笑着冲李明强说。他已经换上了一身崭新的军装，看上去就像部队发的保温筒下面安置了两根细腿儿。

“我和陆建峰是军校同学。”李明强从四十五度角的方向瞥了程富荣一眼，淡淡地说。他想，我的转业报告军区已经批了，并且我也实名举报了你，彼此都清楚地知道是水火不容，就没有必要再违心地恭维你。

“不仅仅只是小陆的同学吧？”程富荣脸上的阴笑更浓了，声音更加阴阳怪气：“听说你和小田的关系也不一般啊！”

李明强一怔，情不自禁地把头摆向程富荣，见程富荣正阴笑着盯着自己，想到他在八大处居民区看到的情景，怒火中烧，真想挥拳上前揍扁程富荣。然而，他想到了自己今天的“光荣”使命，他要牵着新娘的手把新娘交给新郎。而程富荣这个王八蛋又是婚礼的主持人，这样一来，整个婚礼就被搅黄了。李明强气得两眼瞪得溜圆，像两盏探照灯似的照着程富荣。

程富荣看把李明强激怒了，心里像三伏天吃了块冰棍儿似的爽快。他本来就仗着自己的权势没把李明强放在眼里，这时更放肆了，阴笑着挑衅说：“大英雄，于心不甘吧？哈哈哈……”程富荣大笑两声，走过来拍了拍李明强的后背，阴笑着说：“擦干眼泪，强装笑脸，把自己心爱的女人送给不如自己的同学，哈哈，伟大，高尚。”

“你——”

“我什么？我提醒你，在婚礼上要笑得自然一些，可别把你和小田的事儿公示于天下啊。哼……”程富荣一副得意洋洋的样子，从鼻孔里笑出声来。但是，他万万没有想到，就是他这句“提醒”的话提醒了李明强，李明强脸上的怒容渐渐隐退，盯着程富荣的眼睛说：“大队长，你错了。田聪颖是我们老师长的女儿，我始终把她当妹妹看，我们没有什么事儿不可以公示天下的。”李明强说到这儿，变低了声音：“不过，我和另外一个比我小十几岁的女孩儿，倒有一件见不得人的事儿。我告诉你。”李明强说着，向前跨一步，俯下头，贴着比他矮半截的程富荣的耳边，压低声音，一字一顿地说：“我刚从小情人儿那里回来。那个牛仔裤、黄头发、蓝眼睛姑娘——，哈……”李明强说了半句话，就放声大笑起来，笑着转身向礼堂走去。

“李明强，你给我站住！”程富荣听了李明强的话，怔怔地站在原地，脑子里一片空白，就像傻了一样。当他回过神来，李明强已经走上了礼堂的台阶，他急忙大喊一声，红着脸小跑着追了上去。

李明强回过身，俯视着程富荣那矮胖的身材，像只保温筒似的向他滚动过来，嘴角露出了那种带有讽刺意味的微笑。

程富荣追上李明强，喘着粗气急切地问：“你，你，什么意思？”

李明强学着程富荣刚才的样子，在程富荣后背上拍了两下，用程富荣刚才说他的腔调说：“压在心底，强装笑脸，因自己的丑事儿输给不如自己的同事，哈哈，可笑，可悲啊。”

“你——”

“我什么？我提醒你，在婚礼上要笑得自然一些，可别把你和那小妞的事儿公示于天下啊。哼……”李明强学着程富荣刚才那幅得意扬扬的样子，从鼻孔里笑出声来。

“我——，来。”程富荣拉着李明强指指门旁，低声下气地说：“这边聊会儿。”

“还能聊吗？到点儿了。”李明强抬起双手，用右手食指点了点左手腕上的手表，从四十五度角的方向瞥了程富荣一眼，嘴角泛起了那种带有讽刺意味的微笑。

“你别害我。”程富荣用力拉了一下李明强的胳膊说。

“放心，我什么也不知道。”李明强的嘴角依然是那种带有讽刺意味的微笑，一边说一边抬脚向礼堂内走去。

“我不会亏待你的！”程富荣跟在李明强的身后，拉了拉李明强的后衣襟说。

李明强也不说话，一转身向礼堂左侧的休息室走去。

“明强，干么去了，这时候才来。”陆建峰见李明强走进他和田聪颖的休息室，向前跨一步伸出了右手一边与李明强握手，一边埋怨李明强说。

李明强握住陆建峰的手，又侧脸看了看田聪颖，笑着说：“一个是同班同学，一个是老首长的女儿，你们俩新婚大喜，我当伴郎也得收拾一下，不能给你们丢脸啊。”

“陆建峰，大队长叫你。”财务处马处长在门口叫道。马处长一看就是经常吃酒席的主儿，肥头大耳，鼻翼充血，已经形成了酒糟鼻子。

“我去去就来。明强。”陆建峰虽然叫了声“明强”，那话却是说给李明强和田聪颖两个人听的。李明强发现陆建峰的眼光扫了一下田聪颖，昂首挺胸地走向门外，那身笔挺的灰西装，加上半高跟的黑皮鞋，显得他更加英俊挺拔。

田聪颖身着一身洁白的婚纱裙装，真如西方电影里新娘的装束一样。改革开放后，新婚女子都穿这样的婚纱，李明强没有想到的是今天这婚纱竟穿在了他最熟悉的人身上，而且还是个军人。这洁白的婚纱穿在田聪颖身上，使本来就楚楚动人的田聪颖更加美丽动人了。

“生日快乐！”田聪颖见陆建峰走出休息室，向李明强跨了一步，不自然地笑了笑，伸出了她那白得像葱白似的右手说：“我为你二十八岁生日举行隆重的庆典！”

“我——”李明强伸出右手轻轻地握住田聪颖送上来的“葱白”，不知说什么好。田聪颖从高中复习考大学开始追求李明强至今，她把自己的婚礼选在李明强的生日这天，就是要让李明强记一辈子。

“什么也不要说。”田聪颖用她那葱白似的右手紧紧地抓住李明强的四个手指头，抬起那同样像葱白似的左手捂住了李明强的嘴，并顺势依在了李明强的怀里，喃喃地说：“抱抱我，让我享受一下最后的浪漫。”

李明强用力展开四指撑开了田聪颖紧抓的右手，迅速从那绽开的“葱白”中滑出，向后退了一点，把双手放在田聪颖的两个肩头，注视着田聪颖那美丽的眼睛，低沉地说：“你的双肩，从今天起，就要挑起一个妻子的担子了。”李明强说完，松开手，又向后退一步，轻轻地说：“结婚了，就是大人了，就要开始你实实在在的生活了。”

“这婚礼，也是我，为了忘却的纪念！”田聪颖鼻子一酸，泪水充满了眼眶。

“不能哭。”李明强突然严肃地抬起右手冲田聪颖一摆，然后又压低嗓门，低沉地说：“今天，是你，大喜的日子。”

田聪颖咬了咬牙，把头低下。许久，她抬起头，冲李明强笑了笑，轻轻地说：“你说得对，从今天起，我就是别人的妻子了。”她顿了顿，咽了口唾沫，把头一扬说：“我就不能随意地拥抱，拥抱你了。现在，现在，你能再让我抱你一下吗？”

李明强没有回答，怔怔地站在那里。

田聪颖向前跨一大步，双手合围抱住了李明强的腰，把头贴在李明强的胸前，轻轻地说：“真粗啊！”

李明强轻轻地推田聪颖，田聪颖紧紧地抱着他，把头紧紧地贴在他的胸口，闭着眼睛喃喃地说：“让我再靠一会儿，让我休息一下，我累了。”

李明强不知所措地站在那里，不自然地举起左手。现在，他的左手已不需要再常常举起帮助血液回流了，大拇指已经恢复了，能够像以前那样自由自主地活动。其余四指，除早晨起床时硬得不能大幅度摆动外，活动半个多小时，就能够半握拳头了。抓拿大件物品，李明强都尽量用左手去做，使它得到充分的锻炼。

李明强木然地站着，举着左手在田聪颖的肩头活动着手指。

田聪颖抱着李明强，静静地依在李明强的胸前，听着李明强的心跳，在默默地数着李明强心跳的次数。

李明强和田聪颖两人就这样静静地站着。屋内静得掉根针都能听得一清二楚。

礼堂里回响着婚礼进行曲。与别人举行婚礼不同的是，不是新郎挽着新娘走进婚礼殿堂，而是身着戎装的李明强拉着田聪颖的手缓步走进礼堂，踏着婚礼进行曲的节拍一步一步地向礼堂尽头的舞台上走去。

舞台上，陆建峰笔挺地站在入台口，注视着李明强和田聪颖缓步走来。程富荣像个保温桶似的站在舞台正中央的扩音器前，作为婚礼主持人准备讲话。

李明强牵着田聪颖的手走到舞台前，把田聪颖的手高高举起，陆建峰急忙向下走两个台阶，弯腰去接李明强举起的田聪颖的左手。三只手搭在一起，李明强没有松，让这一造型定格在空中，他低沉地对陆建峰也是对田聪颖说：“祝你们幸福！”

“谢谢！”陆建峰大声地对李明强说。

“祝你们幸福！”李明强又大声地重复了这句话，然后松开了手。其实，他想了许多要对陆建峰说的话，但是，都一一否定了，他最想说的一句就是：“你敢亏待她，我饶不了你！”

“各位领导、各位来宾、朋友们、同志们，你们好！我是这个大队的大队长，今天，在这里主持一个隆重的婚礼，新郎是我们香山步兵侦察大队警通连指导员陆建峰同志，新娘是陆军总院内科医生田聪颖同志……”

“人家结婚，他先介绍自己，只怕别人不知道他是谁似的。”

“这里有男女双方的客人，有的是地方的，他不趁机显摆显摆。”

“他这不是等于宣布陆建峰是警通连的指导员了吗？”

“真是的，党委会还没有开，大队没报，直工部没批，他就当众宣布了，太不严肃了。”

人们议论纷纷。

李明强把田聪颖的手交给陆建峰时，脑子里一片空白。他感觉不到田聪颖的体香，感觉不到周围的眼光，更感觉不到站在舞台中央的程富荣，就连拉着的田聪颖的手他也感觉不到了。田聪颖那葱白似的手，戴上了洁白的手套，李明强拉着它一点感觉都没有，他就像一个机器人一样拉着田聪颖，就像一个机器人一样把田聪颖交给了陆建峰，就像一个机器人一样只会说那一句“祝你们幸福”，就像一个机器人一样听不清程富荣讲的每一句话。

当人们响起热烈的掌声时，李明强就像一个机器人一样跟着鼓掌。

“呵，瞧你高兴的！”财务处马处长拍了一下李明强的后背说。

“啊，啊。”李明强回头一看是酒糟鼻子马处长，就“啊”了两声，不愿多跟他说话，接着拍自己的巴掌。

“你拍个球啊。不说句感激的话，还跟着穷拍！”马处长照着李明强的屁股就是一巴掌。

“我，我怎么了？”李明强回头又看了马处长一眼。再一看全场，大家的眼光都集中到了他的身上，他的脸一下子红到了脖子根。心想，可能是惹恼了程富荣，程富荣在台上说了他什么坏话。他的脑子急速地转动着：说我和田聪颖，不会，那陆建峰不恨他一辈子，两家的亲属不活吃了他……

“程大队要把他那套团职房给你！”马处长笑着说，“臭小子，你怎么拍上大队长了？”

“我——”

原来程富荣在主持婚礼结束时，高声喊：“我现在宣布一件事情。我们大队宣传处的干事李明强同志，在对越自卫还击作战中负了伤，成了残废，大队照顾他，给他分了套房子，他却把房子让给了这两位新人结婚！我现在是师职干部了，等我的房子一调整，我就把我现在的房子分给李明强！”

李明强听马处长讲完原由，从四十五度角的方向瞥了舞台一眼，程富荣已经不在舞台上了。舞台上空无一人，只有舞台下纷纷的敬酒声。李明强的嘴角泛起了那种带有讽刺意味的微笑，在心里骂：“这个王八蛋，自己不但堂而皇之地占了师职房，还想在群众中落个美名。既炫耀了自己是师职干部，又拿房子堵住了我的嘴。一个单身的连职干部，得一套团职房，在部队恐怕哪个干部也不敢这么想！好你个程富荣，想用一套团职房来堵我的嘴，真亏你能想得出，做得到！”

“李明强，没有想到吧？”程富荣笑呵呵地走过来，一副王者风范，在李明强的后背上拍了一下，一字一顿地说：“我说了，我不会亏待你的！”

“可你亏待了别人。大队那么多团职干部还没有住够标准呢！”李明强从四十五度角的方向瞥了程富荣一眼，冷冷地说。

“你是功臣，应该优先照顾！”程富荣依然是笑呵呵的样子，很大气地说：“我是一队之长，就要为下属谋福利。那些历史遗留问题，不是一下子能解决得了的。饭得一口一口吃，事儿得一件一件做，不能一口吃个大胖子不是。”

“我一个连职干部，用不了那么大的房子。况且，连职干部也没有资格要房子！”李明强的脸上没有一丝笑容，他想起了别人对程富荣的评价，为达到自己的目的，程富荣是不择一切手段，不惜任何代价的。

“谁说你没有资格，谁敢说你没有资格！”程富荣收起了笑容，严肃地说：“我当大队长一天，这个大队就是我说了算！”

张狂，真你妈张狂！我看你能张狂到哪一天！李明强想，自己的转业命令已经批了，也不怕同志们议论了，先稳住程富荣，摸清他的底细，及早扳倒他。想到这儿，李明强冲程富荣笑了笑，说：“那，我，我就谢谢大队长了。”

“谢什么？这是我应该做的。”程富荣又哈哈大笑起来，拉着李明强说：“走，到那边，那桌人少，我们喝酒！”说着，转身用左手拍了一下傻站着的马处长说：“老马，今天，得让小李喝好，上次我让这小子给灌晕了。”

李明强在众人的欢笑声中，随程富荣上了大队领导所在的贵宾桌，被程富荣拉着坐在了程富荣身边。卫廉清用疑惑的眼光看着李明强，心想，李明强怎么搞的，转眼就与程富荣成“统一战线”了。程富荣用睥睨的眼光看了看卫廉清，心里乐开了花，心想，李明强怎么着？他也是人，我用一套房子就把他收买了！

这时，新郎新娘已换了服装挨着桌子敬酒。

李明强在酒场上的心情极为复杂，对田聪颖的情愫，对陆建峰的忌妒，对卫廉清的难言，对程富荣的憎恶。再加上，今天是他二十八岁的生日，被田聪颖在心上钉了个钉子，他会疼上一辈子。程富荣一伙借酒对他拉拢，卫廉清一帮拿酒对他围攻，他一下子陷入了两派斗争的旋涡之中，被灌得头重脚轻，踉踉跄跄地走回宿舍，一头倒在了床上。而那两队人马都在暗中打听探寻他的底细。

# 第二章

**李明强听了“山羊胡子”的话，知道自己和诗圣杜甫出生在一个窑洞，就发誓要成为大诗人，搬回那个家。**

李明强出生在河南省巩县，准确地讲是出生在诗圣杜甫的故里南窑湾，确切地说是出生在“杜甫诞生窑”里。

“杜甫诞生窑”是一孔蓝砖表山蓝砖砌券坐东向西的窑洞。李明强父母迁居那里时，有一个东西长约20米、南北宽约10米的长方形小院。窑对面是三间厢房，黄砂石墙基，土坯墙，硬山式小灰瓦顶。北边那间厢房前长着一棵直径约20厘米的大枣树，枣树的主干正对着大门洞，可能是种树人将其喻作屏风。门楼朝向正南，悬山式小青瓦顶，黑漆大门。大门外是一条杂石铺就的东西向坡道，临坡道的厢房南山墙墙基上嵌砌石碑1通，高约1米，宽约0.5米，系清朝雍正五年河南府尹张汉草书“诗圣故里”。“诗圣故里”碑对面邻居院墙外的一棵大枣树弯向石坡道，就像一位躬身迎客的仆人。下石坡道西行约200米的村前大路口有碑楼1座，青砖砌就，歇山顶，砖雕花草斗拱，内立石碑1道，正面楷书写“唐工部杜甫故里”。碑楼北侧嵌青石刻1块，书《唐工部杜文贞公碑记》，系清朝同治十二年立。站在碑楼处，前望东泗河，清清的河水欢笑着绕村子流过。回望杜甫故居，紧紧偎依着一座小山，窑门头上的黄土经过长年风化形成了一个尖顶，尖顶上丛生的一堆皂角条，形如伞篷倒置，就像孩式马虎帽顶上的绒拔，因为这孔窑里出过杜审言和杜甫两位诗人，叫“妙笔生花”再确切不过了。正窑顶上一峰拔地而起，直刺云天，犹如竖起的一支巨型狼毫。由此峰向东南，依次又凸起两峰，三峰匹敌，酷似古代的笔架，这就是闻名天下的笔架山。

看过前面的文字之后您就会知道，或许您去过河南巩县南窑湾直观所见，杜甫故居就在笔架山靠西北的那座山峰下。这处庄宅用当地阴阳先生的话说就是居煞头，凶宅。他们说，住在煞头，官司不休。生在煞头，奔波游走。杜甫的爷爷杜审言居住在此，惹了一身官司，还赔上了老大儿子杜并年轻的生命。杜甫生于此，一生贫困潦倒，颠沛流离，客死他乡。不知道是不是这个原因，杜甫故居一直没人居住。李明强的父母原来是国家干部，因为李明强的父亲有病离职休养被安排到这里居住。不知是庄宅真的能对人生产生影响，还是惊人相似的巧合，李明强一家住进杜甫故居，演绎了和杜甫一家相似的人生活剧。只是随着时代的发展，李家比杜家更惨。与杜甫同出生于一个窑洞的李明强，还没有品尝“少年勤枣树”的乐趣，就被赶出了诗圣故里。

那天，下着雨，淅淅沥沥。门楼瓦檐上滴着水，大门外的石坡道上汪着水，石坡道旁弯枣树的叶子上挂着水，整个村庄散发着湿漉漉的水腥味。

李明强家门外围着许多人，戴着色调不一的草帽，像一群会动的蘑菇。李明强钻过蘑菇群，跑进院。院子里也长满了蘑菇，隔着蘑菇群，李明强听到爸爸在哭，妈妈也在哭。

李明强哭了，哭声叫开一条通道。只见爸爸妈妈跪在泥地里，哭着求饶。还没有等李明强走近，就被人冷不丁地推了一把，李明强脚下一滑，一头栽了下去，正好和爸爸来了个头碰头。

李明强“啊”地一声大叫，滚倒在泥地上，嘴角流出了血，鼻子流出了血。几个小伙子围上来，像踢皮球似的踢打李明强。

李明强的母亲笑二嫂跪在泥地里一边向众人磕头一边哭着喊：“别打了，别打了，他才是个四岁的孩子！”

李明强哭得惊天动地。

李明强的父亲李铁柱突然跳起来，像发狂了的狮子推开众人，怒吼着：“我走！我走！我们走！”用身体护住哭哑了嗓子的李明强。他的第一个孩子和第一任妻子被日本鬼子杀害了。解放后剿匪，他的身心又受到了极大伤害，四十多岁才有了李明强。看着小小的李明强被人毒打，他的心都要碎了。

李明强的家当天就搬到了村里的磨道窑。那窑不大，丈二见方，中央两大块青色的月牙石并成一块磨盘，磨盘中央重叠着放着两扇石磨。妈妈在磨道窑最里边放笸箩[①]的土坑上铺上褥子让李明强躺着，爸爸把东西都放到磨盘上，他们两人默默地清扫着磨道。牛粪驴粪加人尿，又臭又臊。

天很快就黑了下来，爸爸点上了煤油灯，磨道里一片昏黄。条件反射，点灯吃饭，李明强的肠胃开始打起仗来。他看看爸爸，瞅瞅妈妈，两人都阴沉着脸满腹心事，就抿抿磕肿的嘴唇，不敢吭声了。

恍惚中，哥哥李志强领着一个人走进了磨道，是一位留着山羊胡子的老大爷。妈妈让李明强叫“爷爷”，李明强动了动嘴，很痛，没叫出声。

---

① 与罗配套使用的编织精细的大笸箩。架上罗框，罗面。

“山羊胡子”凑过来，摸摸李明强的头，看了李明强肿得肥嘟嘟的嘴唇，掉了泪，不断地重复着一句话：“瞧把孩子磕的，瞧把孩子磕的！”

那晚，雨后的天空挂着稀疏的星星，山野里阴冷潮湿，压得人喘不上气。“山羊胡子”背李明强在前边走。笑二嫂背着行李挎着包袱跟在后边，不住地哽咽着说：“明强，到爷爷家，听爷爷的话。”

走到三岔路口，“山羊胡子”停下来，朝后面看了看。笑二嫂用衣袖拭了把眼睛，向“山羊胡子”扬扬手，低声说：“走吧。”

“山羊胡子”没动，怔怔地等挑着担子的李铁柱和挎着竹篮儿的李志强摇摇晃晃地追上来，咳嗽一声，转身离去。

笑二嫂在身后哭着喊：“强子，听爷爷的话！”

李明强回过头，依稀看到父亲没入另一条山道，母亲站在路口看着他的方向哭，十二岁的李志强大喊一声：“弟弟！”扔下篮子追了上来。

“山羊胡子”头也不回，箭步如飞，不一会儿，就把李志强的哭叫声甩掉了。李明强趴在“山羊胡子”的背上，泪流满面，他咬着牙，不让自己哭出声。

“山羊胡子”住在深山里，两间茅草房的外墙上挂满了玉米、豆角、辣椒和许多李明强不认识的东西。院子不大，一棵又粗又高的老槐树几乎把院子遮严了。就在这棵老槐树下，“山羊胡子”告诉李明强，他的爸爸妈妈在抗日战争时期就是英雄，打过仗，负过伤，是国家的功臣，是受坏人迫害才搬到南窑湾来。他们住的窑洞，是杜甫出生的地方。杜甫是诗圣，留下了万首诗，传了千百年。村里的人都为他感到自豪，给他盖了祠堂，立了石碑，塑了泥像，树了牌位，让子孙朝拜，求赐聪明。他说：“你们住那里，村里人本来就不愿意。你又把杜甫的像摔碎了，人家不打你？不让你们住那里也是对的，巩县多少年才出杜甫这么一个人。”

李明强抿了抿被打肿的厚嘴唇，很疼。他回想着和小伙伴们在窑里捉迷藏的情景，大伙追着、叫着、笑着。突然，“轰”的一声闷响，摆在窑中的杜甫塑像倒在地上摔碎了。孩子们吓得不知所措，听到一声“快跑”，便一轰而散。李明强也跟着跑出了家门……

“不是我推倒的。”李明强动了动那“肥嘟嘟”的嘴唇，喃喃地说。

“那你为啥……”

“我怕他们挨打。”李明强闭上了眼睛。那天下雨，村里的大喇叭喊“地富反坏右”去修路，不知什么时候被划成“右派”的爸爸妈妈去了，让七岁的哥哥在家里带他。哥哥说妈妈有病，要去帮妈妈，给他一块馍，让他自己看家。哥哥走了，几个小伙伴在大门外叫他，听说他爸爸、妈妈和哥哥都不在家，这帮平时都不敢上他家玩的孩子就斗着胆子拥进了他家。

“好孩子！”“山羊胡子”一把把李明强搂在怀里。许久，老人抚摸着李明强的头，既像是自言自语又像是对李明强说：“我们强子就是在杜甫出生的窑里生的，说不定能沾上点灵气，长大能成个大诗人。”

李明强也曾听爸爸和妈妈说过杜甫，他那时不懂，也没在意，更不知道自己住在杜甫故居。现在被人打了，被人赶出了家，便在内心深处打下了深深的印记。他听了“山羊胡子”的话，知道自己和诗圣杜甫出生在一个窑洞，就发誓要成为大诗人，搬回那个家。就是那天，“山羊胡子”煮了四个鸡蛋，说是给李明强过四岁生日。

李明强的嘴很痛，但是鸡蛋很香，他一点一点地吃。

李明强的嘴还没有消肿，“山羊胡子”就把他带到山林中的一块凸岩上。

“山羊胡子”站在凸岩下，对站在岩上的李明强说：“那时，你妈妈才十二岁，和你现在一样高。给八路军送信，日本鬼子追她，她就是从这里跳下来的。来，跳！别怕，爷爷接着你！”

李明强纵身从凸岩上跳下，重重地摔在地上。他用惊疑的眼光看着闪在一旁的“山羊胡子”，委屈地哭了：“爷爷……”

“不许哭！”“山羊胡子”冲趴在地上的李明强吼道，“记住，人人都会骗你！”

“山羊胡子”吼罢，低声说：“从今儿起，爷爷教你武功。”说着流了泪，骂道：“奶奶的，一个伤还没好，另一个又被打傻了。”

原来，李铁柱夫妇带着大儿子李志强回到了祖籍西流村。

西流村很小，四面环山，一条小河自东向西从村中穿过。看似景致非常美丽，可在那个年代不易居住生活在那里。因为村子周围的山全是沙石坡，土地既不能浇灌也不肥沃，村民日出而作，日落而息，靠天吃饭，没有经济来源。再加上远离县城和公社，没有大道，也没有交通工具，通信基本靠喊，出行全靠脚板。村民常年不出村，外人也很少来村里。成立人民公社时，李铁柱正好回家休养，公社称他为建国功臣，指定他担任西流村大队临时党支部书记。他带领村民封山育林，在河沟里平地种果树，在村里很有威信。这次李铁柱带领全家回到西流村，成了当地爆炸性新闻。

西流村大队党支部书记张洪得知李铁柱要扎根西流村，心里像吃了个苍蝇，生怕李铁柱动摇他在村里的位置，暗中派人出去打听情况，商议对策整治李铁柱。当听说李铁柱夫妇是“右派”时，立即组织人员把李铁柱夫妇押上了批斗台。张洪在主席台上向村民们通报了李铁柱夫妇从省城到富源县，又从富源到巩县，一路下放，被划为右派，现在被南窑湾人赶出了杜甫居跑回西流村等情况，接着对台下的人群喊：“乡亲们，我们村都是贫下中农，这两个右派想混进来，你们答应不答应？”

“不答应！”

“打倒李铁柱！”

“让李铁柱滚出去。”

张洪的亲信带头大喊，并冲上台对李铁柱夫妇拳打脚踢。

李志强哭叫一声：“妈妈！”冲上去用身体护住笑二嫂。一个男青年照着李志强的脑袋就是一脚。

李志强被打成了傻子。

李铁柱的战友们得知此事后，向有关部门反映，要求严惩张洪。公社领导高度重视，经调查，组织上并没有把李铁柱夫妇划为“右派”，遂撤销了张洪大队支书的职务，以李铁柱是党员、国家干部、在外见多识广、可以带领村民治富为由，任命李铁柱为西流村大队党支部书记。张洪偷鸡不成蚀把米，从此仇恨上了李铁柱。

李铁柱不负公社所望，带领村民开山修路，植树造林，平沟造田，苦战三年甩掉了贫穷的帽子，西流村成了远近闻名的富裕村。

李明强同山羊胡子一直住在山里，每次回西流村，村里的爷爷奶奶伯伯大娘叔叔婶婶舅舅姨姨哥哥姐姐，都对他非常热情，有的还会给他好东西吃。村里的小朋友都会蜂似的拥来跟他玩。他们追逐打闹，在小河里嬉水，在场院里拍球，还上过大队部爸爸的办公室。每一次回西流村，他都玩不够，总是流着泪恋恋不舍地随山羊胡子往山里走。山羊胡子说，爸爸妈妈忙，哥哥上学还照顾不好自己，他年纪小没人照料，等该上学了，就可以回去。

李明强整天盼着自己长大，掰着手指头数到了回西流村的日子。可是，回到西流村，村中的情况发生了天翻地覆的变化，大人小孩都用异样的眼光看他。他不知道，正当他爸爸带领全村轰轰烈烈地“学大寨”时，史无前例的“文化大革命”也轰轰烈烈地开始了。一夜间，他的父母又成了“牛鬼蛇神”、“老右派”，他们家成了村里唯一的一户“黑五类”。

张洪又当上了大队支书，在学校做报告时说：“咱们学校有几个右派的狗崽子，老师和学生都要监督他们改造，不能让一个老鼠屎坏了一锅汤。他们要是不老实，就开除。”

李明强自自此很少有个笑脸。他不堪听人家骂爸爸妈妈，更不能容忍别人打骂自己和他那傻哥哥。

一天，李明强看到一群孩子在追打傻志强。他冲上前去，使出了“山羊胡子”教的拳法，打得他们哭爹叫娘。他举着拳头冲着那帮四处逃蹿的孩子喊：“谁敢打我哥哥，我就打死谁！”

村民们找到李明强家里。李铁柱就让李明强跪在地上，当着人家的面用扫帚疙瘩，打得李明强全身青一块紫一块。

李明强咬着牙，跪在地上，任凭李铁柱怎么打，不哭，也不叫。

笑二嫂在一旁数落着：“你知不知道，你爸你妈都是右派，在这个村儿里，咱谁也惹不起。”

李明强不说话，低着头从四十五度角的方向瞟着泪流满面的笑二嫂，心里想：“我知道，哥哥就是为了保护你才让人家打傻的。”

李明强在家里挨过打，出去还是照样打架。一对一，一对二，一对十，他都打。打赢了，回家挨打；打输了，回家还是挨打。总之，李明强总是挨打，他用他幼小的身躯对抗着村里孩子们的拳脚棍棒坷垃石头和爸爸的扫帚疙瘩。他不怕别人骂他“小右派”、“狗崽子”，最恨爸爸一边打他一边骂他“狗改不了吃屎。”

李明强挨打的时候，笑二嫂总是哭。半夜里，笑二嫂常常和李铁柱吵架，说把孩子打重了。李铁柱总是叹气，还说，有种，像我，像我的儿子！李明强听到了，认为自己不是李铁柱亲生的孩子。

李明强出门还是打架，回家还是挨打。有所不同的是，笑二嫂总是抢在李铁柱的前头，让李明强跪下，高高地举着扫帚疙瘩，重重地砸下来，落在他身上却比李铁柱打得轻多了。

李明强跪着，挺着，从四十五度角的方向瞥着笑二嫂，心里荡起一股暖流——妈是亲妈。当他从四十五度角的方向瞥见李铁柱不注意他的时候，嘴角就露出一种带有讽刺意味的笑纹。天常日久，李明强就养成了一个非常显著的微妙动作，就是爱从四十五度角斜视他人，并且嘴角常泛起一缕带有讽刺意味的笑纹。

有一次，笑二嫂打累了，把扫帚一扔，一屁股坐在地上，抱住李明强哭着说："孩子，你咋就不会跑呢！"

李明强学会跑了。是那年勤工俭学，学校组织溜红薯。到犁过的红薯地里，大学生学着大人们的样子，每人选一块儿自认为有红薯的地方，一镢头一镢头地排着刨。小学生没力气，拿着小镢镰儿，东一下西一下，捡一些地表面的红薯尾巴。

那年，李明强上二年级，是小孩子。但是，李明强和其他的小孩子不一样，他有劲儿，像大人一样，宁下千镢，不离一窝。而且，他注意观察，专刨那犁不到的地角和大土甓[①]压着的地方。

那一天，李明强溜了很多红薯，一大箩筐都没有装完，就把剩下的给了同班一个远房亲戚。他看到同班的学生都是溜了一篮儿底儿小红薯尾巴，有的连一斤重都没有，就灵机一动，把一些大个头儿的红薯掏到家里半箩筐。就这样，李明强在班里还是第一名，比他那名列第二的远房亲戚多出 7 斤，受到了学校的表扬。可是，那个远房亲戚不但不领李明强的情，还向老师告了密，说李明强把大红薯拿到家里去了。

老师审问李明强，李明强死不认账，顶撞老师说，我认为是他们都把大红薯拿家了，要不，为什么他们交的瓜儿都那么小，又那么少，我比他们多那么多？！老师没话说，整天让李明强站在讲台上反省。

一个星期过去了，李明强还是不承认，气得老师抓着他的头发向黑板上猛撞三下，撞得李明强两眼直冒金星，李明强咬着牙，忍了。谁知下课了，大队支书的儿子张根，又领着他们四年级的几个男生来到了二年级教室，按着李明强的头向黑板上碰。李明强急了，使出了刘爷爷教的撒手锏，打倒了一片，把大队支书的儿子张根送进了医院。李明强因此被停学，他的爸爸妈妈也因此又被游斗了几天。

从此，活泼、热情、充满遐想的李明强变了，变成了一个"打不还手，骂不还口"的孩子。别人打他，他总是拚命地跑。妈妈噙着眼泪哽咽着夸他：你做得对，谁要打你，

① 自然裂开或落下的坚硬土块，就像石头一样。

你就跑。你跑得最快，他们谁也追不上。

冬去春来，夏没秋至，孤寂和耻辱伴着李明强又过了一年。在谷子上场玉米穗堆垛山民们庆祝丰收的时候，县剧团到村里慰问演出，李明强和一群孩子跑去看热闹，在刚刚搭起的舞台上蹦跳、折跟头儿，唱样板戏、信天游，剧团团长一下子就看上了李明强，并走访了家里，问李明强的父母愿不愿意让孩子上他们办的戏校。这对李家来说，可是打着灯笼都找不到的大好事，当下就敲定了，过了中秋节让李明强到县剧团报到。

希望的阳光终于照耀在了李明强的身上，他乐了。因为爸爸妈妈不让声张，他绷着嘴偷着乐，不安分的舌头将活动了好几天的一颗下牙顶了下来，咸咸的血流进了喉咙。

李明强绷着嘴将口中的咸味全部咽下，妈妈说吃十斤面还养不了一滴血呢，他不能让自己的血白流。他拿着漱得白得扎眼的下牙跟笑二嫂说："妈，掉了。"

"是那颗下牙吗？"笑二嫂一边和面一边问。这天，笑二嫂的心情格外好。

"嗯。"

"那就去——扔您四奶家的房坡上。下牙应该往上扔。"笑二嫂的话里带着笑，"俺明强长大了，该出头了，下牙是向上长的，往上扔，长得好。"

李明强听了，差点掉泪。他记得他告诉妈妈上牙掉的时候，妈妈像一头发疯的狮子，空前绝后地打了他，狠得可怕，将一把新炊帚都打散了。

那天，李明强和同学们一起为生产队捡麦子，和往常一样，人家骂他是"右派崽子"，都远远地躲着他。

李明强独自一人走到一块地的边沿，突然看到了在批斗会上，举着镢杷打他爸爸的张虎，在下边地根部举着镢头溜地边，那一镢一镢的样子，就幻化成了打他爸爸的情景。

李明强放下小篮子，向四周看了看，抱着一块坷垃，瞄了瞄，丢了下去。那坷垃带着风落在张虎弯下的腰上，坷垃开花了，张虎一头栽倒在地里。

李明强提起篮子，撒脚丫子就跑，跑到离案发地点最远的地方，假装没事儿似的捡麦子。他一边捡，一边绷着嘴偷着乐，不安分的舌头顶掉了活动了几天的上牙。下工回家，李明强拿着漱得白得扎眼的上牙对妈妈说："妈，掉了。"

"扔到嘴儿坡去！"妈妈没好气地说。

李明强知道妈妈不开心，出了大门，将上牙扔到坡下，一蹦一跳地跑到窑里，想跟妈妈讲讲"坷垃"的故事，让妈妈高兴一下，谁知他刚进窑，妈妈就拿起案板上刷碗用的炊帚，厉声喝道："跪下！"

李明强"扑通"一下就跪在妈妈面前，抬起头，望着妈妈，一脸的迷惘。

"跪里边去！"妈妈用炊帚疙瘩指着隔子说。

李明强就爬着进了隔子，跪在里边等母亲发落。

"说，是不是你砸的张虎？"妈妈用炊帚疙瘩点着李明强的鼻尖问。

"嗯。"李明强使劲儿地点了下头，心想，坏了，肯定是有人看见了。可他当时看过了，四周没有人啊。

“让你害人！让你害人！小小年纪，你咋恁毒哩你！你心咋恁狠哩！你随谁呀你，背后害人，算人吗！我叫你害人，我打死你这个孽种！你认为没人看见就没事儿了，我一猜就是你……”妈妈骂一句，打一下，打几下，骂一句，像一头发疯了的狮子。

李明强从来没见妈妈发过这么大脾气，将一把新炊帚都打飞了，炊帚毛儿散得满窑都是。但是，李明强在妈妈的打骂声中，也弄清了，外人根本不知道，是妈妈自己猜到的，知子莫如母啊。李明强从四十五度角的方向瞥了妈妈一眼，嘴角泛起了那种带有讽刺意味的微笑。

妈妈手中的炊帚疙瘩打没了，从牙缝中挤出一句话：“好好跪着给我想想！”说完，将藏钱的瓦罐抱到床上，底儿朝上往下一倒，李明强家的全部现金都展现在床上。妈妈放下瓦罐，用一张麻黄纸将那些纸钱钢镚儿一起包上，往怀里一掖出了门。

妈妈还没有回来，李明强就听见张虎的老婆在吆喝着骂：“尻您娘，还算有点良心，给俺院里扔一包钱。你以为给几块钱就算了事喽，没门！俺要报公安局，破案抓了枪毙你……”

李明强哭了，刚才妈妈打得那么狠，他都咬着牙没有掉泪，现在他哭了，为人家骂得那么难听，为妈妈那么善良，为他们家里那仅有的几块钱。要知道，这钱，是爸爸挨批斗被张虎他们打伤住院，妈妈卖母鸡和鸡蛋换的钱呀，是为了给爸爸治病用的，他李明强现在还在为赔同学一支一分钱的铅笔而作难呢！

李明强抱头痛哭，连妈妈回到身边都不知道。妈妈厉声说：“不许哭，男孩子要有志气，哭顶屁用。”妈妈咽口唾沫，低声说：“起来吧。谁要问你，不能承认。打死你，也不能承认。”

李明强抹了一把眼泪，使劲儿地点了点头，生怕妈妈看不清楚。

妈妈一屁股坐在床上，显得很累。张虎老婆的骂声还在继续。

“尻您娘！”李明强第一次听到妈妈骂人，疑惑地看着妈妈。妈妈哭了：“我尻您娘，我把孩子也打了，把所有的钱都给你了，你还骂，是你们先打俺孩子他爸啦。俺孩子，他还是个孩子……”

“妈——”李明强又“扑通”一声跪在妈妈面前，抱着妈妈的腿哭着说：“妈，我再也不干害人的事了，我不敢了！我要挣很多钱，给爸爸治病，给你撕衣裳。”

李明强挣钱的机会来了，那是一年一度的国庆节前的勤工俭学——背磨石，从西流村的山石场背到十几里外的县城火车站，一块磨石发给每人二分钱。

李明强早就做好了背磨石的准备，那是他夏天挪板凳时把后座张建武的铅笔压断了，张建武让他赔，他赔不起，张建武的哥哥打他时，他许的诺，让张建武先用那两半截儿，等背磨石挣了钱再给张建武买新的。他偷了生产队大马车上非常结实的绳子，就是为了今天多背几块磨石。

李明强结结实实地捆了十块磨石，前后各五块，搭在肩上，试试，很合适，刚要走，班主任来了，喊：“李明强，你不要命了！一块五斤多，这五十多斤呢。人家初中的学生，最多才背十块啦！”

李明强从四十五度角的方向瞥了老师一眼，嘴角泛起了那种带有讽刺意味的微笑，说了声：“我能背动。”就向前走去。看门儿的老头儿喊：“孩子，放下两块儿吧，远路没轻重啊。”

李明强装作没听见，低着头只顾走。他知道远路没轻重，得需要耐力，所以，他一开始就均匀地迈着步子走，不像其他的孩子背得少，新鲜，一开始就跑，追着玩。

走了两里多路，李明强出汗了，他解开衣扣。又走了一段，衣服全湿透了，绳子深陷在肉里，很痛。他坚持着，妈妈说不能来回动绳子，不然就把肩膀磨破了。他坚持不了啦，就把衣服脱下来，叠成一叠，放在肩上当垫子。到了五指岭上，远远地看到了火车站，还有三里多地，许多人都走不动了，坐下来一边休息，一边吃东西。

李明强早都感到累了，他一边走一边吃妈妈给他带的馍，是掺了白面的，好吃，他一边细细地嚼，一边给自己鼓劲儿，一定要坚持到底。当李明强走上五指岭，看到火车站时，力气倍增，信心更强了。下坡路好走，他没有停，向前走，凉风吹得他更精神，他要让前边歇息的同学，看一看他背十块磨石是怎么走的。

李明强在人们羡慕的眼光下向前走，挺着精神不让腿发软。突然，他看到前边同班的女孩儿大队支书张洪的女儿张金凤一瘸一拐地背着两块磨石在前面走，一边走一边抹泪，就在心里骂：“累死你，活该。”

李明强的表现欲更强了，装作很轻松的样子，一边走一边唱豫剧《李双双》里孙喜旺唱的曲子：“我那走过了噢噢，一道岭来哎哎，穿过了一道洼，洼洼地里是好庄稼……”

李明强唱着从张金凤身边走过去，连看都没看她一眼。张金凤见李明强背着十块磨石还那么轻松，自己背两块就走不动了，脚上还起了泡，竟“哇”地一声大哭起来。

李明强停住了唱，回头看金凤。金凤一边哭，一边向他抛来求助的目光，小脸红得像火炭似的，头发衣服也都被汗浸湿了。

李明强默不作声地站在原地，等金凤走过来，伸手从金凤肩上将她的两块磨石拎了过来，一声不吭地提着走。

张金凤破涕为笑，讨好地说：“明强，你劲儿真大。”

李明强不吭声，只顾走。

“我知道，咱们两家有仇。”张金凤踮着脚追着李明强。

“没有，那是别人瞎说的。”李明强一边说一边走。

“我知道，你生我爸和我哥的气，我爸斗你爸，我哥打你。”金凤想替家人道歉。

李明强说：“那与你无关。”

张金凤不说话了，跟在李明强屁股后边走。一会儿踮着脚追上来，将自己带的饼干给李明强吃。

李明强绷着嘴，拒绝张金凤的饼干。心想，我是看你可怜，不是为你的饼干。

后边歇过劲儿的同学追上来，一边跑一边喊：“李明强，真不错，背十个，拎两个，后边跟着小老婆。”

“咦——还往嘴里塞饼干哩！”

“去，尻您娘，不要脸！”张金凤骂道。

“我们是不要脸，要你的屁——股。”

“流氓！”金凤骂。

“我不给你流，让李明强给你流吧！”

“我要给你流了，李明强不把我揍扁了。”

“尻您娘！”张金凤又哭了。

“别理他们！”李明强低声对张金凤吼，他早已习惯了骂不还口、打不还手。

张金凤感激地看着李明强，又踮着脚追上来，将饼干塞到李明强的嘴上。李明强用嘴一叼，舌头一圈，一整块饼干就进了他那大嘴里，这是李明强长这么大第一次吃饼干，真香，真甜。

张金凤一块一块地上着，看着李明强吃，咯咯地乐，又将自己的军用水壶打开，送到李明强嘴前，李明强吃了好吃的，又喝了水解了渴，劲儿更足了。

张金凤给李明强喝了水，自己也喝两口，说：“看，你把壶嘴儿都弄上饼干沫了。”

李明强回头看时，张金凤正用舌头舔壶嘴上的饼干沫呢，两人眼光一对，脸同时红了。

李明强换了肩，把张金凤的那两块磨石也搭在肩上，低着头向前走。

“明强，你愿意娶我吗？”走了一会儿，张金凤突然问。

李明强回头盯了张金凤一眼，没说话，只顾走。

“你娶了我，我是你秀子[①]了，咱两家就没有仇了。”张金凤踮着脚追上来，想听李明强回答，还想看看李明强的表情。

“本来就没仇。”李明强绷着脸冷冷地说。

“我想嫁给你。”张金凤低下头小声说，像是说给李明强，又像是自言自语。

“想得太早了吧！”李明强冷冷地说，俨然如一个大人。

李明强和张金凤不说话了，一前一后地走，有金凤在身边，李明强竟感不到累了，不一会儿，就到了车站。

“嘿，这孩子背这么多。”管统计的田老师急忙跑过来帮李明强卸下，对记账的张老师说：“三年级，李明强，十二个。”

“不，十个。张金凤两个。”李明强更正道。

“嗬，还帮别人啦。”田老师看一眼李明强，又瞅了瞅张金凤，叹口气，说：“多好的两个孩子。”

李明强和张金凤的脸都又红了。他们清楚地知道，不管你承认不承认，张李两家是

① 妻子，老婆。

仇家，在西流村是家喻户晓的。

李明强从张老师手中领到两角钱，径直到百货门市部的文具柜台前，说买一根儿铅笔。突然，从身后伸出一只又白又嫩的小手，放下一枚二分硬币，说：“两根儿。”反手将李明强放在柜台上的两角纸币抓回来塞进李明强的手里，说：“别破了。”

李明强想说什么，张金凤已接过售货员递过的两支铅笔，拉着李明强的手说：“走。”

李明强被张金凤拉着走到大街上，经过一个卖水煎包的铺子，张金凤喊：“两碗鸡蛋汤，十二个水煎包。”

“我不吃。”李明强挣脱张金凤就走，张金凤要追，被铺子拴帐篷的绳子绊了一脚，“哎哟”一声，摔倒了。李明强赶忙回来扶起金凤，掌柜的已将两碗鸡蛋汤，十二个水煎包端到了桌上。

张金凤说：“我吃俩就够了，你今天背十块磨石，就吃十个包子。”

“我吃不完。”李明强低着头说。心想，我才挣两毛钱，这得多少钱呀。以前，李明强曾吃过一个水煎包子，那是刘爷爷赶集回去捎的，特别香，他舍不得吃，一点一点地嚼。刘爷爷笑着弯起老榆树皮似的粗糙食指刮了一下他的小鼻子，说：“馋猫儿。好吃吧？爷爷再去赶集时，重给你买。”可是，一直到刘爷爷去世，一直到今天，李明强才吃上第二个。他们太穷了。

“别愣了，吃不完，给二婶儿捎回去。”张金凤一边说，一边看着李明强笑。

“你拿回去吧。”李明强喃喃地说。

“我拿？我爸要知道我请你吃饭，不打死我。”

李明强不吭声了，感激地看着金凤，心想，金凤真好。但是，他下定决心，就是两家没仇了，也不能娶金凤当秀子，这么丁点儿，就这么大撒把地花钱，不是个过日子的料儿。

因为金凤说了剩下的水煎包让李明强带回家，所以，李明强吃了三个就说吃饱了。其实，十个他完全能吃得下，他想带回去给爸爸、妈妈、哥哥尝尝。张金凤心里也明白，只是不揭穿他，就让铺掌柜用黄麻纸包了，纸绳捆了，连同那两根铅笔递给李明强。李明强假推不要，金凤说：“那我拿着，到村儿口，你若是还不要，我就扔了。”

李明强带回了水煎包，李铁柱不吃，骂李明强没骨气，不是自己的儿子。妈妈说，李明强做得对，两个孩子都没错，那金凤儿，一看就是好孩子，心眼儿好，跟他爸他哥不一样。并对李明强说：“大人有过节，不关你们孩子的事儿，你帮金凤背磨石是对的，但是，吃人家的东西不应该，拿回来更不对。咱人穷志不短，帮助别人不图报，不能让人看不起。”

“不是你的东西，你就不能要！”李铁柱阴沉着脸补了一句。

李明强噙着泪，使劲儿地点头。他感到很累，肩末头和腿痛得难受，上下眼皮直打架，他只想睡觉。

# 第 三 章

李明强想，他成不了诗圣，当个名演员也成。诗人太穷，演员能挣大钱，著名豫剧表演艺术家常香玉也是巩县的，她的生活就比杜甫强多了，还给抗美援朝的志愿军捐献一架战斗机呢。

李明强的肩膀一直痛了十几天，转眼就到了八月十五儿，他按爸爸教的话告诉老师不上学了，要到县里上戏校。

“想得美，不行！”大队支书张洪听说后，坚决不同意，并扬言李明强要是去了李家决没有好果子吃。

妈妈抱着李明强哭：“孩子，不想了，认命吧！”

“不，我就不信命！”李明强咬着牙说。

农历八月十六日，中秋节的第二天下午，大约是三点半的光景，李明强放学了，他穿着有点发白的蓝布鞋、蓝布裤、蓝布上衣，背着一个蓝布书包，从学校的后坡跑下去，抄近道翻墙进了大队部。

大队部里静得吓人。李明强用手划拉了一下头，妈妈说小孩子头上有火，一划就着，鬼见了就吓跑了。李明强不怕了鬼也就不怕人了，径直向最里边那间大队支书的屋子走去。妈妈曾告诉过他，这大队部是爸爸当支书时建的。那间屋子以前就是爸爸办公的屋子，他曾经进去玩过。

李明强推开了他认为那原本应该是爸爸的门，支书张洪正爬在妇女大队长身上吃奶呢，听到门响，吓得一下子从床上跳下来，顺手一拉，一条床单就罩在了妇女大队长身上。

张洪瞪了一眼李明强，走到门口，伸出脖子向外看了看，回头骂道：“兔崽子，你怎么进来的？”

“翻墙！”李明强早就想好豁出去了，毫不胆怯地答道。

“到大队部干什么？偷东西？”张洪吼道。

“呸，谁稀罕你的破东西！我问你，为什么不让我上戏校？”

“啊嗬，小兔崽子！就不让你去，怎么着？”张洪掏出烟来，慢慢地点上一根儿，看来他要要一要这个胆大包天的孩子。

“我告你！”李明强怒目瞪视着张洪。

“告我？兔崽子，你告吧。我这儿有电话，会打吗？”张洪吐了个烟圈儿，摇头晃脑地说。

李明强“蹬蹬蹬”走到桌子前，抓起电话。这是他平生第一次摸电话，他学着电影里人家打电话的样子，一摇，还真通了，黑筒里传来了一个女人的声音：“喂，你要哪里？”

“我要县长！”李明强对着话筒喊。他听刘爷爷讲过，爸爸当过县长，县长能管大队支书。

“你是谁？”那女人显然有点儿吃惊地问。

李明强迟疑了一会儿，突然“哇”地一声哭了，一边哭一边喊：“县长家里死人了！”

“小兔崽子，你瞎说什么？”张洪一下跳起，要来夺电话。

“你老兔崽子！”李明强急了，骂着，抬起一脚，正踢在张洪那命根上，张洪痛得“哎哟”一声，两手抱着裆中那物，直吸冷气。

“你这孩子，咋恁狠哩！专踢人家那儿，踢坏了咋整哩？”妇女大队长一下子掀开床单，跳下床，跑去扶住张洪。

“踢折它就不能尻你了！”李明强对着电话大声地回敬妇女大队长那淫妇。

“什么？什么？你说什么？”电话里传来了一个男人的声音。

“县长，我考上戏校了，我们支书不让我去上！呜呜呜……”李明强号啕大哭起来。

“小朋友，你别哭，你们支书在吗？”

“在！”

“好，我跟你们支书说话。”

李明强不懂得把电话递给支书张洪，“叭”的一声把电话挂了。面对抱成一团儿的张洪和妇女大队长，用衣袖擦干了眼泪，冲他们做了个鬼脸，说：“我是装的，我才不会在你们面前哭呢！”说着，他伸出小手的食指，指着张洪说：“老兔崽子，县长让我去上戏校，叫你跟他说话哩！”

李明强说完，向门外走去，刚走到门口，好像又想起了什么，折回来，指着支书张洪说：“不是俺爸俺妈让我来的，是我自己，俺爸俺妈不知道，你跟俺爸俺妈说一声，我上戏校去了，不准你扣俺爸俺妈的工分！”李明强说完就雄赳赳气昂昂地走出门去。

到了门外，李明强还觉得没有说清楚，就又冲屋内喊：“你敢扣俺爸俺妈的工分，我回来整死你！”

李明强喊完这句话，才一雄一雄地向大门口走去。

大门反闩着，李明强颠起脚尖开了门，门外有几个人，大概已听到了他的喊叫。一个人怯怯地问：“支书在吗？”

“在跟妇女大队长尻B哩！”李明强说着，头也没回就向村口走去。

西流村的山民们在爸爸带领他们种植的果园里摘梨和苹果，摘着丰收，摘着希望，摘出了一派好心情，幸福的笑语传到了李明强的耳朵里，李明强想对着果园大喊几声，让爸爸妈妈知道他要到县城去，喉咙动了几动，还是没喊出声来。他咬咬牙，看了看半山腰的家，甩着小胳膊，蓝书包拍打着屁股，一颠一颠地走了。

秋后的天黑得真快，距县城二十来里路，李明强没走上一半儿天就黑透了。好在是，十五的月亮十六圆，一轮明月高高地挂在天空，像给李明强照路的银灯。李明强低着头，满怀希望地向前走，一口气爬上了五指岭。他出了一身汗，被岭上的风一吹，贴在身上，凉极了。他打了个冷战，回首向家的方向望，大地一层银光，远山近林，白气腾腾，什么也看不清，他就像是被架在云雾之中。黑黝黝的树林中传来一声猫头鹰的尖叫，李明强吓了一跳。他站在岭上，环视四野，圆天连着白雾，只有他一个活物，太渺小了，心里特别害怕，腿发软了，小鸡巴流出了一些尿。

李明强咬咬牙，猛地转过身，用双手在头上狠命地划，头热了，像是真的着了火，他大叫一声：“妖魔鬼怪，你敢来，我就烧死你们！”

李明强喊完，拼命地向岭下县城的灯光跑去。

李明强终于跑到了大路上，一辆手扶拖拉机亮着一束白中带黄的光芒“嘭嘭嘭嘭”地从眼前跑过，他一屁股坐在地上。没有鬼怪了，他饿极了。

李明强坐了好一会儿，想找点吃的。地里的谷子玉米都收完了，他从玉米地边的草垛中，抽出一支玉米秆，虽然不甜，有水。他大口大口地嚼着，又抽出一根儿拿在手中，一边嚼一边走。但是，饥饿仍不能摆脱，被汗水湿透的衣服紧贴在身上，又冷又粘。他已经没有力气再嚼那涩不啦叽的玉米秆了。正在他饥寒交迫头都懒得抬的时候，突然，眼前一亮，他看到了马路下边一遛儿红薯地。他跳下去，扒出红薯，在手里拧了几下，也不管上边的土拧净了没有，就狼吞虎咽地吃了起来。其实，那哪里是红薯，这个季节，只是个红薯辫子，只是比玉米秆稍好一点而已。李明强吃了个肚圆，吃了个满嘴绿。

当李明强摸到县剧团的时候，县城里已经没有几处灯光了。但是，月亮好像更圆更亮了，剧团周围的一切都清晰可辨，铁栏杆大门紧锁着，李明强想翻墙进去，可是墙头上插满了碎玻璃。李明强转了一圈儿又回到大门口，晃晃上锁的大门，静夜里便回荡起响亮的“哐当”声，声音虽响，但就是不见有一个人动静。李明强静静地等了一会儿，就攀上大门，门上的三角尖尖就像是一杆杆红缨枪的枪头直挺挺地指向天空。李明强摸摸，还好，不算尖，不太扎人。他怕刮破了衣服，就脱下上衣，双手撑着栏杆，慢慢地把肚皮移上那排他认为不太尖的枪头……

正在这时，靠大门口小房里的灯亮了，接着是一声老沙喉咙里发出的声音："孩子，不能翻，看扎着你！"

随着声音，门"吱扭"一声开了，一个像刘爷爷一样留着山羊胡子的老头儿披了件黑衣服走出来："孩子，快下去，快下去。"

"刘爷爷。"李明强情不自禁地叫道，眼泪就涌了出来。

山羊胡子一惊。他确实姓刘，但他不认识眼前这孩子。看李明强落了地，就问："孩子，你认识我？翻门弄啥哩？"

"我，我是来上戏校。"李明强知道他认错人了，他的刘爷爷早已去世了。今晚他特想念亲人，特别是刘爷爷，一路上满脑子都是刘爷爷的影子，是刘爷爷的影子伴着他不怕夜晚的山路，是刘爷爷的影子伴着他来到县剧团的。他擦掉眼泪，怯怯地向山羊胡子叫一声："爷爷。"

李明强被山羊胡子领进了小屋。山羊胡子从包里拿出两个白玉米面掺小麦面的白馒头，好吃极了，李明强除了过年，还没有吃过这么好的馍呢。他飞快地吃完了一个，看着另一个，还想吃，想想，这是老爷爷的口粮，就咬咬牙，端起茶缸一个劲儿地喝水。

山羊胡子说："孩子，要饥，就把那个也吃了。"

李明强用手抹了把嘴，笑笑，说："爷爷，我吃饱了。"

山羊胡子说："吃了吧，你没饱。"

李明强说："饱了。"

"没饱。"

"饱了。"

山羊胡子背过脸，沙哑着喉咙说："那好，睡吧。"

山羊胡子让李明强给他同床睡觉。

灯拉灭了，山羊胡子躺在床上问："几岁了？"

"九岁。"

山羊胡子叹了口气，自言自语道："是个懂事儿的娃，懂事儿的娃呀。"

李明强到县剧团的第三天，爸爸按照团长原来的要求，推着一个独轮车，把一个小铺盖卷儿和一些粮食送来了。

李明强在戏校拼命地练功，出类拔萃地担任了《小犟从军》的主角"小犟"，在县里公演后，县委书记兼县长许杰还真抱着他照了张相。李明强跪在地上，给县长磕了个头，说："谢谢县长让我来上戏校，谢谢县长不让支书扣俺爸俺妈的工分！"

县长一脸茫然。

王团长急忙把李明强拉过去，又给县长小声地讲了李明强上戏校的故事，使出了他演员的工夫，绘声绘色，县长大笑说："初生牛犊啊！"

后来，王团长告诉李明强，那天接电话的男人根本不是县长。李明强很失望，团长说："不管咋说，你总算没埋没。好好干，要当名演员。"

李明强结结实实地给王团长磕了个响头。王团长背过脸去，他知道这孩子练功练得屙血。走时，王团长反复地唱着一句样板戏——“穷人的孩子早当家”。

一九七一年，正是革命现代京剧《红灯记》、《沙家浜》和《智取威虎山》三大样板戏唱得最火的年代，每个剧团包括业余宣传队都在排演这些剧目或片段，有的也排演一些群众喜闻乐见的应时相声、小品。《小犟从军》，就是李明强所在剧团，为配合国内反对苏联入侵我西北边疆排演的豫剧。李明强被从戏校选入剧组，担任了小犟这一主角。当时，戏校的学生，除了学一些语文、数学、常识外，还学唱一些重新填词和修改的革命历史歌曲，如《工农一家》、《抗战歌》、《毕业歌》、《大刀进行曲》、《战斗进行曲》等。《毕业歌》的歌词就是根据聂耳创作的乐曲重新填写的：

同学们，大家起来，
奔向那抗战的前方！
听吧，
抗战的号角已吹响；
看吧，
战斗的红旗在飘扬。
我们紧跟共产党，
拿起枪！
我们誓死保卫祖国的边疆，
我们决心把侵略者彻底埋葬！
我们要和工农在一起，
筑起那铁壁铜墙！
全国人民团结起来，
迎接那民族解放的胜利曙光。
前进！
前进！
军号已吹响。
同学们！
同学们！
快行动起来，
奔向那抗战的前方！
前方！

李明强非常感谢王团长给他到戏校学习的机会，何况他来得是那么地不容易。他清楚地知道，只有在这里苦练，才能“迎接自己解放的胜利曙光”。别人练一个小时，他练两个小时，整日谱不离手、曲不离口。每天早晨到河边吊嗓子，他都是最早一个去，最晚一个回。他想，他和杜甫出生在一个窑洞，杜甫成了诗圣，他成不了诗圣，当个名演员也成。诗人太穷，演员能挣大钱，著名豫剧表演艺术家常香玉也是巩县的，她的生活就比杜甫强多了，还给抗美援朝的志愿军捐献一架战斗机呢。

转眼到了五月，中原大地满眼是绿。

这天，李明强与演员们早早起床到石子河畔吊完嗓子，回到剧团的时候，太阳已由火红变成了金黄，照在院里那棵三人合抱粗的老槐树上，透过那半个院子大的伞状树冠的枝叶缝隙，给地上丢下一块块碎金子般的光点。王团长站在树下，问李明强："小犟，十岁了吧？"

自从李明强演《小犟从军》出了名，剧团里的人都说他整个一个活脱脱的"小犟"，所以都叫他小犟。

"过几天生日。"

"好，都十岁了，成大孩子了。长大了，长大了。"王团长叹口气，又说："小犟，你是个懂事儿的孩子，我非常喜欢你。可是，可是，县里不让咱剧团办戏校了，你得先回去，以后剧团需要了……"

"我知道，您甭说了。"李明强两眼盯着地，他知道，村里响应上级号召，以阶级斗争为纲，搞大寨田，要砍了果园，在山沟里搞人造小平原，他爸爸抱着果树不让砍，冲那些都不愿让砍又敢怒不敢言的山民们喊："都抱住树，要砍就让他先砍了我们。"山民们看着支书张洪和他们的一帮亲信及民兵，谁也不敢动。李明强的爸爸就冲到张洪面前喊："这是村里的摇钱树啊，你要砍就先砍了我吧！"

张洪鼻子哼了一声："绑！"李明强的爸爸就被民兵拳打脚踢一顿后绑了起来，头上戴了顶白纸糊的尖桶高帽，写着"老右派反对农业学大寨"，押着在村里游斗了三天。"四类分子"的孩子不能参加宣传队，在西流村小学李明强就知道，他能在县戏校待上半年多就很不错了，况且这次爸爸"反对建大寨田"已经报到了县委。王团长说县里不让办戏校只是个借口，他是不想伤李明强那幼小的心。

"那，你吃过饭到食堂把账算算。"

"嗯。"李明强想哭，但他告诉自己不能哭。他咬咬牙，低着头，从四十五度的方向瞥着王团长。王团长像是偷了人做了亏心事似的也低着头，用脚踩那碎金子似的光斑，不敢正看李明强一眼。李明强的嘴角便泛出了那种带有讽刺意味的笑，抬起头，挺起胸，向宿舍走去。走着走着，眼里便涌出了泪水。

李明强没有去吃饭，也没有去算账，他把小铺盖卷儿用绳子捆好，就躺在硬铺板上，眼睛盯着屋顶发呆。他不想走，又想不出留下来的办法。

吃过中午饭的小伙伴看李明强还没有吃东西，就为他买了一分钱的咸菜和两个白面馒头，放在桌上，又不会说安慰的话，一起哭着去找王团长了。李明强演主角的时候，他们都恨李明强，不跟他说话，暗地里给他使坏，练功时摔他，甚至纠集一起打他，现在李明强要走了，他们又舍不得，不知怎么对他说。

王团长让管伙食的张老师给李明强算了账，剩的粮食都一两不折地换成全国流动粮票，不要河南省的，全国的含细粮多，还有油。张老师把钱和粮票送给李明强后，含着泪走了。王团长又来说了好多话，李明强这个耳朵听，那个耳朵冒，一句也没有记住。末了，王团长把手里攥湿了的五元钱，抖抖地展开递给李明强，有气无力地说："小犟，回去吧，天不早了，这是剧团给你的补助。"

李明强接过钱，放在铺板上，趴在地上给王团长磕了个响头，抓起小铺盖卷儿，冲出屋门，一边跑一边哭着喊："我不要，那是你的钱！"

李明强不顾王团长的追赶，也不听演员老师的呼唤，更不理小伙伴们的哭叫，一口气跑出剧团，跑出县城，连他心爱的剧团都没有顾上多看一眼，也没顾上给那像刘爷爷一样对他好的"山羊胡子"磕个头。

李明强跑到石河道边的山岗上，对着县城，对着剧团的方向，吊了最后一嗓子："哦嗬哈——，张洪，我尻您娘噢！"泪涌上来，像断了线的珠子。

李明强又对自己喊，不哭，你哭就不是你娘生的。可是，还是哭，他止不住。就对着天大喊："妈呀，我是不是你亲生的！"

泪慢慢地少了。李明强就背着铺盖卷儿，一边哭，一边低着头走。他不能回家，回到村里就永远出不来了，他要走向社会，浪迹天涯。有问题的孩子不能搞宣传，干别的总行吧。他想起了爸爸的战友，是公社体校的校长，那时张洪不让他上戏校，爸爸就跟妈妈说："要不就找找王宏茂，他是公社体校校长，我的老战友，让明强上体校，孩子在村里太受气了。"

李明强拿定注意，要到公社体校去找爸爸的战友，那个叫王宏茂的校长。他用衣袖擦干眼泪，向公社体校的方向走去。

天也黑了下来，还有十几里地，李明强一天滴水未进，已经有点走不动了。

真是"天无绝人之路"。正当李明强愁苦交加的时候，一辆手扶拖拉机拉着一车煤面儿"嘭嘭嘭嘭"地从后边开过来，待拖拉机走近时，李明强将小铺盖儿向车上一抛，用尽所有的力气，紧跑几步，一个前滚翻，在空中划了个弧，两腿便深深地插进拖拉机车斗的煤面儿里。

"哎嗨，你小子会工夫啊？"本来很烦人扒车的司机，笑着回头看了看车上的小孩儿，问。

"会一点儿。"

"你上哪儿？"

"体校。"李明强少气无力地回答。

"嗬哈，你考上体校了，不简单啊！那可是难进的地方呢，小共产主义。"司机好像很了解体校。

"还不知道能不能上呢！"李明强的泪水又涌上来，他咬咬牙，背过身，看拖拉机撒下的煤灰。

"为什么？"司机好奇地问。

李明强哭出声来，一边哭一边将自己的经历跟司机说了一遍，把司机的眼睛都说湿了。

“日他姐，跟谁说理哩！”司机骂完，问：“你知道体校在哪儿吗？”

“不知道。”泪又一次涌进了李明强的眼眶。

“好，我正好路过，我送你去。”

天黑透的时候，手扶拖拉机停在了一个大操场边上，两束白中带黄的光正照在一群在黑地里拍篮球的小孩子身上。司机说：“这就是体校，瞧，现在还练球呢。”

李明强谢过了司机，拎着小铺盖卷儿，向那响着“扑通扑通”拍球声的地方走去。后来他才知道，那司机为他多跑了八里地。

李明强走到一个运球的男孩儿面前，问：“王宏茂校长在吗？”

这时，从黑影里走出一个二十多岁穿着一身运动服的人，借着远处微弱的灯光，看到李明强像一个刚从煤窑里出来的煤黑子，满头、满脸、满身都是煤灰，铺盖卷儿也被煤染成了黑色，他怀疑这孩子是不是个叫花子，便说：“我就是王校长，什么事儿？”

李明强闻听此言，就像见了亲人一般，“哇”地一声哭了，扔下小铺盖卷儿，“扑通”一下就给那运动服跪下了，哭着说：“王叔叔，我是西流村李铁柱的孩子……”

运动服急了：“你，我不是王校长，走，我给你找王校长。”

李明强瞪大了眼睛，看清眼前这人顶多二十来岁，就暗骂自己傻憨，爸爸都快五十岁了，怎么能有这么小的战友？不但白磕了个头，还哭了，真丢人。

王宏茂校长从屋里走出来。李明强没有跪，低着头，从四十五度角的方向瞥了王宏茂一眼，看年龄与父亲相仿，估计没错，就扬起头说：“我是西流村儿的，俺爸叫李铁柱，我想上体校。”

李明强说完，泪就涌出来了，他怕人看见，急忙低下了头。

“是您爸让你来的？”王宏茂问。

“嗯。”李明强使劲儿点了下头。

王宏茂对着李明强看了好半天，这孩子虽然一身煤灰，却浑身透着灵气，特别是那扬头的一瞬间，如同李铁柱年轻时的高傲展现在眼前。他啧啧嘴，说：“像，像。光听你爸说过你，还没见过哩。”他转身对运动服说：“李锐，你可别小看他呀，会真工夫。”说完，他又向黑地里响着“扑通扑通”拍球声的地方挥挥手，喊：“都过来。”

一群男女小孩儿，有的抱着球，有的拍着球，全跑过来了。王校长说：“今天我们又来了个新同学，大家认识一下。你大名叫，叫什么？”王校长问李明强。

“李明强。”

“好，他叫李明强。会真工夫。现在，请他给大家打几套拳看看，中不中？”

“中！”孩子们一片欢呼。

王校长的一番好意，可害了李明强。王宏茂是怕学生看到李明强这个倒霉相，以后再知道了他的身世，会欺负李明强，想让李明强打几套拳震震这帮孩子。他哪里知道，李明强一肚子委屈，一天滴水未进，已经饿得前肚皮贴住后脊梁了。李明强从四十五度角的方向瞥了瞥王校长和四周的人们，咬咬牙，放下铺盖卷儿，步入操场。操场上的灯立马亮了，照得给白天一样，李明强就像是从非洲来的黑孩子。

李明强打了一套小红拳，又打一套大红拳，已经是大汗淋漓了，但是他拿出在戏校练的空滚翻，绕着操场空翻起来。操场外响起了震耳的掌声和欢呼声，李明强一边翻一边想，王校长已经说了我是新同学，今天这跟头儿就算是为告别戏校进入体校而翻吧！他饿极了，头有点晕，腿有点软，但他告诉自己，一定要绕场一圈儿，坚持，坚持到底。

李明强坚持下来了，他踉跄着走到王宏茂面前，一头倒了下去。

# 第四章

**李明强深深地吸一口气，将自己的欲火强压下去，抱着金凤在山路上深一脚浅一脚地向前走。金凤感到被自己心爱的人抱着走，幸福极了。**

“渴，我渴。我——饥，我……”李明强在昏迷中不停地叫着。

李明强醒来时，王宏茂的老婆正在给他喂白面糊糊。

李明强说出了自己被赶出戏校的经过，王宏茂的老婆落了泪，冲自己的男人喊：“孩子一天没吃一丁点儿东西，你也不问一声饥不饥，吃了没有，就让孩子翻跟头儿！”

王宏茂点着一根烟，猛吸一口，眼睛红红地说：“水都温好了，给他洗个澡吧。”

“你洗！”女人端着李明强吃剩下的东西狠狠地扔下两个字，流着泪出门了。

“中，我洗。”王宏茂轻轻地叹口气，将烟摁灭在一只当烟缸用的小瓷碗里。

李明强坐在王宏茂为他兑好水的大木盆里，温暖一下子裹住了他的全身，舒坦极了。他庆幸自己尽遇到好人，心里暖洋洋的，同时，也带着些酸楚。他想说些感激的话，说不出；他想哭，又哭不出来。王宏茂让李明强先泡一会儿，李明强竟不知不觉地睡着了。

当李明强再次醒来的时候，爸爸正在和王宏茂校长喝酒。李明强掀起盖在身上的花被子，看看身上全洗干静了，而且换了一身红色的运动服，他捏捏，是他最羡慕的腈纶秋衣秋裤。

“爸。”李明强叫道。

“醒了。”王宏茂笑着扭过头。

“起来。”李铁柱走进来，把李明强拉到王宏茂面前，说：“跪下磕个头，以后管他叫爸，他就是你干爹了。”

“别，别，我早说了，我会像待亲儿子那样待他的。”王宏茂笑着说。

李明强没有跪，他低着头，从四十五度角的方向瞥着王宏茂，对父亲说："我不认他当干爹，我不能让同学说我高攀，看不起我。"他一边说一边想，我要用我的实力征服他们。

"像，像，像你的儿子。"王宏茂高兴地端起酒杯说，"小子，敢不敢喝。"

李明强二话不说，接过酒杯，一仰头喝了下去。这是当地很便宜的烧酒，很呛，呛得李明强的泪水直涌眼眶，他低着头，张开嘴，哈着气，不让眼泪滚出来。

王宏茂哈哈大笑，在李明强的肩上重重地拍一下，说："铁柱哥，我一定给你培养好这孩子！"

"交给你，我就放心了。来，兄弟，我再敬你一杯！"李铁柱端起酒杯一饮而尽。

"我一看见这孩子，就喜欢上了，浑身透着灵气。"王宏茂一口将杯中酒喝下，接着说："瞧，这气质，是个将军的料儿，唱戏就委屈了。他不让咱上戏校就对了，让咱上，咱还不上哩！孩子，就在干爹这里，我就不信，李铁柱的孩子成不了大器！"

王宏茂好像是喝多了，脸很红，他说着又端起李铁柱给他倒的酒，一仰脖子，自饮了一杯，接着说："哎，铁柱哥，我记得这孩子是在杜甫出生的窑里生的，是不是？"

"是。"李铁柱应了一声。

"嘿，这就对了。我看这孩子将来准成个气候，杜甫'七龄思即壮，开口咏凤凰。'孩子，来，给干爹作首诗，助助兴！"

"我不会。"李明强低着头，从四十五度角的方向瞥着王宏茂说。

"瞎溜呗，让干爹高兴高兴！"王宏茂的话不容反驳。

"那我有个条件。"李明强扬起头，盯着王宏茂，从四十五度角的方向瞥瞥李铁柱，说。

"说吧，什么条件，干爹能办的，都答应你！"王宏茂的声音很大，嘴都乐得有点合不上了，对李铁柱说："瞧咱这孩子，不怵阵，就凭这，就能成大器！"

李明强倍受夸奖，胆子更大了，说："就是，您以后不要在人面前让我叫您干爹，我说过，我不能让人家看不起我。"

"好，有种，好小子。干爹喝多了，以后不在人前说，不让别人知道。但是，你得答应我，做我的干儿子！"

"嗯。"李明强点了下头。

"好，叫声'干爹'，再作首诗，歪的正的，干爹都爱听。"

李明强没有叫王宏茂干爹，王宏茂喝高了也不计较，只是一个劲儿地催李明强作诗。

李明强想了想，说："我就为'杜甫'溜几句吧，叫，叫《给杜甫画像》。"

"好，快说内容。"王宏茂又喝了一杯酒，他今天显得格外高兴。

"生下来，

喝足了笔架山的奶，

爬到砚台池撒了泡尿，

整整流了五千个年代。”

“哈……好！妙！妙极了！不愧是笔架山的儿子，有它的气魄，有它的粗犷。哈……”王宏茂拍着桌子大笑不止。

李铁柱说：“这叫什么诗。”

“好诗，好诗。我喜欢，我喜欢。哈……”王宏茂兴奋地把李明强揽入怀中，用他那硬胡茬子蹭李明强的脸蛋。李明强感到有点痒，有点痛，但他不躲，心里好高兴。

就这样，李明强上了公社业余体校，在王宏茂的严厉指教下，人家练一个小时，他练两个甚至三个小时，三个月没有回一次家，没有看一场电影，没有真正玩过一次。他埋着头练了三个月，从一个没有摸过篮球的孩子，成了公社体校的第一把刷子，当上了篮球队队长和班长。他干什么都玩命，不仅篮球打得好，学习也好，老师交办点事，都能有板有眼儿地完成。在王宏茂等老师的庇护下，在体校一待就是五年。每月交五斤白面、五斤小米、十斤玉米面、十斤红薯面和两元钱，足吃，公社每月给补助十元钱、十五斤白面，勤工俭学，改善生活，小共产主义把李明强养成了一个一米八零的小伙子。

升入高中，李明强就像走进了一个崭新的世界，父母摘掉了“右派”的帽子，他以优异的成绩和文体方面的天赋受到了老师和同学们的尊重，被选为学生会主席，入了团，当上了学校团总支副书记。他平时在高中学习功课，课余到体校练球，有重大赛事时参加比赛，成了高中和体校的重要人物，成了学生中的第一号人物，成了许多女生心目中的白马王子。特别是大队支书张洪的女儿金凤，孩提时就想嫁给李明强，上高中又碰到了一起，就给他写了情书，并紧追不放。

“不可能，我们两家有过节，首先双方父母就不会同意。”李明强对金凤说，把她的信递了过去。

“我不要，我就要嫁给你，我可以和家里断绝关系。”金凤坚定地说。

“好，那我就依了你，把你弄出孩子，再不要你，气死你爹张洪那老兔崽子。”

李明强不止一次这么想，这个想法在他的脑海里转悠了很久，有各种因素，有恨、有爱、有生理反应的性冲动。金凤很漂亮，虽抵不上校花杨玉萍，但在高中也是女生中的佼佼者。她中等个头，很瘦，和她家的生活条件极不相称，就像她爹张洪一样，吃遍了全村，一顿饭吃一头猪都不长肉。她爹张洪虽瘦，走路胸挺得老高，头抬得跟葱碑[①]似的，横着走，说不出的傲气和霸道。金凤走路也有她爹的风范，高高地挺着胸，一对已经成熟的乳房挂在她那瘦窄的胸脯上显得特别大，随着走动一颤一颤的，学校的男生爱看，路上的男人也爱看。一次，李明强和金凤走在路上，连拾粪的老头儿都多看了两眼。金凤走路，不像她爹那样横着走，而是摆着走。从前边看，胯部一耸一耸，乳房一颤一颤，很性；从后边看，屁股一扭一扭，裆缝一闪一闪，很浪；从两边看，上部一摇一摇，

① 有葱花或蕾的葱茎。

下面一摆一摆，很条[1]。不论是左看右看，前看后看，上看下看，远看近看，都是一道亮丽的风景线。在男人中，李明强恐怕是最接近金凤的人，那柳叶眉，丹凤眼，溜檐鼻，樱桃嘴，尖下巴，哪里李明强没有细看过？就连她那耳朵眼儿边有个小黑点李明强都知道。可是李明强一直控制着自己，不去瞎想。他常常告诫自己，张洪虽坏，但金凤无罪，他既不能与金凤成为夫妻，也不能害金凤一辈子。除良心这一缘由外，李明强心中还装着另外一个女人，学校团总支宣传委员卫和平。

卫和平长相一般，梳着两条小辫，不多说话，是全年级的学习尖子，篮球打得很好。也就是在打篮球中，他们认识的，李明强在三（一）班，卫和平在三（四）班，但是，从一年级开始，每次学校联考，不是李明强第一卫和平第二，就是卫和平第一李明强第二，第三名都要与他们相差一大节子。他们相互倾慕着，谁也没有去捅破情爱这张纸，他们中间始终像隔着一层雾纱，始终有一种神秘感。李明强常常从枕头包中取出卫和平塞给他的纸条，翻来履去地看，也拿不准卫和平是不是真正爱他。

这张纸条是卫和平去年七月十二日在黄冶河边塞给李明强的，上边只写十二个字：“我要的是不屈不挠的李明强！”李明强永远不会忘记这个日子，那一天，他的身躯倒下了，但是从心里又站了起来。

去年六月，公社突然有了招收空军飞行员的名额，要求应届高中毕业生报名。体校和高中共处一院，王宏茂费尽心机，给才是高中二年级的李明强报了名。李明强也真争气，从公社到县里，从县里到地区，从地区到省城，一路过关，一丁点儿毛病都未查出来，就连那“C”字形八个方向的视力表，最小的一行他都看得清清楚楚，验了个二点五的眼睛。整个高中就验上李明强这么一个学生，据说全县就验上了七个人，高兴得王宏茂一顿喝了一瓶烧酒，喝高了，睡不着，半夜把体校的学生集合起来，年轻教练李锐把灯光球场的灯全打开了，全校欢庆李明强验上空军，就像那一年男队获得全县篮球联赛第一名一样，一直折腾到天亮，会了餐，放假一天。

王宏茂带着李明强回到了西流村，高兴得李铁柱嘴都合不上，急忙杀鸡做饭。明强妈流了半辈子眼泪，终于流出了幸福的泪水。傻子李志强知道弟弟李明强验上了空军，兴奋地满村跑着吆喝：“锵锵哩锵哩锵锵，锵锵哩锵哩锵锵，李明强验上空军唠！李明强验上空军唠！锵锵哩锵哩锵锵，锵锵哩锵哩锵锵，李明强验上空军唠！李明强验上空军唠！”

傻志强这一嗓子，西流村像发生了六点七级地震，震得全村乱动。李铁柱的本家前来祝贺，外姓人议论纷纷，大队支书张洪急忙派出亲信，到公社到县里到地区探听消息，晚上专门为此事开了个支委会，归结了四个问题，一是李明强的父母不仅是右派，李铁柱还反对“农业学大寨”，这样家庭的孩子要是驾上了飞机，有可能跑到台湾或美国去；二是王宏茂弄虚作假欺骗组织，李明强根本不是应届高中毕业生，是十六岁不是十八岁；

① 苗条。

三是李明强从小道德败坏，有打架恶习，在小学打遍了村里的孩子，在县戏校曾被开除；四是李明强上高一就谈恋爱，与好几个女孩子发生不正当关系。

第二天，这四个问题通过张洪的关系网，几乎同时到了公社、县里、地区、省城“招飞”人员的手里。王宏茂正在请高中老师们喝酒的时候，接到了取销录取李明强的消息，气得王宏茂摔了酒杯掀了桌子。

李明强是下夜自习后听到这个消息的，他先是一怔，接着嘴角泛起了那种带有讽刺意味的笑纹，默默地走出寝室。天空还在沥沥拉拉地下着细雨，电灯泡挂在房山墙上，灯光拼着气力刺穿雨雾给李明强照出一片昏黄的路，李明强看看四周无人，便飞快地向王宏茂家里跑去。

进了屋，一股酸腥夹杂浓烈烧酒的气味扑面而来，呛得李明强几乎喘不过气。

王宏茂吐酒了，躺在床上骂娘，他的老婆坐在桌边掉眼泪，看到李明强进来，急忙擦了一把泪水，哽咽着问：“吃了吗？”

李明强“嗯”了一声，问：“婶儿，是真的吗？”

“什么真的假的？”王宏茂的老婆换成了笑脸，她不想马上告诉李明强，想找出个什么理由搪塞过去，一时又想不出好词句，就接着说：“问得没头没脑的，你看，你干爹喝醉了。”

“我没醉！尻他娘，我什么时候喝醉过！敢在我王宏茂背后捅刀子，我查出来，日他祖辈——八——哇”王宏茂一激动，又吐了。看来他脑子还很清醒，欠起身子吐在床头下的脸盆里，又拽了一缕卫生纸擦了把嘴，把纸狠狠地扔在盆旁，对李明强喊：“强子，尻他娘，干爹不让你去当空军了！好好学习，考大学！尻他娘，考个清华北大……”

李明强没有等王宏茂说完，他已明白学生们的传说是真的了，转身跑向雨中，跑向学校下面的黄冶河。

今年的雨季来得特别早，黄冶河暴涨，洪流滚滚，涛声阵阵。李明强面向大河，高仰着脸，尽情地接受雨水的洗礼，河道的风夹着雨点拍打着他的脸庞，他感到爽快多了，天在为他哭泣，黄冶河在为他咆啸。他想哭，挤不出眼泪；他想喊，发不出声音。他的脑子里一片空白，漫无目的地在黄冶河边遛达。

王宏茂跌跌撞撞地追过来，经过风吹雨淋，酒一下子醒了，他抱着李明强的肩膀摇，一边摇一边喊：“强子，你可不能干傻事呀！”

李明强不说话，像根木头似的任凭王宏茂推摇。王宏茂心痛地说：“孩子，你哭出声吧，那样好受些。”

许久，王宏茂见李明强没有丝毫的反应，又说：“来，对着黄河滩喊几嗓子。”他说着，就学着赶场人的吆喝声喊了起来：“哦嗬哦嗬哦嗬——”

这声音，在这寂静的雨夜，显得格外的响亮，就像是要将这黑暗撕开一样，在黄河滩上传得很远很远。王宏茂喊了，觉得舒畅些，就催李明强说：“强子，快喊几声！”

“别喊，学生都睡了。”李明强低声地说。

王宏茂不作声了。两个男人站在雨中，相对无语，像两只斗败了被泼了冷水的公鸡。凉风吹来，喝多了酒的王宏茂不住地打战，他忍不住了，说：“走，干爹陪你走走。”

“回去吧。您喝了酒，淋湿了，会生病的。”李明强又低低地说。他一边说，一边迈步向回走。

王宏茂心里一热，泪涌上来。心想，都什么时候了，这孩子还是一心想着别人。就说：“我给你讲个笑话。就是我刚才喊那几声。我小时候，和几个孩子一块儿耍，看大人们在打场，赶场的那人光着脊梁扬着鞭子，赶着骡子拉石辊压麦子，嘴里不停地吆喝着‘哦嗬哦嗬哦嗬——’。我们几个孩子就爬到场对面的岭上，一齐喊‘我尿谁喝——’赶场的那人就应‘我喝我喝我喝——’”

李明强没有笑，王宏茂没讲完，他就知道这个谜底了。他从四十五度角的方向瞥了王宏茂一眼，嘴角泛起了那种带有讽刺意味的微笑纹。心想，这种火热的打场景观，也只能在解放后人民公社的生产队有，你当孩子的时候是旧社会，要有这事儿才怪哩。李明强小时候不但听过这故事，还干过这事儿，就为这，挨了爸爸几扫帚疙瘩。

王宏茂怕李明强出什么意外，就给他请了几天假，说让他吃住在家里散散心，因为整个高中和体校的所有人都知道李明强要当空军了，先上大学再试飞，男女学生羡慕极了。这一下，给取消了，这可是能改变李明强一生的大事啊！王宏茂怕李明强受不了这个打击，会寻短见。李明强虽然从没有叫过他们夫妇干爹干妈，但是，他们始终把李明强看作自己的干儿子，就像对待自己的亲生儿子一样。

李明强没有歇假，像往常一样该上课了上课，该吃饭了吃饭。不同的是，他不说话了，吃饭被王宏茂领到家里吃，没事儿时就掂着一本《苦菜花》迷迷糊糊地来到黄冶河边，把脚泡进河里，捧着《苦菜花》似看非看。其实，李明强这些天根本就没有心思学习，更没有心思看闲书，只是拿本书做做样子。《苦菜花》他早就看过了，现在是借这个书名，排遣一下心中的痛苦，把脚放到河里，是让凉水带走些体温，减少些燥气。王宏茂已经打听清楚了，这个事儿是他们大队支书张洪坏的，可是就让张洪站在面前，他李明强又能把人家怎么样呢？

起初，王宏茂和他老婆像两位老侦察兵，轮流远远地看着李明强上学、课间休息、放学回家，特别是李明强上黄冶河的时候，老人的心就提到了嗓子眼儿上。

这天吃饭，王宏茂的老婆实在是憋不住了，哭着对李明强说：“孩子，想开点儿。咱不当空军，咱考大学，上清华，上北大，气死那帮龟孙子。”

李明强不说话，只是低着头吃。李明强有个习惯，心中有事儿时，特别能吃饭。这也是王宏茂让他养成的习惯。那年，他们输了一场不该输的球，很生气，不吃饭，王宏茂就拉他们长跑，强化训练，累了个半死儿。从此，李明强越是心中有事儿，越是强迫自己多吃东西，慢慢就成了习惯。

王宏茂这些天一直喝闷酒。他喝下一杯酒，说：“强子，叫我一声‘爸’吧。”

李明强从四十五度的方向瞥了一眼王宏茂，动动嘴，没叫，又低下头吃饭。

王宏茂的老婆见李明强还不说话，“扑通”一声跪在李明强面前，抱住李明强的腿哭着喊：“孩子，你说句话吧，要不，就哭出声来，千万不能憋坏了身子啊！”

李明强动情了，拉住王宏茂老婆的手说：“妈，您别哭，我没事儿。”说着，他也流泪了，这是他得知自己不能当空军后，第一次流泪。他不能控制自己，抓起那本《苦菜花》，哭着跑出家门，跑到了黄冶河边。

王宏茂追出来，远远地看着李明强站在河边的大石头上，面向笔架山，张开双臂高喊：“回来吧，杜甫！回来吧，文宝星！回来吧，定天龙！”

李明强喊罢，又面对滚滚的黄冶河，高声咏起杜甫的诗句：“破胆遭前政，阴谋独秉钧，微生沾忌刻，万事益酸辛！”

李明强咏完杜甫这首最能代表自己身世的诗，心想，人家杜甫遭受丞相李林甫的压制迫害，是他们前世有仇；我招谁惹谁了，和他娘的张洪有什么过节？李明强想着，就坐在大石头上，脱下鞋，把脚放在水里，拍打着河水，搜肠刮肚地找答案。

刚刚下过大雨，洪水融入了黄冶河，波涛滚滚，发出“嗡嗡”的响声，望着近在咫尺的笔架山和远处的邙山，李明强的脑海里浮出了刘爷爷给他讲的传说故事。

早在盘古以前，整个大地一片汪洋，只有几处高地上分布着几个部落。有一个部落主叫共工，因战败发怒，头触不周山，弄得天塌东南，地陷西北。女娲经过千辛万苦，炼石补天成功，玉皇大帝非常高兴，拿着他那文宝星定天玉龙笔，亲自下界重绘人间宏图。忽然，一声巨响，从水中冒出一个庞大的蟒龙，吓得玉皇大帝的侍者失手，跌落了盘上的笔架和玉砚，不久水面上就露出了一座笔架形的山，山后有一池清水。这就是笔架山和砚台池的来历。而玉皇大帝抛出的文宝星定天玉龙笔，刺瞎了蟒龙的眼睛后，忘了把它收回，一直盘旋在笔架山上空。大禹治水的时候，劈山疏通了河道，形成了黄河，打死的蟒龙，化成了山岭，人们就称它为“蟒（邙）山”。到了唐朝，有一年大年三十晚上，京都长安大闹花灯，玉皇大帝的九位公主悄悄下凡观看，文宝星定天玉龙要求他们把自己带回去，一位仙女说：“花花人世，胜似天庭，你回去干什么，就投胎转世吧。”另一位仙女说：“笔架山下的杜闲，才高博学，给他做儿子，也不辱没你文宝星。”于是，大年初一五更时分，笔架山上一道金光直射九霄，接着杜闲的夫人就生了个男孩，这男孩就是文宝星定天玉龙转世的杜甫。谁知，杜甫虽然才华横溢，参加科举考试就是不中。原来，当朝丞相李林甫就是当年被文宝星刺瞎眼睛的蟒龙转世的，他为了报仇，故意压制迫害杜甫，让杜甫颠沛流离、吃苦受难一生。

李明强正想得出神的时候，突然有一只又白又嫩的小手伸向他的面前，抖动着一个纸折的正方形，伴着一个字：“给！”

李明强抬起头，正是他心中的天使卫和平，他情不自禁地伸手接过卫和平递来的东西，想说句什么，但是他还没有张口，卫和平就转身向学校跑去。

李明强怔怔地看着卫和平的身影消失在校园中，再看那正方形，还带着两只“翅膀”。他抓住那两只“翅膀”，小心翼翼地把那正方形打开，只见上面写着：“我要的是不屈不挠的李明强！”

李明强盯着这十二个字，许久，嘴角泛起了那种带有讽刺意味的微笑纹。他把纸条放到鼻子前闻了闻，仿佛闻到了卫和平玉体的芳香，闻够了，又把纸条放在嘴唇上深深地吻了一下，然后照着原样折好放入口袋。他要珍藏好这张纸条，是它给了他定要辉煌的勇气和信心。

李明强想通了，要站起来回去学习，谁知他的右脚刚一用力，就产生一种钻心的疼痛，他没站起来就倒下了。幸亏他练过武功，在倒下的一瞬间，左脚猛一用力，将自己弹到了河岸上，才没有落入水中。

李明强翻身坐起来，发现右脚不知什么时候，被洪水冲下的利物划破了，伤口被水泡得张开了，像小孩子的嘴，流着血。李明强咬着牙用手撑着地站起来，王宏茂跑到跟前扶住他，急切地问："咋了？咋了？"

王宏茂一直在远处的柳树下梢着李明强，他不愿惊动他大喊，也不愿惊动他咏诗，更不想知道那小女孩儿给李明强送了个什么东西，当看到李明强倒下了，就像百米冲刺似的跑过来。

李明强冲王宏茂笑笑，说："没事儿。脚不知被水中的什么东西刮破了。"

"我看看。"王宏茂蹲下去，惊叫一声："什么没事儿，都泡成孩子嘴了还没事。来，我背你，到公社医院去。"

李明强的嘴角泛起了那种带有讽刺意味的微笑，对王宏茂一语双关地说："爸，我不能让您背着走路。您扶我一把，我不能倒下！爸，我一定要好好学习，考上大学，为您争脸，气死张洪那王八羔子！"

"对。"王宏茂落泪了。李明强终于叫他"爸"了，李明强终于从心里站起来了，他没有认错人，他王宏茂的"儿子"有种。

从此，李明强彻底脱离了体校，拼命地学习、工作。他像一块长期被密封在煤油里的钠一样，一接触空气，就发挥了他特有的活性，即使遇到了凉水也要燃烧。他心中燃烧着一团熊熊烈火，那团火燃得他如痴如迷。那不是热恋的烈火，而是理想的烈焰。他一定要考上大学，走出山沟，给父母在西流村长长脸，让那些势利的山民们开开眼，气死那想把他抹杀在萌芽中的大队支书张洪。

然而，一场意外的事件使李明强丧失了考取大学的机会，乐得张洪大办酒席。

# 第五章

杨玉萍想在高考前向李明强表个决心，她在纸条上写了“我若考上大学，你考上考不上，我都愿嫁给你。我若考不上大学，决不缠你！”没想到就为这张纸条，引发了一场恶斗。

李明强的脑袋开瓢了！

晴天霹雳，五雷轰顶。像钉子扎破了的自行车带“呲”地一声——明强妈瘫倒了。

天生的脾性，心里永远存不住事，好像参加高考的不是儿子李明强，而是她自己一样的忐忑不安。做了一夜的梦，锣鼓喧天，笑语四荡。李明强考到了北京，是清华还是北大，她闹不清，反正毕业当上了县长，老李家终于有了出头之日，小汽车、大红花、洋房子，北京生的儿媳妇，声音拌了蜜似的甜。

捶捶嗡嗡作响的头，明强妈起了个大早儿。东方在烧云，通天的红。猴山像块儿巨大的红火炭儿，呼呼地燃烧着，把山顶上的树木也烧着了，大片大片的火焰儿冲向天际，如万千火箭呼啸着越射越高。腾地，明强妈看到一条青龙在山顶上升起，在火焰儿上飘飘歪歪地爬行，那火给它全身罩上了一层金光，还没等她弄清是怎么回事，那龙便猛咯丁打了个滚不见了！晃得她睁不开眼睛。

老天显灵了！明强妈怀着一种她自己也说不清楚的心情，在竹篮儿中摸索了好一阵儿，摸出一个她认为最大的鸡蛋，凝视了半天，抖抖地放入了煤火窑，嘴里不停地念叨着谁也听不懂的词句，俨如求神拜佛一般的虔诚。鸡蛋在火窑里哧哧作响，呲呲冒烟，既而腾起了熊熊烈焰，把她的脸映得彤红彤红。

明强妈挎着竹篮儿，撇着那双大脚拐了十多里路，来到了公社高中。什么“早烧云不出门”，校园里的人黑压压一片片，到处都是，几乎每一个考生身边都有一位长者。

明强妈看到一位白发苍苍的老太太，右手举着茶叶蛋，左手擎着汽水瓶儿，用她那代人特有的小脚颠颠儿地跟在一个正在背书的男孩子后面。明强妈一阵激动，越发急于找到自己的儿子李明强了。孩子从小不在身边，吃够了苦，今天考大学，她说什么也要来陪陪孩子，给他宽宽心，许许愿。

“哎，姑娘，你认识李明强吗？”

“小伙子，你认识李明强吗？”

有摇头的，有说不知道的，有不予理睬的，还有骂“讨厌”的。可明强妈还是在一个一个不厌其烦地打听着，她清楚地知道，这里不是西流村，在西流村哪一个不认识她笑二嫂，不只是她戴高帽子让人斗的次数多了，也不只是她为西流村贡献了多少多少，只是西流村太小，太偏僻，太没名气了。一百三十七户人家，三个高中生，预选筛掉两个，老不死的大队支书张洪的闺女也被刷下了，就剩下她家李明强一个人。李明强是公社高中的尖子，全县的尖子呀，多给她长脸。李明强属龙，早晨的龙时刻在明强妈眼前跳跃，儿子要腾飞了，儿子要成龙了！她成千上万遍地在心里念叨。

“哎哟，老李哥呀，见到咱家明强了吗？”明强妈发现了邻村的熟人，一串银铃般的笑。李铁柱说，就是这银铃般的笑声打动了他的心。李铁柱排行老二，也正是她媳妇这银铃般的笑，人们都称她笑二嫂。当了右派，挨斗多了，也就没了银铃般的笑声，人们就按当地风俗称她为“志强妈”。大儿子志强被人打傻后，人们同情她，忌讳，喊“志强妈”不就是叫“傻子妈”了吗？所以，就成了“哎，他婶儿”。后来，李明强在戏校、体校、高中有了点儿出息，人们就渐渐地称她为“明强妈”了，“母以子贵”，她很高兴。

“啊，没，没有。”老李头用他那浑黄的双眼，看着面前这位身材单薄又有些驼背的女人，张着大嘴不知说什么好，满脸的难言之情。

刺耳的电铃声响了，考生们蜂一样涌进考场。几乎每一位家长都用钩一样的眼光钩着自己的孩子，慢慢地把他们放入考场，唯独笑二嫂的眼光没有产生“定向效应”。她踮起大脚，脖子伸得像鸭子，对着蜂群一样的学生进行最快速的扫射和点射。

没有，没有，没有！校园里只剩下些呆痴痴的皱褶脸、佝偻腰、白头发了，好像魂儿都被儿子、闺女、孙子、孙女们带入了考场。笑二嫂像根木桩似的竖在路边的小树下，迷茫的眼光散射着。儿子不知着落，她的魂儿也不知着落，只有那条龙在那呼呼嘶叫的火苗上飘飘歪歪地爬行。

一辆吉普车擦身而过，扬起一道尘烟，急停在一幢楼前，从车上下来两个看不清模样的人。笑二嫂揉了揉晕花的眼，才看清一个警察遮着一个人走进了考场。收回魂儿的人在传说，昨夜学校里出了事儿，一个女学生被几个流氓强奸，那个全县数理化竞赛第一名的男生去救人，脑袋被流氓们用木棍开了瓢。

竹篮儿里的鸡蛋、甜瓜滚了一地，开口的汽水在地上大口大口地吐着口水和白沫——笑二嫂瘫倒了。迷蒙中，她眼前又浮现出早晨的云，血一样的红，小青龙在猴山顶上跃起，在天边挣扎一翻，便沉到山谷里去了。

“明强——！”笑二嫂昏了过去。

李明强此时正在考场上。他的脑袋并没有开瓢，只是蹭破了点儿皮。他真不明白，昨夜那一仗，他打得那么惨，竟没有一个人上来帮帮。正义哪儿去了？那么多同学都在想什么？考大学吗？考上大学干什么？大学毕业又能干什么？

昨夜，李明强一眼没合。他感到委屈，感到憋闷。住校二百八十多名考生，还有那数十名人类灵魂的工程师，就他妈我一个人听到杨玉萍的惨叫了！学生年少害怕，那些人类灵魂的工程师呢？专管塑造灵魂的吗？他们是理论上的巨人，行动上的矮子。一个故事一直在他的脑海里游荡，抗日战争初期，一伙日本鬼子冲进了一所中学，手无寸铁的学生们在敌人持枪威逼下，眼睁睁地看着一群鬼子调戏几个少女，一位体弱多病的女教师怒吼一声冲了上去，接着学生们像洪水一样卷向了鬼子，侵略者被淹没了，一个也没有活着回去。

天边烧起了红云，把校园里的一排白杨树点着了，血一样的红。李明强怀疑那就是自己的血，杨玉萍的血。

太不幸了！

太阳爬到邙山顶上，把整个山庄都烧着了，一毛不拔的红石坡像淤积了千百年的血要流下来一样，罪犯在血里爬，李明强在血里爬，一步一步，追上了，双方都没有了气力，李明强拼死抱着罪犯的腿，罪犯用匕首在他的身上一下一下地扎。

“李明强！”

“李明强！”

“明强——！”

杨玉萍在呼唤他，张金凤在呼唤他，卫和平在呼唤他，人们都在呼唤他，妈妈抱着他的尸体拼命地摇，山庄里回荡着悲壮的歌……

李明强被公安人员叫醒了，七点三十分，考生已准备入场，二话没说登上了吉普车。

考场里静得出奇，一片笔尖戳纸的“嚓嚓”声，听得见自己的呼吸。李明强的脑子一点儿也静不下来，他刚才在吉普车里仿佛看到了妈妈，是妈妈挎着那只熟悉的竹篮儿站在路边的。他很爱妈妈，妈妈是伴着泪水把他养大的。听人们说，妈妈年轻的时候非常漂亮，微笑常挂在嘴角，见人不笑不说话；嫁给爸爸后，因为爸爸在家里排行老二，所以人们称她笑二嫂。后来，父母双双被划为“右派”，常常被抓去游街批斗，就在妈妈生下他的第二天，又被带去斗了一个通宵，斗没了那银铃般的笑声，斗拐了那双秀腿，斗出了一身“月子病”。李明强常想，倘若没有自己，妈妈就不会有这么多病。他没有什么远大的抱负和理想，最实际的就是想通过高考跳出“农门”，把父母带出西流村，不再受张洪鼠辈们的气，找回妈妈那银铃般的笑声。

不知怎么搞的，李明强越想静下来越是静不下。满脑袋都是妈妈的驼背和那张忧郁不堪常常带着眼泪的脸，他不得不先放下笔，趴在桌子上静一静。

一只只沉甸甸的箩筐、水桶、毛粪罐滴溜溜地直在李明强眼前打转，那平时背的滚瓜烂熟的公式定理捉迷藏似的躲躲闪闪。刚刚看见，又被爸爸那张阴沉的脸给遮住了。他伸手去抓，原来是套在耧上的粗绳子。他只好套在自己的肩膀上，像牛那样拉着，让爸爸耕地。农村实行生产责任制，穷困的山村出现了“鸹鸡上南坡——个儿顾个儿”的局面。家里人多的，三四个人拉一个耧。傻哥哥李志强跑了，李明强就一个人拉。他拉得很吃力，指头粗的绳子陷进他多肉的肩膀，心慌得直想吐，一步一步，颤颤悠悠的。爸爸在后边骂：“妈那个B，你听见没有，步子走匀喽！”妈妈来了，妈妈撇着大脚含着泪拉耧来了。泪水冲出了她发涩的眼眶，像断了线的珠子似的。瓢泼大雨，是李明强的汗水，是妈妈的泪水，把爸爸砸跑了。人们兔子似的跑，羊群似的散……

李明强终于被监考老师叫醒了。考场一片喧哗，散花似的乱。下课了，李明强就做两道半题。气得他在心里直骂：“娘那B，缺德！你们监考专看作弊的，我睡了一节课，都他妈都不叫我一声！我尻您娘！”

李明强气急攻心，晕倒了。

不知啥时下起了暴雨，倾盆似的，多大的天就有多大的瀑布。白头发、多皱褶、佝偻腰的爸爸、妈妈、爷爷、奶奶们，听到考试结束的铃响，擎着伞，披着雨衣、雨布，高高地挽着裤腿蹚着水，一窝蜂似的涌向各个考场。几辆小汽车，在人海雨海中嘀嘀乱叫，雨水砸在车顶上，擂鼓似的天响。那雨下得邪门儿，竖着砸，斜着洒，横着泼，打伞的成了落汤鸡，披雨衣的成了落汤鸡，裹雨布的成了鸡落汤。

当官的孩子闺女们坐着小车走了，有人认的、没人认的俗家弟子也都相继而去，被医生弄醒的李明强执意站在走廊里盯着一棵小树发呆。在来时的车里，他分明看见了妈妈，妈妈挎着竹篮呆呆地站在那小树下，几缕白发在汽车扬起的尘烟里飘动。

妈妈哪儿去了？妈妈——

李明强又晕了过去。

李明强再一次醒来时，已经是深夜十一点钟了。眼前一片洁白、宁静，那晶莹透明的输液瓶中的液体“滴答”声，唤回了他的生命，唤回了他的记忆。

那是昨天晚上，十点多钟，班主任王老师最后一次到教室催促睡觉，说：“快十一点了，赶快回去睡吧，养足精神，明天好好发挥。”

王老师说完走了，同学们都陆陆续续地走了，教室里只剩下稀不零丁的几个人。李明强做完了他压宝的最后一道题，看了看后排中间的座位上，他心中的姑娘卫和平还在，就没有动。

李明强与卫和平是经过三次预选后分到一个班的。他们俩的座位斜对着，李明强坐在边上靠墙，经常半侧着身子，一边听老师讲课，一边看他心爱的姑娘。卫和平好像读懂了他的意思，只要两人的眼光一碰，她总是对李明强甜甜地一笑，露出那两排洁白的牙齿，特别是那两颗富有代表性的虎牙。

今晚，卫和平穿一件米黄色半袖衬衣，趴在桌子上写着什么。她有点近视，头埋得很低，眼睛离本子很近，脖子下衬衣的领口向前搭着透出拳头大的空隙，日光灯白色的光束通过领口照进去，把两乳间那道深深的沟照得一清二楚，白色的灯光抹在那对儿诱人的乳房内侧，既白得耀眼，又若隐若现，给人以不尽的遐想。李明强看了，很想走过去帮她把衣服向上提一提。他虽然通过这样的缺口，看过好几个女同学那熟透了的“白馒头”，但是，他不能让别的男同学看他心中女孩儿的乳峰。好在卫和平很快写完了，抬起头，发现李明强在看她，就冲他甜甜地一笑。李明强赶紧转过脸，冲着桌子点下头。自从卫和平递给他那张纸条后，走在路上，两人总是有意识地来个迎面照头，然后，一笑，一点头，一点头，一笑。微笑，是人类最美好、最富有魅力的细小举动，一个微笑的脸膛，像一束永远不败的鲜花。他们两人都拥有了一束不败的鲜花，就是没有一个人主动说出心窝里的话。

卫和平微笑着走了，李明强微笑着走了，今晚这最后的相视一笑，吹响了明日勇跳龙门的号角，抚平两颗发芽的心——睡个好觉儿。

李明强远远地看着卫和平没入黑暗中，又出现在寝室门口的灯光里，回过头向他这边望了望，好像知道李明强在目送她一样，既而，就闪身进了寝室。李明强分明看到了卫和平那诡秘的一笑，他打了一个响指，向空中挥挥拳，点点头，笑笑，笑笑，点点头，向学校紧西头的厕所跑去。心里默念着口号：“丢下包袱，以利再战！丢下包袱，以利再战！”

李明强蹲在茅坑上，想着卫和平那成熟的白乳，在高考的头一天晚上让他看见了，清清楚楚地看见了，这意味着什么？是不是意味着，这位女同学中的高才生将属于他李明强了？ 他们两个是学校的尖子，如果不出现意外，双双考上大学是没问题的。关键是谁考的好，谁考上了名校。李明强想，这可能是意味着他要比卫和平考得好，或者是两个人考进同一所学校。他遐想着，遐想着他与卫和平一起漫步大学校园，一起……

有人说蹲茅坑思想最容易集中，李明强就应验了这一条。复习一天，脑子昏沉沉的，这往茅坑上一蹲，想起卫和平，一下子回归平静。他遐想着他们美好的未来，早已解完了手还蹲着不愿意动。

“啊——救命，救命啊——呜——”厕所外突然响起了一个女孩儿的喊叫，像晴天一声霹雳，震耳欲聋，又像是黑夜里的一道闪电撕开了厚厚的夜幕。

李明强顾不上擦一下屁股，“噌”地一下就连裤衩带运动裤一起提了上去，也没拿墙上的书包，三步并作两步跨出了厕所。女孩儿已被人挟到了厕所下的树林里，只听一个男人低低地喝道：“再喊，就弄死你！”

“你，你们，干，干什么？”女孩怯怯地问。

“干什么，你说还能干什么？”又是一个男人的声音，伴着“嘿嘿”的奸笑。

“别叫，配合一下，让我们哥儿仨舒服了，给你钱。”又是一个男人的声音。不过李明强听清了，他说了“哥儿仨”，说明他们就三个人，三个人他李明强还是能对付的。这些天，李明强已经无缘无故地打了好几架了，都是在夜自习后，都是冲着他来的，都是生脸，也都会两下，全被他打散了，他怎么也想不起在哪儿见过这些人，更不可能得罪他们。现在他想，是不是他们知道我会武功，怕我妨碍他们干这事儿？想到这，李明强义愤填膺，提气轻脚靠上去，他要狠狠教训一下这些渣滓。

“不，不……”那女孩无无力地反抗着，已被三个男人死死地摁在地上，抱腿的那个人骂道：“不配合，老子扎死你！”他亮出了一把雪亮的匕首在女孩的脸前晃晃，对摁着女孩乳峰的男人说：“大哥，你先上。”

“上你妈去吧！”李明强抬起一脚踢飞了那男人的匕首，在脚落地的同时，又一掌重重地揍在那个被称为“大哥”的人的脸上，随着两声惨叫，李明强的拳头又奔向了摁着女孩儿双手的那个男人的面门，那人一侧身闪了过去，与李明强对打起来，另两个家伙也反应过来，挥拳围上了李明强。

李明强边打边退，跳出树林，在树林里他施展不开手脚。那三个男人眼看要成的好事儿，被李明强搅了，气得“嗷嗷”乱叫，追出来与李明强打在一起。李明强一边打一边对树林喊：“那女的，快跑。”

就在李明强说话的当口，又“哗”的一下跳出好几个人，直取李明强的要害。

那女孩听到李明强的喊声方反应过来，带着哭腔喊：“明强，小心啊！”李明强听出了是本校的校花杨玉萍，就对她喊：“你快走！”

杨玉萍跑出树林，一看七八个黑影打成一片，就一边跑一边喊：“救命啊！救命啊！”

杨玉萍的喊声，在校院的夜空中回荡，整个校园的灯全亮了，既而，一群男生涌了出来，把杨玉萍围在中间，嚷嚷道：“怎么了？怎么了？”

杨玉萍指着厕所的方向，上气不接下气地喊：“李明强，快！快！快去呀……”

“怎么了？杨玉萍？”几个老师赶到了，一个男老师问。

“快，救李明强！”杨玉萍突然大喊一声，拨开人群向厕所方向跑去。

当杨玉萍带人赶到时，几个男生和学校旁边的几个男性居民已扭住了一个人，扶着李明强上了坡儿道。

“快叫校医，李明强的头开瓢了。”一个男生喊。

公社派出所的警车呼叫着来到学校，把李明强、杨玉萍和那个被抓的男人拉走了，同去的还有两个教师。学校旁边住的居民，老师学生都认识，就记了个名字，简单问了情况，按了指印了事。

李明强讲了事情的经过，最后说：“一根棍子打在我的头上，我晕了，就顺手抱住了这个人，这时就有人来了，他们都跑了。大约有六七个人，我跟他们都交过手。”

“是七个人。不过，我们就三个，那四个人我也不认识。”被抓的人是公社街上有名的痞子，外号“二嗉儿”。“嗉子”是鸡和鸟消化器官的一部分，像个袋子，用来储存吃到嘴里的食物。“二嗉儿”是当地骂人的话，就是“二嗉子”，不如“嗉子”的意思。由此可想，这个地痞有什么用处。

“你不认识，他们能帮你打架？你甭给老子耍滑。这是你鸡巴不老实闹事儿，不老实交代，老子让宰猪的骟了你小子！”派出所所长上前一脚，把“二嗉儿”踢了个狗吃屎。

“二嗉儿”局子都进过，挨过打，见过这阵式，也不害怕，趴在地上说：“我真的不认识。”

后来，把“二嗉儿”的两个同伙抓来了，也异口同声地说“真的不认识”。这可难坏了民警，一点线索也没有，谁也闹不清那四个人是怎么回事儿。“二嗉儿”他们是想到学校偷东西，看见杨玉萍漂亮就起了歹意。

杨玉萍开始只是哭，什么也不说。民警问她，女生宿舍在东头，你为什么都十一点多了还上西头去呢？杨玉萍实在经不住民警的诱供，不一会儿就说了实话，并一再要求不要告诉老师。

原来，杨玉萍几次向李明强求爱，都被李明强拒绝了，她不死心，想在高考前向李明强表个决心，她在纸条上写了“我若考上大学，你考上考不上，我都愿嫁给你。我若考不上大学，决不缠你！”她在黑影里等了李明强好久，想把纸条交给他了事，谁知李明强与卫和平先后走出了教室。她怕卫和平看见她，等卫和平进了寝室，没想到李明强急着跑向厕所。她不敢叫李明强，就悄悄来到男厕所旁。等了十几分钟李明强还不出来，随后，事儿就发生了。

“纸条呢？”民警问。

“我一直拿在手中，后来，丢了。”杨玉萍喃喃地说。

民警果然在树林里找到了那张纸条子，问杨玉萍：“还给他吗？”

“给！”杨玉萍扬起头，没有一点少女羞怯的意思。民警被她的大胆泼辣折服了，就让她给李明强送去了。李明强的嘴角露出了那种带有讽刺意味的微笑，从四十五度角的方向瞥了杨玉萍一眼，说：“你走吧，明天好好考试。”

杨玉萍跑上前，踮起脚对着李明强的厚唇亲了一口，转身跑了出去，李明强本来头就很晕，这时更晕了……

“别动，你醒了。”一位女护士走进来，看李明强要起身，就急忙叫了一声，接着对他婉然一笑，说：“别乱动，你有脑震荡，要静养几天。”

脑震荡？静养几天？李明强的脑海又开始翻腾了，这意味着就不能参加高考了。他喃喃地自言自语地说：“考不了啦，考不了啦。”

年轻女护士脸上的微笑没有了。她沉默片刻，安慰李明强说：“别着急。你下午的数学就没考，老师正在给你想办法。你是救人受伤的。”

第二天下午，经医生的允许，李明强坚持上了考场。老师说，凭这孩子的成绩，少考两门也能上中专分数线，到时根据他的成绩，好给他争取争取。

老师说的“争取”只是安慰的话，考试是国家组织的，大学不是公社高中的老师们办的。李明强心里很明白，今年完了，上大学的梦破灭了。

笑二嫂一直陪儿子考完最后一门，她现在并不希望儿子考上什么什么名牌大学，只希望儿子平平安安地同她一起回家。但是，她还是忍不住问了。

“今年能行吗？”

“完了。”李明强像一只被水濯过的公鸡，没有了一点生气，“这回全完了，彻底完了！”

“不是说挺好的吗？”

“那，那是我硬撑的，硬撑的！”李明强不敢正视母亲的眼睛，低着头，喃喃地说。

李铁柱多茧的老手重重地扇在李明强的脸上。李明强的口中立刻涌出盐水似的涩咸，他紧闭着双唇，把“盐水”咽进肚里，仰着头，满脸歉疚地看着父亲。他认为，爸爸无论打他多少个耳光都是应该的。父母把他一把屎一把尿地拉扯大，不就是要让他出人头地，混出个人模人样的？为了他上高中，爸爸不知跑了多少路，托了多少人情，走了多少门子，硬是用“二十响”和“手榴弹”打开了通道，两年来又含辛茹苦，寒来暑往地送衣送粮。高考，不只是考学生，也是在考家长呀！

李铁柱的手僵持在空中，肥厚的嘴唇颤抖着，好似吞下了巨大的屈辱。命，天生的命。那年，他打好了铺盖，准备上党校学习，回来就任公社管农业的副书记，可张洪等人硬告他解放初当过叛徒，他的铺盖卷儿也搬进了村南的马棚里。那年头，老子是上天无路，入地无门啊！可你，救人？为什么那么多人都不救，偏偏你一个人逞能？

李明强向父亲立正站着，微翘的嘴唇似乎带着微笑，眼睛里找不出半点委屈的光。“盐水”怎么咽也咽不完，咽了一口，又溢满一口，脑海里一个劲儿地翻腾。曲啸在回忆自己受害时说过，有时母亲是会委屈自己的孩子的，但我们不能沉浸在委屈之中。可是，老子这一仗，真他妈的不值，好赖记住点罪犯的特征，也……

李明强一阵高兴，真感谢爸爸的耳光，罪犯的牙齿没掉，口内一定受伤，脸一定肿大。李明强清楚地记起，他那铁掌扇在一个罪犯的左脸上。

要赶快报告县公安局。

几天来难有的快感爬上了心头，空荡荡的心感到了点儿充实——妈妈的，这一仗，值！

李明强被县委授予“精神文明先进个人”称号，用他的“勇士奖金”购买了一部打沙机。这是他半个月来一直琢磨的结果。十八岁，已经是成年人了，该与白吃白穿的少年时代告别了。在当今商品经济的冲击下，小山庄有点“能耐”的人都离开了靠天吃饭的黄土地。无论是去年厄尔尼诺现象，还是今年太阳黑子轰击太阳，都没有影响山村人民生活的改善。人们都在利用政策大捞而特捞，哗哗响的票子装进了腰包。唯独爸爸像“九斤老太”一样赶不上时代，整天唠叨着：“政策得变，政策得变”。李明强不管政策变不变，他认为放着现实的好政策不利用就是傻子。什么东西浪费都没有比政策的浪费更为可惜的了。他要在政策和法律的保护下，在这“鸹鸡不下蛋”的烂石坡上，破天荒地建立起西流村的第一个工厂。

“不行！”

那天，李明强将自己借钱买打沙机的想法告诉父亲时，李铁柱差一点摔了大瓷碗：“我是你爹，还是你是我爹？”

李明强从四十五度角的方向瞥了李铁柱一眼，嘴角泛起了那种带有讽刺意味的微笑纹。既而，他猛一甩头，两只虎目盯着李铁柱，用嘴角笑着说："您永远是我爹。但是，从今儿以后，我要让人们都这样说，这是李明强的父亲。"

气得李铁柱浑身发抖！

"这是李明强的父亲！"

今天，公安局李副局长一遍遍地向人们介绍时，李铁柱乐得合不上嘴，塌了多年的腰也直了许多！

打沙机就安在离家 50 多米的山坳里，这座山是取之不尽用之不竭的原料，脆生生的黄沙石，打出了上等的好沙子。机器的轰隆声招集来许多乡亲，嘁嘁喳喳，啧叹不停。

"这哗哗流的沙子，就是哗哗响的票子啊！"

"还是咱们明强行，把这没人要的烂石头都变成金子了！"

"这随手一扒拉都是金子啊！"

"这才叫靠山吃山呢！"

"你说，咱们整天到外面跑，怎么就没想到咱们门口就有票子可捞呢！"

"你看看，你看看，我早就说咱们明强有出息，是埋没不了的人才，你看看，你看看！"张三怪挤过人群，扇着那两片子薄嘴唇，摇看那三寸不烂之舌，喷着唾沫星儿也加入了议论。不过，他是冲李明强喊的，也是让李明强听的。

李明强非常讨厌张三怪，看到他都感到恶心。瘦瘦的身躯像猴一样，长长的细脖子支着那长着长牙尖嘴尖下颌小山似的尖脑袋，极不相称的小塌鼻说笑时老躲在上嘴唇里。这张嘴有一大特点，什么事儿从那里流出来，必然多出一半儿，自始自终，见缝插针地加点佐料——"你看看，你看看"。那天李明强走到村南，张三怪正和狗蛋说话，只见他将鼻子藏在上嘴唇后面，从四十五度角的方向瞅着李明强，唾沫星子溅了狗蛋一脸："你看看，现在蔫儿了吧！会武功怎么着，一人能打几个？瞎扯淡嘛。你看看，还想考大学，没门儿。你看看，他们祖坟上就没长那棵蒿！"

"你看看，你看看。"

看着一天天长大的沙堆，李明强越干越欢。第一批大学录取通知书下来了，没他，他早就知道没他。但是，他还是想自己能破天荒地考上。两年的苦读没有白费，他是公社高中无人能比的尖子，如果高考时情绪不受影响，就是不要那两门，他也能超过分数线。但是，那两天他的情绪很糟，一门比一门考得糟糕。

这几天，李明强玩儿命地干活，没黑没白地干，不给自己以思考的余地，让劳累来麻醉自己的神经。他毕竟是学校的尖子，是老师和同学打了赌能考上的学生。他想上大学，做梦都想上。假如我不打那一仗，假如不孤军作战，唉，现在的人啊！

完了，一切都完了。自己曾想去寻找的新生活只能成为一个故事讲给儿子、孙子们听了。就像爸爸常讲自己年轻的梦一样。农民终究是农民，祖祖辈辈只能守着自己那四亩八分地，生了，死了，死了，再生，就像庄稼一样，种了，收了，收了，再种。李明强过去从没有这么想，满脑袋都是清华、北大，城市里的柏油路，多少女孩子向他发出求爱的信号他都不屑一顾。他想自己终有一天，会像雄鹰一样，张开自己的翅膀去搏击长空，寻找自己的新生活。可是，现在完了，刚刚扎硬了翅膀准备起飞，就被人刺伤了。就像受伤的鹰不甘失去展翅高飞的雄心一样，他成千上万遍地问自己：难道真的完了吗？难道我真的要像爸爸妈妈一样，在这小小的西流村窝憋一辈子吗？

李明强像机器人一样，不停地干活，从不主动和别人搭腔说话，挑水也要绕道走。他懒得见人，懒得大婶二叔三嫂四哥爷爷奶奶姑姑姐姐地叫。他经常低着头，默默地走，好像想着什么，又像什么也没有想。他已经习惯了独处，那天大嫫[①]对妈妈说："咱们明强越来越像大人了！"

笑二嫂看看李明强的背影，什么也没说。

这天早晨，天空布满了阴云，整个猴山云遮雾罩，又黑又重的沉云罩在猴山顶上。有言道"猴山戴帽儿，长工睡觉。"旧社会穷苦人留下的谚语，成了现在乃至将来人们的天气预报——要下雨了！

李明强的打沙是风雨无阻的，他的两个"长工"也不能睡觉。零散的石头全部打光了，不得不招两名小工起石头。已经卖出近四百元的沙子了。李明强并不想赚多少钱。他想给家里交上一个整数，自己再回校复读，再点灯熬油早起晚睡地抗战一年，让张洪张三怪之流看看他李家祖坟上到底长没长那棵蒿。

天下起了大雨，两小工不能在外面起石头了，来到棚下替李明强往机器里装石头。

李明强起身回家，刚走进院门，就听见妈妈以她从没有过的大声冲爸爸嚷："钱、钱、钱，孩子就一辈子窝屈在这山沟里！"

"窝屈？他窝屈个屁！你看他那样子，整天哼哼叽叽唱什么歌，夜里还穿着裤衩扭屁股呢！窝屈？他知道窝屈就……！"

"那是硬撑的！硬撑的！你，你没看到他都屙血了！"

李明强听不下去了，像条件反射似的，他一听到妈妈那话，就又想解手，神使鬼差地又折回了茅厕，挤着他那带血的大便。

"知子莫如父"。李铁柱十分想让儿子出人头地，他内心里十分喜欢李明强，可是，他了解李明强吗？人之相知，贵在知心啊。笑二嫂知道儿子的心。

自从李明强高考后回到家里，李铁柱就阴沉了脸，拉得老长老长，只要同李明强照面，只有晴转多云，没有一个艳阳天。笑二嫂的脸也阴沉了，溢满了忧愁，可是，一与李明强照面总是豁然开朗，一转脸便是阴雨绵绵。如果说爸爸的眼神像千钧巨石压着李明强的身，那么妈妈的眼泪就是根根钢针刺着李明强的心。爸爸和妈妈同样不能让李明强忍受。他强迫自己什么都不想，只是拼命地干活，不但饱尝了"锄禾日当午"的滋味，还经历了"面向黄土，背对骄阳"的辛酸，为了开辟一条新路，他选择了打沙。

---

① 伯母。

李明强看着自己大便上的血，想着心事，那血便幻化成他头上的血，像泉眼一样地涌着，他在同罪犯搏斗，多少个，他不知道，很多手，很多脚，还有棍棒，把他围在中间，逼得他用尽了浑身的解术，满校园的人只是喊叫却没人帮忙，妈的！——李明强真想哭，泪水涌进了眼眶。他咬咬牙，不让它落下来，让它自己流回去，或者风干气化。

这些天，李明强的眼里常常不明不白地涌上泪水。他噙着眼泪从猪圈中挖出十几方猪粪，噙着眼泪又往圈中垫入十几方草土，噙着眼泪挑泉水，噙着眼泪担茅粪，噙着泪水搬石打沙，噙着泪水看自己带血的大便……但是，他决不让泪水落下来，他要用勇气去战胜困难，用勤劳去创造快乐，用他那不擦泪水的双手，去建设最新最美的生活。

“我要的是不屈不挠的李明强！”卫和平那男子气的字体常常出现在李明强的眼前，卫和平甜蜜的笑容和美丽的倩影常常浮现在李明强的脑际，卫和平的声音常常回响在李明强的耳畔。卫和平一定能考上大学，卫和平一定不会选择一个名落孙山的李明强。但是，他李明强一定要做到“不屈不挠”！

前天夜里，张金凤偷偷地来到李明强的窑洞里。他们是邻居，隔一道墙，两家人都到村里场院看电影了。自从实行了责任制，分田到户，村里很少放电影，大队不掏钱，谁家办红白喜事儿时，偶尔包一场电影扬扬名。金凤到场院里转一圈儿，就跑了回来。她知道李明强心里苦，留心李明强没去。她蹑手蹑脚地走进李明强住的窑洞，一下子抱住李明强狂吻，一边吻一边哭，她告诉李明强，高考前打李明强的人都是她爸爸让张三怪去请的，帮“二嗉儿”那四个人也是。她爸说张三怪不得力，要不是有“二嗉儿”他们，恐怕也得不了手，不用张三怪了，商量着弄李明强的打沙机哩。金凤说：“我爸欠你的，我还。用我的一生还你！”

李明强想告张洪，但是，让金凤去指证她亲生父亲，对金凤来说太残酷了。金凤是个好姑娘，长得好，心地也好，他不想给金凤一点伤害。

李明强咬会儿牙，嘴角泛起了那带有讽刺意味的微笑纹。他抚摸着扑进自己怀里的仇人的女儿，真诚地说：“凤儿，我也想要你，你看咱们两家，不行啊。”

金凤哭着说：“我知道，我不能嫁给你了。我爸说了，他给我在镇里找好了工作，让我给镇长的儿子换手巾。我想让你出出气。”金凤说着就要脱自己的衣服。

“金凤，你疯了，这样咱俩都会痛苦一辈子的！”李明强硬是把金凤抱出了大门。

那晚，金凤哭得让他心酸。金凤在紧闩的大门外，一边拍门一边喊：“我爱你，我爱你，我爱你……”

窑里传出了“劈里啪嚓”的声音，李明强一惊，回身看见家里那群鸡“咯咯哒哒”地叫着扑扇着翅膀从窑里逃了出来。接着就是妈妈声嘶力竭的喊叫：“我走，我走，这个家我一天也待不下去了！”

李明强跑到门口，正赶上妈妈捂着脸从窑里跑出来。看看地上的碎杯碎碗碎盘子，李明强像个即将临战的斗士，用角斗场上才有的目光“照”着父亲。李铁柱那灼热冒火的眼光，终于被儿子那冰冷的眼光冻结了。就像锅底下烧乏了的柴禾塌了架似的，瘫倒在椅子上。李明强追上了妈妈，暴雨中，母子二人抱头痛哭。

大雨编织成一张密匝匝的水网，铺天盖地压了下来。狂风把水网撕成了碎片，拧成了鞭子，抽打着大地，路面上立起了无数的水柱，射出了万千箭头。雨脚纵情地在漫山遍野狂奔着，啸叫着，风在狂笑，雨在狂叫，山洪以它那最高的嗓门唱着最粗犷、最野蛮的歌，整个山村都置于水气氤氲之中。

村南头的马路旁立着四间破旧瓦房，那是生产队的马号，牲口早就分光卖净了，马棚子被村里的四个拖拉机手买下，用土坯垒了垒做了车库。李明强和妈妈就偎依在房檐下，圆睁着大眼，瞪视着雨雾。如果在小说里，此时，不是母子俩尽情地倾诉衷肠，就是作者发表议论，尽情地让他们回忆幻想，但是，那毕竟是小说，不是实实在在的生活。此时，李明强和笑二嫂确确实实是圆睁着大眼，瞪视着雨雾，什么也没有说，什么也没想，好像两个白痴，在聆听大自然的交响乐，每一个雨点都是跳跃的音符，天公用无形的手编排着。

一道闪电，一声沉重的闷响，震得天地颤抖，也震醒了他们母子俩的每一根神经。

"八月响雷坟鼓堆，灾年啊！"笑二嫂用她那哀婉的声音自言自语地叹道。

"妈——"李明强拉起笑二嫂冲入雨中。"轰"的一声，紧跟着脚跟儿瓦房塌了架。两面土墙被拽倒了，空留一尊加固的水泥砖柱，像一个奇大的惊叹号竖在暴风雨中。

# 第六章

李明强的眼泪终于控制不住落了下来，上次离开戏校，还有一丝要返回的希望，今天，这一丝希望也没有了。他像十年前那样哭着跑出县城，在十年前最后一次吊嗓子的地方，静静地站着，看着戏校的方向，看着县城，看着宋陵，看着邙山，看够了，咬咬下嘴唇，顺着十道河，向着笔架山的方向走去。

李明强搀扶着母亲在暴雨中蹒跚了十几里泥路，半夜敲开了外婆家的大门，在外婆近似哭泣的喊叫声中，跑进雨雾，踏上黑暗的回程。外爷不在了，他不知道怎么面对外婆和三个舅舅。

天明时分，李明强回到了家。

家里的做饭灶火房塌了，傻志强供做儿[①]，李明强和李铁柱一人拿一把瓦刀冒雨奋战，折腾了大半天，又把厨房盖了起来。李铁柱发现，从没有掂过瓦刀的李明强，竟比当过泥瓦匠的他垒得又多又好看。不知是这事儿的缘故，还是因为他逼走了明强妈，想与李明强缓和一下气氛，脸渐渐地由阴转晴了。

李铁柱掏出一支烟无声地递给李明强。

李明强从四十五度角的方向瞥了父亲一眼，咬咬牙，接过烟，嘴角露出了那种带有讽刺意味的笑。他拿火柴盒的手抖抖的，不知是由于激动，还是因为这是他平生要吸的第一支烟，他竟抖得划了好几下没有划着。

李铁柱猛吸一口，然后，把烟递给李明强说："对着吧，洋火潮，甭浪费了。"

李明强又从父亲手里接过烟，抖抖地对上，吸了一口，咳了一下，又不知是感动还

① 打下手，供应所要的东西。

是呛的，眼眶中溢满了泪水。他仰起头看天，为的是不让父亲看见他流泪。泪流回去了，眼眶风干了，他才想起没有还父亲烟，就把烟头对着李铁柱直着递了过去。

李铁柱接了，“嘿嘿”一笑，说：“以后吸烟对火，要用烟屁股对着人家还烟，这是抽烟的规矩。烟头对人，不礼貌。”

李明强点了点头，从四十五度角的方向瞥着父亲，好久……

天就像个不懂事的孩子，哇哇地痛哭一阵，又绽开了笑脸，还没笑半个把钟点，又声嘶力竭地哭叫起来。山洪一天一天地涨，灾讯一个一个地传来，这个水库决了堤，那个公司泡了汤，这个工厂房塌停产，那一户家毁人亡。西流村四面环山，人们都住在山坡上，没有被淹的危险。李明强家的两孔大窑全部是用大红砖表的，整上山脸都用红砖包了起来，在这场暴雨中丝毫未损。他的打沙棚正处在背风的山旮旯里，也安然无恙。他不愿在家里待，整天守在工棚，不下雨时，把石头扔到棚下，下起雨来，他开机打沙。没有电，就躺在棚子里看书，看天。

这天傍晚，李明强家的灶火房又塌了，炉子不得不生在父母住的主窑里。

雨没完没了地下，山洪从四面山坡上倾泻下来，汇集在一起，从村西唯一的出口盘旋着狂啸着奔向村外的泗水河。李明强顺着山坡赶着村里的洪水到泗水河畔的一棵大树下，整个河床漂满了木头、瓜果、人和牲畜，他看到一只小黑马在水中挣扎着，一沉一浮。一个浪头打来，小黑马不见了。又见一只雄鹰带着对这沉重的天色的愤怒，扇动着双翅不停地在铅黑色的天空中搏击着，它想把天冲出个大洞，让阳光普照大地。突然，它平展着翅膀一动不动地从天空中斜刺下来，直冲湍急的泗水河，几乎跌入李明强脚下的洪水里，又鼓起双翅扑扑棱棱艰难地向上升腾。李明强想扶它一把，失足掉入水中……

李明强冷得打了一个哆嗦，原来是一场梦。他不明白自己为什么会做这样一个梦，梦中的小黑马不停地在他眼前挣扎，一沉一浮。那雄鹰一次又一次地从天空中滑落，扑扑棱棱，让人替它难受。妈妈说过外爷在阴间也常掂着家里，常常给她托梦。如果真是外爷托的梦，这个梦将意味着什么？

李明强决定天亮后到外婆家看看妈妈。

李明强本想一大早就走，可是，时间已过半晌，李铁柱还没有起床。李明强等不及了，不跟父亲说一声就走也不合适。他走到父亲的门口喊了几声，不见回音，又喊几声，仍不见动静。李明强意识到出事了，冲进去，只见父亲翻着眼，口鼻倒气，窑内煤气呛得人头痛。他大叫一声：“不好，中煤毒了。”将父亲托在背上就背了出去。

李明强背着昏迷的父亲，在院里的槐树下，足足站了有两个时辰，傻哥哥李志强才把医生请来。

李铁柱醒来了，李明强却瘫软在泥水里。

李明强第二次冒雨到了外婆家。妈妈住院了，因为生气，因为淋雨，因为本身就有老病根儿。三个舅舅一再要求让李明强的爸爸去赔礼认错，妈妈生气地说不愿再见爸爸。

看到妈妈病成那个样子，李明强不忍心说出家里的事情，噙着眼泪走出了医院。

回到家里，两孔窑洞的山脸，因过于湿而脱顶，泥土像小山似的将两个窑门堵严了。李明强和爸爸挖了半天，才把主窑挖出个通道。傻志强从另一孔窑里爬出来，满身是泥，他用泥手在脸上划了一把，又退回去，露出他那颗沾满泥巴的脑袋，像舞台上的小丑，一边晃着泥花脸儿，一边笑着唱："锵锵哩锵哩锵锵，锵锵哩锵哩锵锵，泥将窑门堵上唠！李明强，你进不来！李明强，你进不来喽！"

天终于晴了，暴露在太阳下的是一片废墟。家家有灾情，家家有恶讯。

李铁柱的关节炎又犯了，痛得在床上直"哎哟"。以前只是阴天下雨下雪前痛一阵，雨或雪一落下来，就好多了。这次雨下得时间长，可能顶不住了，李明强让他看医生他不肯，让他吃药他也不吃。没办法，只能看着他在床上躺着熬。

李明强首先紧着把灶火房盖了起来，接着是搬掉门前的"四座大山"。他推着一辆装满稀泥的独轮小车，在稀泥中挣扎了一天，才推走了不到十分之一。在他的家乡流传着这么一句话："推小车不用学，只要屁股调得活。"他实验了，在泥地里，一调屁股，车子准翻。

地一天一天地硬起来，李明强推着小车一天比一天跑得快，看着一天少似一天的泥堆，压抑的心多少得到一点儿宽慰。

这天上午，李明强的好朋友陈建鸣来找李明强。陈建鸣也没考上大学，找李明强商量是回校复读，还是去当兵。

李明强低着头，从四十五度角的方向瞥着陈建鸣，手里抓着一把泥不停地团着，经过一段长久的沉默，他把那块儿团得硬邦邦的泥团儿重重地摔在地上，重重地说："当兵！"

李明强要当兵，遭到了亲人们的一致反对。他到医院刚一开口，妈妈就哭了，外婆哽咽着说，让他到舅舅办的塑料厂干点事，便于照顾他妈妈。妈妈的眼泪，能熔化孩子铁石的心肠。李明强赶忙安慰妈妈说："妈，我还没报名呢，这不是先来给您说一声吗。"

笑二嫂抬起了头，呜咽着说："去吧，妈不拦你，好男，好男儿志在四方呢。妈也用过你的东西啦，妈没白养你一场。"妈妈哭着用一条黄底绿花的毛巾擦泪。

这一条毛巾，是杨玉萍送给李明强的礼物，还有一个笔记本和一张照片。杨玉萍说："你为了救我，两门课没考，不可能上大学了，我等着你娶我。"

笑二嫂的话对李明强触动很大，支持着他克服了重重困难穿上了军装。

西流村村小人少，只分到一个当兵的名额，支书张洪收了另一个村的大礼，就把那唯一的一个名额让给了人家。说实话，就是这个名额留在西流村，也冠不到李明强的头上。李明强找公社，找县里，找到来他们公社带兵的李排长，都说他积极要求参军精神可嘉，就是没办法。

李排长见李明强当兵心切，就告诉他说："一笔写不出两个'李'字，看在咱们五百年前是一家的份上，我告诉你个秘密，你直接找我们的接兵团长——张副团长，他只要点头，准成。”

李明强起了个大早儿，步行十几里来到了县城红旗旅社，一打听，张副团长刚刚出去，他就来个“坐等尔归”，从上午八点一直等到晚上十点，终于等到张副团长吃过晚宴，面红耳赤地晃着步，在两个当兵的护送下回来了。

李明强刚走上前去，那个比他矮一头的兵就沉着脸说：“走开，首长今天累了，不见客。”

旅社里的红唇小姐，“摆着杨柳”笑着走过来，挤着媚眼儿，翘着舌头说：“团长，您可回来了。看，又喝这么多。来，我扶您进去。”说着，就挽起张副团长的胳膊走进了屋。那两个当兵的问：“团长，还有事儿吗？”

“没——事儿，休息吧，休息——去吧。”张副团长哈着酒气说。

“骚货！流氓！”李明强在心里骂那红嘴唇儿和张副团长。

李明强在心里刚刚骂完，他的脸就红了，恨不得自己给自己两个耳光。因为，他听见那红嘴唇儿对张副团长撒娇似地说：“团长，你就见见那孩子吧，人家从早晨等你到现在，一滴水都没喝呢。算我求求您了，见见吧，那可是个好小伙子，是我们县数理化竞赛的第一名呢。他是为了救人受了伤，才没考上大学。多可怜啊，我求求您了。”

“真是这样？”张副团长问。

“我能骗您吗？”红嘴唇儿扭着腰身说，“您见见问问不就清楚了，我也是听别人说的。”

“那就见见？”

“不见你会后悔呢！”红嘴唇儿骄傲地说。

“我后悔？我才不会后悔呢！好兵多得是，算了，不见了！”张副团长喝得有点儿醉意，不高兴了。

“团长，我不是这意思，我是夸那孩子的，不是这意思，是这意思。”红嘴唇儿急了，不知说什么好。

“啥意思？你的意思是——见见？”张团长看红嘴唇儿不知所措的样子又笑了，拖着长腔说：“乡下人——就是纯啊！听你的，见见！哈哈哈……”

“谢谢团长！”红嘴唇高兴地跳起来，对着张副团长的脸就是一个响亮的吻。张副团长本来就红扑扑的脸上多了一个不甚显眼的唇印。

这唇印，李明强看得清清楚楚。这一吻，决定了李明强的命运。

张副团长和李明强聊了很久，请他吃了许多点心、水果。接着冲门外喊：“李医生，李医生。”

“到——”斜对过的屋里应了一声，就有一个穿四个兜的军人跑过来：“团长，什么事儿？”

“把这个小伙子检查一下，他说他验上过空军，若没问题，弄张表让他填了，带回去。”

李医生把李明强领进屋，问：“你贵姓？”

“姓李。”李明强低着头，从四十五度角的方向瞥着李医生。

“你也姓李呀，小本家哩。坐吧。”李医生向一个方凳指了指说，也不管李明强坐没坐，就去翻一个黄绿色的大帆布提包，一边翻一边说：“我祖籍是确山的，咱不仅是本家，还是老乡哩。”说完，已从提包中取出一个黑夹子，拉开拉锁，拿出一张表，说：“检查个鸟，填填吧，二十三号来这里，直接找我领衣服，全包我身上了，保证给你带走。”

李明强万万没有想到事情就这么顺利，揪了一天的心一下子松快了，他想找红嘴唇儿道个谢，整个楼转遍了，也没有找到，抱着遗憾悻悻地离开了旅社。

已经是午夜了，县城少了灯火，少了声息，更没了公共汽车，离家还有十几里路，李明强决定走回去。不是他没有带住旅馆的钱，而是他舍不得花，农村挣一个钱不容易，他要离开家了，应该给家里多留一点儿钱，哪怕是一块、一毛、五分。

秋风乍起，吹得柏油路上的落叶满地乱跑，“飒飒飒飒、飒飒飒”像是唱歌，李明强踩在落叶上，发出的“喳喳”声就像是有节拍的伴奏。突然，起了阵旋风，把落叶旋得“飒啦啦啦”直响，像一支明快有力的进行曲，曲儿越奏越紧，声儿越来越细，细无声处，落叶被旋起飘上天空，就像李明强要腾飞的心。

人就是活个精气神儿。早晨来的时候，李明强踏着那半干不湿沾满潮气的落叶，心情非常忧郁。叶儿或贴在地上，或粘在一起，没有一片能够跃起腾飞，哪怕是飞一下落在火里被烧成灰儿也成。那时，李明强想，自己也可能要成为这样的叶子了，被人们踩在脚下，然后扫进历史的垃圾堆，慢慢地腐蚀烂掉化为灰烬。可是，仅这一天的苦熬，这些叶子就被太阳和秋风焙干了，没有了沉重的水分，凭添了腾飞的欲望。李明强又想，我是这飘零的叶子，我的“太阳”就是那个张副团长，尽管他像这秋天的太阳，光芒昏淡无力，但是他给李明强一个明朗广阔的天地和无限的温暖。他是江西人，江西人成就了一个叫花子皇帝——朱元璋，江西人也能成就一个名落孙山的李明强。江西老表，老表——真好！那“秋风”就是“红嘴唇儿”了，虽然有点儿凄凉，也有点儿哀惋，但能吹走混世间的尘埃，让阳光露出笑脸。红嘴唇儿是文明的象征，红嘴唇是城市的象征。好像是著名作家赵树理写的“小火车呜儿呜儿呜儿，从苹果园开到西直门儿，西直门儿的姑娘涂着红嘴唇儿”，说的就是苹果园是农村、西直门是城里的意思。“红嘴唇儿”——真好。李明强甚至想，卫和平要是抹了红嘴唇儿会怎么样？一定很好，比不抹漂亮。李明强再不把抹红嘴唇儿的人当成骚货、不正经的东西了，那只能是旧社会的代名词，现在都进入八十年代了。卫和平一定能考上大学，一定会抹红嘴唇儿的，而我，我一定要当个好兵，当个军官，当个将军。

“我是不屈不挠的李明强！”李明强在心里为自己定位，在脑子里勾画着自己的宏伟蓝图，步子也轻松多了，不知不觉就走回了家。十几里路啊，同样是秋天，同样是山路，同样是夜晚，同样是饥寒交迫，但是，今天与他十年前上戏校时截然不同了。

李明强长大了。

李明强把要当兵的事儿压在心底儿，谁也没有告诉，他怕支书张洪再弄出什么乱子来。

其实，张家与李家也没有啥仇。就是李明强的父母被打成“右派”，张洪接了李明强父亲的大队支书。李明强的父母倒没怎么在意，在枪林弹雨中不知死了多少次，建国时的县团级干部，还在乎大队支书这个十二品油菜籽官吗？可张洪不这么想，只怕李铁柱翻案，抢了他大队支书的位子，千方百计地迫害李家，不让李家得到一丁点儿好处。他把李明强从戏校整出来，正在得意，忽然听说李明强去上了体校，气得派人到体校大闹，写王宏茂校长勾结“右派”的状子，全让王宏茂等老师给顶住了。可是，王宏茂好不容易给李明强报个名，并经过公社、县、地区、省四级体检，验上了空军，衣服都发了，张洪却动用他的关系网，硬把李明强给拉了回来。就在王宏茂掀桌子吐酒那天，张洪也喝高了，他在家里摆了三桌酒席，还大放鞭炮，对着李明强家的院墙喊：“跟我斗，他下三辈儿人都别想有出头之日。偷偷上了体校，还想偷偷去当空军，想得美，也不尿泡尿照照自己的脸。”张洪喊完，自己又觉得太露骨，他张洪就是个又想当妓女又想立牌坊的主儿，便“嘿嘿”一笑，接着给大伙敬酒，说：“他李铁柱傻了一个儿子，不怕再摔死一个，我当支书的也得为他负责不是？”李明强今年要考大学了，张洪得知他是全年级的一二名，老师们都在他身上押了宝，说是一定要报清华、北大，在县里放颗卫星。就派人住在学校附近，伺机加害李明强，幸亏李明强练过武功，交手几次，都让李明强打了个稀里哗啦，气得他直骂娘老子。谁知“二嗦儿”事件，竟成全了张洪的心愿，高兴得他又大摆宴席，说：“想整死我的那个兔崽子，两门儿课没考，上不了大学了。他回到村里，你们给我好好修理修理，让他知道知道，马王爷到底几只眼。学习好，顶屁用。想上清华、北大，他祖坟上就没长那棵蒿子！”

李明强想突然穿上军装在西流村消失，给张洪等人一个措手不及，他决心在军营里混出个人模人样，让张洪和张三怪等人看一看他们李家祖坟上到底长没长那棵蒿子。

李医生说，反正分产到户了，现在销不销户口也没啥意思，你当了兵，再考上军校，提了干，销不销户口就是他们的事儿了。

李明强有李医生为他撑腰做主，心里非常踏实，他像未发生任何事情一样，整天默不做声，只是玩命地打沙，想走时多给家里留点儿钱花。李铁柱认为儿子连当兵都报不上名，心里有气，非常难过，总觉得是自己造的孽，连累了孩子，又没有办法，整天一个劲儿地抽烟，叹气。张三怪则阴阳怪气地说：“你看看，你看看，这打沙机一响，就是钱，当兵有啥出息。你没听人家说，好铁不打钉，好汉不当兵吗！”

李明强从四十五度角的方向瞟了一眼张三怪，想起了金凤跟他说的话，嘴角泛起了那带有讽刺意味的微笑，心里骂，你才是个歪种呢，连张洪那老兔崽子都不信任你了。看着张三怪，几天来缠绕在李明强脑中的问题，突然有了求解的方案。于是，李明强对张三怪说：“三叔，我还想去复习考大学，这打沙机卖给你，你要不要？”

“要，要啊。你可别蒙你三叔，当真卖不卖？”

“卖！”

“多少钱？”

“我不多要你的钱，但有个条件。”

“你看看，你看看，什么条件？你说说，我看中不中。”

“就是，你得让红星上完高中考大学。”

红星是张三怪的儿子，开学就要上高三了，才一米四七的个头儿，像张三怪一样瘦。

那天，张红星赶着两头牛从山旯旮里走出来，满满的一篓筐草压得他把腰猫成了九十度。李明强想，明年就要考大学了，张三怪还让他放牛打草，没黑没白地干，大概是张三怪早知道他张家祖坟上也没有那棵蒿儿。从城里来避暑的玲玲一直为表哥张红星鸣不平，她有个口禅：“不可想象！”也不知道她想象的是什么。城里人没事干，就是瞎想象。那个写“走在乡间的小路上”的人，没准也是个城里人，在城里待腻了，想跑到乡下来爬在牛背上吹笛子，他哪里知道，山村牧童的背上还要压个大篓筐呢！

就在那天晚上，张三怪领着红星，提着两瓶烧酒、一包鸡蛋糕来到李明强家。李铁柱满脸疑惑，不知怎么说好，只是站起身“嘿嘿”地冲张三怪乐。

张三怪将鼻子藏在上嘴唇儿后面，冲李铁柱乐乐，对李明强说：“你看看，你看看，明强侄子，今晚不打沙了？”

张三怪那薄唇尖嘴一发声，李明强就起了一身鸡皮疙瘩。点了下头，说声“三叔来啦”，就上了自己和傻哥志强的窑洞。

张红星低着头不好意思地跟进来，那姿态活像一个害羞的大姑娘。

“明强哥——”

“啊，红星，什么事儿？”李明强抬起头，打量着面前这位身材单薄、眉清目秀的小伙子。心想：“他妈真行，没让张三怪的因子占了上风。”省城里来的刘玲玲也这么说。玲玲是张红星姑姑的女儿，小嘴儿特别会说，甚至连眼睛都会说话，很受她妗子喜爱，不让儿子张红星吃的好东西，都留给玲玲吃。村里人说，张三怪两口子是两条狗，见了有钱有势的人就摇尾巴，见了穷人就咬。

“我爸不让我上学了！”张红星低着头说。

“为什么？”

“他说，两年中专少赚万儿八千。大专本科还得自找工作。当个研究生，不如开个‘嘭嘭嘭”！他想，他想让我跟你，跟你打沙子！”

李明强一下子明白了张三怪给他家送礼的意思

“不，红星，你就剩一年了，难道你，你不想上大学吗？”李明强冲动地站起来，抱着张红星的双肩摇晃。这些天报上一直呼吁要控制流失生，难道西流村这个穷山沟仅剩下的一名高中生也要流失吗？

李明强用他那冒火的眼光直视着张红星。过去，李明强把他当作敌人，为的是争西流村大学生的殊荣。高考失意后，李明强嫉妒他，恨他，骂他爸爸张三怪，也曾想在明年张红星考大学的时候也给他弄个脑袋开花。可是，现在，李明强心软了，感到张红星和自己一样可怜，甚至为他心酸。

“想，做梦都想。”张红星低下了头，泪水溢出了眼眶。

“对，红星，你应该上，我们西流村应该有大学生，我们都应该成为大学生！”李明强激动万分，双手重重地压在张红星那瘦小的肩膀上，眼睛里射出了灼人的光，像有一团火在眼底燃烧。

李明强的眼前浮现出一所花园式的校园，假山、草坪、竹子、湖泊、树林，人们在叽哩哇啦地读书，潮水般的自行车通向教学大楼，刘玲玲笑吟吟地拉着他和红星，白净净的小脸蛋透着两个对称的小酒窝儿，他们拉着刘玲玲的手在海滩上跑，胸前校徽摇动着，是什么大学，他看不清。但是，他清楚地看到了卫和平，卫和平戴着“北京大学”的校徽向他们走来，卫和平抹着红嘴唇儿，冲李明强笑……

卫和平真的考上了北京大学。李明强听到这个消息后，心里空落落的，他想利用打沙挣足了钱，再回学校复读一年，一定要考上北大，追上卫和平。可是一想到张洪等人，他又选择了当兵，他早就听说当兵表现好，可以考军校。可是回校复读，成绩再好，张洪要捣乱，他是绝对考不了的。他从心底里感谢张副团长、李医生、李排长和红旗旅社那红嘴唇儿。

“中，中啊。你看看，你看看，多少钱，三叔今天就接。”张三怪有点迫不急待。他想打沙机一到手，那票子就会“哗哗”地流进口袋来，让孩子上高中，考大学，也是他梦寐以求的事啊。

李明强从四十五度角的方向瞥了张三怪一眼，嘴角泛出了那带有讽刺意味的微笑。张洪你个老兔崽子，不是在琢磨我的打沙机吗，你没动手，我就卖了。但是，卖给你的人，老子绝不降价。想到这，就说：“三叔，我买机器，跑腿儿请客，运回来安装，这一切费用都不说了，我也打了这么多天沙，机器也不给你折旧了，我有发票，就按发票上的价卖给你了。”

“这——”张三怪眯起了他那三角眼。

“你若不要，也就算了。反正已经正常运转开了，我去上学，俺爸看着也就行了。”

“你看看，你看看，三叔没说不要啊，中，就按你说的，多少？”张三怪小眼一转，觉得李明强说的也在理，他就是原价买也是个便宜。

“二百六。”

“中，二百六就二百六，你回去拿发票，我这就去给你凑钱，咱们一手交钱，一手交货。你小子可别反悔。”

张三怪做着发财梦，屁颠颠地走了，那尖嘴儿乐得合都合不上。太阳没落山，他就接管了打沙机。

“什么？你把打沙机卖了？”李明强的话犹如一枚炸弹“轰”的一声把李铁柱炸晕了。

“咱们留着是个祸害。”李明强不紧不慢地说。

“什么？你说什么？”

“金凤儿说的，他爸早就盯上咱的打沙机了。”

“怕他个鸟，现在政策变了，他管不了啦！”李铁柱气愤地说。

“他可以暗地里黑你。”

这句话还真让李明强说中了。

当天晚上，全村突然停电，整个山村漆黑一团，像一块黑布从四面山上罩下来似的。张三怪第一天接了打沙机就停电，高兴之余感到有点霉气，回家喝了点儿烧酒，晃着小手电去看打沙机，两个小工跟在他的身后，活像他的保镖。在离砂石场还有三百米的光景，就听到砂石场“轰”的一声巨响，火光一闪，就飘来了火药味。还没等张三怪反应过来，他的本家侄子张大孬就慌慌张张地从砂石场方向跑过来，他急忙拦住问：“孬，咋了？”

“我把他狗日的打沙机炸了！你可别过去！”张大孬急急忙忙地说完，一闪身，就消失在黑暗中。

“我尻您娘——”张三怪一屁股坐在地上，冲着张大孬跑去方向哭着喊：“那是我的机器啊——”

“娘那个B，报应！”李铁柱乐了，又递给儿子一支烟。

李明强接过烟，放在鼻前闻了闻，咬咬牙，拇指、食指和中指相互一对，烟就断成了两截，骂道：“张洪，我日你祖辈儿八代！”

转眼到了十月二十三日，李明强早早起了床，穿上一身干净的运动服直奔县红旗旅社。

“嗬，小老乡，你真早啊！”李医生笑着说。

“没啥给你带的，捎了点儿咱家乡的特产。”李明强把自己花十元钱给李医生买的核桃放在桌子上。

“嘿，你怎么知道我最欢吃核桃？”李医生高兴地搓着手。

“我不知道，我觉得它好带也放不坏。”

“实在，真实在。”李医生说着，从床上拿起一身黄布军装递给李明强，说：“试试，合不合适。”

李明强穿了，不长，但很宽大，说：“太肥了。”

李医生乐了：“不肥，正合适。军人整天摸爬滚打，太紧了哪行。再冷了，还得穿棉衣棉裤呢。”

“哎，你会打背包吗？”李医生又问。

“什么背包？”李明强一脸迷茫。

“就是被子。”

“会。”李明强在体校经常外出比赛，打背包早就会了，打得又快又好。

“嗬，打得不错嘛，像个老兵了。”李医生笑着说，“咱们明天中午十二点半的火车，上午在这里集合，你还有什么事儿，赶快回去办办，明天上午十点来找我，帮我们拿点东西。你算特招的，跟着我一块儿走。”

“那，那我明天再穿这衣服吧？”李明强迟疑地看着李医生问。

“为什么？”李医生一怔，马上反应过来了，说：“都定住了，穿回去，气气他们！”

“不——”李明强低下了头，他想起那次验上空军，他是穿着空军的服装进村的，可又被收了回去。

“噢——，你是一朝被蛇咬，十年怕草绳啊。”李医生收住了笑，用同情的口吻说：“你随意吧。不过，明天，你换下的衣服怎么办？”

“我找人拿回去。”

“行。噢，差一点忘件事儿。明天出发前，县委来送兵，请一个新兵发言，张团长说就选你。你回去准备一下，临走，露露脸儿，讲好点儿，出口恶气。”

李明强咬咬牙，使劲地点了下头。

“好了，你走吧。我得出去一趟，别忘了明天十点。你得先给我讲一遍，张团长让我审查一下。”

李明强又穿上了那身新运动服，告别了李医生，走向去体校的路。他要去向王宏茂夫妇告别，向哺育他的体校、高中告别，向支持他的老师、同学告别。

李明强决定走着去，像那次从戏校到体校一样走着去。想到戏校，李明强又专门围县剧团转了一圈儿，像十年前那个月高风清的夜晚一样，绕着剧团转了一圈儿。剧团依旧，看门的山羊胡子刘爷爷不在了，换了一个穿中山服的干部模样的人，李明强心里一紧，他怕这位刘爷爷也像爸爸那位山羊胡子干爹刘爷爷一样过世了。两个“山羊胡子”，两个刘爷爷，您们知道吗，你们的强子就要离开这里，去一个他自己也不知道的地方当兵了。李明强的眼睛潮湿了，对着剧团大门深深地鞠了一躬，在心里喊：“戏校、剧团，刘爷爷、王团长，小犟走了。”

李明强的泪终于控制不住落了下来。上次离开戏校，还有一丝返回的希望。今天，这一丝希望也没有了。他像十年前那样哭着跑出县城，在十年前最后一次吊嗓子的地方，静静地站着，看着戏校的方向，看着县城，看着宋陵，看着邙山，看够了，咬咬下嘴唇，顺着十道河，向着笔架山的方向走去。

在学校的操场上，李明强遇上了陈建鸣。

“李明强！”陈建鸣远远看见了李明强，喊着跑了过来，上气不接下气地说：“呵，正想抽时间去找你呢，你也来了。”

“你回头复习了？”李明强惊疑地问。

“嗯。我爸不让我当兵，非让我再复习一年，非让考大学不可。”

“啊，好。考大学好，考大学好。”李明强若有所失地说，“好好复习，祝你明年考上北大、清华，上中国一流的大学。”

“你不是来复习的？”陈建鸣也惊疑地问。

“嗯。”李明强点了点头，说：“我要当兵走了。”

“别逗我了！”陈建鸣笑着照李明强的背上打了一下说，“我专门去镇里查过了，根本就没有你的名字，你当哪一门子的兵呀。”

“真的，谁骗你是狗。是我不让他们写我的名字。”李明强真诚地对陈建鸣说。

两个人沉默了，互相看着，谁也不说话。停了一会儿，李明强问：“你到镇里查了，有咱们同学没？”

陈建鸣使劲儿地摇头，然后问：“你上哪儿？”

李明强使劲儿地摇头。

“你不说，你恨我。”陈建鸣说着哭了，“我是去跟你商量，不是去劝你当兵！全国那么多学生，我不怕多你一个人竞争！我也想当兵，是我爸不让我去！”

“建鸣，你想哪儿去了？”李明强抓着陈建鸣的肩膀摇，“我是怕别人不让我当兵！”

“谁？”陈建鸣抬起泪眼不解地看着李明强。

“张洪。”李明强咬着牙挤出两个字。

“你们大队支书？”

李明强咬着牙点了下头，说：“我当兵的事儿，你要保密！”

陈建鸣有点不解，但还是点了头，喃喃地说：“到部队，给我来信。”

李明强使劲儿地摇了摇头。

“为什么？”陈建鸣的泪又涌出来了，“我们是好朋友啊！”

“我会给你写信的！我们还会见面的！”李明强说完转身跑了，他不愿当着陈建鸣掉泪。

“李明强——”陈建鸣呆呆地站在操场上，对着李明强跑去的方向，对着浑黄的落日，像被狼掐住了脖子，发出一声长长号叫。

远处，王宏茂夫妇用发锈的目光看着陈建鸣。

# 第七章

李明强终于流出了憋一整天的泪。列车的“哐当”声，已变成了父亲和两位痴情少女追车的脚步声，地上飘零的树叶已变成他摔碎的眼泪。妈妈的哭，爸爸的笑，杨玉萍的手绢，张金凤的叫，一切的一切都浮现在李明强的眼前。父亲的那一哭，一喊，一倒，两位少女架着父亲目视前方的造型，定格在列车的窗口。

“爸，妈，我明天就要当兵走了。”

晚上吃饭的时候，李明强郑重其事地对父母说。李铁柱和笑二嫂瞪大双眼，直直地看着李明强，好久都没有说话，好像不认识自己的儿子了。

“我，我自己找的名额！”李明强沉着得像个大人，很平静很自然地对着一时发愣的父母说。

“到什么地方？”李铁柱低声地问。

“我就为走，没有问。”李明强从爸爸的烟盒里不慌不忙地抽出一支烟，点着，吸了一口，喷出一道烟雾，咳一下，从四十五度角的方向瞥了一眼父亲说：“爸，您明天去送我吧，顺便把换下的衣服拿回来。”

“你为什么不早点说一声？”李铁柱也从烟盒里摸出一支烟，李明强赶忙把自己的烟头掉过来递给爸爸。李铁柱看了，笑笑，说：“长大了，比我强，滴水不漏。”

“我是怕——”李明强接过李铁柱递回的烟，指了指隔壁说。

“长大了，真长大了，有智有勇。”李铁柱的嘴角露出了微笑，腾地站起来，说：“好，今儿个，咱爷俩喝几杯，老爹敬你！”

李铁柱说着，走到隔子里面，掂出了张三怪送的烧酒。冲一直发愣的笑二嫂说：“明强妈，你也来，对了，把志强也叫来，咱们一家人都喝点儿，高兴，我高兴，高兴……”

李铁柱说着流出泪来。

笑二嫂早就泪流满面了，哽咽着说：“我再炒俩菜。”就拐着腿去灶火房了。李铁柱也跟了出去，在灶火房里待了一会儿，到另一个窑里叫醒了早已睡着的傻志强。

“哈，尽是好吃的。”傻志强看到笑二嫂又加的煎鸡蛋、炒鸡蛋、油炸花生米和青炒萝卜缨，高兴地叫了起来。

“志强，别着急。来，你也端起杯，给明强碰一下，祝他飞黄腾达。”李铁柱端起杯说。

“干啥？我要吃鸡蛋。”李志强傻乎乎地嚷嚷。

“明强呀，明儿个出远门，好长好长时间才能回来，咱们祝他平安。”笑二嫂一边耐心地给傻志强解释，一边替他端起酒杯。

四个酒杯碰在一起。

李铁柱一饮而尽，长长地吐了一口恶气。笑二嫂，把眼一闭，一口灌了下去，可能是呛住了，不停地擦眼泪。李明强咬咬牙，一口吞下去，觉得一股热流立刻从丹田中升起，喉咙痒痒的，像有许多要说的话。李志强一下把酒喝了，张着嘴喊：“啊，呛！呛！”就急着去吃那煎鸡蛋，他狼吞虎咽，吃得津津有味。李铁柱看了咧着嘴笑，又给李明强和笑二嫂各倒一杯，看笑二嫂还在不停地抹泪，就说：“明强，你不知道，你妈可是有酒量的。哎，别哭了，孩子当兵走，这是喜事啊。”

“谁哭了。”笑二嫂抹了眼泪，端起酒杯，哽咽着说：“明强，好好干，别想家。”说罢，也不给李明强碰杯，一饮而尽。

“怎么样？你妈行吧！”李铁柱说着也端起杯子，对李明强笑了笑，低沉地说：“你放心去吧，以后我再也不和你妈惹气了。”

李铁柱的话，一下子带出了李明强的眼泪，他冲着父母连干三杯。

李铁柱酒兴未尽，感叹道：“要是宏茂老弟在就好了！”突然，转向李明强问：“他还不知道吧？”

“今后晌儿，我去他家了。”李明强低着头说，他正在为自己对父母隐瞒这么长时间，让他们心烦而内疚呢。

“好。孩子，咱不能忘了别人的恩情。来，我敬你干爹一杯，你替他喝了！”

李明强端起杯，看了老半天，一饮而尽。他在酒杯里，看到了王宏茂夫妇、剧团的王团长、体校高中的老师们、张金凤、卫和平、杨玉萍、张副团长、李医生、李排长，看到了两个不同的山羊胡子，还有那红旗旅社的红嘴唇儿……

“好。古人说‘滴水之恩当涌泉相报’，你今后如果真的发达了，千万不要忘了人家。”李铁柱自饮一杯。

“嗯！”李明强咬咬牙，使劲儿点了点头。扬起头时，嘴角泛起了那种带有讽刺意味的微笑。

夜里，李明强睡不着，半夜起来挑了三担水，把灶火房的缸、盆、桶都灌了个满。

西流村挑泉水很远，平时往返一次需要四十分钟。那天，李明强走得很慢，数着星星，一直挑到东边放明。李铁柱起来的时候，李明强已将院子快扫完了。在这个家里，李铁柱每天都是第一个起床，然后到灶火房捅开炉子，坐上个锅。李明强发现爸爸从厨房里出来后抹了好几把眼睛，对他轻轻地说："天早着呢，再去睡会儿吧。"

当李明强被妈妈叫醒的时候，阳光早已光临了窑洞的窗棂。妈妈塞给他五张两元钱和四张三斤的全国流动粮票，李明强把泪卡在喉管里收下了。李铁柱杀了一只鸡，做了一桌过年才能吃到的丰盛早餐，这可乐坏了傻志强。李明强只是强打着精神吃一个烙馍喝了一碗汤，菜他也是只吃了一点点。他平时就是这样，家里有什么好吃的，他总舍不得吃，想给爸爸妈妈傻哥哥多留一点儿，父母说他，他都说："在体校常吃。"

这一天，爸爸始终是微笑的。准确地说，是强笑。就在李明强走出家门，妈妈捂着脸跑回家里的瞬间，他蓦然发现，父亲的微笑是多么的伟大，父亲的眼泪一定和他一样是向肚里流的。这一瞬间，李明强接受了父亲沉重的扫帚疙瘩和阴沉的脸，从心灵上同父亲第一次沟通了。但是，父亲的微笑和妈妈的眼泪一样，同样让他不能忍受，迫使他加快了脚步。

李明强作为入伍新战士的代表发言。他身穿黄军装，军用黄挎包左肩右斜地挎在右臂下，后边背着黄背包，健步登上了主席台，俨然如一名远征的解放军战士。他在戏校习惯了上台表演，在体校、高中习惯了上台讲话。此时，他没有一点儿紧张，只是激动。他对着主席台深鞠一躬，台下响起一片掌声。他又冲台下深鞠一躬，又赢得一片掌声。他在麦克风前站定，没有拿讲稿，也没有润喉咙。开口便发出了那在戏校吊过嗓子的男高音：

"各位领导，各位来宾，父老乡亲们，你们好！"

台下又一次响起了热烈的掌声。李明强环视着台下，等掌声停息了，放低了声调讲：

"今天，我们就要启程了，就要融入中国人民解放军这所大学校中去了。我代表，我们这一百九十三名有幸入伍的青年，郑重宣言：我们一定要好好学习、勤奋工作、团结一致、同舟共济，以优异的成绩向你们报喜！"李明强抬高了嗓门儿，向台下黑压压的人群举起了右拳。

台下又一次响起了热烈的掌声。李明强没有等掌声停息，将拳头变成手掌，再次提高嗓门儿，一边挥手一边喊："再见了，生养我们的父母！再见了，哺育我们的故乡！再见了，多慈多劳的巩县人民！"

掌声又一次响起来，长久不息。入伍的新战士，送行的亲友，好多人禁不住被他的喊声带出了眼泪。

李明强的讲话最短，但把会场的气氛推向了高潮。主席台上，坐在中央的副县长望着李明强走下主席台的背影，问身旁的人："他是哪个公社的？谁家的孩子？"

"李明强！"

"李明强！"

“李明强！”

“李明强！”

在送行的人群中，有李明强戏校的同学、体校的同学、高中的同学，还有看过他唱戏、看过他打球的人。人们一个劲儿地呼叫李明强的名字，一潮高过一潮，与李明强比较亲近的同学，还一边喊，一边往李明强站的方向涌。主持会议的人，不得不对着麦克风喊：“都别动，静一静，静一静！”

杨玉萍第一眼看到李明强走上主席台，心就怦怦地狂跳起来。她作为校花，毕业被选到了镇政府，今天陪镇领导来送新兵。现在，大家都安静了，在听新兵家长代表讲话。那家长拿了好几页纸，看来是请人代写的，在磕磕巴巴地念。杨玉萍就乘机穿过人群，溜到靠近李明强的地方，深情地看着她心目中的男人。这个即将远去的男人，把她的心绪全搅乱了。

李明强从四十五度角的方向瞥见了杨玉萍，心里一怔，低下了头。旋即，他咬咬牙，昂起头，专注地看着主席台，装着什么也没有看到。

李明强虽然两只眼睛盯着主席台，但是，他什么也没有听清，什么也没有记住。好像什么都听见了，又什么也没听见，两只耳朵眼儿把脑袋穿通了，这边听进去，又从那边冒了出来。

当人群骚动的时候，李明强感到一只手插进了他的口袋，他下意识地一抓，抓住了杨玉萍的手。杨玉萍的脸红了，对他说：“我等你，我等着你。”

李明强没有说话，他不知怎么回答这位痴心的姑娘。

杨玉萍猛地抽出被李明强抓住的手，捂着脸向远处跑去。

李明强坐在车窗前，面对李铁柱笑，父子二人相对无语，只是笑，脸笑僵了，还在笑，像是比赛，看谁能坚持到底。李明强突然从四十五度角的方向瞥见了张金凤挨着车窗向车里张望着找人，他急忙收住笑，对李铁柱摆摆手，把身子缩在窗下装着捡东西。

张金凤走过来，看到李铁柱，焦急地问：“二叔，明强呢？”

李铁柱一怔，明白了儿子刚才摆手的意思，支支唔唔地说：“我，我也在找他呢。”说着，向张金凤来的方向走去。

李铁柱看着张金凤焦急地挨着车厢向前找，慢慢地被人群遮住了，就又折回李明强坐的车窗前，对着车窗小声说：“走了。”

李明强又坐起来，郑重其事地对父亲说：“爸，我在床头席沿儿下放了一个纸包，里边有七百一十块钱。二十块是王宏茂老师昨个儿给的，那六百九是卖打沙机和沙子的钱。我妈给的十块钱和二斤粮票，我带走了。”

李明强说话的当口，列车员已经播音了：“送站的人员请注意，列车马上就要开了，请您赶快下车，站在安全线以外。”人们开始沸动了。

“哦。”李铁柱脸上的笑没有了。

“杨玉萍。”李明强突然发现了杨玉萍像张金凤一样在找人，他大喊一声，将身子伸出窗外，冲杨玉萍招手。在杨玉萍向他奔跑的时候，他飞快地取出杨玉萍塞进他口袋里的手巾包，取出杨玉萍裹在里边的十元钱，用妈妈给他的新手绢包了，等杨玉萍走到跟前，伸手塞给杨玉萍说：“回去再看。”

车开动了。

李铁柱随着车走。

杨玉萍才不听李明强的话呢，一边随车走，一边抖开了手绢，她看到手绢里包的是她给李明强的十元钱，就急着追到李明强坐的车窗前。

车加速了，杨玉萍不敢向上伸手，将钱向车窗里扔，风把那张“大团结”扇飞了，杨玉萍哭了，一边哭一边追。李明强向杨玉萍和父亲挥着带有杨玉萍体香的花手巾。

“明强！”在李明强喊杨玉萍的时候，张金凤突然听到了好熟悉的声音，她折回时车已经开动了，她随着李铁柱和杨玉萍跑，发出了绝望的呼声。

“明强——”笑了一天的李铁柱突然哭了，大喊一声，加快了脚步，突然，脚下一软，栽倒在地。

“爸爸——”李明强看到两个姑娘，架着倒地的父亲，目送着远去的列车，他的喊声被列车“呜”的一声嘶叫淹没了。

李明强像爸爸一样流出了憋了一天的眼泪。

十一月中旬的北国，空旷、萧条，没有一点儿生气，从眼前闪过的多是那些将死不活的草和将死不活的树，所有的人都用深色的布料裹了起来。列车的“哐当”声，已变成了父亲和两位痴情少女追车的脚步声，地上飘零的树叶已变成他摔碎的眼泪。妈妈的哭，爸爸的笑，杨玉萍的手绢，张金凤的叫，一切的一切都浮现在李明强的眼前。父亲的那一哭，一喊，一倒，两位少女架着父亲目视前方的造型，定格在车窗口。李明强痛苦地闭了上眼睛，用带着杨玉萍体香的手绢捂住了双眼。

列车“呜”的一声把李明强和他的小老乡们拉出了中原，又“哐当”一声把他们抛在山海关的雪夜里。

塞外的寒风裹着大雪，像块块麻布一层层地向他们脸上扑盖。刚低下头，空中就好像有一只无形的手，抓着雪大把大把地塞进他们的脖子。中原的孩子们，从没有见过这么大的雪花，有的欢呼，有的惊叫。李明强想起了“燕山雪花大如席”的诗句，看着车站灯光中飞舞的雪帘，在心里赞叹写这句诗的诗人伟大。他咬咬呀，发誓要成为一个诗人、作家，他和杜甫同出生在一个窑洞，不说要与杜甫一样伟大，也得给社会留点什么。

李明强和他的小老乡们，在李排长的吆喝下，背着背包，提着大包小包，排着散乱的队伍，踏着碎银子似的积雪，在一片锣鼓中走进军营。老兵们笔直地站在道路的两旁拍着手，呼着“欢迎新战友”的口号。看着那站得一个个笔直的雪人，李明强不由得挺起了胸膛，迎着大雪傲然阔步。

军营生活的第一页，就这样在大雪中掀开了。

队伍刚刚拉到一个篮球场站定，就听到一阵节奏很强的“嚓嚓”声由远及近地传来。这是一队军人跑步的踏雪声，带队的领喊：“一、二、三、四！”犹如四声霹雳，刺破连绵的飞雪，冲向天际。紧接着，一队人的呼喊，更似静夜里的炸雷，震耳欲聋。李明强心想，这才是真正的兵。

口号的余音还没有散尽，十几个战士排着纵队已跑到新兵的方队前。

“立——定！向右——转！”随着带队者的口令，十二个战士“嗒、嗒”两下牢牢地站在新兵的方队前，又“叭”地一下转向了主席台。

主席台是一座房子的七级高台阶，台阶上站着两个雪人，右边的一个介绍说：“现在请连长讲话！”

左边那雪人向前跨一步，冲队伍喊：“同志们，今天你们冒着大雪走进军营，并不意味着你们已经成为了一个真正的解放军战士，要经过一个半月的新兵连生活。我希望，通过这一个半月的训练，使每一位同志都能完成从一个普通老百姓到一位解放军战士的转变，争取不退一个兵！完了！请指导员讲话。”

“天气很冷，不多讲了。各班带回，放下东西，集合开饭！”右边那雪人站在原地冲台下喊。

队伍前的十二个人听到命令，“唰”地一下来了个向后转，面向新兵。前三名自动散开，到队伍的一边。从第四名开始，依次喊：

“一班，跑步——走！”

“二班，跑步——走！”

……

“九班，跑步——走！”

新兵们上车前就编好了班，随着班长的口令，踢踢落落地跟着班长们跑。李明强被编在一班，按高低个儿排在第四，全班十二个人被班长带到一间挂着“一班”牌子的房里，指着地上铺的一排稻草说：“从里向外，依次从高到低排，快放东西，集合吃饭！”

新兵们排着队伍，每人从炊事班长手里领过一个碗袋，碗袋里是两个浅绿色的饭碗和一双筷子。

到军营的第一顿饭是面条。热汤面，河南人爱吃，吃得快，多数人吃了两碗，一些人再去捞时已经没有了。河北的一帮人用筷子敲着碗低声地骂：“操，第一顿饭就没吃饱。”

几位班长听了，装作没听见。一位四个兜的干部喊：“吃完了，各班自行带回！”

回到班里，一班长说：“赶快按个人的位置铺床！”

李明强等十二个人就争先恐后地忙活起来。有的人床还没有铺完，炊事班就给挑来了热水，班长说：“从高到低，一人一个脸盆，各人记着各人的，少倒点水，先洗脸，后洗脚。”

李明强等十二个人就按顺序去门后的盆架上取脸盆，盆中都放好了肥皂盒、毛巾、牙缸、牙刷和牙膏。大家打上了水，就端着盆到门外洗漱。排在第五名，也就是李明强后边的赵革命，小学都没有上完，是个“二青子”，怕冷，端着脸盆到屋里洗。班长说：“操，轻点。把水都洒在地上，你们还睡个球。”说完，又对外面喊：“洗漱完了，回屋里洗脚，外边太冷了。”

“没有洗脚盆呀。”有人说。

班长喊：“操，你还穷讲究！洗脸洗脚就这一个盆，洗过了刷刷。”

“就是，脚什么都没有碰，比你的脸干净多了。”有人在嘻嘻哈哈地拍班长的马屁。

“但愿你的脸和脚一样臭。”李明强从四十五度角的方向瞥了那人一眼，嘟囔了一句，嘴角泛起了那种带有讽刺意味的微笑。

班长坐在地铺对面紧里角用砖头支起的木板床上说：“你们洗着，我说几句。我叫朱志发，以后就是你们的班长了，你们十二个人，所有的事都由我负责。”

赵革命扛了一下李明强，小声摆炮说：“我屙屎他负责吗？”说完，自己捂着嘴偷乐。李明强从四十五度角的方向瞥了赵革命一眼，嘴角泛起了那种带有讽刺意味的微笑。

朱志发说：“别说话！以后开会，不许说话。”

李明强又从四十五度角的方向瞥了朱志发一眼，听他讲：

“我来对对号，点到你们谁的名字，就答‘到’，以后点名都这样。不论在哪里，只要是领导叫你的名字，都要答‘到’。”

朱志发按接兵人员提供的花名册点了一遍名，问：“你们大家是老乡，都认识吗？”

众人摇了摇头。

朱志发说：“那好，我再点一遍，你们也认识一下。”

朱志发还没有点完，门外就响起了哨子声，接着是一个人喊：“各班早点熄灯休息！”

朱志发坚持点完名，说：“好，把水倒了，准备睡觉，有什么事儿明天再说。”

第二天早晨，一阵急促的哨声把熟睡中的新兵们唤醒。李明强一醒，就听到地下“轰隆隆”作响，他静躺着细听。突然，赵革命叫道：“快跑，地震了！”

大家听到那急促的哨音，本来就不知道是什么意思，听赵革命这一喊，就都抱着衣服往外跑。

“回来！跑什么！”朱志发怒吼道，“谁说是地震了？”

“班长，你听这声音！”张晓鹏说。

“哈哈哈……。操，快回来，别感冒了。操，什么地震，是大海涨潮了！操，哈哈。”朱志发笑了。

原来，李明强他们所到部队的营区在山海关老龙头上。这老龙头，是万里长城之首，山海关四大名胜之一。

“我尻，真到海边了！”

“班长，带我们去看看大海吧？”

“我们还没见过海呢？”

大家一边从外面雪地里往屋里涌，一边七嘴八舌地嚷嚷。

“操，按惯例，第一件事儿就是带你们去看海，可他娘的下这么多雪，得先扫雪，打扫卫生。”朱志发一边想一边说，“好，快去抢扫把和锹，在房后边的库房里。饭前把咱们的清洁区打扫完，吃了饭，我就带你们去看海。”

“好！”穿好衣服的人就跑出屋去抢扫把，李明强第一个跑到，不用抢，别的班连动静都没有。他把扫把和铁锹一一递给老乡，数了数，十二个人，人手一样。朱志发说：“怎么没给我拿？”

“算了，班长，有我们十二个人，还用着您干吗！”李明强冲班长笑着说。

“就是！”

“班长，你就歇着吧。”

众人附和着。赵革命撞了李明强一下，说：“拍马屁。”

李明强从四十五度角的方向瞥了赵革命一眼，嘴角泛起了那种带有讽刺意味的微笑。

农村兵会干活，扫得又快又干净，朱志发看着直乐。突然问：“昨晚上都吃饱了吗？”

“球，就吃一碗，没了。”赵革命终于找到了发泄的口子。

朱志发瞥了赵革命一眼，笑着说：“我教你们个绝招，以后吃饭，第一碗要少盛些，快点儿吃；第二碗就狠打，能吃多少打多少，你再细嚼慢咽也不怕没饭吃了。”

一班的人都停止了干活，一齐望着班长，满脸都是感激。朱志发得意地微笑着，像看着自己的弟弟或孩子。谁知，朱志发还没有笑到开心之处，赵革命又撂了个炮：“球，我得吃三碗，咋弄哩？”

一句话，把大家全逗乐了，笑声随着口口热气升上天空，响彻在无际的雪原里。

朱志发说：“要真那样，也有办法，找个饭量小的人搭帮。”

“我想找女兵。”有人小声嘟哝，人们又笑。

“班长，咋不见一个女兵哩？”

朱志发笑着说：“全团只有卫生队和警通连电话班有女兵，你们谁分到那里了，再找她们搭帮吧。”于是，兵们就在心里将目标定在了新兵分配要上警通连和卫生队，但是又感到太渺茫。有人说：“我要是团长，就给每个班编几个女兵，男女搭配干活不累。”

“那你就永远当不上团长。”李明强从四十五度角的方向瞥了那人一眼说。

“就是。”

“恐怕你当个班长就搞流氓！”

人们说着，笑着，干着，在笑声中，干得更欢，不一会儿就完成了任务。

开饭前，指导员背着手，在全连面前表扬了一班，要求其他各班饭后打扫积雪。

早饭是大米，巩县山区的孩子很少吃大米，稀罕，孙有财忘了班长交的绝招，结结实实地打了一大碗，朱志发在心里骂：“傻B，八辈子没吃过似的。”

回到班里，朱志发黑着脸问：“都吃饱了吗？”

“吃饱了。”只有孙有财一人答，其他人不是摇头，就是不语。

“操，那八个家伙，也把绝招传给他们的兵了。我发现全连的兵，第一碗都是用木铲在碗中点上一点。操，绝招不灵了，你们也不换换方式。我就看见小孙，吭。”朱志发咳了一声，走到孙有财的身边，拍了拍孙有财的肩膀接着说：“小孙脑子很灵，当时灵机一动，就打了一大碗，所以，全班就他吃饱了。”

孙有财的脸“唰”地一下红了，低下了头。

赵革命又撂炮了：“他在吃饭时说，把班长教的绝招忘了，吓得不敢吃了，给我了半碗。”

“操！你也没吃饱！”朱志发把放在孙有财肩膀上的手抬起来又重重地拍下。

众人想笑，一看班长一脸严肃，就闭着气把笑压回去，看着班长背着手在屋里一边踱步一边喊“操”。

“操，我得找连里说说，吃不饱不行！操，先看海去。”朱志发把手一挥，像是做出了一项重大决定。

时针已指向十点。新兵昨晚上睡得晚，起床、早饭都推迟了，说是下午四点钟开饭，今天两顿饭。

李明强和战友们排成一队，走向海边。

塞外的雪花很大，太阳也很大，比中原的太阳低多了。蓝蓝的天空一点儿灰尘都没有，一点儿雾气都没有，蓝得像海水一样，白云像天空中的顽童或动物，不断地变幻着在相互追逐。厚厚的积雪为蓝色的大海围了条银边，站在海边四顾，一面是一望无际的大海，一面是银装素裹的雪原，海鸥在天空中飞翔、歌唱，砌石为垒、高十五六米的残垣矗立在眼前，万里长城像一条翻山越岭的巨龙，在这里把头伸入大海，所以人们称其为“老龙头”。

“咦——，这就是大海啊。”

“真美呀，大海。”

“哈，这么大啊！”

“我尻，这海水跟滚了似的，还冒热气哩！”

巩县的孩子第一次见到大海，高兴极了，发出许多感慨。

“咦——，尻他娘，你们看，真不要脸！”张晓鹏看到一对儿男女在海边的雪地里站着拥抱接吻，指给众人看。大家看了，都背过脸，向另一方向走。

“操，土到家了。到夏天，还有人在这沙滩上掂锅呢！”朱志发不屑一顾地说。

“掂锅？班长，掂锅咋了？”孙有财问。

“咋了？”朱志发瞪了孙有财一眼，既而笑着说：“对了，掂锅是行话，你们不知道什么意思。咱们是炮兵，掂锅就是打炮。”

“打炮？班长，人家掂锅，咱们打炮干啥？”张伟明问。

“操，打炮就是掂锅，掂锅就是打炮！操，对了，就是操！”朱志发解释说。

“班长，你老说操，啥是操？”赵革命开始叫板了。

“操，这都不懂。操，就是掂锅！掂锅就是操，打炮也是操！操，笨到家了！”

巩县的孩子被朱志发的解释弄糊涂了，张晓鹏嘟囔道：“操，操，操你妈B操！”

“好小子，你敢骂我！”朱志发暴跳如雷，冲上去，一脚把张晓鹏踢倒，正欲再打，被李明强横身拦住。

“班长，别，别。咱们可能是语言不同，误会了，误会了。”李明强说，“我们中原人骂人都说‘尻’、‘日’，也是有的人的口头禅，我想班长您说的‘操’，是不是也是这个意思。”

“嗯！”朱志发铁青着脸，对张晓鹏说：“算了，不知不为过。你骂我了，我打你了，平了，谁也不给谁道歉了。走，回去！”

“班长，那上边还没去呢？”赵革命不识时务地指着老龙头说。

“那上边是二营，以后有你看的，走！”朱志发阴沉着脸在前边走，十二个新兵自觉排成一队跟在他的身后。十三个人，把积雪踩得“嚓嚓”直响。李明强想，要是卫和平、杨玉萍、张金凤，还有张三怪的外甥女刘玲玲，无论她们谁到这海边来，面对大海，别说像那两位拥抱接吻的青年男女，就是和他李明强拉着手在海边跑一会儿，那多浪漫……

回到班里，朱志发就给每个人发了一个纸条儿。这也是这个部队的惯例，是每一个班长向新兵炫耀学问高深的法宝，那就是半幅楹联：“海水朝朝朝朝朝朝朝落”让每个新兵对下联。

兵们坐在地铺上，背对着班长冥思苦想。李明强看书多，曾经看到过这幅楹联，下联是“浮云长长长长长长长消”。他拿着纸条儿正准备动笔写，旁边的赵革命用拳敲了下他的大腿，小声说：“求求你，我小学没上完，不会填，你给填填。”说着就把纸条塞进李明强的档中。因怕班长看见，赵革命的动作有点迅猛，正中李明强的命根。

李明强幽怨地瞥了赵革命一眼，隐约感到那裆中尤物在慢慢缩小，遂灵机一动，在赵革命的纸条儿上写道：“鸡巴长长长长长长长小。”

赵革命不认识“鸡巴”二字，就小声问：“这俩儿是啥字？”

“鸡巴。”李明强压低声音答，一脸严肃像。

“‘鸡巴’是啥？”

“就是你的‘老二’。”李明强趁机报复性地往赵革命裆中掏了一把，接着又卖弄性地小声给赵革命念了一遍。

赵革命“扑哧”一声笑了起来，因怕班长责骂，急忙捂住嘴，掩口而乐。但又憋不住，就咳嗽着跑出屋，蹲在门外捂着肚子笑。

朱志发对赵革命的举动没有理会，背着手在屋里转了两圈儿，见大家紧凑眉头，没几个人动笔，脸上露出了得意的笑，说：“我看大家都没写，恐怕是连念都念不下来。我提示一下，上联是‘海水潮朝朝潮朝潮朝落’，古人的‘潮’和‘朝’用的是一个字，也就是我们说的多音字。好，我再给你们十分钟，看谁能对出来。”朱志发一边说一边假不招地看手腕上的表。按规定，战士是不能带表的，那年代，手表是特权与富有的象征。

朱志发看够了表，一抬头，见赵革命红着脸从外面进来，就用带有挑逗的口吻问：“赵革命，对出来了？”

“是，班长。”赵革命打了个立正。

朱志发一怔，心想：“你赵革命能对出来，全班都对出来了。”就笑着对赵革命说：“你说说，怎么对的。”

赵革命低下头，瞟了瞟坐在地铺边上的李明强，见李明强不看他，就抬起头，朗声道：“海水潮朝朝潮朝潮朝落。”

赵革命念了上句一下子停住了，用眼瞟李明强。李明强假装没看见，将脸转向班长不看赵革命。朱志发和全班的人几乎都愣住了，谁也没想到赵革命能念得出这个句子。他们不知道，赵革命虽然没上几天学，但是记忆力超好，你只要说一遍他都能记住。

朱志发咳了一声，说：“下联呢？”

赵革命见李明强不看他，也咳嗽两声，想把李明强引过来，看李明强没有一点反应，就说：“下联是——，下联是——。”

“下联是什么？”朱志发问，他想赵革命肯定对不上来，只是在门外听到了他的提示而已，说对上来了，是想蒙混过关。谁知，他刚想到这儿，赵革命就开腔了：“下联是‘鸡巴长长长长长长长小’。”

“哈哈哈……”全班人起初都被赵革命的下联镇住了，静得连彼此的喘息声都能听见，可这静仅维持了短短的几秒钟，就被震耳欲聋的笑声取代了。有的人捂嘴笑，有的人捂肚子笑，有的笑着躺在铺上，有的笑着依在临座老乡的身上，就连李明强也开心地笑了。李明强一边笑，一边在心里骂：“赵革命，你他妈真是个‘二百五’！”

“赵革命！”朱志发的脸都气白了，只是他在里边，赵革命站在外面看不清。朱志发哆嗦着说：“什么，什么‘鸡巴’？”

赵革命一本正经地说：“‘鸡巴’就是‘老二’，‘老二’就是‘鸡巴’。”

“哈哈哈……”一班屋内的笑声更大了。

朱志发声嘶力竭地喊：“赵革命，你给我滚出去！”

# 第八章

李明强不好意思地把自己办的傻事儿跟三舅讲了，三舅照他头上轻轻拍了一下，笑着说："傻小子，你做得对！捡东西就要交公，贪污的人毕竟是少数。不过，你捡到之后怎么不给舅说一声呢？哎，千万别告诉你阿姨啊，那可是她专门为我买的。傻小子，你坑死舅了。"

李明强看赵革命被朱志发赶出宿舍，罚赵革命清除院子里的雪堆，心里有些过意不去。那下联是他李明强填的，本想是逗逗赵革命，没想到他赵革命真的给捅了出去。赵革命本身就是个没有文化的"二百五"，别人都指点着笑他，可李明强于心不忍，他认为赵革命挨罚纯粹是自己害了人家。

"班长，部队不让抽烟，我这两盒交公了。"李明强从挎包中摸出路上准备敬张副团长、李医生、李排长的烟，塞进上衣口袋，走出屋递给背着手看着赵革命出气的朱志发。这两盒烟是李明强下了好大决心才买的"大前门"，看张副团长、李医生和李排长他们在火车上都将烟放在座位前的小桌子上，就没有舍得掏出来。现在，这烟正好派上用场，一下子给班长拉近了距离。

"你会抽烟？"朱志发眯着眼笑着问李明强。

"不会，我爸爸说带两盒烟好给人家处好关系。"李明强直接了当地说出了自己的意图。

"哼哼。"朱志发将烟放进口袋，皮笑肉不笑地看看李明强。这新兵浓眉大眼，脸方嘴阔，鼻大如山，乌黑的短发像钢丝一样支棱着，那身体里透出的是一种别人不可抗拒的气息。朱志发倒吸一口凉气，他下意识地感到，他面前这位新兵不简单。

"班长，您消消气。"李明强咽了口唾沫，接着说："其实，那下联'浮云长长长长长长长消’，也并不能说对得很好。”

朱志发瞪大了眼睛，看着面前这位新兵，他没想到这新兵不但知道下联，还提出了批评，这在他了解这幅楹联的历史上还未曾有过，心里那种下意识的感觉更强了，静静地站在那里，像新兵似的听李明强讲下句话。

“您看，上联是‘海水潮朝朝潮朝潮朝落’，人家海水‘落’了，但是还有。那下联‘浮云长长长长长长长消’，它‘消’了，就没有了。从这‘有没有’的角度看，这幅对子还不如赵革命对得好，赵革命对的虽不风雅，但人家那‘小’，还是‘有’的意思。”李明强说着，用眼睛从四十五度角的方向瞥了瞥朱志发，嘴角泛起了那种带有讽刺意味的微笑。

朱志发没吭声，他感到了新兵可畏。

“班长，不如咱班都出来清这院里的雪，清完了准受连里表扬。”李明强进一步逼朱志发就范。

“好，叫大家都出来。”朱志发掏出李明强给他的烟，抽出一根儿，点上说：“大前门，好烟。”冲李明强笑笑。

李明强真诚地冲朱志发笑笑说：“谢谢班长，我替赵革命给你鞠躬了。”说着，就给朱志发鞠了一躬。

“哎，傻小子，当兵应该敬礼。”

“是！坚决改正！”李明强冲朱志发一个立正、敬礼。

“嗨，你姿势不对。哎，对了，我还没教你们敬礼呢。去吧，叫全班都出来干。”朱志发笑着冲李明强摆了摆手。

“是！”李明强转身跑回了宿舍。

朱志发看着李明强的背影，吐了口烟圈，心里有了个决定。

晚饭前，一班果然又受到了指导员的表扬。

朱志发心里美滋滋的，带新兵的第一天，他就受到了两次表扬，在九个班长中两次争了头彩。在饭后的连务会上，朱志发很兴奋，连说带表演地给连队干部和班长们讲了“鸡巴长长长长长长长长小”的故事，乐得大伙儿前仰后合，乐够了，连长说：“树文啊，你带的可是一班文化兵呀，心眼活，当心他们‘鸡巴长’，给你捅娄子！”

指导员说：“一班长，我看了花名册，你们班，除了那个‘鸡巴长’赵革命小学没毕业，张晓鹏和孙有财是初中生外，其余九个人都是高中生。其他班的高中生也不少，这是我们团历年来征的整体文化水平最高的兵，你们要摸索出一套带文化兵的经验来。”

接着，连长宣布从明天开始，对新兵进行共同科目训练，发了训练进度表，布置了具体工作；指导员又表扬了朱志发带兵有法，早晨主动打扫积雪，下午又主动把别的班堆的雪堆清除了，要求各班对新兵抓紧点儿，一开始就给他们上紧发条，不能让他们停下来，课余时间号召大家做好事，给新兵找活干。实践证明，越是没事儿干越容易出事儿，这就叫“无事生非”。

在班务会上，朱志发对一天来的工作作了讲评，表扬了李明强，并宣布李明强为副班长，接着进行了开训动员，说明天连里还要动员。最后很客气地问李明强：“副班长，你还有没有事儿？”

李明强也不含糊，说：“既然班长让我当这个副班长，说明是对我的信任，我愿意配合班长把全班搞好。中不中，看行动。今后全班看我怎么干，你们就怎么干！”李明强一句表决心的话，把全班震住了，把班长架空了。

李明强环视了全班，最后把目光落在班长朱志发身上，说：“班长，我有个建议，在明天连里的动员大会上，我们班交个倡议书，今后在各方面都去争第一！”

“好，我现在就写！”朱志发很激动，站起来对全班说：“以后，你们都要听副班长的命令。从今天起，你们就要按照一个解放军战士的标准要求自己，战士以服从命令为天职，不服从命令的，按，按，按纪律条令处置。纪律条令我们以后要学，三大条令都要学。现在，离熄灯时间还有两个多小时，大家写个家信，给父母报个平安。”

朱志发坐在桌前，写上两行，觉得不好，把纸撕下揉了。又写了两行，又撕下揉了，一连揉了好几张。

李明强已经给父母写了一封短信，他暗下决心，除了给家里两个星期写一封信以外，对其他人严密封锁消息。他从地铺上爬起来，见朱志发还没有开好头，嘴角泛起了那种带有讽刺意味的微笑，笑罢，对朱志发说：“班长，您休息一会儿，抽根儿烟。我先起个草，您再修改，好不好？”

“好，好，好！”朱志发正瞌睡哩有人递来了枕头，还不叫好，他将最后写的一张撕下来，让出座儿，对李明强笑着说：“坐这儿写，坐这儿写。”

李明强坐在只有班长才能坐的高方凳上，趴在只有班长才能用的桌子上，奋笔疾书，不到半个小时，就写完了倡议书。

朱志发看着倡议书，句句都是他要说的话，特别是那“一班不负一班位，时时处处争第一”的句子，绝了，简直是喊在了他的心窝里，一直在全身回荡，提得太好了，太妙了，太让他激动了。朱志发从内心里佩服了他的班副儿，这将使他朱志发明天在全连大会上大放光彩，他将又一次跑到其他八个班的前面，他为他能带李明强这样的兵感到骄傲和自豪。

李明强在新兵训练阶段，也确实让朱志发风光了许多，身价增长了许多，后来提干，可以说他在新兵连取得的成绩是个硬条件。

新兵训练的课目，李明强都学过，他体校的校长是军人出身，教练员李锐是复员军人，他们做公社的“仪仗队”还专门从当地部队请了个军官教他们走“齐步”、“正步”、“跑步”和“立定”。李明强是“仪仗队”队长，口令都是他喊。在体校、高中，李明强是班长，出操、上体育课，老师都让他指挥。现在，新兵训这些，班长朱志发一点，李明强就通了，让他喊口令，比他们八个班长不差。这可乐坏了朱志发，干脆让李明强训兵，他在旁边背着手看，看谁做得不好，再上前纠正。兵训兵有比劲，劲头足，他朱志发不累自然也不着急上火，纠正动作既和蔼又耐心。所以，每训一项内容，一班掌握得最快，最好。每一次会操，朱志发都精神抖擞，口令洪亮清晰，全班呱呱叫，整齐化一；其他八个班，班长沙哑着喉咙一喊，就比一班逊色一半儿。整个新兵连下来，军事训练这一项，第一名就没有离开过一班。

一班的军事训练呱呱叫在全团闻名，朱志发也成了团里的知名人物。朱志发骄傲地说："不是吹，咱不但军事训练第一，其他各项工作他们八个班也"稍息"，只是连队要搞平衡，不给咱评第一罢了。"

朱志发说得一点不假，一班是鸭子上架呱呱叫，各项工作都名列前茅，连长、指导员都说，看到一班就来精神。这不是传统意义上的一好百好，而是一班确确实实做到了那个份儿上，单从李明强提出的"出门看队列，进门看内务，坐下听歌声，吃饭读稿子"就能看出一班的精神风貌。一班九个高中生轮流坐桩，一天三顿饭，都有一班战士的"饭堂读稿"，就连那"鸡巴长"赵革命也频繁登场，当然稿子都是李明强代写的。

李明强除了帮别人写"饭堂读稿"，还帮别人写信、写情书，都说"老兵事多，新兵信多"，但是由于李明强对外封锁了消息，他的信很少。训练之余，战友们都忙着写信，他总是捧着《汉语词典》看，因为他萌动当兵的第一个愿望就是要经过艰苦的磨炼跻身于作家之林。新兵训练三十天，李明强将《汉语词典》从头到尾看了一遍。那时，正兴每周一歌，李明强想，人家每周唱一首歌，我何不每天背一首诗、一段好文章什么的。他坚持背，坚持写，坚持练他的笔头子。他除了工作，就是看书、写东西。他把训练和工作当成锻炼身体了，所以在连队统计个人爱好时，他郑重其事地填了个"无"字。

李明强常常在别人玩耍、写信的时候，一个人在营区里遛达，一边踢着石子，一边想心事。

这天晚上，天黑沉沉的，西北风在杨槐树梢上嘶叫，刮起的风沙打脸。李明强虽然已习惯了这些，但他还是遛到了篮球场，这是新兵营区里唯一的一块大水泥地，没有沙子打脸。李明强盯着黑暗中的篮球架久久不愿离开，自从高中毕业，他再也没有摸过篮球。前几天连里搞篮球比赛，三个排拼得你死我活，李明强看二、三班河北籍的战士争着上场，而且一排一直占上风，李明强就没有动。当时，他心里很痒痒，总觉得一排打得很累，老想上场以露锋芒，但是，最终还是忍住了，他想起了那"个人爱好"一栏里他填的"无"字，他要为他的学习写作争取每一分钟时间。赵革命看到为一排夺得冠军的河北籍战士个个趾高气扬的样子，不服气地说："李明强比他们打得好多了。"李明强用脚踢了踢赵革命，赵革命吐了吐舌头，不说话了。因为，李明强告诉过一班所有老乡，不要说他上过戏校和体校，他不想为部队的业余活动所累。

李明强看四周无人，扬起手做了几个投篮动作，又跑了个三大步扣篮。不知是多日没摸篮球生疏了，还是天黑的缘故，李明强撞到了篮球架子的一根支柱上。他抱着篮球架，就像抱着他心爱的伙伴，久久不愿放手。他太爱篮球了，是打篮球他才出人头地的。进体校之前，他连篮球都没有摸过，他们村太穷，小学里没有篮球场。在一群会打篮球的孩子中，练过工夫身体灵活的李明强就像一只猴子，被体校的孩子捉弄来捉弄去。他咬咬牙，忍了，他认为体校是他唯一可待的地方，只要自己有实力，不怕他们不服气。教练教时，他支着耳朵听，瞪着眼睛看，一板一眼地练；李锐经常让他做示范，说他每一个动作都学得很到位。课间，他像学生求教老师那样向老队员讨教，被讨教的孩子感到了被别人尊重的自豪，都富有表现欲，也像教练教他们那样教他，而且教的都是他们自己的看家本事，孩子们自称是自己的绝招。晚上，别人去看戏看电影逛大街遛马路去了，他一个人抱着篮球在黑地里练运球、投篮。他练得很卖力，就像在戏校练功那么卖力一样，他又屙血了，但是，他还是咬着牙坚持。工夫不负有心人，他终于走向了男队霸主的地位，教师表扬他，队员们仰视他，观众们为他喝彩，没有人骂他是“右派的狗崽子”，对他的只是讨好与尊重。他深刻地体会到李锐对他说的话的内涵：“只要你强，你就是王，就没有人敢欺负你。”他把这句话深深地刻在幼小的心灵深处。

李明强轻轻地拍两下篮球架，摸了摸撞得有点刺痛的头，嘴角泛起了那种带有讽刺意味的微笑，在心里说：“老朋友，别生气了，等我李明强干出一番事业来，再光顾你。”

李明强依依不舍地离开篮球架。突然，他感到右脚踢到了一样东西，在黑暗中发着幽蓝的光，他弯下腰定睛一看，心就突突地狂跳起来，一只手表，一只夜光表，一只上海牌的夜光表。

李明强紧紧地把手表攥在手心，向四周望了望，天黑得不见几米，除了西北风在杨槐树梢上嘶叫外，没有一丁点儿杂声。李明强的心跳得更欢了，交不交公，在他的脑海里做着激烈斗争。他清楚地记得，上体校时，有天晚上到三舅那里吃饭，三舅带他去看电影，一人搬一个小凳，他发现凳子边有一串钥匙，就悄悄地攥在手中。那串钥匙上挂着一把精致的剪指甲刀和一把明晃晃的小剪子，那指甲刀上带一把小刀和一个掏耳勺，他非常喜欢也从来没有见过这好东西，但是回到学校还是毫不犹豫地交给了任课老师，他要在老师的心目中留下李明强不仅球打得好，学习、品德等各方面都好的印象。可是，当李明强再次到三舅那里时，才知道他捡的就是三舅的钥匙。

那天，三舅的女朋友，也就是他现在的三妗子正好也在，问她送三舅的指甲刀和小剪子哪里去了，三舅说丢了，女朋友很不高兴，说把她也丢了才好呢。李明强觉得很对不起三舅，因为三舅最疼他，说他像三舅，三舅为有他这个外甥自豪。那时，三舅不抽烟，兜里总是装着上中下三等烟，一旦有李明强的赛事，三舅就是和别人倒班儿也要去看。碰到熟人，三舅就递上中等烟，自豪地说：“走，看我外甥儿打球去。”人家若问，能赢吗？三舅就说：“有我外甥儿在，还能不赢！走吧，赢了我请客！”若听人家夸5号打得好，三舅更是乐得手舞足蹈，赶上前去，递上好烟，对人家眉飞色舞地说：“5号是我外甥儿。”只要有人骂5号哪个球打得臭，三舅准掏出那盒赖烟，去堵人家的嘴，接烟的人点火抽烟不骂了，嫌赖不抽的也倒了胃口不作声了，总之三舅达到了目的，保护了外甥的名声。李明强说三舅太浪费了，三舅说：“树活一层皮，人活一张脸。人生在世，名声最重要，有时为了维护名声，舍命都值。”

李明强一直为自己把三舅女朋友送三舅那心爱的礼物交给老师感到内疚，想去向老师要回来，又不好意思，因为他发现，第二天那老师就挂到自己的腰带上了，他下决心，以后捡东西再也不交公了。交公交公，找不到失主，就便宜了那些贪心人了。李明强不好意思地把自己办的傻事儿跟三舅讲了，三舅照他头上轻轻拍了一下，笑着说："傻小子，你做得对，捡东西就要交公，贪污的人毕竟是少数。不过，你捡到之后怎么不给舅说一声呢？哎，千万别告诉你阿姨啊，那可是她专门为我买的。傻小子，你坑死舅了！"

李明强将手表塞进兜里，佯装跑步，把周围百米方圆都看了一遍，没有一个人影。他一边跑，一边斗争，交，不交，不交，交。这表可是一百二十元啊，一百二十元可不是个小数目，他离家当兵时只带了十元钱，到部队交脸盆牙具、碗勺碗袋和统一的提包等费都不够，还借了张晓鹏三元。再说一个月十元津贴费，就是一分不花，攒一年才能买上一块上海表呀。这表又是夜光的，多漂亮啊。李明强用手在兜里心爱地摸搓着那表，他从来没有用手去触过这么贵重的东西，他太舍不得交公了。

"人穷志不短，要想做强人，首先应该做一个好人。

"我们可不能办亏良心的事儿，更不能害人。"妈妈那次因为他砸了张虎打他的景象又浮在眼前。

"傻小子，交公是对的。

"人活在世，名声最重要，可不能坏了名声。

"形象重于生命！"三舅的话也响在耳边。

"不是你的东西，就不能要！"爸爸阴沉的脸定格在李明强眼前。

李明强打了个激灵，一抬头，发现自己已经到了一班门前。他咬咬牙，一甩头进了屋，看朱志发不在，就问："班长呢？"

"上连部了。"有两个人同时答。李明强扫了大伙一眼，转身走出了宿舍。

西北风好像又大了，路面的沙子飞起来打得李明强的脸火辣辣地痛。他又打了一个激灵，在心里说，不交了，这是天意，天知、地知，谁也不知！

李明强站住了，任风沙在他的身体周围飞舞、向他的脸上扑打。突然，他跑起来，接着连翻十个跟斗儿，他在心里打赌，若手表从兜里掉出来就交公，不掉出来就不交。可是，十个跟斗儿翻完，表没有掉出来。李明强又赌。接连翻了三次，三四十个跟斗儿翻完了，李明强出了一身汗，可那表还是没有从兜里掉出来。李明强又赌，走到连部门口，若碰不到人，就不交公了。

李明强快步走着，看到连部门口了，不见一个人。他就放慢了脚步，盼着有人出来，又希望别有人出来。他挪着步，一点一点地往前蹭，走到连部的台阶下了，还是没有人出来，只听到指导员在屋内说："我看你那个班副儿，好像有什么心思似的。"

"操，你们政工干部就知道捉摸人。李明强，那是响当当的兵！操，全连谁比得了！我看，比他们几个班长都强。"这是班长朱志发炸雷般的吼声，李明强听了一惊，全身的热气没了，好像起了一身鸡皮疙瘩。

“小声点儿。”指导员低吓道：“朱志发，我告诉你，别太骄傲了！这句话，以后不要再说，影响团结嘛！你发现没有，快一个月了，没见到李明强一封信。”

李明强听到指导员和班长的对话，爸爸、妈妈、三舅的身影又浮在眼前，他们几乎同时在向他喊，他已听不清屋里的谈话了，摇摇头，静了静。“形象就是生命！”这几个字突然浮现在脑海中，李明强咬咬牙，快步跑上了台阶。

第二天早饭前，指导员郑重向全连宣布，给拾金不昧的李明强连嘉奖一次。

李明强的第二个嘉奖，是新兵连到唐山百格庄农场劳动得的。挖鱼塘、疏通渠道，数九寒天，滴水成冰，新兵们穿着深腰儿胶鞋，跳进一尺多深的泥水里，一筐一筐地向堤上抬淤泥。抬筐的，挖泥的，个个都成了泥人。发的帆布手套戴一会儿就湿透了，有的胶鞋开了胶或被石块、树枝、冰茬等硬物划破了，冰冷的泥水就从破口灌进鞋子里，迫使你玩儿命地干活，稍停下来，就冷得发抖。吃饭没干净的水洗手，就将军帽摘下来垫着捧住馒头吃，六七个人一组围在一起用沾满泥巴的手捏着小勺就着一个脸盆吃菜。那饭简直是搅着泥巴，伴着腥臭味吃的。一天下来，累得腰都直不起来，趴到草铺上就不愿起。新兵们的手都皲裂了，偷懒的人还冻坏了脚。许多人受不了这样的苦，哭了。

李明强作为副班长，一直是冲锋在前，毫不偷懒。胶鞋坏了，他从地里抓点干草垫垫。部队干活就像整内务，讲究整齐化一，有棱有角。为了争先进，迎接师首长的检查，堤坝的两面都用铁锹铲着湿泥抹得油光发亮。

完工了，朱志发带李明强到其他班的工地参观，以取人之长补己之短。他们看到四班用一根杠子，两头拴上绳子，前边四个人拉着走，后边两个人用钢叉摁着退。朱志发说：“两边溜光，水渠底部都是脚印，待首长来验收时，水变清了，脚印特别难看，他们是要把水渠底部抹平。”

李明强说：“他们这么干，也有钢叉印呢。”

“那怎么办？”朱志发问。

“用手摁！”李明强坚定地说。

俗话说：“三九四九，伸不出手。”在这四九寒天，战士们的手都冻裂了，再将手伸进一尺多深的冰水里，谁愿干呢！朱志发一边想，一边往回走。突然，他发现他们班的赵革命和张晓鹏在打架，大喝一声：“‘鸡巴长’，干什么？”便跑了过去。

“啊，班——长，没事儿，太冷了，活动活动！”赵革命立马住了手，嘻嘻哈哈地给朱志发解释说。自从那次对对联之后，“鸡巴长”便成了赵革命的外号。

“是，班长，太冷了。”张晓鹏也喃喃地随和着。

“冷了不会蹦蹦！打架？开什么玩笑，让连里看到了怎么办？”朱志发气横横地说。

“刚才，我和副班长到其他班看了看，我们班的两边比他们稍好一点儿，但是，渠底比人家差远了。人家都用杠子把渠底抹平了。”朱志发说到这里，让孙有财拿过一根杠子，如此这般地讲了一遍。然后问：“明白了吗？”

“明白了！”兵们“唰”地一下全立正了，挺胸高喊，声震山河。

“好，那谁先摁？”朱志发大声地问。要在以往，全班人肯定是争先恐后地喊“我！”“我！”“我！”，可是现在，兵们你看看我，我看看你，谁也不正眼看班长，谁也不吱声。

“好。没人报，我点。”朱志发扫了全班一眼说，“‘鸡巴长’和张晓鹏先摁！”心想，你们俩儿有力儿打架，就先派你们两个。张晓鹏自知是怎么回事儿，就低着头不吭声。

“我——”赵革命先是一愣，接着来个立正，很不情愿地说：“是——”。那声音软绵绵的，像是一颗石子丢进了一个厚厚的棉花堆里。

“算了！我一个人就行！”李明强总是抢着干别人都不愿干的活儿。他认为，自己是副班长，就应该一马当先地向前冲。

李明强将袄袖一挽，把手伸进了水里。他以往干得很猛，两手的虎口都裂得比别人大，像小孩子的嘴似的张着。他用部队发的绿线和针，给左手缝了七针、右手缝了九针。现在，冰冷的泥水浸入伤口，钻心的痛，他打了几个冷颤，觉得很冷。他咬咬牙，就像自己用普通针线缝合手上的伤口时那样，在心里一遍一遍地喊：“我是不屈不挠的李明强！”

“我是不屈不挠的李明强！”李明强在心里喊着，干着，疼痛的感觉渐渐地消失了，手麻木得像两把钳子牢牢地夹着杠子，浸在浮满冰茬的泥水里。不知过了多久，朱志发喊了一声：“张晓鹏，上！”

张晓鹏默不作声地走过来要替李明强。李明强说：“算了，快完了。”

朱志发站在渠边，挥着手大喊：“快点拉！水太凉了，时间长了，副班长的手就冻坏了！”

在前边拉的四个老乡心痛地加快了脚步。他们四个人是向前走，李明强是向后退，李明强的步子一下子没有跟上，被他们四个拉了个屁蹲儿，棉裤和棉衣的下部全湿了。朱志发跑进水渠，对着前面的四个人一人一拳，骂道：“操你妈，怎么拉的！”

“别，别！”李明强赶快拦住朱志发说，“班长，不怪他们，是我……”他湿淋淋的手和胳膊，弄了朱志发一身泥。他还想说什么，裸露的胳膊觉得被外面的寒风吹得冰冷，像无数根儿针扎得似的，就急忙将手插入泥水中。手放到泥水里，他感到暖和了许多。

朱志发对堤坝上喊：“‘鸡巴长’，下来摁！”

“是！”赵革命哆哆嗦嗦地答道。

“不用了！一会儿就完。”李明强对班长也是对全班说，“快拉！”他又向四位拉杠子的老乡点了点头。

朱志发冲跑下堤坝的赵革命扬了扬手，骂道：“操，滚！”

堤坝上的兵都闭着气，不敢作声。朱志发继续骂：“操，你们给我听着，以后谁要是不听副班长的话，看我治死他！操，你们有那鸡娃儿[1]胆吗？操！”

---

①刚孵出的小鸡。

师首长来检查验收时，一班的工地三面净光，一点坑洼划痕都没有，最漂亮，被评为第一。带队的田副师长要找几个新兵座谈，李明强作为代表参加了。田副师长一一同新兵握手，他想跟新兵握手有力一些持久一些，以表示对新兵的关爱，不想握得李明强倒吸一口凉气。田副师长发现，李明强两手的虎口都是用普通的军绿线缝合的，就举着李明强的手喊："和平年代，还有这样的兵，给他师通令嘉奖！"

李明强在新兵训练总结时，全票通过又荣获嘉奖一次。朱志发说："你是全新兵中唯一一个获三次嘉奖的人，肯定能分个好单位。"

李明强从四十五度角的方向瞥了一眼朱志发，嘴角泛起了那种带有讽刺意味的微笑。

挑兵的来了。团部、营部、卫生队、警通连等，一个单位一个单位地挑。新兵们都怕挑不上自己，在挑兵的人员走到自己那一排时，就不住地咳嗽，以引起挑兵人员的注意。朱志发在队伍边遛达，一边背着手踱步，一边嘟囔："操，今天都犯病了，一个比一个咳得凶。"

值班排长冲队伍喊："不许咳嗽！"霎时，大操场里一片寂静。几只海鸥从海面上飞过了，盘旋在老龙头上，像是在检阅这批新兵，又像是在为这即将解散的新兵连告别。它们已看惯了新兵的方队，听惯了新兵的号子和歌声，平时它们在操场上盘旋，不鸣不叫，今天却叫个不停。二层楼高的引导雷达，像钟表的秒针似的，以它那特有的节奏在老龙头上旋转。

"鸟也通人性。"李明强想，他若能变作一只海鸥多好啊，自由自在地在天空中飞翔，像高尔基笔下的海燕去迎接暴风雨的洗礼。人过于灵性，思考得越多，烦恼就越多，尽管班长讲了他一定能分个好单位，但他究竟要分到哪里去，还是个谜。

李明强没有咳嗽一声，当听到值班排长的喊话后，用嘴角笑了笑，就闭上了眼睛。无论分到什么单位，他李明强有力气，有文化，能吃苦，到哪里都能干，他一定要在部队混出个人样，让张洪、张三怪之辈看看他李家祖坟上有没有那棵蒿。他闭着眼睛想象着天空中的海鸥在怎样飞舞，想象着那引导雷达就像一架大照相机在为他们摄影，他在心里默咏高尔基的《海燕》："让暴风雨来得更猛烈些吧！"多么豪迈的气魄！

"全体注意！请连长宣布分配名单！"值班排长高声喊到，李明强打了个激灵，神经质地立正听命。

李明强被分到了团部院里的警通连，赵革命被分到了二营五连。他碰了碰李明强说："伙计，你可以弄女兵了。"

"去你的，谁像你，'鸡巴长'！"李明强踩着赵革命的脚辗了一下。已经站了半天了，赵革命的脚本来就冻得生痛，又被李明强辗了一下，痛得直龇牙咧嘴不敢叫出声。听李明强叫他"鸡巴长"，更来气，因为这"鸡巴长"是李明强给写的，而且，李明强以前从来没有叫过，现在要分别了突然叫起了他的外号。就咬牙切齿地说："你他妈要真找了女兵，我一定先把她尻了！"

"好，那我就先找个最丑的。"李明强说完，从四十五度角的方向瞥了一眼赵革命，嘴角泛起了那种带有讽刺意味的微笑。

赵革命恨得直咬牙，装着生气直视前方，不理李明强，下边却悄悄地抬起右脚，想像李明强辗他一样辗李明强一下。

李明强早防着赵革命的报复，佯装不知，悄悄地将左脚后移，待赵革命的腿跨过来，失去了重心，就对着他支撑的左腿弯儿来了个飞脚点踢，然后马上立正直视前方。赵革命左腿一软，“扑通”一声倒下了。

“怎么了？”有人喊。

“操，咋了？”朱志发第一个冲过来。

“站晕了，站得时间太长了。”李明强急忙抢着说，他生怕赵革命那二百五劲儿上来，说出真象。

“操，碍事儿吗？”

“不碍事。”赵革命嘴里喃喃地说，两眼直盯着蹲下扶他的李明强，气得发抖，在这么大的场合又不好发作，只好连说：“没事儿，没事儿。”

“操！没事儿？”朱志发向场外喊，“站晕了，是不是让大家活动一下？”

“好，都活动一下，在背包上坐一会儿。”值班排长发话了。队伍一下子乱成了一团儿，新兵们纷纷跺着冻麻木的脚。赵革命趁机照着李明强的胸口就是一拳，骂道：“我尻您姐！”

“嘿嘿，没有。咱们是兄弟，你姐就是我姐。”李明强抓住了赵革命的手，嘻笑着说。

“我尻你秀子[①]！”赵革命气哼哼地骂。赵革命虽然有点“二百五”，但他从来没跟李明强骂过娘，李明强是一直照顾他、偏护他的，这一点，再傻的人，也知道谁对他好。

“那你就等着吧。”李明强嘻笑着，“我明确告诉你，我可不找女兵啊。”

“为什么？”

李明强不答，嘴角泛起了那种带有讽刺意味的微笑。

“傻B，女兵多神气。”赵革命嘟噜一句，接着傻劲儿又上来了：“那，那你在你们连，帮，帮咱找一个。”说着，赵革命的脸还不好意思地红了。

李明强从四十五度角的方向瞥了一眼赵革命，开心地笑了，爽快地说：“好，我给你选个漂亮的，你就等好儿吧。”

---

① 妻子，老婆。

# 第九章

晚上，刘根柱把李明强叫到了连队的菜地边，劈头就问："怎么搞的？你远在千里，k跟人家争什么对象！人家两个人都同居了，你还给人家写什么情书？"

李明强到警通连后，分到了报话班，学电影《英雄儿女》上王成背的那玩意儿。电话班也换成了清一色的男兵，原来守电话的四个女兵全撤了。

报话班的班长刘根柱是1979年入伍的老兵，个子不高，胖一点，跟他的名字似的真像根儿圆柱子，上下几乎一样粗，人送外号"保温桶"。"保温桶"多才多艺，会简谱，连队的歌儿都由他教，集体唱歌，全由他指挥。"保温桶"虽胖，并不笨，跑得很快，身体也灵活，体育器材，虽然不精，但样样拿得起放得下，特别是打篮球，在警通连实属老大，运着球满场飞，不怕撞，人送外号"小坦克"。不知是打篮球的人少，还是"小坦克"没有"保温桶"形象，反正，"保温桶"比"小坦克"叫得响。

刘根柱这个班长是个欺软怕硬的班长，却带着四个软硬不吃的老兵。所以，班里的什么杂活都归李明强做。

"我是不屈不挠的李明强，我要让张洪之流看一看我们李家祖坟上有没有那棵蒿！"李明强就像是开足了马达的机器，永不停歇地转着。每天早起抢扫帚，在起床号响前把报话班的卫生区打扫一遍；出完操，再以最快的速度叠内务、擦桌子床屉、扫拖屋地；训练中有一点儿空闲，就看点书什么的，从来不多说话，不惹事端。所以，不仅班长刘根柱喜欢他，四个老兵也夸李明强能干是个好兵，连队表扬次次有名，日积月累竟成了警通连的标兵。

转眼到了四月天，塞外的柳树绿了，兵们也脱下了笨重的棉衣棉裤，显露出固有的青春朝气。连队喜事一件连着一件，排长提升为副连长，刘根柱代理了排长，四班长作为预提干部上军教导队学习，通信员到司训队学开车，还有炊事班老志愿兵王顺抗战四年终于在老婆春节来队时种上了“革命”的种子。官兵们闲暇时，议论纷纷，其乐无穷。更让兵们乐的是，司务长的儿子小飞，只要兵们一点鼻子就喊“爸爸”。

小飞两岁了，像个小绒球似的在军营里跑着玩儿，开始是炊事班的兵逗他，说：“小飞，叫我一声‘爸爸’，给你好吃的。”小飞就叫一声“爸爸”，得到一些好吃的。兵们让小飞叫时，总是蹲下来或弯下腰，友好地用指头点着自己的鼻子。消息传开，警通连的兵都如法炮制，见到小飞在院里跑，就大叫一声：“小飞，过来！”

小飞像个小绒球似的滚过来，喊者就一手拿着好吃好玩儿的东西，一手点自己的鼻子，小飞心领神会地叫一声：“爸爸！”

“哈哈哈……”

小飞得到了好吃好玩儿的东西，兵们得到了许多乐趣。这一奇观，一时成了警通连的风景线。

这天，李明强得到了个意外的喜讯。

快熄灯的时候，班长刘根柱外出回来，站在门口说：“小李，出来一下。”

李明强不知道怎么回事儿，怯怯地跟在班长身后走，到楼后的黑影里，王根柱停下来，神秘地问：“小李，你认识张副团长吗？”

“认识。”

“你和张团长什么关系？”刘根柱的话突然和蔼了许多，故意省去了“副”字，而且把“张团长”三个字说得很重。

李明强摇了摇头，没说话。

刘根柱重重地在李明强的屁股上拍了一下，说：“不愿说就算了。你小子，倒真能沉住气。我要不是到我老乡家串门，还不知道你要去上学呢！”

“上学？”李明强蒙了，心里直打鼓。

“军务股长说了，全团两个名额，到石家庄陆军学院汽车技工训练大队学修理工，张团长说让你去，那一个是参谋长的关系。”刘根柱说完点燃一根烟，也点亮了李明强的希望。

李明强的心怦怦直跳，这个喜讯来得太突然了。军务股长是刘根柱的老乡，消息一定是真的。李明强到部队已经半年了，还没有见过张副团长一面，本想春节买点东西去拜拜年，谢谢人家把自己带到了部队，李医生说张副团长最烦别人上他家。李明强骂自己多情，人家那么大的官儿带个兵是举手之劳，说不定早把他这个农村娃给忘了，没想到这“江西老表”还记着他，而且还安排他上学，真是个好人，恩人啊！

“军务股长说，明天通知连里。”刘根柱吸一口烟说，“学了修理工，转志愿兵就有保证了。有张团长在，说不定哪天就给你提干了。”

刘根柱又猛抽两口烟，叹口气，说：“我们这些没门子的人，只有靠死干了。”

“军务股长——”李明强怯怯地说了半句话，他早就听老兵说了，连队连续两年安排刘根柱复员，都让军务股长给卡住了。班长家里很穷，超期服役为的是转志愿兵。

‖1　35　3｜1－－－－｜1　35　3｜1　351　｜1－－－－‖伴着低沉而又松软的熄灯号声，刘根柱把烟头儿扔在地上，用脚一碾，碾去了心头的忧郁，嘿嘿一笑，说："走吧，睡个好觉儿，等着明天听连首长宣布你的好消息吧！"

整个二层楼的灯"唰"地一下全灭了，只有指导员的宿舍透出些许昏暗的光。刘根柱把右手搭在李明强的后背上，一边走一边说："兄弟，你上学回来就不是警通连的人了，可别忘了老哥啊。老哥如果有事儿，还要求你帮忙呢！"

"我——，排长。"李明强显得很拘谨，刘根柱是班长代理排长，他一个新兵能帮人家什么忙呢？

"好了，安心睡吧。我只是说说而已，我刘根柱不到万不得已是不求人的。"

第二天晚上，连队点名。连长宣布李明强为报话班副班长，上学的事儿根本没提。李明强苦等了一天的喜讯，竟变成了一纸命令。副班长，这个命令，若没有上学这个前提，李明强着实也会高兴一阵子，可现在他怎么也高兴不起来，别人恭喜他，他只是用嘴角勉强笑一下。别人不知他心里苦，还认为他是作为一个新同志在谦虚哩。

刘根柱绷不住了，跑上二楼找连长、指导员询问，原来军务股长通知了，连首长一致认为李明强各方面都很优秀不能放，要作为警通连的骨干留下，所以以支部的名义回绝了，并决定提前给李明强下副班长命令。

"你们怎么能这样，这是本位主义！"刘根柱急了。

"刘根柱，你说话注意点儿！"连长呵斥道。

"我注意点儿，你们注意了吗？你们这么做让战士怎么想，你们理解一个士兵的感受吗？"刘根柱毫不示弱，直言相对。

"刘根柱，刚代理排长，老毛病又犯了。"指导员杨文胜用不紧不慢、不高不低的声调说。可这话，使刘根柱打了一个哆嗦。他自己知道，连队连续几年报他复员，一个最重要的原因，就是说他"脑子容易发热"，影响连队建设。

"我——，李明强已经知道他要去上学了。"刘根柱一下子蔫了，喃喃地说。

"我就不信，这点小事儿，'刘排长'还处理不了？"指导员还是那不紧不慢、不高不低的声调。

"我——"

"做工作去！"连长低吼一声。

"是！"刘根柱不情愿地来个立正打了个敬礼，下楼梯时，嘟嘟囔囔地骂："操，小事儿？毁了人家一辈子，还说是小事儿。操你妈，你怎么不去做工作呢？"

刘根柱走到报话班门口，对屋里喊："小李，你出来一下。"然后，点着一根儿烟，一边抽一边向大门口走去。李明强跟在后面，到大门口时，只听卫兵喊一声："班长，请把烟熄了，注意军容风纪。"

刘根柱愤愤地将烟头扔在地上，嘟囔道：“军容风纪，大晚上，谁看得见！”

卫兵又喊一声：“班长，请把烟头捡起来，注意营区卫生！”

“新兵蛋子，事儿还不少！”刘根柱回头骂道。

“哪个单位的？你怎么骂人！”另一个卫兵一边吼，一边跳下岗墩。

李明强急忙捡起烟头儿跑上前拦住，说：“对不起，对不起。烟头儿已捡起来了，今天，今天排长心情不好。”

“排长？”卫兵看着前面身着战士服背着手一脸怒气的刘根柱疑惑地重复一句。在军营里，新兵称不认识的老兵一律为“班长”，真正的班长没叫错，不是班长的被称为班长也高兴。

“对不起，对不起了啊。”李明强冲卫兵打了个敬礼，去追刘根柱。

刘根柱一直不说话，背着手前边走。李明强跟在身后，不知“排长”找他要说什么，心里直狠犯嘀咕，不知所措。

两个人伴着瘦月腥风一前一后地走到海边，没有浪涛，渤海湾的海面很平静，如一湖镜水，在月光下鳞光闪闪，像撒了碎银子一般。刘根柱张开双臂冲着大海喊：“大海啊，你真他妈的大！

“苍天啊，你真他妈的高！”

刘根柱喊了，回过头对李明强说：“小李，喊，冲着大海喊，大喊几声！”

李明强疑惑地看着刘根柱，哑了喉咙。

“噢——”刘根柱像狼嗥一样大叫，“噢——”

李明强想叫，却叫不出来。自从入伍以后，他已经习惯了小声说话，从不敢放肆大喊大叫。

“小李，叫呀！”刘根柱冲李明强喊。

“我，我叫不出来！”李明强怯怯地说。

“你平时喊号子、唱歌儿的嗓门儿不是很大吗？叫，一、二、三、四！”

“一、二、三、四！”李明强跟着刘根柱大叫，虽然很响，却有点发涩。

“好！一、二、三——四！”

“一、二、三——四！”李明强跟着叫，像一只公鸡被卡住了脖子。

“怎么回事儿？跟哭的似的。”刘根柱对李明强喊，接着又叹了一声：“唉，没劲！”

“排长，我喊！”李明强突然想起了他上戏校时练吊嗓子的调子，很符合他现在的心情，就冲着大海“啊”了起来：

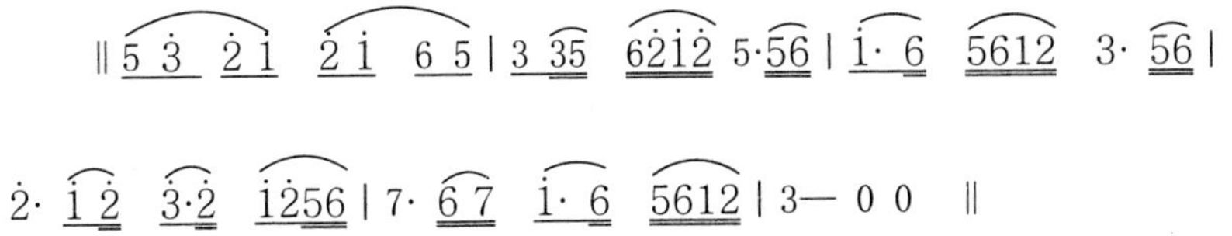

“停，停，停！你小子，你小子是不是想给我‘啊’出泪来呀！”刘根柱说着捡起一个鹅卵石向海中奋力抛去，石头在眼前划了个弧儿飞向夜空，就像他告诉李明强上学去的消息一样无声无息了。

“小李，你说，是转志愿兵好呢？还是提干好？”刘根柱突然问李明强。

李明强从四十五度角的方向瞥了刘根柱一眼，没做声，嘴角泛起了那种带有讽刺意味的微笑，心想：“高级废话，白痴也知道当官儿比当兵好。”

“哎，你说呀，哪一个好些？”刘根柱又问。

“当然是提干好了。”李明强没好气地答。

“这就是今天我要找你谈的问题。连队党支部认为，你是一个帅才，将来没准儿能成为一名将军。”刘根柱显出很亲近的样子，轻轻地在李明强的腰窝捅了一下。

李明强嘴角那种带有讽刺意味的微笑更浓了，心想，连个学修理工的机会都不给，转志愿兵更渺茫，提干当将军想就别想了。

刘根柱也没想到自己憋了半天，竟说出了这么一句话，好像从政工干部口中出来的似的。他点上一根儿烟，也点燃了继续说下去的勇气：“连队党支部是对全连官兵负责任的党支部，一切为你着想，认为让你去学修理工，就可能把你的一生给毁了。所以，所以就决定不让你去上学，留在连队锻炼锻炼。你是高中生，学习成绩好，以后考学也罢，直接提干也罢，到时候根据实际情况再定。”

刘根柱深深地吸一口香烟，向空中吐了个烟圈儿，可月光下什么也看不见，只有面对无动于衷的李明强，继续说：“给你下副班长命令，就是想，重点培养培养你，你可是全团第一个正式下副班长命令的新兵啊。”

“行了，班长，你别说了。”李明强从四十五度角的方向瞥了一眼刘根柱，嘴角笑了笑，低沉地说：“你还不知道吧，明天就不让你代理排长了。”

“什么？”刘根柱一惊，急切地问：“你听谁说的？”刘根柱代理这个排长费了好大力气呢，军务股长找连队了几次，就是为刘根柱转志愿兵做铺垫的。

“让你代理副指导员呢！呵呵呵……”李明强解嘲地笑了。

“哈哈哈……，你小子，敢取笑我！”刘根柱重重地在李明强的屁股上打了一巴掌。

“哈哈哈，不敢，不敢！”李明强躲着，乐着。一个打，一个躲，两个兵戏闹起来。闹够了，两个兵的心情都觉得好多了。

“你能正确对待吗？”刘根柱问李明强。

“‘副指导员’同志，想听真话，还是假话？”李明强笑着说。

“当然是真话。”刘根柱一本正经地说。

“谁让咱是，是贫下中农的孩子呢！”李明强把“右派”咽下去，换成了“贫下中农”，然后叹口气，说：“不能正确对待，也得正确对待，你说是吗？”

刘根柱重重地点了下头，叹口气，说：“走，别伤感了！以后，没事儿时，你多复习复习数理化，准备考军校。能考上军校，出来就是干部，比当一辈子修理工强！”

两人刚走过小湾村，熄灯号就响了，刘根柱好像突然想起了什么，兴奋起来，拉着李明强说：“快跑，跟我去看个景致，乐乐。”

李明强跟着刘根柱跑到临时来队家属院，有三个老兵正在那里遛达，看到刘根柱跑过来，老远就小心翼翼地摆摆手，刘根柱和李明强轻手轻脚地走过去，一个老兵轻声说：“还没有呢！”

李明强不知道要干什么事儿，又都是老兵就默不作声地站在一旁。

“怎么把他带来了？”一个老兵看了一眼李明强问刘根柱。

“唉，今天真倒霉，挨小飞骂，招连长训，找他谈心，走到大门口，还让站岗的新兵蛋子给装一肚子气。今晚，小飞这兔崽子要不给我争脸，这口恶气就出不来了。”刘根柱站在黑影里小声对三个老兵说。

“走，快了。”一个老兵催。五个兵蹑手蹑脚地摸到司务长住房的窗台下，闭着气听屋里的动静。

等了好半天，一个老兵憋不住了，骂：“操，怎么还不拉灯！”

“嘘——”刘根柱把指头放在嘴前晃晃制止，就在这时，只听屋内“吧嗒”一声响，灯熄了。突然，听到小飞在屋内大叫：“操！操！操！……”

几位老兵一个个捂着嘴笑着跑了，李明强莫名其妙地追上去。跑出家属院，几位老兵放声大笑，前仰后合。

原来，兵们一点鼻子小飞就叫爸爸的事儿让司务长老婆知道了，她为了治那些想占便宜的兵，就如法炮制，做了一碗小飞最爱吃的鸡蛋羹，挖一小勺儿，点一下鼻子，让小飞叫：“儿子。”

小飞经过妈妈的严格训练后，跑到操场上玩儿，正好刘根柱和三个老兵在聊天，看到小家伙，喜上心头，大叫一声：“小飞，过来。”

刘根柱从兜里摸出两块糖，托在手心，用另一只手的食指点着自己的鼻子。

小飞见状，连叫“儿子，儿子，儿子……”一边叫一边跑。三个老兵“哈哈哈哈”捧腹大笑。

刘根柱气得火冒三丈。他和司务长是一列火车拉来的兵，两家相距不足十里地，一个提了干娶了妻生了仔儿，一个还在为转志愿兵而奋斗。每每看到小飞，刘根柱都是爱恨交加，淡淡的喜悦夹杂着淡淡的哀愁。今天，刘根柱让小飞连叫数声“儿子”，气得七窍生烟，三步并作两步追上去，一把抓住小飞。可是，面对两岁的孩子，打也不是，骂也不是，刘根柱就把小飞高高地举了起来。

小飞平时受刘根柱厚爱，根本不怕刘根柱，在刘根柱头顶上一边挣扎一边一个劲儿地叫：“儿子，儿子，儿子……”

刘根柱吼道：“再叫，我摔死你！”顺势向下一甩，小飞的脸立马白了，吓得不敢出声了。

刘根柱把小飞举到宿舍，说把他圈起来，找个收破烂的人给卖了。小飞哭着叫：“我不敢了，我不敢了。”

一个老兵说：“小飞，别哭了。如果你能照叔叔说的办，就不卖你了，还给你糖吃。”然后，如此这般地对刘根柱说了一遍。

刘根柱一下乐了，把一块糖递向小飞，小飞不敢接，刘根柱说：“每天睡觉儿，你爸和你妈一拉灭灯，你就喊‘操’，就行了。”

刘根柱拉下开关，灯一灭，教小飞喊几声“操”，再打开。拉灭。就这样，拉灭——打开——拉灭——打开——拉灭，训练完毕，放了小飞。

李明强听了也“扑哧”一声笑了，一天的烦恼随之而尽。

尽管警通连给李明强下了副班长的命令，但在李明强的心上投下了一块阴影，军营绝非一片净土。李明强除了玩儿命地工作学习外，一直闷闷不乐。因为，他当了副班长和不当副班长没啥两样，班里的活还是他一人干，四个老兵是推推动动、拨拨转转，根本没一个人叫他副班长。好在，自从那夜，刘根柱对他更好了，每天给他好多看书学习的时间，支持他考军校。

这一天，李明强收到了一封来自家乡镇政府的信，信封上写着：“烦河北省山海关52966部队领导转交河南巩县籍战士李明强收”。

李明强认得这字迹，这是在内心深处爱着他恋着他送他小手绢的杨玉萍的字迹，这是除父母之外，第一个给李明强来信的人。尽管就一页纸，李明强还是感动地流泪了，他感到杨玉萍寄来的不是一页纸，而是一颗心，一颗能融化李明强那冰冻了六个月的心。信上说同学们都很想他，又不知道他的地址，她认识一个和他一起当兵走的人的家长，得知人家的孩子在这个部队，就冒昧写了这封信，若收到，请速回音。

李明强心中的防线动摇了，身在异乡，他的心太孤单了，给父母写信，已经公式化了，明明自己瘦了，还要写上吃胖了；明明处境很不好，还要写上，我很好，请放心。连一个说真心话的人都没有。父母来信说，张金凤曾问过两次他的地址，要不要告诉她，李明强回信说“不”。他觉得，他和张金凤这一生是不可能的。面对杨玉萍的信，李明强心动了，他想自己连个修理工都学不了，考军校的名额也不可能落在自己头上，玩儿着命干，最多能转个志愿兵。就是转了志愿兵，转业回家安排个工作，娶了杨玉萍也是荣幸。他已报名上了《山西青年》杂志社举办的“刊授大学”，有一套《山西青年》杂志，一本杂志上说，一个人选择伴侣，两人真心相爱是最好的，若鱼和熊掌不能兼得，要么找一个自己爱的人，要么找一个爱自己的人。他李明强一个小兵，有杨玉萍那么漂亮的姑娘痴爱着，为什么不接受呢？

李明强洋洋洒洒地给杨玉萍写了好几张，小心翼翼地叠好封上，忐忑不安地送到了收发室。

收发室归警通连管，老收发和刘根柱是同年兵，常找刘根柱玩。李明强知道他是多年的老收发，非常尊重他。老收发对李明强也颇有好感，所以一看到杨玉萍的信就装进口袋直接给了李明强。

“这么快就回信了？”老收发拿着李明强的信掂了掂，怪笑着说：“五班副儿，超重了。”

李明强的脸“唰”地一下红了，怯怯地说：“这——”

“这是情书还是退婚书？是不是在家把人家搞了，到部队躲人家，让人家追来了？”

“哪有的事儿呀？班长。”李明强的脸更红了。

“我一看那信就知道是女孩子的字。你到部队半年了，连你的地址都不知道，不是你躲人家是什么？”老收发一边整理信件报纸一边说，“我对着灯光一照，呵，那么大个感叹号，我就想你有问题啊！”

老收发把一打儿信一一插进墙上挂的几溜儿帆布袋里，回过头来，神秘地说：“我发现，你的信，特别少。”

“好，我以后就多写点儿，免得班长闲着没事儿干，琢磨我。”李明强打嘲地说。

“我没事儿干？这也是我的工作。实话告诉你，光看信封就能发现许多问题，我帮团里破了两个案子，还立了三等功哩。帮连里解决多少思想问题，那就不用说了。哎，我看你人不错，信直接交给你了，要换了家儿，我就交给指导员了。”老收发说到这里，电话铃响了，他对着电话“喂”了半天没听清一句话，“啪”地一下把电话挂了，骂道：“瞧我军这通信设备，要是让我发现林彪从山海关跑了，得骑自行车去北京报告。

“哎，我给你说的是交心话啊，你没有事儿便罢，有事儿一定要处理好，千万不能让闹到部队来，不然，你就完了。”老收发一副关心的样子。

“放心吧，班长，你的担心是多余的。”李明强从四十五度角的方向瞥了老收发一眼，嘴角泛起了那种带有讽刺意味的微笑，又补充一句“谢谢”走了。

李明强万万没有想到，他与杨玉萍仅通了两封信，老收发就找他了。李明强一进收发室，老收发急忙关上门，急切的问：“你的事没处理好哇？”

“什么事儿？”李明强怔住了。

“你看，你们镇政府给连队党支部的信。”老收发拿着一封信一边让李明强看信皮儿上的字，一边说：“咱们连就你一个人是巩县兴隆镇的。”

李明强看了信封上的地址，先是一怔，然后一想，自己什么坏事儿也没做，要告也是告他入伍时走后门，无非又是大队支书张洪一伙操纵镇政府干的。李明强咬咬牙，这次他心里有底儿了，若是告这个，由张副团长顶着呢，听说张副团长要当团长了。想到这儿，李明强自然多了，对老收发说：“班长，我真的没事儿。”

“那，这是什么意思？”

李明强摇摇头。

“那，那我就交给连里了。”老收发盯着李明强。李明强心想，人家写给连队党支部的，你不交行吗？私自拆扣别人的信件是犯法的。

晚上，刘根柱把李明强叫到了连队的菜地边，劈头就问：“怎么搞的？你远在千里，跟人家争什么对象！人家两个人都同居了，你还给人家写什么情书？”

原来，镇政府一位干部给连队党支部写信，说他和杨玉萍已经定亲同居了，正准备择定结婚日期呢，李明强接二连三地给杨玉萍写情书，破坏他们两个人的感情，要求连队党支部处理李明强。

李明强的头“轰”的一声炸了。杨玉萍前天寄来的信还情意绵绵的，怎么今天这封告状信里还夹着李明强寄给她的情书？李明强长这么大，最肉麻的句子让外人看了，而且还是他的直接领导。

“不，排长，这是陷害！”李明强转身跑回屋里，找出杨玉萍的信，在心里骂：“你出卖我，我也让人家看看你写的。”

刘根柱看了，说：“走，找指导员去。”

指导员看了信，问明了情况，对李明强说：“连队相信你，以后别再跟这个姓杨的女孩儿通信了。”

接着，李明强又接到了杨玉萍的信，说她不准备在镇政府干了，镇里有个领导老是调戏她。李明强把信给刘根柱看了，刘根柱说：“别理她，都把你写的信给人家当作证据告你了，还理她干啥。你好好复习，考上军校，赖好找个‘非农业’，下辈儿孩子也有指望了。”

李明强感激地看着刘根柱，咬咬牙，把杨玉萍的信烧了。李明强把信封拿到收发室，对老收发说：“班长，以后，这个人再来信，就退回去吧。”

老收发说：“我说你有事儿，你硬说没有。看影响多坏，那天咱俩要是把那封信烧了，还有啥事儿。”

“烧信？”李明强惊愕地看着老收发。

“犯法，是吧？”老收发好像看出了李明强的心思，大大咧咧地说：“老子干得再好，没关系也转不了志愿兵。该滚蛋的人了，为朋友犯点儿小错儿，值。”

李明强用极其复杂的眼光看着老收发，好像不认识似的。第五年，对义务兵来说是最残酷的，在转志愿兵这条“华容道”上，多少好同志纷纷跌下马来，含着眼泪离开贡献了青春年华的军营。

李明强更加沉默了，把一切都抛到了脑外，玩儿命地干工作，玩儿命地学习。杨玉萍来信，退了；张金凤来信，不回。代理排长刘根柱对李明强的印象好极了，常对人说：“这小子，有骨气，真爷们儿，是个将军的料儿。”

别人说，你连四个兜儿都还没混上哩，还评价别人。刘根柱说：“咱是群众，‘群众的眼光是雪亮的’。”

刘根柱对李明强态度的改变，是因为李明强在文体方面大出了风头。李明强毕竟是经过专业训练的，再加上连里又着意培养新同志的缘故，所以，在他显露了文体特长后，连里就冷落了刘根柱，刘根柱就恨上了李明强。

那是在一次全团篮球比赛中，警通连和七连争夺冠军，分到七连的河北籍新兵拼得很凶。警通连打组织后卫的刘根柱急红了眼，拿着球就运，像坦克一样横冲直撞，一个人单打独斗，可惜个子太小，球不是传不出去，就是运到前场已没了力气，要么被封盖，要么投不进，同伴们不住地埋怨，来来回回空跑，有点儿泄气。

到了后半场，眼看着警通连落后十几分，要败下阵来，李明强实在憋不住了，脱下军装，走到指导员身后说："指导员，我上吧！"

指导员杨文胜回过头，用疑惑的眼光打量了一下李明强，那目光好像在问："你会吗？"

李明强也没等指导员同意，看到七连又进一球，急忙冲场内喊："裁判，警通连换人！"然后，冲裁判做了个正规的换人动作。

李明强换下了自己的班长代理排长刘根柱。七连的队员看警通连的人换了一遍又一遍，还是输得一塌糊涂，对李明强根本不屑一顾。

七连连长看李明强身高体壮，做换人的手式非常内行，忙问："这个人怎么没见过？是警通连的吗？"

河北籍的队员答："是。我们一个新兵连的，不会打。"

刘根柱红着脸气哼哼地冲指导员喊："怎么把我换了？"他是警通连场上的灵魂人物，向来是打满场的。

指导员看输了球，心里也犯堵，直埋怨刘根柱不传球，又没别的法子，便没好气地说："问你的兵去，我哪儿知道？"

说话间，李明强已接了同伴的球，三步并做两步运过半场，像入无人之境，又连过三人轻松地把球单手挑入篮筐。

"嘟！"

"好球！"

裁判的哨声和人们的欢乐声几乎同时响起。

"打手犯规，两分算，加罚一次！"由于是团队内部比赛，没设裁判台，裁判就冲场外喊。场内的球员、场外的观众都看呆了，简直不能相信，警通连还藏着个秘密武器，短短十几秒时间，一个人直接从后场突入前场得分，并造成对方主力中锋犯规，再加罚一球，真可谓篮坛高手。

"好！"场外观众看李明强又罚进一球，齐声叫好。警通连的情绪更是激昂，连长、指导员带头鼓掌，不愿停手。七连的球员傻了眼，河北籍的两个队员还在嘀咕："他不是不会打球吗？"

"没见他打过啊。"

七连发端线球，前锋速下，警通连回防。

李明强倒退着走向中线，在七连的发球队员懒洋洋地把球抛在地上送向组织后卫的时刻，他一个箭步冲上去，一跃而起，身子几乎似横着飞向从地上弹起的篮球。

七连的组织后卫被身后的一阵风惊呆了，在发球队员惊叫"不好！"的同时，李明强已抢到了球，前跨一步，旱地拔葱，一跃而起，双手扣篮。

“好！”警通连连长“噌”地一下站了起来，其他人也跟着站起来使劲地鼓掌喊“好”。

业余比赛，扣篮，太少见了。人们的巴掌都拍红了。

“嘟——”

“七连叫停！”裁判冲场外喊。

七连的球员垂头丧气地向场外挪动。警通连的队员笑着跳着涌向李明强。警通连连长、指导员冲场内兴奋地喊：“快，都过来！”

“过来！”

四个伙伴拥着李明强走向场边。指导员冲李明强喊：“李明强，好样的！”接着又对其他队员说：“你们几个，围绕李明强打，一定要赢了这场球，有没有决心？”

“有！”五个队员和警通连的观众一齐大声地喊，真是群情激昂，同仇敌忾。连长在李明强的肩膀上重重地拍了一下，说：“放开打！”

七连改变了战术，用两个人盯李明强，其他三人打联防。他们业余玩儿家哪抵李明强的专业水平，不得不再用一个人协防，这可为警通连大开了门户，李明强一人被困，其他人无人防守，怎么打怎么顺，不一会儿就追平了，接着反超。

胜利了！警通连的官兵欢呼雀跃，把李明强抬了起来。刘根柱失去了往日的光彩，将外衣往肩膀上一抡，悄悄地拖着伤腿，一瘸一拐地走了。

回到宿舍，四位老兵不知是处于对李明强的敬意，还是故意气班长刘根柱，扯着嗓门嚷嚷：

“李子，你他妈真有两下子，这下全团都轰动了！”张栓兴奋地说。

“来，奖你根儿烟抽！”杨成立递过一支香烟。

“啊，不，我不会。”李明强受宠若惊，不好意思地推辞。

“抽吧，老子给你的，谁敢不让抽！”杨成立说着用眼瞟了刘根柱一下。刘根柱把头一低装作没看见。

“抽吧，球打得这么好，能不会抽烟？”马鸣说。

“接着，解解乏。放心，连长、指导员也不会批你的，他们乐还乐不够呢！这回，你小子可给咱连争大脸了！”杨成立说着把烟送到了李明强的嘴上。

李明强从四十五度角的方向瞥了刘根柱一眼，又看看几个老兵，不敢得罪，接了他进入军营的第一根儿烟。在新兵连，班长朱志发曾在暗地里给过他烟，他没有接，他清楚地知道自己是新兵。

“让开，让开。”谢永华端来一盆冒着热气的水，放到李明强面前，说：“平时什么活儿都是你干，今天，咱哥们儿侍候你一把。”

“小李，你是不是专门练过？”张栓问。

“打过几年少年队。”李明强表面不好意思，心里却美滋滋的。

“我说哩，一看就专业，像个正规军。”

“就是，不像有的人，土八路，生拼硬撞。”杨成立说着用嘴向刘根柱呶了两下。

“哈，你说他呀！球一到他手，别人就别想了。单打独斗，个人英雄主义！”谢永华心领神会地应和着说。

“在场上哟五喝六的，好像就他打得好似。”

“这回呀，没有他，还反败为胜了！”

刘根柱听了，气哼哼地端着脸盆走出屋去，把牙缸和脸盆弄得山响。

“烧什么！这回让小李给盖了，烧不了唠！”

“哈哈哈……”

四个老兵冲着门口一边叫一边笑，李明强觉得他们太过分了，又不好说什么。

刘根柱洗漱回来，见地上有两个烟头，阴沉的脸一下子黑了，没好气地对李明强吼道：“小李，把地拖拖！”

“是。”李明强低着头走出屋，心想：“闯祸了，小鞋儿来了。”既而又觉得刘根柱太没肚量，我这是为集体争荣誉，又不是故意整你，你他妈不是整天强调要有集体观念吗！接着又在心里骂自己：“你换谁不行，干吗非换他不可呢？他是班长代理排长，又是场上的灵魂人物，把他换下，又赢了球，让他多丢面子啊。”李明强从内心深处感到对不起刘根柱，心里酸酸的。

“让他整几次吧，给几双小鞋儿，出出气，谁让你不长脑子强出风头呢！”李明强在心里不住地对自己说，嘴角泛起了那种带有讽刺意味的微笑。

“李子，不用拖了！挺干净的，烟头我捡了！”杨成立夺过李明强手中的拖把气哼哼地走了。

第二天早晨，大风。李明强照例打扫完卫生区、出操、叠内务、擦桌子床屉、扫拖屋地。一切搞定，李明强看离吃饭还有点时间，就拿起山西刊授大学寄来的《逻辑学》看。

刘根柱阴沉着脸对李明强吼：“小李，都弄好了？看，这床屉、桌子擦的，地拖这么湿，全是脚印！”

李明强心里骂：“故意找茬！”又敢怒不敢言，就出门找了个干拖把又把地拖了一遍。

刘根柱说：“床！”

李明强赶紧拿毛巾去擦，又不知擦哪里，因为哪儿都很干净，一尘不染，就磨蹭着从头慢慢擦起。

刘根柱阴着脸吼：“快点儿，一会该吃饭了！”

谢永华一把推开李明强，气愤地说：“我来！”他拿了一条崭新的白毛巾，一边在床屉上乱擦，一边喊：“班长，行了吗？行了吗？！”

刘根柱低着头，一口气不吭。

连队开饭的集合哨响了，谢永华看看白毛巾上一点黑印都没有，便狠狠地把毛巾扔在地上，跺了两脚，骂道：“操，故意找茬！”

“人家是班长，不，是排长嘛——！”马鸣阴阳怪气地说。

“别让我急了，谁也别想好过！”杨成立冲着天花板喊了一句。

李明强用委屈的眼光感激地看了看几位老兵。

吃饭时，刘根柱阴着脸说：“小李，今天风大，吃过饭，派人到卫生区转一圈儿，把脏东西捡了！”

“是。”李明强委屈地答道。心想，我派谁去，都比我兵老，不是明摆着让我去吗！

“操，让不让人吃饭！”杨成立端起碗走了，蹲到饭堂的一角吃。

其他三位老兵都相继离去，桌子前就剩下了刘根柱和李明强。

李明强心里憋气，默默地低头吃饭，多吃了一碗二米饭。

在那深挖洞广积粮的年代，部队供应的都是库存十年二十年的粮食，多有霉腐味。特别是小米，变质后犹如糟糠，很难下咽。所以，就与大米掺合在一起吃。这二米饭就是由库存多年的大米和小米混合在一起蒸煮而成，腐味冲鼻，又干又散，很难下咽。有人戏言：“看到二米饭，食欲减一半。”李明强能多吃一碗，足见他遇到不顺心的事能多吃饭已成为习惯。

# 第 十 章

李明强回过头冲老收发狡黠地笑了笑，一口气跑到了连队的菜地里，躲在他亲手搭起的黄瓜架后，抖抖地看着手中的信封……

李明强惹恼了班长代理排长刘根柱，日子一下子难过起来。训练，刘根柱对李明强要求特别苛刻；课余，刘根柱把活儿给李明强派得满满的，什么脏活儿累活儿都让他干，根本就没有停歇的时间。李明强千方百计地挤时间看书，刘根柱就在班务会上，点名指姓地讲李明强"官迷心窍，想考军校"；在排务会上讲，某些人摆不正自己的位置，为考军校，整天看书，不思工作；在连务会上告李明强看书"耽误工作"，没有起到骨干应起的作用。

李明强的日子越来越难过，起初是听不到连队的表扬声了，接下来是连长、指导员要求他搞好工作的暗示，再下来是指导员找他谈话、批评。

李明强也不辩解，只是说："请领导调查一下，问问我们班的老兵。"

四个老兵早就对刘根柱怀有不满，一时间全都站在了李明强这边。从来没叫过李明强"副班长"的他们，突然间改了口，都很恭敬地围着李明强"副班长"长、"副班长"短地叫，气得刘根柱七窍生烟，更变本加厉地整治起李明强来。

在困苦面前，李明强总是咬牙挺着。他深深地知道与领导作对是没有好结果的，父母就是最好的教科书。他在心里一遍遍地告诫自己："忍耐，忍受，忍住，你是不屈不挠的李明强！"

"我要的是不屈不挠的李明强！"卫和平的音容笑貌常常浮现在李明强的面前，特别是在艰难困苦的时候，这句话就是他的精神支柱。尽管他清清楚楚地他知道，考上北京大学的卫和平是绝不会要他这个塞外兵卒的，但是，在他的心中，最大极限地膨胀着这

“十二个大字”。

山海关的气候不同于中原，在当地流传着几大怪，其中一怪就是“刮风下雨赶礼拜”，每到星期天，不是刮风就是下雨下雪。特别是夏季，那雨邪门儿得很，正是晴天丽日，突然间就下起瓢泼大雨来，淋你个落汤鸡，你刚找到避雨处，它就不下了，太阳又露出脸来，冲你哈哈大笑，把那火辣辣的光射在你身上，让你湿透了的衣服腾起袅袅水汽青烟，干蒸你一番。再柔顺的衣服干了，也成了硬板，那是因为雨水中含有过多的盐分。不知是天汽的缘故，还是战备的需要，反正李明强所在的部队法定的星期三过“星期天”。兵们有一句谚语，“过了礼拜一，准备洗军衣。”意思是，星期一一过，再工作半天，星期二下午党团活动，晚上自由活动，星期三就是“星期天”了，星期二干什么都可以，反正脏了军衣马上就能洗。与有些军营里流传的“过了星期五，再受半天苦”属同工异曲。

六月的一个星期二，李明强吃过晚饭，看天色还亮，远处的燕山，落日将山顶烧得通红；近处的大海，潮水早退，鳞光闪闪。早就想实施自己计划的李明强，热血沸腾，不住地在院子里那排垂柳下踱步，看到刘根柱从饭堂出来，走上前去，说：“排长，我有事儿想跟您谈谈。”

“好啊，我也正想跟你谈谈呢。”刘根柱的话和眼光都流露着轻蔑的意味。

李明强不说话，径直向前走，刘根柱跟在后边，两人走出了大门。

这景象，正好与两个月前刘根柱找李明强谈话时相反。刘根柱跟在李明强的身后，不知道李明强那葫芦里装的什么药，心里直打鼓。

两个人一前一后，默默地走过小湾村，刘根柱实在憋不住了，追上两步，小声问：“小李，你找我谈什么事儿？”

李明强沉着脸，一个劲儿地走，他个大步子大，一步多刘根柱半步，刘根柱在李明强跟前真像一个保暖桶，近似小跑儿跟着李明强，心里虽有些忐忑不安，但又不想失班长代理排长的面子，强打精神走几步问一句：“小李，你谈什么，就说嘛！”

李明强还是不语，一直走到海边，走到两个月前他和刘根柱谈话的地方。李明强突然转过身，飞起一脚踹向刘根柱的胸部，刘根柱一点儿防备都没有，被踹个正着，四脚朝天倒向沙滩。李明强紧跟两步，一脚踏在了刘根柱的肚子上，指着刘根柱的脑门儿大声吼道：“排长，这些天，我没有一天不想揍你！”

刘根柱深知事情的起因，看一眼面前的大汉，无言以对，羞愧地闭上了眼睛。一个大汉脚踏一个保暖桶似的男人，定格在海滩上，定格在落日的余辉里。落日将余晖洒向海面，血一样的红。

两个兵没有像两个月前那样大叫，也没有像两个月前那样大笑，打破了沉闷之后，是沉重的谈话，沉重的交心，两个兵都落泪了。

“小李，真对不起，没想到你比我活得还苦。”刘根柱抹着眼泪说。

“所以，我总是拼命地干，想打出一片属于自己的天地！”李明强咬咬牙说。

“你太幼稚了！在部队，连你自己都不属于自己，哪还能有你自己的一片天地。”刘根柱摸出一盒烟，掏出两根儿，向李明强递过去。李明强接过，刘根柱又掏出打火机为李明强点火。

打火机的齿轮在夜幕中与火石磨擦出无数火星，可就是点不着火。刘根柱用力地甩了甩，再打，还是只闪火星儿不着火。

“妈的，没汽油了。”刘根柱骂。

“算了。”李明强淡淡地说，将手中的烟又递向刘根柱。

“有办法。”刘根柱说着，把打火机的后盖桶拔出来，用嘴对着火机内部的棉花使劲儿地吹了几吹，盖好，吐了两口唾沫，一打齿轮，着了。

两个兵面对大海，一边抽烟，一边各自想着自己的心事。他们的心里都像海水一样苦涩，他们的心胸都像大海一样宽广。

“走吧，我刘根柱以后绝不再做对不起你的事情！在我这里，你干什么，一路绿灯！”

李明强从四十五度角的方向瞥了刘根柱一眼，嘴角泛起了那种带有讽刺意味的微笑纹，心里说：“我想掂锅，你敢吗！”

回到宿舍，刘根柱特意将门后的下铺调给了李明强，并用“方甲电池”帮李明强做了一个小灯，便于李明强在熄灭灯之后钻进被窝里看书。这样，外面看不到一丁点儿灯光，查铺的干部一推门，李明强就立即关灯，装作睡觉儿，谁也不知道。

时间一天天地过去了，山海关火热的夏天为李明强送来了一封火辣辣的信，李明强激动不已，他下决心一定要考上军校，不仅要当作家，还要当将军，以回报给他写这封信的女人。

这封信来自北京大学法律系，这封信出自李明强最痴爱的姑娘卫和平之手。信中夹着一张照片，是卫和平在北京大学未名湖畔的全身彩色照。卫和平身着一件白底小蓝格连衣裙，若不细瞅，也就是一件白色的连衣裙，在蓝水、绿树、青草、墨竹的陪衬下，婷婷玉立，宛如身着素衣下凡的仙女。李明强仔细地端详，连衣裙是带蓝色的小格格的，眉是画了的，她的眉毛原来没有这么好看。红嘴唇，是涂了口红的红嘴唇儿。那露出裙外的小腿儿，裹着肉色的丝光袜，非常性感。那白色的高跟儿皮鞋，将卫和平的脚支起了 50 度，又从脚掌处平展开来。李明强真替卫和平揪心，这尖尖的高跟鞋会不会挤坏了她的脚。李明强心痛地用手触摸那白高跟，想着卫和平信中那火辣辣的词语，心中的血开始沸腾，他顺着高跟向上摸，摸到了小腿、大腿、那突起两座山峰的胸，他把嘴一下子贴在了那红嘴唇上，却吞下了卫和平一个活生生的人，他融和了卫和平，融进了未名湖，融进了绿草地，融进了墨竹林。

李明强是吃中午饭的时候接到这封信的。当时，老收发端着碗凑过来，神秘地对李明强说：“五班副儿，出去吃罢。”

李明强会意地端着碗跟了出去。两人在房角的阴凉地儿蹲下，老收发从怀里掏出一封信，递给李明强，说："北京大学的，还有照片呢。"然后露出一副讨好的笑，指指自己的怀里补了一句："我怕装口袋里给窝坏了。"

李明强从四十五度角的方向瞥了老收发一眼，嘴角泛起了那种带有讽刺意味的微笑，心里骂："讨厌，你收发你的信件，干么像个特工似的。"

"好像是个女的……"老收发话到嘴边留半句。

李明强没有理睬，他知道他们高中这几年考上北大好几个人呢。可是，他接过信一看，心一下子提到了嗓子眼上。这是他多么熟悉、多么渴盼的、富有男人味的字迹啊。这是卫和平来的信，的确是卫和平来的信。李明强激动地说不出话来，他闭着气，端起碗就走。老收发阴阳怪气地说："五班副儿，不说声谢谢？"

李明强这才发现了自己的失态，回过头，不自然地笑笑说："谢谢。"

"是个女大学生吧？你小子，艳福不浅啊。"

"男的。"

"不会吧？我看一定是个女的。"

"你说是就是吧，麻烦班长把碗给刷了。"李明强干脆把碗往老收发面前一放，转身走了。他现在是副班长，和老兵已经混得很熟了，不像其他新兵那样在老兵面前畏手畏脚。

老收发冲李明强小声喊："小心点儿，别再出问题。"

李明强回过头冲老收发狡黠地笑了笑，一口气跑到了连队的菜地里，躲在他亲手搭起的黄瓜架后，抖抖地看着手中的信封，看着那他熟悉地不能再熟悉的字迹，抑制住自己的心跳，小心翼翼地用指甲去挑信封的封口。信封粘得太紧，没有可挑的缝隙。李明强把信封倒过来，把里面的东西向卫和平封的封口倒了几下，信封的原封口处就留下了一断空间。李明强沿着原封口的边线将信封对折了一下，用指甲一点一点地慢慢推，信封便一点一点地开启，最后完好无损地打开了。

卫和平的信叠成了一个长方形，照片与信搭在一起背对信封，所以李明强首先看到了他心爱姑娘的尊容。真是女大十八变，卫和平变得越来越好看了，简直就像是一个北京姑娘，已经没有一丁点儿土腥味了。李明强感到卫和平离他的距离太远了，心里泛起些许酸楚，他小心翼翼地把照片插入信封，又小心翼翼地打开信，他要看清卫和平这封信的内容，他不知道这是一封同学情的短信，还是丘比特射出的神箭？

李明强抑制住自己的心跳，闭着气看信的内容：

李明强主席：

你是下决心不让我们找到你呢，还是当了将军之后才肯露面？无论你怎么想，我先把信和照片寄给你，至于你回不回信，悉听尊便。

我是渴望接到你的回信的，还有你的照片。我想，你不会拒绝吧。因为，你的地址是我写了十六封信，几经周转，才从杨玉萍那里找到的。我一直在想这"十六"是不是个吉利数字，是"要顺"呢，还是"要溜"。我用分分钱赌了不知多少次，我赢的是"顺"。

看，尽瞎说了，你是否在笑我搞迷信，是个唯心主义者。说实话，在这个问题上，我实在是不知怎么做。我……

我很想看你写的东西。中学时，你的每一篇作文，我都偷看过，包括老师作为范文在班上念的。当时，我多想亲自念一篇，可老师从来没挑到我。你的作文写得那么好，有几次我都感动地哭了，我想你一定能成为一个作家。我在为你祝福，为你祈祷。

我考上了北大法律系，其实我想上中文系，我想在写作上提高一步，不敢说超过你，就想对你有所帮助。北大的环境很好，应该是你成长的摇篮，可是，我曾面对月亮为你喊冤，也曾对着未名湖为你叫屈，还祈求过上帝，如有可能，我愿把北大的录取通知书换成你。

我接到录取通知书后，第一个想到的就是你。可是，在学校，没有查到你的录取通知书。第一批没有，第二批，第三……你没有被录取。我哭了，就像自己没有被录取一样委屈。我多想和你携手走进北大校园啊，这个梦就这样被无情地给打碎了。我恨杨玉萍，我恨你！

我没有勇气去和你告别，在众人的赞扬声中离开了巩县。我多么希望在送我的人群中有你呀！是我太自私了，如真那样，对你将是多大的伤害。

在大学校园里，特别是在北大这个号称中国最高学府里，真是人才济济的地方，优秀的青年比比皆是，但是在我心中你还是最优秀的。所以，我下决心找你，老天和社会对你不公正，我要还你公正！！！！！！

非常感谢杨玉萍，是她给了我你的地址。我为自己的小心眼儿感到羞愧，我不再恨她了。我感谢她，真没想到她有这么大的气量，专门发挂号信告诉我你的地址。相比之下，我显得太渺小了。

看，一写起来，就没完没了，比在中学三年跟你说的话都多。真的，我有一肚子的话要跟你说，不知你爱听不？我可想看你写的东西，非常渴望，就像中学偷看你的作文一样。

听说你们部队可以考军校，你要好好复习，争取到军校深造。我们北大就在海淀，咱们在中学不是最看中海淀区出的复习资料和模拟题吗？我可以给你搞。

我们在中学时，同学们都说你有将军的气魄，你能入伍从军我想不只是巧合。人们把军队比作大学，愿你在这个大熔炉里百炼成钢，不仅要成为将军，还要发挥你写作的天赋，成为作家、诗人。

明强，努力吧！你就是在老家种地，我也对你有信心！你不会让我失望吧？！

我等你，等你给我回信。

我已放下了女孩子的所有自尊，渴望收到你的回信。

……

礼

你的文体委员：卫和平

一九八一年七月九日

李明强一口气把信看完，又大致地浏览一遍。“李明强主席”、“你的文体委员”，这显然是中学学生会的称谓，这说明什么？说明卫和平向他暗示，对他的感情如中学时一样没有改变。信后还附一张白纸，这又是什么意思？“一张白纸，好写最新最美的文字”？还是说她有写不完的词句？还是……

李明强端详着卫和平的照片，思绪万千。想着信中那火辣辣的词句，李明强深深地感到了卫和平的爱，这是当代女大学生的心声，是爱的呼唤。他用手抚摸着卫和平的照片，禁不住内心深处的骚动，将自己的大嘴贴了上去……

李明强终于给卫和平写信了。他控制住自己的感情，他毕竟是一个非常非常普通的士兵，还没有考取军校，更谈不上当什么将军。尽管一当兵班长和连队干部就教育他们，“不想当将军的士兵不是好兵”，但是，李明强清楚地知道，是好兵的士兵，并不可能都成为将军。所以，他报了《山西青年》杂志社开办的没有围墙的大学——逻辑与语言刊授大学，他要好好学习，成不了将军也要成为个作家，让张洪张三怪们看看他李家祖坟上长着一棵不屈不折光彩耀人的蒿。给卫和平的信，是以老同学的身份写的，一来可以得到卫和平的帮助，扩展自己的知识，开阔自己的眼界；二来保持联系，自己真考上了军校，或成为了作家也好走在一起，免得眼睁睁地看着自己心爱的姑娘成为别人的新娘。

李明强像吃了激素，每一天每一分钟都特别兴奋。李明强像上紧了发条的钟表，一分一秒都不愿停歇。工作、学习，他下的是狠劲、苦劲。他给卫和平回信写道：自信能鼓起前进的风帆，自卑会熄灭奋斗的火焰。

鸿雁像排好了队似的每个星期都要从北京大学起飞一次，落在万里长城之首山海关老龙头上，不断地给李明强加油，给李明强送来精神食粮。李明强的劲头更足了，除了完成好自己的训练、工作任务外，开始一道不漏地做从初中到高中的数学、物理课后习题，开始背从初中到高中的三本化学书，他要在全军统考前，把数理化课本上的习题全部做一遍，把三本化学书从头背到尾。

李明强在给卫和平的信中写道：

其实，社会对于每一个人都是公平的，你付出的代价与你取的成绩总是成正比的。人生可以用直线方程 Y=KX+B 来表示，Y 代表自己的业绩，K 代表行业的比例系数，X 就是你自己的努力，B 表示家庭出身和社会帮助。K、B 数值有大有小，但不是决定的数据，其决定性的数据是 X，只要你付出了比别人多得多得努力，总会取得辉煌的业绩。

卫和平被李明强对大海的描写、长城的赞美吸引了，被李明强对人生的认识折服了。在大学校园里，正在开展“人生的路为什么越走越窄”的大讨论，那些天之骄子的夸夸其谈，怎么能推翻李明强这个历经坎坷不屈不挠的中国士兵总结的人生公式。李明强在卫和平的心目中越来越高大了，她面对李明强在“天下第一关”前的照片，轻轻地呼唤：“李明强，你是我爱情的第一关”。

卫和平强烈的爱情火焰被李明强的理智笼罩着，使她冷静地意识到李明强的处境和心情，她在信中不再用那些火辣辣的词句了，但是她给李明强的信越来越密，越来越厚。老收发实在忍不住了，这天偷偷地拆开了卫和平的来信，一看全是习题与解答，傻了眼。

晚饭后，老收发怯怯地追上李明强，说："五班长，到我那里坐会儿吧。"

李明强一愣，老收发经常叫他"五班副儿"，今天怎么成为"五班长"了，就故意笑着指指刘根柱说："班长，你认错人了，五班长在那儿。"

"嘿，嘿，叫的就是你！人家老刘是代理排长。"老收发赔着笑脸说。

"我，我也不是代理班长啊。"李明强用挑衅的眼光看着老收发。

"走吧，我有事儿给你说。"老收发拉上了李明强的胳膊。

进了收发室，老收发立即闩上了房门，对李明强说："哥们，我对不起你，今天把你的信给弄破了。"说着很不自然地拿出了卫和平给李明强的信。

李明强接过信看看，尽管有许多人为的损坏，但那从原封口拆信的折子与他第一次拆杨玉萍和卫和平的信一模一样，便在心里骂道："操你娘，专门拆的。"他从四十五度角的方向鄙夷地瞥了老收发一眼，嘴角泛起了那种带有讽刺意味的微笑，直笑得老收发手足无措。

"你哥们，是不是想探我的秘密，向领导汇报，当'王连举'？"李明强突然半开玩笑半认真地对老收发说，因为他看到是卫和平来的信，知道信封里面除了数学题，就是物理化学题，那些"情话"早被他的冷漠封杀了，老收发看不出什么所以然来。

"不，不，哥们绝对没有那个意思。"老收发红着脸直摆手。

"哥们，是你拆的就直说好了，总比把它烧了我见不到强吧。"李明强想起了上次老收发说烧信的事。

"是啊，是啊，咱哥们根本不是那种人，一看是习题，就给你保存起来了。"老收发急忙说。

李明强翻了翻那卷儿习题，没有一张文字，就故意扳着脸问："情书呢？"

"情书？什么情书？我没见呀！真的没见，一张纸都没有。"老收发又急忙辩解。

"这是我女朋友给寄的，怎么没有情书呢？是不是你交给连干部了？"李明强装作很生气的样子。

"没有，没有，信是我拆的，就我一个人看了，绝对没有信。"老收发的脸更红了。

"哈……"李明强大笑起来，拍着老收发的肩膀说："哥们，我早说过，这是我的男同学，你不相信，想偷拆信探我的秘密，失手了吧？"

"据我的经验分析，那字迹应该是女孩子写的呀。"老收发开始对他的判断怀疑了。

"好了，别再从信封上窥视别人的心灵了。当战士心灵的'侦察兵'不容易，偷拆人家的信可是犯法的啊。哈……"

"对不起。"老收发红着脸低下了头。

"没关系，咱俩是哥们嘛！你替我拆了，我还省事儿了呢！你要不把我当自己的哥们，打火机一点，全没了。万一明年考试正好有这里面一道题，你不就坑死我了。"李明强想起了老收发上次对他说销毁信件的话。

“所以，我没有……”

“这就说明我们是好哥们儿嘛。”李明强笑着搂住了老收发的肩膀。

“真是男同学的信？”

“我骗你干啥？不信，以后每封你都可以拆开看。”李明强故意大大咧咧地说。

“不，不，不。”老收发急忙摆手连连说。之后，他又若有所思自言自语道：“这就怪了，应该是女性的笔体啊。”

李明强倒吸一口凉气，暗叹老收发对字迹的研究，看来他的立功并不像有的老兵讲的那样，绝非偶然，是“工夫不负有心人”啊！

李明强在对老收发鄙视的同时，又平生出许多敬意。

当晚，李明强站二班儿岗，也就是深夜十一点半至第二天凌晨一点半。本来，这班儿岗是马鸣的，李明强跟他换了。军营里有个谚语，“当官儿不当副班长，当兵不站二班儿岗”，说的是什么脏活累活玩命的活副班长都要冲在前；部队晚上九点半熄灯，二班儿岗的时间正好是睡得最香的时候，被叫醒起来站两个小时岗，困劲早过了，回来半天睡不着，刚刚迷糊一会儿，又该起床出操了。李明强既是副班长又偏爱站二班儿岗，所以，凡是排到五班的二班儿岗，李明强全承包了。五班的四个老兵都非常感激这个小班副儿，别班的同志也都有议论：“瞧，人家五班，二班儿岗全是班长站。”他们故意省去了“副”字，是为说给自己的正副班长听。其实，他们都不知道，李明强站二班儿岗是为了学习。

李明强每天晚上熄灯后，用刘根柱给他做的方甲电池灯照明，钻在被窝里看书做题，只熬得头晕脑胀眼睛发酸才闭灯睡觉。所以，上二班儿岗的时候，他根本就没有睡，站岗时正好能休息大脑或对未做完的试题进行思考。

李明强钻在被窝里，如饥似渴地做着卫和平给他寄来的清华附中高二班单元测试题，做着做着，电池灯忽地一下熄灭了，李明强摇了摇灯泡，灯闪了两下，再也不亮了。

“骂的，烘了。”李明强在心里骂。没有备用灯泡，他只好收摊儿。这方甲电池灯是报话班的“专利”产品，电池就报话机上用的 12 伏方甲电池，用两个小钉连上导线砸进两个方格就是 2 伏，用 1.5 伏的手电灯泡；砸进四格，用 3.8 伏的手电灯炮。只是用手电灯泡，电池超过了灯泡的额定电压，用不了多长时间，灯泡就烘了，特费。刘根柱为李明强做的方甲电池灯很精致，用的是火炮上的“蛤蟆口”灯罩和灯泡。这灯罩是圆柱形，侧面留一个圆孔，发出的光只有茶缸口那么大。李明强左手持灯，右手写字，背对灯光，既不费眼，又非常方便。更可贵的是这灯泡非常耐用，与汽车上的刹车灯通用，不易坏，就是坏了也好配。

今晚，李明强的灯泡坏了。他闭着眼睛，想做了一半的数学题，想完了，就想卫和平。他每天都要把卫和平的照片和她那张纸条——“我要的是不屈不挠的李明强！”看上几遍。特别是晚上熄灯后钻进被窝里学习前，总要对着卫和平的照片暗下决心，在小心翼翼地收起之前，总免不了要亲上一口。卫和平在未名湖畔的身影已深深定格在他的眼珠里，“我要的是不屈不挠的李明强！”这十二字大字已深深印在他的脑海里。

李明强想着卫和平的芳容，从头到脚，又从脚到头，他熟悉得不能再熟悉了，但又神秘得不能再神秘了，她那涂了口红的香唇，她那隆起的馒头似的乳房，她那……。李明强浑身的血液开始沸腾，裆中的尤物开始蠕动，勃起。突然，他感到体内一阵叫紧，所有的神经都在叫劲，他急忙用手紧紧地抓住那尤物。他不能让精液流在裤头儿上，不到星期二就洗裤头儿总是要让兵们开玩笑的。

“嗨，哥儿，又脱缰了。”

“哎，做好梦了吧？”

“梦中又把人家哪个姑娘糟蹋了？”

“什么姑娘，是个寡妇吧？”

“什么都不是，我看是自己搓的！”

“哈……”

军营里很枯燥，兵们很无聊，一天到晚看不到几个女人，一旦有女人闯进视线，不论美丑，总要给人家行注目礼，直到人家从视野中消失为止。所以，有人戏说，在练队列时，有女人路过，兵们不用班长叫向左或向右看齐，那头会“唰”地一下全转过去。兵们对自己的娱乐生活画像是：“吸烟头儿，喝茶根儿，马路边上看小妮儿，被窝里边搓小鸡儿。”

李明强怕战友们发现，不敢弄出响动，慢慢地摸到了自己的袜子，用袜子将自己的“小鸡”沾净擦干。他一边擦，一边在心里喊：“儿子啊儿子，不是爸爸不要你，是你妈不收留你啊。”

李明强刚刚把袜子放进鞋子里，就听到门外响起了轻微的“沙沙”脚步声，估计是到换岗的时间了，带班儿员来叫岗，蹑着脚怕惊醒熟睡的战友。李明强闭上眼养神，那快感之后，就像跑了五公里越野，有点儿累。

果然，那脚步声由远及近，在五班门前停住。门轻轻地开了，是二班长，轻轻地捅了捅李明强，李明强佯装“哼”一声，欠起身，二班长小声说：“该上岗了。”就退出门外。

李明强急忙穿衣。

“嘻——”李明强穿袜子时吸了一口凉气，他忘了那袜子上粘满了自己的精液，弄了一脚一手，本想收拾一番，见二班长就站在门口看着他，就咬咬牙穿上了鞋子，将手上的精液往另一只袜子上抹两下，跟着二班长走出了小楼。

二班长带李明强和头班岗交接，告诉他带班员是二排长刘根柱，有事直接向刘排长报告。

李明强目送两位战友离去，脑海里又浮现出卫和平的影子，刚才的快感，还有脚上凉飕飕的精液，向上涌着一股一股的豆腥味，嘴角情不自禁地泛起了那种带有讽刺意味的微笑纹，在心里自语道：“这就是生活，真实的生活。”

当兵快一年了，李明强站过无数次岗。他第一次站岗是到新兵连的第九天晚上，叫试站岗，两个人一班。李明强和赵革命两个人，站在渤海边的一个专供训练新兵的岗楼里，一个人拿着一根木棍当枪，煞有介事地注视着四周的动静。月亮像一把镰刀高高地悬在天空，稀不拉叽的星星一眨一眨地看着他们，寒风飕飕地吹着周围的枯草“沙沙”作响，不冻的海水掀起涛涛大浪有节奏地冲击着哨所下的岩石。“哗——沙……哗——沙……”涛声、枯草的哆嗦声把本来就很冷的山海关叫得更令人心寒。李明强和赵革命把木棍竖在哨所里，将头缩进大衣的毛领里，袖着手不断地踱步，蹦跳。

李明强问：“革命，你害怕吗？”

赵革命说：“不怕，只要有你在我就什么也不怕。”

李明强说：“我怕，我最怕鬼。”

“啊——，我也最怕鬼了。怎么就给咱俩排在一块了，这要有鬼了可咋弄哩？你听——，你看那旧房子……”赵革命指着海边八国联军侵略中国时建的几栋西方风格的楼群哆哆嗦嗦地说。

李明强心里直乐，他知道赵革命天不怕地不怕最怕鬼，所以就故意说自己最怕鬼，拿赵革命取乐。

赵革命指的那片洋楼被一堵高高的红砖墙围着，上边还拉了几道铁丝网，对兵们来说可神秘了。据说是军区的休干所，专供大干部们夏天到海边度假用的，一般人住不了，压不住那里的邪气。凡是到那里服务过的兵，夏季一过，不是被调走就是被复员，只有一个老志愿兵，一年四季坚守在那里，老兵们都说那里边有鬼。

“我听班长说，那原是八国联军的妓院，拉进的中国妇女，就没有一个活着出来过，里边尽是屈死鬼。”李明强一边编一边说，“我就怕哪个女鬼看上了咱们，附上身可就完了。”

“那个不怕，我三叔有一本书，那上边讲过好多女鬼的故事，凡附到身上的，都是好鬼，你白尻。”赵革命说，他哆嗦的成分少了许多。

“美死你哟，那么多屈死鬼都缠上你，不抽干你呀！”李明强照着赵革命的火车头帽打了一巴掌说，“你说的那本书是《聊斋志异》，那是蒲松龄为讽刺那个社会编的。”

“那，那咋弄哩？咱俩跑吧。”赵革命又哆嗦上了。

“跑，班长不是说，睡觉、脱岗都得受处分。”

“那，那，鬼来了，咋，咋弄哩？”

“你不是白尻嘛！”李明强照赵革命背上打一下，哈哈大笑起来。

“别，别，笑！看，鬼，鬼！”赵革命哆嗦着躲在李明强的身后，哆哆嗦嗦地喊。

“瞎咋呼什么？”

“你，你，看，那破房子。”赵革命指着远处来哨所路上的一所破房子说。

李明强定眼一看，果然，月光下有两个黑影在移动，不是顺路径直往哨所这边来，而是向老龙头下的石崖方向移动。黑影到了石崖下，突然分开，向哨所这边摸来，到哨所前约一百米处的土堆旁突然消失了。

“注意，有情况。”李明强拉一下赵革命。

“是，鬼？”赵革命直打哆嗦。

“哪有鬼！”李明强打了赵革命一下，小声说：“是人。别慌张，你在哨所里盯着别出声，我去对付他们，要真是坏人，咱就立功喽。”

李明强把皮大衣脱下来顶在自己那根棍子上，让赵革命蹲下观察，自己从哨所的窗口爬出去隐在了哨所后。

那两个黑影伏在地上，借着枯草灌木的掩护慢慢地向哨所接近。赵革命看清了是两个人向哨所爬，接着又看见李明强绕到了他们两个身后。赵革命心里有了底，就要了个心眼，蹲在哨所里，将木棍悄悄地伸向哨所门口，然后装作睡觉，均匀地打着小呼噜。

那两个黑影移到哨所门口两边，慢慢地直起腰，听听里边赵革命均匀的鼾声，其中一个冲另一个摆手，他从上向下用力摆了三下，两个人一齐扑进哨所。

“尻您娘！”赵革命一棍挑起，正中扑向他那个人的裆中。

“哎哟——”那人大叫一声捂住裆中命根儿蹲了下去。

“去你娘的！”赵革命顺手一掌将那人推下了斜坡。另一个扑向李明强大衣的人也被随后跟上的李明强卡住了脖子：“张伟明，就你们俩儿还来摸哨。”李明强顺势一推，那黑影也滚下了坡。

“张伟明？”赵革命傻乎乎地问。

“还有孙有财。”李明强拍了拍手，像上边粘了土似的。然后说：“上来吧，我们早看见你们了。”

“赵革命，我尻您娘。”孙有财捂住自己的裆骂，“你打哪儿不行，打老子的命根子！”

四个新兵抱成一团儿，打成一团，接着又哈哈大笑。原来，张伟明和孙有财是训练带哨查哨的，两个人一商量，来了个摸哨。

……

李明强想到这儿，自己又笑起来，孙有财捂着裆骂赵革命的样子重现在眼前，非常滑稽。

笑够了，李明强又漫无边际地想别的事情。估计着快要下岗了，突然，他想到自己的小灯泡烧坏了，在床上就想好要在站岗时偷一个汽车刹车灯，差一点把大事儿忘了。他刚走出岗楼，又退了回来，这可是偷东西啊。他想到，当兵前曾偷过生产队马车上的绳子、扒吃过人家没有长成的红薯，但是，那都是生活所迫。现在，你是一个解放军战士了，每月有十元钱的津贴费，能买多少个灯泡啊。可是，上哪里去买呢？有没有卖的？

李明强斗争了好半天，在心里骂：“不就是个小灯泡嘛，啥大不了的事儿。”他警惕地看了会儿四周，断定没人，提着枪三步并作两步，来到连队的卡车后，卡车的刹车灯没有灯罩，李明强用手一按一拧，灯泡就到手了。他刚要走，又想何不再弄一个，作备用，免得再烘了没的换。就这样，李明强又取下了另一个刹车灯，看看周围没人，便三步并作两步蹿回了岗楼。

原来这么容易。李明强非常兴奋，这两个灯炮够他用一阵子了，他想喊，他想唱。但是，这是深夜，他不敢出声。他想到了他在新兵连站岗时，曾照着《军港之夜》的曲子填一首歌，就在心中默默地哼了起来：

塞外的夜啊静悄悄，海浪对哨所肆虐地叫，年轻的士兵手握着钢枪，守卫着祖国亿万同胞。海风你轻轻地吹，海浪你轻轻地叫，当兵站岗多么辛劳，待到功成名就的那一天，再把心爱的姑娘紧紧拥抱。海风你轻轻吹，海浪你轻轻地叫，让我们的亲人好好睡觉。

李明强从心底一遍遍地哼着这首歌，想象着自己明年考上军校，穿上了令人羡慕的“四个兜”，挎着卫和平走向天安门。他想了很多很久，觉得很累很困，腿有些发软。他没有表，也不知道此时几点几分，也不知道离下岗还有多少时间。按以往的经验，他觉得早该下岗了，可是带班儿的刘根柱怎么还不把三班儿岗带来呢？他怀疑是自己刚才遗了精，没有休息伤了元气。他看看四周，一丁点儿动静都没有，就蹲下来，闭上眼，养会儿神。

谁知，李明强这眼一闭就睡着了。

# 第 十 一 章

老收发一把抓住指导员，“叭”地一下就是一记耳光。李明强见状，跳起一掌击在老收发的手腕上，顺势将指导员拉回。车上刘根柱死死地抱住老收发，老收发一边挣扎一边大骂：“我操你妈，都是你，都是你把老子害了！”

一阵汽车马达的轰鸣声把李明强惊醒，他一激灵，站起来。

四周一片漆黑，只有停车场那辆被他摘了刹车灯的解放牌卡车在均匀地喘息，隆隆作响，两只近光灯把车前的空地照得通明。

李明强感到身上有些发紧发麻发冷。他伸了几个懒腰，踏着步，活动着蹲麻的双腿。

驾驶班班长驾着被李明强摘了刹车灯的汽车，开着大灯缓缓地向大门口驶来，李明强主动走出哨所，喊：“班长，去哪儿呀？”

“城里。你站岗啊，捎什么东西吗？”驾驶班长把头伸出车窗对李明强说。

“不捎，您慢点。”李明强一边打开大门，一边对着汽车说。当汽车驶过身边时，他又冲驾驶班长行了个军礼。

李明强正要关门，突然发现一个人冲大门跑来。他一激灵，横枪大喊：“站住，口令！”

“黄——河。”是代理排长刘根柱的声音。

刘根柱跑过来，气喘吁吁地说：“小李，对，对不起，我，我误岗了，让你站了，站了一夜。”

“没事儿？”

“快，快把枪给我，回去睡觉儿，今天别出操了！”

“排长，我——”

“快回去，这是命令。”

李明强把枪交给刘根柱，悻悻地向回走，进楼时见末班岗张栓懒洋洋地从屋里走出来。

张栓见了李明强，笑笑，在李明强的肩膀上重重地拍了一下，说：“好样的！这回看他保温桶怎么交代！”

李明强没在意，和衣上床，倒头便睡，还没睡几分钟，起床号就响了，他也睡不着，干脆跟着出操去了。

吃早饭时，指导员非常严肃地走到队列前，一个立正，大喊一声：“讲一下！”队伍“唰”地一下，全体立正了。

指导员向队伍行了个军礼，喊：“稍息。现在，我宣布连党支部两项决定！”

队伍“唰”地一下又立正了。

“稍息！”指导员又向队伍行了个军礼，接着说：“一，为五班副班长李明强同志记连嘉奖一次。二，给五班长代理排长刘根柱警告处分一次。

“昨天晚上，代理排长刘根柱带班误岗，致使五班副班长李明强同志连续站岗七个多小时。李明强同志不怕困苦，忠于职守，表现出了一个解放军战士应有的素质，起到了骨干的模范带头作用，全连同志要向李明强同志学习，做好本职工作，为连队增光，为军旗增辉。同时，要从刘根柱同志身上汲取教训。

“完了！”

队伍“唰”地一下又全立正了。指导员再一次向队伍行了个军礼，喊：“稍息！开饭！”

值班的一排长喊：“九班，进。”队伍便自觉地按九八七六五四三二一的班排顺序依次进入了饭堂。

五班的四个老兵都为刘根柱受了处分感到解气，窃窃私语，挤眉弄眼地坏笑。刘根柱像没事儿似的，泰然自若，一边吃饭，一边对李明强说：“我说让你补觉儿，你怎么又出操了，不要命了？”

李明强没吭声，埋着头吃饭。刘根柱又说：“今天上午你补觉儿，什么时候睡醒，写一篇饭堂读稿，若没有时间，下午再写。”

李明强从四十五度角的方向瞥了刘根柱一眼，又瞥了瞥四位老兵，三口并作两口，吃完碗中的“二米饭”，端起空碗就走。

李明强早早地刷了碗，在宿舍楼前遛达。早晨的阳光把李明强的影子拉得很长，把李明强的思绪也拉得很长。他恨恨地踏自己的影子，总是踏不上，就转过身，影子又追着他走。他看到连长和指导员吃过饭，一边交谈一边向楼前走来，就奔过去，打了个敬礼，急切地说：“连长、指导员，我向连党支部请求一件事。”

“什么事？说吧。”指导员杨文胜说。

“请求撤销我的嘉奖，给我处分。”李明强响亮地说。

“你说什么？”连长急红了脸。

“走，走，走，到楼上再说，到楼上再说。”指导员一边示意连长上楼，一边搂着李明强的肩膀向楼上推。

到了连部，指导员关上门，对李明强说：“为什么？你说说看。”

“报告连首长，我昨天晚上站岗睡觉了！”李明强声若洪钟。

“胡扯！”连长火了，“你是不是看刘根柱为你受了处分，想……”

“不是，我确实睡觉了。请连里也给我处分！”李明强没等连长说完抢着说。

“李明强同志，这是个很严肃的问题，不是儿戏，也不是交易！”指导员腾地从坐着的椅子上站了起来，一边踱步，一边说：“谁看到你睡觉了？我和连长夜里查了几次岗，你都在坚守岗位！”

“我确实……”

“确实什么？确实想给连队抹黑？”指导员直视着李明强，那眼光锋利地像刀一样，李明强从没有见到过和蔼可亲的指导员有这么锋利的眼光。

“我，是，睡……”

“你没有睡觉，你是一直坚守岗位到天明的。”指导员抢过话茬说。

“我，我不要嘉奖！”李明强突然大声地说。他红了脸，他知道刘根柱受处分是咎由自取，但是他也不配受这个嘉奖。

“李明强啊李明强，你，怎么回事儿呢你？平时看你挺聪明的，怎么一点儿也不开窍！”连长指着李明强的鼻尖说到这里，照李明强肩膀上重重地拍了一巴掌，说：“实话告诉你吧，给你嘉奖是真，处分刘根柱是假！这是工作方法，你懂吗！”

李明强一下子愣在那里，好像不认识连长、指导员似的。

“你是一班之长，连队树的标兵，带头遵守纪律，维护连队的声誉，每时每刻都不能忘记！”指导员一脸严肃地说。

李明强突然想笑，但又笑不出来。他从四十五度角的方向瞥了连长、指导员一眼，低下了头。

“去吧，没你的事儿了。”连长说。

“记住，你是连队的标兵，时刻要注意自己的形象，当好标杆。”指导员又照李明强的肩膀上拍了两下，笑着说：“好好干，连队支持你。”

李明强走出连部，嘴角泛起了那种带有讽刺意味的微笑，那笑意还未退尽，迎头撞上了驾驶班长，老班长劈头一句：“等着，我回头找你算账！”

原来，驾驶班长驾车到了山海关城里，正逢工人上班学生上学，车开得很慢，突然一个青年人骑自行车横穿马路，老班长一个急刹车停住了，可后边跟着一辆北京牌吉普车，没有看到刹车灯亮，还向前开，发现卡车停了已经晚了，一个紧急制动，车头还是钻进了卡车的屁股下，吉普车头盖被掀前挡风玻璃粉碎，驾驶员头上撞得起了个大疙瘩，多亏处理交通事故的民警拿着斧子一面砍，驾驶班长刹车灯不亮赔偿二十元钱了事。

驾驶班长到连部汇报了事故经过，回来后，气也消了，笑嘻嘻地对李明强说："是不是你小子把我的刹车灯给摘了。"

"嗯。"李明强点了点头。

"我一想就是你小子，别人不干这事儿，肯定是你摘了做小灯用的。"老班长说着，叹口气，又说："你怎么那么贪呢？摘一个不够，两个都给我摘了！"

李明强像做错事的小学生，在驾驶班长面前低下了头。驾驶班长又笑着说："以后要用，给我要，别再摘车上的了。汽车没有刹车灯，出事故了怎么办？"

李明强的脸更红了。

晚上，连队点名，连长又宣布两项连党支部的决定，鉴于排长事务繁忙，工作压力大，免去刘根柱五班长职务，继续代理排长履行排长职责。提升李明强为五班班长、谢国华为五班副班长。

李明强自从当了班长，就被人称作"玩命三郎"——干起来不要命，学起不要命，玩起来不要命。他说全连九个班，五班位居正中间，一定要成为连队的"中坚"力量，工作上要时时处处争第一，不能落在其他班的后头。全班拧成一股绳，心往一处想，劲往一处使，再加上刘根柱的保、连队的树，五班一跃成为了标兵班。李明强的学习一天也没放松，每天晚上钻在被窝里学到十一二点。不会的题，全写信寄给了卫和平，卫和平能解答的自己解答，不能解答的就请教北大附中的老师，两个人的通信更频繁了，一星期最多的时候，可往返四封，老收发没有丝毫的怀疑，封封截留，亲自奉送。而这些信中，确实流淌着卫和平的爱、李明强的情。

时间过得飞快，夏去秋至，秋去冬来，转眼山海关又是一片银装素裹推着一汪无边无际的海。刘根柱终究未能实现自己转志愿兵的愿望，被列入复员的名单，李明强被任命为代理排长。

刘根柱要走的头天晚上，约李明强又一次来到海边，来到他们第一次谈心、第一次打架的地方。天上没有月亮，几颗星星闪着细微的光，天黑得像个锅底，但是地面上厚厚的白雪将人们的五米空间映得很亮，退了潮的大海呜咽着，像一个巨人在哭。

两个兵伫立在海边，看着黑幽幽的海，看不清波涛，更看不到熠熠闪亮的鳞光。李明强对刘根柱说："排长，来，对着大海喊吧。"

刘根柱不作声。

李明强对着大海喊："哦——嗬——哦嗬哦嗬。"

"别喊了！"刘根柱突然暴跳起来，恨恨地说："跟他妈哭似的。来，你不是会武功吗，今天咱们打一场。"

"排长——"李明强犹豫了。

"排什么长，现在排长是你！"刘根柱说着飞起一脚直取李明强的胸膛。

李明强站在原地一动不动，在刘根柱飞脚的一瞬间，他想到要结结实实地挨老班长一脚，不是因为他在这里踢过老班长一脚，而是觉得老班长有一千条理由踹自己。老班长要脱下军装了，他穿了五年军装，把自己五年的青春都献给这座军营了，他是一个优秀的士兵，可他连转一个志愿兵的愿望都不能实现，对于他是有点太残酷了，军队有负于他，身着戎装的李明强理应代表军队为他付出点什么。

刘根柱腾空这一脚飞向李明强，见李明强没有躲，急忙收腿，重重地摔在沙滩上的雪地里。

“排长——”李明强急切地弯下腰去扶刘根柱。

“现在你是排长——”刘根柱声嘶力竭地大叫一声，奋起一拳打在李明强的右胸上，接着一个鲤鱼打挺，站起来对着李明强的左胸又是一拳，照着李明强的小肚子又补一脚，打得李明强连连后退。

刘根柱一边打，一边骂：“你这个废物！你这个懦夫！你是一个解放军战士，你是一个标兵班长，你是一个排的排长，面对一个威胁你生命的敌人，你不还手，你，你，你军人的不——是！”

“我是——！”李明强抬手挡住刘根柱的来拳，顺势一肘打在刘根柱的胸膛。刘根柱“哎哟”一声，向后退了几步，还未站稳，李明强的一脚又到了，刘根柱像一只保温桶似的滚在雪地上。

“好，好，你打得好，好样的。我，我打不过，打不过你，不打了，不打了。”刘根柱喘着气摆着手无力地说。

“排长——”李明强跑过去扶刘根柱，声音带着呜咽，眼睛溢满泪水，哽咽着说：“班长，你想哭，就痛痛快快地哭一场吧。”

“哭，哭什么！没出息！”刘根柱一把推开李明强，坐起来说：“你，给我喊，喊，就那天我让你喊，你喊那个，那个，练腔的。”

“好，排长，我喊，我喊，你听着。”李明强含着眼泪，张口“啊”了一声，觉得喉咙里像堵了什么似的，停住了，润润喉咙又“啊”一声，还是觉得不对劲，又润喉咙。刘根柱急了，喊：“你倒是‘啊’呀！”

李明强突然“啊”出声了。这声调虽然有点嘶哑，正符合刘根柱现在的心情，他点上一支烟，冲着大海，悲壮地听李明强唱：

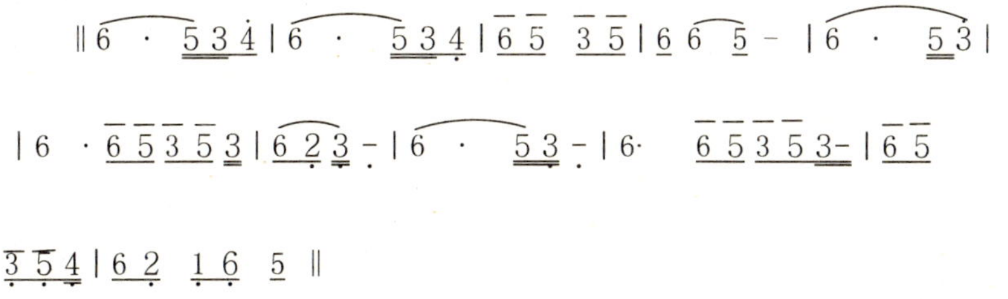

李明强“啊”了一遍又一遍，“啊”得自己满脸是泪，他不擦，继续“啊”，只要老班长愿听，他就“啊”下去，那怕是“啊”到天明，“啊”到老班长启程。

刘根柱吸了两口烟，就被李明强的“啊”声带入静景，他想到自己五年的奋斗、五年的辛酸、五年的付出……五年啊，他实在不愿再回到家乡那山沟沟里，回到那贫瘠的连草都不长的土地上，他随着李明强的“啊”声，也不知不觉地泪流满面。

李明强的“啊”声越来越哑了。刘根柱的烟头烫了手指，他甩掉烟头，用唾沫湿湿烫伤的指头，擦干了泪，说：“好了，别‘啊’了，‘啊’得人怪心酸的。来，抽根烟。”

李明强默不作声地走过去接了烟，刘根柱给他点，他先推过去说：“排长，您先。”

打火机的火焰把两个人的脸映得通红，泪珠依旧挂在李明强的脸上，满脸泪痕的刘根柱强装笑脸说：“嗬，哭了，舍不得我这个‘保温桶’了，是不是？”

李明强一怔。这是他第一次听到刘根柱说自己是“保温桶”，刘根柱向来对别人叫他“保温桶”而深恶痛绝的。李明强知道，这是老班长拿自己的绰号取乐，是在逗他李明强高兴，可是他说什么也高兴不起来。

刘根柱说：“你以为就我惨呀，告诉你吧，比我惨的人有的是！士兵到了第五年是最残酷的，干部到了正连也是最残酷的。我转不了志愿兵得复员，光棍一条，无牵无挂。可连长、指导员他们，若提不了副营，两地分居十几年，家属随不了军，也得往老家转。”

李明强静静地听着。

刘根柱把烟头摁在雪地里，接着说：“这都不叫惨啊！哎，我跟你说个笑话，你知道我们军人中最悲惨的人是谁？”

李明强摇摇动，将烟头扔在雪中。

刘根柱站起来，拍拍屁股上的雪，对李明强说：“告诉你吧，就是炮兵连的炊事班长。”

“炮兵连炊事班长？”李明强愣了，情不自禁地用疑惑的口气重复了一句。他知道炮兵连的炊事班长是刘根柱的老乡，今年转志愿兵了。

“没错，就是炮兵连炊事班长。他是戴绿帽子背黑锅不能打炮！”

刘根柱说了，看李明强没有反应，就说：“戴绿帽子，就是老婆让人干了；背黑锅，肯定是别人干了坏事，安在了他头上；不能打炮，不用我解释了吧？”

“这——炮兵连炊事班长真这么惨？”李明强的恻隐之心油然而生。

“哈哈哈……”刘根柱大笑起来，一边笑一边说：“小李，你太善良了。我早告诉你了，这是笑话。是我们老乡在一起玩，给他总结的。军帽是不是绿的？野营时背锅的是谁？人家炮手打炮他炊事班长能打炮吗？所以，我们军人中最惨的就是炮兵连的炊事班长了！”

李明强“扑哧”一声乐了。

这夜，李明强失眠了。思绪万千，想自己，想卫和平，想张金凤，想杨玉萍，想刘根柱，想父母，想亲戚朋友，想支书张洪……。不知想到了几点钟了，他睡不着，刘根柱说要去和老乡告别，现在还没回来，李明强突然意识到他睡不着觉是为了等老班长，他突然想到老班长就要走了，自己送的小塑料皮笔记本分量太轻了，老班长在部队干了六个年头了，人生能有几个六年啊，应该给老班长留点部队的念想。他突然想到，老班长曾经说过他的家乡也是山区，而且普通的收音机都收不到信号，要是班长回去后，听不到山外的声音，整日面向黄土背对烈日向大自然宣战，是何等的悲壮。李明强想到了他们排仓库里的收信机，老班长没事时就偷偷地钻进仓库当收音机听，因为他家里穷，买不起收音机。

李明强摸着黑穿好衣装，轻轻地走出宿舍。他已决定送给老班长一个收信机，尽管收信机是装备，丢了要受处理，但是他为了老班长情愿去冒一次风险。

李明强打开通信排的仓库，拉着灯，走到军用收信机货架前，一眼就盯上了那三部新收信机，他扑上去摸着边上的一个，心就飞快地跳动起来，脑子也飞快地转动起来，他是在偷，在偷军队的装备，他这与摘连队卡车上的刹车灯是一样的性质，是属于监守自盗。驾驶班长没有追究他的责任，但他自己已咬破了那几个摘灯泡的手指，发誓再不做损人利已的事。他的心开始抖动起来，想到了那几个流血的指头，想到了自己的前途，想到了通信股来查装备，他无言以对。他无力地蹲在地上，抱着头，为刚才的冲动而懊悔，但是他除了能为老班长送上一个实用的收信机外，实在是没有什么更好的东西可送。他又在心里骂自己，躺在床上不是也想了这么多的问题吗？怎么下了决心，见了光就怕了，看来干坏事是见不得光明的。李明强就去拉灭了灯，摸着黑向收信机走去，可是他走错了方向，怎么也摸不到收信机。这个仓库是通信排的重要物资库，前天刘根柱交接时李明强才第一次进入，听老兵们讲里边还有一张床，是老排长以前与女朋友“掂锅”的地方，新兵不得迈进半步。老排长上学去了，这个阵地交给了刘根柱，李明强也曾见刘根柱领着驻地的一位女青年进去过几次，所以在交接时他特别留意仓库里的摆设，床没了，有一块铺板竖在紧角里，刘根柱交代说那是老排长个人的东西，监督交接的连长说：“是个鸟，全是连队的。”

李明强终于摸到了收信机，他闭着呼吸，“噌”地一下就把他搬到了地下。就在这时突然门口一声大喊：“谁？干什么的！”接着，一束电灯光射向了李明强。

李明强吓得出了一身冷汗，定睛一看，是自己的同年兵，六班的王志红，便定下神来，用嘴角笑笑说：“你小子，想把我吓死呀！”

王志红见是李明强，遂即就结巴上了：“排，排长，是，是你，怎，怎么，不，不拉，不拉灯呢？”

李明强说：“刚接过来，熟悉熟悉每件物品放置的位置，免得紧急拉动时抓瞎。”

王志红很恭敬地说：“佩服，佩，服。你，你真，真刻苦。连，连里，让你当，排长。咱服，服气。”王志红关掉手电继续结巴着说：“排，排长。那，那，我站，站岗去，了啊。”

李明强站在黑影里，像个将军似的对王志红说：“好，去吧。”

王志红走了，李明强觉得拉灭灯不合适，就又将电灯泡拉着了。他关上门，回头一看，自己竟抱了一台报废的旧收信机。就这么一台旧收信机，使李明强的眼睛豁然开朗，他走向另一个货架，搬下一个工具箱，到收信机前，三下五去二，就将那要报废的收信机给拆开了，接着又拆了两个要报废的收信机，熟练地组装起来，不一会儿，四台缺胳膊少腿的收信机干净利落地摆上了货架。

李明强看了看自己的杰作，擦了把汗，嘴角泛起了那种带有讽刺意味的微笑，搬下那台新收信机，用一块大擦机布包好，找到一个纸箱装上，又用铁丝在外面进行了加固。做完这一切，李明强长长地呼一口气，把收信机放在门后，锁上门向宿舍楼走去。

院子里已有几个人拿着大扫帚在做好事扫地，这说明快吹起床号了。李明强信步走到楼后，突然发现一个人蹲在柳树下哭泣，那喘息声此起彼伏，鼻子一把泪一把的样子。那人发现了李明强，“唔”地一声止住了哭，“噌”地一下跃起向远方跑去。

李明强看那保温桶似的身影，断定是老班长刘根柱，心里不免有些发酸，泪水涌上了眼眶。

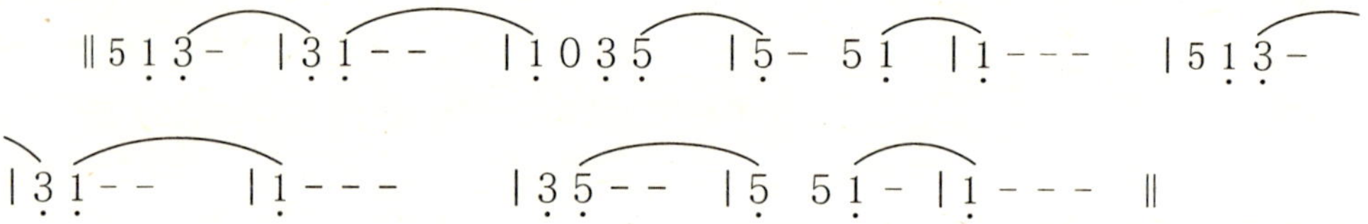

嘹亮的军号声撕破了夜空，整个军营随着军号撕扯夜幕的颤音亮了起来。警通连两层小楼的灯几乎是同时，“唰”地一下全亮了。李明强走到刘根柱蹲过的地方，借着灯光，看到地上一大堆烟头混着一大堆鼻涕和黏痰，李明强冲着这滩“污秽”，行了个庄严的军礼。

吃过早饭，连队召开欢送老兵会议。连长、指导员、副连长轮流讲话，退伍的老兵、留队的战士代表轮流发言，会议开得很沉闷，好像每一个人的心头都压着一块大石头。会后，连长说：“唱个歌，活跃一下！

“谁指挥呢？”连长扫视着马扎上的队伍，像是自言自语，又像是对全连官兵说：“以前都是刘根柱指挥，也没培养个接班人。”

指导员又看了全连一遍，说：“这样吧，李明强接了刘排长的班儿，就李明强来指挥吧。”

李明强也不推辞，从队伍的最后站起来，一边走，一边朗颂：“送战友，踏征程，默默无语两眼泪，耳边响起驼铃声。路漫漫，雾蒙蒙，革命生涯常分手，一样分别两样情。战友啊战友，亲爱的弟兄，当心夜半北风寒，一路多保重。

“同志们，就让我们唱这首歌，为我们的老战友祝福，为我们的老战友送行！”

李明强说到这里正好走到队伍的前面，接着领唱：“送战友——，预备——，唱！”

“送战友，踏征程……”全连官兵一齐歌唱，本来就被李明强的朗颂所感染，加上李明强那经过专业训练的指挥，这首歌唱得格外动情，格外悲壮，格外奔放，许多人都流下了眼泪。

连长说："这首歌，是我当连长以来，全连唱得最好的一次，如果是比赛，肯定能在全团拿第一。刚才，二排长的朗颂，就让我噙了两眼泪，我们战友情深啊！我脾气不好，你们几个要走的同志，平时对不住的，请你们原谅，也请你们有工夫常回来看看，那时，我就不是你们的连长了，咱们是战友，是兄弟。"

连长说着又流泪了。指导员说："好了，连长和我，全连官兵的心情都很激动。今天的会就开到这里，炊事班已为复员的老兵包好了饺子，大伙回去准备一下，听吹哨开饭。

"就这样吧，散会！"

队伍一下子乱了，"嗡嗡嗡"响起了人们的说话声。李明强拉着刘根柱说："排长，走，到仓库一趟。"

"小李，你给我留了很大面子。"刘根柱低沉地说。他看到李明强指挥唱歌那专业化的动作，想到自己在那场篮球赛后，对李明强的重重报复行为，感到惭愧。

"你说什么呀？排长。"李明强不解地随口说道。

"你指挥唱歌很专业。"刘根柱诚恳地说。

"嗨，别恭维我了。专业什么？是跟着节拍瞎胡拉的。"李明强满不在乎地说了，又觉得不合适，接着说："是今天的气氛好。"

"不，你练过。"刘根柱坚定自己的知觉，说："我要走了，你还要给我留个谜，是不是？"

"不是，排长。我真没练过。"李明强说，"要说练，也就是在戏校待过一段时间。"

"噢——"刘根柱若有所悟地点了点头。

刘根柱是第一批要走的人，上午十一点半的火车。

李明强带刘根柱来到仓库，指着门后用铁丝打成"井"字型的纸箱说："排长，走时把这个带上。"

"什么东西？"刘根柱问。

"收信机。"

"什么？"

"收信机，是个新的，你带回去好听听山外的消息。"李明强讲得很艰涩。

"你！"刘根柱的脸憋得通红，青筋暴跳："你，你知不知道这是装备！"

"知道！"李明强喃喃地说。

"知道？我是怎么教你的！给我放回去！"刘根柱吼道。

"排长——"

"放回去！"刘根柱几乎跳了起来。

"排长，你听我说——"

"说什么？放回去！"刘根柱指着货架喊，唾沫星溅到了李明强的脸上。

李明强用胳膊擦一把脸，奔到货架前，指着上面的收信机说："排长，你看，你交给我的数目一个不少。”

“这，哪儿来的？”刘根柱充满血丝的眼光不那么锋利了。

李明强说：“我把那三台旧收信机，拆装成了四台，上面查可以充数。要问丢的机件了，我就说拆下修机器了，准能过关。”

“你过个球！”刘根柱恨得照着李明强的胸脯就是一拳，愤愤地说：“这是军队，时刻都有拉动的可能，时刻都要准备打仗！作为团的通信分队，你通信不畅，就会误了大事！你有几个脑袋！”

刘根柱越骂越气，仰着头，指着李明强鼻子喊：“好，好啊，你聪明，你会偷梁换柱，人家查不出你，你拿得安心用得安心吗？你，什么标兵？是军队的蛀虫！蛀虫！你，你赶快，赶快给我放到原位置上去！”

李明强看到刘根柱那几乎疯了的样子，心里既惭愧又委屈。惭愧的是，他没想到刘根柱对军队有这么深的认识，有这么深的感情；委屈的是，他这么做完全是为了刘根柱，而刘根柱却不领情。看着刘根柱踮着脚尖，指着自己的鼻子骂，李明强突然想起了拿破仑的一句话，那是拿破仑对他的一个将军说的，大意是：“将军，你整整比我高一头啊，倘若在战场上不执行我的命令，我将削去这个不平！”

李明强从四十五度角的方向瞥了刘根柱一眼，不情愿地打开工具箱，拿出钳子，走向那他用铁丝精心打成“井”字的纸箱。

“我来！”刘根柱抢过钳子，七哩八啦，把铁丝剪断几节，“噌噌”几下把纸箱撕了个唏烂，抱起收信机愤愤地放在货架上，对李明强狠狠地说：“把旧机器恢复原样，弄不好，别吃饭！”说完，背着手气哼哼地走了，俨如他代理排长一样。

李明强将四台旧机器恢复成了三台，又把仓库打扫干净，回到宿舍。刘根柱正好吃完饺子，与几个复员的老兵在楼道里嚷：“吃完‘滚蛋饺’，该滚蛋了！”

“谁要是先发了家，可别忘了咱哥们啊！”

“我要是成了万元户，包架飞机去看你！”

刘根柱走到门口，见李明强在屋内坐着，急忙走进去，拍了拍站起来的李明强的后背，深情地说：“兄弟，我知道你是为我好，可——，去吃饭吧。刚开始，你们吃的是您河南人最爱吃的面条。”

刘根柱见李明强不动，就猛推了一把，说：“快去，吃饱了给我扛东西！”

刘根柱要扛的东西也就是个大背包和一个大提包，黄挎包里装着洗漱用品和战友们送的一包点心、两小包饼干和几盒香烟，很轻，路上一消灭，回家时背着大背包，提着大提包走几十里山路，没问题。

李明强扛起刘根柱的大背包，虽然个大，但是分量不重，除了刘根柱的被褥外，就是刘根柱这么多年积攒的新旧衣服和胶鞋袜子。

谢国华提起刘根柱的大提包，说：“排长，你装的棉花啊，这么轻！”

刘根柱的脸“唰”地一下红了。他为了工作，跟别人争高下，当班长代理排长几乎把人都得罪完了，没几个人送他东西，他为了撑门面，自己用复员费买了两袋麦乳精，为了把大提包装满，往里边塞了许多海绵。

“啊，啊，你小心点，那是我在山海关造船厂弄到的专利品，发家致富的种子。”刘根柱撒了个弥天大谎。本来，他想也许就李明强会去送他，让李明强背着大背包，自己黄挎包肩上一挎，拎着大提包就走了，没想到谢国华会抢着提那大提包送他。杨成立、马鸣和张栓也不计前嫌地送刘根柱上了大卡车，李明强对谢国华他们四个说：“我代表你们送排长到车站，你们都回去吧，下午自由活动。”

刘根柱趁机与五班的同志告别：“都回去吧，有事儿就写信。”

与刘根柱一同走的还有老收发几个人，老收发在卡车上送给李明强个小塑料皮工作手册，扉页上写着：“风吹草低见牛羊，明强是牛不是羊。”

李明强很感激，为自己没给老收发买东西感到不安，老收发虽老谋深算看不起人，但对他李明强还是高看一等的。李明强背过身，挡住了刘根柱的视线，将刘根柱送给他的钢笔塞到了老收发的手里。老收发激动地说：“兄弟，你没忘了我。”

李明强用嘴角笑笑说：“哪能呀！”

老收发拿着那笔摆弄，李明强生怕刘根柱看见，但是他不知道，这是老收发收到的唯一礼物，因为他老分析别人的信，给连干部送情报，传播小道消息，全连官兵都恨之入骨，敬而远之，加上他编在连部，属连首长直接领导，连部的人不送他礼物，别人更没人送了。

老收发摆弄得手出了汗，李明强急得头出了汗，但是他左挡右挡，还是没有挡住刘根柱的目光。刘根柱看见了，李明强红着脸低下了头。

刘根柱在李明强的屁股上拍了一下，笑笑说：“没关系，装在心里就行，谁让咱们穷呢！”

李明强冲刘根柱使劲点了下头。

火车快要开动了，列车员拿着喇叭筒喊送行的人，请站到安全线内。老收发突然伸出手招呼着喊：“指导员，我给您说件事儿！”

指导员杨文胜急忙奔过去，谁知老收发一把抓住指导员，“叭”地一下就是一记耳光。李明强见状，跳起一掌击在老收发的手腕上，顺势将指导员拉回。车上刘根柱死死地抱住老收发，老收发一边挣扎一边大骂：“我操你妈，都是你，都是你把老子给害了！”

刘根柱喊：“你骂什么，那能怪他吗？换了你，你怎么办？”

车上静了，车下更静，只有火车的笛叫，慢慢地开动，车上的老兵没有招手，车下送行的人也没有招手，更没有人喊“再见”。

警通连的卡车刚刚驶出车站，就听见一阵急促的警报声，在山海关大街看到一辆警车闪着灯尖叫着迎面驶来，驾驶班长将车远远地靠在路边，警车带着一阵风呼啸而过，紧跟着的是团里的吉普车，在警通连的卡车前急停下来，保卫股长和军务股长几乎同时伸出头，又几乎是同时冲卡车喊:“刘根柱是不是坐 176 走了？”

“对！”指导员在驾驶室响亮地答道，满脸满眼的疑惑，又大声地问:“出什么事儿了？”

两位股长谁也没有答话，又几乎是同时扣上了车门，吉普车像离弦的箭，“噌”地一下射了出去。

卡车上的战士议论开了，说没准是军务股长给刘根柱弄到了转志愿兵的指标，要追刘根柱回来。

“我操，还用警车开道呢！”

“人家是军务股长，牛 B 吗！”

“哇！这回刘根柱可风光了！”

# 第十二章

刘根柱咬着牙使劲地点了下头，随李明强上了回团部的大路。迎头跑过来几个军人，那个将闫小莉的照片递给李明强确认的保卫干事，上前就扭刘根柱，被李明强扔出一丈多远，摔倒在雪地里，其余的人都站着不敢说话，看着李明强护着刘根柱向团部走去。

晚饭前，刘根柱被追了回来，不是转志愿兵，穿和干部一样的四个兜儿，而是戴上了一幅手铐，关进了团部的禁闭室。

沸沸扬扬的小道消息一个劲儿地往李明强的耳朵里灌，归结到一点，就是刘根柱昨天晚上强奸了驻地一位女青年，强奸后杀人灭口，把那女的扔进一个机井里淹死了。

李明强不敢相信，也吃不下饭。回想着与刘根柱的交往，特别是从昨天晚上在海边打架到送刘根柱上火车离去的种种迹象，尽管刘根柱说去和朋友告别，一晚上未回宿舍，但是，李明强怎么也不敢相信刘根柱会去强奸，更不用说杀人了。

快熄灯时，李明强还是被保卫股的高干事叫到了团部大楼，张副团长、保卫股长、军务股长、团里的参谋干事和地方的三个公安人员，在会议室里围着一个大长方形会议桌坐了一圈儿，有的面前还放着笔和本子。

李明强随高干事进了会议室。高干事说："这就是现在的代理排长李明强。"

张副团长指了指临近门的方桌头前的方凳说："坐下说吧。"

李明强没有坐，对着那些四个兜儿的干部行了个军礼。保卫股长就问："昨天晚上什么时间，刘根柱对你说去老乡哪里的。"

"大约快九点吧。"李明强答。

"几点回宿舍的？"

"吃早饭前。"

“他有什么反常举动吗？”一个公安人员问。

“没什么，因为他当了五年兵，没转自愿兵，心里有想法，有些消沉。走之前，好像想开了，没有什么反常。”

“他平时给你们说过交女朋友的事儿没有？”军务股长问。

“没有。”

“你看看，认不认得这个人？”保卫股长说着拿起桌上放着的一张照片，一位干部急忙接过来送到李明强面前。

照片上是一位女空军战士。她上穿绿色女军装，下穿天蓝色裤子，脚穿黑色皮鞋的，娇媚之中带着点英武之气。李明强摇了摇头，他连陆军的女兵都没有正眼看过几个，怎么能认识空军呢？

“你再细看一下。”那干部将照片递到了李明强手里。李明强仔细地看了看，突然发现那照片上的女兵没有戴领章，那瓜籽脸也好像在哪里见过。他就往刘根柱身上想，突然，想到他们一次外出训练，刘根柱在路边和这个姑娘谈了好长一段时间，后来刘根柱领一个女的进仓库，虽没有正面见过，但身材与照片上这姑娘相似。

“她是不是龙门村的？”李明强试探着问。

李明强等了一会儿，见没人回答，就说：“如果我没记错，那次我们外出训练，在龙门村，排长和这个姑娘在路边谈了好长时间。”

“有多长时间？”一个公安人员问。

“大概有一个小时。”

“你说的排长是刘根柱吗？”保卫股长问。

“是。”李明强肯定地回答。

“后来，你见过这女的吗？”保卫股长又问。

“没有正面见过，但从体形看，她好像跟我们排长进过几次排里的仓库。”李明强原本不想讲这个问题，突然觉得这个问题若成立，刘根柱的强奸可能不会成立，因为那仓库是老排长与女朋友“掂锅”的地方，那刘根柱是不是也在那里与这姑娘“掂”过呢？

“你能肯定是这个女的吗？”那个公安问。

“能！”李明强不知从哪里来的勇气非常肯定地回答。

“你说的排长——”保卫股长的话还没问完，李明强抢答道：“就是刘根柱！”

“你——”保卫股长还想问什么，突然一个穿干部服装的跑进会议室喊：“不好了，刘根柱跑了！”

“怎么回事？”张副团长“呼”地一下站了起来。

“他说上厕所，看守的兵把门打开，他打倒了看守，跑了！”

“追！”军务股长首先夺门而出。

李明强也加入了追赶的队伍，因为刘根柱越墙逃走，墙外的雪地里脚印杂乱无章，人们辨不出刘根柱逃的方向。保卫股长喊：“快，小高，你随公安到龙门村那女孩儿家里，防止事态恶化；小刘跟我上火车站！”说着又回头对军务股长说：“李股长，你带几个人上公共汽车站！”说完就向前跑，跑了几步又折回来，向张副团长行了个军礼，说：“团长，您下命令，让警通连在附近找清脚印，分头找！”

张副团长不耐烦地挥挥手说：“去吧，去吧！”

李明强站在雪地里想了想，独自一人向龙门村的机井方向跑去。

不知是心灵感应，还是李明强太了解刘根柱了，刘根柱果然在机井旁，他跪在雪地里失声痛哭：“莉莉呢，你若在天有灵，就给我说句话，你怎么就这么走了，不是说好了，我会回来接你的吗？你这一走，也要不明不白地带我去吗？我可以跟你走啊，可为什么要我落个强奸杀人的罪名啊？你说话啊，你说话啊，你倒是说话呀你？！”

刘根柱哭着、说着，鼻子一把泪一把，伤心到了极点。李明强站在他的身后，不禁也落下了眼泪。许久，他伸手扶起了刘根柱，哽咽着说：“排长——”

“你！刘根柱挣了一下，一看是李明强，一头扎在李明强的怀里，像个受委屈的孩子失声痛哭起来。

“排长，别哭了，走吧？”李明强也泪流满面。

“走？”刘根柱一激灵，问道：“去哪儿？”

“回团里！”李明强坚定地说。

“不，我不回去。”刘根柱挣脱李明强，说：“他们都不相信我，你说，我会强奸吗？我用得着强奸吗？我杀她？那还不如我自杀呢！”

“我相信你！”李明强一字一顿地说。

“你相信，顶屁用？你知道现在是什么时期？是严打！我回去，就得死，就得枪毙！你知不知道？”刘根柱声嘶力竭地喊。

“排长，你冷静点！你跑了，就是畏罪潜逃，就要被通缉，你能安安生生地生活吗？只有回去，把事情说清楚，要相信法律！”

刘根柱不说话了，擦了泪在前边走，李明强在后边跟。许久，刘根柱说：“我想了很多，我现在比谁都冷静，志愿兵没转成，莉莉又走了，我活着还有什么意义？”

“你要为父母、为自己活下去！”

“我就是这么想的。所以，你不要说见到我了。我有办法活下去。”刘根柱咬着牙说。

李明强好像意识到了什么，一把抓住刘根柱，坚定地说：“我不会放你走！”

“我们是不是好兄弟！”

“正因为是好兄弟，我才不能放你！放你，就等于害你！你不但要活下去，还要清清白白地活下去！”李明强把“清清白白”四个字说得很重很响。

刘根柱不作声了，继续向团部方向走。沉默，难耐的沉默，压得两个人喘不过来。刘根柱干咳了一声，说：“他叫闫小莉，是龙门村的小学教师，你见过。我们认识快两年了，自从我代理了排长，就正式谈上了，实话给你说，我们已经干了有一年了。”刘根柱的脸上露出了笑意，虽然很苦涩，但是发自内心的：“昨天晚上，我到她家里找她告别，说好了我混出个样子就来接她。她送我回来，我们是站在雪地里干的。干完后，她哭着跑了。我追了几步，心想，再追，她还是哭，一日夫妻百日恩啊，谁也割舍不掉，就回来了。我没有回宿舍，想多看看咱这营房。五年了，不，六个年头！我不愿离开这里，可是——。我在营房里转啊转啊，谁知，小莉她，我真该死啊！我应该送她回家！我，我真是晕了头了！”

“所以，排长，你一定要协助团里和公安把事情弄个水落石出。要不，她死得冤屈，你活得也不清白呀！”

刘根柱咬着牙使劲地点了下头。两个人上了回团部的大路，迎头跑过来几个军人。那个将闫小莉的照片递给李明强确认的保卫干事，上前就扭刘根柱，被李明强扔出一丈多远，摔倒在雪地里。其余的人都站着不敢说话，看着李明强护着刘根柱向团部走去。

李明强把刘根柱带到团部大楼，值班的干部急忙抓起电话：“张团长吗？我是值班员小孟。刘根柱被抓回来了！”

“谁说是抓回来的？！”李明强已忘记了自己是一名战士，俨然像排长质问他的士兵一样。值班干部看着灯光下虎背熊腰、眼睛冒火的李明强，不作声了。

刘根柱捅了李明强一下，喃喃地说：“别为我把你牵进去。记住，胳膊永远拧不过大腿！”

李明强从四十五度角的方向瞥了一眼刘根柱，又瞥一眼那值班干部，在心里骂：“老子就不信这个邪！”

二楼响起了急促而杂乱的脚步声，刘根柱又对李明强说：“我求你个事儿。明天抽空儿到闫小莉家，安慰一下她的父母。说，我刘根柱没杀小莉，我永远是他们的儿子，我出来后再报答他们！”

刘根柱被张副团长一行带上了二楼，一位公安问李明强：“是你抓到的？”

“不！是我找到了他。是他自己回来的，他就想去看一看闫小莉死的现场。”李明强故意大声说，为的是让刘根柱听明白。

李明强被叫到另一个屋，张副团长和那个公安，还有一个拿本子记的干部问清了事情的经过，说：“没你的事儿了，回去休息吧。”

李明强从此再也没见到刘根柱。据说，刘根柱被押到了师部，又关进了地方监狱。验尸结果，闫小莉怀了刘根柱的孩子。刘根柱得知这一消息，自杀未遂。

两个月后，山海关举行万人大会，枪决八名罪大恶极的不法分子，刘根柱是其中之一。

李明强不敢去看那人名上打着红叉的布告。听别人说，布告大意为：刘根柱长期与驻地女青年闫某同居，使之怀孕。刘根柱不愿承担责任，复员前一天晚上，约闫某到野外，对其强奸并杀人灭口。刘根柱对其所犯罪行供认不讳。为贯彻“依法从重从快惩处”方针，开除刘根柱军籍，执行死刑。

李明强蒙了。他咬着牙，跑到仓库大哭一场。哭够了，把刘根柱交给他的老排长的个人物品——那张单人铺板砸了个粉碎。砸罢，还不解气，就抱到菜地边上，点起了一堆篝火。那火把李明强的全身映得通红。李明强看着那燃烧的火，就像是一汪鲜血。在那火烧得正旺时，六班的王志红跑过来，结结巴巴地说："排——长，连，连长叫，叫你。"

李明强狠狠地丢下一句："看着，把它烧净了清走。"

李明强奉命带领警通连十一名战士与公安干警一起押解犯人前往刑场。八辆卡车，每一辆上面押一个犯人，每一辆车上安排四个穿白衣服的公安人员和四个穿绿军装的战士。

李明强与友邻两个部队的排长参加了临时协调会。一个公安干部说，一个解放军战士一个公安干警交叉站立在卡车车箱两边，把罪犯捆绑在车中间。大家按分工组织实施，李明强希望自己负责的三辆车中有刘根柱，他想在最后的时刻，解开心中的谜团。可是，他失望了，他所负责的三辆车中的罪犯都不是刘根柱。

李明强挨着车找。他想，战友一场，他就是不能和刘根柱说一句话，也要最后看他一眼。可是，他走遍了八辆车，七个罪犯都抱着头卷缩在车箱里，生怕熟人看见，只有李明强负责的一辆车中的罪犯，昂着头站在车箱里。罪犯都是剃一模一样的光头，穿一模一样的青白色衣服，周围又站着八名公安人员和解放军战士遮挡着。李明强怎么也认不出那个上下一般粗的"保温桶"，急得他只冒汗。突然，那位刚才主持会议的公安干部叫住了他："你是那个部队的？乱跑个啥！"

李明强一惊，正没处撒气呢，反被人家训了一炮。他看了一眼卡车，没好气地说："就找你的！瞧你安排的，这是解放军押公安呢，还是公安押解放军？"

那公安干部一看，可不是，公安人员穿白衣服扎腰带挎手枪，解放军战士穿绿军装扎腰带持步枪，一白一绿交叉站立着，还真容易让人家误解当笑话传。他的脸红了，压低声音问李明强："你说咋办？"

"各站一边！"李明强丢下一句话，连看都不看那公安干部一眼，就向自己负责的三辆车走去。他爬上那个站着罪犯的辆车，阴沉着脸对谢国华说："你到那辆车上去，负责好我们的人！"然后回过头对那罪犯喊："蹲下！"

那罪犯装作没听见，把头昂得更高了。李明强运足了气力，摁着他的肩膀喊："我让你蹲下，听见了没有？"那罪犯便软了腿蹲在车箱里。

这时，一个公安人员跑过来对车上小声喊："大家注意，公安干警和解放军同志各站一边，准备走了！"

李明强看着那公安，嘴角泛起了那种带有讽刺意味的微笑。

汽车开动了，驶上了山海关大街。街上人山人海，李明强车上押解的罪犯突然站起来喊："二十年后，又是一条——"

"虫！"李明强回手一掌把那罪犯打倒，并点了他的哑穴，罪犯只撇嘴说不话来。街上的人们听到罪犯喊"二十年后又是一条虫！""轰"地一下笑了，李明强的嘴角也泛起了笑容，但是就那么一闪立刻消失了，他突然想到刘根柱，二十年后，他——。李明强咬咬牙，昂首面对着街上成千上万的百姓。

刑场设在燕山脚下的石河道上的荒地里。一群乌鸦听到汽车的轰鸣，飞上天空，盘旋着，尖叫着。有的飞走了，只剩下了七只。李明强想起了小时候刘爷爷给他讲的乌鸦叫魂的故事，就想到是不是这八个罪犯中有一个人不该死，那不该死的一定就是刘根柱。可是，李明强这个念头刚刚闪现，天空中又多出一只灰色的海燕，凄惨地鸣叫着，在卡车上一高一低地飞，显得那么孤单。那么——，李明强沉重地低下了头，莫非刘根柱真的有罪！

罪犯被公安干警一个个地押走了，留下解放军战士看守车辆。

李明强在白衣公安干警的人群中，寻找他要找的熟悉身影。可是，一个也不像“保温桶”。正在李明强绝望之时，突然一个又矮又瘦的罪犯冲着他们的车大喊：“李明强，你要替我照顾好莉莉的父母！他们只有这么一个女儿！我求你了！”

刘根柱的声音，是刘根柱的声音，李明强激动地喊：“排——长”可是，他的喉咙里像堵着点什么，没有发出一点声音，眼睁睁地看着那又瘦又矮的罪犯，被公安人员像提小鸡似的押向了远方，走向了荒草地。

不一会儿，传来了枪声。李明强感到心一阵绞痛，几声枪响，他都没有注意，只有战友的议论声在耳边嗡嗡作响：

“呀，怎么这么短的时间，刘根柱瘦成了那个样子！”

“瘦得连我们都认不出来了！”

“真是不敢想象！”

怎么回到了军营，李明强一点也不清楚。他懵懵懂懂地走进宿舍，一头倒在了床上。

李明强整整病了半个多月，低烧，咯痰，那痰中还带血，团里没有什么好药给战士用，他又坚持不去师医院，就这样一直地熬着，直到接到卫和平的信，这个怪病才好。

卫和平的信是带着泪写的，大意是寒假中，她二哥出了车祸，英年早逝，母亲悲痛过度害了场大病，她在家处理完哥哥的后事，侍奉母亲痊愈才回北大，所以迟迟没有给李明强写信，并询问李明强为什么这么长时间没有给她写信，是工作忙还是出了什么意外？说她做了个梦，李明强上了前线，在与敌人搏斗中，浑身都是血。她刚刚失去一个哥哥，又做了个这梦，都要急疯了，让李明强接到信后立即回信。并说，新的一年开始了，离高考也越来越近，要李明强无论发生什么情况，都要咬紧牙关，加倍努力，争取考上军校，一步一步走向将军。

最后落一句：“亲爱的，我相信任何艰难困苦都难不倒你！你是我心目中真真正正的男子汉！”

李明强将信看了一遍又一遍，泪水默默地从眼角溢出，他自己也说不清是为卫和平失去亲人而悲痛，还是为卫和平的关心而感动。也不明白他是为刘根柱被枪毙而耿耿于怀，还是为自己目前的颓废而懊悔。也不知道自己是在骂刘根柱，还是在骂自己，总是在心里一遍一遍地骂：“你他妈不是男子汉！”

哭够了，骂够了，李明强咬着牙慢慢地起了床，将被子叠成豆腐块。因为十几天未叠被子了，很难叠，他又体弱，出了一身透汗。他端起痰盂，到走廊尽头的水龙头下将痰盂刷干净，感到楼道里空气很好，很凉爽。宿舍里太干燥了，因为他有病，兵们把火墙烧得烫手，屋里比楼道要高出十度，空气太稀薄了。

李明强深深地吸一口气，将痰盂盛一些水，又深深地吸口气，回到屋里。他感到舒服多了，就去将窗子打开，一股冷流扑面而来，爽极了。他又走出宿舍，把火盖上，十几斤重的铸铁盖子，他竟拿得感到吃力。心想，不锻炼就是不行！

李明强感到饿了。他打开床头柜，看到战友们送的那些他一点都舍不得吃的冰糖、白糖、红糖、饼干、蛋糕、麦乳精，还有那一角九分钱一袋的方便面。李明强摸了一遍，一个也舍不得动，他从怀中掏出那支带电子表的圆珠笔，看看，九点一刻，离中午开饭时间还早着呢。他就摆弄起那电子表笔来，这是他长这么大的第一件奢侈品，是用五元八角一本的《现代汉语词典》与老乡换来的，因为他当班长、代理排长需要表，况且那本《现代汉语词典》他已经看过几遍了，几乎能把它背下来，留着也没有多大用处了。那位老乡占了一块多钱的便宜，也乐不可支。

李明强傻坐一会儿，突然想起了一件事儿。他下决心打开一包方便面，用喝水的茶缸泡上一会儿，就迫不及待地吃起来，吃完了，又出了一身透汗。

李明强给茶缸晾上水，又打开床头柜，将所有的食品都一股脑地往自己的黄挎包里装。装完了，系不上绳扣，就索性不系了。他背起挎包，又端起茶缸喝两口水，把茶缸与战友的一起放好，转身出了房门。

李明强走到龙门村已经是气喘吁吁了。他问清了闫小莉家，便径直走去，他发现人们用异样的眼光看着他，还在背后里指指点点。

李明强装作没看见，在闫小莉家门口站了一会儿，喘几口气，抬手敲响了那刚用红漆油过的大门。

开门的是一位五六十岁的老妇人，李明强断定是闫小莉的母亲，就问：“大娘，你近来身体好吗？”

“你是——”老妇人用疑问的眼光和口气问。

“我来看看您老人家。”李明强说着也不等让就闪身走进了院子。

“你是——”老妇人在李明强的身后追问。

进了门，李明强就不怕被拒之门外的尴尬了，说：“我是炮团警通连的，来看看您老人家。”

老妇人不说话了，看来她对炮团还心有余悸。这时，房门开了，一个五六十岁的老头，拄着拐杖站在了门口，抖着满脸的络腮胡子喊：“我们不需要你们炮团看！”

李明强急忙奔过去扶住了老人，泪已含在眼中，他突然想到他那腰腿痛，经常拄拐的父亲，也是这个年纪，也是这个样子，也是这么一脸的络腮胡子，哽咽着说：“大爷，我是代表我自己的，来看看您们，我有话给您说。”

络腮胡子把拐杖移了移，让出了路，又用捌杖指了指桌边的椅子，阴着脸说：

“坐吧！”

李明强没有坐，先扶络腮胡子坐下，把黄挎包放在桌上，就向外掏东西。这时，老妇人也进了屋，虽然眼边还挂着泪，但是笑着说：“来就来吧，还买什么东西。”

李明强说：“略表一下心意。”

李明强把黄挎包里的东西全掏到桌子上后，坐下来，从四十五度角的方向瞥了一眼络腮胡子，又瞥了一眼老妇人，说：“我叫李明强，是刘根柱的兵。”

“噢，就是你把那王八羔子给抓回来的？”络腮胡子说。

“我没有抓他，是他自己回去的。”李明强又瞥了两位老人一眼，见都不说话，就接着说：“他说他没有害死闫小莉，他要回去配合公安人员查个水落石出，洗刷他和小莉的不白之冤。”

“他没有？那是谁杀了我女儿？他自己全招供了，不是他，他为什么承认？不是他，公安局会枪毙他？”络腮胡子有点激动。

“我也说不清楚，反正他告诉我不是他干的，还说等他被放出来，一定替小莉报答您们。临刑前，他还大声喊，让我替他照顾你们。”李明强喃喃地说。

“我也老在想，小刘那孩子挺仁义的，不会害俺家小莉。”老妇人接着说，“那天晚上，说得挺好的，他回老家一段时间，就回来。他和小莉挺好的，我们也不反对，他不应该——”

“不应该什么，肯定是那死丫头告诉他怀了他的孩子，他不想负责任，杀人灭口。”络腮胡子愤愤地说。

“也许，也许，小莉没告诉他。”李明强说，“后来，他知道了，知道自己的爱人和孩子都没有了，不想活了，就招了。”李明强说着眼眶又充满了泪。

两位老人都不作声了。李明强仰仰脸，眨眨眼让泪流回去，接着说：“人死不能复生，您们要多注意身体。我不相信我们排长会杀人，我会留心的，如有条件，我会好好调查此事的。”李明强说着，站起来，蹲在桌子对面的煤坑前，码那些零乱的砖。

“使不得，你别——”老妇人上前拉李明强。

李明强回过头轻轻地说：“以后，你们就当多养了我这个儿子。”

老妇人哭了，抽泣一会儿，大叫一声：“小莉呀——”就冲进偏房里，关起了门。

络腮胡子和李明强的眼眶里也溢满了泪水。

李明强将屋子归置利落，又整理院子。塞外的三月依旧是冰冻三尺，可李明强早已是头冒热气了，内衣明显地贴在身上，他太虚弱了，有点力不从心，情不自禁地掏出那支带电子表的圆珠笔。时间跳到十一时零三分，李明强咬咬牙又干了一会儿，才向军营走去。

李明强摇摇晃晃地走到宿舍楼前，接替他代理排长的六班长张福庆正在整队准备吃饭。见状，冲六班的王志红摆下手说：“王志红，扶李排长回去！”

“是！”王志红大喊一声冲到李明强面前扶住了李明强。

李明强回到宿舍，瘫得就像一堆泥，倒到床上直喘粗气。吓得王志红更结巴了：“李——李——排，排——长，你——怎——怎——怎么——了——？”

李明强少气无力地向王志红挥挥手，少气无力地说：“累的，没事儿，吃饭去吧。”

谢国华匆匆忙忙吃过，跑到炊事班给李明强打了病号饭，端到宿舍，李明强已经缓过点精神了。谢国华问：“你上哪儿了？”

“出去遛达了一圈儿。”李明强用嘴角笑，便接过饭碗，狼吞虎咽地吃起来，不一会儿，一碗鸡蛋面就光光了。谢国华乐了：“哎，好了，今天吃得可真不少，再来点？”

“不了。”李明强摆摆手，嘴上虽这么说，心里还是想再有一点该多好啊。

谢国华不知是看出了他的心事，还是见他突然能吃饭了高兴，端起李明强的饭盆，丢下一句话：“你等着，炊事班还有呢。”就向炊事班跑去。过了一会儿，谢国华就悻悻地回来了，进屋骂道：“狗日的炊事班长，让他家小飞给吃了。”

李明强说：“我已经饱了。”

“饱什么？多少天没好好吃东西了？人都瘦了一大圈了。”谢国华说，“哎，我给你泡包方便面吧？”

“不，不用。”李明强急忙说。

“你就是个穷命，舍不得吃，留给谁呢？”谢国华说着拉开了床头柜，惊叫一声：“这里的东西呢？”

“我送人了。”李明强淡淡地说。

谢国华用鼻子笑了笑。李明强知道他理解错了，以为李明强把那些食品给哪个领导了，就喃喃地说：“上午，我到闫小莉家里去了，看了看她的父母。”

谢国华的眼睛突然睁大了，直盯盯地看了一会儿李明强，又暗淡下来，说：“你不要太难过了。”

谢国华掏出一支烟，点着，吸一口，吐了，看了看李明强，接着说：“你不说我也知道，你不相信刘根柱杀人。其实，好多人都不相信。但是，刘根柱，他，确实被枪毙了。你要接受这个事实！”

李明强伸出手，说：“给我一根儿。”

谢国华给李明强点上。李明强吸一口就咳嗽起来，又咳出了血丝。谢国华把烟从他手里夺下，说：“别抽了！”把烟扔进了痰盂，缓缓地说：“想开点，这事儿正出在严打的浪尖上，公安局也是想早点儿结案。”

“草菅人命！”李明强愤愤地说。

“别瞎说，新兵蛋子！”谢国华拉下了脸，“你以为你是谁呢？邓小平啊！能翻案呀？刘根柱自己都认了，你有什么不能认的！”

李明强不说话了。

谢国华再次叫醒李明强时，屋里的电灯已经亮了，窗外黑洞洞的，什么也看不见。谢国华说：“快吃饭吧，要么就凉了！”

李明强坐起来，感到很精神，说："谢谢，这么多天，都让你给我打饭，不好意思。"

"什么病号饭呀，一天两顿面条，烦死人了。"谢国华发牢骚说。

"我爱吃，我爱吃。"李明强一边下床，一边拿床头上的毛巾。

"算了吧。先抹一把吧，热水还没温呢！"谢国华说。

"我到水龙头跟前洗。"李明强说。

"不要命了！刚有点精气神儿，就去沾凉水。"

"没事儿。"

"有事儿晚了！"

李明强不再说话，用那半干不湿的毛巾在脸上抹了一下，就端起碗吃了起来。今晚谢国华打了两碗面条，不一会儿全到李明强肚里了。

第二天早晨，李明强本计划要起床出操，谁知一睡又到了天明。他伸了个懒腰，自言自语道："越睡越瞌睡，习惯成自然啊！"

吃早饭时，李明强站到了他班长的位置——五班的前列。六班长的脸红了，连队让他临时负责，没有让他代理排长。

李明强向连首长要求，力辞代理排长，说六班长一直干得很好，又是老兵，理应是六班长代理。连长、指导员交换了眼色，指导员说："好吧，我们再考虑几天。你呢，也要赶快进入情况。"

"是！"李明强的嘴角落出了笑容。

这可难坏了警通连连长、指导员，让六班长张福庆代理排长吧，他确实没有李明强全面，处理事情方法简单，不利于调动战士的积极性。不让六班长代理吧，这张福庆是个很要面子、自尊心很强的一个人，说不定会给你出点什么难题，找点乱子，李明强的兵龄又比他新，他再处处向李明强发难，不利于连队建设。指导员就怪起连长当初不作思考草率指定六班长负责来。

正当警通连两位主官犯难时，团里来了个通知，要求李明强三天内到师教导队报到。

警通连炸窝了，纷纷议论。有的说是师里田副师长主抓教导队，了解了李明强的情况后，亲自点名让李明强到教导队学习。

有人说是张副团长给他要的名额，李明强是张副团长的什么什么人。

有的说李明强学完后就直接提干，这小子真是官运亨通，福星高照。

有的说是连里处理不了李明强和张福庆之间的矛盾，让李明强去教导队学习，回避一下矛盾，年底六班长复员了再回来当排长。

李明强带着带着过多的疑问、过多的哀愁离开了他心爱的战友、连队，离开了炮团，离开了老龙头，离开了山海关。临行前，他去看望了闫小莉的父母，带着他的全班，把闫家里里外外整理得井然有条，并把照顾闫家的事交给了谢国华负责。他说："无论怎么说，我们都有责任照顾他们！如果我回不来了，你就一班一班传下去！"

谢国华使劲儿地点了下头。

# 第十三章

**李明强听了，一震，感到了自己的过分，他无形中伤了田副师长的自尊。他呆呆地站了一会儿，突然，甩手绕过跪着的田明健，向门外走去。**

师部位于秦皇岛市内，大门正对着繁华的新华街。可营房是座老营房，像山海关老龙头的营房似的，清朝就是军营。历代历年的建设，现在已具有相当的规模，院内清一色的蓝砖大楼，住着穿军装的男兵女兵。清一色的水泥瓦顶红山墙平房住着军官们的家属。白杨参天，举着光光的手臂，呼唤着北国那迟到的春天。垂柳如天降游丝，用力探向解冻复苏的大地。杨槐擎着巨大的伞冠，等待春天给它披上绿装，好为大地遮挡些风雨。那充满生机的油松，高过楼顶泼下千道墨绿。松树墙有一人多高，一道一道把营房条块分割，两个大操场分居东西，各有二三十亩地，师直属部队正在操场练兵，生龙活虎，对操场边上观看的穿着花花绿绿的年轻妇女熟视无睹。两位女兵并肩从李明强身边走过，五个女兵排着一列从远处走来。李明强转过身，怕人家笑他专看女人，可迎面走过一位留披肩发的年青女子，上穿紧身黑色毛衣，下着一条黑色皮裙，脚蹬高腰黑色皮鞋，手戴黑色皮手套，肩挎黑色小皮包，除了那显露的脸是白的外，全身一抹的黑，那身材，那走姿，那胸前高耸的双峰，让李明强惊得目瞪口呆。他没有看过多少场电影，但他看过《神秘的大佛》，那里边刘晓庆着一身黑也没有这女子好看。李明强装作踱步，不正眼看披肩发，却情不自禁地用眼睛从四十五度角的方向瞥着人家，听着那悦耳的高跟敲地声，一股激情直往身上爬。

师部，给李明强的第一印象是，既威严庄重又宽阔松散，既封闭又开放，是军人生活的天堂。

李明强到教导队报到后，果然见到了那位举着他用绿棉丝缝着伤口的手喊为他师通令嘉奖的田副师长。但是，李明强的工作不是学习，更不是学完后直接提干，而是担任师干部文化学习班的辅导教员、代理区队长。师里将所属部队中没有高中毕业文凭的干部集中学习，请地方教师授课，课余干部们有什么难题，让李明强等几个刚毕业的高中生辅导，三个月后考试合格，发高中毕业证。

李明强这个辅导教员与其说是炮兵团军务股长推荐的，不如说就是李股长敲定的。师里一通知，他就想到了李明强，一是刘根柱以前常在他面前讲，他这个兵有多么了不起，学习多吃苦。二是他自己也通过刘根柱事件认识了李明强，觉得应该给他提供一个更好的学习机会。所以，他向团首长报告，经选拔，警通连的李明强最优秀，负责此项工作的张副团长，一看到李明强的名字，就乐了，对军务股长说："这个兵我没看错吧！"遂提笔签上"拟同意。张"。

李明强这个代理区队长却确确实实是田副师长给安的。干部集训队，缺编一个区队长，当时又没有好的人选，听说李明强是代理排长，田副师长就说："就让炮兵团那个代理排长代理吧。"其实，他早已忘了，这个代理人就是他曾在农场表彰过的那个和平年代少有的新兵。当田副师长见到李明强时，便显出了老首长的博闻强志，使劲儿地握住李明强的手摇，说："小伙子，又见面了，这回不会握痛你的手了吧？嗬嗬嗬……"接着，他给教导队的干部讲了他认识李明强的故事，说李明强是当代的"保尔·柯察金"。说得大家都笑了，李明强觉得田副师长和蔼可亲，就像他的家乡——吕梁山的农民一样质朴、正直、豪爽。

正如炮兵团军务股李股长设计的那样，李明强到了教导队，如鱼得水，整天都是复习的时间，为干部辅导就是更好的复习，而且干部学习班长的教室从不限制熄灯时间。李明强又是志在必得的玩命三郎，只用了短短两个月时间，他就完成了与卫和平定的指标，做完了初、高中数、理、化课本后的全部习题，并将初中的一本、高中的两本化学课本从头背到尾。干部集训队的化学教师看这些平时在部队吆五喝六的"首长"们学习不认真，就将其毕业班参加高考的模拟试卷拿来试考，给这些"首长"敲个警钟。李明强也在单位时间内做了一份，这位老师改了李明强的卷子后，大吃一惊，他的在校生最高得分八十四，而李明强竟让他一分没扣。他问李明强："你考前是不是见过这张卷子？"

李明强答："没有。"

"那你的化学是怎么学的？"

"高中毕业没学好，当兵后又自学了一遍。"

"你怎么学得这么好？有什么好的参考书吗？"

"没有，我就是把这三本书都背下来了。"李明强拿起桌上的三本化学课本扬了扬，接着说："要说有，也就是我同学从北京给我搞到的这些试题了。"李明强又拉开抽屉，让老师看。

"能借我看看吗？"

"当然，可以。"

李明强这一试，一下子在师部大院和秦皇岛一中出了名。田副师长笑呵呵地对他说：“小伙子，你的名气不小啊，一中的毕业班都开展向你学习的活动了。”

“首长，您笑话我。”李明强不好意思地低下了头。

“哎——，是真的，我那丫头回来讲的。”田副师长点燃一支香烟，说：“你，来一支。”

李明强摇摇头，说：“报告首长，我不会抽。”

“噢，不抽好，不抽好。”田副师长一直微笑着，吐口烟，说：“我那丫头学习不好，你能不能抽时间给他辅导辅导？”

李明强的脸“刷”地一下红到了脖子根儿，说：“我，我不行，怕耽误她的时间。”

“你也别谦虚了。”田副师长站起来说，“这也是她的意思，你不耽误她的时间，她也就荒废过去了。”田副师长又抽了一口烟，接着说：“我这就算请过了，具体什么时间，她打电话给你。”

“是，首长，我一定尽力。”李明强喃喃地说。

“说话底气足些，就像你喊队列叫号子一样，多有男子气。”

“是，首长！”李明强打了个立正。

“噢，好大的声，吓着我了。”田副师长将烟蒂扔向墙角，“嗬嗬嗬”地笑着走了。

晚上，教导队的通信员叫李明强：“李区队长，电话。”

一个女孩儿翘着舌头嗲声嗲气：“你是李明强吗？”

“对，您是——”李明强已经猜到是田副师长的女儿了，他还是故意这么问。

“我叫田聪颖，我爸爸说请你给我辅导功课，你现在有时间吗？”

“有。”

“那好，我去接你。”

“你——”李明强不知如何是好，他骂自己怎么没有想到在哪里辅导这个问题，是他上田副师长家，还是田副师长的女儿来教导队，显然都不合适。

“你知道我们家住哪里吗？”田聪颖在电话另一端甜甜地问。

“不知道。”李明强心想你们家是高干区，谁敢接近啊。

“这样吧，你下楼，顺着大路往北走，我出去迎接你，好节省点时间。”

李明强还想说点什么，对方挂了电话。李明强只得给队长说明情况，请了假，悻悻地走下楼去。身后队长笑着说：“以后上师长家就不用请假了。”

李明强刚刚转向北边的柏油路，就听见一阵悦耳的高跟儿敲地声，那声音敲得李明强心跳，因为那身影就是李明强初进师部见到的“披肩发”，这两个月，他有意寻找，都毫无踪影，没想到在这入夏的北国春意盎然的月夜在这昏黄的路灯下碰上了，李明强不由得多看两眼。

披肩发今晚穿的是一件紧身的短袖黑色T恤衬，紧身的黑色弹力裤，尖头高跟黑色单皮鞋，依然是一身黑，黑色的长发披向肩后，高高的丰乳挺在胸前，李明强的眼睛都直了，那身材，那走姿，那黑，真是特别、自然、高雅。李明强见她第一面就想，要是让卫和平、张金凤，还有那杨玉萍穿上那么一身黑，会不会也这么美？最后，他都一一否定了，她们谁也比不上披肩发，像披肩发这么美的女人他李明强见一面就想几个月，更别说是娶到家中，就是睡上一次、亲上一口，甚至说上一句话，就够你想个三年五载了。

“你干吗这么看着我？”那年青女子站在了李明强的眼前，笑吟吟地问。

李明强被这突如其来的问话惊呆了，但看那女子灿烂的笑脸，心里才踏实了一点，回味到那问话的声音是翘着舌头说的，感到非常熟悉，又说不清在哪里说过话。

“你——，你——”李明强语塞了。

“你怎么这么磨蹭，是不是先化了妆才下楼哇？”披肩发“咯咯咯”地笑了。

李明强蓦然醒悟，这披肩发就是田副师长的女儿。心想，这姑娘太早熟了，哪像高中生啊。转而一想，你不也刚高中毕业一年多么，比人家大不了几岁，给你冠个“解放军叔叔”，你还想骑人家呢，心里就嘲笑自己，遂也笑容满面，但还是不很自然地说：“我，我得先请个假。所以，来迟了。”

“老师好——！”田聪颖向李明强深深地鞠了一躬，那美丽的秀发“唿”地一下乱了垂向了她的脸前，将那美丽的瓜子脸遮得严严实实。

李明强一阵激动，趁机用手扶住了田聪颖的双肩，那双大手的指尖也分明触到田聪颖胸前两座大山的山麓。李明强的心醉了，这么容易就实现了与披肩发说话的欲望，而且还触摸到了她的肌肤，手指还划向了她的丰乳。

田聪颖猛一抬头，那长长的秀发划过了李明强的脸颊，吓得李明强向后一闪，不由得松开了手。田聪颖抬起手就那么随意地在额前左右一捋，那美丽的长发就很自然地披上了肩头，随即又“咯咯咯”地笑了起来，一边笑一边说：“打着眼睛了吧？”

李明强没作声，心里骂，眼睛倒是没打着，但让我把手给松开了。好不容易又轻而易举接触啊，令李明强心醉。田聪颖的皮肤像金凤一样的白，在路灯下还有白里透红之感，那肌肉比金凤的鲜嫩柔软，像触到了棉花一般。那披肩长发，划过脸颊的感觉，犹如早春的柳在微风中轻抚脸庞，荡起心潮，回味无限。

“你在想什么？”田聪颖上前拉着李明强的胳膊，摇着问。

别，别松开。李明强心理这么想，嘴上却这么说：“没，没想什么。”

“你学习这么好，为什么没考上大学？”田聪颖真的没有松手，搀着李明强的胳膊，一边走，一边直言不讳地问。

李明强与异性肌肤的接触的美感，被田聪颖这一句话，一下子问没了，他从四十五度角的方向瞥了田聪颖一眼，叹口气，说：“一言难尽啊！”

“嗬，我爸没有错说，你还真怪深沉的。”田聪颖说着用眼睛直盯李明强的脸。李明强从四十五度角的方向瞥了田聪颖一下，见田聪颖直盯着他，就低下头走路，不说话。

“假深沉！第一次看人家的时候，眼睛就像钩似的。”田聪颖盯着李明强的眼睛说。

“谁？”

“你——，操场边，柳树下，背着绿被子，提着绿提包，傻子似的。”田聪颖说着又“咯咯咯”笑了起来，笑过，又喃喃地补上一句：“不过，是我见到的第一个最精神的兵。”说着，不好意思地低下了头走路。因为那天，一向很高贵的她，一下子被李明强身上那种说不出的气质吸引了，她总感觉李明强的身上有一种其他兵们不具备的东西，可是，是什么，她也说不清，不免多看几眼，她发现李明强那眼睛正像钩似地偷看她，四目就那么一对，她便很难忘记了，总想再见这个傻大兵一面，没想到，今天就让她见到了，而且是个很优秀的战士，是文化辅导员，心里别提多高兴了，少女的芳心也由此春动起来。

李明强从四十五度角的方向瞥了田聪颖一眼，情不自禁地说：“那天，你，太漂亮了。”

“那，今天，就不漂亮了？”田聪颖抬起头，她很在乎李明强对她的看法。

“不，不，不，很漂亮，很漂亮，你很漂亮。”李明强说话的声音从高到低，低得像蚊子“哼”似的，随着声音的低下，他也低下了头。他入伍一年多了，第一次接触女性，而且是这么漂亮的女性，还是副师长的“千金”，作为从社会底层爬出来的他，心里开始打颤了。

“你说的不是真心话。”田聪颖看了一下李明强说。田聪颖说完，低下了头，第一次在他人面前感到了自卑。在学校，老师提多少非常容易的问题，她答不上来，都没有自卑过。

“是，是真心话。不过，你作为中学生，穿得稍艳一些，显得活泼，效果会更好。”李明强很认真地说，他感到田聪颖的眼太尖了，一下子看到他心里去了。因为，当他知道这“披肩发”就是田师长的女儿中学生田聪颖时，心里就想，穿一身黑，显得太性，太早熟了。

“真的？”田聪颖瞪大眼睛看着李明强，说：“你也不喜欢黑色？我爸我妈也不喜欢，说我好多次了，但是，我很喜欢，同学们都说我‘盖了帽’啦！”田聪颖说着，眼睛里闪出了兴奋的光芒。

“喜，喜欢，你再长几岁穿，更好。”李明强喃喃地说。

“好，只要你喜欢。”田聪颖已经看到了李明强的认真，用牙咬咬下嘴唇，低声而有力地说。李明强见田聪颖的香唇动了动，很性，真想上去一吻。

两人不说话，低头又走了一会儿，田聪颖放开李明强的胳膊说：“到了，这就是我家。”

李明强一看，离教导队很近，怎么走这么长时间？再看来路，原来，他们走的是那没有路灯的小路，绕远了。

李明强看田聪颖已开门进去，就整理一下军装，随后闪身进了大门。

这是一座独门小院，院子不大，一道木质回廊通往三级台阶高的“工”字型红瓦房，紫香藤几乎爬满了回廊，形成一个封闭的绿色通道。回廊两边是花园，花园里铺着鹅孵石小道，各种各样的花竟开着。虽然，花园里和回廊下的灯把小院映得通明，但李明强还是看不清那都是什么花，准确地讲，李明强是认不清都是什么花，但那丁香花诱人的奇香他还是能嗅得出的。

进了“工”字房的中央大门，是一个很大的会客室，字画、盆景、沙发和茶几上的水果、糖块，让李明强看得眼花缭乱，靠墙而立高约两米的大钟，摆着沉重的圆摆，踏着均匀的脚步“嗒、嗒、嗒……”。突然，那钟头上的雕花门哗”地一下开了，露出了一只漂亮的肥嘟嘟的猫头鹰，“咕咕、咕咕”地叫了几声，紧跟着那钟就浑洪地“当”地响了一下，雕花小门“哗”地一下又关上了。李明强看，时针指向八点。

“我爸妈散步去了。走，到我屋里去。”田聪颖说着推开了一侧的木门。李明强跟着进去，却不是屋，是室内的走廊，房门一个个关着，田聪颖冲李明强“嘘”了一声，轻轻说：“这是我哥的房间，正和女朋友谈呢。”

李明强也没有听到说话声，就放轻了脚步，随田聪颖进了她的屋。

屋内挺香，只是东西堆得乱七八糟。一张单人床、一张写字台，两个大立柜，墙上、柜子门上都贴满了从电影广告上剪下的美女猛男照片，田聪颖指着一个男人的照片说：“我最喜欢高仓健。”

李明强虽没看过日本片《追捕》这部电影，高仓健这个名字却如雷贯耳。说高仓健那人物特征简直是盖了帽了，中国的年青女子多数都喜欢他，把寻找对象的标准，都定在了和他一样的水平线上。李明强看看那照片，觉得没有什么特别，心里说，老子就比你强，嘴角便泛起了那种带有讽刺意味的微笑。笑过，说：“补什么？开始吧。”

“就先补化学吧，我就不会写分子式。”

田聪颖这个名字没有起错，只是那个“田”字，在学习文化课时应该改成填上什么东西的“填”字，也就是说，她把那“聪颖”劲都填没了。真是奇笨无比，用兵们的话，就是“连骑（起）驴的常识都不懂”，就这还准备考军医学校呢，门儿也没有。李明强这么一想，就没有什么心情给她补课。可田聪颖对李明强佩服得是五体投地，哪一天晚上不到，她的电话就来了，翘着舌头，嗲声嗲气地说：“怎么还不来呀，急死人了。”

李明强就去，给田聪颖补课本身就不是什么负担，况且，田聪颖也是三心二意，一见面就神聊，李明强惊奇地发现，她学习虽然不好，但社会知识很丰富，国内国外发生了什么大事奇事怪事，什么圈子里有什么奥秘，她如数家珍，这些又恰恰是李明强欠缺的，真是寸有所长尺有所短。加上田聪颖那天香国色，没有男人来为之心动，她得知李明强不喜欢她穿全身一抹黑，就一天换一身五颜六色又恰到好处的衣服，显得既纯情又妩媚。因为她长得俊，身材好，真是穿什么都好看，乐得田副师长老两口直夸李明强：“你这个小老师不错，我们颖颖很听你的话，说不让穿一身黑，就不穿了。瞧，这才像个中学生的样。”

李明强到田家，田家就乐成一片，好像本来就不是让他去给田聪颖补课的似的。水果、糖块，足开。李明强长这么大吃的水果糖块加起来，也没有进田家这么短的时间吃得多，特别是那金黄色的纸上印着个红大虾的酥糖，李明强最好吃，因为去得次数多了，熟了，也不讲究，每次去准把那酥糖挑吃完。第二天，那酥糖就又补上了。两男两女、两老两少，像一家人一样那么平衡、那么和谐，海阔天空地聊。这时候的田副师长，就是个老头，和蔼可亲的老头，首长的派头一点也没有了，有时乐起来，像个孩子。每次都是儿子聊到田聪颖说该补课了，老两口就笑着挥挥手说："去吧，去吧。"

李明强就随田聪颖进了闺房，这闺房自从李明强进这过后变得整齐有秩序了，那高仓健的像也没有了，李明强指着原来贴高仓健画像的地方问田聪颖："你最喜欢的人呢？"

"在这儿呢！"

李明强就随着田聪颖的手指看，可什么也没有看见。正当李明强不知所措时，田聪颖突然转过身，用手指点住了李明强的大鼻尖。

李明强看田聪颖回身劈手划向他的脸，本想抬手去挡，却突然止住了，她要想看看这小姑娘耍什么花样。

田聪颖那滑嫩的手指从李明强的鼻尖划过嘴唇，划过那山涯似的下额，突然双手勾住了李明强那石柱般的脖子，翘着脸说："你就是高仓健！"

李明强心头一热，马上又冷却了，这可是田副师长的千金小姐啊，决不能在太岁头上动土。

李明强分开田聪颖的手，说："小毛丫头，你该上医院了。"

"上医院？"田聪颖不解地问。

"是啊，我看你没发热，也是神经错乱，要不，怎么能说胡话呢？"

"你知道我爸怎么说你吗？"田聪颖不但没急，却反问李明强。

李明强从四十五度角的方向瞥了田聪颖一眼，没说话。

田聪颖说："他说，知道了你的身世，越来越觉得你像保尔了。"

"是吗？"李明强的嘴角泛起了那种带有讽刺意味的微笑，反问道："我有那么伟大吗？"

"当然没有，我妈对你的评价就两个字。"

"哪两个字？"李明强突然来了情绪，他这些天已预感到田副师长夫妇在聊天中，似关心他的样子，已经把他的经历搞清了，他很想知道，他们是在背后怎么议论他的。

"可怜！"田聪颖说完"咯咯咯"地笑了。

李明强一惊，心想，老太太怎么这么评我。想一想，自己在他们面前不亢不卑，没有做什么不适合自己身份的事啊。

"这孩子太可怜了，真让人痛啊。"田聪颖学着她母亲的腔调说。

李明强笑了。看到桌子上有一塑料袋他最爱吃的虾酥糖，就打开拿出一颗，问："专门为我买的？"

"我可没那么多钱供你吃这糖，是可怜你的人让司机去买的。说你爱吃，就让你吃个够。”

李明强抬起的手放下了，把糖又放回了塑料袋里。他真正地感到自己是真正的可怜了，他太忘乎所以了，回想到自己每天都把人家果盘里的酥糖一扫而光，是太失态了，没吃过东西似的。

李明强低声地说：“来，今天补什么？”

“都几点了，什么也不补了，听首歌吧。”田聪颖一边说，一边摁下了桌子上小录音机的一个卡键，屋里立刻响起了邓丽君的“靡靡之音”，这是部队不让兵们听，不让兵们唱，怕涣散斗志的歌。

“都什么时候了，你还不抓紧，怎么考军医学校呢？”李明强喃喃地说。

“你也太幼稚了，非得参加考试才能上啊？”田聪颖不屑一顾地说。

李明强不作声了，默默地听着邓丽君的“靡靡之音”——你问我爱你有多深，我爱你有几分，我的情也真，我的爱也深，月亮代表我的心，轻轻的一个吻，已经打动我的心……

田聪颖似乎感到了李明强的失落，走过来，抱着李明强的腰，轻轻地说：“我爸说了，要提拔你，推荐你上军教导队，半年就能提干。”

李明强感觉到田聪颖的头在自己后背上摩擦，抑制住怦怦跳动的心，分开田聪颖的手说：“天不早了，我该回去了。”

李明强躺在床上，久久不能入睡。他知道田聪颖那分明是在向他求爱，田副师长老两口也确实太关心他了。李明强嫉妒电视小说里那些获得顶头上司女儿爱情的幸运儿，可是真轮到自己头上，又感受到是莫大的耻辱。他要通过自己的努力打出一片天地，他不想让别人在他的背后指指点点，就像在体校不愿认王宏茂作干爹一样，他不会接受田聪颖的爱情。要爱，如果接受了田聪颖，不但不能保证婚后是否幸福，眼前就对不起卫和平。他下定决心，一定要考军校，到国家最高学府去找卫和平。

然而，全军院校招生的名额早已下达，教导队就是不让李明强报名。说田副师长有指示，再留李明强干一年，直接提干。李明强知道副师长的意思，要施恩于他，要操纵他的一生。可李明强决心已定，他对大队长、教导员说：“我想当将军，不上正规院校怎么能行，我决不能让我两年的努力付之东流。”

两位领导点头称是，劝李明强先干好工作，他们找师首长做工作，让李明强“一颗红心两种准备”。

李明强还是照常操课、复习、晚上到田副师长家里。田聪颖还是对复习不感兴趣，缠着李明强说这说那。这天，她告诉李明强一件事，差点把李明强的肺都气炸了，她说：“你们大队长和教导员来我们家了。我爸说，今年还是让小李子考吧，我看那孩子是一心想考考试试。你们教导员却说，千万可不能让那孩子考，一考准走，您不知道他下了多大工夫。”

“你爸怎么说。”李明强急切地问。

“我爸什么也没说。”

“不可能。”李明强的两眼冒火，直盯着田聪颖。

“真的，我爸什么也没说，就谈别的事儿了。”田聪颖有点发怵，声音喃喃的又有点抖。

李明强的牙咬得咯咯作响，他真想把教导员的心掏出来看看，为什么一边告诉我好好工作，他代表组织给我找名额，一边给我使绊呢？李明强把手中的酥糖重重地摔进果盘里，起身就走。田聪颖在身后喊：“你可别去找人家啊！”

“我有病！”李明强低吼一声。

李明强没有找大队长和教导员，他通过老乡找到了干部科刘科长。刘科长说：“看在老乡的份上，我实话告诉你，田副师长今年就要退了，我看老家伙是看上你了，一双儿女娇得没样儿，管不了儿子，就想给女儿选一个好女婿。你要愿意攀这个高枝儿，他就是退休了，也能保你提干。可是，新的干部政策马上就要出台了，以后的军官必须经过院校培训。再说，田副师长那女儿，中学就疯成这样，上了军医学校，碰上个门当户对的，愿不愿跟你还在两下呢。”

李明强说：“我已经有对象了，在北京大学，我必须考军校。”

“那好。”刘科长说：“看在老乡的份上，我给你留个名额。但是，你必须做通田副师长的工作。”刘科长点上一根烟，吸了两口，看李明强没有什么反应，就知道让李明强做田副师长的工作是有困难的，他想了想，说：“这样吧。咱师原来的师长，也姓李，是咱们巩县的，对就跟你一个县。虽然他早退休了，不过，田副师长是他一手提拔的。你去求求他，我看问题不大。”

刘科长说完，看李明强还是一脸茫然，就走到桌前拿起了电话，冲话筒说：“我是刘科长，给我接李师长家里。”说完，他猛吸两口，把烟放在了烟灰缸上。紧接着，刘科长深沉的脸笑开了花，对着话筒喊：“首长，我是小刘啊，好长时间没看见您老了，身体还好吧？忙呀，这不就给您老打电话了。去，我就是准备去看您老的，我现在就去。我还给您带个人，就是你们巩县，也姓李，是您老一家子的。对，就是咱们师的。没事儿，我小刘办事您还不知道。对，我是老乡观念强些，不过，我从不干违反原则的事儿。好，好，好，我们现在就去，现在就去。”

刘科长放下电话，打开大衣柜，从中取出两条“友谊”牌香烟，说：“老爷子抽烟，带上。”然后，又走进里屋提出两瓶“四特”酒，说：“老爷子喝酒，也带上。”接着，又搬过小凳踩上，从大衣柜上取下一提李明强从没见到的东西，说：“这个给阿姨。”

李明强提着这些礼品跟在刘科长的屁股后边走，心里有点忐忑不安，为自己办事，让人家刘科长出东西，他不知道怎么报答人家刘科长好。他口袋里只有十七元钱了，每月的十元津贴费，除了买牙刷牙膏洗衣粉肥皂外，他连块香皂都舍不得买。他想把那仅有的十七元钱给刘科长，又觉得太少，光人家这些东西都不止十七元。李明强咬咬牙，喃喃地说：“科长，我现在没钱，我会记着您的恩情，来日报答您。”

“你这孩子，咱们是老乡，一家人不说两家话，什么报答不报答的？”

“为我办事儿，拿您的东西……”李明强吞吞吐吐地说。

“嗨——，多大的事儿。这东西都是人家送的，我也不花钱。”刘科长说完，向路边吐口痰，又叹口气，说：“咱的官儿太小了，人家几个人送咱的东西，咱再合起来送一个人，唉——”

李明强咬咬牙，低声也有力地说：“我会记着您的！”

“你到李师长那儿，说得可怜点，能哭就哭，李师长心特软，最爱帮助弱者。”

李明强心里说，我本身就够可怜了，还用说得可怜。

刘科长又说：“我看你这孩子像个男子汉，不是人前掉泪的主儿。其实，男人的眼泪是最能打动人心的，该利用的时候也得让他流出。”

李明强的心里酸酸的，他有多少眼泪都是向肚子里流的，只要想起自己苦难的历史，他就想落泪。他坚信，他若讲出来，听者也会落泪的。

刘科长接着说：“别怕，你在李师长面前哭，不丢人，我们对他来讲就是孩子，你在他眼里就是小孩子。”

说话间到了李师长家，进门前，刘科长又叮嘱一下李明强：“别怕。”

李明强心里说，我怕过谁啊。可是，他也确实有点害怕，害怕退下来的李师长给他办不成事儿，考不了学。

“哎呀老首长，您的气色真好啊？”刘科长一进门就笑容可掬地喊着伸出手，拉住老师长的手轻轻地摇。

“我是无官一身轻啊，哪像你个大科长那么忙。”

“哎呀，老首长，您又开始批评我了，我找阿姨去，您呢就和您这位真正的同乡本家聊吧。”刘科长说着，就冲李明强说：“来，这就是李师长。”

李明强早把东西全交给了左手，向前跨一步，立正，行了个军礼，说：“首长好！”

“好，好。坐，坐。”李师长指着沙发说。

“你是巩县人。”李师长未等李明强坐稳就问。

“报告首长，我是巩县人，叫李明强。”李明强忽地一下又站了起来。

“好，坐下说，坐下说。到自己家里了，什么首长不首长，没有那么正规。况且，我也休息了，叫个叔叔伯伯的更亲切啊。”

李明强的心头一下子热了，好像久别见到了亲人一样，有一肚子的委屈要往外倒，可就是无从说起。刘科长这时已走进了里屋，喊了声阿姨，就听见一位老女人用地地道道的河南腔说：“咦——，小刘，你可有工夫来了。”

李师长见李明强不说话，就又问：“你家是巩县哪里？”

“兴隆镇西流村。”李明强答。

“西流村？那可是个穷村子啊。你们村有个叫李铁梁的，你认识不认识？”

“他是俺伯。他一直不在村里住，全家都搬到十里铺了。”李明强说。

“我知道，他是俺十里铺的专员。好人啊，听说他兄弟是‘右派’，被打回了老家，没地方住，他把家里的两孔窑腾给他兄弟了。他就住在俺家里，借俺家的老房子。”

李明强的心里一阵酸痛，他从小就认为大伯在外面当大官不管他们，不知道大伯为他家还有这么大的付出。

“那年我回去探家，我们俩每天晚上都坐在院里的老槐树下聊天。你伯，他可有水平了。哎，对了，他是你伯，你是——”

“我就是他那‘右派’弟弟的孩子。”李明强低下了头，泪不自觉地涌了上来。

“唉，错划，不，是打击报复。现在，你父母在哪工作？”

“没有工作，在家务农。”

“不是平反了吗？怎么没有安排？”

“根本就没有找到把俺爸俺妈划成‘右派’的红头文件，全是人们瞎斗的。”

“噢——，我明白了。那可以查档案啊，你父亲当年不是县里的组织部长吗！”

“我爸和我妈的档案，都被一场大火烧了。”这是李明强听王宏茂说的，李师长也听李明强的大伯说过。李明强的父母抗战时期就参加了八路军，中原突围打到湖北，后来又带部队解放了巩县。之后又被调回湖北剿匪，李明强的父亲就是鄂豫陕边区的剿匪司令。在一次剿匪行动中，不幸被土匪包围了，战斗很残酷，他的部属一个个牺牲了，他身上也多处受伤，最后只剩下了他和他的副手。就在这时，那个副司令将枪口顶上了他的脑袋，喝令他把枪扔掉。原来，那个副司令早已叛变了。李铁柱悲愤交积，扔下手枪，哈哈大笑。笑声分散了那叛徒的注意力，李铁柱回手一掌，击碎了叛徒的脑壳。当李铁柱醒来时，已是在我后方医院，脑海里全是死去战友的身影，李铁柱神经了。组织上为了给李铁柱换个环境，在他病愈后，把他安排到富源县任副书记，后兼组织部长。后来，李铁柱负责的专案组查出了一起牵扯到地区和县里一些领导人物的大案，深受迫害，神经病又犯了。迫害他的人不但操纵医院不给他治病，还动员李明强的妈妈和他离婚。李明强的妈妈坚决不从，双双被办病退下放到了农村。接下来，富源县委失了一场小火，烧掉一个单身干部宿舍，那干部管理档案，违规将李明强父母的档案放在了宿舍，结果他们两人的档案被烧毁。再后来，他们夫妇就都成了“右派”。

“孩子，你父母可没少给国家做贡献啊！有什么事儿需要叔叔帮忙的，你尽管说。虽然我退了，但在咱们师，我说话还算点数。”

“叔叔——”李明强一下子跪倒在李师长的眼前，哭得像个泪人一样。鼻子一把泪一把地说明了要考军校的心愿。

“起来，起来，我给田副师长讲，今年一定要让你参加考试。”

“哎呀师长，你可不知道，这孩子可能干了，当新兵就在田副师长那里挂上号了，没准是想招小李做驸马呢？”刘科长这时从里屋里走出来，不失时机地说。

“是吗？”李师长笑了笑，说：“我们中原人就是能干，他若要有意，让孩子去上上学不是更好吗？他那丫头也该上军校了吧？”

“是，他要了个名额。”刘科长答。

“就是，让两个孩子都去上。如果毕业后，双方没意见，我做媒人。”李师长终于露出了笑容。

“人家双方要是都没意见，那就是自由恋爱，还要你这媒人干什么？”刘科长嘻笑着说。

“好了，好了，别给我贫嘴了。你们先回去，小李子别分心，好好复习，我一定让你参加考试。”

“是！”李明强又打了个立正敬礼。

“哎，我给你们说，下次来家不要拿什么东西，我什么都不缺。”李师长站起来送客。

“这是小李的一点心意。”刘科长笑着说。

李明强从四十五度角的方向瞥了刘科长一眼，心里充满了感激。

李明强把刘科长送到家门口，就径直往田副师长家里走去。他已成了田副师长家的常客，也就不分什么时间，只要家里有人，他就能进。况且，现在熄灯号没响，田家是不会有一个人睡觉的。李明强想去探一下虚实，看李师长给田副师长打电话了没有。

门半掩着，李明强刚推开门，就听到田副师长在客厅里撕心裂肺地喊：“你成心气死我呀你！我死了对你有什么好处！”

田副师长的儿子田明健顶撞道：“你死了，我最起码自由点！”

“你给我滚！以后别再进这个门！”

“你以为我愿意进这个门？你给我把院子划开啊！”

“我给你划开？这是部队分给我的房子！没你的份！”

“没我的份？那我的呢？人家老农民还给孩子安一个窝呢！你当这么大的官儿，怎么连一间房子都没给自己的孩子挣到？还有什么资格在这里教训我！”

“你——！你——”田副师长气得直打哆嗦，说不出一句话。

“你太放肆了！”李明强推门一步跨进屋去，怒目瞪视着田明健，把手向门外一指，像连长吼他的兵似的吼道：“出去！”

“让我出去？你算老几！”田明健像只斗红了脸的公鸡，劈手打在李明强指向门外的右臂上。没想到用力过猛，李明强结实的肌肉顶得他钻心的痛。

“我——，我是他的兵！”李明强吼着跨上一步，揪住田明健的胸襟，一把将他拖出门外，顺势一拧，田明健便倒在了门外的长廊里。李明强还气不过，一脚踏在他的胸口上，哆嗦着嘴唇说：“我——，我今天，就替他教训教训你！”

“打死你！你这个没良心的东西！我没有你这个儿子！”田副师长气冲冲地来到门外，抬脚就踢田明健。

李明强急忙拦田副师长：“师长，别生气，别生气。”

田明健看李明强移开了脚，翻个身爬起来想跑，被李明强一把抓住：“跪下，给你爸跪下！”

田明健傻了，他长这么大还没有跪过呢。

“跪下！”李明强又是一拧，田明健“扑通”一声跪在了田副师长面前。

“给你爸认错！没有他，能有你今天吗？你生在福窝不知福你！”李明强鄙视着田明健，并从四十五度角的方向瞥着田副师长。

田明健面向田副师长和李明强跪着，低着头不说话。田副师长突然老泪纵横，捂住脸转向屋去。他老婆急忙过来扶住他，安慰说：“都是我不好，没教育好孩子。”

“我一个堂堂的师长，让一个兵给我教育孩子，我——”田副师长泣不成声地说。

李明强听了，一震，感到了自己的过分，他无形中伤了田副师长的自尊。他呆呆地站了一会儿，突然，甩手绕过跪着的田明健，向门外走去。

田聪颖一直躲在屋内不敢出来，看见李明强夺门而出，便从侧门溜出来，追了上去。

# 第十四章

**李明强看着区队长和他老婆的背影，心里酸溜溜的。**

第二天，教导员把李明强叫到办公室，告诉李明强，他和大队长跟田副师长好说歹说，田副师长终于同意让李明强参加全军统考了，要求李明强不仅要好好复习，还要干好本职工作，不要辜负了大队领导的期望。

李明强听了，道了谢。从四十五度角的方向瞥了教导员一眼，嘴角泛起了那种带有讽刺意味的微笑，他太清楚田副师长为什么同意他参加全军统考了。

李明强的数理化课本已经复习几遍了，至于语文、政治，他也把认为该读的读了、该背的背了，仅时事政治那10分的题，他就准备了二百多个。现在他复习的重点是，做卫和平像雪片似的寄来的那些高考模拟试卷。至于本职工作，也没有什么，辅导干部学习对自己来说本身就是复习，再一点就是搞好服务了。这一点，对特别能吃苦的李明强来说，就是张飞吃豆芽——小菜一碟了。

李明强没有满足现有的状况，坚持两腿走路，做两手准备。他始终坚持着逻辑与语言刊授大学的学习，挤时间写作练笔。他认为像田聪颖那样程度的人，没考试都决定上哪个军校了，他们没有一点关系的考生，分数再高也只是个限额截取。他终于知道那些文化程度比较好的老兵为什么考不上军校了。他不能步他们的后尘，他要为自己的后半生筑起一根坚实的基柱。

李明强不断地向刊授大学的校刊和电台、报纸投稿，只是投出去的稿子，不是泥牛入海一去不回，就是被附一张制式的小纸条儿原封不动地退了回来。那小纸条儿上是铅印的，几个条款几乎是出于一辙，多数都是在那“此稿件不适合我刊，建议改投他处。”的条款前打个小勾，有的干脆不打，甚至连个小纸条儿都没附，编辑们能写几句客套话的就更少了。李明强曾试着将自己的稿子每页用胶水轻轻地粘上，看编辑们是否看了他的稿子。这一试，使他大失所望，退回的稿子粘连处丝毫未损。

李明强痛苦极了，感到受人捉弄的耻辱。夜里，他睡不着，爬上楼顶，狠狠地打了几路拳，拳拳脚脚都打在了编辑们的致命处，他打累了，抱着头哭了一场，又回到水房冲了个凉水澡，坐在桌前，提笔扬扬洒洒地写了一篇自己致力写作的苦衷，最后以一首小诗结尾：

我曾发誓
不再写作
将凝重的笔抛向寒冷的冬季
然而
希望的土地
在春风中解冻
呼唤我播种

李明强将这一吐为快的文稿，胡乱地写上个刊物的地址邮了出去。然后，义无反顾地苦学他的“逻辑与语言”。他坚信，终有一天，他将成为一名令人仰慕的文豪，不辱没他与诗圣杜甫出生在一个窑洞。

这天夜里，天非常闷热，李明强在屋里实在是学不下去了，就想到楼下走一走。他刚走到马路上的黑影里，就感到身后起一阵风，一个黑影从松树后跳出，直取李明强的后背。

李明强左跨一步，那人扑了个空，被李明强顺势夹在腋下，一道黑瀑布似的长发“唰”地一下甩到了李明强胸前，秀发后一声娇滴滴的叫声：“哎呀，痛。”

“你要干什么？”李明强将长头发扶正松手。

“找你！”田聪颖用手捋了两下长发，将它们披在肩上说：“为什么不接我的电话？”

“我不是告诉你了吗，你根本不需要辅导。”李明强冷冷地说。

“我需要你陪我，聊——天。”田聪颖用它那杏眼钩也似的看着李明强。

李明强从四十五度角的方向瞥了田聪颖一眼，嘴角泛起了那种带有讽刺意味的微笑，说：“你有学上了，我还得复习考试呢？”

“不用，让我爸给你找个指标就行了。况且，你学习那么好。”

“可能吗？”李明强又从四十五度角的方向瞥了田聪颖一眼，嘴角那种带有讽刺意味的微笑更浓了。

“一定。”田聪颖突然转过身，抱住李明强的脖子，点起脚对着那肥厚的阔唇亲了一口。然后，敲着高跟，扭着屁股向前跑去。

李明强怔怔地站在那里，愣了一会儿，突然转身向回猛跑，在他跨进楼门的一瞬间，听到田聪颖撕心裂肺地喊：“李明强！”

李明强头也不回跑上楼，进了宿舍。身上出了一身透汗，他也顾不得擦，喘着气。这突如其来的吻，使李明强的心跳得非常快，他最怕发生的事情发生了，他将怎么处理这迟到的爱呢？

李明强感受着田聪颖的吻，就像杨玉萍在派出所吻他那一下一样，短暂而永恒，深深地印在他的脑海里。这是第三个女人的吻，既不像张金凤那么热烈张狂，又不像杨玉萍那悲壮忧伤，田聪颖的吻，甘甜而率真，像蜻蜓点水，像蜜蜂采蜜，像老龙头上的海鸥亲吻大海一样，有一半目的又有一半随意。而这一半目的一半随意，就像一位身裹轻纱的裸体少女，给人以不尽的回味。

李明强用舌头舔了舔嘴唇，甜甜的，留着田聪颖的口香。这口香使李明强坐卧不安，如果接受了田聪颖的爱，上军校是肯定无疑，但是，他将永远失去了卫和平。如果不接受……

正在李明强如坐针毡之时，田副师长家里的炊事员来了。他问李明强为什么不到田家去了，说田明健那小子不是个东西，李明强那天揍田明健，可为他们炊事员和司机出了口气。说人家正职家里有一个公务员一个炊事员，他在田家既是公务员又是炊事员，做饭倒是份内的事儿，因为老头得吃饭，多做几个人的也没关系，一只羊是放，一群羊也是放。可搞卫生就麻烦了，客厅走廊得搞，老头老太太的屋得搞，连他妈的田聪颖和田明健的屋也得搞。田聪颖那妞儿还好点，特别是李明强去了之后，就再也不让他进屋了。田明健那玩艺儿，整天把破鞋烂袜子扔给他洗不说，还三天两头带着女孩到家里掂锅，弄得屋里乌烟瘴气，满地扔的都是卫生纸，恶心死了。这还不够，还把那女孩带血的裤衩给他洗，他敢怒而不敢言。别人都以为在首长家服务是多美的差事儿，可受这窝囊气谁知道？真是敢怒不敢言，不像李明强那样打一架再也不去了，他还得再干一年，连撒个恶气的地方都没有。

李明强说："那你就自己找乐，洗那女孩儿的裤衩时，先往上面撒泡尿。"

"球，他操过的女人，我再撒泡尿，你不是埋汰我吗！"炊事员嘴里虽然这么说，心想这还真是个解气的好招，要是每次能往田聪颖那小裤衩上滴几滴，那感觉就更好了。

"李明强，电话，快，田副师长的。"楼道里传来了通信员的叫声。

"操，刚谈到兴头上。"炊事员说。

李明强跑进队部，拿起电话："喂，首长，我是李明强。"

"小李子，你是怎么搞的？打了我儿子，又欺负我女儿，眼里还有没有我这个老头了？"

"首长，我——"

"哈……，没事儿，别紧张。小颖说你好长时间没来了，她去请你都请不来，现在正在屋里哭鼻子呢。"

"首长，我——"

"别我我的了，快过来吧，你阿姨也想你了。"田副师长的话不容李明强做否定的回答。

“那，是，首长，我，我马上就到。”

就这样，李明强在田副师长的炊事员陪同下，又走进了田家大门。他与田聪颖逢场作戏，一直到参加全军统考。统考完了，田聪颖再也没有什么更好的理由请李明强天天去她家了，就同母亲回老家山东去了。

干部文化集训班也在全军统考前结束了，教导队一下子松起来。教员休假的休假，探家的探家，留守的有家属的来队。几个光棍汉，有李明强在，便四处找对手打篮球，赢汽水和啤酒。

李明强没有了考试压力和田聪颖的纠缠，如释重负，把陪战友们玩当作锻炼身体，回到队里抓紧一切时间学习他的逻辑与语言，静下心来思考写作。他看到巴尔扎克为拿破仑写的“彼用剑所未竟其业，我将以笔锋竟其业”的两句话后，就在自己笔记本的扉页上写道：吾将用剑笔竟其业！

这一天，李明强他们与汽车连比赛篮球，教导队留队的人会打的都去了，赢了汽车连八分，汽车连请他们吃饭。

酒足饭饱后，一帮人有说有笑地回到了教导队。值班员交给李明强一封信，是《启明星》杂志社寄来的，很厚，牛皮纸信封上扣着一个红色大方框，框子里圈着三个大红宋体字“印刷品”。

区队长喝高了点，一把抢过，抬手扔进了纸篓，吐着酒气说：“费那老劲干什么？你以为人人都能成为作家呀！又耽误工夫，又花钱，也没见你发表一个字啊！”

教导员赶忙去纸篓里捡起那信，冲区队长喊：“你喝多了，瞎说什么？秦皇岛电台前一段不就播了小李一篇稿子吗！”

“我是为他好，他的津贴费全都用来寄稿子了，也没见变成一个铅字。”

“走吧，走吧，休息去，睡觉儿。”人们嚷着推着区队长往宿舍走。区队长不干，嚷道：“你们干什么呀？我没喝多！来，小李，我告诉你，还是那句老话，你好好复习，一定要参加考试，考上军校出来，就像我一样，当一辈子正排，也能养活住孩子老婆。”

教导员一听区队长说“当一辈子正排”，心里就像吃了个苍蝇。这区队长什么都好，就是一喝就高，高了就放炮。教导队在师部院内，师首长抬脚就到，没有不知道他的。“喝酒误事儿”，这是领导对他的评价。教导队是教学单位，时间划分严格，区队长都是在业余时间喝酒，从来也没有因为喝酒误过事儿，可就是提不起来。报一次，被主管直属队的田副师长刷下一次。区队长一直对田副师长卡着他提不了副连而耿耿于怀，就故意借喝酒撒酒风，一次竟喝了酒跑到田副师长家里闹。

教导员怕他再闹事儿，就叫通信员赶快去叫区队长的家属。区队长还大着舌头喊：“小李，你记住我的话，一定要想办法考。别听那老王八蛋的话，他直接给你提干？他自己都泥菩萨过江，自身难保了。我告诉你吧，年底就给他免职了。别告诉别人啊，小李。别认为这是小道消息，哪一次红头文件不是来证实小道消息的？这年头，谁不相信小道消息，谁是傻B！你去找你老乡，找……”

“哎呀——，你们怎么搞的？让他喝这么多？”区队长的老婆一边喊一边跑上来拉区队长。

“我没喝多少，不碍事。你先回去吧，我待会儿就回……”区队长冲他老婆嘻笑着说。

“走吧，还没喝多呢？舌头都硬了。”区队长老婆半嗔半怒地说。

“走，走，还是老婆心疼我。走，走，睡觉去。操他娘的，老子不——唔。”区队长没骂出口，他老婆就一把捂住了他的嘴，轻声地说：“心里不痛快就别喝酒，实在干不下去，我们就回家。”

李明强看着区队长和他老婆的背影，心里酸溜溜的。区队长老婆是所有来队家属中最漂亮的一个，也是文化素质最高的一个，大学生，准确地说是大专毕业，在区队长老家的县医院当医生。人很漂亮，也很贤惠，一结婚就把区队长的父母接到县城了去住了。区队长讲起老婆对他父母的孝敬，眉飞色舞，说老婆是他生活的支柱。李明强整天听他讲老婆老婆的，想可能是个黄脸婆，谁知一看真人，要不了解底细，真还认为是个黄花大姑娘呢！老教员给区队长开玩笑：“人呀，没有十全十美的。你情场得意，官场失意。若把你老婆贡献一下，别说提个副连，保你提个副团！”

李明强一边想一边走回宿舍。他一滴酒都没沾，他知道自己新兵的身份。他懒洋洋地把那封信扔在桌上，像扔口袋似地把自己扔在床上。又情不自禁地一跃而起，从桌上拿过那封信拆开，原来是两本《启明星》杂志。怎么寄了两本？李明强很纳闷，翻开一本看目录。这一看不要紧，李明强的眼睛直了，那上边清清楚楚印着李明强的名字，只是那文章的名字叫《感悟写作》。李明强没有写过这个题目，他想是不是重名重姓，但是，这教导队就他这一个李明强，这《启明星》杂志社又是怎么知道这一详细地址呢？

李明强带着许多疑问，掀到了第十七页，真的，真的是他李明强自己写的文章，就是那天夜里，在楼顶打过拳后，不经意间写的那篇文章。编辑还加了评语，一段很长的话，主要是说感情真挚，文以情感人，以情动人，情感是文章的灵魂。

李明强看了好几篇，抑制住自己的怦怦心跳，将他的第一篇铅字无声无息地锁进抽屉。他好像感悟出了一点写作的奥秘了，不是人家编辑们不看你的稿子，是你的东西不够档次。

李明强又针对这篇《写作感悟》蘸满感情地给编辑写了一封信，最后还是以一首诗结尾：

有人在玉石上雕刻，
欲留下不朽的名字。
吾愿在汗珠上雕刻，
以达到人生的充实。

李明强很快接到了张仁杰编辑的回信，称赞他是一个很有实力的文学青年，要锲而不舍地坚持下去，一定会取得好成绩。

李明强终于看到了阳光，心情豁然开朗。张编辑的信像卫和平的信一样，给了他无穷的力量，使他更加坚定了走向文学巅峰的决心，挤出一切时间苦读笔耕。

教导队与周围能联系上的单位把篮球赛了一遍，李明强一人难敌众手，队友们也都是玩玩图个痛快，所以，基本上是输赢各半。李明强实在不愿和教导队的单身们整日打球玩牌、到来队嫂子那里贪嘴蹭饭讨酒喝，他就来了个白天睡觉儿晚上学习写作。那些单身汉们叫他多次都不见成效，又没有多少赛事，所以就放李明强自溜。除非哪位嫂子想起来了，说，去把小李子叫来一块吃。那些单身汉们就说，叫他干啥，他又不喝酒。或者说，算了吧，吃顿饭，耽误他少看十页书少写两页字，得不偿失。

这天下午两点刚过，李明强睡得正甜，被通信员推醒了，说干部科刘科长电话。李明强一骨碌爬起来，揉着惺忪的双眼跟通信员到了队部，他接到电话喂了一声，接着喊："真的？我马上到！"

李明强先跑进洗漱间，拧开水龙头，捧着水洗了把脸。然后，甩着手上的水，脸上带着水珠就向师部办公大楼跑去。

"小李，祝贺你啊！"刘科长见李明强进屋，笑呵呵地说着站起身，从桌上拿起一张红色油光硬板纸递给李明强，说："你自己报的，石家庄陆军学院十八中队，步兵侦察专业。"

李明强接过那大红纸，只见上面写着"录取通知书"五个金光闪闪的大字，大字下是石家庄陆军学院雄伟壮丽的大门，中国的"西点"军校，亚洲第一大军校，李明强梦寐以求的愿望就这么实现了。他将录取通知书看了一遍又一遍，这是他人生转折路条，是他圆将军梦的连接点。李明强激动不已，向刘科长敬了个长时间的礼，说："谢谢科长，谢谢您。还是那句话，我一定要报答你。"

"瞧你这孩子，什么报答不报答的，以后不许说这话，能把我当大哥看就行了。这样吧，晚上到我家，让您嫂弄几个菜，咱俩喝两盅，庆祝庆祝。"

"中！"李明强在自己的老乡自己的大哥面前痛痛快愉地说了句家乡最简单最中肯的话。

李明强在刘科长家喝了个头晕脑涨，又被刘科长拉着到李师长家告别。刘科长晃了晃从自己家里拿的东西，对老师长说："首长，这是小李孝敬您老的。"

"你小子，够情谊，我喜欢！"李师长对刘科长说，他很清楚李明强是买不起这些礼物的。他照着李明强的后背拍一下，说："听小刘电话里说，你在咱们师考了个第一，我高兴啊，给河南人挣脸了。"转而，又对刘科长说："你们两个高兴喝酒，也不叫一下我老头子，也让我高兴一下。"

"首长，不敢，只是没有好菜，怕……"刘科长急忙说。

"怕什么，我老头子不吃菜也能喝他三两。"李师长说着，哈哈大笑起来。笑罢，对二人说："来，咱们再喝两盅，也算我给小李送个行。"说着就站起来去拿酒。

"首长，我们已经喝得不少了！"刘科长上去拦住李师长。

"怎么？我们李家又出了个军官，不让我高兴高兴？"李师长嗔了刘科长一眼，冲里屋喊："老婆子，把我的茅台给拿出来。"

门开处，一位看起来比李师长小十多岁的女人端着一瓶茅台酒走了出来。

"哎，老婆子，这就是我给你说的，铁梁哥的侄子。他考上军校了，全师第一名。"

"咦——，真精干，像干部坯子！侄子仿叔，也像铁梁哥。"老太太说一口河南普通话。

"是外甥仿舅，侄女仿姑，'你说也不会话'。"李师长哈哈笑着拖着河南腔逗自己的老婆，"去，给我们拿几个杯子。"

"师长和阿姨感情真好，大院里没人不夸的。"刘科长陪着笑脸说。

"那是当然。你阿姨啊，在老家可吃苦了，对我爹娘那是没说的，十里铺镇谁不跷大拇指头。咱是有恩知报啊。"老师长哈哈大笑。

"小刘，别听他的。人前夸我，人后骂我。"老太太说着，往三个大杯子里各倒了一点酒，说："不吃菜？"

"瞧你这老婆子，连酒都舍不得给我们倒，还吃菜，吃空气啵！"李师长笑着，又拿起酒"咚咚咚"倒了半杯子。

"首长，不敢喝这么多！"刘科长急忙拦。

"喝，就这么多。欠着半杯，等小李毕业了喝。"李师长说着把酒瓶递给李明强说："倒，就我这标准。当年，我和你伯就这么喝。我第一次醉酒，就是你伯灌的。"

真是父债子还，李明强被李师长这一灌，一路摇晃起来。他不知道这是不是醉，头很晕，腿发软，舌头发硬。但是，他头脑很清醒。他坚持着，大着舌头给刘科长说话，把刘科长送回家，然后不声不响地回到宿舍倒头便睡。

李明强一觉醒来，已经是上午十点半了。他撒泡尿，全是酒味。胡乱洗漱一下，就背着跨包出了门。到值班室门口，对通信员说："我回老单位一趟。"

通信员说："今天，队里会餐，给你庆祝呢！"

李明强一听，更不能留了，这酒劲儿还未过，再庆祝就更坏醋了。就说："不了。我有急事儿要处理，要不，就没时间了。"

"那你回山海关，得给教导员请假。"通信员说。

"你给我代请吧，哥们求你了。"李明强不等通信员答话就跑下楼去。

到了山海关，李明强没有直接回原单位，而是先到了闫小莉家。李明强在秦皇岛曾回来过两次，警通连五班的战士也按李明强的要求常来照顾闫小莉的父母。老两口听说李明强考上了军校都流泪了，络腮胡子抖抖地问："还能回来吗？"

李明强说："原则上是哪来哪去，可我考的是步兵侦察专业，咱这里是炮兵，就说不准了。"

老妇人问："你考侦察，是不是就想为柱子侦察侦察。我老做梦，那孩子向我哭，喊冤枉。我老是觉得那孩子不会杀莉莉，他俩可好哩。"

李明强沉默一会儿，说："五班会照顾你们二老的，一茬一茬传下去，我也会回来看你们的。"

李明强借了络腮胡子的自行车，先到闫小莉淹死的机井边转了一圈儿，就飞也似的向燕山脚下骑去。

在这片空旷荒芜的野地里，几只乌鸦被李明强惊起，尖叫着飞向天空，盘旋，无休止地盘旋，仿佛抗拒李明强占据了他们的领地。这乌鸦，是那些不散的阴魂吗？李明强从他们身上，看到了罪恶的影子，唯独没有刘根柱。李明强突然想起，枪毙刘根柱那天，一只海燕在天空中盘旋，他当时就把它看成了刘根柱。那只海燕孤零零地盘旋着，尖叫着。

李明强仰起头，期盼海燕的来临。他在心里呼唤："排长，我就要离开这里了，不知还能不能回来。无论我走到哪里，我都会给五班建立联系，请他们替我，不，替你，替你照顾闫小莉的父母。你若在天有灵，就出来见我一面吧。"

李明强的脖子都仰酸了，还是没有一只海燕出现。那些乌鸦看李明强没伤害他们的意思，就无声无息地消失在远处的杂草树木之中。突然，李明强听到远处传来两声海燕的鸣叫，接着两只海燕就撞入李明强的眼帘，飞到李明强的头顶，尖叫着，盘旋着。李明强流泪了，泪眼中他看到那两只海燕变成了刘根柱和闫小莉，又看到了刘根柱和闫小莉化为了海燕，就像梁山伯和祝英台化蝶一样。

李明强好像一下子理解了刘根柱认罪的动机，又感到不可思议，真的有灵魂存在吗？不管怎么，李明强心想的事情出现了，他抬起右手，擦干眼泪，仰着脸，冲着那两只海燕敬了个不正规的军礼。两只海燕尖叫一声，一齐向李明强俯冲，李明强打了一个激灵，冲着海燕张开双臂，大喊一声："排长——"

两只海燕从李明强的头顶掠过，飞向渤海，飞向无边无际的天空。李明强突然感到一种凄凉，情不自禁地想起了他和刘根柱在海边的情境，就对着海燕飞去的方向"啊"了起来。海燕越飞越远，李明强的"啊"声越来越大：

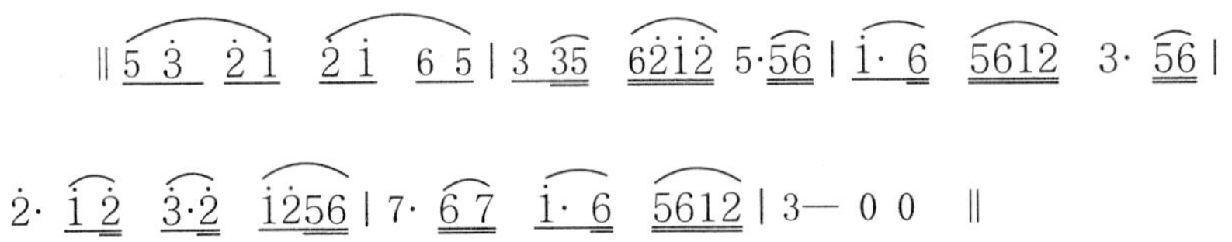

那两只海燕好像真是刘根柱和闫小莉似的，听到李明强的哀吼，尖叫着，又从渤海深处的天际里飞了回来。

李明强感到身体发冷，起了一身鸡皮疙瘩，推上车子就跑，一边跑一边"啊"，像哭一样。

海燕在空中不停地嘶叫，李明强骑着自行车拼命地奔跑。

李明强一口气骑回了警通连。连队正准备吃晚饭，早已听到李明强考取军校消息的战友，寒暄祝贺，连长对炊事班长说："给连部桌上加两个小菜。"

"连长，要加应该给我们五班桌上加呀。"现任五班长谢国华嘻笑着对连长说。

"就是，应该加到我们桌上，小李子是我们班的。"杨成立跟着起哄。

"你们班是哪个连的？"指导员半开玩笑半认真地问。

战友们只笑不答。

"那，晚上，我想，我们班坐东，给李排长意思一下。"谢国华又试探着说，说完，用眼盯着连长、指导员。

"怎么？想喝酒？"连长虎着脸问。

"不是，李排长有好多知近的老乡，想召集一起聚一下，话个别。他后天就走了，逐个看，看不过来。"

"这，是你的意思？"连长看着李明强问。

"算了吧，连队都挺忙的。"李明强有点不好意思，况且，他也根本没这个意思。

"这样吧，今晚放五班个假。让炊事班做几个菜，你们不能喝酒，在饭堂里热闹热闹。"指导员接着说。

"不用了，张栓的父母今天正好走了，我们就在临时来队家属院坐坐，买点瓜子小吃儿之类的，开个茶话会，免得影响连队。"谢国华说。

"好，你们绝对不能喝酒。"连长说。

"我保证不喝！"谢国华说。

"不只是你，你们全班！"指导员最注意细微之处，及时更正说。

"是，我们全班滴酒不沾。做不到，你撤了我！"谢国华一本正经地说。

在临时来队家属院的一间平房里，谢国华他们把两张铺板连在一起，搬来二十多个马扎、小凳，小卖部的小吃品一样买了一点，在两张床板上围了一圈儿。骑车通知各连的马鸣也完成了任务，报告说该通知的都通知了，他们步行，一会儿才能到。

五班的四个老兵和两个新兵作为主人，排坐在床板的一边，静候着李明强的老乡到来。谁知，这一传二、二传四地"呼呼啦啦"李明强的老乡能来的全来了，个个都没空手，有拿烟的，有带酒的，那罐头、小吃儿比商店里还全，有好多都是从外地捎到部队来的，战友们平时舍不得吃，这时全拿出来了，把两张床板堆得满满的。

人们刚把两个床板围严，谢国华就说："我看呀，李排长人缘好，说不定要来好多人呢？我说，咱这就开始，一会儿人多了，坐不下，该撤的就撤，天下没有不散的筵席，就是陪李排长到明天，他还得走。"谢国华说着，拿起酒瓶，笑着说，"今天，我们班做东，连长指导员说不让我们喝酒，可没说不让李排长喝酒，你们不在警通连，他们也管不着，别喝醉就行。来，都来点。"

"好——"有拿缸子有拿碗还有用酒瓶盖儿的，大家一齐来。

“哎——那哥儿，把酒瓶盖儿给李排长，今天他肯定不能少喝，就用盖儿，喝红酒。我们四个人，喝汽水。你们各位，能喝白酒的就喝白的，不能喝白的呢就喝红的。我看这酒还真不少，足够喝了。”

就这样，碗来缸往，来一群走一拨儿，到熄灯号响了，这“茶话会”还没散的意思。那 ‖1 1 1 3 5 - | 5 - 3 1 · | 1 - - - | 1 1 3 5 - | 5 - 3 1 · | 1 - - - ‖ 的军号声温柔缠绵而又刚健果断，对军营将士来说既是放松又是命令，谢国华站起来对李明强说：“排长，我们几个说什么都得走了。一来，今晚是咱班的岗。二来，我们不回去，连长指导员来了，弄得你们老乡不欢而散，不好。散了，你就回班里，正好有空铺。”

李明强很感动，谢国华、马鸣、杨成立、张栓四个人对他来说都是老兵，能这样对他心情难以形容。他掂起酒瓶，大着舌头说：“好。按理说，你们都是我的班长，我一人敬你们一杯。”

李明强说着，就把那酒瓶盖倒满了，向谢国华一举，说声谢谢，一仰头喝下。张栓他们几个看李明强已经喝得差不多了，就不让喝，李明强执意表表寸心，坚持又喝下两杯。

送三人到门口，谢国华又转回来，附在李明强的耳边说：“你不能再喝了。”

“我知道，谢谢，太谢谢了。”李明强的脸像火烧似的红，热辣辣的。但是，他脑子很清醒，嘴上说知道，心里却说，我没喝多。

有几个老乡在五班人走后，也一人自摸一口酒说赶在熄灯前回去。

赵革命这时是炮兵班的副班长了。他虽没有文化，可训练刻苦，操炮那一连串动作，连干了几年的老兵都服，在全团比赛拿了个第一名，被任命为副班长。可人们尽拿他开涮，老叫他“鸡巴长”。赵革命说：“球，今天不回去了，玩个通宵。都老兵了，还那点鸡娃胆儿。”

李明强觉得赵革命够意思，就举起盖儿说：“革命，我敬你一杯。”

赵革命说：“用那蛋子儿大的小盖儿，给我喝？不行，换缸子。”

“好。”李明强就换了缸子和大家喝。喝一会儿，就白酒红酒不分了。一杯杯下肚，小时候，新兵连，战斗班，大姑娘、小媳妇，什么都谈，全成了喝酒的佐料。赵革命最猛，这位喊一声“鸡巴长”、那位叫一个“鸡巴长”，一会儿就把他灌趴下了。

屋里烟雾缭绕，个个头晕舌头硬。李明强硬着舌头说：“唉，咱来当兵晚了点。原来的师长就是咱巩县人，可好了，他有个名言，叫‘说也不会话’。我看，咱们都‘说也不会话’了。休息会儿，撒尿。”

李明强刚一站起，脚下一软，倒了。有人想站起来扶他，也倒了，大家就坐在地上笑。

笑，说，说，笑，一会儿就一点声音也没有了。

# 第十五章

李明强从四十五度角的方向瞥了披肩发一眼，又瞟了瞟运动头和张文斌，嘴角泛起了那种带有讽刺意味的微笑，感到自己在北京大学的学生面前并不是矮半截。

李明强他们醒来的时候，已经是上午九点了。

“我操，怎么搞的。”谢国华趁训练间隙跑到家属院一看，李明强和他的几位老乡横七竖八地躺在地上睡得正香呢。阳光透过窗口照进屋，照在那两张床板上，一片狼藉。他急忙叫：“醒醒，快醒！”

张晓鹏一轱辘爬起来问：“几点了？”

谢国华答：“九点。”

“操，坏了。起来，起来，快起来！”张晓鹏一个个踢他的老乡。

“你起你的，踢我干什么？”赵革命不耐烦地说。

“都九点了，你说我踢你什么？”张晓鹏死乞白赖地说，“快起来想想回去怎么交代吧。”

“什么？九点了？”李明强也醒了，但头还有点痛，昨晚他喝得最多。

“妈的，一个处分背上了。”张伟明嘟囔着说。

众老乡都不作声了，李明强很内疚，是他害了老乡们。真是乐极生悲。

“唉，既然这样了，害怕也没球用。我们就是喝了酒，也没干什么坏事！实话实说，都老兵了，连里也不会因为这给处分。”孙有财说。

“不会。处分你轻了还不行了。部队三令五申不让喝酒，你又超假，夜不归宿，无故旷课。瞧，犯了多少条？哪一条都得给个处分。”张伟明辩解说。

“球，那点鸡娃[1]胆儿。给一个处分背着，给两个挑着，给三个提着。怕什么？你当你是李明强啊，要当军官，受处分了是个污点。你过两年回家修地球，立功都没球用，那处分算个鸟！”赵革命那“二百五”劲儿又上来了，嚷道。

张晓鹏一直没说话，他一直在想回去怎么交代这个问题。这时，他插话说：“我看，咱们来个攻守同盟，互相作证。就说李明强考上学回来告别，正好团里有辆车去师部，说晚上返回，我们几个老乡去送，半道儿车坏了回不来。”

“那也不行，私自出山海关也要处分。”张伟明说。

“这好对付。运输股李助理，就是接咱们来的那个李排长，我俩特铁，我去求他给各个连打个电话，问题肯定解决了。”

“我看行。我也是李助理帮忙带来的，考上学了，应该去谢谢人家，同你一块去。”李明强说。

“中。”张晓鹏想了想，点了下头。

“革命，你们几个把这里收拾一下。哪也别去，就在这儿等着我们。”李明强对张革命说完，又对谢国华说：“班长，你赶快回去吧，别让班里人把这事传出去。”

“哎，你们带上这酒。去谢人家，求人家空着手啊。”孙有财提起一个网兜儿，里面还有两瓶未动的家乡特产“杜康”。

“还有这儿，罐头，点心。”战友们一会儿又搜罗出一大堆儿东西。

“太多了吧，留下点儿。”李明强看着两个网兜儿被装得满满的，说。

“留它干啥？求人家，一下砸死。”张晓鹏说。

李明强和张晓鹏一人提一个网兜儿，并肩走出临时来队家属院。张晓鹏提提手中的东西，对李明强说：“李助理吃这个。当兵体检时，医生说我平脚，不合格。我爸找得他，一顿酒，两颗手榴弹，两条二十响，就定了。他说，我们是炮兵，机械化，不走那么多路，只要不是一条腿就行。”

李明强从四十五度角的方向瞥了张晓鹏一眼，心里骂，你他妈也是个后门兵，嘴角泛起了那种带有讽刺意味的微笑。笑罢，问：“哎，咱就这样提着东西上办公楼行吗？”

“也是。真是晕了头了。”张晓鹏说，“那，你说咋办？”

“我到家属院那边等着，你去办公楼叫他，就说我考上学了，回来谢他让他回家一趟。”

“中。”张晓鹏把手里的网兜儿递给李明强，向团部大楼走去。

李明强低着头向家属院走，心里骂自己不该喝这么多酒。他买好今天八点十分回秦皇岛的车票作废了不说，还害得几位老乡为免去处分奔波。他咬了咬牙，暗下决心，以后再也不喝酒了，喝酒误事，吃一堑要长一智。

“嗨，小李，你回来了，我早就看到你考上学了。”

---

① 刚孵出的小鸡。

李明强一惊，抬起头，是带他来的老乡李医生。李明强先是脸一红，意识到自己首先应该感谢的是人家李医生，到部队来，他是决定性的人物，他当初要是说一句身体不合格，张副团长也就顺水推舟了。况且，到部队后，人家还一直帮着自己。李明强灵机一动，苦笑了一下，说："这不，我就来谢您了。"

李明强被李医生让进了家，寒暄几句。李明强说，非常感谢李医生、张副团长和李助理把他带到了部队，使他才有了今天。本来是回来感谢你们的，昨晚老乡硬是拉着喝酒，喝多了……

李医生听了，说："快，都给李助理提去，那小子吃这玩意儿。"

李明强本来就嫌拿得太多，就把装杜康酒的那一兜留下，说："这是给您的。"

"唉，咱们老乡，没那么多弯弯绕。你求他办事儿，礼得重些，都拿上，我跟你一块去，他也得给我个面子。"李医生说着，提起那兜酒就走。

李明强跟在李医生身后，喃喃地说："等会儿我再给你买。"

"嘘——，瞎说什么？等你领了工资，请我。"

两人出了门向李助理家望去，李助理和张晓鹏正在东张西望，张晓鹏发现李明强和李医生，先一怔，接着说："那不，来了。"

"小李呀，恭喜恭喜！"李助理先看了李明强和李医生手里提的网兜儿，眉开眼笑地向前走两步，拖着官腔把右手伸向李明强。

李明强先向李助理敬了个礼，就被李助理拉着手领进了屋。李明强说了许多感谢的话，李助理就拖着官腔说："要走了，还有什么事让我办，我一定给你办好。"

李明强就把昨晚的事儿说了，表示很惭愧，老乡们要是都受了处分，他的心会一辈子感到不安的。

"多大的事呀！我给他们领导讲，保证不处分他们。"李助理的口气好像他就是团长。

张晓鹏就把编好的词给李助理讲了，李助理笑着说："你这个猴子，小机灵鬼儿。好，我打电话，说，哪个连的，叫什么？"

"赵革命，炮兵连的。"张晓鹏说。

"就是那个'鸡巴长'吧，哈……"李助理笑着拿起了电话，"喂，总机，我是李助理，有个事儿要给几个连队通电话，你重点保障一下。先接炮兵连。

"喂，刘连长吗？我是运输股李云龙啊。有件事儿，求求您老哥儿。就是我带的兵啊，那个警通连的李明强，对，是那个打篮球、指挥歌那个，现在不是调师教导队了吗，他考上学了，回来看我。我派了辆车送他回秦皇岛，我带那一帮兵就送他一块儿去了，谁知，车抛锚了，昨晚回不来了。现在才回来，对，就有你们连的赵革命，那个'鸡巴长'，哈哈哈哈。什么事儿也没出，昨天晚上，他们就给我打电话了。我说是车坏了，怪我，不怪他们，绝对不处理他们，是我让他们去的，我就负责。我可给人家打了保票了啊，好，谢谢老哥了。您有事儿尽管说，兄弟一定照办。好，就这样，给您添麻烦了，谢谢，再见。"

李助理用左手摁下电话，一副王者风范，说："平了。下一个。"

"孙有财……"

李助理松开左手，总机又跳出来了。如此这般地打了近一个小时的电话，一个个问题都烟消云散了，李明强心里的石头也落了地，只是不住地说谢谢。

"李助理就是面子大，在咱们团没有摆不平的事儿。"李医生替小老乡奉承道。

"哪里哪里。"李助理看了张晓鹏一眼，心想，要不是人家李医生签字，这兵我还带不来呢。就说："你老哥儿也是，咱们接兵配合那么默契，你有事也不找我，用个车啦人啦的，尽管说。"

李明强告别了李助理和老乡们，绕道又买两瓶酒，装在黄挎包里去了李医生家。李医生煮了一锅西红柿面条，每人吃了两碗。李医生说喝杯酒庆祝一下，李明强坚决不喝。李医生说，不喝好，酒不是好东西。

李明强回到秦皇岛，已经是下午两点钟了。他来到海边，想再看一次大海，大海给了他许多遐想，给了他许多安慰，给了他许多启迪。但是，他只是站在海边看海，却从没有下过海，也没有坐船到深海去过。他想，到深海去一定很美，一定有一番全新的感受。但是，他舍不得花那两元钱一张的游船票，他已经浪费了一张车票，三块二呢。

李明强走到艘渔船前，见几位渔民在忙活，就上去搭讪，他要写作就要接触生活。当他听渔民说要入海去收网时，就要求跟船去，把自己到海边近两年从没有进过海的事儿说了，渔民看他诚实，又是解放军战士，就带他出发了。

两间房大的机帆船，轰鸣着向海中驶去。平镜似的海水被船头割开，掀起层层波浪，向两边奔跑，在船后合拢，海风吹得李明强的短发竖了起来，火辣辣的太阳照在身上也不像在海岸那么热那么痛，他感到惬意极了，张开双臂迎着海风，仿佛要拥抱大海，拥抱蓝天。

"小伙子，站稳点，越向深海浪越大，看起风了。"一位渔民笑呵地对李明强说。

"大爷，没事儿。"李明强嘴角泛起了那种带有讽刺意味的微笑，心想，我要是站稳了，就像钉子钉在船上一样，怕什么。

可是，不一会儿，李明强的脸就白了。风越来越大，老渔民说："关机，起帆。"

机船的马达声熄了，几位渔民三下五除二，三块大帆就立了起来。风鼓帆应，船顺风而行。海浪将船托起放下，左右摇摆。李明强稳稳地站着，在心里迎接大自然的挑战。

船一会儿像是被抛向空中，一会儿又像是跌入了深谷。李明强开始害怕了，从内心深处怕了，他会武功，但不会游泳，虽然生在黄河边，但他是个听话的孩子，守纪律的学生，父母和老师不让下河洗澡，他就不洗。在海边两年，部队不让下海游泳，他就不下。这下他傻了，万一这船翻了怎么办？他看船，在大海中，两间房大的庞然大物竟像是漂浮在黄河中的一叶小小的浮萍。看四周，圆天盖着大海，水天相连，远处"呜——呜——"鸣叫的大楼般的轮船，都是星星点点。

李明强乘的机帆船就像一叶小舟，孤独无助地在大海深处漂浮着。李明强的脸越来越白，他感到像昨天喝多了酒一样，有点晕旋，还多了点恶心。肚里像倒了五味瓶，很不是滋味。他想，这时船若失事，他一定完了。他摸摸口袋里的录取通知书，好像突然悟出了什么，叹了一句："人太渺小了。"嘴角动了动，但是，再也泛不起那种带有讽刺意味的微笑了。

"小伙子，到仓里坐着吧，你晕船了。"老渔民笑呵呵地说。

"我，能——坚持。"李明强咬牙使自己站稳。

"走吧，你第一次到深海，不习惯。到仓里休息一下，等会到了地儿，装了货还得往回返呢。"老渔民说着走过来搀李明强。

李明强说："大爷，我能来。"就起脚走，谁知一个浪将船掀起，他一个趔趄差点摔倒，急忙双手摁住船板，向前挪动。几位年轻点的渔民大笑，一位说："解放军同志，这活不好干吧？"

李明强冲他们笑了笑，很苦。

到了船仓，老渔民给李明强个水壶，说："喝口凉水，好受点。"

李明强喝了两口水，感觉好多了。老渔民说："你还是棒的呢，换个人可能早就不行了。你躺在这里眯上眼，什么也别想，睡一会儿，船不会有事儿的。"

李明强说："大爷，我还好，能坚持。"

"别坚持了，睡吧。我看你是觉儿不够，心里有事儿，要不然，你不会晕船的。"

李明强暗叹老人的眼睛毒，看人能看到心里去。

老人自己摸了一根劣质香烟，也不问李明强抽不抽，自己点了就吸，一吸一口，哼一句小曲，李明强听不清他哼的是什么，但是很美，很动听，他知道老人是在分散他的注意力。

老人不知哼了多长时间，李明强在迷迷糊糊中听老人说："到了，你别动，好好睡，我们起了网就回去。"

李明强也感到了船只在漂，一起一伏，不走了。他想起，想到船上看渔民是怎么收网打鱼的。但是，他感浑身发软，一点力气都没有，想到刚才在船板上的感受，就不动了。人生要得到的东西很多，一个人不可能事事都会，样样都能得到，即使玩了性命得到了，顷刻间也有可能消失。就像他苦苦奋斗了二十一年，怀中揣着录取通知书，若船翻了，也就什么都没了。

李明强真的睡着了，到了原登船处，被人叫醒，又像活过来一样。他站在岸上，感到还是脚踏实地才内心充实，只有脚踏实地，才能焕发出他的力量。

老渔民笑呵呵地问李明强感觉怎样，李明强说："谢谢您，这一趟，我悟出了一点儿人生道理。"

老渔民将两条鱼用铁丝串了，说什么也要送给李明强，说留个念想。

李明强说："我会记住你们，记住今天的。"他摸遍了全身，钱剩无几，只有那支用《现代汉语词典》换来的带电子表的圆珠笔还算贵重，就送给老渔民作纪念。老渔民依然笑呵呵地说："孩子，我们是看太阳赶海的。一辈子了，都不用表，习惯了。我也不写字，你留着，到军校好好学习，将来当个好官儿。"

李明强回到教导队已是晚饭时间，李明强洗把脸就去了饭堂。正好教导员在门口打饭，劈头就说："小李，你怎么搞的，大伙想给你庆祝一下，你却跑了。"

"对不起，团里来辆车，着急，没找到您，就给通信员打个招呼走了，实在对不起。"李明强一脸的歉意。

"你什么时候走？"

"明天下午两点。"

"票买了吗？现在路上很挤。"

"买了，就是没座。"

"那没关系，带个马扎就行了。"教导员对李明强说完，冲饭堂喊："这样，明天下午小李走，中午咱们会餐，给小李送行，没来的回去都通知到啊。"

"好。"

"小李，跑哪去了？拿到通知书就没影儿了。"

"会妞儿去了吧？这么神秘就失踪？"

"哪里话，正好有车，回团里了一趟。"李明强解释说。

"这可好，你考上学，我们会两次餐，解馋啊。"

"你们这帮小子，哪天不解馋？饭稍差一点儿，就都跑家属院了。看九月份开训，你们怎么吃下二米饭。"教导员板着脸，半开玩笑半认真地说。

"唉，你们领导能吃，我们当兵的怕什么！"

众人就笑。教导员不理会他们，转过头对李明强说："石家庄陆院，要求特别严。步兵侦察是最苦的专业，要求更严，你要做好吃苦的准备。"

"小李子没事儿，在吃苦这方面，我敢说谁也比不上他。"

战友们说得没错，在吃苦方面，军校的同学谁也比不上李明强。其他方面，李明强也是崭露头角，再加上入学前教导队给李明强入了党，他是学员队唯一的一位学员党员，又代理过排长，队里缺了个区队长，支部决定由李明强代理。

军校是人才聚集的地方，其性质虽然和教导队差不多，但要求比教导队严多了，训练也很苦。李明强所带的区队四个班，每班 12 人，48 位学员的行政管理工作就落在了他这个仅一年多兵龄的战士身上，担子确实不轻，在中队领导的关心帮助下，李明强把区队搞得很活，成立了六组五队。军事训练指导组、军事理论研究组、政治思想工作组、文学创作报道组、学雷锋小组、区队工作监督组，篮、排、乒、羽四球队和文艺宣传队。他还把四个班重新组合，把学习好的放在一班，主抓学习；把军事素质好的编为二班，主抓训练；把性格柔和的列入三班，主抓内务；把情感丰富的归到四班，主练唱歌；区队工作，件件有样板，样样有参照，互相帮助，固强补弱，共同提高。四个班，弱项不弱，强项更强。中队搞什么竞赛，第一名总留在李明强所带的区队。

在军校，李明强还倡议战友们开辟第二课堂——学习文史。他提出：八十年代的军事指挥员，不但“要为百夫长”，还要“兼做一书生”。他刻苦自学，潜心写作，他亲自负责的文学创作组，在不到一年的时间内，就在各界报刊、电台上发表文章一百多篇，其中有他自己的二十八篇，特别是他的中篇小说《故乡的小河》被《文学月刊》连载，在学院引起了很大轰动。鉴于李明强的突出表现，学院党委决定，为李明强荣记三等功。

李明强在军校如鱼得水，似鸟脱笼。但是，他没有忘记防范支书张洪之辈的暗算，他给家里的信都是通过老连队谢国华寄出的，他决心真正成为军官之后再探家，那真可谓是“衣锦还乡”，不仅自己风光，也让家人风光一下，张洪之辈就是气死也没什么办法了。所以，他给卫和平写信讲，军校两年寒暑假他不回老家，要留校学习，充实自己。卫和平深深地理解李明强，回信说你不回家，我也不回了，准备考研究生。你们军校管理严，你到北京来，我们一同过春节。

正当李明强憧憬着与卫和平一起在北京大学过春节的好事时，学院决定，步兵侦察专业不放寒暑假，赶学课程，强化训练，提前于一九八四年十一月份毕业。

李明强和同学们就私下议论开了，这几年中越边境一直没有消停，可能是老山前线吃紧，急需用人。《高山下的花环》正在热播，前几届上前线的学生也回校作报告，李明强和同学们，热血沸腾，暗下工夫，苦学苦练，纷纷写请战书，准备毕业奔赴前线，报效祖国。可是，毕业时，一个上前线的名额也没有。李明强被香山步兵侦察大队选中，进了北京。

进京前，李明强没有给卫和平写信，他要给卫和平一个惊喜，突然站在卫和平的面前。

李明强抑制住自己的感情，在香山步兵侦察大队待了两个星期，第三个星期天，他请假直奔北京大学。当他看到北京大学那古色古香雄伟壮丽的西大门时，心中荡起了无数波澜，他咬咬牙，暗下决心，自己未能迈进这最高学府的大门，一定要娶一个北京大学毕业的妻子，来了却自己的心愿，挥去自己的遗憾。

李明强背着给卫和平买的一挎包橘子、苹果、糖，未进北大西门，而是走入了畅春园，他知道畅春园是北大人住宅区，心想，卫和平一定是在住宅区住。迎面走来一位老者，风度翩翩，很有学者风范。李明强主动走去，问：“老师，你好，请问法律系八一级三班的女生在哪里住？”

那位老者打量一下眼前这位年轻的军官，指着北大西大门说：“进门向右拐，过了研究生公寓，就是本科生宿舍楼，到那里问一问，这里是教职员工的住宅区。”

李明强谢了，照老人指点的地方走。北大门口的华表，校院里的古树与建筑，一看就比他们石家庄陆军学院要古老厚重。李明强无心恋景，只想早一刻见到卫和平。他快步走过研究生公寓那白色大楼，看到一群学生，其中有几个老外，在叽里呱啦用英语说话，既而是一阵爽朗的笑，“天之骄子”，李明强从内心深处叹道。他在石家庄陆军学院学习，始终感觉背负着一种说不清的东西，很沉重，军校学员都有人人自危之感，从没有这种单纯而爽朗的笑，全是一副苦大仇深的样子。那些外国来留学的人，今天是校友，明天可能就是战场上的敌人，他们互相警惕着，从没有这么亲密的接触。

一群纯中国学生走过来，李明强走上去，笑了笑，问："同学们好，请问法律系八一级三班的女生在哪里住？"

"请问，你找谁？"一位男同学走出人群反问李明强。

"卫和平。"李明强照实说了。

"跟我来吧。"那男同学对李明强说完，冲前边走过的人群喊："我办点事儿，你们先回去。"

"我叫张文斌，哲学系的，咱是老乡，我家是中牟的。"那男同学用一口河南话对李明强说："一听你的口音，就知道是老乡。我也是在老乡聚会时认识卫和平的，你是她——"

李明强感到很亲切，正好遇到了老乡，少问多少人，少走多少路。看张文斌那用疑问的眼光看他，就有此拘谨，他感到自己比这北京大学的学生逊色多了，尽管他比张文斌高出一头，声音还是低了八度，不好意思地说："中学同学。"

"噢——你没有提前联系，她不知在不在。"张文斌说。

李明强没说话从四十五度角的方向瞥了张文斌一眼，心里翻起一股醋意，他首先把张文斌定为成自己的情敌，要不他怎么与卫和平那么熟悉，还知道卫和平的住处，他肯定到过她宿舍。

果然不出李明强的所料，张文斌带李明强来到一幢红楼前，李明强留意那楼山墙上一个大圆圈着一个数字"36"。楼前两道铁丝上挂着花花绿的衣服，女学生三三两两地进出楼门。

张文斌带李明强进了楼，向左拐，到标有"112"的门前，在门上轻叩两下。门里就传出一声甜润的女中音："请进。"

张文斌推开门，看了一眼，问："卫和平不在呀？"

"他们组今天外出实习了。"一位留披肩发的女孩站在屋中央说。从他们的神态和这两句对话，李明强感觉到张文斌与这个屋里的女孩相当熟络，再想张文斌对自己说的话，就把张文斌认作要防范的情敌了。

"她中学同学找他。"张文斌说着进门，向旁边一让，把李明强亮在了两个姑娘面前。

"啊，解放军同志，快请进，快请进。"披肩发一边说，一边拢了两把自己的秀发，把它全部披在肩后。这一拢，使李明强想起了田聪颖。

李明强机械地走进屋里。这屋里，两张双层床靠窗两边放着，四张两屉桌，一张靠窗口正央夹在两张床的的中间，两张并放在右边床的一端，一张单放在另一边，靠门处，是脸盆架和纸篓。那个喊"请进"理运动头的女孩，看是两个男人进来，转过脸，把挂在床上的小裤衩和乳罩摘下，一团，放进被子的里侧。这时，她已面对李明强，很不自然地笑了笑，问："你是从石家庄来的吧？"

李明强一愣，知道他的事情运动头已知一二。自己的秘密被一陌生的女孩知道了，李明强的脸便有一点发热，不好意思地说："是，我已分到北京实习。"

"噢，作家，《故乡的小河》是你写的？"披肩发激动得眉飞色舞。

"没事儿，练着玩的。"李明强从四十五度角的方向瞥了披肩发一眼，又瞟了瞟运动头和张文斌，嘴角泛起了那种带有讽刺意味的微笑，感到自己在北京大学的学生面前并不是矮半截。

"那小说我们都看了，写得太好了。是写你自己吧？"运动头笑得很灿烂，问得也很甜。

"不是。"李明强用嘴角笑了笑，摇摇头。他知道自己嘴大，在人们面前张口笑，不大雅观。

"卫和平说是你自己的影子。"披肩发的鼻子眼睛都在笑。

"文如其人嘛。任何一篇文章，一部著作，都是作者的内心感受。从这个角度讲，所有的文章都是作者在写自己。"

"哎，你坐下，我们聊聊。"披肩发就指着右边的下铺说："这就是卫和平的床，你坐吧，我给倒杯水。"转身又对张文斌说，"你也坐。"

在张文斌就要落座时，李明强说："不了，改日等卫和平回来了，你们一块到我们单位玩儿。"李明强说着取下挎包，往窗前的桌子上一倒，那苹果、橘子和袋糖就一骨碌全出来了，一个橘子滚到桌边掉下，李明强眼疾腿快，右腿一抬，那橘子落在大腿上，像皮球似的又弹起来，李明强伸手从空中抓住放在桌上，一男两女全看愣了。

李明强转身的同时说："没什么好带的，一点儿水果，你们分吃了吧。"

"好，我们替卫和平收了。就凭你给她买这么多东西，她也得去看你。"披肩发笑着说。

"她知道你的地址吗？"运动头问。

"不知道，我给她留一个。"李明强从兜里掏出笔，写上自己的单位和电话。又给张文斌写了一份，说："谢谢您，若有空儿上我那里玩。"

走出36楼，张文斌邀李明强上他那里玩儿，李明强谢了说，他请假不容易，要去看另外的同学。张文斌把李明强送出北大南便门，说："以后你找卫和平，多坐一站路，从这儿下车最近。"

李明强嘴上说谢，心里却骂，大萝卜还用屎教？老子是侦察兵，这点儿小常识要不懂，卫和平就甘让给你了。

李明强送走张文斌，心里感到空落落的。真是满怀希望高高兴兴而来，备感失落扫兴而去。他想到运动头、披肩发，特别是披肩发那一颦一笑，使他不由得想起田聪颖。田聪颖上的是解放军北京医学院，四年本科。她入学后曾给李明强写过许多封信，李明强回的第一封信就挑明了，他是有女朋友的人。田聪颖更直接，回信说，只要你没结婚，我就有可能成为你的爱人。李明强要了个幽默，回信说，你有可能成为我的爱人，但绝不可能是妻子，我们不是一个层面上的人。田聪颖哭了，满纸都是泪痕，满纸都是缠绵，她没有质问李明强到底谁的层次高谁的层次低，她为李明强附了一首诗，这首诗不知是出自她的内心还是抄袭了别人，但是，让李明强很感动。诗曰：

你是太阳，
我是月亮，
没有你便没有生命之光。
你是甘露，
我是小草，
没有你便没有春天的希望。
如果你的感情是两片丰腴的绿叶，
应该擎托住这枝花蕊，
让她争春怒放。
如果你的感情是温柔的手掌，
应该保护住这颗心房，
让她永不受伤。

李明强没有回信，而是将这首诗熟记于心。他认为自己和田聪颖绝对不是一路人，做朋友可以，论婚嫁绝对不行，也许他和田聪颖结合，就真正走进了爱情的坟墓。所以，他不敢擎托这枝花蕊，让她争春怒放；更无法保护住这颗心房，让她永不受伤。他若真让她争春怒放，那就一定会让她永远受伤。长痛不如短痛，受一次伤总比受一生伤强千百倍。况且，对田聪颖来说，遇到一个好帅哥，就立马会好了伤痕忘了痛。所以，李明强再也没有给田聪颖回信。

李明强看了看手表，九点十七分。心里骂，就拾妻（九十七），我找妻都找不到还拾妻呢！这中关村，遍地都是高傲的披肩发、运动头、马尾辫，可哪一个他李明强敢拾回去呀？

李明强不住地看表，车就是不到。他突然决定，去看田聪颖，说不定田聪颖就是他要拾的老婆。这手表本身就是田聪颖送的，上海牌，夜光表，和他在新兵连捡到的那块手表一模一样。就是在他离开秦皇岛的头天晚上，田聪颖送给他的。那天，吃过晚饭，李明强正在收拾东西，通信员来叫他，说教导员说让他马上到田副师长家里一趟。

李明强去了。田聪颖早早地站在门口向这边张望，李明强向她招招手，她就像燕子一样飞过来，想扑进李明强的怀里，被李明强远远就伸出的大手挡住了。田聪颖就抓住这有力的大手直摇，激动地说："你考上了，你考上了！我在老家给我爸打电话，听说你考上了，我就立刻回来了。"

"你什么时候回来的？"李明强不冷不热地问。

"昨天中午。回来就给你打电话，人家说你回山海关了。"

“嗯。”李明强点了下头。

“我上北京军医学院，到那儿后我给你写信。”

李明强没有说话。

进了门，田副师长和老太太在看电视，随便问了李明强什么时候走，缺不缺什么东西。田副师长还说，石家庄陆军学院的领导他都很熟，某某某是他的战友，某某某是他的部下，让李明强有事找他们，等等。田聪颖早不耐烦了，挤着眼叫：“爸——”那声音里包含着些许无奈、些许乞求和百般娇态。

田副师长笑笑，冲李明强和田聪颖挥挥手说：“去吧，去吧。”接着冲他们的后背喊：“小李啊，你有事儿就直接给我写信打电话。”

李明强本来脸就红了，头也没回，轻轻地“哎”了一声，回应的是田副师长那爽朗的高声的笑。

李明强从那笑中看到了老人对女儿的疼爱与娇惯，听出了对他的厚爱和希望。他心里一酸，想，你堂堂一个师长，怎么这么放纵子女，怎么能把希望寄托在一个你不了解的人身上！你当官是成功的，但在教育子女方面是失败的，还不如一个农民。

田聪颖拉开抽屉，说送李明强个礼物，李明强见是块手表说什么也不要，他长这么大从没有接受过这么贵重的礼物。田聪颖说：“这是人家送我的，我专门要了一块男式的，让你戴上它，时刻想着我。”

田聪颖说着，就抓住李明强的左手往上戴。李明强一看那表，似曾相识，心里一惊，和自己在新兵连捡的那块出自一个模子。就这一惊，一愣神，田聪颖就给他戴上了，并举着他那只粗胳膊在自己眼前照了照，甜甜地笑了笑，说：“好看，挺气派的。”

李明强没作声，只是爱惜地摸着这表，想也许自己这一生就该戴这上海牌夜光表，捡一个交了公，田聪颖又送一个，真是人家说的“是你的东西跑不了”。

“这太贵重了。”李明强喃喃地说。

“手表诚可贵，爱情价更高。”田聪颖笑得很甜，用眼直勾勾地看着李明强，看累了就依到李明强的怀里，闭上眼，抬起了头。

李明强一惊，一把推开田聪颖，紧张地说：“我，我，我该回赠你个什么东西了。”

田聪颖一脸怒气，一扭屁股坐到床上，恨恨地说：“你看看我们家缺什么？”

李明强不说话了，低下了头。

“你是木头啊，还是傻子！我需要什么，你不知道！”田聪颖哭出了泪。

李明强手足无措地站在田聪颖面前，喃喃地说：“我，我——”可“我”了半天，也没有我出半句话。

“我就要你！”田聪颖哭着扑上来，在李明强的脸上狂吻，李明强突然想起了张金凤，也是这个样子，女人怎么都是这样没有一点理智。他想到了，入伍前他也吻了金凤。那是情不自禁，还是不愿伤金凤的心？这个问题，他没事儿时，特别是夜深人静，站岗或睡不着觉时，经常想这个问题，最终的答案是回报，是爱的回报！如果，你不及时回报，爱的战场你就无法收拾。

李明强回报了田聪颖，吻得她上不来气，只得挣脱，嗔着李明强，气喘吁吁地说："你想憋死我呀！"说罢，又用那娇嫩的手摸李明强的双唇，喃喃自语："好大的嘴啊。"

"男儿嘴大吃四方嘛。"李明强为掩饰自己的不安，贫了一句。

"是吃饭还是吃女人的口红？"

"你说呢？"李明强知道田聪颖肯定是看了《红楼梦》，"吃口红"是贾宝玉的"名言"。

"我不知道。"田聪颖依在李明强怀里撒娇说，"你呀，看似无情，实际上是个多情的小白脸儿。当了官，饭是不会缺的，口红也不会少吃。我看，你这一生，注定了，要吃'软饭'。"

李明强心里一紧，眼光即刻就暗了下来。他羡慕那些得到上级领导女儿垂青而飞黄腾达的人，可一旦要让他靠女人去生活，也就是别人们讲的吃"软饭"，他就感到是受到了极大的污辱，他李明强骨子里没有那种奴性。所以，那天与田聪颖吻别后，他就下决心要与田聪颖斩断情爱之线。在军校学习的一年零三个月时间里，他不仅对田聪颖那二十一封情书没有回一个字，而且对女教员王红霞那淋漓又含蓄的示爱无动于衷。王红霞比田聪颖美丽文雅，王红霞的父亲也比田聪颖的父亲官大，他要接受王红霞的爱，这一辈子就彻底在"吃软饭"的深渊里爬不出来了。他不接受田聪颖，就更不能接受王红霞。他一直躲着王红霞，实在躲不过，就装楞卖傻。感谢上天，提前毕业，他被选到了北京，离开了王红霞。

李明强上车了，没有去找田聪颖，而是去了丁成理的家。丁成理是李明强的中学同学，上高二时随父亲迁到了北京。他不是北京人，几年间倒变成了地地道道的北京人了。北京人恋北京市，他没有考大学，怕毕业时分出北京，就上了技校，毕业分到了首钢。丁成理看到李明强，高兴地扑上来拥抱、拍打，听说李明强分到了北京，非要跟李明强到香山步兵侦察大队看一看不可。说他在古城上班，离得近，一有空儿，就能跑去玩。

李明强带丁成理到步兵侦察大队认了门，没几天丁成理就把卫和平带到了李明强的面前。

# 第十六章

**卫和平深深地知道，她不捅破两颗心间那层透明的薄膜，爱神的金箭很难射穿李明强的自尊。**

那一天是一九八五年元旦，一个晴朗的日子。卫和平永远也不会忘记，那是她和李明强在北京的第一次会面，带她去的是丁成理。

卫和平随丁成理来到李明强的门前，轻轻地敲了两下门，没有应声。她又轻轻地敲了三下，还是没有应声。

门虚掩着，漏出一指宽的亮缝。卫和平模糊地看到一个军人正俯在桌子上写字。

卫和平又加重一点敲门的声音："笃笃，笃笃笃！"

还是没有反应。

"没人。"丁成理按耐不住自己的急性。

"有。"卫和平答得很轻很轻。

"咚咚咚。"卫和平一把没拦住丁成理，丁成理已经重重地在门上扣了三声。

"请进。"屋内的声音亮若洪钟。

"强哥，你看我把谁带来了。"丁成理推门进屋兴奋地说。

"成理！你——卫和平！请请请，请坐。"

好洪亮好洪亮的嗓音，好开朗好开朗的笑容，好有力好有力的大手，使卫和平回味无穷。

李明强比中学时高了，有一米七八，卫和平得仰着脸看他。也比中学时结实多了，隆起的胸肌把军衣高高顶起。那指向床铺的左手，又大又肥。头大如斗，眉浓如棕，眼大如球，鼻挺如钟，口阔如碗，耳大如扇，眼、耳、鼻、嘴、脸搭配得是那么的适中。

这么英俊高健的军人，就是三头六臂的魔鬼见了，胳膊腿儿都会抽筋。

“请坐，请坐，我给你们倒茶。”

“不忙，老同学，你客气什么。”卫和平说，绽开了她所有的甜蜜。

李明强从四十五度的方向偷看卫和平，竟一下子痴呆了，伸向水杯的手半悬在空中。

卫和平发现李明强那么专注地偷看自己，不好意思地甩了甩头，佯装着打量屋子。

这是间二人宿舍。屋子不大，两张单人床分放在窗户两侧，一色洁白如雪的床单，平整地没有一条皱褶；一色黄绿色的被子，叠得一模一样，就像刀切的豆腐块，棱角分明。靠窗放着一张两屉桌，桌子上放着四只一模一样的陶瓷缸子和两只一模一样的“钱江”牌塑料暖水瓶。床的另一端各放一张带锁的三屉桌。左边的桌子上整齐地放着墨水、笔筒、书，还有一把明晃晃的大剪刀。右边那个是李明强刚刚用的桌子，上面放着一大堆折叠不整的纸块和一个厚厚的十六开本子。本子打开着，上面放着一支没有合上的紫红色钢笔。看来，他刚才正在抄写着什么东西。桌前正中央放着一张与右边桌下一模一样的方凳。门两边的角落，右边是纸篓，左边是痰盂。一切的一切都是对称的。墙是雪白的，一张纸块都没有。整个室内简单而富有，肃穆而堂皇。卫和平从心里叹服，这单身军人还真会摆布，有点审美观。

“喝糖还是喝茶？”李明强问道。

“喝糖。”丁成理回答。

“我喝茶，喝糖容易胖。”卫和平向李明强投以甜甜的微笑。

“嗬，减肥？现在，瘦女孩儿可不算美哟。”李明强打趣地说。

“也不能太臃肿了。”卫和平的声音是那么的甜润，就连她自己也感到有点涩味儿。她很清楚，自己属于丰满那一种女人。

“强哥，你在忙什么？我们敲几次门儿，你都不理？”丁成理开始言归正传了。

“啊，上星期野外训练，记了点东西，整理整理。”李明强并没有道歉客气。丁成理已经来过两次了，他在中学就是李明强的“跟屁虫”。

“有军事机密吗？”卫和平问。

“有。”李明强说罢，指了指他那奇大的脑袋，笑笑说，“军事机密，全放在‘保险柜’里。”

卫和平冲李明强笑了笑，走过去，扶了扶眼镜，拿起了一张已经展开的纸。她瞄了一下，便傻了眼：那上面尽是些曲曲弯弯，圈圈点点，忽上忽下的小符号，就像夏季河沟、水坑里的小蝌蚪。

“你会速记？”她怯怯地带着崇敬的口吻问。

“函授学的。”

“每分钟记多少字？”

“不多，能记一百四五十个。”

“有文凭吗？”

“没有。”

“你应该学一门儿什么大专本科的函授。”卫和平知道李明强的文凭是中专。

“有必要么？”李明强的嘴角泛起了那种带有讽刺意味的微笑，“我们中国人，干什么都一刀切，一会儿‘白卷儿光荣’，一会儿‘文凭万岁’。唉，咱管不着这些。我敢断定，几年以后，函授文凭如同现在的工农兵大学文凭一样没用，正规大学的文凭也将成为参考。”李明强的大手向空中一挥，“能力，我国将成为重视能力的国家。”

卫和平频频地点头，甜甜地微笑，把一切的甜蜜毫不保留地和盘捧给了李明强：“工作之余，你都学些什么？”

“你知道，我爱好文学，全用在这上边了。”

“你一共发表多少作品了？”

“不多，就二十八篇。”

“天呢！就二十八篇。他说得倒轻巧，我们重点文科大学的学生，有几个不做写作梦的？又有几个发表过作品呢？你能把发表的作品给我看看吗？”

“可以。我作为礼物送给你，要不吝指教噢。”李明强想给她做一个滑稽动作逗逗乐。心想，装什么呀？咱俩经常通信，你什么不知道？还在成理面前演戏。要是你自己来，还说这些废话吗，不早扑上来了。

李明强把要挥起的手放在桌上，看他与卫和平两个人都站着，离得很近，脸都要贴在一起了。便急急忙忙地说：“请，请坐啊。”

卫和平的脸红了，从没有这么红过。她羞涩地在方凳上坐下，恭恭敬敬地看着李明强。她还从来没有这么拘谨过，从来没有对同龄人这么恭敬、这么佩服过。

李明强被卫和平看得手足无措，只好去和丁成理搭讪了。丁成理正在摆弄着李明强的匕首，他们两人刚才的举动，丁成理根本就没有察觉。

卫和平拿起了桌子上的十六开本子，那苍劲有力、富有男子气的笔迹一下子跳入了她的眼帘。本儿已经用了三分之二了，她倒翻过两张，想找到一个章节的开头。只见上面写着：一九八四年十二月七日写于北安河。

一弯新月低吻着树梢，好像是被战友们头上散发的蒸气托起来似的。月色像青烟一般弥漫在天地间，远山朦胧，近物可辨，四周一片寂静。北京市东水西调工程北安河，像一条巨龙横卧在广袤的平原上。小安河水泛着碎银子般的光辉，撞击着冰块和石头，发出手指滑过钢琴时的叮咚声，欢快地唱着向西流去。

“原地休整！”连长丁辉传出了命令。

战士们放下辎重跑到河边，有的洗手洗脸，有的在嬉戏打闹，看不出一点儿步行二十多公里的劳累，更没有数九寒天的缩手缩脚。

“不许大声喧哗！要知道，我们是穿插到敌战区了！”连长大声地吆喝道。

“我们在明晃晃的月光下摸进敌战区，不是找揍嘛！”从不讲说话方式的“老牛”，三下五除二地洗了把脸，嘟囔着躺在河边那厚厚的干草上，操着浓重的沧州口音喊：“弟兄们，连长不让大声说话，咱们小声点。过来吹牛啊！”

“吹牛协会”的几个成员哗的一下子围了过去。在消遣的时候，“老牛”是一呼百应的。

“今天什么题材？”肖明问。

“你看么，这滚滚的河水啊，向西流，与其他河流相反。咱们今天么，也打破常规，就来个矛盾式对话，咋样儿？”“老牛”睹景生情出题目。

“好！矛盾式对话，就矛盾式对话。”人们附和道。

“吹，河北的牛多着呢！”张金河大概是想起了俗语，“河北的牛是吹死的。”

“我先来。”享有“七步之才”美誉的刘海龙抢着说。

“好，就先听他的！”“老牛”发话了。

“我给大家说一个瞎话儿，谈不上抛砖引玉，这叫作——”

“说吧，少啰唆！”“老牛”不耐烦了。

“瞎话儿，瞎话儿，窗户台儿上种了二亩沙果儿。赤裸裸的孩子摘了一裤袋儿，瞎子看见了，瘸子撵上了，没胳膊没腿儿的抓住了。

“东西路，南北走，偏偏碰上人咬狗。拿起狗，砸砖头，布袋装在面粉里喽。拿起狗去砸砖，布袋驮驴一溜儿烟。

“上桑树，砍柳棍，挂了一身枣布鳞。

“嗯——嗯——”刘海龙再也嗯不上来了。

“好了，好了，海龙吹得不错。”张金河止住笑给他解了围说，“我刚看过琼瑶的小说《剪剪风》，上面有一段，每人一句连故事的情节，很好玩，咱们是不是也试一试？”

“行。”

“好，来吧。”

“哎，对不上怎么办？”

“喝凉水。”

“对，喝凉水。”

“好，金河，你开头，别跑了题。”“老牛”说。

“跑不了，矛盾式对话。”张金河满不在乎地说。

“拿凉水来！”“老牛”一挥手，有好事者就去河边舀凉水了。

“故事发生在一个古老的近代时期。”张金河开了头。

“在一个繁华而冷落的小镇上。”

“一个黄昏的早晨。”

“一位年轻的老者。”

“手提一把崭新破旧的钢刀。”

“砍死了一个没有脑袋的活人。”

“嗯——”刘海龙接不上来了。他急得“嗯嗯”直叫。

“真的说起瞎话儿来，你他妈没词儿了。”“老牛”大笑起来。

“喝凉水。”

“喝凉水。”

“喝，没说的。”

“喝！”人们起起哄来。

“急，急，急什么？我对，我对，对，对不就行了。

“瞎子看见了。”刘海龙突然想起了刚才说的瞎话儿。

“聋子听见了。”肖明反应很快，他没有顺那句“瘸子赶上了”。

“哑巴喊。”

“瘸子赶。”

“杀人凶手翻过了高高的矮墙。”

“盲目地向家里跑去。”

“公安人员骑着一辆没有轮子的摩托车。”

“追到一个哗哗流水的干河。”

“那水向西滚滚流去。”

“不行。”

“跑题了。”

“水都是向东流吗。”

“这条河不就是向西流的吗？”

“好，我改，我改。

“看到一条活蹦乱跳的死——

李明强写到这里听见了丁成理的敲门声，他刚才一定是沉浸在回忆之中，那句话一定是：“看到一条活蹦乱跳的死鱼”。卫和平想。

“真有意思，你们军人的生活这么充实。”卫和平无不叹服地说。

“充实什么？只是打发时间而已。”李明强认为她指的是他收集的《火花》。

“我想，你过得更充实。”卫和平带着询问的眼光，用的是肯定的口气。

“是啊，两眼一睁忙到熄灯。”

“我想，你过得也很苦。”卫和平一直沉浸在自己的遐想之中，她想像出李明强在紧张的训练后，拖着疲惫的身体俯在桌上写作。

演戏，又在演戏。我活得充实不充实，活得苦不苦，你难道不知道，还装模作样地说这些废话。李明强心里骂着，嘴角便泛起了那种带有讽刺意味的微笑，他从四十五度角的方向瞥了丁成理一眼，“扑哧”一声笑了。他想到了北京当时流行的一个词，就是把看人家谈恋爱的人叫“电灯泡”。

“你笑什么？”卫和平问。

“笑成理。”李明强指了指丁成理说。

丁成理正对着李明强那本《石头拳》比画呢。他爱好打拳，见到拳谱一类的书就爱不释手。

“成理，你费那老劲儿干啥？有时间让明强教你不成了。”卫和平笑着喊丁成理，她也觉察出，是人家丁成理带她来的，反而冷落了人家。卫和平知道，丁成理在中学就整天跟在李明强的身边，追着李明强教他打拳。

“不了，好书。你们谈，别管我。”丁成理已入了迷。

李明强与卫和平又开始神聊。他们谈了很多很多，完全抛弃了丁成理。后来，卫和平说想打乒乓球，丁成理不会，只有李明强奉陪。

李明强是经过培训的，只防守就累得卫和平上气儿不接下气儿。这位北大法律系的女子单打冠军，本想在李明强面前显示显示，可现在，她完全被李明强击垮了，身上的一切强硬都没有了，身体软绵绵的，带着一切的甜蜜看着李明强。她真想躺到李明强那宽敞的怀里，去吸取力量与勇气。

“出去转转吧，看看你们单位的环境。”卫和平说。

“没什么看的，屁股大的小院，比你们北大差远了。”李明强不愿意出去。他刚到这里，就领着女孩子在院里转，怕大队的人议论。

“太热了，出了一身汗。出去凉爽一下。你们的暖气也烧得太好了。”卫和平说着，用手帕擦了把脸，假不招地像扇扇子似的在脸前摇。

李明强见状，也不好再说什么，就说：“好吧。走，成理，到院里转转。”

“你们去吧。我都转遍了。我在屋里看书。”丁成理还沉浸在那《石头拳》中。

李明强与卫和平迈步在步兵侦察大队的大院内。走过操场，走过松林，走过大队部，走过家属院，走过各个中队，李明强总是与卫和平保持一定的距离，不是超前一步，就是落后一步。卫和平笑着问：“当兵当傻了吧？”

“更精了。”李明强从四十五度角的方向瞥了卫和平一眼，嘴角泛起了那种带有讽刺意味的微笑。

“看不出来。”卫和平向李明强捧出了所有的甜蜜，从那双白色的眼镜片后，眯着双眼深情地看着李明强。

李明强仰视苍天，那太阳就像卫和平的眼睛，射出万道温暖而又不刺眼的光，一语双关地背了一句毛泽东的词：“神女应无恙，当惊世界殊。”

那一天，李明强与卫和平相互留了通信地址。他们又恢复了通信。

——你的作品，字字句句牵着我的思绪，牵着我的心。我爱《故乡的小河》，那是我生活过的地方，看着看着，我仿佛回到了故乡，回到了母亲的身边。我哭了，为主人公的遭遇而伤心；我笑了，为主人公的奋发而高兴。我一直在想，你怎么会这么聪明地构思填词，写出这么动人的作品。

——过奖了。我是不笨，岁月武装了我。你看“聪明”二字：“耳、口、心、日、月，多出两点。”这表示：耳多听点，口多问点，心多记点，日积月累，就聪明了。

——舆论指出，吴军屡犯我境，突入我青屏县二十多公里，杀害我居民。1月11日，我外交部严正警告吴国当局，并表明我国的一贯立场是“人不犯我，我不犯人；人若犯我，我必犯人”。是不是又要打仗？如果我国要收复青屏县，你愿意上前线吗？

——非常愿意。按你们本科生的说法，我上个中专相对地耽误了几年。我认为，上前线是夺回这几年的最佳途径。诚然，为了夺回这几年，有可能失去以后的几十年。但是，为了夺回耽误的几年，我愿冒这个风险。

——你真是个万事通，你的水平大大地超过了我们大学生。我发现你的潜力很大。

——人的潜力是很大的。平常条件下，不一定充分发挥。环境苦一点，条件差一点，你要生存，要发展，要为你确定的目标奋斗，蕴藏的潜力就焕发出来了。

——同你的接触，使我看到了自己的不足。再不能为自己是“天之骄子”而沾沾自喜了。

——人生只求一件宝，活到老学到老。毛主席说过：“学习的敌人是自己的满足。”你看那奔流不息的黄河，总是以偏流冲击侵蚀两岸，当后浪翻过之后，经过磨砺的偏流便卷回来成为了主流。

——在中学，我就不止一次地告诫自己：一定要在一切方面赶上或超过李明强！我一定要超过你。这句话我要记一辈子。

——我想为你写一则寓言：一棵又大又肥的葡萄树，哺育着许多可爱的葡萄。架顶那串又丰满又晶莹的红红，非常嫉妒架下边又圆又亮的青青。有一天，红红对青青说：“我一定要让我的每一颗珠子都长得比你漂亮。”青青说：“红红，你直接沐浴着阳光，有雨露为你洗脸，有风儿为你拂面。我只能获得大地反射的光和热，以及你们用过的雨水和土壤蒸发的热气。为了人们，我们都要顽强进取，尽量完善自己。要比，就要和你的同阶层、高阶层去比。”收获的季节，红红被一个漂亮的姑娘选中，青青被一位将要做妈妈的妇女买去。他们都为得到人们的重用而高兴。

……

理想、学习、工作、爱情，一切的一切，他们无话不谈，见面谈，写信谈，谈了很多很多。琴棋书画、篮排乒羽网，哪一样，两个人都拿得起放得下，共同的志趣爱好使他们永远不会争吵。至于争论是常有的，从时事到新闻，从某个新观点到市场信息，各抒已见，甚至面红耳赤。李明强学得很乖，常常在卫和平理屈词穷、心底叹服的时候，以“疏忽”败北。卫和平爱李明强，爱他在自己面前装傻。在北大三年多了，多少个向她求爱的男生，都因不具备这一“装傻的艺术”而失败了。他们对事物的看法也多趋于一致，记得在许多刊物都大贬刘晓庆的那段时间，他们在同一天给对方的信中都谈到自己大大地崇赏刘晓庆。他们的思想太一致，他们不谋而和的太多。书信多至一周四封，两人都有相知恨晚的感觉，都有占有对方的心愿。他们在信中，若隐若现地向对方暗示，可没有一个人直白地写出来。见面时，更是闭口不谈这件事。

卫和平深深地知道，她不捅破两颗心间那层透明的薄膜，爱神的金箭很难射穿李明强的自尊。终于，她按着她少女从未有过的心跳给李明强写道：你这个人，就像你打过的弧圈球一样，让我招架不住。我完全被你打垮了，向我进攻吧！

信发出的第三天黄昏时分，李明强突然站在了她的面前。在北京大学的未名湖畔，李明强把她拥入了怀中，抚摸，亲吻，两颗心紧紧地，紧紧地贴在了一起。

他们相爱了。爱得那么深，那么烈。一日不见如隔三秋，两天通一次电话，一个星期见一次面。直说了，就是每个星期天都要见面。李明强美其名曰："为写作体验生活。"北京的大街小巷、公园景区，一个星期一个目的地。

光阴似箭，一晃大半年过去了。一天，卫和平忧心忡忡地说："这太耽误时间了，咱们两个星期见一次吧。"

"两星期见一次面，太煎熬了！"李明强夸张地抱着自己的脑袋摇。

"我要考研，得复习。"卫和平把李明强的两只手拉下。

"好好好，就两星期见一面。"李明强顺势抱住卫和平，做出非常无奈的样子。

"以后的日子长着呢——"卫和平偎依在李明强的怀里，用她那蜜泡出似的小手抚摸李明强脸上带着硬楂的胡子。

"那——我们有空儿了写信。"李明强喃喃地说。

"嗯。"卫和平抱着李明强的脖子给他一个深吻。

自此，两周如两年，度日如熬月的生活展现在李明强的面前。李明强从不知道等待有这么难熬，二七一十四天，不，十三天，每次约会后的十三天，是那么的难熬。特别是即将到约会时间的前三天，就更难挨了。天是那么地长，时间过得那么地慢，工作又是那样地多、那么繁琐、那么麻烦，怀里好似揣了二十五只兔子——百爪挠心。思想总是集中不起来，大脑乱得像一团麻，怎么解也解不开。工作时，常常瞅着一处发呆；看书时，常常盯着一页出神。他想卫和平，卫和平无时无刻不在他脑海里翻滚。书看不进去，文章写不下去，给别人代写的信也写不下去了。只有对卫和平，对卫和平的情书，是信手拈来，洋洋洒洒，似大江奔腾，如瀑布直下。情书像电视连续剧，一天一集，两周就用一本稿纸。除了写信，就是编故事，为卫和平编他永远说不完的故事，永远谈不完的新闻，永远讲不完的趣事。小说也看不下去了，写小说更不可能。为消磨时间，他学会了打牌，"五十K"、"拱猪"、"升级"，象棋由"从不走马"——不识马别腿，到"连环夺车"；下军棋，官让军长，兵让司令。李明强是玩儿的天才，他万万没有想到自己还有这么高的天赋。侦察连的人，谁都想与他比试比试。"战争"的胜利冲昏了头脑，"战后"的遐想填满了心房。一天一天的挨过，第十四天，那是个快乐的日子。卫和平拉着他的手，跑啊跑啊，跑累了就躲起来。他们有谈不完的话题，有道不完的情趣。李明强愿跑得很累很累，走路时，卫和平就会拉着他的胳膊依在他的身上。李明强愿天很冷很冷，休息时，卫和平就会钻进他的怀里。

起初他们还世界地串呀、逛呀、跑呀。后来，干脆在步兵侦察大队附边的森林公园里建立了"恋爱根据地"。

这森林公园正处于初建时期，游人不多，自然风景如画。松柏、红叶、灌木、杏、桃，梨、苹果，还有许多许多不知名字的树木瓜果。山中有山，弯中有弯，峰上突峰，壑下深壑。此处正是谈恋爱的好地方。在这里，卫和平上前搂腰挽臂，不但不会被李明强拒绝，而且还常常被李明强抱着走，背着行。更惬意的是，她可以成晌成晌地坐在他那结实的大腿上，偎依在他那宽广结实、胸肌暴胀的怀中。在这里没有军人与百姓之分，没有军容风纪之谈。这里甚至一天见不到一个人影，即使有千军万马开来，只要你稍一挪动，就会消失在灌木丛中。

李明强与卫和平爱这个地方，更重要的原因，就是军人的时间。在这里约会，李明强不必为销假操心，可以尽情地玩到最后五分钟。比在其他任何地方约会，他们相处的时间相对延长一至两个小时，他们称此为“相对恋爱时间”。漫长的路途由卫和平一个人去挤公共汽车，卫和平星期天的时间没有人限制，这是卫和平为爱情的付出。

他们那蜜一样的生活像一只载满了幸福的小船，在晚风轻抚的湖面上荡漾着，荡漾着，令人羡慕，令人嫉妒。然而，这只小船刚刚行驶一年多就遭遇风浪搁浅、沉没了。究竟是为什么，李明强记不清了，他只记得近来卫和平开始沉默了。约会给他的压力很大，使他沉浸在谈谈的喜悦夹杂着淡淡的哀愁之中。他们从来不会吵架，最大的不快就是沉默。

沉默，难以名状和难以忍受的沉默。

第一次沉默，是在卫和平考上研究生不久。李明强清清楚楚地记得。任何第一次的印象都是深刻而鲜明的。

那是九月中旬的一天，卫和平穿着一件粉红色的连衣裙到侦察大队找他，他正在和战友们下棋。

“常下棋吗？”到森林公园后，一路沉默的卫和平，没有像往常那样扑进他的怀里和他接吻，而是紧锁着眉头，轻轻地问他。

“嗯。不，不常下。”李明强慌忙回答，是那样的手足无措。

“我已经连续四次遇上了。”

“只有再一再二，没有再三再四，是吗？”他强装笑脸，一边说，一边将卫和平向怀里拉。

卫和平依旧紧锁着眉头，像一根木头似的一动不动地站着，不说话，也不看他。

“我只是，只是想你，一点儿都坐不住，只有……”

“别老想我。”卫和平依入李明强的怀中。

沉默，长久的沉默。汗水湿透了他的衣裤，浸透了她的裙子。

第二次沉默呢？李明强记不清了。只记得有一次卫和平说“以后就别见面了”。是在什么地方？啊——紫竹园，紫竹园的竹林中。

“到北京一年多了，你还没有发表一篇稿子。”卫和平依在李明强的怀中，紧锁着眉头，轻轻地说。

“写不出来。”

“为什么？”

“有了工作，就没了时间。”李明强看了一下卫和平那双藏在镜框后边，由于近视而浑浊的眼，苦笑了一下说：“更重要的是，两星期见一次面，没见你前老想你，见了面就不想离开你，分别后又得几天长久长久的回忆。”

“那以后就别见面了。”

“不！”李明强紧紧地抱住卫和平，就像生怕她跑了似的。沉默，长久的，又是长久的沉默。汗水湿透了他的衣裤，浸透了她的裙子。

后来，后来的约会就没有先前那么快活了。李明强不得不花费更大的精力，挖空心思去讨好卫和平。急匆匆写出的稿子，不是“石沉大海”，就是“完璧归赵”。随着寒冷的冬季到来，他们的爱情也到了冰点。

# 第十七章

**李明强弹去了烟头上的一段惨白的长灰，也弹去了压在舌头上的忧哀。他环视大伙一眼，拿起筷子夹住一块鲜红的羊肉。**

卫和平提出和李明强分手是在一次同学会上，李明强一点精神准备都没有。

所谓同学会，就是在北京的中学同学，一共七个人。李明强、卫和平、丁成理、李彬、孟华、许玉梅、赵鸿涛。

李彬是同学会中的美男子，也是最会来事的人，在中学就与像宣传画李铁梅一样的孟华相好。两人高考报了相同志愿，一同考上了武汉财经学院，毕业又一同分到了北京机械部。由此可见，李彬的能力绝非一般。他们两人恩恩爱爱，是同学会中最幸福的一对儿，只是领了结婚证，还没有分到房子。

许玉梅考入了北京师范大学。这位八十年代的林黛玉，因病休学一年多，现在正读大四。她是荧幕外难得的美人，两只瞳仁如带露的熟葡萄，瞟一眼就足以让你想上半年。

赵鸿涛是同学中年龄最大的一个，自恢复高考后，"抗战五年"终于考入了北京外语学院，今年七月毕业，分到了国家旅游局。他肤色白净，性格温和，戴着一幅瓶底厚的近视眼镜。几个人虽然尊称他为大哥，但他始终未能起到核心作用。

李明强在中学是学生会主席，到了北京又与考入最高学府的卫和平建立了恋爱关系。可能是李明强个子大，练过武，又是军人的原因，谁都不看不上的李彬对李明强也敬畏三分。再加上丁成理在中学就是李明强的崇拜者，李明强自然而然地成了同学会的头头。

同学们都想把赵鸿涛和"林妹妹"许玉梅撮合在一起，可他们二人谁对对方都没啥感觉。被"林妹妹"视为三脚踹不出一个屁的赵鸿涛，刚到单位不久，就和一个"薛宝钗"似的姑娘建立了恋爱关系。

这位姑娘名叫张晓丽，祖籍河北省山海关，就是李明强当兵那个地方。她瓜子脸，杏核眼，爱穿新潮衣服，爱游名山大川，热情洒脱，气质浪漫，为人处事比薛宝钗还要圆滑一点儿。赵鸿涛说山海关立有姜女庙，山海关女人对爱情最忠贞。李明强说山海关是他的第二个故乡，支持赵鸿涛爱山海关姑娘，并声称他是张晓丽的娘家人。

自从与卫和平改为两星期见一次面，让李明强备受熬煎。他常以在同学会中的核心地位，发动同学在他与卫和平会面的下个星期天聚会。这样，他就又多了一次与卫和平见面的机会。今天，就是他撺掇赵鸿涛把张晓丽正式领入同学会。他说，他请客。

赵鸿涛说他请，他和张晓丽刚发了奖金，天冷吃涮羊肉热和，就到中关村羊坊涮羊肉十八分店。

同学们如约而至，围桌分坐。从正座儿的李明强右起，分别为丁成理、孟华、李彬、张晓丽、赵鸿涛，许玉梅、卫和平。

孟华曾提议一男一女岔开坐，丁成理说："我丁力就要和强哥坐一起。"当时电视里正热播《上海滩》，都说他的长相很像丁力，再加上他留着与丁力一模一样的发型和八字胡，一见李明强就"强哥"长"强哥"短的叫。而李明强又与《上海滩》中的许文强谐音，所以，同学会的人都不叫他丁成理而是叫他"丁力"，他也高兴自称"丁力"。

桌子的中央放着一尊紫铜炭火锅，鲜嫩的羊肉在那"咕噜吐噜"翻腾的水里摇来摆去。水被推到炉鼻上，发出"滋滋"的响声。水面上散满了细小的油珠子。

炉内木炭通红，开口处正对着李明强，给他脸上涂上一层红晕。这是一张结实的，有着猎人般粗犷的脸。额头隆起，宽广无比。两道浓眉，犹如两把刷子。饿虎般深藏的双睛，燃烧着一股奇异的火，灼灼逼人，瞅什么东西都非常专注，使人感到有一种神奇的穿透力。颧骨略高的双颊，没有多余的肌肉可以松弛。山梁一般的鼻子，挺拔笔直，配上那又肥又厚的阔嘴唇，非常非常地合适。下巴大而突出，活像高耸的悬崖。脖子很粗，像直挺的柱子。这是一颗奇大而又结实的脑袋，而且真真正正地被八磅的铁锤敲打过。满头乌黑的头发，异乎寻常地浓密，像一堆错杂的棕毛倒立着，四季戴帽，除去理发，从来没有光顾过梳子。他从不讲究自己的模样，只讲究头与身体一样的结实。李明强自诩，只要他盯着飞来的子弹，那铁玩意儿永远伤不了他的身子。他除了爱从四十五度角方向斜视他人，并且嘴角泛起一缕带有讽刺意味的笑纹外，想问题的时候，他还总爱用手拽着他那又肥又大的耳朵。瞧，他这时正侧着身子用右手的拇指和食拇拽着自己的右耳朵，注视着卫和平。

卫和平的右脸被炉火映得更艳了。这张脸呈鸭蛋形，白里透红，红中带粉，像熟透的蜜桃一般，给人以轻指一划立刻能溢出水来的甜蜜之感。那白皙的、晶莹得好像透明玉石的耳朵，紧依着那燕尾式的短发。宽宽的前额，白得耀眼迷人，害羞似的躲在那波浪般的刘海下。眼睛由于高度近视而凸起，双眼皮已经眯成单眼皮了。没想到这一缺陷不但被那乳白色的眼镜所蔽尽，反而增添了无尽的老成与倔强，大有当代学者的风范。而且那眼睛笑起来流出的甜蜜，能让铁石心肠的男人心软。那单个的鼻子确实不大好看，塌鼻梁，小鼻尖，两个鼻孔又细又圆。可就整体来看，还不失为一个美人。俗话说："一白遮百丑。"这一丑简直是微不足道，就像是天工巧配，真换了另外一个什么鼻子都会难看的。更何况，那团儿锁在层层梦幻中的，带着幻想和恬静的、粉浓浓、娇滴滴、香喷喷、十分性感的双唇，时常微微开启，带着一种醉人的蜜意。丁力说他做梦都想亲一口儿，恐怕不只是戏语。两颗虎牙打乱了玉齿整齐的排列，使她从不张口大笑，这又给她增添了迷人的魅力。

"动筷子呀。"赵鸿涛看着涮锅说，"锅都开了。"

众人"唰"地一下不约而同地把目光看向李明强。李明强急忙松开拽耳朵的右手，拿起筷子充大伙说："好好，下肉。"说着，就近夹起一卷羊肉放进涮锅里。

"来来来。"众人都拿起筷子忙活起来。

卫和平今天好像有什么心事，一直低垂着眉头，用她那白得流油的右手执着筷子，夹着一块羊肉在涮锅里不停地拔弄着，许久许久，再把那煮得烂熟、硬得难嚼的肉送进嘴里，细细地品尝、咀嚼，还不时地从眼镜边上用余光睨着众人。

丁力左手夹着一支烟，右手掂着一双筷子，坐在椅上压来压去，一边吸烟，一边涮羊肉。孟华把右腿搭在李彬的左腿上，不停地抢着李彬涮好的羊肉吃。张晓丽今天显得很拘谨，鸿涛既得照顾她，又得招呼大家。"林妹妹"的动作很小很轻，一点点地夹肉，轻轻地摆涮，细细地咀嚼，慢慢地吞咽。

李明强把大家观察个遍，夹两片涮好的肉放进嘴里边吃边说："我给大家讲一个故事。"看似他注视着大家，其实他的眼睛里只有卫和平，他说话也是为了取悦卫和平，他不知道卫和平今天有什么心事，只想逗卫和平高兴。他见大家都注视着他，咽下口中的食物说："红楼。"他故意停下，啜了一口汤接着说："梦——里——有一段传情细节。"他把"梦里"两字拖得很长咬得很重，以引起人们的注意。

"贾府里，男女老少围成一桌，在吃涮——涮牛肉。"

"哪有涮牛肉，净瞎说。"孟华"噗"地一声笑了。

"明强又要耍花样了。"赵鸿涛笑着说。

"涮羊肉。"丁力喊。

"那时有涮羊肉吗？"人们都笑了。

"有，有，有，涮羊肉是成吉思汗的部队行军打仗发明的，红楼梦的故事也就是发生在康熙或乾隆年间。"李明强扫视大家一圈，把目光落在卫和平的脸上，他看出了几位同学的迷茫，也从卫和平脸上看到了赞赏。他之所以能得到同龄人的敬仰，就是因为他常在不经意间表现出知识面的宽广。

"涮羊肉，涮羊肉。我是故意逗你们乐的，意在引起你们的注意。"李明强从四十五度的方向瞟了孟华一眼，接着说："贾宝玉和林黛玉坐在一起，林妹妹心中有鬼，用眼角斜视着薛宝钗，生怕人家嫉妒她。她发现人们吃得很认真，谈得很有趣，芳心春动，不知不觉来了情绪，将右腿翘到贾宝玉的左腿上，又晃又压，给贾宝玉传送爱的信息，就像现在发电报似的：‘嘀嘀嗒，嗒嗒嘀——亲爱的，我爱你。’”

“瞎掰！没有的事儿。”被人称为“林妹妹”的许玉梅以为李明强在影射自己，红着脸抗议。

“有的，有的，你问孟华。”李明强一边笑一边慢条斯理地说着指向孟华。

孟华的右腿正搭在李彬的左腿上摇呢，他们都沉浸在心灵的感受之中，对于李明强那并不动人的故事似听非听。听到叫她的名字，方回味起李明强说过的话。

“李明强，你坏死了！”孟华哭笑不得地叫了起来，脸胀得通红通红。

本来已经大笑的李明强看着孟华那窘态，仰头狂笑起来：“我说，梦里（孟李）……”他笑得说不出话来。

丁力笑得最凶，张着大嘴把嘴唇上那黑色的八字变成了又粗又壮的一字。那一字不停地跳动着，好像是他那“十一号汽车”的发动机，把他给带动起来，扑向李彬，用手按着他的肩夹，不停地叫着：“嘀嘀嗒——嗒嗒嘀——”

李彬哈下腰笑着求饶。

赵鸿涛用手指着李明强大笑。

张晓丽抿着嘴依在赵鸿涛的肩头，喃喃自语。

许玉梅和卫和平笑着抱在了一起。

整个饭店沸腾了。好在店儿小，客人不多，服务人员对此也毫不顾及。他们并不知道这边发生了什么事情，和另外几个顾客一起跟着莫名其妙地笑了起来。

孟华被人们的大笑弄得十分难堪，她连打带揉地把李明强往卫和平身上推。一边推一边喊：“李明强，你吃什么醋，卫和平就在你身边儿，你也发呀，你也抱呀！”

孟华这一喊，人们的注意力都又集中在李明强和卫和平身上了。

“明强，你敢当众亲和平一下。”李彬乘机转换了话题，对李明强实施报复性攻击。

“对，亲一下。”

“亲一下。”

大家你一言我一语地附和着。

李明强与卫和平，文凭相差悬殊，感情交融笃深，同学们都不知道中学时两人就有爱慕之情，到现在也没弄清楚他们是谁追的谁。李明强说是他追的卫和平，因为他没有学位，这叫作爱情上的互补心理。两人都是党员，平时相敬如宾，说话含蓄幽默，给人以像是亲朋，并非恋人之感。听到李彬的提议，众人何不凑个热闹！

“强哥，亲一个吧！”丁力调转头来将李明强和卫和平往一块推。

李明强岿然不动，卫和平被推进了李明强的怀里，她坐的小凳一歪，“叭嚓”一声倒在了地上，李明强顺势将她抱住。大家笑成一片，丁力急忙去扶卫和平的小凳。

“得了！”卫和平低喝一声。

众人立刻停止了笑闹，并不是因为卫和平文凭最高，又是头头儿的恋人，平时就受人尊重，而是因为她此时的脸色很严肃，没有半点儿玩笑的味道。李明强看了，也情不自禁地松开了抱着她的胳膊。

卫和平站起来，阴沉着脸说：“今天是晓丽与大家初次见面，我本不想搅和。可是，我现在不得不说了，我，我现在宣布：不和明强好了。”卫和平说着，脸庞抽搐着，痛苦极了。

李明强的头“轰”的一声炸开了，他不敢相信这就是卫和平说出的话。他痴痴地望着卫和平的脸，好像要从上面读出什么似的。这就是他刻意追求，深深挚爱的姑娘吗？就这么简单直接地当众宣布与他绝交了？他的脸刹那间变白了，白得没有了一丝血色。

张晓丽不知所措地看着赵鸿涛。赵鸿涛傻瞪着眼睛，瞪视着卫和平。

卫和平的声音在继续：“明强什么都好，交朋友，我要一个，就选择他。可是，选择伴侣，我不得不忍痛割爱了。他满足不了我。我本性争强好胜，我一定要嫁一个比我强的人。我并不是，并不是……，我渴望他成为一名作家，或者将军。可是，他……。我不能，我不能，我总不能去拿镜子里的面包充饥吧！”

“你——”丁力暴跳起来，把从地上扶起的小凳，冲着卫和平“叭”地一声又重重地砸在地上。突然，他又像是撒了气的皮球软了下来，对卫和平说：“你等一等，等一等，强哥会成功的。”接着又转向李明强说，“会成功的！是吗？强哥！”

丁力急得不知求谁是好。

“不，不，我已经等不及了。”卫和平痛苦地说，喉咙里哽噎着泪水。

“你——，你给我……”丁力声嘶力竭地还没有喊出“滚”字，就被李明强一把捂住了嘴。

“阿力！”李明强已经习惯了《上海滩》中许文强的叫法。他浓眉倒竖，两颗大眼珠好像要跳出来似的，慢慢地，他将手从丁力的嘴上移开，平摊在丁力面前：“给我一支烟吧。”

李明强的语气降低了八度，好似忧哀压住了他的舌头，眼光也暗淡下来。

丁力给李明强点燃了香烟，回头愤愤地瞪视着卫和平。

李明强吸了一口，就咳起来。他不会抽烟，不知是因为伤心过度，还是被烟呛的，他流泪了，眼眶里充满了泪水。脸也红了，胀得像猪肝一般。他赶忙转过脸去，装着困乏的样子打了一个长长的哈欠，用右手在脸上搓了几下，顺势将溢出的泪珠拭去。然后，他转过脸来，耷拉着脑袋，视角压得很低很低。

饭店里静极了。另外几位顾客也随同他们压低了声音，服务员的算盘珠也不响了。

李明强弹去了烟头上的一段惨白的长灰，也弹去了压在舌头上的忧哀。他环视大伙一眼，拿起筷子夹住一卷儿鲜红的羊肉，瞪圆了虎目盯着它。

“‘真的猛士，敢于正视淋漓的鲜血，敢于直面惨淡的人生。’鸿涛，吃呀。和平，吃，不谈恋爱还是同学、朋友嘛。”李明强将夹着的羊肉涮好放进了卫和平的调料碗里，并从四十五度的方向斜视着她，嘴角那缕讽刺意味的笑纹更深了。

“是啊，吃，吃呀。”人们都附和着，可是没有一个人真正去吃，他们细细地咀嚼着，八个人嚼出了八种味道……

李明强怎么离开的饭店，怎么上的公共汽车，他都不知道，就像喝醉了酒似。一切的一切都已经过去，一切的一切都不会回来，一切的一切都失去了，一切的一切都不属于他自己。没有了太阳，没有了温暖，没有了鲜花，没有了爱情。一切的一切都没有了，只留下恨，恨天、恨地、恨命运……

公共汽车像个没有吃饱的饿汉，喘着粗气，摇摇晃晃地向前挪动。李明强站在两个车厢接合部的圆形铁板上，右手紧抓着头顶上的拱形钢筋，脚下像钉了钉子似的一动不动地站着。脸是铁青的，没一丝血色；眼是呆滞的，像一潭死水。但是，他的脑海是翻腾的，如奔腾的长江，鼓浪的大海，煮沸的油锅。

人就是这样一个奇妙的精灵，意识一经流动起来就无法收拾，怎么也阻碍不了他去想入非非。越是控制自己不想，越是想得强烈，正像充足了气的皮球，拍得越重，跳得越高。卫和平的身影始终浮动在李明强的眼前，卫和平的声音始终萦绕在李明强的耳际，使他的脑袋随着汽车的轰鸣嗡嗡作响。

卫和平阴沉着脸，抽搐着，对同学们一字一顿地说："明强什么都好，交朋友，我要一个，就选择他。可是，选择丈夫，他满足不了我，满足不了，我不满足！我一定要嫁一个比我强的人！我不能，我不能，我不能拿镜子里的面包充饥！……"那声音断断续续，像一把用了千年未磨的钝刀，一点一顿地锯割着李明强的心，使他欲叫无声，欲哭无泪。

李明强苦恼地摇了摇头，眨眨眼，眼珠也跟着转了几下。公共汽车接合部那一折折的帆布，宛如一幅巨大的手风琴那一个个小小的合页，一张一合地扇动着，奏出了单调的"铿锵"声，就像一位心情忧郁的巨人充满压抑的唉叹。

车内挤满了乘客，熟人们在寒暄嘻笑。

李明强的眼前是一顶乳白色的呢绒"马虎帽"，帽下罩着一颗披着金黄色长发的脑袋。蓬松的刘海下藏着一张绝美的脸，那嫩劲儿几乎和卫和平的一模一样，白里透红，就像一颗熟透了的水蜜桃。军绿大衣，长筒靴，亭亭玉立，写不出的漂亮与秀气。她左肩挎一军用绿挎包，挎包内装的三支甘蔗半露在外，随着车子的颤动撩拔着李明强。

桃子是甜的，甘蔗是甜的，女人是带着甜蜜去撩拔男人的。卫和平是女人，卫和平是带着甜蜜来撩拔李明强的。她有一双甜蜜的眼睛，她有一副甜蜜的脸庞，她有两片甜蜜的嘴唇，她有……。卫和平身上充满了甜蜜，她带着过多的甜蜜，给李明强带来了一段甜蜜的生活……

"你在想什么？"卫和平依在李明强的怀中，仰着头，绽开她所有的甜蜜，微笑着问李明强。

"想你中学时的傻样儿。"李明强轻轻得拂起卫和平搭在脸前的秀发，深情地注视着她那嫩白透红的脸。这张脸，虽然不怎么俊俏，但是没有一丁点儿的斑驳，像一颗熟透的水蜜桃，晶莹剔透，一掐就能流出甜水来。

“我中学时很傻吗？”卫和平的甜蜜释放地更加充分了。她笑着，用那蜜酿出似的食指，放在鼻子上，把眼镜向上推了推，嗔视着李明强。她自信，她很聪明，中学毕业，她是全县唯一一个考入北京大学的学生。

“你猜，我是什么时候看上你的？”李明强没有正面回答卫和平的话，笑着问。

“不——知——道。”卫和平摇头晃脑地笑着，一字一顿地说着，跳起来，张开双臂转了三圈，在距离李明强三四步远的地方做了一个凤凰展翅的造型。她笑着，把她所有的甜蜜，通过她的全身展现在李明强的面前。她不在乎李明强从什么时候爱上她了，她清楚地知道，李明强现在爱她，她要紧紧地抓住李明强。她知道距离产生美，她在展示她的美丽。

“告诉你吧，是你干大傻事儿的时候。”李明强微笑着，用左手撑住地向后仰着，抬起右手指向卫和平。

“我干什么傻事了？”卫和平收住了笑，放下了高举的胳膊，敛起了所有的甜蜜，怔怔地看着李明强。

“那次运动会，你们班和我们班，赛球——”

“噢——是够傻的。”卫和平想起了那场篮球赛，在最后平局的紧要关头，她抢到球，勇敢地投向篮筐，进了，她高兴地举起双手跳了起来。与此同时，对方球员也像她一样高兴地跳了起来，并且欢呼着。她的同伴们却傻愣愣地站在场内，看着那篮球架子发呆——卫和平向自家篮筐里投进了致命的一球。

“你真坏！变着法取笑我！”卫和平扑过来把李明强推倒，骑在李明强的身上抓他的痒痒。可李明强不怕痒，镇静地瞪着她，用嘴角冲她微笑。她不抓了，顺手在李明强肩膀上打一下，撒起娇来：“人家不会嘛。那时都是在半场里瞎抢，根本就没有打过全场。为那事儿，人家都哭了好几天呢。”

“说真的，就是那天你钻进我的心里了。”李明强用双手撑住卫和平的腰，把她正正地放在自己的肚子上，眯着眼睛看着，像是在欣赏一件艺术品。就是从那天起，卫和平发誓要打好篮球，星期天她不回家，偷偷地练球。李明强暗恋着她，总是在她练球时，故意绕道装着路过，凑上去教她两下，就赶快离开，生怕有人看见……

李明强把这件艺术品看得着了“火”，一下子贴在他的身上燃烧起来。

那吻，热烈而甜润，惊心又动魄……

“甜蜜蜜，你笑得多甜蜜，好像花儿开在春风里，开在春风里。在哪里，在哪里见过你，你的笑容这样熟悉，我一时想不起。啊，在梦里，梦里梦里见过你，甜蜜，笑得多甜密，是你，是你，梦见的就是你。甜蜜蜜，你笑得多甜蜜，好像花儿开在春风里，开在春风里。在哪里，在哪里见过你，你的笑容这么熟悉，我一时想不起。”李明强最爱听最爱唱的这首港台流行歌曲，此时不知被哪位同志用微型录音机放出声来。

李明强在心里默默地跟着哼唱，眼光直直地盯着“马虎帽”那张甜蜜的脸。“马虎帽”的皮肤真真地与卫和平的一模一样，甚至比卫和平的还要白嫩，那白里透红的脸庞儿一碰准能流出水来。

李明强闭上了眼睛。他嗅到了那金色长发的芳香，品到了那水蜜桃般脸蛋儿的甜味，吻到了那香喷儿喷儿的粉唇儿……

汽车戛然而止。

李明强向前一栽，轻撞了一下“马虎帽”，绿色的挎包从姑娘的肩头滑落下来。“马虎帽”不怪汽车的惯性，却把一双秀眉立成了倒写的“八”字，怒目瞪视着李明强，清澈透明的眼池中射出了刺人的光。突然，“马虎帽”猛地一转身带起了挎包，经刀不齐的甘蔗头撞在了李明强的手上。这一撞，显然刺痛了李明强，刚刚有点儿血色的脸又变成了铁青，眼睛又呆滞了。

女人是带刺的，刺常藏匿于甜蜜之中。卫和平是女人，卫和平藏着杀人的刺。她的信刺人，她的话刺人，刺得李明强心痛，刺得他厌倦人生。

离开她，离开她。有人说过，摆脱失恋痛苦的最好办法，就是从你所依恋的人的身边逃跑。逃跑吧，李明强，你在张金凤面前逃跑了，在田聪颖面前逃跑了，在王红霞面前逃跑了，在卫和平面前，你也能胜利地完成爱情大逃亡！离开她，别想她，就像与杨玉萍割爱一样，断得多利落，断得多干净。男子汉大丈夫何惧无妻！离开卫和平，离开这狡黠的女人！

李明强想转动一下身子，不再看那“马虎帽”。谁知李明强的一只脚刚刚离开那不断转动的铁板，车又一下子急停下来。

李明强一个趔趄，正好踩在身边坐着的一位男青年的脚面上。原来，那流行歌曲就是这位男青年放的，他正抱着微型录音机用脚点着车底板有节拍地跟着哼唧呢，李明强这一脚显然坏了他的好心情。

李明强刚要道歉，那男青年“喀嚓”一声关了录音机，瞪圆了双目骂道：“找死啊你，瞎了眼了！”

李明强把那要道歉的话又咽回了肚里。

“马虎帽”侧过粉脸，杏眉一挑，鄙夷地看了李明强一眼，嘴里咕噜一声：“活该！”

骂吧，尽情地骂吧！老子是瞎了眼了。瞎了眼才踩上了你，瞎了眼才爱上卫和平。我瞎了眼了，我为什么要找卫和平呢？为什么要和她谈恋爱？就是为了今天被她抛弃而受煎熬之苦吗？！活该，就是活该！李明强啊李明强，多少好女孩儿追你呀，张金凤、杨玉萍、田聪颖、王红霞，哪一个不比她卫和平漂亮，你却偏偏痴迷上了她。说什么她并不漂亮，但是动人。还在同学会中大言不惭地说，漂亮的姑娘多的是，可动人的很少，卫和平很动人。是啊，真动人啊，她考上了研究生就抛弃了你，像甩烟蒂一样轻蔑地就把你给抛弃了。多动人啊，在场的同学哪一个不为此震惊！李明强啊李明强，你真是瞎了眼了，瞎了眼了！活该，活该！

公共汽车进入无人区，开得很猛，转了一个近九十度的直弯儿，许多人都“哎呀”、“哎呀”地叫了起来。被李明强踩过一脚的那位男青年跷起的二郎腿儿随着汽车的转动正好碰上了李明强，脚底的污垢染脏了李明强的裤子。

男青年脸红了，怯怯地看着李明强，动了动嘴唇，没有发出任何声音。

李明强愤愤地提起腿，愤愤地拂去裤腿儿上的污垢。

瞎眼了！该老子骂你了。山不转，水转；人不转，车转。你也有碰上我的时候？你也会脸红耳热呀？

李明强愤愤地想着。他没有骂那男青年，自从他当兵之后，就没有了骂人的习惯。是啊，山不转，水转；三十年河东，三十年河西呢！卫和平，等着瞧吧，我一定要超过你！就像你当初发誓要打好篮球一样。

终点站到了。

李明强随着人流被挤下了车。“东山再起”的信心使他振奋了精神，车外的寒风吹醒了他的头脑。同学们，等着瞧吧！卫和平，拜拜了！“马虎帽”，拜拜了您呀！

“穿蓝上衣的，车票！”女售票员大声地喊道。

这位售票员还不错，不专门查军人的车票。李明强想着，我是军人，走路要有个走相。

“站住，不买车票，头还抬得挺高。”女售票员摇着肥胖的身躯追上来，一把抓住了李明强。

啊，我没穿军装，穿蓝上衣的就是我。李明强蒙了。

“六毛。”女售票员生硬地说。

“六毛？不是一毛五吗？”从北大南便门到颐和园一毛五，从颐和园到北大南便门一毛五。这路车李明强不知坐了多少次，全程才三毛钱呀。

“少废话，罚款！”

“噢，罚款，她要罚款。”李明强恍然大悟。认了吧，这年头，罚款成风，你不要争辩，要多少给多少，多说一句，增加一倍。给她，六毛，反正与卫和平吹了，要减少一大笔开销。

一个思维敏捷的人，即使在最倒霉的时候也能找到最好的消遣方法。李明强在心里想着，铁青着脸，呆滞着眼，带着愤怒的情绪，掏出一沓纸币。那女人一把将钱抢了过去，在里边抽出六毛，将早已撕下的车票和剩下的钱往一起一搭，一下子塞到李明强的手里，一甩头，扭着屁股向车上跑去。这一切，都那么麻利，与她那肥胖的身躯极不相称。

李明强呆呆地站着，看着那女售票员晃着屁股一边走一边尖声尖气地叫：“一看他那怂样儿，人家骂他，连口都不敢还，就知道他是外地人。”

外地人，外地人怎么了？你有什么了不起，不就是生在了北京吗？！北京是首都，你是什么？不就是一个卖票的！你有什么资格看不起外地人？你凭什么要欺辱我们外地人？

北京人就是这样，好像他们生在北京就高人一等。他们人人都有欺辱外地人的本领，他们大大地看不起外地人，不管你是高干还是平民，只要口音一露，就让其不屑一顾。当兵的多是外地人，当兵的多受欺辱，不是曾有售票员专门查当兵的车票逗乐的事儿吗？

“外地人准没月票，胖姐就是聪明。”留着女人发型的男售票员用手推着那胖女人的屁股，“拍着马屁”上了车。

月票，我有月票。李明强猛然醒悟。

“我有月票！”李明强掏出月票，举在手里，大声喊着向汽车跑去。

“上别的车上用吧！老娘不看！”

“拜拜了您呢！”男售票员流里流气地冲李明强喊着，“咣当”一声关上了车门。

“傻帽儿！”女售票员又随口丢出一句，“有月票不用，脑袋进水了。”

汽车大声地挂挡，大声地轰隆，大声地排气，载着那一男一女大声的笑，向停车场驰去。

傻帽儿！我是“傻帽儿”吗？我的脑袋进水了？李明强站住了。

不就是六毛钱吗，现在哪还有闲心去和他们置气。别说停车场离此地二三百米，就是二三十米，也不能追了。我没有穿军装，就没有损坏军人的形象，要不然，决不放过他们。

李明强刹那间就想通了。现在，他不能再和人置气了，卫和平给他的气够多了，如果自己再去和别人置气，那才真正是“傻帽儿”呢。

卫和平，就是你这个甜中带刺，心狠手辣的女人，就是你把我这个“天生的小说家”弄成了白痴、“傻帽儿”。月票，拿着月票被罚款，笨蛋、“傻帽儿”，天下头一号笨蛋，北京第一大“傻帽儿”。赔钱、丢人、现眼！

李明强在心里骂卫和平，骂自己。他怎么也想不通，他的脑瓜竟然迟钝到这种地步。太笨了，太傻了，真是个大“傻帽儿”！李明强，聪明过人的李明强到哪里去了？！

李明强握着月票，脑子里乱成了一锅粥。他使劲儿地摆了摆头，看着手中的月票。这是张私人月票，上面贴着李明强的免冠一寸照片，照片上还卡着北京市公共汽车运输公司的印子，这是李明强为了与卫和平约会方便专门购买的。

李明强啊李明强，你为何不掏出月票呢？怕他们收了吗？你又不是拿着公用月票办私事的。办私事是不能拿公用月票的，这是部队的规定，可他地方也管不着呀。李明强办私事曾拿过公用月票，也曾被抓住过，不过，不是被部队的纠察抓住的，而是被狗拿耗子多管闲事儿的售票员抓住的。那时的他是聪明的，反应是灵敏的。他取笑了售票员，取悦了卫和平。

那是件发生在那快乐的日子里的快乐的事儿。

一个阳光明媚的星期天，李明强携卫和平到颐和园玩儿。下车时，月票被售票的小伙子抓住了：“干什么的？”

“军人。”李明强先是一惊，很快就恢复了平静。他知道售票员问的是什么，但看到那小伙子盛气凌人，毫无礼貌的举动，就故意和他打岔。我的着装不是明写着是军人吗！你就会欺负军人，为什么不看别人的月票呢？

“谁不知道你是军人，说你今天出来干什么的！”小伙子性急，显然火了。

军人的手被售票员抓住了。人们“哗”地一下拥了过来。中国人就有看热闹的习惯，他们从不吝惜这么一点儿时间，更不顾及当事者的难堪。

好小子，欺人太甚了，我干什么事儿你管得着吗？你算哪根儿葱？！自己把自己当葱花，谁拿你炝锅呀？！我今天就要你知道一下当兵的厉害！你们不是常喊我们“傻大兵”吗，我要让人看看谁傻，震你个跟斗儿让你爬起来连土都不敢打。

“请放开手。”李明强的声音很平和，却带着命令的口气。

售票员没动。

“请放开手，这是不礼貌的。”李明强的声音依然很平和，却没有给对方留下丝毫的余地。

那售票的小伙子在众目睽睽之下，在这显然平和却胜似炸弹的命令下，极不情愿地松开了手，嘴上还是不服输地喊：“说，你今天出来是干什么的。”

“找女朋友的！”李明强慢慢地将月票放回胸前的小口袋，回手将胳膊搭在了卫和平的肩膀上，微笑着，慢慢地说。

“把月票拿来，找女朋友用公用月票！”小伙子一下子来了情绪，粗暴地抓住了李明强的胸襟。

好小子，得理不让人！李明强显然被激怒了。他把手从卫和平的肩膀上抽回来，使了个缠腕解脱，反抓了那小伙子的手腕，一边运足了气力，捏得那小伙子直“哎哟”，一边铿锵有力地说：“我说完了没有？你急什么？！”

“那，那，你，是……”

“我找女朋友给我们单位讲课的！你听清楚啦？”

卫和平很聪明。她一直在察言观色，一直沉默不语。李明强是能干的，他能沉稳地应付一切突变。打架？不怕，他干的是步兵侦察；说理？不怕，他天生就善于雄辩，肚里的墨水多着呢！她一直微笑着，轻蔑地注视着那售票的小伙子。

“把你的证件和讲义给他看看！”

卫和平听到李明强的话，便掏出了自己的证件。

“啊，北京大学的研究生呀！”有人看清了卫和平的证件惊异地对旁边的人说。

“你要不要给我们单位打个电话证实一下。”李明强用嘴角笑了笑，以平和地不能再平和的口气对售票员说。突然，他手腕一抖，在那售票员的“哎哟”声中，脸色变得极为严峻，以极其严厉的口吻大声喝道：“我正告你，军人有其特殊的使命，执行什么任务没必要告诉你！请你以后对军人客气一点！”

李明强说到这里，将手松开，拍了拍那售票员的肩膀，以平和的带有讽刺意味的口吻说：“记住，学会尊重别人。只有尊重别人，才能让别人尊重你。尊重别人就是尊重自己！”

李明强说完，从四十五度的方向扫了围观者们两眼，嘴角泛起了一种带有讽刺意味的微笑，用右手扶着卫和平的脊背，在售票员那惊愕的眼光下走出了人群，在众人倾慕的目光下走向前方。人们纷纷议论：

“这当兵的真厉害！”

“要没两下子，人家能找北京大学的研究生！”

“当兵的找个研究生，真不简单。”

“说不定人家也是研究生呢！”

“就是，现在的小军官都是大学生。部队取消直接提干了。”

李明强听了，心里乐滋滋的。他充满了自豪，嘴角那讽刺意味的笑更浓了。

售票的小伙子龇着牙，咧着嘴，甩着右手，倒吸着凉气，用愤怨的眼光注视着李明强与卫和平，看样子是想把他们印在心里。

李明强拉着卫和平一路说笑爬上了万寿山。

在一片丰厚朝阳的草地上，李明强一屁股坐下来，张开双臂对卫和平说：“卫教授，开始讲课吧！”

卫和平扔下书包，扑了过去，两个人滚在地上，紧紧地拥抱在一起。课目是什么？她没有说；内容也很多，接吻当然是其中的一部分；方法，体会练习；师生共研，教学相长。

人类灭绝了，“卖面包的”也不存在了，只剩下了他们两个人。天很美，湛蓝湛蓝的；水很美，碧绿碧绿的；山很美，楼台亭阁隐现于万木丛中；花很美，鸟很美，微风拂面，天籁婉转。他们不听不看，只是彼此注视着对方的眼睛，倾听着对方的心声。两张脸勾画出了人世间第一名画，两颗心奏出了人世间第一名曲。天属于他们，地属于他们，水属于他们，卫和平属于他，卫和平占满了他的心……

一阵寒风吹来，李明强打了个寒战。寒风把他唤回到现实，把他的心吹得空荡荡的。卫和平走了，水结冰了，地上冻了，天空布满了乌云。

天变了。

秋天过去了，金色的收获的季节过去了；冬天到来了，灰色的凝寒的季节到来了。天阴沉沉的，地灰蒙蒙的，空气里夹着冰霜，冻云低垂，压得万物喘不过气来。大自然脱去了树木的绿装，显露出它们粗犷的腰身，在狂风中摇曳着光溜溜的胳膊和手指，冻得浑身发抖。田野一片荒芜，完全没了热，完全没有了光。日子好短好短，早晨紧接着夜晚。生活在这样的冬季，真如在地窖里一般。冬天把天上的水变成了冰，把地上的水变了冰，把李明强的血和心变成了冰。

多么愁惨的季节啊！

李明强用右手的拇指和食指捏着月票，悻悻地向332路公交车转乘站台走去。

# 第十八章

他又一次清楚地领悟到，人生的道路并不是金光灿烂的大道，它充满了荆棘和羁绊。即使平坦，也像这市郊的夜路，有光明也有黑暗，有脏污还有陷坑。

李明强站在332路公交车的站台上，两手不住地拨弄着月票。他索性就拿着月票，免得遇到不照眼的售票员再费话。

天早已经黑了下来，除了灯光、黑影、流动的汽车、零散的行人，什么东西都不易分辨。看不清远山，也看不清近水。天好黑好黑，如漆刷的一般。寒风嗖嗖，吹得光滑的柳丝瑟瑟作响，好像在为人间报鸣不平，又好似在喃喃地哭诉。

垂柳下的站台上，只有李明强一个人。卫和平抛弃了他，人们抛弃了他，把他一个人抛到这凄凉的冬夜里，任寒风像皮鞭一样地抽打。正像生活对他的打击一样，正面挨打以后，转过身来，背面又挨上了。

独处对心灵也是一种洗涤，李明强的嘴角泛起了一丝微笑。今天不错，起点站就我自己，不用挤，想坐哪个座位就坐哪个座位。

“咱姓李的从来没有挤车的习惯。”李明强总是这么说。他陪卫和平出门坐车，没有给她抢过一次座位，即使有幸坐上了座位，中途也都让给了别人，有时还拉着卫和平让座儿。他常嬉笑着对卫和平说：“我们都是党员，共产党员应该把方便让给别人。”

今天，没有了卫和平，没有了乘客，没有了那蜂涌而上鱼贯而下的场面，也听不到因为争座而奏出的交响曲，站台上只有他李明强一个人。李明强独立在站台上，脑海里像煮沸的一锅粥，“突突突”地冒泡，一会儿出现中学时的牵手，一会儿浮出热恋中的接吻，一会儿……李明强不是幻想主义者，李明强是一个很有理想，又很重实际、勇于奋斗进取的人。在中学，女同学追他，他不干；当战士，首长的女儿追他，他不干；当学员，年轻的女教官追他，他也不干。他靠自己的努力，鹤立鸡群。在前年的十二月份，他自立了，无论是政治上、经济上，还是生活上，他都自立了，他是一个合格的二十三级正排职侦察排长…….

“我提议，为他们和解干怀！”

“干杯！”

站台后面的圆圆饭店里传出了大声的喊叫。

“你就别黏糊了，干了！”

“干！”

“干！”

“干！”

李明强随着声音转过身去。什么也看不见。饭店内亮着灯，门窗的玻璃上布满了水雾，形成了天然的窗帘儿，店内的一切只能凭想象而定。

那一定是一群非常要好的人，就像我们的同学会一样。李明强的嘴角又一次露出了微笑。

身后传来了一阵银铃般的笑声，一群姑娘骑着自行车带着寒风从李明强的身边穿过，一个翘着松鼠尾巴独辫的姑娘好奇地回头看了他一眼。又是一群小伙子骑车而过，其中一个人回过头来看了看李明强，甩出一句“傻B”。其余的几个人也回头望了望，一阵狂笑，随寒风而去。

李明强莫明其妙地看了一遍自己的衣服，用手拍打几下后背，摸一圈头，抹一把脸，始终没有弄清楚他们笑骂的意思。妈的，“傻B”，你他妈才是“傻B”呢！兔崽子，真把老子当乡下人看了。

以后出门，老子还穿军装！没有卫和平当尾巴了，这破便服，老子也不穿了！

李明强在心里骂。

天越来越冷，车还是不来。晚上车少，李明强想。军人的耐心是训练出来的，李明强的耐寒能力也是训练出来的。不说渤海湾冬季的坚冰狂风、黄沙雪暴，就说在京西那次演习中，他和战友们裹着雨衣在雪地里潜伏了四个小时，那是怎样的滋味啊！今晚这区区寒意岂能与那相比。但是，今晚他感觉冷极了。因为那时的血是沸腾的，心中的火是燃烧的；而现在，他已经心灰意冷，全身的血液都凝固了。

一辆自行车在李明强面前停下，跳入他眼帘的是一位解放军战士。

“同志，你在等车吗？这路车八点钟就没有了。”

“啊——谢谢！”李明强宛如刚刚醒来的醉汉，含含混混地道了谢就走。又好似刚刚喝醉酒一样，懒懒散散，晃晃悠悠地向前走去。

李明强要到哪里去？他自己也不知道，就像当年被赶出戏校一样，脑子里一片空白。

李明强用十指划了划头，暖和多了，也清醒多了。跑回去，跑着回去，不就是十几里二十里路嘛！跑着回去，在这寒风萧萧的冬季，在被自己心爱的女人抛弃的夜晚，在都市郊区的公路上跑步，跑回自己的营地，多么有意义啊！

李明强跑着跑着，血就沸腾了，头上也冒出了热气，心里惬意极了。壮举，真是一个壮举。这个决定英明，真是英明。

李明强顺着公路跑着，路上的行人看他，他用嘴角笑笑；车上的过客看他，他用嘴角笑笑。他为自己的举动而骄傲，为自己的决定而自豪。当年，九岁的他，为了上戏校，打了大队支部书记张洪，独自一人，也是在夜晚，跑了十几里路，跑到了县城。那是什么路啊？山路，吓人的山道，高低不平，坟茔遍布，老头鹰的怪叫，吓得他尿一裤子。也就是在那时，使他下决心要冲出西流村，决不在那山沟里窝屈一辈子。现在好了，他不但冲出来了，还冲到了首都北京。光明的大路就在脚下，吹个对象算不了什么！没有你卫和平，还有田聪颖、王红霞等着呢！

李明强跑着想着，想着跑着，不知不觉就跑了三里多地，跑到了厢红旗。

"嘟——嘟！嘟——嘟！"军事科学院围墙内，一长一短的两遍哨声，差一点儿让李明强瘫倒在地上。

那是部队集合特有的哨音，星期天晚上集合，肯定是点名。点名完了，洗漱；洗漱完了，熄灯。一整套的动作，不成文的规定，对于有六年兵龄已当了一年多排长的李明强来说，早已熟烂于心了。李明强今天请假说，晚上九点半归队，现在已经八点五十分了，离驻地还有十几里路。怎么办？怎么办呢？军纪如山，不可违犯！我李明强从来没有迟到早退过呀！

卫和平，你害死我了！

天无绝人之路。正当李明强心急如焚的时候，一辆出租汽车从他身边飞驰而过。对，坐出租汽车。李明强眼前一亮，为了纪律，坐出租车回去！他不惜花钱，这不是花几个钱的问题，军人执行纪律不能打一点折扣。想到这里，李明强三步并作两步向军事科学院的大门口走去——那里经常停有出租汽车。

路灯五十米一个，照出一圈儿光明，留下一片黑暗。李明强急步走着，突然，被残坏了的路面绊了一下。

"妈的！"李明强抛出一句脏话。部队不允许骂人，卫和平不允许他说脏话的，他平时也是不爱说脏话的，骂人的话自从当兵起就变没了。今天活见鬼了，怎么骂人的话老在脑子里打转，还竟然骂出了口。李明强曾在战士面前讲过："我训兵至今没有骂过战士一句。只骂过半句——刚刚出口就收住了。"而今，今天，他又骂人了。他又一次清楚地领悟到，人生的道路并不是金光灿烂的大道，它充满了荆棘和羁绊。即使平坦，也像这市郊的夜路，有光明也有黑暗，有脏污还有陷坑。

不骂人，太书生气了！李明强想。

"妈的，妈妈的，操你姥姥！"

骂出声来真舒服。李明强的嘴角又露出了他那带有讽刺意味的微笑，他感到轻松极了。

“妈的，妈妈的，我操你妈，操你姥姥！”

李明强一边走一边不住地骂，从小声到无声，又转到鼻腔中，再回到心里默念，把他长这么大没骂人的话都骂了，他不知道他在骂谁，他确实也没有骂谁，这可能就是国骂，骂出来心里舒服啊！

李明强在军科大门口打上一辆黑色“皇冠”出租车，坐在副驾驶位子上，将头紧抵住靠背，两只手拽着两只耳垂儿，两只眼睛直直地盯着窗外，像是在想什么，又什么也没想。这是他平生第一次打车，也是他平生第一次坐小汽车，更是他平生第一次坐这么高级的轿车。他不知道从军科到大队多少里程，也不知道这出租车跑一公里定价多少，只瞥见面前的计价器不停地蹦着数字，蹦得他加快了心跳。他感觉心慌之极，为花这冤枉钱憋屈。妈的，要不是时间来不及，他宁跑回去也不会打的。纪律，军队有铁的纪律，一分钟也耽误不起。操他妈，花这冤枉钱，找谁说理。

李明强在心里骂着，索性性不看计价器，管他娘的多少钱，上了贼车咱就花得起。他两只手拽着耳垂儿怔怔地看着窗外，不想那计价器，盯着车窗外朦胧的山野、楼房、路灯徐徐向后退去，退去……

出租车嘎然而止。李明强没有丝毫的思想准备，头随着车子的最后一颠，前额撞在了车窗边沿上。

徐徐向后奔跑的景物停止了，李明强的头脑也撞醒了。

“怎么了？”李明强捂着头问。

“红灯。”司机答。

“绕过它。”

“那只能背道而驰了！”开车的小伙子回过头看了李明强一眼，来了点幽默。他感觉今天拉这个大个子不对劲儿，有点神不守舍，是不是个坏人？会不会趁天黑劫车？他心里一直很忐忑。他调了调后视镜，将李明强的一举地动置于他的监视之中。由于分心走神，所以看到红灯来了个急杀车。他看到李明强磕了头，既不埋怨，也不发火，感觉不是坏人，就放开胆子幽了一默。

李明强不说话了。红灯亮了，汽车必须停下，等待绿灯，这是不二的法则。爱情的红灯亮了，绿灯还会开吗？“绕过去”，“那只能背道而驰”，那么，只有暂停了。暂停，暂停，暂停，卫和平，好你个卫和平，该不是假意跟我吹灯，让我静思己过吧？

“我要的是不屈不挠的李明强！”这十二个字又浮现在李明强的眼前。

这十二个字，是卫和平写给李明强的纸条。当时，他们还是高中二年级的学生。王宏茂费了九牛二虎之力，让李明强以应届毕业生的身份去验了空军，张洪又动用关系把验上空军的李明强刷了下来。李明强整日坐在黄河边上，望着黄河，望着笔架山，望着暗无天日的生活。在他近乎于绝望的时候，是卫和平跑到黄河边塞给了他这张纸条，是这十二个字支撑着他从地上爬起来，是这十二个字一直激励他克服了一个又一个困难、闯过一道又一道难关……

李明强拍了拍头，嘴角泛起了那种带有讽刺意味的微笑。

出租车司机见李明强又不说话了，就放了盘磁带，是当前最流行的电视连续剧《霍元甲》的主题曲：昏睡百年，国人渐已醒……

昏睡，昏睡，不能再昏睡了！李明强摇了摇头，随着录音机的音响哼了起来。

出租车司机见李明强跟着磁带哼唱，一下子放松下来，也跟着哼了起来。

曲终，李明强感到热血沸腾，他看了下手表，不由得加快了心跳。

这是块上海牌夜光表，是李明强考上军校时田聪颖送给他的礼物，也是他长这么大接受别人赠送的最贵重的礼物。他当时喃喃地说："这表，太贵重了。"

田聪颖歪着脑袋笑着说："手表诚可贵，爱情价更高。"

这块表凝结着田聪颖的情，凝结着田聪颖的爱。田聪颖说："让你戴着它，时刻想着我！"

李明强辜负了田聪颖，没有时刻想念她，甚至很少想起她。李明强只是将这块表当作了计时的工具。

手表的秒针按照它特有的速率，不紧不慢地跳动着，李明强的心跳却在逐渐加快，九点二十二分，只有八分钟就到九点半了。九点半，是他销假的最后时间。军人，绝对的时间观念。李明强着急地催促着司机："快！""快点！""再快点！"

汽车像离弦的箭，急速向步兵侦察大队的大门射去。车还没有停稳，李明强就跳了下来，像百米冲刺似的向门口跑去。

两分钟，离九点半不足两分钟了。

门口的卫兵是李明强训过的新兵，见李明强跑过来，急忙给他打了个敬礼。李明强也顾不得还礼，径直跑进了院内。

出租车司机在后边大喊大叫地追到大门口，被卫兵横枪拦住。

李明强冲上楼梯，一下子推开了值班室的门："老黄，我销假！"

"嗬，真准时，仅剩二十七秒，我正为你着急呢！是不是女朋友……"值班员黄中臣站起身，看看手表，不紧不慢地说。

"唉，别提了。"李明强喘着粗气，冲黄中臣摆摆手，一副有苦难言的样子。

"你——"出租汽车司机跌跌撞撞地闯进值班室，怒气冲冲地指向李明强，上气不接下气地说："不——掏钱，跑得——倒——挺快！"

李明强差点乐出声来，心想："这小子，都累成这样子了，还挺幽默。"

"啊，对不起，对不起，我急着销假。多，多少钱？"李明强自知没付车费理亏，一边道歉，一边掏钱。

"五十元。"出租车司机伸出一个巴掌说。

"五十？"

"不贵的，按里程算，又是夜路。再说，我们从不到这边来，回去又……"那司机说到这里停住了，不是被军营那嘹亮的熄灯号声扯断了，而是被李明强那四十五度的斜视和那带有讽刺意味的微笑所震慑。

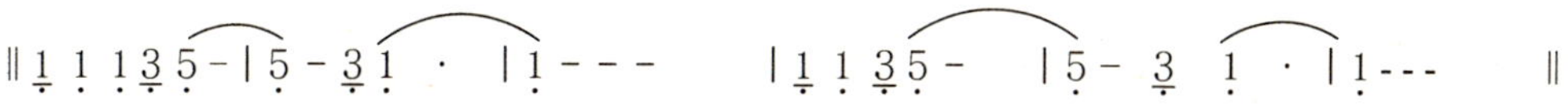

在那嘹亮而又柔和的军号声中，司机垂下了头，喃喃地说："那，那你就少掏……"

"不，五十元。"李明强很干脆，即使在自由市场上他也没有和人家还过价钱。

"老黄，有十元钱吗？"

他掏出自己的四十元钱，加上黄中臣的十元钱一并递给了司机，说："谢谢您，使我提前了二十七秒没有误假。"

"你们误假要扣奖金吧？"

"奖金？"李明强用嘴角笑了笑，冷冷地说："军人只有纪律，没有奖金！"

"钱，我，我不要了。"

"为什么？"黄中臣一直没弄明白他们之间是怎么回事，李明强也被这位出租车司机弄愣了。

"就当我交学费了。"司机笑了笑说。

"什么学费？"李明强和黄中臣两个人都蒙了。

"'夜大'，今夜的纪律教育课呀。"

"噢——你真幽默。"李明强从心里喜欢上了这位小伙子，在这"一切向钱看"的"非常时期"，能有这么一个青年人，多么可贵啊！

"朋友，钱，我付定了！"李明强紧紧地握住司机的手，火辣辣的目光深情地注视着他。

李明强就有这么点爽快与耿直，李明强骨子里注满了坚毅和刚烈，李明强从不接受别人的怜悯和施舍。那司机也是个说一不二的汉子。经过一番推让，司机妥协了，说："好，我收。二一添作五，我收你二十元。"

出租车司机从那五张十元票子中抽出一张塞给了黄干事，又分出两张强硬地塞给了李明强。

"这怎么行！"李明强又将钱塞进了司机的衣兜里。

"得了，已经够了。"司机又将自己手中的钱塞进李明强的上衣下兜里，并捂着袋口不放。说："我说句实话，咱们交个朋友。我姓邢，叫邢修省。开耳'邢'，修理的'修'，省市县那个的'省'。其实应该是念'反省'的'省'，父母取意让我'一日三省'。我呀，从小就想当个解放军，可就是没当上。平时老听人家说军队纪律严，我不信。今天，我算领教了。敢问，您——"

"李明强。"

"我姓黄，叫黄中臣。坐，请喝茶。"黄干事已为司机泡了一怀酽酽的红茶。

"不客气。"邢修省接过茶喝了两口。大概是喝得太猛，热水烫了舌头和喉咙，他吸了口气，伸了伸脖子。然后，又抿了一小口，说："我屁股沉，坐下就不想走了。不过，今天有事儿，得赶快走。"

邢修省又喝了两口茶水，笑了笑，说："实话说，我今天实在是不想送你。但是，看你那么着急，就想宰你一下。现在是朋友了，我也不瞒你们，我看上了颐和园前圆圆饭店的小妞。我得赶在她关门前，去充当她的最后一个顾客。风雨无阻，已经坚持了四七——二十八，第二十九天了。"邢修省得意地说着，伸出右手的食指打了个钩，在李明强和黄中臣的脸前晃了晃，表示"钩九"的意思。那幸福之感一点不漏地抹在了脸上。

追求是人生最大的幸福。

"我走了，回头儿找你们玩儿，再见。"邢修省说完，并没有伸手握别，而是将茶杯送到唇上，一口气喝完，将进了口的茶叶嚼了嚼，咽了。看来他也是个不拘小节的人。

李明强将邢修省送下楼梯，走到门口，被邢修省推了回来。

"走吧，你第一次到我这里，怎么也得把你送出大门呀！"李明强拍了一下邢修省的肩膀笑着说。

"你就是送到颐和园，也得分手啊。"邢修省笑了，嘴上虽这么说，心里还是想让李明强送送，不知怎么，他也喜欢上了这位大块儿头，想多和他待一会儿，多说几句话。

熄灯了，步兵侦察大队营院里一片寂静。除了各单位值班室和机关办公大楼的少数房间亮着灯光外，连路灯都熄灭了。下弦月如一把弯弯的镰刀，高高地悬在天空，给大地涂上了一层银灰，稀疏的星星眨着眼睛，想给大地多增加些光亮。古老的松林在这月瘦星稀的夜晚，显得越发沉重，灰白的月光透过松枝缝隙洒在林间的水泥路面上，形成黑白相间的斑驳，影影绰绰，像即将枯萎的花朵。有了这些若明若暗的花朵，行走在这里就不至于偏离方向，在黑暗中瞎摸了。

李明强和邢修省并肩迈步在松林中间的大道上，一时竟没了话说。

"你们大院的环境真美。"沉默了好一会儿，邢修省打破了僵局。

"嗯。"

"这里绿化得真好。"

"嗯。"

"都冬天了，就跟进了花园一样。"

"嗯。"

邢修省不说话了，心想，这人刚才还那么健谈，怎么现在一下子成了老猪，尽"哼哼"了。其实他并不知道，李明强也正在心里骂他呢，臭小子，你说什么不好，尽说些卫和平说过的话。

李明强第一次与卫和平并肩行走在这条林间大道上时，也是这个季节，不同的是，那是白天，是一个阳光明媚的星期天。阳光透过松枝的缝隙照在地上，形成了无数个金黄色的斑点，或长或圆，或方或偏，大小各异，松荫像镶嵌在它们周围的花边。李明强与卫和平肩并肩走着，准确地说，是李明强一会儿比卫和平超前一步，一会儿比卫和平落后一步，总是保持着一步的距离。这是李明强在步兵侦察大队里第一次与女同胞一起走路，他总觉得有无数双眼睛在盯着他们，就像是在中学时他偷着看卫和平、偷着教卫和平打篮球一样，很不自然。

“你们大院的环境真美。”卫和平首先打破了沉默。

“嗯。”

“这里绿化得真好。”

“嗯。”

“都冬天了，就跟进了花园一样。”

“嗯。”

你看，一模一样。在这月色朦胧的夜晚，在我李明强被卫和平抛弃的时候，你小子说这些和她一模一样的话，叫我怎么回答呢？简直是哪一壶不开提哪一壶嘛！

一阵寒风吹来，松树发出“飒飒”的嘶叫，李明强摇摇头，骂自己：“混蛋，人家第一次来嘛，人家又不知道你和卫和平的事儿。”他从四十五度角的方向瞥了邢修省一眼，嘴角露出了那种具有有讽刺意味的微笑。笑过，他说：“小邢，我在想，你追那个女孩儿……”

“啊——说那女孩儿呀。她吗，那简直是盖了帽儿了。那脸蛋儿，那身条儿，简直是没说的，没得挑，顺溜儿！哪天，哪天我带你去看看。”邢修省眉飞色舞地说着，心想，这大块儿头走神儿，原来是想女人了。人家说，军营里女的少，来个女的，列队的士兵不用喊口令，都会“唰”的一下全部把头摆过去。这只是笑话，可今天，我就说说，他大块儿头就想上了。唉，真够可怜的，一大帮男人整天泡在一起，小脸对老脸，秃子说和尚，摘了帽子都一样。

“我是说，你坚持了那么多天，她知道吗？”李明强说。

邢修省摇摇头，脸阴了下来，没说话。尽管是黑夜，这微小的变化，也没有逃过李明强这个侦察兵的眼睛。他对邢修省说：“你找个机会，探一下她的意思。”

邢修省使劲儿地点下头，这个举动也没有逃过李明强的眼睛。他笑了，在邢修省的肩膀上拍了一下，笑着说：“同志，该是进攻的时候了。不能光去消费，要争取回报啊！”

“我今天就跟她挑明喽！”邢修省咬咬牙说。

“不要着急，找准机会再说。二十多天都等了，就差这一天了？”

“我是一天都不想等了！”

“好，祝你成功。”李明强说着伸出了他那有力的大手，说：“快走吧。”

“啊——再见。”邢修省这才发现已经到了大门口，急忙伸出了右手。

“再见，我不出门了，晚上出大门必须登记。”李明强用他那有力的大手紧紧地拉着邢修省的手摆了几下，说：“慢点。”

“嗯。”邢修省使劲儿点了下头。

# 第十九章

天阴沉着面孔，又紫又青。淡云与积雪秘诉着衷肠，树梢和电线瑟瑟呼应。战士们架着李明强在雪地里走着，走着，踏出了一条灰白的路。

李明强送走了邢修省，躺在床上，久久不能入睡。童年的心酸血泪，少年的苦难挣扎，青年的艰难拼搏，伴随那无数美妙的幻想，在脑海里翻腾着，交织着，织成了无数色彩斑斓的网，他怎么冲也冲不破，怎么理也理不出头绪。

窗外黑洞洞的，一点响声都没有。对面床上，文书肖明均匀地呼吸着，睡得很甜。李明强探起身向肖明的床看了看，什么也没看到，就在黑暗中苦笑了一下。他感到肖明很幸福，现在的兵都很幸福，怎么他李明强就没有这种幸福感呢？怎么总有这么多的重负、这么多的烦恼伴随着他呢？他也曾幸福过，那是他到北京后，准确地讲是他如愿以偿地与卫和平相恋之后。

卫和平虽然是国家重点大学的本科生，但是她不嫌弃李明强这个中专生，不嫌李明强没有学位。她夸李明强是真真正正的男子汉，是八十年代自强、自立、自爱的典范。说她之所以选择了李明强，是因为她在北京大学的男同胞中，还没有发现一个比李明强更有男子气的。

李明强被卫和平的爱融化了，处于无限的幸福之中。李明强爱卫和平，想她、念她、要她，一切的一切都不要了，只要卫和平。卫和平几乎成了李明强生命的全部，他无时无刻不在想着念着卫和平。可是，现在，卫和平去了，去得那么突然，去得那么简单，去得那么坚定。是啊，卫和平考上研究生了，身份、地位不同了。他李明强呢？不但一级没调，一职没动，连一篇文章也没有发表。当兵时、军校里，那朝气、那决心、那毅力，全都融化在卫和平的爱河里了，就像那满身骨刺的鱼儿，经过糖醋的加工，骨酥刺化了。

活蹦乱跳的鱼死了，朝气蓬勃的李明强哪里去了？也死了吗？

李明强将右手放在胸口上面。怎么了？怎么心不跳了？这颗心，医生说是运动员心脏，常速为五十三下。不知是因为他胸肌过于发达，还是别的什么原因，李明强这时无论如何也摸不到自己的心跳，吓得他闭住了呼吸。

我死了，我死了，我死了吗？心不跳了，脉还跳吗？李明强急忙用右手握住了左手腕，没有脉搏，没有。他又急忙用左手去试右手，有了，有了。一下，两下，三下，四下…….

啊——跳着呢！跳着呢！我没有死，我还活着，我还活着！

可是，活着，活着又该怎么办呢？李明强翻了个身，轻轻地“唉”了一声。

“你应该留校！教员们都认为留校有利于你的发展。”女教员王红霞在李明强毕业前的一个中午，把李明强叫到她的宿舍对李明强说。

“我已经被北京香山步兵侦察大队选中了。”李明强说。

“学院挑选教员优先。”王红霞说。

“中队没有找我谈。”李明强低下了头，喃喃地答。

“我这不是给你谈的吗？”王红霞说，“今年，你们队提前毕业，学院确实没有分配留校名额。如果你愿意留校，我可以找院领导。”

李明强没有答话，从四十五度角的方向瞥了王红霞一眼。他知道是王红霞自己想让他留下来。

王红霞一九七一年入伍，整整比李明强早十年，但是，她的年龄只比李明强大一岁。她的父亲是首都军区的副参谋长，正军职干部。她长得俊，形体好，身价高，平时骄傲得像个公主，对那些紧追在屁股后边的年轻教员甚至连正眼看都不看。据说，她是小文艺兵，后来上解放军南京政治学院，毕业后分配到了这里。她教授政治课，又爱好诗歌，也发表过几篇小诗。她看了李明强那《故乡的小河》，当天晚上就把李明强叫到了宿舍，说要在文学领域与李明强切磋切磋。

“你写的就是你自己吧？”王红霞问。

“有自己的影子。”李明强不敢正视王红霞。她的门槛太高了，身价太高了，高得像李明强这样出身于社会最底层的孩子不可想象。平时，王红霞就是学员们议论的重点，一位学员开玩笑说，就是王红霞比他大十岁，离上九次婚，再嫁给他也可以。正经地讲，没有一个学员不希望王红霞多看他一眼，走到他的座位前多停留一会儿，给他多说一句话。政治课，本身就很枯燥无味，王红霞讲得也不好，可学员们的精力比上其他什么课都集中，那眼光都聚焦在王红霞的脸上，使王红霞一上讲台就有一种成就感，尽管讲得离题千里，却也是眉飞色舞。殊不知，学员们都是拿她在课堂上过过眼瘾，在背地里过过嘴瘾。但是，有一点是可以肯定的，那就是复习考试，这些学员谁都想把政治课的分数考得高一些，在王红霞那里留个好印象，所以，王红霞所授的政治课成绩最好。

“你上过戏校？”王红霞柳眉一挑，直盯着李明强，笑着问。

“上过半年。”

“那体校呢？”

“六年。”

“怪不得你的球打得那么好，军事素质那么棒。”王红霞显得很兴奋，鼻子眼都在笑，她笑着上前拉住李明强的手，握了握李明强的胳膊，赞叹道：“真棒，多结实的肌肉，看到你，就像总有用不完的劲儿。”

李明强的脸一下子红了，稍一较劲儿就挣脱了王红霞，低下了头，不说话。他坐在椅子上，如坐针毡似的，鼻尖上渗出了汗珠。

“瞧你紧张的，我能吃了你？热了吧？”王红霞说着转身去打开了电扇，那吊扇像直升机的螺旋桨迅速地飞转起来，凉风吹下，李明强感到些许松快。

“那，当年，你父母都被划成‘右派’了？”王红霞的声调突然转低了。

“是别人强加的。”李明强的脸上掠过一层阴云，喃喃地说：“七八年给‘右派’摘帽，爸爸妈妈从公社到县里，从地区到省里，都没有查到给他们划为‘右派’的红头文件。”

“那你父母复职了吗？”

“组织上根本就没有把他们划为‘右派’，谁给他们什么职？”李明强的头埋得更低了。

“这叫什么事儿呀？”王红霞满脸的迷惑。

“叫什么？阶级斗争扩大化嘛！”李明强终于抬起了头，苦笑了一下，又补一句：“叫，发动群众斗群众。”

“与你相比，我真是太养尊处优了。”王红霞自嘲地笑了笑，说：“我也上过戏校，又都爱文学，咱们有共同语言。”王红霞说着，偷看李明强一眼，发现李明强从四十五度角的方向偷看她，心里很高兴，笑着说：“那年十岁，好奇，非闹着当文艺兵不可。我爸爸妈妈拗不过我，就给我办了入伍手续。后来大了，他们就不让我干了，安排我上了南京政院。”

李明强听了，心里酸酸的。他十岁那年，正好被人家赶出了戏校。他拎着铺盖卷儿，哭着跑出戏校的情景，像电影一样又浮现在眼前。他用嘴角笑了笑，摇摇头，苦涩地说：“我们不一样，你是主动不上戏校的，我是被人家赶出去的；你写的是诗歌，我写的是小说。”

“也许吧。”王红霞用右手捋一下自己的刘海，那象征智慧的宽额头就显露了出来。接着，她又甩了下头，那刘海便恢复到了原位。她那与多数青年女子一模一样的运动头，展现着其他女子没有的俊俏、英武、自信和潇洒。她将早已为李明强倒好的茶杯子，向李明强面前推了推，说：“我想，我们以前生活的境遇不同，以后，会相同的。”

李明强摇了摇头。他想起了刚看过的电影《蹉跎岁月》，那个落落寡合干活之余埋头写小说的“反革命分子”的儿子柯碧舟，与干部子女杜见春和邵玉蓉的爱情纠葛。那可都是女孩死心塌地要跟柯碧舟好，遭到了家庭的百般阻挠的。柯碧舟受的污辱与伤害，他李明强是绝对不会去尝试的。他决心不要张金凤，断然不给田聪颖回信，也是这个原因。

王红霞见李明强只摇了下头，没说话，便低下头，低声地，像是自言自语，又像是对李明强说："真希望你能带我去看一看那小河，也真希望那小河成为我'故乡的小河'。"

王红霞说完，抬起头，正视着李明强，就像是在课堂上提问学员问题后，等待学员回答一样。李明强从她的眼神中看到了渴望，看到了爱恋，看到了情与火。

李明强低下了头，装作没看见似的，淡淡地说："看景不如听景，听景不如写景。你看到了，是会失望的。那是条普通得不能再普通的小河，只是水的流向与众不同罢了。"

"我就喜欢与众不同。你，那小河，我觉得很美。"

"那只是你的感觉。"

"难道不是你的感觉？那你是怎么写出来的？"

"我是融进感情写的。"

"我也会融进感情看呀。"王红霞的声音有点低，脸也红了。

李明强摇摇头，叹口气，说："不一样，你没有受过那般苦，不会有同样的感受。"

"唉，行了。你看你，整天皱着个眉头，像个哲人似的，拒人千里之外。我都担心你找不到女朋友！"王红霞抬手按下了桌子上那小型录音机的按键，说："听听歌吧。"

那红色的录音机立马暴出了那热情欢快的流行歌曲——《年轻的朋友来相会》："年轻的朋友们今天来相会，荡起小船儿，暖风轻轻吹，花儿香，鸟儿鸣，春光惹人醉，欢歌笑语绕着彩云飞。啊 亲爱的朋友们，美好的春光属于谁？属于我，属于你，属于我们八十年代的新一辈……"

"来，跳个舞。"歌声一起，王红霞就站起来拉住了李明强的双手。

"王教员，我，我，不会。"李明强就像喝了一大杯烧酒，立马脸红到了脖子根儿。

"不会？我不信。你上过戏校，就跟着节拍跳。"王红霞很兴奋，拉着李明强就开始舞动，一边摇一边说一边笑："对了，就这样。你跳得不是挺好吗！放松点，再放松点。"

一曲完了，接下来是校园歌曲《脚印》：洁白的雪花飞满天，白雪铺盖着我的校园，漫步走在这小路上，留下脚印一串串。有的直有的弯，有的深啊有的浅，朋友啊想想看，道路该怎么走？洁白如雪的大地上，该怎么留下留下脚印一串串，留下脚印一串串……

李明强身子僵硬了，他突然想起了卫和平，他应该陪卫和平去踏雪，不应该在这里跳舞。他怯怯地对兴致正高的王红霞说："教员，我真不会跳。我该回去了。"

王红霞先是一怔，笑容没了。紧接着就关上了录音机，甩甩头，笑笑说："我送你。"

"不用。"李明强转身要走。

"好，我就不送了。"王红霞伸出她那学员们都想拉一把的手，表示握别。

李明强象征性伸出他那大手。没有到，王红霞竟飞快地搭上了另一只手，双手紧紧地握那大手不松了。她盯着李明强的双眼说："你是个明白人，我什么都不说了。'道路该怎么走？该怎么留下留下脚印一串串？’全在你自己。若想来玩，我晚上一般都在。”

李明强使劲点了下头，也挣脱了王红霞的双手。但是，李明强再也没有进那个屋。他总是躲着王红霞。上政治课，他低着头，有意地回避着讲台上的目光。可王红霞总是用火辣辣的目光照着李明强，有意地提问他那再简单不过的问题。

一次下课后，王红霞递给李明强一张折着的纸，说是一首诗，请李明强指教。

李明强红着脸说："不敢，我学习学习。"

王红霞说："教员请学员指教，太不好意思了，千万不要让别人知道。"说罢，脸也红了，一甩头，向前跑了两步，才稳下来，昂首向教学大楼走去。

李明强穿过马路，到松墙后边，打开了那张纸，只见上面写道：

如此美丽的夜晚，
孤独是一种遗憾，
想念着得不到的爱情，
已成为习惯。
情歌让我虚度浪漫，
还是曲终人散，
亲爱的朋友，
你是否理解，
爱一个人好难。

李明强把诗揣进兜里，见了王红霞还是躲着走，上政治课依旧低着头。他知道，王红霞根本不是真心向他请教，就是想让他看看这首诗，以诗传情罢了。这天，王红霞又如法炮制地给李明强一首诗：

好花一朵朵，
名叫勿忘我，
愿你摘下它，
时时想起我。

李明强依旧把诗揣进兜里，依旧躲着王红霞。王红霞这次更直白了，给李明强的诗为：

东边日出西边雨，
我的最爱就是你，
没有什么送给你，
只有一句我爱你。

这一次，李明强干脆不上政治课了。学员请假是中队干部管的事儿，教员管不着。李明强代理区队长，事务多，请假给队里任何一个干部打个招呼就行。一连几次不到课，王红霞心躁不安，课堂上的成就感也没有了，代替眉飞色舞的是张冷峻的脸。那些都想多给她说几句话的学员，还不长眼地向她请教那不着边际的问题。挺聪明的陆建峰，就因此得了个外号叫“弱智”。

那天，王红霞刚草草讲完了课，撒着一路体香从讲台踱向教室的最后一排，前边的学员都侧下眼扫一下她那苗条的身材、鼓鼓的胸和俊美的脸，干别的事了。突然，听到教室后边，王红霞高挑着嗓门喊：“你也太弱智了，这是再简单不过的语文问题，怎么还来问我这个政治教员！”

学员们的脸“刷”地一下都聚向了声音响起的地方，陆建峰从此得了个外号“弱智”。

学员们议论纷纷，都说王红霞肯定是有什么不顺心的事儿，最大可能是失恋了。一帮人就琢磨，打赌，谁敢给王教员写封情书，几个人请他到石家庄大饭店撮一顿儿。“弱智”为报一箭之仇，首当其冲。很快一封来自本市的情书通过邮电局辗转到王红霞手中，几个人看着“弱智”把信发出，又看着王红霞眉飞色舞，就到石家庄大饭店庆祝一番。第二天，下了政治课，王红霞说：“陆建峰，你跟我来一趟。”

“弱智”就忐忑不安地跟着王红霞向教工楼走，其他学员掩口葫芦而笑。他们都十分清楚，王红霞一定发现那“情书”是陆建峰写的。

果然，“弱智”垂头丧气地回来了，众人围上问长问短。“弱智”说：“那臭娘们儿，拿着咱们的考卷儿，一个一个地对笔体，对出我来了。”

众人就笑。

“她娘的倒真有心计啊！”

“可够费劲儿的。”

“她什么意思？”

“她什么意思？她问我什么意思。”陆建峰说。

“那，你自己说？”

“怎么说？老实说呗。”陆建峰答。

“你这不是把我们都卖了吗！”

“弱智，你他妈真够弱智的。”

“你才弱智呢！”陆建峰说，“我能那么说吗？”

“那你怎么说了？”

“我只有说，我，我是，我是真的，是真的爱她了。”陆建峰不好意思地说。

“哈……”众人捧腹大笑。

“笑个球！”陆建峰骂。

“那，她怎么说？”

“她娘的，结结实实……”

“结结实实骂你一通？”

“打你几下？”众人不等陆建峰说完，抢着猜。

“不是。”陆建峰说。

“那一定是亲你一口！”

“他妈的，我有那么幸运就好了！”陆建峰说，“她给我讲了一大通婚姻恋爱观！”

“怎么讲？”

“讲得怎么样？”

“怎么样？你别看她讲政治课不怎么样，讲这个，真他妈在行！”

“照你说，她应该改行了？”

“我看可以。”

“哈……”

李明强听到这些，也乐了。但是，上体能课，练擒拿格斗，他还是结结实实地揍了“弱智”一顿。“弱智”说：“训练哩，你干么跟对敌人似的？”

李明强从四十五度角的方向瞥了陆建峰一眼，说：“你他妈真是‘弱智’，这是实战训练！”说完，嘴角泛起了那种带有讽刺意味的微笑。

王红霞最爱看李明强打篮球，李明强也知道就王红霞为他激动，为他拍巴掌拍得最响。王红霞在政治课上没见到李明强，其他课又不便进教室，所以，十八中队上体能课时，她也出现在操场旁。当王红霞看到李明强把陆建峰打得落花流水、摔得嘴啃泥时，她笑了，笑着跑回了教工大楼。从此，王红霞也假不招地参加了李明强他们的文学创作组，和学员们相处得很好，也不再让李明强为她看诗，就和没有发生任何事儿一样。

没想到，就要毕业走了，王红霞来找他谈留校的事儿。李明强不加思考地说：“谢谢你的好意。既然，学院没有分配留校的名额，你再去找院领导，不好。”

“没关系，院长是我爸爸的战友。”

“还是听组织的安排吧。”李明强叹了口气。

“你是个明白人。为了不耽误你的学业，我这段时间一次都没找你。”

“谢谢。”李明强低下了头。“明白人”是人们对一些知事达理的人的通俗说法。在企业整顿、改革中，要求选出“明白人”组成领导班子，又给“明白人”三个字赋予了新的内涵，一时间，这三个字成了人们运用频率最高的词。

“我还是去北京吧。”李明强停了一会儿，说。

“你干么非去北京呢？北京有什么好？你听人家说了吗？在北京从楼顶上扔下个砖头，砸伤三个人，其中两个都是处级干部。什么意思？处级干部在北京遍地都是，不叫官！你到北京，什么时间才能熬到团处级呢？！”

“我也早听说了，‘不到北京，不知道官小’，像我们这样出身的，也没指望当什么官。”李明强淡淡地说。

“可你有这个能力！”王红霞有点着急，但声音却突然降低了许多，喃喃地说：“也有这个机会。有时候，一个机会失去了，恐怕你一生都找不回来。”

“我想，这次被选到北京就是上天给我的机会。”李明强喃喃地说。他一直在想，这次能幸运地被挑选到北京，就能见到他日思夜念的卫和平，这可能就是缘分，就是天意。

“你，你为什么这么对我？是不是嫌我比你大？”王红霞的眼睛湿了，她感到很委曲。

“不，不是。”李明强急忙解释，“王教员，我真的不想伤害您。我有女朋友了，在北京大学，是我中学的同学。”

“你在部队里，她就是在中央，能帮你吗？”王红霞红着脸问。

“我自小从家里出来，一切靠自己，已经习惯了。”李明强不敢看王红霞的眼睛。

“你先别决定地这么早，还有几天，只要你想留在石家庄，就找我。”

“好吧。那，我回去了。”李明强急于告辞。

王红霞的泪落下了，她也不擦，伸出那学员都想摸一把的手，说：“走吧，我知道你不会选择——留校了。到了北京，若不理想，回来找我。”

李明强被王红霞的真情打动，握住那娇嫩的手，久久地不愿离去，想说句安慰的话，也说不出，便使劲儿地点了下头，消失在楼梯的尽头。

王红霞愣过神来，急忙跑到窗前，只看见李明强那高大的背影一闪，被绿色的松墙遮住。

李明强登上了学院送站的卡车。王红霞高举着一个信封，笑着跑过来，对车上的李明强笑着说：“李明强，请把这个交给我朋友。”

“是，王教员。”李明强接过信，给王红霞行了个军礼，说：“谢谢教员这两年对我的教导。”

“到部队好好干。”面对一脸严肃的李明强，王红霞始终绽着微笑。她那俊俏、英武、自信和潇洒，令李明强叹服，“将门出‘虎女’”啊。

“是！”李明强又庄严地举起了右手。

“这个兵真不错！”

“很全面，是棵苗子。”

“将来肯定有出息。”

“可惜不能留下来。”

送行的教员和队干部对李明强发了一通感慨和议论。

李明强在开往北京的火车上，钻进厕所，拆开了王红霞的信。还是一首诗：

你走吧，

别回头，

不然我会把你挽留。

你走吧，

别回头，

不然我会长哭不休。

我没有《蹉跎岁月》，
我是《会唱歌的鸢尾花》啊，
我已冲出了《围城》
请你用《驼峰上的爱》
擎起《高山下的花环》，
为我的《人生》的导游。

你走吧，
别回头，
莫说从此断了以后。
你走吧，
别回头，
莫说友情天长地久。

你《男人的风格》，
是《迷人的海》。
我《人到中年》，
《乡音》未改。
给我的《芳草心》做一次《洗礼》吧，
《布谷催春》更上一层楼。

你走吧，
别回头，
你已经把我的心带走。

李明强的眼睛潮湿了，王红霞那俊俏、英武、自信和潇洒的身影，又浮现在她的眼前。王红霞用当前最叫好的小说、诗歌的名字来表达她的爱，不仅让李明强感动，更让李明强吃惊，她能紧跟形势读这么多书，定能成为第二个舒婷！

李明强就着水龙头洗一把脸，也拭去了眼泪。回到座位上，提笔为王红霞的诗谱曲，他仿佛听到了王红霞的那特有的女中音——“你走吧，别回头……”

多少无奈、多少感慨、多少希望、多少期待……

王红霞的《你走吧》，随着列车的飞驰一直在李明强的耳畔唱到北京。下车时，李明强学着王红霞的样子重重地甩甩头，甩掉了歌声，甩掉了过去。他苦笑了一下，在心里告诫自己：王红霞的门槛太高，爬上去只能苦了自己；自己什么也不是，只有脚踏实地干工作，才能开辟新的生活。

可是，在与卫和平的相处中，他忘了。他没有把握住自己，他太忘乎所以了。

唉，过去的一切就让它过去吧。现在人们都在强调“自我”——没有自我设计，自我奋斗，自我成功，就没有自我价值，自我实现，自我完善。看来，我李明强是应该慎重地设计一下自己了。

李明强又翻了个身，开始思考。

考学，得等工作三年以后，单位推荐。在步兵侦察大队，没有门子，恐怕……

工作，和平年代，没有大项活动，人与人的差别显不出来。

写作，看来，现在也只有用写作来弥补了。

写作，写作！李明强下定决心要写作。他是出生在“杜甫诞生窑”中的人，他一定要成为一个诗人、一个作家，这个志向他早已立下了。有志之人立长志，无志之人长立志。既然立下了这个志向，就要坚持不懈地向这个目标努力，不能像杜甫那样成为诗圣，也要成为当代文坛上的巨人。

宏愿已定，决心已下，可写什么呢？

写爸爸妈妈的光辉历史！这是李明强在军校时就有的欲望。

李明强的爸爸李铁柱，从小习武，练就一身好功夫。十六岁那年，身为地下党的哥哥李铁梁和父亲双双失踪，他肩起全家的重担，到巩县兵工厂当了护厂队员。巩县兵工厂被日本侵略者轰炸南迁后，又到兵工厂遗爱学校做武术教练。日军占领巩县，杀害了他的老婆和孩子。他只身夜闯日军宪兵司令部，杀了几个鬼子，烧了敌人的营房，背着老娘躲进了青龙山。在日伪军偷袭巩县第五抗日区政府所在地石榴院时，他挺身而出，救了三个女八路。老娘为此被敌人杀害，他历尽艰险护送八路军机要员到根据地。参加八路军后，当侦察员，练就双手使枪，屡立战功。在中原突围中，他身为巩县第一抗日区政府区干队长，带领部队打到了湖北，当了团长。后来，又带着部队打回河南，解放了巩县。1951年，他被调任鄂豫陕边区剿匪司令员，开展“镇压反革命运动”，打得土匪闻风丧胆。因叛徒出卖，被土匪包围。他打完最后一发子弹，又施展武功与敌人搏斗。土匪见我救援部队赶到，乱枪将他击倒在血泊中。

当李铁柱醒来时，已经躺在了后方医院。他脱离了生命危险，神经却崩溃了。满脑子都是牺牲的战友，他整天呼唤着战友的名字，让笑二嫂给他烧菜备酒，他要款待那些死去的战友。

为了给李铁柱换个环境，组织上把他转到了条件较好的富源县。李铁柱病愈后，被任命为县委副书记，后来又兼任组织部长。十一岁从军时任鄂豫陕边区妇联主席的笑二嫂，为照顾丈夫生活，随调到富源县妇联做了办事员。

从小受党教育培养的李铁柱，为报答党给他的第二次生命，拼命地工作。他通过一件小事，发现一宗贪污受贿买官卖官的大案，案情牵扯到县里和地区几个重要官员。

正在李铁柱调查取证的关键时刻，突然有人状告他为叛徒。证据是那次剿匪失利，李铁柱作为最高指挥官，部属全牺牲了，唯有他一个人活了下来。

旧伤重创，新罪强加。李铁柱又疯了。这一疯，县医院最权威的医生也宣布医治不好了。县委决定，李铁柱叛变查无证据，且参加革命屡建奇功；因其精神失常，无法继续工作，按病退回原籍休养。并动员笑二嫂与李铁柱离婚。笑二嫂誓死不从，带着不满两岁的孩子李志强，与李铁柱回到了原籍巩县，被县政府安置在县城边笔架山下无人居住的“杜甫故居”。

平民的生活，使李铁柱恢复了平常心。被富源县权威宣布回天无力的神经病，在笑二嫂的精心照料下，不医而愈。在四十岁那年，又有了小儿子李明强。

李铁柱、笑二嫂和生产队的社员一起劳动，从不提及当年的事，可是，不知为什么，两个人同时戴上了“右派”的帽子。后来，回到了老家西流村，大儿子李志强被打成傻子。李铁柱的几个战友看不下去，奔走呼吁，公社发现组织上并没有把李铁柱夫妇划为“右派”，就任命李铁柱为西流村大队党支部书记。李铁柱带领村民苦战三年甩掉了贫穷帽子，正在轰轰烈烈地“学大寨”时，那场史无前例的“文化大革命”也轰轰烈烈地开始了。一夜间，李铁柱夫妇又成了“牛鬼蛇神”、“老右派”。

好不容易熬到了一九七八年，中央为“右派”全部摘帽。李铁柱和笑二嫂兴奋地找到县委，可是，却找不到一份把他们划为“右派”的红头文件。他们又找到富源县，县委县政府全是新面孔，有个知情的人说，就在他们离开富源县的那一年，县委失了把火，李铁柱和笑二嫂的档案全烧了。

李铁柱和笑二嫂回到了西流村，再也没有向组织上提过复职一事，全家一直过着清贫的日子。李明强后来才知道，父母跑那一趟，花的钱整整还了七年。所以，李明强从不敢问父母的过去，他怕伤爸爸妈妈的心。

李明强摇摇昏沉沉的头，觉得这个东西不能写，它牵拉面太大了。自己没有亲身经历，是写不好的。那就写自己吧，自己的二十多年也不算平凡呀。可是，那发表的中篇小说《故乡的小河》，已经写了他童年、少年的许多往事。写当兵，写卫和平，写两人相爱的故事。

就写这个？这有什么意思呢？李明强又想起了同学聚会时的狼狈，想起了出租汽车，前额还在隐隐作痛。

“红灯。”

“绕过它。”

“那只有背道而驰了。”

红灯，红灯亮了。人生的道路上，红灯是时常闪烁的。啊——对，就写《红灯亮了之后》，就写卫和平，我一定要将被她抛弃后的情节好好设计一下。写小伙子一跃成为了诗人、作家，登上了北大的讲台。当女主人翁心中又燃起爱情之火时，男主人翁携着另外一个女人到美国留学去了。

对，就写这个，就这么写，气气她。

窗外依旧黑洞洞的。但是，已有了零散的脚步声。李明强知道，那是遛早的人们。同时，这脚步声也告诉李明强，起床号快要响了。李明强完全没有了睡意，沉浸在对小说的构思之中，他已下定决心，就用《红灯亮了之后》这个名字。

‖5 1 – – – | 3 1 – – – | 3 5 – – – | 5 1 – – – ‖ 嘹亮的军号声撕扯撞击着黎明前的黑暗，唤醒了沉睡的军营。

李明强一骨碌爬起来，从枕头下摸出哨子，趿拉着鞋挪到门前，将门拉开条缝，把头伸出去，用力吹了三下，拉着长腔哆嗦着喊了声“起床！”——这一周他“连值班”。

“好舒服啊！”对面床上的肖明伸了个懒腰说。

“快起吧，下雪了。”李明强提着腰带，一面系扣子，一面向外走。战友间有个默契，喊谁起床，雨季说“下雨了”，冬天说“下雪了”。

“我说的，怎么睡得这么香呢。”肖明喃喃地说。

你别说，还真让李明强说对了。他走在楼梯上就听到楼下喊：“好大的雪啊！”

“今天该好过了。”

“排长，还出操吗？”战士刘飞见李明强走下楼来，忙问。

“出！”李明强斩钉截铁地说。

侦察连哪有不出操的习惯，落雪又湿不透衣服。

冬季的北京，六点二十分夜幕还没有扯去，远处都是铅黑色的。米黄色的路灯下，翩翩起舞的雪花，像夏天黄昏时分的蚋蚊，又好似蜂箱周围的蜜蜂，忙忙碌碌地飞着，落在战士们的帽上，附在战士们的身上。

“立正——

“向右看——齐！

“向前——看！

“报数！”李明强在整理队伍。

“一、二、三、四、五、六、七、八、九、十、十一、满伍！”队列中响起了响亮的报数声，这震耳欲聩的声音，淹没了喇叭里董文华那圆润的歌声。

“稍息——

“立正——

“连长同志，全连集合完毕，应到四十五名，实到四十五名，请指示，值班员，李明强。”

“出操！”连长下达了命令。

二十多亩地的操场上，只有侦察连四十五名弟兄，像耀武扬威似的，玩命地喊着口号——“一、二、三、四。”震得地动山摇。脚下的积雪像一铺细碎的银子，被踩得沙沙作响。踏出的跑道，很快又被大雪盖得模糊不清了。

收操后的三十分钟是打扫卫生时间，干部们没有任务，李明强照例来到松树林里练功。

天已经放亮了。雪还在下，很大，也很稳。大片大片的雪花，像一个个洁净的精灵簌簌落落地飘将下来，或快或慢，或结伴或单行，或挂在树上或附在楼顶，或粘在身上或钻进窗缝，各自有各自的目的和意志，在这寂静的早晨，到处是它们奔跑的沙沙脚步声。这声音使李明强想起了渤海那汹涌的浪涛、老龙头上杂树的吼叫；这声音好似战友间的促膝相谈，更像是卫和平那娓娓动听的情话。这声音带来了阴沉与严寒，也带来了柔和与清新。整个世界都像镀了银粉，多余的银粉还在空中飘荡，混混沌沌，皑皑茫茫。脱去了绿装的树林，挂满了毛茸茸亮晶晶的小块雪片，真如刚刚开花的梨树，使李明强不由得想起那“忽如一夜春风来，千树万树梨花开”的佳句。冬夏常青的松柏树上，挂满了蓬松松沉甸甸的雪球儿，犹如一株奇大的棉花树，开满了花。李明强从没见过木棉树、白山茶、水棉花，只有这么想了。

李明强练完了一套拳脚，大喝一声，腾空而起，向一棵松树踹去。冻僵的树颤抖着身体，把身上的雪球反抗似的一个劲儿地向他身上砸，几根年青的枝芽按捺不住自己的火性，随着雪球跳下树来。但是，它们怎是这武技精湛、功底深厚的侦察排长的对手，被李明强三下五除二地拦入手中抛上了树顶。沉稳的老枝，又向他投下许多雪球。

李明强胜利了。他一面向回走，一面从四十五度的方向斜视着那棵松树，揣摸着那一脚的功力，嘴角又泛起了那种带有讽刺意味的微笑纹。

雪还在不停地下着，遮严了山岭，遮严了田野，遮严了房屋楼顶，遮严了侦察大队垃圾场的酸臭味，遮严了冬季大自然的一切丑陋。

“雪”字的一种解释是“洗去，除去”，常组词为“雪恨”、“雪耻”。今天是“雪恨”的第一天，今天是“雪耻”的第一天，这是老天爷对李明强的指示。李明强要写小说了，李明强要雪恨雪耻了。

吃过早饭，雪还在下，连里安排学习。指导员在讲台上频频走动，愤愤地讲《中日甲午战争》。《近代史》使战士们悲痛、懊恼、激愤，唤起了八十年代士兵的爱国之心。让战士们了解祖国的昨天，珍惜祖国的今天，创造祖国的明天，懂得军人的责任，是李明强在军校就有的愿望，在指导员的帮助下，终于在侦察连实现了。

李明强坐在队伍的最后边。《近代史》他已学过两遍，中学学，上军校又学，关于近代史的书他也看了不少，著名事件出口成吟，博引旁征。但是，连队的每次学习他都参加，他要看着战士们孜孜不倦地学习，要求他们认真听讲，督促他们详记笔记。他讲：不了解中国近代史，就不会真正懂得军人的职责。

今天，他一反往常，没有来回走动着检查战士们的听课情况。默默地坐在队伍的最后，膝盖上放着一个蓝色的文件夹，提着笔在不停地写着。一会儿掀过一张，一会儿抓耳挠腮。一本稿纸已掀过十几张了，每一张都没有注满，每一张都有那醒目的六个字——《红灯亮了之后》，每一张都是一盏红灯，使他不得不停下来进行新的构思。

万事开头难啊！

战士们自习的时候，连里召开了支委会。上级指示，由侦察连承担新建楼房用砖的装卸任务。连里决定由体质最好的李明强带十七名战士去完成。这对刚刚进入写作的李明强无疑是当头一棒，弄得他忧心忡忡。他现在心里只有写作，只有奋斗，只有成功，只有成家扬名。他要超过卫和平，让她红眼，让她眼红。

《红灯亮了之后》，这个书名不好，刚一开头，就遇上了“红灯”——拉砖这件倒霉的差事。三个排长，为什么单单派我李明强呢？

侦察大队就是这样，说是快速反应部队，因地处北京，条件好，干部子弟多如牛毛。这些人，光吃饭，不干活。真正苦干的都是李明强之类精明强干、才华横溢、吃苦耐劳、干不落好的被选调来的“好干部”、“好兵”，说白了就是一个侦察连，侦察大队的拳头部队。侦察大队是人才聚集的地方，也是蠢才聚集的地方；是出人才的地方，也是压人才的地方。侦察连连长丁辉在原部队训的第五茬兵，有的都爬上了副营的岗位，而他还“死守”着正连的“宝座”。

李明强一整天都不大高兴。去吧，一二十天准干不完，写书就很自然地成了泡影。不去，军人哪有违抗命令这一道理。

大约是午后四点钟，雪停了。太阳像李明强的眼睛，在西山顶上从四十五度的方向看着大地。阳光涂在雪上放射出刺眼的光，那背阳的地方则是一片清白。这色质的区别，使人感到宇宙的光明与清寒。家属院的孩子们穿着花红柳绿的衣服跑到大操场上滑雪嬉闹，家属们也步出屋子观光谈天。只有那一身绿色的军人们挥动着铁锹、扫帚在打扫积雪，像一棵棵松柏在严寒里随风摇曳。

李明强带领着几个战士打扫完侦察连到办公楼大道上的积雪，又到了养猪场。

时间已过十七点钟，天色黯黯，满地的积雪映着低垂的淡云。天地之间明亮而严肃的寒光已慢慢退去，树梢被尖厉残酷的寒风抽得不停地嘶叫。李明强穿梭在各个猪圈间：“弟兄们，快点干，该吃饭了！”

“滋——”李明强突然吸了口冷气，脚上像扎了钉子一样疼痛。

嗬，真是钉子。李明强抬起脚，鞋底上竟带着一块木条，上边有两个凸漏的大钉，一颗钉子已刺透了军鞋的胶底。

“妈的，真倒霉！”李明强在心里一边骂，一边挥动小腿，想把鞋上那块断木甩下。可那断木只是晃了晃，打了个圈儿，没掉。

仅这一晃神的工夫，李明强想到了拉砖，想到了写作，想到了卫和平。争强好胜、自我奋斗、自我成功的极端个人主义思想，一瞬间在李明强的脑海中起了主导作用，为了《红灯亮了之后》，他瞪视着那木块，瞪视着那铁钉，慢慢地，慢慢地放下了脚，用上了力……

“啊——”

“排长——”

“怎么了？”

“怎么了？！”几个战士闻声跑过来，帮助李明强拔出了钉子。

天阴沉着面孔，又紫又青。淡云与积雪秘诉着衷肠，树梢和电线瑟瑟呼应。战士们架着李明强在雪地里走着，走着，踏出了一条灰白的路。

# 第二十章

**在爱情的角逐场上，丁力对卫和平的冲撞是“非法”的。**

卫和平拒绝了李明强，心中久久不能平静。整日恍恍惚惚，晕晕腾腾。浑身像一团儿棉花那么软，像一根儿鸡毛那么轻，腿又像灌了铅似的那么重，犹如坠入了云雾，跌下了深渊，沉入了大海。

卫和平不是金钱的奴隶，不是权力的装饰，不是地位的裙带，卫和平是李明强的，这是上帝的安排。卫和平始终这么想。她爱李明强，并不是一时的冲动。如果说《天仙配》中的董永是靠心地善良、孝敬老母感动了天上的仙女，那么，李明强是靠聪明才智、坚韧不拔征服了卫和平。正像她中学时给李明强的纸条，她要的是不屈不挠的李明强。可是，她发现她的爱在一点一点地蚕食着李明强，软化他的骨骼，削减他的斗志，她若再不叫停，就会毁了李明强，将会遗憾终生。然而，她宣布离开李明强，心里又感到孤寂，失去了精神支柱。

今天是星期天，按以往的约定，是他们相见的日子。昨夜的不宁使卫和平头晕脑涨。她坐起身，是穿衣服？还是不穿？她清楚地记得她拒绝了李明强，他们没有约定今天会面的时间和地点。那她为什么还这么早起床呢？习惯？是习惯。她每隔两星期都会出现这个“习惯”，六点半准被生物钟那固有的节奏唤醒，赶到约会的地点，同李明强一起用早餐。那是两周来最香甜最甜香的一次早餐。她是多么地感谢大脑特有的，六点半准时拨动的警戒点啊。

今天怎么了？为什么又出现了这个警戒点？规律？是规律。人们可以发现和认识规律，运用规律为人类造福。但是，不能任意地改变或消灭规律。她改变不了这个警戒点，消灭不了这个警戒点，正像她对生理来潮一样不可抗拒。那是二十六天，很准时很准时的二十六天。这是十四天，很准时很准时的十四天。

卫和平漫无目的、胡串乱造地想着，自觉不自觉地穿好了衣服，恍恍惚惚地梳洗打扮一番，习惯性地摘下了床头挂着的棕色挎包。包是空的，轻轻飘飘。以往约会前的星期六，她总是买好了李明强最爱吃的酥糖、山楂卷儿，连同在图书馆为他借的书籍一起放入小包，免得第二天早晨贻误时间。今天，他们没有约会；昨天，她没有准备。

同伴们还在甜甜地鼾睡。刘芳翻个身，看卫和平一眼，又侧身睡去。

大学生有睡懒觉儿的习惯。卫和平没有，她爱锻炼。除了星期天，每天都和邻屋的赵春燕一起，绕着圆明园新铺的路面跑上一圈。

跑步，跑步去。卫和平轻轻地走到门边，轻轻地拉开门，轻轻地闪出去，轻轻地关上，轻轻地走出楼门，猛地，她猛地一甩头，重重地咳了一声，重重地踏着步子向学校门口跑去。

八点四十分，卫和平迈着沉重的步子昏昏沉沉地回到宿舍。桌子上有张便条，是刘芳那具有男子风格的字：

和平：

我们先走了。

8:10

这便条使卫和平突然想起，她们今天要上西什库教堂参观。这是她们星期四就联系好的，定于七点五十出发，伙伴们已经耐心地等了她二十分钟。

唉——一心真不能两用啊。卫和平的唇边泛起了一丝苦笑：算了，舍得了李明强，还舍不得到教堂参观吗？！

这时，各个食堂都已经关门，卫和平只有泡一包方便面充饥了。她拿起她的电热杯烧水，这个铜身胶底的电热杯还是李明强送她的礼物。

那是卫和平过生日那天，李明强让她要一个最适用的礼物。她说有时喝不上开水，李明强就给她买了这个电热杯。那天，李明强还为她准备了一个特殊的礼物，一枚三等功证章。在圆明园遗址的灌木丛里，李明强让她闭上了眼睛，抖抖地别在她的胸前。

“军功章！”卫和平没经李明强允许就睁开了眼睛，热烈地给李明强一个长长的吻。吻罢，她爱怜地抚摸着那枚奖章，怎么看都看不够。李明强把她搂在怀里，一遍又一遍地哼唱：“军功章啊，有你的一半，也有我的一半。”

卫和平机械地打开了箱子，拿出那枚金光闪闪的奖章，怔怔地看着。这是李明强在全军侦察比武中获得的，是李明强血与汗的结晶。

明强，你知道吗，我在感情上是多么多么的需要你，离不开你呀！可是，就让我这样嫁给你，我不满足！没有事业的婚姻，是失败的婚姻，组成的家庭就是没有高墙铁窗的监狱。只有在事业的地基上建立起来的家庭，才是辉煌的宫殿。明强，你知道我为什么选择了你吗？因为在中学，在我十六岁的花季，你就溶入了我的心中。大学四年，在中国著名的高等学府，那么多优秀的男生，缺少的就是你身上的男子气，你是我心中真正的男子汉呀！但是，我不敢说你是我的白马王子，你的文凭太低了，我怕，我怕同学们看不起。一枚军功章怎能抵挡住世俗的万箭齐发！明强，你这个盾牌太小了。

电热杯里的面条膨胀了，将盖儿高高顶起，水溢了出来，发出“嗞嗞”的响声，蒸气好大好大，向屋里的空间弥漫。

卫和平急忙拔下了插头。电源插座跳出了蓝白色的火花，吓得她打了个冷战——妈呀，差点儿连电了。

卫和平不知吃了多久，才吃完那包方便面，又不知不觉地来到了图书馆，自觉不自觉地找了一本《美国历史》，来到了自己常坐的桌前。还好，她常坐的位子空着。这个位子靠里近窗，既安静光线又好。

“请坐。星期天人多，我怕你来了没地方坐，就为你占了这个位子。”桌子对面的男孩儿见卫和平走近，急忙站起来说。

位子是他占的。卫和平没有说话，正视着那男孩儿。

那男孩儿，上身穿一件深灰色粗线高领毛衣，小嘴、挺鼻、大眼睛，是个标准的小白脸。头发比卫和平的还长，遮住了眉毛，盖住了耳朵。他是武汉大学刚刚送来培训的研究生，叫陈晓伟。这是他递过的纸条上写的。这家伙已经在卫和平的对面坐了不知多少次了，经常用脚轻轻地踢卫和平的脚或腿，与她搭茬讲话。卫和平觉得他很讨厌，就用自己的高跟狠狠地在他的脚面上戳了一下，痛得他直抽冷气不敢叫，乐得卫和平俯在桌上“哧哧”地笑了。并看了他忍痛写下的纸条……

是昨天，就是昨天上午的事儿。

“啊，谢谢。我不在这里看。”卫和平又回到了现实。她道了谢，转身到管理员那里登了记，走出了图书馆。

卫和平漫无目的地走到了未明湖畔。

啊，这张长椅，就是这张。李明强就是在这里第一次将她拉入了怀中的。在这里，她第一次享受了男人醉心的拥抱，懂得了醉心的接吻。

卫和平在长椅上缓缓坐下。“不对，那天晚上坐的是那一边。”她又挪了挪，“是这样的姿势。”她想着想着，不自主地比画起来。

李明强起初将左臂放在她身后的靠背上，慢慢地就搂住了她的肩膀，她没有反抗。稍后，李明强又将右手放在她的左膝盖上，她还是没有反抗，而是将自己的左手小心翼翼地放在李明强的胸前，以探试李明强是否像她自己一样加快了心跳。李明强将右手慢慢滑向她那丰腴的大腿，并用那硕大的手指轻轻地抓几下，说：“这么软和啊。”

卫和平没有答话，只是用那双甜蜜的眼睛娇媚地嗔视着李明强。

李明强又乘机抓了几下说：“你不是挺爱运动的吗？怎么一点儿肌肉都没有？”

“傻瓜，女人都这么软。”卫和平的声音很娇柔，连她自己听了都醉心。

“是吗。”李明强说着将自己的左腿插入卫和平那似并非并的双腿下，右手用力一托，便将卫和平移到了他那结实的大腿上，一下子把卫和平抱在怀中。

卫和平用双臂搂住李明强的腰。她真正地感受到了男人宽阔的胸怀，坚实的腰板。

李明强以前总是和卫和平保持一定距离。多少次在没人的时候，卫和平暗示让他拥抱，他都像个木头人似的。天凉的时候，卫和平说冷，李明强就将自己的衣服脱下披在她身上；天热的时候，卫和平也说了一次身上发冷，急得李明强要送她上医院，直到她说不冷了为止。她一直在心里想，是李明强不懂，还是故意装傻。今天，李明强终于将她拥入了怀中。

“想睡觉儿呀，当心感冒。”是他，陈晓伟跟踪来了。

卫和平坐正了身子，不说话，也不看陈晓伟。

“你气色不好，是不是病了？”陈晓伟关切地问。

卫和平还是直挺挺地坐着，不说话，也不看他。

“和平，我打听过了，咱们班只有你没有男朋友……”

是吗？是的。卫和平嫌李明强没有大学文凭，没有学位，不敢向同学们宣布，怕大伙笑话她。人言可畏啊！

“想跟我谈？”卫和平冰冷着脸，冷得能到夏季制作冰块。

“啊，能不能，能不能交个，交个…….”陈晓伟看着卫和平的脸，结结巴巴地说不出话来。

“能。但是，得先理掉你那讨厌的头发。”

“你——你喜欢什么式样的。”陈晓伟真的动了感情。

“光头。”卫和平的脸色更冷冰了。她腾地站起来，离开了长椅。讨厌，昨天已经婉言拒绝你了，还缠什么！光头，去理吧。

“光头，我喜欢光头。”卫和平忽然脸上泛起了微笑。那是发自内心的微笑，因为她想起了李明强的光头。

那是秋季的一天，李明强理了个光头。卫和平抚摸着，好玩极了。头儿圆圆的，发茬涩涩的。

“怎么理了个光头？”

“说什么军区副司令要到我部检查，一天理了四遍。我们的平头，短到不能再短了。再短，还不如光头好看。一气之下，理光头吧！我们排全理了光头。”

“挺好玩儿的。”卫和平爱惜地抚摸着那又明又亮的脑袋。

想到这，卫和平不由得想笑。

笑了，卫和平笑着向宿舍楼跑去。她不知道李明强现在怎么样，是不是像她一样失魂落魄，无论如何，她要做一件事，在情感上给李明强一个交代。

李明强万万没有想到自己会把自己的脚伤得那么严重。由于他用力过猛，钉子扎得很深，脚又属血管末梢，回流不好，肿得像农村串亲戚蒸的大油糕，穿不上鞋子，小腿肿得也像砂锅一样粗。

为了防冻，李明强在绷带外裹着一块厚厚的棉垫子。他怕放脚时弄脏了棉垫儿，又在脚底下绑了一块三合板。他走路靠一只拐杖，完完全全成了半休病号。

冬季连队事少，半休等于全休。这样，一天到晚，全成了李明强的写作时间。有时他还在心里偷着乐，庆幸自已“苦肉计”的成功。

“要奋斗，就会有牺牲。”只要写作能成功，别说撑个把月拐杖，就是失去一条腿也不是憾事。“雁过留声，人过留名”。贫困潦倒的杜甫，比三宫六院的皇帝还受人怀念。文学巨匠们的名字连同他们的大作一并跃于纸面，流芳千古。爸爸妈妈怎么样？风风雨雨革了半辈子的命，受了一辈子的苦，鲜为人知。我要写，要让自己的名字与作品变成铅字，流传千古。卫和平，我知道你是嫌我没有文凭。但是，古今中外，真正上过大学的文学家又有多少个呢？杜甫就没有文凭，但他是人们敬仰的诗圣。我李明强和杜甫出生在同一个窑洞，我要出作品不要文凭。

“我是不屈不挠的李明强！卫和平，你等着瞧吧！”李明强写呀写呀，时间一天天的过去，稿纸一格格地注满，一张张地叠起。在扔掉拐杖的第四天，《红灯亮了之后》就寄了出去。

李明强紧绷的神经一下子松弛下来了，浑身就像散了架似的。这些日子是艰苦的，玩命的，每天仅睡五六个小时。不知道哪来的那么大精力，也不知道哪来的那么多词句，写了改，改了写。一天到晚，李明强都沉浸在他的小说里。

人就像块海绵。他的精力是有限的，但是精力犹如海绵里的水，只要用力去挤总是有的；他的可塑性是很强的，只要在一定的范围内挤压就能定型；他的弹性是极强的，不论承受多大的压力，一旦压力卸去，它都会慢慢复原，去迎接新的磨砺。

李明强是海绵，在卫和平的爱河里吸足了水，在周围的环境里定了型，在失恋的重压下将水一泻而出。

现在，李明强蔫了，正像一块被压扁的海绵。他睡熟了，睡了整整两天，从星期六十八时一直睡到星期日二十时开连务会。要不是被肖明叫醒，这一觉儿还不知道要睡到什么时候呢！

散会的时候，通信员交给李明强一个纸条，是李彬的电话记录，大意是单位给他分了房，在他们大院内，21楼一门8号，约中学同学星期天去玩，请早做安排，务于12时前到，一切面谈。

这明显是让同学们去给他温居。

第二天，李明强给李彬办公室打了个电话，问他昨天晚上在哪儿打的电话，是不是分了房还装了电话。李彬说尽想美事，装电话他还不够级别。即使装了电话，放着办公室不掏钱的电话不打，回家用私人电话不是傻帽儿嘛。他昨天晚上在单位值班，顺便给能打电话的同学打了电话。

星期天，李明强安排完工作出门，在商店买了个钢钟锅，提溜着去了李彬家。在机械工业部家属院转了一会儿，中午十二点，准时敲开了21楼一门8号的房门。

“啊，军人。真准时啊！大伙还以为你不来了呢！”李彬开门后，热情地拉住李明强的手。

“怎么样？房子？”李明强并没有正面回答李彬的话，进门就打量屋子。他不想早到，一是显示他同学会的核心地位，二是怕见了卫和平或谈起卫和平尴尬。李彬让十二点以前到，肯定是准备十二点开饭了。

“还不错，一个厅，一个厨房，还有卫生间。”李彬在走道里指给李明强看。

这是套北京市正规格局的楼房，两室一厅，一厨一厕。只是这两个住室有铁将军把门，门上除了暗锁外还各上了一把明锁。

“这个……”李明强指着锁着的两间房间。

“我们老科长的东西，人调走好几年了，还占着房子。”

“明强，就等你一个人啦！来晚了是要受罚的。”孟华从厅里走出来，声音是那么的甜润、柔和，使人在声音里就能得知她内心的欢乐。

“强哥！”当李明强走进厅内，眉飞色舞的丁力突然规矩了许多。

“大家好。我准时到，谈不上罚。你们来得早，可吃好东西啦。”李明强强打笑脸，尽可能在声音里增加些欢乐。但是，话一出口，他还是觉得那么涩。

不知为什么，李明强一路叮嘱自己要高兴点，敲门前还试着笑了笑。可是，一见到卫和平，兴致就全没了。但是，他还是满脸堆着笑坐在了床上。

这被称为“厅”的房间，是这套住宅最大的房子。紧靠墙是孟李夫妇的双人床，一张桌子与床相距约三十厘米，大概是主人有意让床铺充当一张凳子。靠开窗户的墙壁放着一个小小的电视机橱，这个十四英寸的牡丹彩色电视机是这屋里唯一值钱的东西。电视机旁是一口枣红色板箱，板箱上驮着一个棕色皮箱。电视柜旁是一个便门，通向小小的凉台。靠便门的另一边是两个崭新的书架，上面两层放满了书，下三层被一块天蓝色布帘遮住。靠着书架是一个罩着紫红色丝绒的三人座沙发。

李明强并没有仔细观察这屋里的摆设。只是傻愣愣地从四十五度的方向看着卫和平。他的心思全部用在卫和平的身上了。

卫和平刚刚理了头发，依旧是原来的燕尾式。齐耳的短发衬托着一张秀丽的脸，一双深度近视的眼睛藏在那乳白色的眼镜后面，失去了甜蜜，倒显得深遂、刚毅。甜蜜的鼻子失去了原先的诱惑力，微微上翘，标志着倔强。她上穿一件乳白色的毛衣，隆起的是那丰满的乳房。下身，李明强看不到。

卫和平在桌子的那一边坐着，李明强进来后，她欠起了身子。但是，什么话也没说。

李明强恨透了这桌上铺着的粉红色桌布。他想看一看卫和平到底穿的是什么样的裤子和鞋子。可是，桌布的下摆遮住了他的视线。尽管他已斜侧了身子，无奈斜侧的程度要受到那三十厘米区域的限制。

她穿的是那条浅灰色的裤子吧？不，是蓝色的，是那件蓝色的花呢裤。那件蓝裤，配这件乳白色的毛衣和那棕色的呢大衣是很合适的，她一定是穿那件棕色的呢大衣来的，今天很冷。鞋子一定是那双黑色的棉皮鞋，她的脚最怕冻。

李明强在心里猜着卫和平的穿着。以往约会前，卫和平给他打电话，总是问："你喜欢我穿什么衣服？"

"你穿什么我都喜欢。"

"人家让你说嘛！"卫和平在电话里撒娇。

"好，让我说真话还是假话？"

"当然是真话了。"

"那你听清楚了。"李明强就冲着话筒小声说："我喜欢你什么都不穿！"

"坏死你了！"卫和平装着生气在电话另一端骂，脸上却堆满了笑。

"你是在骂人，还是在偷着乐？"李明强在电话另一端逗卫和平。

"我想吃了你！"

"好，明天随你吃。"

不管怎么贫嘴，李明强最终都要告诉卫和平应穿什么衣服，并说出一大堆理由。昨天，他们未通电话，李明强只能在心里猜测了。

真是"负心女子痴心郎"啊。这些日子，尽管李明强的脚疼痛不堪，尽管他忙得喘不过气。但是，他还是时常想念卫和平。卫和平已深深地印在他的思想、他的心灵和他的生命里。他爱卫和平，爱得如痴如狂，致使他这段时间恋上了悲壮的歌曲，常行笔写下伤心的句子。他还自己作词作曲创作了一首《不该歌》：

不该啊，不该，
不该在那快乐的日子里蹉跎岁月。
不该啊，不该，
不该朝思暮想让时光流失。
我爱她爱得过烈，
我爱她如醉如痴。
她让我奔事业顶天立地，
我却想常伴她玩月戏日。
不该啊，不该，
不该谈了恋爱丢学习；
不该啊，不该，
不该抛下事业混日子。
我左一声，不该啊不该，
我右一声，不该啊不该，
人世间再找不出一个合适的词。
不该啊，不该，

不该，不该失。

孟华、李彬把整整忙了一个晚上准备好的十几个菜端到桌上，摆成了一朵花，蕊、心、瓣、叶应有尽有，想必是主人早已设计好的。因为以往聚会，除了丁力和鸿涛外，大家都不喝酒，所以李彬只拿出两瓶“中国红”和一箱汽水，并对他俩讲还有白酒，二人连说不要。

同学会的欢乐大大不及先前。要不然，今天非要闹个天翻地覆不可——这是同学会在北京组织的第一个家庭，是同学会在北京得到的第一套住房，第一块属于同学会自己的天地。可现在不行，每个人的心头都笼罩着一块阴影，那就是李明强与卫和平的事情。这期间，同学们努力过多次，都说服不了卫和平。此时，人们都怀着一种怜悯李明强，鄙视卫和平的心情，中国人的传统就是偏向弱者。他们竭力地讨好李明强，很少有人去问津卫和平。只是细心的张晓丽时不时地和卫和平谈笑几句。在这个圈圈儿里，李明强是头头，得罪了李明强就得罪了众人，何况卫和平干的是“事业成功，爱情破灭”的事情。

我们的丁力并不像《上海滩》里的丁力追程程那样追卫和平。他喜欢卫和平，羡慕卫和平。但是，他有他的自知之明，他不配卫和平。他崇拜李明强，对卫和平恨之入骨，总是想方设法含沙射影地讽刺、挖苦、咒骂卫和平。他和赵鸿涛连喝几杯红酒，点上一根儿烟，就指桑骂槐地吼起来：“我们厂里，一个娘们，他妈的刚调到机关，就把我那个工人老大哥给踹了。真他妈缺德！现在的女人啊，只认钱，认地位，真他妈连脸都不要了！”

“吃菜，阿力。管别人的闲事儿干啥。”李明强想岔开他的话。

“强哥，你还不知道，那是我的哥们儿。哥们儿的事儿，我能不管吗！”丁力并不认为李明强是在阻止他，像得到了奖赏似的冲李明强挤了一下眼睛，瞟了卫和平一眼，笑着说：“强哥，你们医院的张医生，那么追你，我看就订了吧，都是当兵，多好啊。”

张医生？李明强一怔。我们大队就一个卫生队，哪来的医院？那卫生队里唯一的一个医生倒是姓张，可张医生已经近四十岁了，况且是个男的。当他回味到丁力的意思时，就冷冰冰地说：“阿力，我的事儿你少管。”

“啊，不管，不管，我不管。平姐。”丁力一向这么称呼卫和平，可与以往尊重的口吻大大不同了，拖着长腔，酸不溜丢地说：“强哥还想着你呢！”

“滚你的！”卫和平脸上全无了血色，她正在生丁力含沙射影骂她的气呢。

“平姐，平姐。你看你。别生气，别生气嘛。”丁力乘机抱住了卫和平的肩。他早想占这个便宜了，他一边用身子蹭卫和平一边说：“我敬你一杯好不好？来，干杯！为你能找一个作家、将军、主席……”

“阿力！”李明强额头上的青筋都跳起来了，低吼一声。但他很快意识到了自己的失态，正好开着的电视帮助了他：“瞧，黄牌，裁判亮黄牌了。”

电视里正在播放足球比赛，蓝队的九号不知为啥被裁判出示了黄牌。丁力是个足球迷，电视机频道还是他选的。可是，攻击起卫和平来，他就全忘了。他恨不得一下子把卫和平给气死，最起码把她气走，为李明强出口气，挽回点面子。

黄牌，黄牌亮得多么及时啊。在爱情的角逐场上，丁力对卫和平的冲撞是“非法”的。

人们都不做声了，盯了一会儿电视屏幕，丁力就一下子把它关了：“没劲！我们中国队连亚洲都冲不出去。光看别人比赛，堵得慌！”

“别着急，总有咱扬眉吐气那一天。你看去年二十三届奥运会，我国首次参加，就拿了十五块金牌，举世瞩目啊。国际舆论都说，中国将成为体育强国呢。”李彬跟着打圆场说。

“错了。不是首次参加。1932 年我国还参加了一次奥运会，只派出一名运动员……”孟华更正李彬。

“谁不知道啊，连决赛都没进，丢尽人了，谁有脸提？”李彬不耐烦地说。

“1932 年，新中国还没成立呢，不算。”丁力跟着喊。

赵鸿涛和张晓丽掩口对笑。

许玉梅说：“就是，三大球，我们已经冲出一个了。咱们女排获得奥运金牌，实现‘三连冠’，已经像乒乓球那样，稳固了霸主地位。”许玉梅虽瘦，但爱打排球，一谈体育运动，她就讲排球。不过，那几年，排球在中国就是火。女排在奥运会小组预赛中，以 1 比 3 负于美国队后，败而不馁，在决赛中直落三局挫败美国队，登上冠军宝座，实现了世界杯、世锦赛和奥运会“三连冠”。全国男女老少都在“学女排”、“喊拼搏”。一时间，“女排”和“拼搏”两词在社会上高频率出现，“拼搏精神”竟成了“中国女排”的代名词。

“什么霸主不霸主！毛主席早说过，‘深挖洞，广积粮，不称霸’。亏你还是个大学生哩。”丁力不屑一顾地说。

“这哪儿是哪儿呀？”许玉梅的脸红了，一着急，河南老家的话上来了。

“哪儿是哪儿？这儿是这儿！我最烦人家说我们中国阴盛阳衰了！”丁力是老粗儿，他除了崇拜李明强外，对谁都不在乎，以往对卫和平的尊重也是看李明强面子而已。他回敬了许玉梅后，还觉得不解气，又补一句：“阴盛阳衰，臭美什么？女人再有本事，还不是……”

“阿力！”李明强呵斥了丁力一声。

丁力急忙看李明强，那眼光刚与李明强的目光碰到一起，就急忙低下了头。他从中学起，就熟悉了那穿透力的目光，是警告他做了不该做的事情。

“给我倒杯酒，也给李彬倒上。咱们男士今天都喝酒，庆祝一下，我们在北京终于有个家了。”李明强把自己杯子里的汽水喝尽递给丁力说。这样，既建立了自己的威信，又给丁力留了面子，还转移了大家的注意力。

“哎——李彬可不能喝。”孟华站起来去夺丁力手中的酒瓶。

“为什么？”李明强问。

“有情况。”赵鸿涛说，“他们想当爸爸妈妈了。”

“去你的吧。”李彬笑着说，“我喝。她早怀上了。”

“真的？”张晓丽羡慕地看着孟华。孟华点了点头。

“那为什么不让他喝呢？”卫和平和李明强几乎同时说出了这句话。两人的眼光碰到一起，又相对无语。其他人也不知说什么好，刚活跃的气氛又凝固了。

“来。我们刚买了个录音机，听听歌吧。”短暂的沉寂之后，孟华像突然想起来似的，一边说一边趴在床上，从墙那边的地上把一个约半米长的灰色录音机提到了床上。

“哎，孟华，有了好玩意儿，藏起来干么？是不是李彬当会计贪污的？”李明强非常感激孟华灵活，笑着与她打趣。

“借他俩胆儿。”孟华瞟了李彬一眼，接着说，“原来是放在桌子上的。这不，把桌子占了。”孟华冲桌上的杯盘仰了仰下巴额，随即按下了放音键。

“甜蜜蜜，你笑的多甜蜜，好像花儿开在春风里，开在春风里……”

“换一个，换一个。软绵绵的，精神污染。”丁力不耐烦地冲孟华摆手。

孟华瞥了丁力一眼，又看李明强。见李明强没有任何表示，就对坐在电视旁边的许玉梅说：“玉梅，磁带在那抽屉里，换一盘。”

“干么听他的？”许玉梅本来就生丁力的气，嘟囔一句，但还是打开了抽屉，不高兴地说：“要哪盘？”

“今年最流行的，《十五的月亮》。”孟华说。

“哎，算了。”李明强摆摆手，笑着说，“那声音太高，别吓着你肚子里的孩子。”

“有那么严重吗？那也是抒情歌曲，就放它。明强刚得了一枚军功章，庆祝一下！”李彬说。

“还是《小城故事》吧，也是今年最流行的。”李明强说。

“拿来，都在一盘儿带上呢。”孟华从许玉梅手中接过磁带，换了。第一首就是《十五的月亮》，董文华的女高声。

李明强听着歌，回想着自己把军功章挂在卫和平胸前的情景，就情不自禁地看卫和平。此时，卫和平低着头，也沉浸在那美妙的回味里，脸上浮现了微笑。这笑，让李明强感到迷惘。

丁力是没有兴致干坐着听歌的，《小城故事》一开始，他就站起来，喊：“哎，咱们跳舞，跳舞吧！”他一边说一边奔向卫和平。

“平姐，来，咱俩跳吧。”

丁力说着就搂住了卫和平的腰。他盯住了一个目标，是不会轻易放掉的，这就是他丁力的性格。今天，他已下了决心，要拿卫和平开涮，要好好地摆治一下卫和平。

“阿力，那舞伴是我的。”李明强慢慢吞吞地说。他怕丁力干出什么蠢事，这家伙重义气，顾头不顾尾，什么事儿都做得出来。

“平，这儿坐会儿吧。让他们先跳，地方太小了。”李明强向卫和平招招手，指了指他坐的沙发。

卫和平疑惑地望着李明强，不知道他葫芦里装的什么药。卫和平既怕丁力乱来，又怕李明强使坏。要是李明强琢磨一个人，把你气死，你都哭不出来。但，事到如今，也只能听李明强的。李明强办什么事，向来还是有分寸。李明强曾对她说过：“善待自己的仇人，更能体现你高尚的品格。你如果把自己的朋友当敌人看，你的朋友也会成为你的敌人。你如果把你的敌人当朋友看，这敌人也会转化为你的朋友。因为，在和平年代，在我们这个层面，没有不共戴天，也没有你死我活。”卫和平想到这，忐忑不安的心稍微得以平静，就顺从地移到李明强身边，陪他在沙发上坐下。

“不能跳，屁股大的地方，能挪开吗？况且楼下住着人，咱一跳，人家不骂你们还骂我呢！”李彬急忙摆着手说。

“哪，平，吹支歌吧。”李明强站起来，从梳妆台上掂起一个棕色手提包。

这是卫和平的手提包。李明强提过几百次了，那上面有他亲手钉上的有外文装潢的椭圆型铜片。那铜片儿的后边是个缺口，是那次卫和平给他买的食品装在里边，还没等到第二天见面，就被老鼠先吃了。钉那个铜片，完全是为了遮羞，谁知，竟给人以美的享受。这提包，款式新颖，独一无二，难怪丁力说是外国进口的。

李明强熟练地打开提包的第三层拉链，从中取出一支用手帕包着的口琴递给卫和平。第二层拉链上多了一把小锁，里边装着一个长方形东西，李明强摸了摸，不是本子，就是书。怎么还上了锁，这是从没有过的事儿，李明强心里直纳闷，把手停在了锁上。

“平姐，提包还上个锁？里边是什么好东西？”丁力嬉皮笑脸地问。

“日记。”

“看一看！”

“丁力，哪能随便看人家的日记！”许玉梅终于找到了指责丁力的机会。她今天不知道是维持卫和平对，还是讨好李明强合适，心里老是缠绕着上次聚会后浮动的心事。

许玉梅非常喜欢李明强，甚至庆幸卫和平与李明强吹灯。为什么，她也说不清，李明强的影子近日来始终在她脑海中浮动。她爱李明强，就在卫和平宣布和李明强中止恋爱关系那天，她发现了，她心中的白马王子就是李明强。为了让李明强少受失恋的煎熬，一个月内，她去看了李明强五次。

“既然写出来了，就是要让人看的。不过，现在还不是时候，”卫和平喃喃地说。

“明强，你唱吧，我给你伴奏。”卫和平转向了李明强，声音变得那么甜润、悦耳。她心里明白，李明强是一直护着她的。她感到很幸福，脸上堆起了笑，把一切的甜蜜又奉献给了李明强。

李明强见状，真想一下子把卫和平拥入怀中。但是，他没有动，他清楚地知道，卫和平说出的话和做出的事，都是经过深思熟虑的。卫和平已经宣布吹了，你再抱她，一定会被她弄得难堪，况且，李明强在众人面前也从没有给她过拥吻。他的卫和平不在了，这是世界上的第二个卫和平。想到这，李明强的心里不免有阵酸痛。

唱什么歌呢？李明强已唱不出欢乐，他的喉部只能发出悲伤之声。唱，就唱那《一场梦》吧。一场梦，他爱卫和平的爱是一场梦，他要借此让卫和平和同学们听听他的心声——军人，也懂得爱情。

“一场梦，空欢喜，梦醒的时候不见你。痴心的我，痴心的我，认为是已经得到了你。我到哪里，到哪里，哪里去找你。痴心的我，痴心的我，我为你伤心到底。

“雨一颗，泪一滴，来往的行人不见你。痴心的我，痴心的我，就这样被你抛弃。我到哪里，到哪里，哪里去找你。痴心的我，痴心的我，我为你伤心到底。

“我不能，没有你，没有你活着无意义。痴心的我，痴心的我，因为是不能忘掉你。我到哪里，到哪里，哪里去找你。痴心的我，痴心的我，我为你伤心到底，我为你伤心到底。”

李明强的歌打动了所有人的心。卫和平的脸上挂满了泪珠，她感到心痛，怨恨自己，把李明强伤得太深了。李明强的歌声早已停息，她仍沉浸在深深的痛楚中。

“平！”李明强噙着眼泪蹲到卫和平面前，抓住了卫和平的左手。那浸着泪水的目光中有乞求，有悔恨，有苦恼，还有自责。

“和平。”许玉梅也满脸泪水地扑过去，扶住了卫和平的肩膀。她的泪是心疼的泪，她心疼李明强，为李明强的悲痛而心疼。

卫和平慢慢地抬起泪脸，抬起右手，用拇指轻轻地拂去了李明强的眼泪，深情地注视着李明强。好一会儿，她又抬起右臂擦去了自己的泪。

“明强唱得真好，让我们都动情了，我的口琴都不敢吹了。”卫和平苦笑着自嘲地说。

“吹，平，吹。”李明强永远改不掉这单词的爱称，他心里只有卫和平一个，一直到死。

一支幽咽、低沉，既而雄壮、激昂的曲子从卫和平的嘴角流出，给人斗志，给人力量，激你奋发，催你向上，让人们身居现在，展望未来。李明强好像看到了明天，明年，看到了春天……

“真美啊！李彬，这是支什么曲子？”孟华拦着李彬的脖子问。李彬拥着她的身子。这是一对儿如漆似胶的人，恋爱多年又结了婚，竟一点儿不烦，一见面就要黏在一起，好像不接触便没有了意思。他们从不顾及别人，有时还故意用拥吻气丁力等人。

“我也从来没有听到过这支曲子。”李彬答道。

“你吹的是什么？”鸿涛和晓丽异口同声地问。

“有点儿意思。”丁力是同学会中最没有音乐细胞的一个，一提起音乐，他不是说“有意思”，就是喊“噪音”。可是，有一样儿，能扭屁股跳舞的，都是好的。

“这是《人间喜剧》的主题歌，名子叫《心曲》。”李明强说着，注视了一下卫和平，卫和平带着惊疑的目光看着他。

“歌词是：过去我们相爱，荒芜了希望的日子；现在我们分离，为未来生活的充实；啊，亲爱的人，不要为，不要为别离伤心，为祖国，为人民，为事业献身。冬天就要过去，明天立春，明天就是春。”

“不错，是这歌词。”卫和平显得非常激动，又一次绽出了一天来难有的笑脸。一切的甜蜜都又回来了，一切的甜蜜都注入了李明强的心中。那哪是《人间喜剧》的主题歌，谁听说过《人间喜剧》的主题歌是《心曲》？那歌词是李明强随着卫和平那流动的音符现编的。可是，卫和平为什么说她吹的就是这支曲子呢？

随后的玩闹，李明强一点儿没有注意。他完全陷入了深思，卫和平为什么赞同我瞎编的词句？

卫和平第一个要告辞了，一下子触及了李明强的神经。

“李彬、孟华，我七点钟还得上导师家去……”

“我送你。”李明强没等卫和平说完就站了起来，伸手抓住了卫和平的手提包。这棕色的三层手提包，他提过多少次啊。

卫和平没有拒绝，将提包交给李明强，转身向外走去。众人的客气，她只是神经质地敷衍两句。

# 第 二 十 一 章

李明强的心突突地跳个不停。他凝视了好半天，然后小心翼翼地将它拨开，那小心翼翼的样子，就像是在排除一颗从没见过的地雷或定时炸弹。

“腿怎么了？”刚走出门，卫和平就急切地问李明强，声音好低好低。

“碰了一下。”李明强极不自然地看了看还没有好利落的右脚。心想，她怎么发现的？我在她面前没走几步路，而且是一直忍着痛坚持着正常走的呀。

沉默，他们沉默着走着，很久很久，都不说话。

“明强，你瘦了。”

沉默，长久的沉默。

“还下棋吗？”卫和平终于又先开口了。

“下。烦闷的时候，左手和右手下。”

“左手和右手？”卫和平瞪大了眼睛。

“嗯，左手和右手，一次就一局。和别人下，谁输了都不服气，太耽误时间了。”

“啊——不要太苦了自己。”

“嗯。”

“回去吧，记住你填的歌词。”卫和平很清楚，那是李明强自己编的歌词，因为那曲子是她随心所奏，根本没有歌词。不，就是那歌词，是叫《心曲》，是我们这《人间喜剧》的主题歌。我们的结果，我们的结果能是喜剧吗？…….

“我送你。”李明强那郁悒的眼光与卫和平那迷蒙的眼光重合了。

“啊——不，不用。你的腿……”

“没事儿。”李明强尽量使自己笑得自然些。

“马上就要期终考试了，脑子乱得很，一点儿理不出头绪。我想，我想自己走一走，静一静。”

“那，保重。平，注意身体。”李明强一时不知说什么好，断断续续地挤出这几个字。

“你也一样。”卫和平轻轻地摆一下头，笑了，爽快地伸出了那带着甜蜜的右手。

李明强紧紧地抓住卫和平的手，深情地注视着卫和平的眼睛。这甩头，这眼神，这俊俏、英武、自信和潇洒，简直就是活脱脱的王红霞。

李明强心里一颤，意识到卫和平的地位变了，门槛高了，河南老家的泥土味儿没有了。

“别，别忘了你填的歌词。”卫和平用同样的眼光回报了李明强，“明强，我知道，谁也打不倒你，你很坚强！”卫和平说完，从李明强的双手中抽出自己的右手，转身走去，没有了甜蜜，全是刚毅，中国女性的刚毅。

李明强笔直地站在路边看着卫和平离去。心里说：“是的，我是不屈不挠的李明强，除非我自己倒下，谁也休想打倒我。”

卫和平像以往一样，走了几步，回过头，看看李明强。不同的是，她这次没笑，没有那甜蜜的微笑，也没有抬手，只是将头一甩，坚定地向前走去。

你走吧，别回头，不然我会把你挽留……

李明强站在原地，看着卫和平的背影，在心中悲凉地默唱着王红霞作词他谱曲的那首《你走吧》，一直看着卫和平走过了拐角，再也看不到了。他还怔怔地站在那里，心中默唱着那悲凉的曲调，眼睛直直地盯着那个拐角。

“别忘了，别忘了你填的歌词。”卫和平的话又一次在李明强耳畔响起。这一会儿，卫和平曾两次提起，两次提起我填的歌词。李明强一甩头，又在心里哼起了他刚刚填的歌词：

过去，我们相爱，荒芜了希望的日子。

现在，我们分离，为未来生活的充实。

啊，亲爱的人，

不要为，不要为离别伤心；

为祖国，为人民，为事业献身。

冬天就要过去，明天立春，

明天就是春。

明天立春，明天就是春。春天来了，耕耘的季节来了，播种的季节来了，开花结果的季节来了。

李明强从四十五度角的方向瞥了那拐角一眼，嘴角泛起了那种带有讽刺意味的微笑。笑罢，他拖着伤腿坚定地充满希望地向回走去。在他身后那远远的拐角处闪出一个女孩儿，远远地跟着他，一直看着他一瘸一拐地上了公共汽车。

这个女孩儿，就是卫和平。

卫和平看着李明强乘的那辆公共汽车远去，消失在马路的尽头。便疾步走过马路，正好她要坐的330路公共汽车来了，她紧跑两步乘了上去。汽车启动的瞬间，卫和平突然发现对面马路上一个熟悉的身影，再定睛看时，车已开出好远了。

许玉梅！许玉梅怎么走这条路？是不是我看错了？唉，这近视的眼睛！卫和平为自己没有看清那熟悉的身影而懊悔，同时暗自嘲笑自己疑神疑鬼。她早发现许玉梅看李明强的眼神不对，特别是今天，这种感觉更为明显。唉，李明强帅气、英武、果敢、干练，一般的女人都会认为是靠山。她又回头想李明强。

李明强告别了卫和平，回到香山步兵侦察大队的第一件事，就是将自己给卫和平填的歌词记在本子上。然后，按照计划，继续他的第二步创作。

李明强把《红灯亮了之后》一寄出，就又构思了两部中篇——《别离的日子》和《三十岁进行曲》，并都列出了提纲。在李彬、孟华家的聚会，使他对“别离”二字有了更宽泛的思考和深刻的理解。他倾注自己的感情，集中精力将《别离的日子》一气呵成。他觉得《三十岁进行曲》的男主人翁太惨了，我们的同性不应该是这个样子。“三十而立”，男子汉当顶天立地，成名天下。那支悲凉的《三十岁进行曲》，让女人们唱吧。他想进行一个大的变动，《三十岁进行曲》让一个迷金恋权图虚荣额头上已刻了三道皱纹的女人去演奏。他要去挖掘这个素材，寻找这个蓝本。他爱卫和平，恨卫和平，还有那出卖他的杨玉萍。他要攻击女人，《红灯亮了之后》和《别离的日子》就充满着对女人的攻击。

这天上午，李明强到邮局发走了那《别离的日子》，方想起《红灯亮了之后》已经寄出近一个月了。

怎么一点音信都没有？报上不是宣传，《都市文学》编辑部经过改革，提高了功效，一个月内无论作品的长短，都给作者回话吗？李明强平时对此想都不想，他就有这么个习惯，天大的事，随来应变，过去了不思不念，唯独对卫和平特殊，但也是闲得发慌时才回忆一下，思念一番。

中午饭吃前，通信员交给李明强一个邮件。

李明强一看邮包的形状和地址，立刻傻了眼。脑海里像丢进一个炸药包，“轰”地一声炸开了。身上发生了一般人在他极不名誉的行为，被别人突然揭发出来的时候，所常发生的现象。一股红晕立刻充溢了脸庞，红到了脖根，红上了耳梢。头好涨好涨，耳好热好热，脸好烧好绕，身上好痒好痒。他恨入地无缝，恨升天无能。

红灯亮了，最害怕发生的事情发生了。

“李排长，退稿了。别灰心，在工作好的同时，‘以利再战’嘛！”连长丁辉是侦察大队最老的连职干部，今年百万大裁军，已经裁到了他的头上，就等着转业了。他不但自己没有一点儿朝气，还嫉妒别人。他向大队反映李明强搞写作耽误工作，已经不是一次两次了。刚才的话与其说是对李明强的安慰，毋宁说是批评李明强工作不好的讳言。

“我说老伙计，咱们是靠摸爬滚打玩儿命过日子的。你那点墨水用来给弟兄们写情书，保证十拿九稳，还玩什么大部头呀！”“老牛”又不知趣地吹上了。在他的挑拨下，李明强没少给别人写情书。

“你的‘红灯’亮了吧，我早说过这个名字不……”

“啊——是那本书吗？改一改再寄别处，没准儿就成。”指导员刘群山不知啥时来了，没等文书肖明说完，就插上了话。他从李明强手中接过邮包说：“肖明，送回去。”接着又拍了拍李明强的后背说：“走，先吃饭。吃过饭，咱们再一起议一议。”

这几句心平气和的话儿，这轻轻拍抚的两下，就像给即将燃烧的李明强泼了盆冷水，喂了一块雪糕，使李明强身上顿时觉得凉丝丝的。指导员是理解他的，指导员当时看了《红灯》这本书稿，拍案叫绝。他给李明强提了不少很有见地的意见，有个地方，他还进行大篇幅的改动。指导员说，他坚信这部作品一定能发表。

吃饭的时候，李明强的脸是铁青的，眼是呆滞的。他一句话都没有说，只是不停地吃。平时他最多吃三个馒头，这一顿却消灭了四个。指导员刘群山就很欣赏李明强这一点，别人心中有事，往往吃不下饭，李明强反而吃得更多。就问李明强是怎么练就的，李明强就给他讲了在体校输球后那段故事。刘群山笑道，我看用这个方法，可以教育一下那些遇到好饭猛吃、不合胃口不吃的战士。李明强没有这么做，他只是对战士们又讲了一遍这故事，告诫大家，侦察兵最主要的是体能和耐力，无论如何也不要亏待了自己的肚子。

饭后，李明强怀着忐忑不安的心情打开了邮包。他希望他接到的不是一张铅印的纸条。邮包展开，首先映入眼帘的是，书稿封面的右上角多了两个显著的墨迹——“√”。

这是什么意思？李明强寻思着。“√”在学生的作业上，代表着“对”与“好”，在这本稿子上代表着什么？他仔细地辨认一下，两个“√”的墨迹不同，画法也不同。这是他侥幸的猜测，这本书稿至少有两个编辑看了，最少有两个人肯定。想到这，李明强的精神好了许多。他翻开稿本，里边夹着一张对折的十六开方格稿纸。他急忙打开，只见上面写道：

李明强同志：

来稿详阅。文字通顺，语言活泼，手法多变。体裁虽不很新颖，但写出了新的东西。有力地鞭挞了当今社会的弊病，以及那些“一切向钱看”趋权依势的人的错误思想。但是，您太强调“自我奋斗，自我成功”了；宣扬了“知识就是‘力量’，知识就是权力，知识就是地位，知识就是钞票，知识可以带来一切”的思想；强调了“人不论在什么时候，都要靠自己的力量，而决不依赖别的东西”。试想，在现实社会里这能行得通吗？

感情真挚，但是需要深层的理性描写。主人翁心理活动描写得不够。语言不够简练、含蓄。部分章节过渡欠佳，给人零散之感，缺乏闪光的东西。万望力改，多写出新的东西。

祝你成功。

编辑：沈大鹏

1986.1.7

这说明《红灯亮了之后》基本成功，李明强高兴极了。他把这信笺看了一遍又一遍，然后小心翼翼地把这张纸叠起来，打开抽屉，夹入一个绿色笔记本中，锁了起来。他要妥善保管，这是希望的种子，不能让任何人发现，他要保密。鲁迅说过："冷笑家的赞成是在见了成效之后。"

十二时三十分，指导员来到了李明强的宿舍。他们认真分析了一下稿子，在李明强的启发下找到了症结——太强调"自我实现"了。随后确定了修改的章节，段落与所需要的参考资料。指导员还告诉他，政委的老同学是个作家，就住在军区大院里，他已经请政委帮忙，求那个作家给李明强指点一下。

"李排长，耐下心，我看很有希望！"最后，指导员站起身，又拍了拍李明强的肩膀，说："好样的！看样子，你的信心很足嘛！我不再多说什么，还是那句话，这个作品写得棒极了，终有一日要发表的！快改吧。下午整理猪圈，你就别去了。"

说起整理猪圈，李明强就想起了自己曾施过的"苦肉计"。他一直为这件事情心感不安，为了"赎罪"，为了彻底摆脱"自我"，上课时他同大家一起来到了养猪场。

要从我做起，从现在做起。我就是太强调"自我实现"了，《红灯亮了之后》中的男主人翁，就是我的化身，要改好稿子，首先应当改好自己。

"我是不屈不挠的李明强！在哪里跌倒，就在哪里爬起！"整个下午，李明强都干得非常起劲儿。

收工之后，李明强把弄脏的衣服脱下来，往床下一塞，简单地洗一把手、脸、脚，就改起稿子来。

晚饭是包子，肖明早早地为他端回了八个。

熄灯前十分钟，肖明为他打来了热水让他洗漱，连牙膏都为他挤好了。

第二天上午，清理新大楼里的杂物。李明强要换上昨天的脏衣服，肖明说："洗了，晾在洗漱间里。

连长宣布：由李排长在家里值班。

李明强真正地感动了，眼眶酸酸的……

一连几天，李明强都沉浸在紧张的阅读与修改之中；一连几天，李明强都处在连队的特殊照顾之中。作家的指点，使他顿开茅塞，笔下生花。

星期日，香山步兵侦察大队推迟半个小时起床，李明强还是按时起来了。他穿好衣服，绕着大操场跑了五圈儿，又到松树林中打了一通拳，满头冒着热气回到了宿舍。

肖明已洗漱完毕，为李明强备下了所有洗漱用具。见李明强进来，说："排长，又锻炼去了？"

李明强冲他笑笑，脱去外衣。

"该吃饭了，我给您打回来？"肖明又问。

"不了，我去吃。以后，不要往回打，注意影响。"李明强一边洗脸一边说。

吃过饭，李明强就坐在桌前，开始改稿子。肖明说："排长，我想你这本书应该改个名字。”

“改成什么？”李明强微笑着转过头。他知道，肖明是个高中生，文化程度高，点子多。

“是不是叫《煎熬爱情》好一点？我总觉得“红灯亮了”不吉利。你看，自从你开始写，就把脚给弄伤了！”

“迷信，小唯心主义。”李明强用钢笔指了指肖明说，“实话告诉你吧——”

李明强话说半句，突然停住了。他本来想坦白地告诉肖明，自己的脚伤是自残的，和给作品起什么名字没有什么联系。他认为自己的行为，让战士蒙上迷信的色彩，太不应该了，有愧于共产党的教育和培养。但是，要让他亲口说出自己的错误，也太难了。这些天，他玩命地工作，也就是默默地为此赎罪。

“我就用《红灯亮了之后》这个书名了。”李明强冲肖明笑笑接着说，“我们共产党员，是唯物主义者，不能信那一套。叫什么名字，只是个代号。‘918’这个数字吉利吗？可偏偏这一天就是我们的‘国耻日’！”李明强说到这儿，站起来，拍了拍肖明的肩膀，深情地说“好兄弟，我知道你是为我好。你说的《煎熬爱情》，我觉得很有意思。这样吧，你先按这个主题，编个故事，等我把这本书完成了，咱俩合作一本怎么样？”

“我，不行，不行。”肖明连连摇头。

“你不试，怎么知道不行！去，先编个故事，闲了讲给我听。”

“那，那我出去玩了。不，不打扰你了。”

“哎——哎，我不是撵你走啊。你在屋里干什么，都不会影响我。”李明强急忙解释。

“不是，排长。‘老牛’那里有节目。”肖明说着用双手比了个喇叭筒。

李明强笑了，说：“也好。你可以把咱们的想法告诉‘老牛’，说不定，大伙你一句，我一句，真能说出一部小说来。我就记了许多他们吹出来的东西。”

“小说迷。”肖明扮了个鬼脸，笑着转身就走。

李明强笑笑，坐下。他想，肖明那句“小说迷”一定是针对他那“小唯心主义”的。他特别喜欢肖明，有文化，敢说敢做，关键的时候能顶上去，是个能打硬仗的兵。

“啊，许姐。”肖明一开门，与前来看望李明强的许玉梅撞了个满怀。

“小肖，怎么这么高兴？”许玉梅笑着问。李明强脚伤后，她常来看望，已经和肖明很熟了。

“问他。”肖明朝屋里一甩头说，“许姐，我不陪你了。”转身捂着嘴，红着脸跑了。

“肖明，你小子吃乐屁药了，怎么乐得屁颠屁颠的？”“老牛”见肖明咧着嘴笑着进屋，劈头就问。

“怎么回事？”吹牛协会的几位“理事”问。

“我一开门，和李排长那个漂亮的女同学，来了个‘非弹性碰撞’！”

“那个瘦的？”

肖明笑着点点头。

“绝了，像电影明星似的。”

“哎，李排长的女朋友好长时间没来了吧？”

“好像他的脚被扎伤后，就没有来过。”

“是不是吹了？”

“没有。排长说，外出实习了。对了，回来了，上星期天还来了呢！就是没见上排长。”

“不可能。肖明，谁不知道你是李排长的嫡系，蒙谁呢？要不，咱们这就去看看，说不定人家俩人正在抱着啃呢！”

“你去吧。排长不踹死你！”肖明恨恨地说。

“我怀疑李排长现在是和这个女的谈呢！”

“就是，这个漂亮多了！”

“那个是北京大学的，是研究生。”

“北师大也是名牌大学啊，也培养研究生啊！”

“你们俩争个屁，再多再好全是人家李大头的，你们连边都摸不着。”“老牛”开腔了，“就你肖明，蹭人家一下，就乐得嘴都合不上，那点儿出息。”

“老牛”是侦察连最老的志愿兵，除了连长指导员，就属他兵龄长。他擒拿格斗、开车修车样样都会，特别修车是一绝，车一响就知道有没有毛病，毛病在哪儿。战友们都敬他三分，他说话在连里也很有分量。“老牛”点上一支烟，又给其他抽烟的一人扔一支，说：“学学人家李大头，趁年轻好好学点东西。别像那两个家伙（指另两个排长），整天把皮鞋擦得锃亮，一到星期天，就往外边蹿，连个扫马路的都找不上。”

“老牛”深深地吸了两口，接着说：“人家李大头整天趴在屋里写，大姑娘跟着屁股往上贴，一个比一个漂亮，一个比一个档次高。为什么？人家不但能打，还能写，脑子里边有东西，全面。我要是女的，我也愿意找这样的人。”

“老牛”又深深地吸上一口，对着空中吐了串烟圈儿。这也是“老牛”的绝活，别人一口烟也就是吐上一个两个圈儿，能多吐几个的也连不在一起，“老牛”吸口烟，一张嘴，“喷儿喷儿喷儿”，一连串的烟圈便从口中盘旋而出，看着那烟圈儿，也是种享受。可这绝活儿，“老牛”一般是不练的，一练，心中准有事儿，或喜或忧，都包含在这一连串的烟圈儿里。

“老牛”看着那串烟圈儿散尽，干咳一声，说：“今天活动取消。不，从今天起，‘吹牛协会’解散。你们趁年轻，多学点东西，别把时间都耗在吹牛上了。”

“哎，指导员都说，咱这吹牛，能长知识。”

“是啊。要不，连里早制止咱了。”

“长什么知识？人家李大头，不管出版不出版，写出了一本书。人家那个什么，什么，家乡的小河，还获奖了呢！我们在这吹，能吹出一本书？能吹出一个国家奖吗？”

“哎，还真说不准呢！”肖明接着“老牛”的话茬说：“刚才，李排长还给我说，让咱们在一起吹一吹，吹出一本小说来。”

“什么？吹出一本小说？”

肖明如此这般地说了一番。“老牛”说：“好！以后活动，全做记录。肖明就当记录员，活动之前定主题。”

许玉梅一进屋，就看见了李明强桌子上的稿子。她一怔，心想退稿了。因为《红灯亮了之后》这部手稿，她是第一读者。她认为李明强写得总体上不错，与当时市面上的小说不相上下，就是有点太强调自我了。不过，强调自我，也是个时潮。

“退回来了。”李明强冲傻愣着的许玉梅笑笑说。

“别，别着急。慢慢来。什么事情都不可能一次成功。特别是写书，可能要与出版社磨合好多次。”

李明强从抽屉里取出了沈大鹏编辑给他写的那张纸，递给许玉梅。

许玉梅看了，笑笑说：“跟我想得差不多。看，我给你带来点参考资料。”

许玉梅说着从挎包中取出一本书，是刚刚出版的张贤亮的小说《男人的一半是女人》和一本一九八二年第三期《收获》杂志，还有几本比较薄的杂志和几张报纸。

许玉梅说：“我看了你写的稿子后，当时就有这种感觉。只是，我没敢说。”

“为什么？”李明强挑起深眉，轻轻地问。

“因为，和平刚刚伤害了你，我怕——我如果说了，那不是等于在你的伤口上撒了把盐吗！”

李明强不说话了。本来他不想卫和平，可许玉梅这一提，又使他不得不想。他的脚伤后，许玉梅常来看他，他已经感觉到了许玉梅的爱，但是，卫和平已深深地印在了他的心里，很难抹去。至少可以这么说，在短时间内，李明强很难接受任何女孩的爱。

“张贤亮这本书揭示了人的本性，全篇充满了哲学思辨。”许玉梅把《男人的一半是女人》递给李明强，接着问：“你看过《人生》这部电影了吗？”

“看过，是去年流行的片子。”

“这期《收获》上是原作。我感到你的作品和路遥的风格差不多，而你现在写的男主人翁与《人生》中的高加林的形象有相似之处。所以，专门到北图去把它翻了出来。这些，都是关于《人生》的评论，你看看，对修改你的这本书有好处。”

“谢谢。”李明强非常感激许玉梅，他真没想到，许玉梅还会为他去把三年前的杂志和报纸找出来。他捧着许玉梅给他的书，就像捧着姑娘的心，不知说什么好。

门开了。指导员刘群山抱着一摞书站在门口，不好意思说：“啊，对不起！习惯了，没敲门。”

“没关系，我来给明强送点参考资料。”许玉梅倒比李明强大方，站起来说，“指导员，您坐。”她已经见过刘群山多次了，今天她好像成了主人。李明强倒是坐在桌前，不知所措。

“我也是给李排长找了套书。”刘群山说着进屋来，把一套《青年修养丛书》放在桌子上，“你们聊吧，我走了。小许，今天在这儿吃饭啊。”

“你们两顿饭，让我等到四点啊？”许玉梅笑着说。

“不，中午我请客。”刘群山说。

“不了，我还有事儿，待会儿就走。指导员您坐会儿吧。”许玉梅指着肖明的方凳说。

“不坐了，我到别的屋看看。”

十一点半，刘群山又转到了李明强的屋。他想，军人说话要兑现，他请许玉梅和李明强吃饭，是给李明强挣个脸面。一来显示他作为领导对部属关心；二来说明李明强人缘好。他断定李明强已经与卫和平吹了，这一个可不能丢了，他要在许玉梅面前好好夸夸李明强。可是，许玉梅已经走了。

“怎么不留人家小许吃饭呢？”刘群山问。

“她有事儿。”李明强满不在乎地说。

“你给我说实话，是不是和北大的小卫吹了？”

“没有。”

“没有？她多长时间没来了？你脚受伤，她也没来看一回。”

“她外出实习去了。”

“实习？这一个多月了，连封信都没有？”

李明强的脸红了，刚要从实交代。通信员就送来了一包邮件，那隽永清秀的字迹，是他最最熟悉的，好久好久不见的亲切的字迹。是她的，是她，是卫和平寄的。

“你看，这是什么？”李明强把邮包在刘群山面前晃了晃，用嘴角笑了笑。其实，他自己也不知道包里是什么，心虚得很。

“小卫寄的？”其实，刘群山已经看出是卫和平的字迹了，只是情不自禁地问一句，也不等李明强回答，接着说：“那，这个小许来得可够勤的呀。”他一边说，一边用右手点向李明强，“你小子，可别脚踩两只船，闹出事儿来啊。”

“指导员，你说哪儿了。我们从小在一起，跟亲兄妹似的。”

“看得出来，看得出来。”刘群山一边点头一边站起身说，“这饭我也不用请了，你看你的情书吧！”他走两步，打了个响指，道：“又省三十元啊。”

李明强拿起卫和平的邮包，心突突地跳个不停，这是什么东西呢？他凝视了好半天，然后小心翼翼地将它拨开，那小心翼翼的样子，就像是在排除一颗从没见过的地雷或定时炸弹。书，是书，是一套《当代大学生丛书》。有一本《关于‘我’的思考》吸引了他。

李明强拿起那本书就翻，一个折叠精巧的矩形信件从里边滑露出来。该死，我怎么没想到她会写信呢？

李明强急忙将信展开，只见上面写道：

明强：

你好！一切都好吧！

我猜你一定先看这一本书，所以就将此“信”夹入了。

我想这套书对你很有用处。

前天在《小说界》上，看到了梁晓声的《从复旦到北大荒》，写得很不错，看后觉得真实、亲切。本期上有关于此文的评论，说这部作品开拓了文学创作上的一个新角度，以自述体的写法构成一部作品。我建议你看一下这篇文章及对它的评论。

我相信你会从中得到启发。你的经历也比较丰富，以本身为素材，就可以写出不少东西。问题就看你能不能掌握新的手法，能不能从全新的角度去描写、构思。我还建议你平时有机会尽量多看点当前出现的新作品，尤其是文学作品评论（作品原文后附的对其的评论），这会打开你的视野，开拓你的思路。

《小说界》、《小说月刊》我觉得不错，大型刊物《当代》、《收获》、《十月》也都很值得一阅。如果你们图书馆没有，有必要解囊自买。我们图书馆的杂志不外借。

没有落名，更没有年月日，一张信纸刚好写满，另外还带了一张白纸。

卫和平曾经对李明强说过，带一张空白纸是永远写不完的意思；纸配成双数，表示成双成对和吉利。

这是什么意思？永远写不完？绝好的一对儿？

李明强没有再往下多想，拿起《关于‘我’的思考》，如饥似渴地看了起来。

几天来废寝忘食的学习，几天来同志们的多方帮助，使李明强充分认识到了“我的价值”。每个“我”都是特殊的，都是“独一无二”的，都是“与众不同的”。但是，“我”并不是孤立的，并不是“与众隔离”的，并不是“独一无二”地生活的。不论哪一个“我”，从呱呱落地起到寿终正寝止，一生都处于一定的社会关系之中，并在这种社会关系的结构中占着一定的位置，起着一定的作用。可以说，每一个“我”都是一定社会关系的结晶。哪个人离得开家庭的支持？哪个人离得开学校的培养？哪个人离得开社会的后盾？“我”是群体中的个体，就像灿烂星空中的一颗星，好似茫茫大海中的一滴水。各个个体结合成群体，个体存在于群体之中，各个“我”结合成“我们”，“我”存在于“我们”之中。“我”属于集体，“我”属于社会。集体大于“我”，集体高于“我”，集体重于“我”，社会重于“我”。朗朗乾坤，堂堂世界，并非唯“我”而已；滚滚红尘，纷纷人生，并非唯“我”而已。“‘我’自然只能当一很小很小无足轻重的小卒，然而始终是积极的奋斗者。”作为人民群众中一员的“我”，对历史的前进应起积极的作用。我的价值，当是一片绿叶，当是一勺蜂蜜，当是一柄枪刺，当是一滴鲜血，当是一方土地。我的价值，当是一泓空气，既能净化自己，又能为人类滋养生机。为了实现“四化”，振兴中华，彻底地摆脱渺小的“自我”，忘我地为祖国求富强，忘我地为人民谋幸福。“我”的价值只有在整个阶级和全体人民的价值中才能得到实现。要实现“我”的价值，应该改造自身，完善自己。炼出新的品质，树立新的观念，造成新的力量，建立新的关系，成就新的事业。每个“我”的自身完善，都要受到社会的制约，以社会需求为目的……

书籍使李明强懂得了很多很多，社会为李明强提供了很多很多，同志们给李明强了很多很多，让李明强三生难以报答。他只有拿起全新的笔墨，去全力描绘祖国这个大花园里的赤、橙、黄、绿、青、蓝、紫……

# 第 二 十 二 章

正像一个艺术家在追求那不可能实现，而且愈追求愈感到饥渴的东西一样，卫和平的心里涌起了一种由于旧情从来没有得到满足而引起的饥渴。

期中考试对上了十四年学的卫和平来说根本算不上什么大事。十四年来，大小考场，她经历了不知多少次，更何况今天的日语是她的强项。时间刚过一半，她就交了卷。说实话，她没有好好审查。一是她多年来要求文字细心，一遍准确，根本没有检查的习惯。二是她素来就有争第一的习惯。她的个性，争强好胜，课堂上认真听讲，争着发言；辩论时，虽无理也强占三分。要不是她碍于脸面，早在同学中公开了她和李明强恋爱的事情。

卫和平刚走出教室不久，陈晓伟就追了上来。

“你也答完了？”卫和平有点惊讶，她知道陈晓伟的日语水平是答不完的。

“没有。”陈晓伟诚实地回答，脸上泛起了红晕。

“那怎么……”

“我——”陈晓伟没等卫和平说完，就吱唔着掏出两张票卷，“这是今晚的舞票。”

卫和平接过一张，是两元一张的。她决定陪陈晓伟去跳舞，她已经陪他了好多次了。近来，她所参加的舞会，陈晓伟几乎是她的固定舞伴。这小子也不错，老实得可爱。上次，她说她喜欢光头，陈晓伟虽没有理成光头，却理得很短很短，在这长发盖顶的年月，在大学生堆里，煞是难看。卫和平既觉得好笑，又觉得他可怜。其后，卫和平不再拒绝陈晓伟每天为她提前到图书馆占的座位，还做了陈晓伟一次舞会的固定舞伴。

舞会上，陈晓伟告诉卫和平，他父亲是武汉大学的教授，因为爱上了自己带的研究生，抛弃了妈妈。弟弟是个跛脚，小时候玩秋千摔的。从此，从此，卫和平不再用玩世不恭的态度对待这个小白脸了，并开始充当他的舞伴。两颗失落心也越走越近。

卫和平把目光从票卷上移向陈晓伟。头发又长起来了，他理了个平头，配上那白净的小尖脸，小嘴，挺鼻和那对双眼皮的大眼睛，不失为一个美男子。

“怎么不等考完后再找我？”

“下午没课，我怕你到别处去。”

“哦，我是有点事儿，晚上见吧。”

晚上，卫和平稍施脂粉，轻描眉，内穿黑色圆领衫，外穿大黄鸡心领腈纶绒衣，圆领衫上一朵红色的梅花不偏不斜地镶嵌在鸡心里，美极了。她下身穿着一条牛仔裤，紧紧地裹着那丰腴的大腿，踩着那双棕色长筒靴，飘逸出一股少女的春意。她的女性，她的青春，她全部丰茂的美丽都显出来了。

舞厅前，陈晓伟早已等在那里。他上身穿的还是那件深灰色粗线高领毛衣，下穿牛仔裤，半高跟火箭式黑皮鞋。好像比以往多了点儿男子气。

他们和往常一样，一前一后走入舞厅。几个没有舞伴的男同胞一下子奔向了卫和平。卫和平向他们道了“抱歉”，挽着陈晓伟步入舞池。

美丽的舞曲伴随着他们轻盈的舞步、优雅的舞姿。陈晓伟向卫和平讲述着他们的故事。那是他刚到北大的第五天，系里组织舞会，他和他的同乡刘艳丽在翩翩起舞。刘艳丽告诉他，班里只有卫和平没有男朋友，鼓励他，让他向卫和平进攻。陈晓伟看到卫和平那丰满而不臃肿的身条，大方而不放荡的姿色，再加上刘艳丽对他说了卫和平的一大堆好话，他就再也没心思和刘艳丽跳舞了。他走出舞池，座位上的一个女孩儿以为他要请自己跳舞，高高兴兴地站了起来，他却说了声“谢谢”，坐在了那女孩儿的位子上，气得那女孩儿跑出了舞厅。

卫和平笑了，醉心地笑了。陈晓伟的话满足了她女性的虚荣心。她欢快地跳呀跳呀，跳得好开心好开心。

跳完舞，陈晓伟送她回宿舍。黑暗处，他怯怯地用手托住了卫和平的腰际。

卫和平没有拒绝。最近，她内心中萦绕着一种对男性的欲念。她想，这可能是生理上的原因。她思念李明强，但是她又不能去找李明强，李明强能给她力量，给她希望，给她甜蜜，给她温暖，可是，李明强现在还不能给她光荣感。而她现在需要的就是这种光荣感。她在等待，在思念，思念着一个男人——能给她带来光荣感的男人。她想一头钻进他的怀里，紧偎着他，献上自己的甜蜜与温柔，就是把自己的一切献给他也不妨。

陈晓伟那柔声柔气，带着点痛苦与委婉的声音在她的耳际缠绕：“当我抓着你的手迈步起舞的时候，当我搂着你的腰醉心旋转的时候，我不由得产生一阵阵强烈的欲望，想俯下身去吻一下你的额头。耳边乐声靡靡，撩人心弦，我那种欲望就变得越来越炽烈。我不得不使劲挣扎，拚命地挺起身子，因为你身上好像有一块巨大的磁石猛力地吸着我的双唇。”

陈晓伟的话停住了。他们也不知道什么时候停止了行进。陈晓伟一把将卫和平拥入怀中，卫和平紧紧地紧紧地偎依在他的怀里，闭上了眼睛。

卫和平仿佛抱着的就是李明强，就是日思夜念的强壮如牛的李明强。李明强把他身上的全部热力注入了她的身体，使她感到了极度的温暖、甜蜜和充实。一种纯然的快乐从她的心头升起，就像喝了一杯浓郁的杜康酒，把她由半痴半呆转化成兴奋的晕眩。她在他的怀里轻微地颤抖，喉咙与口好干好干。她走进了爱的迷宫，干渴的沙漠。

一股湿润的暖流从卫和平的额头滑下。她警觉地睁开了眼睛，是陈晓伟，是陈晓伟那滚烫的嘴唇，正在从上向下滑动。突然，她不知从那里来的力量，一把将陈晓伟推开了。

陈晓伟一心想捕捉那渴望得到的香唇，根本没有防备，踉跄两步，正好被路旁草坪的花边绊了个四脚朝天。

卫和平没有去拉他，也没有道歉，只是喃喃地说："我，我已经有男朋友了。"说完，她转身向宿舍楼跑去。

进了楼，她直奔传达室，拨起了李明强的电话号码……

第二天是星期天，是该与李明强相会而没有约会的第五个日子，卫和平清清楚楚地记得。

考完日语，卫和平和陈晓伟约了晚上跳舞，就匆匆忙忙地跑到商店里挑了四样酥糖，一样二两买了八两，又买了十支山楂卷儿。在学校的书店里买了一套《当代大学生丛书》。要放寒假了，她要去看看李明强，去看她日思夜念的李明强，感情上，她永远也离不开李明强。

这破军线。卫和平急得出一身汗，就是打不进去，电话里始终是那"嘟嘟嘟"的忙音。费了九牛二虎之力，好不容易打进去了，对方的声音震得她的耳朵"嗡嗡"作响，可就是那么一句话——喂！您大声点，我听不清。她急得使出自己最大的力气喊李明强的名字，对方还是那么句话。看着身后几个急待打电话的同学，卫和平不得不放下了电话。

这么落后的通信设施，连个电话都打不通，还能打仗？卫和平愤愤地想，她和李明强通话也有过几次这样的镜头。李明强讲，在他单位有时为一件事，打电话还不如跑一趟来得快。"部队要忍耐"，军人要忍耐，军人家属要忍耐，和军人谈恋爱也要忍耐！忍耐会儿吧，等他们都打完了再打……

六点二十八分，那生物钟固有的节奏又触及了卫和平那特异的警戒点。她一骨碌儿爬起来，没有思想就穿上了衣裳，不用看表，准是六点半钟。

冬季的北京，七点钟天才放明。卫和平撩起窗帘，东方刚刚泛起鱼肚白，天还是灰蒙蒙的。那西移的残月可能是浑黄色的，那永伴它的启明星可能很亮很亮。

昨天夜里，她回宿舍洗漱完毕，又跑到传达室。这时，一个打电话的人都没有了，她高兴地坐下来，准备给李明强好好打一个电话。可是，她整整拨了一个多小时，心里成千上万遍地唤着李明强的名字，也没有听到对方的声音，电话里始终还是那“嘟嘟嘟”的忙音。她突然想起来了，部队晚上九点半准时熄灯熄声，现在已经快十一点了。她真后悔刚才不应该放了电话，更不应该回去洗漱。李明强曾经说过，在最紧要关头，人们比的就是毅力，刚才放了电话回去洗漱，是自己毅力不够，还是好心让了？不管怎么讲，都是自作自受，谁让你好端端地给人家吹灯呢！活该，这就是对你的惩罚！

卫和平诅咒着自己，浑浑噩噩地向宿舍挪动着沉重的脚步。突然，她猛一甩头，又飞快地跑回了传达室，抓起电话，迅速地拨出三个号码，电话机号码盘“咯啦啦”的转动声，使她又突然停止了拨动。

原来，卫和平想起了李明强的话：“如果有急事，我们连的电话打不通，楼下值班室还有一部二十四小时值班电话。”她刚才要拨的就是那个号码。那电话号码是：“屎巴气你儿气溜”——四八七一二七六。李明强告诉她的。

“我们有了儿子，你送他上幼儿园，可他非常淘气，屙在你的自行车上了，你很生气要打他，他溜跑了，这就是‘屎巴气你儿气遛’。”她幸福地笑了，也确切地记住了。李明强的记忆方法多得是，真正自学出来的人，能力是大学生所不能及的。

卫和平刚拨了个“四八七”就停住了。

我有急事吗？我什么事儿也没有啊。卫和平突然醒悟，她打电话没有任何事情。

唉，明天就要见面了，让他睡个好觉儿吧。他现在还奏《和平进行曲》吗？那是思念她卫和平的曲子。梦里还常梦见我吗？他很倔强，也很高傲，自从那天我宣布散伙，至今都没有接到他的一封信，也没有接到他一次电话。我依恋着他，无论是感情上还是生理上都离不开他。他呢？丁力说过，一个张医生在追求他。像他这样多才多艺，体魄矫健的人，是很吸引女孩子的。我这个重点大学的研究生，不是也钻进了他的怀里，至今还这么地思恋着他吗？想到这，卫和平心里泵出的血液都成了酸溜溜的。若李明强真被那张医生抢去，我可怎么办呢？……

一弯新月悬挂在空中，寒光透过窗子映在桌上，映在电话上，映在卫和平的手上、身上，使她显得那么那么地孤单、无助。“月有阴晴阳缺，人有悲欢离合。”明天，明天我要突然出现在他的面前。卫和平望着窗外的月光，带着淡淡的喜悦和淡淡的哀愁进入了梦乡。

卫和平经过了一番细致的梳洗打扮，背上挎包，换两次车，来到了香山步兵侦察大队。

“啊——请进。排长不在家。”当卫和平敲开了李明强的房门，肖明正在和一个战士下棋，忙站了起来

“他——”卫和平语塞了。

“他和指导员到一个作家家里去了，说是夜里才能回来。”肖明一边说着一连瞄着卫和平。军营里女的少，长期过清一色“和尚式”生活的战士，心底里都压着对异性那种难以遏制的接近的热望，见了地方女青年，难免要多看两眼，况且这个姑娘是属于他们

排长的。

“啊——那，我就不打扰了，谢谢您。”卫和平晕晕腾腾地走出侦察大队，上了森林公园。

森林公园几乎是卫和平与李明强固定的幽会地方。这里印下了他们多少足迹，这里记载了他们多少情话，这里收藏了他们多少故事，这里留给卫和平多少美好的回忆。千丝蜜意，万缕柔情。

卫和平要到他们逗留过的地方走一趟，为能找到一点儿热恋的痕迹。那条小路有他们携手而行的影子，那块草坪有他们倒卧抱吻的情景。每到一处，她都要伫立一会儿，一来回味一下他们当时的那种甜蜜感，二来是等待李明强能突然出现在她的面前。她清清楚地知道这是不可能的。可她每到一处之前，心里就有点忐忑不安，她希望李明强等待在那里，就是怀里搂着那个张医生也毫无关系。但是，每处都只有他们当时的影子，李明强今天是不会来的。然而，卫和平总要等待一会儿，竭力地回味着他们在此的细小动作与无关紧要的话语，强烈地盼望着李明强的突然出现。正像一位艺术家在追求那不可能实现，而且愈追求愈感到饥渴的东西一样，卫和平的心里涌起了一种由于旧情从来没有得到满足而引起的饥渴。如果今天李明强也到此地追忆过去，卫和平会不顾一切地冲上去，扑进他的怀里，把自己的一切都奉献给他。

那儿是他们常到的地方，很难很难被人们发现。丛生的荆棘挡住了去路；古老的柏树已快没了枝叶；茂密的杨槐赤裸裸地站在那里，伸着那满是箭头刺儿的胳膊，挡住行人唯一能接近那古柏的小路。其实，那并不是路，只是比别处任何一个地方都好迈步的小小缓坡。每一次都是李明强在前边开道，她在后边钻。那古柏旁是一块仅有五六平方米大小的草坪，每天九点以后阳光就射到这里，直到下午五时。躺在那里，上有伸出的巨石遮盖，周围有荆棘、灌木、杂草、杨槐遮人耳目，挡风御寒。是冬季晒暖的最佳场地。

卫和平轻轻地拨开杨槐的枝条钻进去，走向草坪。她突然站住了，浑身僵硬僵硬，眼睛直愣愣地盯着草坪。草平上，一对男女正在体会那“罗曼蒂克的神韵”。三个人几乎是同时愣住了，既而，又几乎是同时脸红。

“对，对不起，对不起。”卫和平像逃避毒蛇似的趺趺撞撞地钻进杨槐林。那带着箭头刺儿的枝条挂得大衣“噌噌”作响。

卫和平趺趺撞撞地钻出林子，匆忙看衣服是否撕破了，这是李明强为她买的军大衣。还好，除了手上被划出几道血痕外，其他安然无恙。军用品绝对地结实。

妈呀，人世间还真有这样的事。

这一事实，使卫和平有点儿相信了街头小报上刊登的专为吸引无聊人的传闻趣事。

自己太书生气了。

卫和平与李明强选择这个地方，完全是为了遮蔽李明强的帽徽领章。在大街上，李明强不允许卫和平与他拉手挽臂；在公园里，李明强不允许她钻到他的怀里去。一句话，他穿着军装，带着领章帽徽。在这块天赐的草坪上，她可以钻进他的怀里，她可以坐在他的腿上，她还可以躺在他的怀里，头枕在他那粗壮的胳膊上或那高高隆起的胸肌上。听他说，约会前的七天他是多么多么的想她，约会后的七天他是怎样怎样的念她。间隔的十四天，准确讲是十三天，他没有一天不在思念她。每天夜里躺在床上，总是想她一阵子才能入眠，他将此叫作演奏《和平进行曲》。李明强还说，梦里时常时常地梦见她。有一次，李明强梦见她躺在怀里，醒来时没有了，朦胧中他还伸出左手比画比画。

梦是常常引人入胜的，有梦的人是幸福的人。我们应该使生活成为一种梦想，而且使这种梦想变成现实。

他们每到那块圣地，卫和平总是毫无顾忌地钻进李明强的怀里，她不知躺在他怀里睡过多少次。就在那块草坪上，她们交谈、拥抱、接吻、抚摸。但是，他们还从没有品尝过那禁果的滋味，不知是为什么，是要给李明强留点神秘，留点距离，还是什么原因，她一直不让李明强看她那神秘的地方，也没让他们的“宝贝”做一次珠联璧和。

李明强很君子，你不让他干什么，他绝不勉强。他从不强迫别人干任何事情，特别是对卫和平，言听计从。他说要爱一个人，就是要让她快乐，决不能做伤害她的事情。

卫和平躺在李明强的怀里，互相拥抱着睡觉儿。但是，没有一次能够睡着的。蓝天拥抱着群山，群山拥抱着树木，树木拥抱着草地，草地拥抱着他们，他们拥抱幻想。

卫和平迷迷糊糊地回到学校，方发现带的东西没有给李明强留下。今天没有见到李明强，大概是上帝的安排。与李明强分开这段时间，她倒认真地找出了李明强的缺点。说实话，原来在一起的时候，她除了嫌李明强文凭低外，根本看不出他还有什么缺点。通过这段认真的反思，她发现李明强太容易骄傲、自满，太容易满足了。他干什么事情，都有股拼劲，不允许别人超过他。可是，稍微比别人强那么一点儿，便另辟蹊径了。李明强好高鹜远，这山望着那山高，什么都学，什么都会，可什么都不精。李明强的文字水平是有的，生活经历是丰富的，可是他的理论根基是不扎实的。这也是她给李明强买那套书的原因。

卫和平完全地平静之后，她拿起笔和纸，为李明强写了满满一张，最后两行的字又小又挤，她自己都几乎看不清，不认得。但是，她坚信，李明强读得懂。

卫和平来到邮局，要把书与信一起给李明强寄去……

书寄出的第五天，也就是卫和平将要离开北京回家的前一天，她收到了李明强寄来的自制特大信封，打开一看，是张贺年片和两张纸，一张是空白的，另一张纸上写着一首诗和“谢谢寄书”四个字。

很想很想很想与你畅谈，
很想很想很想给你长书；
只因只因只因怜我位卑，
只能只能只能以此代述。

没有落名，也没有年月日。卫和平看罢诗后，盯着那贺年片的“恭贺新年”微笑。

这原是“恭贺新禧”四个字，真难为李明强能把“禧”字伪造成“年”字。她也买了一套，共四张，五角二分钱，李明强寄的是其中的一张，卫和平一看画面，便能咏出上面的诗句。那是卓文君《白头吟》里的句子：“愿得一心人，白头不相离，竹竿何袅袅，鱼尾何簁簁，男儿重意气，何用钱刀为。”卫和平当时就是冲着那古诗古画新意浓买回珍存的，不想李明强也买了一套，并在其上面还做了些手脚。她立即取出笔纸，将李明强的诗抄了一遍，仅改了第三句那个“我”字：

很想很想很想与你畅谈，

很想很想很想给你长书；

只因只因只因怜你位卑，

只能只能只能以此代述。

然后又将字体变小写道：我不会写“年”的篆字，还画片本来面目，我明天十点离京，春节回来畅谈。

卫和平写完，也拿出一张白纸，取出自己买的那一套，抽出一张包上。这一张是李清照的画像与诗：“生当做人杰，死亦为鬼雄，至今思项羽，不肯过江东。”她也制了一个特大信封，小心翼翼地写好封面。封好后，又在背面用英文写上：“Happy New Year!”

“恭贺新年”，“恭贺新禧”，新的一年到来了，喜庆的日子到来了！

春节那天，又下起了大雪。

瑞雪兆丰年。这是农民的心愿，若大年初一下雪，种地人肯定是喜笑颜开，见面又多了几句喜庆吉祥的话语。可是，对城里人来讲，过年下不下雪，与其没有多大关系。若下了，也只是净化了空气，平添了景色，多了份冬意。说不定，有的人还会有些怨言，对耽误了某件事唉声叹气。

“快，叫人赶快扫雪。”侦察连指导员刘群山一起床就叫了起来。

“唉，又下雪了！这老天爷，大过年的也不让人歇会儿。”刘海龙拖着扫把在楼道里一边嘟囔一边向外走。

“我操，本来想出去玩玩，又泡汤了。”张金河一边铲雪一边说。

远处不时地传来“噼噼啪啪”的鞭炮声，飞上天空的礼花，用它最大的能量将雪雾击了个粉碎，献给人们一束冬的花朵。那耀眼的光辉和绚丽的色彩，很快又被黎明的黑暗和弥天大雪所吞没。那短暂的辉煌，给人以壮烈、宏伟、力量和希望。

礼花和雪花在苦斗，人和自然在抗争。李明强脑海里突然浮现出这一思想，就直起腰，将铁锹向雪地里一竖，反问道：“下雪就不能出去玩了吗？”

“上哪玩儿？这么大的雪！”张金河没好气地说。

“我带你们玩！”李明强爽快地说，声如洪钟，在雪花中碰撞。

“排长，上哪儿玩？”新战士刘海龙一听李明强要带他们出去玩来了精神。他听肖明说，排长不玩儿便罢，玩儿也玩得上档次。

“森林公园、香山。林海雪原，多带劲儿！”李明强笑着说。

“唉——排长。暂停，暂停！”张金河急忙直起腰说，“您老人家是不是又想让我们过一个革命化春节呢？”

“不好吗？”李明强笑着问，“瞧你小子，让你过一次革命化春节，就称我‘老人家’了。再让你过一次，还不送我去见马克思啊。”李明强从四十五度角的方向瞥了张金河一眼。

去年春节，张金河还是新兵呢，干什么特积极。那天下着大雪，李明强说要过一个革命化春节，全排摸点训练，三人一组，从森林公园爬上青龙山，再从青龙山顶直插香山鬼见愁，把他提前放在山里的东西全拿到手，最后到香山饭店，他请客。当时，老兵退伍的退伍探家的探家，排里没剩几个，李明强就让张金河带一个组。张金河还真不含糊，带着两个新兵第一个到达了终点。

李明强检查了三个战士的着装和用具，除裤腿儿湿了半截子、帽子湿了一大圈儿外，作业包、手枪套、匕首等，一样没少，就在每个人的肩膀上拍了一掌，称赞说：“好样的！等他们全到了，交差吃饭！”

“哈，大年初一，香山饭店，做梦都没想到。”一个新兵摘下帽子，用手划拉两把冒着热气的小平头感叹地说。

“这可是大干部和万元户来的地方啊！排长，咱吃得起吗？”另一个新兵担心地问。

“排长说请，就一定请得起。”小平头又用衣袖擦了两下额头上的汗说。

“他一个万元户算狗屁，排长一篇小说，稿费就好几万呢！”张金河不屑一顾地说。

“吹牛，你知道稿费一个字多少钱？”那新兵不服气地反问。

“我看呀，小张在咱们一排待不长了。”李明强拖着长腔假装深沉地说。

“你说什么，排长？”张金河一愣，疑惑地问。

“张金河要去哪儿呀排长？”另两个新兵立刻又一致起来，异口同声地问。

“上哪儿？上三排呀。到‘老牛’班长那里报到呗。”李明强仍拖着长腔不动声色地说。

“吹牛！”

“哈……”三个兵笑成一团，接着追打。张金河一对二，招招进逼。另两人嬉笑应对，不敢怠慢。三个新兵打得香山饭店前的停车场雪花飞扬，一片狼藉。

李明强看着，笑着，也不制止。他喜欢让他的兵这么练，接近实战，整天在那里摆架式，没劲！他更喜欢看张金河练，新兵中张金河最出类拔萃，有他那么股虎劲、狠劲和韧劲。

香山饭店也没有多少客人。中国人都很重视春节团圆，来这里的不是“家外的家”、就是“路边的花”，举家到宾馆过年的可能也有，但从各个窗口伸出的脑袋看，除个别老男少女外，还是“老外”居多。他们也被这三个侦察兵的打斗看呆了，一个个“OK！”、“OK！”地叫。

肖明带的第二组到了，张金河三人自动停止了打斗。跑过来看李明强检查的结果。

“怎么？还练散打？”肖明问。

“没有。”小平头说。

“是。”张金河还没打过瘾，说：“排长说，我们三个不值得他划拉，等人多了一起练他。”

“是吗？”肖明侧眼看张金河，不相信地问。

“是。”张金河答道，冷不防一个“黑虎掏心”直取李明强的胸膛。

李明强向后一仰身，四两拨千斤，顺式抓住张金河的手腕向外一抖，张金河就被甩出一丈多远。

“OK！”“好！”“OK！”香山饭店的窗口响起了叫好声。

“快上！让他妈老外给排长‘OK’‘OK’！”张金河趴在地上喊。

六个兵一轰而上，直打得天昏地暗，饭店里喊好叫“OK”，陆续赶到的战士也在叫好鼓掌。

“好了，好了！”李明强看战士们都到齐了，叫大家住手。他向前跨了两步，习惯地拍了几下手，好像手上沾了土似的，喊：“集合！”

十六个战士按预先编组和到的先后顺序齐唰唰地站了四列。李明强挨个儿检查一遍，着装用具一样不少。说：“好，东西呢？”

“什么东西？我们都摸到了，什么也没有？”第一个到的张金河笑着说，“排长，练我们就练我们，干吗骗我们找了半天？”

李明强的脸一下子阴了，喉咙动了动，没做声，在心里对自己喊：“别发火，今天是春节，他们是新兵。”

李明强甩了下头，又变成了笑脸，抬手在张金河的鼻子上刮了一下，冲他的兵做了个鬼脸。然后，把手伸向肖明等人。

肖明和另一个组长每人交给李明强五个纸条，另一个组长交了三个，说另两个没找到。

李明强看了看纸条，都是他亲手放的，笑笑说：“好，达到了目的。向右转，便步走。”说完，从四十五度角的方向瞥了张金河一眼，只见张金河红着脸咬了咬下嘴唇，就向右转朝山下走。

“排长，你不是说在香山饭店请我们吗！”肖明自知立了头功，就将李明强的军。

“看清楚了，这是香山大饭店，我请得起吗？到下边小馆子去！”李明强说完乐了，照肖明背上拍了一下，说：“等我成了万元户，就到这儿请你！”

十几个身手不凡的战士走了，吓得直哆嗦的饭店老总和保卫人员长长地出一口气。他们一直躲在饭店内看，认为这可能是一帮打劫人员，只是看到穿着清一色的解放军服装，没敢轻易报案。

# 第二十三章

战士们抬着李明强向楼外涌去。涌出了大楼，涌上了大道。侦察大队所有闻声的人都跑出来看热闹，人越涌越多，好像是一支浩浩荡荡的大军，从遥远的过去走来，向遥远的未来走去……

李明强带着他的战友们来到一个小饭馆前，指着上面的招牌说："看清楚了没有，'香山饭店'，进，我请客！"回头又拍了肖明一巴掌，是说给肖明也是说给大家伙，"让我在香山大饭店请你们，宰死我呀！"

兵们都笑了。进了屋，劈里啪啦围了两桌。

店主走过来，冲着四个兜的李明强问："连长同志，这是执行任务啊？瞧，大过年的，吃点什么？我一定满足您的要求！"

"饺子，过年就吃饺子！"大年初一李明强就被人叫了"连长"心里美滋滋的，爽快地说。况且，吃炒菜还不让这帮狼吃下两个月的工资。

饺子上来了，大家都蘸着醋和酱油吃，刘海龙又盛了半碗凉水。肖明见了，说："你小子，这又不是在连里，还抢着吃啊！"

"我，我，我喝！"刘海龙说着一仰脖子，半碗凉水进肚了。

"别——！"李明强那"喝"字还没喊出，刘海龙已经喝完了。李明强知道，连里每次吃饺子，刘海龙蘸凉水是绝招。大家夹着热气腾腾的饺子蘸醋蘸酱油，烫得"吱溜溜"作响，"呼呼呼"对着饺子直吹气。刘海龙盛半碗凉水，蘸一下吃一个，一会儿就吃饱走人，至于饺子够不够吃，再也不关他的事了。

"连长，不喝点酒？大冷天的，又是过年。"店主人凑上来问，他想多卖点酒水。

"战士不让喝酒。"李明强说，"这样吧，一人来一瓶汽水。"他想，也是，大过年的战士们回不了家，又跑了一个上午，喝瓶汽水，以水代酒，活跃活跃，热闹热闹。

“好哩，一人一瓶汽水。”店主人喊着走了。

“今天，过年了，我以汽水代酒，先敬弟兄们一杯！”李明强看战士们都拿到了汽水站起来说：“祝你们在新的一年里，心想事成，好事甜甜，好梦圆圆！”说完，先喝了一口。

肖明说：“排长，应该我们先敬您才对。”

“就是，排长，我们应该先敬您。”战士异口同声地说。

“咱们敬排长，敬排长——”

“升官发财！”肖明还没想出好词儿，一个新兵就抢着说。

“对，敬排长升官发财！”战士们“哗”地一声站了起来。

“好！既升官又发财，这话，我爱听！干！”十几个汽水瓶子碰得“叮咣”乱响，李明强一仰脖子“咚咚咚咚”全下去了，战士们也跟着“咚咚咚咚”全干了。

“好，吃饺子。”李明强把汽水瓶往桌子上一蹾，兴奋地冲大伙喊。他见没几个人反应，扫了一眼桌子，盘子全空了，嘴角便泛起了那种带有讽刺意味的微笑，冲店里喊：“服务员，上饺子。”

店主急匆匆从里屋跑出来，弯下腰对李明强赔着笑脸说：“连长，服务员都回家过年了，我们自己家里人，包得慢，包得慢。”

“没事儿。”李明强很宽厚地冲店主人笑笑说，“不讲究，大一点也没关系。”

“好哩，稍候就成。”店主人冲李明强笑着点了点头，直起腰冲屋里喊：“包快一点儿，大一点儿，解放军有任务在身。”

“排长，人家是按个儿论斤的。你以为是在连队呀，让人家大一点儿就大一点儿，没事儿？”肖明笑着说。

“在连队大了也有事儿。”李明强笑着说，“我给你们讲一个包‘大个儿饺子的故事’，这是一个真实的故事。实话给你们说吧，就是我，我当兵时干的事儿。”

十几个战士，十几双眼睛一下子聚焦在李明强身上，饭馆里静得连掉个针都听得清楚。

“那是我到部队过的第一个春节。刚下老兵连不久，我任副班长，班长代理排长。我们班的四个老兵都不会擀皮儿，以往都是老班长擀皮儿，大伙包。老班长包水饺一绝，他一个人擀皮儿几个老兵包都赶不上，而且也包不好。后来，干脆老班长一个人包大伙吃。那天就不同了，老班长不在，他们四个没一个会擀皮儿的，我别说是擀皮儿就是包水饺也是擀面杖吹火——一窍不通。面对分的面和馅儿，我们五个人傻了眼儿。一个老兵说，活人还能让尿憋死，离了屠宰户还能连毛吃猪，包好包赖一样吃。我说，我们老家就没人擀皮儿，都是用手拍。大伙说，拍。五个人就噼哩啪啦地拍起来，包好了，端到炊事班一看，嘿，第一，别的班都还没包完呢！我们五个人可高兴坏了，第一锅呀，不容易。可炊事班长说，这包的是他娘的啥水饺，包子似的。一个炊事员说，像鸟，这包子不是包子是撮馍。我们班的老兵急了，冲人家喊，管你娘的是包子还是撮馍，给我煮了！炊事班长说，这哪能煮，要煮熟了，还不一锅粥，全连都别吃了。正在僵持不下，就听指导员远远地喊，哪个班战斗力这么强，争得第一锅了？指导员见没人答话，走过来一看，鼻子都气歪了，冲我喊，李明强，你们抢头锅也不能这么干呀，你们家的饺子就包这么大？”李明强说到这里不说了，拿起汽水瓶想喝汽水，见没了，又放下，冲里屋喊：“再来一瓶汽水。”

“排长，是一人一瓶。”肖明举举自己的空瓶子说。

“对，一人一瓶。”李明强又喊。

“来喽——”店主应着，从里屋抱出一箱。

“后来呢？排长？”几个战士要打破砂锅问到底。

“后来，还用说，吃别人的剩儿呗！”肖明抢着说。

“自作聪明。”李明强点了肖明一下，说，“你小子，老外了吧。人家当干部的，能那么做吗？大过年的。”

“那咋办了？”

“咋办了？指导员得知我们五个人都不会包饺子，就动员来队家属，每家给我们送了一锅儿。呵，那女人包的饺子，就跟本人儿似的，又小又支楞，好看还好吃，一人一个味儿。”

“呵，排长，你真不愧是写小说的，还能吃出人味来，感情够丰富的啊。”肖明打趣地说。

“丰富个屁。是人家一家盘一种馅，我们吃了好几种馅的饺子。”

“哎呀，别掩盖了。大年初一，吃上女人包的饺子，就像自己老婆包的，有滋有味。”肖明调皮地说。

“有你个头！包那样的饺子，放在炊事班展览，丢死人了。我们五个人吃着人家送的饺子，谁也不说话，一点味道都没有。”

“矛盾了不是，你刚才还说是一人一个味儿呢，现在又一点味道都没有了。”肖明给李明强抠字儿眼。

“那是后来回味的。”李明强从四十五度角的方向瞥了肖明一眼，说：“你小子，不就是想听点酸的吗！我告诉你，这后来还真带着点酸味。”

“怎么了？”战士们听说后来有点儿酸味，都竖起了耳朵。

“后来，五个人都吃完了，还是没一个人哼一声。你们说，大过年的，让人心酸不心酸？”李明强将双手一摊，一脸无可奈何的样子。

“不对，凭你的性格，大过年的还能让大家不高兴？”肖明说。

“就是。就看今天吧，要在以往，你还不把他们三个撸死。”和肖明一个组的一位新兵指着张金河说。

“哪一壶不开你提哪壶，新兵蛋子！”肖明照那新兵头上就是一巴掌，那新兵吐了下舌头，张金河低下头脸红到了脖子根。

李明强装作没听见，也没看见，说："不是我，是我们班一个老兵把大伙逗乐了。那个老兵问，你们吃出什么味道了吗？见没有人回答，他又说，我总感到有点儿腥。还是没有人回答，他就自言自语地说，我总怀疑，那几个娘们听指导员一招呼，急了，没洗手就给咱们包了饺子。另一个老兵骂，你小子，胡咧咧什么？本来就够堵了，还自己恶心自己。那老兵把手一摊说，我说的是实话，她们用摸了那儿的手给我们包饺子，能不腥吗？"

"哈……"

"哈……"战士们笑得前仰后合。

"后，后，后来呢？"一个战士笑着结结巴巴地问。

"跟你们一个球样儿，都乐了。"李明强说完，也跟着大伙笑了起来。

那顿饭，吃急了店主人，也吃毁了李明强。店主人一家老小，急匆匆包了一锅儿，刚端上桌，一会儿就没了。十几个兵，等一会儿吃一气，比以往在连队吃得还多。因为等，一个人喝了好几瓶汽水，李明强还破例要了两盒香山牌烟。一结账，八十九元，比李明强一个月的工资还多五元钱，肖明说："什么八十九，八十八，多吉利。大年初一，发发，恭喜发财啦。"

店主人说："是是是，发发发发，恭喜您了，找您一毛二分钱。"

李明强瞥了一眼柜台上的一角二分钱，捂着嘴笑着走了。

肖明砍了半天价，砍下一毛二，哭笑不得。正好，店主人家的一个小孩儿从里屋跑出来，他抓起那钱递给小孩儿，说："买挂鞭放吧。"

"谢谢叔叔！"小孩儿高兴地冲肖明笑。

肖明哪笑得出，丢下一句话："甭谢我，谢你爸吧。"

"我是他爷爷。"肖明出了门听到店主人在身后喊，就小声嘟囔道："是孙子！"骂完，又跑近李明强，接着骂："奸商，真他妈是奸商！"

李明强笑着说："是你给人家报的价，发发发的。"

"是啊，他娘的就不会少说俩儿，收八十八，干么[①]多说俩，收八十八块八毛八！"

"奸商，无奸不商！"有人附和道。

"是无商不奸。"有人更正。

"管他妈是什么？这小子就是奸，生孩子也没屁眼儿。"肖明恨恨地说。

"你没听人家说，人家已经当爷爷了。"李明强笑着气肖明。

"说什么，他说'我是他爷爷'！"肖明突然乐了，喊，"我是他爷爷，我是他爷爷！"

兵们在空旷的山野里，喊呀，笑呀，跑啊。李明强注意到张金河玩得很勉强。

---

① 干什么。

不知是那饭店饺子的问题还是汽水的缘故，一排参加摸点的全拉肚子了，李明强一夜起了好几回。大约是凌晨三四点钟的时候，李明强肚子又急，匆匆开门，在楼道中被绊了一脚儿，差点摔倒。原来地上趴着一个人，他俯下身，惊叫一声："金河！"

张金河举起右手，少气无力地说："排长，排长……."

李明强从张金河手中接过一叠纸条，七张，是他亲手放在山里的那七张纸条。他激动地抱住张金河说不出话来，泪水像断了线的珠子落在张金河的脸上。因为他看到了，看到了楼道里那道湿淋淋的印痕，他的兵是爬着回来的。

"排长，不，不哭。是，我，不，不好。白，白天，没完，成，任，务！"

"你完成了，完成了，超额完成！"李明强泣不成声，把他的兵紧紧抱在怀中。

"我，完，成……"张金河带着微笑撒开了手。

"金河，金河！"李明强一边喊一边想用力抱起张金河，可是，他已没有了抱起战友的能力，肚子一咕噜，拉了一裤兜儿。他急切而绝望地大喊："快来人啊！"

张金河被抬到了宿舍，卫生队的张医生来看，说是闹肚子，又疲劳过度，脱水。挂上瓶子开始输液，又给一排所有闹肚子的发了药。

李明强把自己反锁在洗漱间内，将粘满泄污的裤子扔到水池中冲着，打开夏季兵们用于冲身的水龙头，一下子钻进那冰冷的水柱下。他想对天长啸，不敢叫出声，咬着牙，用双拳不住地捶打自己的全身。他想痛快地大哭，又不敢哭出声，任凭泪水搅着冷水流。他恨自己，恨自己大过年的把全排战士害成这个样子。更后怕，张金河要是昏倒在深山野岭上，冻坏了怎么办？冻死了怎么办？被狼吃了怎么办？李明强，你怎么向战士的父母交代？怎么向部队交代呀？

洗漱间的门突然开了。通信员拎着一串钥匙呆呆地站在门口。指导员刘群山冲进来，低吼道："李明强，你不要命了！"一把将李明强从那冰冷的水柱下拉出来，回头冲通信员喊："快把大衣拿来！"

李明强向连队党支部交的检查和请求处分报告一起被退了回来。

指导员在全连大会上说，部队三令五申不让下馆子，一排集体下馆子吃饭，并造成闹肚子事件，李排长应负主要责任；其他同志不提醒排长，参与吃喝也有责任。由于我们节假日是两顿饭，李排长组织全排节日强化训练，看大家饿了回连队没有饭吃，就请战士们吃了个加餐，而且花的是他个人的钱。是好心办了坏事儿，免于追究。邓主席还好心办过坏事呢，李排长又不是神仙，他哪儿知道吃了饭店那饭会拉肚子。不过，这次要吸取教训，严防类似事件发生。

连长丁辉说，一排是利用节假日，特别是大年初一进行野外雪原训练，没有点儿精神和境界是办不到的。张金河同志，在身体患病的情况下，为完成排长交给的任务，只身一人夜闯西山，在雪地里滚爬五个多小时，最后爬回连队，表现出一个解放军战士"不怕艰难困苦，不怕流血牺牲"的"两不怕"精神。连队党支部决定，给一排提出表扬，为张金河记嘉奖一次。

会后，连长、指导员把李明强叫到连部。

指导员刘群山说，你检查写得很深刻，我们想说的你也认识到了，以后要小心行事。有一点要提醒你，你们一排，兵身上个人英雄主义的烙印很深，张金河这次行动就是突出的表现。这一点，与你的性格影响有关。我并不是说你有个人英雄主义，是他们都想学你，学不像。你要想办法引导好大家，同时注意这种现象不要在自己身上体现。

连长丁辉说，本来该处分你，看你是块好料，背个处分影响进步。我们俩没啥希望了，不愿意毁了你，你要牢记这个教训，好好干，代表咱平民子弟往上冲一冲。

所以，这一年，李明强非常注意抓全排的集体主义教育和集体观念培养，常常以张金河独自一人夜闯西山作话题。

今年春节，没几句话，又扯到这个问题上了。

张金河说："我敢吗？您借我俩胆儿我也不敢！我是怕您老人家送我去见马克思。去年，让吊针给吊回来了。今年，您要再过一次革命化春节，还不要了我的小命儿？"

"去年你还因此得了嘉奖呢！"刘海龙说。新兵刚下老兵连就获嘉奖，是一件很不容易的事儿，新老兵都羡慕。

"还背了个'个人英雄主义'的美名呢！"张金河说。

"这就叫作奖罚分明！"刘海龙说。

"小刘，应该是泾渭分明。"李明强哈哈大笑，说，"谁也没有罚小张啊。"

"人家张金河是自愿受罚。"肖明笑着说。

"好了，班长，别拿我开心了。看排长，今天又安排啥活动吧。"张金河对肖明说完，又冲李明强说，"排长，我首先说明，上森林公园、香山没劲！"

"是啊，排长。这森林公园，香山，哪里有几棵树，几块石头，我们都摸得一清二楚了。"刘海龙说。

"那你们想上哪儿玩？"李明强问。

"他们呀，想上'王府井儿、中关村儿，蹲在路边看小妮儿；坐公汽、逛商场，趁着拥积蹭姑娘'。"肖明引用了当时地方小青年儿的一句嬉语。

"哈……"李明强笑了，骂肖明一句："臭小子，哪诌来的黄段子！"骂完，转过身对张金河说，"如果真是这样，那我可真得送你去见马克思了，让他老人家好好用手电筒照照你。"

"先让肖班长进禁闭室学条令、背毛主席语录吧，要不然，我们这帮新兵都让他带坏了。"张金河看是说给李明强听，实是回敬肖明。

"我看可以。"李明强笑着说。

"拟同意！"刘海龙跟着起哄。

肖明紧铲几锹，然后把锹头向地上一蹾，手腕一抖，一抓，就抓住了锹头根部的木头，冲刘海龙喊了一声："'你'同意，我不同意！"说着，用锹把在刘海龙屁股上轻轻敲一下，点着地上的雪说："看见了，我们都铲过了，快扫。扫不完，别吃饭。"回过头来又对张金河说："新兵蛋子！我背条令、毛主席语录的时候，你还叫解放军叔叔呢！现在，该背《邓小平文选》了，不紧跟形势，是你犯错误。那禁闭室，啥时候关过'老干部'？"肖明考学超过了年龄，代理过几次排长也不能提干。总是连里没有排长的时候让他代理，新排长来了他退居二线。所以，肖明平时常在新兵面前称自己是"老干部"。他一边往回走，一边还在跟张金河摆划："知道吗？《邓小平文选》哪一天发行的？一共多少篇？分多少个方面？具有什么重大意义？光靠拉稀摸黑儿摸回几张破纸条换个嘉奖就满足了，要用理论武装头脑，懂吗？傻小子，跟'老干部'学着点！"

侦察连刚吃完水饺，黄中臣，后勤处的黄助理就来拜年了。黄中臣原是侦察连的司务长，酷爱象棋，侦察大队搞象棋比赛，常获冠军，人称"象棋大王"。他逐个儿房间转了一圈儿后，在楼道里嚷："下象棋，下象棋！今天我坐庄，谁来与我比比。"

"好啊，老黄。我应战！"李明强照黄中臣的背上拍了一巴掌，笑着说。

"你——"黄中臣一边怪笑着，一边点头看着李明强。今天，他到侦察连，先去看了指导员刘群山，然后就去看了李明强。

李明强出于对机关同志的尊重，一直热情地陪着黄中臣。听他说下象棋，心里也痒痒起来。暗想，大过年的，轻松一下。况且，黄中臣是侦察大队的高手，与高手对弈，也是种享受。所以，就应了战。没想到，黄中臣还是那个德行，用不屑一顾的眼光看他。就说："快支摊儿，老规矩，我'从不走马'。"

"你小子，还不识'马别腿'啊！"黄中臣比李明强老两年兵龄，是李明强的象棋启蒙老师，当初李明强不识"马别腿"，却常以"咱下象棋，从不走马"的大实话唬人。

"此言差矣！因为呀，我的马会'连环夺车（chē）'了，我想让你的'车（chē）'多跑两圈儿。"李明强故意把"车（jū）"说成"车（chē）"了。

"哼！和你小子下，咱不带要'车（chē）'的。"黄中臣也把"车（jū）"当"车（chē）"吹上了。

战友们就近在"老牛"屋里支上摊儿，李明强和黄中臣就噼里啪啦地"杀"了起来。

"'士别三日，当刮目相看。'你小子长进了。"黄中臣为自己不得不走"车"打掩护了。

"黄助理怎么动'车'了！"

"黄助理输了！"

"说话不算数。"

围观的战士们七嘴八舌地喊叫着。

"好了，好了。黄助理回娘家来，咱可不能难为他。"李明强摆出很大度的样子说，"这'闺女'可没少给娘家办事儿啊。你们这帮小子，以后可要对黄助理尊重点啊。"李明强一边唠叨一边走棋，"好啊，想偷我的炮。"李明强也不得不动起马来。

"哈，排长也走马了！"

“没意思。”

“加上舌战吧？”

“对，加上舌战！”

“舌战”是侦察大队官兵下棋的一个习惯。一边走棋一边评论。必须用古今中外的军事用语。每一步棋说不出道道来不许走。

“行!

“我‘声东击西’。”黄中臣叫道。

“我‘避实就虚’。”

“我‘以患为利’。”

“我‘杂于害而患可解’。”

“我‘以正合，以奇胜’。”

“‘金蝉脱壳’，你‘稍息’。”

就这样，两个人棋逢对手，将遇良才。拱卒、出车，飞象，跳马，打炮，将军，支仕……你来我往，直杀得天昏地暗，不分胜负，最后握手言和了。

“排长，你的信。昨天来的，我出去玩儿忘了。”看下棋的通信员终于等到了火候儿，拿出几封信抱歉地说。

“没关系。”李明强接过，一封一封地看信封上的字。他要先看看，都是什么人来的信。

“正是时候，大年初一接到亲友的问好信，对我们远离家乡的军人是件喜事儿，你送的正是时候。”黄中臣摆出一副王者风范。

李明强不看便罢，一看信封，心就“怦怦”地跳了起来。这五封信有一封是军校同学陆建峰写的，一封是原部队谢国华来的，一封是卫和平的，一封是王红霞的，另一封是《都市文学》编辑部的。陆建峰、谢国华的信，一定是黄助理讲的问好信了；这三封信，是喜是忧，是悲是愁，是福是祸，天知道啊！这大过年的，我李明强到底是拆好啊，还是不拆好啊?

李明强拿着信悻悻地走回宿舍。路上就把陆建峰的信拆开了。陆建峰的信很短，除了问候，就是祝愿，还哪壶不开提哪壶地问李明强个人问题解决得怎么样，说他到了部队倒真是很想政治教员王红霞，真后悔当初没趁热打铁趁坎台儿骑驴，现在后悔已经晚了。

老子才后悔当初没下手呢！李明强的嘴角泛起了那种带有讽刺意味的微笑，眼前又浮现出体能课上他臭揍陆建峰的情景。

谢国华的信，汇报了班里全年的主要工作成绩，着重讲了班里怎样照顾闫小莉父母的事儿，加上几句问候祝愿的话。

剩下的三封，李明强犯难了。拆是一定的，他李明强就不信那个邪。“是福不是祸，是祸躲不过。”犯难的是到底先拆哪一封好呢?

李明强把三封信在手里倒了一遍，立即做出了决定，按王红霞、卫和平、编辑部的顺序看。即是“倒霉的炸弹”，这也是最佳顺序，逐级引爆，不致于一上来就被炸个一塌糊涂。

李明强的嘴角泛起了那种带有讽刺意味的微笑，“我是不屈不挠的李明强，除了自己倒下，任何艰难困苦都压不倒我，打不垮我！”

李明强拆开了王红霞的信。王红霞那秀丽的字体，诗一般的语言，一句句跳入李明强的眼帘，以景喻情，以事代情，以诗言情，全篇充满了情感和爱恋，充满了思念和幻想，使李明强非常感动。文如其人，那字体，那词句，那情感，如同王红霞本人那么美丽、洒脱、飘逸。不是情书，胜似情书。看似洒脱，实是缠绵。你看信中这首诗：

当阳光洒向你的小屋，

那是我默默祈祷对你的祝福；

当风儿缠绕你的小屋，

那是我万千思绪对你的追逐；

当雨儿飘落你的小屋，

那是我千言万语对你的倾诉；

当雪儿轻拂你的小屋，

那是我身着素装对你的歌舞。

一年四季，春夏秋冬，晴风雨雪，全融进了她的情感，她的意愿，她的幻想，她的思念。

我房无一间，哪来的小屋？你以为都像你们家那样住的是小别墅，每个人都有自己的小屋？！李明强慢慢地将王红霞的信按照原来的折痕叠起来，又从抽屉里拿出一个牛皮纸袋，那里是王红霞为李明强写的诗，还有元旦时写的信，那封信的结尾也是一首诗，那首诗比任何一首诗都让李明强回味：

寂寞时

踏着影子散步

总爱在

夜阑人静的时候

去剪集那湿漉漉的思念

没有您的日子里

我方感觉到

那回不来的伟岸

我知道

空想变不成现实

不知道

你知道不

李明强情不自禁地又取出那封信，看了一遍这首诗。其实，李明强早已把这首诗背下来了，可是这首诗，就像王红霞的影子，王红霞的声音，总是在李明强的面前晃动，总是在李明强的耳边响起：

我知道

空想变不成现实

不知道

你知道不

"空想变不成现实"。是王红霞自己的"空想"，还是我李明强的"空想"？这个问题，对李明强和王红霞来说，恐怕一生都是个谜。

李明强将王红霞的两封信装入牛皮纸袋，放在抽屉的最底层。他早就决定了，要像对待田聪颖一样对待王红霞，只收不回，让时间冷却对方的热情。他坚信，王红霞也会像田聪颖一样，写到哪一天，自己就不写了。他认为，王红霞和田聪颖一样，都是他这个从社会最底层爬出来的苦孩子情场上的高压线，他不敢触，也不能触，那是可望而不可攀的高枝儿。

李明强忐忑不安地打开了卫和平的信。卫和平是他蹦一蹦就能采到的花，摘到的果。

从信封看，李明强知道里面是一张明信片。可是，他不知道卫和平在明信片中写的是什么内容。当他看到李清照的画像时，心不由得一紧，因为那诗，他不看都知道。"生当做人杰，死亦为鬼雄，至今思项羽，不肯过江东。"

完了，一切都完了。看来，卫和平是决心不见我了。李明强不想再看卫和平的便笺，把"李清照"抛向桌面。只见那特制的大信封背面有英文字母，李明强又拿起看："Happy New Year!"

李明强认得，这是"恭贺新年"、"恭贺新禧"的意思。

卫和平恭贺我？那便笺不是恭贺之类的词，也一定是勉励的句子。李明强想到这，就看便笺，只见那便笺上是自己的诗：

很想很想很想与你畅谈，

很想很想很想给你长书；

只因只因只因怜你位卑，

只能只能只能以此代述。

但是，李明强还是一眼发现了那第三句的篡改，更重要的是他看到了那"春节回来畅谈"的句子。他摇摇头，仔细地看了好几遍，嘴角便泛起了那种带有讽刺意味的微笑。笑罢，对着李清照的画像亲了一口，便把"李清照"抛向空中，接住，又亲一口。口中念念有词："生当做人杰，死亦为鬼雄，想我李明强，赶快来北京。"

"哈……"李明强笑着，又将"李清照"抛向空中，接住，再深深地吻上一下。在他的心目中，他抛起的不是“李清照”而是卫和平，吻的不是“李清照”也是卫和平。

抛了吻，吻了抛，反复了几次，李明强才恋恋不舍地把它装进了另一个大牛皮纸袋。

《都市文学》的信不看了，明天再说。李明强把《都市文学》编辑部的来信往抽屉里一塞，起身去窗前倒了杯开水，咂了一口，很烫，吹了两下，那热气就扑向脸面，暖暖的，湿湿的，舒服极了。他又吹了几口，让脸享受了一下蒸气浴，笑笑，将水放到书桌上，一侧身，重重地砸在床上。他想心里高兴，想唱，就哼了起来：

你走吧，
别回头，
不然我会把你挽留。
你走吧，
别回头，
不然我会长哭不休。

我没有《蹉跎岁月》，
我是《会唱歌的鸢尾花》啊，
我已冲出了《围城》，
请你用《驼峰上的爱》，
擎起《高山下的花环》，
为我的《人生》的导游。

你走吧，
别回头，
莫说从此断了以后。
你走吧，
别回头，
莫说友情天长地久。

你《女人的风格》，
是《迷人的海》。
我《人到中年》，
《乡音》未改。
给我的《芳草心》做一次《洗礼》吧，
《布谷催春》更上一层楼。

你走吧，

别回头，

你已经把我的心带走。

妈的，怎唱起它了。李明强又哼，还是他妈的《你走吧》。他就唱下去。自从与卫和平分手后，他就爱唱这首王红霞作词他作曲的《你走吧》，只是将王红霞写的《男人的风格》改成了《女人的风格》。李明强越唱越觉得王红霞伟大，越唱越觉得自己渺小，越唱越理解王红霞与他分别时的心情。王红霞的笑是那么地可贵，那么地可爱，那么地可敬。那是她《女人的风格》啊！李明强没有资格欣赏！李明强想起了王红霞的话："到了北京，若不理想，回来找我。"这是暗示李明强，到北京后，无论是事业还是爱情，只要不理想，就找她王红霞，她有能力使李明强理想化。李明强本想把那谱成曲后的《你走吧》寄给王红霞，最终还是放弃了。那样，他就没有了《男人的风格》，真让他改成了《女人的风格了》。而王红霞那《女人的风格》，让他李明强去解读，实在是望而却步。

多亏是没有寄啊！李明强在心里感叹，若寄给了王红霞，不就等于是给她暗示"妇唱夫随"了，卫和平过完春节回来还畅谈什么呢？

李明强从床上跃起，喝口水，在桌子前坐下，习惯地打开抽屉，映入眼帘的首先就是《都市文学》编辑部的信。拆，是福不是祸，是祸躲不过！拆了，我是不屈不挠的李明强！

李明强摸着信封，很薄，好像也就一页纸。他从通信员手中接过的第一反应就是，这封信不是退稿。那又是什么呢？他怀着忐忑不安的心情打开了信封：

通知单！《都市文学》编辑部准备出版《红灯亮了之后》的通知单！让李明强初五上班后，抽时间预约去签合同。

看到这张通知单。李明强先是吸了一口冷气，心腾地一下悬了起来，脸刹那间变得苍白苍白。他不能相信这是真的，尽管他以往发表过作品，第一次中稿也激动过，但这次更甚于第一次。这是他日思夜盼的预计要成功的一部书啊！它终于要出版了，这不会是在开玩笑吧？

人就是这样，渴望着什么到来，到来了又为它到来的突然而怀疑。当他一次又一次地看清了字迹与《都市文学》编辑部的公章时，才发出一声深长的叹息。那苍白已久的面颊慢慢地慢慢地烧红了，好像他被一块几千钧重的巨石压过之后突然卸去了，他紧紧地抓住了救命神一般，心疯狂地欢跳起来，他的手也止不住地抖动起来，手中的信封与单据被抖得跳起了舞。这一通知具有多大的魅力，使现在的李明强与三分钟前的李明强判若两人，他浑身荡漾着热流，眼前变幻着光环。

"指导员，指导员！"李明强突然高喊着跑出屋去。

"怎么了？"指导员刘群山从屋里跳出来，当发生了什么急事。

"你看！你看！"李明强递上了那张通知单。胸脯像大海的波涛一样剧烈地起伏着。

"哈——"刘群山也大叫起来，"我们连出作家了！我们连出作家了！"

人们听到喊声，都从屋里涌了出来。

“我们连出作家了！”指导员挥着那张纸冲着战友们大喊，“李排长的书就要出版了！”

“李排长的书出版了！”

霎时，整个楼道沸腾了。人们将李明强抬起来，在楼道里颠呀颠呀。喊声、笑声、戏闹声，互相撞击着，撞击着墙壁，撞击着门窗，震得整个楼道发出震耳欲聋的嗡嗡回响声。不知是谁跑到俱乐部擂起了大鼓，既而又有人敲锣，俱乐部的各种乐器都用上了。春节前规定不让战士在楼道内放鞭放炮，这时也响起了鞭炮声。

“同志们，游行去啊！”

不知谁喊了一声。一呼百应，战士们便抬着李明强向楼外涌去。涌出了大楼，涌上了大道。侦察大队所有闻声的人都跑出来看热闹，人越涌越多，好像是一支浩浩荡荡的大军，从遥远的过去走来，向遥远的未来走去……

# 第二十四章

许玉梅的声调变了，低垂的眼球向上翻着望着李明强。那眼神是女人们在跟男人的接触中，感到语言不足以表达自己的感情时，常用的眼神。也是女人们在男人面前撒娇时，常用的眼光。

初四是最后一天假，李明强准备到丁力家去，再顺便到李彬、鸿涛家看一下。这几天，他被战友们弄得迷迷糊糊的。这个家里请，那个单位拉，碰到个熟人都要大大地客气一番。好像他是离开大家很长很长一段时间，突然载誉而归似的。

这一折腾，完全打乱了李明强放假四天的计划：丁力的父母待他像亲生父母一样，他每次去也都是怀着探望爸爸妈妈的心情去的，定于“初二回娘家”；鸿涛和晓丽腊月二十七儿参加了集体结婚，由于侦察大队进行节前军容风纪整顿和内务卫生大检查，他没有时间去，定于初三前去贺喜；丁力说孟华的肚子大起来了，也得去看一下，定于初四。看起来这几件事只有挤到初四这一天来办了。

节假日部队两顿饭。照例是八点半开饭，七点钟起床。

李明强已经洗漱完毕，肖明还直睁着两眼躺在被窝儿里。

“肖明，怎么不起？”

“我做了个梦，刚抱上老婆，起床号就响了。唉——过节了，做个梦都不让解馋啊。”

“哼哼！”李明强笑了。肖明就是调皮，好像他每天夜里的休息就是准备着第二天的调皮。两眼一睁，调皮话就来了。

“还没结婚哩，就老婆老婆的……”

“你不信怪谁？我已经说过多少次了，咱那小解放军早就种上了。”

“梦——里。”李明强又笑起来。肖明自去年春节回家定亲之后，再也没有离开过部队，若上次种上，早该生下来了。

“奶奶的，人家地方小青年一恋爱就一块儿睡，咱他妈有假还不让休呢！”

“不是给你说过了，到四月份闲了让你探家吗？”

“唉——远水解不了近喝，再让我体会一下吧。”肖明伸了个懒腰，嬉皮笑脸地对李明强说，“排长，我不想吃饭了，你出去后把门儿给我锁上算了。”

“少费话，快起来！你的卫生区谁替你打扫？！

“嗯——我今天有事出去。你抽个时间，带几个人把猪圈清扫一下，过节期间你还没有做一件好事儿呢！”

“做好事儿也不给他清猪圈！猪，我们帮他喂；圈，我们帮他清。年终，他妈的立三等功，老子连个嘉奖也没弄上。”

李明强不做声了。在这个问题上，给肖明讲不出理。他一年到底比谁干得都欢，吃亏就在于嘴上。

“炊事班的人，没一个好东西！昨天吃饭晚去一会儿，锁上门儿跑了，喊谁都说没拿钥匙。”

“你起不起！”李明强跨上去，将手伸进肖明的被窝儿里抓他。

“起，起，起。”肖明被李明强的凉手冰得又笑又叫，“土地，土地，两头受气，大神也降（xiang），小神也欺！”

“你——！”

“排长，有人找你，在大门口接待室。”通信员推门进来说。

“男的女的？”肖明急切地问。

“女的！”

“还不快起来收拾一下！”李明强丢下一句话就往外走。

“排长——”肖明又急忙叫住了李明强。

“什么事？”

“给个裤衩儿！”肖明有点不好意思了。

“你的呢？”李明强有点不高兴。

“昨天晚上刚洗了一个，夜里——又脱缰了。”肖明自己说着也笑起来。

李明强把手伸进那绿豆腐块里，在枕头包中摸出个绿裤头扔给他：“快一点！”

“是！”肖明大喊一声，又笑起来。

李明强疾步走在大路上。当听到通信员说找他的人是“女的”时，心一下子就加快了跳动。

一定是卫和平从家里回来了。她去年就是初四早晨这时候到的。去年的寒假，卫和平在家里过了一半，在这儿过了一半。今年，我怎么没有想到今年她还会来，是因为……唉，她白纸黑字地写着‘春节回来畅谈’，怎么给忘了呢？！

李明强一边走着，一边理着思绪。他曾怀疑卫和平不是真心和他“吹灯”，他了解卫和平，卫和平一定是在给他施加压力，进行“反面鼓励”的。他的眼前一遍又一遍地浮现着卫和平的倩影，卫和平张开双臂向他扑来，他们紧紧地拥抱在一起。

“明强！”

好熟悉好熟悉的声音，好甜润好甜润的喊叫，几乎把李明强的魂给冲跑了。可是，这声音分明不是卫和平的，这女人也不是卫和平，而是许玉梅。

李明强简直不敢相信自己的耳朵和眼睛，他使劲儿抖了抖身子，睁大了眼睛，赶跑了眼前的一切虚幻。不错，千真万确，正是许玉梅笑吟吟地站在接待室门前。

“你——”李明强一下子愣在了那里，“你不是回家……”

“我刚从老家回来。”许玉梅喃喃地说。她张张嘴，喉咙动了动，好像有许多话要说，又说不出来，脸红得像九月份的国光苹果。

刚从家来？她为什么一下车就跑到我这儿了？丁力、鸿涛、李彬，哪一家不比我这儿顺路啊！

李明强的心中明镜似的，他早就看出了许玉梅对他的爱恋。但是，他没有想到，许玉梅也会在家里过一半假期，也会在初四这一天来到他这里。他控制住自己，不露声色地问：“家里都好吧？”

“好！都问你好呢。”

“谢谢！”

许玉梅没有说话，只是跟着李明强走。拖累她一路的一包一箱，在李明强的手里像没有提什么东西一样。

“车上挤吗？”

“挤。在咱县都上不去车，一直站到郑州才走进车厢里，过了石家庄才坐上座儿。”

“啊，你带这么多东西，应该提前写封信，让我们接你。”李明强有意把“我们”二字说得很重，以代表同学会的所有人。

“本来我没准备来这么早。”

“为什么？”

“我，”许玉梅迟疑一下说，“我想考研究生，想早来复习一下。怎么门口不让进了，非让人接呀？”

“刚规定的，节日战备。”

“站岗的认识我。”

“公事公办。啊——进吧。”

说话间已经到了宿舍门前。

“您好！”肖明拘禁地笑着问候许玉梅。

“您好。”

“许姐，您洗一下吧！”肖明说着就拿起脸盆要到洗漱间打水。

“不，不忙。”许玉梅急忙阻止，但肖明已走出房间去了。

“喝水吗？”李明强问。

“不喝。”许玉梅慌忙回答。

“我们八点半开饭，我先给你泡袋方便面。”

“不，不用。我带好多吃的呢。”

“泡一袋吧，吃点热乎。”

许玉梅没再吱声，深情地看着李明强——这男人，还挺体贴人的。

“许姐，再加点热水吧？”肖明端着半盆冷水走进来，在右边桌底下抽出了方凳，放上脸盆说。

“不用，不用。”许玉梅今天显得非常拘谨。

“加一些吧，热水还多着呢。”李明强对肖明说完，又回过头对许玉梅说：“把大衣脱下吧。”

许玉梅穿了件在北京早已过时的蓝布棉大衣，那是她刚考上大学时她大姐给她做的。家境的贫寒，明写在这位都市女大学生的身上。这穿了五年，已褪色的蓝布大衣，给人以挂满寒霜之感，带着这严冬特有的寒气。

许玉梅脱去大衣。她上身穿的外罩是一件女式军干服，下身是一条深灰色西裤，脚穿一双黑色棉皮鞋，流线型的短发又黑又亮，映着那白里透红的瓜子脸，俨然一位既妩媚又威武的女兵。

李明强收回眼光，忙完了泡面的一切，从抽屉里取出一袋儿白色擦脸油放在桌上说：“可能没你的好，凑合着擦一次吧。”

“好香，这味儿好闻极了。”许玉梅挤了一点称赞道，并用鼻子贪婪地吸了吸问，“什么牌的？多少钱？”

“蜂王浆人参营养霜。九毛五。”

“真不错，我碰到了一定买一袋。”

“趁热吃吧！”李明强把泡好的方便面端给许玉梅。

“我给你带了好吃的。”许玉梅冲李明强神秘地一笑，走过去，打开她的提包，从中拿出一塑料袋柿饼，一袋核桃，年糕、醉枣等家乡特产以及家里过年做的小吃儿。

“哎，他呢？”许玉梅这才发现没有了肖明。

“出去了。面要凉了，快吃吧。”

许玉梅真的饿极了。在车上，一路没舍得买饭，带的东西也舍不得吃。那是她专门给李明强带的，每一样都是她亲手挑拣的。她爱李明强，再不能这样单相思了，她要告诉李明强，要让李明强知道。

许玉梅专门选择了这个日子，专门选择了这趟列车。这个信息是卫和平夏天透露给她的。当时，她是多么多么地羡慕卫和平啊，卫和平的寒假是那么的充实，而自己……又一年寒假来到了，她许玉梅要取代卫和平了，这不是她许玉梅横刀夺爱，而是卫和平自己放弃的位子。她要让李明强知道，她许玉梅比卫和平更值得爱。她虽然不是研究生，但是，她漂亮，她比卫和平漂亮，无论是脸蛋还是身条，都是卫和平所不能及的。她还要考研究生，要给李明强争回这口气儿。

许玉梅吃着那热气腾腾的面条，专注地看着李明强吃醉枣。那晶莹透红的大枣，是她们家祖传的醉法，每年都要卖上几百元钱呢。

“好吃吗？”许玉梅问。

“好吃，好吃极了！怎么弄的？”

“枣儿长到九成，摘下来洗净，再喷上酒拌匀，放在坛子里密封好，放几个月就成了。”许玉梅开始自然起来，眉飞色舞地说，“放好了，能放一年。只要你不打开坛子，就不会坏。”

“嗬——放那么长时间啊！”李明强又拿起一颗醉枣端详着，像是自言自语，又像是对许玉梅说，“不用放那么长时间，放到春节就行了。亲戚朋友来了，端上一盘鲜枣，多喜人啊。不错，真不错。我得试试，若能行，年年春节都能吃上醉枣了。”

“不用你干，我会。”许玉梅脱口而出，她完全沉浸在遐想之中，她将自己早就和李明强融为一体了，听着李明强那充满幻想的话，她幻觉出她与李明强成了家，每年春节她都为他端上一盘红玛瑙似的醉枣。话一出口，方知自已失言，忙岔开说：“明强，我送你点礼物。”

“什么礼物？”

“书。”许玉梅放下茶缸，从她那白色人造革皮箱中取出一摞书。

“什么书？”

“你看，你准有用。”许玉梅把书递给了李明强，脸上抑制不住得意的笑容，“我在咱县书店买的。”

“谢谢你！”

李明强心里很激动。难得许玉梅的关心，这真是同学亲如姊妹啊。他一本一本地看下去，心一次比一次跳得更剧烈。

许玉梅送的书是：《写作辞典》、《文学写作基础》、《文学描写知识》、《文学手册》、《作家的足迹》、《中外文学名著描写辞典》上下册、《文学描写辞典》上下册九本书。这九本书共计二十八元三角，李明强不看标价就知道。他记得清清楚楚，那是去年的今天，也是这个时候，也是在这个屋子里，也是在这张桌子前，卫和平给了他这九本书，也是说在“县书店买的”，多么惊人相似的一幕啊。

“二十八块零三毛，报销吧！”卫和平把发票拍在李明强那肥大的手心里。

“好，我报，我报。”李明强顺势握着卫和平的手，把她拉入怀里。吻呀吻呀，吻遍了她的整个面部和头发。后来，他把那张发票夹入相册作为纪念，回送卫和平一双棕色棉皮鞋。

今天，许玉梅同样送这九本书给李明强，不同的是，这可怜的姑娘没有要求李明强报销。

李明强深情地注视着许玉梅。她不能与家庭条件优越的卫和平相比，这二十多元钱，对她来说是一项很大的开支，这是她一个多月的生活费啊！

“你那《红灯亮了之后》……”

“要出版了。”李明强激动地打开了抽屉，取出了那张通知单递给了许玉梅。在他脚伤的一个多月里，许玉梅几乎每个星期天都来看他，许玉梅就是《红灯亮了之后》的第一个读者。那时，许玉梅一边照顾李明强，一边帮李明强誊写稿子，时不时地提出些不同意见，与李明强商量修改。那方格纸里，每一格都倾注着许玉梅的情和爱。可以说，在这本书里，也融着许玉梅的许多智慧和艰辛。

“那，我送的书，没，没用了？”许玉梅的声音颤抖着，浑身好软好软。李明强成功得太快了、太突然了，她希望她买的书能成为李明强成功的阶梯，她希望她能成为李明强成功的支柱。可是，李明强没有得到她的任何帮助就成功了。

“有用！太有用了。以后要写的东西还多着呢。”李明强安慰许玉梅说，故意显露出很高兴的样子。

“真的？”许玉梅的声调变了，低垂的眼球向上翻着望着李明强。那眼神是女人们在跟男人的接触中，感到语言不足以表达自己的感情时，常用的眼神。也是女人们在男人面前撒娇时，常用的眼光。

“真的！”李明强被这勾也似的目光勾住了心，用肯定的口气重复着许玉梅的话，眼前蒙起了一层迷雾，好美丽、好善良的姑娘……

两个人的眼睛似乎同时在以无声的语言探询着对方的内心世界，又似乎同时在为对方打开自己的内心世界。正当两个人傻愣愣地对峙的时候，有人敲门了，是肖明探进头来：“排长，端点饭吧？”

“嗯——不用，我们到街上吃。”

李明强将许玉梅带的东西一样吃一点就吃饱了，许玉梅吃了那袋方便面也说不饿了。正好李明强请了一天假，他也不问许玉梅累不累，说要买东西，带着许玉梅直奔王府井大街。

李明强打算今天要为许玉梅买一件衣服什么的，这女孩儿太可怜了，大学三年，父母相继离世，姊妹几个相依为命，经济着实困难。在学校别人每月吃三四十元的伙食，她从来没有超过二十元。她的服装也是再俭朴不过了。李明强一看到她，心中就会想起自己的爸爸、妈妈和哥哥，恻隐之心便油然而生。自从卫和平宣布散伙之后，许玉梅经常来看他，安慰他，使他感到许玉梅的心像她的外表一样的美丽、朴实。今天又千里迢迢带来这么多东西，特别是那摞书，使李明强非常感动，同时，他也真正地看清了姑娘内心的秘密。

我今天一定要买一套像样的西服送给许玉梅，她至今还没有西服呢。若能与卫和平结为秦晋，也不辜负许玉梅的一片真情。否则，就以此向许玉梅进攻。

李明强的思绪在编织着一幅以自己为中心的幸福图，乐得他全身的部件都处于极端的亢奋状态。

许玉梅的确是个稀世佳人，由这样的女孩陪着在大街上走路，就是驼背的男人也能挺直腰杆儿。这一刻，李明强忘掉了卫和平，忘掉了失恋的痛苦，好像许玉梅就是他的恋人，面对周围投来的羡慕的眼光，他昂首阔步。这个“林妹妹”，在大街上的回头率，不知要比卫和平高多少倍。

“你要买什么？”

到了王府井百货商店，李明强直奔二楼，许玉梅忙问。

“买身儿衣服。”

“买什么衣服？”

“西装。给我表妹买一身儿西装。”

“买西装得本人来买，试一试，不合适怎么办？”

“他的身材和你差不多，你多高？”

“一米六三。”

“巧极了，她也是一米六三。”

“这枣红色和青灰色的都不错，你买什么的？”许玉梅看上了一款西服，拉了一下李明强说。

“我不懂。你说，要是你穿，你要那套？”

“我穿？我穿那青灰色的好。但要看你表妹喜欢什么。”

“就喜欢青灰色。

“同志，把那西装拿一套。”李明强对售货员喊道，那女售员听了又好像没听见似的，一动不动。

“师傅，把那样的西装给我们拿一套看看。”许玉梅喊过了那售货员。

“能试试吗？”许玉梅问。

售货员冲许玉梅点了下头。

“现在都称师傅了，你还叫人家同志！你得管人家叫师傅，得说普通话。人家是钱眼里的人，和你不是同一条战壕里的战友。”许玉梅俯在李明强的耳旁笑着说。

这是李明强第一次听到许玉梅说笑话。

“棒极了！”

李明强简直不敢相信自己的眼睛。真真是“三分长相，七分打扮”，此刻的许玉梅漂亮极了。西装更显示出她娴淑、聪慧、恬静、典雅，西装也给她增添了庄重和潇洒。

“棒极了！”李明强转身走向柜台，开了票，又跑到收款处付了钱。

一百六十元，不贵。为这么漂亮的姑娘买衣服，即使像葛朗台那样的守财奴也不会吝啬。

许玉梅本想追上他说些什么，忽然想起了自己穿着人家的衣服，举步又止了。

李明强左手提着西装，右手托着许玉梅的后背，绕过熙熙攘攘的人群，沉默着走出了商店。这一百六十元，对李明强来说也是一个大数目，一个多月的工资啊。李明强家里并不富裕，他每个月领了工资都要往回寄五十元钱。李明强从没有自己独自买过一根冰棍，枉花过一分钱，就是与卫和平在一起，他也是将钱省到最低极限。他说，该花的钱，再多也不能怜惜；不该花的钱，再少也不能浪费。可卫和平不同，她家庭条件好，只要她想要，她就认为是该花的。所以，李明强与卫和平约会，买零食多数都是卫和平花钱，卫和平也从不与他计较，并且每次都要给他买许多他最爱吃的酥糖、山楂卷。卫和平说："小时候你吃不上，现在我让你吃个够。"

当李明强的右手滑向许玉梅的后背，许玉梅立刻感受到一股暖流涌上了心头，又从心里分布向全身。她感到她背靠的不是一只有力的大手，而是一架伟岸的大山，心里有说不出的舒畅和幸福，这不就是她梦里所求的那一刻吗，她不想说话，只想静静地感受。

一辆黑色皇冠小轿车停在了他们前边，司机从车里伸出头来大喊："强哥，你们到哪儿去？"

李明强丢开许玉梅，走到车前："啊，修省，真巧。我们刚在百货商店买了点东西。"

"上哪儿去，我送你们！"邢修省还是拉着嗓子喊，为的是让许玉梅能听见。

"不用。我们没事儿，就是瞎逛。"

"坐上吧，我拉上你们兜一圈儿，给哥哥你长长脸！"

"去你的吧！别耽误了挣钱！"

"小妞儿真亮！"邢修省情不自禁地赞叹一声。然后，压低声音对李明强说："强哥，你该给她买几身儿好衣裳。"

"少废话，走吧！"李明强重重地在邢修省的车顶拍了一下，皇冠车就"嗯"地一声闷响开走了。

"谁呢？"许玉梅问。刚才她一直站得远远的，没敢上前。

"一个朋友。"

"你还有出租车司机朋友？"许玉梅为李明强的社交圈广而高兴。

"玉梅，十五儿我们到鸿涛家聚一聚，你就穿这身西装怎样？"李明强想起了邢修省的话，就扬扬左手的提袋说，况且这也是他真心实意为许玉梅买的。

"让我穿？要让你表妹知道了不骂你！人家还没穿呢，就先借了人？"

"我那表妹啊，叫——许玉梅！"李明强兴高采烈地说着，不由得又把手搭在了许玉梅的背上。

"你——"许玉梅愣住了，睁大眼睛看着李明强，好像是从来就不认识似的。她不敢相信眼前的一切，她渴望得到李明强的重视与关爱。但是，她从来没有奢望从李明强这里得一套这么贵重的衣服。

"这是我新年送给你的礼物。"李明强急忙收回右手。他的脸红了，为自己的动机不纯而感到羞愧。

"花这么多钱。"许玉梅的脸也泛上了红晕了。她完全沉浸在幸福之中，这是她长这么大得到的第一身价格昂贵的衣裳。李明强花这么大的本钱，送这么好的礼物，意味着什么？还有，他刚才还把手……他也爱上我了。女人特有的矜持又回到了许玉梅的身上，她收回了要向李明强表明心迹的想法。她要等待，等待着李明强向她求爱。她想，这个日子不会远了。

由于非直系亲属不能留宿军营，由于许玉梅要考研究生，下午，李明强就把她送到了北师大。

“记住！十五儿到鸿涛家去。”李明强告别了依依不舍的许玉梅，直奔动物园，他要到丁力家去。上午让许玉梅同去，许玉梅说：“咱俩一块去，好吗？”

李明强没有回答。

# 第二十五章

当埋在心底深处的激情，被一句知心的话儿所撩动，它便会失去任何控制，像火山爆发似的奔涌而出。卫和平的话儿使丁力如梦初醒，一下子扑到许玉梅的面前，抓住了许玉梅的小手。

正月十五儿是星期日，是李明强能走出军营的日子。他打电话、写信告诉了同学们——《红灯亮了之后》要出版了，在赵鸿涛家相聚，他请大家吃饭，只是对卫和平保密。他让赵鸿涛请卫和平去，他要让卫和平大吃一惊。

李明强一大早就到了鸿涛家。

赵鸿涛惺忪着双眼开了门，趿拉着鞋，提着裤子："早，明强，你真早。"

"我真早？你呀，真是'春眠不觉晓'啊！都九点了，还早呢！

"嫂子，还不起来，怀孩子啦！"李明强又冲屋里喊，"噢——我知道了，你们这是，在我们到来之前，抓紧一分钟，干上六十秒啊！"

"去你的头，像个军人样儿吗？"一道印有竹子图案的淡蓝色布帘后边丢出一句笑骂。

"啊，军人就没有七情六欲了。"

"有你使啊，北京的女孩儿满街跑，你拉一个去呀！"

"我呀，就看上你了！是不是让鸿涛回避一下！"

"去你的头！想不到你李明强也这么坏，怪不得人家卫和平……"张晓丽话到嘴边留半句，自知失言，就不往下说了。她把那"要和你吹呢"几个字换成了："你，先坐会儿。鸿涛，拿点吃的堵住他的嘴！"

不用你堵，一句"卫和平"就戳到了李明强的痛处，李明强不再说话了。他站在那里，观察着这小夫妻的天地。床横放在屋子的紧里角，占去整个屋子的四分之一。那稀疏的“蓝竹子”紧贴着床帮儿，随着张晓丽穿衣的声音摇曳着。靠着床是一张三屜黄木桌，桌上一行书靠着墙立着。桌下放着一张红色坐垫的电光椅。桌的左翼是一个五尺高的小柜，柜上放着一台东芝十九英寸彩电，柜子倚着一堵突出的墙壁，墙那边是厨房，也是洗漱间。赵鸿涛停止了洗漱的哗啦声，走出来。

“坐，坐呀！”他指了指李明强右侧的沙发对李明强说。

这是一张罩着深绿色丝绒的新式三人长沙发，坐两个人时，中间座位的靠背可以放下来做茶几。可能是小两口睡前下了跳棋，黑胜红败的局势乃坐落在茶几上。衬板上画的一对猫，瞪着蓝眼睛看着棋盘。

李明强坐在沙发上，看着鸿涛走过那“竹林”，挤出一块粉红色的软膏，在手心揉两下涂在脸上。

张晓丽的头擦着“竹林”边露出来，向李明强做了个鬼脸。“竹子”便被她“嚓”、“嚓”几下卷了起来。显得窄小的屋子突然大了许多。两条红缎被子已经被叠成三折摞在一起，横放在床的正中央。床上铺着李明强送的双人床单儿，那青黄色印有鸳鸯戏水图案的双人床单儿和红缎被子配在一起既鲜艳又不俗气。

“鸿涛，鞋！”张晓丽坐在床沿上晃着腿喊。

“你脱哪儿了？”

“那里。”张晓丽指着李明强坐的沙发。

李明强的脸腾地红了。

“乱放鞋子。”赵鸿涛嘟噜着走过来，在李明强坐的沙发左侧取走了张晓丽的黑高跟皮鞋。

“是你给人家抱过来的。”张晓丽也嘟囔着。她不知是想起了昨夜洗脚之后被鸿涛抱到床上的情景，还是想起了李明强坐在那里，她不应该说此话，脸上泛起了红晕。

“这房子原来是单位的理发室。”赵鸿涛的声音把李明强的注意力引向了门后的电冰箱。

赵鸿涛端着盘子，一边拾水果，一边说：“我请人给改造了一下。暖气不好，就是冷一点。吃。”他递给李明强一个橘子。

“你看，这厨房就是趁着那洗头槽子改的。没办法，要来这间房子，就算烧高香了。”赵鸿涛见李明强站起来接了橘子，顺手拉着他看一下厨房。说是厨房，其实就是在这十几平米的房间里用三合板隔了一下，安了个排风扇，免得油烟跑进屋里。

“不错，真不错，面积比李彬的大多了。你也有了家了。”李明强笑着拍了拍赵鸿涛的肩膀。可是，他那虎目里却充满了迷茫。

“明强，我看你与和平……”赵鸿涛好像看透了他的心思。

“等她来了再说吧。”李明强那迷茫的眼睛里立时又充满了希望之光。

“咚咚咚。”一阵敲门声过后，门外响起了许玉梅的声音：“鸿涛，开门！”

许玉梅今天格外高兴。她穿着李明强为她买的西服，心里就像灌了蜜一样甘甜。

李明强靠近门口，他站起来开了门。门外是两张秀丽的脸，他的目光在那张挂着眼镜冻得发红带着甜蜜的脸上停下。

“平。”李明强一下子愣住了，过了好一会儿，他才接上话，“年过得好吗？”

卫和平点了点头，深情地注视着他：“你好像很高兴。”

在卫和平的眼里，李明强内心深处的东西是掩盖不住的。

“是的，我很高兴。我又有机会向你求婚了！”李明强万万没有想到自己怎么会冒出这么一句话。

“你——”卫和平张大了嘴，瞪直了眼，挺立在门口，她不知道李明强又要耍什么新花样。

许玉梅在李明强开门后专注地看卫和平的时候，脸上的笑容就脱去了，随着李明强下边的话，她几乎有一点站立不住的感觉，脸色刹那间变得苍白，只觉得浑身软绵绵的，便顺势靠在了门上。

“我今天当着大伙的面向你求婚！”李明强根本没有理会到许玉梅这一切变化，激动得只想把卫和平拥入怀中，喉咙像被什么堵住了似的，一个字也说不出来了。他想张开双臂让卫和平扑上来，只恨屋子太小，许玉梅又挡在他与卫和平的中间。

过去的一切都让它过去吧！他不怪卫和平，也从没有恨过她，他只恨自己无能！现在，他可以向人们证明，能力重于文凭！

“注意，注意！重点保护对象来了！”

随着丁力的喊声，丁力和李彬拥着孟华上了楼梯，来到门前。

三个月多没见，李明强简直不敢相信自己的眼睛了。孟华像个大熊猫似的，腆着斗大的肚子站在他们面前。

大家寒暄一下，伴着笑声相继进屋。李明强上前摸着孟华的大肚子说：“孟华，李彬给你吃什么好东西了？”

“强哥，这么简单的事儿你还不知道啊！孟华，告诉大家，结过婚的人怕什么！”丁力在跟着打哈哈，好像他也结过婚似的。

孟华狠狠地瞪了丁力一眼，又半真半假地用眼睛嗔着李明强，那眼光好像为攫取什么东西似的。

“噢——”李明强好像忽然想起来什么似的，说，“我说哩，这人不到，肚子就先到了。”

本来就大笑的人们，笑得更欢了。那李彬倒沉得住气，他一点儿也不笑，还一本儿正经地对孟华说：“你别笑，看，看岔气儿了。”

这一句话不要紧，逗得大伙狂笑不止。卫和平与许玉梅捂着胀红的脸依偎在沙发上笑；丁力一跃，跃到那弹性极好的弹簧床上，仰躺着狂笑；张晓丽笑着滚进赵鸿涛的怀里，赵鸿涛被这突然一击搞了个趔趄，张晓丽的头又撞上了他的嘴，痛得他哭笑不得。孟华直咧着嘴，龇着牙，像是笑，眼里又噙着泪。李彬还是没笑，心痛地问：“怎么了？

怎么了？”

李明强也没有笑，他学着李彬的腔调儿，从另一边扶着孟华，关切地说：“怎么了？岔气儿了？是岔气儿了吗？”逗得大家又捂肚子，又擦眼泪地大笑，直笑得没了声音还干龇着牙直咧着嘴。

李明强不笑，他就有这点儿本事，逗得别人笑出了眼泪他都不笑。他还是一本正经地说：“孟华，说真的，生下了这一胎，帮我生一个咋样？”

人们早已笑得没了劲，却都呼呼地喘着气止不住。丁力倒有能耐，遇到占便宜的事，他的能耐比谁都大。他止住笑喊道：

“强哥，我早挨上了，下一锅儿是我的！”

李明强笑了。先是仰天长笑，后又哈了腰，直笑得眼泪都出来了：“好，好，是你的，是你的。说正，正，正经的，我请大家……”他说不出一句完整的话。

“知道吗？”丁力挥动着右手在众人面前转了一圈儿，“强哥要出书了！”

丁力的口气好像是他掌握着这一“独家新闻”，言行里充满了自豪。其实也就是卫和平一个人不知道罢了，而丁力的一个重要目的，就是气卫和平。他故意停在卫和平面前，将“出书了”三个字喊得山响。

“明强，这是我们给你的礼物。”李彬从挎包中取出一尊栩栩如生的下山之虎。底坐上刻着：“声撼五岳，威震四海。”

“明强，我们送你一个台笔。”赵鸿涛捧出的是一只棕色雄鹰造型的台笔。

“愿你如虎添翼，去攀登文学艺术的高峰。”赵鸿涛、李彬、孟华、张晓丽四个人异口同声。

“嗬，你们是商量着干的啊！”李明强非常激动地说。

“强哥，这是我年终的奖品！我不爱写字，送给你了。”丁力是耿直人，不会花言巧语，他拿出的是一支金笔。

许玉梅没有准备礼物，不，她的礼物初四儿早就送去了，她只是直勾勾地看着李明强，两手爱惜地抚摸着西服的衣角，当李明强的目光与她的目光相撞时，她动了动那显然干渴的嘴唇没有说话，只是对李明强点点头，绽以微笑，那淡淡的微笑确实是夹着淡淡的哀愁。

卫和平根本不知道今天要干什么事情，以为是赵鸿涛有了房子请客。她阴历十三开学，刚回来三天，她也给李明强带了许多东西，本想趁这个星期天去和李明强好好谈谈，赵鸿涛就约了她。尽管她一进门也猜到了李明强会有什么成绩，又得一枚军功章什么的，绝没想到在这么短的时间内他能出上一本儿书。但是，丁力的喊声和大家的说笑声，完全证实了，李明强确实要出书了。她一句话都没说，静静地，深情地注视着李明强。她渴望李明强成功，但是这一天到来了，她竟一点也激动不起来。李明强今天眉飞色舞，一举一动都流露着内心深处的狂喜，俨如第一次抱她吻她后一样的神情。

“明强——”许久，卫和平才唤出这个在她心里唤了千万遍的名字。

“平，你看！”李明强完全沉浸在欢悦之中。他在同学会中，很少，也从来没有这么忘情过。他急忙从上衣口袋里掏出与《都市文学》出版社签定的合同书，递向卫和平。

卫和平伸出了她那带着甜蜜的手，抖抖地接过合同书，两只眼睛透过那深度的近视镜，死死地盯着，只怕错过一个字。

“强哥，我要为你写个征婚启事。第一个条件就是北京大学法律系的研究生。”丁力念念不忘攻击卫和平，直接了当地道出了她们系的名称。

“阿力。”李明强喝住丁力，一下子抓住卫和平的手，单腿下跪，一边说：“平，我——”

“别，别。”卫和平顺势一带把李明强拉到了沙发上，把那双甜蜜的小手从李明强的手中挣出，用右手捂住了他的嘴，并顺势扑在李明强的怀中，骑在他的双腿上说：“强，我也送你一件礼物。”

卫和平骑在李明强身上，欠了欠身子，拿过她那棕色的挎包，打开了那第二层上的小锁，打开拉链，取出一本绿色塑料皮日记本，在李明强眼前晃了晃说：“送给你，达岭——”

“达岭”，是英文，意思是“亲爱的”。反应最强的是许玉梅，她瞪大了眼睛，张大了嘴。

赵鸿涛拥着张晓丽说：“成了。”

两个人都笑了，宽慰地笑了。

孟华挺着大肚子不好转身，虽没看清这边发生了什么事情，却也明白了是怎么回事儿。她嗤之以鼻，附在李彬的耳边悄悄地说：“哼，虚假的爱情。”

他们两个人也笑了，鄙夷地笑了。

丁力不懂英文，根本没有反应，只是傻愣愣地看着卫和平骑在了李明强双腿上。他傻眼了，这是从没有过的镜头，怎么跟公园里那些谈恋爱的一样。

李明强虽然掌握不少单词会话，也知道“达岭”就是“亲爱的”。但他也没有什么反应，因为卫和平以前常这么叫他，他的注意力全在那绿皮儿日记上了。

李明强翻开日记，只见扉页上写着“少女之心”四个大字。他惊得目瞪口呆，痴痴地看着卫和平——这不会是那严禁的手抄本吧？！

卫和平好像看透了李明强的心事，伸出那只甜蜜的右手，帮李明强掀开了本子。她多掀了一张，呈现在李明强面前的是两页密密麻麻的字，右边一页的前两行醒目地写着：

十二月七日，星期日，晴。

按老规定，今天是和明强约会的日子，我心里很……

李明强没有看下去，而是倒回一页去看第一篇。

十一月二十三日，星期日，阴。

李明强的心为之一震，十一月二十三日，是那爱情的红灯开启的日子，那一天，对于他是多么的刻骨铭心。李明强不敢多想，便如饥似渴地看下去：

“我从不写日记，繁杂的学习任务和社会活动忙得不可开交。现在，我不得不写了。

我全部的爱以后就只能靠这本日记来表达了。强，我爱你，向天起誓，我爱你，爱你，今生今世，我只爱你。强，我亲爱的，爱情光凭感情是不够的，她需要事业的培植。近日来，我发现我的爱毁了你……”

李明强再也看不下去了，他胡乱翻了两下，一本快写完了，这完全证实了他的判断，卫和平绝不会抛弃他。他了解卫和平，甚至胜过了解自己。他再也抑制不住自己的感情，抛下日记，一下将卫和平拥入怀中。卫和平趴在李明强的肩头，怎么也止不住自己的泪水，一任它流入自己的口中，流向李明强的脖颈。他们久久地，久久地，拥抱着，好像屋里只有他们两个人，彼此感受着对方的心跳，倾听着对方的心声。

同学们的掌声使他们不得不分开了。李明强双手捧着卫和平那丰腴的屁股，腾地从沙发上跃起，转了两圈儿，在她那粉唇上使劲地吻了一下，把她放在了沙发上。

“好！”赵鸿涛大叫一声，起哄似的鼓掌。

“小李子，过来。”孟华学着电影中慈禧太后的声调冲李明强招手说，“还让我帮你生孩子吗？”

“这，这结过婚的人，唉——”李明强不知是高兴还是生气，反正是嘴都乐得合不拢了，顺势一屁股坐到沙发上，将胳膊搭向卫和平的肩膀。卫和平的脸蛋上溢满了红晕。两人那么坐着，倒显得有点手足无措。这不单单是因孟华那句话叫他们不自然，主要是他们以前好的时候也从来没在同学们面前这样过，他们向来是相敬如宾的。

“瞧，多亲热啊！”张晓丽也插了话。

“彬彬，眼直了。”孟华用手指在李彬的眼前晃了晃。李彬回过头，用手捋了一下孟华的长发，顺势搂住了她的肩膀。

“我早说过，他们是天生的一对儿嘛！”晓丽又在鸿涛面前耍小聪明了。

“平，平姐。”丁力一直没有说话，一直傻乎乎地站着发愣。这时凑到李明强与卫和平面前，好像小学生做错了事儿等待老师的发落一般。

卫和平一把将丁力拉下，在他额头上吻了一下：“阿力，你真可爱，我喜欢你，有你这样的朋友，我打心眼儿里高兴。”

“要是没有李明强，和平就嫁给你了！”孟华乘机报复丁力。

同学们都大笑起来，一直痴呆的许玉梅脸上也随之泛起了笑纹，但那笑是勉强的、轻蔑的。

“孟华，你报复，你报复人。”丁力被笑得脸红到了脖子根。

“阿力，真的。你很正直，疾恶如仇，很难得的。况且，你对明强好，不也是对我好吗？你，你也该找女朋友了。”卫和平真诚地对丁力说。

当埋在心底深处的激情，被一句知心的话儿所撩动，它便会失去任何控制，像火山爆发似的奔涌而出。卫和平的话儿使丁力如梦初醒，一下子扑到许玉梅的面前，抓住了许玉梅的小手哀求：“玉梅，嫁给我吧，嫁给我吧。我爱你，我一直地爱着你呀。”

许玉梅挣脱了丁力的手，苍白的脸色瞬间涨得通红。这期间，她一句话也没说。来的路上，也可以说是从初四儿到今天的愉悦，没进门就被李明强对卫和平的情感淹没了，她的脑海一会儿像汹涌澎湃的大海，一会儿又像平静无澜的深潭，怀里犹如揣了二十五只小兔儿——百爪挠心。现在，丁力这一鲁莽的举动，使她脑袋“嗡”的一声，一时间几乎失去了知觉，只是本能地挣脱丁力的手，将身子紧缩在沙发上。

“我求你，求求你了。你看平姐，强哥才中专呢！咱，咱，成正比。”丁力语无论次地说着。难得他能用“成正比”作比喻。他的意思是说卫和平与李明强，研究生配中专生，她许玉梅本科生嫁他这个技校生可以等同了。

“哎——我提议，人家明强与和平好长时间没见了，给他们点儿时间，咱们逛街去好吗？”赵鸿涛看着这进退两难的局面，急中生智，一边指着李明强与卫和平对大家说，一边用脚轻轻地踢丁力的屁股。

丁力知趣地站起来，脸红到了脖根儿。

“行，给他们两个小时。”

“对，让他俩好好亲热亲热。”

“走。”

同学们你一言我一语地附和着，以热烈的气氛掩饰许玉梅和丁力的尴尬

“好好好，快走吧，两小时后，迎春圆餐厅见，我请客。”李明强大声地喊着，回手使劲地抓住丁力的胳膊，把他拉向身边，附在他耳边小声地说：“别胡来了！”接着又大声地喊：“快去，帮李彬扶扶孟华。为下一锅做好准备！”

人们都知趣地走了。李彬把扶孟华的职责让给了丁力，拎着孟华的小坤包走出屋子。张晓丽拉着许玉梅说：“玉梅，刚出了一种增白粉蜜，听说效果可好了，咱们去瞧瞧。”

许玉梅机械地下意识地跟着张晓丽走出屋子，又下意识地回头看了一下李明强。孟华冲送到门口的李明强拍了拍大肚子，狡黠地笑了笑。

“走吧，走吧，别闪着腰了！”李明强笑着“轰”孟华，他恨不得他们几个立刻消失，他早就等不及了。

李明强看着丁力扶着孟华刚转过楼梯，就回身一把搂住卫和平，把她卷进了屋。

幸福的时刻来到了，甜蜜的爱河涨满了。他们拥吻着滚倒在沙发上，相互抚摸着，亲吻着。

“你瘦多了。”卫和平喃喃地说，“腰都细了。”

“是吗？我怎么没觉出来？”

“都怪我。”卫和平说着又流出泪来。

“别，别哭。”李明强用手指擦去卫和平的眼泪，笑着说，“我早想到你不是认真的了。”

“真的。”卫和平睁大眼睛盯着李明强看，看了好一会儿，说，“你真聪明。”踮起脚尖吻了一下李明强的脸。

“但是，也拿不准。”李明强的脸暗淡下来。

“我说的呢，你也让我蒙住了吧！”卫和平得意地举起她那甜蜜的手，拍拍李明强的脸说，“我一直在想你的歌词。”

“什么歌词？”

“就是上次聚会，我吹口琴，你说的歌词啊。”

“那是我随便说的。”

“还记得词吗？”

“随便说说，早忘了。”

“我一直在吹那曲子。”卫和平深情地说，“咱们再把词填上吧，做个纪念。”

卫和平那征询的目光，让李明强感动得半天说不出话来，他紧紧地抱着她，好像又听到了她那委婉的琴声，许久，李明强慢慢地推开卫和平，像是下定了决心似的说：“好！你吹曲，我作词。”

“我还当你不乐意呢！”卫和平撒娇似的用她那小拳头在李明强那宽阔而又结实的胸脯上敲打几下，转身去拿那棕色的挎包。

卫和平的琴声又充满了这温馨的小屋，李明强听着，写着，他把卫和平吹的，谱成了曲子，又加了词。

卫和平反复地吹，李明强反复地改，终于合作出了“人间喜剧”的主题歌——《心曲》。

李明强唱着，卫和平吹着，歌声琴声充满了屋子，从门窗的缝隙中挤出去，升入太空。

过去，我们相爱，荒芜了希望的日子。
现在，我们分离，为未来生活的充实。
啊，亲爱的人，
不要为，不要为离别伤心；
为祖国，为人民，为事业献身。
冬天就要过去，明天立春，
明天就是春。

过去，我们相爱，荒芜了希望的日子。
现在，我们相爱，把希望变成了现实。
啊，亲爱的人，
不要为，不要为缠绵的爱贻误青春；
为祖国，为人民，为事业献身。
冬天已经过去，今天立春，
今天就是春。

# 第 二 十 六 章

**当许玉梅发现自己躺在李明强的怀里时，除了感到切骨的伤痛外，害怕全无了。她愿闭着眼睛，永远躺在李明强的怀里。**

卫和平又回到了李明强的身边，春天又回到了李明强的身边。

太阳逐渐增加了热力，风儿逐渐增加了温度，送来了新生、发展，繁荣，昌盛的信息。雪化了，冰化了，地儿解冻了。冬眠的动物睁开了惺忪的睡眼。市里的千条柔柳，瞪圆了他们黄绿色的眼睛。郊外的绿草、青藤、黄花、白花、蓝花像一支支零散的部队赶赴集结地域似的奔聚而来。南飞的燕子也回来了，为大地将有的一番新的事业，新的设计，新的奋斗，新的成功而欢呼歌唱。

李明强四望云物，光明而清新，一切的一切都觉得可爱。天可爱，地可爱，男人可爱，女人更可爱，卫和平最最可爱。那悲凉的《三十岁进行曲》稍息去吧！世界上没有人应该唱它。他要歌颂社会，赞美人生，赞美男性，赞美女性，赞美卫和平。他潜心于自己的新作《和平歌》，他要在结婚之前完成它，献给自己亲爱的妻子——卫和平。这次的约会时间是他定的，除重大节日外，三个星期见一次面，其他时间，不是人命关天的大事不见。

今天是五月三日，他们约会后的第二天，卫和平便来到了香山步兵侦察大队。

“明强，我必须告诉你一件事。这件事我憋了好多天了。”卫和平说话的语气是严肃的，脸是严肃的，眼神也是严肃的，没有半点儿玩笑的意思。

“人命关天吗？”李明强笑着逗卫和平，为的是把气氛缓和一下。

“差不多。”卫和平低沉地说，一切的严肃有增无减，使李明强也害怕起来：“怎么了？”

"许玉梅不考研究生了。"

"这是什么大不了的事，不考就不考呗。人各有志嘛，你急个啥。"李明强把卫和平拥入怀中。

"怎么不急！"卫和平一把推开李明强，加重了语气说，"她是因为你才不考的！"

"因为我？"李明强若有所悟地问。

"是的。她爱你，发疯地爱你。"卫和平的语气非常急促。突然，她又把声音降低了八度，说："那次咱们从李彬家里出来，她好像一直跟着我们。当时，我还以为我看错了。正月十五儿聚会后，她到我们学校找我，她哭着求我，让我，让我把你让给她。"

"胡闹，这是让的事儿吗！"

"她说'和平姐，把明强让给我吧，没有他，我简直没法活了'。"

"你怎么说的？"

"我当时认为她的话是假的，哭是装的，她是看到你的书发表了，图虚荣罢了。我说，我说——"

"你说什么？"

"我说：'爱情是自私的，不能像物品那样可以转让，明强是决不会爱你的，我了解他。'"

"后来呢？"

"后来，她又求我了几次，我都拒绝了。"

"你，你怎么现在才告诉我。"李明强的眼前浮现出他的脚被扎伤后，许玉梅常来看望的情景；浮现出许玉梅帮他誊写书稿的情景；浮现出许玉梅大年初四到来的情景；浮现出许玉梅穿上他为她买的西装后那高兴的样子……

"前天她去找我，我来你这儿了。她给我留了封信。昨天我去看她，她人瘦了，眼也呆了，好像有点呆痴似的。"卫和平说着拿出一张纸。

李明强根本就没有听清卫和平说的什么，急忙接过来展开，只见上面写道：

和平姐：

我将怎么办呢？我一点也忘不了他。李明强，他使我茶饭不香，夜不能眠，学习时也常常发傻。我知道你帮不了我，可我为什么偏要去求你呢？我不敢，不敢去求他。他若拒绝了我，我就连一点希望都没有了。我知道爱情是不能转让的。和平姐，我求你最后一次了，把李明强让给我吧，我这一生会很好地照顾他，体贴他的。哈哈，没有用，没有用的。我知道你不会让，你们是久经考验的。那，那我就只有离开北京了。我恨北京，爱的人得不到，不爱的人死咬着不放。我真想把丁力杀了，我办不到，我只有离开北京了。到边疆去，到最偏僻的地方去，去埋葬我那可怜的爱吧！……

李明强看了信，他浑身的血都凝固了。他真没有想到许玉梅会爱他，爱得这么深。他真没想到卫和平会告诉他，而且告得这么急。他久久地，久久地，久久地注视着卫和平，腾地一把将她拥入怀中，好像是怕被人抢去似的紧紧地搂着。可是，他的眼前总是幻出许玉梅那俊俏的身影、漂亮的脸蛋和那自怜自叹的神情。好久好久他才说话："平，你心真好。玉梅也太可怜了。三年内父母双亡，对她的打击太大了。她很容易受刺激，很容易受伤害，我们一定要帮助她。"

卫和平使劲地点了下头。

"嗒嗒，嗒，嗒嗒。"有人敲门了。

"邢修省，请进。"李明强轻轻推开怀里的卫和平，冲门口喊道。

"你怎么知道是我？"随着话音，一位身穿灰白色猎装、留着长发小胡子的地方青年卷进来。

"因为你的敲法和力度与前两次一样。"

"真不愧为侦察兵。"邢修省赞叹道，"这位——"

"这就是我给你说过的卫和平。"

"研究生，久仰，久仰！"

卫和平正为李明强那细心观察、善于抓特征的习惯而自豪呢。听到人家叫她"研究生"，更满足了她的自尊，赶忙伸出那蜜酿出来似的小手说："谢谢！"

"有什么事吧？"李明强问邢修省。

"没有，来玩儿的。"邢修省松开卫和平的手满不在乎地说。

"嗬，你玩儿上一天，可就少挣百八十元啊！"

"人也不能光为了挣钱，也要有一点高的追求才是。强哥，我也爱好文学，经常写点小说什么，可至今还没有一篇变成铅字的。所以，不敢和你说。这一段，我又写了一篇小说，你给看一下吧！"邢修省有点不好意思，说着从口袋里掏出一叠纸。

"好啊伙计，你还给我保密呢！咱们不愧为朋友，有着共同爱好啊。行，咱们一块切磋切磋吧。"李明强接过那叠纸，照邢修省肩膀上拍了一下。

"那就劳驾您啦。"邢修省说完，又不好意思地冲卫和平笑了一下。

"哎，别没啥事儿吧？"李明强好像想起什么事似的问邢修省。

"没有！"

"那好，走，你顺路把我们送到北师大。"李明强知道邢修省的家就在北师大旁边，一边说一边推着他往外走。

"你得让我喝口水吧！你说，研究生，他多霸道。"邢修省一边说，一边笑着向外走。

"他——"卫和平欲言又止。

"好，好，好，你喝水，我去请个假。"李明强说完就没了踪影。

卫和平急忙转身拿过李明强那公用杯子，对邢修省说："放茶叶吗？"

"不放，就白开水。"邢修省看着卫和平，心想，"怎么是她？这娘们也没什么可爱的呀，除了文凭，长相一般嘛。"

邢修省接过卫和平递过的杯子，一边吹凉，一边用眼睛瞟着卫和平。他回忆着在王府井见到的许玉梅，在心里比较着，他要从卫和平的身上寻找出李明强爱她的缘由。

“走。”李明强风风火火地走进屋，一手拿了帽子，一手拎起卫和平那棕色的手提包。

“我还没喝呢。”邢修省喊。

“回你家喝去。我们有急事儿。”李明强将帽子戴在头上，不容置疑地去夺邢修省手中的杯子。

“走，走，走！哎，今天在我家吃饭行吗？”

“不，不。我的同学病了，我们要去看看她。”李明强急切地说。

“走！”邢修省首先走出了屋。

李明强深情地拍了拍卫和平的肩膀，托着她的后背走出门去。

坐出租汽车对卫和平来说是第一次，她今天才知道人们常说的“皇冠”就是这个样子，自己能坐上不掏钱的“皇冠”，使她心里乐滋滋的。她想，李明强还真行，交了个出租汽车司机做朋友。

李明强在她的身边专心致志地看着邢修省写的小说。

中国的年轻人，百分之七十都做写作梦，可真正付诸实践的不多，能坚持写的更少，能变成铅字的寥寥无几，成名成家的屈指可数。他们大都认为自己的经历不凡，都想提起笔来向人们宣告自己的存在。

邢修省写的就是他自己，这是由十几家报刊宣传过的事情，去年十一月十六日夜晚，他出车途中，协助公安人员生擒了两名罪犯。

卫和平把头依在李明强的肩膀上问：“你们是怎么认识的？”

“啊，我不是告诉你了嘛。被你‘抛弃’那天，我为了赶时间，坐了出租汽车。那个司机，就是他。”

“啊——”卫和平感到很对不起李明强，不说话了。她用手抚摸着李明强那粗壮的大腿，给他安慰。

“老实点，车转弯了。”邢修省从反射镜里看到了这一镜头，开了句玩笑。他一直把车内的反光镜对准卫和平，不时地看着她那一颦一笑、一举一动，从外表上，他实在看不出李明强为什么会爱他。原来，她上次见了许玉梅，把许玉梅当成卫和平了。他想，要是那妞儿该多好啊，电影明星似的！

“专心开你的车。”李明强向邢修省轻呵一句。

“是！排长同志。”邢修省学起了军队语言。

邢修省说得不错，车真的转弯了。惯性使李明强侧向了卫和平。卫和平刚才听到邢修省那一嗓子，吓得心怦怦直跳，盯着邢修省的脑袋纳闷，他开车向前看，怎么知道后座上的事儿，莫非他后脑勺上有只眼睛。

李明强看卫和平的脸红到了耳根，便把卫和平搂在怀里，寻找话题：“哎，你说，把玉梅介绍给他怎么样？他虽没有文凭，但人品好，爱学习，还立过大功呢？”

“他没有……”

“剃头挑子一头热。看上了颐和园旁圆圆餐厅的一位服务员，可是，人家为了工作为经理献身了。”

“许玉梅——”

“我们做做工作，成不成全在他们自己了。”

“他家庭条件——”卫和平下意识地想到了许玉梅家的贫寒，她不愿让自己的朋友再贫寒下去。

“还不错，父母都是知识分子，一个博士生姐姐在美国。就这一个‘不争气’的小子。”李明强引用了邢修省父母评价邢修省的话。

“强哥，你又在说我的坏话呢。”

“不，是好事儿。”

“什么好事儿？哎，强哥，你看，哎——”

“啊——！”

随着这两声惊叫，汽车嘎然而止。李明强什么也没看到，却同卫和平一起差点被抛了起来。待他们醒过神来，只见一个姑娘横卧在车前，双手抱着头部，血从指缝里流出来，流得满脸都是。

“玉梅！”李明强第一个跳下车，扶起那姑娘一看，发现竟是许玉梅。他不顾一切将她抱了起来，大声地问：“医院在哪儿？”

“玉梅！”卫和平急忙掏出手帕给她捂住伤口。

许玉梅听到喊声，无力地睁开双眼。当她发现自己躺在李明强的怀里时，两只眼睛睁得好圆好圆，那是她上了四年大学还没有近视的眼睛，聚着明亮的光，那眼光能辨别人世间一切的一切。她动了动嘴唇，没说出一个字。终于闭上了眼睛，无力地依在李明强的怀里。不全是伤痛与害怕，可以说，当她发现自己躺在李明强的怀里时，除了感到切骨的伤痛外，害怕全无了，她愿闭着眼睛，永远躺在李明强的怀里。所以，她清楚，也知道，更能够说出来医院在哪里，但是她动了动嘴唇，还是把话咽在了肚里，她想在李明强的怀里安静地多躺一会儿。

“医院在哪里？”李明强冲着围观的人群急切地喊。

“跟我来吧！”是一个姑娘的声音。

李明强抱着许玉梅焦急地跟在那姑娘后边跑，几步就超过了她，又慢下来，督促一句：“快，快！”

“在这边。”邢修省赶上来，跑在前面给李明强带路。

“明强，你怎么来了？”许玉梅清醒了，她睁开眼，拉着李明强的手轻轻地问。

“别，别说话，你被车撞晕了。”李明强轻轻地说。

许玉梅又闭上了眼睛。其实，许玉梅根本就没有昏迷，一切的一切她都清清楚楚地知道。但是，她就是想拉着李明强，一直这样拉下去。等到医生给她包扎完毕，说要住院观察两天，让把她送到病房时，她才睁开眼眼说话："明强，不要怪司机，不怨人家。是我，是我……"

"不，是我，是我。"邢修省急切地走到许玉梅面前说，"是我的车开得太快了。"

"不，你的车开得不快。是我……"许玉梅轻轻地说。

"不是你，是你，是你太漂亮了，我看走了神儿。"许玉梅的话，使邢修省非常感动，说了大实话。

"那你，你就别开车了。"许玉梅哭笑不得地说。

邢修省真的不开车了，一连几天都守候着许玉梅，给她无微不至的关怀。空闲时，他认真看书，细心写作。他的小说，原型就是他自己，用的又是第一人称，写得真实细腻，使许玉梅从中了解了他——李明强第二。

李明强，李明强第二。这是爱神的有意安排，还是命运的巧合？

许玉梅的头又疼了。

许玉梅头部的伤还没好，最令人难以抉择的事情便降临到李明强身上。

六月五日下午，李明强正伏案疾书，《和平歌》刚刚写了不到一半，军营里响起了紧急集合的号声。侦察大队全体指战员在没有任何准备的情况下，打背包带用具仅用了三十四分四十七秒就集合完毕。

军区杨副司令在操场上踱来踱去："太慢了，太慢了，要在战场上，整个部队都会落在敌人的炮火之中！"

杨副司令亲自点了名，当场宣布给予无故不到的两名干部警告处分。

接着侦察大队大队长做了应急训练的动员。赴青屏县作战的毛毛雨下来了。统计，填表。能结婚的干部战士可以回家结婚，不结婚的人们分批安排探家，在军营的人搞应急训练。达标的条件也下达了，要求每个人，无论如何，在七十天内必须达标。这就不是明说地说明了，三个月内这支侦察部队将要开赴前线。

这天夜里，李明强又失眠了。那苦难的童年，那多梦的学生时代，那如痴如迷的恋爱，那撕心裂肺的失恋，那激动人心的成功，又一幕幕地浮现在眼前。

李明强在心里不住地骂自己，想那些干什么？不就是确定是不是结婚嘛！可是，脑海里偏偏老是浮现那些场面。

李明强躺在床上，不停地翻着身。神魂颠倒，如醉如痴。一会儿，他幻觉卫和平就在自己的怀中；一会儿，又浮现卫和平拒绝他的情景；一会儿，他觉得自己满腹经纶、才貌双全，文武俱备，应该得到她；一会儿，又觉得自己没有学位，不够漂亮，家贫亲病，没有资格占有她；一会儿，他想结婚，要和卫和平白头到老，用他们最纯洁无瑕的爱情去酿造最幸福最美满的生活美酒；一会儿，他又觉得不应该结婚。他认为参战前的结婚是不负责任的，自私的。他总对人说，卫和平找了他算亏透了，世界上再没有比她更傻的人了。那时的说笑，多带有对卫和平赞美的意思。而现在，他真的这么想了。他不能再让她亏了，他不能毁了她。

真正的爱情就像一块纯洁的水晶，上面沾不得半点尘渣。否则，水晶就会变成露珠，不是自然毁灭，就是任人践踏。

他不能玷污他们的爱情。

痛苦啃食着李明强的心，把他的嘴唇都变白了。口很干很干，喉咙很痒很痒。他想喝水，但是，暖水瓶是空的。肖明探家走了十几天，他竟有五六天暖水瓶是空的。不是他懒，而是他实在没有时间。有时是写东西忘了，有时是想起来晚了。有一次他去的不晚，正是打水的高峰，他看人多就把暖瓶放在一边看起书来，等看完一章回过神来，锅炉工又加入凉水了。这些天，要不是别人帮他打一下，恐怕他干的天数更多了。好在战友间没什么说的，渴了到别的屋里倒呗。可现在不行，已是深夜，不，是凌晨零点四十六分了，他不能去打扰人家。

李明强揿亮电子表上的小灯，一闪一闪的。这是卫和平给他买的。田聪颖送的那只机械表不知怎么坏了，总是停，以他的话讲，是“不走了就打，打了半年，再打也不走了”。卫和平就给他买了这块电子表。

“不贵，十元钱，机械表修一次也得几元钱呢。”

卫和平的声音萦绕在李明强的耳际，卫和平的倩影浮现在他的眼前。

卫和平是他的爱情之河，生命之水。他现在正挣扎在沙漠里，干渴极了，他想喝干，想一下子喝干这生命之水。

从目前看，李明强完全具备了喝的条件，组织上也会尽最大可能给他提供方便。这生命之水离他很近很近，举足可获，他为什么不能去痛饮一番呢？

李明强颤抖着身子，拥着棉被，仿佛是拥抱着他亲爱的姑娘。他冲动地搂着，搂着，他要把自己巨大的爱和情欲都奉献给她……

第二天早晨，指导员刘群山告诉李明强，像他的家庭情况，可以申请留下。打个报告，最起码能留在后方预备队，是否打报告，要他考虑一下。并要求他备一课，给战士们进行一次个人利益必须服从国家利益的教育。

这不明明是让我李明强带头吗？临战前，哪个连队不希望多几份请战书？谁希望自己的部属打留后报告？做政治工作的，真他妈会耍手腕，一方面明知你家庭有困难，表示一下关心；另一方面让你用自己的手去捂你自己的嘴巴。真是一箭双雕啊！

李明强恨透了人世间的虚伪与奸诈，被人玩弄的感觉油然而生。自从真的接到要出书的通知单后，李明强就发现指导员对他开始不好了，当面一套，背后一套，和连长丁辉联合起来整他，把工作给他安排得满满的，不让他有一点写作的时间，还动不动就找茬儿，到大队领导那里说他的坏话。李明强知道，他们是怕丢了自己的位子，当他们的利益受到威胁时，以前的兄弟之情就没有了。李明强的心里忽然感到一种没有着落的空虚和孤独，他真真地觉得人生有些空虚了，自己有些孤独了。茫茫人海，尽人陌生。凄凄凉凉地在许许多多的陌生人面前工作，孤孤单单地在许许多多的陌生人眼光中涉行，每前进一步都那么地艰苦。整个世界太空虚了。他心目中的楷模失去了，在他的心里，这是一种崩溃。“人心隔肚皮”，他恨不得割开指导员的胸膛看看那是副怎样的心肝。

好像有什么东西别在心里似的，李明强的胸中冒出一阵可怕的呜咽，仿佛快要把胸膛撕裂了。他想哭，他真想哭，真想立刻飞回家去，扑进妈妈的怀里哇哇痛哭，用泪水淹没人世间的虚情假意。

李明强真想留下。爸爸妈妈革命了几十年，落得一身疾病，至今行动不便；哥哥呆傻，生活不能自理。农村实行了生产责任制，人们都各自忙各自的了。他们不会种田，种瓜不得瓜，种豆不得豆，一家三口人，主要靠他每月寄回的五十元钱过日子。爸爸妈妈都是“五十年代的思想”——一切为国家着想，不肯向政府提任何条件。而他，“身为人子，当尽其孝”。他想留下，用自己辛苦的劳动换取父母老年的欢乐，给他们寄托，给他们幸福。他们的一生太苦了，中年得子，又赶上十年动乱，他怎忍心再让“老年伤子”的特大不幸降临到他们身上呢！他不想上前线，不想给二老增加精神上的痛苦。爸爸、妈妈，特别是爸爸，那受过伤的神经再也经不起任何打击了。他一想起爸爸，一想起妈妈，一想起哥哥，他就想哭。特别是妈妈，妈妈老爱流泪，妈妈是拌着泪水生活的。他一想起妈妈的眼泪，眼里就充满了泪花。他一想起哥哥，童年聪明勇敢的哥哥，至今未婚，像个木头人一般。他就心痛，就有一种责任感——他要照顾哥哥一生。他一想起爸爸，那个瘦如干柴的老头，脾气倔犟而暴躁，言语中充满了火药味。他身上有战争年代的七处枪伤，双腿患有严重的关节炎，天阴雨雪，难以行走。高兴时像一个天真的孩子，生起气来吹胡子瞪眼，摔碟了摔碗。他常和妈妈怄气，有时还……。他不打哥哥，也不骂哥哥。在李明强的记忆里，爸爸从来没有打骂过哥哥。哥哥是为了保护妈妈被人打傻的，也许正是因为这个原因，爸爸才恨妈妈。爸爸对李明强要求很严，骂得很多，打得也很多，一次还整整罚他跪了一天，搞得他半天不能走路。李明强有点恨爸爸，不是因为爸爸打他骂他，而是因为爸爸打妈妈，在孩子的眼里，妈妈是神圣的。

想到爸爸，想到妈妈，想到哥哥，李明强真恨自己当初不应该当兵，不应该考军校，更不应该考步兵侦察。但是，这一切的一切都是爸爸支持、妈妈通过的。现在，刘爷爷去世了，李家的事再也没有人管了。李明强上不上前线，打不打留后报告，也没有人为他拍板了……

李明强捶了捶嗡嗡作响的脑袋，拿起笔与纸。他得备课，军人以服从命令为天职。这是指导员的指示，不，是团课教育，星期六下午是团日，李明强是团支部书记，讲课理所当然是他的事。部队刚刚取消副指导员，当团支部书记的排长真真的难啊。

“个人利益必须服从国家利益。”这句话李明强不知听过多少遍，可他从来没有去给人们长篇大论地讲过。

是不是先讲一下国家利益、人民利益和个人利益的紧密相联关系？他思忖着。

国家是按照地域来划分的，在国家消亡以前，人们总是要在国家这个政治的、经济的和文化的特定社会环境中进行生活。国家的利益包含了个人利益，是个人利益的基础、源泉和根本保证。国家利益同个人利益的关系，如同皮与毛的关系，皮之不存，毛将焉附？冯玉祥将军有一首诗写得好：“鸟爱巢，不爱树，树一倒，无处住，看你糊涂不糊涂？人爱家，不爱国，国若破，家无着，看你如何去生活？”

李明强的思绪慢慢地走上了正轨，到达了静点。他就是这样，在百爪挠心的时候，只要拿起笔与纸，思想很快就能从混乱中收拢回来。

孙中山先生生前曾讲过一个真实的故事：在南洋爪哇，有一个财产万贯的华侨富翁。一天，他到朋友那里聊天，当深夜返回时，发现自己离家时忘了带夜照（夜间通行证）和夜灯。按照当地法令规定，华人夜出，身边如果没有夜照和夜灯，让巡捕查获，轻则罚款，重则坐牢。这位富翁只好花一块钱就近叫了一个日本妓女，让她陪伴回家，才免遭巡捕的纠缠。孙中山先生感慨地说：“日本妓女虽然很穷，但是她的祖国却很强盛，所以她的国际地位高，行动也就自由。这个中国人虽然很富，但他的祖国却不强盛，所以他连走路也没有自由，地位还不如日本的一个妓女。”

国破家就亡，国家衰败，人民遭殃。这个道理在中国近代史上得到了最深刻的说明。李明强对近代史的了解是深刻的。这一百多年间，国土沦陷，山河破碎，主权受辱，人民妻离子散，家破人亡，当牛做马，任人欺凌宰割的血泪史，充分说明了国家和人民的利益休戚与共，没有国家的独立与富强，就没有个人的翻身与解放。

今天，我们的祖国如巨人一样屹立在世界的东方。赢得了世界人民的尊敬。就连那些长期与我国为敌的国家，也不得不承认，任何国际重大问题，如果没有中国参加讨论，是不可能得到解决的。谁也不能忽视中国的存在和发展。台湾华航波音 747 货机机长王锡爵不是在 5 月 3 日驾机返回祖国了吗？祖国要不强大，他会回来？他会要求在大陆定居？台湾当局会同意他们华航和我们中国民航商谈？会有大陆与台湾“三通”这一重大突破？

想到祖国三十几年来的发展和强盛，李明强那由于气愤而抽搐的脸由铁青变成了红润。记得一个外国元首，对，在那个红塑料皮本上记着——

李明强打开抽屉，拿出一个红塑料皮日记本翻开，是美国总统尼克松来我国访问时说过的话：

“当我在长城上漫步时，我想到它所显示的在悠久的历史上始终保持独立的中国人民的决心。我想到这样一个事实，就是长城告诉我们，中国有伟大的历史，建造这世界奇迹的人民也有伟大的未来。”

长城，中华民族的骄傲，中国人民的骄傲。今天，人民群众把我们军队喻为“保卫社会主义祖国的钢铁长城”，称誉何其崇高，责任又何其重大！现在，吴国不断向我进行新的武装挑衅，使我边民有家不能归，有学不能上，有田不能种。我们中国，泱泱之大国，岂能让这弹丸之国的小霸猖狂！同志们，我们这座“长城”是起作用的时候了！……

李明强洋洋洒洒地写了几大张，自己已被自己的论点论据说服了。他决定给父母写信。

亲爱的爸爸妈妈，我要到前线去了，也许……

李明强刚写几句，他的心即刻就沉了下去，眼前又浮现出他毕业后第一次回家的情景，这情景在近两年的都市生活中，像电影一样不断地在他的眼前重现：

一个雨后的傍晚，他怀着喜悦的心情，吸着那清新的空气，走在家乡那泥泞的小道上。几千里列车颠簸，几十里泥路的步行，也没有使他感到丝毫的劳累。浏览着故乡的金秋，手摸着口袋里三个月的工资，遐想着与家人重逢的喜悦。突然，一幅活生生的图画跳入了他的眼眶：

一个干瘦的瘸腿老头拄着拐杖，深一脚浅一脚地在前边带路，一个呆头呆脑的青年挑着一担水蹒跚在后，扁担压弯了，像那瘦老头躬着的腰。

——爸爸，哥哥！李明强激动的心几乎停止了跳动，一下子被这突然收入眼底的镜头撞碎了，透过雾气，仰望半山腰的人家，妈妈正拄着拐杖向这边遥望。

是看爸爸哥哥，还是看我？李明强的心像被撕裂似的疼痛，眼睛也酸了。

“明强！李明强！”傻哥哥首先发现了他，把水桶一扔叫了起来：

“李明强回来了，噢——噢——我不担水了！我不用担水了！”

傻哥哥没有接他，一边叫，一边跳，向家里跑去。

父子俩相对无语，老父泪如雨下。

“强啊，你已经是干部了，又在北京，好找媳妇了。这半年有好多家提亲的，明天妈就安排你见见，若成，就让她过门来，替你照理一下家吧！”妈妈一坐下就给李明强唠叨上了。李明强知道，他当兵时，父母求人给他介绍了一个加强排，姑娘们都嫌他们家交通不便，徒有四壁，没有一个同意的。现在，姑娘家追着提亲，也是冲着将来能够随军，到首都北京去，走出这贫瘠的土地。

李明强说：“爸、妈，我在北京已经有女朋友了，等我们结了婚，就接你们到北京去！”

李明强憧憬着日后能把父母傻哥接出山洼，带到北京。可是，现在——

李明强从抽屉里取出相册，凝视着那令人心酸的全家福。

亲爱的爸爸妈妈，多保重吧！尽孝不能尽忠，尽忠不能尽孝。“自古忠孝难两全。”我知道，你们一生吃尽了苦，把晚年的希望全寄托在我的身上了。但是，我必须……

爸爸妈妈，相信政府吧！

哥哥，苦命的哥哥，也许你这一生很难成婚，也许，也许到我们这一代，李家就要绝后了。古人云：“不孝有三，无后为大。”哥哥，你是为了妈妈，祖宗会原谅你的。而我，亲爱的爸爸妈妈，念在骨肉情分上，求祖宗原谅我，原谅你们最最不孝的儿子吧！我想结婚，我很想结婚；我想留后，我想留后啊！

但是，我不能，不能，不能……

李明强的眼睛湿润了。

回首西山日又斜，
天涯孤客真难度，
丈夫有泪不轻弹，
只因未到伤心处。

命运中强者的生活总是艰辛的，这是由于他有足够的力量抵御生活的打击。李明强不愧为李明强，他没有落泪，坚毅烘干了眼眶。他冲出营门，没入了森林公园，在一片无人的空地上，他飞腿出拳，滚地攀猿，整整折腾了一个小时，汗水透了的军衣像是从泥汤里捞出来似的，滴着泥水回到了连队，在俱乐部那份请战书上挥笔签上了自己的名字——李明强。

# 第 二 十 七 章

一个人如果死于霎时的天灾人祸倒不一定可怕，因为那只是瞬间的痛苦，最可怕的莫过于知道自己矫健的身躯迫近死期，特别是在死前完全能够实现自己渴望实现的事情而没有实现，又偏偏看到了别人已经实现或正在实现的时候。

人们伤心的时候不免要落泪，泪水的流淌多少可以带走一点痛苦。痛苦的时候而不能落泪，其痛苦是双重的；痛苦的时候，还要强颜欢笑，其痛苦就难以形容。这样的事情，李明强偏偏都遇到了。

七月一日上午九时，四辆披着大红缎花，贴着大红喜字的大红“皇冠”在紫竹院路二十号楼前停下。抱着摄像设备的摄像师，从最前边撅着屁股的两厢红色夏利车上跳下来，迅速将镜头对准了眉开眼笑的新郎——丁力。作为伴郎的李明强放慢了脚步，向旁边移了移，同丁力拉开了一点距离。他不知是怕自己衣服的绿色沾染了丁力的结婚礼服，还是怕自己的“光辉形象”跃入摄像师的镜头。

丁力今天穿着一身洁白的西装，脚蹬一双棕色火箭式皮鞋。那乌黑的头发，乌黑的眉毛，乌黑的八字胡，简直和《上海滩》上的丁力一模一样。

丁力的恋爱比影视片中的某此情节还要浪漫，既充满了戏剧性的色彩，又带有现代化高速度的气息，用当时中国女排创造的流行词儿说，就叫“短平快”。

五月二十六日中午，百无聊赖的丁力到紫竹院游泳解闷。还不是畅游季节，水凉丝丝的，游者甚少。女的！丁力发现水中有一个姑娘，便向她游去。

啊——老同学，高中的老同学。两人久别重逢，谈得好开心好开心，游得好带劲好带劲。姑娘的腿抽筋了，被丁力抱进了岸上的竹林。

丁力为她揉啊搓啊，在那娇声娇气的“疼”、“痒”嘻笑中，她攀上了丁力的脖子，丁力也攀上了爱的珠穆朗玛峰。

当丁力把自己的壮举自豪地讲给李明强时，李明强起了一身又麻双痒的鸡皮疙瘩。

当李明强看到那姑娘时，他惊诧极了——她不就是那个头戴马虎帽、身穿军大衣，脚蹬长筒靴、带着三支甘蔗、撞了李明强，又带着少女那不可侵犯的神气瞪着李明强的那个姑娘吗！

世界真是太小了。好在马虎帽早把在公共汽车上与李明强的奇遇忘记了，李明强也不愿再提这件事儿。

但是，李明强心里感到堵得慌。那么高傲的姑娘，在公共汽车上人家碰一下，就柳眉倒竖，怎么能那么快地让丁力给……

李明强不愿往下想。尽管丁力是他的好朋友，尽管他希望丁力早日找到女伴，但是，他宁愿那一天被那马虎帽扯上一耳光，也不愿意知道她与丁力的桃色新闻。丁力在他面前没有任何秘密，太崇拜他，太信任他了。丁力要让他当伴郎，他拒绝了，直到丁力把帽子摔在桌上，大叫“老子一辈子就结这一次婚”时，他才答应。

管他结几次婚呢，自己是快死的人了，哪还能忍心在临死前，亲手毁掉最崇拜自己的人心目中的偶像呢？

遵照丁力的“旨意”，李明强今天依然穿着军装。

丁力像一个国王一样在“军务大臣”的陪同下，昂首挺胸地向二单元走去。被早已等在门口的娘家“姐妹”拦住，她们端着一个盛着大半盆清水的脸盆，盆底印的那大红双“喜”字与一对活了似的鸳鸯跃入眼帘，两朵红、粉牡丹被一块半沉半浮的白萝卜遮住了一半。

“这象征着纯洁爱情的萝卜块，请新郎咬起来吃了。”

丁力把整个脸都扎进了水里，也无法咬住那块萝卜。看热闹的人们冲着他欢呼雀跃。丁力抖着满脸的水向李明强挤眉弄眼求救。李明强用嘴给他作了个“吸”的动作。丁力又把头扎进了脸盆。萝卜终于吸进了口里，还吸进一口清水。

围观的人又是一阵欢呼畅笑。

新娘出来了，故意扭着那美丽的腰肢，装着羞羞答答又毫不脸红地用毛巾去擦丁力脸上的水。又有人喊上了：

“别擦了，那是爱情的结晶。”

“柔情似水，爱共融。”不知是谁唱起了电视剧《万水千山总是情》的插曲。

欢笑声，鞭炮声和录音机的欢唱声融在一起。

迎亲的车队在欢快的《百鸟朝凤》的乐曲中，跟着那辆撅着屁股的两厢红色夏利车缓缓行进，摄像师倒坐在夏利车后，扛着摄像机将沿途的场景一一摄入镜头。最后，车队停在了西苑饭店门前。这是丁力父母工作的地方，婚礼、婚宴均在此进行。

进了饭店，李明强完成了自己的使命，迫不急待地离开了丁力。

闷死了，怀着压抑、愁苦的心情，装着笑脸，真他妈难受。

一路上，李明强呆呆地坐着，眼前一片迷蒙。新娘在他的眼里慢慢地变成了卫和平，丁力则变成了他的伴郎。当车的颠簸和制动扯烂他的“结婚梦”时，一种不可名状的压抑感就笼罩在他的心头，蛀噬着他的心。理智使他一次又一次地拧自己的大腿，提醒自己演好今天的角色——伴郎。

同学会的人都在饭店里，还有邢修省。邢修省同许玉梅坐在一起，他们相爱了。邢修省的父亲通过关系把许玉梅分到了灯市口的中华书局，这个真实的小道消息，来自卫和平的口中。

卫和平站了起来，同学们都站了起来。

“回来了？”他们异口同声地问。李明强冲他们点了点头，咧咧嘴，算是笑了。

“你不舒服？”卫和平关切地问。

“有点累。

“啊，修省，近段又写了点什么？”李明强故作高兴笑着问邢修省。

“写，他每天都要写那永远发表不了的小说。”许玉梅抢答了。近来她很快活，很健谈，简直与从前判若两人了！

“很好！写文章如同打仗，胜败难讲，关键讲个‘拼’字！坚持下去，我开始也是这样。”

李明强本想到同学圈儿里乐一乐，可是，岔开了卫和平的问话，自己又说起了打仗。一提打仗，眼前就浮现出炮火与硝烟，就想到了死亡。那边举行婚礼的气氛越热闹，他眼前的炮火就越激烈。理智一次又一次的压制，心头一次比一次更痛苦。

人们是无法钻进李明强心里去的，所以，就顺着他的话逗乐。

“小邢，好好写吧，我们玉梅可算是下嫁了啊！”

“写不出个所以然来，咱也来个——”许玉梅冲卫和平笑着咽回了下半句。

“吹灯。”许玉梅没说出的话让孟华补上了，“你要不好好写啊，我们可让玉梅和你吹灯。明强的书就是和平‘吹’出来的！”

“噢——噢——别哭别哭。”孟华说得起劲，把睡在怀里的孩子弄醒了。

人生是痛苦的，几乎是每个人一落地都要拼命地哭叫一番，一睡下就不想醒来。李明强在瞎想着。人们已经把小孩逗笑了。四个月的小生命是鲜润的，张着那没牙的小嘴，笑得好甜好甜。

孩子是不会想到死的，幼小的生命里还没有死的概念，即使死亡在威胁着他，他也不会顾及。天塌下来有父辈顶着。

“孟华，把这孩子认给我吧。”李明强忽然觉得自己应该有个孩子。亲生的不能实现，认个义子总可以吧！

“好啊，俺这孩子能高攀上作家当干爸，结婚的时候不租十辆‘皇冠’才怪呢！”

“你——”卫和平在桌下踢李明强的脚，红晕漫过脸蛋爬上了脖根。

“平姐——”许玉梅笑着搂住了卫和平的脖子。

"明强，亏你想得出，没有结婚就认儿子，让人家和平——"

"这有什么！"

"认了，认了！"没等张晓丽说完，邢修省、赵鸿涛就嚷上了。

"孟华，李彬，答应我，让孩子长大了学好中文。"李明强的脸色很严肃。

"学中文，当作家，继承你干爸衣钵。"孟华用食指轻轻地点着孩子的小脸蛋唠叨着。女人做了妈妈，不用人教，就会唠叨了。

"长大了送给你重点培养。"李彬抛出一句爽快的话。

李明强没说话，从四十五度的方向飘了李彬一眼，便直勾勾地盯着那可爱的孩子，慢慢地说："孟华，让我抱抱他。"

"看他那严肃劲儿，认个儿子……"

"是件严肃的事儿嘛！"李明强意识到了自己的失态，急忙装出笑脸截了张晓丽的话。然后，他接过孩子摇了几摇："我也有儿子了！"说着又在孩子那鲜润的小脸蛋上深深地吻了两下。那孩子竟拼命地哭了起来。李明强急忙把孩子还给孟华。是不是孩子不愿意接受我这个快死的干爸。他的心又沉了下去。

"我想给孩子买点东西。"李明强站起来。理智告诉他，现在是离开同学们的最好时刻。

"瞧你急的，该开饭了！"孟华拦道。

"疯子！"卫和平也丢出一句。

"我高兴。我心里存不住事，你们坐，我买不好，就不回来吃饭了。

"你，去吗？"李明强又转向了卫和平。

"不去。"卫和平冷冷冰冰地回答。她正为李明强认干儿子脸红呢。这么大的事也不和我商量，要认，结过婚也不晚啊。这没结婚，算啥？她不能去，她一去，不是就自认是干娘了吗？这对没有结婚的姑娘来说，多难为情啊。

李明强顾不得那么多了，逃也似地离开了饭店，钻进了街头公园的松林里。

一个人如果死于霎时的天灾人祸倒不一定可怕，因为那只是瞬间的痛苦，最可怕的莫过于知道自己矫健的身躯迫近死期，特别是在死前完全能够实现自己渴望实现的事情而没有实现，又偏偏看到了别人已经实现或正在实现的时候。

李明强多么希望自己能有一个幸福美满的小家庭，他多么渴望结婚，留下自己的骨肉啊！

松树林中又多了棵绿树。没有叶，更没有枝。突然，树的上部生出了两个对称的枝杈，那枝儿也是光秃秃的。

李明强伸展双臂，在西苑饭店旁的松树林里静静地站了约十分钟，还是静不下心绪，他无法再回到同学中去了，也没有到商店给他的干儿子买东西，他无意识地登上了开往香山的360路公共汽车。

十二点十分，失魂落魄的李明强回到了香山步兵侦察大队。上午所发生的一切像电影一样在脑海里过了一遍又一遍，一切的一切都似乎在对他说：生活多么值得留恋。

李明强的脑袋昏沉，目光茫然。一会儿幻化出自己在举行婚礼，一会儿幻化出自己在炮火弥漫的战场；一会儿幻化出自己有了孩子，一会儿幻化出自己成了战俘。战俘是做不得的，他宁愿与敌人同归于尽。想到死，又想到孟华的孩子，便幻化出那孩子迈动着小腿蹒跚着扑向他，奶声奶气地叫他“干爸”，他高兴地把孩子抱到怀中。突然，那孩子变成了与他搏斗的敌人，拿着匕首刺向他的心脏。这一幕幕，让他震颤，让他动摇，使他不止一次地在内心深处呼唤自己：留下，一定要留下！

李明强撞开了宿舍的门。肖明正在用剪刀剪报纸，剪得满地都是。军地两用人才学习，他学习剪裁。他说凭这手艺，退伍后就能过好小日子了。战友说，瞧你那远大志向！他说，我的志向大着呢！学会后，先为我军设计几套好服装，在电视上一亮，威振全世界。他真设计了，设计了好几十套，但是都未被采用。这次探家，为乡亲们义务裁衣一百多件，人没归队，表扬信就飞来了好几封。从家里回来后，他练得更欢了，扬言到前线他要办一个“猫耳洞剪裁学习班”。为了不影响李明强写东西，他以往都是上俱乐部练，今天李明强外出，他便拿到了屋里。

“排长，你不是去参加同学的婚礼了吗？怎么这么早就回来了？”

李明强冲他点了点头，算是回答了。

“啊，我知道了。你是惦记着你的《和平歌》，想在参战前完成是吧？”肖明笑着说。

“嗯。我喝了点酒，头晕，想睡一会儿。”

“你睡吧，我到俱乐部去。”

“你不休息？”

“咱中午哪有休息的习惯？”肖明一边说一边收拾东西。

“肖明，别。你就在这儿剪，让我睡着前好好看看你。”

“看我？”肖明感到有点莫名其妙，笑着说，“排长，别逗了！你是又失恋了？还是喝点酒就把我当成女朋友了？”

“臭小子，我是给你说正经的。”李明强苦笑一下，深沉地说，“排长总觉得对不起你。”

“你有什么对不起我的？谁不知道全连就你对我好，什么事儿都护着我！”

肖明说的是真话。李明强比较重感情，与肖明同住一屋，是在一定程度上倾向着他。特别是肖明那乌鸦嘴，一年到头出力不小，贡献不少，可评功评奖就没他的份，李明强总是替他据理力争。

“什么问题也没有给你解决。”

“唉，也不是你权内的事儿。你对兄弟们好，大家都记着呢！”

“行了，行了！不说了，你剪你的吧。”

“我上俱乐部去了。”肖明说着，又要收拾东西。

“别，别。俱乐部挺乱的，别搅了战士们的兴致。”

“好。只要我不影响你睡觉。”

“不影响，你在这儿，我心里反倒踏实。”

“排长，你是不是要搞同性恋呀？想搞同性恋，也别找我呢，找哪些嫩乎的新兵蛋子，哪一个不比我强？”

“你这臭小子，没一点正经！”

“哎，排长，说正经的。我真想回家，把咱那小解放军种上，要不，死了连个烧纸的都没有。”

“你这次探家干什么了？假没休完就跑回来，假积极个啥？”

“我积极？让老爹给打一顿，全村儿都骂我陈世美呢！”

“你把对象吹了？”

“嗯。”肖明的眼圈儿红了。

“好兄弟！”李明强坐起来，眼圈儿也红上了，喃喃地说，“我也这么想。这些天一直睡不着。”

“吹了更睡不着！”肖明哽咽着说。

“时间长了，就睡着了。踏实，睡觉、干活都踏实。你比排长强，有种，好样的，好样的！”李明强像是在跟肖明说话，又像是自言自语。

“不是，排长。我也想，天天都想。有时，还感到委屈、后悔。”肖明低下头是在检讨思想。

“都是人嘛！”李明强感叹一句，苦笑一下，说，“实话告诉你，我也想。”

肖明不说话了，看了一下李明强，又低下了头。李明强接着说：“但是，我们得多为人家姑娘想想。”李明强说着一脸的严肃。

“谁为咱想想呢！”肖明沉默了好一会儿，嘀咕了一句。李明强没有接话，想着自己的心事。

“哎，排长，到战场上，你可要盯着我啊。我要是光荣了，你得好好给我写上几笔，替我吹吹！”

“说不定我比你光荣的还早呢！唉——”李明强说完，长长地叹了口气。

“你不能死，咱侦察大队的人都死完了你也不能死。有好多好多事都需要你写呢！你看着，我上去了，一定要给你成功地再造一个‘北京’，不，‘保定’，我家是保定的。”他们刚看过电影《高山下的花环》，肖明激动地说。

“我要活着的‘保定’。”李明强把拳头砸在床上，咬着呀说，“等我们凯旋归来，看谁敢骂我们是陈世美！”

“我也要活着的作家，当今世界上最著名的作家。呜……”肖明竟哭出声来。

哭吧，兄弟，痛痛快快地哭吧，兄弟。我何尝不想成为名噪世界的作家呢！俗话说：“雁过留声，人过留名。”一个人活一辈子，不把名字刻进人们的心中是何其的不幸！

人生最大的不幸是什么？人生最大的不幸莫过于死后无人纪念。有多少人默默地来到这个世界上，又默默地离去，他们没有给人类做出什么贡献，也只能在子孙的头脑中留下记忆。逢年过节，子孙们想起了养育之恩，香纸茶饭作祭，以表寸心。这就是他们留后的最大意义。啊，贫穷而愚昧的祖先们，为了减免你们“最大的不幸”，杜撰了“不孝有三无后为大”的教言。李明强终于明白了这句话的深刻含义。

祖先们，你们错了。我没有见过我的爷爷，他在爸爸十七岁那年去世了。尽管爸爸妈妈逢年过节都要祭奠，而我至今不知他的名字。我敢说，也一定，我这一生不会纪念他。而我爷爷的父母那一辈儿人，在爸爸这一代香火就稀少了。而今社会，记着爷爷名字的人有几个啊！周恩来总理无后，但他已铭刻人们心中，将流芳千秋；雷锋未婚，却留下了亿万人民崇尚的“雷锋精神”。人民纪念他，李明强也纪念他。二十三岁，雷锋仅仅活了二十三个春秋，他没有什么惊天动地的奇迹，也没有写出什么巨著，而他的精神震慑着活人的心，成为人人争着学习的“傻子”。雷锋参军前也有一段火红的历史：他是鞍钢的一名青年工人，并且连续三次被评为先进工作者，五次被评为红旗手，十八次被评为标兵。当祖国需要的时候，他愉快地参了军，无私地为人民做工作，一点不感到“吃亏”。李明强啊，李明强，你今年都二十五岁了，想想雷锋，想想革命前辈，比比自己吧，你都想了些什么呀？你辜负了党和人民的培养教育，辜负了刘爷爷对你的期望，你那“五十年代思想”的爸爸妈妈答应你吗？临阵脱逃，这将给父辈带来耻辱，即使你成家成名又有后，又有何颜去见爸爸妈妈。李明强啊，你还是中共党员呢！入党的时候，你是怎么宣誓的？当兵保卫国家，就要随时准备上战场，随时为国捐躯。

李明强那纵横交织的万千思绪，慢慢地理成了一缕：你不是想写成你的《和平歌》吗？离参战还有近两个月时间，拼命写啊。挤出一切时间，两个月，不，也许一个月就完成了。然后，参战去，到血与火的战场上去，到最前沿，最危险的地方去，去体验生活，去创造捕捉素材，去获取写作的第一手资料！你可以写战地报道，写出最真实的战地报道，向全国人民，向全世界人民揭示战争的真象。我们中国人民的朋友埃德加·斯诺是伟大的，他不怕艰难困苦，不怕流血牺牲，走向苏区，走向战场，向全世界人民报道中国战争的事实真象，对于一个外国朋友，是多么地不易啊！携笔去，携着笔去，报道战况，描写战士，为了更多的青年作者能安心地创作，李明强，携着笔战斗去，“笑洒一腔血，为国斩凶顽”。用鲜血和生命捍卫祖国的领土和尊严，在人生的答卷上写下使人民满意、前辈放心、同龄人自豪的答卷。

李明强翻身下床，奋笔疾书，他要用他有限的时间，为人们留下最新最美的文字。

# 第二十八章

今天，连杨玉萍自己也没闹清楚她为什么这么自然，这么高兴。她打心眼里为她的初恋而自豪，她终于能亲手为她痴爱的男人做了点事情，特别是就像妻子伺候丈夫似的，亲手为李明强做饭端碗。

一泡尿憋醒了李明强。一看表，凌晨四点半，离起床时间还差一个小时零五十分。李明强迅速下床，轻轻地穿好衣服，憋着尿熟练而又小心翼翼地叠好了那黄绿色的“豆腐块”，轻轻地端起脸盆，轻轻地开门闪出屋去。继而，他飞快地跑进了洗漱间，撒尿、洗脸、涮牙，一切的动作都在高速度中进行，好像他要去赶做什么事情，动作慢了就会误了点儿似的。

回到屋内，一切都又缓慢下来。他慢慢地走向桌子，慢慢地打开抽屉，慢慢地取出一包东西，又慢慢地离开了房间。

李明强快步走向俱乐部，开了门，打开紧墙角的灯，坐在了灯下。他把手中的纸袋放在桌上，首先取出一本相册，慢慢地从相册中取出一张四寸黑白照片，久久地，久久地凝视着。这是他们全家的合影照，中间那位老头是刘爷爷，右边是爸爸，左边是妈妈，身着小肚兜站在刘爷爷和爸爸前边的是李明强，他的左边是哥哥李志强。

李明强看着，看着，久久地，久久地看着，终于他慢慢地把照片靠着墙立在桌子的中央，又慢慢地后退一步，慢慢地举起了右手——敬礼。

亲爱的刘爷爷，亲爱的爸爸妈妈，可怜的哥哥，我不回家看你们了。原谅我，原谅我吧。我不能伤爸爸妈妈的心，不能伤爸爸那受过伤的神经。我很想很想回去再看看你们，给刘爷爷扫扫墓，给爸爸妈妈一点温存，替哥哥担担水。也许，也许我这一去再也回不来了，再也见不到你们了。

我向你们保证，我不会给你们丢脸，我会像爸爸妈妈那样去冲锋陷阵的。亲爱的刘爷爷、爸爸、妈妈、哥哥，等我凯旋吧！我要戴着军功章去见你们！

这些天，我要潜心于《和平歌》的创作，我要将你们的事迹和我对你们真挚的爱溶进去，以《和平歌》的成功告慰你们，告慰我自己，告慰卫和平，告慰哺育我的党和人民，告慰我们伟大的祖国！

李明强默默地念完心曲，便飞快地又举手行礼，好像亲人们就站在面前一样。

亲爱的刘爷爷、爸爸、妈妈、哥哥，你们监督我吧，监督我工作、著书！

李明强回到桌前，从纸袋中拿出笔和本，开始充当起《和平歌》里的男主人翁，去做他做过的、要做的、想做的事情……

夜里，李明强放下笔，捶了捶昏沉沉的脑袋，又拿出了那张四寸照片。他没有行军礼，军帽在墙上挂着呢。

他久久地，久久地凝视着照片，默默地念着心曲：

亲爱的刘爷爷、亲爱的爸爸，亲爱的妈妈，哥哥：今天我没有白过，除了正常的操课外，我写了五千多字，我比较满意的五千多字。那是我穿上军装，告别家乡的一段。我将它改化为一个高考落选，携笔从戎的中学生写了。爷爷噙着眼泪，抖动着山羊胡子说不出话来。妈妈在哭，不愿出声地哭，泪水像两股清泉涌流不断。呆痴的哥哥搀扶着妈妈，不知是为弟弟怀恨离乡孤行千里之外而哭，还是为妈妈撕心裂肺的伤感而哭，他虽傻，但他知道："此处无声胜有声"啊，他始终没有出声，嘴咧得好大好大。这是傻哥哥第一次反常的举动，平时他一哭起来，嘴咧得好大好大，哭声也好大好大，那才是真正的号啕大哭。哥哥的反常又表现在火车开动时，他追着火车不断地喊着的那一句话："我会天天挑水的！""我会天天挑水的！"这句话，使男主人翁心头的泪一下子涌了出来：哥哥不憨，哥哥不傻。爸爸始终是微笑的，抿着嘴微笑。爸爸的心却在哭泣，好凄惨的哭泣。男人的泪水多半是往肚里流的。爸爸的微笑比妈妈的哭泣还能打动读者的心。指导员看后说，别人多用女人的容貌和眼泪来打动读者，你却使用的是男人的刚毅和微笑。有力度，有创新，写得很动人。他哪里知道，我写的就是我的经历，我最最熟悉的人。

明天是星期天，我要到山上去，那里很静很静，我要到那里写作去。

第二天吃过早饭，李明强带着自己记的那本《火花》、词典、书、糕点、水壶和稿本上了山。穿过那拦路的杨槐林，来到那块人们很难发现的地方。自从卫和平那次假意绝交后，他从没有步入过此地。此时，百草丛生，又密又茂，若铺上报纸或衬布，是一铺绝好的软垫子。

李明强蹚着草来回踱步，竭力寻找与卫和平在此畅玩的痕迹。"复恋"之后，他曾几次要求到这里来，卫和平都没有同意，卫和平说不喜欢这个地方了。那时他们玩得好开心好快活，怎么能说"不喜欢"呢？在李明强心里一直是个未解的谜。

这是他们俩常躺常坐的地方，曾说过多少情话，做过多少趣事。李明强又折了回去，突然，他蹚出一个白色纸块。那是女人的用品，卫和平买过，叫卫生巾。李明强不忍看那上边的血污，抬起脚愤愤地将它踏入草里，接着又发现了许多卫生纸。

李明强的头“轰”的一声炸开了。这是块神圣的地方，每天太阳从九点照到十七点，是谁干了这《阳光下的罪恶》，亵渎了这块圣地？卫和平？不，不会。她怎么会来这个地方？难道不怕我发现吗？不是她，还有谁？

在李明强的记忆里，只有他与卫和平知道此地。他真的有点怀疑卫和平了，心里涌起了难言的酸楚。他曾怀疑过卫和平的拒绝是因为另有新欢，后来否定了，事实也做了回答。此时此地不由得勾起了他心头的邪念，卫和平是不是真有新欢？像她这么漂亮又有学位的女孩子，追求者一定很多。她会不会为了追忆他们俩在此地的恋情，带着那个男孩儿来了。当一个人的爱情饥渴到达了不得不回味那消逝了的热恋时，很有可能会体验那令人心颤的情感。

李明强在做着莫名其妙的设想，也在竭力地为卫和平辩护，竭力地排除那幻现在眼前分不清面目姓名的男孩儿。卫和平是爱他的，爱火洋溢在书信上和约会里。多少次约会他贻误时间，卫和平都原谅他。在他面前，卫和平永远没有怨言。对他的不乐意，也仅仅是没有学位罢了。卫和平爱他，要他，离不开他，该见面而没有见，会急坏她的。

有一回，李明强写信约卫和平上颐和园，约会的时间过了一个多小时，卫和平还没有来。李明强到北大也没有找到她，气得李明强上了北京图书馆。晚上回营，卫和平坐在他的桌前——卫和平上午去学校图书馆了，中午才收到李明强的信，整整在屋里等了他一个下午了。

那一次是农历正月十八，他们和好后的第三天。刚下过大雪，通往香山步兵侦察大队的那段公共汽车停开了。卫和平踏着积雪，整整走了八里地，小脸冻得紫红紫红的。李明强好可怜好心痛啊！要不是战友们都赶来问寒问暖，李明强会紧紧地把她拥入怀中的。卫和平说，想他，很想他。三个月来，她几乎都发疯了。她是不是在那三个月中，想得发慌了，跑到这里来，被坏人……

李明强的心猛地一颤。太可怕了！她说过，她一个人来这里寻过爱情的痕迹。她说过，她讨厌这地方！是不是……

李明强实在想不下去了，更不能在此写作了，头很热，脸很烧，脑子很乱。只有一点是清楚的，到北大去，到卫和平那里去，去看她，去问她，请她说明一切，说明她那“讨厌”二字的含义。

李明强昏头昏脑地走在山路上。不，谈不上走，那简直是在滚。他的脑海中只有卫和平，恨不得一步迈到卫和平的身边。

“站住！举起手来！”随着一声断喝，一团“红火”卷到了李明强的面前。

李明强纷乱的大脑一下子停止了思想，直愣愣地盯着那团“火”。不是由于惊吓，李明强的胆比他的头还要大。而是由于惊讶，他看到了她，是卫和平身着一身紫红色连衣裙站在面前，正冲着他嬉笑呢！

“平！”李明强丢下挎包，一把把卫和平搂入怀中，“你，你怎么来了。”

“人家说你背着书包上山了，我想你一定是……”

“别说了！快，快告诉我，你为什么说‘讨厌’，讨厌那块地方？”

“你怎么了？脸这么难看？”卫和平挣开李明强的手，没有回答他的话。

“我，你告诉我，你为什么‘讨厌’那地方呢？”

“你——”卫和平那天所目睹的一幕又浮现在眼前。她刚上山时，那情景已经在眼前浮现好多次了，她甚至想到李明强要求她的时候。当看到李明强像个皮球从山上滚下来时，她故意躲在路边的灌木丛中拦住了他。

李明强的提问，又一次使她想到那荒唐的一幕，就一头扑进了李明强怀里，哪还管他脸色的好坏呢！她的呼吸加快了频率，胸脯一起一伏，脸颊涨得通红通红。

“你干么要问我这事儿？你今天到那地方去了？为什么又回来了？”卫和平在李明强的怀中喃喃地、语无伦次地一连打了三问号。

“我去了，看到很多卫生纸。平，告诉我，不论怎么，我都会像以前那样爱你的！”李明强抚摸着卫和平的头，声音很低很低。

“你都想了些什么呀？”卫和平推开李明强，看着他那认真的样子，咯咯咯地笑了起来，“真要我告诉你？”

卫和平告诉了李明强那一幕，那少女在别人面前难以启齿的一幕。

不知道您是否到过闽北瓯县万木林自然保护区，不知道您是否知道那里有两棵奇异的树，它们离地五十厘米处紧密地贴在一起，然后分开；在五米高处又贴在了一起。这两棵树一棵主干是红色，另一棵主干是绿色。从树形上看也十分有趣，那“红衣汉子”骨骼强壮，皮肤粗糙；那“绿裙少妇”竟是圆润光滑，体形秀丽。如果没有亲眼见过这一奇观，请赶快抓住李明强和卫和平此时拥吻的镜头，那就是树的造型、树的版本，只是他们处在改革呼声最高的都市，着装变成了“男绿女红”。

爱情的烈焰没有烧断“理智的小草”，理智终于战胜了冲动。它提醒着卫和平——我还是个学生，人生的路还长着呢！它控制着李明强——我就要上战场了。有限的爱情是一味地要求占有对方，而无限的爱情则是追求爱的本身，让自己心爱的人永远幸福。

李明强不止一次地告诫自己，必须拿出崇高的精神来控制人类本有的初级本能和初级感情。在这近两个月内，不，二十天内，卫和平下月十日就要放暑假了。一定要严格地控制自己，不在她面前失态，不要让她感到有丝毫诀别的意思，把一个男人心里能够容纳得下和能够给予异性的挚爱，一滴不留地献给她，然后再悄然离去……

真正的爱情始终是使人上进的，她不仅给你美的享受，而且陶冶你的心灵，纯洁你的灵魂。这时的李明强与世界上最贪婪的男人相比，那男人身上有多少贪婪，他身上就有多少无私。

他们没有再去那被人玷污过的地方。他们在一片松树林里坐下，拿出稿子，一同改了起来。

“抓阄儿的‘阄’字写错了，应该是这样……”

“这段过渡得不好！”

“这女孩的外貌和内心描写有点脱节，不统一。”

“这段理论太长了，有点讲大道理的味道，现在的人都不大爱看了。”

……

“写得真不错，无论是情、景、人、物，语言文字都比《红灯亮了之后》有进步。”

看完了，卫和平概括地讲评一下，便给李明强以深深地亲吻。他们在无人处的亲昵程度不亚于李彬和孟华。

“这叫‘情人眼里出佳作’啊！”

卫和平笑了。

“这真是‘山峥嵘，水泓澄，漫漫汗汗一笔耕，一草一木栖神明’啊。”卫和平抖动着稿本咏着。

李明强知道这些句子，名字叫《画山水歌》。记不清是谁写的，但会背咏全诗，因此接道：

“忽如空中有物。”

“物中有声。”卫和平对道。

“复如远道望乡客。”

“梦绕山川身不行。”

“我天天想和平。”李明强又调皮地补上一句。

“但愿头不疼。”卫和平对完，“扑哧”一声笑了。

李明强也笑了，笑着把卫和平拉入怀中。

晚上，李明强又坐在桌前写了起来。

隔壁是战友之家——俱乐部，几个战士随着舞曲在狂舞。自去年允许战士们跳舞后，战友们学会了许多舞步，现在他们要进行一番“临死前的享乐”。乐声、舞步声震得墙壁、楼板嗡嗡作响，震得李明强的脑袋也嗡嗡作响。把他的素材震跑了，把他的词句震跑了，把他的一切记忆都震跑了。他正写到男女主人公步入舞场，那个迪斯科的“迪”字都不会写了，还得翻字典，偏偏字典上又没有“迪斯科”这个词。他曾几次想过去对他们大喝几声把录音机关了，但是，都忍了下去。

人生需要忍耐的事情很多，学会了忍耐，就理解了人生。忍忍忍，饶饶饶，忍字总比饶字高。

“唉——”李明强不得不放下笔，把头俯在桌上。

睡一会儿，静一下。

“排长，还在唱《和平歌》呢！走吧，跳一曲，歇歇脑子！

“走吧，《和平歌》里也该有舞同跳啊！”肖明回来了，大有拉不去李明强不罢休的意思。

“好！”

李明强加入了舞群。战友们从来没有见过排长跳舞，都呼喊着逗他。谁知李明强那舞步是超群的，一米八零的个头，疙瘩累累的肌肉，抖动起来，潇洒极了。人们欢呼着，要让他参加全国健美比赛，要让他把卫和平接来跳跳。他们嬉笑着猜问，李明强的舞步，是不是卫和平教的。

李明强越听心越甜，越跳越兴奋。以往的跳舞，都是同卫和平在掩人耳目的地方进行的，没有音乐，卫和平常用口“嘀嗒嗒”、“嘀嗒嗒”、“一二三四”、“一二三四”地伴奏，他，他那个时候完全沉浸在爱情的蜜罐里。今天，他是完全沉浸于同志间的情爱里了。他怎么也没有想到，舞蹈本身的旋律和舞蹈动作的连续性，大大强化了舞曲原有的旋律和节奏，使他觉得音乐更美，节奏更强烈了。舞池内那美的动作、美的造型、美的笑脸和美的旋律给李明强带来了生理的快感和审美的快感，给了他在其他任何地方都得不到的享受与收获。

这次舞会，消除了李明强对人们群舞浪费青春的看法，使他发现了这跳舞娱乐为什么能够千秋延续的奥秘。

跳舞使李明强大脑得到了充分休息，给以新的启迪，新的素材，新的设计。灵感来了，词句来了，如大河奔流，长江东去，瀑布直下，草原飞马。一切的一切都涌入笔下。手痛了、麻了、木了，钢笔没有水了。终于，电子表的钟声响了。那是一段很美很美的音乐，好悦耳好舒服的音响。它告诉李明强，该休息了，时间是凌晨一点。这是他定的最迟的休息时间，白天还要参加正常工作呢！

李明强又慢慢地取出了那张四寸照片，与以往不同的是那张照片上又多了两个人——卫和平和李明强的头像。那是李明强把两人的单人照片裁剪后加上，远看去真如在一起照的一样。黑白加彩照，整幅照片的效果，构成一幅家祖的梦幻。这是李明强的杰作，李明强的心不像他外表那么粗糙，做起事来非常仔细。

这些天，他始终不愿看卫和平的照片，逼着自己慢慢地忘掉卫和平。可是，今天相见，他又改变了注意，干么要跟自己过不去呢！他突发奇想，结不了婚，拼个照片总可以吧！李明强久久地，久久地凝视着照片，默默地念着心曲。这是李明强给自己定的制度，每天都要对亲人们进行“早请示，晚汇报”。

亲爱的刘爷爷，爸爸、妈妈、哥哥，亲爱的平……

《和平歌》终于脱稿了，李明强长长地松一口气。八月十一日，离预定的开拔时间还有半个多月。

李明强想回家看看，看一看生他养他的父母，看一看可怜兮兮的哥哥，给刘爷爷扫扫墓，如有可能再偷偷地去看一看他深爱的姑娘——在老家休假的卫和平。尽管悲惨的童年在李明强心灵上打下了深深的烙印，但他对那祖祖辈辈生养休戚的地方还是一往情深。那童年的山庄，磨道里转出的故事，棒槌下溅起的水花，都值得他永别前再回去体味一下。更重要的是，他要抓紧时间尽可能地为父母兄长做点事，以免身赴九泉而不能瞑目。

李明强休假的报告刚打上去，冻结休假的命令就下来了。侦察大队作为特例，批准李明强回家七天，并要求他随时做好返回的准备。

西流村是一个偏僻的小山村，四面环山。传说，从前山里全是水，不知哪年哪月，山的西边突然“轰”的一声裂开一条缝，洪水从山里冲出来，人们顺着河道走进去，从此便有了人烟。这里，古时是兵家屯兵藏粮的地方，也是土匪占山为王的场所，蒋介石的后勤部长张相州就是选择这里建立了家园。所以，这里的窑洞房舍都比较漂亮。共产党打跑了蒋匪军，解放了西流村，据说向外开仓运粮就运了半个多月，老百姓种地，一镢头下去，都能刨出一堆金子或银子。

这只是传说中的传说，李明强从来就没见到谁家刨出过金子或银子，就知道，全公社就他们村儿穷。人们说，这个村唯一通往外界的大路向西。“走西口”是要饭，“上西天”是死亡，风水不好。但是，这个村里的人肯干，能吃苦，窝在山里的能自给自足，走出山外的都能混出个人模人样，有的还当了不小的官。但是，这个村里的人当官，大都刚正不阿，两袖清风，也很少为村里谋利益。人们说，这是村里那条长年不息的小河向西流的缘故。“水倒流，水倒流，清官不到头。”从小妈妈就对李明强这样讲，村里人也以此引以为荣。所以，人们称其为“倒流村”，县志定名为“西流村”。

李明强的家住在西流村北边的半山腰，进了村口举目可见。那是土改时分张相州家的两孔窑洞，大红石头表的山脸，青砖砌圈的窑洞，冬暖夏凉。特别是那红石表山，在阳光下熠熠生辉。原来是一排十八孔窑洞连在一起，非常气派，因为分给了住户，邻里间都打起了隔墙，形成了一个个小方块，这些年条件好的家庭还盖起了新房。李明强家的邻居，原大队支书张洪的儿子张根张木匠，还树起了两层小楼。在这些楼房、隔墙的遮掩下，张相州家原有的宏伟工程就显得渺小多了。

八月的正午，骄阳似火，人们都躲在窑洞里避暑，山村里静得出奇。知了在树上不知疲倦地嘶叫着，继而传来一只母鸡下蛋后的“咯嗒”声。这蝉鸣鸡叫，让李明强感到无比的亲切。

故乡啊，妈妈，你们的李明强回来了。

“呜——汪汪！汪汪汪”村头树下一条正在鼾睡的黄狗发现了李明强，突然发出了一阵狂吠，紧接着村里的狗儿相继地守着自己的门户叫了起来，整个山庄都回响起犬鸣声。

李明强走到自己的家门前，见大门虚掩着。他生怕有狗，走上前拉住两个门栓将门关上，晃了两晃，故意弄出点声响。家里没有一点动静，李明强又晃了两晃，只听见一个女人沙哑的声音：“谁呀，进来吧！”

“妈，是我，我是明强！我回来了！”李明强故意用家乡的口音喊。

“别再骗我了，啥事儿你就说吧。要是收电费，等明强寄回来钱了就给你。”李明强的母亲还以为是村里的电工来了，躺在床上一动不动地说。那电工每次来，都要装作李明强逗老太太。

“是我，妈，我真是明强！”李明强又用普通话喊着，快步走进院门。

“真是明强？真是明强！老头子，真是明强回来了！”笑二嫂一边高兴地用沙哑的嗓子叫着李铁柱，一边起身下床。

“啊，是明强，是明强回来了。”李铁柱用胳膊支撑起身子，抖动着满脸花白的胡子。

李明强放下东西扶住趿拉着鞋走上前来的妈妈。妈妈的头发全白了，脸上的皱纹更深了，抖动着嘴什么也说不出来，只是用她那老榆树皮似的手，不住地搓摸儿子的胳膊。

李明强看父亲只是在床上坐起身并没有下床，就满心疑虑地走到床边，扶着父亲的肩膀问：“爸，你怎么了？”

“没怎么，坐，坐，慢慢说。”李铁柱抖动着满脸的花白胡子说。

“强，坐门口，窑内凉，你浑身是汗，看激着了。”笑二嫂已将一把小凳移到了窑门口。

农家的窑洞，夏天就是凉快，就像城市里装空调的房间似的，凉气从窑洞内呼呼地向外冒。

“要不，先洗一把？”笑二嫂见李明强没动窝儿，就又试探着问。

说到洗脸，李明强突然想到了那整天挑水的傻哥哥，便问：“我哥呢？”

“唉，谁知道呢？这么热的天，又不知道到哪儿疯去了。”妈妈无可奈何地说。

“我爸，这，是怎么回事？”李明强知道了哥哥没事儿，就怯怯地问。他发现父亲有些不对劲儿，而且床头靠着一副自制的双拐。

“怎么回事儿？老病，关节炎。谁知，这一次犯了，就不会走了。”

“多长时间了？”

“半年多啦？大概是，过了春节，三四月的事儿吧。”

“为什么不写信告诉我？”

“告诉你干啥？你是医生？还能给我治好了？”李铁柱又抖动着满脸的花白胡子说，说完冲李明强笑了笑。

李明强看得出父亲那笑，真真是把眼泪往肚里咽的笑。他知道，父母是怕耽误了他的工作，贻误了他的前程。他突然又想起了刚进门时妈妈的话，家里连交电费的钱都没有了，不免有点心酸。

李明强的喉咙里像堵了什么似的，他噎了好半天，轻轻地说：“你们应该告诉我，不让我回来，我可以多给邮一些钱。”

“够用，你邮的已经够多了。”母亲知道李明强每个月的工资不足一百元，而且他每月都要给家里邮五十元。

“我们够拖累你了呀，孩子。”李铁柱喃喃地说。

“孩子，你的钱够花不？”笑二嫂探着腰慈祥地问。

李明强被父母这异常的举动弄糊涂了，他很不自然地回答：“够花，富余着呢？”

“富余？北京开销恁大。”李铁柱又喃喃地说。

“不大，我基本上不花钱。”

“不花，别给妈保密了。”笑二嫂脸上露出了神秘的微笑。老人家看李明强懵里懵懂，就笑着说：“人家姑娘啊，都找上门了。”

“谁？”李明强急切地问。

“就是卫家村儿卫顺那二闺女，在北京大学读研究生那个，那个小平。”

“她来了？”李明强兴奋地问。李明强知道卫和平家里一直不同意他们俩好，所以他也不敢给家里说他的女朋友是卫和平。

“来了，多懂事儿的姑娘，就是知书达理。”笑二嫂的脸都笑开了花。提起卫和平，她的嘴都乐得合不上，她正准备写信问李明强呢。前些天卫和平来，给老人买了许多东西，还把两孔窑收拾得干干净净。村里人问：“明强妈，那是您明强的媳妇吗？”

“二婶儿，听说她和明强在北京好得很哩！”

“真的，我在县城里听说，他俩住在一起，都过上家家了。”

“没有的事！别埋汰人家姑娘！人家是替明强往家里捎点东西。”笑二嫂没有听李明强说过，人家姑娘也没有明说，她哪敢妄加认亲，那不给卫家闹出了矛盾。

“您老别保密了，不是媳妇，能在您家待一天？”

“婶儿，还是托个人到卫家提亲去吧。”

“提什么亲呢？人家俩儿是自由恋爱。”

“咱西流村也娶个北京大学的媳妇。”

“二婶，您好福气噢。”

李明强的母亲也激动万分，憧憬着那卫和平与李明强结了婚，把他们接到北京去，在天安门前，好神气呀。因为李明强说过，他在北京有女朋友了，结了婚就把他们都接到北京去。卫家那二闺女也说，等将来，她到了北京，陪她逛天安门，逛遍北京城哩。

“唉，您二婶总算熬出头了！这些年呀，还不都是冲那小强子活个心气神儿。”东头王奶奶说的是实话，李明强一家病的病、残的残、傻的傻，也确确实实是冲着李明强活着。

“强，你和那小，小平是真的吗？”笑二嫂急切地问。

“嗯。”李明强点了点头，“不，不是。”还没等父母高兴起来，李明强又摇头否定了。他想到了自己即将到前线去，想到了自己的决定。

“那，那，那她说你出了书，是真的？”过了好长时间，李铁柱才打破了沉闷的空气。

“啊，是真的，是真的。我给你们带回来了。”李明强急忙装出高兴的样子，去拉开提包，从里面拿出两本书。

“你们看。”李明强给父母一人一本。

“祖宗哩，我们家强子出书了。”笑二嫂冲着窑中间八仙桌子上李明强祖父祖母的照片，跪下就是三个响头，又麻利地站起来，冲着灶台上的一尊观世音菩萨跪下，磕起头来。

“妈，你怎么也信起这个了？”李明强不解地问。在李明强的记忆里，妈妈是不信神不信鬼的，给祖宗上坟供饭那只是对死去的亲人的纪念，烧香念佛，在李家是从来没有的事儿。

“别说话！”笑二嫂一脸的严肃。

李明强不言语了。

笑二嫂上香，磕头，磕头，上香，嘴里还念念有词。等她忙完了她该忙的一切，转过身来对李明强神秘地说：“要不是妈天天给菩萨烧香磕头，你能有好运？你听说过咱们村儿，就咱们镇，谁出过书？”

李明强不想惹母亲生气，也不说话。他在心里想，我出书付出多大艰辛，你们知道吗？你烧香怎么不治好哥哥的病呢？怎么不治好你自己的病呢？怎么还把爸爸的腿烧得不能走路了呢？要烧，也应该给杜甫烧根香，因为我和杜甫出生在同一个窑洞，沾了他的仙气。最低限度，也有他激励我不断学习、发奋进取的因素。

“婶儿，是明强回来了吗？”一阵银铃般的喊声打破了窑内的沉静，随着声音走进院来一位身穿青灰色连衣裙的少妇，那身段，那发型，那皮肤，哪里像是这山沟沟里的人，到北京去，人们也得高看一等。

这女人就是隔壁张洪的儿子张木匠张根的媳妇，在中学追求李明强的女孩儿，和张金凤一起架着李铁柱目送李明强离开巩县的杨玉萍。

“他嫂子，快进来。是明强回来了。”李明强的母亲高兴地招呼着。

“李明强。”

“杨玉萍。”

两个人都怔怔地看着对方。

要说杨玉萍对李明强的恋情，是一入高中就有了。那是刚入学的第一次运动会，篮球场上李明强左突右攻，不但征服了对手，而且也征服了观众席上的杨玉萍。后来，李明强成了学生会主席，团总支副书记，而且学习在班里名列第一，更引起了杨玉萍的爱慕。杨玉萍学习不好，但长相出众，人称校花，学校客来人往，举行集会，如果只叫一个人端水上茶，那准是她。当时追他的男生可不少，可她就是认定李明强一个人了，而李明强又偏偏不领她这份情。

那是杨玉萍家院里那棵水白杏成熟的季节，也是杨玉萍他们高中进入总复习的时期。越是临近毕业，少女的心越是跳得厉害。有多少次她向李明强暗送秋波，李明强都视若无睹。

一个星期天，杨玉萍将家里成熟的杏儿，一个一个地挑选，选了整整一大提包，那杏儿个大，圆圆的，白里透红，红中透亮，鲜嫩得像姑娘的脸蛋儿，一掐就能流出水来。杨玉萍小心翼翼地用肩背着，用手托着，不敢搭便车，不敢迈大步，只怕把杏儿挤烂，平时到校二十分钟的路程，杨玉萍硬是走了一个多小时。

夜自习的时候，杨玉萍告诉同桌去请教老师问题。不一会儿。她回到教室，说老师叫李明强有事儿。李明强跟着杨玉萍走到没有灯光的地方，杨玉萍说老师没叫，是她给李明强捎了一包杏儿。

李明强冷冷地说："谢谢你的好意，我一吃杏儿就流鼻血。"说完头也不回地走了，气得杨玉萍把一包杏儿全扔进了垃圾坑中。因为她清楚地看到李明强在班里吃过杏儿，而且吃了好多。

后来，就发生了高考前"二嗉儿"等人强奸未遂、李明强英雄救美的事件。杨玉萍被挑到镇政府当了打字员，在县城巧遇李明强当兵离开巩县，她好不容易才给李明强建立了通信联系，却被镇长从中间插了一杠。杨玉萍扇了镇长一记耳光，自己卷铺盖离"庙"了。再后来，就与李明强断绝了联系。当她得知，卫和平与李明强真心相爱后，就嫁给了李明强的邻居小木匠张根。

"他嫂子，你看看，你看看，我们家明强出书了。"笑二嫂见二人愣着，急切地向人炫耀自己的儿子，就像卫和平到来的那几天，她四处串门，老想听人家几句夸奖。

"真的？"杨玉萍看起来也很激动。她将书捧在手中，就像似捧着一块宝玉生怕摔坏似的，小心翼翼地抚摸着书皮，半天才轻轻地翻开第一页，目光直愣愣地盯着李明强的照片和作者介绍。好半天，她才怯怯地问："老同学，能送我一本吗？"

"可以，你就拿去看吧。"李明强故作轻松地说。

"你得给我签个名。"

"签名？签名干啥？"笑二嫂不解地问。

"婶儿，人家城里人都请明星签名。现在，我们明强成作家了，名字也值钱呢！"

"真的？"

"那还有假。如果明强成了著名作家，这签字的一本书就值大钱了！"杨玉萍眉飞色舞地对笑二嫂说，却始终拿眼睛瞟着李明强。

"你给我签一句话，'赠送中学同窗杨玉萍'。"杨玉萍把书递给李明强说。其实，她就是想收藏李明强的东西，以达到初恋的满足。

李明强从口袋里掏出笔，坐在八仙桌前给杨玉萍签名。就照她的要求签吧，快要去见马克思的人了还怕什么。

"明强，还没吃饭吧？婶儿，弄点什么？我来做。"杨玉萍忽然想到李明强走了那么远的路，一定没有吃饭，一定还饿着肚子呢。

"吃，吃——"笑二嫂实在想不起来给孩子吃点什么，家里也根本没有什么好东西。

"吃点心。那，那个谁，不是还拿来的有点心吗。"李铁柱想起卫和平拿来的点心，抖动着满脸的胡子说。

"算了，我家冰箱里还有点东西，我取了就来。"杨玉萍说着就扭着屁股向外跑去。

"不用。"等李明强抬起头，只看见了杨玉萍那美丽的身影。

“唉，这闺女心眼真好。”笑二嫂望着大门口自言自语地说。

“可不是，多亏人家帮着。”李铁柱也跟着夸奖。

“要不是这闺女，也没有我了。”笑二嫂说着眼圈都红的。

原来，李明强的父亲从春节那场大雪开始腿痛，就再也不能走路了。而且痛起来，比任何一次都难以忍爱，大冬天的出了一身汗，在床上打滚，撕被子，嗷嗷叫。急得笑二嫂跑前跑后。不多天，老太太也累倒了。多亏了杨玉萍，日夜守候在他们家，做饭煎药叫医生，翻身洗脸端屎倒尿，忙得她人都瘦了一圈儿。那时候，明强妈都没有活下去的心气了，是杨玉萍在支撑着这个家。

“婶儿，您不能瞎想。明强在北京一成家，不就把你们接到北京去了。你就等着享福吧。咱们村儿，谁上过北京呢！您一定要去北京风光风光，给明强长长脸啊！”

“那，就写信让他回来。”

“写什么呢！等信到了北京，你们的病都好了。让明强担心不说，还白跑回来一趟，既耽误工作，又花好多路费，还不如省下那路费钱给您老花呢。”

“只是苦了你啦。”笑二嫂的泪都止不住了，“闺女，咱们无亲无故，这样拖累你，婶儿不忍心啊。”

“看您说的。婶儿，我和明强是同班同学，现在咱又是邻居，能说无亲无故吗？这是咱们的缘分。再说，家里就我一个人，也没事儿，正好陪您解解闷儿。”杨玉萍把她少女初动的芳心，化作力量献给了她所爱男人的家人。

“你这闺女，可真让人疼啊。”

“您老要真疼我，就认我做你的女儿吧！”

“孩子，委屈你了。”笑二嫂哭得更伤心了。老太太想到杨玉萍结婚三年还没有开怀，张洪夫妇欺负她，闹分家把院子也隔开了；张根也冷落她，外出做活，一去月里四十不回家，就留她独守空门。老太太越想越难受，越哭越伤心：“孩子，咱的命怎么这么苦啊！”

笑二嫂想到这些又眼泪汪汪了。

“妈，您怎么了？”李明强见母亲流眼泪，急切地问。

“没什么。你说玉萍这闺女招谁惹谁了，怎么就不能生养呢？”笑二嫂一脸的迷茫。

“她招谁了？是张洪那龟孙子两口儿一辈子没做好事儿，老天爷让他断子绝孙。”李铁柱愤愤地说，满脸的花白胡子抖得更厉害了。

“我也给她问过了，白马寺的师傅说：‘玉萍是娘娘命，贵有八子，现在计划生育，也至少有一个儿子！”

“就你信那个！什么娘娘命？就张根那怂货，做木匠还能做出个皇帝？”李明强的父亲又嚷开了。

“哎，在咱村儿，谁抵得上人家张根了，谁家树起高楼了？谁家买冰箱了？谁家用煤气了？不就人家张根一家吗！”笑二嫂争辩说。

“明强，快，快来帮忙。”门外传来杨玉萍的喊声。

大门口，杨玉萍胳膊上挎着个手提袋，两手端着个钢钟锅，锅上放着两个盘子。李明强赶忙跑出窑洞，要替她端锅。杨玉萍喊：“盘子。”

李明强赶紧端起那两个杨玉萍不好控制的盘子，那是一盘肉丝炒豆角，一盘鸡蛋西红柿。看着菜，李明强不好意思地说：“你看——”

“我那里快，有煤气。”杨玉萍说着，冲李明强笑了。那是发自内心的笑啊，笑得那么深，那么甜，那么自然。就连她结婚时，也没有今天这么开心。在中学，她只要看到李明强，或者听到别人说李明强的名字，她的心就怦怦直跳；结婚后，每次见到李明强，或者听到别人说李明强的名字，她就不好意思；而今天，连她自己也没闹清楚她为什么这么自然，这么高兴，她打心眼里为她的初恋而自豪，她终于能亲手为她痴爱的男人做了点事情，特别是就像妻子伺候丈夫似的，能亲手为李明强做饭端碗。

杨玉萍麻利地从手提袋里取出一瓶宝丰酒，又取出了一袋油炸麻花，一袋花生米，一袋五香豆。然后，熟练地从李明强家的碗柜中拿出两个盘子，将花生米和五香豆分别倒进去，摆在八仙桌上，又拿出四个碗打开锅盛饭：“我做了一锅热汤面，咱们河南人爱吃面条。明强，你吃惯了大锅饭，尝尝我做的小锅面。”

“哎，明强，你把咱叔扶起来，咱们一块吃。”杨玉萍俨然成了这个家里的主妇，井井有条地做着一切。她把两碗面放在桌上，发现李明强在直勾勾地看她，心里那个甜，那个美就别提了。

“我，不吃，都刚吃过。”李铁柱喃喃地说。

“不，都吃。喝点酒，咱们为明强接风，给他出书庆贺一下。”杨玉萍不容分说，第三碗面已经盛上了。

“哎，志强呢？”杨玉萍发现李明强的哥哥没有在家，就问。

“谁知疯哪儿去了？甭管他。”笑二嫂说。

“嫂子，真不好意思，让你——”李明强看着杨玉萍忙得出了一身汗，青灰色的连衣裙紧贴在身上，显出她那成熟女性的轮廓，不知怎的叫出了声“嫂子”，说话也支支吾吾的。

“你客气什么。咱是一家人，哪能说两家话。您说是吗？妈。”

“是——”李明强的母亲乐得嘴都合不上，拖着长腔说。

“怎么？迷糊了吧？告诉你，这也是我妈！我已经认给她老人家了。”杨玉萍看着李明强傻愣着，就直截了当地告诉了他，“从今儿起，我还真改口叫妈了。”

杨玉萍撒娇似的扶着笑二嫂，嗔着李明强说：“妈，以后不许他叫我‘嫂子’了。”上次李明强探家，叫她“嫂子”，她心里总觉得堵得慌。

“好，不让他叫。”笑二嫂爱怜地拍着扬玉萍肩膀笑着说，“哎，你们俩谁大？”李明强的母亲若有所思地问。

“他大。他四月耕种，劳作的命；我十月秋收，不缺吃少喝。”杨玉萍抢着说。她在中学就弄清了李明强的生辰年月，那数字已经早就印在她那颗不安分的心中了。

“咣咣哩咣哩咣咣，咣咣哩咣哩咣咣！注意啦！注意啦！美国的科学家说啦，太阳明天爆炸！咣咣哩咣哩咣咣，咣咣哩咣哩咣咣！”傻子李志强的吆喝声从遥远的地方传来。

“是志强，我叫他回来！”杨玉萍说着像燕子一样飞出了窑洞。她今天太高兴、太激动了。

“这孩子。”笑二嫂不知是生傻儿子李志强的气，还是高兴夸杨玉萍，脆生生地丢出一句。

# 第二十九章

太阳突然从铅黑色的云块里爬出来，睁大了眼睛，注视着玉米地里的一切。李明强仿佛看到了步兵侦察大队的官兵排着方阵注视着他的一举一动，听到了指导员在喊、连长在叫。

吃过饭，李明强又爬上南山，给刘爷爷上坟扫墓。回来后，躺下便睡，一觉睡到了第二天八点多钟。

“妈，家里有什么急着要干的活吗？”李明强一边洗漱一边问道。

“你不出门干别的事儿？”

“我没事儿。这次回来，时间短，哪儿也不去了。”

“你不到卫家村儿……”笑二嫂试探着问。

“不去。我不是说了嘛，我们就是同学关系。”李明强言不由衷地说。

“那，那咱菽菽[1]地里的绿豆都炸了角了，你去摘豆子吧。”

“哪块儿地？”

“罗圈儿地。”

今年雨水充足，墒好，秋长得格外喜人。被家乡人称为菽菽的玉米长得又高又壮，那杆儿有锄把粗、两米高。兼种的绿豆一堆堆地疯长，挂满了一串串豆角。

李明强钻进这青丝帐里，一米八的个子也露不出头梢。四周静得出奇，除了知了不倦的叫声，除了李明强摘豆角发出的“唰唰”声，除了李明强无意碰撞摇动的玉米，再也没有一点动静了。李明强埋着头，一边摘豆子，一边想心思，想上前线，想《和平

① 玉米。

歌》，想卫和平，也想到杨玉萍。

突然，地头传来了一阵急促的“唰唰”声。李明强顺着玉米行间的空隙望去，只见杨玉萍跌跌撞撞地钻进了玉米地，一边走，一边褪着裤子，就在距李明强一丈远的地方蹲了下来。

一切都停滞了，没有一丝响声。杨玉萍蹲了半天，也就尿出一点点。

可能是那地方有问题，她站起身，并没有提上裤子，而是正冲着李明强叉着腿，摆弄她那玩艺儿。这一举动，让李明强大开眼界，紧张得心都跳到了嗓子眼上。

这是一个避静的山旮旯，人称老坟坡，是高家的坟地，除上坟季节和收种庄稼，很少有人问津。太阳钻进了云朵，知了停止了喧叫，四周更加寂静，静得让人喘不过气来，只有遥远的铁路上传来的火车前进的轰隆声。

李明强闭着气，直盯盯地看着杨玉萍专心致志地莳弄自己的阴部。妈的，有什么好翻弄的，是这娘们染上了手淫？还是专门来弄给我看？李明强希望是，若是，他可以冲上，在临死前，也享受一下这人世间的快乐。可是，他不敢冒险，镇长用妇联主任的交椅和一大叠人民币都没敲开杨玉萍的大门，他怎么敢在光天化日之下，去干那阳光下的罪恶呀！

杨玉萍莳弄这玩意儿，也是大姑娘上轿第一次，她从来没有这么莳弄过。记得它第一次出血，把裤子都湿透了，吓得她直哭，妈妈说这是正常现象，女儿长大了，每月都有一次。她听别人骂张老师“破鞋”，便明白了它的专利权只有丈夫才有，这就是他抽镇长耳光的真正原因。可是，那该死的张根整整坑了她三年！

杨玉萍在心里骂。她最不能忍受的是婆婆的虐待，老不死的，我非生个让你看看不可！那天惹气，婆婆又打着家里的母鸡，指桑骂槐：“咯咯咯，日你娘，光叫唤，不下蛋，要你干啥。”杨玉萍气不过，操刀把母鸡杀了，从鸡肚子里掏出半碗不成熟的蛋卵，差一点把婆婆气死。吃完鸡肉，杨玉萍声称要回娘家住几天，便上了省城。医生说，你的正常，恐怕原因出在你丈夫身上。杨玉萍一阵高兴，同时，又陷入了困惑。

杨玉萍嫁到西流村那阵儿，真如一颗灿烂的太阳，暖融融的，所到之处，男女老少笑脸相迎，高接远送，这个夸她模样好，那个夸她少女贞，众手捧月，把她捧上了天。结婚那天，张家大办而特办，一个小孩冲她唱：“天皇皇，地皇皇，俺村儿飞来了金凤凰！”

婚后三年，这个金凤凰连个鸡毛影子也没有生产，西流村的人们便没有了先前的善意。爱思考的人们给她编了好多动人的故事，说她小时候玩家家玩坏了生殖器；说她在乡政府陪主很多，被镇长打坏了；还有人说她和镇长有了孩子，怕丢人现眼，找了个土方把瓷碗砸碎喝进肚里杀死了孩子，从此她也成了石女；等等。众说纷纭，来龙去脉清晰，旁征博引有据。闲言碎语，冷落鄙视，使杨玉萍失去了先前的光荣，孤独而屈辱。木匠张根的自豪值也成了负数，挑着工具一走月儿四十，回家票子一甩，就像进了

“窑子”。

现在，科学已经证实，杨玉萍能够生育一个和她一样漂亮的孩子。可是……

正当杨玉萍心神不定，想入非非的时候，李明强回来了，她暗恋的男人回来了。那的确确是她的初恋啊，尽管失败了，但她记忆犹新，至今也不甘心。李明强，一米八〇的汉子，虎背熊腰，粗胳膊粗腿，大手大脚，四十三码的解放鞋，踢着均匀的步子，矫健有力。他是力量的象征，是西流村美男子的象征。现在，他出书了，成了作家了，作家是无冕之王，我杨玉萍不是娘娘的命吗？那一定命中注定就是李明强的。为什么在中学没有追上他，又鬼使神差地嫁给了他的邻居？为什么嫁给了他的邻居又不能生育？为什么我刚要想生一个孩子他就回来了？李明强把杨玉萍那波澜壮阔的心搅得更加不得安宁。昨天夜里，她独守空房，翻了一晚上“烙饼”。

杨玉萍终于下定了决心。她不能失去做母亲的权利，不能再以沉默鼓励那些长舌妇们的斗志，她要和李明强生一个孩子，一个像她那么漂亮，像李明强那么健壮的孩子。

今天，杨玉萍从李明强和他母亲的对话中得知李明强上罗圈儿地里摘豆子。她看着李明强走远，也拿了口袋挎起篮子出了门，对迎头的乡亲说到地里看看。

杨玉萍家的责任田就在李明强家的地上边，当她看准了时机，急急忙忙钻进玉米地的时候，本来就很紧张的心跳得更凶了。人，真是不可想象。那时，镇长费尽心机，给予的是多少人为之垂涎的东西，她却抡起了大巴掌。而今，她自己却费尽心机，去勾引一个男人。她激动，她紧张，她希望李明强即刻扑上来，成为她怀中的羔羊。

时间一分一秒地过去了，杨玉萍的心几乎提到嗓门眼儿上。时间每向后推进一秒，她的心跳就加剧一分。焦躁，杨玉萍仿佛在大沙漠里跋涉了无数个日夜，心头充满了焦渴，而李明强就是她的生命之源，她渴望立刻抱上他痛饮一番。

太阳突然从铅黑色的云块里爬出来，睁大了眼睛，注视着玉米地里的一切。李明强仿佛看到了步兵侦察大队的官兵排着方阵注视着他的一举一动，听到了指导员在喊、连长在叫。

夜里，李明强躺在床上翻来复去睡不着。他感到了从未有过的焦躁和不安，心理和生理的需要，使他总想起玉米地里的事儿，想起杨玉萍的玉体，想起……

李明强看到了，看到了杨玉萍那玩艺儿，那么清清楚楚，那么详详细细。他要得到它，一股强烈的欲火燃烧起来，越烧越烈，达到了无法扑灭的程度。他想起了杨玉萍的丈夫张根，上学不爱学习，依仗父亲张洪横行乡里，没考上高中，张洪托人让他进了公社木器厂。改革开放后，木器厂被个人承包，他便丢了稳定的工作，成了游走乡里吃百家饭的木匠。一个身高不足一米六的人，吃得肥胖，活像一只保温桶，一脚踢翻，分不出长短，满脸的横肉堆积着，差一点掩没了鼻子。前年探家回来，李明强真有点认不出他来。在李明强的印象中，张木匠是个小巧玲珑的俊小伙子，怎么三年不见，变成这个样子了？张木匠说，端人家的饭碗嘛！一语道破天机。这几年政策活了，人们富了，家里请个匠人，自然是好生招待。

李明强拉着木匠的手，童年的敌人，已成为朋友。张根仿佛已经进入了中年，根本看不出他还不足二十五岁，满手老茧。这又是李明强想起杨玉萍的手，纤小柔润。杨玉萍莳弄那玩意儿的时候，那么轻缓，而木匠那手，定是像锯齿一般滑过她的玉体。李明强不由得伸出了自己的双手，在黑暗中相互搓摸着，谈不上光润，但没有老茧，这是双有力而又不粗糙的手，用这双手……

第二天，农历七月七日，镇里兴集。男女老少都涌向了集市，父母说这集会一年比一年大，让李明强去逛逛。李明强推掉了，他逛的地方也太多了，当兵等于公费旅游，要不是当兵，他做梦也不会想到能落在北京生活几年。

家里只剩下李明强一个人了，村里的人也所剩无几。这是一年中的一次大集会，一家最多留一个看门的。不怕小偷的当然是全家一起出动。

村里格外的寂静，没有人喊，没有马嘶，没有犬吠，偶尔传来一阵下了蛋的母鸡的嚣叫。

李明强拿起《和平歌》，坐在门口修改。可是，他怎么也改不下去，脑子里乱成了一锅粥。他想卫和平，想杨玉萍，想玉米地，想女人那玩意儿。

鸡群在院子里觅食。一只公鸡红着脸托着一只翅膀扇动着，"咯咯咯"地急叫着，围着一只母鸡转圈儿。李明强一阵激动，鸡的求爱方式不由得使他动情，公鸡的求爱成功了，母鸡心甘情愿地伏在地上让它骑。杨玉萍呢？在玉米地里，她是不是在向我发出求爱信号？她是不是心甘情愿地让我骑？她今天赶会去了吗？

想着曹操，曹操就到。杨玉萍今天穿着一件粉红色的连衣裙，半透明的，透着她女性的春意。这身条，这模样，让城里的姑娘都感到逊色。

杨玉萍刚洗过头，原来的短辫扎成了一束拖在脑后，会说话的眼睛向李明强笑着，好像在说，她也看到了那两只鸡在做爱。那富有性感的嘴唇动了动，发出了一阵悦耳的乡音。李明强在北京听惯了普通话，听多了南腔北调，听到乡音就感到亲切，今天听起来更觉得甜心。那声音就像是从水里捞出来似的，足够让李明强品味几个月。

"明强，傻愣愣地想什么呢？啊，又写书呢？"杨玉萍不请自到，径直走到李明强身边。

"啊，没写。早写好了，想改一改，脑子很乱。"李明强正想着人家，人家站在了面前。他倒真有点不知所措，低着头不敢正视杨玉萍。

"那就别改了，帮我干点活好吗？"

"好。"李明强机械地放下稿本，站起来。杨玉萍已经扭着屁股走到了院中。

这两天，杨玉萍除了到李明强家帮忙聊天，除了到玉米地，就是爬上自家的二层小楼，跪在床上透过后窗向李明强家张望，竖着耳朵听李家的动静。白天，屋顶晒透了，身上汗浸浸的，她也不顾。晚上，索性也不在凉窑里住了，就住在楼上，整宿整宿地"翻烙饼"。

昨天晚上，杨玉萍就听到了李家的对话，李明强不去赶会，要在家里改稿子。今儿早，她早早起床，洗了个澡，着意打扮一番，将准备穿的粉红裙子放在床头，赤裸裸地跪在床上，一直看着李明强把他父亲背上架子车，扶着母亲坐好，看着傻哥哥拉着车子走远。她急忙罩上裙子，在穿衣镜前照了半天，鼓弄了半天，蹬上那双进城才穿的高跟鞋，“蹬蹬蹬”地跑下楼梯，跑到了李明强家。

杨玉萍到了李明强家门口，一眼就看到李明强坐在傻志强住的窑门口，左手拿着稿子，右手拿着笔托着下巴儿，在看公鸡和母鸡交配。

杨玉萍推开门，故意将高跟鞋踏得山响，故意走出摆杨柳的姿势。她要将她年轻女子的春意，少妇特有的风骚，一点不漏地展现给李明强。听到李明强答应上她家去，心中的激动立刻爬上面容。她急忙转身就走，一怕李明强看到她的表情；二怕李明强问他干什么事情，还有那重要的一点，就是在李明强眼前充分展示她那撩人的身段。

李明强盯着眼前晃动的充满性感的屁股蛋走出大门，反手将两扇木门带上，转过身，西边的铁大门开着，杨玉萍挺着鼓鼓的双乳站在门里冲他媚笑。

李明强走进院子，杨玉萍顺手一推，那扇带暗锁的铁门“哐当”一声就锁上了。

“干什么呢？”李明强转过头问杨玉萍。

“帮我掏掏窑儿呀？”杨玉萍的话音中带着骚动，这是她早就想好的一语双关的话。

“掏窑儿？”

“嗯，我想养东西！”

“养什么？”

“干了你就知道了。”杨玉萍那从水里捞出来的声音越发的甜润，眼光像钩一样钩着李明强，致使李明强不敢看她的脸。视线下移，她穿着一双白色高跟儿皮凉鞋，没穿袜子，十个脚趾甲用指甲草染成了红色，在阳光的反照下熠熠生辉，滑溜溜的白脚白腿儿裸露在外边，不由得使李明强的思绪顺着她的小腿向上爬……

“走吧。”杨玉萍上前挽起了李明强的胳膊，这只手真嫩，一股暖洋洋的情愫通过它传遍了李明强的全身，他没有挣脱，他也真不愿意让她松开。

进了杨玉萍住的窑洞，杨玉萍拉着李明强的双臂，把他往椅子上一按，指着桌上的一盘茶蛋、一盘煎饼、两个小菜和一瓶啤酒说：“吃吧，专门为你做的！”

“这——”李明强有点不知所措。他心里知道杨玉萍这么多年还暗恋着他，杨玉萍是个烈性女子，她想干的事情就一定要想办法干成，要是她考上大学，要不是镇长从中作坏，或者要是李明强没有考上军校，和李明强结婚的肯定是杨玉萍，决不会是别人。

“先慰劳慰劳你，吃了再干！”杨玉萍笑着对李明强说。

“不，我不，不——饥。”

“那好，干了再吃！”杨玉萍倒很干脆，很自然。

“在哪掏？”李明强看杨玉萍那自然风度，心里也踏实了许多，说话也自然了。

“在隔子[①]里面。”杨玉萍说着，掀开隔子上的帘布，打开电灯让李明强进去，又放下帘子，接着她“哎哟”一声，像是虫咬蜂蜇一般。

“怎么了？”李明强急忙转过身问杨玉萍。

“虫，好像什么虫爬进裙子里去了！”杨玉萍说着便将裙子提过了头项。

“啊——”李明强差点叫出声来，杨玉萍竟连裤衩都没穿，乳罩也没戴，赤裸裸地竖在李明强的面前。

“你——”

“我——”杨玉萍扑上去搂住了李明强的脖子，攀上李明强的身子，双腿紧缠着李明强，双唇使劲地在李明强的脸上亲吻。

杨玉萍中学时代就渴望的接吻，今天，终于实现了。她的呼吸越来越急促，呻吟越来越紧凑。

李明强左右摇摆着头一边躲闪一边喃喃地说："萍，不，不，萍。"

李明强这样叫惯了卫和平，这时对杨玉萍说既来得顺口又不失态地遮掩了失态。

“为什么？”杨玉萍对李明强的临阵退却感到不满，阴着脸，停止了呻吟。

“不，不为，什么，我不能！”李明强支支吾吾地说。

“你怎么不能？你看不起我！”杨玉萍的眼泪唰地一下流了出来，怎么止都止不住。

“萍，不，不是。是，是，我，我，我真的不能。”

“为什么？！为什么？！”杨玉萍歇斯底里地叫着，哭着，用她那粉拳似真似假地、漫无目的地在李明强身上捶打。

李明强呆呆地站着，任杨玉萍尽情捶打。他一动不动，也不作声，眼睛直直地盯着杨玉萍那玉体。

杨玉萍哭够了，打累了，扑在床上喘气。

“说，你是不是与卫和平同居了？”杨玉萍首先打破了沉闷。

“不，没有。”李明强轻轻地答。

“是为什么？你不用瞒我，我又不是要嫁给你！”

“真，真的没，真的没有。”李明强像做了贼被人抓住似的，说话一点儿底气都没有。

“我不管有没有，我就想要你，要你帮我生一个孩子。”

“不，萍，我不能！”李明强说得很坚定。

“为什么？你也不帮我？”杨玉萍已没有了眼泪。

“我不能，不能害你！”

“你害我？你怎么害我？你不帮我生孩子，人家的唾沫就把我淹死了！”

“我，我——”李明强也不知说什么为好。

“明强。”杨玉萍又欠起身，搂住李明强的脖子，将头紧贴在李明强的胸前，喃喃地

---

① 窑洞中的隔段，一般用砖或土坯垒砌。

说：“你知道，我爱你，上高中就爱上你了，一直在心里，我都爱着你。求求你，我不求与你做夫妻，只求你帮我生个孩子。”

“萍，我很感谢你对我的感情，对我家的照顾。请原谅我，我真的不能帮你。”

“为什么呀？！”杨玉萍狠命地摇李明强的肩膀。

“萍，我，我实话给你说吧。我要上前线了！去青屏县，那里在打仗，你知道吗？”

“嗯。”

“我们步兵侦察，很危险。说不定——”

“不！”杨玉萍一把堵住了李明强嘴，“不许瞎说！”

“真的。”李明强深沉地说。

沉默，长久地沉默。

“那，那你更要给我留一个孩子！”杨玉萍突然决定，她必须要和李明强生个孩子。

“不。”

“我就要。你能给我个孩子，我也有脸了，李家也有后了。”杨玉萍把头紧埋在李明强怀里喃喃地说，眼泪又不知不觉地涌了出来，滑过李明强的胸脯暖融融的。

“这对你，不公平。”

“公平！我就要你的孩子！”杨玉萍发疯般地将李明强搬倒在床上，疯狂地在李明强身上狂吻。

李明强感到了一种从没有过的感觉，一种说不清的情愫爬上心头，充满全身。他一下子把杨玉萍掀翻在床，骑在杨玉萍身上，疯狂地宣泄着那股情愫。

杨玉萍“嗷嗷”地叫着，叫着幸福，叫着欢心。她一边叫，一边绽着微笑。这是李明强从来没有见过的笑容啊，这才是发自内心的笑。

# 第三十章

**村里的人闻讯赶来，小孩子挤满了院子。有人跑进傻志强住的窑洞，只见傻志强被捆绑在床上，也口吐白沫，没了气。大家七嘴八舌地议论开了："真惨啊！一家三口人，全死了！"**

杨玉萍坐在李明强的怀里，不住地用筷子夹着菜往李明强的嘴里填。看着李明强嘴里塞得满满的，鼓着腮帮子嚼着都费劲，她咯咯咯地笑着。

"你知道今天是什么日子？"杨玉萍问。

"是你请我掏窑儿的日子。"李明强一边嚼一边含混不清地说。他知道杨玉萍想让他回答是"七月七"，就故意揭杨玉萍的底儿，逗她玩儿。

"你，寒碜我。"杨玉萍半真半假地用小拳打李明强的肩膀。

"你说不是？"

"今儿个呀，是牛郎和织女相会的日子。你说，今儿个，我们俩是不是天定的？"杨玉萍沉浸在幸福的遐想中。她一边说一边又夹了块鸡蛋塞进李明强的嘴里。

"我说，是你定的。"李明强喝了酒，脑子又热起来，他用自己的大嘴堵住了杨玉萍的小嘴，接吻中，将嘴里的鸡蛋送入杨玉萍的口中。

"阴谋，纯粹是阴谋。"李明强腾出了口，丢出一句在他思想中缠绕许久的话。但是，此时从他的口中讲出来，不是恼怒，对杨玉萍来说纯粹是赞扬。因为，李明强一边说，一边笑，一边还用手指点她的小鼻子。

"我就是要得到你！"杨玉萍又贴上来，喃喃地说："那天夜里你救了我，我就发了誓。"

"啊，原来你并不爱我，只是为了报恩呀。"李明强看杨玉萍又提到了伤心事，情绪低落，就故意逗她。一边用那双大手抱着杨玉萍的肩膀摇，一边学着日本人的腔调说：“你的，良心的，大大的好。”

“不是的！”李明强没把杨玉萍逗乐，反而给逗哭了。杨玉萍抽泣着说：“我敢说，没有比我再爱你的人了。”她擦了把眼泪，坚定地盯上一句：“包括卫和平！”

杨玉萍又用手将眼泪擦干，连珠炮地轰起李明强来：“不爱你，能捧着杏走一个多小时？！不爱你，能把你的地址给卫和平？！不爱你，能嫁给你的仇家给你做邻居？！不爱你，能整天陪着你这三个老弱病残的亲人？！不爱你，能追你追到菽菽地？！不爱你……”

李明强被杨玉萍这一阵猛轰击醒了。他的脑子随着杨玉萍那机关枪似的喷射，飞快地转动着，杨玉萍的痴爱，杨玉萍的付出，杨玉萍的牺牲，一幕幕展现在眼前。他当兵离家时，杨玉萍那飘飞的十元大票，随车追赶的情景，定格在李明强的脑海中。

李明强紧紧地把杨玉萍拥入怀中，眼泪也扑簌簌地落了下来，喃喃地说：“我知道了，我知道了，我全知道了。”

杨玉萍慢慢地挣脱开李明强，用手轻轻地帮他擦掉眼泪，轻轻地说：“我以为，你从来就不会哭。没想到，哭起来，还蛮好看哩。”说着，笑了起来。她的性格不喜欢伤感，更不喜欢眼泪，但是李明强的泪让她感动，让她心痛，也让她高兴。她在李明强那肥厚的阔嘴唇上深深地吻了一下，深沉地说：“你就是我的最爱，我心中的男人！”

“为什么爱我？”这也是一直缠绕在李明强脑海里的问题。他想问张金凤，想问田聪颖，想问王红霞，想问卫和平，都没有说出口。他觉得自己没有什么，甚至什么也没有，但是，她们为什么要爱他呢？他今天情不自禁地对杨玉萍说出了口，也许，也许是他想在临死前找到答案。而杨玉萍的答案，时间跨度太长太长了。

“我，我没有文化，不会总结。我说不好，只能用我一生的行动来回答你。”杨玉萍说着，又深深地把头扎进李明强的怀里。

没有文化？不会总结？说不好？用一生的行动来回答！多么精辟，多么经典，多么令人感动的语言啊！李明强紧紧地紧紧地搂着杨玉萍，搂着这个没有文化却比一些有文化的人高贵百倍、不会总结却比一些会总结的人总结的精辟、说不好却说出了人世间经典语言的女人。他抱着的是个质朴伟大的女性，他抱着的是颗金子般的心。他可能看不到杨玉萍那后半生了，但是，杨玉萍的回答让他感动，即使现在就冲向战场流血牺牲，有一个女人给了这样回答，他也瞑目了。

“哎呀，你想勒死我呀你！”杨玉萍被李明强搂得喘不上气来，一边挣一边说，“搂那么紧干么？就是怀上孩子也让你给挤出来了。”

“我李明强的孩子没那么娇气吧？”李明强笑着说。

“来，为咱们的结合喝个交杯酒。”杨玉萍从李明强的腿上滑下来，端起酒杯倒酒，一边倒一边说。

“来！”

两人欢快地喝了交怀酒，又紧紧地拥吻在一起。突然，杨玉萍变得深沉起来，缓缓地说："人家牛郎、织女一年还相会一次呢，我等了你这么多年，你又要——"说着，杨玉萍的眼眶又充满了泪水。

"你看，我说，你非，后悔了？"

"不，我决不后悔！"杨玉萍摇着头咬着牙说，"向我保证，你不能死！"

"这我怎能保证？"

"你就得保证。"

"行，我保证。"李明强用手指擦去杨玉萍脸上的泪珠，接着说，"不过，说真的。我要是真，真那个了，你可要常给我烧纸啊。活着穷够了，别再让我当穷鬼。"

"你死了，我也不活了！"杨玉萍擦去的泪又流出来了。

"你，你一定要好好活着，把我们的孩子培养好。我不求他知道我是他的爸爸，可你给我烧纸时要带上他，让我看看。"李明强自顾自地说，"你呀，还得替我照顾我爸、我妈、我哥。唉，我真放心不下他们。"

"你去吧，只要有我在，就不会让他们受屈。"杨玉萍说着咬了咬下嘴唇。

"我给你添多少罪啊。"

"我愿意。在我心里，一辈子都是你的人。"杨玉萍把头靠在李明强的肩膀上，一边蹭脸上的泪水，一边喃喃地说，"你放心去吧，小心点。老天爷有眼，不会让你丢下我的。白马寺的师傅说，我是娘娘命，命中有八个儿子，你还没给我呢。"

"唉，别忘了，现在只能要一个。"

"我都要，你都得给我。"杨玉萍扎在李明强怀中撒起娇来。

"好，好，我都给你。你可得先把罚款准备好。"

"我有，我现在有两万多呢！"杨玉萍神秘地对李明强说。

"张根儿那么能挣钱？"李明强好像听到了天文数字。

"能挣。他挣钱，给我们的孩子交罚款呀！"杨玉萍诡秘地冲李明强一笑。

"你真够坏的。"李明强用手指点了一下杨玉萍的鼻子。

"是他欠咱的！"

太阳落山的时候，傻子志强拉着架子车，拉着李明强的父母回来了。杨玉萍早帮李明强为他们做好了饭，看到他们走进村口，就早早回到了自己家里。农村人实诚，有什么好东西遇上熟人都要分一些奉送。杨玉萍想，李明强回来了，笑二嫂一定要买好多好东西，李家穷，她怕撞上。

杨玉萍回到家，又不甘心，就爬上了二楼，跪在床上探听李家的动静。

李明强把父亲背进窑洞，又帮助母亲和傻哥哥卸车。李明强的母亲确实买了许多好吃的，听说是杨玉萍帮助做的饭，就对李明强说："去，把她叫过来，今天七月七，她一个人在家也没啥意思，咱们一起吃饭，看星星。"

李明强“嗯”了一声。杨玉萍听了赶紧跳下床跑下楼，站在大门后等着李明强。

李明强刚进门，杨玉萍就攀着他的脖子亲了起来。她急切地说：“我还想要。”

“不行，我妈叫你过去一块吃饭呢。”

“我听见了。你快一点！”

真是色胆包天，二人又进行了一次大战。

速战速决。杨玉萍像一只被喂饱的猫，满足地笑着在前面跑，一进李明强家的大门就喊：“妈，买什么好东西了。”村里人都知道，李明强的母亲没闺女，认了杨玉萍做干女儿。谁知道杨玉萍还有另一番心思呢？她今天故意大声地、甜甜地叫，让她公公婆婆听，让村里人听，让李明强听，在她心里，从今天起她就是李家的媳妇了。

今天，杨玉萍格外兴奋。在饭桌上，她不住地给这个夹菜，给那个添饭，小嘴说个不停：“妈、爸，两位哥哥，今天咱们家算是聚齐了，人家牛郎织女相会，咱们家团聚，来，干杯！”

杨玉萍压抑不住内心的喜悦，左一声“爸”，右一声“妈”喊得格外亲。老头、老太太乐得合不上嘴，都说这个闺女没白认。杨玉萍冲李明强挤眉弄眼。李明强知道，杨玉萍今天是故意叫给他听的，她把自己真真正正地当作李家的媳妇了。

那天夜里，他们坐在院中看星星，天南海北地神聊。下雨了，李明强赶快把父亲背进了窑洞。

杨玉萍拿着伞，拉着李明强说，这是牛郎和织女哭的泪水，到葡萄架下能看到牛郎和织女在鹊桥上相会。李明强的母亲也连连称是，所以他们相依在一把伞下，跑到了院外那棵老葡萄树下。

他们哪里是看牛郎织女相会，明明是自己相会罢了。

“都是大人哄小孩的，我从小看到大，葡萄树都快死了，我也没看到过牛郎和织女。”李明强对杨玉萍说。

“今天可看到了。”

“在哪儿？”

“在这儿。”杨玉萍一下搂住了李明强的脖子，两个人亲吻起来。

老葡萄树也终于看到了“牛郎和织女”的相会，在风中抖动着大叶子，发出“哗哗”的声响，像是在笑，又像是在鼓掌。雨水砸在伞上，“劈劈啪啪”，犹如一支乐队在奏乐助威。

“今天真好，又是七月七，真是个好日子。”杨玉萍甜甜地说。

“今天，你让我成了真正的男人。”

“你真棒！”杨玉萍情不自禁地称赞李明强。李明强确实比木匠强，个子大，时间长，真有翻云覆雨的感觉。

杨玉萍依在李明强的怀中，静静地回味着、享受着这“七月七”情人相会的幸福。

李明强看着怀里的杨玉萍，突然想起了卫和平，心里乱极了。他感到对不起卫和平，亵渎了他与卫和平的爱情。又感到对不起杨玉萍，她为追求自己已经付出了那么多，自已在临死之前又给予她那么多责任和负担。

牛郎和织女早已止住了哭泣，睁大眼睛看着葡萄树下这一对情人。夜风吹过，李明强感到一阵发冷，他推了推怀中好似睡熟了的杨玉萍说：“回去吧。”

“明天——”

“明天，明天我想到城关一个战友家看看。”李明强撒了个慌。他早已想好了，明天一定要到卫家村去，去看一眼卫和平。无论如何，他要再看卫平一眼。

不去她家，不去打扰她，就到她村里，偷偷地看她一下。在北京李明强是这么想的，现在更是这么想的，他和杨玉萍已经那个了，就更没脸见卫和平了。但是，他必须去看卫和平，那是他痴爱的姑娘啊。不然，他将遗憾终生。

回到家里，李明强的父母因一天的劳累已经睡下了。笑二嫂说让李明强送杨玉萍回家，一定要送到窑里去，拉着灯再回来。

当地人传说，农历七月七日的晚上，女人不能单独在户外活动，必须由男人陪着。因为，“七月七”牛郎和织女相会，那些孤魂野鬼着急，好多女人生鬼胎，都是“七月七”那些孤魂野鬼干的。

李明强和杨玉萍当然不信这一套，不过正合杨玉萍的心意。她拉了一把李明强，李明强就乖乖地跟着她走了。

杨玉萍拉着李明强的手进了窑洞，不但拉开了电灯，还轰轰烈烈地干了一通。

“累了吧？”杨玉萍看着躺在身边喘着粗气、浑身冒汗的李明强，心痛地问。

“比五公里越野还累。”李明强身上渗出了汗，一边用枕巾擦一边笑着说。

“我去给你弄点吃的，补补。这一天四次，也够你受的。”

“别，我得赶快回去。”李明强急忙爬起来穿衣服。

“回去？算了，今晚就睡这吧。”

“那怎么行，我爸我妈——”

“没事儿。他们累了一天，恐怕早睡着了。就是没睡着，也不会来叫。明天你早点回去，若问了就说我害怕，你看着我睡着才走，回去晚了。”

“不行。”

“没事儿，爸和妈痛我，不会说什么。志强又不懂。”

两人定好了闹钟，合抱而睡，真正地做了一夜夫妻。

第二天凌晨，小闹钟一响，李明强就像听到了紧急集合的哨子声，爬起来穿上衣服，丢下两眼惺忪的杨玉萍，轻轻一跃，翻墙回了家。见父母还没起床，就故意将脸盆弄出声响，洗漱起来。

李明强的母亲听到响动，问：“明强，起这么早干么？不多睡会儿。”

“我想趁凉快到城关一个战友家看看。”李明强一边洗脸一边说。

“那，玉萍家有自行车，你去借了骑着去，路远。”

“哎。”

李明强洗漱完毕，将水均匀地撒在院子里，拿起扫帚把院子打扫得干干净净。见天已放亮，又挑起水桶，给家里挑了一担水。

这时，太阳已爬上了东山顶，将东山顶烧得彤红。李明强故意将杨玉萍家的大门擂得山响。

“谁呀？”杨玉萍确实太累了，睡得很沉，她做了个梦，梦见她和李明强正行好事儿的时候，是张根，又像是傻子志强，在狠命地砸门。她一惊，醒了。果然，有人在敲门，就惺忪着眼睛不耐烦地问。

“是我，嫂子，借你们家的自行车骑骑。”李明强大声地喊。

杨玉萍一听是李明强，高兴地趿拉着鞋像燕子飞似的跑出来开了门。

李明强一看，杨玉萍竟连乳罩都没带，就穿了个三角小裤衩，两只白馒头似的乳房在李明强的眼前直颤悠。

李明强照杨玉萍的屁股上轻轻地拍了一下，轻轻地说：“快回去，让人看见了。”

“我正在做梦呢。”杨玉萍乐得颠颠的，一边向窑内走一边说。

“做的什么梦？”

“不告诉你。”杨玉萍冲李明强丢了个媚眼，诡秘地一笑，掀起帘子，滚到了床上。

“自行车呢？”

“床上呢。”

“说正经的。”

“就是正经的。你就这么走啊？”杨玉萍装出不高兴的样子。

“好，好。”李明强经过一夜的休整，恢复了战斗力，立刻与杨玉萍进行了一场惊心动魄的肉搏，然后骑上自行车扬长而去。

杨玉萍起床洗漱完毕，端个小盆，拿一把和匕首一样长短的小刀，走到鸡窝前。她把刀放进盆里，将盆放在地上，把鸡窝的小木门向旁移开条缝，右手伸进去，闭着眼睛抓住一只母鸡拉了出来。然后，用左手抓住两只鸡翅膀，右手将鸡头塞入左手中，操起盆中的小刀照鸡脖子上就是一下，顺势一歪，鸡血就沥沥拉拉地流入小盆中。这一切，都那么熟练，那么干净，那么利索，整个过程，老母鸡就没叫上几声。

杨玉萍看鸡血滴完了，一甩手将鸡扔到院中。那鸡在地上扑棱几扑棱，就不动了。接着，杨玉萍又杀了一只。

杨玉萍回到厨房烧上一锅水，又将自家的香菇、海米、冻鱼、冻虾等一古脑地找出来，一齐搬到了李明强家。说李明强回来了，要好好改善一下。感动得李明强的父母不知说什么好。

李明强的母亲和杨玉萍忙上忙下，娘儿俩有说有笑，就像一家人一样。老太太一直想，这么好的姑娘怎么就嫁到了张家，当初要是说给我们明强该多好啊。唉，瞧李家这样，疯的疯、残的残、病的病、傻的傻，穷得丁当响，说了多少个不如杨玉萍的姑娘，人家都不愿意。是我们拖累明强了。老太太想到这，长长地叹了一口气。

“都是我造的孽啊！”

“妈，你说什么呢？”杨玉萍不解地问。

“没什么，没什么。我是说，让你破费了。看这香菇，这鱼，这虾……”老太太自圆其说地唠叨着。

“哎呀，我还坐着锅呢！”杨玉萍突然想起了还有鸡，她杀的鸡还在地上扔着，火上还烧着水呢。

杨玉萍跑回家，锅里的水早开了，“突突突”地向外冒着热气。她将锅端下，取一只大盆，把两只死鸡放进去，把一锅滚烫的热水倒入盆中，院内立刻散发出一股鸡腥味。

“来了，鸡来了。”杨玉萍端着热气腾腾的盆来到李明强家，那热气熏得她满头是汗，但是她内心的喜悦还是挂在脸上和嘴上。

“差点把鸡忘了。”

“你又杀鸡了？”笑二嫂凑上来看，“啧，啧，还杀两只。这鸡正下蛋呢，多可惜啊。”笑二嫂心痛地埋怨杨玉萍。

“明强要上前线了，我们得多给他弄点好吃的。”杨玉萍埋着头，一边拽鸡毛一边说。

“你说什么？明强要上前线？”笑二嫂的眼睛都直了，直盯着杨玉萍。

杨玉萍知道自己失言，像做错了事儿的孩子，慢慢地站起来，冲老人点了点头。她知道，瞒是瞒不住了，自从去年冬天老人听说中吴边境开战了，生怕李明强上前线，对“前线”两字特别敏感。

李明强的母亲怔怔地站着，张着嘴，脸抽搐着，说不出一句话。杨玉萍知道自己闯祸了，也不敢吭声。

就这样，僵持了好长时间，杨玉萍才怯怯地走上前，扶住老人说：“妈，坐下，歇会儿吧。”

“孩子，咱的命怎么这么苦啊。”笑二嫂终于哭出了声。

杨玉萍抱着老人，被老人的哭泣所牵动，也不住地掉起了眼泪。她想到，李明强真的一去不返，这肚里的孩子一辈子都不会见到他的亲爹了。

娘儿俩各想心思，抱头痛哭。

“怎么了？哭什么？”李铁柱听到外面的哭声，撑着双拐艰难地挪出了窑洞。

“爸。”杨玉萍急忙跑过去，扶着老人坐下，哭着说，“明强要上前线了。”

“上前线？”李铁柱先是一愣，继而火暴的脾气就点燃了。

“操他娘，打什么仗？还让人活不活了！”老头喊着，将右手中的拐杖重重地砸在地上，“咔嚓”一声，拐杖断了，断掉的一节飞到了空中，又“叭”的一声落在地上。

“像咱这废人不活也好，省得让孩子挂念！”笑二嫂狠狠地说。

“那你死呀！吃老鼠药，跳井，上吊，谁拦住你了！”李铁柱冲笑二嫂吼道。

“要不是侍候你，我早就不想活了！”李笑二嫂与李铁柱吵起来。

“那你先给我弄死！我早就活腻歪了！”

杨玉萍看着两位老人吵架，不知说什么好，情急之下，她“扑通”一声跪在地上，哭着喊：“爸，妈，别吵了！我求求你们，别吵了，别吵了。咱们让明强放心走好不好？”

杨玉萍这一招还真灵，两位老人都不说话了。笑二嫂反而冷静了许多，蹒跚着走到杨玉萍面前，拉着她说：“孩子，起来，不哭，不哭啊。咱们一块准备，像过年，肥肥的。”

笑二嫂用老榆树皮似的手，抹去杨玉萍脸上的泪水，抚摸着杨玉萍那光溜溜的两只胳膊，接着说：“你对我们家的恩情啊，我领了，都记下了。下辈子，我要是有福享，一定求菩萨养你这个女儿。这辈子，认你当闺女，委屈你了。”

“妈——”杨玉萍抱着李明强的母亲失声痛哭。

“唉，我们老俩没福气，要是有你这么个媳妇，也能活个精气神儿啊。”笑二嫂拍着杨玉萍的后背喃喃地说。

“妈，我就是，我就是您的亲女儿——”杨玉萍哭得更厉害了。她能说我就是您的儿媳妇吗？她能告诉老人她和李明强的事儿吗？她有苦难言，只能用眼泪来表达。

“是我的亲女儿。好闺女，不哭，不哭啊。”

杨玉萍噙着泪，费了九牛二虎之力才把李明强的父亲挪进窑里的床上。拐杖断了，李老爷子就断了腿。那拐杖还是张根做的。

杨玉萍和笑二嫂默默地忙碌着，杀鸡，备菜，没有了先前的欢笑，各自干着各自的活，各自想着各自的心事儿。所有的东西都备好了，已将近中午，李明强还没有回来。杨玉萍问：“妈，开始做吗？”

“等明强回来再说吧。城关那老太太实在，非留明强吃中午饭不行。”笑二嫂知道李明强是去城关镇张晓鹏家了，他们一块当兵的，现在就剩李明强和张晓鹏两个人了。张晓鹏转了志愿兵，只要探家都要到李明强家家看看。李明强上次回来探家，带着笑二嫂去过张晓鹏家，不吃饭张晓鹏的母亲就是不让出门。张晓鹏的母亲给笑二嫂说，她看着李明强的吃相，就像是看见了自己的儿子，可高兴了。

“那您回窑躺会儿，我也回去歇歇。”

杨玉萍安排完一切，回到自己的窑洞。她已经没有心思上楼听李家的动静了，躺在窑内的床上想心事。李明强这次能给我留下孩子吗？她一遍一遍地问自己，又一遍一遍地回答，一定能！她念叨着，我一定能怀孕，怀上李明强的孩子，生养李明强的孩子。

大门被推得山响，在门下乘凉的鸡子惊得咯咯嗒嗒地乱叫。杨玉萍以为是李明强回来了，刚要起床，就听见傻子李志强的声音：“热死啦，美国的科学家说，太阳明天爆炸！咣咣哩咣哩咣咣，咣咣哩咣哩咣咣！”

傻子李志强一边“咣咣哩咣哩咣咣”地叫着，一边照着这一节奏捶杨玉萍家的大铁门。

杨玉萍静静地躺在床上，看着窑顶发愣，脑子一片空白，任凭傻志强在大门口猛敲狂喊。她不管美国科学家的预言，也不管村里长舌妇们的愚昧，更不管西流村的太阳是升起还是爆炸。

“志强，回来！回来！”是笑二嫂那带着沙哑带着威严的声音。

“咣咣哩咣哩咣咣，咣咣哩咣哩咣咣！”傻志强还是敲个不停。

“回去，你给我回去！”是笑二嫂在大门口拉傻志强。杨玉萍听得清清楚楚，那喊声中还带着哭泣。

好可怜的一家人啊！杨玉萍的眼角不自觉地淌出了泪水。

时值正午，太阳直烤着大地，路边的野草都卷起了叶子，知了在远处的树上嘶叫。

一双四十三码的黑色三节头皮鞋不规则地踏在进西流村的黄土路上。一步、两步、三步、四步，灌铅似的沉重。一堆赶集的蚂蚁，被踩进湿土里，拼命地挣扎着。然而，那双四十三码的黑皮鞋仍然吃力地交替着前移，一步，一步，又一步……

李明强推着车子，低着头，迈着沉重的步子走着。自行车后座上驮着一个编织袋，里面装着四个西瓜。李明强不骑车，任凭太阳火辣辣地烧着自己的身体，烤干自己的思绪。然而，那汗水不住地外流，思绪也越来越湿，对卫和平那湿漉漉的思念，化作这哗哗直下的汗水。

李明强上午骑车到了卫家村。进村前，他将自行车存在了马路边的瓜棚里，并给买瓜的老汉讲明了，取车时要买几个大西瓜。

李明强不走大路，绕小道，回避着路人，摸到了卫和平家的窑头地，在卫和平家上面的玉米地里边上蹲下来，不住地俯视着卫和平家的院子。

这是卫家村的一个大户，堪称卫家村首富。卫和平的父亲在卫家村当了十几年的党支部书记，三个哥哥一个比一个能干，三个妯娌相处得非常和睦。两排上下各四间的二层小楼，对称地盖在三孔红砖表山的窑洞前，高高的红砖院墙两个人搭梯也够不到顶，宽敞的大门能开进一辆拖拉机。真是人丁兴旺，几个小孩在院内玩耍，时不时地有大人出入。

李明强在卫和平家的窑头上“潜伏”了近两个小时，他看见了卫和平的爸爸，看见了卫和平的妈妈，看见卫和平家许多人，就是没有看到卫和平，急得他出了一身汗。莫非她回北京了？李明强想起来了，卫和平去年就没有在家过完暑假，她说一是为了考研究生，二是为了看他。这一次，李明强明明白白告诉她，让她在老家过完暑假，不要打扰他写作，等开学时他将《和平歌》写好送给她。莫非她不听话……

李明强看到几个小孩跑出了院子，跑进了村里。他一阵高兴，尾随上去，拉着一个小男孩问卫和平是否在家。

“姑姑上大舅爷家了。”小孩子说话俨然像个大人。

“那什么时候回来？”

“不知道。”

“什么时候去的？”

“昨个儿。”

“去干么了？”

“小姨结婚，请姑姑帮忙。”

“那你大舅爷在哪儿住呢？”李明强着急地问，他想到卫和平大舅家住的地方碰碰运气。谁知小孩儿的回答差一点让他背过气去。

“在郑州。”

李明强告别了小孩，心思重重地回到瓜棚，挑了两个大西瓜，他真的要到城关战友家去了。

“二十元，找不开。你有没有零的？”卖瓜的老汉说。

“甭找了，我回头儿还来买呢。”

李明强从城关回来，又买了四个大瓜，这才悻悻地回到了家。到了大门口，他停下来，竭力地笑了笑，直到自己觉得笑得自然了才进了门。

“爸，妈，我回来了。”李明强高兴地冲窑洞里喊。

窑洞里没有回音。

李明强想，大中午的，父母可能睡着了，就没再叫。他扎好车子，取下编织袋，将西瓜提到父母住的窑洞里。

窑里的境象让李明强惊呆了。父亲一动不动地在地上趴着，将右手伸向前方。母亲躺在床上睡着了。

“爸，你怎么了？”李明强扶起李铁柱，不禁倒吸一口凉气。只见李铁柱两眼圆睁，口吐白沫，早已咽了气。他一激灵，放下父亲，奔到母亲床前，只见母亲两手紧紧地攥着床单，口吐白沫，也没了气息。李明强来不及多想冲出家门。

“嫂子！嫂子！杨玉萍！杨玉萍！杨玉萍！”李明强像擂鼓似的把杨玉萍家的铁大门拍得“咚咚”直响。

这两天，杨玉萍实在太累了，躺在床上哭着哭着就睡着了。当她被那滚雷似的敲门声惊醒，听到李明强那急切地喊声后，趿拉着鞋就跑了出来。

“怎么了？明强？”

“快，我爸，我妈——”李明强拉着杨玉萍就往自己家里走。杨玉萍的鞋掉了，她想捡，李明强力大，拉着她，又一脸严肃，不知出了什么事，就光着脚跟着李明强进了窑。

一切都不用说了，杨玉萍哭着扑上去：“爸，爸，你醒醒！妈，妈，你醒醒啊。你们这是怎么了呀？”杨玉萍爬在笑二嫂身上号啕大哭。

“别哭了！”李明强一把抓住杨玉萍的胳膊，将她拎了起来，说，“是不是你告诉他们我要上前线了！”

“嗯……”杨玉萍哭着不住地点头。

“你——”李明强举起巴掌朝杨玉萍抡去。

李明强就是李明强，就在那巴掌要落在杨玉萍的脸上时，他收住了手，将手轻轻地放在杨玉萍的肩上，推了一把说：“去，快叫人去！”

村里的人闻讯赶来，小孩子挤满了院子。有人跑进傻志强住的窑洞，只见傻志强被捆绑在床上，也口吐白沫，没了气。大家七嘴八舌地议论开了：“真惨啊！一家三口人全死了！”

“看样子是吃毒药了！”

“太可怜！”

杨玉萍哭得死去活来，不断地重复着一句话：“都是我，都是我害了你们，是我害了你们呀！”

“快，快给他们灌毛粪[①]水，兴许还有救。”人群中有人喊。

一个小伙子跑到厕所，拎来了一桶粪水。院里的人骚动起来，自动闪开一条路，捂着鼻子喊臭。

“不用了！”李明强的脸都绿了，斩钉截铁地说。他知道，人早已断气，没得救了，不能再让这些好心人用大粪玷污了自己这三位可怜的亲人。那提粪水的小伙子骂骂咧咧地将粪桶又提了回去。顺着那小伙子开出的通道，李明强看到本家的大伯李铁锤走进大门，他急忙迎上去，叫了声大伯，把手中对折的几张纸抖抖地交给了李铁锤。

李铁锤从鼻子里“哼”了一声，接过那纸，看都没看，径直走进了窑洞。

李铁锤用手分别在李明强父母的鼻子前探了探，抚了下眼睛，又摸摸手脉。然后，才展开那纸，那是两张粗糙的白纸，纸上是李明强母亲那隽永秀丽的字：

明强：

我的好孩子，别难过。我们三个都是废人，死不足惜，就先走一步了。这样，你就不用再挂念我们了。你到前线，一定要小心，多杀鬼子，争取活着回来。

这些年，我们拖累你了，也没给你说成个媳妇。卫村卫顺家的小平很好，你如果能活着回来，就托人找卫顺提亲，卫顺是个通情达理的人。

还有，你能活着回来，要好好替我们报答一下玉萍，这几年多亏了人家照顾。妈认了她这个女儿，你们就要像亲兄妹一样走动。

你的七天假就要到了，妈等不及了。你能给我们送行，妈就知足了。农村的礼儿你不懂，找你铁锤伯。

孩子，别难过，我们活着也是受罪，这样就一了百了啦。但愿菩萨显灵，保佑你，用我们三个人的命，保你一条命。

孩子，一定要小心。妈也打过仗，战场上，子弹是不长眼睛的。你一定要小心啊。

李铁锤看完落款，是上午十一点，人已经死了三个多小时了，就安排人赶快通知“后待[②]”——笑二嫂的娘家人，请风水先生看坟地，让年轻小伙子轮班连夜打墓，派人到城关木器厂订棺材。其他事情，等人家“后待”来了，说到哪儿，请到哪儿。

最后，特别告诫李明强，“后待”说什么，你都答应，骂你别吭声，打你别还手，一切由大伯给你做主。

---

① 大粪。

② 死者女方娘家人。

# 第三十一章

**由杨玉萍做主，李明强最古老也最现代，最封建迷信也最破旧立新，最英雄好汉也最王八蛋地为三位亲人举行了送别仪式。**

第二天，太阳刚刚照进李明强家的小院，村口就响起了呼天抢地的哭喊声。

“姑姑啊，您死得好惨啊！”

“大姑，您慢点走，我们来了！”

“大姑啊，您怎么就这么忍心撇下我们就走了啊！”

“大姑，您死得冤啊！您有什么话怎么不给我们说呢！”

哭声传进村子，门口就有人冲院内喊：“‘后待’来了！”

“明强，快，快去迎‘后待’！”李铁锤大声地喊。

李明强穿着一身白衣服。这衣服不知是谁从哪里借来的，套在李明强的身上很不和谐。衣服太小了，上衣刚盖住裤腰，扣子扣不上，新钉了三条白布条系着。裤子很短也很窄，紧绷着李明强的双腿和屁股，裤腿儿掉到了李明强的两个小腿肚上。白鞋是在李明强那四十三码的军绿胶鞋上又缝了层白布。头上缠的那条白头带，足有二尺宽，两米长，拖在李明强的身后，几乎要拖到地上。

李明强默不作声地在前面走，两个帮忙的本家兄弟端着两匹白布跟在他的身后出了门。李铁锤在后边喊：“明强，记住大伯的话。”

李明强没有应声，默默地，迈着他军人那坚定均匀的步伐一步一步地向“后待”们接近。他清楚地看到了，是他的三个舅舅和五个表兄表弟。

李明强走上去，叫了声“舅舅”，紧接着就跪在了八个人面前磕头。“后待”们的哭声戛然而止。

“不孝的东西！”大舅大骂一声，上前一脚正踢在李明强的肚子上。李明强顺声倒地，打了个滚又爬起来，跪下磕头。

李明强的本家哥哥将手中的那匹白布往本家弟弟手上一撂，急忙上前拦住，说：“大舅息怒，大舅别生气！”说着，将一条宽宽的长长的白头带双手捧着递了上去。

这当儿，李明强的二舅就走上前骂了声“畜牲”，随声脚起，一脚踢中李明强的左肩膀，李明强又打了个滚，爬起来跪下磕头。

“二舅息怒，二舅息怒，别生气！别生气！”李明强的本家哥哥又急忙去拦住李明强的二舅，将一条宽宽的长长的白头带双手捧着递了上去。

在李明强的二舅接白头带的当口，李明强的三舅绕过众人，二话没说，照着李明强的左肩膀又是一脚，李明强刚倒在地上，还没有爬起，他三舅又补一脚，正踢在李明强的肋骨上。

李明强的本家哥哥急忙上前拉住，说：“三舅别生气，三舅别生气！”说着，又将一条宽宽的长长的白头带双手捧着递了上去。李明强的三舅接过白头带，这才说出了声：“我姐，我姐苦了一辈，还指望着跟你享福哩。你，我踢死你！”他说着竟哭出声来，挣着李明强本家哥哥的阻拦，给刚刚爬起的李明强又是一脚。

就这样，李明强像个皮球似的被“后待”们这个一脚，那个两脚地踢着、滚着、退着，一点点地向自己家挪，直到八个人都接了白头带，都扎好白头带，离家还有一大段距离。

“怎么没备孝服？”李明强的一个表弟嚷道。

“不孝顺的东西！”

“人都死了，连身白衣服还舍不得扯？”

李明强的两个本家兄弟急忙解释说：“来不及，来不及了。”

“怎么个来不及？”李明强的二舅怒吼道，上前对李明强又是一脚。

“正在做，正在做！”李明强的本家哥哥急忙说。

李明强退一步跪一次，磕一个头，挨几脚。两位本家兄弟护着他，尽量让他少挨打：“众位‘后待’，明强不懂事儿，消消气啊，消消气啊！”

李明强实在，风俗是退一步磕一头迎“后待”，这上坡的路，他跪一下挨几脚，退上去，又滚下来，根本向前推进不了多少，尽是挨打。急得他那从十里铺赶来的亲堂弟跑过来，拉着他说：“哥，跑呀！”

李明强认为农村的风俗就是这个礼儿——该跑了，拉着堂弟就跑，一口气跑到家门口，这才又跪下来迎接“后待”们进门。

李明强的三个舅舅气得七窍生烟，在五个孩子的簇拥下气汹汹地来到门前，照着李明强一阵乱踢，一边踢一边骂：你小子当军官了！长能个儿了！还敢跑？你咋不跑到北京哩！我叫你跑，叫你跑！

李铁锤见状，急忙跑出大门拦住：“几位兄弟，全来了，全来了！快请进，快请进，快请进！”

李明强趁机爬起来，越过门槛，又赶快跪下磕头。

“姐姐啊，我们来晚了！”

“姑姑啊，我们来了！”“后待”们的哭声又起。刚哭几声，李明强的一个表弟就哭着喊：

“大姑，你看着，我们给您出气来了！”

紧接着，李明强的舅舅和他的表兄表弟就围上了李明强，拳脚棍棒像雨点似的落在李明强身上，尽情地出着“娘家人的气”。李明强只是拼命地抱着头，不哭，不喊，不还手，他在内心里不住地默念：是我害死了我的亲人，我罪该万死。

“别打了！别打了！”杨玉萍发疯似的分开众人，扑在李明强的身上，用她那柔弱的身躯护住李明强，声嘶力竭地哭喊道：“你们打我吧！是我害死了他们！”

“后代”们被这突然闯入的女人弄蒙了，停止了打骂，怔怔地看着杨玉萍。

杨玉萍身穿白衣裤，脚着白皮鞋，头缠白头带，全身上下一色的白，就像是一个仙女银装素裹，突然从天而降，连西流村的人几乎都认不出来了。

“这是谁呀？”

“是不是卫村儿在北京上大学那闺女？”

“是张根媳妇。”

人们七嘴八舌地议论着。

“你，你说什么？是你害死了他们？”李明强的大舅问。

“是我害了他们！是我告诉他们明强要上前线的。”杨玉萍趴在李明强身上痛哭流涕。

“别闹了！瞎掺和什么！”李明强的二舅是个火暴脾气，对杨玉萍怒吼道。

“谁闹了？谁瞎掺和了？是你们！有你们这么打人的吗？”杨玉萍好不示弱地回敬道。她像一只发疯的老母鸡，脸涨得通红，用她那红肿的双眼怒视着“后待”。

“你是什么人？到这里披麻戴孝，还来管我们‘后待’的事儿！”李明强的二舅蹦起高来。

“我是李家的闺女！”杨玉萍说着也腾地一下站了起来。

“闺女？我姐——”

“是，是‘明强妈’认的干闺女。”李铁锤给“后待”们解释道。

“干闺女？闺女不当家，你滚开！”李明强的三舅厉声喝斥杨玉萍。

“哪条宪法规定了闺女不能当家？今天，这个家我当定了！”杨玉萍不知从哪里来了那么大勇气，扶起李明强，对他说：“别怕，他们说到哪儿，我们请到哪儿。”

“这——”李明强不知说什么，他看着杨玉萍，那眼光中有赞同，有依靠，有信任，有担心，也有无奈。

“你当这个家？”李铁锤和“后待”不约而同地问。

“对，我当这个家！”杨玉萍将头一扬，坚定地说。就像她当年抡起巴掌扇了镇长，自己卷了铺盖义无反顾地离开镇政府一样。既而，杨玉萍又好像觉察到了什么，对李铁锤说："大伯，明强一直不在家，不会办事，也没钱。这个家，今天我来当，您做主！"

"那，那好，那好呀。"李铁锤正愁这发葬费用没有着落呢！他来主事儿，李明强现在没有钱，若上前线牺牲了，谁来还这笔账呢？这西流村第一富家女人要当家，他李铁锤何乐而不为呢。

"那，你说，这丧事咋办？"李明强的大舅见主事儿的点头了，就不紧不慢地问杨玉萍。

正在这时，一个小伙子跑过来对李铁锤说，墓已经挖好了。杨玉萍听了，说："今天就把人埋了！"

"今天就埋人？"

"笑话！你会不会办事？哪有今天死人，明天就埋的，起码也得放上三天呀！"李明强的二舅急了。

"一天也不能放！今天必须埋了！"杨玉萍斩钉截铁地说。突然，她将声音降低了八度，说："明强就七天假，已经过去五天了，明天必须走。"

"打个电报，多续几天。这是三条人命啊。"李明强大舅的话虽然不紧不慢，但是毫无余地。

"不行啊，大舅。部队要求严，要是明强因此犯了军纪，也就辜负了我娘啦。"杨玉萍说着又提高了声音对"后待"们说："三位舅舅，表哥表弟，你们可以不认我，但看在我娘的分上，今天就发葬吧。要不，辜负了她老人家的良苦用心啦！"

"后待"们没有一人说话。杨玉萍拉着李明强又冲"后待"跪下，说："我和明强求求你们，今天就发葬吧！"

这时，去定做棺材的一群人回来了，只带回一口棺材，说木器厂要赶别的活，做不出来。

"你们俩也别跪了，没有棺材，你们怎么埋人？"李明强的三舅冷嘲热讽地说。

"这——"李明强看着杨玉萍，急得出一头汗。杨玉萍拉着李明强站起来，对他说："无论如何，咱今天也得把人埋了。"

"乡亲们，谁家放有'寿木[①]'，请借给我们用一用。日后，让我们家张根再给你们做。"杨玉萍冲着院内的乡亲喊。

人群中一阵骚动，但没有一个应声。

"如果卖，我们买也行。"杨玉萍看大家没有反应，又说，"六百六一个，我们图个顺畅。"

人群中的议论声更大了，但是还是没有人响应。杨玉萍知道棺材的价格，她男人张根就是木匠，她给的价已经是一个好棺材的价钱了。但是，人们谁也不情愿把为老人做

---

① 给活着的老人备用的棺材。

的“寿木”卖了，让别人说自己“不孝”。

“七百六。”杨玉萍冲人群喊。

“八百！”杨平萍像是个拍卖会上的拍卖员在不断地加着筹码。当她看到喊出八百元的高价也没人动时，着急了，提高嗓门大声地喊：“一千块，我出一千块买一口棺材。乡亲们，帮帮明强吧，他再过几天就要上前线了，今天必须埋人，不然，他就要误假了。咱们西流村可就这一个军官，一个作家啊！你们看，他都成什么样子了！”杨玉萍想到李明强刚才被打的情景，心痛地哭了起来。

“我这给大家跪下了！”杨玉萍又冲西流村的人群跪了下来。

“孩子，你赶快起来。我把给你奶奶的‘寿木’先给你们用。”李铁锤这个被西流村看做知事儿人的人被感动地落下了眼泪。

“明强，快给大伯磕头！”杨玉萍哭着拉着李明强朝李铁锤跪下，“咣咣咣”就是三个响头，那本已涨红的额头上立刻现出了一片血印子。

“孩子啊，你羞死老夫啦。”李铁锤带着哭腔说。他扶起杨玉萍，又冲人群喊：“狗蛋，你带几个人回家，把你奶奶的‘寿木’抬来！铁头，你带几个人，去把咱四婶的‘寿木’抬来！就说我说的！”

众人听了吩咐，嚷嚷着离去。李铁锤好像突然又想起来了什么，大喊一声：“等一等，我和你们一起去！”喊完，他又冲“后待”们直哈腰：“你们先坐着，我去去就来，我去去就来。”李铁锤说完，颠颠地跑着追那帮抬“寿木”的人去了。

杨玉萍噙着眼泪望着李铁锤离去，心里稍稍松了口气，又看“后待”们的脸色也都变得温和了，就说：“三位舅舅，我们不懂事儿，咱们坐下来，您给我们指点着办好吗？”

李明强的大舅从鼻子里“哼”了一声。他已经领教了这女子的厉害，只是放不下“后待”的架子。

李明强的大舅坐下后，慢条斯里地问：“‘寿木’都有着落了，那‘寿衣’呢？总不能也去借吧。”

“大舅，这个我早就安排了。今早派人去县城买了。让买最好的，每个人还给带十万冥币。我爸和我妈苦了一辈子，走得急，我决不能让他们在那边受穷！”杨玉萍早晨安排这事儿时，想到的就是李明强前天给她说的话：“我若真那个了，你要常给我烧纸，活着穷怕了，别让我到阴间受穷。”现在，杨玉萍说着又想起了李明强的话，想到自己的今后，眼里的泪水又情不自禁地流了出来。

李明强的大舅被杨玉萍的作为感动了，对杨玉萍说：“孩子，别哭了，人死不能复活。我姐姐有你这么个孝顺闺女，我们也替她高兴。”李明强的大舅说着竟哭了起来：“姐呀，姐夫，你们苦了一辈子，就安心地去吧。”

“姐呀——”

“姑姑——”“后待”们一听领头儿的哭了都痛哭起来。

“别哭了！别哭了！”杨玉萍和一群帮忙的一个人拉一个“后待”连解带劝地安慰起

来。好不容易才止住“后待”们的哭声。

杨玉萍指着昨天她与李明强的母亲一起准备的丰盛酒席，伤感地说：“这是我妈临走前，亲自给你们‘后待’准备的。”

“后待”们一看，鸡鸭鱼肉、海参大虾，真够高档的，感动得不知说什么好。而杨玉萍说完，感到一肚子委屈，那是她专门为她痴爱的男人准备的东西啊，现在，她违心地说是为“后待”准备的，她感到一种东西堵在心里，不能吐出来，也不能咽下去，扑到笑二嫂那冰凉的躯体上大哭起来：“妈——你怎么这么狠心，扔下我就走了啊！”

李家小院一片哭声。有杨玉萍的，有“后待”的，有本家的，有乡亲们的，这哭声，有悲痛，有同情，有感动，还有……

李明强始终没有落泪，他不声不响地拿起湿毛巾给三位死去的亲人洗脸，洗罢，又拿起梳子为他们梳头。这件事，从昨天到现在他已经做了好多遍了，但是，他还是默默地做着，只怕洗不净、梳不光似的。

买“寿衣”的人回来了。李明强又接过“寿衣”和本家帮忙的一起，轻轻地给爸爸和哥哥穿上。

杨玉萍她们在给笑二嫂穿“寿衣”时，一个帮忙的说，你看，二婶好像一直在笑。一位老妇人说，你们小，不知道，她年轻时，人们都叫她“笑二嫂”，她是应该笑的。

李明强的三个舅舅听了，又痛哭起来。

入殓了。两口红漆棺材是李明强父母的，一口没有漆的木本色棺材装殓着李明强的哥哥。杨玉萍对李明强说，日后，她一定要找个“配骨”给志强完个“阴婚”。

李家小院，并排放着三口棺材，让人看了堵心、落泪。李铁柱夫妇都是人们心目中的传奇人物，笑二嫂活着时人缘也好，再加上一下子一家三口人全没了，在这方圆百十里还从来没有出过这样的事儿，全村的人能走动的都到了，邻村该来的也来了，男女老少，黑压压一片，连路边、地头、窑头上都站满了人。

西流村从来没有过这么隆重的葬礼，全村家家都拿出了最好的祭品。三个棺材前放得满满的，最中间放着李明强的书——《红灯亮了之后》。这书，每个棺材里都放了一本。是杨玉萍的意思，她说也让阴间的人知道，他们的亲人中有个作家，不能让小鬼儿瞧扁了他们。

起棺了。院内哭声雷动。李明强还是没有哭，他已按杨玉萍的要求换上一身崭新的军装，拖着被舅舅和表兄表弟们打伤的腿，左手打着幡儿，右手托着一个瓦罐。当三口棺材都出了大门，李明强回到头，冲着棺材大喊：“我的——”随着一声“叭”的脆响，瓦罐摔成了碎片。

按照习俗，摔瓦罐者应对着棺材，里边装殓着谁，就唤什么称谓，摔了痛哭，意思是“已经将你阳间吃饭的家什砸了，你就别再回来了”。李明强面对三个亲人，他喊什么，他没法喊，也没有哭。李明强从小就不爱流泪，这次他更是欲哭无泪，他的悲痛太大了，太深太重了，把他的泪腺堵得死死的。他把悲痛深埋在心里，默默地承受着一切。

李明强的二舅照着李明强的屁股就是一脚："王八蛋！你没心肝的东西！三口人都没了，你连滴眼泪都没有！"说着，挥拳又打，被李明强的三舅拦住，哭着说："哥，她是姐亲生的，不是捡来的。"

李明强侧下头，从四十五度角的方向瞥了舅舅和表兄弟们一眼，昂起头，打着幡儿，一瘸一拐地继续向前走。

李明强始终没有流一滴眼泪，就连埋棺扬土时，杨玉萍哭着喊着向坟墓里扑，李明强也没有落泪。等圆好了坟，插好了柳棍，李明强整理了下戎装，拖着被舅舅和表兄表弟打伤的腿，用军人庄严的正步走到坟前，缓缓地举起了右手。

这一敬礼，李明强足足定格了三分钟。他在心里喊道："妈妈，敬礼！我一定不会辜负您！爸爸、哥哥，安息吧！"

由杨玉萍当家，李明强最古老也最现代，最封建迷信也最破旧立新，最英雄好汉也最王八蛋地为三位亲人举行了送别仪式。

李明强的大舅终于走过来，拉下了李明强的手，哭着说："孩子，想哭就哭吧，哭出声来，别憋坏了身子。"

杨玉萍也扑过来，把李明强按在坟前，哭着冲李明强喊："你哭呀，哭呀！哭出声来，哭一哭就轻松了！"

李明强没有哭，他把泪人似的杨玉萍拉起来，终于说出了一天来的第一句整话："萍，来，给咱爸咱妈和咱哥圆圆坟。"

在众目睽睽之下，李明强拖着伤腿和杨玉萍一起圆了父母的大坟头，又圆哥哥的小坟头。他们是以儿子和闺女的身份，还是以儿子和儿媳的身份；是以弟弟和妹妹的身份，还是以弟弟和弟媳的身份，谁也不知道，只看到他们圆得那么认真，那么细致，那么虔诚，那么精心。

# 第 三 十 二 章

杨玉萍紧靠着李明强，她完全被西流村这从未有过的场面感染了，鼓乐声荡去她了所有的哀愁。她仰起头，看着李明强帽子上的红五星，衣领上金边闪亮的红领章，实现出一种喜乐的情素。她含着微笑，在内心深处细嚼着体味着这种情素，拥有着享受着这种情素。

在杨玉萍的心里，这隆重的送行，就是她与李明强的婚礼。

夜深了，喧闹了一天的西流村一片寂静。一弯瘦月，高高地挂在天空，像一把雪亮的镰刀。星星很少，稀疏地分布在天空，若明若暗，像人们没有睡醒的眼睛，眯缝着似看非看着大地。大地一丝风也没有，闷得人难以忍受，好在家家都有凉快的窑洞，人们早早地躲在窑里，为了省电，为了节省粮食，早早地上床休息了。没有知了的叫声，没有青蛙的鼓躁，没有家犬的狂吠。

李明强和杨玉萍躺在床上，久久不能入睡。

杨玉萍又一次爬起来，看着李明强身上被棍子打出的血印，轻轻地问："还痛吗？"

"不痛！"李明强怔怔地看着窑顶，机械地回答。

杨玉萍把头依在李明强的胸脯上，喃喃地说："你在恨我。"

"没有。"李明强机械地回答，怔怔地看着窑顶。

"我知道你心里恨我。我要是不说你上前线——"杨玉萍的眼泪又滚了出来，流在李明强的胸脯上。

李明强突然把杨玉萍翻过去，侧起身，用手擦去杨玉萍脸上的眼泪，非常严肃地对杨玉萍说："你看着我的眼睛，我明确地告诉你，我不恨你，我真的不恨你。我感激你，要不是你告诉了他们，等我上了战场或者牺牲了，他们才知道，再闹出这事儿，我连为他们送行的机会都没有了。况且，他们活得也太累了，太苦了。死，对他们来说是一种解脱，可给活着的人是警告、痛苦、打击和重负。你千万不要背这个包袱。”

“你真的不恨我？”

“不恨，真的。真的，我很感激你。今天，你表现得太出色了，俨然就是李家的主人。要不是你，我真不知道，该怎么收场呢。”

“我不要你感激！”杨玉萍抱住李明强的脖子委屈地哭着疯狂地吻着，喃喃地说：“我就是李家的主人！本来就该是李家的媳妇，是你，是你不给我这个名份。”

李明强想到杨玉萍对他的感情，特别是今天那干净利落、英勇果敢的举动，内心里充满了对杨玉萍的爱，他用他那肥厚的双唇迎合着她的吻。既而，又用那肥厚的双唇吻干了杨玉萍脸上的泪水。

“你爱我吗？”杨玉萍轻轻地问。

“爱。”李明强轻轻地答。前两天杨玉萍也问过，李明强都没有回答，是今天杨玉萍的举动，唤醒了、激活了李明强对杨玉萍的爱情。

“你爱卫和平吗？”

“爱。”李明强答得很轻，但很迅速，几乎是不加思索，答得也很坚决。

“我看她那天来，就知道你们俩的关系不一般。”

“我们——”李明强向杨玉萍讲了他与卫和平的情况。

“你说，我们俩，你更爱谁？”

李明强不说话了，这是他没法回答的问题。这怎么能比较呢？一个在事业上那么地支持他，一个在家庭上那么地照顾他，他实在没办法回答。

“你必须告诉我，你说呀，你更爱谁？”杨玉萍又撒起娇来。

“我和她没——”李明强说，“我只给了你。”

“我知道，从第一次就知道你是个雏儿。”杨玉萍突然爬起来，看着李明强的脸说：“这么说，你是更爱我了。”她俯下身狂吻李明强的肥唇。

李明强将杨玉萍推开，轻轻地问：“你不累？”

“累，但睡不着。”

“明天，我就要走了，还有好多事情得做。”

“还做什么？”

“我想把院子留给你，让铁锤伯给主个事儿，立个字据。”

“我不要。”

“你帮我看着，我回来了好住。”

“那还立什么字据？”

“先归你的名下，万一我那个了，你好说话。”

“我不要，我要你活着回来！”杨玉萍任起性来。

“我不是给你，是留给我们的孩子。”李明强一本正经地说，“你是我妈的干闺女，我不在家，宅院给了你，别人也说不了什么。不这么做，我若真是那个了，这宅院就——”

杨玉萍不说话，想了好久，她说：“那，你给孩子起个名字吧。”

李明强想了想说：“这孩子孕育在这多事之秋，就叫‘李雲霏’吧，繁体云彩的云字，一个雨字头，下面一个‘云’字；细雨霏霏的‘霏’，一个雨字头，一个非常的‘非’字。他妈妈受孕时，哭得太多了。”李明强一边说，一边深情地抚摸杨玉萍的头，那秀发是淡黄色的，长长地披在肩上，在电灯泡的照耀下，闪着金光，散发着香味。

“还挺有诗意的，就叫这个名字。”

“不行。”李明强突然想起了什么说。

“为什么？”

“你的丈夫是姓张啊。”李明强叹了口气。

“我跟他离了！”杨玉萍坚定地说。

“你——”李明强吃惊地看着杨玉萍。

“我带着孩子自己过！”杨玉萍的脸上透着倔犟和坚毅。

“这都是我造的孽呀！”李明强痛恨地用拳头打自己的头，他知道杨玉萍的脾性，杨玉萍这话可不是随便说的。

“你干什么呢？”杨玉萍急了，拉住李明强的手说，“我早就不想跟他过了。他们一家人，让我受够了。现在，我把身子给了你，就再也不能给别人了。”

李明强激动了，一下子把杨玉萍搂入怀中。

真的是太累了，李明强和杨玉萍一觉儿醒来，已是第二天上午九点了。

李明强穿好衣服，急着回去。杨玉萍说：“回去干么？刚办完丧事儿，没人来，人家躲还躲不及呢！再说了，就是有人来，你上妹妹家吃饭，谁管得着呀？”

“我没有牙刷。”李明强说，他还是不好意思，想回去。

“就用我的。嘴儿都亲了，事儿也干了，合用个牙刷算什么！”

李明强不作声了，默默地洗漱。杨玉萍先洗了把手，打开火搁上了锅。

“我家还从里面插着呢，我回去把门开开。”李明强做贼心虚，洗漱完了又想回去。

杨玉萍想了想说：“也是，万一有人来看你，你的门插着，人却在我这——好，你等会儿，我先出去看看。”

杨玉萍在外边转悠了半天，确信远近都没人能看见她的院内，就走进大门，冲李明强摆了摆手，李明强一个箭步，越墙而过，连杨玉萍自己都觉得只是在眼前一道绿光一闪。她脸上露出了两天来第一次微笑——真不愧为侦察兵，身手不凡。

李明强在家里刚刚待了有五分钟，本家的几个兄弟就结伴而来了。自家兄弟，童年伙伴，李明强一下子失去三位亲人，又要上前线命运难测，哥儿几个都想多陪他坐一会儿，多留下点念想。可是大伙的心情都很沉重，谁也说不上几句话，尽是一个劲儿地抽烟。李明强不会抽烟，也接了本家弟弟一根，那劣质的香烟，呛得李明强咳嗽，他一口一口地向外吹气，排遣着内心的苦闷，掩饰着自己的难受。

本家兄弟们说要为李明强送行，请他到村外马路边上的饭馆喝酒。李明强不去，自己刚刚失去三位亲人，哪还有心思喝酒呢，况且兄弟们的钱来得也不容易。本家兄弟又都想表表心意，给李明强宽宽心。正在僵持不下时，墙那边传来了杨玉萍的喊声："明强，饭成了，快过来吃饭！"

杨玉萍做好了饭，本来想去叫李明强，听到院内有不少人，就故意大声地隔着墙喊。

"兄弟们的心意我领了，我还得准备一下，下午就走，走前得给长辈们说一声。"李明强说。

"也是，也是。"本家的大哥说话了，"既然这样，我们先走了，玉萍妹子做好了饭，你就去吃吧。"

"大哥，我求你们个事儿。"李明强不好意思地说。

"什么事儿？由咱这么多兄弟，没有办不了的。"

"你们今后要多照顾玉萍妹子，别让人欺负她。"

"谁敢！怎么也算是咱李家的闺女！"一个本家弟弟说。

"放心吧，兄弟。人家玉萍对咱李家有恩。几年了，她是怎么照顾二叔二婶的，我们比你清楚。就这次办事儿，人家出了多少力，花了多少钱，大哥知道。这，就是亲闺女也很难做到。兄弟，你放心，咱李家都是重情重义的人，有恩必报，我们几个会像对亲姐妹一样对她的，决不会让她受屈。"

"是啊，有我们兄弟几个呢，你就放心吧！"

"那——"李明强这几天跪惯了，又要给本家兄弟下跪。

"哎——你干什么呀？我们是兄弟啊。"本家大哥急忙拉住李明强说，"放心兄弟，咱李家人一言九鼎，倘若我们谁亏待了玉萍妹妹，天打五雷轰！"

李明强送走了本家兄弟，转身进了杨玉萍的院门。杨玉萍早就等在大门内，偷听李家兄弟的对话，偷看李家兄弟的举动。她越听越感动，越看越流泪，她万万没有想到李明强为求本家兄弟照顾她，竟要下跪。

杨玉萍摸了把眼泪，顺手一推，"咣"地一声将门锁上，一下子扑进李明强的怀中。

"怎么了？你哭什么？"李明强怜惜地托起杨玉萍的下巴，看着她的眼睛问。

"没什么？我就是想哭。"杨玉萍把头埋在李明强的怀里，李明强抚摸着她的头，两人相依着走进窑洞。

吃过饭，杨玉萍领着李明强到村里长辈家磕头告别。老人们大都是话还没说，就抹眼泪，说的话也几乎是一样的。李明强磕头道："这些年，多亏了你们照顾我爸、我妈和我哥，明强无力报答，非常惭愧。"长辈们也是话出一辙："孩子，在外边一个人要照顾好自己，千万要小心。"

在村里转完一圈儿，已经时过正午。许多家都要留李明强和杨玉萍吃饭，她们哪能吃得下。李明强为了不驳乡亲们的心意，他们就这家吃一口，那家尝一勺。就这样，一圈儿下来，他们也吃饱了。

回到杨玉萍的窑洞，他们俩像散了架似的躺在床上一动也不想动。

“我就要走了。”

“你就要走了。”

两个人平躺在床上，面对窑顶说着废话。越是接近离别的时间，越感到语言贫乏。

李明强和杨玉萍默默地用接吻、交媾举行了告别仪式。这两次，他们没有嬉笑，没有打闹，没有说话，只是默默地配合着，默默地进行，彼此看着对方，那么专注，那么认真，既像是从不认识，又像是要把这一切定格一样。

一双四十三码的黑三节头皮鞋在前迈着均匀的小步，一双三十六码的女白皮凉鞋紧随其后。步子都很沉重，有点欲进思退的意思。

李明强掂着提包在前面走，不时地回头看看自家的窑洞，看看杨玉萍的窑洞，那里有他童年的辛酸和欢乐，那里有他成年的淫娱和悲痛。这短短的几天，那里发生了惊天地泣鬼神的事情，都源于李明强，源于那畸形爱情。

杨玉萍低着头在后边行，她想把步子再放慢一点，让李明强等等她，让李明强再在西流村多待一会儿，哪怕是一分钟，一秒钟都行。村子里死一样的寂静，只有知了在不停地单调地叫，那叫声就像是人在哭诉：“走了，走了。”太阳像李明强的眼睛从四十五度的方向看着村庄，看着他们。

突然，李明强站住了。杨玉萍正一边走一边想心事，没停步撞在了李明强身上。

村前站满了人，一排四轮、三轮的拖拉机和农用车一辆挨一辆地停在那原本就不太宽的大路上。李铁锤见李明强和杨玉萍怔怔地站在那里，便跑过来，高兴地笑着说：“明强，看，全村的人都来送你哩！”本家大哥跑上来接过了李明强手中的提包。

李明强的脸抽动了几下，眨眨眼，默默地向前走去。李铁锤和杨玉萍等人跟在李明强的后边，他们都没有说话，全村上下鸦雀无声。知了还在不停地叫：“走了！走了！”

李明强默默地走过一个个既熟悉又陌生的面孔，来到第一辆也是最新的红色四轮拖拉机前，李铁锤急忙说：“明强，上车吧！”

李明强稍一提气，飞身落在拖拉机拖斗那高出的槽帮上，二百多斤的体重，那车子竟丝毫没有响动，一米八的大个了，站在高处更显得伟岸挺拔。

李明强望着西流村的男女老少，庄严地举起了右手。

敬礼，标准的军礼。这个军礼，饱含了多少内容，就连李明强自己也说不清。

“明强，好孙子，保重啊！”人群中突然传来了一声老女人沙哑的哭喊。

循着哭喊声，李明强望去，是李铁锤的母亲，李明强的本家三奶奶，还有四奶奶，就是那两个把自己的“寿木”拿出来的老人。李明强跳下车，脱下军帽，三步并作两步，来到两位老人面前，扑通一声跪下：“奶奶，孙子不孝，还劳动您们来送。”眼泪就情不自禁地流了出来。

两位老人伸出干巴巴的手摸了摸李明强的头，把脸转过去，扬着手，哭着说：“走吧！走吧！”

李明强倒退一步跪下磕一个头，哭着喊：“奶奶，您们多保重！”又退一步，跪下磕一个头，又退一步，又跪下……

李明强就像昨天迎接“后待”似的，退一步，磕一个头，为他的本家奶奶，为全村来给他送行的人。这一次，没有人打他，都蜂拥上来拉他，李明强激动地喊：“别拉我，让我给乡亲们磕个头吧！”

就这样，李明强退一步，磕一个头。送行的人们，进一步，喊一声：“起来吧！”

李明强退到第一辆拖拉机前，人们一下子又拥了上来，拉起李明强，齐声说：“上车吧，上车吧。”

七辆农用车都发动着了，震得山庄“隆隆”作响，李明强和杨玉萍上了第一辆车，紧挨着站在最前面。车上又上了李铁锤，及本家的叔伯、兄弟。后面的六辆车上，也挤满了人。就在车子起步的当口，突然有人大喝一声：“等一等！”

大家循声看去，是原大队支部张洪。张洪身边是他的堂弟张三怪，侄子张红星和张大孬。

张洪要干什么？人们都闭上了呼吸，农用车也停止了轰鸣。李明强的本家兄弟“噌”、“噌”、“噌”都跳下车，在车前站成一排，摆出一副要动手的架式，吓得张三怪等不敢向前半步。

张洪穿着一条蓝裤子，白布衫，头发全白了，跌跌撞撞地从人群后跑出来，李家兄弟一个个沉着脸迎上去挡住了去路，喝问道：“你要干什么？”

“我，我，我来送送小，小强子。”张洪抖着嘴上的白胡子，哆哆嗦嗦地说。

“谢谢了！我替我兄弟谢谢你，你回去吧！”李明强的本家大哥冷冷地说。

“不，不，你把这，把这交给，交给小强子！”张洪哆哆嗦嗦地说着从口袋里掏出一个精制的小口盅，抖抖地扬在手中，哆哆嗦嗦地说：“不，我要，我要亲自，亲自交，交给他。我，我，不配……”

“你本来就不配！”李家大哥没等张洪说完就不屑一顾地呛了他一句，他咬着牙说完，向旁边跨一步，让开了。李家兄弟见大哥让了，就为张洪让出一条道。

原来，张洪拿的这个小口盅是实行生产承包责任制时，县里为退下来的老村长和大队党支部书记发的纪念品，印有“人民功臣”四个大字。张洪当时拿着在全村炫耀，逢人就讲他是组织上授予的“人民功臣”。

张洪蹒跚着走到车前，仰着脸对李明强说：“小，小强子，给你。这是县里，奖，奖我的。我，我不，不配。给你，你爸，你妈，才是，才是，功臣。他，他们，走，走了。你带，带着，保佑，保佑你，成，成为，国家的，的功臣。”

李明强听爸妈和杨玉萍说过，张洪在前年他探家走的那天晚上，得了报应，差一点死了，现在走路说话都不利索。李明强见张洪那么真诚，就接过了那口盅。他知道这口盅的来历，就是没有见过。

李明强仔细看了看，又递向张洪，说："老支书，这是您的荣誉，您留着吧。"

张洪直推李明强的手，不住地说："不，我，我不，不配。"

李明强说："这是组织上对您几十年工作的认定。您是对人民有功的，谁也不能否认。"李明强左手一挥抓住张洪的右手腕，把那口盅放到张洪手里，说："拿回去吧，我要上前线了，没法拿。"

"小，小强，你，你恨，恨我，不？"张洪哆哆嗦嗦地问。

李明强从四十五度角的方向瞥了张洪一眼，嘴角泛起了那种带有讽刺意味的微笑。爸爸、妈妈、哥哥都去世了，我们这两个也是即将离世的人了，还有什么仇、恨可言呢。李明强摇摇头，说："以前恨。现在，不了。"

李明强故意没有把"恨"字说出来。他恨，他恨在骨头里。没有张洪等人的迫害，哪有今天这个结局。

"我，对，不住，你们，李，李家。你，你，爸……"

李明强见张洪那么一个字两个字地蹦得烦人，就跳下车，把张洪扶到路边，耐着性子说："老支书，都过去的事儿了，别提了，好好保重身体吧。"

李明强说着向张洪招招手，就往车前走，心里骂，你也活不了几天了。

农用车手见状，又纷纷发动机车。

"你，不，不弄，死，我了。"张洪满脸疑惑地在李明强身后喊，他至今还没有忘记李明强儿时的话。但是，他那苍白的声音被农用车的轰鸣声淹没了。

李明强听到了装作没听见，一跃，跳上了拖拉机。李家兄弟蜂拥而上，李明强的本家大哥骂："我兄弟怕脏了手。"

拖拉机启动了。车下的人齐声高喊："明强，再见了！"

"明强，你一定要回来啊！"

接着人群中哭声响起。喊声、哭声，压过了农用车的轰鸣声。

李铁锤看看李明强铁青的脸，就强装着笑，对大伙喊："哭什么！把家伙敲起来！"

霎时间，第一辆车上响起了鼓声，第二辆车上锡起了锣，第三辆车上拍起了镲，鼓点指挥着锣镲，打击乐的喧嚣压住了哭声，压住了悲哀，压住了西流村的乡情，将这乡情在李明强和乡亲们的心中凝固了。

这送行的队伍，比西流村以往送任何人的都长，场面都感人，都隆重。李明强在心里默念，这就是我的父老乡亲，这就是我们的中国人民，这就是中华民族的凝聚力。为了这些善良的人们安居乐业，我不上战场谁上战场，我不入地狱谁入地狱！

杨玉萍紧靠着李明强，她完全被西流村这从未有过的场面感染了，鼓乐声荡去她了所有的哀愁。她仰起头，看着李明强帽子上的红五星，衣领上金边闪亮的红领章，突现出一种喜乐的情愫。她含着微笑，在内心深处细嚼着体味着这种情素，拥有着享受着这种情愫。

在杨玉萍的心里，这隆重的送行，就是她与李明强隆重的婚礼。

七辆农用车轰鸣着，载着敲锣打鼓的送行队伍，顺着古老而全新的河道向村外驶去。李明强在心里喊，再见了，乡亲们，再见了西流村，再见了故乡的小河。

我要走了弯弯的小河，
你在流泪层层浪波。
我要走了涓涓的小河，
你在追我个个漩涡。
啊，
家乡的小河你听我说，
我去寻找知识，
让你身边开遍幸福的花朵。
啊，
家乡的小河你听我说，
我去寻找种子，
让你身边结满丰收的硕果。
家乡的小河你别难过，
我会回来，
我会回来，
你等着我，
等着我，
等着我小河
等着我小河。

张金凤身着一件鲜艳的黄色连衣裙，站在南边的山坡上，对着送行的车队放声高唱。她是在镇里听到张洪让人捎的“喜讯”后，百感交集，急匆匆循着她与李明强上中学走过的近道，翻山越岭赶回了西流村。但是，她还是慢了，未下山坡，就看到了送行的人群，听到了送行的锣鼓声。她扔下为李明强亲人带的供品，飞也似的沿着山岗跑到车队必经的河道口，站在山坡上迎着车队唱起了《故乡的小河》，她要为她初恋的男人祝福，她要为她初恋的男人送行。她要让她的歌声，最高分贝地在山谷中回荡，荡到北京，荡到边关，荡到硝烟弥漫的战场，保佑她心爱的男人平安无恙。

循着歌声，人们望去，身裹黄色连衣裙的张金凤亭亭玉立，山风吹起她的裙摆，飘动着，飘动着，与她脚下的红砂坡和身后的绿草树相映成画，就像是绿野中一堆燃烧充分的火焰，那么明黄，那么清纯。

“谁家的闺女，够浪的啊！”

“一定是城里来的，山里的妮儿，谁敢这么扯着嗓声喊。”

“没准是仙女下凡，来给俺明强哥送行哩！”

没错，是为我送行的。李明强在心里说。当他听到歌声时，就知道唱歌的人是谁了。

七年前的那天夜里，她告诉李明强，她父亲要让她嫁给镇长的儿子，她要把她干净的身子给李明强，李明强把她拖到大门外，她用小拳头一边砸门一边哭，哭够了，就坐在门口唱这首歌，一直唱到电影散场。

家乡的小河你别难过，

我会回来，

我会回来，

你等着我，

等着我，

等着我小河

等着我小河。

张金凤的歌声让李明强心酸。傻金凤，回去吧，你的心愿我知道了，你没有回到我的身边，我也不可能回来了，你若对我有情，就请你照顾好你的嫂子杨玉萍吧。李明强低下头，不看那山嘴儿，不看那飘荡着的黄火焰，不听那回肠荡气的歌声。拖拉机一颠，李明强的脸就贴上了杨玉萍的脸，车子一晃，杨玉萍就倒向他的怀中。

李明强急忙抬起头，怕本家的伯叔和兄弟看见，耳畔却回响起了那首王红霞作词他谱曲的歌声，这首歌分明是杨玉萍唱的，那声音湿湿的、颤颤的，像唱又像哭：

你走吧，

别回头，

不然我会把你挽留。

你走吧，

别回头，

不然我会长哭不休。

你走吧，

别回头，

莫说从此断了以后……

# 第 三 十 三 章

杨玉萍忍受着内心的痛苦，安慰着自己的情敌。突然，她灵机一动，对卫和平说……

西流村李家一天死了三口人，由一个女人主事儿第二天就埋了，全村出动送李家的孩子上前线。故事越传越广，越传越丰富，越传越邪乎。一时间，成了方圆几十里、几百里人们议论的热门话题。

卫和平参加过表妹的婚礼，告别了舅家亲戚，在郑州开往县城的公共汽车上，一上车就听到了人们的谈论。

“西流村李家那孩子叫什么来着？”一个中年男子问旁边靠窗口座位上的一位年轻人。

“哎，让他坐中间，接着讲。”另一位中年男子说。

那位青年人一边起身往中间的座位上移，一边说：“叫李明强。”

卫和平一听到“李明强”这三个字，心就“咯噔”一下提到了嗓子眼儿上，瞪大了眼睛，细听那年轻人的下句。

年轻人坐下后说：“那李明强可了不得，是北京解放军总侦察大队的大队长，一个人打十几个人玩儿似的。那一天，那帮“后待”去出气，嗬，你猜怎么着，他一个扫荡腿儿就把那帮“后待”全给撩翻了。”

“尽瞎说，哪有打‘后待’的。”有人加言道。

“你看，你看。老外了不是，老外了不是。那李明强自小就没在家，农村的规矩他不懂不是，他去给‘后待’磕头，‘后待’七八个人一拥而上去打他，他能干吗？”

“那，他打了‘后待’，怎么办呢？”有人问。

“怎么办？跑呀！他一口气跑到了家门口，硬是没给‘后待’磕一个头。”

“有种！谁立的这破规矩，人家家死了人，本来就够难受了，还得给‘后待’退一步磕个头，还得挨‘后待’一顿臭揍。”

“可不是吗！那‘后待’出气，意思两下也就得了，还必须真打。不孝顺的人该打，那些孝顺的白挨多冤呀！这规矩是得改改。”

“哎，师傅，请问，您刚才说谁家死人了？”卫和平听到说人死了，就急着挤上前去问。

那年轻人抬头一看，是个漂亮的姑娘，细皮嫩肉，又说普通话，不像本地人，就问：“你是哪里人？不是我们这儿的吧？”

“我是兴隆镇的，在北京工作。”

“啊，那我告诉你。就是你们镇西流村在北京解放军总侦察大队的大队长李明强他家。李明强，你认识不？”

“嗯。”卫和平点了点头。

“哎呀，太惨了！一家三口，全死了！”那年轻人摇着头皱着眉一幅难受的样子。

“全死了？”卫和平惊讶地张大了嘴巴。

“可不是吗？三口人。他妈好一点，还是一身的病；他爸以前是个疯子，后来瘫了，躺在床上全靠他妈侍候；他哥呢是傻子，一天到晚吆喝着到处跑，挑担水都得他妈领着。这一家子，就冲他李明强一个人活呢。谁知，他又要上前线了。就这样，没指望了，他妈一包老鼠药，全交待了。”

卫和平有点站不住了，脸色苍白，浑身发软。她急忙扶住把手，靠在旁边的座位上。

“哎，接着说，他打了‘后待’，人家‘后待’干吗？不难为死他！”

“可不是吗？‘后待’们气坏了。跑了和尚跑不了庙，到了家，你还往哪儿跑。‘后待’们打得那个解气呀，甭提了。这么粗的镢把都用上了。”那年轻人说着，用手比画着。卫和平的心又提到了嗓子眼上。

“妈呀，还不把人打死了，这‘后待’也太狠了！”

“他狠！你又老外了不是。那李明强是谁，是北京解放军总侦察大队的大队长。他趴在地上，运着气，‘后待’打了半个小时，硬是一点毫毛没伤着。那镢把打下去，他运气一顶，‘喀嚓’一声就断了。”

“真够厉害的了。”

“哎，这小子就是有种，自始自终，硬是没掉一滴眼泪。”

“他的心也够硬的。”

“硬！侦察兵是干什么的，经过特殊训练，杀人都不眨巴眼的。”年轻人骄傲地说，好像他就是侦察兵似的。

“后来呢？”

“后来，哎，你在北京工作，你认识卫家村在北京大学上研究生的那个叫什么平的不认识？”那年轻人突然问卫和平。

“不，不认识。”卫和平急忙摇头，说了个谎。

“也是，北京恁大。人家是研究生，你一个打工的，能认识吗？”那年轻人瞟了卫和平一眼，接着说：“就是那个什么平，披麻戴孝，突然出现了。啧，那漂亮，就像天上下凡的仙女，西流村的人都看傻眼了。”

“人家办丧事，她去干么？”

“哎，哎，你又老外了吧，又老外了吧。那个什么平，是李明强的媳妇。”

“什么呀？人家还上着学呢？”

“又老外了吧，又老外了吧，研究生能结婚。你在北京工作，你说是不是？”那年轻人又眉飞色舞地问卫和平。

卫和平红着脸，点了点头。她正为这年轻人的胡说八道着急呢，当着一车的人又不好发作。心想，反正没有人认识，就先由他说吧。

“人家那娘们，真是见过大世面的，那气魄，镇得‘后待’大气都不敢出，乖乖地按人家说的办。人家有学问呀，把丧事安排得井井有条，谁也挑不出个理儿。当天，就把人给埋了，西流村的人没有不夸那娘们的。”年轻人说完，啧啧嘴，一副得意的样子。

“没了。”

“没了。再有啊，我就得铁丝变笊篱——现编了。”那年轻人不无显露地说。

你这是河里出笊篱——鳖编的。卫和平在心里骂着，回到自己的座位上。亲耳听到人们在议论自己，她非常气愤。家里人说，听人家讲她在北京都和李明强一块过家家了。真是人多嘴杂，胡说八道。她真不知道，这些谣言都是从哪里来的，她一定要想办法给自己更正一下。但是，她现在最想知道的，是李明强家埋了人以后的事，李明强上哪儿了？是在家里呢？还是回北京了？还是真的上前线了？若上前线，李明强怎么没告诉我呢？

卫和平的脑海翻腾个不停，她怎么也理不清。她决定先到西流村看个究竟，若李明强不在，还有她的中学同学杨玉萍呢。

汽车就要到十里铺了，这里是进西流村的路口。卫和平提前站起来，走到那位年轻人跟前，郑重其事地对他说：“同志，你刚才说的是道听途说吧。你看清了，我就是卫家村在北大上研究生的卫和平。但是，我不是李明强的媳妇，也根本没有去他们家办过丧事。我可以告诉你，李明强是我的同学，是我非常要好的朋友，我这就去他家看个究竟，您若有兴趣，咱们一块儿去，再出来给别人讲，就是亲眼所见了。”

那位年轻人傻了，涨红着脸，怔怔地看着卫和平，一句话也说不出来。

“三里屯儿，有下的没有？”司机喊。

“有。”卫和平大声应了一声，又冲那年轻人说：“您和我一块儿去不？”说完，卫和平看都没看那年轻人一眼，一扬头，走到了车门口。车门正好打开，卫和平跳下了车。

卫和平打开太阳伞，敲着高跟鞋，三步并作两步走在进西流村的河道上，粉红色的连衣裙很快被汗水浸透贴在身上，脸上的脂粉也被汗水冲成了条条道道，像唱戏的花脸。但是，她全然不顾，闷着头赶路。她要赶快到西流村，赶快弄清事实真相，赶快见到她日思夜念的李明强。

这几天，卫和平在郑州大舅家，表妹的出嫁使她的芳心春动，她决定要嫁给李明强。回北京见到李明强的第一句话，她就要说："我们结婚吧。"要出嫁的表妹告诉她自己已有了身孕，那要做母亲的骄傲和幸福，使卫和平想到她与李明强恋爱的缺憾。

"你没结婚怎么能——"卫和平问表妹。

"既然爱他，就要把一切都给他。"表妹脸上洋溢着幸福的微笑："现在，人们不是讲要先试婚吗，万一谁有了问题，也不能剥夺自己所爱的人做父母的权利呀。"

"这是什么逻辑？他要是玩弄了你呢？"

"那就更不能嫁给他了！"表妹一副认真而又不以为然的样子。"你放心，两个人既然那个了，感情就不一般了，一日夫妻百日恩嘛，他会对你更好的。"表妹滔滔不绝地说，一点儿姑娘的害羞都没有。

"我们同居了一年，这不，我怀上了，就结婚了。"

卫和平陷入了深思，现在有的年轻人太前卫了，她与李明强是落伍者，两个人都那样了，还不敢越雷池一步呢！她第一次向家乡的亲人说出了自己和李明强的事儿。

"家里都不同意，说他们家负担太重了！"卫和平说。

"你既然爱他，就要跟他一起负担呀！"

"你不知道，他还是个中专文凭。"

"那又有什么，你嫁的是他的人，又不是他的文凭。"

"你不知道，在北京，人们把文凭看得特别重。"

"唉，你真读书读呆了！你不是说他能力很强，文章写得很好，都出书了吗？这种人，一旦出了头，前途无量。我要是你呀，早就为他'献身'了！"表妹兴奋地说，"哎，平姐，你老实说，你们同居了没有？"

"没有。"

"我不信。我可是听人说你们同居了啊。"

"都是造谣！"

"那，我抓把米试试？"

"试什么？"

"试你还是不是处女啊。"

"去你的！"卫和平打表妹一巴掌，害羞地低下头，红着脸说："我对天发誓，我们真没有。"

"别脸红了。你呢，太保守。听说北京人很开放的。"

卫和平决定向李明强开放了，她不能再扼杀他的激情了，而且，她也想做母亲。每次放假回家，看到和她年龄一样大，甚至比她小几岁的女孩儿都嫁了人，做了母亲，她的心里也不止一次地骚动过。不过，一到北京，一融入都市的环境，这种骚动就没有了。但是，不做母亲，也可以……

可是，李明强要上前线了，我该怎么办？卫和平的思想斗争着，我要是见到他，怎么说，怎么做呢？她又为自己贸然到西流村来而后悔。但是，要见到李明强的强烈情感促使她加快了脚步，他就要上前线了，死都不怕，我怕什么，大不了……

对，我一定要让李明强给我留下个孩子，留下我们的孩子，让我们的爱情，生根开花结果。万一李明强光荣了，他也有后了，李家也有根了，他也不白爱我一场。卫和平想到她与李明强最后见面的情境，那是她放假要离京的前一天。那天，李明强专门请假陪她了一天，那时候李明强就知道他要上前线了。那天，李明强是有些失常，我怎么没有觉察呢？她恨自己，恨死自己了，那一天李明强确实有些失常啊！

“平。你明天就要回家了，我有事儿不能送你。

“今天，我要带你去下北京最高级的馆子。

“今年流行明黄色，我给你买了条黄裙子。对了，天快凉了，你那件呢子大衣太旧，我得给你买件新的。走，咱们先逛商店，我们恋爱至今，几乎还没逛过商店呢！”李明强那天显得格外高兴。

“你今天怎么了？嗯？准有喜事儿。”卫和平用她那甜蜜的右手亮出了那支甜蜜的食指，点了一下李明强的鼻子。

“喜事？”李明强先是一怔，接着说，“是啊，是啊。《红灯》再版了，又来钱了。”他们都将《红灯亮了之后》简称为《红灯》，为的是说着顺口。但是，那天他说得很不自然，这是他第一次对卫和平说谎话。

“噢——”卫和平吻了李明强一下。

那一天，李明强给卫和平买了件二百一十六元钱的烟色呢子大衣，外国进口的，北京独一无二。外国服装贵就贵在款式新而物件少上，物以稀为贵嘛。卫和平不要，李明强说：“夏天买冬天的东西便宜，要是到天冷了再买，涨价了我就买不起了。”

李明强还给卫和平买了许多东西。都是李明强硬买的，卫和平犟着不要。连那些售货员都羡慕她，说：“瞧你爱人，多痛你啊。我们那口子，你想让他给你买，他都不买。你要是买点东西，还不够他唠叨的。”

卫和平听了，自尊心得到了极大的满足，我的爱人是谁，是李明强，知道不？他一本书的稿费比你们男人几个月的工资都多。

卫和平看着李明强发疯似的买。她从来没有见过李明强这么大手大脚过，以往总是一分钱掰成两半儿花。他给卫和平的信，信封不是自己做的，就是用别人寄给他的信封，把原来的字一划，在背面写好邮出的。

“买套化妆品吧？哎，同志，拿一套，二十七元四角的。”

“我不要。”

“买了买了。”

人们都好奇地看着他们。在人们的意识中，多数都是女的硬要，男的不买，而他们正好翻了个了。

“你不怕我打扮后，被人抢了。”走出商店卫和平调皮地对李明强说。在李明强面前，卫和平显得格外地调皮活泼。

“就怕你是个《嫁不出去的姑娘》。”李明强苦笑了一下，用他们一起刚看过的一本书名解嘲。

“那咱们再断一次试试？”

“行，看谁先找到对象。”

他们没有下北京最好的馆子，上了中关村最好的迎宾大楼。在二楼的雅室里包了一桌。卫和平没有按李明强的旨意，只要了五菜一汤。十个太浪费了，六个顺嘛。他俩并坐在一起，其他座位上放满了买来的东西。

“天凉了，多穿件衣服，别感冒。你的咽炎，一感冒就犯。少吃辣椒，不吃为好，别忘了你的职业是耍嘴皮玩嗓子的。”

“我想从政，不想当律师。”

“那也得注意。脚气嘛，风油精很治，你抹抹试试。”

“你今天怎么这么啰唆，吃饭说什么脚丫子。”

“啊，我想起来了。还有，我看书上说戴耳坠对眼睛有好处：有一个姑娘因带了耳坠，视力从零点三提高到一点零了。耳垂儿那儿有个穴位，叫什么来着？我忘了。你正上学不能戴，没事儿时，常捏它几下，干洗洗脸。对了，常做深呼吸对脸部，对喉咙，对身体很有好处，你常做做啊。”

“我说你怎么了？是给耳坠儿做广告，还是……”卫和平笑着夹起一块肉塞进了李明强的嘴里，然后站起来依进他的怀中。

“广告，对了。你起来，别让服务员撞上。有一则广告说，罗布麻冲剂治头晕眼花，神经衰弱，到中药店买点儿，当茶喝好了。”

“好，好，好。还有什么？”

“还有，还有——你穿短裙时，别穿那双大高跟，你的腿太粗了。”

“哼！你在挑剔我！我腰身臃肿，身条不美，是吗？”

“不是，不是。各有各的好处，把衣服搭配好就更好了。比如，你的那件带白飘带的衬衣，配那件绿裙子；那件黄衬衣，配那件蓝裤子；穿这件呢子大衣——”他指着刚买的那个烟色呢子大衣说：“就穿那黑大高跟，围白纱巾或黑纱巾……”

“你真会打扮女人。”卫和平扑进李明强的怀里，头紧偎着他的胸口。李明强推她，她说：“你没穿军衣，别怕。让我听听你的心，还想说点什么？”

“还想，还想你呢！割不断，理还乱。”李明强若有所思地说。

“我回去几天就来，来陪你一个假期。”卫和平依在李明强的怀中甜甜地说。

“哎，别，别，别，千万别来。你让我安心一点好不好。”李明强着急地说，好像卫和平就要来似的。既而，他又缓和了语气："这次呢，你在老家好好休个暑假，让我安心把《和平歌》完成了，等九月一日你开学，我将书稿捧到你的面前。"

"我来也不耽误你写呀。"

"耽误，我们应急训练，事儿多，这一段最忙。"

卫和平一边回忆一边走，不知不觉已进了西流村。她那把红黄蓝三色组成的横条太阳伞，在阳光的照射下非常漂亮，像一只蝴蝶飘飞在西流村的大道上。当这把伞飘进西流村时，知了停止了喧嚣，静静地注视着这只庞大而美丽的"蝴蝶"。只有家犬在接力似的吼叫，通知主人"有陌生人进村了"。一群小孩儿好奇地跟在卫和平的身后，指手画脚地议论卫和平的裙子好、伞漂亮。

卫和平还没有走到李明强的家门前，就看到在离李明强家远远的路面上散落着许多白纸钱。她心中一沉，看来是真的刚死过人。

李明强家的大门上挂着铁锁，卫和平明知打不开，却还是上前拧了拧。她用手攥住锁，怔怔地站在门口，望着门前零落的白纸钱，不知所措。

"他们家的人全死了。"一个三四岁的小男孩儿奶声奶气地说。

"你甭怕，他们家都是好人。"一个比男孩儿大一点的女孩说。

"那，小朋友。他们家的解放军叔叔呢？"卫和平突然想起要问李明强的下落。

"打鬼子去了。"

"有好多鬼子要来抢我们的东西，明强叔就去打鬼子了。"

"他们家的人就是鬼子给害死的。"

"不是，是为了让明强叔去打鬼子，二奶自个儿愿意死的。"

"就是鬼子害死的。那一天，还有好几个鬼子打明强叔呢。"

"不是。"

"就是。"

"不是。"

"就是。"

几个小孩儿七嘴八舌地介绍着，因为意见分歧争吵起来。

"不信，问玉萍婶去。"一个五六岁的小男孩儿说着，就去敲杨玉萍家的大门，一边敲一边喊："玉萍婶，玉萍婶！"

杨玉萍打开铁门，一下子愣住，她看见了卫和平。两人对视了一会儿，几乎是同时叫出了对方的名字：

"卫和平。"

"杨玉萍。"

几个小孩儿看着两个大人那惊讶的表情，都不说话了。还是杨玉萍对孩子们说："去，去别处耍吧啊，回头婶儿给你们买糖吃。"

"和平，走，家里坐。"杨玉萍把卫和平让进了院子，一边关门一边说："多少年没见面了，你上次来，我正好去郑州。”

“我也刚从郑州回来。”卫和平紧接着说。然后，她话题一转，直截了当地问：“李明强什么时候回来的？他现在去哪里了？”

“别着急，和平，窑里坐下，我慢慢给你说。”进了窑，杨玉萍从冰箱中拿出一瓶汽水递给卫和平，接着说：“明强是……”

杨玉萍把事情的经过简单地给卫和平讲了一遍，接着安慰卫和平说：“明强把你们的事情都给我说了，和平，你不要着急，明强的工夫好，不会有事儿的。”

杨玉萍安慰着卫和平不用着急，其实，她的心里比谁都着急，她能给卫和平说吗？她谁也不能说，只能在心里干着急。

“他上前线，为什么不跟我说呢？”卫和平哭了。

“他不跟你说，是怕你着急，怕你替他担心，是为了减少你的痛苦。”杨玉萍忍着自己内心的痛苦，安慰着她的情敌。突然，她灵机一动，对卫和平说，“明强上前线生死难测，他怕误了你的终身大事，临走专门给我交代，说你如果来了，让我劝劝你，请你原谅他，忘了他。”

“玉萍，你说能忘吗？”卫和平哭得更伤心了。

“慢慢忘吧。北京那么大，人那么多，你会遇到一个比李明强更合适的。”

“我试过，我忘不了他。”

杨玉萍没话说了，陪着卫和平落泪。杨玉萍也试过，那次她把那一书包杏倒入垃圾坑后，就发誓要忘掉李明强，可是永远也忘不掉，她为什么要抡起巴掌扇镇长的耳光，她为什么要嫁到西流村，都缘于她忘不了李明强，甚至在她的结婚典礼上，在她与张根同床共枕时，她都曾想到过李明强，现在更是日思夜念了。

“玉萍，外边晒的是不是明强的衣服？”卫和平突然问。

“是，是。”杨玉萍突然想起院内铁丝上还凉晒着李明强的衣服。那衣服，是杨玉萍执意让李明强留下的，从帽子到胶鞋，一样不少，整整留了一身。杨玉萍对李明强说，把你穿的所有东西都留下一件，就等于把你的全人留下了，我好有个念想，看到衣服就如同看到了你。杨玉萍抱着李明强的军衣睡了几天，今天她彻彻底底地给洗了个遍，她要好好地珍藏起来，万一李明强真的牺牲了，她要在西流村给李明强立个衣冠冢，让西流村世世代代都记住李明强。没想到，今天正好卫和平来，而且还让卫和平看了个正着。

“把衣服给我吧！”卫和平喃喃地说。

“不，不行。”杨玉萍急切地说，好像卫和平要抢走似的。

卫和平惊讶地看着杨玉萍。杨玉萍发现自己失态了，就急忙辩解说：“这是明强专门留下的，家里三口人都没了，他说让他的衣服陪伴他们，万一他回不来，就将这些衣服跟他们埋在一起。”杨玉萍说到伤心处，也掉起了眼泪。

两个女人，为她们共同爱着的男人抱头痛哭。哭够了，卫和平说：“衣服干了吧，我给他收收。”

杨玉萍没有阻拦，两人一起将李明强的衣服收进窑洞，一心一意地叠了起来。

杨玉萍看卫和平拿着李明强的内裤发愣，脸腾的就红了。她做贼心虚，只怕卫和平怀疑，同时又对卫和平产生了醋意。卫和平察觉杨玉萍在看自己，脸也腾的一下泛了红，不好意思地低下了头，慢慢地叠了起来。她与李明强恋爱那么长时间，这是她第一次触摸李明强的内裤。

杨玉萍拿来她结婚陪嫁的红皮箱。两个人一件一件地慢慢往皮箱里放，一副恋恋不舍的样子，那真真是恋恋不舍啊。两个女人，为她们共同爱着的男人，干着同样的活，想着不同的心事。

# 晨色苍琅 ㊦

赵政坤★著

中国出版集团
现代出版社

图书在版编目（CIP）数据

晨色苍琅 : 全2册 / 赵政坤著. -- 北京 : 现代出版社, 2015.7
ISBN 978-7-5143-3874-4

Ⅰ. ①晨… Ⅱ. ①赵… Ⅲ. ①长篇小说－中国－当代
Ⅳ. ①I247.5

中国版本图书馆CIP数据核字（2015）第157715号

---

# 晨色苍琅（全2册）

| | |
|---|---|
| 作　　者 | 赵政坤 |
| 责任编辑 | 陈世忠 |
| 出版发行 | 现代出版社 |
| 地　　址 | 北京市安定门外安华里504号 |
| 邮政编码 | 100011 |
| 电　　话 | 010-64267325　010-64245264（兼传真） |
| 网　　址 | www.1980xd.com |
| 电子信箱 | xiandai@vip.sina.com |
| 印　　刷 | 三河市金泰源印务有限公司 |
| 开　　本 | 710×1000　1/16 |
| 印　　张 | 44 |
| 字　　数 | 965千字 |
| 版　　次 | 2016年1月第1版　2016年1月第1次印刷 |
| 印　　数 | 1—20000册 |
| 书　　号 | ISBN 978-7-5143-3874-4 |
| 定　　价 | 140.00元（上下册） |

# 目录

# 目录

# 目录

# 目录

# 目录

# 第三十四章

为了安全起见，大队长决定，将李明强、肖明在车上厕所里关禁闭；司机即时隔离，带回大队看管；卫和平还有三天开学，正好部队三天内到达目的地，请卫和平暂和他们一班送行的人回香山步兵侦察大队，等部队安全到达后再回北大上学。说白了，就是软禁卫和平。

一九八六年八月二十六日，也就是卫和平告别杨玉萍的第二天，她就坐上了开往北京的 122 列车。

“离开学时间还有好几天呢，你着什么急。”母亲问她。

“我有点事儿，开学前得处理一下。”

“那也得在家待上一天吧，刚从郑州回来就走。”母亲有点着急了。

“妈，我真有急事。一天也不能耽搁。”卫和平耐心地对母亲解释说，“说不定，耽搁一天，这事儿就办不成了。”

“什么事儿那么重要？”老太太要打破砂锅问到底。

“什么事儿？您娘家的事儿呗，她舅让她赶快回去给小兰联系上学哩。”卫和平的父亲卫顺抢过话茬说，“你说，回去晚了，小兰没学上了怎么办？”

小兰是卫和平她大舅的小女儿，复习了几年都没有考上大学，家里掏钱让她圆了大学梦，郑州电子工程学院的录取书都拿到手了。卫和平听了爸爸的话，感激得差一点儿流泪，爸爸一定想到了她急着回北京去的目的。卫和平这才意识到，这是她提出回北京后，爸爸说的第一句话，而且是现编的瞎话。说话前，爸爸一直抽着烟，沉思着，看着她收拾东西。

这些天，西流村李明强家的事传得神乎其神，卫家村几乎妇孺皆知。卫和平的父亲早就听说了，一会儿，他在心里念叨：和平啊，你要在郑州多待些日子，千万别回来啊。一会儿，他又在心里念叨：你怎么还不回来呢？最好能和人家李家的孩子见上一面，不成亲戚还是朋友哩。老头子等啊等啊，等了一个星期，卫和平才从郑州回来，从女儿的神情看，她已经知道了西流村李家的事情，老头子也理解女儿的心情。卫和平的母亲身体不好，没出门，家里人也不敢在她面前提死人这个不吉利的事儿，所以她一概不知。

“你都知道了？”在村头田间的小路上，卫顺问卫和平。

“嗯。”卫和平点了点头。

“走吧，快点回去，兴许能见上一面。”

“爸！”卫和平噙了半天的泪终于流了下来。

“哭吧，哭出来好受些。爸是怕你在你妈面前哭才把你叫出来的。”卫顺抚摸着卫和平的头说。

“爸！”卫和平自上了中学到现在，第一次扑进爸爸的怀中失声痛哭。在她的眼里，爸爸是严厉的化身，怎么还有这菩萨的心肠呢。也许男人都是这样，爸爸、李明强都是这样！这就是人的两面性吗？

“哭吧，爸知道你委屈。可家里也是为你好。”卫顺又点上了一支烟，抽一口接着说，“到了北京，见了李家那孩子，就说我问他好，盼着他平安回来，我老头子想见见他。

“你呢，自己拿主意。婚姻大事，是一辈子的事儿，不要太冲动了。

“你也是党员了，爸以一个老党员的身份提醒你，这次你一定要支持他。”

卫顺从身上掏出五百元钱，一边塞给卫和平一边说：“见到他，多给他买点好吃的，补补身子，算是我老头子的一点儿心意吧。”

父亲一个劲儿地抽烟、唠叨，卫和平一个劲儿地哭泣，她也分明看到了父亲的心在哭泣。

卫和平的思绪从河南扯到了北京。当列车到达丰台车站时，卫和平就坐不住了；当列车播音员播出“北京车站到了”时，她的心跳就加快了；当看到北京车站那特有的楼房时，她干脆欠起了身子，几乎把头伸到了窗外。站台出现了，她睁大那双高度近视的眼，从镜片后飞快地审视着从眼前闪过的接站人。但是，车停了，她还是没有看到他——李明强。

卫和平把头伸出窗外左右细看，没有，还是没有。

“同志，劳驾，让我们递一下东西好吗？”有人催她了。

卫和平赶忙爬上座位，取下自己的包和皮箱。

站台上，人声嘈杂，熙熙攘攘，就是不见李明强。人们都走完了，还是不见李明强的身影。

卫和平等着，焦虑地等着，等着李明强的到来。她前天借了杨玉萍的自行车，直接到邮局发了电报，清清楚楚地写道：请于二十七日上午九时十六分到三号站台接122次列车。

李明强怎么没来呢？是来晚了？还是情况紧急不能出来？还是已经出发了？卫和平在胡思乱想着。

卫和平离开北京时就想好了，尽管李明强不让她提前来，她也要提前来，让李明强突然高兴一下。但是，到了家里妈妈病了，她在医院守候十几天。又赶上表妹结婚，非让她去帮忙不可。

卫和平决心等下去。

李明强会来的，他刚回来一个多星期，部队不会出发的。是情况紧急不能出来？也许他来的晚，或许是路上耽搁了，从香山到这里需要一个多小时呢！卫和平等待着，她想让李明强突然出现在她的面前，但是又有一种不祥的预感搅得她心情烦乱。

“姑娘，等人？接你的人没有来？”一位穿铁路制服的老师傅问她。

“嗯。”随着声音，卫和平竟涌上来两股热泪。

卫和平背过脸，噙着眼泪，提着包和皮箱，蹒跚着向地下通道走去。

走出车站，来到了公用电话亭，她拨出了李明强的号码，耳机里立刻传来了一个女人柔和的声音：

“对不起，您要的用户已经改号，请拨新号码。”

两遍过后，戛然而止。

卫和平不信，又拨了一遍，耳机里传来了同样的声音。又一遍，又一遍，直到她完全相信。

“请拨新号码。”新号码是什么？怎么不说呢？这部队怎么搞的？别的单位改电话号码，都说新号码呀！卫和平又打北京市查号台，服务员说：“对不起，军事机关都没有登记。”

步入研究生公寓，卫和平把东西放到楼道里，就跑到值班室，在一大堆信件里找信。嗬，有信，有信，他的信——李明强的来信。她的心一下子悬了起来，急忙打开：

和平：

你好，暑假过得好吧！

我走了，到青屏县前线去了。

我家的事儿恐怕你已经知道了，我的三位亲人都去了，所以也不怕再失去你。我已经想好了，我们只是同学、朋友，也没有什么瓜葛，你没有必要等我，没有必要为我担心流泪，我求求你，把我忘了，再找一个比我好的同志。

你放假离京时，我就做好了分手的准备。我早就冷静地思考过了，咱们两个不合适。我之所以追求你，是我的虚荣心在作怪，自己没有文凭，就想找个高学历的互补一下。其实，静下心来想想，我们两个确实不合适，如果真结了婚，不但会伤害你的家庭，我们的生活也不会幸福的。我们两个都很要强，都奔事业，谁来照顾家呢？所以，我下定了决心，要离开你。不管这次我上前线，是死是活，我都不会再找你了。请你不要伤心，保重身体，好好学习，早日找到意中人。

作为你的朋友，我祝福你！

《和平歌》已脱稿寄出，落的是你的地址与姓名，发表与否，都是我送给你的礼物。

祝你幸福！

明　强

一九八六年八月二十日

八月二十日写的，正好一周的时间，他不可能走的。卫和平不顾旅途的疲劳，匆匆赶到香山步兵侦察大队。门岗横枪拦住了她。

"我找你们侦察连的李明强。"

"对不起，请你先到接待室登记一下。"

真是到战时了，岗也换了，把得也严了。原来的哨兵多数都认识卫和平，不认识的只要提李明强的名字，畅通无阻，还用什么登记呀。还好，登记就登记，只要人在就行。

卫和平填好单子递进窗内，值班的战士就打电话，打完电话，对卫和平说："对不起，李副连长执行任务去了。"

"不是副连长，是排长，叫李明强。"

"没错。现在他提副连长了。"

"那，他到哪里执行任务了？"

"不知道？"

"今天能回来吗？"

"不能，至少要半年时间。"

"他什么时候走的？"

"昨天晚上十一点。"

"他去的地方有通信地址吗？"

"不知道。"

"我把我的地址、电话留下，你们若有他的通信地址通知我一下好吗？"

"这个——我们部队是不允许的。如果可能，他本人会给您联系的。

"啊，对不起，请您让一让，后边还有人呢。"管登记的战士非常有礼貌地说。

他一定知道，但是他即使知道，也不会讲的，李明强就从不给她谈自己的工作，李明强让她看过保密九条。

卫和平悻悻地离开了接待室。一天，就差一天，她的眼睛湿了，差点儿哭出声来。

老天爷呀，你不是捉弄人吧！我跑了一千多里地，就差一天，准确讲，就错几个小时。卫和平含着眼泪一步三回头地离开了香山步兵侦察大队。

卫和平漫无目的地行走在香山南路上。她一边走一边抹眼泪，越想越悲痛，越想越伤心，万一李明强光荣了，这最后的一面也没见上，老父亲的心意也难表达了。

一辆吉普车在卫和平身边停下，肖明打开车门，伸出半个身子冲卫和平喊："研究生同志，找我们排长吧？”

卫和平抬头一看，喊了一声“肖明”就哭着扑向车来。

肖明急忙跳下车，面对卫和平手足无措。

卫和平抓住肖明，就像是要沉入深水的人抓住了一根救命绳，急切地说：“肖明，你们排长呢？”

“在、在——”

“啊——咳、咳、咳！”车内突然响起了大声的咳嗽声。

“你、你不知道？你没见到我们排长，我们排长没有告诉你？”肖明听到那咳嗽声急忙转了话题。

“你说，你们排长现在在哪儿？”卫和平急了，本来就和肖明很熟，她一点也不跟肖明客气。

“哎，你回北大吧。顺路，我捎上你，车上慢慢说。”肖明打开车门，里边没人，只有司机，那咳嗽声就是司机发出的。

“班长，我们在执行任务。”司机说。他的意思很明显，反对卫和平上车。

“执行个屁！你知道她是谁？是李排长，不，李副连长的女朋友。”肖明刚才对司机的咳嗽声本来就不满，现在司机又阻拦，他火了。

肖明冲司机嚷完，对卫和平说：“上车，今天我说了算！”

卫和平为了弄清李明强的底细，也不管那么多了，就上了车。要在以往，她是宁愿走回北大，也不会让别人为难的。况且，人家司机没错。卫和平与李明强好了这么长时间，对部队是了解的，她不怪司机。

卫和平在后座上坐下，泪还没干，哽咽着对司机说：“小兄弟，你放心，我不会问你们的秘密。”

司机铁青着脸不说话，挂挡，起步。吉普车向前疾驶而去。

“怎么搞的？你昨天没见排长？啊——不。咳，就是排长。他、他专门请假去——怎么今天，你又找来了？”肖明是急脾气，连珠炮似的问卫和平。

卫和平一把鼻涕一把泪地把事情的经过说了一遍。

“咳，排长家发生了这么大的事儿，他一个字都没提，我们谁也不知道呀！”肖明狠狠地在自己的腿上砸了一拳，激动地对卫和平说：“都感动老天爷了！告诉你，你没有白跑，我们早晨没走成，今晚的车。跟我们走，我带你找他。”

“班长——”司机又说话。

“班长个屁！你是聋子！有什么问题我兜着，开你的车！”

原来，步兵侦察大队在侦察连的基础上，挑选出一个精干的侦察分队，也就是一个加强连，出发前任命李明强为副连长。他们昨天夜里到了西直门火车站，本来计划今天早晨走，不知哪个环节出了问题，推迟到了晚上。

“晚上，天黑以后，你在那个治安亭旁等，我让排长想办法出来。”到了西直门火车站，肖明指着车站旁的治安亭对卫和平说：

“这是非常时期，管得很严，怕泄密。我们部队要求，不许乱走动，不许接触外人，不许泄露任何信息。所以，我不能确定排长几点钟能出来。反正，天黑以后，你到治安亭附近等着。在治安亭那儿见面，不会引起别人怀疑。

“记住，你们见面，时间不能太长。你不能哭，拣最要紧的说，千万不要引起别人注意。”肖明就像电影里安排地下工作者接头那样给卫和平做了安排。

“嗯。”卫和平感激地使劲儿点了下头。

“下车吧。”

肖明看着卫和平恋恋不舍地离去，回头对司机说：“哥们儿，你什么都不知道，没你任何事儿。”

“你别把人都瞧扁了！”司机回敬肖明一句。

“够哥们儿！”肖明拍了一下司机的头，笑着说，“开车！”

卫和平买了许多好吃的东西。她专挑好的贵的没吃过的东西买。她一遍遍地告诫自己，要精要小要好带要存的时间长。就这样，她还是买了两大兜儿。

卫和平心急，提着东西，天没黑就来到了肖明指定的治安亭前。

西直门火车站也叫北京北站。与北京站相比，虽然小了点，但是也很繁华。在五十年代，这里就已经是城区了，当时流传着这样一个顺口溜儿：“小火车，喔儿喔儿喔，从苹果园儿开到西直门儿，西直门儿的姑娘抹着红嘴唇儿。”现在，苹果园早就成了城区，繁华得不得了，西直门的发展更是日新月异。

华灯初上，夜幕还没有来临，凉风已送来了爽意，驱赶着一天的闷热。人们的心情也好起来了，三五成群地逛夜市，开始了都市的夜生活。酒店餐馆、商厦小铺都开启了各式各样的霓虹灯，大排档服务员不停地吆喝着，招揽那些不愿待在屋里、出来品尝风味纳凉的人。人们有说有笑，一派安定祥和的气氛，根本不会有人想到，这里正有一支部队，为了他们幸福安定的生活，就要开赴前线了。

卫和平焦急地在治安亭附近不停地转悠，一会儿看看天，一会看看表，一会儿四下张望。治安亭里戴红箍儿的老头子走了，门都没锁。大概是下班了，一个多小时了，也没有人来。卫和平慢慢地走到治安亭前，斜眼往亭里一看，里边除了一张桌子，没有别的东西。怪不得人家不锁门呢。卫和平一阵高兴，肖明真会选地方，在这个繁华的闹市，还有这一方静土，真是天意。卫和平决定，李明强来了就在这治亭里会面，这里稍偏僻些，无人问津，既安静又安全。

突然，卫和平在灯火闪烁的人群中看到一个穿军装的大个子向这边走来。李明强，是李明强。卫和平一阵激动，她想呼唤着跑过去，但是肖明的话又在耳边响起：“千万不要引起别人注意。”

卫和平见李明强迈着稳健的步伐，一副若无其事的样子，就慢慢迎了上前去，拉住李明强的手轻声地叫了声：“明强！”

“和平！”李明强一把将卫和平搂入怀中。

“快，跟我走。”卫和平真像一个地下工作者，挽起李明强的胳膊，绕过人群，直奔治安亭。

卫和平推开治安亭的铁门，一闪，进去了，李明强紧跟而入。

“这里的人下班了，没人。”卫和平一边小声地说，一边把门关上，回头扑向李明强，抱着李明强的脖子攀上去对着李明强的大嘴狂吻。

李明强迎合着卫和平，把她紧紧地抱在怀里。

卫和平突然停住了狂吻，她想起了肖明的话——“捡最要紧的话说”，就急切地说：“明强，快留下，给我留下。”

“开什么玩笑，都要登车了，还能留下！况且，是我自己要求上前线的！”李明强推开卫和平，斩钉截铁地说。

“不——”卫和平一下抓住了李明强的命根，“快给我，给我留下你的孩子。”

李明强先是一愣，既而坚定地说：“不行！你还是个学生！”

“我要，我们研究生可以生孩子。”

“不行！一次也不一定能怀上。”

“有一点儿希望，我们就要争取。”卫和平说着将连衣裙向上一撩，将她那一直坚守的圣地亮在李明强面前。

“不，平，你听我说。”

“不，我不听。快，别耽误时间了。”卫和平拉着李明强又不知道怎么办了。

“不，平，我不能。”李明强挣脱说。

卫和平“噌”的一下纵上治安亭内的两屉桌，躺上去，对李明强低声吼道：“少废话，来吧。”

李明强一步跨过去，俯下身，在那神圣的部位亲了一下，握住卫和平的手说：“平，我很感谢你对我的真情。但是，今天，我不能！今天，我，为你写了首诗，给你——”

“我不要诗，我要孩子！”卫和平急得几乎要喊了，但是，她记着肖明的话，不敢大声嚷，带着哭腔说：“明强，快，我要你的孩子，我想给你生个孩子——”

李明强从上衣兜里掏出一只白纸叠成的和平鸽，塞到卫和平的手里说：“平，我只能给你这个。”

“我要孩子！”卫和平用双臂勾住了李明强的脖子。一道亮光透过玻璃正照在卫和平的身上，李明强叫声：“有人！”还未挣脱卫和平，治安亭的门就被突然打开，随着一声断喝：“不许动，把手举起来。”几把手电将治安亭内照的通明。李明强挺身挡住卫和平，卫和平条件反射似地迅速跳下桌子，一举手，连衣裙自然滑落下去。就在这当口，高压电击警棍已捅到了李明强身上，打得李明强乱蹦。那警察一边打，一边喊：“举起手！叫你不老实！叫你不老实！”

警察把把李明强打急了，他大喝一声：“你有完没完！”声起手到，一掌将那警棍打落在地，那警棍“咔嚓”一声就断成了两节，电池滚落出来。

那警察见自己的武器被打坏，急了，上前左手抓住李明强的胸襟，右手一拳直取李明强的面门。

李明强抬起左臂轻轻一挡，右手一个缠腕解脱，那警察“扑通”一声就跪在李明强面前。

“围起来，有人袭警！”治安亭外有人喊了一声。哗啦啦几个警察和带红箍儿的治安员就把治安亭的门堵死了，与其同时，治安亭内外的电灯全亮了，看热闹的人将治安亭围了个水泄不通。

“明强，快跑。”卫和平对李明强喊，她又想到了肖明的话，千万不能让外人知道她与李明强见面。

李明强看了看卫和平，心想，完了，事闹大。要是李明强单枪匹马，三下五去二，就解决问题跑得无影无踪了，但是，他不能丢下卫和平。

“别管我，你跑吧！”卫和平知道李明强能轻而易举地跑出去。

“跑什么？我们又没干什么。”李明强是个敢做敢当的汉子，从不把责任推卸给别人，更不能留下他心爱的人受污辱。

李明强坐下来，平静地对那几个警察和带红箍儿的治安员说：“你们别怕，我是军人，不会乱来的。你们几个谁主事儿，我想单独跟他谈谈。”他看对方没有反应，马上说：“啊，是不相信我吧。好，我把女朋友交给你们，可以放心了吧。”

李明强拉着卫和平的手，对她说：“你到外边去，我和他们谈谈。别怕，没事儿的。”

李明强给主事儿的警察将情况说了一遍，求他高抬贵手，不要声张，他是上前线的，马上要走。谁知，这警察一听，反而引起警觉，说你们不是卖淫嫖娼，万一是接头给敌特传情报的呢，我们谁也负不起这个责，你不是这个要上车的部队的人吗，我们马上去把你们领导叫来。

李明强好说歹说，那警察就是不干，冲外边喊了一句：“快去个人，把车站部队的领导叫来！”

李明强气得七窍生烟，真想一掌劈了这个警察。一想，人家做得对，都怪自己点儿背。就不再说话，专等领导来了。

不一会儿，大队长带着连长丁辉和指导员刘群山来了。几个警察和带红箍儿的治安员一看部队领导来，又活跃起来。

带红箍儿的老头说：“这几天，上边让我们提高警惕。我早就看到这女的不对劲儿，像是找人接头什么的，我一直盯着她。他们还真会选地方，进了我们治安亭。我叫人替我看着，就去叫了警察。我们来时，他们正——”

“别说了！”李明强大声喝道，吓得那戴红箍儿的老头一哆嗦，不言语了。

“李明强，你什么态度，快给老大爷道歉！”大队长脸都绿了，命令李明强。

“是！老大爷请原谅，我着急，态度不好。咱们到我们那里说好吗？这里人太多了，影响不好。”李明强耐心地对那老头也是对大队的领导说。

“你还知道影响不好！”大队长嘟囔了一句。

进了车站，在大队临时设的办公室里，治安人员、李明强和卫和平，各自把情况说了一遍。搞得大队长哭笑不得，问李明强是谁给联系的见面，李明强咬定是自己为了买东西碰到的。问卫和平，卫和平说是听说部队从这里走，自己找来的。

“绝对不可能！”大队长突然想起今天派人回去取过文件。就把司机和肖明叫来，肖明自己揽了，司机说是他和肖明一块儿商量好，带卫和平来的。这时，侦察连登车的时间到了。

为了安全起见，大队长决定，将李明强、肖明在车上厕所里关禁闭；司机即时隔离，带回大队看管；卫和平还有三天开学，正好部队三天内到达目的地，请卫和平暂和他们一班送行的人一起回香山步兵侦察大队，等部队安全到达后再回去上学。说白了，就是软禁卫和平。

卫和平已撕破脸皮，郑重其事地对大队长说：“我自愿跟你们回去。但是，我正告你，李明强是真真正正的男子汉，是一个合格的解放军军官和共产党员。我所做的一切，都是对他的痴爱，也是对你们部队的痴爱。万一——万一李明强那个了，我——我恨你们一辈子！”卫和平说到这里，泪如泉涌，泣不成声，“万一——万一——万一李明强，回——回不来，你们——会后悔的，心里也不会安——安宁！”

大队长和送行的军人们都不作声了，个个阴沉着脸。那几位治安人员，这时也好像做了错事，站在那里很不自然。

卫和平慢慢平静下来，对大队长说：“大队长，我求求您，请您不要处理李明强、肖明他们，不要亵渎我和李明强纯真的爱情，不要亵渎我对解放军的感情。”

大队长没有说话，事情还没有真正定论。但是，在心里，他已经开始相信卫和平了，对这位姑娘充满了说不出道不明的情感。

列车驶出了西直门火车站，大队长又慢慢地拆开那警察说是情报、李明强说是送给卫和平的爱情诗的纸鸽子。那上边，是李明强亲笔写的四行二十八个字：

天鹅已飞鸟不归，
良儿无头双人陪，
受去腿兮又添友，
您无心兮又怨谁？

警察说这是情报，还真有点情报的味道。李明强说是爱情诗，写的什么意思？大队长陷入了沉思。

是不是说李明强一去不复返了，这姑娘同时有两个人爱，李明强从此退出，不做情人做朋友，姑娘无心这么做。

还是别的什么意思？大队长把四句话的头尾连接，成了“天良受您，归陪友谁？”

说李明强回来后陪他的女友不知是谁了？天地良心全在您？

大队长又拆字配句。读一字跳一字为：

天已鸟归，

良无双陪，

受腿又友，

您心又谁？

将每行的“二、四、六”字组成句子：

鹅飞不，

儿头人，

去兮添，

无兮怨？

再竖着念，竖着跳字，更不成句子。大队长思来想去，也没弄明白是什么意思。

涂着迷彩的面包车驶出了西直门火车站。车上，卫和平向大队长和全车人讲了她与李明强的爱情，讲了李明强一家三口撒手人间的事儿，大家感动得眼圈儿都红了。大队长对卫和平，也是对自己，对全车人说：“是我们的工作没有做好，我有责任啊！”

“战斗还没有打响，我们就死了三个人。”

“战争太残酷了！”

“这件事，值得我们深思啊！”大队长感叹道。他将李明强写的那四句话递给卫和平，说：“卫和平，多么好的名字，我们这些同志就是为了和平才去战斗的。李明强说这是给你的爱情诗，你看看，能告诉我是什么意思吗？”

卫和平看了半天，摇了摇头。有人说，让我看看。卫和平就顺手递了过去。大家议论纷纷，说这真有点对密电码的味道。

“给我。”卫和平急切地说：“这是让我猜字！

“你们看，‘天鹅已飞鸟不归’，‘鹅’飞‘鸟’不归，那就剩下‘我’了，是‘我’字。

“这‘良儿无头双人陪’——”

“是‘很’字。‘良’字去掉头上的点，加上‘双人旁’，不就是‘很’字嘛。”有人抢着说。

“第三句是‘爱’字。把‘受’字的腿‘又’字去掉，添上朋友的‘友’字。”

“那第四句就是‘你’喽。”大队长笑着对卫和平一语双关地说，“真是‘心有灵犀一点通’啊”。

“我很爱你。”几个人异口同声地说。

“李明强还挺会琢磨噢。”

“这个李明强！”大队长笑了。那笑容，那话音，表露着他对自己部属的偏爱。

“这还是情报吗？大队长？”卫和平也笑了，这是她几天来第一次笑，笑得那么艰涩。

“我还真认为是‘情报’呢！”大队长笑着说。

“还关他们紧闭吗？”卫和平又问。

“关，必须得关！军人，一点组织纪律都没有，还怎么打仗？得让他们长点记性。”大队长坚决地说。突然，他又惋惜地对卫和平说：“可惜苦了你了。跑这么远，赶上了也——

“这仨愣头青，跟我说一声啊，我又不是——

“唉——是不是我平时太严肃了，你们都不敢跟我讲真话？”大队长突然问车上的人。

“瞧你这些天那脸阴的，一副苦大仇深的样子，他们谁还敢跟您提个人问题？”

“都是我的兄弟啊。他们去，我不去，心里也——”大队长不说了，全车鸦雀无声。

“唉，他们也该跟他们连长、指导员说一声啊。”好久，大队长又自言自语地说，“关他们禁闭，该。可惜让人家姑娘等了那么长时间，还——”

“没什么。大队长，您不要自责。你们部队的事儿，我能理解。”卫和平反过来安慰起了大队长来。

“谢谢你，和平同志。你有什么问题，需要我们帮助吗？”

卫和平摇摇头，李明强走了，我还有什么问题呢？突然，她想起了自己现在的身份还是人质，就对大队长说：“你看，我这个人质，还用扣吗？”

“扣，一定得扣。”大队长笑了，爽朗地说，“我们大队呀，要替李明强那小子好好款待你三天。你等着，我们联系上了，你给他通了电话再走，免得那小子不放心。他可是‘很爱你’哟。”大队长显得很兴奋，转过头来对同车的人说，“我的脸还阴吗？你们几个小子，要好好琢磨琢磨，出几个好节目，不能亏待了人家研究生啊。别让人家把我们看扁了，说侦察大队除了李明强，全是孬种！”

“是，保证完成任务！”几个人异口同声地回答，震得卫和平耳朵直鸣。

“你们军人都是好样的！”卫和平由衷地笑了，这是她发自内心的话。

# 第三十五章

陈晓伟抱住了卫和平，对她说："和平，你太傻了，太傻了！现在是什么时代了，你还找军人！况且，你不要，不要急。在我们两个中间做一个选择吧！我要和他竞争，你看我怎么胜利吧！"

卫和平在香山步兵侦察大队待了三天。这三天，侦察大队给她了无微不至的关怀，队史室、活动中心，能对外的全都对她开放，并有专人陪同，一日三餐大队常委陪着吃饭，还专派卫生队那唯一的张医生带着为她全面检查了身体，并针对她的咽炎，专门为她配制了当茶冲饮的草药。

卫和平真正领略到了中国人民解放军这个大家庭的温暖，她为这个团结的大家庭而高兴，为祖国有这样坚强的钢铁长城而自豪，为自己能成为军人的朋友而骄傲。遗憾的是，卫和平没有和李明强通上话，大队长、政委同她谈，李明强的侦察分队已经到达目的地，只是我军的通信还比较落后，不能直接与大队通话，前方的消息都是通过迂回的方法得到的，请她理解。

卫和平理解，我们国家就是这么穷，连吴这弹丸之国都敢向我们挑衅，她一个弱女子还能说什么，只有回学校好好学习，将来为祖国的富强尽自己的绵薄之力。

侦察大队专门派车将卫和平送到北京大学，大队长、政委以及与卫和平接触过的同志，都给她留了电话，并一再嘱咐："有什么事尽管打电话。"

走进研究生公寓，卫和平就像是撒了气的皮球——软了。这几天，她是强打精神在侦察大队度过的，她满怀希望地等着和李明强通话，结果还是没有通成。陪同她的同志竭力取悦她，让她高兴，可是她的内心就是高兴不起来。她一直在想，李明强现在怎么样了，是还关着禁闭，还是已经投入战斗了？

卫和平拖着灌了铅似的腿，走到宿舍门口，推门，没人。她掏出钥匙打开房门，她们三个早已到了，床铺已经铺好，唯独卫和平的被褥还卷着，上面盖着一条明黄色的单人床单。卫和平捏着单子的两角慢慢地将它对折起来，以免上边的灰尘沾染了床铺。然后，又一一对折，把单子叠成一个小方块，卷成一小卷儿，机械地去找她那棕色挎包。

这是一个很薄的单人床单，其实就是一块布料，准确地讲是一块做雨衣用的防水布，将这块雨布卷成一个小卷儿，放到那棕色挎包中一点都不占地儿。这是她和李明强一起在甘家口百货商场扯的，是为他们每次约会铺在草地上滚躺用的。李明强要买深颜色的，说耐脏。她坚持要买这一种，说她喜欢明黄色的。李明强讲，买就买吧，有钱买来你喜欢。他们买后，直奔紫竹院公园，在草地上一铺，嗬，蓝蓝的天，白白的云，青青的草地上一块明黄色的雨布，他们躺在雨布上，真是一幅绝美的油画。

卫和平一边想一边铺床。床铺好了，她顺势一下就趴在了床上，她想睡过去，又睡不着；她想哭，又哭不出来。正当卫和平如坐针毡时，传来了传达室那位值班女工特有的女高音：“106 室的卫和平，电话。106 室的卫和平在不在？”

“来了！”卫和平运足力气应了一声，步子却迈得很沉重，她无精打采地走进传达室，无精打采地拿起电话，无精打采地“喂”了一声。

话筒里传来了赵鸿涛的声音：“和平，你回来了，什么时候到的？我这几天，天天给你打电话，你现在能到我这里来吗？”

“有什么事吗？”卫和平无精打采地问。

“有，关于你，关于明强的事儿！”

“明强？”卫和平一震，又无精打采地说：“明强不在北京。”

“是，就是为这事儿。明强临走交代了好多事儿，你来了就知道了。”

“到哪里找你？”卫和平听到李明强交代好多事儿，就想马上见到赵鸿涛。

“这样吧？现在三点一刻，你来我单位太远，就上我家吧，我给领导说一声就回去。晓丽在家，你若到得早，你们先聊着。”

四点二十七分，卫和平赶到了赵鸿涛家。她比赵鸿涛的路程近了几乎一半，还没有赵鸿涛到家早。赵鸿涛是“打的”赶回来的，他怕张晓丽将李明强上前线的事儿告诉卫和平之后，会出什么麻烦。

“明强上前线去了。”鸿涛声音低低地说，“除了我和晓丽，谁都不知道。他让我们保密。他，你不要恨他。他求你原谅他。他，他太爱你了。”

“我见到他了。”卫和平的声音也很低。

“你见到他了？”赵鸿涛和张晓丽惊得瞪大了眼睛。他们知道，李明强临走的当天，专程跑出来，就见他们俩一面，晚上就出发了，卫和平还在河南老家，怎么能见到他呢？

“嗯，没说上几句话，他就走了。”卫和平一想到那晚的事情，就觉得委屈，今天见到了中学同学，见到同乡亲人，禁不住痛哭起来。

“你在什么地方见到他了？”

“在车站。”卫和平一边哭一边说，“我去香山看他，他已经走了，部队送他们的人带我到车站，车就要开动了。”

“噢——”赵鸿涛说：“其实，明强六月份就接到了参战的通知，为了不引起你的注意，更为了那本《和平歌》，他没有探家。他忍受着离别的痛苦，在工作之余，不停地写作。《和平歌》终于写完了，他一直、一直修改到八月二十六号，他出发的当天才寄出。书稿寄出后落的是你的名字和地址。”

“我知道。”卫和平一直在哭。

“他是多么地爱你啊！你知道，那本书中充满了对你的赞美，对爱情的歌颂。那是他准备结婚时献给你的礼物，可是，可是……”

赵鸿涛的声音也有些呜咽了：“书写好了，他却走了，这一去，不知、不知……”

下面的话，赵鸿涛说不出来了。他不是怕伤卫和平的心，而是他过于激动，泪水像断了线的珠子从面颊上滚落下来。

“你们不知道的多了。”卫和平哭得更痛了，她想起来李明强探家所发生的事情，想起了车站所经历的一切，泣不成声地对鸿涛和晓丽说，“明强，探家了。他、他爸，妈，他哥，三、三口人，全、全死了！”

“什么？和平，你别哭，别哭，你慢慢说。”赵鸿涛和张晓丽如坠无底云中。

卫和平一边哭一边将李明强家里发生的事情和她这几天在香山步兵侦察大队的情况说了一遍，张晓丽已成了泪人，赵鸿涛的眼圈儿红了，咬着牙，脸憋得青紫。卫和平反而止住了哭泣，超乎寻常的平静，轻轻地问：

“明强，都说了些什么？”

“他说，他说，步兵侦察危险最大，恐怕，是，是回不来了。他要我们，要我们帮助你，忘了，忘了他。”

赵鸿涛抽泣了起来。卫和平的眼眶里又溢出了泪花。

李明强啊李明强，接到通知后的三个月你是怎么过的？你忍受着多大的痛苦啊！卫和平想起了她拒绝李明强后的痛苦。那毕竟是暂时的，而且是充满希望的；而李明强，面临的是死亡，是诀别啊！为了她，为了她将来的幸福，李明强做出了痛苦的选择。可以想象他在北京的最后三个月内，当柔情如诉的乐曲响起的时候，当缠绵悱恻的文字跳入眼帘的时候，当如漆似胶的恋人的身影在面前出现的时候，当他扮演别人的伴郎时，当他决心认李彬、孟华的孩子时，他、他是一种怎样的心情。卫和平又想起了她放假回家的前一天，李明强发疯似的给她买东西，在迎宾楼她还趴在李明强的怀中，说听李明强心里还想说什么呢。

你真是傻子、笨蛋。卫和平骂自己。

卫和平那天在迎宾楼没有听出李明强的心在说什么，她太痴于生理的感受，她太憨、太傻了。

李明强走了，本应默默地走的，我的出现，又给他带去了多少麻烦，多少烦恼，多少遗憾，多少挂念。他不再回来了，不，不可能！他一定会回来！我爱他，我要他，我不能失去他！卫和平在心里念叨着，祝愿着。

“这是他的存折，总共一千八百元。”赵鸿涛拿出三本存折说，“这五百元是给你……”他说不出来了。李明强让赵鸿涛和张晓丽，为卫和平再找对象结婚时办嫁妆用的。赵鸿涛不忍心说出，只说：“现在不能给你。”

“这三百元是给李彬那孩子的，定期八年，让他上学用的。

“这一个是留给他家里的，让我替他存着，他回来时给他。他若，他若……”赵鸿涛又说不话来。

他若，他若什么？很明显，他若牺牲了，他会牺牲吗？不，他不会死，他不会死的！

“对了，这封信，还有这封信。他说，他若回不来，再打开它，按信上说的处理这钱。”

“他一定能回来，他一定能！”卫和平咬着牙，对赵鸿涛和张晓丽说，“你们先为他存着，等他回来再给他。他会回来的！”

卫和平告别了赵鸿涛和张晓丽，精神恍惚地回到了学校。她没有吃晚饭，鸿涛和晓丽怎么留都留不住她，她哪还能吃下饭呢？她的心太累了。她躺在床上，直瞪着两眼，脑子里乱极了。

李明强，明强，强。卫和平在心里一遍又一遍地呼喊李明强的名字，答应我，答应我，你会回来，你一定会回来，回来结婚，结婚，我们永远，永远不再分离了。

卫和平这间宿舍里共住四个人，桌上的字条说她们三个跳舞去了。跳舞，卫和平忽然想起了去年十月份同老山前线英模报告团联欢时，一位代表说：“为了你们能在宽敞明亮的教室读书时听不到枪声，为了你们在舞池里翩翩起舞时踩不上地雷，我们甘愿蹲猫耳洞。”

猫耳洞，明强现在在猫耳洞里吗？猫耳洞里一定没有床，很潮，空气也不好。

卫和平辗转着，眼光停在了上床的铺板上。那上面是李明强作词谱曲的那支歌——《心曲》，是她工工整整地抄好用图钉钉在上面的：

过去，我们相爱，荒芜了希望的日子。

现在，我们分离，为未来生活的充实。

啊，亲爱的人，

不要为，不要为离别伤心；

为祖国、为人民、为事业献身

……

献身，献身，李明强去实现自己的诺言了。李明强素来一诺千金。李明强要死了。

卫和平的眼睛又湿了……

卫和平看到了李明强那血肉模糊的身体，全身被子弹穿得稀烂。没有了腿，没有了胳膊，没有了脑袋的李明强的身躯……

“明强！”卫和平大叫一声，坐了起来，一切都没有了，只是虚幻，只是自己的瞎想。李明强不会死，永远不会死，我们还没有结婚，还没孩子呢！

我一定要等他回来，我一定要和他结婚。我要给他写信，战场上能不能结婚呢？我也去吧，到前线去，结婚去，战斗去！和他一起“为祖国、为人民、为事业献身”。

卫和平翻身下床，刚坐下来写上：“强，你好！”门就开了，她的三个同伴带着笑声飘了进来。

“啊，和平，下午哪里去了？”芳芳一蹦一跳，甩着脑后的“松鼠尾巴”小辫尖声地大叫着。

“写信？强，你的作家，今天没上他那儿？”苏丽华伸过脖子将她的运动头探过来看看信纸上面的字说。

“懂什么，这叫作‘唇攻文围’。亲热了一天，再把感想写下来寄给他。我们的和平在培养祖国的年轻作家呢！”留披肩发的张爱芬最会创造新词、发表议论了。

“和平，当初你怎么就能看出他一定能成为作家？我要是有那眼力，就是高中生、初中生我也找他。”又是芳芳，她一天到晚都没有个正经的话。

“得了，你那系团支部书记也够帅了。”爱芬截了芳芳的话。

“和平，太棒了。今天，张新，小刘，老俞都去了。我们换着跳啊，唱啊。你猜，芳芳钻到谁怀里了？钻，钻，钻到张新怀里了。”爱芬笑得说不出话来。

张新、小刘是他们的同班同学。张新是爱芬的男朋友。小刘不小，比苏丽华小十八天，已和苏丽华结婚快一年了。不过，此人的外貌有个奇异的特点，那就是晚熟，远看上去就像是十七八岁的小孩。苏丽华叫他小刘，她们也叫小刘了。老俞是系团支书，并不老，是刘芳的男朋友，和芳芳同岁，就是胡子太旺了，满脸都是青楂楂，只要刮净或留起来，“雄性的美”就会赤裸裸地现出来了。

一阵打闹之后，芳芳又嚷道：“和平，说真的，啥时把李明强叫来，叫咱也搂着那军人的腰转两圈儿，尝尝鲜啊！”芳芳的真话也是戏语，要是能真的说真话，恐怕得当了妈妈。

“怎么了？和平，哭、哭什么？和平，你怎么了？”苏丽华发现卫和平抖动着肩膀要哭又哭不出的样子，抱住了卫和平的双肩急切地问。在这屋里，她年龄最大，已二十八了，比他们三个大五六岁呢！

“他、他上前线了。”卫和平一直噙在眼里的泪水像断线的珍珠。她偎依在苏丽华的怀里，任泪水哗哗而下。

四个人都默默不语了，卫和平也停住了抽泣。屋内静极了，可以清晰地听到日光灯整流器那“嗡嗡”声。好久好久，有人动了。打来了水，挤好了牙膏，都宽慰了几句，默默地忙一阵，又默默地睡下。

当卫和平醒来的时候，不，是活过来的时候，她听到一声低低的、惊喜的呼叫：“醒过来了！”

随着生命的复活，知觉复活了，理智复活了。卫和平看到的是陈晓伟和一个穿白大褂儿的姑娘在微笑。四周都是白的，墙壁雪一样的白，被子雪一样的白，床前的姑娘从上到下雪一样的白。

这是医院，我怎么了？

卫和平想不起来，身上没有一点儿劲，右臂平伸在外，床前那吊瓶里的葡萄糖生理盐水正沿着输液管缓慢地、一滴一滴地流进她的血管里。她觉得那吊瓶就是李明强粗壮的胳膊，那生理盐水就是李明强的血液。李明强在维持着她的生命，给她温暖，给她力量。那晶莹透明的输液瓶中那“滴答”声就是李明强轻声的呼唤，唤回了她的生命，唤回了她的记忆。那天夜里，她翻来覆去睡不着，就打开了床头灯趴在被窝里给李明强写信，后来是写什么来着，她睡着了，趴在枕头上睡着了，这些天，她好累好累……

现在，不允许卫和平想了。陈晓伟就站在床前，女护士知趣地走开了。

陈晓伟俯下身，用手摸了摸卫和平的额头，又把手放在自己的额上，他在比较。

“好了，不烧了。”陈晓伟笑了笑说，又顺势坐在卫和平的病床上。为她掖了掖被子，把她的左手从被窝里拉出来，握在手心。

卫和平没有任何反应，她没有一点儿气力了。近一个星期的忧悒和悲伤，近一个星期的自制和坚强，使她的心力几乎耗尽了，她的面容憔悴不堪，一切的甜蜜都失去了，一朵盛开的花凋谢了。

卫和平无精打采，满面愁苦，失神的双目呆呆地盯着屋顶。她似乎沉湎于对往日的回忆，又似乎漫游在幻想之中。她不流眼泪，将它压回去，让身上的毛孔去哭泣。被子好潮好潮，她微动了一下右腿，让空气进入被窝里。

“昨天上课，你没有去，急得我什么也没听进去。”陈晓伟接着说。

是的，陈晓伟上课老是走神。自从那天在图书馆拒绝他后，卫和平发现他上课老瞅着自己。当卫和平的眼光无意中和他的接触时，他就会像被针刺了一下，赶忙把头低下去。有一次，卫和平做完作业，发现别人都闷头写字，陈晓伟却在痴痴地瞄着她的位置。她就用右手托着下巴，眼睛一眨也不眨地和他对视。陈晓伟低下了头，又赶快去佯装写字。又回过头，又赶快去写字。陈晓伟一连做了好几次这重复的动作，卫和平却一直一直地看着他，直到他不再抬头，耐下心写字为止。后来，陈晓伟理了平头，他们跳了舞。那原来别有用心的注视，就成为相视一笑了。再后来，卫和平告诉了她与李明强的事。那是她向北大第一个人泄露自己的秘密，少女心底的秘密是不轻易向人吐露的。

有一次，陈晓伟抱住了卫和平，对她说：“和平，你太傻了，太傻了！现在是什么时代了，你还找军人！况且，你不要，不要急。在我们两个中间做一个选择吧！我要和他竞争，你看我怎么胜利吧！”陈晓伟不知从哪儿来了一股勇气，眉飞色舞地低吼着，好像他真要去和李明强决斗，真要胜利似的。

“不，你永远不会胜利！”卫和平像受了奇耻大辱似的推开他，暴跳着。

“你以为你比他文凭高怎么着？你斗不过他！任何人都斗不过他！他是永远不可战胜的！他一个指头就能捅死你！”

陈晓伟可能是了解到了李明强曾出过书，可能是怕被李明强一个指头捅死。总之，他再也没有约卫和平跳过舞，再没有为她到图书馆占过位子。平时，他还是时常久久地注视她，那眼光是带着幽怨的。

“下课后，我问了刘艳丽，她说你住院了。因为你的侦察排长上前线了。”他把“侦察排长上前线了”说得很重，以引起卫和平的注意。

“已经两天了，你终于醒来了。”陈晓伟把卫和平的手握得更紧了，脸上充满了胜利的微笑。

卫和平用力抽了下她的手，陈晓伟握得很紧，她抽不动。她记得李明强每次抓她的手，就像托玉玩宝似的只怕碰坏，轻轻地轻轻地托着、圈着，她想干什么就干什么。

卫和平又用力抽了一下，还是没有抽动，她已经完全没有力气了。

陈晓伟，你可以抓住我的手，你抓得住我的心吗？

陈晓伟，你可以锁住我的手，你锁得住我的思绪吗？

是的，我的侦察排长上前线了，你来了，你“勇敢地”抓住了我的手，你是怎样的“勇敢者”呀！你不是要和李明强竞争吗？李明强在京时你干什么了？他走了，走向硝烟弥漫的战场，走向生死考验的考场，走向……你就这样的胜利了，李明强就这样不明不白地输给你了！

不，李明强不会死！李明强不会输！李明强是苦命的，他的生命充满了苦难，但他不会死，他不会输。有人说，苦难是最好的老师，李明强没上大学，他去寻找他最好的老师去了。还有人说，苦难总是降临在强者身上，因为他有能力去抵御。李明强有的是能力，“天将降大任与斯人也”。

陈晓伟，你走吧。我今生今世不嫁人也不会嫁给你。我可怜你，同情你，给你一点同学的爱，你就发疯了。我不是没想过嫁给你，可是，你太没出息，太没有男子气了。

陈晓伟，你走吧，走吧，去寻适合你的女人吧。我不会爱你的，你走吧。

卫和平说不出话，也做不了动作，只好合上眼睛假装睡着了。

中午，苏丽华、芳芳、爱芬，还有系主任都来了，带来了很多的补养品，还有封信，是《都市文学》编辑部来的，是一张通知单，是让卫和平去谈《和平歌》修改出版的通知单。

卫和平不知从哪里来了那么大的力量，一下子坐了起来，要了支钢笔，在通知单的背面歪歪扭扭地写道：“强：我等你结婚。平。”然后，她艰难地抬起右手抓住一缕头发扯了一下，仅扯下两根秀发，她再扯，被苏丽华拦住了：

“和平，你要干什么？”

“给他——寄，去——”卫和平无力地说。

“嗯，寄去，寄去，这两根儿就够了。”苏丽华禁不住流下了泪水。在场的人感动得都哭了。

卫和平用通知单包上那两根秀发交给了苏丽华，有气无力地说：“香山，侦察大队，请他们转寄……”

# 第三十六章

李明强凝视了好半天，默默地将卫和平的那根头发放到了三连指导员手中。指导员传给了老兵，老兵传给了……头发在“李承志高地”的勇士们手中传了一遍，又回到了指导员手里。

卫和平揪下的头发，在路上辗转了二十七天，终于转到了李明强的手上。

李明强自从到了前线，已四次带领战士出色地完成了任务。今夜，他还要去执行任务，三天后，一场大仗又要开始了。他恨不得立即跳入敌营，把他们的参谋长擒来，或者搞到他的兵力部署图和作战决心图，早日结束这场战争，回北京去，回到卫和平身边去。

这些天，李明强一直在想卫和平。她被大队长作为人质带回香山了，他们会不会难为她，她一个女孩子的脸面、名声都让我李明强给丢尽了。

李明强一直想给卫和平写信，这种意识就像一只老鼠啃着他的心，像一把烙铁烫着他的手。他身边的饼干纸、烟纸，罐头商标几乎都被他写了撕，撕了写地反复折腾光了。他爱卫和平，刻骨铭心的爱。但是，他不能给卫和平写信，不能给卫和平信息。

让她着急吧，着急吧，急了就会恨我，恨我就会忘了我，忘了我一切就好了。——这是李明强的设计，在北京他就做好的设计。他对田聪颖、王红霞不就是用的这一招吗？还有，对杨玉萍，他还让老收发把信全退回去了呢！

李明强想给杨玉萍写信，写什么，问她怀没怀孕？告诉她，我爱你！李明强至今没有明确地对杨玉萍说出这三个字。他真为杨玉萍做的一切所感动，他想对杨玉萍说的就是感激的话。如果，信到了村里，村里人都惦记着我，把信公开了怎么办？他和杨玉萍的名声都完了，杨玉萍还能在村里混下去吗？说不定，她又成为我杀死的第四个人了，不，可能是五个，她肚子里说不定还怀着我的孩子……

李明强思来想去，既不能给卫和平写信，又不能给杨玉萍写信，他只有把这些时间和精力全部用在给鸿涛写信和给报社写稿上了。到目前为止，他已寄出了十二篇稿子，被选用了五篇了，将近二比一的命中，快赶上专业记者了。他用的笔名是“卫和平”，以此寄托他对和平生活的追求、向往；对卫和平和杨玉萍的思念；更代表他为了和平而战斗、而生活的决心。

现在，李明强正蹲在猫耳洞里，等待夜幕降临后，悄悄摸进敌人的防区，摸清敌人的炮兵阵地和指挥所。

脊背上很痒。他将手伸进去摸一把，什么也没有。他知道，那是虱子或跳蚤。他身上生了虱子和跳蚤，完成第四次任务后在总站洗澡时发现的，那衬衣还没破，他舍不得扔，用开水烫了烫，又穿在了身上。

身体结实，养几只虱子、跳蚤算啥！

那两夜，李明强是和衣躺在地板上睡的，他怕给招待所那干净的被褥上染上了虱子。尽管刚洗过澡的皮肤，虱子咬上非常难受，但是，在后方的安全感使他的神经能够放松。躺在地板上，一遍“闭血安神”的气功还没有练完，就睡熟了。

后方的地板，服务员擦得锃亮，与阵地上的猫耳洞相比简直就是天堂。

猫耳洞里像个蒸笼，潮湿而酷热。多数人赤着脚丫子，穿着短裤，还不停地用湿毛巾擦汗。洞小人多，味道也十分难闻。汗臭味、泥腥味、香烟味、霉烂味，混合成了一种文学大师们也难描述的怪味。

李明强是经过特殊训练的，他的耐寒能力和耐热能力都是超人的。尽管洞里热不可耐，尽管洞里味不忍闻，尽管洞里吵声喧天，李明强还是拿着笔和纸靠墙而坐，时而拧眉构思，时而飞笔疾书。他正在给上海监狱的一个青年罪犯写信。

自从开展“‘猫耳洞’与大墙内同龄人对话”以来，一封封感情真挚的信飞到了上海监狱，一封封悔过自新的信飞进了“猫耳洞”。三天前，红七军党委收到了犯罪青年王向明寄来的一枚精心刻制的印章——“丹心谱”和信。信中说：“尊敬的青屏山英雄们：我危害了国家和人民的利益，有愧于八十年代同龄人的称号。你们的壮举，唤醒了我的梦，唤起了我重新做人的决心和勇气…….”

部队团工委用统播电话将信的主要内容传给了各个猫耳洞。李明强听到这个消息后，非常激动，他一定要给小王写一封信：人生没有常背的包袱，只要你肯轻装上阵，一切都会重新开始。过去属于历史，未来属于自己。

“砰、砰。”洞外传来两声枪响。

“又干掉一个！又干掉一个！”两名神枪手欢呼着滚进洞里。

这就是被誉为“李永志高地”的三连阵地，也是我军的最前沿。以前叫142高地，7月12日，吴军趁着凌晨夜暗，以特工部队为先导，从五个方向对我前沿阵地发起偷袭进攻，位于我军最前沿的142高地，东、西、南三面受敌，坚守在这里的15名勇士，在代理排长李永志的带领下，面对数十倍于我的敌人和凶猛的火力，没有畏惧，没有退缩，用冲锋枪和手榴弹狠狠地打击敌人。

正当李永志他们集中打击高地南侧之敌时，二三十名敌人突然从东北方向突入我堑壕。九班长杨国跃立即带着几名同志调转枪口，向敌人一阵猛射，敌人倒下一片，他们正要收拾残余之敌，又从西南方向冲上来二十多名敌军。这伙敌人一边向我们的阵地内扔炸药块，一边趁着烟雾逼近我们的堑壕。李永志见此情景，端起冲锋枪冲了过去，右臂夹着枪左右一摆，一排子弹扫过，就撂倒七八个敌人，左手一按引爆了一颗定向地雷，炸得敌人鬼哭狼嚎，仓惶败退下去，就在这时，敌人的两发高射机枪子弹击中了李永志的右胸部，血流如柱。

李永志一面指挥战士们杀敌，一面拉着九班长杨国跃的手说："我不行了，高地就交给你了，告诉同志们，就是剩下一个人，也要守住阵地，决不能给祖国丢脸！"李永志喘了几口气，将自己的手表摘下来交给九班长，又说："转交组织，作为我最后的党费。"

李永志说完，挣扎着，艰难地向工事前沿爬去，两眼瞪着冲上来的敌人，按响了一颗定向地雷。与此同时，敌人投来的一块炸药落在了他的身旁，为掩护战友，他一咬牙使出全身力气扑上去压住了那块炸药。

李永志就这样壮烈牺牲了。战士们急红了眼，个个奋勇，以一当十，死死地守住阵地，在这面积不到一平方公里的阵地上，15 名中国士兵，与敌军"王牌"三十一师的部队激战了近 10 个小时，承受了敌军一千多发炮弹的袭击，顶住了敌军一个营的兵力从三路 6 次进攻，直至增援部队赶到歼灭了来犯之敌。这个高地从此被誉为"李永志高地"。

"李永志高地"，与敌前沿隔沟相望，实距不足二百米。双方人员只要在战壕中露头，马上就会被对方发现。部队换防了一批又一批，战士们都为能守卫"李永志高地"而自豪，都决心坚守在我军的最前沿，决不能丢失一寸国土，决不能让英雄的血白流！而敌人贼心不死，常派特工潜入我境破坏，对我前沿阵地冷枪骚扰。我部从后方送来了四名神枪手，五天来用冷枪撂倒敌人七个。不，八个，刚刚又报销一个。

"你的！"

"是你的！"

"你先开的枪。"

"我打偏了！"

那两位几乎同时开枪的"神枪手"在互相让功。

"老李，她说么[①]了？分享一下？"来送东西的张健凑到李明强跟前，操着浓重的天津口音问李强。张健是香山步兵侦察大队的，他知道李明强在"李永志高地"特意将卫和平的信给带了上来。

"还没看呢？"李明强把原封没动的信抖给他看。

---

①什么。

"为什么？"张健感到非常惊讶。在战场上，战士们有的几个月见不到一封信，来了信，都是迫不急待地要看的。特别是家信和女朋友的信，人们是要争着看的。李明强是刚到三连阵地隐蔽休息等待夜间出发的，人们都刚认识他，没人跟他开玩笑。他带的四名弟兄正在和衣而睡呢。

"等出发时再看。"李明强的表情非常冷静。这次去，他还是抱着那个"死"字，所以，无论卫和平送来什么消息，都不会影响他的情绪。

"老张，给我一支烟吧。"

"学会了？"张健递给他一支烟，又给他点着火，随手从衣袋里掏出一盒整的说，"带上吧。"

"用不着了。"李明强冲张健淡淡地一笑，便轻轻地哼起了歌子。那歌子没有固定的调子和节拍，然而，他唱得是那么的动情，那么的动听，使猫耳洞里的一切响动都停止了。唯有他望着那袅袅升腾的烟雾，醉心地唱着：

当战斗即将打响的时候，
我有一个小小的要求，
请给我，
请给我一支烟吧，
让我深深地、深深地、深深地吸上一口。
再品尝一下生活的芳香，
烟丝里，
烟丝里包含着家乡多少问候，
多少问候。
远方的亲人啊，
当我化作硝烟升起，
那就是我，
那就是我在向你深情的招手！

当战斗胜利凯旋的时候，
我有一个小小的要求，
请转告，
请转告爱过我的姑娘，
让她重新选，
重新选，
重新选择一位朋友。
再酿制一坛生活的美酒，
酒香里，

酒香里包含着我衷心的祝愿，
衷心祝愿。
亲爱的姑娘啊，
当你摆好了新婚的酒宴，
那就是你，
那就是你对我最好的祭奠。
最好的祭奠。

“太棒了，李排长，请你把歌词写下来吧！”张健说着为他拿过一张饼干纸，并为他打开了手电。

“天黑了？”李明强问。他这才发现，天已经黑了，猫耳洞口什么也看不见。

“废话，天不黑，我能上来吗！快写吧，最好把曲也谱上。”张健知道李明强会谱曲催促他说。

“算了吧，省点电。”李明强推开张健的手电筒，凑到一个油灯前飞快地写起来。

“是啊，人生多像一支烟啊！它需要有人点燃，然而，有的燃了一点就自动熄灭了，有的自动燃完，有的则在人们吸一下，闪一个光点的过程中了却了一生。”一个看起来年纪稍大一点穿干部服的人，一边捻着烟，一边喃喃地说，好像是自言自语，又好像是说给大家。

李明强停下笔，看了看那人。他不认识，不知是志愿兵还是干部，现在军队的服装是分不清干部与志愿兵的。

“我们就权当一支烟吧，不但要给世上留下芳香，还要留下光和热。”李明强的声音不大，但人们都体会到了此话的分量。

“该吃饭了！领饭，吃着说着。”司务长说话了。

三连吃的和李明强五个人吃的不一样，比他们差多了。但是，战友们还是凑了几份送给了他们：“李排长，你们多吃几样，开开胃，去多抓几个活的。”

李明强收下了。这是战友的情意，兄弟的情意，人民的情意，这里包含着多少寄托与嘱咐啊！

李明强吃过饭，将刚才即兴创作的歌词写好又谱上了曲，反复地修改了几遍，交给了张健。

这也许是自己的绝笔吧，李明强的嘴角泛起了那缕带有讽刺意味的微笑。他看看表，离出发时间还有四十分钟，便掏出了卫和平的信。

怎么？不是她来的？

信封上的字迹使李明强一怔，张健交给他时说了句研究生的，他没有细看就装入了口袋。那信封上的落款是“北京大学法律系 85 级研究生班卫和平”，可那字迹绝对不是卫和平写的。

李明强疑惑不解地打开了信封，又打开信封内的纸包，头发，两根七八寸长的头发。寄两根头发是什么意思？他把头发捏入手中，急着看信的内容，是一张《都市文学》编辑部的修改出版通知单。

“肖明，《和平歌》要出版了！”李明强兴奋地喊起来。

“哦——”肖明抢过通知单。

“又成功了！我们副连长又要出书了！”肖明喊了起来，震得猫耳洞嗡嗡直响。

三连的战友们都围过来传看。

“李副连长写书了！”

“我们副连长早就出过书了！”

“哎，怎么是卫和平同志？”

“那是我们副连长的笔名。”

“是啊，《前卫报》上也常有的！”

“卫和平也是我们副连长未婚妻的名字。”肖明给三连的同志们介绍说，“她是北京大学法律系的研究生。”

“呵，你们副连长真不简单呀！”

“唉，没见过作家，没想到作家就在我们身边呢！”

“我们猫耳洞里还有作家呢！”

一声接一声的呼喊此起彼落，欢呼声撞在猫卫洞的墙壁上，四处回荡。

“嗒……”对面山上的机枪响了，子弹像雨点一样落在阵地前沿。敌人听到响动，盲目射击了。

“呵！他们在为我们放鞭炮呢！”

“放吧！”

战友们将空罐头瓶子，罐头盒子，纷纷投出洞外。

敌人的机枪响得更欢了。

“停！停！”报务员大声喊。人们都停止了欢闹，吃惊地看着他。

“一号呼叫，问敌人为什么打得这么凶。”

“我回答。”三连指导员奔到报话机前：

“洞腰（01），我是洞拐（07），情况是这样的……”指导员打开明话，把李明强的书《和平歌》要发表的情况给军首长报告了一下。

猫耳洞里一片寂静。每个人的心都在悄悄地狂跳，脸上呈现出严肃，眼里充满了兴奋。有的人冲指导员点头，表示赞同他用明话，有的人冲李明强挤眼，表示对他的祝贺。

“洞拐，洞拐，请那个李副连长讲话。”耳机里传来了一号首长的声音。

李明强接过了耳机，对着话筒说：“洞腰，我是李明强！”

“李明强同志，我代表全体官兵和后方人民祝贺你！”

“谢谢您！谢谢大家！谢谢后方人民！”李明强激动地对着话筒立正喊道。

“让报务员工作吧！”一号说。

“是！”李明强挺了挺腰杆，他知道一号就是军长。

一大溜密码过后，报务员说：“军长指示，李明强副连长留下，任务由肖明负责完成。”

“不，告诉一号，李明强不愿留下！”李明强对报务员喊道。他知道，这是首长在关怀他。

又一阵密码过后，报务员译道：“执行命令！”

“不，告诉一号，‘将在外，君命有所不受’！”李明强的态度很坚决。他深知这次任务的重大，五个人中只有他是干部，任务是他受领的，他怎么能放手不管，让一个兵去承担呢！

“将在外，君命有所不受。”一个人置生死于不顾，还有什么事情不敢做呢！

“伙计，不想活了！”那个身穿干部服以烟喻人的老兵握住了李明强的手，低沉地说。

“我昨天就活够了！”李明强从四十五度的方向瞥了他一眼，嘴角便泛起了那缕带有讽刺意味的笑纹。与其同时，他的手也运上了劲，他想竭尽全力挤去那老兵的消沉，拉回他的锐气。可是，对方也在运气，李明强那力过千钧的大手仿佛握着一块钢板，他不由得吸了一口冷气——这人竟有如此深的功力。

“伙计，让我替你去吧，我是个老侦察！”老兵的眼里流出了乞求的光。

“不！”李明强那虎目也迷茫了。

“一号同意。让你保重，出发推迟三十分钟。”报务员对李明强说。

李明强笑了，像一个憨厚的农民，听到别人夸他种出的好庄稼那样憨厚地笑了。

“李副连长，看，等你结婚呢！”一个战士拿着那张通知单凑过来。

李明强惊呆了。只见通知单的背面歪歪扭扭地写着：

“强：

我等你结婚。

你的平”

这不是她的字，是谁在玩笑的吧？不对，通知单是从北大寄来的，只有卫和平能寄它，她能不给我写一个字吗？

他仔细辨认着这几个字。

是她写的，瞧这“强”字，“我”字，“平”字，都是她的独特写法。是她的字，是她的字！但是——为什么这么歪斜，为什么请人写信皮呢？

——啊，她病了。什么病？怎么病的？是不是因为我……他的心在翻江倒海。

她病得连信都不能写了。

李明强突然想起了卫和平还寄来两根秀发，两根七八寸长的秀发。

头发呢？头发呢？李明强手里的头发不知丢到哪里去了，他打着手电满地找呀找呀……

“副连长，找什么？”

“头发，两根儿七八寸长的头发。”

“是女朋友寄来的吧？”张健问。

“嗯。”李明强点了点头。

“寄头发干啥？”

“傻冒儿，古诗曰：‘一缕青丝寄深情’嘛！”肖明说。

“这有文化跟没文化就是不一样啊！”那个以烟喻人的老兵说。

“你那老婆呀，一封信，写的字没画的图多。”

“你懂个屁，那叫‘图文并茂’。”

人们在嬉笑，在细找。找呀，找呀，整个猫耳洞里都找遍了，还是没有踪迹。想想看，那么两根细细的头发在这么大的洞里，在这么多人中间找，岂不是大海捞针吗！

“这么多人找，是不是粘鞋上了？”不知是谁提醒的，人们都脱下鞋子找，还是没有。急得李明强直抓耳朵。忽然，他觉得衣袖里痒痒的。用手电一照，正是那两根头发。原来，他拿着报话机话筒讲话时，头发滑入了袖口。

“找到了！找到了。”李明强高兴地叫了起来。

人们都围了上来，好像是看看卫和平的长相一般。

“李副连长，你朋友长的啥样？”

“留得什么发型？”

“是‘幸子头’吧？”

日本电影《血疑》热播后，年轻女人都留和影片中女主人翁幸子一样的发型，人们称之为“幸子头”。

这是两根不粗不细不软不硬不黑不黄又不白的头发，这是卫和平那美丽的燕尾式发型上的秀发。是卫和平的情，是卫和平的意，是卫和平的心。

李明强久久地凝视着这两根秀发：和平，等我凯旋吧！

他将一根美丽的头发送到油灯上。倏地，那丝儿卷成了一团儿，放出一股芳香。

李明强把它放到鼻前嗅了嗅，填入口中，吞进肚里。他吞进了卫和平的情，吞进了卫和平的意，吞进了卫和平那爱情的火球。他周身的血液都沸腾了，血管在扩大，骨骼在扩大，整个身体都在扩大。李明强将成为一个巨人，一个任何敌人都打不倒的巨人。李明强再不是一个人了，有卫和平，有刘爷爷，有爸爸、妈妈、哥哥，有李永志，有这阵地上亲如兄弟的战友，有后方亿万人民在他的心中，他们将伴随着他所向披靡，战无不胜。

李明强捏着卫和平那第二根头发又伸向油灯。

“慢！”三连指导员叫住了他，上前抓住李明强伸向油灯的手说，“请把它留给我们二连吧，作个纪念。”

李明强凝视了好半天，默默地将卫和平的那根秀发放到了三连指导员手中。指导员传给了老兵，老兵传给了……头发在“李永志高地”的勇士们手中传了一遍，又回到了指导员手里。

“这就是我们的坚强支柱啊！”指导员捏着那根细细的头发动情地说。

“老李，该出发了，你快给女朋友写个回信儿吧。”张健又拿来了饼干纸和手电。在军队里，特别是在战场上，同志间的情爱往往胜过骨肉兄弟，为别人想的往往比为自己想的还要周到。

李明强激动地接过纸，掏出笔潦潦草草地写上：

平：

我已为人们留下了一支《和平歌》，现在，我要用鲜血和生命去谱写《战争曲》！

放心，我一定活着回去，而且建立功勋！

努力学习，好好生活。

吻。

李明强

“吻”，这是李明强第一次当着众人用这个字，这是李明强第一次带着最繁杂又最单纯的思想用这个字，这也是李明强第一次最深情最深情地吻这个字。

李明强把纸从唇边拿开递给了张健。又掏出了卫和平寄来的信封与通知单连同钢笔一起交给了他：

“老张，留个纪念吧！”

“这——”张健的心一下子跳到了嗓子眼，他清楚，很清楚，“这——”的含义，“这——”的分量。

“出发！”李明强借着昏暗的灯光，瞥了一下那十元钱的电子表，果断地把手挥了一下。

夜色庄重而威严。天上没有星月，大地一片黑暗。黑暗压着人们的头顶，黑暗压着人们的心。夜好凉好凉，露水下在人们的头上、衣服上、手上和腿上，冰冷而潮湿。

红七军军长带领随从站在一号高地，用红外线望远镜观察着三连阵地。那光秃秃的阵地上，立着稀疏的光秃秃的树，很像我们不屈的战士。那阵地上的土是稀松的，一脚下去就没了脚面或腿肚，抓起一把能找出十几个弹片。到处渗透着火药味。突然，从战壕里跃出一个人影，连滚带爬，瞬间就消失在阵地左翼。接着一个、两个、三个、四个，五个人都出来了。敌人阵地上没有反应，出发成功了。

军长的望远镜紧追着第五个人。五个人会合了，他们停下来。大个子把另四个人都摸了一把，那一定是李明强在给他的战士交代什么。五个人分散了，距离大约五六步，最前边的是大个子。

消失了，五个人都消失了，消失在茫茫的黑夜里。

军长放下了望远镜。远处的树木和突出的崖石，在那里一动不动地站着，像怪物，像敌人摆开的阵势。山沟黑洞洞的，好似一只巨虎张开的大口，使这位久经疆场的老军长心里多少也有点儿凛凛然了。

“啪，啪，啪啪！”随着枪声，所有的人都不由得一颤，心都悬了起来。军长急忙举起望远镜，可是，什么动静也看不见。

“是四声吗？”老军长急切地问

“是的。”

老军长长长地出了一口气。

四声，我们去的是五个人。这是敌人壮胆的冷枪，他们没有发现李明强等人。

李明强去了，到虎口拔牙去了。我们的作家去了，谱写战争去了。

李明强同志，战斗去吧！年轻的作家，体验生活去吧！来日回师北京，愿你用自己的亲身经历写出一部比托尔斯泰更著名的《战争与和平》。

# 第三十七章

那赤身裸体的年轻女子，见四个男人都背过了身，伸手抓过一支冲锋枪。李明强突然发现墙上的黑影一动，大喊一声“散开！”一把推开身边的刘海龙，飞腿向那女子踢去。与此同时，那女人的枪也响了，李明强推向刘海龙的左手被子弹射穿，踢向那女子的双腿也中弹了，就在李明强双腿中弹的刹那间，他的脚已踢上那女子的腹部，将那女子踢撞在墙上。紧接着，李明强一个鲤鱼打挺，翻身跃起，用右手一掌打在那女子的左乳上。那女子惨叫一声倒在土铺上，抱着乳房哭叫着打滚。

李明强带着他的四个战士，在伸手不见五指的山林中，在长满了飞机草、灌木丛、长藤和荆棘的山道上摸索着前进。

李明强走在前面，肖明断后，中间是张金河、刘海龙和李兵，每个人相距五米左右。他们早就研究好了碰到雷区、被敌人发现、走错道路等情况下的处置措施。

李明强他们走着走着，面前被一道看不到顶的悬崖陡壁挡住了去路。他们判定，这就是地图上显示的那个天然屏障，边境居民所说的无人攀越的“鬼见愁”。有这么一个天然屏障，山上和山后一定有敌人的重要目标，而且，敌人在这个方向的设防不会很严。按第一方案，他们要从这里爬上悬崖。

“可以吗？”李明强问他的兵。

“可以。”

“什么‘鬼见愁’？我们在北京都把‘鬼见愁’踏平了！”

“我先上。”

“慢，按计划办！”李明强说完，扶着石壁往地上一蹲，肖明一跃踩上了他的肩膀。肖明蹲在李明强的肩膀上，一摆手，张金河攀着石壁，脚尖点着李明强的左肩膀，一跃踩上了肖明的肩头，刘海龙、李兵也用同样的方式蹿了上去。他们搭起了人梯，上边的人攀着石壁，李明强运气用力，慢慢地站了起来。他们平移着找到一棵小树，最上边的李兵将攀缘绳抛上去，固定好，轻轻一拉，飞身站到小树下，然后晃了下绳子，张金河攀绳而上。

李明强站在小树旁，看到四个战士一字排开，紧贴在石壁上，心中一阵激动。原来，悬崖下立刮陡崖，连下脚的位置都找不到，这上面被雨水冲出的道道痕迹，对李明强这五个侦察兵来说，向上攀登简直就是天造的云梯。

“注意，散开，跟着我上。”李明强对身边的肖明说完，用手抠着石缝，拉着石壁上长出的小树青藤，一步一步地向上攀登。

“再散开一点。”肖明传着李明强的命令，看着大伙儿拉开了距离，李明强也爬上去约五六米了，肖明又一摆手说：“上。”

四个战士，一字排开，像四支黑箭，身轻如猿，与李明强保持着距离向崖顶攀登。

午夜时分，李明强攀到了崖顶。他向下摆了摆手，四条黑影紧贴在石壁上不动了。

李明强慢慢地将头伸上去，观察了一会儿，冲下边摆四下手，四条黑影，梯次爬上，伏在崖边。李明强冲身边的肖明挥挥拳头，肖明就学着李明强的样子向旁边传。四个战士都将冲锋枪摘下，架在了崖上。

李明强看到他的战士做好了战斗准备，双手一按崖石，向上一纵，跃上山顶，就地一滚，靠在了一块大石头后边。

好悬啊！李明强嘴角露出了那带有讽刺意味的微笑。原来，敌人的哨兵正靠在大石头的另一面呼呼睡觉呢。

李明强静静地看了下四周，断定就这么一个哨兵。他侧过身，从腿上抽出匕首，慢慢地直起腰，“唰”地一下，寒光一闪，那匕首就扎进了敌哨兵的胸膛。与此同时，另一大手像铁板似的罩住了那哨兵的嘴，“咯吱”一声将匕首拧了一圈儿，那哨兵连哼都没哼一声，就永远地睡过去了。

李明强冲悬崖摆一下手，肖明就“噌”地一下跃上悬崖，滚到他的身边，眨眼工夫就架好了冲锋枪。

李明强又向前摸去，摸一段向后摆一下手，肖明就向后摆下手跟上来。四个战士，依次上崖，顺着李明强走过的路向前摸。

山顶上修筑三道防御工事，可惜除了那位哨兵外，一个人也没有。在第三道工事里，五个人会合了。李明强对大伙儿说：“大家注意，这里至少屯着敌人一个排，他们可能躲在坑道内，一定小心，不要惊动他们。注意观察。”

五个人在敌人修筑的工事里，居高临下，将敌人的营房位置，炮兵阵地、地面工事都标记得一清二楚。李明强他们相互对照一下，对不同点又进行了详细观察，统一了认识。李明强对大家说：“这都是表面工事和阵地，我们得钓个鱼，问清情况。”

五个人跃出工事，向山下，向敌纵深摸去。首先遇到一炮兵阵地，阵地上有四门大炮，一个哨兵靠着大炮在睡觉。李明强在肖明的背后捅一下，说了声："要活的。"两个人就凑了上去，同时出击，卡脖捂嘴，点穴抱抬，配合默契，三下五去二，就把敌哨兵给弄了过来。他们挟着敌哨兵走进一个堑壕，拿出地图，会越语的张金河用越语问话，这哨兵只点出他们住的坑道和炮阵地下有个地下弹药库，其他情况，一问三不知。

"抓个小虾米。"肖明懊丧地说。

"问他指挥所在什么地方，知不知路。"李明强对张金河说。

张金河叽里哇啦小声问了敌哨兵，敌哨兵直摇头，张金河照着他的肚子就是一拳，接着又呜啦一通，对李明强说："知道。"

"摸了它。"李明强说着，拍一下肖明，"去把坑道修理一下。"

肖明点下头，回身要叫李兵同去。这一回头不要紧，吓出一身冷汗。惊异地问："李兵呢？"

大家这才发觉少了一个人，而且是年龄最小的李兵。李明强一惊，命令道："注意隐蔽，准备战斗。"

"连长，不要惊慌，休要害怕，我来了。"李兵嬉皮笑脸地从工事另一端跑过来。

"干什么去了？"李明强阴着脸说。

"在他们坑道口点了些眼药，顺手牵羊把那几门大炮全弄哑了！"李兵嘻嘻地笑着说。

"臭小子。"李明强用食指照着李兵的脑门点了一下，说："以后不能单独行事，别因小失大。"

李兵吐了下舌头，笑了，他知道李明强在表扬他。

"个人英雄主义！"肖明在李兵的屁股上轻轻拍一下，嘀咕一声。李兵又吐了下舌头。

张金河看李兵的手雷手榴弹全用完了，就分出几个，捅了捅李兵说："帮我背一点儿。"

李兵笑笑，接住，一边往腰里放一边说："哥们儿，够意思。"

李明强看在眼里，喜在心上。他从四十五度的方向瞥了那敌哨兵一眼，嘴角露出了那具有讽刺意味的怪笑。冲张金河一摆手，说："让他带路！"

张金河就押着敌哨兵向前走去。

敌哨兵把李明强五人带到一个黑洞洞的洞口前，用手向洞里一指。

这就是指挥所？怎么没有哨兵？李明强正想让张金河问话，就听见洞里边有叽里哇啦的说话声，便回手给那敌哨兵脖子上一掌，那哨兵身子一软瘫到地上。肖明上去，用匕首结束了他的生命。

张金河对大家说："隐蔽，换岗的出来了！"

原来，那叽里哇啦的说话声，是前班岗在骂接班的接晚了。李明强心想，多亏那哨兵回去叫岗，不然，可能就麻烦了。

那接岗的哨兵打着哈欠摇晃着走出洞口，还没站稳，就成了李明强的俘虏。经过审问，这洞里是敌混合旅的一个营指挥所，洞里现有 21 人，除刚进去的哨兵外，都在睡觉哩。值得李明强兴奋的是，这个营的营长，刚提升为旅参谋长才两个多月，老婆在这里，他今晚回来了，就在这洞的最里边住。

李明强问清了洞里人住的位置、敌混合旅参谋长的模样后，点了下头，肖明就将匕首扎进了敌人的胸膛。

李明强告诉大家，现在的位置，就是地图上的那个夹皮沟。李兵在洞外警戒；肖明把住第一、二个门洞，对付里边的十几个敌兵；小张、小刘，守住中间那三个门洞，三人互相接应；李明强自己直取最后一个洞里的敌参谋长和他的老婆。尽量不惊动敌人，争取虎口拔牙，把敌参谋长弄走。如果顺利，原路返回，顺便把山上那个排吃了。如出意外，尽量不弄出枪声；若敌人先开了枪，就向洞里扔手榴弹，封住洞口，出一个打一个。完成任务后，乘辆车从沟里的公路冲出去，顶多冲敌人两个哨卡，就进入我防区了。

“乘什么车？”肖明指着空地上停的那几辆汽车问。

“别着急，看一下再说。”李明强冲他的兵挤了下眼，说：“给那家伙点时间，让他睡踏实点。”

兵们掩口而笑。李明强让李兵守着洞口，一摆手，四人向汽车走过去。不看便罢，一看，个个气得咬牙切齿。这卡车、吉普车、指挥车，三辆车全是我国支援他们吴国的。

“王八蛋，都给他开回去。”李明强从牙缝里骂着走回来，对大家说：“如有可能，我开那辆 212A，就是那个大屁股，和李兵押着敌参谋长打头，肖明开那辆卡车断后，小张和小刘开那辆 212 指挥车在中间。不，小刘开车，金河跟肖明在后面做掩护。万一我们有伤亡，就开那两辆小车，实在不行，就开一辆大屁股，只要还剩一个人，也要把俘虏和地图送回去。最起码也要把地图送回去。明白吗？”

“明白！”四个战士压低嗓子喊。

“走！”

李明强一挥手，四个勇士就向那黑黝黝的洞口扑去。

李明强四人蹑手蹑脚地走进洞内。洞的主体宽约 1.5 米，高约 2 米，洞顶稀疏地挂着几盏灯泡，若明若暗，为行人照路。洞内的设置与那敌哨兵说的一点儿不差，只是各个门洞都没有装门，只挂着一块绿帆布。中间一个门洞没有挂门帘，里边还亮着灯，那就是敌哨兵说的值班室。李明强靠上去，看到值班的三个敌人都伏在桌子上睡觉，就冲后边摆摆手，又向前摸去。肖明三人按照分工，各自守在自己的位置。李明强蹑手蹑脚地走到最后一个门洞，用手轻轻地掀起门帘，见没有动静，就一闪身溜了进去。

李明强站在洞门口静听一下，是有两个人均匀的呼吸声，一粗一细，说明两个人睡得正甜，也说明是一男一女。李明强在门内摸了几下，摸到了一根绳子，他断定是电灯开关，警报开关是不会安放在这里，也不会用绳子。

李明强拔出无声手枪，拉着那灯绳向那呼吸声传来的方向移了几步，突然拉开电灯，一步蹿到床前，那女人正枕着男人的肩窝酣睡，听到动静，眯缝着眼刚抬起头，李明强的枪口就顶上了她的脑壳，“扑”的一声，那披散着长发的脑袋就喷出一柱黑血，歪到了一边。说时迟那时快，李明强“啪啪”几下打中那男的几个部位，只见那男的光挣扎就是不说话，李明强三下两下就给他捆了个结实，然后扒开他的长头发一看，没错，正如那哨兵说的，后脑勺处一道两寸长的伤疤。李明强的嘴角又泛起了那带有讽刺意味的微笑——想什么有什么，正好抓个参谋长。

李明强挟着敌参谋长走出门洞，向洞中的战士举举拳头，示意战士们警戒撤退。谁知那狡猾的敌参谋长，在李明强挟着他走到那有敌值班人员的洞口时，他抬起脚，“咣当”一声踢响了门口的破铁桶。一个敌值班员，抬起头冲外边叽里哇啦地嚷了一声，刘海龙不懂得越语，认为敌人发现了，一步跃入洞内，那值班员还没弄清是怎么回事儿，一拳正中鼻梁，被打个四脚朝天，弄散了椅子，震得桌上的东西“咣里咣当”地响个不停。刘海龙跳过桌子，一脚踏在那家伙的胸口，那家伙“哦”了一声，就定格在地上。同洞内那两个值班的敌人被这打斗声惊醒，正要起身反抗，李明强的无声手枪连击两发，一个家伙就倒在地上不动了。这时，刘海龙见另一个敌人伸手去拿墙边的枪，飞身跃起，双腿腾空夹住那敌人的脖子就将他拖倒在地。谁知那家伙在慌乱中，伸出的拳头正中刘海龙裆中命根儿，痛得刘海龙两眼直冒金星。那家伙一跃而起，要卡刘海龙的脖子，李明强抬手一枪结果了他的性命。就在这时，那个最初被刘海龙打倒在地上的家伙，叽里哇啦地叫喊起来，其他门洞里也“唰唰唰”地开亮了电灯。张金河冲洞内用越语高喊：“举起手来！我们是中国人民解放军！”一边说一边“唰”地一下扯掉了面前门洞的门帘，见里边只有一个人，站在床前举着手，不管三七二十一，将早已握在左手的匕首一抛，那人便“啊”地大叫一声，倒地不动了。张金河转身扑向第三个门洞高喊：“举起手来！”横枪把住了门口。

与此同时，肖明也用越语一边高喊着：“举起手来！”一边“唰唰唰”地扯去了第一、二门洞的门帘。

李明强见状，扔下敌参谋长，几步跨上去支援肖明。

这时，刘海龙也结果了那个喊叫的敌人，跳进主洞，与其他三位战友一齐用越语喊：“举起手来！”

四位勇士的怒吼，震得洞内“嗡嗡”作响，敌人不知来了多少解放军，乖乖地举起了手。

张金河机灵，见刘海龙跑过来，就用嘴向第四个洞口一努，刘海龙就心领神会地端着冲锋枪跑到第四个门洞口。果然，那个中了匕首装死的敌军官正要去取墙上挂着的枪，一个光着膀子只穿一条短裤的家伙已将枪拿到手中，刘海龙大喝一声：“不许动！”一枪托砸在那个拿枪的敌军官胳膊上，疼得敌人甩掉枪，“哇哇哇”地抱着胳膊蹦着叫。那个身中匕首的家伙，又挨刘海龙一脚，乖乖地做了俘虏。

刘海龙实在，用枪把这两个敌军官押了出来。张金河见状，冲他们一摆枪口，用越语喊："到这里集中！"同时用越语冲洞高喊："不许动，谁动就打死谁！"那两个敌军官就乖乖地举着手拐进了张金河把守的第三个洞内。这个洞内七八个敌兵睡一个通铺，都光着膀子跪在床铺上。突然，那个被匕首扎了一下的敌军官进洞就地一滚就去抢枪，嘴里叽里哇啦一阵大叫，洞内的敌兵大乱起来，也跳起抢枪。张金河眼疾手快，扣动扳机，冲锋枪怒吼了，敌人倒下一片。刘海龙记着李明强的话，枪一响就向洞里扔了一颗手榴弹，还要扔，被张金河拉住。肖明听到枪响，也对另一个屋内进行了一阵猛扫，打得敌人哭爹叫娘。李明强见两个屋内枪声大作也用冲锋枪一阵猛扫。就这样，三个大洞里的敌人一个不剩全倒下了，只留下敌参谋长被捆绑着扔在洞内的过道上。

为消除隐患，李明强命令战士打扫战场。凡能哼哼的，都补了一枪。

"别开枪，我是中国人！"在一个敌兵身子下边，传出一个女人的声音。随着声音，站起来一个赤裸裸的年轻女子，披散着长发，流着眼泪，用汉语说："我是中国人，他们把我抢来——"那女人说不下去了，"呜呜呜"地哭了起来。

中国军人看到自己的姐妹与七八个吴国士兵同宿，心都要碎了，不由得背过脸去。李明强说："你快穿上衣服，我们带你回去。"

那赤身裸体的年轻女子，见四个男人都背过了身，伸手抓过一支冲锋枪。李明强突然发现墙壁上的黑影一动，大喊一声"散开！"一把推开身边的刘海龙，飞腿向那女子踢去。与此同时，那女人的枪也响了，李明强推向刘海龙的左手被子弹射穿，踢向那女子的双腿也同时中弹了。就在李明强双腿中弹的刹那间，他的脚已踢到那女子的腹部，将那女子踢撞在墙上。紧接着，李明强一个鲤鱼打挺，翻身跃起，用右手一掌打在那女子的左乳上。那女子惨叫一声倒在土铺上，抱着乳房哭叫着打滚。李明强上前两下点中了她的穴位，那女子就只能哭喊，动弹不得了。

"肖明，你们怎么样？"李明强扑到战友面前。

"没事？副连长，快撤。敌人听到枪声，可能会派人增援。"肖明装作轻松的样子对李明强说。

李明强看到肖明和张金河都身中数弹，胸前血流如柱，知道伤得不轻，他狠狠地照自己的脑袋上砸了一拳，一边吩咐刘海龙扶肖明两人往外撤，一边摘下一颗手榴弹，跨到那吴军妓女身边，拉开导火索，将手榴弹丢向她那罪恶的阴部。敌军妓被李明强点了穴道，急得"欧欧"大叫，就是动弹不得。李明强看都不看一眼，拖着伤腿挟着敌参谋长，紧跟着肖明他们向洞外走去，身后响起了手榴弹的爆炸声。

李明强把敌参谋长扔到大屁股 212A 吉普车上，李兵和刘海龙也将肖明和张金河扶上了车。

李明强跳上驾驶室对李兵和刘海龙说："刘海龙开那辆吉普，李兵掩护。"

肖明挣扎着跳下车说："李兵，押着这狗日的，照顾好小张，我和刘海龙断后。"

"好，快走！"李明强本来就是安排肖明断后，只是看他负伤了。说实在话，让小刘小李断后，李明强是有点不放心，但事已至此，也该让新战士锻炼一下。现在，情况紧急，肖明又坚持断后，他还能说什么。

李明强熟练地扯下点火电线，对着一碰，车就着了，他冲肖明喊了一声："肖明，跟上。"一脚油门，车就飞了出去。

刘海龙发动着汽车，又跳下来，跑向卡车，拉着一颗手榴弹塞到油箱上，飞跑回来，跳上车挂档就跑。与此同时，车后一声巨响，燃起熊熊大火。

李明强见后车跟了上来，就知道是他的兵把卡车炸了，嘴角便泛起了那种带有讽刺意味的微笑。

两辆吉普车一前一后向我阵地方向开去。车上，李兵帮张金河包扎了伤口。李明强一边开车，一边将淌着血的左手，举向头后。

"副连长，你也受伤了？"李兵和张金河异口同声地问。

"被子弹穿个洞，没关系。"

李兵又帮李明强包扎了左手。与此同时，另一辆车上，肖明也为自己做了简单的包扎。

"班长，咱表现咋样！"刘海龙从反光镜里看着后边烧红的山谷自豪地问肖明。

"孺子可教也！"肖明忍着疼痛鼓励着新战友，"回去，我给你请功！"

"我们露这么大的脸，肯定都立功。"刘海龙得意地说。

"好好开车，可能要冲卡了。"肖明提醒刘海龙。

前面车上，李兵为两位战友包扎完伤口，觉得没趣，像是自言自语，又像是问李明强和张金河说："不知道山上那帮王八蛋，吃我给他们包的饺子了没有？"

"迟早都得吃。你那么富，把所有大块肉都放进去了，不撑死他们才怪呢？"张金河想到李兵把所有手雷手榴弹都用上了，忍着痛笑着说。

"我还给他们放了点儿佐料。"李兵喃喃地说。

"什么佐料？"张金河好奇地问。

"我把马桶放到他们的坑道口了。手榴弹一炸，一桶屎尿流进去，你想那阵势。"

"哈……"张金河笑了起来。

李明强也笑了，说："臭小子，亏你想得出。"

李兵也笑了。他听到李明强的表扬，不好意思地说："您不是经常给我们讲，越是紧急，越要冷静嘛！"

李明强他们开着两辆吉普绕过山脚，突然，被吴军路卡拦住了去路。敌人的两个哨兵，叽里哇啦地喊叫着，打着手势让停车。

张金河一边用越语与敌人对话，一边对李兵说："你左我右，打死他们！"

李明强没有说话。他这帮弟兄和他历来配合默契，有时该怎么做根本就不用他说，他的嘴角又泛起了那带有讽刺意味的微笑，稳着油门慢慢降低了车速，突然开启了车大灯，照得敌哨兵直遮眼睛。

"注意，稳住油门，要冲卡了！"肖明一边对刘海龙说，一边打开车窗，将冲锋枪伸了出去。

“砰，砰。”随着两声枪响，哨卡上的两名吴军应声倒地，李明强开车撞断栏杆冲了过去，随即关了车灯。

“嗒嗒嗒嗒”肖明的枪也响了，对着从右边冲过来的几个吴军猛扫，一个吴军一头栽倒在地。敌人的子弹也打在车上“当当当”乱响。刘海龙见敌人向车射击，一踩油门冲过了哨卡。

刘海龙这一猛冲，使肖明因惯性猛地向后一闪，胸部的伤口撕裂似的疼痛，他“哎呀”一声，一松手，冲锋枪掉在车下。

“班长，怎么了？”刘海龙急问。

“怎么个屁！叫你稳住油门，你倒晃得可以，枪没了！”肖明埋怨道。

“嗨，小意思，你看后座。咱顺手牵羊！”刘海龙一边加速紧追李明强，一边对肖明说。

肖明一看，可不，后车座上放着五六支冲锋枪呢。肖明一阵高兴，心想：这小子真成熟了。嘴里却说：“别跟那么近，万一遇到地雷、炮轰怎么办？”

刘海龙放慢了车速与李明强拉开了距离。就在这时，车后山谷中突然亮起了几束强光。

“小刘，敌人追来了！沉住气，开好车！”肖明对刘海龙说，“你稳着油门，我到后边去。”肖明说着咬着牙向车后座爬去。

肖明爬到后车座上，把几支枪都装好子弹，又用枪托砸烂了后窗玻璃，对刘海龙说：“闪一下远光！”

他们一直是关着灯行进，为的是怕开着灯光被敌人发现目标射击。

刘海龙闪了一下远光灯。

李明强见刘海龙闪了一下远光灯，就开启大灯加速向前冲去。他知道敌人的追兵到了，肖明想截堵敌人。

“你不要开灯，跟着副连长，加速，大胆点儿开！”肖明对刘海龙说。

果然追击的敌人认为我侦察兵就一辆汽车，加速追了上来。

一辆、两辆、三辆，追赶的敌车一共三辆。肖明一边观察，一边选择堵截的位置。这是一条在我国充其量能称得上三级的公路，顺山势而建，两辆汽车可以相向错过。肖明盯着李明强的车行情况，想选择一处最理想的地方堵截敌人。

“车一转过前边的弯儿就停下！”肖明对刘海龙说，“挂好挡，踩下离合，随时准备启动！”

刘海龙驾车转过弯道，稳稳地将车停在路中央。

“你看好儿吧！”肖明见到敌人的车灯在弯路那边一闪，就将拉开导火索的一捆手榴弹从砸烂的后窗塞了出去，对刘海龙说，“前进十米！”

肖明的话刚说完，敌人的车灯就照了过来。敌人突然发现前方路中停着一辆吉普车，一惊，又看到一捆手榴弹正在车后十米左右的地方冒烟儿呢，吓得敌司机一脚紧急刹车把车停住，在车顶上架着机枪准备射击的敌人，便被甩下了车，“啊”“啊”地喊叫起来。中间那辆敌车来不及停，撞在了前车的屁股上。

“轰”的一声巨响，肖明扔下的那捆手榴弹爆炸了。可惜没有炸着敌军的车辆，但是争取了时间，肖明大喊一声：“开灯加速！”

刘海龙的车就像离弦的箭，飞速向前驶去。

“班长，太玄了，他们要是撞上我们，不就完了！”刘海龙一边开车一边说。

“敌人也是人啊！”肖明拖着长腔笑着说，“你当他是傻子，不会刹车，看着让手榴弹炸呢。就是他侥幸冲过来了，让你别摘挡踩着离合干什么的？”

“争的就是千分之一秒。”刘海龙学了一句肖明教他们训练时常说的话。

“没错。以后啊，跟老干部多学着点儿。”

前方的地域开阔了，但是道路越来越不好走，那是敌我双方炮击的结果。李明强和刘海龙的车速都不得不慢了下来。因为敌人知道我侦察兵俘虏了他们的参谋长，所以就派人来追，没有下令炮击。

敌人追赶的车辆越来越近，双方展开了对射。肖明一边射击一边向道路上扔手榴弹，只可惜车辆离得远，敌车还没有到，手榴弹就爆炸了，除了在地上炸个坑外，没有多少实效。

“屋漏偏遇连阴雨。”就在这危急时刻，刘海龙突然感到吉普车没力了，他说：“班长，车没油了！”

“还能跑多远？”

“这路，顶多一里地？”刘海龙说，“要不，我把车横过来，咱们跟敌人拼了，掩护副连长他们走！”

“还不到那个份儿上！连续变光！”肖明一边说一边将所有枪的弹夹都取下来扎在了身上，又把刘海龙身上的四颗手榴弹摘下来捆在一起，然后他掏出自己标绘的那张被鲜血染红的地图，摘下手表，一并放到解放帽中，放到前车座上，对刘海龙说：“看到副连长的车停下，你就打方向把车横在路上，把这些东西交给副连长。”

“班长——”

“执行命令！”肖明大吼一声，打开车门，跳了下去。

李明强看到刘海龙不断地变光，知道后面的车出了故障不能跑了，便放慢了车速，停下来接应刘海龙和肖明。刘海龙见李明强真的停下了车，就把车横在路中间，抓起肖明的军帽和自己的冲锋枪向前车跑去。

“肖明呢？”李明强大声地对刘海龙喊，他的声音未落，一声巨响，敌人的头辆车就瘫痪在路中央，燃起了大火。

李明强一下子明白了一切。摘下军帽，沉默片刻，突然转过身狠狠地在敌参谋长的头上抽了两下，然后咬咬牙，启动车辆向前猛冲。他的三个战士都摘下了军帽，默默地注视着后面那熊熊大火。他们仿佛看到了肖明在烈火中站了起来，向他们招手。

车跑出约一公里，身后突然手榴弹轰鸣，枪声大作，李明强一个急刹车，张金河叫：“班长活着！”

“班长活着！”

刘海龙和李兵也异口同声地叫道。

刘海龙跳下汽车，提着冲锋枪就向后跑，一边跑一边喊：“副连长，快走，我一定把肖班长接回来！”

“等等我！”李兵也提着冲锋枪跳下了车，向后跑！

“给我回来！”李明强大喝一声，那声音在空旷的夜空中回响着。

张金河和李兵这才发现，枪声停止了。但是，刘海龙早已跑得无影无踪。

李明强闭着呼吸，静听一会儿，什么也没有听见，就见敌人的炮火铺天盖地向他们这边倾泻下来。李明强急忙启动汽车，向前猛冲。

“副连长，小刘。”张金河喊。

“小刘没事儿，会回来的！”李明强低沉地说，那喉咙里像卡着什么东西。

张金河和李兵都不作声了，从敌人的炮火中，他们已经确信肖明牺牲了。

汽车在和炮弹赛跑。突然，密密麻麻的炮弹散落在汽车周围，李明强一个紧急制动，将车停下不走了。

李明强四人，谁也不出声，看着敌人的炮弹，地毯式地拦截，地毯式地延伸。李明强起步挂挡，关闭车灯，追着敌人炮弹爆出的亮光，随着敌人炮弹爆炸的响声，不紧不慢地在那些坑坑洼洼的炸点后行驶。

敌人终于停止了炮击，不知是他们的炮弹打到了他们所能延伸的极限，还是认为他们的地毯式轰炸已经将他们的参谋长连同中国的侦察兵化为了乌有。

李明强驾驶着吉普车，匀速行驶在坑坑洼洼的道路上，行驶在黎明前的黑暗之中。虽然敌人停止了炮击，但是三个人都没有放松警惕，时刻防御着敌人的特工偷袭。李兵坐在李明强的身旁，手握冲锋枪不住地四下观望着警戒，他的主要防御方向是前方和车的右侧。张金河在车箱内押着敌混合旅参谋长，主要防御车的左侧和后方。

蹦蹦跳跳的吉普车突然平稳起来。道路平坦了，说明已进入我军防区了。李兵高兴地叫道：“万岁！我又活着回来了！”

李兵的声音在车内没有引起一点反响，飞出去撕扯着夜幕。李明强阴沉着脸，像个机械人似的，也不加速，吉普车慢慢地向前滑行。汽车每向前方跑出一米，李明强对肖明和刘海龙的思念就加强一分，对自己的自责就加重一倍。

张金河是个老兵，此时，他的心情也非常沉重。是啊，我们活着回来了，肖明呢？肖明的不同影像，在他的眼前不停地闪现。刘海龙，自己同年的战友，现在也去向不明。

幼稚的李兵又兴奋地喊：“副连长，加速啊，我们到家了！”

李明强没有答话，车仍然是在坑洼地的挡位，仍然是那慢悠悠的匀速。

张金河用枪托轻轻地捅了李兵两下，李兵好像明白了，吐了下舌头，再也不作声了。

突然，前方迎头开来一辆卡车，车速很快。李明强一惊，低声命令："准备战斗！"

与此同时，对面卡车也放慢了速度，车上人喊："李明强，是你们吗？"

一听是连长丁辉的声音，李兵又高兴起来，打开车门，把身子探出去，大声喊道："连长，是我们！是我们回来了！"

李明强没有吭声，也没有减速。张金河也没有呼喊。

"报告一号，我们接到他们了！"连长丁辉对报话员说。当吉普车与卡车相错时，丁辉一跃扒上了吉普车。

"连长。"李兵激动地叫道。

丁辉没有应声，迅速地扫了一下车上的人，急切地问："肖明呢？刘海龙呢？"

没有一个人回答。车不紧不慢匀速地前进，发动机发出的轰鸣声，就好似一曲单调的哀乐。

丁辉意识到肖明和刘海龙出事了，便不再作声。他在心里想，是不是被俘了？如果是牺牲，就李明强那脾性，是说什么也要把尸体给抢回来的，况且还抓回来个活的。

前方亮灯处是我军的路卡，接应的卡车在李明强的车后打开了车灯，并连续变光五下，路卡的横杆就抬了起来。李明强没有开灯，吉普车仍以那不紧不慢的速度匀速驶过了哨卡，那哨兵手持冲锋枪立正向车行注目礼。

天已经蒙蒙亮了。

李明强的吉普车在前，卡车在后缓缓驶进前沿指挥部。指挥部早已接到了报告，军长和参谋人员都站在路旁等候着。

李明强好像没有看见有人在迎接似的。他没有减速，也没有停车，一把方向将车开往了战地医院。

丁辉见状，头上都急出了汗。但是，面对功臣也不好发作。他在心里骂道："好你个李明强，有点儿功，见了军长都不停车，你小子不想混了！"

李明强看到了医院，嘴角动了动，没有说话，远远地熄了火，车便慢慢地向前滑行，到了医院门口车没有停住，李明强打了把方向，车转了个大弯儿才停下来。

李兵跳下车，拖出敌参谋长，往地上一扔。

连长丁辉跳下车，将手举起扶张金河下车。

医院里值班的人员听到声响，也跑了出来，接住了张金河。这时，丁辉发现李明强没有下车，急忙跑到车头，只见李明强头搭在方向盘上不省人事了。

"李明强，李明强！"丁辉抱着李明强那宽厚的肩膀大声地叫着。

李明强一点儿动静都没有。

"副连长，副连长！"李兵见状扑向车头哭了起来。

张金河刚刚被医护人员扶进门，听到李兵那撕心裂肺的哭喊声，挣脱搀扶他的人，冲向吉普车，他刚跑出几步，便一头栽倒在地上。

这时，军长和参谋人员也气喘吁吁地跑了过来。大家好不容易才把李明强从驾驶室里掏出来，人们发现李明强的两条腿都僵硬了，裤腿已被鲜血湿透，还在不断地向下滴血，吉普车驾驶员的座位下积着满满一坑血。

这就是李明强一直不紧不慢匀速前进的原因！这就是李明强见了迎接他的同志，甚至见了老军长没有停车的原因！这就是李明强到了医院门口也停不住车的原因！他的两条腿都失去知觉了，他是在两条腿和一只手受伤的情况下，开车将他的战士和他的俘虏送回来的。

医护人员迅速将李明强抬走了。

老军长对着驾驶室默默地站了一会儿，缓缓地举起了右手，冲着那坑血行了个庄严的军礼，然后，将哭成泪人的李兵揽入怀中，落下两行老泪。

所有穿军装的人都对着吉普车，对着他们的军长和军长怀里的士兵举起了右手。

这庄严的军礼，让被捆绑着扔在地上的敌混合旅参谋长心颤。面对这些血肉之躯铸就的钢铁长城，他绝望地闭上了眼睛。

# 第三十八章

李明强吊着肿胀的胳膊，屈着双腿，含恨离开了青屏山，离开了青龙岗，告别了朝夕相伴的战友，告别了魂牵梦绕的肖明。他的双腿残疾了，医生说他的左手肯定要残废。他没有牺牲在战场上，留下这双重残疾的身躯，他将怎么去面对卫和平、怎么去面对杨玉萍呢？

肖明跳下汽车，爬到路边的山坡上，向刘海龙停车的方向跑去。他要在敌人停车时，打他个措手不及。

敌人的第一辆车追到了，见路中央横着停一辆吉普车，就急停下来。一个军官站起来叽里哇啦一阵乱叫，车上的敌兵刚要动，肖明那一捆四颗手榴弹就扔到了车上，“轰”的一声巨响，炸得敌人鬼哭狼嚎，车也着起火来。肖明因胸部受伤，用力过猛痛得倒在一堆灌木后。

这时，敌人的第二辆车也远远地停住了，见没有伏击，就开启大灯，冲上来和前一辆车上未被炸死的敌人一起扑火。他们认为，又是中国人在路中间丢了炸弹。

肖明闭着气看敌人忙活。后边再也没有车辆上来，肖明一阵高兴，看来，他在转弯处扔在路上的那捆手榴弹虽然没有炸着第一辆敌车，第二辆车一定是撞坏了。要不然，追上来的应该是三辆汽车。

敌人“哇哇哇”地叫了一阵，一齐用力将那辆着火的越野车掀下了山坡，还没全直起腰来，肖明的手榴弹就在他们中间爆炸了，接着又是一排冲锋枪子弹，推车的敌人全部覆没。就在这时，第二辆车上未下车的几个敌人向肖明射击了。双方展开了对射，肖明身中数弹倒在灌木丛中。

敌人也只剩下三个，见李明强的车已跑得无影无踪，就用无线电请求炮火封杀。

三个敌人报话完毕，就将昏死的肖明拖出灌木丛，丢在路中央。他们见肖明已经断气，“哇哇哇”地叫着用刺刀在肖明身上乱刺。就在这时，刘海龙赶到了。

刘海龙见三个敌人在车大灯前，对着肖明身上乱刺，气得眼珠子都要蹦出来，他吼叫着对着敌人一阵猛扫。

刘海龙把敌人全部打死了，还不解气，对着那三具死尸直打得身上一颗子弹都不剩。然后，把枪一扔，大喊一声“班长！”抱着肖明失声痛哭。

刘海龙的眼泪哭干了。将肖明抱起来向回走，走两步，停下。将肖明放在路边，回去爬上敌人的越野车，一打，着了，就滑过来，将肖明抱上车，平放在后车厢座位上。他怕行进中肖明被颠下座位，想找个东西挡住肖明，这才发现追击他们的越野车是北京213改造的，他感到非常委屈，心里堵得难受，竟一屁股坐在车厢里抱住肖明又号啕大哭起来。那种委屈，那种恨，那种说不出的东西，又化成了鼻涕和眼泪，直往外涌。

刘海龙哭了一会儿，猛地用衣袖擦了把眼泪和鼻涕，跳下车，跑到前面那辆没有油的北京212吉普车前，打开车门，腾地一下掀掉了前车座儿，拿到手中看了看，一甩手将它扔下山坡，哭着骂：“操你娘，支援，支援，支援你娘那B！”

刘海龙一边哭一边骂，一边把车内掀得乱七八糟，当掀下后车座时，他停了手，把那弹簧坐垫放在路上。然后，又将上身钻进车内，摘下挡，松了手刹，出来对着前车轮子狠狠地踹了一脚，哭着骂：“操你娘，我带不走，你也别想得到！”骂着，转过身对着后车轮子又是一脚。踢过，转到车后，掀着车屁股，一咬牙，将车推下了山坡。

汽车滚下了山坡，也带走些刘海龙的怨哀。他回头，将地上的车坐垫提到213车上，挡住肖明。又跳下车，把地上的枪支全捡到了车上。

刘海龙开着那辆北京213越野车，拉着他的战友、他的班长、他的老师、他的老干部，在漆黑的、坑坑洼洼的道路上摸索着前进，带着哭腔不住地喊着：班长，我带你回家。班长，咱们就要到家了……

李明强醒来的时候已经是第三天的下午了。在他的身体里，不知注入了多少同胞的鲜血，他是用祖国人民的鲜血救活的。医护人员说他的体质棒极了，毅力也非常惊人，要换了别人失去那么多血，早就见马克思了。

李明强的昏迷，使刘海龙和李兵茶饭不思，哭着闹着要求陪床。张金河醒来的第一句话就是喊“副连长”，他拔掉输液的针管，哭喊着找到李明强的病床，并坚持李明强不醒他不输液不吃药。

连长丁辉、指导员刘群山轮番来做思想工作，都不见成效。

丁辉急了，冲张金河喊：“赶快吃药，不然我处分你！”

张金河嘿嘿一笑，回敬连长一句：“老子死都不怕，还怕处分吗？！”

张金河的言行，更坚定了刘海龙和李兵“抗战”到底的决心。

老军长来了，特许张金河与李明强住一个病房，由刘海龙和李兵陪护，这样，三个人的情绪才得以稳定。但是，李明强一分一秒不醒来，三个战士都坐卧不宁。

“醒了！”李兵见李明强的上身动了动，惊喜地叫了起来。

刘海龙在门口正心烦意乱、手足无措地转悠，听到这么一叫，几步蹿了上去。

张金河听到叫声，翻身下床，肩上的伤口撕也似的疼痛。他“哎哟”一声，咧着嘴，趿拉着鞋凑过来。

李明强一点动静都没有。三个战士盯了大半天，还是没有一点动静，气得张金河狠狠地骂了李兵一句：“梦话！你是不是睡着了！做梦哩！”

“没，没有。我一直盯着，副连长是动了。”李兵又急又委屈，掉了泪。

“算了！我看是你看花眼了！”刘海龙打圆场说。

“没有！副连长就是动了！”李兵哭着说，“看，又动了！”

本已失望回过头去的张金河和刘海龙急忙又转过身来。

三个战士又盯了老半天，李明强还是静静地躺着，一动不动。

“好了，兄弟，我们都希望他早点醒来。”张金河把手放在李兵的头上，看着他熬红的双眼，关切地说：“睡会儿吧，副连长会醒来的。”

“不，副连长就是动了，我看得清清楚楚！”李兵执拗地说。

“行了你，别刺激我了！”刘海龙不耐烦地大声喊道。

“谁刺激你了，你爱到哪儿去到哪儿去，别在这儿转悠着烦我。”李兵毫不示弱地顶了刘海龙一句。

“我烦你了？对，我早就烦你了！哪次执行任务你不瞎胡闹，不得照顾你！”刘海龙的一肚子气正没处撒呢，与李兵吵了起来。

“照顾我？谁照顾我了？要不是副连长救你，还不会负伤呢！”李兵的声音比刘海龙还大，他听刘海龙说李明强是推开刘海龙后负的伤，早就在心里恨刘海龙了，只是一直没有说出来，这一吵架，就什么也不顾了。

“你——”刘海龙急得说不上话来。事实也的确是这样，李明强要不是把他推倒也不会受伤。

“我怎么了？我没有自己开着车逃命，让一个伤员去送死！”李兵也一股脑地将自己的怨气往外撒，捡自己最解气的话说。

一句话戳到刘海龙的痛处。肖明的牺牲，他一直在心里自责，李兵又在他的伤口上撒盐，急得刘海龙“啊啊”直叫，用拳头代替那难以表达的语言，直取李兵胸窝。

李兵一见刘海龙要动手，也红了眼，抬手挡开刘海龙的拳头，喊了声：“怕你是孙子！”

二人在病房内的方寸之地对打起来。气得张金河头冒火星，他大喝一声：“住手！都给我滚！”

老兵“班长”一嗓子，打架的新兵都定了格，气哼哼地怒目对视着，两只胳膊还搭在一起。

“金河，你——干吗欺——负他们！”李明强断断续续地说。

“副连长！”三个战士都扑过去，抱住李明强哭了起来。

李明强刚才在蒙眬中，恍恍惚惚听见张金河在怒骂刘海龙和李兵，就着急地叫了起来。现在，他想睁开眼，光线刺得他将眼睛眯成条缝，蒙眬中看到三个战士都哭了，李兵趴在他身上哭出了声。

李明强不知道三个人为什么吵闹，就伸出右手摸着李兵的头说：“别哭了，别哭了。我说过多少次，大的要照顾小的。金河，你又忘了，你是——老——兵！”

“嗯。副连长。”张金河使劲儿地点着头，也哭出了声。

“噢，还委屈了？”李明强对张金河说。

“副连长。”张金河哭得更厉害了。他不是委屈，是高兴，副连长醒了，他受点委屈算什么？他是害怕他的副连长醒不过来呀！他一直在心里着急，可面对两个新兵，他无法发泄啊！

“不，副连长，不怪班长，是我——”刘海龙也哭出了声，他才是真正地委屈地哭了。

“好了，都别哭了。海龙懂事，敢担责任。但是，只要你们斗架，我首先处理大的。”李明强还真以为他在连队，全不知战士们都是为他的醒来才争吵打斗的。

“嗯。”张金河使劲儿地点着头，唯恐他的副连长看不见。

“嗬，一醒来就处理人家谁呢？”护士长在门口搭腔了。她和几个护士听到病房内的叫喊声跑过来，正好看到这感人的场面，就默不作声地站在门口听他们谈话。

护士长对李明强说：“你可冤枉他们了。你这三个兵，对你可——”想起三个战士这几天的举动，四十多岁的女护士长眼圈儿都红了，话也说不下去了。

李明强看到这些穿白大褂的医护人员，才意识到自己负了伤，才回忆起那像刚刚发生过的一切：肖明拦截敌人汽车的爆炸声在他的耳边响个不停，刘海龙提着冲锋枪没入黑夜的情景又浮现在眼前……

“副连长，快走，我一定把肖班长接回来！”刘海龙的喊声又在李明强的耳边响起。

“海龙，肖明、肖明怎么样？”李明强急切地问。

“肖班长、肖班长，他、他没事儿，又去执行任务了。”刘海龙答道，低着头不看李明强。

“执行任务？不，你骗我，他负伤了！”李明强几乎喊起来，“看着我，说，他在哪儿？”

“他、他，在住院。”刘海龙慢慢地抬起头，看着李明强说。

“在哪里？带我去看他。”李明强挣扎着要起来。可是，他的腿一点知觉都没有。

“别动。你不能动。”护士长急忙按住李明强。

“副连长，你不能动。”三个战士异口同声地喊。

“好，我不动。”李明强看了周围的人一眼，说：“小刘、小李，抬我去——看肖明。”

“副连长。”李兵又哭了，趴在李明强身上，哭着说，“肖班长，他、他牺牲了！”

“副连长——”刘海龙和张金河也围了过来，哭出了声。

李明强咬咬牙，眼眶里涌上了泪水。从昨天敌人的炮火拦截，他就断定肖明不是被捕就是牺牲了。但是，他还是不愿接受这个现实，当听到刘海龙说“在住院”，他真希望能是事实。可……

李明强咬了咬嘴唇，半天才拉着刘海龙的手问：“见到他了吗？”

刘海龙使劲儿点了下头，哭着说：“我把肖班长带回来了。”

刘海龙一把鼻涕一把泪地将经过简单给李明强讲了一遍。当听到肖明被三个敌人用刺刀将身体刺得稀烂时，李明强终于控制不住自己，眼泪流了出来。在场的护士长和护士们也都泣不成声。

许久，李明强用衣袖擦去眼泪，拉住张金河问：“金河，你伤哪儿了，现在怎么样？”

“副连长，我没事儿，擦了点儿皮。”张金河一边擦眼泪一边说。

“擦了点儿皮？差一点儿就没命了！”护士长转过头来，擦了把眼泪，带着哭腔对张金河说，“你们领导醒了，你可要好好配合治疗啊。”

“嗯。”张金河使劲儿冲护士长，也是冲他的副连长，冲大家点了下头。

大家问李明强感觉怎么样。李明强挥了下自己的左臂，胳膊活动自如，就是手有点儿胀痛，是那种钻心的疼痛。他的腿还动弹不得，几乎没有知觉。人们告诉他，他的左小腿中弹一处，右小腿和膝关节上部中弹两处，因为失血太多，又长时间驾驶汽车，当时把他从车里掏出来后，他的两腿一直弯曲着不能伸直。医护人们给他包扎后，一边给他输血，一边帮他活动，好不容易才把他的两腿放平。

李明强的主治医生来了，详细问了李明强的情况。

李明强说：“腿动不了，好像没有知觉，又好像有点儿知觉。只是左手有点儿疼痛，是那种发胀的、跳动的疼痛。”

医生说，这都没有多大关系。你没有伤到筋骨，慢慢就会好了；腿是你开车弯曲的时间太长了，失血太多造成的缘故；手是血管的末梢，回流不好，所以肿胀疼痛。平时，要常把手放得高一些，便于血液回流。

就这样，李明强和张金河在医院住下安心养伤，刘海龙和李兵在李明强的喝斥下很不情愿地回连队去了。

我红七军按照李明强他们侦察标绘的地图和敌混合旅参谋长招供的情况，一举将吴军赶出了“三八线”，取得了自卫还击的又一个胜利，使吴军暂无能力到我防御阵地和边境地区骚扰破坏。

连队总结，让李明强写一份侦察报告。李明强伏在病床上，洋洋洒洒地写了十几张。他穷尽所有优美词语，恰如其分地赞颂他的战士，将自己的功绩，全记在了肖明头上，并请求为肖明授予“侦察英雄称号”。

连长丁辉和指导员刘群山拿着李明强写的报告找李明强谈心，说他将自己的功绩记在肖明的头上与事实不符，而且肖明已经牺牲了，肯定要定为烈士，再授予“侦察英雄”的称号也没有多大意思，若将这个称号授予李明强或其他活着的同志，对以后的发展有好处。

李明强没有说话。他想肖明用生命掩护我们死都不怕，我们失去个荣誉称号又有何可惜呢！他认为只有把称号授予肖明才公平。要有两个名额，一个授予刘海龙。李明强在侦察报告上注明了这一条，又在落款“步兵侦察分队”的后面签上了“李明强”三个字，然后让护士将张金河叫进来，递给张金河说：“金河，签名。”

“副连长——”张金河欲言又止。连长和指导员私下里已经向他和刘海龙、李兵了解了情况，并说明要请求上级给李明强授“侦察英雄称号”。三个战士举双手赞成。

“嗯——”李明强从四十五度的方向瞥了张金河一眼。张金河已经理解了李明强的意思，含泪签上了自己的名字。他知道，若这个称号不是授予肖明而是授予李明强，李明强在心灵上就会背一辈子包袱。他们四个人都欠着肖明的情，一生都还不完的情。这话，李明强醒来后不知给他和刘海龙、李兵说了多少次。

李明强接过张金河签过名的报告，嘴角露出了那带有讽刺意味的微笑，他深情地看了看他与张金河的名字，然后交给指导员刘群山说：“这是我们的正式报告，交给党支部。麻烦您让刘海龙和李兵签上名。”

刘群山非常激动，握住李明强的右手，久久不愿松开。丁辉拍了拍李明强的肩膀，惋惜地说：“兄弟，我们都无指望了，是希望你为咱‘平民子弟’争个脸，在侦察大队出人头地啊。你怎么就不理解我们的心呢？”

李明强从刘群山的双手中抽出右手，握住连长丁辉的手说：“连长，谢谢！你们的好意我领了。但是，用肖明的生命换取我的荣誉，我一辈子都不会安心的。”

“你是无愧于这个称号的！”丁辉激动地说。

“你失去的够多了。”刘群山也动情地说。

“可肖明失去的是生命啊！”李明强咬着嘴唇说。他仿佛又看见肖明浑身挂满了手榴弹，一跃跳下了汽车，将敌人打得鬼哭狼嚎；又仿佛看到了肖明被敌人用刺刀乱刺的场景。

就这样，侦察连上报了为李明强请记一等功，为刘海龙、张金河请记二等功，为李兵请记三等功，为肖明请定烈士并授予“侦察英雄称号”的请示报告。

李明强为给肖明授荣誉称号制造舆论，夜以继日地赶写出数篇新闻报道和侦察手记，称肖明为侦察英雄，分别发表在《边防时讯》等报纸杂志上。

一晃二十天过去了。张金河的伤已经痊愈，李明强的腿伤也已长好，只是双腿由于肌肉和筋的收缩，伸不直了，走路呈半屈膝式，不太自然，天天都得做牵引。胳膊肿得像腿一样粗，手指肿得像五根儿晶莹剔透的白萝卜，稍微一碰，钻心地疼。医生说，是感染了。可是，怎么用抗生素都不管用，请示转后方医院。红七军首长了解李明强的情况后，决定送他回北京治疗。

陪同李明强回京的是侦察连唯一的干部子弟胡斌。说胡斌是干部子弟，是相对于李明强、丁辉、刘群山等地地道道的平民子弟而言的。胡斌的父亲是一个在山西太原离了休的师职干部，这与香山步兵侦察大队那些机关干部子弟的父母比是个不起眼的小官儿。况且这个小官儿对自己的三个子女要求非常严格，女儿胡敏就是“华山抢险英雄群体”的主要成员，全国三八红旗手，新长征突击手。大儿子胡捷是个工兵营的副营长，这小儿子胡斌就是靠自己的奋斗从石家庄陆军学院毕业后直接被挑选到香山步兵侦察大队的。胡斌一月份就已经打了调离报告，要求回太原工作以便照顾年迈的父母，并联系好了接收单位。可是，侦察大队赴清屏县参战的毛毛雨一下，他父亲说什么也不让他调动了，他自己也坚决要求上前线。

这次组织上让胡斌陪李明强回京，也是对他的照顾。就在胡斌到达青屏县前线的途中，他的哥哥在后方组织部队施工时，因土石塌方牺牲了。这也是侦察连始终不派胡斌执行侦察任务的主要原因，可是胡斌不知内情，对连长、指导员一直耿耿于怀，可每次执行任务都是“敢死队长”副连长李明强带队，他一个排长也没脾气。更可气的是这次又偏偏派他陪李明强回北京。

“这不是拿老子开涮吗？到青屏县转了一圈儿，一枪没放，一趟活儿没练，算什么参战？”胡斌发牢骚说。

指导员刘群山劝他说：“李明强是咱们的功臣，军首长要求派一名干部陪护，就咱们四个干部，你不回去，还能让我和连长回去不成？”

“万一要有任务，难道要你们两个确定转业的干部带着去干不成？”胡斌反驳道。

“唉，眼下吴国小鬼子哪儿还敢动，你趁这工夫把副连长护送回去，回来时，说不定就真有任务了。”

胡斌一想，也是，现在待在这里也是待着，送李明强也算个任务。于是，就愉快地答应了。

李明强吊着肿胀的胳膊，屈着双腿，含恨离开了青屏县，离开了青龙岗，告别了朝夕相伴的战友，告别了魂牵梦绕的肖明。他的双腿残疾了，医生说他的左手肯定要残废。他没有牺牲在战场上，留下这双重残疾的身躯，他将怎么去面对卫和平、怎么去面对杨玉萍呢？

# 第三十九章

李明强用他那坚强的毅力，一步一步地走上天安门城楼，站在当年毛主席站立的地方，看着广场之上，金水桥前，人山人海，车如流水，人如花丛，一派安定祥和的景象，体味着毛主席“中国人民从此站起来了！”那句话的分量。

又踏上首都北京的土地了。李明强和胡斌都非常激动，他们的的确确是怀着“将士一去不复返”的豪情离开北京的，他们的的确确是为了保卫国家的安宁离开北京的。站在这既熟悉而又陌生的北京站广场上，看着熙熙攘攘的人群、川流不息的车流，李明强掩饰不住内心深处的愉悦，对胡斌说：“走，咱俩先到天安门广场转一圈儿，然后再到军区总院去。”

“这——”

“听我的没错儿。到了医院，一住上，就甭想出来了。趁现在我们是自由人，咱们多逛一会儿，到天安门广场照张相。”

“哎，副连长，咱俩还真的没在一起照过相呢？要不合个影，我要是再上去光荣了，多遗憾啊！”

“你遗憾个屁。你真是光荣了，啥也不知道了，遗憾的是我。我们共事儿这么长时间，你又千里迢迢地送我回到北京，你说，那我不后悔一辈子。”李明强本来是开玩笑，突然脸上又蒙上了一层阴影，他喃喃地说，“肖明已经是我的心病了，你们可不能再让我这个胳膊腿儿都残废的人心灵上再留什么残缺了。”

“副连长，你放心，现在医学这么发达，你不会留下残疾的。”胡斌安慰李明强说。

“不，我不怕。我是说，我与肖明住在一个屋那么长时间，不但没有和他合过一张影，连他的一张照片都没有留。”李明强说完，苦笑了一下，又对胡斌说，“不怕你笑话，我在北京待两年了，还没在天安门前照过相呢！这次没死，就去圆了这个梦吧。”李明强咽了口唾沫，充满遐想地对胡斌说：“上小学一年级的时候，学课文《我爱北京天安门》那时就想，我什么时候能到天安门前看一看，照张相，该多好呀？”

“那你在北京两年，就没有来过天安门？”

“怎么没来过？不止一次呢！”

“那你为什么不照张相呢？”胡斌不解地问。

“这就是你们这些高干子弟很难理解的问题呀。”李明强故弄玄虚，也是真实感慨地说。

“你说，为什么吗？”

“为什么？什么都不为，就是‘兜里没有那半毛钱’。”

“噢——”胡斌好像明白了。这胡斌，可不像一般的干部子弟，真是没白用这“斌”字做名字，名如其人，真正的文武双全。虽然比李明强逊色一点，但是在同龄人中也是个佼佼者。他博览群书，对人生有深刻的理解，在香山他就和李明强很投缘，李明强那套“闭血安神”的气功就是胡斌教他的。

李明强和胡斌又折回候车室，在里边的洗漱间洗漱一遍，跑进厕所换上一身新军装，将东西存放在车站旁边的物品存放处，高高兴兴地登上了1路公共汽车。

长安街真宽，画满了一条条白线，小车在线的夹缝里穿梭。人行道上，万头攒动，千口笑语，好不热闹。这情景，使李明强不由得想起了大海，他们和公共汽车上的乘客真像在海上飘着。李明强抑制住自己内心的激动，默唱：“我们踏着波涛远航归来了，你好啊妈妈，妈妈呀你好你好。”

李明强坐在右排的单人座位上，倚着车窗，一边默唱《军港之夜》，一边贪婪地看着街景。他在北京两年，还从来没有这么专注、这么深情地观看过首都的闹市，恐怕也只有和死神打过交道的人才有这种情愫、这种感觉。车窗像录像机的镜头，将街景录下来，映给这死里逃生的年轻军官。

“咣当”一声，“录像机的镜头”停止了移动。

人鱼贯而下，蜂拥而上。王府井，首都最热闹的一条大街到了。

“哪位乘客行个好，给抱小孩儿的让个座儿？”女售票员冲着车内喊。胡斌发现门口坐着的几个人没有动，那抱小孩的大嫂正向他们这边移动，眼光好像落在了李明强的身上，李明强还在傻乎乎地看着窗外。

就看到军人了！胡斌急忙用身体遮住了李明强。

一位穿白色西装的小伙子从座位上站了起来，以笑脸迎着抱小孩儿的大嫂。

首都人的觉悟就是高。这一瞬间，胡斌打破了自己多年的偏见。那青年刷白的西装，花不溜丢的真丝领带，贴着外文商标的变色镜，都产生了美感，只可惜留了个不男不女的发型。

要不是李明强坐着胡斌真想夸那“白西装”两句。

“大嫂哩，给你小孩儿买一条吧！”“白西装”突然从包里掏出一把带坠儿的项链，冲着抱小孩的大嫂嬉皮笑脸地说，“真正的香港货。鼠牛虎兔龙蛇马，羊猴鸡狗猪，样样都有。买一个吧。不贵，货真价实。你出个整数，一张大团结。我搭上路费再加耍嘴皮子，就赚三毛钱。瞧！多好的镀金项链啊，福寿属相图，求个吉利，买一条，十元钱。”“白西装”拿着项链在孩子的眼前抖着，眉飞色舞地对那女人也是对全车人喊，以引起大家的注意。

“哼！不让座儿，还叫卖。”

“光知道赚钱！”

“不知羞耻！”

站着的人们纷纷谴责“白西装”。

“我说怎么回事？怎么回事！今天大伙儿怎么都冲向我了。没让座儿的多的是！瞧，我们的解放军还在那儿坐着呢！”“白西装”一手指向李明强，李明强还在专心致志地看着窗外。

“你——”胡斌瞪视着“白西装”。

“我，我怎么了？我知道你们是一伙儿的。售票员喊让座儿，你们一个装作没听见，一个用身体打掩护。对不对？逃不脱咱哥们儿的眼睛。”白西装得意地手舞足蹈。

“是啊，解放军也不让座儿。”

“真是的，现在这兵——”

“真不像话！”

人们议论纷纷，声声刺痛着胡斌的心。

“大嫂，把孩子交给我吧，我来抱。”胡斌急得出了一身汗。

“哎——我说当官儿的，别装好人了！还是教育教育你的兵吧！热爱人民是你们的天职，别八辈子没坐过车似的。”“白西装”又油腔滑调地说。

“你——他比你——”胡斌瞪着“白西装”气得说不出话来。

“比我怎么着？咱哥们儿，天南海北到处游，不坐卧铺坐出租。一趟广州拐回来，少说也赚千儿八百，你们一月几张大票，比得了！”“白西装”摇头晃脑地说完，还打了个响指。

“你、你知道他是谁吗？他是刚从前线回来的一等功臣。”胡斌不得不说出李明强的身份。

“一等功臣？我还真没看出来。就算吧，有功就能自居，哪条宪法规定的，功臣就可以不让座儿了？”

“他、他不能站！”胡斌沉痛地说。

“不能站？为什么不能站！别以为你们到青屏县去转一圈儿，就有功了！小子哩，你起来吧！”“白西装”说着伸手抓住了李明强的左肩膀。

“啊——”李明强疼得哆嗦着痛苦地惨叫一声，吓得“白西装”急忙松开了手。

“你——”胡斌一把抓住“白西装”的手腕，运气一抖，“白西装”便跪在胡斌的腿下。

“哎哟哎哟，要打人怎么着！你解放军不让座儿还打人！”

“你睁开眼看看。”胡斌侧过身，指了一下李明强吊着的胳膊，给“白西装”看。接着，他向后挪一下，噌地一把捋起了李明强的左裤腿，对大家说：“他的两条腿都负了伤。”

“多深的疤呀！”几位就近的乘客同时叫出了声。

“胡斌！”李明强睁大了眼睛，他不知道“白西装”为什么拉他，但他看到胡斌拽倒了“白西装”，又向人家说自己负伤的事，就伸出右手拉了胡斌一把，然后用洪亮的声音问大家，“怎么回事儿？有话好好说。”

“你甭管，我今天就是要教训教训这小子。”胡斌指着“白西装”说，“你不是要和他比吗？好，我告诉你！他带四个战士夜闯敌战区，虎口拔牙，活捉了敌人的参谋长，捣毁了敌人的指挥部，在他一只手和两条腿都受伤的情况下，用一只手开车，闯过敌人多少哨卡，打退敌人多少追兵，躲过敌人多少炮弹，才把我们的战士和俘虏送了回来，你知道吗？他的血都快流干了！

“到现在，他的手还感染着，瞧，都肿成什么样子了！前方治不了啦，才让回北京来治。他的双腿都残了，站都站不直，你还让他让座儿？——”胡斌激动地说不下去了，人们的眼光一下子集中在李明强身上。

“大、大嫂，来坐、坐这儿！”李明强终于明白了是怎么回事。他用右手撑着前座靠背站了起来，屈着双腿对那抱小孩儿的妇女说。

“别，副连长。”胡斌按住李明强说：“你别动！孩子，我抱！”

胡斌接过那女人怀中的孩子。小孩儿的两只黑眼珠滴溜溜地转着，稚气的眼光扫视着胡斌头上的红五星和脖子上镶着金边的红领章，画出了无数个问号。

“请哪位乘客给这位解放军同志让个座儿。”售票员激动的声音都发颤了。

“坐这吧！”

“坐这儿！”

凝固了的车厢里又沸腾了，坐着的人们都站了起来，纷纷冲李明强和胡斌喊：“解放军同志，你们坐下吧！”

“坐下吧！”

说话间，雄伟壮丽的天安门城楼从车窗前闪过。蒙眬中，李明强仿佛看到了毛主席站在城楼上，庄严地向世界宣告：“中国人民从此站起来了！”

公共汽车很快停到了“中山公园”的站牌前。

“大嫂，您抱着吧，我们该下车了。”胡斌将孩子交给那位妇女，走过去搀扶着李明强站起来。

全车的人都站起来了，主动让出了通道，目送着李明强和胡斌走出车厢。

“谢谢！谢谢！”胡斌一边搀扶着李明强，一边不住地向大家点头致谢。李明强屈着膝，一边艰难地随着胡斌走，一边随着胡斌向众人点头，连声说谢。

“解放军同志，再见！”

“再见！”

“再见！”

李明强和胡斌径直走向天安门城楼，对着城楼，对着伟大领袖毛泽东同志的巨像，双双举起了右手，致以前线归来战士庄严的军礼。

“副连长，我是护送你的，今天你得听我的。”胡斌对李明强说。

李明强笑了：“听你的就听你的，你说怎么着？”

“上天安门城楼！”

“上。”和死神打过交道的人什么不敢干？不就是花点钱吗？我李明强今天也破费一次。

李明强狠狠心、跺跺脚决定破费一次，看一看站在天安门城楼上的感觉怎么样。可是到了售票处，那30元一张的门票又让他退缩了，这位面对荷枪实弹极其凶残的敌人毫不退缩的侦察英雄，面对这30元的门票，面对梦寐以求的愿望，他退缩了，喃喃地说：“胡斌，别上了。”

“怎么了？舍不得钱了？”

“不，我是说，我这腿，那么高。”李明强尽力避开说钱的事儿，但是30元钱一张门票，确确实实是他退却的唯一原因。

“你等着，我背也要把你背上去。”胡斌说完，丢下李明强就奔向售票窗口，对里边喊：“两张。”

里边售票的年轻妇女更干脆地回答：“钱。”

李明强没有拦住，胡斌已经把钱递了进去。

“这——”李明强不知说什么好。

“走吧，票都买了，还让我背你吗？”胡斌的脸上露着得意的微笑，扶着李明强就向前走。

“这，残疾人免费。”李明强突然看到旁边的说明。

“哎呀，你不就是——”胡斌把“残疾人”咽了回去，用唾沫润了润喉咙，装作满不在乎地说：“你不就是想省30元钱吗？”

“问问？”李明强怯怯地征求胡斌的意见。

胡斌是个快性人，说问就问，虽说他是干部子弟，也是个不枉花一分钱的主儿。

“同志，我们有一个残疾人？”胡斌说话的声音都没了底气。可售票员底气十足地回答：“证件。”

“没有。”

“没有证件你捣什么乱？”

“还没有发呢，我们是刚从前线下来的。”

“刚从前线下来的？是青屏县吧？”

“对。”

“你蒙谁呢？别以为你那黑不溜秋的样子就能蒙住我？长得黑，说是炮火熏的，唬咱们老百姓，是不是？就你们俩，也像是‘青屏县”前线下来的？”

“你、你怎么这么说话？”胡斌急了。

“不这么说话怎么说？你没事儿来这里捣乱，我也没事儿，陪您练练。”

“谁捣乱了？”胡斌给那售票员吵了起来。

“别、别吵了。算了，算了！”李明强屈着膝走上去拉胡斌。

“你睁开眼看看，他的胳膊，他的腿，是不是残疾人！”

“是，真是，还真是够惨的。拿出残废证来呀？”售票员摆出一副气人的样子。

“你——”胡斌眼前又浮现出公共汽车上的“白西装”，这两个人物合在一起，气得他将拳头攥得咯咯响，丢出一句，“我们怎么就保护一些这样的人！”

“你保护谁了？是我们养活了你！瞧你们这熊样，没事儿干，尽吃干饭！”

“同志，请说话注意点影响。”李明强实在忍不住了对售票员说。

“让我注意影响？你们穿着军装在这里和老百姓吵架，怎么不注意影响呢？”

“好了，好了。请问，您看过这几天的报纸没有？”李明强突然想到，这几天各大报纸都登载着他们侦察小组的事迹，还有他的战地照片，想尽快给售票员说明身份，息事宁人。谁知那售票员丢出一句：“没有！我只卖票，不看报！”

“你——”胡斌一着急就说不出话来。

“算了，算了，咱们走。”李明强拉住胡斌刚要走，迎面走来两名执勤的武警战士和一名佩戴着天安门管理处胸牌的地方工作人员。

“同志，发生了什么事儿？”一个武警战士上前给李明强和胡斌敬了个军礼，问道。

李明强简单地将事情的经过说了一遍。

“你是报纸上的那个侦察英雄，李、李——”那位佩戴着天安门管理处胸牌的人认出了李明强，但是忘记了李明强的名字。

“李副连长！”

“李明强！”两名武警战士受到提醒，同时叫出了李明强的职务和名字。

“我就是李明强。”李明强不卑不亢地冲他们点了点头说。

“哎呀，刚放下报纸，这英雄就站在面前了，不是做梦吧。”那位地方工作人员一边激动地说着，一连上前拉住李明强的右手，不住地说：“英雄啊！英雄啊！”

“敬礼！”两名武警战士又向李明强行了个庄严的军礼。

“快，快把两位英雄的票给退了！”那位工作人员冲女售票员说。售票员正傻愣着看着这边的一切。

“算了，算了。她没有错。她是按规定办事。她做得对，做得对。”李明强为手足无措的售票员打圆场。

“快退钱呀！”那位工作人员又对愣在那里的售票员喊。

“不用了，我们没有证件理应买票。”胡斌的牛脾气又上来了，心想，“你退，我还不退了呢！”

“那怎么行？你们在前线，命都不要了——”

“所以，这钱我们就更不能要了。”李明强抢过那工作人员的话茬说，“小时候，就想到天安门看看，照个相。现在，天安门城楼开放了，能登上天安门城楼，自豪啊！就算是我们的一点点贡献吧，这里还得维护管理呢。

“走，上去。”李明强看着几个发愣的人爽快地说。胡斌过来搀李明强，李明强说：“我自己上。”

李明强在前面屈着膝，一步一步走着，胡斌和那工作人员跟在他的身后。两名武警战士向他们挥挥手说：“首长，您慢点，再见！”

“再见！”李明强屈着膝，转过身冲那两位武警战士，也冲那不知所措的售票员挥了挥手，笑笑。这不是那带有讽刺意味的微笑，而是发自内心的微笑，理解的微笑，谅解的微笑。

李明强用他那坚强的毅力，一步一步地走上天安门城楼，站在当年毛主席站立的地方，看着广场之上，金水桥前，人山人海，车如流水，人如花丛，一派安定祥和的景象，体味着毛主席“中国人民从此站起来了！”那句话的分量。

天安门管理处的那位工作人员，不知从哪里拿了个照相机“咔嚓、咔嚓”不住地给李明强和胡斌照相。

一下城楼，李明强和胡斌被眼前的景象惊呆了。一队武警战士齐刷刷地站在那里，一齐举着右手向他们敬礼，队伍前放着一个残疾人专用轮椅。刚才那两位执勤的战士上前给李明强介绍他们的领导——中队长和排长，并邀请李明强坐在轮椅上，他们推着逛天安门广场。

李明强坚持要走，被胡斌强行制止：“哎，我说副连长，咱可是有言在先，今天听我的！你要是真的累坏了腿，成了残废，我可担当不起啊。”

李明强被武警战士推着、拥着将人民大会堂、毛主席纪念堂、革命历史博物馆看了一遍，最后停在人民英雄纪念碑前。解放军和武警战士在人民英雄纪念碑前，手挽手、肩并肩地站着，天安门管理处那位工作人员高喊着：“别动，再来一张，再来一张。”将这个英雄的群体定格在人民英雄纪念碑前，打上了英雄的烙印。在李明强的心中，已在人民英雄纪念碑上找到了肖明的名字。

# 第四十章

卫和平被陈晓伟的真情打动了，将那棕色的手提包递给了陈晓伟，就像以往递给李明强一样。

卫和平出院了。经过几天的调整，她恢复了体力，恢复了平静，恢复了正常的上课学习。在同学们看来，她已经完全恢复了，一切正常。

其实，卫和平的内心极不平静，犹如十五只吊桶打水，七上八下，忐忑不安。她无时无刻不在思念着李明强，上课时脑子总是走神。稍有一点空闲，她就会想：李明强现在在干什么？《和平歌》的修改通知书收到了没有？他收到我的头发怎么处理了？

这一天是自修时间，卫和平按照地址找到了《都市文学》编辑部，接待她的是沈大鹏编辑。

沈编辑首先肯定了《和平歌》的出版价值，重点谈了编辑们对《和平歌》的修改意见，希望卫和平能尽快按照要求修改，以便赶在下届图书节前出版。

卫和平将《和平歌》的稿本紧紧地抱在胸前，这是李明强的手迹，这是李明强的爱心，这是李明强紧缩了的身躯。她就这么紧紧地抱着听沈编辑讲完，就这么紧紧地抱着走出《都市文学》编辑部，就这么紧紧地抱着挤上了公共汽车，就这么紧紧地抱着坐在未名湖畔李明强第一次拥抱她的长椅上。

久久地，卫和平才抑制住自己的怦怦心跳，从对李明强的思念中，从那激动人心的回忆中走了来，如饥似渴地看起了《和平歌》。

《和平歌》充满了男主人翁对女主人翁的爱，这男女主人翁就是李明强和她卫和平的影子。卫和平真没想到李明强对她的爱那么深厚，那么细腻。她为李明强那渴望得到她的描写而激动，为李明强不肯毁掉她的前程而做出的牺牲而落泪。李明强写到了男主翁上前线的前夕，女主人翁要把身体献给他，他们在一个屋子内整整厮守了一夜，也没有体验那罗曼蒂克的神韵，理智战胜了冲动，男主人翁说：“爱一个人就要使她幸福。追求是爱，放弃同样是爱，有时放弃可能就是爱的最高境界。”

男主人翁走了，上前线去了，他放弃了他痴爱的姑娘，去实现他爱的最高境界了。女主人翁把对男主人翁的爱深深地埋在心里，发愤图强，成为一位众口称颂的女强人。

这是李明强对我的劝告，我一定不能辜负李明强的良苦用心。卫和平下定决心，一定要成为李明强希望中的女强人。

卫和平功课之余，潜心于《和平歌》的修改中。把她对李明强的情，对李明强的意，化作精美的词句充实到李明强的文章中，就像是她的血液混入了李明强的身躯。沈大鹏编辑曾对她说，西山部队有一个年轻的作家，刚出一本书，叫《红灯亮了之后》，写作的风格和《和平歌》很相似，你买一本看一看会从中得到启发。殊不知，这两本书就是一个作者。卫和平不知为什么当时没有点破，但是她发誓要改好《和平歌》，精益求精。她要把《和平歌》作为她与李明强的最佳合作，这是她与李明强爱的结晶，这是她与李明强共同生育的孩子。

这天中午，卫和平没有午睡，她伏在桌前，专心致志地在修改《和平歌》。突然，身后响起了轻轻的敲门声，她打开门一看，是传达室值班的那个四川女人，女人怯怯地对卫和平说：“卫和平的电话，说有急事儿。”

“急事儿？”卫和平下意识地想到是李明强，或者是关于李明强的事儿。她丢下那值班员，飞快地跑进传达室，拿起电话，话筒里传来了赵鸿涛的声音：“和平，你看报纸了吗？”

“什么报纸？”

“人民，解放军，北京，各大报纸上都有。”

“有什么，我们学生没有订报，你说什么事儿？”

“你别着急啊。你可以去借一张，或上街买一张。这样吧，你下午有没有课，能不能来我这里一趟？”

“什么事？你就说吧！”卫和平突然觉得赵鸿涛有点婆婆妈妈的。

“我说了，你可别着急啊。”

“说吧。”

“明强他——”

“他怎么了？”卫和平急切地打断了赵鸿涛的话，哽噎着问，“是不是牺、牺牲了！”她想各大报纸都登了，肯定是牺牲了。一时间头昏目眩，泪眼充盈，把“牺牲了”三个字说得很轻很轻。

“瞧你那乌鸦嘴，我说不让你着急，你急什么，还咒他死呢？”

“那他怎么了？”卫和平一听不是李明强牺牲了，破涕为笑，对着话筒喊，“你说吧，我不着急！”

“明强他负伤了！”

“负伤了？伤哪儿了？严重不严重？”卫和平说不着急又急了。

“报上说伤了胳膊和腿，没有什么大事儿，记者还采访他了呢！你找张报纸看看就知道了，登着他的照片呢。”

“唉。”卫和平“咔嚓”一声就挂上了电话，急匆匆地走出传达室，急匆匆地向校园内的报亭走去。她走得很急，可步子很重、很沉，脑子里不断地翻腾着一个问题，李明强伤得怎么样？会不会落下伤残？会不会有生命危险？

卫和平跌跌撞撞地走到报亭前，抓起一张《日报》，迅速地扫视搜寻，第四版，《青屏山上五勇士》一下映入了她的眼帘，脑子里迅速闪过《狼牙山五壮士》的壮举。

卫和平来不及多想，一口气将文章看完，肖明牺牲了，李明强和张金河受伤了，张金河是哪一个？

卫和平含着泪，眼前不断地浮现着肖明那调皮的笑脸，那意气的严肃。就是这个肖明，她每次到香山步兵侦察大队，都为她端茶打饭，陪她聊天。就是这个肖明在上前线的当天把她带到了西直门火车站，让她与李明强见了最后一面，并为此被关了禁闭。肖明，卫和平怎么也没想到那次见面，也是她与肖明的最后一次见面，而且已成为现实。那一天，一路上，那么长的时间，我作为大姐姐不但没问一句他有没有什么心愿，有没有需要我替他办的事情，还让一位走向死亡的小弟弟安慰了一路。

“班长个屁！开你的车，有什么事儿我兜着！”肖明那天的话语和严肃的神情在卫和平的眼前定格了。多么敢于承担责任的同志啊，她仿佛真的看到了肖明浑身捆满了手榴弹，大声地对刘海龙喊：“我是班长，开你的车，有多少敌人我顶着！”他顶住了，流尽了最后一滴血，三个敌人用刺刀丧心病狂地在肖明身上乱刺。

卫和平擦了把眼泪，又拿起一张《军报》，头版《青屏山上五勇士，虎口拔牙建奇功》，上边还有压题照片，是李明强、肖明五人身着迷彩服的一寸免冠照。这张照片是战前集体拍摄的，还有一份戴领章的一寸免冠照，以备万一时使用。

卫和平又拿起一份《晚报》，在第三版上，整整一版，登得满满的，题目《李明强和他的战士们》——更让卫和平激动。卫和平看了这标题就感到带劲，两份报纸看过后，她的情绪已基本稳定，再认真看这晚报，写得更详细，连在前方医院治疗都写了。还登着多幅照片，光李明强就有三张。

“姑娘，是不是这五个人中有你家的人？”卖报的老师傅看卫和平一到报亭就专找关于青屏山五勇士的报纸，并且一边看一边抹眼泪，关心地问。

“嗯。”卫和平点了点头，问卖报的老师傅，“其他报上登的有吗？”

“有，都在这儿呢！”老师傅将早已准备好的报纸递给了卫和平。

卫和平感激地盯着老师傅那慈祥的脸，哽咽着说：“谢谢您，多少钱？”

“你拿去看吧，不要钱。”老师傅慈祥的脸上掠过一层阴云，轻声地对卫和平说，“敢问姑娘，哪一个是你的亲人？”

“这个！”卫和平指着李明强的照片，给老人看。

“那个副连长啊！好小伙子啊！是条汉子，真英雄啊！”老人竖起大拇指一边摇头一边赞叹道。

“还有这个！”卫和平突然又指着肖明的照片对老人说。

卖报的老师傅惊愕地瞪大了那双发锈的眼睛，瞪视着卫和平，那分明是在向她寻求答案。

“那副连长是我男朋友，肖明是我弟弟。”卫和平的眼泪又止不住了，喃喃地补充一句：“他们俩住一个屋，像亲兄弟一样。”

“姑娘，别伤心。坚强些，他们都是好样的，我们要替他们骄傲啊！人民不会忘记他们的！国家不会忘记他们的！”

卫和平感激地注视着这位不起眼的卖报老人。平时她确确实实没把这位卖报老人看在眼里，今天她只想扑进这位慈祥的老人的怀里痛痛快快地大哭一场。但是，理智和坚强使她止住了哭泣，她掏出一张十元钱放在桌子上。

“孩子，我说过了，不要钱。”老人拿起钱又塞给了卫和平，着急地说。

“那怎么行，您是小本生意。”卫和平又塞了回去。

“算我老头子的一点心意吧。”

卫和平感动了，为老人家的真情，为自己心爱的人，为李明强的战友们。她也算是李明强的战友啊，要不，人家陌生人还是长辈人怎么会对她这么尊重呢？她含着泪推开老人的手说：“大爷，您的心意我替他们收下了，但是，这钱您一定得拿着，要不，要不，他们五个人也不会答应！”卫和平将最后一句话说得很坚定，俨然像一个坚强的战士。

卖报老人抖抖地捏着那张十元钱，看着卫和平拿着报纸，迈着坚定的步子向前走去，突然，大声地喊道：“姑娘，等一等！”

卫和平听到老人的喊声，以为是老人要找钱，就回过头对老人说：“您留着吧，我还来买的。”

“等一下！”卖报老人提着一塑料袋东西，蹒跚着追出报亭，卫和平急忙迎上去。

老人气喘吁吁地说：“几个苹果和梨，拿着。”

卫和平的泪水又像断了线的珠子，“哗哗啦啦”地掉了下来。

“孩子，不哭，坚强些啊。以后，有啥难事儿、不顺心的事儿，给大爷我说一声，我们老北京人，好办。”

“嗯。”卫和平使劲儿地点了下头。

“去吧，不哭了，你若再哭，他们五个人也不会答应的。”老人学着卫和平的话，强装着笑脸对卫和平说。

也许是哭得没有了眼泪，也许是五勇士给卫和平注入了坚强，她举着报纸飞快地跑回宿舍，大声地喊：“快起来，快起来！别睡了，别睡了，看报纸！”

苏丽华、张爱芬和刘芳都睡得正香呢，全被卫和平吵醒了，看着她手里拿着一沓报纸在抖，不知道发生了什么事儿。

“什么事儿不能等睡醒了再说？”刘芳无精打采不耐烦地问。

“李明强没有死，没有死，他负伤了！”卫和平兴奋地对姐妹们喊。

“什么？你那个作家负伤了？”张爱芬问。

“嗯。”卫和平充满幸福地点了点头。

“没心没肺的东西，人家负伤了，你不但不哭，还高兴个屁！”刘芳今天还真说了句正经话。

卫和平的脸红了，但她还是掩盖不住内心的高兴，她也不知自己为什么现在不但哭不出来，反而还打心眼儿里感到高兴了。她不知道在从报亭回来的路上，怎么就产生了这种情愫。刘芳这么一说，她就愣在了那里。

“这是她想心上人想疯了，只要有他一丁点儿消息，她都高兴。”苏丽华毕竟比她们大几岁，对人生的理解比她们深一些。

“给我，看看你的男朋友。”张爱芬伸出了手，并打了个哈欠。

卫和平一人给她们分一份报纸。几个姑娘都看出了泪花。苏丽华看完问卫和平：“和平，你有什么想法？”

“我——”卫和平确实还没有想什么。

“和平，去看看他吧。”张爱芬提议。

“对。到他们医院去。不但是看他，再举行个战地婚礼，肯定又是个新闻。”刘芳笑着说。

“去你的，没正经。”卫和平半真半假地说。

“她们说得有道理，是应该去看看，结婚也不是不能考虑。”苏丽华若有所思地说。

“对，我和几个中学同学商量一下。”

卫和平说干就干，她急忙收起桌上的《和平歌》，准备立即动身去找赵鸿涛和丁力他们。苏丽华看在眼里，心头一亮，急忙喊：“和平，我觉得你应该把他们这段战斗经历加进书里。”

《和平歌》，与卫和平同宿舍的三姐妹都看过了，她们给提了不少修改意见，有时没事儿还自己写上一段给卫和平做参考，美其名曰：“找找当作家的感受。”

“对了，和平，加进去，这本书会更精彩。”张爱芬也赞成红霞的意见。

“把那个肖明换成男主人翁。”刘芳眉飞色舞地提出她的具体见解。

“笃笃、笃笃笃。”门外响起了敲门声。苏丽华就站在门后，顺手打开了门。

“哦——关上门。”刘芳睡在上铺，只穿个短裤，连乳罩都没有戴，门开的瞬间，她看到了一个男人，一个理着平头的男人。

“先等一下！”苏丽华冲门外丢一句话，“咣”的一声就把门关上了。三位姑娘一阵忙活，穿戴完毕，打开门。

“你怎么搞的，大中午的都在睡觉儿，你带个男人来干什么？”苏丽华对先进门的刘艳丽没好气地说。

“刘艳丽，你让我现眼，我跟你没完。”刘芳半真半假地冲刘艳丽喊，眼睛却瞟着随刘艳丽进屋的小平头陈晓伟。

陈晓伟提着一兜水果和一把香蕉，红着脸站在门口。

“芳芳，别说了，看把人家小伙子羞得脸都红了。”苏丽华又打圆场了。

“就是，‘身经百战’的人了，还怕人家看。”张爱芬倒开起了玩笑。

“我倒是不怕，怕的是毒害了人家大龄青年。”刘芳冲陈晓伟努了努嘴，冲张爱芬挤了挤眼。

刘艳丽看在眼里，笑在脸上，搭讪地说：“他呀，看多了，刚才就把我们屋里的几个给哄起来了。”她一边说，一边推了陈晓伟一把，示意陈晓伟到里边去找卫和平。

“我就说，你不要把你的老乡给带坏了。”刘芳接着说。

“陈晓伟，你来关心我们谁呢？”张爱芬明知道他是来看卫和平的，故意这样问他。

“报纸，你们都看了。”陈晓伟没有正面回答爱芬的话，他看到了屋里当日的报纸。

“他呀，看到报纸上的报道，就去找我，说来看看和平。”刘艳丽附和着说。

“谢谢了！”卫和平的眼睛像乏了电的灯泡，亮了一下又暗淡下来。

“陈晓伟，人家李明强可是个英雄人物了，你关心我们和平可以，要打什么鬼主意，我们可不答应。”刘芳快人快语地说。

“哪能啊，都是同班同学，关心一下，关心一下。”刘艳丽缓和着屋内的气氛，她转向卫和平，扶着卫和平的肩膀说：“和平，我看过报纸了，你的副连长不会有事儿的，他太勇敢了。”

“可以称得上咱们中国的‘高仓健’了。”刘芳打趣道。

“等他凯旋归来，你一定要把他介绍给我们噢。”刘艳丽拍着卫和平的肩头说。

“到时候，掌声、鲜花、美女。我说和平，你可要看住他呀。”刘芳一打开话匣子，就没了正经。

“那没问题，人家对和平是一百一。陈晓伟，你没戏了，人家李明强成英模人物了，砝码又重你一倍。”张爱芬在一旁敲边鼓。

“别尽拿我老乡开涮了，人家大热天跑过来尽点心意，咱们就别耽误人家的时间了。走，南便门开了个音乐茶座，我请大家喝茶。”刘艳丽冲几位女士使了个眼色，拉着苏丽华就往外走。

老大姐去了，张爱芬和刘芳也就知趣地跟了出去。

屋内就剩下卫和平和陈晓伟两个人了，空气异常地沉闷，只有卫和平收拾东西的“沙沙”声。

“没什么意思，就是想来看看你。”陈晓伟讪讪地说。

“谢谢！”卫和平一个劲儿地收拾屋内的东西。其实，都是些可收拾又不可收拾的东西，卫和平做的多数都是无用功，她是怕闲下来会发生什么事情。

“你不要太伤心了，他会好的。”陈晓伟说。

“我很高兴，我终于知道他的消息了。”卫和平一边用毛巾擦床棱一边说。

“屋里太热了，能不能出去走一走？”陈晓伟试探着问。

“对不起，我待会儿要上中学同学那里去。”

“我下午没有事儿，能不能陪你去？”

“你陪我去？”卫和平吃惊地看着陈晓伟，手里的毛巾半悬在空中。心想，你陪我去见我的中学同学，别人不说什么，丁力还不把你吃了。

“只是路上，我不与他们见面。”陈晓伟理解卫和平的惊异，急忙解释说。

“为什么？”

“就想单独和你多待一会儿。”

沉默，长久的沉默。

“我说，陈晓伟，我已经明确告诉你了，我们俩，不可能。我只爱李明强一个人。”

“我知道。”

“谢谢你对我的真情。你长得帅，又有才，心肠也好，会有好姑娘爱上你的。”卫和平冲陈晓伟灿然一笑，接着说，“我真不能留你了，我得走了，找我的几个中学同学商量一下，他们都是李明强的好朋友。”

“我送你。”

“不用了？”

“我就是想——”

“唉，就到车站吧。”卫和平被陈晓伟的真情打动了，将那棕色的手提包递给了陈晓伟，就像以往递给李明强一样。

陈晓伟接过卫和平的手提包，就像是接住了卫和平的心，浑身的血液都沸腾了，他下定决心，只要卫和平一天不结婚，他就不放弃，不，他永远也不放弃。爱一个人，就要使她高兴，使她幸福，凡是她愿意做的事情，我陈晓伟就愿意为她付出，为她受苦。爱就是这么个玩意儿，越是得不到，越觉得它珍贵，越觉得它稀奇，就越想去追求。越告诫自己不要去爱，就越爱得痴情，越爱得热烈。陈晓伟越来越觉得卫和平可爱了，越来越觉得他离不开卫和平了。

出了研究生公寓右拐，就是北京大学的南便门，门口就是卫和平要坐的 332 路公共汽车的车站。车站旁有一公共厕所，陈晓伟说方便一下，就钻了进去。

与此同时，一辆 332 路公共汽车从西边的转弯处探出头向车站驶来。卫和平急得直跺脚，陈晓伟就是不出来，眼睁睁地看着公共汽车停下来，又眼睁睁地看公共汽车离去，气得卫和平在心里直骂陈晓伟：“成心，卑鄙！”

陈晓伟跑进厕所，见里边蹲着两个人，便径直走到角里的毛坑，褪下裤子蹲了下去。可是，他挤了半天，除挤出几滴尿来，连个屁都没放。他悄悄地拉开卫和平的手提包，小心翼翼地一件一件检查里边的物品。每检查一项，都要放到鼻子前闻一闻，想从中嗅出卫和平身上的气息。他将卫和平的小花手绢放在鼻前嗅了半天，终于下决心把它装入了自己的口袋。并从自己的口袋里掏出一卷面值十元的钞票，数了数，抽出三张，放回自己的口袋，将剩余的塞进了卫和平的手提包。系好裤子，陈晓伟又把口袋里那三十元钱掏出来，抽出一张，塞进了卫和平的手提包。向前走两步，陈晓伟又停下来，将塞进卫和平包里的钱拿出来，把最后的两张十元大票搭上去，全部塞进了卫和平的包里，这才一甩头，迈着轻松的步子走了出去。

“怎么搞的，错过一辆车了。”卫和平没好气地对陈晓伟说。

“对不起，这两天，我、我拉肚子。”陈晓伟见卫和平伸手来要她的包，就一边说一边递了过去。

“看了吗？”

“没事儿？可能是睡觉凉着了，过两天就好了。”

“有病要看医生。”卫和平关切地说。这也是她常说李明强的话，李明强也是个不爱看医生的人，有头痛脑热的总爱抗着。一次流感，卫和平和李明强都染上了，李明强说：“这感冒，看也得一周，不看一周也好了。”

卫和平依在他的怀中，幽怨地说：“你现在年轻，身体壮扛着，老了怎么办？”

“你侍候啊！要不，我要你干什么？”李明强不以为然地说着，笑着逗她。

“我又不是医生！”卫和平撒娇似的在李明强的怀里蹭了蹭说。

“爱的力量是无穷的。”李明强扯着长腔说。

“恐怕到那时我早死了。”卫和平喃喃地说。

“不会的，女人比男人寿命长，早死的是我呀。”

“不许你死在我前头！你死了，我可怎么活呢？要不，咱们一块儿死？”卫和平纵纵身，用手攀住了李明强的脖子。

“到时候就由不得你啰。”李明强用他那又粗又硬的食指点了点卫和平的小塌鼻子。

“我就不让你死在我前头！”卫和平将脸紧贴在李明强的脸上，用下巴颏顶李明强的粗脖子。

“车来了。”一直沉默着、注视着卫和平的陈晓伟说。卫和平一直沉浸在幸福的回忆中，好像没有听见，也没有看见似的。陈晓伟又伸出手，小心翼翼地拉了一下卫和平的胳膊，说：“车来了。”

卫和平这才醒过来，等车上的人下完，她登上车的踏板，陈晓伟就势在她的腰际和屁股上推了两下。

卫和平回过头看了陈晓伟一眼，陈晓伟挥挥手微笑着喊：“再见。”

卫和平没有回答，也没有笑，一直站在车门口盯着陈晓伟，直到看不见了，才低下头收回了目光。

# 第四十一章

丁力拿了烟，乐得嘴都合不拢，哼着京剧："这几天摸敌情，收获不小。"他一路上就哼这一句，还跑了调儿。卫和平跟着他，一直笑，说今天李彬可亏了血本了。

"咚咚咚，咚咚咚咚！"一阵紧凑而沉重的敲门声把李彬从睡梦中惊醒。

"谁呀？"李彬惺忪着眼睛，不耐烦地问。

"我，丁力。"丁力在门外一边大声地应着，一边又"咚咚咚"地将门擂了三下。

"干什么呢？大中午的，你不睡觉儿，跑我这里捣什么乱。"李彬一边嘟囔着，一边起床开门。

"我捣乱？你看报纸了吗？"丁力像阵风似的卷进门，说话比李彬还冲。

"看报纸？唉，现在的报纸有什么看的？胡编乱造！"

"你呀！一个国家机关干部，不读书，不看报，还能有个出息？"

"你倒读书看报了，出息哪儿呢，不还是个破工人吗？"

"你，连点文明话都不会说了！"

"你文明，大中午人家睡觉，跟擂鼓似的把人家吵醒！"李彬不软不硬地给丁力又顶一句。李明强不在北京，赵鸿涛也不愿充大，同学会就成了一盘散沙。李彬和丁力谁也不服谁，平时好得一个人似的，一不对劲就吵架。

"我找你有急事！"丁力大喊起来。

"急事儿？什么急事儿？"

"你自己找报纸看去！"丁力气呼呼地往李彬的床上一躺，感叹一声，"唉，累死我了！"

"什么急事儿？你倒是说啊！"李彬急了。

“强哥他，他受伤了！”丁力像撒了气的皮球软了下来，少气无力地说。

“受伤了？哪儿受伤了？碍事不碍事？”李彬急得问了一连串问题。

“你找张报纸看吧，让我歇一会儿。”丁力说着闭上了眼睛。李彬二话没说，转身出门，到大办公室里拿报纸去了。李彬现在是部里的主管会计，这一间房是微机室，他弄了张床放进来，就成了他午休或加班时休息的地方。

“哎，丁力，你通知鸿涛、和平他们了吗？”李彬慌慌张张地跑回来问丁力。

“我怎么通知他们？咱这破工人，也没个电话，你近，我就跑来了。”

“我给他们打电话。”李彬又跑回大办公室给赵鸿涛和卫和平打电话，两个人都不在。赵鸿涛办公室的人讲，鸿涛给他们说，今天报纸上的那个副连长是他的同学，并急急忙忙地给谁打了个电话，说话的口气，像是给那位副连长的家人打的电话，打完电话就走了。

“和平、鸿涛，都知道了，他们都不在，可能是见面商量办法去了。”李彬对丁力说。

“那，怎么办？孟华呢？”丁力问李彬。

“孩子今天发烧，没上班。”

“那，咱就先去鸿涛家。离这儿近，说不定，他们就在家里呢。”

“你等会儿，我跟头儿说一声。”李彬说完，请假去了。

二人走到赵鸿涛的楼下。李彬说：“哎，咱们到人家去，空着手不好吧？”

“那有什么？鸿涛是谁？还争咱的东西？”丁力满不在乎地说，“我们以前不都是空着手吗？”

“不好。以前行，现在不行，人家毕竟结婚成家了。”李彬说着，看见楼一侧的空地上停着一个板车，车上装满了西瓜，便一把抓住丁力的胳膊说，“看，那里有卖西瓜的，买两个去。”

“买苹果、梨吧，现在西瓜贼贵。”丁力说。

“不让你掏钱，你给提着就行。”李彬买了两个大西瓜，丁力一手提一个上了楼。

“最近发财了？”丁力问李彬。

“发什么财？大家聚会，吃点新鲜东西，心情也好。”李彬解嘲地说。

“好哩，今天有西瓜吃了。”丁力将右手提的西瓜举到鼻子前闻了闻，又放下来，脸上的笑容隐去了，阴沉着脸说，“要是强哥在多好啊。”

“阿力，你什么时候吃好东西才能想着我呢？”李彬在丁力的背上打了一下，他真有点儿忌妒丁力对李明强的感情了。

“你又不是不知道，强哥家穷，什么好东西都没吃过。”丁力的眼光更暗了。

“好了，他什么时候回来，我请他下北京最好的饭店。他要是冬天回来，我也请他吃西瓜！”李彬在丁力的背上拍了一下，得意地说。

“你说话当真？”

“我什么时候骗过你！”

“好！我等你兑现。”

“你就瞧好吧。”李彬又照丁力的背上拍一下。

说话间已到了赵鸿涛的家门口，丁力上前“咚咚咚”用脚踢了三下。

“你会不会轻点儿。”李彬上前说。

“这还没人应呢！”

“没人？”

“那怎么办？”

“等会儿。”李彬说着拉开公文包，从包里掏出一盒红中华烟，抽出一根儿递向丁力。

“红中华！”丁力眼睛一亮，急忙也把西瓜放下，接过烟说，“你什么时间学会抽烟了？档次够高的啊！”

“冒烟儿玩儿呗，人家送的，又不掏钱。”

“给我，你别浪费了。”

“我浪费？给你，那才叫浪费呢！这牌儿，在人前一现，多派。”李彬吸一口向上吐了个烟圈儿。

“嗬，连烟圈儿都会吐了，是够派的。不过，这盒红中华给我吧，也让咱到哥们儿那里显摆显摆。”丁力说着就去抢李彬的公文包。

“唉，你急什么？给你一盒整的。”李彬背过身，拉开公文包，掏出一整盒红中华，扔给了丁力。

丁力接过，放在眼前看了看，放在鼻前闻了闻，又盯了好半天，才把它装入口袋。突然，丁力又去抢公文包，一边动手一边问：“还有几盒？”

“就剩一盒了。”李彬笑着，背过身去，把包抱到怀中。

“那也给我。”丁力硬打实地要。

“别得寸进尺了，回头我给你一条。”李彬推开丁力说。

“骗人呢？”丁力也觉得不合适了，讪讪地问。

“我什么时候骗过你，办完这事儿，上我家拿去。”

“真的？”

“不就条烟嘛！我买也给你买得起！”李彬很大气地说。

李彬的大气使丁力相形见绌。丁力不好意思地转过身，对着赵鸿涛的房门自言自语地说：“他们上哪儿去了呢？”

“哎，上边的门窗开着呢。”李彬指着门头上开着的窗户对丁力说，“把瓜给他放进去，咱们走，到北大看看和平。”

“那不正好给平姐带去。”丁力指了指地上的西瓜说。

“还拿它？齁重的。你爬上去给他放里边，鸿涛回来，也知道咱们来过了。”

丁力蹬着门的把手爬上去，把头伸进屋内，伸手接过李彬递上来的西瓜，移动着身子，探下去轻轻地把西瓜放进屋内，又退出来，接第二个瓜，用同样的方式往下放。突然，装西瓜的塑料袋带断了，“叭”的一声，西瓜摔在了屋地上。

“烂了吗？”李彬问。

“烂了。”

“算了，下来吧！”

丁力退下来，惋惜地说：“就差一点了，带断了。”

“真够笨的！”李彬嘟囔一句。

“我笨，你要上去，说不定俩儿都摔了。”丁力不服气地说。

“行了，走吧，留着让鸿涛、晓丽收拾吧。”

“等他们回来，不流得满屋都是汤了。”

“让他们劳动一下吧。立冬了，天上掉西瓜，光有美事不劳动还行。”

“不行，太可惜了，那么大的西瓜，流完了太可惜了。走咱俩回去给它吃了。”丁力拉着李彬就往回走。

“怎么吃？门儿你都进不去。要能进去，还让摔了？”

“能，是个撞锁，爬上去一拧就开。”

“那你刚才干什么不开呢？”

“人家家里不是没人嘛！”

“现在就有人了？”

“唉，不是西瓜要流了嘛！”丁力急了，一甩李彬的胳膊说，“你去不去？你不去，我自己去，反正不能让白流了。”

丁力转身向楼上跑去。等李彬磨磨蹭蹭到赵鸿涛家，丁力已经吃了一块西瓜了。

“嗯，快吃。”丁力让李彬道。

两人狼吞虎咽地吃了个肚圆，一个瓜还没吃完。

“不行了，我吃不下了。”李彬说。

“把塑料袋洗一下，给包起来，放在冰箱里。他们回来了，凉的更好吃。”丁力一边吃一边对李彬说。

“我不管，你干吧。”

丁力没吭声，吃完手里的瓜，把那断了带的塑料袋洗了洗，甩掉了袋上的水，把西瓜包起来，打开赵鸿涛家的雪花牌冰箱，放了进去。

“嗨，福气，还有一盒红塔山呢。”丁力发现冰箱门上的格栏里有一盒红塔山牌香烟，顺手拿起装入口袋，然后冲沙发上歪着的李彬喊，“走，上北大去。”

“你不把西瓜皮给收了。”李彬将手中的烟头摁在茶几上的西瓜皮里，摆出一副懒洋洋的样子说。

“收它干啥？我是怕糟尽东西，活儿吗，留给他们俩儿干吧。走。”

二人反锁上门，下了楼，刚走上大街，就看到卫和平急匆匆地从对面马路上走过来。他们急忙迎了上去。

“平姐。”丁力跑上前拉住卫和平的胳膊。

“丁力。”卫和平一见到中学同学，眼圈儿就红了。

“和平，我们俩去你那儿呢？你是不是来找鸿涛呢？”李彬走上前抢着说，他怕卫和平在大街上哭哭啼啼的不好看。

“嗯。”卫和平点了下头，眼泪已在眼眶里打转了。

“我们刚从鸿涛家里出来，他不在家。”丁力又抢着说。

“我去他单位了，他也不在单位。”卫和平强忍着泪水喃喃地说。

“那他上哪儿去了？”李彬看了看卫和平和丁力，像是问他们，又像是问自己。

“鸿涛这小子怕事，是不是躲着我们？”丁力开始瞎猜了。

“不会，是他打电话给我的。”卫和平一边替赵鸿涛辩解，一边拉开手提包，想取出自己的手绢擦泪。

卫和平将提包翻了一遍，手绢没了，多了一卷十元的票子，她的脸“唰”地一下红了。她急忙背过身去，撕了点卫生纸在两只眼睛上各拭一下。

“我给他单位打电话，他单位的人说，他给你打完电话就出去了。”李彬说。

“那，他是不是去——”

“哎——丁力，李彬！”卫和平的话还没说完就听到远处传来了喊声。

“是鸿涛！”卫和平惊喜地叫道。

寻着喊声望去，赵鸿涛在远处一边喊，一边向他们招手，一边向他们这边跑。

“我刚才，在车上，就看见你们了。只怕，只怕你们走了。”赵鸿涛气喘吁吁地说。

“和平。”赵鸿涛转向卫和平说，“我上你们学校了，没找到你。”

“她上你单位了，你们俩走差了。”李彬笑着说。

“好了，上我家吧。我已经给晓丽打电话让她先回来了。”赵鸿涛把手搭在卫和平的肩膀上，轻轻地说，“走吧。”

这抚摸，不是异性的暧昧，是同学的情，是大哥哥的爱，是关心，是安慰。卫和平感到一股暖流、一股力量在体内升腾，她默默地享受着这种情爱，默默地积蓄着这种力量。

赵鸿涛扶着卫和平的后背在前边走，李彬、丁力跟在后面，一路无话上了楼梯。

赵鸿涛推了下门，没开。他又敲了两下，张晓丽在里边喊：“你没拿钥匙？”

赵鸿涛就掏出钥匙捅开了门。张晓丽正在厨房里收拾丁力和李彬吃的瓜皮，头也没回地数落起鸿涛来：“你怎么搞的，把家里弄得乱七八糟也不收拾一下就走了。”

“我弄什么了？”赵鸿涛当着中学同学的面被老婆数落，脸上挂不住了，回问了一句。

“你弄什么了？瓜皮，你吃了西瓜，等我回来收拾瓜皮是不是？”

“瓜皮？”赵鸿涛钻进厨房里去看，嘴里还唠叨着，“我没有吃西瓜呀？”

丁力和李彬相视一笑，谁也不说话。

“这不是你弄的？”

“不是——”赵鸿涛疑惑地不知怎么解释。

“这瓜是谁买的？不是你买的？”张晓丽死气白赖地质问赵鸿涛。

“这么贵，谁买它呢？”赵鸿涛说。

“老实说，是不是你买来请你中学同学吃了？”张晓丽不依不饶地说。

“不是，这不，我们一起来的，还没你回来得早呢。”

“哎呀，和平，李彬，你们来了。”张晓丽这才发现了卫和平和李彬，换了个笑脸迎了出来。看见丁力已经歪在她的床上，心里有点不高兴，脸上却笑着说：“丁力，你也来了，我们家鸿涛还给你留盒烟呢！”张晓丽一边说一边开冰箱为丁力取烟，她知道丁力视烟如命，想用烟把丁力引下床来。谁知冰箱门一开，便傻了眼，红塔山烟没了。

“鸿涛，烟呢？”

“什么烟？”

“就冰箱里那盒红塔山。”

“我不知道。”

“这就邪了？是谁来咱家了？”被同学们称为薛宝钗的张晓丽，也失去八面玲珑的风范，弄不清是怎么回事儿了。

“邪什么呀？一点都不邪！”李彬唬着脸对张晓丽一本正经地说，“张晓丽同志，你也欺人太甚了。自己带人在家里又吃又抽的，还猪八戒搂耙子——倒打一耙，硬往我们鸿涛头上按。我们这要不是跟着，你还不把鸿涛给吃了。”

“你是不是贼喊捉贼？”丁力看李彬装得很像，也跟着演戏。

“谁贼喊捉贼啦！”

“这里肯定有男人来过，你的烟没了，是不是？瞧，这烟头儿。”李彬指着自己当时留在茶几上的西瓜皮和瓜皮上的烟头说。

“你说，你把那野男人藏哪儿去了。”丁力跟着吼。卫和平感到事态严重，拉了一把丁力，又用脚踢了一下李彬。

“哎，和平，你踢我干什么？”李彬故意大声嚷叫，“咱们不能太窝囊了！今天这事儿让我们碰上了，我们就得给鸿涛撑腰！张晓丽，你说不清楚，我们就不走了。”

“我——”

“你、你什么呢？自己回到自己的家，用得着锁门吗？还让鸿涛用钥匙开门，什么意思？”李彬步步紧逼地说。

“快说，把那男人藏哪儿了？”丁力在旁边添油加醋。

“别喊了，家丑不可外扬啊！”赵鸿涛急忙上前阻拦李彬和丁力。

“你一边待着！今天，我非弄个水落石出不行！”李彬更来劲儿了。

“好你个赵鸿涛，他们不相信我，你也那么想。”张晓丽扑向赵鸿涛，又打又抓，一边哭着说，“我真的不知道是谁来了。”

“不知道谁来了？这西瓜哪儿来的？这烟又是怎么回事儿？”李彬一步步紧逼，“你敢说你不知道？”

“我真的不知道。”张晓丽吓得直往赵鸿涛怀里扎。

“真的？”李彬的脸就要贴在了张晓丽的脸上。

“真的。”张晓丽的头向赵鸿涛的怀里贴得更紧了。

“啊，平时把我们鸿涛欺负得跟孙子似的，这时你知道让人家保护了，过来！”李彬伸手拉过张晓丽，用眼睛直逼着她的脸说，“你看着我的眼睛回答我，你真不知道？”

张晓丽看着李彬的眼睛，哆哆嗦嗦地说：“真不知道。”

“好，你不知道，我告诉你！”李彬说到这里不说了，从公文包中拿出他的红中华，扔给丁力一根儿，自己点上一根儿，猛吸一口，然后吐了个烟圈儿，不紧不慢地说，“我实话告诉你吧。”说到这里，他竟笑了起来，边笑边说，“我来过，丁力来过！哈哈哈……”

丁力也抖动着嘴上的八字胡儿笑了起来，他二人狂笑不止。张晓丽打了这个打那个，边打边喊，“让你俩捉弄我，让你俩捉弄我。我还把你们当好人，竟养了两只白眼儿狼。”

“你养了我们了？”

“你们哪次来不是我给你们做的饭，哪一次不是造了就走，让我收拾。今天，我今天不给你俩做饭了！”

“不做更好，不做更好，”李彬笑着说，“我们出去吃，行不行？今天立冬，我请客，你说是吃炒菜，还是涮羊肉，还是吃饺子？”李彬笑着凑到张晓丽耳边说。

“我什么都吃！”张晓丽白了李彬一眼，装出恨之入骨的样子说，“今天，我要狠宰你一刀。”

“怕你宰，还当什么主管会计！”李彬把香烟向茶几上的西瓜皮里一插，瓜皮“吱”的一声，冒出一缕青烟。

在离赵鸿涛家不远的国营东升饭店，张晓丽大挥宰刀，既要了火锅，又要了她最爱吃的小炒，最后说：“我再要半斤水饺，在涮锅里自己煮。”

张晓丽点完了一切，把菜单递给服务员，用眼睛瞟了李彬一眼，笑着说：“我就是要宰痛你，看你还捉弄我不！”

“哎呀，我的姑奶奶，你要是再点下去，我可得给人家脱衣服了。”李彬装出一副心痛的样子，拉着长腔沮丧地说，“一个月的工资没了。”

“要不，把那个百叶划去。”赵鸿涛的话音刚落，李彬就把大手一挥叫道，“不。小姐，再来一斤大活虾！”

李彬这一嗓子，使在坐的四个人都愣住了，惊得丁力目瞪口呆。一斤大活虾，现价八十八元，又快一个月的工资了，李彬不过了。

“都看着我干什么？吃，就吃最好的；玩儿，就玩儿个痛快。今天是值得庆贺的日子，我们要吃好，玩儿好。”李彬俨然成了这一桌的“老大”。

“来，今天都喝点儿酒。就喝咱老家的酒，伊川杜康！小姐给我们来瓶伊川杜康！”李彬又点了酒。

“我还要果茶。”张晓丽故意起哄。

“好。小姐，再来五瓶儿果茶！”

四个公薪族哪见过这阵势，全都傻了眼，直愣愣地看着李彬。

“我说烦不烦，还盯着我干什么？实话告诉你们，不花咱自己的钱。现在咱当主管会计，头儿报发票也得给咱报点儿不是。”

四个人羡慕地冲李彬点了点头。

各式涮菜已上齐，涮锅开了，酒水也斟上了。赵鸿涛说：“李彬，你说两句吧。”

李彬也不客气，端起酒杯，站起来说：“我刚才已经说过了，今天是个值得庆贺的日子，这第一杯酒就是庆贺，我们今天得知了明强的消息，祝贺他成为侦察英雄，人民的功臣，遥祝他早日康复，胜利凯旋！”

“来，干杯！”张晓丽首先响应。

“干杯，为明强干杯！”赵鸿涛看了一下卫和平，端起杯子站起来说。

“干杯！”五个酒杯碰在一起，五个心凝聚在一起。

“这第二杯嘛，今天立冬，大小也是个节日，祝大家节日快乐！”李彬说。

“节日快乐！”

“干！”

“这第三杯，我们喝个同心酒。再商量一下，是给明强写封信呢，还是去看看他怎么着？”

李彬主持了三杯酒，大家商议：由赵鸿涛代表大伙儿写封信，带劲点儿，越革命越好，给李明强创造点儿新闻素材；其他人想写什么写什么，回去后就抓紧干；卫和平先到香山步兵侦察大队去一趟，联系一下，能不能去前线医院看李明强，若能去，信就带过去，来回车票由李彬报销；如果不让去，问清通信地址，大家排着号一天寄出一封，让李明强天天都能收到信。

饭后，李彬说还得回单位加班，今天不回家了。丁力送卫和平回北京大学。

路上，卫和平说喝多了，有点儿头晕。丁力就说：“咱们顺路去看看孟华，顺便休息一下。李彬说孩子发烧，孟华没上班，她还不知道强哥的事儿呢，这一阵儿，大伙儿都惦着强哥呢，也让孟华给强哥写几句话。”其实，丁力的小心眼里还惦着李彬的烟呢，心想，这小子现在够派，家里肯定藏有不少烟，趁他不在家去扫荡一下。

就这样，丁力和卫和平来到了李彬的家。

孩子睡着了，孟华正在洗澡准备睡觉，听到敲门问了声：“谁呀？”

“我。”丁力打着酒嗝回答。

酒后含糊的乡音孟华听惯了，以为是李彬又喝高了酒回来了，就一丝不挂地，一边用干毛巾擦头上的水，一边开门。

门一敞开，见是丁力满口酒气地站在面前，自己赤身裸体，一着急，老家话就蹦了出来：“你看看！”

孟华意识到不应该将那两个隆起的双乳亮给丁力，急忙用毛巾遮住了那“两架山”。突然，又想到自己的下身还裸露着，又着急地说：“你看看！”急忙又把毛巾遮住阴部那片黑乎乎的草地，把那两个又白嫩又丰满的乳房亮了出来，她又着急地叫了声：“你看看！”急忙转过了身子，将她那溜圆的肩膀、滑曲的腰身和丰腴的屁股亮给了丁力。

丁力照孟华的屁股蛋上拍了一巴掌，将她推进屋内说：“都看见了，穿衣服吧。”说着又转过身对卫和平一阵坏笑。

卫和平的酒劲被孟华这一惊，全过去了，头也不晕了，红着脸，讪讪地笑了笑，对丁力说：“报应，谁让李彬今天捉弄人家晓丽呢！”

本来已是做了母亲的人了，又都是中学同学，没有什么不好意思的。孟华罩上睡衣，三人寒暄几句，便有说有笑地谈论起来。卫和平和丁力向孟华说明了李明强的情况，孟华的看法也和大伙儿一样，很辩证，说明强负伤虽是坏事儿，但也是好事，就是大家终于知道了他的消息，说不定就因为这次负伤，再也不用上战场了。临走，丁力对孟华说：“李彬说，他有好多烟要送给我，让我来拿。”

孟华到阳台上摸索了一阵子，给丁力拿了两条石林和一条红塔山。

“他说，还要送我一条红中华。”

“红中华，我没看见呀。你等着，我再给你找找看。”孟华说了个慌。尽管是中学同学，她觉得给丁力那三条烟已经是够多了，要知道这是人家求她和李彬办事儿，两家送的。那一条红中华，比这三条还值钱呢。不过，丁力说出来了，也可能是李彬交代的，就给他吧，从老家到北京，像亲姊妹[1]似的。还有一点，今天她在丁力面前现了眼，丁力提出这点儿要求，她不好不满足他。孟华装模作样地在阳台上找了半天，突然说：“瞧这李彬，将好烟藏在这儿了，也把我当家贼防了。”她说完，拿了一条红中华走进屋递给了丁力。

丁力拿了烟，乐得嘴都合不拢，哼着京剧：“这几天摸敌情，收获不小。”他一路上就哼这一句，还跑了调儿。卫和平跟着他，一直笑，说今天李彬可亏了血本了。

---

①巩义地区乏指兄弟姐妹。

# 第四十二章

这两天，许玉梅的脑海里一直在翻腾，李明强要是残废了怎么办？卫和平会不会还跟他好？她甚至后悔自己过早地领结婚证了。当她听到那“残废”二字从邢修省的嘴中吐出后，就像一头发怒的狮子，那一掌是用尽了自己全身的力气打下去的。她清楚地知道，李明强的血流进她的身躯只是幻觉，不是现实，她的手都痛得麻木了。

许玉梅和邢修省的爱情发展得很快，也很顺利。暑假二人上北戴河、大连玩了一圈儿，邢修省又从公司里优惠租借一辆没屁股“夏利”把许玉梅送回了家。穷了几辈子的许家人，看到许玉梅穿着高级料子的衣服和新式皮鞋，坐着挂着北京牌子的小轿车回到了家，祖辈几代人的脸上都增添了光彩。听说小伙子是个地地道道的北京人，又是个知识分子家庭。许玉梅的大哥不住地用长烟袋锅儿敲鞋底儿，一边敲一边唠叨着说：“高攀了，高攀了。”

“大哥，高攀的是我啊。”邢修省给许玉梅的大哥递上了带有北京标志的“人民大会堂”牌儿过滤嘴香烟，又帮着点上火说，“玉梅带我来给你们看看，如果你们不反对，我们就准备结婚了。”

“你瞎说什么呢？”许玉梅用她的皮凉鞋踢邢修省。

“你踢我干啥，明摆的事。反正我们家都铁了心了，就看你们家了。”

“父母不在了，我们也没啥，只要俺妹子愿意就中。”许玉梅的大哥看了一圈家里人说完，抽口烟，又问邢修省说，“你说，您家都同意？”

“我妈我爸待她比我都好。”邢修省尽说许玉梅家人爱听的话。

的确，邢家父母待许玉梅很好。他们见开出租车的儿子，竟找了个美如天仙的名牌学校大学生，乐得老两口嘴都合不上，对许玉梅疼爱有加，三天两头上街给她买衣裳，恨不得一天三顿饭都让儿子给她往学校里送。没有几件像样衣服的许玉梅，一下子成了个衣服架儿，一天三换，有的衣服还没有穿，邢修省就来收了，说他妈说该洗了，就连许玉梅的袜子也往家里捎[①]。邢家父母还托人找关系想让许玉梅毕业分配到中华书局。邢家把所有的爱都给了许玉梅，许玉梅也把对李明强的爱全部倾泻给了邢修省。她决定考本校的研究生，带工资上学，又离邢修省家近。若考上研究生，就准备留校。为了让许玉梅考研究生休息好，邢家父母专程陪儿子把许玉梅接到家里去住，并责令儿子不许越雷池一步。许玉梅考上研究生了，邢家父母又拿出积蓄让他们外出旅游、租车回家。

许玉梅和邢修省在家里待了两天，第三天就开车去了卫和平家，卫和平回北京了，留下了李明强家的故事，许玉梅哭成了个泪人。他们赶到西流村，说要替李明强上坟。杨玉萍带着他们，在全村人的簇拥下，来到了李明强父母和李明强哥哥的坟前，与李明强走时不同的是，坟前立上了两块墓碑。李明强父母坟前的碑文是：含辛茹苦，培育文武双全之子，成就未竟事业；李铁柱、刘春英之墓；杨玉萍敬立。李明强哥哥的坟前碑文是：忠孝父母，虽傻犹荣；李志强之墓；弟李明强妹杨玉萍敬立。碑文还有死者的生卒年月，立碑的日期。只是人们都弄不清楚，为什么两个墓碑死者的名字前都不写称谓，为什么在李明强父母的墓碑上不落李明强的名字，为什么李志强的墓碑上落了李明强和杨玉萍的名字，还落了“弟、妹”的称谓。当时刻碑文的石匠就问过，杨玉萍说：“我让你刻什么，你就刻什么。”

许玉梅告别了中学同学杨玉萍，回到家里讲明了情况，与邢修省连夜驱车回到北京，为的是能够见上李明强一面。可是，李明强已经离京了，直到开学，他们才找到了卫和平。

邢修省感到李明强的一生太不平凡了，下决心要以李明强为蓝本写一部长篇小说。这一提议，得到了许玉梅的支持，她不仅要培养出第二个李明强，她还要把对李明强全部的爱都写进书去，让世人永远记住李明强这个名字。

这天下午收课后，许玉梅回到邢家，见邢家父母都不作声，在厨房里忙碌着，买了许多好吃的东西，大虾在盆里游动跳跃。许玉梅忙洗手帮忙，被邢母拦住说：“去，休息一会儿，等修省回来了，好写你们的小说。”

许玉梅甜甜地一笑，说：“我不累。”

“你妈让你歇着，你就歇着，以后有你干的。”邢父说完，冲许玉梅咧咧嘴算是笑了。

“妈，今天的报纸呢？”许玉梅回到客厅见没有当天的报纸。

“报纸？啊，报纸，今天不知为什么，没有送。”邢母支支吾吾地说。

许玉梅回到自己的房间，准确地说是她与邢修省的房间。开学后，邢修省千求百磨，邢家父母旁敲侧击，许玉梅也觉得不明不白地在邢家住不好，最主要的是在旅游途中，她已经把自己的身子给了邢修省，所以，许玉梅就与邢修省领了结婚证，邢家准备在元

---

① 拿，无选择地拿。

旦或者寒假邢修省的姐姐回来时给他们把婚事办了，可邢修省在领证的当天晚上就迫不急待地钻进了许玉梅的房间。邢家父母视若不见，但常念叨着说找个好日子，请老朋友聚聚，把他们的喜事办了，他们想做爷爷、奶奶了。

这个房间有十平方米左右，布置得很简洁。一张明晃晃的镀锌席梦思床放在屋子的正中央，一个大衣柜与席梦思床同向放在靠里边的角落里，靠席梦思床的尾端放着一张两头沉的写字台。写字台上紧靠墙壁竖着码放一排书，书的上方挂着一面大玻璃镜框，一看便知，这儿既是写字台又是梳妆台。写字台与墙角间的空地，竖着一个拱形带两层鞋架的不锈钢衣架，衣架上挂着五颜六色的衣服，那两层鞋架上放满了本儿和书，屋子的地面上铺着猩红的地毯。

许玉梅将鞋脱在门口，光着脚进屋，一屁股坐在席梦思床上。那柔软的床垫和床垫下那层弹性极好的弹簧受到压迫，一起用力将许玉梅弹起。许玉梅顺势平躺上去，带着幸福的微笑在床上颤悠。弹簧跳动着，许玉梅跳动着。她像睡进了摇篮里，享受着家庭的幸福和温暖。

有家真好。许玉梅微笑着，内心充满了幸福，充满了喜悦。自从领了结婚证以后，她回到这个家自然多了，她真正地成为这个家里的一分子了，她高兴，她兴奋，在上大学前，做梦都不会想到她会成为一个北京人。北京在她幼小的心灵中是个很遥远、很神圣的地方。她常听到村里大人打孩子，或教育孩子时说："你跑，你怎么不跑到北京！""有本事，你到北京去！"许玉梅的父母也这样说过她。现在，她许玉梅不但跑到了北京，而且还在北京安了家，而这个家，在同学会中，也数得上是最富有的，无论是精神财富，还是物质财富，都是其他几位同乡同学没法比的。

这就叫"笑到最后，笑得最响。"许玉梅微笑着盯着天花板，又使劲儿压了压身下的弹簧，她的身子又欢快地跳动起来。突然，她的眼光停留在大衣柜上面的白色人造革皮箱上，脸上的笑容不见了。

这个白色人造革皮箱，是许玉梅上大学自己花二十九元钱买的最奢侈的物品，那里面存放着她平生第一身价格昂贵的衣服，就是大年初四李明强为她买的那套青灰色的西装。

许玉梅站在床上，取下那小箱子，说是箱子，其实就是一个旅行包罢了。她小心翼翼地拉开箱上的拉锁，慢慢地打开，那套青灰色的西装一下子映入她的眼帘，她的心怦怦直跳，她急忙转身关上了门。

许玉梅站在床前，凝视着那身儿西装。许久，她小心翼翼地把它展开，又小心翼翼地穿在身上，站在镜前不住地照啊照啊，就像她第一次在商店里试穿一样。

"你要买什么？"

那天，她在王府井百货商店问李明强。

"买身儿衣服。"

"买什么衣服？"

“西装。给我表妹买一身儿西装。”

“买西装得本人来买，试一试。不合适怎么办？”

“她的身材和你差不多，你多高？”

“一米六三。”

“巧极了，她也是一米六三。”

“这枣红色和青灰色的都不错，你买什么的？”她看上这一款，拉了一下李明强说。

“我不懂。你说，要是你穿，你要哪套？”

“我穿？我穿那青灰色的好。但要看你表妹喜欢什么颜色。”

“就喜欢青灰色。”李明强兴奋地说，然后冲售货员喊，“同志，把那西装给拿一套。”

“师傅，把那样的西装给我们拿一套看看。”她见售货员不理睬李明强，自己又喊了一遍。

“能试试吗？”她问。

售货员冲她点了下头。

“你得给人家叫师傅，得说普通话。人家是钱眼里的人，和你不是同一条战壕里的战友。”她俯在李明强的耳旁笑着说。

“棒极了！”李明强看到她穿上西装，高兴地蹦高儿，连叫两声“棒极了！”一蹦一跳地走向柜台，开了票，又跑到收款处付了钱。

许玉梅在穿衣镜前照啊照啊，心里想，我什么时候才能有这么一套西装呢？我要是有一套这样的西装，在校园里，在大街上，多带劲儿，多提气。她在镜前照啊照啊，一直舍不得脱下来。她梦想着能得到这样一身漂亮高雅的西装。

许玉梅万万没有想到，幸福就降到她的身上，这西装就是李明强专门为她买的。一百六十元，是李明强一个多月的工资啊，李明强要攒下这一百六十元钱，不吃不喝也得三个月。李明强是从来连一根冰棍都舍不得吃的人啊。

明强，你现在在哪儿？是在青屏山，还是白虎山？是在猫耳洞里，还是在与敌人激战？明强，你怎么连个招呼儿都没有打就走了呢？许玉梅的眼眶潮湿了。

“我那表妹啊，叫——许玉梅！”李明强兴高采烈地说着，将手搭在了她的背上。当李明强的右手滑过她的后背，她立刻感受到一股暖流涌上了心头，又从心里分布向全身。她感到她背靠的不是一只有力的大手，而是一架伟岸的大山，心里有说不出的舒畅和幸福，她不想说话，只是静静地感受，感受着李明强的情，感受着李明强的爱。

“哎，臭美什么呀？”邢修省回来了，推开门，瞧见许玉梅穿着西装在镜前傻着，喊了一声，就到洗漱间洗漱去了。

许玉梅急忙脱下西装，小心翼翼地将它叠起来，放入小箱内。刚拉上拉锁，又将箱子打开，把西装拿出来。然后，从屋角的大衣架上取下一套红西装，往床上一抖，拿出小衣架把那套青灰色的西装挂好，套上塑料袋，挂在大衣架上。回头见大厅里没人，就胡乱将那套红西装叠巴叠巴，放进了小白箱中。她刚拉上拉锁，邢修省就从身后扑过来，抱住了她的腰把她放倒在床上，吻了起来。

“别，爸妈看见了。”许玉梅使劲儿推开邢修省，然后拍着那小白箱子说，“把它放上去。”

“还要它干吗？人造革的，扔了算了。”邢修省没有得到满足，扫兴地随口丢了一句他早就想说的话。

“回头儿给老家谁都行，他们有用。”许玉梅淡淡地说。

邢修省举起那白色的小箱子把它放在了大衣柜上，回头关上门，又把许玉梅按在身下，拼命地亲吻和抚摸。许玉梅被动地迎合着，但是，这时的她没有一点儿激情，脑子里全是李明强。

吃饭的时候，邢母一个劲儿地往许玉梅的碗里夹菜，这本是习以为常的事，可今天夹得格外频繁，饭菜的档次也格外地高，许玉梅预感到有什么事情要发生，可又想不出来，看看邢修省，一脸若无其事的样子。所以，就只顾埋下头吃，心里想，有什么事他们迟早会说的。

吃过饭，许玉梅收拾碗筷，又被邢母拦住了。邢母拉住许玉梅的手坐在沙发上，对邢修省喊："把电视关了，过来，妈有事儿给你们说。"

“什么事儿？妈。”许玉梅问。

邢母摸着许玉梅的手说："孩子，我说了你可别着急。"

“什么事儿呀？”邢修省急着问。

“你也别着急。”邢母转向邢修省，不紧不慢地说，“你们那个朋友，上战场那个，是叫李明强吗？”

“是啊，有什么事儿吗？”许玉梅轻轻地问，一种不详的感觉涌上心头，脸上掠过一层阴云。

“他是个侦察兵，是吗？”

“嗯。”许玉梅和邢修省同时点了下头。

“那就是他。”邢父肯定地插了一句，转身回自己的卧室了。

“他怎么了？”

“他负伤了。”邢母沉痛地说。

“他哪儿负伤了？您怎么知道的？”邢修省急了。

“有没有危险？住哪家医院了？”许玉梅也着急地问。

“看把你们急得，你妈不是说，不让你们着急吗！”邢父从卧室里拿着一沓报纸，一边向外走一边说，“依我看没有什么危险，记者还采访他了呢。”

“到底怎么回事？你们说清楚点。”邢修省急了。

“你们还是看报纸吧？我们先给你们说一声，免得你们着急。”邢母慢条斯理地说。

“有报纸，你们怎么不早说啊！”邢修省埋怨父母说。

“这几份儿报上都有，你们看看吧。”邢父把报纸递给邢修省。

邢修省从父亲手中接过报纸，分给许玉梅一份，两人急不可待地看了起来。许玉梅看到肖明牺牲的描写哭了，一边抹泪一边看，看到李明强被人从车里掏出来，血都流尽了，双腿失去了知觉，不会伸直了，李兵扑在车上哭，张金河冲出医院，因伤势过重一头栽倒在地上，许玉梅竟哭出声来。这是她发自内心深处对李明强的爱，对李明强的战友的崇敬。想到在香山军营和肖明他们几个战士的来往，她越哭越痛，弄得邢母也抱着她哭起来。娘儿俩简直哭成了泪人，邢父看在眼里，在屋内直踱步，也没有办法。突然，邢修省喊道："你们哭什么？我们应该高兴才是呀。"

"人家死的死，伤的伤，你高兴什么？"许玉梅哭着顶了邢修省一句。

"我不是那意思。我是说，我们通过报纸知道了强哥他们的详细情况，要不是这些报道，他们的消息我们一点儿也不知道呀。"邢修省自从融入了同学会后，也跟着丁力一起唤李明强为强哥了。

"那就应该高兴？"邢父对儿子嗤之以鼻。

"事物都是一分为二的，都有它的两面性。您说，我们看到这报道，不往好的方面想，只在这儿哭有什么用？"邢修省说到这里，拉了一把许玉梅，对她说，"别哭了，咱们到北大去，看看卫和平吧。"

许玉梅赶忙起身，擦着泪到自己的屋内换衣裳。

许玉梅和邢修省来到北大，敲开了卫和平的宿舍，屋内只有苏丽华一个人在，苏丽华告诉他们，卫和平中午就出去找中学同学去了。

"肯定上鸿涛家了。"邢修省对许玉梅说。

"这里离丁力家近，要不，先到丁力家看看？"许玉梅一心想早点见到中学同学，不管是哪一个人，都是李明强最亲近的人。她自己认为，除了卫和平和她，真心爱李明强的就是丁力一个人。也可以说，她和卫和平对李明强的爱是出于私欲，而丁力对李明强的爱是赤裸裸的奉献。

"不用，肯定在鸿涛那儿，他年龄最大，稳重，能拿主意。李彬不求实，丁力是个混混儿，卫和平不会找他们俩的。"

"我的同学都不好，这个不求实，那个是混混儿。鸿涛是'气管炎[1]'，你怎么不说呢？有本事，你当老大！"许玉梅的无明火终于给点着了，冲邢修省劈头盖脸一阵倾泻。

邢修省也不吭声，方向盘在自己手中，刹车和油门在自己脚下，不管许玉梅怎么数落，车还是驶向了赵鸿涛家。

许玉梅唠叨归唠叨，但在内心里还是赞成邢修省的意见的，只是觉得一直堵得慌，不发泄一下难受罢了。

二人到了赵鸿涛家。赵鸿涛和张晓丽说，卫和平他们几个刚走，并详细讲了他们商议的结果。邢修省说："我明天开车送卫和平去香山。"

---

① "妻管严"的代名词。

“我明天也没课，咱们一块儿去。”许玉梅附和着说。

“真是夫唱妇随，你们什么时候举行婚礼？”张晓丽乘机活跃一下屋内沉闷的气氛。

“还婚礼呢？昏头还差不多。这一路，骂得我头都大了。”邢修省也与张晓丽开起了玩笑。

“我们玉梅可是素有‘黛玉’之称的，有那么厉害吗？”张晓丽冲许玉梅笑着说。

“都是他招的！”许玉梅的无名火还没有发完。一路上，她真想跟人大吵一架，可是邢修省就是不答话。她解气地骂邢修省，人家邢修省也是徐庶进曹营——一言不发。

“结婚是爱情的坟墓啊。”邢修省笑着一边冲张晓丽感叹，一边扶着许玉梅的肩膀说，“夫人，走吧，咱们还得将爱情进行到底呢！”

许玉梅甩下邢修省的手，在他的手背上使劲儿地打了一巴掌。

“哎呀——”邢修省大叫一声，又突然将声音降了八度，做了个鬼脸，微笑着说，“不痛。”他看到许玉梅在不住地甩自己的右手，赶忙把许玉梅的右手托在自己的手掌上，对着吹了两口气，很认真地问：“痛了？”

“走吧，走吧，别在我们家酸了。”张晓丽推着他们笑着向外送。

第二天一早，东方刚刚泛起鱼肚白，邢修省和许玉梅就开车来到了北大，许玉梅将卫和平堵在了被窝里。

“和平。”

“玉梅。”

两姐妹手拉着手，互相对视着，半天都没有说话。他们共同心爱的男人负伤了，伤的是李明强的身，痛的可是她们的心啊。

“鸿涛说，你今天去明强的单位？”许玉梅先找到了话题，打破了沉闷。

“嗯。”

“我今天没课，陪你去。”

“行。”

“修省说他送咱们去。”

“不用了，坐公共汽车也挺方便的。”

“他在外面等着呢。我们怕你起得早，自己走。就这么早——”

“真是——咱们坐公共汽车吧，别耽误他做生意。”卫和平不好意思了，邢修省开出租车是要交份子的。

“让他跑一趟吧，这时候不用他，什么时候用他。”

“不用，还是不用好。你先去把他打发走，我洗漱一下，咱们俩坐公共汽车去。”卫和平说了，还觉得有点生硬，便冲许玉梅笑笑说，“咱俩人在一起，说话也方便。你呀，先替我谢谢他。”

许玉梅出去跟邢修省说了，邢修省说什么也不走，一定要送她们俩人。

“哎呀，我说不用你送，你——”卫和平一边上车一边对邢修省说。

“那怎么行，这时我不出点儿力，强哥回来了，我怎么交代？”

“太麻烦了！”

“麻烦什么？咱自己的车。”邢修省骄傲地说。

“你还得给公司交钱呢？”

“等强哥回来了，从他的奖金里出。”

“傻帽儿，还写人家军人呢，连部队的事儿都不清楚，他们哪儿有什么奖金？”许玉梅挖苦邢修省。

“你看你，给个棒槌你就当针了。我不就是开个玩笑，逗逗乐吗？”邢修省笑着说，“哎，卫和平，那《和平歌》修改的怎么样了？”

“基本上差不多了。我们屋里的几个人说，让我将他们这次侦察活动写进去，你们看怎么样？”

“嗨，想到一块儿了！行，小说吗，再夸张一下。”邢修省说着，车穿过了厢红旗闹市，他一边加挡提速，一边说，“我也准备把这段写进去，太精彩了。不过，我得换个角度，加上采访他的女朋友。”

邢修省左手扶着方向盘，用右手握拳当话筒，问卫和平：“卫和平同志，请您谈谈，当您从报纸上看到您男朋友在战场上负伤的消息后，您的感受好吗？”

“我刚开始很担心，后来很激动，再后来很高兴，再后来很振奋，好像他的血不是流在车板上，而是输进了我的身体中，给我了无穷无尽的力量。”

“好，那你，你打算怎么办呢？比如，如果他残废了——”

“闭住你的臭嘴！”许玉梅几乎是喊出来的，与其同时，她对着邢修省的右拳头狠狠地打了一巴掌。邢修省感到火辣辣的疼痛。这疼，比昨晚那一巴掌要痛几倍，他知道自己的老婆是真的发火了，而且她用那么大的劲，她的小手也一定很痛。邢修省回过头瞥了许玉梅一眼，许玉梅两脸铁青，一点血色都没有，一看到邢修省回头，又狠狠地补一句：“看什么？专心开你的车！”

许玉梅刚才被卫和平的话语所感动，那也真真是她的感受啊，怎么与卫和平的一模一样，难道自己现在还深爱着李明强？这个问题，她不知问过自己多少遍。自从与邢修省交往到领证，她不能说没有对邢修省产生爱情，但是她就是忘不了李明强。她明知道有卫和平，她得不到李明强，但她的脑海里还是常常浮现李明强的形象。在李明强脚受伤后写《红灯亮了之后》的日子里，她每周必去，百般侍奉。她坚信她在李明强的心中也如同李明强在她的心里一样有着同样重要的位置，要不然，李明强不会花那么多钱为她买一套昂贵的西服。那是她平生第一套最值钱的衣服啊，尽管比不上邢家给她买的许多衣服，但是，在她的心目中，那套西服是最最重要、最最昂贵的衣服。李明强的家庭条件不能与邢修省相比，周家花出几百元是施舍，李明强花出一分钱就是心血。李明强给她的不是衣服，不是金钱，是李明强的情，是李明强的爱啊。许玉梅一直珍藏着那套西装，一直舍不得穿，就在他与邢修省领结婚证的那一天，她又把那套西装拿出来端详了好半天。趁邢修省不在家的时候，她常常拿出来看看，有时穿上试一试，又小心翼翼地收起来。这是她少女初恋唯一的纪念啊，邢修省怎能知道，邢修省怎能理解她对李明强的感情。昨天，她把那套西装挂在了大衣架上，挂在了那最显眼的地方，那是上帝有意让她为李明强在心中树的丰碑吗？从昨晚到现在，她的脑海里一直在翻腾，李明强要是残废了怎么办？卫和平会不会还跟他好？她甚至后悔自己过早地领结婚证了。当她听到那“残废”二字从邢修省的嘴中吐出后，就像一头发怒的狮子，那一掌是用尽了自己全身的力气打下去的。她清楚地知道，李明强的血流进她的身躯只是幻觉，不是现实，她的手都痛得麻木了。

“李明强残废了我该怎么办？”这是卫和平这两天常想又不敢去想的问题，也是她不愿去想更不愿去面对的问题，人往高处走，事往好处想，她坚信现代医学的发达，李明强不会残废的，他是国家的功臣，国家会尽一切可能治好他的伤的。

邢修省自知失言，不敢再多说一句话，专心致志地开起车来。

黑色黄冠轿车在香山路上疾驰。雄伟壮丽的香山越来越近，浑然蒙眬的山体逐渐清晰可见，香炉峰高高地耸立在正西方，晨雾缭绕着山顶，真像是一尊天然的香炉，熏燃着袅袅香烟。南山坡的枫叶经过寒霜的洗礼，更加鲜红烂漫，在早晨火红的太阳照耀下，反射出耀眼的光辉。

香山枫叶红，
霜重色更浓，
片片红似火，
全是血染成。

相传，这漫山遍野的红叶，是一位美丽善良的少女，为了不让聚宝盆落在追赶她的坏人手中，用双手在乱石堆中挖出个大坑掩埋了宝盆，为了作记号也为了不让坏人发现，她又栽上了一棵小枫树。姑娘被乱石磨破的双手流淌的鲜血染红了枫叶，聚宝盆显灵，香山南坡长满了枫树，将整座山变得血一样的鲜红。

卫和平看着想着，蒙眬中，香山公园的南北两座山变成了青屏山、白虎山，那北山漫山遍野的山林灌木，正像那穿着迷彩服的将士们在冲锋陷阵；南山红地毯似的枫叶，就是将士们流淌的鲜血，战场上的厮杀声，震得卫和平的耳朵“嗡嗡”作响，那飞溅的鲜血，惨不忍睹，卫和平咬着牙慢慢地闭上了眼睛。

当香山的红叶拉近车窗，映入许玉梅的眼帘时，她一下子惊呆了。她看到，那分明是李明强流在车座下的那坑鲜血，那血坑越扩越大，遮满了她的双眼，在她的眼前凝固了。那川流不息到香山观看红叶的游人，全成了那坑鲜血的朝拜者。明强，你的血没有白流，人民记着你，战友记着你，同学记着你，卫和平记着你，我记着你，你永远藏在我许玉梅的心中。

邢修省将出租车开到了香山步兵侦察大队门口，卫兵远远地向他做出了停车的手势。

香山步兵侦察大队门口的警示牌上赫然写着：“出租车禁止入内”，邢修省摘下挡将车滑停在门前。

“哎，到了。”邢修省见后车座上的两个人没有动静，回头喊了一句：“怎么？睡着了？”

“谁能睡着，也就是你，少心缺肺。”许玉梅又戗了邢修省一句。邢修省也不作声，沉痛地将头伏在方向盘上。

卫和平与许玉梅下车到警卫室登记。她真没想到，许玉梅竟这么厉害，她可从没敢对李明强大声喊过一句。这可能是结婚的缘故吧，时间和环境在改变人。

“同志，我们找你们大队领导。”许玉梅见卫和平心思重重，自己心里着急，抢上前对值班的战士说。

“找大队长还是政委。”管登记的战士问。

“啊？大队长和政委，谁都行。”卫和平突然醒了，急忙说。

“证件。”

卫和平递上了她的学生证。

值班的战士看了看，拨通了大队长的电话。

“什么，北京大学的研究生卫和平？”大队长一听说是卫和平来了，就对值班员说，“让他们把车开进来吧。”

“首长，他们坐的是出租车。”

“那也让他们开进来！”

就这样，香山步兵侦察大队院内开进了第一辆出租车。

大队长带领几个参谋、干事早已等在办公楼前。邢修省的车刚刚停稳，就有人跑上前开了车门。

“卫和平同志，你怎么不打个电话，我派车接你，还坐出租车干吗。”大队长一边与卫和平握手，一边又冲黄中臣喊，“黄干事，把车费给人家司机付了。”

“不用，我们是一起来的。”卫和平说。

“哎呀，是你呀！”黄中臣认出了邢修省，就是不知道邢修省的名字。双方像老朋友似的握手寒暄，都叫不出对方的名字。

“你们认识？”大队长问。

“他以前送过李明强。”黄中臣回答说。

“这位是我的中学同学许玉梅，也是李明强的同学。”卫和平露出了她那甜蜜的笑脸，向大队长介绍，“那是她爱人邢修省，也是李明强的朋友。”

大队长一一同他们握了手。

在会议室落座后，大队长对卫和平说：“小卫，昨天下午和晚上，你都哪儿去了？我们值班员整整打了一下午和一晚上电话都没找到你。”

“谢谢首长关心，我上同学那里了。”卫和平说，“今天我们来，是想问一下，我们能不能去看一看李明强。”

“这个嘛，我们也做不了主。你们先不要着急，等我们给上级报告一下，看能不能去，若能去，我们大队也准备派人去。”

“那咱们就可以组织一个慰问团了。”邢修省兴奋地说。

“是，我们是想去慰问一下。这一次，李明强他们立了大功了。军委、总部和军区都表扬了他们，军区准备上报军委给他们记功，授予他们荣誉称号呢。”

卫和平的眼圈儿又红了，对大队长说：“我们都想见到他。也知道都去不了，如有可能，我们只去一两个人。”

“行，行，只要上级批准让去，我立马儿通知你。”大队长爽快地答应了。

“那好吧，我们就不多打扰了。”卫和平首先站起身告辞。

“哎，多坐会儿。喝点水，吃点水果，中午吃了饭再走。我们政委上军区开会去了，等一会儿，回头见个面。”大队长挽留道。

“不了，代我们问政委好。就不打扰了，我们回去也有事儿。”

回到北大，卫和平拿出《和平歌》久久写不下去。脑子里很乱，怎么理也理不出头绪，她渴望早日见到李明强，恨不得长出翅膀，立即飞到李明强的身旁。

卫和平拿出李明强的照片深情地看着，又拿出报纸与报纸上的照片对照着，报纸上的照片虽不是彩色的，但是最新近的，卫和平看着看着，拿起笔在李明强的照片旁的报缝中写道：

梅花一弄，断人肠；

梅花二弄，费思量；

梅花三弄，风波起。

人海丛中，李明强、李明强、李明强……

# 第四十三章

杨玉萍听到张根在楼下骂“破鞋”，以为是骂自己，本想与张根大吵一架，一想，何必呢，闹大了，反而坏了自己的名声，就咬咬牙，没有作声。但是，更坚定了她离婚的决心。

杨玉萍送走了许玉梅和邢修省，只身来到了县城，她没进商店，也没上公园，径直奔向县医院，挂了个妇科门诊，她要检查一下自己是不是怀上了李明强的孩子。

杨玉萍挂了个66号，六十六，她的心“怦怦怦”地加快了跳动。真顺，六六大顺啊！我一定是怀上了，我有孩子了。她在心里念叨着：明强，我们有孩子了，你知道吗？你现在在哪里？你知道我在医院里排队吗？

杨玉萍满怀内心的喜悦等待着，李明强的身影不停地在她的眼前晃动，如果说，中学时代的李明强撩起了她青春的骚动，这回李明强探家是彻底征服了她的肉体和心灵。特别是李明强那坚强的毅力和性格，给了她无穷无尽的力量，使本来就倔强的她下决心要向命运抗争。

李明强在响亮的锣鼓声中，在全村人的簇拥下走了。杨玉萍在响亮的锣鼓声中，在全村人的簇拥下举行了第二次婚礼，尽管作为新郎的李明强不知其意，尽管欢呼的人们不知其意，尽管没有结婚证，尽管没有证婚人，但是，她杨玉萍确确实实是又结了婚，确确实实是嫁给了她梦寐以求的心上人。在她的心中，她已经成了李明强的正式妻子。

送走了李明强。从车站回来，已是黄昏。

杨玉萍经过一番梳洗打扮和家务操持，独自步入了“洞房”。花烛下，杨玉萍将李明强的军帽放在桌子的另一端，为他斟上了一杯红葡萄酒。她端起酒杯敬李明强，向他表示一定要好好生活，等他凯旋归来。

第二天早上，杨玉萍又穿上她那身白色的连衣裙和那双白色的皮凉鞋。她要这样一直穿下去，替李明强为父母、哥哥穿孝，替李明强为父母、哥哥守坟。

杨玉萍包了一锅水饺，盛了三碗，放在竹篮里提上，独自一人来到埋葬李明强父母和哥哥的坟地。坟地里的一群乌鸦被惊飞起来，在杨玉萍的头顶“啊啊”地叫着，吓得她出了一身冷汗。回头四望，远远近近，一个人影也没有，只有面前一片死寂的坟堆，能动的只有老坟头上的柳丝。

杨玉萍的心紧缩在一起，腿有些发软，哆哆嗦嗦地转过身就往回跑。跑出坟地，远远地看到自家的二层小楼，她长长地出一口气，泪不知不觉地流了出来。在心里呼唤李明强的名字，喊着喊着，李明强就站在她的面前，笑着对她说：“瞧你的胆子，世上哪来的鬼，全是自己吓自己。”她破涕为笑，一边伸手去拉李明强，一边撒娇地说：“你怎么不早来呢！”

杨玉萍的手虽然拉了个空，但那笑容还留在脸上。她从幻觉中回到现实，理了理头发，又转身向坟地走去。农村的习俗，这顿饭是必须送的，李明强上前线了，她必须替李明强做李明强应做的一切。

想起李明强，杨玉萍就聚集了无穷的力量。为了李明强，就是死了又有什么呢？李明强曾说过，他小时候在伏龙山，刘爷爷带他到一个地方练功，练累了，就靠着旁边的一个土堆晒太阳，晒着晒着，累极了的李明强就睡着了，等他醒来，刘爷爷已不知去向，他回到家，刘爷爷问：“强子，你知道你今天睡觉的是啥地方吗？”李明强摇摇头说：“不知道。”刘爷爷说：“是一座坟，坟里埋着一个上吊死的人。”李明强吓得一哆嗦，惊异地瞪大了眼睛，怯怯地重复一个字“坟”。刘爷爷哈哈大笑说：“对，是坟，是人们说的最厉害的吊死鬼的坟。”刘爷爷把长烟袋锅往脚底上一敲，严肃地说，“爷爷今天是故意带你到那里去的，也是故意让你在那里睡的！为啥呢？就为了告诉你，世上本来就没有鬼，全是自己在吓自己。你看，你在那坟上睡了一觉儿，什么感觉也没有。爷爷我一个人，在这里住这么多年，也没有什么事。这就是人们说的‘远怕水，近怕鬼’。为啥呢？出远门到一个生地方见了水，你不知道深浅，害怕呀。你在家门附近，哪里埋了人，哪里有老坟，你都知道，听别人说有鬼，你不就害怕了？今天爷爷就让你到坟上睡一觉，就是让你自己知道，世上就没有鬼！”

杨玉萍想着李明强的故事，腰杆硬了起来，脚下也更有力了，正好看到四奶奶家的大黄狗在一块地里跑，就大叫一声：“大黄！噢——啊噢，大黄！”

大黄狗平时常得杨玉萍喂好吃的，一听到杨玉萍的喊叫，飞也似的跳沟蹿坎，不一会儿就跑到杨玉萍的身边，围着杨玉萍“哼哼唧唧”地叫着转，用舌头舔杨玉萍的脚。杨玉萍掀开篮上盖着的白毛巾，想拿几个饺子喂“大黄”，手悬在空中又停了下来，冲“大黄”一摆手，像喝领随从似的喊：“走！”

杨玉萍跪在李铁柱和笑二嫂的坟前，摆上两碗饺子，磕了三个头，说了声：“爸，妈，我来给你们送饭了。”就泣不成声地哭起来。“大黄”也老实地卧在杨玉萍身边，冲着坟头随着杨玉萍的哭声“唔唔哼哼”地叫。

杨玉萍哭干了眼泪，才想起还没有给傻志强的坟前摆饭，就急忙站起来，看看李明强父母坟前的两碗饺子和大黄狗，冲大黄狗喊：“大黄，起来！”

大黄狗听话地站起来，绕着杨玉萍的两腿“哼哼唧唧”地叫。杨玉萍知道大黄狗想吃那饺子，就用腿轻轻地顶了大黄狗一下说：“等会儿。”

杨玉萍把篮子里的那一碗饺子放在傻志强的坟前，说：“哥，吃饭了。”泪又情不自禁地流了出来。这是她第一次给傻志强叫哥，也是李志强傻了以后，外人对他的第一次尊称。

杨玉萍用胳膊擦了把眼泪，把李明强父母坟前的饺子收起来，端到一边，将一个碗往地上一放，叫道：“大黄。”

大黄狗就在身边，迫不急待地低下头大吃起来。

杨玉萍端着另一碗吃。这是乡下的习俗，人下葬的第二天，到坟上送饺子，而且供奉的饺子晚辈们抢着吃，吃得越快越净，说明后世人丁兴旺。杨玉萍真感谢今天遇上了“大黄”，她还没吃上几口，“大黄”碗里的饺子已经净光了，她将自己碗里的饺子剩下几个全拨给了“大黄”，又去将傻志强坟前的碗收回来，一并放到大黄狗脸前。然后，自己像是与大黄狗抢食似的，飞快地把碗里的两个饺子吃完。

杨玉萍看着几乎和她同时吃完的大黄狗笑了，蹲下身抚摸着大黄狗说：“大黄，谢谢你！李家的人丁一定会兴旺起来的！”

杨玉萍说着站起来，摸了摸自己的肚子，笑了笑，将手中的碗扔出好远。大黄狗看了，冲上去把碗又叼了回来，讨好似的举到杨玉萍面前。

杨玉萍从大黄狗的嘴里把碗接过来，轻轻地打了大黄狗一下，说：“这碗，是普赠天下的。”又用力扔了出去，接着，扔第二个、第三个。大黄狗像个卫士站在杨玉萍身边，看着她把碗扔向远方。

杨玉萍有大黄狗陪伴，不仅消除了胆怯害怕，而且还解决了饺子问题，要不然，她一个人吃完那三碗饺子，还不在这荒坟野岭待上大半天才怪呢。

杨玉萍回到家，简单梳洗一下，骑着自行车到了镇上的石料场，她要找人们所说的最好的石匠刘师傅。

“闺女，你找我有事儿？”刘师傅被人叫来了，搓着满是老茧的手问杨玉萍。

“我要做两个墓碑。”

“闺女，这边借一步说话。”刘师傅把杨玉萍领到僻静的地方，对她说，“闺女，别在这里做，太贵。把碑文给我，我抽空儿做好了给你送去，保证又好又便宜。”

刘石匠看杨玉萍有点儿犹豫，就又补充了一句：“我也只是想挣个外块儿，绝对不蒙你。”

“一个碑您能挣多少钱？”杨玉萍冷冷地问。

“在这里都给场办了，我们一块碑就开二十元。我自己做，能多挣三五十元。就是辛苦钱，绝对比这儿便宜。”

“我要的急，就在这儿做了。”杨玉萍思索着说，“这样，我给您加一百元，可多个条件，送到后帮我立起来。”

“中，中啊。”刘石匠连连点头，赔着笑脸。

“先给您五十，那一半儿立了碑再给。”

“中，中啊，中。”刘石匠接过钱，高兴得不知如何是好。

“刘师傅，我不懂石材，您帮我挑两块最好的石料，好吗？”

“中，中啊，你跟我一起看看吧。”

刘师傅领着杨玉萍在石料厂转了一圈儿，选了两块一大一小的青石板。杨玉萍很满意，到场办交了钱和碑文。刘师傅很认真地对杨玉萍说：“闺女，你可能不懂。这碑文，是不是改一改？你看，这儿——”

“我怎么写，您就怎么刻。”杨玉萍冷冷地说。她说完，可能觉得这么对待一位热心的老人不合适，又向刘石匠甜甜一笑，说：“大叔，谢谢了，这是我早想好的，您就刻吧。”

的确，这是杨玉萍早想好的。她几乎想了一夜，因为她不能向世人宣告她与李明强的关系，更不愿意和李明强以兄妹相称，他们是夫妻，是真正的夫妻，她在适当的时候，一定要将这层关系刻到石牌上去。杨玉萍抱着这一信念，她要改变自己的命运，她要改写她和李明强的历史，她要李明强，要成为李明强名正言顺的妻子。她祈求菩萨保佑李明强别死，她发誓就是李明强成了一个废人，她也要侍候李明强一辈子。

“66号。”护士叫道。

“哎，来了。”杨玉萍站起来，飘逸着白色的连衣裙，敲着白色的皮高跟儿凉鞋，走向妇科二诊室。她那一通的白色，如雪如黛，使漂亮的护士也感到逊色了许多，目不转睛地盯着她坐到了医生的面前。

“你，怎么了？”四十多岁的女医生问。

“我来看，我有没有怀孕。”杨玉萍轻轻地说，脸上泛起了红晕。

“你多大了？”女医生看着眼前这位气度不凡的女子，细皮嫩肉，脸蛋绯红，像个少女，不像是结过婚的女人。

“二十五。”

“结婚多长时间了？”

“两年。”杨玉萍脸上的红晕又加重了。她隐瞒了一年，在农村，三年还没有开怀是很丢人的事。

“噢，闭经多长时间了？”

杨玉萍摇摇头。

“上次月经是什么时间完的？”医生又问。

“这月，八号，九号？是阴历七月初五儿。”杨玉萍想起了准确的日子。她下身的红刚完，李明强就回来了。她在玉米地里莳弄时，卫生巾上除了白褐色的分泌物外，没有一点儿血丝了。那是农历七月初六，七月七，她就与李明强那个了……

“你爱人——”

“是——军人，刚走。”杨玉萍轻轻地说，脸上的红晕更重了。

“闺女，你太着急了。是不是早想当妈妈了？”女医生笑着对杨玉萍说，“别着急，你看看下个月来不来月经，若不来，再来检查。怀孕呀，是有反应的。我送你一本书，你回去后好好看看，准备好做妈妈吧。”

杨玉萍拿着医生送的《计划生育宣传资料》悻悻地走出医院，喜悦还没有退去，只是多了层淡淡的忧愁。这类书，杨玉萍看得多了，她知道要是怀了孕就闭经了。只是心里着急，想早一天知道自己是否怀孕了。心想，现在医学这么发达，到大医院一化验不就知道了。本想问一下医生，一想，李明强也不在家，早一天知道怀上了，也没人和她共享快乐；万一没怀上，更没人和她分担痛苦。所以，一股忧愁又悄悄地爬上了心头。

李明强走了，上前线了。北京香山步兵侦察大队的地址，杨玉萍早就记下了。但是，李明强已经不在那里了，怎么才能和他联系，怎么才能知道他的消息呢？家里的黑白电视机被张根的母亲搬走了。那是她结婚时，她和张根在县百货商店买的，是当时西流村唯一的电视机啊。全村男女老少，摸黑儿到她家院子里看“小电影”，给她和张根一家带来多大荣耀啊。是张根自己那玩意儿不行，可他的父母，那两个老不死的，骂我是不下蛋的鸡，还哭着闹着搬走了电视机，弄得连个新闻联播也看不上了。对，新闻联播肯定有关于前线的报道。张根不是许愿要给我买个彩电吗，用不着他买，老娘我今天就自己买了。

为了能及时了解前线的消息，及时得到李明强的信息，杨玉萍下决心要买一台彩色电视机。这彩电要是买回去，又是西流村的第一份，气死那两个老不死的。

杨玉萍飘到县百货商店电器专柜前，挑了一台金星牌彩电。两千八百七十元，钱不够，怎么办？杨玉萍找到了商店经理，问能不能给送货，到家里把钱付齐。

“我们从来就没有送过货。”男经理五十多岁了，看到眼前这位亭亭玉立的年轻女人，禁不住也多看两眼。

杨玉萍在镇政府工作那么长时间，是何等精明的人，就趁机说：“经理，你这可是将近三千元的生意啊。再说了，我买回去，不也是为您做了个活广告吗。”

“你家是哪儿的？”那经理用眼睛瞟杨玉萍的胸部。

“兴隆镇的。”

“兴隆的。”那经理的嘴角泛起了一丝坏笑，盯着杨玉萍的胸想是够“兴隆”的，嘴上却说，“为什么不在你们镇百货商店里买呢？”

“我们村儿到镇里跟到县城远近差不多。”杨玉萍向经理展开了迷人的微笑。

“哪个村儿的？”

“西流村儿。”

“西流村儿？太远，太远了。就是我让送货，恐怕也没有人愿意去呀。”经理拉着长腔说着，又用眼睛瞟了一下杨玉萍的下身，把眼光停留在杨玉萍那红脚指甲盖上。

“嗬，经理，现在都什么年代了，人家做广告还说‘实行三包，代办托运呢’，你这送上门儿的生意都不做，真是国营商店的货不怕没人买啊。”杨玉萍笑了笑，接着说，“这样吧，谁让我想买呢，算我求您。我来一次县城也不容易，就是钱没带够，你派个人，算是取钱的，送我一趟，我付路费。”

“多少钱？”经理又翻起白眼盯着杨玉萍的眼睛。

“二十。”杨玉萍伸出两个手指头。

“我看有没有人愿挣这个钱。”

谁知经理一说，柜台里的两个小伙子争着要去。原来，杨玉萍一上楼，那身段，那气质，那长相，早让两个未婚男人直了眼，二人正在议论杨玉萍呢，经理就来讲送货的事儿，别说付钱了，倒找钱陪这娘们儿走一遭也过瘾。二人争了一会儿，有摩托车的赢得了这一殊荣。

小伙子将彩电捆绑在摩托车后架上，骑上车，杨玉萍坐在他身后，双手紧紧地抓住座上的底帮，摩托车慢慢地驶出了大门。杨玉萍心想，既买了彩电，又有专车护送，值。小伙子心想，有这么漂亮的女人坐在身后，开车兜风，爽。

摩托车驶上大街，小伙子大胆地冲身后的杨玉萍喊：“你抱着我的腰，稳当，别摔下去。”

杨玉萍抱住了小伙子的腰。结过婚的人，还怕这吗？

杨玉萍的玉臂滑过小伙子的腰际，就像是给小伙子注射了兴奋剂，他大喊一声：“抱紧点，我加速了！”

红色的摩托车，驮着一男一女和一个纸箱在郑洛公路上风驰电掣般地疾驶。杨玉萍那白色的连衣裙摆迎风抖得呼呼直响，她那长长的秀发被风吹起来漂亮极了，引得路旁的行人不住地观望。一辆同行的汽车上，几位流里流气的年轻小伙子冲他们直打呼哨，一个小伙子向杨玉萍连打几个飞吻。开摩托车的小伙子倍感荣耀，加速追赶着那辆汽车，好像一定要让车上那几个同性记住自己的样子。

“慢点儿。”杨玉萍真怕从车上摔下，紧紧地抱着小伙子的腰，把头紧紧地贴在他的后背上。

“不碍事儿，你抱紧我就行了。”小伙子感受到杨玉萍那丰满的双乳紧贴在他的后背上，软绵绵的，惬意极了。

红色的摩托车、白色的连衣裙、美丽的长发，洒下一路童话。

太阳落山的时候，他们到了家。小伙子大献殷勤，抱着箱子问：“电视放哪儿？我帮你调试一下。”

这是杨玉萍求之不得的事。她把小伙子带到楼下客厅，指了指客厅里的电视柜。

“你原来的电视机呢？”小伙子问。

“黑白的，送人了。”

“嗬，姐们儿，你够阔的啊。”小伙子看着屋内的摆设，听着杨玉萍轻描淡写的话，奉承地说。

“阔什么呢？够花而已。”杨玉萍嘴上虽这么说，心里却美滋滋的。

小伙子麻利地打开纸箱，搬出彩电，接好电源，调试电视。

“嗬，姐们儿，你这儿还真不错，不引天线就能收到六个台。”小伙子调完电视与杨玉萍调侃。

“我们这里高，信号好。”杨玉萍向那小伙子报以感激的微笑。这灿烂的笑容，让小伙子看呆了。

“快洗一把吧，看把你热的。”杨玉萍看小伙子累得满头是汗，站在那里傻愣着看自己，不好意思地指着为他打的一盆凉水说。

“家里就你一个人呀？”小伙子一边洗一边问。

“啊——”杨玉萍好像意识到了什么，脸上又泛红了。她看小伙子洗完了，就拿出早已准备好的钱递了过去，对小伙子说，“这是欠商店的一千三百元，这二十元是你的。”

小伙子接过钱，数也不数往兜里一塞，说：“公家的我捎回去，我那份儿就算了。”他一边说一边将那二十元钱塞进杨玉萍的手中，并就势抓住杨玉萍的手向她怀里推。

“这怎么行？说好的。”

“行。下班时间，我送姐们儿，心甘情愿。”小伙子不饮自醉了。

“不行，拿着，我不能占你的便宜！”杨玉萍很严肃地说。

“算了，谁占谁的便宜了。你抱我一路了也让我抱你一下吧。”小伙子说着一下子扑过去，抱住了杨玉萍的腰。

“不，别。”杨玉萍拼命地向后仰着身子，挣脱着。可是小伙子的两臂像一道铁箍紧紧地圈着她，两人在屋内挣扎着、移动着。

小伙子急促地喘着气，对杨玉萍说：“你太漂亮了，我没别的意思，更不想伤害你，就让我亲一下好吗？”

“不，不行，我有男人。”杨玉萍一边挣扎一边低声地吼道，“你放开，快放开，再不放开，我喊人了！”

“别喊，我就亲一下！”小伙子说着一下子将杨玉萍摁在沙发上，喘着气将他的双唇堵住了杨玉萍的小嘴儿。

杨玉萍紧闭着嘴唇，挣扎着。小伙子那湿润的嘴唇在杨玉萍的嘴上、脸上急切地滑过来滑过去，可能是小伙子亲够了，他松开杨玉萍，站起来，喘着气说：“谢谢，谢谢，你真的太漂亮了！”

小伙子见杨玉萍坐在沙发上，看都不看他一眼，便伸出右手托起杨玉萍的下巴，关心地说：“怎么？弄痛了。”

杨玉萍将头一摆，挣脱了小伙子的手，低着头对他说：“你走吧。我要是喊出声来，你连村儿都出不去！"

"谢谢！哥们儿今天值了！"小伙子说着突然跨上一步，用双手捧起杨玉萍的脸，飞快地在杨玉萍的粉唇上吻了一下，然后一边向门外走，一边对杨玉萍说："我永远记着你！有事儿，就到商店找我。"

一阵摩托车的轰鸣声响过，小伙子满面春风地骑车溜出了大门，正好与推着自行车进门的张根打了个照面，冲张根笑笑点了下头，开车离去。张根也冲着小伙子笑了笑点点头。

"哎，你什么时间买的彩电？"张根进门见杨玉萍坐在沙发上看电视，笑着问。那两只眼睛笑得眯成了一条缝。

"刚买的，你没看见送货的人刚走。"杨玉萍冷冷地说。

"噢，那骑摩托车的。我当是谁呢？是送货的。"张根说着进了屋。

久别胜新婚，张根扑向杨玉萍，被杨玉萍使劲儿推开，大声喊道："去，洗洗去，一身臭味！"

张根愣住了，他万万没想到，他三四十天没有回来，妻子对他这么冷淡。他以为杨玉萍是嫌他回来晚了，生气了，就解释说："这次走的远，都出县了，不是来回不方便嘛。"

"我让你先洗洗去。"杨玉萍吼了一嗓子，把刚才那一肚子怨气给喊了出来。她喊完，站起来，走进窑洞，一甩鞋，躺在了床上。

张根尾随杨玉萍进窑，一看杨玉萍进了隔子，躺在床上，"嘿嘿"掩嘴一笑，便转身跑出窑洞，从固定在自行车上的木箱子中取出自己的洗漱用具，打开大院中的水龙头洗了起来。

杨玉萍躺在床上，眼睛瞪视着窑顶，思绪万千。张根回来了，怎么办？这不中用的东西，三年来不但没有给她过快感，还害得她背两年黑锅，挨两年臭骂，受两年窝囊气。我是不下蛋的鸡？你才是上辈子就骗过的驴呢！老娘我这次就给你生个孩子看看！李明强真棒，给了她结婚三年都没有享受到的幸福，没有感受过的快感。真是不比不知道，原来人与人是有差别的，不一样就是不一样。明强，我给你说过，我不想再和张根过了，我早就和他过够了，你千万别丢下我，你不能死，你不能死，你一定要活着回来，我等着你，我一定要嫁给你，现在还不能断定我怀没怀上你的孩子，我一定要生一个你的孩子。

杨玉萍正在想入非非的时候，张根赤裸裸地蹿上了床，一边拥抱杨玉萍，一边嬉皮笑脸地对她说："等急了吧？你看，洗净了。你闻闻，全身都打胰子（香皂）啦。你闻闻，香不香？"

"不香！"杨玉萍一把推开了张根。

"别生气了，以后我常回来就是了，我再也不出远门了，再也不出去这么长时间了。"

"你爱上哪儿上哪儿，爱去多长时间去多长时间，关我屁事儿！走开！"杨玉萍奋力推开张根放在她乳房上的手。

“好宝贝，别生气了。”张根的手被从乳房上推开，又顺势摸向杨玉萍的腿。

“别碰我！”杨玉萍突然大吼一声，“呼”的一下坐了起来，吓得张根张大了嘴巴。

过了好长时间，杨玉萍才醒悟过来，才意识到，她现在还是张根的妻子。看了看这个窝囊的丈夫，她的心软了，这样对待张根是不是太残酷了，但是她打心眼里不想让张根碰她。她冲张根苦笑一下，对张根说：“对不起。我来了，心烦。”

“噢，我说哩，你每次来都烦嘛。”张根心痛地说着，扶杨玉萍躺下。他侧过身，轻轻地将右腿压在杨玉萍那软绵绵的小腹上，将右手放在杨玉萍的左乳上一边揉搓着一边说：“不碍事儿，咱们好好说说话。”

“啊，你还没吃饭，饿了吧？我去给弄点儿吃的。”杨玉萍又推开张根，坐起来准备下床。

“睡吧，我不饿，今天完活，人家做的尽是些好吃的，吃得不少，到天明也不准饿。”张根拍拍自己那突出起来的肚子说。

杨玉萍看到身边赤裸裸的保温筒似的张根，又想起了李明强那健美的身板，更坚定了她下床的决心。

“我饿了，今天去县城，一天没吃东西。你先休息会儿，我去吃点儿东西。”杨玉萍一边起身下床一边对张根说。

“这回又挣一千三，在老地方，你收起来吧。”张根躺在床上说。

杨玉萍从张根那工具箱的左侧夹层中取出钱，用一张纸包起来，往柜子里一塞。然后，来到厨房，把锅碗弄得叮当响，也想不起来吃什么好，其实她现在什么也不想吃，什么也吃不下。那该死的送货小子，真胆大，跑这么远的路，忙乎了这么半天，就为亲一下一个不知姓名已经跟两个男人睡过的女人，还大喊值了，真是有病。她想起刚才那小伙子热烈的拥抱和拼命的亲吻，使她感受到自己没有人老珠黄，为自己的天姿丽色而兴奋，同时又从内心深处觉得对不起李明强。她对李明强说过，她不想再让任何男人碰她了，她是李明强的，她要从此为李明强守身如玉。

杨玉萍在厨房里磨蹭够了，才回到窑洞，张根早已发出了熟睡的鼾声。既是夫妻，他回来的第一天，还是不分居的好，以后的事儿慢慢计议。杨玉萍这么想着，轻轻地上了床，轻轻地躺在了张根身旁。

张根的鼾声使习惯了安静的杨玉萍久久不能入睡，一天的劳累，她困极了，但是那鼾声又偏偏吵她，她又偏偏不能把张根弄醒。杨玉萍一方面怕推醒了张根，张根发现她没来月经，又要干那事儿。另一方面杨玉萍也心疼张根。张根太累了，整日在外边奔波挣钱，挣的钱让老婆给别人花了，还背着他跟人家上床，决心为人家生一个孩子。“一日夫妻百日恩”，杨玉萍又一次切身感受到了。张根是个好人，老实肯干，是个踏踏实实过日子的人，杨玉萍觉得很对不住张根。但是，他那不中用的玩意儿……你不中用也就罢了，全家人还合起来欺负我。张根的父母太霸道了，也许是他父亲张洪当了十几年大队支书的缘故，专横跋扈惯了。他张洪依仗权势让村里好几个男人戴了绿帽子，现在你的儿子也戴上绿帽子了，你还要断子绝孙……

李明强回来了，杨玉萍与李明强“结婚”了。李明强用他那有力的大手温柔地抚摩着她的全身，抚摸她，亲吻她。

杨玉萍感到太刺激了，使劲儿地抱着李明强的腰……

“嗯——完了，完了。”张根喘着粗气重重地压在杨玉萍身上。

听到张根的声音，杨玉萍一下子惊醒了。看到张根像个死猪一样趴在自己的身上，汗浸浸的，气得杨玉萍七窍生烟，大喊一声：“你——”一把将张根掀下身去。

张根嬉皮笑脸地说：“你骗我，你没有，嘿嘿。”

原来，张根一觉儿醒来，见杨玉萍还在身边熟睡，就轻轻地扒开她的裤头，发现她没有来月经，就采取了行动。杨玉萍当时正在做梦，梦见是李明强——

“你敢强奸我？”杨玉萍怒视着张根。

“强奸？嘿嘿，你是我老婆。”

“别嬉皮笑脸的，老婆不同意，也是强奸！”杨玉萍厉声喝道。

“嗬，你是我老婆，这是你的义务。”

“我告诉你，从今天起，我没有这个义务！”杨玉萍愤怒地吼道。

“哎，是不是，我爸我妈又——”张根缓和了口气，轻轻地问。他以为他父母又和杨玉萍惹气了。

“不关他们的事儿！”杨玉萍说着翻身下床。

“你要干什么？”

“跟你分居！”杨玉萍斩钉截铁地说。

“给我分居？噢，我说哩！你说，你是不是勾搭了别的男人？昨天那小子，我怎么看都不对劲儿。”张根突然想起了昨天进门的那一幕，那小子的笑脸上写着满足，写着愉快，写着欢喜，再想杨玉萍对他的表情，一下子明白了，沮丧地说，“你、你给我戴绿帽子了。”

杨玉萍先是一愣，后来一想，反正不想和他同居了，随他怎么说，就随口说道：“是，又怎么着？”

“怎么着？我跟你离！”

“离就离！”

杨玉萍趿拉着鞋，抱着自己的裙子和短裤，光着身子跑出窑洞，一直跑到了楼上。张根洒在她裆中的黏液流了出来，粘了她两腿，她用短裤擦了擦，气得咬牙切齿，狠狠地将短裤扔下楼去。

张根从窑中追出来，杨玉萍从楼上扔下的短裤正好飘落在他的头上。张根用手一捋，那黏不叽的玩意儿粘了一手，气得他把杨玉萍的短裤往地上一摔，又跺了两脚，气哼哼地向回走，那短裤粘在他的鞋底上，软绵绵的。他又气哼哼地踢了一脚，想把那短裤甩下，谁知没穿好的鞋子也一块儿飞了出去。张根愤愤地骂了句："破鞋！"

杨玉萍听到张根在楼下骂"破鞋"，以为是骂自己，本想与张根大吵一架，一想，何必呢，闹大了，反而坏了自己的名声，就咬咬牙，没有作声，但是，更坚定了她离婚的决心。

明强，我真的决定离婚了，为了你，为了咱们的孩子，你千万不能丢下我一下人走啊！……

杨玉萍趴在床上哭了。

# 第四十四章

李明强笑着对胡斌说："你呀，是没有上战场，手痒。回北京第一天，就跟人家吵了一架，打了两架。"

胡斌笑着说："此言差矣。我是一吵三打。"他把与武险峰的较量说了一遍。

李明强和胡斌在武警官兵与天安门管理处的工作人员陪同下，详详细细地将天安门广场的所有景点都观看了一遍。他们在北京多年，虽然到天安门广场不止三次五次，但是从来没有像今天这么完整地观看过一次，而且每到一处都留下好多张照片，真正了却了李明强在天安门前照相的心愿。天安门护卫队的中队长还斗胆让李明强和胡斌持枪在国旗下、人民英雄纪念碑前替他的战士站会儿岗，照张相。

李明强拍了拍中队长的肩膀，深情地对他说："兄弟，谢谢了。"随后，他又爽朗地对大家说，"我这个兵没有白当，也算是青屏山上打过仗，天安门前站过岗了。"

在场的人都欣慰地笑了，有的还发出响亮的笑声。

"同志们，我们都高兴过头儿，出格了。"李明强突然收住了欢笑，语重心长地说。在场的人都收住了欢笑，等待着李明强下面的话。只见李明强拉住中队长的手，抬起头，盯着中队长的眼睛，郑重其事地说："兄弟，以后不要意气用事。今天，我害了你了。你不背个处分，也得写个检查啊。"

"不就是让你们两个替会儿岗吗！我早想过了，若真要给我处分，我也认了。能让前线的英雄了一个心愿，别说给个处分，就是撤了我的职也值。"

"对。"

"中队长……"武警战士在小声议论，有的人还竖起了大拇指。

"看，又意气用事了吧？"李明强一边说，一边用右手握拳在中队长的胸前捅了几下。

“没有啊。”中队长笑着冲李明强摊开双手，然后又指向他的战士们说，“你问问他们，谁看见你们在这里站岗了？”

“没有，没看见。”随行的武警战士们异口同声地答道。

“哈哈哈……”

“集体说谎！”李明强突然严肃起来，像训斥他的战士似的说，“这是不对的。错了就是错了。你们的岗位就是战场，怎么能随便撤离呢！如果把枪交给了坏人怎么办？”

“您不是报纸上登着的英雄嘛！”中队长喃喃地说。

“就是，谁不认识你呀。”武警战士们又都小声附和着。

“你这个人，得了便宜卖乖！人家担着受处分的风险，让你了个心愿，你还变本加厉地批评人家！算什么英雄，摆什么谱啊？”胡斌急了，当众指责李明强。

“我这是为他们好。人家为咱好，咱不能害人家。咱们不是坏人，万一是坏人了呢？天安门前无小事啊！兄弟。”李明强又重重地拍了一下中队长的肩膀，接着说，“这次也怪我太冲动了，所以，我先向你们道歉。如果上边查了，你们好好给领导解释一下，如有必要，我也出面做检讨。不查了，算我们蒙混过关，以后可不能再办这事儿了。”

“是，您说得对。”中队长有点脸红了。

“你这人，是不是太自私了？你当英雄了，来过把瘾，要是别的英雄、劳模来了，也想了个心愿，你就不让了。”胡斌又挤对李明强。

“要办，那也得让上级批准。”李明强说。

“中队长就是这里的最高领导嘛！”胡斌说。

“好了，按胡斌首长的意见，又成对的了。”李明强笑了，他握住中队长的手说，“你们武警的事儿，我弄不清，只是给你提个醒。我总觉得像批准这样的事儿，兄弟，你的官儿是小点儿呀！”

“是，按规定，特殊的事情可以特办，但事后要报告，我回去就给领导报告。老李，您又给我上了一课呀！”中队长也紧紧地握住李明强的手。

时间已近中午，中队长要留李明强和胡斌吃饭，二人也不客气，军警一家嘛。但是，李明强要求，不声张，不加菜，就是连队的午餐。

不声张，这一点中队长做到了。可是，不能把战士的眼睛蒙上呀，他们都看过报纸，中队还专门组织学习了李明强他们的事迹。大家纷纷拥过来问寒问暖，问长问短，有的拿着报纸请李明强签名，有的拿来笔记本让他签名，有个战士还拿来了他出的书——《红灯亮了之后》要他签名。李明强感动了，对中队长说：“这样吧，今天都不签名了。你把全中队的名单给我一份，我给每人签名送一本书。”

“好，一言为定。”

“好！”战士们鼓起了热烈的掌声。

开饭了，不加菜，这一点中队长也做到了。可是，炊事班的同志不干，叮叮当当一会儿就弄出十几个菜来，说什么家里来了客人都要招待，何况你们刚下战场，谁不知道，在前线什么也吃不上。武警战士的话，说得李明强眼睛湿湿的，“理解万岁”啊。

这顿饭，李明强和胡斌吃得特别香。

吃过午饭，中队长又专门派车将李明强和胡斌送到了东四十条的陆军总医院。值班的外科主任医生看了，立即抓起电话：“骨科吗，我是张主任。从前线下来一名伤员，左手伤口感染，准备马上手术。”

“手术大吗？”

“不大，引流。”

“张主任，如果手术不大，能不能在门诊上做了？骨科已经满了。”

“不行，必须住院，挤也得挤个床位。”张主任斩钉截铁地说。

张主任放下电话，回过头来，拿过一张住院单，提笔问道：“叫什么名字？”

“李明强。”

“李明强？”张主任一愣，抬起头盯着李明强的脸，好半天才说出话，“你就是报纸上登的那个李明强？”

李明强点了点头。

“英雄啊。”张主任站起来握住李明强的右手说，“只顾看你的伤了，没认出来。”他又盯了一会儿胡斌，问：“你是陪他来的。”

“嗯。”

“你们大队住在香山，是吗？”

“对。”

“快，你带李连长到后楼住院部，我打电话让他们接你们。”张主任也不填病历了，把他们推着送出了门，就像是李明强的病情严重到了极点必须赶时间似的。

的确，李明强的病情很严重，感染的时间太长了，张主任唯恐他转化为败血症。他安排了骨科派人接李明强后，立即将此事报告了医院，医院立即通知了香山步兵侦察大队，请大队领导到医院议事。

李明强和胡斌走向住院部，还没到门口，里边就跑出来一位女护士，甜甜地笑着迎了过来，收起她脸上的酒窝，用眼睛笑着说：“我一眼就看出来了，大英雄，李明强。”说完，脸又笑了，现出了那两个深深的酒窝，大大方方地伸出了她的小手。

李明强伸出他有力的大手轻轻地握了一下那嫩得像褪了皮的白葱似的小手。

“这位是——”女护士转向胡斌。

“胡斌，胡排长。”李明强介绍说。

女护士又将那白葱似的手伸向胡斌：“我叫郭燕，走，住我们科。”

郭燕拉着胡斌的手就走，把李明强扔在了后边。胡斌意识到了，摇了摇郭燕的手，红着脸说：“李明强。”

郭燕突然意识到了，讪讪地笑着说：“哈哈，弄错了，把真正的伤员给丢了。”说着，她放开胡斌的手，拐回头搀扶着李明强的右胳膊，一边走一边对胡斌开玩笑说："你没负伤还让我扶啊。"

胡斌有苦难言，脸憋得通红。心想，这姑娘真刁，明明是你拉着人家硬向前走，还挤对人家。

李明强见郭燕很开朗，也就开起了玩笑："他呀，是重色轻友。"

"哈哈哈……"三个人都笑了，郭燕比谁笑得都响。

胡斌狠狠地瞪了李明强一眼。

住院部是一座十三层高的大楼，骨科病房在第十层，下了电梯，宽敞的大厅将楼层分成两部分——骨科西、骨科东，李明强被安排在骨科东。这里是全军骨科研究中心，军医大学骨科研究生进修部，有全国著名的专家教授，全国各地的许多病人都是慕名而来。所以，骨科成了陆军总院第一大科，被分成两部分，简称"骨东""骨西"。

三人到了病房。骨东的李放主任和助手已做好了手术准备，他迎上来握住李明强的右手说："李明强同志，您能住在我们科里，我们感到非常荣幸。只是手术室已经满了，只能在换药室里做了。"

"没关系，一切听你们医生安排。"李明强爽朗地说。

"好，我是这个科的主任，也姓李，咱们五百年前是一家啊！我们李家尽出英雄。"李主任笑着拉着李明强的右手进了换药室。

一个女护士把一个三层的工具柜式车推过来，铺上一块白布，就成了手术台。然后，她搬了把椅子请李明强坐在手术台前，将左胳膊放上台面。李明强瞥了一眼她的胸卡，小女孩儿起了个男人名字，叫田月强。

李主任和两位助手医生也都戴好了口罩和手套。李主任打开了李明强左手上的纱布，一位医生同时打开了一个换药包。

李明强扫了一眼换药包，里边有剪子、镊子、刀等，一应俱全。他又看看周围，一排白色玻璃柜里放满了各种不同的药瓶子和盒子，上面都贴着红框黑字的标签。

李主任看了看李明强的手背，又翻过来看了看手心，自言自语地说，"是子弹穿透的。"

"唉——"李主任又摁了下李明强那肿得像腿一样粗的胳膊，长长地叹了口气说："双氧水。"

田护士迅速从玻璃柜中取出一个瓶子，将橡皮盖打开递了过去。

李主任接过瓶子说了句："盆儿。"

另一个女护士就端来一个像桶一样深的白色容器，放在手术台前。

李主任将李明强的左胳膊抬起来向前拉直，一个医生急忙把那手术台向李明强的身边靠了靠，女护士赶快把盆儿向前移了移。李明强又看清了他们的胸卡，医生叫刘兴致，护士叫刘红军。

李主任向李明强的伤口倒双氧水，那双氧水碰到伤口，就像是浓硫酸遇到了水，在李明强的手上鼓起了密集的气泡，那气泡飞溅着，发出“吱吱”的响声。

“按报纸上说的算，已经二十多天了。”李主任说。

“对，二十六天了。”李明强说。

“痛吧？”

“能坚持！”

“能坚持？你是够能坚持的，换了人可能早就受不了啦。”

“前线吗，就那条件。”李明强淡淡地说，他心想，在前线，那双氧水都是用药棉粘着擦的，哪像你这么用瓶子倒着浇。

“你的毅力害了你啦。唉——”李主任停止了倒双氧水，长长地叹了一口气。

李明强的手中间出现了个明显的洞口，从这边可以清楚地看到那边。

“给他挤下浓。”李主任说。

刘兴致医生就抓住李明强的手腕，另一个医生去抓李明强的指头。

李明强的指头肿得像五根白葱条，光亮光亮的，稍微一碰就钻心地疼。那医生刚一触到李明强的手指，李明强就疼得一哆嗦。

李明强咧着嘴看那医生，只见他的胸卡上写着“姓名徐际钦，职务主任医师”，心想还是大医院，连助手都是主任医师。

“感染太深了，给他打针麻药。”李主任说。

田护士迅速从玻璃柜中的小纸盒里取出一瓶针剂，用小沙轮熟练地划了一圈，“乒儿”的一下就撇断了那小玻璃瓶。

徐医生已经准备好了注射器，接过针剂一边吸里边的药液一边说：“前线医院也真是的，弄不了也不早点给转回来。”他一边给李明强打药，一边问李明强：“很疼吧？能睡着觉儿吗？”

李明强摇摇头说：“睡不好，睡一会儿就疼醒了。”

徐医生把针头换了个位置继续给李明强的左手打麻药。

“砰——叭”

门外突然响起了两声摔东西的声音，接着就听见楼道里嚷开了：“奶奶的，这叫什么医院。老子在前方打仗给家里联系不上，老子认了。负了伤到后方住院连个电话都不给挂，狗日的！”

“砰——叭。”

“您别急，消消气。咱这医院，就这条件。就这一部值班电话，打不了外线，不是总机不给挂，是医院里规定的。让你们在这里打军线，我们科就违反规定了。”是一位女同志的声音，很细、很轻，也很无奈。

“什么破规定，马列主义还要灵活运用呢！”

“是，我们跟院里反映。您先回房休息，消消气。”

“我消不了，把你们院长和政委找来！”

“不是跟您说了嘛，院长、政委去军区开会了。”

“怎么回事儿？”李明强问。

“从前线下来的伤兵，腿锯了，对象吹了，一肚子气没地儿撒，看什么都不顺眼。”李主任说完，苦笑了一下。

“科里就这么一部电话，必须经过总机。往地方挂外线，院里规定不给接。再说，光军线，总机就接不过来。况且，这护士站上的电话是值班用的，不是给病号打的。唉，他们从前线下来，也是得照顾一下。”抓李明强手腕的刘兴致医生说。

“胡斌。”李明强冲胡斌向外仰了下头。

胡斌走出换药室，见一位穿病号服的人坐在护士台上，一条空裤腿儿耷拉着，脸黑得跟铁板似的，络腮胡子好久没刮了，奓棱着，犹如“黑脸张飞”。值班的女护士张晶看着干瞪眼没办法。楼道里站满了看热闹的病号和陪床的人们，有军人也有地方人员。

胡斌看那“黑脸张飞”有三十多岁，比自己年龄大，又在前线丢了条腿，在后方丢了对象，心中就泛起了一种崇敬、爱怜、无奈等复杂的情愫。他走上前去，对“黑脸张飞”说：“同志，下来吧，我扶您回去。”

“黑脸张飞”一看是个四个兜儿的干部，就横着说：“你是医院的干部吗？”

“不是，我也是从前线下来的。”胡斌说着就上去扶他。

“你是从前线下来的？”“黑脸张飞”用眼睛瞥了胡斌一眼，说，“蒙谁呢？老子从前线下来，少了一条腿，你少了根汗毛？”

“黑脸张飞”的话一下子戳到了胡斌的痛处。是啊，让胡斌来做他的工作，太没说服力了。

“我是陪一个伤员回来看病的，走，我带你见见他。”胡斌说着拉住了那伤兵的手。

“什么金贵伤员？凡是向前冲的都是平民子弟！老子锯了条腿还没有人陪呢。他伤哪儿了？还让你一个干部陪护？我看，不是个团长营长就是个高干子弟，不是同路人，老子不见。”

“不许你这么说他。”胡斌厉声喝道，接着又缓和了口气对“黑脸张飞”说，“他是谁，你见了就知道了，走。”

“管他是谁呢，老子就是不去！”“黑脸张飞”真是一犟到底，有“真张飞”的傲气。

“走吧，消消气，认识一下。”胡斌嘴上的话很温和，但手上已运足了气，握得“黑脸张飞”的胳膊发麻，在“黑脸张飞”愣神的工夫，他顺势一托就轻轻地把“黑脸张飞”托下了护士台。

那趾高气扬的“黑脸张飞”在胡斌的“搀扶”下，“金鸡独立”牢牢地站在地上。他知道遇到了高手，而且人家已经给足了面子，就顺手操起拐杖，乖乖地跟随胡斌来到了换药室。

换药室里，徐、刘两位医生正一人抓着李明强的手腕一人抓着手指在往中间挤。脓血顺着李明强手心的伤洞滴滴答答地落入手术台下的盆中，发出“吧嗒吧嗒”的响声。

李明强端坐在手术台前，尽管是打了麻药，还是被挤得钻心的疼。他咬着牙，闭着气，头上渗出无数颗汗珠。

“李明强，侦察英雄，李副连长。”那独腿战士愣在门口，不知如何称呼李明强好。这些天，他住在医院，什么都不关心，就是对关于前线的报道情有独钟，对李明强的尊容和事迹一清二楚。他还向病友们讲，李明强他们五个人当晚就是从他们的阵地里出发的，给人们讲“关于李明强女朋友头发”的故事。人们都说他吹牛，瞎编乱造，在毁坏英雄形象。所以，他就不再讲了。

“啊，是您——”李明强惊得站了起来，两个医生还抓着他的手，脓血“吧嗒、吧嗒”滴在了临时手术台上。原来，这“黑脸张飞”就是李明强在“李永志高地”出发前，以烟喻人、主动要替李明强去完成任务的那个老兵。

“李副连长，我们又见面了。”“黑脸张飞”单腿蹦过来，面对李明强血淋淋的手，呜呜地哭了起来。

“别哭了，同志。那天时间紧，也忘了问您的尊姓大名了。”

“武险峰，红7军2师3团侦察连的。”“黑脸张飞”用手袖擦了把眼泪说。

“啊，武险峰，好名字，‘无限风光在险峰’啊。好，我们又是同行，又是熟人，又一样受了伤，有共同语言，回头好好聊聊。”李明强爽朗地对武险峰说。

“我是武松的武，山东人。”

“噢，是不是武松的传人啊。”胡斌笑着在武险峰的肩膀上拍了一下说。他当时运气抓武险峰的手时，就感觉到了武险峰的手比一般人有力多了，像有要运气反击又放弃了的意思。

武险峰不好意思地笑了。要在以前他早吹上了，他在原单位就号称自己是“好汉武松的传人”，刚才领教了胡斌的工夫，再吹就是在孙悟空面前耍金箍棒了。

“好了，胡斌，你先扶，扶武险峰回去。然后，到书店，转转，把我那书给人家，武警，买齐了。给武险峰，也买，一本，那书可能，是他的，心药。去，多买点儿，去吧。”李明强说话有点上气不接下气，汗珠像断了线的珠子“哗哗啦啦”地向下掉，背后的外衣都渗透了汗水。刘红军护士赶忙用一块棉纱布为李明强擦汗。

“别挤了。”李主任看李明强疼痛难忍，就对两位医生说。

“双氧水。”李主任又向田护士要了一瓶双氧水，向李明强的手上倒。李明强的手上又跳跃出浓硫酸泼洒似的气泡。

“别，别太浪费了。”李明强知道他的引流手术还没有做完，看着李主任“哗哗”地往自己手上倒双氧水，有点儿心痛，忍不住说，“在前线，都是用药棉蘸着擦的。”

“要不是那样，也不会感染成这样！”徐医生愤愤地说。

李主任停住了手，背过脸去，说了声：“再打针麻药。”

“李主任，我不是说你——”李明强以为李主任生气了，想说自己不是说他浪费。

李主任回过头，深情地看着李明强说了句：“本色，本色啊。”

麻药又打上了，李明强的疼痛感渐渐隐去，他张开嘴刚说出“李主任”三个字，就被李主任摆手止住了，李主任说：“你的事迹，我都看了，我理解你现在的心情。”他咬咬嘴唇接着说，“李明强同志，你坚持一下。手部很复杂，由五个互不相连的部分组成，可以说是分五个区域。你的手感染的时间太长了，五个区域都穿透了，必须把脓血全部挤出来，洗干净。”李主任说到这儿，对两位医生摆下手说：“挤吧。”

“老李，如果疼，你就喊出来，会好受些。”刘医生一边给李明强挤脓血一边说。

麻药的水分稀释了李明强手内的脓血，又滴滴答答地落入手术台下的盆中。

“停，给他注射针水会更好些。”李主任对两位医生说。

生理盐水注入李明强的手中，不一会儿他被挤瘪了的左手又像蛤蟆的肚子鼓了起来。两位医生又挤，脓血滴滴答答地流得顺畅多了。

“李主任，咱们科有几个前线下来的伤员？”李明强问。

“加上你，六个。”

“谁的职务最高？”

“现在就是你了。”

“噢——”李明强沉思了一会儿又问：“都住在一起吗？”

“没有。”李主任摇摇头。

“能不能给调到一起住？”

“可以。不过，我们怕他们聚在一起闹事儿，有意这么安排的。”

“我来管，保证不给你们添乱。”李明强坚定地说，“我把他们组织起来，成立一个党小组。哎，咱们科有党支部吗？”

“有。”

“你看这样行不行，我把住院伤员党小组建立起来，接受你们支部的领导。”

“我看可以。这是件好事，我跟协理员商量一下，给院党委报告一下。”

就这样，李明强和李放主任谈论着工作，徐、刘两位医生给李明强打麻药、注水、挤脓，整整折腾了两个多小时，徐医生长长地出了口气，对李主任说：“看起来是净了。”

“嗯。”李主任看看点了下头，又端起双氧水向李明强手上的洞里倒，直到不发生泡沫才停住。

“酒精。”李主任又向田护士要了瓶酒精，然后对李明强说，“老李，用酒精杀杀，有点儿疼啊。”

“不碍事，你该怎么办就怎么办，我能坚持。”

李主任又向李明强手上的洞里倒酒精，疼得李明强直咧嘴、冒虚汗。

李主任倒完酒精，又用镊子夹着药棉球压李明强的手，直到不再向下滴红水为止。他夹着棉球将李明强手上的洞口和全手都蘸干后，又换了把镊子，夹着黄色的碘酒从洞口处开始转着圈儿向外擦，把李明强的整个手掌都擦黄了。

李主任放下镊子，说了句：“塞油条儿。”

徐医生左手端着一个不锈钢盒子，右手拿一把镊子早等在那里。李护士撤走了盆子，放上了椅子。

徐医生坐在椅子上，一点一点地从洞口向李明强的手内塞油条儿，金黄色的油糊糊的纱条一寸一寸地钻进李明强的肉里……

“好，都站在这儿等着，不许说话。”楼道中一阵杂乱的脚步声过后，听到胡斌在护士台前喊。

“怎么样？”胡斌跑到换药室门口问。

“就好了。”徐医生正在给李明强裹手，头也不回地说。

“什么事？”刘医生问胡斌。

“找他。”胡斌指了指李明强。

“好了，老李，上病房休息吧。”李主任在徐医生给李明强缠纱布时就摘下了口罩，见徐医生已经给李明强做好了石膏固定，就微笑着对李明强说。

“用不用吊着？”徐医生问。

“不用。就是重一些，老李扛得住。是吧，老李？”李主任把话转向了李明强，“不吊，利于活动。垂得手胀了就举起来，感到轻松了就再垂下来，这样便于血液流通。”李明强冲李主任微笑着点了下头，连声说谢谢就向门外走去。刚走到门口，就听胡斌喊：“你们睁开眼睛看清楚了，他是谁！”他一边喊，一边指向李明强。

“啊，李明强。”

“李明强。”

“是李明强。”

几个地方人员七嘴八舌地说。突然，一个人竟跑到李明强面前，“扑咚”一声跪下了，一把鼻涕一把泪地说：“英雄啊，我们确实不知你还活着啊。”

“我们是真的不知道你还活着呀。”几个人“哗啦啦”全跪下了。

“什么不知道，都是钱迷心窍！”胡斌狠狠地说。

“是，我们是钱迷心窍。”跪着的人异口同声地应和着说，像是“文革”中被拉上台批斗的“四类分子”。

“这是怎么回事儿？”李明强和医护人员都愣住了。

“怎么回事儿？你看！”胡斌一抖，露出一张黄纸红字的广告，只见上面写着：“侦察英雄李明强遗作，英雄艳史自传，现已绝版。”

原来，胡斌到了附近的几家书店一问，李明强的《红灯亮了之后》这些天卖得特别火，都没有了。有人告诉他，东四七条是条文化街，书摊儿特多，没准儿有。

胡斌到东四七条一看，肺都气炸了。一个商贩正在叫卖：“珍藏图书，侦察英雄李明强艳史自传。英雄遗作，存货不多，买者从速了。”

胡斌急忙跑过去。商贩见来了一位年轻军官，就招呼道：“连长，买什么书？李明强艳史？特火，绝版了。”

“你这里有多少本？”

“还有两包，二十本。”

“我全买了，多少钱？”

“全买了？我给你优惠点，就给二百吧。”

“什么？定价八块八，你给我优惠，还十块钱一本？”胡斌有点不解地问。

“都这价，我都告诉你了绝版。你到别的摊儿上问问，看有没有比这低的，若有，你买他的去。”小商贩不满意地说。

“好，你给我包上捆好。这二十本不够，我到别的摊儿上看看。”

胡斌越看越生气，心里打起了鬼主意。他到一个挂着“侦察英雄李明强遗作，英雄艳史自传，现已绝版。”的摊儿前，拿起《红灯亮了之后》问：“有多少本？”

“您需要多少？”穿着夹克衫的商贩反问道。

“一千本。”胡斌随便说出一个天数。

“一千本？”“夹克衫”惊得嘴张开都有点儿合不上了。

“嗯，一千本。”胡斌郑重其事地说。

“太多了，把这一条街上的书都收起来也不够。这样吧，我去联系一下，您明天来取好不好？”

“部队要开展向李明强学习的活动，我今天必须买回去。”胡斌说到这儿，突然问，“你有地板车吗？”

“有。”

“好，那你帮我到各个书摊收书行不行？”

“收书？行。不过——”“夹克衫”点着头奸笑着看胡斌。

胡斌知道“夹克衫”是要小费，就说：“现在都高价卖了，十块钱一本，我只对你，你收他们多少钱一本我不管。”

“一言为定。”

“我们是单位买，你能开发票就行。一张发票出了，省得我买几本开一张发票，弄一大摞儿。”

“好哩！”“夹克衫”高兴地跳起来，冲大街上喊，“收书啰，《红灯亮了之后》，原价收购，有多少我要多少，有《红灯亮了之后》的请到二十三号！”

就这样，不一会儿，这一条街上李明强的书全部收集到了“夹克衫”的地板车上。“夹克衫”一一登记了每人多少本，说等解放军同志给他结了账，他再给大伙儿一一付款。

胡斌看了看眼前等着收款的商贩们，慢条斯理地对他们说：“李明强是我的战友，现在就在十条陆军总院治疗，你们说他死了，我不追究。但是，这些书都是盗版的，我要拿走。”胡斌说到这里，看有的商贩慌了神儿，又说，“我们解放军不拿群众一针一线，我把书的成本费给你们。”

“不行，我不卖你了。”一个商贩上前，提起两捆书就走。胡斌去阻止那人，另几个商贩见状，一轰而上，提的提、抱的抱地抢书。

胡斌急了，一把将那个商贩推倒，大喊一声：“别抢了！”跳到地板车前护书。

“打他丫挺！”“夹克衫”见被人给玩儿了，气急败坏地喊一嗓子。“丫挺”是北京地区骂人的话，意思是“丫头养的”。众商贩听“夹克衫”喊打，一拥而上，想给胡斌点儿厉害瞧瞧。谁想胡斌左躲右闪，三下五除二，几个商贩全趴下了，哭喊着求饶。

胡斌恼怒了，让一个商贩推着车，押着其他几个来见李明强，非要让他们亲眼看看李明强到底死了没有。

“大英雄啊，我们不该咒你死啊！”

“我们该死，不该瞎写广告，用您的名声赚钱。”

“这书我们不要了。”

几位商贩，七嘴八舌，楼道内一片喧哗。李明强坚持要按价付钱，商贩说，他们早就赚够了，说什么也不要，纷纷冲李明强抱抱拳、作作揖走了。

胡斌没花一分钱弄回六百多本书，乐得屁颠屁颠的。

李明强笑着对胡斌说：“你呀，是没有上战场，手痒。回北京第一天，就跟人家吵了一架，打了两架。”

胡斌笑着说：“此言差矣。我是一吵三打。”他把与武险峰的较量说了一遍。

“你呀。”李明强乐了。他掏出笔在一本书的扉页上签上自己的名字，递给胡斌说，“去，给武险峰送去。他看了会受点启发的。”

“李大英雄，我是你的主管护士。快躺下，给你输液。”郭燕端着一个托盘走进来，冲他们笑着，现出她脸上那两个深深的酒窝。

胡斌一看见郭燕，脸腾地红了，拿着书，低着头走了出去。

# 第四十五章

侦察大队大队长一行连同胡斌这时已经回到香山，直奔大队值班室。大队长对值班员陆建峰说：“小陆，一个一个往下传。对李明强的女朋友，不，对外不要讲李明强回北京了，特别是对他的女朋友，叫，卫和平，不要讲。”

“丁零零……”

香山步兵侦察大队值班室的电话响了，值班员陆建峰抓起电话。

“您好，哪里？”

“我是陆军总院办公室王秘书，是香山步兵侦察大队吗？”

“对，您找谁？”

“是您值班吗？”

“对。”

“怎么称呼？”

“政治处陆干事。”

“陆干事您好，有件事请您给大队领导报告一下。你们大队的李明强，就是报纸上宣传的那个侦察英雄，今天转到我们医院了。我们医院领导请你们大队领导来一下，商议对李明强的治疗。”

“什么时间？”

“越快越好。”

……

香山步兵侦察大队的大队长、副政委、参谋长和财务助理黄中臣一行四人，十六时三十七分走进了陆军总院值班室。

“各位领导，请到会议室等一会儿，我们院长和骨科的医生马上就到。”值班的王秘书把他们领进了总院机关会议室。

陆军总院赵院长和医务人员都到了。骨东的李放主任和急诊科的张主任分别介绍了李明强的病情，认为感染时间太长，伴有呼吸困难，存在生命危险，已经上了特级护理，使用了最好的抗生素。

议定治疗方案：先保命，再保胳膊，最后保手。但是，即使把手保下来，那手也只能是个残废的手了。

赵院长指示，要不惜任何代价保住李明强的生命，英雄没有倒在战场上，决不能让他倒在我们后方医院里。若不危及生命，就是个残废的手也一定要保住。

会后，陆军总院的领导陪同侦察大队的人员到病房看望李明强。

李明强睡着了。经过长途颠簸，在天安门广场折腾了半天，又进行三个小时的手术，又困又累，郭燕刚刚给他输上液体，他就“呼呼”地睡着了。

郭燕坐在李明强的身旁，看着他那只肿得比自己的腿还要粗的胳膊，心情非常沉重。李放主任已经跟她交代了李明强的病情，特护对一个护士来说，她知道意味着什么。但是，她注视着这位身材魁梧的年轻军官，仿佛又听到他那爽朗的笑声、风趣的语言。她坚信，这么旺盛的生命，不会躺在她的眼前永不醒来。

听着李明强均匀的呼吸，看着液体一滴一滴地滴下，郭燕感到心里乱哄哄的，无所适从。她上特护多少次已经记不清了，但是这种感觉从来没有过。就是个手部感染，李主任也说得太邪乎了，是不是太耸人听闻了，有点开国际玩笑。但是李主任说得很严肃，只是最后开了句不是玩笑的玩笑：“希望用你这张灿烂的笑脸，唤回他的生命。”

我这张脸能唤回他的生命吗？郭燕陷入了迷茫。

胡斌从武险峰的病房里走出来，透过门上的玻璃窗看到郭燕那么专注又那么深情地看着李明强，心里涌出一种说不出的感觉，犹如倒了个五味瓶，好不是滋味。不知怎么，就和郭燕见这么两次，胡斌一看到她就怦然心动，浑身的血管都贲张了。

胡斌在门口站了一会儿，默默地走开了。他刚走到大厅，就看到大队长一行从电梯里走了出来。

“大队长。”胡斌惊喜地叫道。

“胡斌。”侦察大队的几个人异口同声地叫着胡斌的名字拥了上来，一一同他握手拥抱。

“李明强呢？”大队长问。

“好像睡着了。”胡斌糊里糊涂地答道。他是根据自己刚才在门口所见的判断回答的。

李明强住骨东七号房间20床。胡斌刚推开门，就被郭燕止住了。

郭燕将右手举起，把食指竖在嘴前晃着，示意大伙儿不要讲话。她蹑手蹑脚地走出了门，看到赵院长，急忙把手放下来，轻轻地叫了声“院长”，又看了看其他几个生面孔说：“是看李明强的吧？他刚刚睡着。”

“郭护士，请他们进来。”李明强历来睡觉就轻，加上侦察兵的职业习惯，郭燕一动，他就醒了，只是怎么也睁不开那不争气的眼睛，他使劲儿摇摇头，蒙眬中透过门缝看到了大队长的身影，又急忙用右手在脸上捋了两把，这才透过玻璃看清了大队来了好几个人，就急切地叫起来。

门开了，大家并没有一拥而上，赵院长冲大队长摆下手，做了个“请”的动作，大队长也不客气，首先走了进去，接着副政委、参谋长、黄中臣和骨科的李放主任等都陆续地随赵院长走进了病房。

“大队长。”李明强欠起了身。

大队长急忙上前扶住他，说：“快，快躺下。你看，总院赵院长来看你了。”

“赵院长。”李明强一用力坐了起来。

“快躺下，快躺下。”赵院长急忙上前拉住李明强的右手说。

李明强没有躺下，他欠着身子向来看他的人招招手，众人也都冲他招手连声说让他躺下。

“没事儿，坐着没事儿。”李明强坚持不躺。

大家寒暄了一番后，为了让李明强早点休息准备告辞。由于李明强有生命危险，李放主任提出尽可能通知家属也来陪护。李明强家里已经没有人了，大队长想起了卫和平。于是，就问李明强说：“是不是通知一下卫和平？”

“不，不要。”李明强急忙说，“一定要保密，千万不能让她知道。”李明强的双腿残疾以后，他就下决心要离开卫和平了，他想对卫和平封锁一切消息，让时间老人去扯断他们的感情之线。

“为什么？”大队长不解地问。

“我不能连累她。”李明强坚定地说。

“她知道你受伤的消息后，到大队找过我，她想到青屏县去看你，还等着我的回话呢？”大队长对李明强说。

李明强的脸抽动两下，毅然回答：“告诉她，前线很紧张，不能接待闲杂人员。”

“你们现在近在咫尺，人家姑娘对你——”大队长不知说什么好，卫和平的形象犹如电影似的又呈现在他的眼前。

“谢谢您了，大队长，就这么告诉她。”李明强从四十五度的方向瞥了黄中臣一眼，嘴角露出了那带有讽刺意味的笑，盯着大队长的眼睛说，“让老黄去办，他有办法。”说完，李明强指了一下黄中臣。

“让我干什么都行，这事儿，我不管。”黄中臣急忙推辞。

“算我求你，必须给我摆平。”李明强嘴角那带有讽刺意味的微笑更浓了。

其实，李明强他们的心思都白费了。就在他们谈论怎么对待卫和平的时候，卫和平已经拨通了他们大队值班室的电话。

“您好，哪里？”陆建峰拿起电话问。

“我是北大，请问你们大队长在吗？”

“我们大队长出去了。请问，怎么称呼您？有什么事儿需要我转告吗？”

“我叫卫和平，想问一下你们大队到前线慰问伤员的事儿，您知道吗？”

“你是李明强的——”

“对，我也想去，你们大队长说——”

“卫和平同志，告诉你个好消息，李明强回来了，我们大队长就是去看他了。”陆建峰激动地抢过卫和平的话茬，把这个他认为的“好消息”告诉了卫和平。

“你说什么？”卫和平有点不相信自己的耳朵，“李明强回北京了？”

“是的，住在陆军总院。下午总院通知的，我接的电话。”

“陆军总院？在什么地方？”

“在东四十条。”

“住在哪个科？多少床？”

“这个我不知道，只能等大队长回来问他了。”

“谢谢您，太谢谢您了！”卫和平抑制不住自己的心跳，“叭”的一下挂了电话。李明强回来了，他回来了，回到北京了，卫和平竟兴奋地流起泪来。她不能等大队长回香山了，她要到医院去找，她要早点见到李明强。

泪水的流淌使卫和平平静了许多，她像是想起了什么似的又拨通了侦察大队值班室的电话。

“您好，哪里？”陆建峰拿起电话问。

“您好，刚才就是您接的电话吧？我是北大的卫和平。”

“听出来了，您还有什么事儿吗？”

“没有，就是谢谢您，刚才也没有问您怎么称呼。”

“别客气，我叫陆建峰，是李明强军校的同班同学。”

“你和李明强同学？”

“对。我们一个区队，他是我的区队长。我刚调到北京，有三年没见李明强了，可早就听说您的大名了。”陆建峰见女人话多的“弱智”劲儿又来了。

“噢——太谢谢你了，陆干事。回头，我上大队看您。太谢谢了，太谢谢了。”卫和平可没那闲心听陆建峰臭贫，说了几句谢谢，就挂了。陆建峰没有听到“再见，‘白白’”之类的话，还在对着话筒“喂，喂”呢。

卫和平接着就给赵鸿涛和李彬打电话，将李明强回北京的消息告诉了他们，约他们下班后到邢修省家集合，乘邢修省的车到东四十条陆军总医院。李彬说，他得先回家告诉孟华，他们自己“打的”去。赵鸿涛说，他直接坐地铁就到了，不用绕远，让卫和平他们绕道带上丁力，这事儿要是落下丁力，他会闹腾的。约好晚上七点左右在陆军总医院门口会合，谁到得早，就先问清李明强住的地方。

卫和平放下电话，就跑回宿舍收拾东西，她一边收拾一边哼着小曲儿，“甜蜜的事儿，甜蜜的事儿，依儿依儿哟……”收拾完毕，她带上门就要去邢修省家找许玉梅他们俩。走到门口，卫和平觉得这个时候上别人家正赶上吃饭的当口，不合适，就又回到传达室给邢修省家挂了个电话。

“喂，是阿姨啊。阿姨，我是北大的小卫，玉梅在家吗？”

“在，你等会儿，我叫她啊。”邢母拿着电话冲许玉梅的房间喊：“玉梅，电话。”

许玉梅正在屋内写她与邢修省共同创作的小说。以李明强为原型，她写得太顺畅了，她熟悉他们的家乡，熟悉他们的中学，熟悉他们中间的感情纠葛。她太熟悉李明强了，加上她四年本科的功底，根本没有邢修省插话的份。邢修省说，这等于是许玉梅在主笔创作。这时，许玉梅正在写她对李明强的爱恋，时过境迁，想起来，情感倒流，有滋有味，她完全沉浸在那如痴如醉的爱恋之中。突然，她听到婆婆叫她接电话，很不情愿地放下笔，走出屋来，心里在骂：“谁这么讨厌，偏在这时来电话。”

许玉梅拿起电话，懒洋洋地“喂”了一声。

“玉梅，我是和平。”卫和平在那边急切地喊。

卫和平，又是你，简直就是我的克星，你抢走了李明强的人还不行，我想一想你也打电话烦我。想到这儿，许玉梅又懒洋洋地不冷不热地问一句：“你有什么事吗？”

“玉梅，李明强回来了！”卫和平一直沉浸在幸福的兴奋之中，根本没有意识到许玉梅的冷漠。

“什么？你再说一遍！”听到“李明强”三个字，许玉梅打了一个激灵，提高嗓门问。

“明强回来了，住在东四十条陆军总医院！”卫和平提高嗓门喊。

“你见到他了？”

“没有，我听他们大队值班员说的。小邢回来了吗？我想让他开车，咱们一块儿去。”

“他还没回来呢。这样吧，你在宿舍等着，他回来后，我们马上就去接你。”许玉梅也急切地想见到李明强，就这样立即做出了安排。

“那，也成。我先给他买点儿东西，你们顺路把丁力带上。”

“好吧。”

卫和平放下电话，到海淀副食品商店，挑选李明强最爱吃和没有吃过的东西。改革开放，物品是比以前丰富多了，好多东西都不需要粮票了，卫和平整整买了四大兜，她提着蹒跚着，一步一挪地走到北大南便门，站在门口等待着邢修省和许玉梅的到来。

邢修省下班后，蹑手蹑脚地走进许玉梅的屋，看着许玉梅在对着稿纸发愣，不知道自己的老婆在想李明强，认为她在构思他们的小说。就从后边抱住许玉梅，既是心痛又是开玩笑地说：“老婆子，休息会儿吧，这样冥思苦想地写下去，会长白头发的。”

“放开，没正经。”

“唉，回到家了，还有什么正经事呀！”邢修省一跃躺在了床上。

“起来。越来越不讲究了，回来不换衣服就往床上躺，快去洗一洗！”

“好，好，好，我换，我换，我洗，我洗。”邢修省说着站起来就往外走。

“算了，别换了。”

“怎么了？”

“李明强回来了。你饿不饿？饿了，随便吃点儿，不饿咱们就走。”

“上香山？”

“不，东四十条，他住在陆军总医院。”

“好，好，我不饿，走，走。”邢修省一边说，一边往厨房跑，“妈，有什么现成吃的？”

“干什么呀？你们要出去？”

“嗯。”

“玉梅也没吃东西呢。”邢母说着走出厨房，冲许玉梅的房间喊：“玉梅，有什么事儿那么关紧，吃点儿饭再走。”

“妈，我不饿。告诉您吧，我那个同学，那个侦察兵，李明强，回来了，在陆军总院治伤，我们去看看他。”

“李明强？负伤那个侦察英雄？”

“嗯。”

“等等，给他拿点儿东西。”邢母说着回到自己的房间内，拿出一盒干人参，给许玉梅说：“拿去，让他补补身子。”

“妈。”许玉梅不知如何是好。

“拿着，等他好了，请他到咱家来。”邢母拉过许玉梅的手把人参塞到她的手里。

邢修省已狼吞虎咽地吃了一些东西，一边鼓着腮帮子嚼，一边说：“走，走。”

“去吧，慢点开。”邢母嘱咐道。

等待的滋味是难熬的。卫和平站在北大南便门，来来回回地踱步，焦急地向东看看，向西瞅瞅，就是不见那黑色的黄冠牌出租车开来。她的脑海一直在翻腾，李明强的腿怎么样了？手怎么样了？为什么要转到北京来治，是伤得很严重还是因为他成了英雄？

一辆黑色的出租车自东向西飞驰而来，卫和平兴奋地跳起来笑着向车子招手。车停了，卫和平冲过马路。司机打开车门，左脚蹬地，探出头问：“小姐，您上哪里？”

“我上——东四——”

“别着急，我掉个头，那边是您的东西吧？”司机说着就缩回头抽回脚关了车门。

“别，别。”卫和平急忙拍人家的车头。

“还有什么事儿？”司机放下车窗玻璃问。

“我，我不坐你的车。”卫和平喃喃地说。

“你不坐车，招什么手？”司机显然不高兴了。

“我，我——对不起。”

“嗨——”正在卫和平不知所措的时候，邢修省跑过来，“认错车了吧？”他一看情况就知道是怎么回事儿。

卫和平冲邢修省点了点头。

“哥们儿，她是我朋友，认错车了，对不住您啦。”邢修省说着给那司机递上一支烟，“同行。”邢修省向那司机指了指马路对面自己的黑色黄冠出租车。

“北大学生？”那司机冲卫和平的背影努努嘴儿，吐了口烟，问邢修省说。

“嗯。”

“行啊，哥们儿，够档次了。”那司机又朝马路那边看，一个更靓丽的女孩儿正站在车旁与卫和平说话呢。

“哎，哥们儿，把那个给咱介绍一下？”那司机指着许玉梅说。

“去你的，那是我老婆。”

“蒙谁呢？一晚上的，是不是？去吧，哥们儿不拦你的好事儿。我呀，就在这儿趴活儿了，不信你能钓俩儿，咱爷们儿钓不着一个。”

“好，好，好，你就在这趴吧。我走了，趴着吧您啦。”邢修省心里有事儿，不再与那司机贫嘴，说着话跑向自己的车。

邢修省开车到东四十条陆军总院，赵鸿涛和李彬都还没到，就留下丁力和许玉梅在门口等着，他和卫和平前去打听李明强的住处。

门诊部问了，说在住院部。到住院部，既不知病人住在哪个科室，又没有探视证，看门的老头儿和老太太说什么也不让进去。没办法，卫和平想起了给香山步兵侦察大队大队长打电话。

“走，给他们大队长打电话去，他今天来过，知道明强住在哪里。”卫和平对邢修省说。

“走。”

他们到医院大门口找公用电话去了。

侦察大队大队长一行连同胡斌这时已经回到香山，直奔大队值班室，大队长对值班员陆建峰说：“小陆，一个一个往下传。对李明强的女朋友，不，对外不要讲李明强回北京了，特别是对他的女朋友，叫，卫和平，不要讲。”

“是。”陆干事响亮得答道。接着他又低下了头，暗淡了眼光，说：“报告，我今天下午已经讲了。”

“给谁？”大队长急忙问。

“卫和平。”陆建峰的头埋得更低了。

“嗐！怎么哪一壶不开你提哪一壶啊。”

“唉——”参谋长也跟着长叹一口气。

“啧。”副政委吧嗒一下嘴，摇摇头，也无话可说。

“这是天意，人家姑娘对他一往情深，让他自己处理吧。”黄中臣“兴灾乐祸”地说。他听了陆建峰的话，心里别提多高兴了，卫和平那里一知道，就没有他的事儿了。

大队长瞪了黄中臣一眼，也没话说，自觉不自觉地从口袋里摸出了烟盒，黄中臣赶快掏出打火机给他点着。大队长阴沉着脸把烟盒向黄中臣一伸，黄中臣接过烟盒，抖了抖，抖出两根儿半悬在盒口递向副政委和参谋长，两人一人抽出一根。黄中臣又抖出一根递给陆建峰，陆建峰冲他摆摆手又低下了头，像个做错事儿的小学生。黄中臣看陆建峰不要，自己讪讪地笑了笑，一低头用嘴叼出那露出一半的香烟，“叭”的一声又打着了打火机，火苗蹿起，他看副政委和参谋长都点着了，自己就给自己点着深深地吸了一口，把烟盒塞进了大队长的上衣口袋。

“丁零零……”电话铃又响了，陆建峰急忙拿起电话：“您好，哪里？”

“是陆干事吧？我是北大的卫和平。”

陆建峰闻听此言，急忙捂住送话器，哆哆嗦嗦地对大队长说：“卫、卫和平。”大队长冲他摆摆手，那边卫和平在问：“大队长回去了没有？”

“没，还没有，我没有见到他。”陆建峰松开送话器哆哆嗦嗦地说完，又捂住对大队长说：“找您呢。”大队长又冲他摆摆手。

“那，您现在知道李明强住哪个科吗？”

“不知道。”

“你能给大队长他们联系上吗？”

“不，不能。”

“好吧，我再往他办公室和家里打打看。”

卫和平挂了电话，大队长听陆建峰讲卫和平要往他办公室和家里打电话，说了句：“完了，我是有家不能回了。走，先到饭堂吃饭去。”

众人走出值班室。副政委转过身来拍了一下陆建峰的肩膀说：“没事儿，不知者不为错。如果她再打来，你说话婉转一些。”

陆建峰感激地冲副政委点了下头。但是，他还是一直捉摸不透，李明强明明回到北京了，为什么不让告诉人家女朋友？

“丁零零……”电话铃又响了，又是卫和平的声音：“陆干事，我给大队长办公室和家里都打过了，家里人说他在办公室，可他办公室没有人接。”

“我也不清楚，可能还在路上吧。”

“这可怎么办呢？我们就在你们总院，你记个电话号码好吗？大队长他们回去了，麻烦您给我回个电话。”

“好吧。”陆建峰像撒了气的皮球软绵绵地说。

“哎，大娘，这电话号码是——”陆建峰听到卫和平在问电话号码，他闭着气，接着就听到卫和平对着话筒喊：“陆干事，是8873265，8873265。”

卫和平与陆建峰通话的时候，赵鸿涛和张晓丽已经赶到，几个人碰了情况，都没有办法，只好干等大队长或陆干事的电话。

这时，一辆红色桑塔纳轿车停在门口，李彬首先从前门蹿出来，他向大家招手喊：

“哎，都到了吧？”

“就等你了，强哥回来，你还摆什么谱？”丁力没好气地冲他嚷道。

李彬也不埋会，径自走向大家问：“住在哪儿？”

没有人回答。卫和平和许玉梅看到孟华抱着孩子从车的后门出来，就急忙拍着手，张开臂，迎上去喊：“嗨，宝贝儿，让阿姨抱抱。”

八个月的小明浩看到两个阿姨笑嘻嘻地张开臂要抱他，他张开小胳膊冲卫和平和许玉梅拍着小手张着小嘴乐着，等二人走到跟前，他突然回过头扑到孟华的怀里，紧紧抱着孟华的脖子，逗得三个人都笑了。

“这孩子，刚几个月就这么精。”卫和平轻轻地拍着孩子的后背笑着说。

小明浩感到有人在触摸他，就回过头，许玉梅用右手的食指点了下他的小鼻子，笑着说：“小人精，活脱脱一个小李彬。”小孩子“咯咯咯”地乐出了声，在孟华的怀里向上蹿蹬着。

卫和平看着孩子这么活泼，对孟华说：“真够能折腾的，抱着他很累吧。”

“能不累吗？跟个猴儿似的，他爸也不管抱。”孟华埋怨李彬说。看孩子瞪着眼睛瞅她们说话，许玉梅说：“瞧，听咱们说话呢，心里透气儿了。”

“心里透气儿了，来看干爸爸了。”孟华骄傲地用头顶着孩子的小脑袋，笑着逗孩子。小明浩也使劲儿地用头顶着孟华。

“嗨，别傻等了，咱们再去试试！”李彬在那边听了邢修省的情况介绍冲三个女士喊。

“这样吧，孟华和玉梅，还有丁力在这里听电话。我们——”

“我不在这儿！”丁力没等李彬说完就将他噎了回去。

“你们先去吧，我在这儿。”邢修省说。

“也好，走。”李彬招呼大家说。

“不知道住在哪里，又没有探视证，人家不让进。”卫和平说。

“我去试试看。”李彬很自信地说。

# 第四十六章

**李明强抚摸着卫和平的头，久久地不说一句话。两人彼此倾听着对方的心跳，感受着沉默的幸福，感受着死亡线上的爱情。**

到了住院部门口，李彬对大伙儿说：“你们在这里等着，我过去和他们谈谈。”

住院部门口一边坐着一个老头儿，一边坐着一个老太太。李彬掏出一颗香烟到了门口，对老头儿说：“大爷，您有火吗？借我使一下。”

老头儿从桌子上拿过打火机递给了李彬，李彬瞥见桌上放着一包“香山”烟，就说：“大爷，您也来一支吧？”

“刚抽过，不抽。”老头儿摆着手，一看李彬掏出的是红中华，眼睛一亮，情不自禁地伸出了手。李彬递给老人一支，又给老人家点上，冲老太太问：“大娘抽吗？”

“不抽。”老太太摆摆手说。李彬合上烟盒，给自己点上，顺手将打火机和红中华一起放在桌上。

老头儿瞥了眼那盒红中华，试探着问：“您看人呀？”

“先等个人儿。”李彬漫不经心地说着，将屁股倚在桌子上。

“大爷，您一天值几个小时班啊？”李彬连吐两个烟圈儿问。

“十二个。”老头吐一口烟说。

“十二个？累不累呀？”李彬装出很惊讶的样子问。

“不累。上午和晚上九点以后不让探视，可以倒着班休息一下。”老头乐呵呵地指了指身旁的小房间说。

李彬把身子探了探，见房内有一张单人床和一个小柜子，笑笑说：“那也挺辛苦的。”

“世上哪有天上掉馅饼的便宜事儿，我们一个退休工人能找到这么好的差事儿就不错了。”

“是啊，还是北京好，就业门路多，退了休还能找到工作。你看，这几个月炒得多火，沈阳防爆器材厂倒闭了，工人们都在家里待业。全国各地，许多企业都动员老工人下岗呢。”

“听说，这改革真要砸烂‘铁饭碗’了！”老太太探过头问李彬。

“可不，《全民所有制企业破产法》人大常委会也批准了，马上就要发下来，以后这‘大锅饭’是吃不成了。”李彬说完，把烟蒂往老头儿放烟头的小瓶子里一扔，又从那盒红中华中抽出两根儿烟，自己点上一根儿，一根儿递给看门的老头儿。老头儿一边伸出右手抖抖地去接，一边摇着左手还未燃尽的香烟说：“还有，还有哩。”

“您是国家干部？”老太太问。

“在国家经贸委工作。”李彬轻描淡写地说一句，又抽口烟。

“您的什么人在这里住院？”老头儿把那支中华烟夹在耳朵上讨好地问。

“同学，啊就是前些天报纸、电视上宣传那个侦察英雄，那个连长，李明强。”

“他住这里了？”老头儿、老太太都惊讶地问。

“嗯，今天下午来的。这不，我们中学时的好朋友约好来看他哩。”李彬说完冲那边的赵鸿涛喊：“哎，鸿涛，我在这儿呢！”喊罢，又冲两位老人笑了笑说，“您看，说着他们，他们就到了。”

赵鸿涛、丁力、张晓丽和卫和平提着大包小包的东西走过来。李彬故意大声地说：“他们几个还没到呢。这样吧，丁力到门口看看，他们来了告诉他们，李明强住在外科，我们就不等了，先进去了。”

“我不去，你到门口去叫他们吧。”丁力不服气地嘟囔一句。

李彬急忙说：“那好，我去。我去等他们，你们先进去吧。”说着，从赵鸿涛手里接过一兜儿水果，看都没看，往桌上一放，对两位看门的老人说：“这个留给你们二老吃吧，我们带得多。”

“这哪能行。”老头儿捅了捅那兜儿水果推辞说。

“您就留着吧。他是英雄，送东西的人多得是，他也吃不了，放坏了浪费。”李彬把那兜儿水果按在桌子上，冲赵鸿涛说，“你们先进去吧，我到门口迎迎他们几个。”说这话，好像他早已和两位看门的老人打好了协议似的，要不，他就是把自己当成这里的主人了。

李彬说完，向前走两步，回头对愣在那里的赵鸿涛他们四人扬扬手说：“去吧，我等会儿就到。”

就这样，李彬看着赵鸿涛、丁力和卫和平提着大包小包的东西走进了住院部，两位看门的老人谁也没说个“不”字。

李彬回头笑着向大门口跑去。

邢修省又向香山步兵侦察大队打了两个电话，还是没有任何消息，正在着急呢。许玉梅和孟华见李彬跑过来，就问："怎么样？"

"怎么样？咱老李出马还有摆不平的！是不是？儿子。"李彬说着，用手指拨了拨小明浩的脸蛋。

"那老头儿、老太太让进？"邢修省有点不相信地问。

"咱一盒'二十响'，一兜儿'手雷'，全撂倒了，畅通无阻。"李彬一边走一边吹他的丰功伟绩，许玉梅一边奉承李彬，一边埋汰邢修省说："学着点儿，看人家李彬多会来事儿。"

说话间，几个人来到住院部。李彬冲他们"嘘"了一声，然后，从孟华怀里接过小明浩向两位看门的老人走去。

"大爷、大娘好，这是我儿子，也是李明强的干儿子，来看他干爸爸啰。儿子，问爷爷、奶奶好。"李彬把小明浩向两位老人面前送了送，小明浩"咯咯咯"地笑着向李彬怀里扑。两位老人乐了，老太太说："真是个小机灵鬼，像你。"

"像我吗？"李彬笑着问。

"像，像。"老头儿也附和着说，"瞧，胖乎乎的，多喜人啊。"

"整天跟猴似的，看着他，累着呢！"李彬摇着小明浩说。

"谁给你们看孩子呢？他奶奶，还是姥姥？"老太太凑上来问。

"没有，我们自己带。上班儿时，给他送到一个退休的阿姨家，下班儿接回来。"李彬很轻松地说。

"真够不容易的。"老太太动了怜悯之心。

"世上哪有天上掉馅饼的便宜事儿。"老头儿又说话了，"自己带带孩子，做做难，就知道做父母不容易了，也就知道怎么孝敬老人了。那句话怎么说了，不……"

"不养儿不知父母恩。"李彬抢着说了。

"对，就是这句话。这孩子真懂事。"老太太说。

"就是，看他那么尊重咱，就知道是个孝子，比我那俩混账儿子强多了。唉——"老头儿说着，长叹一声。

"行了，别说了，我给你说了，现阶段孩子能这样就不错了。"老太太安慰起老头儿来。

"行了，行了，不说了，不说了，你赶快去吧。"老头儿冲李彬扬扬手。

李彬想对两位老人说点什么，又说不出口，就抱着小明浩冲两位老人笑笑，连连"哎"了几声，随众人走进了住院部。

李彬抱着孩子追进大厅，叫了声孟华，就把孩子送了过去。

"刚抱屁大工夫，就不抱了。"孟华不接，嘟囔着说。

"唉，我累不累？我不就是拿孩子当个敲门砖嘛！"李彬说着硬往孟华怀里塞。

"你们瞧一瞧，他多奸，要不是为了达到他的目的，他还不抱个孩子呢。"孟华接过孩子，又嘟囔着说，"我刚才还在心里乐哩，想他可在同学面前表现一下了，你们看看，屁大会儿工夫，好像这孩子是我一个人似的。”

“来，来，来，宝宝，让阿姨抱抱，让妈妈休息一会儿，好不好？”许玉梅上前抱小明浩，小明浩又“咯咯咯”地往孟华怀里扎。

“你李彬探得什么信？谁告诉你强哥住在外科？”电梯一开，丁力跨出来就冲李彬嚷。

“谁也没有给我说呀！”

“那你瞎放什么屁，让我们白跑！”

“我让你们白跑了？”李彬急了，“我不那么说你们能进来吗？”

丁力没话说了。

“他们呢？”邢修省问丁力。

“挨着科室问呢。”丁力没好气地说。

“走，骨科。”李彬恨恨地说，“他伤了胳膊伤了腿儿，不在外科肯定在骨科，还用挨着科室找吗？笨蛋！”

果然，李彬他们坐电梯到十层骨西护士站一问，李明强住在骨东20床。他们就道了谢转身向东走，邢修省对许玉梅和孟华摇着头说：“不服不行，这李彬真神了啊。”

“猴精。”许玉梅笑着说。

“精猴。”丁力嘟囔一句。

“我是精猴，你是什么？一百个笨蛋给你磕头。”李彬回敬丁力一句。

“怎么着？”丁力不服气地顶了李彬一句。

“能怎么着，你是他们的头头呗，——大笨蛋！”李彬说完笑了。丁力说不过他，又要跟他动手。

“你厉害，我怕你，给你根儿好烟行了吧。”李彬一边求饶，一边掏出一盒红中华，刚要打开，丁力就冲上去，一边夺一边说：“一盒。”

“一根儿也不给你。”李彬说，“你看，禁止吸烟，人家病房不让抽烟。”李彬一步跳进大厅，指着厅内的告示牌说。

“我出去抽。”丁力黑着脸追上去，喊，“拿来，连看门儿的老头儿你都能给一盒，就不能给我。”

“我给人家是为了进门儿，给你有屁用，除了挨骂就是挨打，连个好脸儿都没有。”李彬一边说一边躲。

“谁打你了？拿来！”丁力把李彬逼到了电梯口，“见一面分一半，有几盒？”

“没——”李彬没说出话，电梯的门突然开了，赵鸿涛、张晓丽和卫和平从里边走出来。赵鸿涛一下把丁力和李彬推开，吼道：“干什么呢？”

“没，没什么。好，好，好，一盒，给你一盒。”李彬把手中的红中华扔给了丁力。

丁力嘴上的八字胡儿乐成了“一”字，看着手中的红中华嘟囔一句：“早给不就没事儿了！”

“找到了吗？”卫和平急切地问。

“找到了，在这边 20 号。”许玉梅指着骨东的门口说。

“那怎么不去呢？”赵鸿涛瞪了丁力和李彬一眼说。

“刚走到这儿！”李彬不服气地瞥了赵鸿涛一眼。心里骂，自己没脑子，还埋怨人家。

赵鸿涛在前，几人随后，默不作声地来到七号病房，刚要推门，就被在护士站值班的护士张晶跑过来拦住了：“你们这么多人，是看谁的？”

“李明强。”

“不行，他刚刚睡着。”郭燕从病房中出来沉着脸冲众人摆摆手说。

“我们是他中学的同学。”赵鸿涛对郭燕说。

“不行。我说了，他刚刚睡着。”郭燕的脸更黑了，头摇得像拨浪鼓儿似的。

“她是李明强的女朋友，大老远来了，您就行行好，让他们见上一面吧。”李彬把卫和平拉到郭燕面前。

郭燕怔怔地看了卫和平好一会儿，她下午听李明强对步兵侦察大队的人说不让告诉他女朋友，怎么这么快他女朋友就来了？想到这儿，郭燕咬咬下嘴唇毅然将头摇了几摇。

“还有，这孩子是他的干儿子，这么冷的天都跑来了，您就行个好吧。”孟华抱着孩子挤上前对郭燕说。

“这看门儿的是怎么搞的，没有探视证放进来这么多人，跟打狼的似的。”张晶嘟囔一句。

“不行，真不行！我给你们说过了，他刚睡着。”郭燕坚定地说，突然她看见卫和平流了眼泪，心就软了，说，“你们真要看，就在门口看一眼吧，中间那床上的就是，轻一点，别把他弄醒了。”郭燕说着，把门推开一条缝，因为门上的毛花玻璃看不清里边。

李彬从门缝中看到里边放着三张床，李明强躺在中间那张床上，裹满纱布，粗得跟腿一样的左胳膊高放在床边的一个专用小桌上，正好挡住了头部。除了这只裹满纱布的胳膊，李明强的其他部位，什么也看不见。

卫和平站在门口，踮起脚尖也没有看到李明强的脸，泪就禁不住顺着脸颊往下流，哽咽着对郭燕说：“求求您，我进去就看一眼，不弄醒他。”

郭燕毅然地摇了摇头。心想，她现在就流泪了，进去放声哭起来怎么办？再说，人家李明强说了不要见她了。

李彬见郭燕直摇头，眉头一皱，计上心来，“哎呀！”惨叫一声，喊道：“卫和平，你怎么搞的，踩死我了。”他一边咧着嘴抱着脚蹦，一边喊，“卫和平，卫和平，卫和平！”

“平，平，平……”李明强在床上叫起来。

“明强，明强，我来了，我在这儿！”卫和平推开郭燕冲了进去，站在床前一下子不动了，她看到李明强用惊异的眼光看着她。

原来，李明强做了个梦，梦到黄中臣在北大未名湖畔告诉卫和平李明强要与她分手的消息，卫和平哭着跑了，黄中臣在后面一边喊卫和平的名字一边追。追着追着，就变成了卫和平在前面哭着跑，他李明强在后边追着喊了。李明强惊醒了，原来是李彬在叫。

李彬他们见李明强醒了，蜂拥而进。

“明强。”

“强哥。”

“明强。”

老同学相聚，相对无语。

郭燕追进来吼：“你们是怎么回事儿？病人需要休息！”

“没，没关系，郭护士。”李明强冲郭燕笑笑，一边说一边用右手撑着床要坐起来。

“别动！没关系？你知道不？你上的是特护！”郭燕的脸涨得通红。为了礼貌，她把李明强的床前部摇了起来，使李明强半躺半坐在床上。

“好，好，同志，您别着急，我们待会儿就走，就一会儿啊。”李彬向郭燕赔着笑脸说，然后，冲孟华说，“快，把孩子抱过来，让他干爸看看。”

“快，宝宝，让干爸看看。”孟华把小明浩抱到李明强面前。

李明强伸出那只肥大的右手摸了一下孩子的脸，感叹地说：“儿子，多么鲜活的生命啊！”嘴角便泛起了那种带有讽刺意味的微笑。他在迷迷糊糊的睡眠中，听到了护士的议论，知道自己有生命危险。

小明浩好像心里透气，李明强抚摸他，他也不动，瞪着大眼睛，看着李明强。李明强笑着问孟华：“叫什么名字。”

“李明浩，李彬给改的，说一定要用你一个字，你看好不好？”孟华说着，泪涌了上来。他们起初给孩子起的名字叫“李浩”，后来想到李明强回不来了，他们要留个永久的念想，就在中间加了个“明”字。

“好，好，好啊。”李明强嘴角那讽刺意味的笑更浓了，一边说好一边在心里骂，“混账李彬，你他妈占我便宜。我叫李明强，让你儿子叫李明浩，我小你一辈儿，你倒挺会起的。”

李彬是何等精明之人，从李明强的叫好声和那细微的表情变化中，知道李明强对“明浩”这个名字不满，急忙笑着说：“我已经让丁力骂够了，这几个人没一个不说我的！我说了等你回来让你改，你就给改一个名字吧。”

李明强苦笑一下，若有所思地说：“既然起了，就叫吧，名字其实就是一个人的符号。”他又想到了死，人家父母起的名字，总有人家的道理，你一个快死的人了，还跟一个襁褓中的孩子记较什么。

“不行，他不能用这个‘明’字，乱辈儿了！”丁力竭力反对，终于找到了跟李明强对话的机会。

“明强，你就给改一改吧。”赵鸿涛说。

“是啊，强哥，你有学问，给孩子起个好名字。”邢修省也赞成给孩子改名字。

“这样吧。”李明强环视了大家以后，说：“先这么叫着，让我想想，等我出院后再给他改。”

“其实原来叫‘李浩’也挺好的。”张晓丽说。

“行了，行了，别让病人多说话了。”郭燕开始有点儿急了。

“好，好，好。我们走，让她再待一小会儿好吧？”李彬对郭燕赔着笑脸指着卫和平说，他意识到卫和平进来还没有跟李明强说上一句话呢，反倒让他唱主角了。他对李明强说：“你好好养伤，我们抽空再来看你。”

“好，明强，我们先走了。”众人都知趣地向李明强告别。

“儿子，给干爸再见。”孟华对小明浩说。小孩子虽不会说话，已学会了再见，向李明强摇了摇他那肥嘟嘟的小手。

众人都笑了，李明强也笑了。但他多么不希望同学们走啊，不是他不想与卫和平单独待在一起，而是他怕与卫和平单独待在一起。他还注意到一件李彬没意识到的事儿，那就是，卫和平还叫着他的名字走进来了，而许玉梅才是真真正正始终没有说一句话的人。

李明强抬起右手向众人致意，叫住许玉梅说：“玉梅，考上研究生了吗？”

“嗯。”许玉梅冲李明强点了下头。

“学习什么专业？”

“中文。”

“中文好，中文好。”李明强说话间许玉梅已依依不舍地走到了门口。郭燕也知趣地随后走出病房，关上了门。

“明强。”卫和平抑制了半天的泪水一下涌了出来，一头扑在李明强的怀里。

“平，别哭，别哭。我们又见面了。”李明强用右手抚摸着卫和平的头说。

“伤得重吗？”卫和平哭着问。

“不重。部队照顾我，让回北京治疗。在前线，这根本不算回事儿。”李明强尽量说得很轻松。

“想死我了。”卫和平又将头埋进李明强的怀里。

李明强抚摸着卫和平的头，久久地不说一句话。两人彼此倾听着对方的心跳，感受着沉默的幸福，感受着死亡线上的爱情。

“好了，你也该回去了，别让他们等得太久了。”李明强首先打破了沉默，下了驱逐令。

“他们，没事儿，就是那护士……”卫和平有些吃郭燕的醋，说，“我不想走了，就在这儿陪你。”

“尽说傻话，人家这是特护，能让你探视都不错了。”李明强爱怜地拍了拍卫和平的头说。

“我就要在这里陪你。”

“听话，等特护撤了，你再来。”李明强用右手推着卫和平的肩膀让卫和平走。他很想与卫和平多待一会儿，但是又怕卫和平在这里多待一分钟。

“明强。”卫和平扑上来紧紧地吻李明强的阔嘴唇。李明强也感动了，用右手抚摸着卫和平的头热烈地迎接她的吻。吻了一会儿，李明强把头一摆，说：“好了，好了，快走吧，要不护士该来催你了。”

“好，我明天再来看你。”卫和平站起来哽咽着说。

“别，别。你等特护撤了，要不，也白来，今天让你见，明天就不一定了。”李明强急忙说。

“那，那，什么时候撤？”卫和平不了解医院的事儿，疑惑地问。

“大概一星期吧。对，一个星期，我听医生说的。”李明强胡诌了一个时间。

“好，今天是星期二，那我就星期天再来看看。”卫和平说。心想，近在咫尺，我可等不了一个星期。

“好，好，星期天见。”李明强向卫和平招了招手。

“就这样让我走呀？”

卫和平扑上来，两个人又深深地进行一次长久的吻。

# 第四十七章

李明强望着田聪颖跑去的背影，那长发一飘一落地跳动着，如诗，如画，如泣，如歌。李明强的眼睛湿润了，慢慢地举起了沉重而又发胀的左手。是致意？是招回？是再见？他也说不清，或许什么都不是，只是为了左手血液的回流，只是为了生存的需要。

李明强在心里说："去吧，都去吧，好姑娘，我也爱你们！"

卫和平从病房中一出来，郭燕就跑了进去。她看到李明强头上浸出了汗，喘气也不均匀了，心疼地问："累了吧？"

"没事儿？"李明强摇了摇头，想着卫和平那热烈而长久的亲吻，在心里补了一句——能不累吗？别说有病，没病也累。想着，嘴角便泛起了那种带有讽刺意味的微笑。

"都累成这样了，还笑。"郭燕弯腰从床头下的脸盆里拿出李明强的毛巾，一边给李明强擦汗一边埋怨说。

李明强不好意思，伸出右手说："我来。"

"别动。"郭燕的脸黑了下来。李明强不知她为什么发火，任凭她擦自己的脸和脖子。

郭燕为李明强擦过脸，又将李明强的床放平，回手把灯关了，说了声"睡吧。"提着方凳向门口走去，到了门口嘟囔一句："谁也别想来。"然后"啪"的一声把方凳放下，就坐在门后那黑影里。

"郭护士，你坐那里干什么？"李明强问。

"别说话。"郭燕在黑影中重重地丢出一句。

李明强不说话了，静静地躺在床上看着郭燕。郭燕比卫和平和许玉梅都高一点儿，比杨玉萍和田聪颖低，和王红霞的个子差不多，皮肤不像她们五个人那么白，也不算黑，是属于健康那一类。身条儿比卫和平瘦，比许玉梅丰满，和杨玉萍、王红霞、田聪颖的一样姣好，好像比她们三个人更有力一些。胸比她们五个人都平，女孩子吗，那馒头可能还没有被男人抚摸过。一颦一笑，那两个深深的酒窝，对称，匀称，好看。是啊，那酒窝是怎么长的呀，就那么好看，就那么有特色，让人看一眼就忘不了。

李明强胡乱想着，眼皮就塌蒙下来。他摇摇头，强迫自己睁大眼睛。他不想睡，就想看郭燕。

郭燕坐在门口的黑影里，用左手支撑着下颌在想心事儿。楼道里的灯光，透过毛花玻璃照在她的脸上，像薄雾中的一尊雕像，很美。这是一张标准型瓜子脸，小挺鼻，柳叶眉，大眼睛，嘴也不大不小恰到好处，在这微弱的白色灯光照射下，真是一个冷美人，让男人看了心动，产生非分之想。

李明强看了想，想了看，把郭燕和他接触过的女人一一比较，看了看，想了想，骂自己，下流，好色之徒，八辈子没见过女人似的。

李明强骂了，还是看，还是想，并在心里打上了郭燕的鬼主意。不是为自己，他李明强是要见马克思的人了。是为胡斌，胡斌还没有女朋友呢。他想到今天，郭燕拉着胡斌的手在前边走把他丢在后边的情景，真像一对儿热恋中人。别说，他俩还真是天生的一对儿，皮肤都差不多，谁也不会嫌弃谁，胡斌也是一表人才，况且肚子里的东西比他李明强有过之而无不及。李明强就在心中想象郭燕和胡斌恋爱结婚的情景，让郭燕笑着，往她脸上那酒窝里倒满酒，让胡斌当众去喝，大家都争着去喝，李明强也凑上去喝，那滋味，啧啧……

李明强这次是真正地躺在了后方，躺在了首都北京，看不到穿迷彩挎枪的将士，听不到炮声，闻不到硝烟的气味。不像战地医院，花一般的女医生护士，都要随身带着武器，随时准备着去战斗去死。只有经过战争的人，才知道什么是真正的和平，才会真正去把维护和平的口号变为具体的行动。

和平，和平，是全世界人民的心愿。全世界人民都在为和平而奋斗，他李明强也是为了和平才去参加了这场战争。卫和平，一个女孩子的名字，一个山村的老农民，都为自己的女儿起了个这么富有寓意的名字。现在已是中国顶尖大学法律系的研究生了，将来肯定是用法律的武器来维护民众的和平生活了。张金凤，张金凤好比池塘里的荷花，出污泥而不染。杨玉萍，杨玉萍像深山中的芙蓉，艳丽、芬芳，虽然细弱，但不怕风吹雨打。田聪颖，田聪颖是都市里的牡丹，不确切，也只有比作牡丹了，美丽、华贵。那王红霞，王红霞呢？王红霞是寒冬里的梅花，高傲、袭人。还有，玉梅，许玉梅，许玉梅像什么？水仙，盆中的水仙花，美丽、清纯。她们花一样的生命，绽放在和平的岁月里，争奇斗艳，光彩夺目，芬芳袭人。她们围绕在李明强的周围，给李明强无尽的幸福和欢乐。

值，得到过这几个好姑娘的青睐，死了也值。李明强睁开惺忪的眼睛，看了看门口雕像般的郭燕。这个仙女般的卫兵，今年芳龄多大？名花有主吗？唉，胡斌不知有没有这个福气。胡斌这小子怎么就跟大队长他们回去了呢，要不走多好，能跟这郭护士套套近乎。多好的机会啊！就胡斌那嘴皮子，那魅力，别说郭燕有男朋友，就是这小丫头片子嫁了人成了大嫂，他要想要也能给撬过来。李明强又设想胡斌怎么追郭燕，继而又成了他自己在追郭燕，他掂着酒瓶子往郭燕笑脸上的酒窝里倒酒，喝郭燕脸上酒窝里的酒。郭燕笑着喊，你倒呀倒呀，你怎么不倒了，喝醉了吧……

再大的毅力也抗不过自然规律，李明强的眼睛在美好的想象中闭上了，带着满足，带着微笑，带着醉意……

李明强醒来时，已是第二天正午时分。守在他身边的白衣天使不是郭燕，而是田聪颖。

田聪颖的白衣服和郭燕不一样，郭燕穿的是钉着偏扣的护士服，戴的是有蓝道的护士帽；而田聪颖穿的是和李主任一模一样的白大褂儿，没有戴帽子，那美丽的披肩发被盘起来放在了头顶。

田聪颖是医生，今年毕业分到了陆军总院，还没有定在哪个科室。陆军总院有个规定，毕业分配来的医生必须每个科室都挂职锻炼一遍。田聪颖现在是心血管内科主任医生的助理，她昨天晚上在宿舍听别人说李明强住在了骨科，就飞快地跑到住院部，李明强已经睡着了，郭燕破例让她在黑影里看了一眼。她一夜没睡好觉儿，一大早就向主任请了假，跑到骨科。李放主任看在本院医生的份上，就让她守在了李明强的床前。就这样，一守，就是大半天。她哭了，她怕李明强醒不过来。她不敢哭出声，哭哭，用手在李明强的鼻子前试试，试试，哭哭。她清清楚楚地听到了李明强那均匀的呼吸声，还要用手去试，还要明明白白地感受一下李明强喘息的气流。

“你是想把他弄醒是不是？”郭燕把田聪颖拉到门口，黑着脸说。

“不，不是。”田聪颖用手帕在眼上蘸了蘸说，“我是，我是，控制不住……”

“有病。”郭燕嘟囔着走了。因为是本院医生，不能得罪，就由她去吧。田聪颖回到病房，坐在李明强的身边，接着哭，接着用手试李明强是出气还是倒气。李明强醒了，她反而呆住了，说不出一句话，动不得一毫米，她指挥不了自己的任何一根神经，就那么呆呆地看着李明强。

当李明强在蒙眬中发现坐在自己身边的不是郭燕而是田聪颖时，一下子惊醒了，瞪大眼睛看着田聪颖，不知说什么好。

就这样，两个人对视着。许久，李明强问：“毕业了？”李明强已算出田聪颖该毕业了。

田聪颖没说话，呆呆地看着李明强。

“分到这里了？”李明强又问。

田聪颖还是没说话，呆呆地看着李明强。

“你好吗？”李明强无从问起，轻轻地说。

“不好。”田聪颖一下子打通了全身的脉络，用粉拳擂向李明强的胸膛，“你吓死我了你！”田聪颖伏在李明强的胸前哭了出来。

李明强不知说什么好，又不敢动田聪颖。从内心讲，李明强不爱她，有负于她。就让她趴在怀里哭吧，哭够了，她会起来的，就像她写的信一样，写到她自己不写为止。

李明强闭上眼睛，任由聪颖哭。昨天晚上，卫和平趴在他怀里哭时，他把卫和平抱得紧紧的。今天，田聪颖就像伏在一具僵尸上。是的，我是一具僵尸，别说可能马上会死，其实，在田聪颖的心中早应该死了。别动，别给她任何共鸣。李明强不住地提醒自己，眼睁睁地看着田聪颖。

田聪颖的秀发散着诱人的香气，田聪颖的抽泣弄得李明强胸膛生痒。娘的，这是怎么搞的，扑进怀里的姑娘还不能抱，送到嘴边的甘露还不能喝，真他娘的不自在。李明强想伸出右手抚摸一下田聪颖的头发，那飘散的长发他四年前就抚摸过，可这盘起的发髻他还是第一次见到。这是怎么盘的？是田聪颖自己盘的吗？

李明强的耳边突然响起了一首流行歌，“谁把你的秀发盘起，谁为你做的嫁衣。”他抽动的右手停住了，是啊，是谁把田聪颖的秀发盘起的？田聪颖不可能嫁人，她刚刚毕业。但是，她一定有男朋友了，她是个不甘寂寞的人。

“咳，咳。”郭燕推门看到田聪颖趴在李明强怀里哭，一怔，然后沉下脸站在门口“咳”了两声，见田聪颖抬起头，冷冷地说，“田医生，您的电话，追到这里来了。”接着奔向床前，冲李明强献出两个可爱的酒窝：“你醒了？感觉怎么样？烧不烧了？饿不饿？”

李明强面对这一连串的问题，无从回答，只是冲郭燕笑笑，摇摇头。

郭燕也没心思听李明强回答，她嘴里问那么多问题，心里就想一件事，这田医生有男朋友，怎么还趴在李明强怀里哭呢？昨天来那帮人单独留下的应该是李明强的女朋友，这田医生，是不是他过去的恋人？这李明强是够乱的。是他风流，还是美女爱英雄？她问自己，觉得自己对李明强没有那个意思，怎么一见田医生就产生了敌意？唉，人呀，还是先履行职责吧。她想着，转身跑向护士台，冲值班护士说：“通知食堂，赶快备饭。”又跑回来，手中举着体温表，冲李明强笑着说：“饭，一会儿就到，先测测体温。”

李明强接过体温表，慢慢地放在左腋下。

“你上不上厕所？”郭燕问李明强。

李明强的脸红了，他就是被一泡尿憋醒的。喃喃地说：“我，我去一下，活动活动筋骨，躺了这么长时间还没动呢。”

郭燕扶李明强起床，又扶李明强出去。李明强说：“我能行。”

“知道在哪里吗？”郭燕问。

李明强不作声了，他平生第一次进陆军总院，哪里知道。

“这是我们的职责，每一位病人来，我们都要领着先熟悉一下环境。走吧。”郭燕松开李明强的右胳膊，说，“慢点儿。”陪在他身旁走。

李明强走出病房，见田聪颖冲着电话嘻嘻地笑。想，刚才还哭得那么伤心，转眼就雨过天晴了。就随口说了一句：“谁的电话，打这么长时间？”

“能有谁？她男朋友呗。有名了，占线大王。”郭燕嗤之以鼻，故意对李明强说田聪颖接的是男朋友的电话。究竟真的是不是，她也说不清，反正她觉得这么对李明强说最合适。

李明强回头看了田聪颖一眼，田聪颖还在对着电话说笑。心想，要不是这样，她就不是田聪颖了。想着，嘴角泛起了那种带有讽刺意味的微笑。

一路上，郭燕为李明强指点着讲，这是什么地方，那是干什么用的，直把他送到“男洗手间”门口，说：“我帮你解开。”上前就解李明强病号服的裤带。

“别，我能行。”李明强急忙用右手去挡。

“怕什么，我是护士。”郭燕冲李明强低吼一句，“噌”的一下就扯开了李明强的裤带，向上一提，对李明强说：“去吧，出来我再给你系。”

李明强提着裤子，红着脸进了“男洗手间”，挤净了屎尿，用一只右手摆弄了半天，把裤带弄了个死结，垂头丧气地出来了。一边走一边在心里骂，丢人，你李明强也有办不好的事儿。

“嗬，你还真行，系好了。”郭燕看李明强举着左手，甩着右手走出来，捧出两个深深的酒窝笑着说。

“好了，死结。”李明强不好意思地笑了。他本来不想给郭燕说，一想，把死结弄紧了，下次上厕所怎么办？就照实招了。

郭燕捂着嘴笑了，只露出那两只美丽的酒窝。回到病房门口，田聪颖还在嬉笑着打电话呢，只听她对着话机喊：“就这样，就这样了啊，不跟说了，李明强回来了，拜拜。”挂下电话笑着跑进了病房。

郭燕见田聪颖进来，脸又绿了，不客气地说：“他把裤带打了个死结，你帮他解开吧。”说完，头也不回地走了。心想，那边刚跟男朋友神聊完，看你这边怎么办好。

“好哩，谢谢啊。”田聪颖冲郭燕的后背笑着说。

“应该说谢的是我，那是我的工作。”郭燕带门时冷冷地说。

“你怎么不让她给你系？”田聪颖嗔了李明强一眼。

李明强躺在床上，没有说话，看着田聪颖撩起了他的上衣，给他解裤带，脸就红了。既而又想，两个人曾拥抱过，接吻过，还怕这个吗？她又是医生，给病人解裤子，不是怪事儿。

“你，怎么搞的，怎么系这么紧？这结是怎么绕的呀？”田聪颖一边为李明强解裤带一边自言自语地说。

“他好吗？”李明强问，心里倒泛起了醋意。尽管是他自己不愿意娶田聪颖，可谁娶了田聪颖，他也妒忌。

“谁？”田聪颖在认真解李明强系的死结，看来很难解，她头都没有抬，不假思索地问。

“你男朋友。”李明强喃喃地答。

“啊，好。好，好极了，跟你同班同学，现在又调到你们大队了。”田聪颖的话音，有点儿腼腆，又有点儿幽怨。

“我同班同学？谁？”李明强情不自禁地坐了起来，吃惊地问。

“陆建峰，我爸战友的儿子。”田聪颖在李明强坐起时，也情不自禁地停住了手，低下头低声地说。

“陆建峰？弱——”李明强又是一惊，差一点儿喊出“弱智”两字。

田聪颖抬起头，怔怔地看着李明强，见李明强不往下说了，又垂下头，喃喃地说：“只是谈，还没有确定关系。你，你怎么不给我回信？”田聪颖的眼圈儿又红了。

“我，我，我不配。”李明强摇摇头说。

“胡说，你看不起我。”田聪颖的眼泪流了出来。

“不，不。我觉得，我，我，真的配不上你。”李明强竟结巴上了。

田聪颖没再说话，眼泪流得更多了。她可以对任何人讲，我说你配得上你就配得上，但是，她不能对李明强讲。她太了解李明强了，特别是经过这四年冷静的思考，她清楚地知道，李明强骨子里是不愿意娶她为妻的。

“师长和阿姨好吗？”李明强又问。

“好。部队缩编了，我爸在善后办主持工作，我妈还是老样子。”田聪颖慢慢地擦着眼泪说。

“他们身体好吗？”

“好，没什么毛病。”

“你哥结婚了吧？”

“你得问结几次了。”田聪颖冷冷地说。

“我，我。”李明强张大了嘴，不知说什么好。

“告诉你，田明健已经离了三次，结了四次了。你，说点有意思的话行不行？”田聪颖沉着脸不高兴地说。

“行，行。吃饱了肚子再说。”郭燕推门进来，还有两个一胖一瘦穿着一身白衣服的厨师，瘦厨师手里提着一只四层饭盒。郭燕指着那个胖子介绍说：“这是我们食堂的钱管理员。”

“钱东川，钱东川。你想吃什么，就让小郭儿给我说，我叫他们给你做。啊，对了，这位是我们的厨师长，专做小灶的，一级厨师。”被称为食堂管理员的胖子说。

“嘿嘿，嘿嘿，嘿嘿。”瘦子厨师长只是点着头笑。

“打开呀。”钱管理员对厨师长说。

“哎，你吃。”厨师长把饭盒放在小桌上，打开对李明强说。

李明强看到那四个圆盒里，一份儿大虾，一份儿肉丝蒜苗、一份儿鸡蛋炒青椒，一份儿乌鸡汤。再看看厨师长，心想，真是个老实人，不会说话，也不会吃。身为一级厨师，还当了厨师长，尽做好吃的，竟瘦成这个样子，光尝也尝肥了。

“不要给我做小灶，我和那些伤员吃一样的。”李明强看着管理员说。

“这，这是院领导安排的。你先吃，看合不合口。”钱管理员毕恭毕敬地说。

什么可不可口，长这么大我还从来没有一次吃过这么多大虾呢。李明强想着，说：“跟领导说，我不能搞特殊，要和其他伤员一样。”

“好，好。我回去就报告，你先吃了这顿，我们走了。”钱管理员拉了一把厨师长就往外走，厨师长回头看着李明强，“嘿嘿”地笑着。

“谢谢了。”李明强冲他们扬了扬右手。

“我喂你。”田聪颖说着，就去拿筷子。

“别急，还没洗脸刷牙呢。”郭燕绿着脸冷冷地说。

“哪那么讲究，在前方连喝的水都没有。”李明强笑笑说。

“这是后方，是北京，是首都。”郭燕不知哪儿来的无名火，脸更绿了，话更冷了。她从屋内最里边的床下端过来早已准备好的半脸盆水，将雪白的毛巾在水里摆了摆，就给李明强擦脸和手，擦过了，把白毛巾上的黑黄印渍朝李明强脸前一抖，说：“看看。”说了，又在脸盆里摆了摆，重新给李明强擦了一遍脸和手。然后，把李明强的牙缸端过来，挤好牙膏，指着床下那半盆浑水说：“刷吧。”

李明强就用右手端起牙缸先漱了口，又刷了牙。郭燕拿了香皂盒和白毛巾，端起那半盆脏水，绿着脸向门外走去。

“这护士，什么态度？”田聪颖嘟囔一句，对李明强说，“来，吃饭。嫁不嫁你，先侍候你一把。来，我喂你。”田聪颖说着，夹起一个大虾送到李明强嘴前，“连皮吃了，补钙。院里对你不错，首长待遇。”

李明强的饭还没吃完，郭燕回来了，她一手端着脸盆，一手拿一条病号裤，把裤子往李明强床上一扔，绿着脸说：“吃完饭换上，松紧带的，你一只手就能操作了。”说着，把脸盆“咚”的一声放在了屋内最里边的床下。

“你能不能态度好一些。”田聪颖冲郭燕阴着脸说。

“能！”郭燕柳眉一挑，扬了扬头，绿着脸说，“田医生，你也该去吃饭了。给我吧，这是我的工作，我一定态度好一点。”说着，就去接田聪颖手中的筷子。田聪颖竟不自觉地给了她，说：“好，明强，我先走了，回头再来看你。”

“好，谢谢。”李明强冲田聪颖点了点头，看着田聪颖走出门去。

“我能不能态度好一点？能！你走了，我的态度就好了。”郭燕朝门外努了一下嘴，自言自语地说完，冲李明强献出两个美丽的酒窝，把筷子往李明强脸前一伸，笑着说，“自己动手吧。不能干的活儿非要自己干，能自己吃饭偏让人家喂。”

李明强接过筷子，不好意思地笑了。笑罢，说：“你这么厉害，谁敢让你喂呀。”

“没到那个份儿上。哎，老实交代，你和她什么关系？”

“什么关系？她是我以前部队的战友。”李明强知道郭燕是说田聪颖，因为郭燕看见田聪颖趴在他怀里哭了。

“准确地讲，是以前的女朋友，对不对？谁看不出啊！吴妈。”

“小刁丫头！你真正经，恐怕没有男孩子敢追你了！”李明强笑着，用筷子指着郭燕说。他知道郭燕说的“吴妈”就是“假正经”的意思。鲁迅在《阿Q正传》中，让阿Q追吴妈，吴妈要死要活地说阿Q毁了她的名声，阿Q骂吴妈是“假正经”。

“所以，咱就不谈！”郭燕调皮地把头一摇，说：“我要是看上哪个男的，他不敢追我，我就追他。”

“好，有气魄。真正经，‘有妈’可当了。”李明强哈哈大笑起来。他毫不费力地就探出了郭燕没有对象，胡斌有希望了。

胡斌回到太原安慰了父母，为哥哥献了花，扫了墓，毅然回到了香山步兵侦察大队，怎么争取都得不到上前线的命令，就讨了个为李明强陪床的差事儿。

“妈的，这一生恐怕捞不上仗打了。”胡斌对李明强发牢骚说。

“好战分子。人家都在喊和平，你盼着打仗，毛病。”李明强从四十五度角的方向瞥了胡斌一眼说。

“唉，好不容易赶上个正义战争，一枪没放，一个俘虏没抓，这侦察兵当的……”

“哎，自己决定不了的事儿，别想了。”李明强伸出右手拍了一下胡斌的肩膀，说，“我交给你一个任务，你敢不敢干？”

“什么任务？”

“攻一座碉堡，一个难以攻克的碉堡。可能是一场攻坚战，你干不干？”

“别卖关子了，直说吧，什么事儿？”

“追妮！”

“谁？”

“拉着你的手就跑的那个，郭护士。”

“去你的！别拿我开涮了，人家恐怕早就名花有主了。”胡斌认为李明强跟他开玩笑，照李明强的右背上就是一巴掌。

“没有。我为你打听清楚了，刚毕业，花姑娘的干活。”李明强眉飞色舞，伸出右手的大拇指在胡斌脸前摆了摆。

“你，我警告你，成名人了，要注意形象啊。”胡斌用右手的食指点着李明强说，一脸严肃的样子。

“名人也是人啊。”

“都是人嘛。”胡斌突然想起了他们在议论某个大人物有男女关系时，李明强说的这句“名言”，便附和着。两人开怀大笑。

“什么事儿，这么高兴。”郭燕推门进来，见两人大笑，献出一对儿美丽的酒窝问。

“好事儿。”李明强笑着说，胡斌的脸就红了，这一红显得比郭燕黑了许多。李明强瞟瞟这个，瞥瞥那个，比较着两个人的自然条件。郭燕其实并不黑，只是穿着一身洁白的衣服给人了误导，和胡斌一比，一下子靓丽了许多，倒成了白俊的姑娘了。

“好，效果不错，挺般配的。”李明强笑着说，“郭燕，真有人要追你了。”

“谁这么大胆？”郭燕的两个酒窝更深了。她一边笑着问李明强，一边用眼睛瞟胡斌。她已经意识到是胡斌了，因为，这几天，李明强一个劲儿地对她说胡斌这么好那么好，起初认为是他们战友情深，刚才听李明强讲“挺般配的”，就知道李明强是别有用心了。

“他，胡斌。”李明强用右手指向胡斌。

胡斌和郭燕对视一会儿，胡斌的脸更红了，郭燕的脸也红了。

“走，遛弯儿去，伸展一下筋骨。护士、陪床，要重点保护噢。”李明强说着，用右手一撑，翻身下床。

郭燕和胡斌一左一右随李明强走到医院里的花园。李明强停住脚，阴着脸说：“都跟着我干什么，我又不是三岁小孩儿。”说完向前走，走了几步，回头朝傻站在那里的胡斌、郭燕，点着右手的食指说，“胡斌，我领你穿插成功，抓不住俘虏，我拿你是问。”

“谁是你的俘虏？讨厌。”郭燕嗲声嗲气地笑骂李明强一句。

“啧，我们燕子也有温柔的一面，好肉麻哟。”李明强摇着头，屈着膝，举着左手，甩着右手，装着小跑，颠颠地像个满头黑发的高老头儿没入松林里。

“讨厌。”郭燕冲着李明强的背影又是一句嗲声嗲气地笑骂，脸蛋儿上的两个酒窝更深了。

“李明强。”随着喊声，田聪颖从一棵大松树后转了出来。

“啊，田，田医生，你怎么在这儿？”李明强一怔，情不自禁地问道。

“烦，出来遛遛。”田聪颖低沉地说。

“怎么？你遇到什么不开心的事儿了。”李明强关心地问。

田聪颖没有回答，一脸深沉地在李明强身边晃悠。

“我能帮你吗？”李明强怯怯地问。

“能！”田聪颖低沉地说，“不知你愿意不愿意帮。”

“愿意，当然愿意。你说，什么事儿？”李明强诚恳地说。

田聪颖突然双手捧住了李明强的脸，严肃地说：“你看着我的眼睛回答我，我到底是该嫁给你还是嫁给陆建峰？”

“当，当然是，陆，陆建峰了。”李明强用他那超大的右手，一下子抓住了田聪颖的两只手腕，把她拉到身边说，“我，我早就跟你说过，我已经有女朋友了。”

“北大那个研究生？”

“嗯！”李明强使劲儿地点了下头。

“她是个事业型女人，你残废了，她能侍候你一辈子吗？”

“我们是一起长大的，青梅竹马。”李明强低下了头。他已经知道自己没有生命危险了，也知道自己肯定要残废。他已决心跟卫和平分手了，也不愿意拖累田聪颖。况且，他认为田聪颖只是一时冲动，田聪颖心肠很好，但是没有吃苦的品质。

“你已经决定了？”田聪颖的眼里流露着期盼的光。

“嗯。”李明强又使劲儿地点了下头，狠了狠心说：“在四年前，我就决定了。”

“好，好。”田聪颖低下了头，流了泪。突然，她扬起头，抱着李明强的脸，在李明强那肥厚的嘴唇上深深一吻，转身就跑，一边跑，一边哽咽着喊：“我永远爱你！”

李明强望着田聪颖跑去的背影，那长发一飘一落地跳动着，如诗，如画，如泣，如歌。李明强的眼睛湿润了，慢慢地举起了沉重而又发胀的左手。是致意？是招回？是再见？他也说不清，或许什么都不是，只是为了左手血液的回流，只是为了生存的需要。

李明强在心里说：“去吧，都去吧，好姑娘，我也爱你们！永远，永远……”

# 第四十八章

李明强一觉儿醒来，天已大亮了。阳光透过宽大的玻璃窗照进病房，格外地耀眼。更耀眼的是，病房里多了一道亮丽的风景线。身着一通洁白医护服装的郭燕和田聪颖，身穿米黄色毛衣和紫红色条绒布裤的卫和平，上下一通黑的王红霞，四位靓女，一个比一个亮，齐刷刷地站在他的床前。

李明强的第一反应是，完了，这三个冤家聚在一起了，我该怎么应付呢？

“喂，是大队长吗？我是胡斌，胡斌。

“是。有件事儿向您报告，李明强明天要做手术。

“是，血液没有问题了，就是浮肿始终不消。

“是啊，已经在换药室清创三次了，每次都挤出一大盆儿脓血。医生说，感染太深了，必须扩创清洗。

“就是把伤口再扩大一些。

“医生说，从手腕到手指都要打开，要彻底清洗一次，不然，手就保不住了。

“对，有危险，就是要求家属签字呢。

“我，不行，要直系亲属。

“是，我告诉医生了，他没有。医生说，实在没有，让单位领导签字。

“什么？征求一下卫和平的意见？不合适吧？！

“李明强就是怕连累她呗。

“你通知卫和平？

“好，好，我明天等你们。

“他呀，现在正跟伤员开会呢！

“不是临时党小组，是军人伤病号会议。

“对，挺活跃的。

“我哪能管得住他呢，他不听我的。

“是，是，是。再见。”

胡斌给大队长打完电话，回到住院部，军人伤病大会还没有结束。

会议一开始，李明强说：“今天，咱们开个军人伤病员会议。首先，宣布一件事儿，就是我们骨东成立了伤病员临时党小组，我任组长，武险峰、薛瑞林任副组长，按部队规定每周六下午过组织生活。我们的党小组接受骨科党支部的领导。希望党员们积极参加组织活动，非党员要积极向组织靠拢，每一位同志出院，党小组建议，骨科党支部要给其单位出一份鉴定。

“第二件事儿是，后天就是元旦了，按咱们部队的传统，要进行节日教育，明天我做手术，不可能组织大家开会了，今天咱们一并进行。

“我们在医院休养，没有什么大事儿，先学两篇社论。一篇是昨天《人民日报》发表的《讲民主不能离开四项基本原则》，一篇是《北京日报》昨天发表的《大字报不受法律保护》。然后，结合一些高校学生上街游行一事，进行一下讨论。

“武险峰，你先读一下《人民日报》的社论。”

学完了两篇社论，李明强又说：“大家有时间了，可以着重看一看这两天的评论员文章，还有《人民日报》23日、25日发表的《珍惜和发展安定团结》、《政治体制改革只能在党的领导下进行》两篇社论和评论员文章。

“下边，开始讨论，自由发言。小薛，你注意记一下大家发言的闪光点。”

“从这些天的报道看，参加游行的主要是大学一、二年级的学生，他们关心民主和自由，但是，没有什么明确的目的和要求。”

“这说明一种现象，就是大学一、二年级的学生，正处于生理和心理发育变化的高峰期，又刚刚离开父母，进入一个新的生活环境，自尊自立的意识强化了，开始用自己的眼睛去看周围的世界，并且由童年的天真无邪变得喜欢独立思考了。但是，由于他们的阅历和学识的缘故，往往是看到了什么，但没有看清便认可了；悟出了什么，但没有悟透便认定了。所以，造成了他们行为上的偏差和过激。”

“一些人要取消我国宪法中的‘四个坚持’，就是‘坚持四项基本原则’，在我国能行得通吗？”

“行通个屁！没有中国共产党的领导，全国不成了一盘散沙了，社会将更混乱，什么事情也干不成。”

“就是，十年内乱的教训还不够吗？”

“这些大学生，‘文化大革命’时还穿开裆裤呢，根本不清楚。”

“所以，我们这些人中，有亲戚朋友在大学学习的，咱们要主动给他们写信，告诉十年内乱的经验和教训，要他们把主要精力用在学习上。”薛瑞林说。

“还要告诉他们，我们这些在前线受伤的、牺牲的人都是为了什么，不就是为国家造就一个安定团结的大好局面吗？！”武险峰激动地说。

“大家说得都很好。其实参加游行的绝大多数学生是爱国的，是支持改革的，他们希望我国建立社会主义民主的进程更快些。但是，我们中国的社会主义民主建设，是不能离开四项基本原则的。我们要建设的是中国特色的社会主义，这就不能完全照搬西方的民主制度。刚才，薛瑞林同志讲得对，大家要主动给在大学学习的亲戚朋友写信，让他们以安定团结的大局为重，牢记四项基本原则，不要忘了自己为中华腾飞的责任。他们现在的责任就是学习。刻苦学习，是在校学生最大的政治。”李明强讲到这里，伤病员竟“哗哗”地鼓起了掌。

胡斌一边拍手，一边想：妈的，李明强就是李明强，残废后脱下军装能当大学校长，不，党委书记。他笑笑，凑到李明强身边说：“差不多了，早点休息，明天还得做手术呢。”

“行了吧，组长。这讨论，说一宿也说不完。讨论，躺在床上也能干。”薛瑞林听了胡斌的话，附和着说。

“就是，都老党员了。”武险峰说，“要不，你先回去休息，我再组织侃一会儿。”

“好，就这样吧。会到此结束！愿意继续侃的就侃，散会。”李明强把右手一挥说。回过头来，照武险峰的肩膀上拍了一下，笑着说，“那次执行任务，就差点儿让你小子抢了我的活儿。今天哥们儿刚主持个会议，你又想篡权了。”

“唉，你狗咬吕洞宾。”武险峰突然收住，指着大伙儿喊：“哎、哎、哎哎、哎，你们听到了没有？我没说谎吧，我和李连长是老相识了。”

武险峰冲大家说完，脸上显露出无限的自豪，笑着对李明强说：“还说哩，你们光知道摸点儿抓舌头，也不顺便把地雷给排了，害得老子丢了一条腿。”

李明强从四十五度角的方向瞥了武险峰一眼，心想，岂止是一条腿，还有对象，后半生的幸福。他苦笑了一下，说：“我们也算是生死之交了，只要我这次能闯过鬼门关，就决不会丢下你不管。”

“李连长。”几个伤员异口同声地叫了一声李明强，脸色异常地凝重。他们共同的反应是，李明强已经第二次知道他自己有生命危险了，让一位勇士倒在后方医院里，而不是牺牲在轰轰烈烈的疆场上，是何等的不幸啊！

李明强见大家的情绪忽然低落了，装作没发现，拍拍武险峰的肩膀笑着大声地说：“谁让你的错误都怪我了呢！哈哈哈……”

同志们都笑了，笑得都很勉强。

李明强回到自己的病房。郭燕正坐在方凳上看李明强那本《红灯亮了之后》，见他进屋，抬起头，小嘴噘起来，阴沉着脸说：“明天就做手术了，还不好好休息。开什么会？你当你是谁？邓小平呢！”

“瞧，又见招了不是。”李明强笑起来，对胡斌说，“实在对不起，我又招小天使生气了，替我哄哄吧。”

胡斌的脸就红了，推李明强一把，说：“上床去。”

“谁让他哄。”郭燕嗔了李明强一眼，那余光却扫向胡斌。

“好，不让他哄。都出去吧，我要休息了。”李明强嘿嘿直乐。

“你！”郭燕把《红灯亮了之后》那本书扔在李明强的床上，故作生气地走了。

李明强用右手拿起书，朝傻愣着的胡斌摇摇，说：“快追呀。我的红灯亮了，你该绿灯行啊！”

“嘿。”胡斌转身就要出门，正好和进门的郭燕撞了个满怀。郭燕红着脸对李明强说：“忘告诉你了，睡前多吃点东西，明天做手术，早晨不能吃饭。”

李明强笑着向门外摆着手说“知道了，知道了。我三天不吃饭都没问题，就是见不得你们在我面前拥抱。抱就抱呗，还假装是撞个满怀。”

“你。”郭燕的脸更红了。

“没正经。”胡斌冲李明强作了个怪笑。

李明强知道那是感激他，就笑着扬扬手说：“好，好，好。我没正经，干你们的正经事儿去吧，我要想我的心上人啰。”

李明强赖不拉叽地说着平躺在了床上。

“这，像个英模人物吗？”郭燕哭笑不得地指着李明强说。

“都是人嘛！”李明强又说出了自己的“名言”，并顺手把被子拉过来盖在身上。

“甭理他。”胡斌托了一下郭燕的后背，两人走出了病房。

李明强一觉儿醒来，天已大亮了。阳光透过宽大的窗玻璃照进病房，格外地耀眼。更耀眼的是，病房里多了一道亮丽的风景线。不是除了医院和侦察大队送的两盆鲜花外又多了三盆鲜花，而是四位亮丽的靓女。身着一通洁白医护服装的郭燕和田聪颖，身穿米黄色毛衣和紫红色条绒布裤的卫和平，上下一通黑的王红霞，齐刷刷地站在他的病床前。四个女人旁边，站着两个黑脸大汉，“哼哈二将”丁力和胡斌。

李明强的第一反应是，完了，这三个冤家聚在一起了，我该怎么应付呢？他环视了大家一眼，把目光落在了王红霞身上。王红霞简直就像李明强第一次见到的田聪颖，留着蓬松的披肩发，一通的黑色。只是，这时的王红霞比那时的田聪颖更具内涵、更有魅力。上身着一件宽松舒展的黑色高领毛衣，下身着一条黑色弹力紧身裤，配以高筒窄底的黑皮靴。上宽下窄，上松下紧，整个人体成“V”字形，给人一种向上感和力量感。

王红霞怎么来的，李明强在心里问自己，又看了大家一眼，见没人吭声，就“呼”地一下坐起来，高声说：“同志们，李明强同志治丧大会现在开始。”

“噗”的一下，王红霞笑了：“你呀，一点儿没变。”

“乌鸦嘴。”郭燕低吼一声，脸更黑了。田聪颖的脸则“唰”地一下变得苍白。卫和平的脸憋得通红，眼眶里竟冲进了泪水。

李明强看在眼里，不予理会。笑着问王红霞：“王教员，您怎么来了？”

“到军区出差。听说你住在这儿，就顺便来看看。”王红霞向李明强露出了灿烂的笑。其实，王红霞是专程从石家庄到北京看李明强的。当她看到李明强负伤的报道后，整天打听李明强的消息。昨天，她在电话里听一位战友说，李明强住在北京陆军总院，心里很不平静，夜里怎么睡都睡不着。半夜里爬起来，给教务处长的办公室里塞了张请假条，骑自行车直奔火车站，乘车北上，凌晨六点就到了北京。

王红霞到了骨东，楼道里正乱，起床的病号和陪护人员正穿梭着解手洗漱。

“同志，请问李明强住在几床？”王红霞问值班护士刘军。

“20床。”刘军说着抬起头，眼睛一亮，好漂亮呀，她几乎叫出声来。

刘军看着王红霞的装束，心中顿生嫉妒之意，喉部动了动，冷冷地说：“他上的特护，没有预约，不能见。”

“我也是军人，石家庄陆军学院的。”王红霞递上了自己的工作证。

刘军接过工作证一看，这么年轻的副教授，妒忌之心更强了，随口说：“李明强今天做手术。”便不屑一顾地把工作证还给了王红霞。

王红霞先是一愣，继而说：“我知道，所以专门赶过来了。”

“你是——”

“我是，李明强的妹妹。”王红霞想起刘军说过，李明强上的是特护，没有预约不能见，就故意说是李明强家里的人。果然，刘军露出了灿烂的一笑，说：“呵，是，有点儿像。你们兄妹都长得这么精神。”

“谢谢。”王红霞的笑更甜了。

“正好，你哥哥手术还没有人签字呢。陪床的说，你哥哥没直系亲属，我们主任说让他单位领导或他的女朋友签字也行。”

“他女朋友？”王红霞张大了嘴。

“对。可是，你哥可能是不想连累人家，听陪床的说，你哥要和人家吹。你来了，劝劝你哥，挺好的姑娘，北京大学的研究生，人家追都追不上，他还吹呢。”

“噢，我，我，我哥他，是不是，会，会……”王红霞有点语无伦次，她是想问是不是有生命危险，是不是要残废。

“主任说，他的左手可能要残废。最好让他女朋友签字。”

“噢——”王红霞停顿一下说，“不用了，何必让人家姑娘承受心灵上的压力呢。把病历拿来，我签。”

刘军把李明强的病历拿过来，王红霞看都没看，提笔在家属签字一栏里飞书“王红霞”。

刘军看着“王红霞”三个字愣住了——李明强的妹妹怎么姓王呢？恨自己刚才只盯着那“副教授”三个字，而忽视了名字，就怯怯地问：“能不能再让我看看您的工作证？”

“给。”王红霞又从包中掏出工作证递给刘军，然后，用手捋了一下长发，冲刘军露出胜利者的微笑。她知道，刘军第二次看她的工作证的用意。

“你，不是李明强的妹妹？”刘军瞪大了眼睛看着王红霞，她已看清楚了工作证和病历的签名一致。但是，李明强的妹妹怎么姓王呢？她突然又想起了胡斌说过李明强没有直系亲属。

“啊，是，是他表妹。”王红霞笑笑说。

“这不行，万一你表哥残废了——”

“没关系，他吹了女朋友，我嫁给他。”王红霞潇洒地将头一甩，又用左手捋了两下头发，微笑着对刘军说：“你可以记下我工作证的号码。”

“不用了，等主任来了再说吧。”刘军沮丧地说。

“好，谢谢了。他还没有起床，我去吃点东西，给他买盆花。”

刘军没有答话，王红霞带着胜利的微笑，迈着轻松的步伐，像一只黑色的蝙蝠飞出了楼道。

郭燕给胡斌讲了从刘军那里听来的关于王红霞的故事，看到黑蝙蝠似的王红霞捧着一盆鲜花走进病房，拉了下胡斌，做了个鬼脸，说：“这个李明强，艳福不浅啊。”

胡斌在郭燕的屁股上轻轻掐了一下，叹气道：“我怎么没这福气哩。”

郭燕照着胡斌的胳膊拧了一下，狠狠地说：“你敢，我吃了你。”脸上的酒窝就现了出来。

紧接着，田聪颖、卫和平也捧着花盆来了，胡斌拉了一下郭燕说：“今天，可热闹了。”

“不是冤家不聚头嘛。”郭燕又现出了她那深深的酒窝。两个人就偷偷地乐。

“胡斌，快给他洗漱。准备手术了。”郭燕听了李明强那不吉利的话，很不高兴，拉着脸对胡斌喊。尽管她知道，李明强的血液已经没问题了，说有生命危险，是医生夸大其词，为手术不成功埋下的理由，就李明强目前的状况，大不了也就是左手残废，但是，作为李明强的主管护士，她不愿听到“治丧”之类的话。

胡斌一边给李明强洗脸，一边给卫和平、田聪颖、王红霞和丁力打哈哈，以解李明强那尴尬局面。洗完了，郭燕拉着脸说：“备皮。”端着一个托盘走到李明强床前，对李明强说：“把上衣脱了。”

胡斌就赶快帮李明强脱上衣。

“背心也得脱。”田聪颖看着李明强那发达的肌肉说。郭燕瞥了田聪颖一眼，没吭声。胡斌看郭燕，郭燕阴着脸说：“田医生让你脱，你就脱。”

胡斌就又帮李明强脱下那印有“侦察连 5 号”的红腈纶背心。

“躺好了。”郭燕不冷不热地对李明强说着，把李明强的左手拉在那小桌子上，帮他解开固定的石膏。李明强那肿得白胖的左胳膊就暴露在人们面前，煞白的胳膊上，长着长长的汗毛。郭燕先拿湿毛巾给李明强的胳膊擦一遍，又用镊子夹着药棉蘸着生理盐水从李明强手部盖伤口的“白补钉”到肩膀擦了一遍，然后用一只竖毛刷蘸肥皂水在李明强的胳膊上涂一块，“噌噌”几下，就把汗毛刮得干干净净，像个剃头的老手。

郭燕还没有为李明强剃净胳膊，身穿手术室绿工装的小伙子就推着车子到了病房门口，冲屋内喊：“接20床李明强。”

“等会儿，还没备完皮呢。”郭燕冲门外喊了一句，继续不慌不忙地为李明强剃胳膊。

“算了，刮那么净干什么，又不做胳膊。”李明强笑着说。

“不行，一点儿杂物都不能留，再感染了怎么办？”郭燕认真地说。

好不容易刮完了。郭燕又用湿毛巾为李明强擦一遍，用生理盐水洗一遍。这才对李明强说：“把裤子脱了。”

胡斌就帮李明强在被窝里把病号裤给脱掉了。

“裤头。”郭燕又说一句。

“我说小郭儿，你闹明白了没有，我做的是手啊。”李明强哭笑不得地说。

“不管是哪个部位，一根线也不能带到手术室。”郭燕说完，端起托盘就走，重重地丢下一个字，“脱！”到了门口，她停下来，对胡斌说：“胡斌，把他的内衣洗了，把病号服扔出去，把他的晦气都清了。”

“这，这。”李明强无可奈何地摇摇头。

“诸位小姐请回避一下吧。”胡斌对几位女士说。

卫和平、王红霞、田聪颖依次走出病房。手术室的小伙子把平板床车推进来，掀开车上印有“手术室”三个字的被子，对李明强说：“自己能上来吗？”

“能。”李明强看门关着，便掀开被子，一丝不挂地爬上了平板床车，急忙用右手裹被子，胡斌和丁力上来帮忙，手术室的小伙子示意不让，他帮李明强掖好了被子。李明强笑了，说：“他娘的，除了洗澡，这么多年还没有光过屁股呢。这跟他妈上屠宰场似的，还得煺毛。”

丁力和胡斌都笑了。丁力说：“强哥，说不定是女医生给你主刀。”

“肯定有女的，不是医生，就是护士。”胡斌说完，冲推车的小伙子笑笑，问，“兄弟，是不是？”

“手术室的护士都是女的。”小伙子笑笑说。

“注意，别把你的枪给露出来。”胡斌冲李明强说完哈哈大笑起来了，丁力的八字胡儿也变成了一字。

众人把李明强送到电梯口，李明强冲大家笑了笑，说：“别担心，没事儿的。”话音刚落，电梯的门就关上了，直上十三楼手术室。

到手术室门口，小伙子把车停下，喊：“穿衣服。”

“来了。”一个女护士就从另一间房里跑出来，看了一下李明强，惊讶地叫起来：“哎呀，李明强，大英雄啊。”

“哪里，哪里。”李明强不好意思地笑笑说。

“嗬，有幸，有幸。能遇上您，真荣幸。”女护士嘴都乐得合不上了，“来，穿衣服。”

女护士就将李明强的上身推起来，帮李明强穿上上衣，又说：“穿裤子。”

“不，不，不不。”李明强直摆右手，说，“我，我自己来。”

“怕什么，我是护士！”女护士“噌”地一下把李明强的被子给扯开了，李明强吓得急忙用他那右手去遮自己裆中的盒子枪，谁知女护士只将被子扯开个角，把李明强大腿以下的部位露在了被子外。

女护士“咯咯咯”地笑了起来，一边笑一边给李明强穿上了裤子，说：“看来，你是一个高尚的人。”

“是的，不是一个纯粹的人，不是脱离了低级趣味的人。”李明强笑着说，心里想：这小娘们，还挺会埋汰人，有点儿意思。想着，嘴角泛起了那种带有讽刺意味的微笑。

“嗬，您反应真快。”女护士笑了。

“实话跟你说吧。我算不上高尚的人，也不是纯粹的人，但是，我确确实实是个脱离了低级趣味的人。”李明强说完，嘴角那种讽刺意味的笑更浓了。

“你还挺能贫的。”女护士一边笑着说，一边把小平车推到一个过道口，“下来吧，穿上这拖鞋，我送你进去。”

“不是推进去啊。”李明强坐起来，看着地上的几双拖鞋，和楼道里铺的红胶皮问。

“你腿又能走，干吗推你？还是走着进去吧，少带点细菌。”女护士说着，脱下自己的拖鞋，换上了红胶皮上的一双小拖鞋，并弯腰为李明强挑了一双大的。

李明强穿上拖鞋，女护士说：“前边走。”

李明强走两步停下来，回过头笑着对女护士说：“这像什么，跟押犯人似的。你的，前面带路。”李明强把头一摆，闪向一旁。

“嗨，你这人，真有意思。我好心送你，你想得倒挺多。要是别人，我只用告诉他几号手术室就行了，自己找。”

“那，几号，我自己去。”李明强一边说，一边想，妈的，我今天是够贫的，吃错药了！不是。大概是一睁眼儿在卫和平、田聪颖和王红霞面前，不知说什么好，憋屈着了，给这位小娘们发泄一下。行了，贫够了，让她走吧，我自己去找，别人能找到，我这侦察兵更能找得到。

“走吧，多给你说几句话，挺有意思的。”女护士说着笑笑前面走了。

“就是，看着你这张灿烂的脸，做手术不打麻药恐怕也不觉得痛了。”李明强又贫上了。

“真的，那咱就试试。”女护士回过头冲李明强嫣然一笑。

“试什么呀？那么高兴。”李放主任站在十七号手术室门口接着话茬说。

“李大英雄想学关云长刮骨疗毒，不用麻药。”女护士笑着说。

“他呀，别说，还真成。”李放主任笑着说：“现在条件好了，不用受那罪了。

“就这里，请进吧。”李放主任向李明强笑着朝手术室摆了下手，然后对身边的一位穿白大褂的医生说：“臂丛。”

李明强看到那门牌上标着“14”两个字，心里“咯噔”一下，好不舒服。“14”——

"要死"，怎么手术室还出现这么个号码？真他妈糟心，让病人平添几份压力。像李明强不相信这一套的人都觉得不舒服，那些迷信讲吉利不吉利的人就更不用说了。

"李大英雄，对不起了，我们主任要用臂丛，我不是臂丛，只能走了。"女护士站在门口对李明强说。

李明强回头冲女护士笑笑，说："再见。"

李放主任让李明强躺在手术台上，笑着问："凉吧。"

李明强说："有点儿。"

"拿床被子。"

"不用。一会儿就好了。"李明强急忙说。

"躺着吧，这手是四肢中最灵巧的部位，麻烦，手术时间长，你可以睡一觉儿。"李主任笑着说。

睡觉，能睡得着吗？且别说昨晚睡了一晚上，就是一眼没合，人家提着刀划你的肉，你能睡着吗？李明强想着，侧脸看了下四周，李主任的两个助手刘兴致、徐际钦医生正在戴那透明塑料手套，一个女护士拿来被子给李明强盖上，另一位女护士站在李主任身边。这两位护士李明强都不认识，她们的白衣服上左胸上印着"手术室"三个字。

"开始吧？"被李放主任叫作"臂丛"的医生来了，站在李明强面前问。

"开始吧。"

随着李放主任的回答，那耀眼的无影灯，像一口大锅就移到了李明强的头顶上。那个叫"臂丛"的医生，在李明强的脖子下的锁骨处摸索了一阵后说："就这儿。"然后，就在那地方蘸着凉丝丝的东西擦了几遍，打了一针。李明强知道，注入自己体内的是麻药。

"臂丛"医生打完麻药就走了。刘兴致医生把李明强的左手拉平，看了看说："算了，他盖着被子，就把上衣脱了吧。"

李放主任点了下头。一个女护士就过来帮李明强脱了上衣。李明强这才看清，那大白口罩与帽子中间忽闪着一双美丽的眼睛。心想，多亏不脱裤子，要不，那盒子枪真的顶上了膛，不让人笑掉大牙。

刘医生把李明强左手上的沙布扯下，和徐医生一起在李明强的手上画，画完了，问李放主任："主任，你看行吗？"

"勾到这里，创面就更大了，好做。"李放主任拿过笔在李明强的小指处向食指根一勾。李明强好奇地抬起头看了看左手，一条紫红色的曲线贯穿手背上的弹孔，从食指根部到小指根部折回到虎口下方又折向手腕，整条曲线成"S"形，李明强笑了，说："哥们儿，能不能从伤口周围向外扩，把咱的伤疤弄成一朵花儿，等好利落了，咱端起酒杯敬你们，也好看些呀。"

李主任笑了："你想得挺好。先把手给你保下来，然后，我再给你设计一朵花，抬抬手。"

李明强抬抬手。

“动动手指头。”

李明强动了动指头。

“疼不疼？”

“有点儿。”

“嗨，邪了，这麻醉是怎么回事儿？该上来了。”徐际钦医生说。

“是啊，到时间了。”刘兴致跟着说。

“再等一会儿。”

时间大约过了五分钟，李主任又照上述问了李明强一遍，李明强又重复了一遍动作和回答。李主任摇摇头说：“这‘臂丛’可能对他作用不大。”

“老李，你喝酒吗？”刘兴致问。

“喝。”

“经常喝？”

“不，有三四个月没喝了。”

“那不对呀。”徐际钦医生疑惑地说。

“有什么不对的？这一个星期，你们给他清了三次创，每次用多少麻药，产生抗体了。”

“那怎么办？全麻？”刘兴致问。

“全麻吧？”徐际钦也说。

“不行，不能全麻！他要靠大脑创作呢！”门外突然传来了田聪颖的喊声。

“你怎么上来了？”李放主任回着头沉着脸问田聪颖。

“我，我，有手术，路过，路过，来看看。”田聪颖结结巴巴地说，红着脸走了。

“路过？哼哼。”刘兴致一声怪笑。然后对李明强说：“老李，我看是专程来的，关心你的人可不少啊。”

“哎，李连长，给你签字那女的和你是什么关系？”徐际钦问。

“签字？签什么字？”李明强问。

“你做手术，亲属签字呀？”

“谁签的？我不知道。”李明强疑惑地说。

“王红霞，石家庄陆军学院的副教授，哼哼。”刘兴致又是一声怪笑。

“她？”李明强一怔，接着说，“是我上军校时的教员。”

“不对吧？人家说，你若残废了就嫁你呢！”刘兴致兴致勃勃地说。

“这人，怎么就不盼着点儿好儿。哎，李主任，您得给我做好了，千万不能让我残废了。”李明强说完，笑了。

“哪个医生也不希望自己的病人残废。不过，我要是你，就不治了，宁愿残废。”李放主任一边说一边乐，并趁李明强不注意，用手指轻轻地敲了一下李明强的左手，李明强痛得“咝”了一声。

“怎么？还痛啊！”李放主任摇摇头。

“那，再来一针‘臂丛’？”徐医生问。

“算了，别等了，再打支麻药吧。”李主任说。

刘兴致为李明强的手换着部位打麻药。李明强直觉得左手发胀发木。

李明强侧过脸，不看。几次清创都是这样，他看多了。不过，他意识到“臂丛”不是那位医生的名字，应该是种麻醉，那医生是麻醉师。

刘兴致为李明强打完麻药，又对其左胳膊消毒，一直擦抹到李明强的肩膀。

“开始吧。”李主任说。

手术室里所有的无影灯都打开了，照得李明强的左胳膊温乎乎的。李明强就感觉到，那刀从伤口处向上划，他咬着牙，侧着脸看。李主任说：“疼吗？”

“不疼。”李明强答。

“那就躺着睡吧，闭着眼想点儿好事儿。”

李明强闭上眼，心想，有他妈什么好事儿，乱套了，王红霞、田聪颖、卫和平，三个人碰到一块儿，我下了手术台怎么面对他们呢？早晨为了手术，忙忙乎乎对付过去了，回去怎么办？她们三个人现在在干什么？李明强的眼前，那穿着黑、黄、白三色衣服的三个女人交替变换着。穿白大褂的田聪颖前几天已经打发了，可她还是来，送花，还利用她是本院医生的身份跑到手术室来了，多情，真他妈多情。

卫和平怎么办？妈的，黄中臣真他妈没用，让他小子去摆平了，不但没有一点儿回音，当天卫和平就跑来。那米黄色的毛衣，还是李明强和她一块在前门大栅栏买的，高领，紧身，凸起的那两座乳峰，很性。远看洁白无瑕，近看黄白蒙眬，性，很性。李明强说，这件毛衣只能在里边穿，脱了外衣给我看。卫和平当时笑着幸福地依在李明强的怀中。今天，卫和平是不是专门穿着这件毛衣来给我看呢？

这个王红霞，她怎么来了？是出差吗？她怎么说我残废了她嫁给我？这个王红霞在玩什么名堂？她为什么在手术通知书上签字？

李明强一个问题一个问题地问自己，又一个问题也找不出答案。王红霞的身影又浮现在眼前，这是分别两年后第一次见到王红霞，还是那么美丽、潇洒、端庄、大方。她那“V”形装束，在李明强眼中的印象是重心在上身，支撑点在下身。这种上重下轻的体形，要保持平衡，作为支撑点的下身势必显示出一种力度，这种力度的外现，给人一种力量的美。而作为重心的上身，在显示平衡态势的时候，在人们的视觉中就显示出一种向上律动的形态。这样上下结合，加上王红霞本身的体形美、健康美和气质美，就形成了富有活力的综合性的健美体态。这就是李明强第一眼看到她的视觉感受，一种向上感和力量感。

这就是王红霞，与众不同的王红霞，骄傲而富有内涵。她不着意打扮自己，但她的穿着无不打着深刻的文化底蕴。她这套黑蝙蝠似的“V”形装束，给人的美感并不是单一的、静止的，在行动中会产生丰富的变化。当她踱步慢行时，由于上下身运动状态比较一致、协调，加上动作的频率不快，步伐均匀，在原有的美感上，又生发出高雅、稳健的气质，显示出她娴静、沉稳的美来。此时，她若将双手插入那蝙蝠衫上的衣袋中，款款而行，效果会更好。她要是碎步小跑，由于上下身运动节奏的相互错落，上身时而向前倾斜，时而向后侧仰，重心和支撑点不断地漂移变化着，整个人就形成了一种不断变换频率的跃动态势，从而形成了充分向上的运动感和活泼感，洋溢着青春的朝气和活力……

李明强在解读王红霞，解读王红霞的“V”形装束，这是他自从认识王红霞到现在第一次解读她，为什么现在就这么多的想她呢？是因为她说了，你残废了就嫁给你吗？不是。那是，因为她的脸庞儿亮，让田聪颖和卫和平逊色对吗？也不是。是王红霞特殊，是李明强没有想到，是……

李明强终于迷迷糊糊地睡着了。

# 第四十九章

“唉——”李明强看着伏在自己胸脯上的王红霞，长长地叹了一口气，缓缓地说：“有些人的幽默，也是一种无奈。”

疼痛使李明强醒了过来，那止血带扎得很紧，箍得他难以忍受，心里像爬了无数个蚂蚁，说不出的滋味与烦躁。他出汗了，咬着牙看着三位医生用器械拨弄着他的手。刘兴致说：“慢点儿，这是根儿神经。”

“咝。”李明强忍不住吸了口气。

“疼了。”李放主任问。

“我说那是神经吧。”刘兴致说。

“麻药的劲儿过去了。要不，再打针‘臂丛’？”徐际钦医生说。

“还打呢，想让内科的小田儿给你急眼吗？”刘医生说。尽管他们都把脸躲在那大白口罩里，但李明强从那声音和他们的眼光里觉察出，他们分明在笑。

“还是局麻吧。再给他打一针。”李主任说。

又一针麻药注入李明强的左手，不一会儿，那疼痛感就没有了，但那止血带箍得他胳膊发胀，那难受劲儿还是丝毫没有减退。三位医生又是一阵拨弄。李明强抬起头看，见他们用镊子掀起他的手皮，夹着药棉探进他的手里粘擦着。刘兴致说：“这里又出血了。”

“是根儿小血管儿。”徐际钦说。

“电烧。”李主任从口罩里蹦出两个字。

刘、徐两位医生折腾了一会儿，李明强闻到了烧肉味。刘兴致说：“好了。”

“这里还在渗。”徐医生说。

李明强又闻到了烧烤味。味道过后，他还是觉得左臂胀麻，心里像抓挠儿似的，身上已经汗浸浸的了。他咬咬牙，用右手轻轻地掀掀被子透点儿凉气，轻轻地做了几下深呼吸。

“是不是太难受了。”李放主任关切地问。

“有点儿。”李明强说。

“给他松一下止血带。”李主任说。

止血带松了，李明强感到舒服了许多，心里也不那么憋闷了。在三位医生又折腾的时候，李明强的思想又放飞了。他在心里拟订修改回到病房后处理卫、王、田三个女人的方案。

时间一分一秒地过去了，不知过了多久，李明强听刘兴致医生说：“主任，全清净了。”

“好，用酒精杀一下。”李主任说。

李明强就感到凉丝丝的液体在向手上浇，还感到了隐隐的疼痛，他抽搐了一下，咬咬牙挺住了。

“麻药劲儿又过了。”徐际钦医生说。

“再打一针？”刘兴致问。

“不用了，缝合。”李主任说，“老李，可能有点儿痛，坚持一下，一会儿就好了。”

李主任这“一会儿”，足有半个多小时，李明强咬紧牙关，还是痛得出了一身透汗。他想分散自己的注意力，抬起头看医生们缝合，那月牙似的银针带着一条长长的黑线，被李主任用右手里的镊子镊着划一个弧儿扎进李明强的肉内，在一阵钻心的疼痛中，那月牙针就从伤口的另一边钻出来，李主任再用左手的镊子去夹那针头，向上一挑，那月牙针就带着黑线飞出来。然后，李主任一把镊子夹针一把镊子夹线，两个镊子头儿飞快地挑几个花，一个死结就在李明强手上的的伤口处打好了。刘兴致就将一把明晃晃的剪刀伸过来，将那黑线剪断，让李主任接着缝。

就这样，李主任一针一针地缝，那缝合后的伤口，就像一只黑蜈蚣一厘一寸地向前爬。又一针下去，李明强忍不住“咝”了一声，李主任发现李明强在看，说：“躺下吧，你的头部别离伤口太近。”

李明强躺下了，疼得难受，他说：“我想到一个笑话。”

“别说话，你没带口罩，招细菌。”刘医生说。

“想到笑话，就自己偷着乐吧。”

李明强在心里骂，疼死我了，哭都嫌不够，还偷着乐，我想说笑话，是为了给自己吃麻醉药。

“放个引流条儿。”李主任说，“做手术前，你还逗我们的小护士，要学关云长刮骨疗毒，不打麻药做手术呢。人家关云长看书，你就把头侧向右边，看着我们小张这双眼睛，想想她的面容。我们小张可是手术室长得最漂亮的女孩儿，你看着想吧，好为你以后写作积累点儿素材。”

“李主任。”站在手术台右侧的女护士叫了一声，李明强从她那双丹凤眼中，分明看出了她的脸在泛红。这双眼，在那白帽子和大口罩的夹缝中忽闪着，漂亮极了。李明强还从来没有这么细致地去看，去揣摸一个女人的眼睛。单从这眼睛上是看不出这女护士的年龄的，也许十八，也许二十，也许三十大几了，医生、护士一旦被这一身白布裹起来，只露出这么一双眼睛，你从没见过他，是不容易辨别出他的年龄的。

“对，看着我们小张，就等于打麻醉药了。”刘兴致的话音带着笑。

“如果真这样，医院每月得给我开多少钱呀。”被称作小张的女护士说。

“你先申请个专利，再给院领导提条件。”刘兴致话中的笑音更浓了。

“老李，再坚持一会儿，马上就好了。”李主任见李明强情不自禁地痉挛一下，对李明强说。

李明强咬着牙使劲儿地点了下头，然后用右手撩起被子擦了一下额头上的汗。他没说话，刘兴致说他没戴口罩说话会带细菌，他虽然不高兴，但他已经体验到细菌的厉害了。堂堂七尺之躯，让这些小玩意儿给糟蹋成这个样子，还差点儿送了命，是够吓人的。李明强想起了白求恩，想起了日本侵略我国时的731部队……

“好了。”

李明强依稀听到李主任的说话，但他没有在意，继续在想那可恶的731部队。李主任摘下了口罩，推了推李明强说：“怎么？看了我们小张的眼睛，就不想走了。”

“李主任。”护士小张忽闪着大眼睛，把身子扭了几扭。

“好了，好了，开句玩笑，给李连长上点儿‘麻药’。快去，叫护工推车来，送李连长下去。”

“不，不用了，我还是走出去吧。”李明强想起来时的情景，对李主任说。

“不行，打了那么多麻药，你会晕的。”李主任说着，回头看了一下正在收拾器具的刘、徐两位医生。

李明强被护工用车推走了，刚出电梯，卫和平、田聪颖、王红霞、胡斌、丁力就呼的一下围了上来，不住地叫李明强的名字，问长问短。郭燕急了，分开众人喊：“别喊了，病人得休息。”

护工推车进了骨东楼道，喊了句：“接20床。”

“喊什么！不就在这里吗！”郭燕没好气地冲护工嚷。

李明强爬上了自己的床。护工说：“把手术室的衣服脱了，我要带回去。”胡斌就去拿李明强早上脱下的病号服，郭燕说：“不是让你扔了吗！换套新的。”说着，回护士台拿了一套新病号服过来，扔给胡斌。突然说：“把裤子给我。”

胡斌又把裤子扔给郭燕。郭燕接了，又丢一句：“换下那条。”

胡斌又把李明强早上换下的那条病号服扔给郭燕。郭燕接了，就解那裤子上的松紧带，抽出来，再往那条干净的裤子上穿。李明强这才知道，这是郭燕专门为自己穿的松紧带，并不是医院就有带松紧带的病号裤。

“胡斌，我太饿了，想吃点儿什么。”李明强说。

“好，点心，香蕉，还是苹果？”胡斌问。

“明强，先吃块酥……”突然声音止住了，人们这才意识到卫和平和田聪颖几乎是异口同声，又每个人手中举着一块剥开了纸的一模一样的虾酥糖。

“不能吃。”郭燕黑着脸吼了一声，然后冲田聪颖说：“你是医生，不知道上了麻醉，不能吃东西！”

田聪颖举着糖，小声喃喃地说：“就一点儿，没关系。”

“不行。”郭燕的脸更阴了

“行了，忍着点吧。在人屋檐下，哪能不低头啊。”李明强是说给自己咕咕乱叫的肚子，也是说给田聪颖和卫和平，特别是说给田聪颖听的。

“那，护士，都三点多了，他一天没吃饭——”卫和平喃喃地对郭燕说。

“没事儿，我马上给他输液。”郭燕对卫和平的口气缓和了许多，她从胡斌的口中知道，卫和平才是李明强真正的女朋友，还是李明强下决心要和人家吹的。

“谁也别说话，让他睡会儿，做了六个多小时手术，他够累了。”郭燕对众人说完，对李明强说：“闭上眼，养养神。”然后，转身走了。

李明强眯缝着眼睛看郭燕出了门，“噌”地一下坐了起来，说：“我根本没事儿，在手术台上睡了一大觉儿啦。你们可等急了吧？”

“没有。”众人应着。

“你们也没有吃饭吧？”李明强问。

“吃了。”几个人应答，几个人没有作声。

“怎么做这么长时间？”丁力问。

“医生说，手是四肢中最灵巧的部位，很难弄，区域多，神经太多。”李明强说。

“疼吗？”卫和平轻轻地问。

“不疼，打了麻药。”李明强向卫和平也是向大家报以一笑说。

“真急死人了。”田聪颖说，“我上去了好几次，都不让进。”

田聪颖向李明强表功，卫和平和王红霞都嗤之以鼻地斜了她一眼。

“我不是说了吗让他休息，你们怎么回事儿？还有你，还坐起来了。”郭燕和一个护士推着输液的用具来了，看到李明强和大家聊得正欢，劈头盖脸地说了一通。

一番折腾以后，液体“滴滴答答”地从头顶上的瓶子中掉进分控装置，然后缓缓地输进李明强的体内。李放主任和刘、徐两位医生这时也从手术室下来了，问李明强感觉怎么样。李明强说，就感觉饿。李主任笑了，说：“可以给他吃点水果，那点儿麻药对他没事儿。”

“我也不累。”李明强对李主任说着朝大伙儿努了下嘴。

“啊，你只要不累，可以给大伙儿聊。没事儿，活动一下，利于血液循环。好，我们走了，你们聊吧。”

“别太累了。”郭燕依依不舍地跟着李主任他们出去了。她一边对李明强说，一边用眼瞟着胡斌。

“不会，不会的。放心吧。”胡斌笑嘻嘻地说着送他们。

李主任和医生、护士都走了。胡斌就拿出苹果削，王红霞说：“我来吧。”就从胡斌手中接过刀子和苹果，李明强早已意识到她的存在，就是没有听到她说一句话罢了。

李明强看了一眼王红霞，又从四十五度角的方向瞥了一眼卫和平和田聪颖，苦笑了一下，在心里对自己说：“按既定方案办。”

决心一定，李明强笑着对卫和平和田聪颖说：“哎，你们俩儿的酥糖呢？快拿出来呀！”

“护士不是说了不让你吃吗？”卫和平喃喃地说。

“还是吃点儿水果吧，吃糖，不好。”田聪颖说。

“有什么不好的？还能把命要了！”李明强说完笑了，一边笑一边拖着长腔套用毛泽东的名言“中国人死都不怕，还怕困难吗！”对大家说，“李明强死都不怕，还怕吃糖吗？”

卫和平听了，脸上露出了淡淡一笑，剥了一块儿酥糖塞到李明强的嘴里。田聪颖看了，不高兴地将一袋酥糖放到李明强胸前的被子上，李明强用右手取出一颗，用牙一咬，那颗糖便脱离纸壳进了嘴里。

田聪颖又看到了李明强那熟悉的吃法，脸上浮现了笑意。这时，卫和平的第二颗也剥好了，李明强把头向前一探，又吞进口内。然后，一边嚼一边笑着说：“好吃，好吃。”

卫和平和田聪颖都笑了，从她们的笑容里，李明强看到了她们的回忆，回忆他李明强当初在她们面前吃酥糖的景象。

两位姑娘的笑容还没有隐退，李明强就喊上了。他把右胳膊向上一伸，算是伸了个懒腰，说：“好了，吃了酥糖，有了力量，本官开始办公了。”说着又向上伸了几下右胳膊，说：“不，不，不，不。开始办私。”他见大家都用异样的眼光看着他，王红霞拿着削好的苹果，大眼睛一眨不眨地瞅着他，画了两个大大的问号。

李明强把右手伸向王红霞，接过苹果，笑着说：“你留下，其他人先出去一会儿。”他装作若无其事的样子，啃了一口苹果，对胡斌说：“胡排长，我叫谁进来，你就叫谁进来。”

“是，连长。”胡斌冲李明强行了个标准的军礼，然后对卫和平、田聪颖和丁力一摆手，说，“诸位，请吧。”

三个人都满怀狐疑依依不舍地边看李明强边往外走，各自想着各自的心思。胡斌也不知道李明强葫芦里卖的什么药，那个标准的立正、标准的军礼是做样子给三个女人看的，这叫维护李明强的形象。

“你为什么不给我回信？”王红霞见大家都出去了，带着幽怨的眼光问李明强。

“信？什么信？你给我写过信？”李明强一边吃苹果，一边赖不拉叽地反问道。

“别贫了。我写那么多信，不可能都丢了。况且，我全用的是挂号，你们单位都签收了。”

“是吗？”李明强从四十五度角的方向瞥了王红霞一眼，嘴角泛起了那种具有讽刺意味的怪笑。他真的没看清王红霞用的全是挂号，他太看重信的内容了。

“我知道你的心思。”王红霞的语气温柔起来，喃喃地说：“我盼着你给我回信，哪怕是一个字。”

“对不起。”李明强深沉地说，停了一会儿，又补充一句，“我确实有女朋友，我是想对你进行冷处理。”

“你残废了，她还愿跟你吗？”王红霞突然盯着李明强的眼睛问，因为她在手术通知书上签了字。

“嗯。”李明强使劲儿地违心地点了下头，他也不知道他若残废了卫和平是否还愿意嫁给他，但是，他已下定决心要和卫和平吹了，因为李主任及有关专家会诊，已经断定李明强的左手肯定要残废了，他不能拖累卫和平，也不能拖累王红霞，所以，他又违心地说：“我们早就生活在一起了，她为我还做过人流。”

李明强说了，在心里又骂自己，你他妈的想在王红霞面前扮个坏男人的形象，干吗毁人家卫和平的名誉呢？万一传出去，人家女孩子还找不找男朋友了。可是，说出的话，吐在地上的唾沫，都收不回来了。

“啊，那、那，祝你们幸福。”王红霞的眼圈儿红了，说，“都是我该死，诅咒你，我想，你混不下去了，残废了，我都能帮助你，所以就常诅咒你。现在，把你咒得伤成这样，还是得不到你。”王红霞终于禁不住流出了眼泪。

“瞧你说的。你还是学哲学教哲学的，凭你的诅咒，我就能受伤。要行，我请你诅咒吴国鬼子死光光，这仗就不用打了。”

“扑哧”一下，王红霞笑了：“你就会逗人乐。”

“是啊，不用一枪一炮，你一诅咒，我们胜利了。我给邓老人家写个内参，一来为您请功；二来向他老人家建议收复台湾。”

“去你的。”王红霞笑着用粉拳在李明强的胸脯上打了一下。李明强“欧”的一声，两眼一瞪，两腿一蹬，装死了。王红霞顺势趴在李明强的胸脯上，喃喃地说：“我就是喜欢你这种幽默。”

“唉——”李明强看着伏在自己胸脯上的王红霞，长长地叹了一口气，缓缓地说：“有些人的幽默，也是一种无奈呀。”

“你很无奈吗？”王红霞的头在李明强的胸前蹭了两下，把脸朝向李明强的脸问。

“所以说，你不了解我。”

“我这次请三天假，你能让我在这里陪你吗？”

“你不是来北京出差的吗？”

“我能说什么？”王红霞使劲儿用头压李明强的胸脯，喃喃地说，“答应我，别说不！”

李明强想了想，高兴地坐起来，王红霞的头一滚，也不得不坐正了身子。李明强将右手在被子上一拍说：“好，我答应你。”

“真的？”

“真的？不过，你得答应我一件事儿。”李明强很认真地对王红霞说。

“什么事儿？”王红霞又用她那双美丽的大眼睛画了两个问号。

“当我三天女朋友，一定要像。”

“你——”王红霞那两个问号更大了，突然，她像大彻大悟似的笑着说，“好，一言为定。”

“一言为定。”

“好！来！”王红霞举起右手，李明强也举起右手，在两掌撞击的一瞬间，王红霞顺势滚入李明强的怀中。

“你——”李明强的脸突然绿了，旋即又变为笑脸说，“哎，说好了，是假装的。”

“那也得先体验一下呀。”王红霞抬起头笑着对李明强调皮地说。说完，她又醉心地依进李明强的怀里，在心里念叨着：“有三天就有三个月，有三个月就有三年，有三年就有三十年，就有一辈子。”

“行了，行了。先去体验干活儿吧。”李明强想了想，笑着说，“好长时间没有吃上羊杂了，还有熘肥肠。我最爱吃这两样儿了，你到街上去看看，有了，就给我买一样儿回来。”李明强一边说一边想，先支走一个，反正她有钱，我爱吃，她爱买，周瑜打黄盖——一个愿打一个愿挨。想了，偷着乐，没想到手术台上的方案实施得这么顺利，而且，有突破性进展。

王红霞满面笑容地走出病房，冲卫和平、田聪颖、丁力和胡斌笑着说：“他想吃羊杂，让我给他买去。”说完，全身上下散发着喜悦消失在楼道尽头。

“请谁进来。”胡斌来不及多想，推门进来问李明强。

“田医生。”李明强淡淡地说。

田聪颖缓缓地走进病房，李明强这才发现，她的披肩发没有了，不是盘在了头顶，而是剪去了，她剪了个流行的“幸子头”，显得她更加单纯，更加豆蔻了，简直就像一个活脱脱的中学生。李明强突然想起在青屏山前线李永志高地上，临出发前，战友们传递卫和平那根秀发的情景，一个战士问：“李副连长，你女朋友留的是什么发型？”

“是‘幸子头’吧？”另一个战士猜测着问。李明强想着，怔怔地看着田聪颖，在心里问：“多么漂亮的披肩发，怎么就突然剪了个‘幸子头’呢？”

“你饿了？”田聪颖坐在王红霞刚刚坐过的方凳上低低地问。

“哦，没有。”李明强听到田聪颖说话才回过神来。

“那，她说，你让她去买羊杂。”

“噢，我爱吃。”李明强用嘴角笑了笑。

“你选择了她。”田聪颖盯着李明强的眼睛问。

“不，不，不。”李明强直摇头，摇了，又说，“是，我，我选择了她。”

“我想，也不会是卫和平。除了文凭，我各方面，都比她强。可是，她，我输了，心服口服。”

“不，你很好。”

“别虚伪了。我有人夸。”田聪颖说完，咬咬下嘴唇儿，笑笑，说，“回头儿就有人夸我，你理‘幸子头’比留披肩发漂亮多了。”

“谢谢你对我的真情。”李明强喃喃地说，从田聪颖的话语中，似乎找到了她为什么理“幸子头”的答案了。

“你能主动吻我一下吗？”

“这——”

“我想让你最后亲我一下。”田聪颖的眼泪扑扑簌簌地就掉下来了。

“别，别这样。”李明强伸出右手去为田聪颖擦泪。心想，我不吻她，为她擦下泪足可以回报她的爱了。没想到，田聪颖一把抓住李明强的手，哭着说：“我求你，亲我一下吧。你还没有主动亲过我呢，我不死心。”说着扑到李明强的身上，将她那香唇贴在李明强那肥厚而阔大的嘴唇上。突然，田聪颖将头抬起来，一双泪眼盯着李明强，小嘴儿对着李明强的大嘴急促地哈气。

李明强明白田聪颖的心思，他犹豫片刻，突然伸出右手把田聪颖的头搂着，用他那张大嘴狂吻她的小口，就像是在秦皇岛那次狂吻一样，心潮澎湃，百感交集，但是，又仿佛是在亲吻一块湿润的橡皮没有一点儿感觉。

田聪颖抽搐着，热烈地回应着。突然，她挣脱李明强，站起身，用右手习惯地去拢自己的头发，可是，长发剪去了，她愣一下，一甩头，哭着冲出了病房。

# 第五十章

**李明强羞得急忙用右手捂住自己的脸，乐得王红霞放声大笑，笑得前仰后合。**

病房外，卫和平在焦急地来回踱步。她已经从王红霞和田聪颖的言语中，嗅到了她们对李明强的爱慕之情，也感到了她们和李明强相处得不一般。至于不一般到什么程度，鬼才知道。那位姓王的教授在李明强手术通知书上签了字，那位姓田的医生在李明强做手术期间往十三楼手术室跑了几次，还忙里偷闲，专门理了个最时髦“幸子头”。这个李明强，同时和几个人谈恋爱，而且滴水不漏，真够狡猾的。卫和平感到委屈，自己放着北大、清华那么多高才生不找，偏爱上他这个中专生，还追着赶着让他上前线前给自己留下个孩子，可他，竟背着我和两个女人谈恋爱，可耻，浑蛋，王八蛋。

卫和平整整一天心里都像打翻了五味瓶，坐立不安。她拿自己和王红霞、田聪颖比较。身材长像都不如人家，这是女孩子最要命的。还有家庭，郭护士讲她们都是高干子女。只有学历了，那个田医生有点儿浮浅，最多也只是靠父辈的荫泽混了个本科文凭，李明强在骨子里不会爱这种女人；可那个副教授就不同了，稳重、大方、高雅、漂亮，深不可测。无论从哪个方面，卫和平都感到比王红霞逊色，本以为自己是研究生学历高，可研究生毕业了还得当一年讲师才有资格评副教授呀，与人家差好几年呢。妈的，老天爷怎么把所有的好事都给了她了！

卫和平把王红霞当成了最主要的敌人，特别是李明强第一个把王红霞留下，卫和平那个气就别提了，不住地在病房外踱步，就像上紧了发条的齿轮转个不停，脑海里乱成了一锅粥，骂王红霞是个小妖精，骂李明强是个吃里爬外的东西。当看到王红霞笑容满面地从病房中走出来，说李明强让她去买羊杂时，心里就有一种失落的感觉，她感到危机来临了，有可能从今天她就失去了李明强。

卫和平不甘心，没到最后时刻，干吗长别人的威风灭自己的志气。她转过来想，这两个女人只是李明强的追求者，李明强根本不会爱她们，只是想多看几眼她们的美貌，利用一下她们的关系罢了。像李明强这么优秀的男人，女孩子都会有好感的。但是，李明强家里那么穷，我们家里的人都不同意我与他谈朋友，更何况她们都是高干子女呢？门不当，户不对，根本不可能。当她听到让田聪颖第二个进去时，就进一步想，李明强把我放在最后，就是把我当作自己的家人了，先客后主吗！当她看到田聪颖哭着跑出病房时，脸上溢出了一天来从未有过的笑。

胡斌像李明强的忠实卫士把守在门口，丁力看卫和平不停地走路，无聊地掏出烟盒，因知道住院部不让抽烟，就放在鼻子前闻，用鼻子和上嘴唇夹着玩，在心想埋怨李明强，有什么话儿不能当大伙儿的面说的，鬼鬼祟祟的，假正经，跟平姐谈恋爱，还扯两个小妖精，长得美怎么着，平姐是研究生，她们是什么？嘿嘿……

“哎，崩了，谈崩了，哈哈，我说，强哥也不会要她。”丁力的八字胡乐成了“一”字，冲卫和平一摆手，说，“平姐，该你了。上！”

丁力的话音刚落，胡斌就抓住了他的手，说：“请你进去。”

“我？”丁力一怔，忙对卫和平说，“那，平姐，我、我就先进去了。”

丁力轻轻地推开门，见李明强微闭着双目养神，就怯怯地叫一声：“强哥。”

“阿力！”李明强挣开眼，张着大嘴笑。

“强哥。”丁力快步走上去抓住李明强的右手，眼睛红着说，“吓死我们了！”

“啊？阿力还有害怕的时候？”李明强故作惊讶地问。

“你上特护，说有生命危险。”

“医生嘛，总是把病情说得严重一点儿，他再妙手回春，方显得高明。”

“嘿嘿，啥事儿让你强哥一看就透。”丁力一直为有李明强这位朋友感到骄傲。

“和平呢？”李明强突然问。

“在外面。我去叫她。”丁力说着站了起来。

“不，不，不。不忙。”李明强急忙抓住丁力，瞪着他那双虎目一眨不眨地看着丁力的眼睛，丁力被看得心里发毛，不安地叫：“强哥，强哥。”

“阿力，我跟你商量件事儿？”李明强终于低下了眉，轻轻地说。

“什么事儿，还跟我商量？你就说让我怎么办吧。”丁力说。

“阿力，我想，我想，我不想跟和平谈了。”

“什么？你要和平姐吹！”丁力“呼”地一下站了起来。

“嗯。”李明强重重地点了下头，抓丁力的手更紧了。

“为什么？为那一身黑的骚娘们！”丁力突然想起黑蝙蝠似的王红霞，出门时笑着对他们说要去为李明强买羊杂。人家那一身白的医生是哭着跑的，肯定没戏。

“阿力，不许骂人家！”李明强的声音虽然不高但很严肃。他想用力把丁力摁在方凳上，可丁力犟着向后撤。

李明强不得不松开手，喃喃地说："不是，是我……"

"我知道是你。我早问清楚了，那娘们儿她爸是正军职，那医生她爸是副师职，所以，你就赶跑了人家医生，再甩了平姐，攀高枝儿了……"

"阿力！"李明强低吼一声，脸色更加阴沉了。

"别再这么叫我。我不是丁力，你也不是许文强！你当你是谁？是英雄？狗屁英雄！自小我就佩服你，叫你强哥，你强个鸡巴，强个鸟！你全是为了自己，一心为了自己！"

"不。我是不想，不想连累她！"李明强喃喃地争辩说。

"去你的吧！你是怕平姐连累你升官发财！给军长当驸马，可以飞黄腾达！平姐的家里能帮你什么？这点儿猫儿腻，傻B都懂！"

"阿力。"

"不许你这么叫我！我看不起你！从此，我们一刀两断！"丁力喊着，哭了，一边哭一边说，"你摸着你的心口想一想，平姐哪一点儿对不起你！对了，你说，你老实告诉我，叔和婶儿，还有傻志强，是不是你给毒死的！"丁力突然声嘶力竭地叫起来，扑上去抓住李明强的衣领，把李明强拎了起来，带得那输液瓶晃个不停。

李明强痛得惨叫一声，挥起右臂打开了丁力抓着他的手，大喊一声："阿力！"这一声惨叫，一声大喊，不单单是因为丁力弄痛了李明强的胳膊，更重要的是丁力的话刺痛了李明强的心，他忍无可忍，不能自已地发出一声怒吼，这一声震得屋里嗡嗡作响。

"你没有资格这么叫我！"丁力的声音也提高了八度。

"怎么了？"胡斌推开门冲进来拦住了蹦高的丁力，李明强痛苦地闭上了眼睛。

"明强。"卫和平随胡斌走进屋，默默地站了一会儿，轻轻地叫了一声。

李明强睁开潮湿的眼睛，看着自己心爱的姑娘。卫和平流泪了，喃喃地说："你们的话我听到了一点儿，我明白了，我早有预感。"

"平。"李明强泪流满面，说不出话。

"平姐，别理这忘恩负义的东西！走，咱们走，人家还等着吃羊杂呢！"丁力上前扶着卫和平，转身对李明强说，"我看你就像羊杂，发臭的羊杂，让人恶心！"

"平。"李明强无力地抬起了右手。

"明强——呜……"卫和平推开丁力，扑到李明强胸前痛哭起来。

"平。"李明强抚摸着卫和平的头抽泣着喃喃地说，"平，我也不想，我是万不得已。"既而，他咬咬牙，平静地说："我要在军界混，必须得有个靠山。你知道，我的理想是当将军，她，她父亲，能，能，能帮，能帮助我。"李明强说完咬着牙，痛苦地闭上了眼睛。

"我知道，我知道。"卫和平哭得更恸了，肩膀在李明强的胸前抽动。李明强多想抱紧她，安慰她，甚至想推翻他所做的一切。突然，卫和平不哭了，仰起头，擦了擦脸上的泪，平静地对李明强说："我退出，我成全你。我们好歹也谈了几年，因为好多原因，我们不敢在人前亲热，今天，我们就当着他们的面，来个热烈的吻别吧！"卫和平说着又哭了起来，一下扑过去抱着李明强的头，在李明强的脸上狂吻。丁力和胡斌转过了身子，看热闹的人被郭燕关在了门外听不到屋内的动静。

李明强冷却到冰点的血液，又被卫和平热烈的吻所融化，慢慢地沸腾了，猛地，他用他那厚大的双唇罩住了卫和平的小嘴儿。

卫和平那樱桃小嘴儿在李明强那肥厚的双唇上滑动着，卫和平的小舌头探进了李明强的大口。李明强感到温温的、甜甜的，他留恋这吻，想将这吻永恒地定格在这里。他怕失去，又不得不失去。他在心里一遍遍地告诫自己："不要冲动，放弃，放弃，追求是爱，放弃更是爱，你放弃得悲壮，放弃得伟大。"

卫和平的热烈，只赢得了李明强双唇的吻合。她发现李明强只有那么一点儿冲动，没有过多的应和，李明强麻木了，麻木了每一根神经，她这么热烈的吻都没有唤起李明强半点儿回应，她卫和平成什么了，被李明强这么不屑一顾，最后的吻别就是这么个结果吗？

卫和平的心碎了，她微启小口，咬住了李明强的上嘴唇。李明强倒吸一口凉气，但是，没有动，也没有出声，卫和平就觉得一种咸涩的液体触到了她的舌尖，她慌忙松了口，抬起头看李明强。李明强紧绷着脸，用他那下唇艰难地紧包着上唇，侧过头去。

"走，平姐。"丁力上前拉住卫和平，一边往门外推一边说，"有什么好留恋的，势利小人，卑鄙，无耻！"

卫和平转着头，痛苦地用幽怨的眼光看着李明强。李明强紧紧地用下唇包着上唇，泪眼蒙眬地看着丁力把卫和平推出病房。许久，李明强的嘴角泛起了那种带有讽刺意味的微笑。这一笑，上唇的血就流了出来。

"血。你的嘴流血了。"胡斌见丁力扶着卫和平走了，推门进来，惊叫道。

"什么？嘴流血了？"随后进门的郭燕听了胡斌的话，急忙凑上来。

李明强急忙用下唇包住上唇，不住地向胡斌和郭燕摇头，并摆摆右手，示意他们出去。然后，痛苦地闭上了眼睛……

王红霞买回了羊杂，见病房里只有李明强一个人在躺着，就高兴地学着街头的叫卖喊了起来："吃羊杂啰！热气腾腾的羊杂，美味可口。又鲜又嫩的羊杂，快来吃哟！"

"瞎叫什么？"李明强低吼一声。

王红霞吐了下舌头，笑笑说："对不起，忘了这是病房了。"

李明强也觉得自己把无名火发在王红霞身上不合适，就随便应和一句说，"你以为这是什么地方？"

"我呀？把它当成自己的家了！"王红霞笑着说，说完又紧叮一句："咱们两个人的家。"

李明强条件反射似的想用嘴角去笑，可是，上嘴唇好痛，就眨了几下眼，不作声了。

"吃吧，趁热吃点儿。"王红霞把羊杂端到李明强床前的小桌上。她怕把羊杂带回来凉了，专门到商店买了个保温饭盒。

李明强看了看那羊杂，浑浑的乳黄色汤中凸现着红色的羊肝、肺头和青黑色的毛茸茸的羊肚丝，脑海中一下子浮现出丁力的骂："我看你就像羊杂，发臭的羊杂，让人恶心！"

李明强感到胃中突然有东西向上涌，他真的感到这羊杂好恶心，就摇摇头说："不吃了。"

"怎么了？你不是最爱吃羊杂的吗？要不先吃这熘肥肠。"王红霞放下羊杂，又把饭盒上层的熘肥肠端了起来，说，"对了，先吃它，它容易凉。来，我喂你。"

"算了，我真的没胃口。"李明强抬起右手推开那饭盒说。

"这是你最爱吃的东西啊！怎么也得少吃一点儿，一天没吃东西了，来，少吃一点儿。"王红霞用筷子夹起一块熘肥肠送到李明强的嘴边，像幼儿园的阿姨哄小孩儿似的逗李明强说："小朋友，听阿姨的话。快吃，吃饱了，不想家。"

李明强哭笑不得，又不好再拒绝，就张开口一下子把那块肥肠吞进嘴里，那咸辣味杀得他上嘴唇的伤口钻心似的疼，丁力那句骂又响在耳边："我看你就像羊杂，发臭的羊杂，让人恶心！"

李明强一下子没有控制得住，胃里的东西涌进口中。他急忙闭上嘴，欠起身指着屋里边床下的脸盆儿"唔唔"直叫，王红霞慌忙把盆端过来，还未放下，李明强已憋不住了，就喷了出来，那经过胃酸发酵的污秽喷进盆中，溅了王红霞一身。王红霞端着盆儿，闭着眼，止住呼吸，任李明强吐泄个够。但是，她实在止不住了，冲门外大喊一声："护士！"

郭燕和胡斌听到王红霞的叫声冲进来，李明强已经吐得肠胃空空、眼泪巴巴了。

"吃，吃，吃！我不让吃，还吃！遭罪了吧！不讲科学，感情用事！"郭燕一边收拾一边叨唠，接着又对胡斌吼一声："把窗户打开。"

胡斌打开了玻璃窗，一股冷风吹进来，冲淡了屋中的秽气。郭燕赶紧给李明强盖上被子，阴着脸说："盖好，别感冒了！"盖完了被子，郭燕又拿来湿毛巾给李明强擦脸，触到了李明强的痛处，李明强禁不住"嗞"了一声，郭燕停手细看，惊叫道："怎么？嘴唇儿破了？怎么搞得？"

"什么，嘴唇儿破了？"正在擦自己身上污垢的王红霞急忙凑上前看。李明强闭着眼睛不作声，胡斌掩口葫芦而笑，郭燕一转身见胡斌在窃笑，未及多想，吼了一声："笑什么？还不赶快把盆子端出去涮涮！"

李明强听郭燕说有人笑，就知道是胡斌，睁开眼，狠狠地瞪了胡斌一下，又无力地闭上了眼睛。

"这，都心静了，他一点儿力气也没了。"郭燕绿着脸看看王红霞，又看看小桌上的羊杂和熘肥肠，恨恨地说："还让他吃这个，能不吐吗？"

郭燕又检查了一遍为李明强输液的器具，调了调点滴的频率，然后团起毛巾，拿了香皂，看了一眼狼狈不堪的王红霞，阴着脸说："别理他，让他好好睡一觉儿。"

李明强醒来时已是晚上九点多钟了，病床前只有王红霞一人，胡斌和郭燕不知去向，楼道里传来电视晚会的喧嚣和人们时不时的哄笑声。

“饿了吧？”王红霞急切地问。

李明强摇摇头。

“来，擦把脸。”王红霞从屋子最里边的床下端出那盛着半盆水的脸盆，把李明强的白毛巾放进去，与郭燕和胡斌不同的是，她又端起温水瓶往盆里倒了些开水，用手试了试温度，才将毛巾摆了几摆，拧干了，才为李明强擦脸。

李明强立刻感到一股暖流从脸部流向心头。王红霞擦得很认真，很轻柔，生怕碰疼了李明强哪个地方。她擦完了面部，又擦脖子，擦了脖子，她把白毛巾向李明强一抖，说：“瞧，多脏。他们光知道给你洗脸，身上都馊了。”

王红霞在脸盆里摆了毛巾，说：“来，擦擦身子，过年了，不能把秽气带到明年去。”

李明强就顺从地让王红霞擦。说实话，他长这么大除了小时候母亲给他洗过澡，擦过身，受伤后女护士给擦过脸，还没有哪个女人给他擦过身呢。王红霞那毛巾贴在身上是温乎乎的，擦过了又凉飕飕的，爽极了。王红霞擦完李明强的上身，看着浑浊的盆水，叹口气说：“看着挺白静的人，身上这么脏，做这泥猴的女朋友，啧啧。”王红霞说着皱着眉，直摇头。

“你愿意，没人求你。”李明强笑着说。

“啪！”王红霞把拧干的毛巾打在李明强的胸脯上，撒娇地说：“是谁说的要我当他三天女朋友？！”

李明强笑着说：“是谁非要留下的？！”

“你！”王红霞举起毛巾又照李明强的胸脯上打了一下，装作生气的样子说，“那好，我走。”

“好啊，我送你。”李明强笑着坐起身，装作要下床的样子说，“谢谢您了，王教员，我让您留下的任务已经完成了。”

“躺下！”王红霞一把将李明强推倒在床上，丢下一句，“过河拆桥。”就端着脸盆，拿着香皂向门外走去。李明强看着换了一件红毛衣的王红霞，心中就燃起了一团向往异性的火焰。

王红霞又端了半盆水回来，又端起开水倒到盆里，一边摆毛巾，一边自言自语，也是说给李明强听：“唉，哪儿能呀？做人家的女朋友，活儿没干完，拍屁股走了，让人家心里咋想呢？”说着，站起身，“呼”地一下把李明强盖着腿的被子给掀开了，将李明强那宽大的病号裤裤腿儿向上一捋，热毛巾就贴上了李明强的腿，一边擦一边说：“擦了上身，不擦下身，这半截子工程留给谁呀？”

“留给我女朋友。”李明强笑着说。

“哎，你记住了。现在，我是你女朋友。”王红霞笑了，托起李明强的腿擦，一边擦一边又惊叹，“怎么这么多汗毛，都成毛孩儿了。”

“好汉一身毛嘛！”李明强自豪地说。

“我怎么听人家说‘男人没毛贵如金’呢！”王红霞一边在盆里摆毛巾一边反驳。

李明强差点儿乐出声来，幸亏王红霞弯腰在摆毛巾，没看见他的表情。李明强在心里骂王红霞，傻B，那说的是鸡巴毛。骂了，又笑。

王红霞抬起头，见李明强在笑，就说：“笑什么？没词了吧？任何事物都存在着两个方面……”

“好了，好了。王教授，这不是课堂。”李明强笑着坐起来，躺久了他也难受。

“谁给你讲课了，躺好，还没擦完呢。”王红霞又一把将李明强推倒，左手拉起李明强病号裤上的松紧带，右手托着毛巾伸进了李明强的裆中。

李明强急忙用右手摁住王红霞的右手，红着脸说：“别，别。”

“怎么了？这是我作为女朋友应该干的。”

“不，不。这活儿，我，我自己，能干。”李明强还是不放手，结结巴巴地说。

“放开，假正经。”王红霞说着腾出左手在李明强的右手上打了一下。这一下虽然不重，也不疼，但是，李明强还是把手松开了。

王红霞用毛巾在李明强的裆中轻轻地揉搓着，李明强在心里喊，完了，完了，又有一个女人触摸自己的命根儿了。奶奶的，是不是自己真的这一生就走桃花运？不是，光摸不干，等于零蛋。妈的，人家好心给你擦身，你瞎想什么？不许把人家姑娘想偏了，只要思想正，再摸也不硬。只要思想正，再摸也不硬。

李明强在心里喊着不硬，那不听话的东西还是慢慢地硬朗起来。好在这时王红霞让他侧身擦屁股，才不致于丢人。但是，他还是控制不住自己的意识流动，他想到他们男人们在一起开玩笑，说什么“只要思想红，干事儿不流熊”，屁话，不流，你控制得了吗？不流里边流外边，总还是要流的，开玩笑而已，蒙那些童男子罢了，经过事儿，谁还不知道这一点儿。

“哎，你知道吗？‘男人没毛贵如金’，女人没毛怎么说？”

李明强摇摇头，王红霞笑着说：“告诉你，‘女人没毛浪半村’！你知道怎么解释吗？”

李明强又摇摇头。心里想，挑逗，勾引，“弱智”说得一点儿不错，她娘的应该改行，一定是个情场老手。这两句话不是明摆着的，男人、女人的阴毛都没了，怎么没了，蹭没了呗。男人没毛，说明男人能干，干得多，干得频繁。女人没毛，不就是浪吗？放荡不羁，跟半个村子的男人都有染，能是好女人吗？

“我在饭桌上听的，问人家怎么解释，他们都怪笑，说不知道，还说别让我傻问了，我也不敢再问别人。”王红霞喃喃地说，脸上露出求知的表情。

纯，真她妈纯。是真不知道？还是假不知道？李明强看了看王红霞的表情，像是真不知道。“弱智”讲她挺精通男女之道的呀？哼，理论上的巨人，行动中的矮子。弱智，弱智，你王红霞才是真弱智。

李明强转念又想，城市里的孩子，知道个啥？连骂娘都不会。既没实践经验，又没人给予传授，他们懂什么。李明强想起在青屏山前线，一位女护士看到一个运弹药的军马露出了长长的阴茎，惊讶地跑过去问运输队的人："瞧，那匹马肚子上坠的是什么东西呢？"

众人怪笑，都摇头说不知道，让她问队长。女护士较真儿，真的就去问队长了，队长哭笑不得，顺口来一句："战备腿。"

女护士若有所悟地走了，队长落了个"战备腿"的绰号。

李明强想到这儿，笑了笑，说："我也不知道。想想，也没什么好解释，俗语呗。"

"俗语也得有个出处。"王红霞认真地说。

书生，弱智，还要出处，真她妈不知道，我一根儿一根儿给你拔光了，你就知道了。李明强心里这么想，嘴上却说："许多俗语也没什么出处，都是约定俗成的东西，你说'恢复疲劳'有什么出处，根本就是个错误，可人们运用得频率挺高，乐此不疲。"

"也是。"王红霞若有所悟地点了点头。然后，她拢了拢搭在胸前的长发，将它们披在肩后，发现李明强专注地看她，莞尔一笑，说："你一定饿了，想吃点儿什么？"

"不饿，就聊会儿天儿吧。"李明强突然觉得今天做手术前与女护士的贫嘴和现在与王红霞的闲谈正是他这几年，特别是这些天的缺憾，是生命与心理的迫切需要。

"一天没吃东西了，又吐得胃空空的，怎么能不饿呢？"王红霞心痛地说。

"你没有听说过，'秀色可餐'嘛！"李明强看着王红霞的脸说。说真的，李明强还没有这么近、这么认真地看过王红霞的脸。他心里纳闷，老天爷怎么这么厚爱王红霞，简直就找不出一丁点儿缺陷来，怪不得田聪颖说她输得心服口服呢！李明强又想，王红霞的父母肯定是很保守的人，要不然，在文工团的王红霞早成电影明星了。

"好呀，既然可餐，你就吃吧。"王红霞把脸伸向李明强，笑着问："从哪里下口呀？你说左边，我决不给你右边。"

"我哪边都不要。"李明强把头侧过去说。心想，完了，这是自己惹的祸，一疏忽让王红霞钻了空子，王红霞开始进攻了。

"噢——那是要中间的了。"王红霞笑着用右手的食指敲了敲自己的嘴唇儿，挑逗李明强说，"是，我觉得也是这个地方好吃。唉，没办法，谁让答应做人家的女朋友呢，人家要吃，只有奉献了。"

王红霞说着，就用她那粉唇去找李明强的阔嘴。李明强急忙用右手推王红霞，嘴里不住地喊："不要不要，我不要，我什么都不要！"没想到，慌乱中他那大手正好罩着了王红霞的左乳。

"什么都不要？那抓住人家的乳房干什么？"王红霞故意逗李明强。

"我，我。"李明强羞得急忙用右手捂住自己的脸，乐得王红霞放声大笑，笑得前仰后合。

# 第五十一章

胡斌本想攻击李明强，没想到李明强点在了他的死穴上，脸又红了。

“什么事儿这么高兴？”郭燕和胡斌推门进来，见王红霞笑得那么开心，郭燕忍不住问。

“啊，讲，讲了个笑话。”李明强急忙说。

“什么笑话那么可笑？是不是有人跟人家姑娘接吻，让人家把，把舌头咬了。”郭燕本来想说“嘴唇”，话到嘴边立即改成了“舌头”。

李明强狠狠地瞪了胡斌一眼，心里骂：叛徒！忽然想：这小子一定和郭燕勾搭上了，要不然怎么能将我这丢人现眼的事儿给她抖搂了。想到这儿，嘴角便泛起了那种带有讽刺意味的微笑，阴阳怪气地说：“请问特护、陪床，你们两人丢下伤员到哪里去了？”

“下馆子，跳蹦迪，坐酒吧，听京堂会，品老舍茶，还有，还有，还有你心里想的，就是我们做的。”郭燕嬉笑着摇头晃脑地对李明强说。她的脸红扑扑的，浑身上下散发着遮掩不住的喜悦。

“都别贫了，吃饭吧。”胡斌红着脸一边说一边打开了王红霞买的那个保温饭盒。

李明强一看那饭盒，猜想还是羊杂和熘肥肠，本还想吃，一想下午的呕吐，就没了胃口，摆摆手说：“算了，倒了吧，我不吃了。”

“倒了？我们俩专门跑到你们河南面馆给你买的烩面，你说倒就倒了？”郭燕瞪起双眼盯着李明强，既而又是埋怨又是撒娇地对胡斌说，“你不是说他爱吃烩面吗？！”

“烩面？怎么不早说呢？大半年没有吃烩面了，快拿来！”李明强笑着坐起来，转脸对郭燕赔笑说，“对不起，对不起了，我要早知道是烩面，就先给你作揖了。”李明强说着笑着给郭燕单手作揖。

胡斌将饭盆递给李明强，李明强用小勺儿舀一口尝了，连说：“好吃，好吃。”

“好吃，好吃。你一个人能吃完？给人家王教授分点儿啊，王教授到现在也没吃饭呢！”郭燕嗔了李明强一眼。

“是吗？”李明强转过脸看王红霞。

“十妈，还三姨夫呢！”郭燕调皮地顺着李明强“是吗”的谐音调侃一句，脚下用她那半高跟儿白色皮鞋的尖头踢了踢胡斌那黑色三节头儿皮鞋，转身向门外走去。

“慢吃，你们慢吃啊，我看看电视。”胡斌慌忙说完，就跑出了病房。

“你说，他是去看电视的吗？”李明强一边用勺往自己平时用的小饭盆儿里舀烩面，一边问王红霞。

“鬼才知道。我看他和那护士眉来眼去的。”王红霞说。

“是啊，他们在谈恋爱。”李明强把那小饭盆儿推向王红霞，接着说，“我是红娘。”

“你是男人中最坏的一个。”王红霞用钩也似的眼光剜了李明强一下。

“我坏？那有的人就不会在这里待着啰。”李明强一边嚼面一边笑着看王红霞。

“美的你。”王红霞端起小饭盆儿说，“哎，多了，我吃不完。”

“吃吧，我这也多，多吃点儿。”李明强抬起右手推了推饭盆说。

“唉，没办法，谁让答应做人家的女朋友呢？”王红霞端起饭盆吃了一口，抬起头，自嘲地说，“唉，总算和男朋友一起共进晚餐了，还是老家的烩面，好吃，有滋有味。”

“哎，说好的，就三天啊。”李明强佯装严肃地说。

“三天就判死刑了？法官大人，能不能改成无期啊？”王红霞笑着逗李明强。

“不行，立即执行，就地正法，你明天就走。”李明强半开玩笑半认真地说。

“合同还没到期呢！你单方面撕毁合同，要加倍赔偿！”

“好，好，好。换个话题，咱谈点儿别的。”

“你说‘好’了，先说赔偿多少天？”王红霞咬着字眼紧追不放。

“我凭什么赔你？”

“你单方面撕毁合同。”

“我撕毁了吗？”

“你说让我明天就走。”

“这可是你说的啊，你明天就走。”李明强笑着用小勺儿点着王红霞说。

“你——赖皮。”王红霞装作生气的样子，低头吃饭。

也许是太累了，要不就是做手术伤了元气，李明强一顿饭就吃得气喘吁吁，在王红霞去洗碗的当口，他又睡着了。

大约凌晨三四点钟的时候，李明强被疼醒了，他看看屋内，胡斌与郭燕不知哪里去了，只有王红霞一个人趴在他的床边甜睡。

李明强觉得很困，可痛得他不能入睡，他咬着牙强忍着，不作声，听着王红霞均匀的喘息。

多么可爱的姑娘啊！李明强几次抬起右手，想抚摸王红霞，又几次命令自己把手放下，骂自己下流，好色。越骂，裆中那尤物就越硬。硬了，就想杨玉萍。不知杨玉萍现在怎么样？怀没怀上自己的孩子？他又和张根那个了吗？想到这儿，心里就涌出些许醋意。又骂自己，是你偷了人家的老婆，还吃人家的醋，真不是个东西！骂了，还想，要是把王红霞换成杨玉萍多好，这时就能让她骑在自己身上，享受那罗曼蒂克的神韵了。要是卫和平也行，只要他要求，准行。离京时，卫和平不是就主动要求他干吗？可王红霞，要我改为无期，我……不行，刚处理完卫和平和田聪颖，决不能再扯进一个王红霞，她是军区首长的千金小姐，这婚事儿不成，自己不就倒了血霉了，不让你卷铺盖走人才邪呢！况且王红霞，能侍候我三天，能侍候我一辈子吗？我是注定要残废的人了，她的家里不会同意，她本人也不可能坚持到底。

李明强看着王红霞，心里还是痒痒的。多么漂亮的姑娘，这么追求自己，虽然成不了夫妻，连个肌肤之交都不曾有，太惋惜了。李明强禁不住伸出右手，抚摸王红霞的头发。他把王红霞的长发握在手中，举到鼻子前闻了闻，好香。又放到那被卫和平咬过的已经肿起来的肥唇上吻了吻，然后放下，轻轻地去触摸王红霞的头，接着是脸。李明强摸得很轻，生怕弄醒了王红霞，慢慢地，他胆大了，用手罩住了王红霞的乳房，左边的，右边的。他摸着，与杨玉萍和卫和平的比较，王红霞的两个一样大，而杨玉萍和卫和平的都是一大一小，她们两个人都说过，让李明强重点揉搓那个小的。田聪颖的是一样大吗？李明强虽然与田聪颖接吻过，也抚摸过她的双乳，可当时还没有比较的对象，也不知道，那两架山还有一大一小之分。

李明强抚摸着王红霞的乳房，放飞着自己的思想。突然，门轻轻地被人推开了。李明强急忙把右手缩回来，细看是郭燕和胡斌蹑手蹑脚地走进来了。

郭燕轻轻地说："都睡着了。"

蒙胧中，胡斌就在身后抱住了郭燕的腰，将手伸进郭燕的裤子里，两个人耳鬓厮磨了半天，郭燕突然"嗞"了一声，轻轻地娇声娇气地说："疼。"

李明强"扑哧"一声乐了，喃喃地说："我才疼呢，疼得睡不着。"

胡斌和郭燕吓得一抖，郭燕原吸着的肚子鼓起来了，皮带系得也紧，胡斌的粗胳膊被紧紧地固定在郭燕的腹部，怎么抽也抽不出。好在屋里黑，他们认为李明强看不见，才慢慢地分开了。

"梦话。"胡斌看李明强没有再动，斗着胆子说。

"嗯，是梦话。吓死我了。"郭燕扑到胡斌怀里。

"谁吓你了，我真的疼得睡不着。"李明强说着揿亮了屋里的小灯。

"你。"郭燕羞得捂住了脸。

"我怎么了？我什么也没看见。"李明强怪笑着说。

"看见又怎么了？自己跟人家大姑娘亲嘴儿，让人家把嘴儿都咬烂了，还能说得？"郭燕故意揭李明强的伤疤。

“你，这丫头片子。”李明强无奈地指着郭燕说，胡斌红到脖根儿的脸又转换为笑了。

郭燕为自己的胜利而高兴，笑着说：“我给你拿止痛药。”转身跑出屋，身上晃动着喜悦的消息。

王红霞不知是睡觉儿就死还是困极了，这么大动静也没把她惊醒。李明强由此想起在一本书上看的，一个女人睡着了，一个男人摸到床上，干完事儿跑了她都没醒，后来发现自己怀了身孕，还不知道是谁干的。想到这儿，李明强又看看王红霞，觉得自己刚才摸得太轻、太温柔了，摸得自己心惊肉跳，却感觉不佳。

郭燕拿来止疼药给李明强吃了，伸手摸了摸李明强的额头，说：“是有点儿烧。手术后发烧是正常的，别吃退烧药了，是药都有三分毒。”然后，朝王红霞努努嘴，说：“让她到我们休息室睡吧？坐在这儿睡，怪窝屈的。”

李明强点了点头。

郭燕推醒王红霞，说：“我们到休息室睡去。”

王红霞懵懵懂懂地说：“算了，我就在这儿对付一晚上吧。”

李明强笑着说：“去吧，胡斌这小子不老实，我怕他占你的便宜。”说完，从四十五度角的方向瞥了郭燕一眼，看郭燕的表情。

“我梦见是你占了我的便宜。”王红霞喃喃地说。

“走吧，他俩儿没一个好东西。”郭燕今天非常高兴，骂人也献出那两个美丽的酒窝。

“老实交代，你们俩什么时候黏糊儿上的？”李明强看郭燕和王红霞走了，笑着问胡斌说。

“今天，不，昨天，就是你做手术那空儿。”胡斌不好意思地说。

“好啊，你小子来给我陪床，我的痛苦之日，竟是你欢乐之时。”李明强笑着骂胡斌。

胡斌“嘿嘿”直乐。

“老实交代事情经过。”李明强的睡意全无。

“头天晚上你把我们赶了出去，我们就沿着这几条胡同一直转悠，从十条转到八条，从八条转到九条，从九条转到七条……”

“打住，你就是把这东四十条胡同都给我说了，没触及实质顶屁用，拣重点的说。”李明强把右手一挥。

“就是，走到七条，她说她冷，我脱衣服给她，她不让，我就搂了她的腰。”

“好，后来呢？”李明强兴奋起来。

“后来，就一直搂着走。”

“没干别的？”

“没有。”

“你敢说没有？”李明强瞪起他那两颗虎眼直逼胡斌。

“真的，那天晚上，就搂腰了。”胡斌说完，笑了笑，仰起头，对李明强自豪地说，“有实质性的进展，也就是今天上午，不昨天上午。”胡斌又一次意识到这是凌晨时分了。

“怎么进展的？说说。”李明强兴奋地坐起来。

“你上十三楼之后，她踢了踢我的脚，我就跟她走了。到她们护士的休息室，她说你起码得两三个小时才能下来，咱们可以轻松了。她脱了鞋，坐在床上，说昨天晚上走得太远了，脚特别疼。我说给她揉揉，就给她揉了。”

“好，好。‘男人的头，女人的脚，只能看，不能摸。’这一摸，就有戏了。”李明强乐得手舞足蹈。

“没有。”

“哼，男人摸了女人的脚，一准跑不了。”李明强像是很有经验似的说，“你是不是，先揉脚，再揉腿，抓住乳房就亲嘴。”

“去你的，才没有呢？我给她揉了脚后，是给她揉了腿，可是，后来，她说老三班儿倒，特别是上特护，睡不好觉儿，我就教她了‘闭血安神’。”

“嘿！”李明强用右手一拍大腿，叫道：“就是，这‘闭血安神’是你的绝招，我怎么没想起来。你是不是给她讲了，她不会做，你就让他闭上眼睛，你用手指滑过每一个穴位让她想，先摸嘴儿，再摸胸，摸到阴部就成功。”

“你——”胡斌的脸红了。

“你说是不是？”李明强笑着问胡斌。

胡斌红着脸，既没点头也没有摇头。

胡斌的确是如李明强说的那样俘虏郭燕的。那天，他对郭燕说：“这套‘闭血安神’的气功，站着、坐着、躺着都可以做。”

郭燕在胡斌为她按摩时就躺下了，所以向胡斌报以微笑，说：“我就躺着做。”

胡斌说：“你闭上眼睛，我的手指指到哪儿你就想到哪儿。”

郭燕闭上了眼睛。胡斌用右手的食指触摸郭燕的头顶说：“想，百会。”然后食指顺着郭燕的头顶滑向额头、印堂、人中、喉结、中突。

胡斌一边抚摸郭燕，一边说着穴位，每到一个穴位处，胡斌都要轻轻地摁一下，停一会儿，当做到“中突”时，胡斌叫了一声“停”。然后，分别用两只手抓住郭燕的两只手，从“虎口”穴向上走，又到“中突”，再向下行，到“丹田”处，又叫声“停”。

胡斌这时弓起身，用双手摸向郭燕的两脚跟，然后向上走，一直摸到郭燕那丰腴的大腿，他略一停顿，就将左手的食指顶上了郭燕的阴部，喊：“会阴。”喊过，胡斌并没有用左手继续向上滑动，而是用右手先触摸了郭燕的阴部，然后向上慢滑，用右手食指点着郭燕的肚脐眼，一边说：“想，想，气全会到这里了，肚皮有收向后背的感觉。”一边左右手不停地揉郭燕的阴部和腹部，揉着揉着，他突然将右手移到了郭燕那并不丰满的乳房上，并用口轻轻地贴上了郭燕的双唇。郭燕一下子紧紧地抱住胡斌，急促地喘息着、狂吻着……

“你小子，偷吃禁果了！”李明强见胡斌陷入了回忆，脸上还洋溢着醉人的笑意，就笑着用右手指点着胡斌说。

“没，没有。”胡斌慌忙说，一边说一边不住地摇头摆手。

“没有？你那套‘闭血安神’，男人辅导女人练一遍，准玩儿完！嘿嘿！”李明强怪笑着盯住胡斌的双眼。

胡斌躲着李明强那虎视耽耽的眼神，用右手指着天，红着脸说：“我对天发誓，真没干，只是，只是隔着裤子，捅了捅。”胡斌的发誓也没有底气，因为他把手伸进郭燕的裆中了。

“哈……”李明强大笑起来，“你小子，是隔着裤子干那事，进步（布）了！”

“你！”胡斌急了，继而也觉得好笑，这李明强，真他妈脑子转得快，这种鸟事儿，他也能编个歇后语，就笑着说，“你真他妈流氓，我只是用指头捅咕几下，你是不是用真家伙捅过？”

“什么？你用的是指头？”李明强是反应敏捷，他不回答胡斌的问题，反而问胡斌，又转守为攻，还不等胡斌回答，就跟上一句：“那，我刚才可是看见，你的指头‘退步’了呀。”

胡斌本想攻击李明强，没想到李明强点在了他的死穴上，脸又红了，你说，干这活儿也让人家看了个正着，多寒碜，就往床上一躺，摆摆手说：“我说不过你，睡觉儿！无聊！”说完，情不自禁地抬起手，放到鼻子前闻了闻，郭燕那下体的腥味犹存。

“别闻了，洗手去吧，弄得满屋臊气。”李明强笑起来。

“你！”胡斌坐起来，瞪了李明强半天，说，“就不洗，你管得着吗！无聊！睡觉儿！”

“无聊，对，无聊。”李明强若有所思地说，“你看看我这个德行，整天把这只胳膊撇到桌子上，好受吗？聊聊女人，解解心焦，省得吃安定。”

“你呀，两只胳膊撇着都能忍受。不能忍受的是那几个缠绵的女人！活该你心焦，采花的时候你怎么不心焦呢？自作自受！”胡斌说得非常解气。

“哪是我采她们啊，冤枉，冤死人了。”李明强感叹道，“你也不理解我。”

“好了。我太困了，不陪你聊了。你呀，静下心想想怎么办吧。”胡斌说着脱了衣服，钻进了被窝。

“我已经想了八百六十遍了。”李明强叹了口气，“唉，睡吧，我也很困，就是刚才疼醒了。”

“那就趁现在的药劲儿没过赶快睡会儿。”胡斌又心疼李明强了，也叹了口气，“唉，郭燕说，身上破皮就伤元气，你老兄是伤了元气啰。”

“唉，睡。”李明强叹口气，“叭”地一下按灭了日光灯。

# 第五十二章

“对，对不起，对不起，对不起。”陈晓伟喃喃地说着退着，打开门，在门口站住，冲卫和平说，“拜拜。”

卫和平痛苦地闭上了眼睛。

丁力骂完李明强，扶着神情恍惚的卫和平走到住院部门口，正好遇见邢修省和许玉梅来看李明强。

“和平，你怎么？”许玉梅向前跑两步拉住卫和平问。

“强哥他——”

“死了！”丁力没等邢修省说完，劈头一句低吼。

“死了？”许玉梅瞪大了眼睛，慢慢地松开了拉着卫和平的手，脸色由红润变成了苍白。

“死了！”丁力又重重地补了一句，没好气地拉着邢修省就往回扯，“走，回去！”

卫和平木然地低着头向前走。许玉梅脸色苍白，两眼发直，怔怔地僵在原地。

“那，我，我们，也得，也得看上一眼啊。”邢修省停住脚步，一边说一边回头向许玉梅抛出询问的目光。

“看，看你个头！人家要做军区首长的附马爷了，你去看什么？去祝贺啊！”丁力的脸黑得像锅底似的。

“到底是怎么回事儿？”邢修省被丁力的话弄蒙了，又向卫和平抛出询问的目光。

卫和平依旧木然地低着头，怔怔地慢慢向前走。

许玉梅听了丁力这话，脸上有了点儿血色，急忙跑回拉住卫和平问：“和平，到底发生什么事儿了？”

卫和平不作声，仍然低着头看着自己的脚尖向前走，许玉梅不得不陪着她挪步。

“丁力，你给我好好说，别没头没脑的。”邢修省拉住丁力严肃地说。

“我没头没脑？没错，我是没头没脑。他妈的李明强有头有脑！我们等了他一天，平姐连口饭都没吃。他可好，妈妈的，下了手术台，就，就他妈跟平姐吹了！”丁力说着眼睛都红了，眼珠瞪得都要凸出来了。

“你说的是真的？”邢修省疑惑地问。

“还能是假的，你看看平姐那样子不就知道了。”

“不会吧？”邢修省自言自语地问，眼睛里充满了迷茫。

“什么会不会？你知道吗？他李明强同时和好几个女的谈恋爱。这不，今天全来了，他没辙了，选了个军长的女儿。妈的，知人知面不知心，什么东西！”丁力说着又骂了起来。

“和平，是真的吗？”邢修省又追上卫和平，盯着卫和平问。

卫和平的眼泪再也噙不住了，夺眶而出，轻轻地“嗯”了一声，点了下头。

“不，我不相信。”邢修省摇着头低声地说，“我得上去看看，问他个明白。

“和平，你和丁力等我们一会儿。玉梅，咱们上去问个究竟。”

“别问了！”卫和平终于哭出了声，许玉梅急忙把悲痛欲绝的卫和平抱住。

“不行，我得让他给我说清楚！”邢修省说着就向住院部走。

“邢修省，你敢上去，我丁力也不认你！”丁力声嘶力竭地喊。

邢修省站住了，不知如何是好，就向许玉梅抛出求救的眼光。许玉梅的目光与他的眼光一碰，急忙低下了头，喃喃地说：“走吧。”

邢修省的黑色皇冠停在了赵鸿涛的楼下，还没有锁上车门，旁边那辆红色桑塔纳轿车的车门就打开了，孟华伸出头冲他们喊：“喂，别上去了，他们马上就下来了。”

“孟华？”大家不约而同地把目光盯向孟华，吃惊地看着那辆红色桑塔纳轿车。

“哎呀，这个李彬，忙死了。要过元旦了，单位的事儿贼多，真是越过节越忙。要不，我们早就去了。和平，明强怎么样？”孟华一边说一边从车内钻出来，还回头照应坐在车内玩耍的小明浩。

“哎，怎么没人说话呢？我问，明强现在怎么样了？”孟华突然发现大家都没有说话，就面向大伙儿又问一句。

还是没有人回答。

丁力看了大伙儿一眼，冷冷地说：“死了！”

“啊，死了？”孟华吃惊地叫道，眼睛怔怔地盯在丁力脸上。

“别听他瞎说。”许玉梅白了丁力一眼，低低地丢了一句，“没有。”

“走吧，一块儿上去。”邢修省已经把车门锁好，冲大家摆了摆手，把车钥匙装进口袋里。

孟华扫了众人一眼，看大伙儿的情绪都不对劲儿，就不说话了，弯腰从车内往外抱小明浩。这时，楼道内传来了李彬的声音：“这个节啊，还不如不过呢！光送礼，我的腿儿都跑细了。今儿晚这场酒，老子还得去，要不，没人结账。”

李彬一边说一边摇着手中的车钥匙走出楼门，看见大伙儿，先是一怔，接着就笑了，一边摇手中的车钥匙一边说：“啊呵，全在这儿啊。齐了，正好儿，一块儿走。”

赵鸿涛和张晓丽也随后走出楼门。鸿涛问：“和平，你们怎么都回来了？明强怎么样了？”

卫和平低着头不说话，眼圈儿又红了，溢满了泪水。邢修省见大伙儿都低头不语，就说：“先上楼吧，到家再说。”

“阿力，你不是陪和平去了吗？明强怎么了？是不是出事儿了？”李彬好像预感到了什么，拉着丁力问。

“没有。”丁力冷冷地说着，瞟了许玉梅一眼。

“那你们不在那里守着，跑回来干吗？”李彬有点怨气地问。

“我在那里守着，守着那陈世美？”丁力的眼珠子又瞪起来了，嘴上的“八”字胡儿变成了“一”字，咬着牙狠狠地说。

“你说什么？什么陈世美？”李彬被丁力的话弄愣了。

“走，走走，上楼再说。”邢修省向大伙儿挥了挥手，像是邀请大家上他家似的，第一个钻进楼门。赵鸿涛感到事情重大，就紧跟两步，张晓丽忙说：“那，就上楼吧，上楼。来，孟华，让我抱。浩浩，来，阿姨抱抱。”

小明浩把双手伸向张晓丽，张晓丽要抱他时，他就猛地转过身，“咯咯咯”地笑着扒着孟华的肩膀向上蹿爬。

张晓丽照着孩子的小屁股轻轻拍了一下，笑道：“这个小李彬。”

大家见了，有的笑了笑，有的咂下嘴，凝固的气氛被小明浩的笑撕破了。

丁力在赵鸿涛家连说带骂添油加醋地把事情的经过给大伙儿说了一遍，最后说：“我是跟他一刀两断了，你们断不断，我不管！不过，我把话撂到这儿，咱们同学会，谁要去看李明强，谁是王八蛋！”

“没文化。”李彬嘟囔一声。

“我没文化，我比那有文化会写书的强多了。”丁力把一口痰吐在门后的纸篓里，愤愤地说：“实话告诉你们，我还猴儿看不起你们这些有文化的！他李明强是陈世美，你李彬是小贪官！”丁力有些激动，他就是这样疾恶如仇。

“好了好了！你，你越说越不着调儿了！我警告你，别打击面太广了啊。”李彬一边说着一边把手中摇着的车钥匙递给丁力，“去，把我车后备厢里的西瓜和饮料搬上来，不去看他了。”

丁力狠狠地瞪了李彬一眼，夺过钥匙，重重地说：“这还差不多。”

“你会开吗？”李彬冲着丁力的后背问。

“我玩儿车的时候，你还不知道在哪儿呢。”丁力鄙视地冲李彬看了一眼，朝邢修省摆下手说：“邢儿，帮我一下。”

李彬支走了丁力，转向卫和平说：“和平，你想想看，明强是动了真格的吗？按理说，他不会——”

“什么会不会？那女的，就是在他上军校时，追他的那个教员。人家个头儿比我高，身材比我条儿，脸蛋又漂亮，自己是副教授，父母是高干，我哪一点儿比得上人家啊。”卫和平的泪水又禁不住哗哗而下。

“和平，你想开点儿。我总觉得不对劲儿。”李彬也不知道说什么好。

张晓丽自知自己是同学会圈儿外的人，不好多说什么，就说：“都还没有吃饭呢，我做饭去。”

“得了，等会儿出去吃，我请客。”李彬不耐烦地说。他可能觉得自己不应该这样对张晓丽，就冲张晓丽咧咧嘴，指指卫和平，皮笑肉不笑地点点头，右手习惯地摇了摇，发现少了点什么，就自嘲似的笑了笑。

“我让你把西瓜和饮料搬上来，你怎么把酒和烟都给我拿上来了，那是我们单位给人家送礼的。”李彬看到邢修省搬着两箱健力宝上边放着两条红中华、丁力一手提着两瓶茅台酒一手提着一个大西瓜走进屋，冲丁力嚷道。

“你别招我，我今天烦着呢！”丁力瞪了李彬一眼，把东西放下。

“这酒和烟是我们单位送礼的。”李彬重重地叮了一句。

“我不管，反正这烟是我的。茅台酒，我还没喝过呢，大伙儿分了。”丁力不软不硬地说。

“你——”李彬说不出话来，他和丁力永远讲不清道理。

“我，我怎么了？今天，我气儿不顺，骂了李明强那陈世美，还要治治你这小贪官！”丁力俨然一个法官，说话掷地有声。

“你——，我招你惹你了？”李彬哭笑不得，真是秀才遇到兵有理说不清。

“算了，算了。单位让你送，你送没送谁知道啊，你们领导还能去查你送了没有？”邢修省在李彬和丁力中间打圆场。

“你不给人家送，人家变着法儿治你。”李彬苦着脸说。

“我就不信那邪！贪官儿都是让你们这些人送出来的！大家都不送，他贪他娘那个B！”丁力说得理直气壮。

“好了好了，烟给你了。酒带上，出去吃饭，今天就喝茅台，给和平宽宽心。走，和平，他李明强有什么呢，喝得起茅台酒，抽得起红中华吗！我看他是身残，心也残了！”李彬说着把右手又习惯地摇了摇，又发现少了东西，就伸向丁力，冷冷地说：“钥匙！”

“解气，这句话解气！你就是有文化，我当时要能想起这句话，不在楼道里吆喝[1]还邪呢！”丁力笑着把钥匙讨好似的递给李彬。

---

① 大声喊叫。

李彬的红色桑塔纳在前，邢修省的黑色皇冠随后，来到西苑饭店。

下了车，李彬说："今天我兑酒，丁力埋单，咱们也排场一回。"

"我埋单？"丁力瞪起了眼睛。

"对，你埋单。你也该请回客了，今天是年头岁尾，咱们好好热闹一下。"

"让我请客就上大饭店，你也太黑了吧！"丁力不满地瞪着李彬，嘟囔一句，"我没带钱。"

"没关系，记你爸的账，让他们扣老爷子的工资就是了。"李彬"哈哈"大笑起来。

大家都跟着笑了，知道李彬不会让丁力掏钱，更不会记丁力父亲的账，只是逗丁力玩儿罢了。

丁力实在，不明白这一点儿，听说要记在他父亲的账上，就死乞白赖地说："不行，记我爸的账，他不骂我才邪呢。上次，我结婚花的钱，还不知道要扣到哪年哪月呢。"

"反正都是扣，就一块儿摞上了。就这一顿，老头儿还查你不成？"李彬笑着不紧不慢地说。

"怎么能不查，花多少他心里有数。"丁力争辩说。

"那，我送礼有数的东西，你怎么就硬要了。"李彬狡猾地笑了。

大伙儿都笑了，张晓丽看了李彬一眼，丢一句："精猴儿！"

丁力急忙说："那烟，我不要了，你还埋单吧，反正你能报销。"说完，不情愿地盯了李彬一眼。

"这可是你说的啊！"李彬大笑着向饭店门口走去，他又一次在丁力面前胜利了，一副大将风度。

大伙儿笑着紧随李彬其后，丁力低着头默默地走在最后边。

饭桌上，没有了李明强，李彬财大气粗占了主导地位。赵鸿涛虽然是"大哥大"，也从不争竞[①]什么，只是细心地照顾卫和平，每上一盘菜都要先给卫和平夹上一点儿。

"来，咱们共同干杯辞旧迎新酒。让一九八六年去个'要走爬溜'，叫一九八七年来个'要走发起'！"李彬端起酒杯提议。

"这李彬真是酒场上练出来了啊，一套一套的。"邢修省笑着附和。

丁力说："要学好难，学坏还不容易！"他瞥了李彬一眼，又转向卫和平说，"平姐，来，咱让他李明强'爬溜儿'你重新'发起'。"

"对！阿力，有进步！来，和平，干，'天涯何处无芳草'啊。"李彬又冲卫和平举杯。

"就是，和平，你堂堂北大的研究生，什么好主儿找不上，还能让这棵树吊死？"孟华说。

"你们班那个姓陈的，不是一直追着你不放吗？我看，他比李明强适合你。"赵鸿

① 争抢。

涛说。

张晓丽在桌下踢了赵鸿涛一脚。

“就是。平姐，我看那姓陈的就不错。以前，我恨他。现在，我爱他。”丁力是坚决站在卫和平一边。

“你爱他？你搞同性恋啊！”孟华又挤对丁力，说得大家都笑了。

卫和平终于露出了笑容，也露出了她那洁白的牙齿。虽然，她笑得有点儿勉强，脸上也少了过去的甜蜜，但那两颗虎牙露出来，却增添了些许清纯。

“阿力说得好，爱屋及乌嘛。我们爱护和平，她的朋友我们也爱。”李彬借题发挥。

“以后不许再叫我‘阿力’！我听着烦，我叫丁成理，谁再喊我‘阿力’，我跟谁急！”

“你这是干什么？大家都叫习惯了。”赵鸿涛举起杯对丁力说，“别生气了，来，我敬你一杯。”

“这是个原则问题。”丁成理端起酒杯红着脸说，“从今儿起，就不许叫，免得我听了想起强哥，不，那王八蛋，恶心！”说完，也不看赵鸿涛喝了没有，一仰脖儿将杯中酒喝尽，又自顾自地拿过酒瓶，倒上一杯。

“好，从现在开始，以前叫的不算。”为了不让冷场，邢修省跟着掺和。他发现自己的老婆许玉梅一句话不说，卫和平又只是一口一杯地喝闷酒。

“不行，不算！得先罚李彬！”丁成理不依不饶。

“好，你说怎么罚吧？”李彬今天高兴，也是为逗卫和平高兴。

“怎么罚？那烟，还是我的。”

“你，还没忘那烟啊！”李彬大笑起来。

“哈……”大家都笑了起来，卫和平也笑了。

“哈……”

卫和平回到北大。在她刚搬进的研究生公寓里，还没进门，就听到宿舍里传出了爽朗的笑声。她在楼道内整理了一下自己的衣服和头发，稳定了情绪，微笑着推开门，强笑着问：“什么事儿？这么高兴？”

“陈晓伟要到美国去了。”刘芳“咯咯咯”地笑着对卫和平说，“他父亲说美国太乱，他太老实，怕他一个人到美国去出问题。让他在国内结了婚，把老婆带去，让老婆管住他。”刘芳笑着一边说一边注视卫和平的表情变化，其他人也都满脸笑容地注视着卫和平。大家清楚地知道，陈晓伟一直在追卫和平。

“那有什么好笑的？”卫和平看到陈晓伟，想起饭桌上赵鸿涛和丁成理他们的话，脸又阴了。

“我给他讲了个故事，叫《老实人家》。哈哈哈……”刘芳说着又大笑起来，其他人更是笑个不止，就连陈晓伟也在跟着傻笑。

“再给和平讲讲，她听了准笑。”张爱芬笑着对刘芳说，还冲卫和平挤了下眼。

“对，再讲一遍，太经典了。”老大姐苏丽华也笑着附和说。

“好吧！”刘芳咽了口唾沫，止住笑，说，“有一个农村的男孩儿，经过一番奋斗，要到美国去了。他父亲对他说：‘孩子，咱可是个老实人家。听说，美国开放得很，你可不能乱搞啊。你若乱搞，得了艾滋病，那事儿就大发了。你想想看，你得了，你老婆肯定会被传染。你老婆要得了，你爹我还能不得吗？我要得了，你妈她还能不得。你妈要是得了，那，咱们全村儿可就完了。’”

“哈……”又是一阵爽朗的笑声，卫和平也笑了。她这一笑，把一天的烦恼都笑没了。她看了看跟着傻笑的陈晓伟，心里不免泛起怜悯之情。陈晓伟的父亲是国内小有名气的教授，爱上了自己带的研究生，外界说是他老婆先有了外遇。不管怎样，陈教授离婚了，与新婚娇妻一同去了美国。现在，可能是打好了基础，又想把儿子弄过去。

卫和平想着，又不免盯了陈晓伟一眼，心里觉得好笑，想陈晓伟一家也算是“老实人家”了。人心里舒坦，那笑就自然了，那甜蜜就自然而然地显现出来。

人们都知道陈晓伟今天到她们宿舍来的用意，就是为了找卫和平。大伙儿见卫和平那么甜蜜地笑着盯着陈晓伟，就都知趣地停住了笑。

陈晓伟的老乡刘艳丽看了卫和平与陈晓伟一眼，说：“和平忙了一天了，让她休息一下，咱们跳舞去吧。”

“好啊，今晚多玩儿会儿，明天休息，可以睡个懒觉儿。”刘芳立即响应。

“哎，和平，今天，不是你那个英雄排长做手术吗？怎么样了？”老大姐苏丽华关切地问。

“还好。”卫和平一听别人提起李明强，心里就涌上一阵酸楚，少气无力地答了两个字。

“现在让探视吗？要让，我们姐儿几个明天去看看他。”刘芳就是这样快言快语，也不顾陈晓伟的脸面，更没有注意卫和平的表情。

“不让。”卫和平少气无力地摇摇头，低低地说。

“怎么？你喝酒了？这么大酒气，是不是出什么事儿了？你的脸色怎么这么不好？”老大姐苏丽华看着卫和平发出一连串关心的问。

“没事儿。过元旦了，中学同学聚了一下，高兴，喝了点，高兴。”卫和平自嘲地笑了笑，又自言自语地重复一句，“高兴。”

“真的没事儿？”苏丽华关切地追问一句。

“真的，没事儿。”卫和平苦笑了一下，说，“就是有点儿累。你们不是去跳舞吗？去吧，我想休息一会儿。”卫和平本来也想去狂跳一番，把所有的烦恼和忧愁都跳个一干二净。但是，刚才刘艳丽已经说了让她休息一下，想必人家是不愿意让自己去。她们都是成双成对地进出舞场的，每次卫和平的出现，人家都不得不让出自己的男伴儿照顾一下她的面子。所以，一旦有跳舞的事儿，刘艳丽只要提前知道，就会悄悄地告诉陈晓伟，陈晓伟就成了卫和平的固定舞伴。卫和平虽然对陈晓伟没有了反感，但已明确告诉陈晓伟，只能做一般朋友。但是，陈晓伟就是不死心，在骨子里下决心要与李明强争个高低。

陈晓伟是受一首流行歌曲的一句歌词的启发，“要想恋爱必须谈”。李明强那大兵，能有多少时间跟卫和平谈，况且又上了前线，好不容易有了消息，是受了伤，双腿残废。现在回北京治疗，又上特护，生死未卜。就是他好了出院，也是个残废，还是个中专生，出两本书算什么，也不是知名作家，卫和平能跟他过一辈子？要让卫和平这么一个事业心极强的女人，伺候一个残废，能过一辈子，就邪了。况且，现在全社会都重视文凭，自己学业有成，父亲出国前就说了还要接他到美国深造，这条件，足能跟他李明强搏一把。所以，陈晓伟每次与父亲通信通电话，都要求父亲要快点把自己办到美国去，而且还要带上自己心爱的女人。“知子莫如父”，父亲答应了，说让他先结婚，八七年一定把他们小两口办出去。因此，陈晓伟今天就故意放出风来，说父亲从美国打来电话，让他到美国去上学，而且还要求他快结婚，把老婆也带过去陪读。想以过元旦为名，约卫和平一起玩，加强攻势。

“那好，我们就去了，你休息吧。”刘芳听卫和平说“没事儿”，就顺着卫和平的话说。

“也好，你先休息吧。”苏丽华说。

陈晓伟随着几个女孩儿最后一个离开卫和平的宿舍，他动动嘴，想说什么，又没说出。走出房门，刘艳丽悄悄拉他一下，指指宿舍。

出了研究生公寓，陈晓伟对几个女同学说：“你们去吧，我还有点儿事，就不去了。”

“怎么？想杀个回马枪吧？再回我们宿舍，找卫和平？”刘芳笑着盯着陈晓伟，她早发现了刘艳丽拉陈晓伟的动作。

“不，不是。我真的有事儿。”陈晓伟喃喃地说着低下了头。

“有什么事儿！想找卫和平，就直说。有艳丽给你做内线，我也支持你的革命行动。”刘芳笑着对陈晓伟说，“可是，我得提醒你，千万不能和人家那个侦察排长打架，要不然，你……”

“别听她瞎说。你若有事儿，就忙你的去吧。”刘艳丽没等刘芳说完，就催陈晓伟走了。

“哎，再见。”陈晓伟说完，就消失在灯光闪烁的夜幕里。

刘芳冲着陈晓伟的方向喊：“哎，要不要我把钥匙给你，她不给你开门咋办？”

“没正经。”苏丽华轻轻地打了刘芳一下说。

“哎，说正经的。你们发现没有，卫和平可能对她那个侦察英雄动摇了。”刘艳丽说。

“有那么点儿意思。”苏丽华沉思着说。

“何以见得？我怎么没有发现！”刘芳急忙问。

“那你为什么说坚决支持人家陈晓伟的革命行动呢？”刘艳丽反问道。

“陈晓伟毕竟是我们的同学，肥水不流外人田嘛！”刘芳直述其言。

“你觉得那个李明强住院，卫和平去看一次，再没有什么表示，正常吗？”刘艳丽问。

“不是说上特护，医生不让去看嘛？”刘芳答。

“你相信？”刘艳丽盯着刘芳说，“她说李明强今天做手术，去了。你们看，她那神态，又喝那么多酒，是不是有问题？她可是从来不喝酒的。”

“我也这么想。”苏丽华低低地说。

“我认为陈晓伟他们两个挺合适的。”刘艳丽接着说。

没有人答话，就连快嘴快舌的刘芳也哑巴了，陷入了深思。

陈晓伟到街上买了些水果，就径直回到研究生公寓，卫和平没有锁门，他敲了两下一推就进去了。

卫和平躺在床上没动，眼睛直盯着陈晓伟。

“对不起，没经你同意就进来了。”陈晓伟赔着笑脸对卫和平说。

“门就是为你留的。说吧，什么事儿？”卫和平冷冷地说。

“没、没什么事儿。我看你喝多了酒，就买点水果来给你解酒。”

“谢谢。若没什么事儿，你就回去吧，我要睡觉了，请你把门帮我锁上。”卫和平还是一脸的冷霜。

“我，我。你明天，明天有没有空儿？”陈晓伟怯怯地问。

“有。”卫和平少气无力地冷冷地答道。

“什么时候有时间？我……”

“什么时候醒了，什么时候就有时间。”卫和平冷冷地答。

“那、那我明天，明天来找你。”陈晓伟喃喃地说。

“把门给我锁上。”卫和平冷冷地说，闭上了眼睛。

陈晓伟蹑手蹑脚地走过去，把门轻轻锁上，返回卫和平的床前，不知所措地说：“锁，锁，锁好了。”

“你——”卫和平突然睁大了眼睛，感到自己受辱而愤怒，感到陈晓伟的怯懦而愤怒。很明显，她那句“把门给我锁上”是道逐客令，即使你陈晓伟理解歪了，扑上床来，也算是个男人，有胆量的男人，也值得我卫和平爱你，哪怕是一次。需要男人爱的卫和平，这时是不会拒绝任何求爱者的。

“我、我、我……”陈晓伟面对卫和平冷峻的眼光，吓得一句话也说不上来。

“我说让你走，出门把门帮我锁上！”卫和平吼道。

“对、对不起，对不起，对不起。”陈晓伟喃喃地说着退着，打开门，在门口站住，冲卫和平说，“拜拜。”

卫和平痛苦地闭上了眼睛。

# 第五十三章

陈晓伟一边说一边接过卫和平手中的大提袋，把水果递给丁成理，很男人地说："送你了，谢谢你，我会对她好。"说着，用右手搭上卫和平的后背。

邢修省开车把丁成理送楼下。

丁成理喷着酒气要请许玉梅和邢修省到家里坐，许玉梅说什么也不肯。丁成理就骂骂咧咧地说："许玉梅，我，警告你。你——要是像那次那样，偷偷地——去看——李明强，你——就是对小邢——不忠，我他妈——就不认你——这个妹妹！"

"你、你胡说什么呀！"许玉梅本来喝点酒脸就通红，听丁成理在邢修省面前说出这些话，急得脸更红了，气得浑身直打哆嗦。

邢修省听了丁成理的话先是一愣，看许玉梅急成那个样子，心里就像吃下个苍蝇。但他很快就意识到了自己的失常反应，他庆幸自己今天以开车为由没有沾酒，也庆幸丁成理酒后吐了真言。他早就意识到许玉梅对李明强的感情不一般，只因卫和平的存在他没有往心里放，经丁成理这么一说，他第一次见李明强带许玉梅逛王府井商场、李明强抱着被他撞伤的许玉梅焦急地跑着喊"医院在哪里"，和许玉梅看到李明强受伤以及陪卫和平到香山步兵侦察大队询问李明强伤情的情景，像电影似的一一闪现在眼前，使他感觉到许玉梅与李明强之间一定有什么秘密。就佯装没事儿似的去搀丁成理，想就势将丁成理送回家，趁着丁成理的酒劲，从丁成理口中再淘出点关于许玉梅与李明强的事情。

"阿力，你喝多了，我扶你。"邢修省说着上前去扶丁成理。

"去你娘的！"丁成理抬手将邢修省推到一边，骂骂咧咧地说，"妈妈的，我——说了多少——次了，不许——再叫我——阿力。他——李明强——妈的——不是许文强，我——丁成理也——不是他妈的——丁力，谁他妈——叫我——阿力，我——给谁他妈——急。”

邢修省热脸碰了个冷屁股，还不死心，又凑上前扶住丁成理说：“你真喝多了，我送你上去。”

“我——没多。你们——走，我先——送你们。”丁成理说着摇摇晃晃地走回邢修省的皇冠车，拉开车门，从后车座上拿起李彬给他的那两条“中华”烟，冲邢修省笑笑说：“红——中华。谁——醉了，你送我——回去，烟——归你了，美吧——你。”

丁成理说着，将烟放到鼻子前闻了闻，又用烟向皇冠车一扬，“嘿嘿”一笑，说：“走吧——您呀，拜拜了——您呀。”一边说一边摇晃着走进了楼门。

邢修省将车开上马路，看了看旁边坐着的许玉梅将头靠在靠背上，闭着眼睛一动不动，就试探着问：“上哪儿？”

“上哪儿？回家！”许玉梅一改往日“林妹妹”的柔弱，俨然一个厉害的婆娘。

“我是说，是说，咱们去看看，看看李明强。”邢修省吞吞吐吐地说着，用眼睛瞟着许玉梅，看她的表情。

“有什么好看的！没听丁力讲嘛，他好得很，用得着我们看吗？”许玉梅冷冷地说。她连看都没看邢修省一眼，早知道邢修省的醉翁之意。

“我看李明强不是那种人。”邢修省说着又瞟了许玉梅一眼。

“你有我们了解他？好好开你的车！”许玉梅冷冷地说完，又自言自语地嘟囔一句，“知人知面不知心。”

许玉梅说了，痛苦地闭上了眼睛。她不知道她这句话是说李明强的，还是说邢修省的，或许是丁力，也许就是自己说自己。李明强的身影不时地在眼前闪过，丁成理的话又响在耳边。她不恨丁成理，也没必要恨人家。她那次在李明强被卫和平假意抛弃后，是动了芳心，可最终只落了这套西装，这是她平生第一身西装啊。

许玉梅睁开眼，看了看身上青灰色的西装，这套西装就是李明强为她买的，也是她今天特意穿的。她用手拽了拽上衣的下摆，又闭上了眼睛，陷入了沉思。有这套西装就足够了，因为自己本来就是对人家李明强单相思，更没有捅破那层窗户纸，就是与卫和平明说了。卫和平可能会告诉李明强，可自己并没有与李明强直接了当地谈论过婚恋问题。李明强心里只有卫和平，这次他主动提出与卫和平解除恋爱关系，很有可能是怕连累卫和平。至于丁力与卫和平说的那位军区首长的女儿，李明强若愿意，恐怕不会到现在才定。他们太不了解李明强了，特别是卫和平，只是一心奔事业，对李明强的内心世界根本不了解。许玉梅又从内心深处对李明强感到不平，她至今都不明白李明强为什么爱卫和平。这个爱情，说不清道不明的爱情……

“睡着了。”邢修省停下车，看许玉梅一动不动地静静地坐着，怯怯地问。

许玉梅睁开眼，看了下车外，没说话，开开车门下了车，将车门“噗”地一下关上，头也不回地往楼门口走去。

“我把车送回公司，一会儿就回来。”邢修省一脚在车里一脚在车外，站起身望着许玉梅的背影说。

许玉梅没有答话，没入楼门里。

许玉梅回到家里，邢父邢母都在看电视。邢母欠起身关切地问："你那个同学，李明强，怎么样了？"

"还好。"许玉梅应付了一句，就径直走向自己的卧室，随手关上门，一头扑在了床上。

邢母看了看邢父，邢父向邢母摆了下头，邢母就轻手轻脚地走到许玉梅的门前，静静地听了一下屋内没有动静，敲了两门，推开进去。

许玉梅听到敲门声，又见邢母进来，急忙坐起身，怯怯地叫声："妈。"就低下了头。

邢母走到床前，在许玉梅身边坐下，轻轻地问："怎么了？哭了？还喝了酒？是不是你同学……"

"我同学没事儿。"许玉梅喃喃地说，"挺好的。我们在一起喝了酒，庆祝元旦。"

"那，为什么哭了？是不是，修省欺负你了？"

"没有？"许玉梅摇着头说，"就是心里堵得慌。"说着，情不自禁地掉下了眼泪。

"怎么了？有什么事儿，能给妈说吗？"邢母和蔼地说。

"他，他和小卫吹了。"许玉梅抽泣着说。

"为什么？"邢母惊异地瞪大了眼睛问。

"不知道。"许玉梅摇了摇头抽泣着说，"我们没有见到他。"

"怎么？医院还不让看？"

"不是，是，是丁力不让去看。"

"就那个特别崇拜李明强的'小胡子'？"

"嗯。"许玉梅点了下头

"他为什么不让看？你们都是同学嘛！不能因为他跟得紧……"

"他们现在成仇人了。"

"怎么？成仇人了？"邢母被许玉梅说糊涂了，不解地问。

"嗯。就为他和小卫吹灯。"

"噢——"邢母长出口气，问，"为什么？"

"说不清。"许玉梅直摇头。

"丁零零……"电话响了。邢父在外屋喊："小梅，你同学的电话。"

"来了。"许玉梅低声答道，急忙跑出屋去。

"啊，你好。刚进门。他送车去了，还没有回来呢。好。好。那我就等你的消息。好。再见。"许玉梅放下电话，转过身，见邢母已站在客厅，低低地说，"是李彬的电话。他说，他明天先去看李明强，弄明白是怎么回事儿，再给我们消息。"

许玉梅一边说一边向自己的屋门走，说完了，也没等邢父、邢母说话，就进了屋，关上了门。

许玉梅站在梳妆台前，对着镜子里自己的身影发呆。那青灰色的西装，是她今天特意穿给李明强看的。不知为什么，她就是喜欢这身衣服，每有重大活动，她都要穿上它。这套西装，给了她无限的希望和力量，她每次看到它，都有一种说不出的情愫。

邢修省从身后将许玉梅拦腰抱住，把头俯在许玉梅的肩头轻轻地说："我的老婆，又遐想什么呢？"

"去，少烦我。"许玉梅摇动着上身挣开了邢修省。

"哎，老婆，我可没招你啊。"邢修省皮笑肉不笑地说着，又伸手去抱许玉梅。

许玉梅用手挡开邢修省，愤愤地说："洗手了吗？"

"好，我洗，我洗去。"邢修省说着走出了小屋。

许玉梅将刚才邢修省摸过的地方，用手掸了两下，像是拂去了衣服上的脏物。然后，慢慢地脱下，用小衣架撑好，套上一个透明白塑料套，慢慢地将它挂在大衣架上。

许玉梅内穿一身绿色的紧身毛衣毛裤，紧箍在身上，更显出她女性成熟的曲线美。这一年，两乳丰满了许多，高高地将毛衣顶起，性感极了。

许玉梅无心欣赏自己的身条，草草地脱了，穿上睡衣，钻进了被窝。

邢修省搓着双手走进屋，见许玉梅已经躺下了，就笑着："嗬，做好战斗准备了。"

许玉梅没有答话。邢修省急忙褪衣上床，钻进被窝儿就嬉笑着去抱许玉梅。

"去，别装了，虚情假意。"许玉梅一挣，给邢修省一个"虾背"。

"我虚情假意？你——"邢修省"噌"地一下坐了起来，脸色变得铁青。

"对，是我！"许玉梅愤愤地转过身，平躺着阴着脸瞪着邢修省说，"狐狸的尾巴终于露出来了。你小心儿想的什么，难道我不知道！"

"我，我想，我想什么了？"邢修省愤愤地说。

"别装了，审问吧！"许玉梅说完闭上眼睛，一副满不在乎的样子。

"我，我审什么呀我？"邢修省面对许玉梅手足无措，他万万没想到许玉梅会给他来这一手。

"审我与李明强是什么关系，什么时候偷偷地去看过李明强！"许玉梅连珠炮地向邢修省轰炸起来，"你听好了，我和李明强是小学同学、中学同学、北京同乡，他是男的，我是女的，我爱他，他不爱我，偏爱卫和平。被卫和平甩了，情绪低落，脚被扎伤，我常去看他，给他洗衣服，审稿子……那《红灯亮了之后》就是我帮他审的。他和卫和平又好了，我很伤心，决定离开北京，让你开车给撞了。还有什么？你尽管问，我都如实答，决不给你藏着掖着。"

"我、我从来没听别人说你和李明强谈过恋爱，你们同学会的人都说他俩在中学就开始谈了。"邢修省说。

"谁说我跟他谈过恋爱了，李明强根本就不知道我也爱他。"

"那你，你怎么不跟他说？"

"你对人家圆圆饭店的服务小姐说了吗？"许玉梅瞪着邢修省问。

“噢——原来你也是单相思啊！”邢修省笑了，激动地去抱许玉梅。

“去。咱俩性质不同啊！我们从小在一起，是情义，是好感，说爱情，也是同学之爱，同乡之爱，兄妹之爱。不像有的人，看到人家小饭馆的服务员漂亮，就去趴活儿。”

“你怎么瞎说，谁趴活儿了？”邢修省说着用力抱住许玉梅，喘着粗气说，“我，我就趴你了！”说着把许玉梅压在身下。

“去，干什么呢你？”许玉梅推着邢修省，轻轻地说，“我没洗。”

“洗什么呢？谈恋爱时，什么时候洗过？”邢修省用湿漉漉的双唇罩住许玉梅的小嘴……

丁成理一觉儿睡到九点，急忙穿衣，草草洗漱一番，披上李明强送给他的军大衣就走。

“马虎帽”追出屋问：“干什么呢？慌慌张张的，连饭都不吃。”

“有事儿，急事。”丁成理说着又返回来，走进屋，慌慌张张地拿起李彬给他的“红中华”看了看，放下。又从旁边拿起一条儿拆开的“香山”烟，从里边抽出两盒，装进口袋，刚走两步，又白折回去，将两盒“香山”掏出来扔在桌上，拿起一条儿“红中华”三下五去二就打开了，掏出两盒装进口袋，想想，又掏了两盒拿在手中，转身就往外走。

“你行啊你，成条成条地造起‘红中华’了。你知道不，今天是什么日子？”“马虎帽”追着问。

“元旦，傻子都知道。”丁成理一边朝外走一边说，“不就是上你家嘛，我把事儿办完了，咱们中午去。”

“到我们家赶饭啊。”

“那条儿没打开的‘红中华’，孝敬你爸了。”

“这还差不多。哪儿来的？”

“李，理所当然是咱哥们儿挣的。”丁成理停下了脚步，眉飞色舞地说，“咱干得好，师傅发的年终奖。”

“你给谁吹呀？你干得怎么样，别人不知道我还不知道！年终不给你师傅上礼，恐怕工资都难保吧。”

“嘿嘿，老婆说得对，说得对。要不就把那条‘红中华’给我师傅吧？”丁成理嬉皮笑脸地笑。

“那我爸呢？刚说了孝敬我爸，一会儿又改成你师傅了。”“马虎帽”不高兴地拉下了脸。

“好了，好了，我回来再说，别把正事耽误了。”丁成理说完夺门而出。

“啥事儿，那么着急？”“马虎帽”在丁成理的身后喊。

“急事。”丁成理答了一句等于没回答的话，就跑下了楼。

丁成理骑车直奔北京大学，在研究生公寓A区的男生宿舍转了两圈儿，没找到自己要找的人，就到B区女生宿舍去找卫和平。刚上楼，发现陈晓伟在楼道里转悠，急忙跑过去拉住陈晓伟问："是找卫和平的吧？"

陈晓伟一看这个"小胡子"，吓得哆嗦起来。他知道这"小胡子"是李明强的铁杆儿，有一次"小胡子"找卫和平找到舞厅，见他在休息席上用手放在卫和平的背上，一把就把他甩到地上，听卫和平说他追求卫和平时，专门到他们教室门口警告他"小心点儿"。今天相遇，陈晓伟胆战心惊，结结巴巴地说："我，不，不找，不找，卫和平。"

"哎呀，我找你可找了大半天了。真是'踏破铁鞋无觅处，得来毫不费工夫'。走，我给你说件事儿。"丁成理说着拉着陈晓伟就走。

"啥、啥事儿？"陈晓伟听说"小胡子"要带他走，更害怕，怯怯地说，"我还有事儿呢。"

"有啥事儿？我告诉你，你有啥事儿都没有这事重要。走，到楼下说去。"丁成理说着拉着陈晓伟继续走。

"有啥事儿，不能在这说？"陈晓伟心里发虚，怯怯地问。

"好事儿？准乐得你蹦高儿。"丁成理笑着说。这时，他才发现陈晓伟脸色发白，想起自己以前的所为，就"哈哈"大笑起来，在陈晓伟肩上一拍说："别怕，我不会动你一根儿汗毛。而且，从今天起，要和你交朋友，保护你。"丁成理说着从兜里掏出"红中华"很潇洒地打开，递给陈晓伟一根儿，赔着笑脸说："以前有对不住的地方，多原谅。"

陈晓伟受宠若惊，情不自禁地接过烟。丁成理帮他点上。陈晓伟不会吸，吸一口就被呛得咳嗽起来，眼泪都流出来了。

丁成理笑着说："看，我还没说哩，你就激动得流眼泪了。我要是说了，你不乐得蹦高才邪呢！"

"什么事儿呢？"陈晓伟虽然少了些胆怯，心里还是有点忐忑不安，咳了两声，轻轻地问。

"走吧，关于卫和平的，别让她看见我了！快走！"丁成理拉了陈晓伟一把，径直向楼梯口走去。

"卫和平？"陈晓伟紧追几步问，"卫和平怎么了？"

卫和平醒了，发觉头有点儿沉。她从来没有喝过这么多酒。这茅台酒还真有后劲儿，她本来一心的烦躁，要在以往准失眠了，可是昨晚一会儿就睡着了，连张爱芬什么时候回来的都不知道。苏丽华肯定是随丈夫小刘走了。刘芳嘛，一定是和老俞在一起，就她的性格，早已对老俞"开放"了。

酒，有时候真是好东西。

卫和平感觉肚子里也有点饿，昨天一天没吃饭，晚上只是喝闷酒，虽然李彬点了一桌好菜，她吃得很少。

卫和平昏昏沉沉地起了床，因怕吵醒张爱芬，便轻轻地端起脸盆到洗漱间洗漱，在楼道里，她看见了陈晓伟，先是一怔，后想起昨晚的事儿，就低下头，假作没有发现，径直进了洗漱间。

卫和平不紧不慢地洗漱着。她一边洗，一边想今天怎么面对陈晓伟。说实话，通过这一段的接触，她发现陈晓伟的确是个很优秀的男人，只是多了一些书生气，太没有男子汉的气魄了。陈晓伟很会体贴人，心细如丝，她的一丁点儿变化，陈晓伟都能捕捉得到。特别是在她生病的时候，陈晓伟给予了无微不至的关怀。尽管陈晓伟是有目的的，这也充分说明他很在乎自己。

李明强，李明强变了，是变了，变得她不敢相认了，变得她无法理解，无法理喻了。李明强很男人，办事很果断，敢爱敢恨。但是，他是不会轻易做出什么决定的，一旦决定了的事儿，很难改变。李明强曾经说过，他想办到的事没有办不到的。这次，他决定了，义无反顾，是八头牛也拉不回的事实了。他已经对自己麻木了。

卫和平对着洗漱间里的大镜子看自己。她昨天不是为了恨而咬李明强，是她感到自己热烈的吻没有引起李明强一丁点儿回应。也好像不全是为了这，她自己也说不清她为什么要咬李明强。但是，她清楚地知道，这一咬，把所有的爱都咬没了。这一咬，就是再争取，李明强也不会回到她的身边了。

丁成理说她咬得好，解气。赵鸿涛说陈晓伟适合她，那言外之意是李明强不适合她了。是不是，赵鸿涛早就知道李明强多头恋爱的事了，是不是赵鸿涛早就知道今天的结局了。要不，为什么赵鸿涛昨晚当着张晓丽的面还那么殷勤地照顾她？

咳，随地适安，听天由命吧。卫和平甩了下头，甩掉了所有思绪，用梳子将头发理了理。走，陈晓伟不是早就等在这里了吗，看他今天怎么安排，先让他请顿饭，解决“民生问题”。

卫和平端着脸盆走出洗漱间，陈晓伟不见了，她又是一怔。是不是陈晓伟钻进宿舍了，不可能，张爱芬还在睡觉儿呢，他好意思吗？他可能是到刘艳丽的宿舍了，一个男生在女生宿舍的楼道里瞎转悠，不是找骂吗？

卫和平放下脸盆，对着镜子，仔细地画妆，慢慢地磨蹭着，她在等刘艳丽找上门来。可是，妆画好了，门口也没有一点儿动静。

卫和平装作若无其事的样子，去敲刘艳丽宿舍的门，听到喊“请进”，推开门，只有赵春燕一个人在。就问：“刘艳丽呢？”

“找男朋友了呗。哎，你不去看你那位英雄？”

“去，去，一会儿就去。找艳丽有点事儿。”卫和平说着像偷人家东西似的怯怯地退了出去。

陈晓伟哪儿去了，他不是来找自己的。昨天，是他亲口说的今天来找自己的。刚才，他应该看到我上洗漱间了呀！是不是，自己装作没看见他，伤了他的自尊心了？不会，以前那么地说他赶他，他都不放弃，况且我昨天晚上已经答应他了。

咳，失去了才知道他是珍贵的。李明强珍贵，陈晓伟同样珍贵。嫁不了自己爱的人，就嫁一个爱自己的人，这是许玉梅说的。对，去找许玉梅，也只能去找许玉梅，最好的就是找许玉梅。两个同样被一个男人抛弃的女人，是有共同语言的。

卫和平想到这里，掂起陈晓伟昨天买的一大兜水果，准备上许玉梅家。嗨，这个陈晓伟不错，连串门儿的礼物都给我准备好了。

卫和平提着水果一边走，一边剥开一个橘子，一瓣一瓣地塞进嘴里，再把核吐在橘皮里，不一会儿，一个橘子就被她消灭了，把橘皮扔进楼梯下盛垃圾的筐里，甩下头，走出研究生公寓。

“卫和平，和平。”陈晓伟突然跑上来赔着笑脸叫住卫和平。

卫和平看见陈晓伟，打了一个激灵。我怎么没有想到他会在门口等呢？卫和平首先感到手中提着陈晓伟买的水果不合适，不好意思地低下头，把脸转向另一边，不看陈晓伟，却看见了公寓区的垃圾站。

“和平，你出去啊。”陈晓伟怯怯地问。

“不出去。”卫和平冷冷地答。

“那你——”

卫和平虽然没看陈晓伟，但她知道陈晓伟是指她手提的水果，就冷冷地说：“上垃圾站。”

“去垃圾站？”陈晓伟瞪大了眼睛看着卫和平。

“把它扔了。”卫和平把手中的一大兜水果往上提了提，转过头盯着陈晓伟说。

“扔了？”陈晓伟的眼睛瞪得更大了。

“对，扔了。”卫和平笑了笑，接着说：“既然你来了，我就不扔了，物归原主。给，拿回去吧。”卫和平说着，就往陈晓伟身前送。

“平姐，平姐，嘿嘿，嘿嘿。”丁成理从身后走过来叫卫和平。

“阿力，你、你怎么来了。”卫和平见丁成理又抓了她和陈晓伟个“现行”，脸不由得红了，怕丁成理再骂她脚踩两只船。

“我，我，嘿嘿，嘿嘿。”丁成理用右脚尖踢着地，不知说什么好，“嘿嘿”半天，说，“平姐，我不是说，不让叫我‘阿力’了嘛。”

卫和平听丁成理说这句话，意识到丁成理是站在自己一边的，所以，就自然了许多，问：“有事儿吗？”

“没，没事儿。嘿嘿，嘿嘿。”丁成理依旧用右脚尖儿踢地。

“他是来找我的。”陈晓伟这时也不胆怯了，一边说一边接过卫和平手中的大提袋，把水果递给丁成理，很男人地说，“送你了，谢谢了，我会对她好。”说着，用右手搭上卫和平的后背，又很男人地说：“走，吃点东西去，我也没吃饭呢。”

“你——”卫和平好像不认识陈晓伟似的，挣脱他的手，瞪着陈晓伟，那眼镜片后有点发锈的眼珠，画了两个问号。

“丁大哥都给我说了。走吧，先吃饭去。一切随你，我绝不乘人之危。”陈晓伟又是一句很男人的话，很男人地又把右手搭在了卫和平的后背上。

“阿力——”卫和平冲丁成理跺了下脚。

“嘿嘿，嘿嘿。”丁成理笑着抬起头，对卫和平说，“平姐，你又忘了，不要再这么叫我。”然后，用右手扬了扬那兜水果，用左手拍了下陈晓伟的肩膀，说：“平姐，他是个好人。”

“你、你要管我的事儿？”卫和平突然明白似的，冲丁成理说。

“你的事儿，我管定了，谁要敢对你怎么着，我给谁玩儿命。”丁成理对卫和平说完，回手又重重地拍了下陈晓伟的肩膀，严厉地说，“听清了吗？包括你！”

“听清了，听清了。谢谢丁大哥，谢谢丁大哥。”陈晓伟冲丁成理直点头哈腰，笑脸相赔。

“好，平姐，我走了。你，你，自己照顾好自己。有事儿，有事儿，就，就找我。”丁成理说着，眼圈儿竟红了，为不使泪掉下来，他转身快步向北大南便门走去。

卫和平看着丁成理的背影，眼眶里噙满了泪。

“丁大哥，你放心，你说的，我都记住了。”陈晓伟冲丁成理的背影喊，“代问你全家好，祝你们全家新年快乐，万事如意！”

“喊什么！”卫和平轻轻地打了陈晓伟一下。

# 第五十四章

李明强一怔，用右手缠住了田聪颖的腰。两人彼此倾听着对方的心声，体会着拥抱的温情。

李明强醒来时，一九八七年第一天的阳光已经穿过窗玻璃照在了他的床前，多亏王红霞为他买的保温饭盒，不然，早饭也早已凉了。

郭燕帮李明强洗漱完毕，问:“吃饭吧？”

李明强摇摇头，说:“活动活动。”就下了床，在屋里走。他突然觉得少了一个人，就问:“她还在睡？”

郭燕摇摇头说:“她走了。”说着递给李明强一张叠成鸽子似的纸，“她留给你的。”

李明强看到鸽子身上王红霞那熟悉的字迹，嘴角泛起了那种带有讽刺意味的微笑。他接过鸽子，看了看，不屑一顾地将鸽子抛向空中。小白鸽在空中画了个弧，落在靠窗子的床铺上。

“你，没情没义。”郭燕剜了李明强一眼说，“那上面有她写的……”

“诗。”李明强笑着接下了郭燕的话，“诗不能当饭吃，吃饭，先解决民生问题。”李明强说着，把右手一挥，像大干部做出了重大决定似的。

“冷血动物。”郭燕一边给李明强弄饭，一边阴着脸说。

“新年的第一天，别诅咒我啊！应该多说些恭喜的话。”李明强笑着说。

“有恭喜你的话，你不看嘛！”郭燕还是没有笑脸。

“废话，人家写给我的，我拆开你们看，我有病！”李明强佯装生气瞥了郭燕一眼，说:“胡斌，逗逗我们的白衣天使，我看你今天是进步还是退步！”说完，冲胡斌一个怪笑。

“吃球你的吧。”胡斌知道李明强说的还是凌晨闲聊的“进步”与“退步”，没好气地对李明强说。

“走，那是情书，人家怕我们看，别招人嫌。”郭燕拉了胡斌一把，向门外走去。

“走。”胡斌恨恨地蹦出一个字，瞪了李明强一眼，随郭燕走出房门。

李明强看着关闭的房门，嘴角泛起了那种带有讽刺意味的微笑。笑过，喝几口大米粥，看看鸡蛋、油条和小菜，都没有胃口，就不吃了。拿起王红霞叠的鸽子，慢慢地拆开，只见王红霞在这张白纸上画了一个仙女散花的图案，只是那仙女散下的不是花，而是一颗颗心。并一改她写诗的习惯，在画外题词：

以尊重为圆心，以真诚为半径，送你一个圆圆的祝福。愿爱你的人更爱你，你爱的人更懂你。王红霞，一九八七年元旦。

李明强看着这短短的题词，琢磨着每一句话的内涵，从内心对王红霞的敬佩又加重了几分。她太善解人意，太高不可攀了。李明强想着，想着，情不自禁地哼起了那首王红霞作词他谱曲的歌：“你走吧，别回头，不然我会把你挽留……”

“领导。”

“冒号！”

门开处，侦察连的几个战士蜂拥而至。

“老伙计，怎么样？”“老牛”走向前问李明强。

“手脚不利落了，但‘吹牛’还是可以的。”李明强笑着说。大伙儿跟着笑。

“哎呀，你能活下来，就是老天有眼。前些天，大队在传你有生命危险，大家都想来看你，请不下假，急得这帮小家伙都哭了，生怕你见马克思之前不能接见他们一下。”“老牛”指着身边的新兵说。

“唉——马老人家不收留我，我也没办法呀！我去找他，他说，去，找毛泽东吧。我又去找毛老人家，却碰上了朱老总，说‘你这个伢子呀，还嫩得很哟，主席不见你，我也不收留！回去吧，小平那里有的是活儿，不好好干，跑这里干嘛子呀！”李明强一番话说得大伙儿都笑了。

“唉——就碰上这一仗，老子也没能去成！”“老牛”叹口气说。

“怎么？来兴师问罪的？没错，是我坚决不同意你去的。”李明强虎着脸说。

“我知道，你是为我好，可作为军人，我又是全连……”

“最棒的，是不是？”李明强从四十五度角的方向瞥了“老牛”一眼，嘴角泛起了那种带有讽刺意味的微笑，说，“当时，支委们就有人提出来，你样样都行，执行任务有把握。我就不服气，坚决反对，说，我认为我比他强多了，要让‘老牛’上，除非我死了！”

“就是，排长，不，连长是为您好，看您是独生子，上有老父老母，下有吃奶的孩子。”一位新兵说。

“唉——你们不知道，当时，我们都不知道。”“老牛”的眼睛红了，他想到当时李明强家里三位亲人都过世了，李明强是抱着死的态度上前线的，就拉住李明强的手喃喃地说：“老李，我们都是亲兄弟。”

李明强知道“老牛”说的是他一家三口都暴死的事情，他也正是因为这个，才坚决不同意“老牛”去的。李明强激动得说不出话，只是紧紧地握住“老牛”的手。

“好了，不说了。”“老牛”指着一个大花篮儿说，“这是大伙儿的一点心意，买吃的，你也吃不下那么多，看着花儿，心情好。”“老牛”说着眼圈儿红了。

“谢谢大家。这一个花篮儿多少钱啊，你们赶这时髦儿。”李明强不好意思地说。

“哪里话，兄弟情深。”“老牛”紧握着李明强的手说，“我们不多留了，你好好养伤，出了院，咱哥俩好好喝几杯。”

“不再吹会儿？”李明强笑着说。

“已经听你吹过了，我们再给你吹，别的同志就都不能来看你了。”“老牛”笑着说。

“连里按比例批假，都等着我们回去换他们呢！”又一位新兵说。

“别，回去告诉大家，我很好。别来回跑，太远了。”李明强忙说。

“你能拦得住谁呀！我们回去晚了一定挨骂。”“老牛”说着站起身，新兵们都一一上来和李明强握手告别。李明强赶忙下床，说：“我送送你们。”

“别，别送。”两位新兵急忙拦。

“我手疼，又不耽误走路。走，我送你们。”李明强已穿上了拖鞋。

两位新兵还要拦，“老牛”说话了：“别拦了，不让他送，他心里不舒服，何苦呢！”说完径直向门外走，李明强举着左手，屈着膝，一直把他们送到住院部门口。“老牛”看了看李明强的样子，也不说话，头也不回地在前面走，走出住院部门口好远，擦了把泪，骂与李明强“再见”时哭的两个新兵：“没出息，有什么好哭的！”

“你不是也哭了。”两位新兵不服气地回敬“老牛”。

“老牛”又擦了把泪，说：“我就是骂自己的。”顿了顿，又叮上一句，“也骂你们。”

李明强看着“老牛”一行消失在路的转弯处，眼眶也热热的。他举着左手，屈着膝，在楼下转了一会儿，心绪平静了，才回到病房。

这一天，认识的或不认识的人接踵而来，让李明强应接不暇，病房里放满了鲜花和各种水果、补养品，香气扑鼻，沁人心脾。郭燕兴奋地说：“我还从来没看到过送这么多东西的，咱们可以开个花店和食品店了。”

胡斌兴奋地说：“这么多花篮儿，值多少钱啊，要能卖，我们就发了。”

“郭燕，搬两个放到你们宿舍去。”李明强不冷不热地说。他看到这些鲜花和食品，怎么也高兴不起来，他所盼望的人一个也没有来。

“真的？”郭燕冲李明强献出了两个深深的酒窝。

“就说，是胡斌送你的。”李明强看郭燕那么高兴，也勉强用嘴角笑了笑，开了个玩笑。

“美得他。”郭燕又用眼剜了一下胡斌，把那两个深深的酒窝献给他。

“你要是寒碜我，就明说。本人是铁公鸡求爱，一毛没带。”胡斌笑着对李明强说，眼睛却瞟着郭燕。

“就是，你不说我还想不起来，到现在，你一分钱的东西也没给我买。”郭燕又用眼剜了胡斌一下，佯装生气，可那酒窝明写着充满喜悦。

“好了。”李明强摆了下右手说，“胡斌，给护士台上放两个，再每个病房送一个。”

“这——”

“还会有人送的。对了，把那些水果什么的也分给咱们的伤员和医生、护士，留着也没用。”李明强说完，叹口气，“我累了，眯一会儿。”

李明强还没有眯上两分钟，又来了一拨儿人。一拨儿接一拨儿，屋内的鲜花又堆满了。李明强强作笑颜，迎来送往，直到吃晚饭，还是没有等来他祈盼的人。李明强看着满屋的花篮儿和水果、食品，感到一种失落，一种被最亲近的人遗忘的失落。他一点胃口都没有，只吃了一点点儿就睡下了。

胡斌问：“累了。”

“不累。”李明强摇摇头说。

“不高兴？怎么了？烦？”

“有点儿。”

“那，谈谈女人吧。”胡斌嬉笑着说。

“无聊。”李明强嘟囔一句，把头转向窗外。既而，又从四十五度角的方向瞥着门口，祈盼着有人进来。

终于，门开了。田聪颖捧着一个花篮在前，陆建峰紧随其后，两个人笑着向李明强走来。

“李明强。”陆建峰喊了一声，跨到床前伸出了右手。

“陆建峰。”李明强勉强地笑了笑，坐起身和陆建峰握手，眼睛却瞟向田聪颖。田聪颖已经将花篮儿放好，转过身冲他们笑，笑得自然，笑得灿烂，笑得李明强心里发毛。李明强虽然从一开始就没打算和田聪颖谈恋爱结婚，可谁要是得到了田聪颖他也嫉妒，心里不是滋味。特别是现在，他身边一个女孩儿也没有了，而得到田聪颖的又是陆建峰。这个“弱智”，真他妈的，在军校调戏爱他李明强的女教员，毕业却把爱他李明强的军医搞到手了。好在陆建峰的热烈拥抱，没有发现李明强的表情变化。

“你小子命真大，大难不死，必有后福。”陆建峰松开李明强，一边笑着说，一边抬拳擂在李明强那发达的胸肌上。

“有福的是你呢，找了个如花似玉的美女。”李明强笑着与陆建峰调侃，眼睛还是禁不住地瞟了田聪颖一眼。田聪颖的脸红了，笑得很不自然。

“哪能比上你呀，找了个北大的，还是研究生。”陆建峰谦虚地说。

“是，我谁都比不上，是个嫁不出去的姑娘。”田聪颖的无名火终于被点燃了，脸红得像喝了烈酒。

“哎——哎，别耍小性儿啊。人家建峰只是替你谦虚一下嘛。”李明强笑着对田聪颖说，“其实，你比我那研究生强多了，她除了文凭高外，哪一点儿比得上你呀。”

“就是。”田聪颖恨恨地说，又喃喃地盯上一句，“你知道就好。”

“我早就知道了。”李明强看田聪颖已经失态，急忙替她掩饰说，“当初，我到师部，一眼就看上了你，可是，咱不敢追呀！”

“你——”田聪颖红着脸跺了下脚。

“我是怕你爸呀。”李明强拖着长腔说完，唱了起来，“大雪飘飘风门外，我想和聪颖谈恋爱，被她爸爸发现了，一脚踹倒起不来，我起不来，哎嗨，你说她爸多厉害，多厉害。”李明强用的可怜腔，装的可怜相，把大伙儿都逗乐了。

田聪颖也被大家的笑感染了，笑着说：“口是心非，你追过吗！”那话中分明包含着怨恨，但这怨恨只有李明强能听得懂。

李明强从四十五度角的方向瞥了田聪颖一眼，嘴角泛起了那种带有讽刺意味的微笑，心里想：“说‘口是心非’的人，正‘口是心非’。”

“真热闹啊！明强。”门开处，李彬捧着花篮儿，孟华一手抱着孩子一手提着一个西瓜走进来。李彬买西瓜，是为了实现当初对丁力的承诺。

“李彬，孟华。”李明强兴奋起来，眼睛里闪出了一天来少有的亮光。随着他瞥向门口的眼光里再没有人出现，那亮光渐渐隐退了。但是，他还是异常的兴奋：“快，快坐。怎么现在才来，孟华，把孩子给我。”

孟华把小明浩抱到李明强的床上，那猴也似的孩子竟也不蹦不闹，任李明强拥抱、亲吻、抚摸。

“嗨，你看这孩子，心里透气儿啊，到他干爹那儿，多老实。”孟华笑着说。

“就是，这叫作血缘关系。”胡斌说。

“你小子，不懂别撇！瞧你撇那词儿，倒污了我们俩的清白。”李明强瞪了胡斌一眼说，“多亏这孩子他亲爹是我中学同学，长得也像他，要不然，我跳进黄河也洗不清了。”

“你跳进黄河，只能越搅越浑。”郭燕笑着说，她小心眼里是想为胡斌挽回点儿面子，含义是你李明强也有用错词儿的时候。

“是啊，还是郭护士聪明，知道我说的就是这意思。”李明强一句笑谈，弄得郭燕一个大红脸。

“啊，你们聊，我们先走了。”陆建峰说着，伸出右手走向李明强，要握手告别。

“好，好，好。那我就不送了。”李明强紧紧地握住陆建峰的手，看了田聪颖一眼，说：“建峰，我警告你，她可是我老师长的女儿，你要让她受了委屈，我饶不了你。”

田聪颖听了，鼻子一酸，向众人摆了摆手，一句话没说，快步走出门外。

陆建峰笑着说：“你放心养伤吧，我的老婆我会好好爱的。”接着压低了声音，附在李明强耳边问，“听聪颖说，你要和人家研究生吹，别犯傻，好好处。”

“大萝卜还用屎浇，我又不是‘弱智’。”李明强推开陆建峰，笑着说。

“你他妈才是‘弱智’呢！”陆建峰见老同学提起了自己多年没被人喊过的绰号，笑着又向李明强的胸口擂了一拳，咬着牙，恨恨地说，“你要是真和人家吹了，才真是‘弱智’呢！”

“我知道了，知道了，快走吧。”李明强强装笑脸推陆建峰走。

陆建峰拉着李明强的右手，又附到李明强耳边说：“别给我说出去，大队的人要知道了，我脸儿往哪儿搁！还有那醋坛子，不吃了我！”陆建峰说着向门口看，田聪颖早没了踪影，就笑了，盯了一句，“千万别说啊！”

“你还真把我当‘弱智’了，走吧，不会坏你的好事儿！”

“你——”陆建峰用手指点了一下李明强，笑笑，摆摆手，说，“好好养着，我抽空儿再来看你。”转身出了房门。

李明强目送陆建峰走出病房，回过头问李彬和孟华说：“他们几个好吗？”

“好，都好着呢！”孟华突然抬高腔答道，接着又喃喃地补了一句，“都盼着你死呢！”

李明强知道是因为他自己要与卫和平分手闹的，就咬咬牙，不说话了。

李彬瞪了孟华一眼，说：“你懂什么！”然后凑到床前，问李明强：“老实说，你是不是怕连累她？”

李明强惊异地看了李彬一眼，摇摇头，用嘴角笑了笑。

“你瞒得了别人瞒不了我。”李彬很自信地说。

“你太高看我了，我有那么伟大吗？”李明强从四十五度角的方向瞥了李彬一眼，嘴角泛起了那种带有讽刺意味的微笑，心想，李彬在社会上混油了，能看穿别人的心。

“别人不会，你李明强会。”李彬深沉地说。

“不，我为什么就不能和别人一样。”李明强突然抬高了腔，像是吵架的样子说，“水往低处流，人往高处走，我放着部队首长的千金小姐不要，去和一个穷学生结婚，我有病啊！”

“是真的？”李彬愣了一下问。

“她卫和平又不是没看见。”李明强还是一副吵架的样子。

“不。”李彬不住地摇着头说，“不会是真的！”

“你摇头顶屁用！瞧，瞧她把我的嘴咬的。”李明强用右手翻起他那肥厚的上嘴唇儿，让李彬看上边溃疡的伤口。

“活该，你自找的。”孟华终于又说了一句话。

“瞎说什么呀！”李彬怒斥孟华说，“我早说过，明强是怕连累和平。”

“不！我也早说过，我没有那么高尚，我没有那么伟大。我要追求我的生活，追求我的幸福！”李明强有些激动，“卫和平能帮我什么，能给我提职吗？能给我房子吗？不能！可，可，可王红霞，能！”

“你真这么想？”李彬瞪大了眼睛问。

“我这么想难道不对吗？”李明强反问了一句，降低了嗓门儿说，“李彬，我得找一个靠山，我不能像我爸妈那样窝窝囊囊地活着，再窝窝囊囊地死去，我要找一个政治上的不倒翁！”

“你，你怎么有这种想法？”孟华也吃惊地问。

“血，是战场上的血！”李明强突然又抬高了腔，咬着呀说，“还有战友的生命！”

屋里的空气凝固了，小明浩瞪着一双大眼睛看着李明强，那清澈的目光，能照出李明强深藏的心。

李彬指着李明强怀里的小明浩，一字一顿地对李明强说：“你看着孩子的眼睛说，你说的是不是真心话？”

李明强一怔，低下头，马上又抬起头，理直气壮地说：“看着孩子怎么了？我不能放过这个机会，我不能让我的血白流！”

“好，好，好。那，那我就不把明浩认给你了。”李彬咬着牙说。

“你本来就没诚心把孩子认给我，我叫李明强，你给他起名李明浩，这是父子呀还是兄弟，你埋汰谁呢你？”李明强也咬着牙往解气里说。

“好，从今后，咱井水不犯河水。你做你的当官梦，我做我的老百姓。”李彬一把从李明强怀中夺过小明浩，对孟华说，“走，我们走。”

“都走，都走，都走吧！”李明强痛心疾首地将右拳砸在床铺上。

小明浩“哇”的一声哭了，弹着两条小腿儿，将双手伸向李明强。李明强看了，急忙低下头，不争气的眼泪就涌入了眼眶。

“哭什么？见到当官儿的就贴，没出息！”孟华从李彬怀里接过小明浩，一语双关地说着走出房门。

李明强低着头，木然地坐在床上。突然，他急忙翻身下床，用衣袖拭了把眼泪，趿拉着鞋跑出病房，在楼道的转弯处举着裹着白纱布的左手目送着李彬、孟华三人。

李明强看着李彬一家三口走进大厅，就像真的侦察兵跟踪目标一样，举着左手屈着膝，颠颠地跑到骨东门口侧身看着他们，见他们随着人流涌进电梯，李明强又颠颠地跑到大厅。小明浩被孟华抱着，高出人头，在电梯关门的一瞬间，他看到了李明强，又“哇”的一声哭了，向李明强伸出了小手，李明强疾步向前，电梯却把他无情地关在了外面，同时也关住了小明浩哭叫的造型。

李明强跑向另三个电梯，不是在上就是在下，他飞快地挨着按了一遍，可是急得他出一身汗，没有一部电梯到10层来，他估计李彬他们已经出了住院部，就赶紧跑到骨西的卫生间。透过窗玻璃，他看到了李彬一家三口在米黄色的路灯下，钻进一辆小轿车，李彬上的是驾驶员的位置。李明强一惊，这么快李彬就学会开车了，北京市的驾照可是很难办的呀。

李明强从骨西回来，心头泛起一种复杂的情愫，说不清也道不明，所以他就一句话也不说，拿起床头的书，似看非看，就像当年他坐在黄治河的石头上看《苦菜花》似的，一样的茫然，一样的麻木。这是一本张贤亮写的小说《男人的一半是女人》，李明强早就看过了，现在借来是想细品一下文中的哲学思辨。可是，他如同嚼蜡似的看得很艰涩，他自己的那一半呢？没了，全没了，直到熄灯他也没有找到自己另一半的踪影。

一九八七年的第一天晚上，李明强又失眠了。胡斌在夜半时分，叫了两声“老李”，见李明强没有答话，就轻轻地爬起来，蹑手蹑脚地出门找他的那一半去了，而且一夜未归。

这一夜，李明强在长满思绪水草的海洋湖泊中沉浮着，打捞他湿漉漉的思念。他本来就不会游泳，在军校的游泳池里也仅学会个“狗刨”，却遇到数不清的明岛暗礁，他依稀觉得这就是闻名遐迩的千岛湖，想到千岛湖深底的古城，便潜下去，想在古城里寻找他那发黄的故事，便翻到了他与杨玉萍颠鸾倒凤的那一页……

一阵痉挛紧缩后，李明强擦净裆中尤物，将沾浸着精液的卫生纸扔进了纸篓。既而，又翻身下床，从纸篓里捡起那卫生纸团儿，将窗户打开一条缝扔下楼去。一股冷风吹进来，屋里那股豆腥味顿时减少了许多。李明强用右手支着窗子，让新鲜的空气冲没了屋内的龌龊。

楼外，天边已泛起鱼肚白，遛早儿的人们有说有笑，有的将收音机开得哇哇叫。田聪颖身穿一袭黑色紧身衣，敲着高跟鞋，健步走向住院部大楼，撒下一路青春，撒下一路芳香。远远地，她看见一团白色的东西从楼上飘下，在心里骂：“素质真差！”

田聪颖来到李明强的病房时，李明强已经感到那犹如五公里越野的劳累，正躺在床上闭目养神。李明强听到门响，见是田聪颖进来，心里“咯噔”一下，想，真是与田聪颖无缘，她若早来半个小时，也许……

李明强装作熟睡，他要看田聪颖来做什么。

田聪颖蹑手蹑脚地走到李明强的床前，静静地看了李明强一会儿，叹了口气，俯下身，对着李明强的厚嘴唇深深一吻。要是在半个小时前，李明强一定会紧紧地把田聪颖抱住，迎合她的伟大行动。而现在，李明强就闭着眼睛木然地享受着这奢侈的亲吻。

田聪颖吻过李明强，又站在床前静静地注视李明强一会儿，从裤袋里掏出一个粉红色的小纸鹤，整饬了一番，放在李明强的床头旁，一甩头，敲着高跟儿走了。

李明强急忙翻起身，见床头放一纸鹤，拿到手中，放到鼻子上闻了闻，纸鹤上留着田聪颖的体香。李明强透过屋内昏暗的光，端详了好半天，打开，依稀看清上面的字体，是田聪颖的亲笔字：

思念就像巧克力，苦苦的，甜甜的……不敢想你，怕会想你，不敢说想你，怕更想你……其实，我真的真的好想你！

李明强看了一遍又一遍，心里有一种说不出的感觉，许久，他的嘴角泛起了那种带有讽刺意味的微笑，骂了句：“他妈的，就知道吃。”

李明强骂完，按亮屋顶的日光灯，欠起身，提笔在本上写道：

思念就像桑蚕，总在夜深人静的时候去咀嚼记忆的桑叶，桑叶嚼完了，思念也成熟了。

李明强写完把它从本子上撕下来，想照着田聪颖的样子，叠一只白色的纸鹤，回赠给田聪颖。可是，他一只手怎么也叠不好，就索性叠了个“又”字。

李明强刚把那个“又”字放进病号服的上衣口袋里，就听见楼道里传来了熟悉的脚步声，是胡斌和郭燕回来了，他急忙躺下装作甜睡。

门开了，胡斌闪进门来，见李明强没有动静，就蹑蹑手蹑脚地走到他与李明强的床中间，静静地看了李明强一会儿，掀开自己的被子，轻轻地躺进了被窝。

郭燕听屋里没有动静，就推门进来。胡斌冲郭燕摆摆手，郭燕就笑了，露出两个深深的酒窝。郭燕走到胡斌床前，胡斌伸出左手抓住郭燕的右手，郭燕轻轻地说：“闭上眼，养养神。”胡斌就笑眯眯地闭上了眼睛，一侧身，右手就举起搭在郭燕的乳房上。

这个造型足足定格了有十分钟，李明强憋不住了，“哼”一声，动了动身子，吓得胡斌急忙放下手。看李明强又没了动静，胡斌又将手伸向郭燕的裆部扣摸，郭燕轻轻地打了一下胡斌的手，脸上的酒窝动了动，轻轻地说：“该起来了。”

郭燕说完，向外跨一步，将门一拉一甩，就冲屋里说：“起床了，起床了。”

李明强没答话在心里乐，胡斌装作熟睡的样子，迷迷糊糊地说：“瞎喊什么，还没睡醒呢！”

李明强在心时骂了句“吴妈”，就对郭燕怪笑着一语双关地说：“瞎喊什么，不知道我伤元气了？”

郭燕又恢复了护士的威严，阴沉着脸说：“少贫嘴，太阳都晒到床上了，还不起。养一身膘，还能当侦察兵吗？”

李明强用嘴角笑了笑，阴阳怪气地说：“有人要的不是侦察兵呀！”接着用京腔唱起了下半句，“人家要的是老公。”

“你！”郭燕冲李明强一跺脚，却发现床头柜上李明强忘记收起来的字条，她抓起来念道：“思念就像巧克力，苦苦的，甜甜的……不敢想你，怕会想你，不敢说想你，怕更想你……其实，我真的真的好想你！”念完，冲李明强一抖，笑着说，“老实交代，是哪个女的又来了？”

“好肉麻啊。”胡斌看郭燕抓住了李明强的把柄，将双脚高高地举起，在床上一挺身，装作昏了过去。

“真正肉麻的是我写的。”李明强一本正经地说。

“你写的什么？”胡斌一翻滚儿，面朝李明强坐起来。

李明强说：“我写给你们看啊。”说着就拿起笔记本，想了想，一边写一边念：

昨夜星晨昨夜风，

总院花园骨科东，

一夜鸳鸯没嬉够，
回到病房耍李翁。

“你！”郭燕一跺脚，抢过李明强的本子，撕下来，红着脸跑出了病房，她意识到李明强知道胡斌一夜没归，而且刚才根本就没有睡着。

“胡斌，追！”李明强冲胡斌大喊一声，将左手一甩，痛得他“哎哟”一声。

胡斌见状，丢一句“活该”，就追了出去。

中午，田聪颖送来了一个和王红霞买的一模一样的饭盒，里边装的是与王红霞买的一模一样的羊杂和熘肥肠。李明强这次没有吐，而是乐了。不是他没想到丁力骂的话，而是他看了盒盖上田聪颖写的字条。

田聪颖在字条上写着：我是你的麦乳精，我是你的香酥糖，我是你的羊杂，我是你的熘肥肠……

李明强将字条拿起来，冲田聪颖晃了晃说：“全是我爱吃的。”说罢，在田聪颖双目注视下把字条放进嘴里，嚼了，咽下。

“这么说，这是你的最爱了！”田聪颖故意往爱情的路上引。

李明强没有正面回答，指了指他的病号饭，说：“你买这么多我爱吃的，那一份就归你了，一块儿吃吧。”

“胡排长……”

李明强没等田聪颖说完，抢着说：“他有事儿。”

胡斌狠狠地瞪了李明强一眼，趁机说：“我得陪朋友吃饭，你吃吧，你吃吧。”说着就向门外走，到门口又回过头狠狠地瞪了李明强一眼。

胡斌是巴不得有时间去陪郭燕，而田聪颖是做梦也想和李明强单独坐在一起吃饭。

李明强和田聪颖相对无语，各自吃饭。李明强觉得有点儿尴尬，就啧啧嘴，说：“好吃，好吃，好长时间没吃上羊杂和熘肥肠了。”

“你若愿意，可以吃一辈子，还有麦乳精、香酥糖。”田聪颖盯着李明强说。

李明强知道田聪颖说的是双关话，她已经把自己比作羊杂、熘肥肠、麦乳精、香酥糖了。所以，李明强就故意岔开田聪颖的话，问：“你知道胡排长去陪谁了吗？”

田聪颖摇摇头，问：“他为什么瞪你？”

“揭他的老底儿了呗。”

“他是不是和那个郭护士勾搭上了？”田聪颖问。

“聪明，真是名如其人！”李明强夸奖田聪颖道。

“全院都知道！就你蒙在鼓里。”田聪颖剜了李明强一眼说。

“我蒙在鼓里？”李明强用嘴角笑了笑，说，“此言差矣，还是我牵的线呢！”

“真的？”

“你们不知道的多了，昨晚上，胡排长一夜未归。”

“这有什么奇怪的，少见多怪！”田聪颖不屑一顾地说。

“昨夜寒风掀情潮，护士小姐变大嫂。”李明强打趣地胡诌了一句。

“你，你什么时候能让我变大嫂？”田聪颖放下筷子抱住了李明强。

李明强一怔，用右手缠住了田聪颖的腰。两人彼此倾听着对方的心声，体会着拥抱的温情。李明强的眼前突然出现了陆建峰的身影，他意识到就在昨天，陆建峰还满脸春光地告诉他：“我的老婆我自己会好好爱的。”

李明强抬起右手，在田聪颖的背上拍了拍，说：“好了，好了，这一辈子你是当不成我大嫂了。”推开田聪颖，用右手比画着：“你看，从你这边讲，我是你父亲的老部下，不让你叫叔叔也得叫大哥吧。从陆建峰那边讲，我们是同事战友，他比我小，只能叫你弟妹了。”

“我……”

“我也送你一句话。”李明强说着从病号服的上衣口袋里掏出那个“又”字。

田聪颖打开看了，低着头，跑出了病房。

# 第五十五章

夜里，胡斌躺在床上对李明强说："哎，我看那小军医对你挺感冒的，是不是？"胡斌说着将两个大拇指向一块儿碰撞。

日子一天天地过去了，李明强病房里的花篮儿一个个蔫了下来。郭燕和胡斌把没有凋谢的花挑出来，集中插在一起，把凋谢的花扔掉。就这样，一簇一篮儿地扔着，最后的一个花篮儿也扔了，再不见有人送来。

这一天，郭燕捧着一盆儿造型如塔的针叶松随胡斌走进病房。郭燕说："送你盆儿塔松，愿我们的友谊像这松树一样常青。"

"是让我祝愿你们两个的爱情之树常青吧？"李明强笑着说。

"随你怎么说，它就代表我们两颗心。"郭燕说着低下了头，也没有先前的威严，更没有美丽的酒窝了。

"啊——怎么了？谁又招我们的小天使了？"李明强看郭燕的脸色不对劲儿，笑着问，"是胡斌欺负你了？"

郭燕红着眼眶摇摇头，没说话。

"从今天起，她的特护要撤了。"胡斌喃喃地说。

"嗨，我还当是什么大不了的事儿呢！"李明强把大手一挥，笑着说，"不就是不能与我们胡排长整天泡在一起了嘛！这样吧，从今天起，我放老胡长假，吃饭时回来，其他时间自行安排。"

"谁说是……"

"行了，行了，就这么定了。该干吗干吗，我要遛弯儿锻炼去了。特护撤了，又不是护士撤了，天天还能见面嘛。这么站在我面前，跟治丧似的。"李明强一边说一边下床。

“尽瞎说。”郭燕急了，“我的特护虽然撤了，还是你的主管护士，你还得听我的。”

“是，是，听你的。护士大人，我现在该干吗了？”李明强嬉皮笑脸地说。在内心深处，李明强也不情愿让郭燕走，这么多天相处得跟亲兄妹似的，说要撤，李明强心里也酸酸的，一听还是他的主管护士，乐了。

“到换药室去。”郭燕阴着脸说，“清创！”

“是。”李明强笑着举起左手绕过郭燕向门外走去。

郭燕看着李明强身着一套病号服屈着膝，举着左手，活像一个战俘，“扑哧”一声笑了，现出两个深深的酒窝喊：“把右手也举起来！”

“是。”李明强又举起了右手。刚走两步，他突然转过身，唬着脸对郭燕说：“你这是干吗呢？押俘虏啊？”

“少废话，快走！”郭燕用右手做了个手枪的形状顶住李明强的腰窝。

三个人都笑了。

刘兴致医生从李明强的手掌中一点一点地向外抽塞进去的油条儿。李明强那蛤蟆肚子似的左手，随着油条儿的抽出，一点点地瘪了下去。那黄油条儿足有两三米长，带着鲜血，带着碘酒味。

刘兴致把油条儿反复地看了一遍，说：“好了，没有感染。我给你兜上两针，让小郭带你去做做理疗。”

刘兴致把李明强的伤口又缝合两针，没有打麻药，两针扎了四个眼，李明强皱了四下眉头。

“这石膏托儿也去了，怪沉的，带着它也影响活动。”刘兴致托起李明强的左胳膊说，“动动手指。”

李明强动了几下左手指，伤口就撕裂似的痛，但那五个手指，除大拇指摆动的幅度稍大一点儿外，其他四指有的只是在原处颤抖一下，有的是纹丝未动。刘兴致叹了口气，把李明强的伤口包扎好，摘下橡皮手套和大白口罩，拿起处方站在换药室“唰唰唰”地写了起来。

李明强卸下石膏托，如释重负，一下子从心理到生理都轻松了许多。但是，他还是得一直举着左手，垂下一会儿，就胀得钻心似的疼。

李明强举着左手，屈着膝跟在郭燕身后。胡斌紧走几步与郭燕并行，又不好意思地慢下步来，走在李明强后边。三人成行向理疗科的大楼走去。

郭燕带李明强和胡斌到了理疗科，先让李明强坐在楼道里的长椅上等着，她与胡斌对着刘兴致开的单子，挨着屋子转。一会儿，跑回来对李明强说：“先照红光，那里现在没人。”

李明强就随郭燕走进挂着“理疗 6”的屋子。

“这是张医生，这就是大名鼎鼎的大英雄李明强。”郭燕在向李明强和三十来岁的女军医互相介绍。

“能为您服务，很高兴。”张医生笑着伸出她那葱白似的嫩手，说了句外交场合的话。

李明强伸出右手轻握了一下那“葱白”，笑了笑说：“给您添麻烦了。”

“哪里，哪里，求之不得呢。”张医生说着就去开机，一边走一边说，“用红光照射伤口，有利于愈合。你把手放在那张小桌上。小郭，把那垫子给他垫上。”

李明强按郭燕的指示坐在小桌前的方凳上，把左手平放在桌面上。郭燕拿过一个小棉垫，抬起李明强的左手把它放在手下。张医生摆弄着一只像大文望远镜似的红光发生仪，发生仪射出一道红光，照在李明强手上的伤口处便成了个圆点：“好了，就这样，你感到热了，就移动一下。绕着伤口转上一圈儿，时间控制在十五分钟。”张医生说着看了下手表。

李明强坐在小方凳上，将手放在小桌上，看着那红光发生仪像一挺重机枪，他从伤口的边沿起让那红色的子弹照着一点直射，“打”热了，向后退一寸，又“打”热了再退，直到将伤口全部扫遍，用时十五分。

郭燕又把李明强带到“理疗7”，与四十多岁的女军医陈主任寒暄一番，陈主任指着一张床问李明强：“是坐着烤还是躺着。”

“躺着，躺着，李连长已经很累了。”郭燕抢着说。

李明强被安排躺下，郭燕说这是中频烤电，促进血液循环和消肿。陈主任就打开床头柜上的一个约四十厘米长、三十厘米宽、二十厘米高的方铁盒子里的电源开关，一只灯泡就从铁盒子的缝隙中射出些许亮光。机器通过两条导线连接两个极板，极板上罩着软软的海绵垫儿。陈主任用那两块海绵垫儿夹着李明强的左手，不一会儿，那两块海绵垫儿就变成热热的两块软绵绵的夹板了。

陈主任用她那老而不粗的小手捏了捏李明强的胳膊，说：“多烤五分钟吧，你可以闭着眼睛睡一会儿。”

“谢谢。”李明强真的感到累了，闭上眼睛，伤手热乎乎的，也不那么痛了。他静心闭气，想要想些什么，竟不知不觉地睡着了。

“嘟——嘟——嘟——”机器发出一阵轰鸣声，李明强被惊醒了。

“好了。”陈主任说着，走到李明强的床前，一边为李明强解那两块海绵垫儿极板，一边说，“你还是真累了。”

“是啊，差点儿把小命儿丢了。”郭燕叹了口气说，“他受罪受大发了。”

李明强睁睁惺忪的双眼，从四十五度角的方向瞥了郭燕一眼，用嘴角笑了笑对陈主任说：“谢谢主任。”然后抬头看了看表，用时二十分钟。

郭燕又把李明强带进“理疗1”。这是一间大屋子，里边全是锻炼器材，一位不足一米六高的小个子年轻女医生在吆五喝六地指挥着一群病号锻炼，郭燕与她嘀咕一阵，小军医就笑着走到李明强面前，仰着脸眯着一双小眼睛伸出小手说：“您好，久闻大名，久仰，久仰了。”

小军医拉着李明强的右手不放，一直拉着他走到一个小桌前，用另一只手挪了挪那其实也不需要挪动的方凳，对李明强说："您先坐下。"然后，自己又搬了把椅子放在李明强对面，再到洗手池前洗过手，戴上口罩在李明强的对面坐下，拉着李明强的伤手，把包扎的白纱布取下，看了看，让李明强动了动左手指，说："你的肌腱全粘连了，指节也骨化了，慢慢进行功能训练吧，实在不行，还得做一次松解术。"

小军医说着，探身从旁边一张小凳上拿过一支塑料筒装的按摩膏，挤出些许，涂在李明强的指头上，说："我先帮你活动活动。"就抓起李明强的手指揉搓起来，轻轻的，柔柔的，还不停地问："疼吗？"

李明强用他那虎目瞪视着对面只剩下一双眯成一条线的眼睛，不住地摇着头。

小军医为李明强一个指头一个指头地按摩，转动，活动指头的一、二关节和指根。郭燕说："我们许主任从来是只动口不动手的，今天能亲自给你按摩，足见她对你这位病号有多重视。"

"去。"小军医把眯成一条缝的眼睛瞪圆，朝郭燕丢了一个字，接着一边为李明强活动指头，一边对郭燕说，"哎，你看着点，回去就照我做的样子给他做，一天多活动几次，有利于恢复功能。"

"胡斌，看着点儿，以后这活归你干。"郭燕对胡斌说，胡斌赶快凑过来看。

小军医许主任为李明强活动完指头，再顺着肌腱的线条轻轻地按，李明强感到了疼，慢慢地疼出了汗，汗越来越多，竟顺着额头向下流起来，郭燕急忙扶住李明强的肩膀问："怎么了？不舒服？"

李明强摇摇头，许主任说："是疼的。再坚持一下，一会儿就好。"

郭燕就掏出自己的小手绢给李明强擦汗，李明强从手绢上闻到了郭燕的体香，侧脸看了看胡斌，胡斌冲他撇撇嘴。

小军医又按了一会儿，就一手拉着李明强的手指一手按住李明强的虎口来回摆动，一边摆一边气喘吁吁地说："手腕也粘住了。做做牵引吧。"说着将李明强的伤口又用原来包的纱布盖起来，然后摘下了口罩。人们发现，许主任早已大汗淋漓，口罩湿了，大口罩罩住的头发都粘在了脸和脖子上。

"瞧，把您累的。"李明强有些感动，喃喃地说。

"咱没人侍候啊。"小军医笑着看了看郭燕，眼睛又眯成了一条线。

小军医到洗手池前又洗了把手，用毛巾擦了把脸和脖子，走过来，拿着一个小沙袋和一个木斜面支架，让李明强把左手放上去，然后把沙袋放在李明强的手背上，说："坚持到不能坚持为止。"

李明强大约坚持了有五六分钟，小军医又让李明强把手翻过来，手心朝上，将沙袋放在李明强的手心上，刚放一会儿，李明强就坚持不住了。

小军医一边拿下沙袋，一边说："别看你这样坚持不住，你的抬起腱也比回握腱好。"

"来，坐在这儿，用电刺激活动活动。"小军医走到屋的一角指着一个小机器说。

李明强顺从地走过去，坐在方凳上，小军医就把他的左胳膊放在小桌上，在他的手腕两侧擦了点儿酒精，然后在一个乳白色的机器上“嘀嘀嘀”地按了一番，把机器设定好了，就拿起两个一边深灰一边深黑的塑料极片，又在两极片的黑面上涂了些酒精，将黑面贴在李明强左手腕擦过酒精的地方，用一条松紧绷带勒住，按了一下机器上的开始按钮，随着“嘀”的一声响，她将那纤细而有力的小中指移到机器的另一边，说：“正号是增加强度，减号是降低，你可以自己控制，只要能忍受就行。”她一边说一边摁那“+”号，随着机器的“嘀嘀”声，两个极片就传来了脉冲式的电流，由弱到强，李明强的手也由木到颤，接着随着脉冲的起伏跳动起来。

小军医看机器的显示到了40，就停止了摁动，说：“先定到四十，做一会儿再加强。”

李明强没有再加强，这40的强度已经是他承受的极限了，他咬着呀，就这样做了十五分钟。

小军医又让李明强去拉牵引。一个五斤重的小砝码挂在滑轮上，让李明强用左手拉。

李明强的五个手指，只有大拇指能动，其余四指不能弯曲。小军医就让李明强用拇指勾着绳子拉。李明强拉了一下，一脸的沮丧，原来力夺千钧的手臂竟连拉动一个二点五公斤重的小砣都很吃力。他咬咬牙，用力拉，一下，两下，三下……

李明强大汗如雨，郭燕心疼地说：“停停，休息一下。休息会儿，再拉。”

李明强从四十五度角的方向瞥了郭燕一眼，低下头，继续拉，只是嘴角那讽刺意味的笑没有了。

李明强实在拉不动了，停下来。小军医说：“今天就到这儿吧，不要太劳累了，慢慢来，凭你的毅力，一定能恢复的。”

李明强一脸苦笑，气喘吁吁地说：“谢谢。”沮丧地低下头屈着膝向门外走去。

小军医看着李明强的背影，怔了一会儿，突然追出门去喊：“郭儿，你来一下。”

郭燕转过身，两人走到一起，嘀咕了一番。郭燕追上李明强和胡斌，说：“李连长，您的腿是不是也做做牵引？”

“好吧。”

郭燕又将李明强领进“理疗3”的屋里。三张牵引床，有一张床上已经躺了个人，李明强就走向里边的那一张。郭燕和胡斌给李明强系好上身，开动机器牵引他的双腿。李明强咬着牙坚持着，许久，他瞥了瞥站在身边默不作声的郭燕和胡斌，吸口气，冲二人笑了笑，说：“你们谈情说爱去吧，我就这么睡一会儿。”

李明强见二人没动，也不说话，又笑笑说：“我不是开玩笑，我真的想睡一会儿。”

“想睡你就睡呗。”郭燕低着头说。

李明强真的睡着了，胡斌叫醒他时，已到吃午饭时间了。李明强欠起上身，高兴地叫起来：“你们看，直了。”

郭燕和胡斌也乐了，胡斌笑着说：“还真管用啊。”

三个人乐了不到一分钟，就都傻眼了。原来，李明强的两条腿像两根硬棍，一步也迈不开了。

李明强看郭燕和胡斌都很沮丧，笑笑说：“待一会儿，活动活动就会好的。”

李明强在郭燕和胡斌的搀扶下，一步一步向住院部挪动。

日复一日，李明强整天往返于住院部和理疗科之间。他总是举着左手屈着膝穿梭于“理疗 1、3、6、7”四个室，哪里没人就在哪里治疗。时间长了，那些病号们也都知道他就是侦察英雄李明强，一看见他到就纷纷相让，李明强总是婉言谢绝，走向另一个理疗室。

“理疗 1”室的小军医许主任那里器械多，而且对李明强格外照顾，只要李明强到，总能想方设法让他得到技能锻炼，对李明强的伤手更是亲自按摩。李明强的左手指不能弯曲，她总是用按摩膏儿轻轻地沿着伤口外侧一点一点地为他按摩，捋指。每一个手指做完，小军医就用食指和中指夹着这根手指，从指根捋到指梢，最后发出一记响亮的“叭”声。这样连响几下，再换另一个手指。女军医眯着双眼给李明强一边按摩一边聊天，两人有说有笑。李明强给女军医讲给卫和平讲过的和没有讲过的故事，小军医将双眼眯成一条缝“咯咯咯”地笑个不停，说：“谁要是嫁了你，一辈子都不会愁。”

小军医给别的病号每次规定十五分钟，而且是吆五喝六地指挥着实习生或病人及家属帮病人练习。而对李明强不仅亲自做而且也不定时，聊着聊着，半天就过去。李明强原定的每天上午训练，自然而然地就成了全天。回到病房，李明强还情不自禁地学着小军医的样子捋自己的左手指，可就是发不出那清脆的“叭”声。李明强让胡斌试，胡斌也做不到。郭燕上阵，也是于事无成。那从指根向指梢捋到最后产生一记清脆的“叭”声，成了三个人谈论的话题，追求的目标。

夜里，胡斌躺在床上对李明强说：“哎，我看那小军医对你挺感冒的，是不是？”胡斌说着将两个大拇指向一块儿碰撞。

“去你的。人家那么辛苦地对咱，别拿人家开涮。”李明强从四十五度角的方向瞥了胡斌一眼，不屑一顾地说。

“哎，我说的是正经事儿。郭燕也说了，她没有对象，你跟她好，有利于你康复。”

“我要是跟郭燕好了呢？”李明强又从四十五度角的方向瞥了胡斌一眼，嘴角泛起一丝讽刺意味的笑。

“没正经。”胡斌不满地瞪李明强一眼。

“我没正经，你说的是正经事儿？你说，那小军医一炮高儿，我俩走在一起般配吗？”李明强说着坐起来，用右手一挥说：“我想搂她一下，一抬手，她从胳肢窝下穿过去了，我搂谁呀！”

“唉，你一辈子在一块儿走能搂几次啊。那卫和平跟你好那么长时间，也没见你搂过呀。”

胡斌一说卫和平，李明强的脸就阴了下来，不说话了。胡斌知道自己说了不该说的话，就找茬逗乐：“我说，小个子有小个子的好处，干事儿时任你摆姿势。”

“那好，你去找小个子吧。明天，我就追郭燕。”李明强重重地躺在床上。

“你敢，我跟你急！”胡斌“呼”地一下坐了起来，看着李明强，瞪着眼睛运气。

“怎么不敢？自由恋爱，合理合法，你管得着吗？”李明强又从四十五度角的方向瞥了胡斌一眼，不软不硬地说。

“朋友之妻不可欺，你懂不懂？”胡斌死乞白赖地说。第一次到理疗室为李明强做理疗，郭燕用自己的手帕给李明强擦擦汗，胡斌就产生一股醋劲儿。平时看郭燕对李明强照顾得无微不至，心里常犯嘀咕，老怕“煮熟的鸭子”再让李明强给“吃”了。

“不懂？”李明强赖不拉叽地摇摇头，用嘴角笑了笑说，“我就知道，朋友之妻别——客——气！”

“你，像个英模的样儿吗？”胡斌指着李明强恨得咬牙切齿。

“谁授我英模称号了？我是哪门子里的英模？你少给我念这‘紧箍咒’！”李明强有点儿不耐烦地说。

“那你——”

“我怎么了？不能干，还不能说啊？去，洗你的手去！”李明强狠狠地说。这些天，李明强的脾气有点儿古怪，说急就急，说翻就翻，不过他还是能控制住自己，不致于事态恶性发展。郭燕对胡斌说，这是住院住得时间太长了，他心里又掖着事儿无人诉说的缘故。

胡斌听到李明强最后那句有所特指的话，想到李明强的情绪变化，“砰”地一下躺在床上，大笑起来：“我就不洗，你管得着吗？”说着，将手伸向李明强，笑着说，“哎，你也闻一闻。”

“去你的。”李明强也乐了，抬起左臂将胡斌的右手挡开。

“你看，给你共享，你又不干了。”胡斌嬉皮笑脸地说。

“好了，好了。”李明强又有点儿烦了，阴着脸说，“你珍惜点儿时间吧，再玩儿两天，我准备出院了。”

“什么？你要出院？”胡斌又“呼”地一下坐起来说，“你的手虽然拆线了，胳膊也消肿了，可是，那五个指头跟五根儿硬棍儿有什么两样儿？手肿得跟老鳖盖似的，连耙子都不如。还有那腿，牵直了还弯，天天做牵引都不见成效。要出院，不就——”胡斌把说到嘴边的话咽了回去。

“唉，正视现实吧。这手也大小做了五次手术了，松解了两次，连小日本那防粘连的药都用了，不还是这样？全国骨科协会的权威都宣布残废了，再在这儿耗下去还有什么意思，只是纯消费。共产党已经为我这只手花了不少钱了，也该知足了。”

“那，要出院，也得给郭燕商量一下。”胡斌喃喃地说。

“跟她商量什么，她又不是我老婆。”李明强从四十五度角的方向瞥了胡斌一眼，嘴角泛起了那种带有讽刺意味的微笑，“就是商量，也得等明天呢。好了，睡觉儿。”说着，“咔嗒”一声摁灭了日光灯。

“哎，谈谈女人吧。”胡斌躺在床上，看着门上那块毛玻璃透过的白光说。他知道，李明强这些天很苦闷，熄了灯也睡不着，想找个话题，给李明强逗逗乐。

“谈什么呢？色是刮骨钢刀啊！”李明强长长地叹了一口气说。

“无色路断人稀。”胡斌应对道。

“哎，你知道这两句话的来历吗？”

“不知道，你说说看。”胡斌侧过身虔诚地说。其实，他知道，他就是想陪李明强多聊一会儿。

“这是啊，八仙聚会时闲聊出来的。”李明强说，“下八仙认为，‘酒、色、财、气’是人间公害，应该废除。他们讲，酒是穿肠毒药，色是刮骨钢刀，财是下山猛虎，气是惹祸根苗。上八仙则不同意，认为‘酒、色、财、气’是人间不可缺少的东西，不能废除，但要控制，适可而止。说，酒是穿肠毒药，但无酒不成礼仪；色是刮骨钢刀，若无色路断人稀；财是下山猛虎，却无财不能贸易；气是惹祸根苗，可无气反被人欺。”

“噢——原来，是这么来的。”胡斌感叹道。

“这都是我小时候听爷爷说的，是不是真是这么回事儿，还有待于考证。爷爷是用故事的形式，教育我的。”李明强叹了口气，接着说：“可以说，爷爷是我的启蒙老师。也可以说，是最好的老师。你不知道，他不是我亲爷爷，我亲爷爷在解放前就去世了，他是我爸爸的义父。抗日的时候救过我爸爸，‘文革’的时候保护过我，是我们家的恩人啊。”

“就是你《故乡的小河》里那个刘爷爷吧？”胡斌问。

“对。我三岁时跟着他在深山里生活，直到七岁上学。他老人家在我幼小的心灵上，打下了深深的烙印。如果说我的性格是继承了父母的基因，不如说是刘爷爷从小对我的塑造。”

“人们说‘江山易改，秉性难移’，我不这么认为。人的可塑性很强，是很容易改变的。”胡斌接着说。

“是啊，现在学生们闹学潮，不是喊‘惩治腐败’吗，你说，那些搞腐败的人，哪一个不是受环境的影响而变坏的。”

“哎，你若当了官，掌了权，会不会变坏呢？”

“不会的，你把心放到肚子里去吧，我李明强不会有那一天！”李明强挥了挥左手，又用右拳在左手背上敲了敲，这是他这段时间锻练手的功能养成的习惯。

李明强用右拳敲着左手说：“我们家乡有句谚语，叫‘水倒流，水倒流，清官不到头’。实话告诉你，说的就是我们村。我们村里的河水是向西流的，所以才叫‘西流村’。自古到今，我们村在外当官的，可都是清官！可惜，没有一个大官！”

“那就从你这里出个大官，改写一下历史。”胡斌趁机奉承道。

“你等着吧，看到连长、指导员那难受劲了吗？想当大官，没门儿。咱是寡妇睡大觉，想也别想啊。”

“什么乱七八糟的。寡妇睡大觉，想得更多啊！”胡斌大笑起来，“这充分暴露了你的狼子野心。”

“你懂个屁，我说的是‘寡妇睡大觉——上边没人！’”李明强用右拳狠狠地擂在左手说。

“哈，哈哈哈……”胡斌大笑道，“好你个李明强，你小子还有这弯弯绕，经典，经典。”

“哎，我再给你说个更经典的。”李明强兴奋地坐起来说。

“什么？快说。”胡斌看李明强坐起来，也兴奋地坐了起来。

李明强说：“五个女干部，竞争一个职务，其中四个落榜了，问其原因，第一个人说，我上边没人；第二个人说，我上边有人，但是他不硬；第三个人说，我上边有人也很硬，就是我在下边没活动；第四个人说，我上边有人也很硬，我在下边也活动了，就是没出血！”

“哈哈……好，好，经典。哈哈，经典。哈哈，回味无穷啊。”胡斌乐得合不上嘴，突然，他止住笑，问李明强，“你小子，这么多天也没出门，听谁说的？”

“病友呗。”李明强笑着说。

“不可能，肯定是你小子自己编的！”胡斌说，“别人不可能告诉你。在外人心目中，你李明强是英雄，是个正人君子，谁敢给你说这些啊。”

“嘘——你可不能出去瞎说啊。我给你说说乐乐而已，要让外人知道了，不仅说咱们‘黄’，还说咱不讲政治。”李明强急忙冲胡斌摆手说。

“什么政治不政治？你就是这样，动不动就讲政治。你看那些当官的，台上讲一套台下做一套。现在官场上，还真是你说的那个样子。”

“我可什么都没说啊。”李明强冲胡斌直摆手。

“瞧你那熊样儿！还说讲政治，不敢讲真话，连个党性都没有，还讲哪门子政治？”胡斌瞥了李明强一眼，愤愤地说。

李明强不说话了，从四十五度角的方向瞥了胡斌一眼，嘴角泛起了那种讽刺意味的笑。笑过了，叹口气，冷嘲热讽地丢下一句：“我们贫下中农的孩子哪能比得了你们干部子弟呀！”

“你就比我强啊！我们是同年兵，你都副连了，我还是个排茬子呢！”胡斌争辩说。

“哼哼。”李明强用鼻子笑了笑，又从四十五度角的方向瞥了胡斌一眼，说，“是啊，我比你强！胳膊腿儿残废了，女朋友吹了，家里一个亲人也没有了。副连，哼，副连，上前线前给下个副连，意味着什么呀？”

“唉，你说你，我就那么一句话，你就——”胡斌说了半截子话停住了。过一会儿，他嘟囔一句，“你就不该跟人家卫和平吹！”

“是，我不该跟她吹。”李明强低沉地重复一句，突然激愤地说，“就凭我，一个残废，拖累人家一辈子！你懂吗？一个中国最高学府的研究生，找什么样的主儿找不到，偏找你一个残废！”李明强用右拳把左手打得“啪啪”直响。

“可，可人家卫和平并没有嫌弃你呀？”

“嫌弃？”李明强狠狠地把右拳砸在左手上，狠狠地说，“这能让人家提出来吗！”

“可，那，田聪颖和王红霞你总可选一个吧。”胡斌喃喃地说。

“可以！”李明强有些激动，声嘶力竭地说，“我选田聪颖，怎么去面对陆建峰？”

“那王红霞呢？人家可是当众宣布了，你残废了，人家也要嫁给你！”胡斌也急了，说得理直气壮。作为李明强的战友，可以说已经是知心朋友了，看着李明强目前的处境，心里很不好受，一直在内心深处为他着急，可又不敢去触及他那根敏感的神经。他也纳闷，今天怎么就不知不觉地将这把火给点着了呢？一不做二不休，干脆把一直憋在心里的话一吐为快。

“王红霞，哼哼。”李明强又用鼻子笑了笑，看着天花板说，“癞蛤蟆真吃天鹅啊！这对人家公平吗？”

“怎么不公平？爱，本身就是奉献！”

“是啊，你为什么就不为别人奉献呢？”

“那你为什么就不让别人为你奉献呢！”胡斌争辩说。

“为我奉献，我是老几？”李明强自嘲地用嘴角笑了笑说，“好了，好了。不争了，睡觉儿！”他恢复了平静，一边躺下一边说，“也许在梦中，周公会给我介绍个好姑娘呢。”

“我倒想给你介绍一个？”胡斌探过身说。

“睡觉儿吧，别瞎扯了。扯会儿，扯会儿，又吵起来了。”李明强说着闭上了眼睛。

“我说的是真的，一直在心里压了好多天了，不知该不该给你说。”胡斌认真地说。

李明强听胡斌说得认真，也就不在作声，睁开眼，准备细听他后边的话。

“就是，就是，唉，怎么说呢？”

“你怎么一下子变得婆婆妈妈的了！”李明强不耐烦地说。

“好，给你明说了吧。”胡斌坐正了身子，润了润喉咙说，“就是肖明的未婚妻。”

“你——”李明强“噌”地一下又坐了起来，恼羞成怒地吼道，“找抽啊你！”

“你别着急啊！让不让人家把话说完？”胡斌瞪了李明强一眼，见李明强没动静了，说，“连里派人去肖明家了。肖明那对象，听说肖明牺牲了，跑到肖明家，死活不走了，说要替肖明尽孝，照顾肖明父母一辈子。谁劝都不行，说活是肖家的人，死是肖家的鬼。”

“肖明没白爱她。”李明强感叹地说。

“是啊，她自己捧着肖明的照片，举行了婚礼，拦都拦不住。”

“现在社会有这样的痴情女子，可敬，可敬啊。”

“所以，我想——”胡斌又说了半句话不说了，侧过脸看李明强的表情。

李明强陷入了沉思，见胡斌长时间不说话了，就又从四十五度角的方向瞥了胡斌一眼，接着说：“我没有父母了，让我认肖明的父母做父母，娶了肖明的未婚妻，是不是？亏你想得出！”

“不是，我是想，是想——”胡斌想了想说，“我想，卫和平、田聪颖和王红霞，会不会也像肖明的——”

“好了，好了。”李明强摆摆右手止住胡斌的话，说，“我明白你的意思。”李明强知道胡斌是临时转换了话题，就接着说：“她们和肖明的对象不一样。”

“你不能不给人家一点儿机会吧。”胡斌说。

“这样吧。”李明强又从四十五度角的方向瞥了胡斌一眼，没有笑，一本正经地说，“明天跟郭燕商量一下，我也不用什么治疗了，咱们去看一看肖明的父母，只要他们愿意，我愿意做他们的儿子。我们是得替肖明做着点儿什么，但是，不是霸占人家的老婆！战友之妻不可欺啊。”

“谁让你霸占人家老婆了？我是说卫和平她们——”

“好了，好了。我心里有数。睡觉儿！”李明强打断了胡斌的话，说完，重重地将身子平摔在床上。

“好，明天就跟郭燕说。”胡斌也躺了下去，掖了掖被子，接着说，“我也想去拜拜你父母，给他们扫扫墓。”

“唉，谢谢你的好意。你的心意我领了，也替我父母的在天之灵谢谢你，上我家就免了。”李明强侧脸向胡斌投出感激的眼光。

“应该去看看他们。半年了，坟也该圆了，你们家也没有别的人。”

“有。”李明强的心一揪，杨玉萍的身影就浮在了眼前，他喃喃地说，“还有个妹妹。”

“你有妹妹？”胡斌惊讶地侧过身问。

“是干妹妹，我父母的义女。”

“噢——”胡斌叹口气重新躺好。

“唉——不知她现在怎么样了。唉——”李明强长长地叹一口气。这些天，他想的最多的就是杨玉萍，他想知道杨玉萍是否怀上了他的孩子。

# 第五十六章

李明强家大门外的老槐树下，葡萄架旁，立刻响起了刺耳的鞭炮声。

鞭炮声撞开了西流村家家户户的大门，人们纷纷走出来或探出头，相互打听着李家又有了什么喜事。

杨玉萍在睡梦中，迷迷糊糊地把张根当作李明强进行了交媾，气得七窍生烟。听到张根在楼下骂“破鞋”，又不敢与张根吵闹，憋屈地趴在床上哭了起来。

杨玉萍哭了一阵，见楼下没了动静，就愤愤地跳下床，赤裸裸地跑下楼，在厨房里把水龙头开到最大限度，用凉水冲起身子来。尽管是农历七月，气温很高，但从山泉里直供的自来水还是彻骨地凉，冷得她直打哆嗦。

杨玉萍咬着牙，呜咽着，用香皂把身上打了一层又一层，冲了一遍又一遍。凉水麻木了她的神经，她已经不感到冷了，但她总觉得冲洗不净，特别是她的下身。她站着冲，蹲下洗，只怕残留张根一滴精液。她知道张根的精液是没用的东西，但她怕张根的精液碰上自己的孩子，污染了她与李明强的爱情果实。她洗呀，冲啊，一边洗一边在心里一遍遍地呼唤着李明强的名字。她感到对不住李明强，没有为他保全洁净的身子。她恨自己，恨自己不应该有恻隐之心与张根同床。现在，她才真正地找到了，有的女人有了外遇之后，为什么连自己的丈夫都不让碰的原因。那是爱，那是为了爱，那是为了维护纯洁的爱情。不是所有的第三者都是坏人，那是爱情的火花点燃了两颗干枯的心。世上没有无缘无故的爱，也没有无缘无故的恨，更没有无缘无故的第三者。李明强能算是第三者吗？不，他是我心中第一个男人，也是我心爱的唯一的男人。为了李明强，我要坚强地活下去，为他生一个儿子，为李家传宗接代。

一想到儿子，杨玉萍又打了一个冷战。她急忙擦干身子，用围裙裹着肚子，跑上楼，爬上床，盖上了被子。她在心里一遍遍地祈祷，千万别感冒，千万别伤着了肚子里的孩子。

杨玉萍的身子很快被暖和过来，慢慢地渗出了汗液。但是，她没有打开被子，任汗水肆意地流。她在心里一遍遍地告诫自己，矫枉必须过正，只有出身透汗，才不致于感冒。

杨玉萍拿起枕边李明强的《红灯亮了之后》，翻开扉页，看着李明强的一寸免冠照片。这幅照片她不知看了多少遍了，连全书的内容都大致背了下来。她嫉妒卫和平，她闹不清李明强为什么偏偏爱上了卫和平。

杨玉萍看着李明强的照片，自言自语地说："在中学，她除了学习比我好外，其他哪一点儿比得上我？她迷糊到篮球赛时，往自己的篮筐里投球，你怎么能爱上她呢？啊，是她考上了北大，加重了爱情的砝码了。可是，你当兵时，在信中清清楚楚地写着，要与我白头到老呀！唉，都是那个混账的镇长，把我们给拆散了。不过，现在好了，我比她卫和平的砝码又重了，我与你……我再怀上你的孩子，卫和平就是有天大的本事也抢不走你了，对不对？我知道，你是一个负责任的男人，不会扔下我们母子不管的。我说的对吧？嗯——"杨玉萍对着李明强的照片深深地吻下。

杨玉萍身上浸出的汗水已经弄湿了被子，她轻轻地把被子挑了挑，让夜风钻进去，慢慢冷却。可是，大夏天捂被子，那丁点儿凉气也无济于事。杨玉萍索性把两条腿先伸出被子外面，合上书本，看着《红灯亮了之后》这六个鲜红的大字，笑了。卫和平，李明强上前线时已经给你亮了红灯了，这次你们的红灯亮了，该我绿灯行了。我要马上离婚，等李明强从战场上回来，他不能看着我为他守寡一辈子。

杨玉萍就这么翻来覆去地想到东方发白。她起身下楼，依旧是一身白，白裙子白凉鞋。她到厨房里梳洗完毕，就叮叮当当地忙乎开了。

张根懒洋洋地起了床，用惺忪的眼睛看了看桌子上已经摆好的四个炒菜，心里热乎乎的，一晚上的不快一扫而光。本来，他觉得自己昨晚上很棒，从来没有过的快感。结婚两年多了，与杨玉萍每次交媾，杨玉萍就像是例行公事儿似的，从来没像昨天晚上配合得那么默契、那么兴奋。他也受到了鼓舞，感到自己比以往任何一次都棒。

杨玉萍昨晚跑后，张根感到非常生气，想自己一定是戴上绿帽子了。但是，回味起那种快感，又有说不尽的喜悦。就这样，他在淡淡的哀愁伴随着淡淡的喜悦中睡着了。这一起床，又发现老婆从没有这么殷勤地为他做过饭菜，心里乐了。心想，杨玉萍肯定是感到自己昨晚错了，给我做了这么多好吃的将功赎罪，我得拿出大男人的样子来，让她给我说清楚昨晚是怎么回事，她是不是给老子戴绿帽子了。吓唬她一下，再给她些温存，说不定还能像昨晚那样……

张根想着好事儿，哼着小曲儿到院子里的水龙头前飞快地洗漱完毕，回到窑里，坐在饭桌旁，看了一眼面无表情的杨玉萍，拖着长腔问："有酒吗？"

杨玉萍不动声色地拿过一瓶白酒，打开，倒上两杯，对张根说："今天，我陪你喝一杯。”

“你还喝酒？”张根瞪起了眼睛，大声地喝斥道：“不行！在我们张家，女人不能喝酒！”张根吼完，在心里乐，我这回可得拿好男人的架子。

“好。我正不想喝呢！”杨玉萍沉下脸说完，摸了摸自己的肚子。心想，喝了酒，弄不好会伤了孩子。她把倒好的两杯酒，重重地放在张根的面前说：“你喝好。今天，我再伺候你这一回。”

“什么？”张根把一杯酒喝进肚里，瞪着眼睛问。

“吃饭吧，吃过再说。”杨玉萍低着头低沉地说。她在内心里确实觉得，自己有点儿对不起张根。

“有话快说，有屁快放，吃过饭老子还得去看我爸我妈呢！”张根一边声色俱厉地说着，一边用筷子夹一块炒鸡蛋送进嘴里。

“我不想跟你吵架，还是吃完饭再说吧。”杨玉萍扬起头，冷冷地说。

“老子我想给你吵架！有什么屁，放吧！”张根将嘴里的鸡蛋咽了，端起酒杯一饮而尽。然后，把酒杯往桌子上一蹾，狠狠地说：“倒酒！”

“我说了，不愿跟你吵架。你张口一个老子，合口一个老子，长能个儿了是吧？倒酒？你找别人去吧！老娘不伺候你了！”杨玉萍突然抬高了腔，拍了下桌子，站起来，瞪着张根说。

“我，我——”张根看杨玉萍发火了，又恢复了原来的奴性，向杨玉萍赔上了笑脸。

“我，我什么！”杨玉萍看着张根那㞞样，心里更有气了，本来不好说出口的话，脱口而出：“我给你明说了，我要和你离婚！”

晴天霹雳，震得张根瞪大了眼睛，张着嘴巴，半天才说一句话：“什么？你要和我离婚？”

“对，我早想好了，跟你离婚！”杨玉萍看着张根那一脸茫然的样子，心里又有点儿过意不去了，缓和了口气，低声地说，“咱们离吧。夫妻一场，好说好散。”

“为，为，为什么？”张根结结巴巴地问。

“我是只不下蛋的母鸡，不能占着窝，让你们张家绝后啊！”杨玉萍用张根母亲的话，也曾是张根骂她的话，冷嘲热讽地说。

“谁，谁，谁敢——我，我不，不说——”

“你说我是‘破鞋’，我再赖在这儿，不辱了你们张家的名声？”杨玉萍坐下来，不紧不慢地说。

“我，我，我是，是骂，骂我——”张根突然想起了昨天晚上用杨玉萍的内裤甩掉鞋子的事，想说“我是骂我的鞋”，可是急得说不成句。

“你骂谁都不重要了，我已经决定要和你离了！”杨玉萍看张根说得费劲，不等他说完，抢过话茬说。

“不，我——不同意！”张根突然站起来，说话也利落了一些。

“这由不得你，我今天就搬走。”杨玉萍冷冷地说。

“你，你搬哪儿？”

“我们家。”杨玉萍脱口而出，突然又急忙改口说，“隔壁，我干娘家。”杨玉萍说完，低下了头。在她的心目中，那早已成了自己的家了，她不仅仅是李铁柱和笑二嫂的义女，还是他们的儿媳——李明强的妻子。

“隔壁？”张根的眼睛瞪得更大了，“你——跟我离，离婚，住在——隔壁，哈哈，村里的人，唾沫不，不把你，淹死！”

“我跟你离了，是死是活与你无关。”杨玉萍不紧不慢地说，“我就住在隔壁，活是隔壁的人，死是隔壁的鬼，管他别人怎么说呢。”

“不，玉萍，我——不离！”张根突然奔过来拉住杨玉萍的手，不住地摇着头说，“别，别离。”

杨玉萍轻轻地挣扎了一下，没有挣脱张根的手，轻轻地说：“我已经决定了！”

杨玉萍的声音虽轻，但是很坚决，张根听了，“扑咚”一声就给杨玉萍跪下了，抱着杨玉萍的腿哭着哀求说：“我求你了，不离，别跟我离！我知道，我们家对不住你！是我，是我有病，我已经去医院查过了。”

张根这么一哭，说话利落多了，一口气说下去：“医生已经给我配药了。你等等，别着急，说不定一年之内我们就会有孩子了。我一定不会亏待你，你就是，就是跟别的，别的男人好，我，我也不在乎！我就，就在乎你！”

杨玉萍也落了泪，用手轻轻地抚摸着张根那零乱的头发，轻轻地说：“我知道，你对我好。可是，我心里苦。我们离了，做邻居，也能互相照顾。”

“不，我不离！”张根哭着死死地抱住杨玉萍的腿，好像他一松手杨玉萍就会跑了似的。

“是我对不住你。”杨玉萍一边抚摸张根的头发，一边轻轻地说，“我不爱你，我压根儿就没爱过你。是那该死的镇长毁了我的名声，别人不知道，只有你妹妹金凤知情。所以，我答应了她，嫁给你。本来，想在这偏僻的小村子里，安安生生、清清白白地过一辈子，可是……”杨玉萍说不下去了，李明强的形象浮现在她的眼前，她咬咬牙，轻轻地说，“我们的缘分尽了，还是离吧。”

“不——”张根声嘶力竭地痛哭起来。

“我知道我对不起你，所以，我们离了，我什么也不要，就把我的衣服和昨天买的电视机搬过去就是了。家里的钱，还有九千多，加上你昨天拿回的一千三，差不多有一万一了。我要给我干爹、干娘立碑，还需要点儿钱，那几百块钱我拿上，给你留个整数。你，再找一个，找一个，好好过日子吧。”

杨玉萍此时已经泣不成声了，任泪水哗哗地流。张根抱着她的腿，也哭成了泪人。

不知过了多长时间，门外响起了敲门声。大铁门“咚咚”的响声大如洪钟，接着是一个男人的高喊：“家里有人吗？”

“谁呀？”杨玉萍应了一声，冲跪在腿下的张根说，“有人来了。”

张根松了手，杨玉萍急忙跑出去，打开院内的水龙头，洗去脸上的泪痕，用张根的毛巾擦了把脸，一股汗腥味直蹿鼻孔。

“杨玉萍是在这儿住吗？”门外传来问话声。

杨玉萍也顾不上那汗臊味了，把脸擦干，将那毛巾往水池里一扔，跑到大门口，隔着铁门问：“你是谁呀？”

“闺女，我是刘家沟的刘石匠，来给你送货的。”

“噢——刘师傅。”杨玉萍打开门，见刘师傅还有两个小伙子拉着一辆架子车，车上放着三块石碑，就笑着说：“先到家里喝口水吧。”

“不了。”刘师傅摆下手说，“闺女，这碑立到哪儿？你不是说还让我帮你立起来吗？”

“对，对。您等会儿，我带您去，我先去给您拿钱啊。”杨玉萍说着，转身飘进院子。

李明强的本家大哥听说杨玉萍要给李明强的父母立碑，急忙去向李铁锤报信儿：“爸，张根媳妇要给我二叔二婶立碑，碑都拉到大门口了。”

李铁锤坐在八仙桌旁的罗圈椅上，沉思片刻，用手拍了下椅子把手，说：“立碑是你们晚辈的事儿。快，叫上你的几个兄弟一块儿去，买点儿鞭炮放放。我在家里做饭，中午都在这里吃。”他说着站起来，“立碑是件大事儿，这闺女也不说一声！唉，难得她一片心啊。你二叔家办事儿，钱都是人家出的，要不是她，难呀。说起来，她对咱李家有恩。既然，她认给了你二叔，就是咱家的闺女，你们就把她当妹妹待吧。”李铁锤向儿子面前迈一步，接着说：“今天，她是客，虽然碑是她订的，你得称头立。你铁梁叔一家在外面，村里就属咱们近了，不能让外姓人看笑话。碑立好了，请玉萍到家里吃饭，把路走圆了，外人才不会挑礼儿。”

李明强的本家大哥叫上几个本家兄弟，扛着镢头铁锹，追上杨玉萍一行，把李铁锤的意思说了，杨玉萍欣然同意。李家兄弟一个妹子一个姐地叫，叫得杨玉萍心里热乎乎的。

立碑的活儿，虽然没让刘师傅他们干，杨玉萍还是按事先说定的价钱给刘师傅结了账。

三块石碑很快立好了。李家排行老六的小兄弟凑到杨玉萍身边，问：“姐，这碑文是谁写的？”

杨玉萍瞥了他一眼说：“我写的，怎么了？”她知道李家兄弟也像刘师傅当初那样以为不妥，就故意问。

“挺好，挺好。”李明强的本家大哥急忙接过话茬说，“小六，立碑是喜事儿，放炮。”

“哎。”小六听大哥叫好，知趣地跑过去放鞭炮。随即，坟地里鞭炮齐鸣，充满了硝烟味。

李家兄弟有说有笑，杨玉萍却陷入了沉思，她分明看到那是青屏山前线，枪炮声，硝烟里，李明强在同敌人搏斗。

“玉萍妹子，走吧。”李明强的本家大哥见杨玉萍站在坟前发呆，催促说。

杨玉萍猛然回过神，李明强立刻从眼前消失了。她非常失望，她清楚地看到李明强徒手斩杀了面前的敌人，向她跑来，大哥的叫声把这幻境中的相聚打消了。杨玉萍委屈地大叫一声：“爸——妈——”扑到李铁柱和笑二嫂的坟前痛哭起来。

“妹子，别哭了，哭坏了身子，叔、婶儿也不答应啊。”

“姐，别哭了，别哭了啊。”

……

李家兄弟们你一言我一语地又拉又劝，就是劝不下，杨玉萍越哭越悲痛，越哭越伤心。

“二叔二婶儿，”李明强的本家大哥“扑通”一声跪在杨玉萍的身边冲着坟头大哭起来：“你们二老别让玉萍妹子哭了，我向你们保证，一定像对待亲妹子一样对待她！”

“二叔——

“二婶儿——

“二伯——

“二娘——”

李家兄弟见大哥跪在坟前大哭，也都“扑扑通通”全跪下哭了起来，一个个对着亡灵表白要像对待亲妹妹、亲姐姐一样对待杨玉萍，感动得杨玉萍哭着站起来，一边哭一边一个一个地拉李家兄弟。全拉起来了，大家拿起工具，恋恋不舍地离开了坟地。

杨玉萍像一位白衣仙女飘在前面，李家几个兄弟扛着铁锹镢头更像天兵天将随在她的身后，在李家坟这座人烟稀少的山脊上，构成了一道雄浑飘逸的风景线。

一行人就这样默默地走了好一阵，杨玉萍突然放慢了脚步，回过头对李明强的本家大哥说：“大哥，我有件事儿要给你们说。”

“什么事？”老大问。

“我要离婚了。”杨玉萍低下了头，轻轻地说。

“离婚？”

“为什么？”

李家兄弟不约而同地惊问，把眼光齐刷刷地盯向杨玉萍。

“你们也不是不知道，这日子没法过。”杨玉萍依然低着头，轻轻地说。

“离了，你怎么办？”老大问。

“明强走时把钥匙给我了，我就住那儿。”

“住那儿我没意见，反正明强把它交给你了。你是二叔二婶儿的闺女，住那儿也是应该的。就是铁梁叔家那俩兄弟回来，也不能说什么。我就是想，你，你今后怎么办？”老大深沉地说。

“等明强回来再说。”杨玉萍依然低着头，轻轻地说。说完这话，她又情不自禁地轻轻摸了摸自己的肚子，并用眼睛瞟了瞟李家众位兄弟，偷偷地看大家的表情。

“姐，你是不是想等我强子哥回来，做我的嫂子呀？”小六跳到杨玉萍面前嬉皮笑脸地问。

“小六！”老大喝道，“胡说什么？”

小六吐了下舌头，看众位兄弟，做了个鬼脸。其实，众兄弟也早听说了，杨玉萍就是因为镇长破坏了她和李明强的爱情，才扇镇长耳光辞职的。李明强这次探亲，让李家伤了三口人，虽然都很悲痛，但大家还是能感觉出杨玉萍对李明强的特殊感情。杨玉萍能一下子花那么一大笔丧葬费，恐怕不单单是为了尽一个干女儿的孝心，只是小六嘴快说出来挑明了而已。

杨玉萍让别人发现并当众揭开了自己的秘密，不好意思地红了脸，喃喃地解释说：“在这村儿，我就剩下他一个亲人了。”

“我们都是你的亲人！”李家老四说，“姐，你不知道，俺爸和二叔是一个爷，咱们是一个祖爷，亲着呢！”

“我知道。”杨玉萍低着头，眼眶里溢满了泪。

“这样吧。”老大看杨玉萍哭了，就接过话茬说，“俺爸在家做好了饭，说你是闺女，算客，按规矩请你到家里去。咱们吃饭时，给他老人家说一下，看怎么办好。”

“我已经决定了。”杨玉萍扬起头，坚定地说，“今天就搬！再待下去，恐怕我连说的勇气都没有了。我就请你们去，给我做个主！”

“姐，我去！你是李家的闺女，我们‘娘家人’就得给你做主！”小六又嚷上了，“给他矮矬子武大郎离，您这么漂亮，嫁给他们张家，糟贱了。”

“你既然决定了，我们兄弟几个就支持你，绝不会让你吃亏。要搬，咱们吃过饭再搬。”老大说。

“嗯。”杨玉萍笑了，苦苦的、甜甜的，很自然又极不自然地笑了。

杨玉萍带着李家兄弟回去搬东西时，张根的父母已经在窑内等着了。

“玉萍啊，有什么大不了的事儿，非离婚不成啊。”张洪的声音与其说很像家长，倒不如说更像干部。

“我已经全跟张根说清楚了。”杨玉萍瞥了张洪一眼，轻声地说。

“说清楚什么了？说清楚你养野汉了？”张根的母亲又撒起泼来，摆出一副吵架的样子。

“闭上你那臭嘴！”李家小六大喝一声，跺了下脚，吓得张根和他母亲打一个哆嗦。

“啊嗬，带这么多人是吵架呀，还是打架呀？”张洪毕竟是当了十几年的村支书，抖动着胡子，不紧不慢地说，“打、吵，都解决不了问题。”

“我既不想跟你们吵架，也不想跟你们打架，我只是请他们来帮我搬东西的。”杨玉萍也是见过世面的人，非常冷静地说。

“搬东西？私入民宅，搬我张家的东西，我不同意，那就是抢！抢是犯法的！”张洪想拿法律吓唬李家众位兄弟。

“这家是我的，我请人来搬我的东西，犯的是哪门子法？”杨玉萍不动声色地反问道。

“在离婚证明没有拿到之前，这东西一样也不能搬！这是受法律保全的。”张洪摆出一个执法者的姿态。

“张洪，什么是法律保全，你懂吗？”在学校教书的李家老四向前跨一步说，“你还以为是你当支书的时候呀，你说什么是法就是法！离婚前分居，当事人拿自己的生活用品是受法律保护的。”

“我们自己家里的事，用不着你外人插言！”张洪声色俱厉地说。

“你们家里的事儿？人家两口子独立门户，你是不是外人呢？”李家老大反问张洪道。

“我是张根他爹，怎么能是外人！”张洪气得抖起了胡子。

“我是玉萍的哥！”

“我是她兄弟！”

李家兄弟七嘴八舌地说。

“少跟他们废话，姐，搬什么，你说吧！”李家小六是个急性子，不耐烦地说。

“我说了，我什么也不要，连娘家陪嫁的东西都留给张根，我就搬我自己的衣服和电视机！”杨玉萍不紧不慢地说。有李家众兄弟给她撑腰，她一点儿也不慌张。

“电视机在哪儿，我去搬！”小六嚷道。

“在楼下客厅里，去搬吧。”张根的母亲阴阳怪气地说。

李家小六瞪了那老女人一眼，跳出门去，直奔小楼的一层客厅。杨玉萍也不说什么，打开柜子，往外拿自己的衣服。

“姐——没有电视，电视机没了！”小六大呼小叫地跑进窑。

“电视机呢？”杨玉萍转过身怒视着张根，冷冷地问。

“我、我不知道。”张根看着杨玉萍那愤怒的目光，支支吾吾地说。

“你不知道？”杨玉萍向前逼了一步，愤愤地说，“我把什么都给了你，就拿这么一台彩电，你都不让，你够狠呀你！”

“不，不是，不是我。”张根怯怯地说着，看了一眼他母亲。

“藏哪儿了？给我搬出来！”杨玉萍突然怒吼道，那一双凤眼瞪得比鹰眼还要锋利。

小六上前一把抓住张根，吼道：“藏哪儿了，快去搬出来，免得老子动手！”说着，用力一甩，张根那保温桶似的身子，就骨碌碌地转了两圈儿。

“谁敢搬，我给谁拼了！”张根的母亲又撒起泼了，过来扯住小六的衣服。

“去你的。”小六一甩手，挣脱了，点着张根母亲的鼻子骂道：“你个老不死的，你欺负我姐欺负得还不够啊！再多事儿，我踢死你！”

“好啊，你个小六子，给我耍儿横！老娘我怕，怕你不成！”张根的母亲一边哆嗦嗦地指着小六恶狠狠地说，一边胆怯地向退，靠着墙，哆哆嗦嗦地说，“谁敢搬，我就撞死到这儿，给你们看！”

“好啊，你就撞死到这儿！”小六说着，一把将窑中的两屉小木桌向外一拉，指着桌子的一角说，“你撞，我看着你撞，看着你死！”

“啪！”张洪一巴掌拍在桌子上，“腾”地一下站了起来，吼道，“小六子，别欺人太甚！”

“啪！”李家老大也将巴掌拍在桌子上，愤怒地说，“是你欺人太甚！你把我二叔一家欺负成那个样子，我们敢怒不敢言，为什么？因为你有权，你是支书！现在，你还想耍儿你当支书的威风呀？没门儿！”

李家老大抬起手指指张洪，又指指张根和他母亲，大声地说：“我告诉你们，今天，搬定了！张根，你小子把电视给我送过去，不然，我要你的好看！玉萍，搬！”

杨玉萍搬到了李明强家，白天开着电视，注视着青屏山前线的消息，夜里抱着李明强的衣服而眠。就这样，一天天过去了，可是始终看不见也听不到关于李明强的一点儿信息。

这天下午，大约三四点钟的光景，李家老四慌慌张张地从学校气喘吁吁地跑回来，拍着李明强家的大门急促地喊：“姐，姐，强子，强子，强子上报纸了！”

杨玉萍正躺在床上无精打采地看电视，听到老四那急促的敲门声，又喊李明强上了报纸，急忙跳下床，趿拉着鞋，披头散发地跑出去，打开大门，焦急地问：“明强，上报纸了？什么报？”

“《日报》《晚报》都有，晚报上最全，你看，全在这儿呢。”李老四急切地说着，把一沓报纸递给杨玉萍。

杨玉萍接过报纸，手在颤抖，抖抖地不知看哪里好。

“这，第四版。”李老四把《日报》翻到第四版，指着说：“看，《青屏山顶上五勇士》，就是写强子他们的。”

杨玉萍急忙看，老四说：“你先看，我去告诉我爸他们。”说着就走，走了两步又折回来，抓住杨玉萍手中的报纸说，“把《日报》给我，先给他们看一眼。”一边说，一边从杨玉萍手中抽出一张报纸，转头就走，走几步，回过头对杨玉萍喊：“姐，我们等会儿就来。”

“明强负伤了！”杨玉萍带着哭腔喊。

“没事儿，就是伤了左手和腿，没有什么大事儿！死不了，就是喜事！”李老四回头喊了一句，消失在门前的葡萄树荫后。

李铁锤带着自己的老婆、儿子、儿媳及一群孙子孙女来到李明强家的时候，杨玉萍已经哭成了泪人，她正鼻子一把泪一把地一边哭，一边看报纸，看到李铁锤带着一大帮人有说有笑地来了，抹了把眼泪，迎出门，冲李铁锤老婆叫了一声“大嫫——！”便一头扑进老太太怀里，痛哭起来。

“孩子，不哭，不哭啊。”李铁锤的老婆一边安慰杨玉萍不哭，自己却也跟着哭了起来。

“唉，说不哭，都哭了。”李铁锤叹口气，笑着说，“哭什么？强子，这次立大功了，给咱河南人、给咱李家争光了！看这标题，‘青屏山上五勇士，虎口拔牙建奇功’！奇功啊！还有这儿，‘李明强和他的战士们’，多带劲的标题。我们强子是领导，贡献最大，报纸上都这么突出宣传他，仗打完了，不给他立功提职才怪呢！”

“大伯，明强他，他负伤了。报上说，他伤得很重，当时，身上、身上的血都、都流干了。”杨玉萍哽咽着说。

“瞎掰，血流干了还能活？还能接受记者采访？”李铁锤笑着说，“报纸尽讲过头的话。不过，这次讲得好啊，把强子讲得多伟大，大英雄啊！”

“他伤成、伤成那样，会不会残废？”杨玉萍哽咽着，说出了她最提心吊胆的话。

“傻孩子，尽瞎说不吉利的话。”李铁锤的老婆立马不高兴了，“我们家强子福大命大造化大，不会有事儿的！”

“就是，玉萍别瞎想了。”

“现在，医疗条件这么好，肯定能治好。”

李家的媳妇们也趁机你一言我一语地安慰起杨玉萍来。

“就是，俺强子哥是大英雄了，还不是什么药好往他身上用什么药。”一向快嘴快舌的小六终于找到了说话的茬口。

“就是，我们国家对英模人物，向来是不惜任何代价的。”老大也接过话茬说。

“绝对没事！我敢保证，强子哥绝对没事！”小六又激昂地说。

“就是，我们等好吧。”李铁锤笑着说，“玉萍，你整天看电视，我也整天看报纸、听匣子（收音机），前边不吃紧了。现在是换防，你们知道是啥意思？那是老邓（邓小平）想让各个部队都到前线体验一下。你们想，强子他这体验过了，过一段时间还不回来？”

“爸，人家是军区换防，待多长时间，没准儿。”老四说。

“没准咋了？他没准，我们心里有准就得了。”李铁锤看了老四一眼，又扫了大家一遍，说，“你们想想，就是一年半载回不来，也没事儿呀！强子他负伤了，再打，还能让伤员上？所以，强子负伤也是个好事儿，最起码把命保住了。这一出名，弄好了，咱李家还能出个大官呢！”李铁锤说到这里，激动地大声喊了起来：“老天有眼啊！老天爷，你是不该绝我们老二的后啊！”

李铁锤喊完，眼圈红了，低沉地说：“老二，你若在天、在天有灵，也会、也会高兴的。”李铁锤老泪纵横，说不下去了。

“爸，您、您这是干什么呀？您这一哭——”老大一边拉李铁锤一边说，自己的眼圈也红了。

“我、我没哭。我，我是高兴，高兴。”李铁锤用榆树皮似的手擦了把脸，深沉地说，

“退一万步说，就是，就是，强子残废了，那也是左手和腿。强子他会写书啊，他写书不就更有时间了。”

“爸说得对，爸说得对。”老大附和着说。

“你们都知道啊，那个不会走路坐轮椅的那个女的，叫什么张海由，又会看病又会写书，还会好几个国家的英语呢！多出名啊，我们强子，能不比她强？”

“爸，您说错了，不是张海由，是张海迪！”快嘴小六马上给李铁锤纠正，众人跟着掩嘴笑。

“那英语啊，就是英国的语言，不能说好几个国家的英语。”老四也给李铁锤纠正。众人更乐了，有的还笑出了声。

“亏你还是个教书的，你懂个啥？你当我不知道，我是想逗玉萍乐的。”李铁锤说错了也不好意思在晚辈们面前承认，反与老四干上了，“你说，不能说好几个国家的英语，人家怎么在匣子里还讲，讲什么美国英语呢？”

“这——这——”李铁锤一番话说得老四张口结舌，众人又笑。

李铁锤笑着说：“玉萍啊，大伯说了大白话都没把你逗笑，还想让你大嫫给你唱段豫剧？别哭了，今天是咱李家大喜的日子，都应该高兴！”

“是，爸说得是，都应该高兴。”

“玉萍，别哭了，我们应该高兴才是。”

李家的几个儿媳妇又嚷嚷开了。

“还应该庆祝！”李铁锤突然又冒出一句。

“对，应该庆祝！我去买点儿鞭炮放放。”小六立即响应。

“甭去买了！我那天眼儿窑[①]里有，老大去拿来放了。”李铁锤说。

“我那里也有。”老大说。

“都拿来，越多越好。”李铁锤笑着说，老大应声而去。

“老四，把这些报纸贴到村里去，让全村的人都看看，李铁柱是英雄，他的儿子也是英雄！我们李家不是吃素的，是英雄世家！”

“这——这是学校的报纸，看完了，我还得给还回去。”老四为难地说。

“你呀，教书都教成呆子了！就不会活泛点儿，遇事多想点招儿！”李铁锤瞥了老四一眼，回过头对老六说，“去，找个喇叭筒！他这个教书先生口才好，让他上嘴坡给全村人读报去！”

“爸——”老四又为难地叫了一声李铁锤。

“对了，还有——小六。”李铁锤叫住小六说，“你明天到镇上去，就这报纸，能买多少买多少。”

“中，中啊。我先到报摊儿上看有卖剩的没有，再到各单位走走，把他们看过的买回

---

① 山脸高的窑洞正上方的套窑，山脸低的两个窑洞中间挖的小坎窑。本处指后者。

来。我一说，李明强是俺哥，说不定，不花钱就能拿回来呢。”

“看看，小六就是脑子好使。老四，你也快三十的人了，学着点儿，太老实了吃亏。”李铁锤说完，觉得今天是老四给大家送回来了好消息，自己反倒给老四个没趣，有点儿过意不去，就说，“今天，老四带回了好消息，跑了一身汗，该奖。把咱祖传的‘天下第一砚’，奖给你！你好学习，爱练字，好好练。咱李家现在有了英雄、作家，再出个书法家，看他谁敢小瞧咱。”

“对，对，我一定好好练。”老四脸上也露出了笑容。

“来了，鞭炮来了！”老大喊着走进院子，身后跟着一群孩子。

“嗬，这么多啊。”小六跑上前接鞭炮。

“不多，不多。”李铁锤笑着说，“留上几挂。一会儿，你们到坟上去一趟，给您二叔二婶儿说说，也给您祖爷祖奶说说。”

“中，中，我们都去。”老大应和着说。

“老大，以后啊，这些事儿，你多操持点儿，应点儿心儿。家里的大事啊，该交给你管了，我也该省省心了。”李铁锤说着站起来，看了看杨玉萍和几个儿媳妇，接着说，“今天，吃团圆饭。来不及去赶集了，各家有什么好东西都拿出来。老大媳妇儿，就在你们家，你负责，从今天起，你就得协助老大掌事儿。”

“哎，爸，我知道了。”老大媳妇赔着笑脸应和。

“玉萍啊，你是闺女。待会儿，随你大哥他们一块儿去上坟，回来到你大嫂家吃饭。今天，她待客。”

“嗯。”杨玉萍重重地点了下头。

“放炮！”李铁锤像个将军似的把大手一挥。

“放炮了！”孩子们欢呼雀跃地跑出了院子。

李明强家大门外的老槐树下，葡萄架旁，立刻响起了刺耳的鞭炮声。

鞭炮声撞开了西流村家家户户的大门，人们纷纷走出来或探出头，相互打听着李家又有了什么喜事。

# 第五十七章

肖明媳妇看到“裹皮面”到了李明强手里，不知说什么好，像被人揭开了自己不愿公诸于世的隐私，脸涨得通红。

“不行！”郭燕一听李明强和胡斌要到河北正定去看肖明的父母，头摇得像个拨浪鼓，连连说，“这是不可能的事儿，我们医院从来没有这样的先例。”

“照顾一下嘛。”李明强软磨硬抗地说。

“已经给你天大的照顾了，如果病人都像你这样，我们医院就不叫医院了，该改名叫疗养院了。”郭燕说着，把双手一摊，一副无能为力的样子。

“我们昨晚就商量着要出院了，只是出了院，回到单位再请假出去就难了。”李明强也摆出一脸为难的样子说。

“回单位请假怎么难了？去看牺牲战友的父母，也是公事儿，来回差旅费还能报销呢。你们在这里去，算什么呢？——医生、护士渎职，你们违反规定，来回路费还得自己掏腰包，何必呢！”郭燕一脸的困惑，说完，用眼睛剜了一下胡斌，紧叮两个字，“犯傻！”

“不是我们犯傻，是我们想要个小聪明！”李明强嬉笑着说：“我们是想钻个空子。单位已经派人去过了，我们这是个人行为……”

“我看是革命行为！”每天坚持查房的李放主任在门口打断了李明强的话，一边向屋里走一边说，“李连长，你们的话我都听见了，我支持你的革命行动。”他走到李明强面前，把手一挥，说：“我今天就犯一次错误，批你们三天假，什么时候走，给我打个招呼。”

“太谢谢您了，李主任。”李明强高兴地伸出右手与李放主任握在一起。

“在医院窝了这么长时间，也该出去走走了。况且，还是去做好事呢。”李放主任笑着松开手，在李明强肩上拍了一下说。

“谢谢，谢谢。不过，我还有个不情之请。就是，您好人做到底，再多给一天。”李明强笑着一边说一边伸出右手的食指在李主任面前晃了晃。

“得寸进尺！”郭燕瞟了李明强一眼，脸上现出了两个深深的酒窝。

“是这样的。”李明强脸色变得有些沉重，接着说：“我的老部队驻地，有一户孤寡老人，是因为我的班长失去了女儿。他们就那么一个女儿，老班长在去世前把他们交给了我，我又交给了我的兵。本来能一茬茬地交下去，可是，部队在前年大裁军中被撤销了。现在，两位老人没人管，我还想去看看他们。”

“你呀，心太重！我看，你这一生，不知要多背多少个包袱呢！”李放主任又把右手重重地拍在李明强的肩膀上，郑重地说，“好，去吧，别着急，能待几天就待几天。不过，千万不能出任何问题，要不然，我吃不了兜着走，郭燕也逃不了干系，恐怕院领导都得扯进去。”

“不会有事儿的。要有事儿，也是好事儿。你看李连长在咱科住这么长时间，帮了我们多少忙，做了多少好事儿。他成立的临时党小组，在咱医院还是头一份呢……”郭燕一听李放主任同意李明强和胡斌请假，高兴极了，笑着替他们说好话。

“得了，得了。李连长用不着你表扬。”李放主任摆摆手不等郭燕说完，抢过话头说，“我也正是考虑了这些原因，才斗胆批他们假的。”他又把手拍在李明强的肩头，笑了笑，摇摇头说，“老李啊，我算服了你啦！”

李明强和胡斌坐在前往正定的火车上，车箱里正在播放流行歌曲，突然有一首雄壮的军歌吸引住了李明强：

“我来到这个世界上，没有想去打仗。只因有了祖国的需要，我才扛起了枪。天高地广，经受着风浪，我们百炼成钢。如果世界缺少了我们，那才不敢想象。喔……军营男子汉，喔……军营男子汉，天高地广，经受着风浪，我们百炼成钢。如果世界缺少了我们，那才不敢想象……”

李明强静静地听完这首歌，激动地对胡斌说：“多好的歌啊！这是谁做的词？谁谱的曲？这首歌叫什么名字？太棒了，回头儿得好好学学。”

“真是唱到我们心窝里了。”胡斌也被这首歌感动了，附和着说。

“我们在医院，好像与世隔绝了似的。”

“是啊。前两个月，大报小报上登满了你的照片。现在，竟没有一个人能认出你来。真他妈邪了！”胡斌喃喃地说。

“人家都还以为我们在，在昆明，谁能想到咱们在这里出现。”李明强看了一眼对面坐着的两位客人，把“前线”换成了“昆明”，轻声地对胡斌解释说。

“得了吧，是这些人根本就没往心里去！看报也就是看了个热闹罢了。”胡斌愤愤地说。

“小声点儿。”李明强按了一下胡斌的腿，又轻声地说，“这样更好。要是让人认出来了，不就麻烦了。”

对面坐着两位三十出头的人，一位身穿一套黑西装，一位身穿一套灰西装，都扎着花领带，黑皮鞋擦得锃亮，像两个生意人。他们一上车，先抽了根烟，接着就闭上眼睛养神。听到胡斌说话，“灰西装”睁开了眼，斜了胡斌一下，又懒洋洋地看了一下李明强，好像黑皮鞋上落了什么东西，重重地跺了一下地板，又闭上眼睛装睡。

胡斌感到明显受了侮辱，正要发作，被李明强按住。胡斌气得呼呼地瞪了那“灰西装”一下，大声地对李明强说：“哎，老李，我听了个笑话，给你讲讲，挺逗乐的。”

“小声点儿。”李明强又拍了一下胡斌的腿。

胡斌继续大声讲：“有一只乌龟与蛇同路，遇到一条大河，蛇不会游泳。乌龟说，我背你过去。蛇说，我怕从你背上掉下去，淹死了。乌龟说，那你就缠在我的脖子上吧。游到河中，遇到一条鲤鱼。鲤鱼说，嗬，几天不见，你鳖孙扎上领带了。”

李明强乐了，知道胡斌是借题骂对面的“灰西装”，又重重地在胡斌腿上拍一下，压低声音厉声说：“别惹事儿！”

就在这时，对面的两位“西装”同时睁开了眼睛，“黑西装”咧着嘴大笑，“灰西装”撇撇嘴奸笑。

“哎，解放军同志，还有什么笑话，给我们说说。我们做生意，在饭桌上尽讲段子，一个段子讲好了，一个生意就成了。”“黑西装”笑着向胡斌抛出乞求的眼光说。

“让他给讲吧，他是个作家，段子张口就来。”胡斌心想，这两个浑蛋，面对李明强都不认识，挨了骂也不知道，素质真低。就懒得搭理他们了，把“球”踢给了李明强。

“我不会。”李明强一本正经地说。

“我给你们讲一个。”“灰西装”冷冷地用嘴角笑了笑说，“抗美援朝胜利前，中国、朝鲜与美国和谈。休息的时候，朝鲜人问中国人，你们常说‘傻B、傻B’的，‘傻B’是什么意思？中国人说，那是我们的国骂，就是骂这个人傻，你们是怎么说的？朝鲜人叽里咕噜地说了一通，用左手拇指和食指做了个圈儿，用右手的中指向圈里捅了捅。”“灰西装”一边用两手比画一边说，“中国人不懂，问用中国话怎么说。朝鲜人不好意思，随口说，就是‘向前’的意思。这时，一队解放军唱着‘向前向前向前’的歌曲走过来。美国人恨中国人，就说，噢，解放军就是‘傻B’呀！”

“你——”胡斌“腾”地站起来，李明强急忙把他拉住，知道遇见了对手，就慢条斯理地说：“我也给你们讲一个吧。”

李明强把胡斌拉到座位上，说：“还是乌龟的故事。”李明强顿了顿，看“灰西装”没有反应，“黑西装”笑眯眯地支着耳朵一副洗耳恭听的样子，就说，“一次，乌龟举行赛跑，按重量级进行。一只乌龟练得太猛，到比赛时差了一两，被取消了参赛资格。一只麻雀看那只乌龟垂头丧气，说我正好一两，藏在你的盖子里，再去称。裁判一称，正好。

其他的乌龟不愿意了，说刚才称了几遍都不够，怎么一会儿就够了？要求检查，裁判掀开龟盖，发现一只麻雀，问你在这里干什么？麻雀说，我正在给王八讲故事呢！”李明强讲到这里，抬起手冲“灰西装”向下压了压说：“算了，算了。咱们若这样说下，非打起来不可。既然是讲笑话，都不要生气。我再接着讲，讲你刚才没讲完的故事。”

“我没讲完？”“灰西装”瞪大了眼睛问。

“对。”李明强冲“灰西装”说，“照你说的，美国人骂的应该是志愿军，不是解放军，要么你是误讲，要么你是故意犯了逻辑上的偷换概念错误。”

李明强看“灰西装”一脸茫然，用嘴角笑了笑，接着说：“中国人听到美国人骂志愿军，非常生气，就来个迎头痛击。说，一个美军步兵师被赶过‘三八线’，丢盔弃甲，狼狈不堪。跑到一条河边，要涉水过去。听说这条河里有一种鱼，专吃男人的生殖器，穿着裤子也没用。怎么办呢？师长怕被志愿军追上当了俘虏，也顾不上他的士兵了，抓起全师唯一的一个茶缸，往裆里一扣，死死按住涉水过河，只觉得屁股后边有东西乱顶，疼疼的。心想，这河里的鱼还真厉害，要不是这缸子，我的命根儿就完了。他忍着痛到了对岸，回头一看，全师的人一个接一个全过来了。你们说，他们是怎么过河的？”

“哈……”胡斌和两个“西装”想了一下，几乎同时大笑起来。

“灰西装”笑着说：“你真是个作家，编得好，我服了，抽烟！”说着，给李明强和胡斌上烟。四个人一路谈笑风生。

李明强和胡斌下了火车，又转汽车，一路打听，走进了一个山沟。

“老胡啊，这里和我们家的地形差不多，属丘陵地带，缺水，全是些寡鸡不下蛋的地。看这农民的房子，没准比我们家那里还穷呢！”李明强展望四野，感叹地说。

“是啊。不当兵，我还真不知道咱们国家还有这么多穷地方，老百姓的生活这么差。”胡斌也跟着抒发自己的感慨。

“怪不得肖明那么卖劲儿地练剪裁，说要回来发家治富呢！”李明强若有所思地说。

“到了，就是这个村。”胡斌指着前面的村庄说。

“问一下。”李明强发现村头儿的小麦田里有人在锄地，指了指说。

腊月里，正是小麦苗返青的季节，麦田绿油油的像城市里的草坪。麦田里，一位农妇下穿一条黑色凡尔丁裤子，上穿一件洗得发白了的男式军衣，脖子上围着一条天蓝色围巾，正低着头，一锄一锄地顺着麦垄吃力地为麦苗松土。地头儿处，一块儿小蓝布棉垫上坐着一个又小又瘦的孩子，手里拿着半拉黑乎乎的馒头在啃。那馒头被冻得很硬，小孩儿每咬一口，出现一个白点儿。李明强知道，那是红薯面窝头，他小时候经常吃的东西。

“大嫂，打扰一下。您知道肖明家在哪里住吗？”李明强和胡斌站在地头儿，向锄地的农妇问。

农妇抬起头，不知是累的还是怕见生人，红着脸，理了下垂在额前的头发，看着地边的两个军官，怔怔地也不说话。突然，她丢下锄头跑过来，盯着李明强急切地问：“你是，是李明强，李副连长吧？”

“你——”李明强和胡斌看着面前的农妇不由得愣住了。走了一路，没有一个人认出他们，在这山沟里，一个农妇居然认出了李明强。

“我就是肖明的媳妇，走，回家。”农妇说着，眼圈儿红了，背过脸，拍拍手，像是打掉了手上的灰尘。稍后，她转过身，抱起地上的孩子，说：“乖，回家啰，找爷爷奶奶去。”小孩儿握着那冰凉的黑窝头，瞪着两只大眼睛看着李明强和胡斌。

“这孩子——”李明强突然想起了肖明说过，他早把“小解放军”种上了，又想到这女人是抱着肖明的照片结婚的，就怯怯地问。

“肖明他姐的孩子。没人看，送这儿了。”

肖明媳妇淡淡的一句话，打断了李明强脑中刚刚浮现的关于肖明的故事。

李明强和胡斌紧随在肖明媳妇身后，默默地跟着走。他们都感到，这女人的面相远远大于她的实际年龄。

肖明家是一座新瓦房，“工”字形，共四间，门框上都贴着崭新的对联，紧右边的房门上还贴着大红喜字。李明强听肖明说过，这叫“争气房”，是为他娶媳妇盖的，欠了一屁股债。

李明强看着这座新瓦房，心情更加沉重了：喜字贴上了，媳妇到家了，肖明他……

肖明媳妇推开靠右边的第二间房门，对愣在身后的李明强和胡斌说：“你们先进屋坐会儿，我去告诉爸妈一声，看他们猛然见到你们，受刺激。”

李明强和胡斌同时一怔。胡斌问：“肖明的父母不在这儿住啊？”

“在。”肖明媳妇看了胡斌一眼，抱着孩子走到左上房，掀起那幅用几块发白了的蓝布做的棉帘子，叫声“爸、妈”进了屋，就再也听不到声音了。

不一会儿，肖明媳妇掀开帘子，见李明强和胡斌都站在院子里没进屋，就说：“李副连长，你们进来吧。”

李明强屈着膝在前，胡斌随后，进了左上房。一个精瘦的老头已经从坐着的小矮凳上站起来，他的面前是一堆高粱梢子，李明强知道，老人正在做扫帚。靠屋角的床上，一条大红花被盖着一位老太太。老太太也坐起了身，小孩儿就放在她的身边。两位老人和孩子都瞪大眼睛看着李明强和胡斌。

“大爷，大娘，你们好。”李明强和胡斌异口同声地叫道。

“爸、妈，我没骗你们吧。好好看看，他是不是李副连长？”肖明媳妇笑着说。

“大爷，大娘，我就是李明强啊！”李明强屈着膝向前走两步，拉着老头子的手说。

“是，是。”老头子抖动着嘴，眼眶里溢满了泪水，“老婆子，是明的连长，是明的连长！”

“孩子——”老太太哽咽着叫了一声。

“大娘。”李明强赶紧丢开老头，走到老太太床前。

“孩子，你还能走路？”老太太哭了，“我以为，你，你就没有腿了。”

“大娘，您看，不是好好的。”李明强上前拉住老太的手说。

“啊——嗬——”老太太突然大叫一声，长长地出一口气。

“大娘，您怎么了？”李明强赶紧扶住老太太，急切地问。

“大娘。”胡斌也几步冲到床前。

“没，没，没事儿。还说，好，好呢。腿——都成——罗——圈儿——了。”老太太吃力地说着，额头上浸出了大汗珠子。

“妈，快，快喝两口。”肖明媳妇端过一碗黑红的汤药让老太太喝。老太太一口气把药喝了个净光，肖明媳妇说：“躺着吧，别再说话了啊。”

“大娘怎么了？”李明强着急地问。

“犯奶痛，快半年了。”老头子不以为然地说。

“什么病啊？”胡斌不解地问。

“乳腺疼。”李明强知道农村的土语，告诉胡斌。

“那不是乳腺——”

“吭！”李明强重重地打了胡斌一下，大声地咳了一声。胡斌颤了一下，不说话了。

“去医院看了吗？”李明强问。

“看什么呢，一到医院就是钱。都六十岁了，活一天是一天吧。”老头子叹口气说。

“那怎么行？有病不看怎么行？”胡斌着急地说。

“不行，又有什么办法？”老头子说，“盖这房，欠人家千八块。部队刚把肖明的抚恤金送来，他姐又让树把腰砸断了……”

“爸——”送药碗回屋的肖明媳妇大叫一声，脸黑得像农家用木材熏黑的锅底。老头子看了一眼儿媳妇，像做错事儿的孩子，低下头不说话了。

“爸，你们到那屋说话吧，让我妈睡会儿。”肖明媳妇又换了副笑脸说。

“哎，上那屋，上那屋。”老头子上前拉着胡斌就走，走到门口对肖明媳妇说，“去你三婶儿家啊。”

李明强和胡斌被让进中间靠右边的屋里，坐在靠墙的两屉桌两端的高椅子上，老头搬了个小凳坐在门口处。胡斌要让老人坐在高椅子上，老头说他坐矮凳舒服。他们聊了会儿天，就看到肖明媳妇提一个小手巾兜从外面匆匆赶了回来。走近时，李明强看到她那黑凡尔丁裤子上蹭了些白，不由得心头一紧：“莫非，他们连吃的面都没有了，还要去借。”

饭很快做好了，先端上桌的是一小盆儿鸡蛋黄花菜粉芡卤，然后给李明强和胡斌各端上一大碗白面条。

李明强看没有老头子的，就说：“大爷先吃。”

“有他的，马上就来。”肖明媳妇说着走出屋，旋即就端来一大碗白面条，从桌上的盆里打了一勺卤，抖两下把鸡蛋块抖掉在盆里，浇上，给老人端了过去。

李明强一边搅拌碗里的面条和粘满鸡蛋的卤，一边观察老人的碗。他发现老人碗里的面条，比他和胡斌碗里面条宽了许多，厚了两倍，马上意识到老人的面条是“裹皮面”。

“裹皮面”是贫穷农村妇女的绝活，将厚厚的黑红薯面条外，包上一层薄薄的白面，就成一碗白面条。李明强的母亲也经常这样做，为的是让人家看他们家也吃上了白面条。每当他们家吃“裹皮面”的时候，李铁柱都要端上碗到大门外蹲着吃。把面条高高地扬起，再送进嘴里猛嚼。人家会说，李铁柱又吃白面条了。李铁柱脸上就会露出得意的笑，说那是。而不会做“裹皮面”的张虎媳妇，就不能常让张虎有这种荣耀。张虎每次吃白面条，也是端到大门外或到嘴坡上，将白面条高高地扬起，轻轻地放下，然后喝上两口汤。如此反复多次，碗里的汤喝完了，再回家加上一碗汤。

李明强想到这儿，就走过去，蹲在肖明父亲跟前，笑着说：“大爷，刚才说到我没有父母了，您要是不嫌弃我是个残废，我给您老当儿子怎么样？”

“好，好，那感情好啊。”老头高兴地直叫好。

“那我就叫您爸了？”李明强笑着说。

“哎，哎，我又有儿子了，我又有儿子。”老头说着，泪水扑簌簌地掉进了碗里，李明强顺手接过了老人的碗说：“爸，既然您认了我这个儿子，有件事儿，您得听我的。”

“哎，你说吧。”老人用衣袖擦了擦了眼泪说。

“吃过饭，我带大娘，不，带我妈去医院看病。”

“这——”

“就这么定了，您要想去，我们一块儿去。”李明强说着，已将自己的碗换给了老头。

“我就不去了，在家看孩子。让贵珍跟你们去，医生说让注意什么，她能记住，回来好照顾，照顾你妈。”老头子说。

“行，家里有架子车没有？”李明强问。

“东头王家有，叫贵珍去借就是了。”

“那好，我去给她说，我们吃过饭就走。”李明强说着端起老人的碗就往门外走。他怕胡斌发现‘裹皮儿面’老人难堪。

“这——”老人吃了一口，发现面条不对，看看胡斌，又看李明强。

李明强听到老人发出一声低喊，回过头，冲老人笑笑，把手中的碗朝老人面前晃了晃，叫一声：“爸，您就吃吧。”

李明强走进中间左边那间做厨房用的房里。肖明媳妇正在吃那硬黑窝窝头，啃一口窝头，喝一口面汤。她看见李明强进屋，不好意思地红了脸，低下头。

“你的‘裹皮面’做得不错。”李明强笑着说。

“你——”肖明媳妇看到“裹皮面”到了李明强手里，不知说什么好，像被人揭开了自己不愿公众与世的隐私，脸涨得通红。

“当兵前，我经常吃这个。”李明强故作轻松地笑着一边说，一边用筷子把“裹皮面”夹起一撮，在碗的上方扬了扬。这一扬使他突然又想起了父亲及张虎之类的乡亲，这是穷人显示富足的无奈，他当兵前经常吃得是黑得流油的红薯面和涩得难咽的玉米面啊。想到这儿，李明强不由得叹了口气，说：“其实，在家里，吃顿‘裹皮面’就算是改善生活了。”

李明强说着，眼前又浮现出了童年的苦难和母亲的勤劳。自己的身世、家门的不幸和肖明的牺牲、家里的困境，这一切的一切，形成无数块浓重的黑云，压得他几乎喘不上气来，脸色变得异常凝重。

“李连长，你——”肖明媳妇怔怔地看着李明强，无所适从。

“你该改口叫我‘哥’了！刚才，我已经认老人家做父亲了。”李明强的脸上又被唤回了笑容，他把碗递到肖明媳妇面前说，“我不饿，吃不下。这面条还没动，快趁热吃了吧。”

“不，不。”肖明媳妇急忙摇头摆手，把碗向李明强怀里推。不想，李明强那“耙子”似的左手，仅仅是个托儿而已，碗放在上面，被这一让一推，“啪”的一声，掉在地上摔碎了……

# 第五十八章

李明强突然感觉到肖明媳妇的脸上放出一道亮光，这张脸不黑，白得耀眼，刺得他渺小了许多。他这时才真正感觉到，面前这位农村妇女，不，是姑娘，她的善良，她的胆量，她的坚强，她的伟大。她嫁给肖明照片的壮举，恐怕也是在这一扬头间决定的。

李明强和肖明媳妇默默地把被褥铺在架子车上，胡斌搀扶着颤颤巍巍的老太太走到车前，肖明媳妇急忙奔过去，扶老人躺在车上，盖好被子。

“胡斌。”李明强把下巴颏向架子车的前部一扬。

“我，我不会。”胡斌凑到李明强面前压低嗓门，怯怯地说。

“哼。”李明强用鼻子哼了一声，从四十五度角的方向看了胡斌一眼，径直奔架子车的车把走去。

肖明媳妇急忙跑过来，把李明强向外一推，阴着脸，默不作声地蹿进两车把间。

“我来拉。”李明强又上前一步用右手抓住了车把对肖明媳妇说。

肖明媳妇也不作声，拉起车子就走。

“爸，我们去了。”李明强对老头说完，狠狠地瞪了胡斌一眼，走出两步，轻轻骂道，“废物点心！”

胡斌争辩说：“我们生活在城里，谁用过这玩意儿。”

“没吃过猪肉，还没见过猪走！”李明强又从四十五度角的方向狠狠地瞥了胡斌一眼。

“贵珍儿，到外边儿听你哥的。”老头子抱着孩子冲他们身后喊。

“哎。”肖明媳妇突然散去了脸上的阴云，回头冲老头露一下白牙，声音里像带着甜润的笑，“爸，您放心吧。您交代的话，我都记着了。”

“啧，肖明媳妇真黑。”胡斌冲李明强撇了撇嘴。

李明强看了一眼肖明媳妇拉车弓着的背影，又回头看了一眼抱小孩儿的老头，突然意识到老头怀中的孩子始终瞪着一双大眼睛，一场哭闹也没有，就又狠狠地瞪了胡斌一眼，狠狠地说：“她的心比你红！”紧接着又盯上一句，“还不如一个两岁的孩子懂事！”

“你——怎么回事儿？冲我干上了。”胡斌压低声音，死乞白赖地冲李明强嚷道。

李明强没有正面回答他，喃喃地说：“你说得没错，肯定是乳腺癌。”

检查结果，肖明母亲为乳腺癌晚期。医生对李明强和肖明媳妇说：“你们如果经济条件好，就赶快到大医院去做手术。如果——那老人想吃什么，就满足她吧。”

“医生，您、您这是什么意思？”肖明媳妇的泪已经溢满眼眶了。

医生瞥了肖明媳妇一眼，又看了下李明强，没有说话。

“谢谢您了。”李明强对医生说完，对肖明媳妇说，“走吧。”

出了医务室，李明强把胡斌拉到一边说：“山海关去不成了，老人已到晚期，必须马上做手术。不然，就没救了。”

“在这儿做？”胡斌瞪大了眼睛看着李明强，因为他清楚，这个县医院做晚期乳腺癌手术，显然不具备条件。

“不，到北京做。我准备带她回北京。”李明强坚定地说。

“这费用——”胡斌欲言又止。

“办法总是有的。现是，咱俩一致，动员她们给我们一起回北京。”

“她们要是死活不去呢？”

“办法总比困难多。就这么定了！按既定方针办！”李明强用嘴角一笑，那股讽刺意味更浓了。

“这得花多少钱呢？”肖明媳妇一听李明强说要上北京给老太太做手术，立刻就傻眼了。

“花多少也得做！”李明强说，“我们都是吃娘奶长大的，她虽然没有哺育过我们，但她哺育了肖明！”

李明强说到这儿停下来，吸了口周围凝重的空气，咬咬牙，继续说：“钱的问题，由我解决。再说，也花不了多少钱。但是，你得一块儿去，手术后需要家属陪护。”

“我——”

“爸不是说了嘛，在外面听我的。就听我的吧。”

“我是说他们二老都不会同意！”肖明媳妇一脸焦急的样子。

“你同意吗？”李明强看着肖明媳妇那黑油油的脸，似乎要看她是不是有一颗真正鲜红的心。

“我——”

“贵珍，你说，如果肖明在，他能说不做吗？”李明强又紧叮一句。

“做！一定得做！”肖明媳妇把脸一扬，坚定地说，“上北京，最好的医院！”

“贵珍——”

“哥，我想了，我还年轻，我什么苦都能吃。我可以在北京打工，就不信挣不出这笔钱！”

“贵珍——”

“哥，就这么办！我定的事儿，谁也改不了！”肖明媳妇说着又把头一扬。

李明强突然感觉到肖明媳妇的脸上放出一道亮光，这张脸不黑，白得耀眼，刺得他渺小了许多。他这时才真正感觉到，面前这位农村妇女，不，是姑娘，她的善良，她的胆量，她的坚强，她的伟大。她嫁给肖明照片的壮举，恐怕也是在这一扬头间决定的。

“我定的事儿，谁也改不了！”

女人啊，勇敢起来比男人更勇敢，坚强起来比男人更坚强。女人一旦下决心要做的事，真真正正是没有人能够改变的！这是肖明媳妇的个性，也是世间所有女人的共性。

“哥，这样办吧。”肖明媳妇说，“咱们先把妈拉到车站，你们在那里等着，我把架子车送回去，给爸说一声。”

“让胡排长陪你回去。”李明强从内心深处表现出对肖明媳妇的崇敬。

“不了，我自己能行。”肖明媳妇顿了一下，说，“哥，就告诉妈，您突然接到了部队的电报，说让你带他们两位老人到部队去，我回去接爸和孩子。”

“这儿，哪能接电报啊！不一下子就露馅了？”

“没事儿。她不知道电报是咋回事儿。”肖明媳妇又一次把头一仰，冲李明强露出了一口洁白的牙齿。这一笑，让李明强又一次感受到女性的细心与果断。

晚间八时许，肖明媳妇摆脱凛冽的寒风，撕开浓重的夜幕，上气不接下气地跑进候车室，头上蒸发着汗水，口中喷吐着热气，气喘吁吁地问：“哥，没误点吧？”

“没有？我买的是十点五十二的车票，天亮正好到北京，有公共汽车。”李明强笑着说，“不是告诉你别着急了嘛。”

“我怕你们等着急。”肖明媳妇喘着粗气说。

“给，喝点水吧。瞧这大冬天，跑得出一身汗，感冒了怎么办？”胡斌从车站的货亭里买来了一瓶粒粒橙果汁递给肖明媳妇说。

“谢谢。”肖明媳妇接到手，看了看，抿了下嘴，走到老太太面前，把瓶子打开，递过去说：“妈，你喝吧，我不渴。”

“你爸呢？”老太太问。

“在家看孩子呢。”肖明媳妇笑着说。突然，她想到了自己给老人编的瞎话，就急忙说：“我爸说什么也不来，他说让咱俩一块儿去。”

李明强看了肖明媳妇和老太太一眼，又从四十五度角的方向瞥了胡斌一眼，屈着膝向售货亭走去。

“你要到哪去？”胡斌追过来低声地问。

“笨蛋！”李明强骂了胡斌一句，继续向前走。

“我又哪点儿做错了？怎么老是不如你的意。”胡斌急了，追着问。

“骂你笨，你还不服。自己想不到，别人都开始做了，你还想不到，不骂你骂谁？！”李明强从四十五度角的方向瞥了胡斌一眼说。

“我想不到什么了？”

说话间到了售货亭前，李明强对售货员说：“拿一袋面包、两瓶粒粒橙。”

“唉，我怎么就没想到这儿！”胡斌恍然大悟地拍了拍自己的脑袋。

“‘栽什么树苗结什么果，撒什么种子开什么花’啊。”李明强引用了《红灯记》中李玉和的唱词，接着又篡改了一句：“富人的孩子晚当家啊！”

“你，什么玩意儿！”胡斌不满地说。

李明强笑了，在胡斌肩头一拍，说：“逗你玩儿呢，别认真。快，送过去，她一定连饭都没吃呢。”

……

“啊，北京可真热闹，人山人海的。”一出北京站，肖明媳妇就感叹地说。

“妈，咱们先去看看天安门，然后再去医院。”李明强对老太太说。

“去医院？”老太太睁大了眼睛。因为吃了医生开的特效止疼药，还有肖明媳妇自熬的大麻水，老太太这一路始终没叫疼。

“对。我还没出院呢。”李明强笑着说。

“我哥说了，还要他们军队医院的专家给你瞧一瞧。”肖明媳妇笑着说。

“我不瞧，北京的医院，老贵哩。”老太太虎着脸说。

“军队医院不要钱。”李明强也编起了瞎话。

“不要钱也不瞧，吃了县医院的药，就不疼了，没准过两天就好。”老太太喃喃地说。

“好，听您老的。”李明强笑着说，“咱先看看天安门，照张相。”

李明强这么安排有他的道理。他怕老太太这么大年纪，万一出现了什么闪失，到北京一趟，没见到天安门，连个照片都没留下，那自己会遗憾一辈子，就像自己刚从前线回来，迫切想到天安门前照张相一样。

到了天安门，为了不让老太太过于劳累，李明强让胡斌找人就近对着天安门城楼给他们照了张四人的合影。一分钟成像，四块钱，李明强一点也不心疼。老太太看着越来越清晰的照片，高兴极了，说：“来，咱们多照几张，拿回去给村里人瞧瞧。”

一语一出，李明强傻了眼，一张四块，“咔咔咔”得多少钱往里扔啊，又不好说什么。照相的个体户以为碰到了大干部家的太太，出手大方，就乐呵呵地说：“老人家，您老就摆好姿势，我照相的水平绝对没人能比。把他们全盖了。”说着顺手向广场一指。

“我不在这儿照了，去看毛主席纪念堂。”老太太说，“毛主席是神啊，我得去拜拜，在那里多照几张。”

“好，好啊。还是老人们对毛主席有感情，我陪您老一块儿去。”照相师傅附和着老太太。

李明强本来就想让老太太看看广场全貌，照这一张相就行了，没想到老太太提出这个要求，就一不做二不休，安排胡斌再找武警的同志借个轮椅和照相机，自己照。

推着老太太把天安门广场转了一遍，多亏老太太就希望进毛主席纪念堂，没有提进人民大会堂和上天安门城楼，李明强和胡斌轮流操作，整整照了一卷。老太太问："您俩照的，怎么就不能当时出影儿哩。"

李明强解释说："那是感光照片，很贵，保存的时间还短，是专挣那些没照相机的游客的钱哩，咱们这到医院门口就能洗，明天中午吃饭前就能看到照片。"

李明强一行回到陆军总院，郭燕等护士就叽叽喳喳地围过来。李明强向她们介绍说："这就是侦察英雄肖明的母亲和爱人。"

护士们都崇敬地围着老太太和肖明媳妇问寒问暖。

胡斌把情况简单地给郭燕说了，就拉李明强一把，说到外面有事儿。

到病房外，郭燕劈头就问："你们打算怎么办？"

李明强答非所问："李主任呢？"

"刚才还在，现在不知哪儿去了。"郭燕答。

"快去找一下，等他来了，商量一下再说。"李明强对郭燕和胡斌说。

不一会儿，李放主任来了。李明强、胡斌和郭燕随他进了主任办公室。

李明强把老太太的病情详细介绍一遍。李放主任说："这得住普外（普通外科），是他们收的病号，他们有乳腺专科。"

"不行，不能让老太太和那些乳腺癌病号住在一起。"李明强说，"就一条，不能让老太太知道自己是乳腺癌。我有个想法不知行不行？"

"说说看。"李主任不动声色地说。

李明强说："我办出院，让老太太住我的病房，请普外的医生做手术。因为，老太太已经到了晚期，必须请最好的主治医生。"

李主任想了想，说："这样不好，容易造成科室矛盾，说我们抢了他们的病号，哪一位医生都不会到我们科给老人做手术。因为是地方人员，牵扯到收费问题，谁来做，人家不骂他是叛徒，就怀疑他受贿。这样不妥，至于说不让老太太知道她是癌症，普外会保密的。"

"医生保密肯定没问题。就是老太太有腿，保不住她与其他病号闲聊，你说这密能保得住吗？还有，千万不能让老太太知道是花了多少钱。"李明强说。

"你这个老李呀。"李主任叹口气，摇摇头，陷入了沉思。

"这事儿，我就赖上你了。你能不能通过关系，在别的医院找个医生来做手术？"李明强说。

"那还不如直接住在人家医院，医生查房，治疗，什么都方便。"郭燕插话说。

"是啊，他们方便了，我不方便。"李明强瞥了郭燕一眼说，"有一个重要问题，住人家那个医院，都得出现钱。他们家没有，我也没有。在这里，我还能找院领导说说，先欠费治疗。”

“哎——有了。”李放主任突然拍了下脑门说，“老李，原外科主任，就是那个很有名的气的‘赵一刀’。他退休多年了，若能请他来做，普外有什么意见也不敢说，我们对外就讲，是他们老主任定的住在我们科。”

“好啊，就请他。”李明强高兴地站了起来，“真是车到山前必有路啊。”

“可是，有一点你别忘了。”郭燕抢过话对李放主任说，“人家‘赵一刀’是党外人士，医院说人家不讲政治，人家就不讲政治，整天坐着飞机飞来飞去，到全国各地做手术。据说，他每做一例手术，病人家属都给他塞红包，都是成千上万地给。他们本来就没钱，能请得动吗？”

“你们这帮小丫头们，就知道叽叽喳喳，赵主任的长处怎么就不多学点？行不行，先试试。赵主任是很讲道理的，有正义感，要不，他也不会从国民党的医院跑到我们共产党这边。”李放主任说。

“他是国民党投诚的？”李明强睁大了眼睛问。

“什么投诚不投诚。”李放主任说，“他当年在英国留学，为抗日救国回来进了国民党的医院，看不上国民党的主张，就投奔共产党了。”

“噢——是这样，我去请他。”李明强的嘴角泛起了那丝带有讽刺意味的微笑。

# 第五十九章

“妈——”贵珍突然抱住母亲哭了起来，一边哭一边说：“妈，我赢了，我赌赢了！我赌赢了！我赌赢了，妈。”

李明强刚筹够肖明母亲住院的五千元押金和给“赵一刀”的小费，还没有去请“赵一刀”，肖明媳妇的母亲就一拐一拐地摸到了病房。

这老太太是个大高个儿，比她的女儿高出大半头，脸色同女儿的一样——油黑油黑的，可长相与肖明的母亲一模一样，就像亲姐妹似的。她身穿黑棉袄、黑棉裤，手里拿着一条黑头巾，除了一头花白的短发外，全身上下一抹黑，一副火急火燎的样：“哎呀，我可找到你们了！”

“妈，您怎么来了？”肖明媳妇惊讶地问。

“急事儿，火都烧到房顶了，我能不来吗？”老太太把手中的黑头巾向上一扬，非常夸张又非常诚恳地说。

“姐，家里出大事儿了？”肖明母亲着急地欠起身怯怯地问。

“没什么。妈，不是家里的事儿，是我的。”李明强急忙插话说，“大娘，您先和贵珍到外边等我，待会儿，我跟您老说清楚。”李明强冲贵珍和她母亲直挤眼。

“啊，啊，小花，是，是他的事儿。”贵珍的母亲指着李明强对肖明的母亲说，“真的，就是他的事。你，你怎么样了？”

“还好，大医院的药就是管用，打了针，吃了药，就不痛了。他们说，很快就会好。”肖明母亲说着，脸上露出了微笑，她拍拍自己的病床说：“姐，你坐，坐这儿。”

“啊，不，不了，我到外……”

“我们到外边把事儿办完，一会儿就回来。”李明强急忙打断了贵珍妈的话，接着又对胡斌说，“你照顾好老人。”就连扶带拉地把贵珍的母亲带出了病房。到了大厅的休息室，李明强指着椅子说：“大娘，您坐。慢慢说，出什么事儿了？是不是肖明家里不让做手术？”

“可不是吗！都不让做，家里都闹翻天了！”老太太是个急性子，刚坐下，又站起来，指着贵珍说，“贵珍，你两个表姐不同意，两个舅舅也不同意，你姨夫也不同意，就连你老舅爷都说了，你姨能活过六十岁就已经不错了，别到老了，再给孩子添一身的债。”

“我就知道，他们是不想掏钱。我也不让他们掏。”贵珍倔强地扬了下头说。

“你这孩子，就是这么犟。当初，肖明说近亲不能结婚，你犟，克死了肖明，你还要克死你姨呀！”贵珍妈的脸更黑了。贵珍低下了头，眼里充满了泪。李明强是越听越糊涂。

“大娘，您怎么能这么说话？”李明强盯着贵珍妈，严肃地说，“肖明的牺牲怎么能怪贵珍呢？”

“哎呀——你就是认给她姨的连长吧？你不知道，她和肖明是亲姨表。我妹妹身体不好，生产队那会儿从没有下过地，就在家里看着她和肖明。她从小就是在我妹妹家泡大的，人家都说她和肖明是天生的一对儿，可肖明一当兵，说什么违反婚姻法。这肖明死了，她还不死心，说什么了，婚姻法不允许近亲结婚，但没说不让她嫁给照片，九头牛都拉不回来啊。”贵珍的母亲说着掉了泪，转过头对贵珍说，“死丫头，这回可由不得你，万一你姨下不了手术台，看你怎么跟你姨夫和表姐交代！”

贵珍低着头，眼泪像断了线的珠子噼噼啪啪地掉了下来。李明强也听傻了，他愣了一会儿，对贵珍的母亲说：“大娘，这次，是我做的主，与贵珍无关，我只是让她来陪床伺候……”

“妈，我姨已经到晚期了，不做手术……”贵珍抢过李明强的话，说了半句就说不下去了。

“大娘，实话给您老说，只有做手术，才能……”

“可家里人都不让做啊！”贵珍的母亲把手一摊，打断了李明强的话，“就你们俩，一个刚认两天的干儿子，一个外甥女嫁给照片的儿媳妇，做人家肖家的主，不让人笑话。”

“那让他们做主，这手术就不做了？”贵珍哭得更痛了，“让我姨回家等死，肖明，肖明，不会答应！”贵珍哭着说到这儿，抬起胳膊，用衣袖擦了把眼泪，咬咬下嘴唇，看着母亲的脸说：“妈，我问您一句，您同意给我姨做手术吗？”

“我——我——”

“我就要您一句话，同意，还是不同意！”贵珍把头一扬盯着母亲的眼睛说。

“我，贵珍，你说，妈都七十多岁了……”

“妈，您甭说了。我知道该怎么做，我要和死神赌一赌！我姨比您小十几岁啊，我从小，她就……”贵珍的泪又像泉水似的涌了出来，涕不成声。

“贵珍——”李明强再次被这位坚强的女性所打动，欲言无词。

“哥，做。这个家我当了！”贵珍又一次扬起了头，把泪珠抛向远方。

夜幕拉开了。李明强不安地看着手表，这块田聪颖送给他的手表映出了田聪颖的柔情和无助。李明强摇摇头，挥起那耙子似的左手在自己的左腿上打了两下，咬了咬牙，屈着膝走出了病房。

李明强在陆军总医院 9 号家属楼前慢慢地踱步。李放主任告诉他，“赵一刀”有看新闻的习惯，就烦别人在这个时候打扰。可过了七点半，“赵一刀”又有可能出去遛弯儿锻炼。要找“赵一刀”最好的时间是七点半。

李明强看着手表，当指针走向七时三十分的时候，他走进三单元敲向了 101 的房门。

“谁呀？”屋里传来一位男性老者不厌烦的声音。

“赵主任，您好。我是骨科的病号李明强，有事儿想请您帮忙，能给我两分钟时间吗？”李明强在门外对着米黄色的木门说。

“李明强，是在青屏前线负伤的李明强连长吗？”门内的老者缓和了口气问。

“是我，赵主任，您老好吗？”

“好，好。没病没灾的，有什么不好的。”随着门开，一位红光满面白发苍苍的瘦老头站在了门口，满脸堆笑地对李明强摇了下手说：“李连长，请，屋里坐。”

“赵老，您好，打扰您了。”李明强像一个小学生见到老师一样不好意思地说。

“哪里话，你是英雄，我本该去看你。只是……”

“赵老，我是晚辈，哪能劳您老大驾。”

“别客气了，有什么事儿？说吧，只要我能做，我一定不推辞。”“赵一刀”收起笑脸，正儿八经地说。

李明强没有直接回答，看了“赵一刀”一眼又环顾了房中简朴的装饰和摆设，说：“我知道不能打断您老看新闻，所以就掐着时间来找您，不知您老晚上还有没有事儿？”

“没事儿。我也没什么活动，更不好串门，在家就是看看书而已，最多出去遛会儿弯儿。”“赵一刀”笑着说完，盯着李明强的眼睛说，“有什么事儿，你就直说吧。”

李明强深沉地叹口气，看了看“赵一刀”，慢慢地说：“赵老，我是慕名来找您的。我——我母亲被确诊为乳腺癌，想请您亲自给她老人家做手术。”李明强本来想说是他牺牲战友肖明的母亲，想了想，还是说成了自己的母亲。

“住在哪家医院？”“赵一刀”挑了一下眉毛，几道抬头纹在谢了顶光亮的额头前折了几下光，关切地问。

“就住在咱们总院。”

“住在总院？”“赵一刀”额头上的皱纹更深了，他看了看李明强说，“你可能听说了，我退休后，除了到外地参加一些学术活动，就再没有做过手术。特别是在本院，连手术室都没有进过，手都生了。”

“赵一刀”说完看了看李明强，当他那发锈的目光与李明强那犀利的目光相碰时，不禁心头一颤，便一边想一边说：“这个乳腺癌吗，已经不是什么不治之症了。这样吧，我给你介绍一位医生，他是我的学生，完全能够做好。”

李明强从四十五度角的方向瞥了“赵一刀”一眼，嘴角露出了那种带有讽刺意味的微笑，然后正视着“赵一刀”，用非常平和的口吻说：“赵老，我已经在咱们总院住了两个多月了，对总院的情况也有所了解。考虑到您和我——我母亲的情况，我和骨科比较熟，安排我母亲住在了骨科。这样，骨科为了不影响科室之间的关系，他们不会向外说，医院特别是外科就很难知道。而且，对我母亲也容易保密。一方面，我不想让她老人家知道她得的是癌症，增加她的心理压力；另一方面，也不想让她知道，她住院的具体费用。”

“赵一刀”听了，又皱了皱眉头，摇摇头说：“你是英雄，也是个孝子，考虑问题也很周全，我很敬佩你。但是，我还是不能答应你，这是我处理问题的原则。况且，乳腺癌手术并不复杂，一般的医生都可以做好。咱们总院普外的几位主任医生，技术都很好，没有什么问题。”

李明强听罢，慢慢地从沙发上站起来，屈着膝挪到“赵一刀”面前，郑重地说：“赵老，我求您了。实话给您说，我母亲本来身体就不是很好，我怕——还有，家里的人都不让做手术，是我坚持要做的。我们都是吃娘的奶长大的，现在娘的奶部出了问题，怎么能不治呢？所以，我一定要请最好的医生，希望一次手术给我母亲做好了。”李明强说到动情处眼眶里涌出了泪珠，一米八的大汉“噌”地一下缩在瘦小的“赵一刀”面前。

李明强单腿跪地，双手托起一个信封，动情地说：“赵老，古人言‘双腿跪父母，单腿跪恩人’，我给您老跪下了。我知道，您给别人做手术，他们给您的报酬不薄，只是我没有钱，这两千元就算是略表心意吧。您的大恩大德，我将没齿不忘，来日报答。”

“赵一刀”先是一怔，然后将额头上的皱纹跳动几下，弯腰扶住李明强的双臂说：“李连长，起来。你这么做，我怎么能受用得起。”

李明强跪在地上，仰起头，盯着“赵一刀”那双发锈的眼睛，一字一顿地说：“您是前辈，我跪拜本是应该的。现在，求您来救我母亲，更应该行此大礼。这一点儿心意，务必请您老收下。”

“赵一刀”把眉头皱了皱说：“好，好，我收下。孩子，难得你一片孝心啊。起来吧，你母亲的手术我做。”“赵一刀”接过李明强双手捧着的信封，抖抖地放在电视柜上，然后慢慢地坐下，用发颤的声音说，“孩子，你放心，你母亲的手术，我一定做好！”

“谢谢赵老，谢谢，谢谢您了。”

“你回去吧，这几天，多给你母亲吃些有营养的东西。”“赵一刀”看着李明强，面无表情地说。

有营养的东西，李明强的病房里多的是，邢修省母亲送的长白老山参，朋友们送的西洋参、冬虫夏草等等，李明强按照医生的指点，全搭配着给肖明的母亲吃，再加上李明强的特灶饭，老太太没几天就红光满脸，精神焕发了。

肖明母亲手术前的各种例行检查都做完了，高血压得到了很好的控制，原来的心律不齐也不见了，在一个大雪纷飞的早晨，被推进了手术室。

大雪铺天盖地压了下来，也压住了李明强等人的话题。他们默默地站在电梯口，盯着载走肖明母亲的电梯。电梯往返了不知多少次，他们都不愿离去。李明强看了看窗外的飞雪，又从四十五度角的方向瞥了一下贵珍的脸。在这满世界的洁白映衬下，贵珍的脸显得更黑了。可是，李明强从这黑中，看到了一颗纯洁的心、一颗火红的金子般的心。

贵珍手足无措地站着，低着头，不停地摆弄着自己的手指头。她不知道肖明的母亲、她的姨母、她的婆婆能不能走下手术台，是她在手术通知单上签的字，她的字本来就写得不好，抖抖地，写得又歪又斜。

在手术单上签字的时候，李明强说，我今年太背了，手臭，贵珍签吧。就这么简简单单的一句话，就把千钧重担压在了一个弱女子身上。

贵珍在胡斌的陪同下来到护士台，她看着手术通知单，心都跳到了嗓子眼儿上，拿着笔，颤抖着，不知是不敢签，还是不知道签在哪儿，脸憋得通红。她侧脸看了下胡斌，喃喃地说:“我哥呢？”

“在病房。他说他晦气，避一避。”胡斌说。

“他也信？”贵珍的眼里流出疑惑的光。

“他才不信邪呢！”胡斌说了，突然意识到了什么，忙说，“不，他，他这是，是为老人好。”

“我，我，怕。”贵珍终于在外人面前说出了心里话，泪情不自禁地涌进了眼眶。

“怕，怕什么？没事儿？在这个医院，这样的手术算小手术，况且，李明强请的是全国最有名的外科专家，不会有问题的，绝对没，没事儿。”胡斌一边给贵珍解释，一边给她鼓劲儿，可说到最后，自己也没了底气。他在心里骂李明强，骂李明强不该把这么重的担子压在贵珍一个人身上。

“我，我不敢，不敢签。”贵珍的泪夺眶而出，抖抖地把笔放在护士台上。

“没事儿的，你别紧张。”当班护士刘军温和地对贵珍说，“这只是履行个手续，以防万一，一般不会出什么问题。赵主任是全国知名专家，‘赵一刀’这个绰号，就是说他刀到病除，你就放心吧。”刘军说着向胡斌和贵珍报以灿烂一笑。

“我——”贵珍还是一脸的愁云。

“我去叫李明强。”胡斌说着转身就走。

“别，别，我，我签。”贵珍又一次把头一扬，提起笔，抖抖地写上了自己的名字。

李明强从内心里感到对不起贵珍，但他确确实实不愿签这个字。他不是那种不负责任的人，他就是感到自己这一个时期太走背字了，探亲回家，把一家三口人送到了另一个世界；车站与卫和平告别，让人家抓了个正着，害得肖明等人与自己一起关禁闭；带领战士执行任务，又因自己大意让敌参谋长踢翻了水桶，害得肖明牺牲，自己和张金河受伤。伤就伤了吧，他娘的这点儿小伤还感染了，差点儿要了小命。还有，还有爱着他的几个姑娘，为了他……唉，真他妈点儿背。

李明强看了看众人，又看了看天，大雪仿佛堵住了他的喉咙，努力几次都没有说出话。他咬咬牙，在大厅里屈着膝踱来踱去，终于，堵着的喉咙松弛了，他低低地挤出一句话："都回去吧，早着呢，起码得两个小时。"说完，他自己先屈着膝向病房走去。

两个小时过去了，肖明的母亲没有下来。中午饭过去了，还是没有下来。所有的人都坐不住了，李明强也坐不住了，急得求值班护士刘军到手术室打听消息。刘军回来说："没事儿，手术进行得很顺利，赵老想把所有的病灶都扫除了，还得一两个小时呢！"

人们这才松了口气。李明强想，还是利益驱动，要不是给他送了两千元钱，七十岁的老头子哪有这么大耐心，连饭都不吃给你做六七个小时手术？别说做手术，就是没事儿站一天试试。想到这儿，他又想感谢一下骨科的同志们，按刘军说的，下了手术台也得下午两点钟了，医生和护士都没有吃饭，得到饭馆里订上一桌，表表心意。

李明强把自己的想法对胡斌和贵珍说了，胡斌说："我去定。"就走出了病房。

李明强屈着膝追出去，要给胡斌钱，胡斌说："咱俩谁跟谁啊，肖明又不只是你的战友。"

"那，谢谢了。"

"开国际玩笑，你谢我，我谢谁呀？"胡斌冲李明强打了个响指，一笑，钻进了电梯。

下午两点过去了，肖明的母亲没有下来。三点过去了，还是没有下来。贵珍一个劲儿地擦汗，不住地看李明强。贵珍的母亲憋不住了，喃喃地说："我这心里说不出是咋的了，总觉得他姨是不是出事儿了。"

"妈，你瞎说什么？！"贵珍的眼睛瞪出了血丝，她虽然在制止母亲说话，但是她个人也在这么想，急得她出了一身汗，只是说不出道不出而已。

"大娘，没事儿。我这个手，做手术都做了六个小时呢，您别着急。还有你，贵珍，没事儿，'赵一刀'从来没有失过手。你们先喝点儿水，我再求护士上去看看。"

李明强刚打开房门，楼道里就传来了一声男子的吆喝："21床，接病号。"

"来了，来了。"刘军应声从护士站中跑出来。

"回来了。"李明强对病房内喊一声，就迎着那男护工推的推车床屈着膝跑了过去。

肖明的母亲躺在车上，睁着眼冲李明强笑。

"妈，您感觉怎么样？"李明强扑到推车床上。

"好，好啊。医生说，伤口长好，就没事儿了。"肖明母亲笑着抬了抬右手说。

"别动，妈，别动，省点力气。"李明强急忙抓住老人的手说。

"小花，小花，你可吓死我了！"贵珍的母亲一拐一拐地跑过来，扶着推车床说。

"姐，你看，这不挺好的。"肖明的母亲笑着对贵珍的母亲说。

推车的护工见来了个穿一身黑棉衣的黑脸农村老太太，不耐烦地说："干什么，干什么，有话回屋里说。”

“你在跟谁说话呢！”胡斌瞪了那护工一眼说。

“怎么了，都四点了，还没吃午饭呢！你们还在这儿啰唆。”护工不服气地说。

“啊，同志，我已经在院内的饭馆定好了，咱们一块儿去吃。”李明强急忙用笑脸讨好护工。

“他吃什么？”郭燕不知从哪里冒了出来，对护工说：“没吃饭的是医生、护士，关你什么事儿？以后，服务态度好点儿！”

那男护工不说话了，不服气地斜了郭燕一眼，郭燕也不与他计较，说：“快回屋吧，让大娘休息休息，养养神儿。赵主任说，手术非常成功。”

贵珍一直怔怔地站在推车床旁，怔怔地看着肖明的母亲。她怔怔地看着人们拥着那躺着肖明母亲的推车床走进病房，房门关上了，门外只剩下贵珍和她母亲两个人。知女莫如母，老太太早发现了女儿的异常举动。

“妈——”贵珍突然抱住母亲哭了起来，一边哭一边说：“妈，我赢了，我赌赢了！我赌赢了！我赌赢了，妈。”

“珍儿，你赢了，你赢了。”母女俩抱头痛哭。

李明强走出病房，他要去请医生护士吃饭，看到贵珍和她母亲抱头痛哭，就走了过去。

“哥，我们赢了，我们赢了！”贵珍哭着抓住李明强的手直摇。

“赢了，赢了，我们赢了。”李明强也被贵珍摇出了眼泪。

这时，骨科的医生护士簇拥着“赵一刀”走过来。

“赵老。”李明强急忙迎过去，叫了一声“赵一刀”。

“赵一刀”拍了下李明强的胳膊，朗声说：“孝子啊！我告诉你，你母亲的手术很成功，所有病灶都扫除了！”

“谢谢，谢谢您。赵老，太谢谢了。”李明强除了谢不知该说什么好，在“赵一刀”那洪亮的声音背后，李明强分明看到了老专家的疲惫。

“谢什么？这是我们医生应该做的。”“赵一刀”在骨科的医生护士面前俨然是一副权威的形象。

“啊，对了，大家都没有吃饭，我在院内的饭馆定好了，咱们一块儿吃饭去。”李明强急忙说。

“我就不去了，想回去躺一会儿，你和他们一块儿去吧。”“赵一刀”摆摆手说。

“这怎么行，您到现在还没吃午饭呢。”李明强一脸无奈的样子。

“赵老全靠喝葡萄糖水顶着，在手术台前站了八个小时，太累了。你就别勉强了，让赵老回去休息吧。”李放主任笑着说。

“这——”李明强不知说什么好。

“赵一刀”笑着又在李明强的胳膊上拍了一下，叹口气，又说了句：“孝子啊！难得。”

就向前走去，走了几步转过身，对李明强说："对了，你晚上九点钟，不，九点半吧，到我家一趟，我有话对你说。"

晚上九点三十分，李明强准时敲开了"赵一刀"的家门。"赵一刀"一扫白天的疲惫，精神抖擞，就像换了个人，一个神气十足的小老头。他笑着把李明强让进屋，指着桌子上的茶说："大英雄，先喝点儿茶，专门为你沏的，是上好的毛尖，信阳毛尖，你们老家的。"

李明强说："谢谢。"就势坐在沙发上，从四十五度角的方向瞥了"赵一刀"一眼，嘴角泛起了那种讽刺意味的微笑。心里想，看来，我送的两千元钱还不能填满他的胃口，想让我送他毛尖之类的高档东西。心里这么想，嘴上却说："赵老，非常感谢您给我母亲做手术。您的恩情我将铭记在心，若有需要我效劳的事儿，只要我能办到，您尽管说。"

"好，好。真是个孝子啊！""赵一刀"叹口气，端起茶品一口，长"哈"一声说，"好茶，好茶啊，你尝尝。"

"赵老，您爱喝茶？"李明强试探着问。

"爱，就这点儿爱好。""赵一刀"笑着说，"一不吸烟，二不喝酒，闲下来品品茶，是一种享受啊。"

"过几天，我给您老弄点好茶来。"李明强用嘴角笑笑说。

"别，别，我这里有的是茶。朋友们都知道我爱喝茶，谁来了谁带，谁见了谁送。我喝不完，都又送人了。哎，你喜欢喝茶吗？""赵一刀"笑着问。

李明强在心里想，喜欢，我喝得起吗？嘴上却说："我不喝茶，就喝白开水。"

"噢——""赵一刀"看了李明强一眼，说，"喝白开水也好。不过，有条件了，我建议你喝点儿茶，尤其是绿茶，对身体有好处。待会儿，我送你点儿。先尝尝这个！""赵一刀"说着指了指李明强面前的茶杯。

李明强端起茶杯，慢慢地抿着，心想，他不要茶，要什么呢？

"味道不错吧？来，再续着水。""赵一刀"笑着说着给李明强又续上了开水，接着说，"酒，越陈越好。茶，越新越好，茶要是放久了，就不好喝了。"

李明强的脑子里一片空白，他闹不清"赵一刀"葫芦里装的什么药，只是应付了一句："好茶，味道好，真香。"

"好茶吧，多喝点儿。""赵一刀"笑着对李明强说，"现在，我给你交个实底儿。你母亲这次的手术，创口很大，左边的淋巴都结满了。所以，做了将近一天。考虑到老人都希望留个全活身子，我没有切除她的乳房，只是从这里下刀，把乳房掀起来，将病罩扫了。又划到这里，把所有的淋巴也给扫除了。""赵一刀"一边说，一边用右手指从自己的左胸前画了个弧，走向左腋下，又划向腿部。

李明强认真地看着，听着"赵一刀"的讲述："孩子，你母亲身上的所有病灶，我都给扫除了，一些疑似的地方，也给扫了。可以对你说，做不做放疗和化疗都行。我看你母亲的身体，就不要做化疗了。一来，怕老人受不了；二来，我怕你负担不起。所以，给你母亲做的手术创口比别人的大几倍，你要多给她吃点儿营养品，补一补。至于放疗，你若有条件，就做一做，有好处。”“赵一刀”说到这儿，喝了口茶，抬手从沙发旁提过两个礼盒，放在茶几旁，接着说，“这是人家送我的西洋参，我也不吃，拿回去给你母亲补补。”

“这不成，赵老。”李明强推辞说。

“拿上，听话。”“赵一刀”俨然一副长辈的口吻，他一边说一边站起来，一步跨到电视柜前，指着电视柜上的信封说，“看到了吧，这是你送的信封，我一直没动。我当时如果不收下，你的心里不踏实。现在，我已经把老底儿都交给你了，该物归原主了。”

“不成，赵老，这不成，这是您应得的报酬！”李明强急忙站起摁住了“赵一刀”去拿信封的手。

“什么应得的报酬？！我应得的报酬就是退休金。你小小年纪，别学这一套。特别是要注意你的身份，你是英雄，是作家，处处要给人们起到正确的导向作用。”“赵一刀”的话，如晴天霹雳，一下子把李明强震愣在那里，怔怔地看着面前瘦小的老头儿，心想，这是人们传言的“赵一刀”吗？他怎么这么伟大！

“讲大道理，我可能讲不过你。但是，我的年龄足可以做你的长辈。孩子，听话，拿回去，给你妈多买点儿好吃的。我知道你没有钱，难得你这份孝心啊。我的父母死得早，我现在想孝敬他们都没机会了，你有这份心，就珍惜吧。”“赵一刀”说着，把信封拿起来，硬塞到李明强手里，严肃地说，“现在，许多年轻人都不明白这一点儿，到他们后悔的时候就晚了。”

可不是吗？我李明强就常常后悔！李明强想到去世的父母和哥哥，看着面前既瘦小又伟岸的老头儿，眼泪不由得涌进了眼眶，“扑通”一声就给“赵一刀”跪下了，声泪俱下地说：“赵老，您救了我——母亲，又这么诚恳地教导我，不是父母，胜似父母，请受我一拜。”

“孩子，起来，快起来，是你的孝心教育我了！”“赵一刀”拉起李明强说，“我也不留你了，赶快回去照顾你母亲吧。”“赵一刀”向外赶李明强，刚走两步，又折到茶几前，提起那两盒西洋参，塞过去说：“带上，给你母亲的。”

“这——”

“丁零……”屋里传来了急促的电话铃声，“赵一刀”把两个礼盒往李明强怀里一塞，说：“听话，拿着，有电话来了。”话音落下，门“嘭”的一声关上了。

李明强对着那米黄色的木门深深地鞠了一躬，屈着膝，走出楼去。

楼外的雪还在纷纷扬扬地下着，但同早上不同的是李明强的心情。早上铺天盖地的雪，压得他几乎喘不过气来。而这晚上漫天飞舞的雪花，就像他放飞的情愫，在天地间自由自在地飞翔。远远近近的五彩灯光，成了轻缓舒畅、随步律动的五线谱。脚下碎银子般洁白的积雪，被踏出“嚓嚓”作响的和谐伴奏。李明强呈现出几天来难有的好心情，他用左手那只能弯曲的前两个指节，钩住“赵一刀”奉送的两个西洋参礼盒，右手紧握着已经送出又回到手中装着两千元钱的信封，打着节拍，情不自禁地哼唱起来：“洁白的雪花飞满天，漫步走在陆军总院，深夜造访‘赵一刀’啊，留下脚印一串串。有的直，有的弯，有的深来有的浅，朋友啊，真诚见，温情随处都有，团结友爱渡难关。洁白的雪花飞满天，漫步走在……”

李明强突然停住了哼唱。楼角处的一棵大雪松后，飘过来一股烧纸的煳味，小火苗一闪一闪的，像汽车开启的蹦灯。谁这么晚了跑到这里烧东西？烧什么东西不能光明正大的，却在雪夜里跑到这么背的一个楼角的松树后？

李明强侦察兵的警觉一下子提了起来，他像战场上的侦察兵一样，蹑手蹑脚地靠近了松树。不看则已，一看，李明强差点儿叫出声来。他惊愕地睁大了眼睛，看着贵珍蹲在雪地里，一边烧纸一边哭泣。

“肖明，你知道吗，妈得癌症已经一年多了。”贵珍一边续纸一边哭着说，“为了不让你分心，她不让家里人告诉你。你走了，她也哭死了过去。醒来后，她不说一句话，整天抱着你的相片落泪。她的病一下子恶化了，疼得难忍，只能喝熬的大麻汤止疼。真是祸不单行，会珍姐在出树时被砸断了腰椎，把你的抚恤金全用上了。”贵珍说到这儿，停下来，用小木棍挑了挑雪地里熏燃的纸，火苗又跳了起来。她抬起胳膊擦了把眼泪，接着向肖明哭诉：

“妈说什么也不到医院看病。是明强哥，对了，他认给爸妈做儿子了。一口一个爸、妈，叫得可亲了。明强哥把妈送到医院检查，已经到晚期了。医生说，不做手术，就准备后事儿吧。

“明强哥把妈和我带到北京，要给妈做手术，可家里人都不让做。特别是两个姐姐，她们也是吃妈的奶长大的呀。我不怪她们，都是穷怕了。但是，我说，我要和死神赌一赌！现在我告诉你，我赌赢了，我赌赢了！呜——”贵珍放声哭了起来。突然，她好像意识到了什么，用手捂住嘴，抽泣了一会儿，继续对着火堆说：“哪是我赌赢了，是明强哥救了咱妈。他把咱妈安排在他住的病房，自己办了出院手续。妈治病的钱都是他借的，他给妈请了最好的医生……”

“李连长，李连长。”雪地中突然传来了“赵一刀”的喊声。这喊声让贵珍打了个激灵，不说话了，急忙用双手捧雪把烧着的纸盖上。李明强趁机提气，轻轻地闪过一棵棵松树，来到马路上。

李明强站到一盏路灯下，冲深一脚浅一脚跑过来的“赵一刀”大声喊：“赵主任，我在这儿呢，什么事儿？”喊着，屈着膝向“赵一刀”迎了过去。

“李连长，李连长。”“赵一刀”气喘吁吁地说，“你，你怎么，你怎么，算了。我已经知道了，那老太太不是你妈，是你那个牺牲的战友的母亲。你，好样的，好样的。让老夫感动啊！”“赵一刀”一边说，一边把手中攥着的信封塞进一个西洋参盒儿的袋子中。

“赵老，这是什么？”李明强不解地问。

“没什么，一点儿心意。拿上，给老人做放疗吧。”“赵一刀”笑笑说。

“这怎么能行？赵老——”

“怎么不行？你能做，我就不能做？别忘了，我也是一个老兵，你的战友，也是我的战友。连长同志，请接受一个老兵的敬意。敬礼！”没有穿戎装的“赵一刀”严肃地向李明强行了个军礼。

李明强急忙把“赵一刀”的手拉下，严肃地说：“要行礼，我们就对着那里行吧！”他一边说一边用手指向楼角处那棵最大的松树。然后，缓缓地举起了右手，敬礼。

“为、为什么？”“赵一刀”不解地问。

“为那个嫁给肖明照片的姑娘。”李明强低声地一字一顿地说。

“噢——”“赵一刀”嗅到了松树后飘过的纸煳味，好像明白了什么，也对着那棵最大的松树，缓缓地举起了右手。

# 第六十章

李明强痛苦地摇摇头，深沉地对孟华说：“都交了吧，给李彬减点儿罪。”他又咬了咬牙，低沉而又有力地说：“孟华，记住，我们是中学同学，我还是孩子的干爸，到什么时候，我都不会丢下你们不管的！”

大雪整整下了一夜。

第二天早晨，天放晴了，雪白的大地托起一轮红彤彤的太阳，蔚蓝的天空在地平线上扯起一条宽宽的红飘带，拽着太阳慢慢地向上攀升。

胡斌轻轻地推开18号病房的房门。李明强将自己的20号病房让给了肖明母亲和肖明媳妇后，这些天，就住在18号病房。胡斌说自己想办法，其实也就是钻进了郭燕的被窝，李明强知道和郭燕同屋的张晶休假回家了，却假装不知，睁一只眼闭一只眼。他知道，胡斌不是那种不负责任的男人。

胡斌看18号病房内的另外两位病人也没有起床，就轻轻地走到李明强的床前，推李明强一把。李明强睁开眼睛，用右手在脸上干洗一把，问：“天亮了？”

“太阳都出来了，空气格外地好。”胡斌笑着说。

“哦——这雨雪天睡得就是沉啊。”李明强用嘴角笑了笑，伸了个懒腰，长长地打了个哈欠，说，“真想再睡一会儿啊。”

“快起来锻炼吧，转一圈儿就该吃饭了。”

李明强没说话，轻轻地穿起衣服来。虽然那只残废的左手手指动弹不得，整个手硬得像块木板似的，但用它辅助右手，生活完全可以自理。

李明强穿好衣服，胡斌已经为他端起了脸盆。李明强随胡斌走出病房，伸出右手去接胡斌手中的脸盆，胡斌说：“我来吧。”

李明强从四十五度角的方向瞥了胡斌一眼，嘴角泛起了那种带有讽刺意味的微笑，转过头盯着胡斌说："我没撤纱布的时候也没有让你这么伺候过呀，怎么这些天突然献起爱心来了？"

"我是怕出院了再没有机会伺候你了。"胡斌笑着说。

"真的？"李明强又用嘴角笑了笑说，"是怕我说你未婚同居吧？哈……"

"去你的，快洗。"胡斌推了李明强一把说。

李明强把脸盆放在洗手池上，回头看了看胡斌，笑着说："我就要出院了，你还不抓紧一分钟，干它六十秒，过了这村儿，可就没这店儿了。"

"你，有没有正经，我是专门来陪你早锻炼的。"胡斌装作生气的样子说。

"陪我早锻炼？跟我住一个屋也没有这么积极呀？是怕人家看见你从单身女宿舍楼出来吧？"李明强笑着一连三问，问得胡斌脸红到了脖根儿。

胡斌上前一把拧开水龙头，那水"哗"地一下冲进李明强的脸盆，把牙缸给冲倒歪在盆中。他又急忙把牙缸拿出来，对李明强吼道："快洗！"

李明强就用右手拿起毛巾，弯腰低头在脸上划拉起来。

"你也动动左手啊！"胡斌又在身后嚷。

"习惯了。"李明强笑笑，就用那硬得像木板似的左手辅助着右手洗了起来。

李明强随胡斌走出住院部的大门一看，嗬，昨晚的雪好大啊！地面、房屋、树木全都笼罩上了一层白茫茫的厚雪，在初升的太阳照射下，变成了一个粉妆玉砌的世界。院子里，那些落光了叶子的树木上，挂满了毛茸茸亮晶晶的银条儿，屋檐上挂的银条又粗又长，闪着亮光，上粗下细，就像一只只透亮的喇叭。

李明强指着那些银条儿问胡斌："你们城里人把它叫什么？"

"叫冰凌啊！"胡斌不假思索地说。

"瞧，还不如我们农村的孩子想象力丰富。"李明强笑着说，"我们叫它喇叭筒。小时候，雪停了，整个山野银装素裹，全让大雪给盖住了。这是我们山村小孩儿最开心的时候，没有活儿干，就是疯玩儿。打雪仗是少不了的，你们城里的孩子也玩儿。我们农村的孩子没有玩具，就从树上、房上、岩石上掰下这冰凌条儿，当喇叭吹。"李明强说着，脸上放出了红光，仿佛回到了童年。忽然，他的脸又暗淡下来，低沉地说，"喇叭越吹越小，有的吹一会儿就断了。我们吹了多少这样的冰喇叭，可是至今多少人还没有拥有一个真正的喇叭，哪怕是个玩具喇叭也行。唉——"

"想玩儿，吃了饭我去买两把回来。"胡斌爽快地说。

李明强笑了笑，又叹口气说："农村的孩子千千万，你买得起吗？"接着李明强又指着那屋檐上的冰凌条儿说，"这样的天气，房坡上的雪经太阳一晒，就会暗暗地融化，你看不见房檐滴水，若隔一阵子再仔细看，就会发现这些冰凌条在慢慢地加长，没有冰凌条儿的地方也会长出来，不断增大，闪着银光，很美很美。"

李明强一边说一边屈着膝向前走，不知不觉走到一棵高大的松树下边，松树上挂满了短短的细细的银条儿和蓬松松沉甸甸的雪球儿，一阵风吹来，松树轻轻地摇了摇，那美丽的银条儿和雪球儿就簌簌落落地抖落下来，落在两人的头上，钻进两人的衣领内，两人紧跑两步，跳离树下。几只在雪地上啄食的麻雀“扑扑棱棱”地飞向空中，在小鸟的背后，从冬夏常青的松柏树上落下的那玉屑似的雪末儿随风飘扬，被清晨的阳光幻映出一道道五光十色的彩虹。

“哈……”李明强看到胡斌在掏自己衣领内的雪儿，开心地笑了，说：“别掏了，天然润肤品。”

“掏也白掏。”胡斌把双手一摊，说，“全化了。”

“哎，你看，这北京人爱鸟意识就是强了啊。这一大早儿，就有人在雪地里撒米喂鸟了。”李明强指着麻雀飞起的地方说。

胡斌伸长脖子看，那雪地上有一摊金黄色的小米。

“哎，怎么了，眼睛近视了？”李明强看胡斌的脖子伸得像只鹅，好奇地问。

“我想看看是什么东西。”胡斌笑着说。

“米，小米，扫一眼就知道，笨。”李明强笑了，接着说，“也是，你哪能想到。哎，我告诉你，你小时候肯定没玩儿过。一下雪，我们就用一个大筛子，知道什么叫筛子吗？就是把玉米、小麦、豆子之类的粮食放进去，把土、沙和石子儿筛出去的那东西。”

“沙子？”

“不是沙子。沙子是方的，是用铁丝编的，专门筛土和筛砂用的。筛子是圆的，用竹子编的，是专门筛粮食的。”李明强连说带比画，说得胡斌似懂非懂。

“我们在雪地里用一根小棍儿支起筛子，在筛子下面放些谷子，用绳子拴住棍子躲在窑里，等麻雀钻到筛子下面吃谷子时，一拉绳子，筛子扣下来，有时一下儿就扣住十几只。这时，我们在筛子边上挖一个小洞，拿一个麻包或面袋罩在洞口，那麻雀就会一个接着一个地飞进袋子里。等麻雀都进了袋子，把袋子口一扎，在雪地里摔几下，麻雀就全不动了。再用稀泥把麻雀裹上，放在火里烧红，扔到雪地里放凉了，打开硬泥壳，麻雀的毛全裹在泥里煺掉了，光溜溜红丝丝热腾腾的熟麻雀，馋得你直流口水，一块一块地撕着吃那麻雀肉，可香了。”李明强一边说一边想，好像又回到了童年，在西流村的院子里抓麻雀。

“恶心不恶心呢！”

“恶心啥？你懂个屁，香着呢，过年都吃不上那么多的肉。”李明强从四十五度角的方向瞥了胡斌一眼，没有笑，阴着脸说，“看来，生活的环境不同，是难有共同语言啊。”

“我，我是说——”

“说什么？扫兴。一大早儿这点儿兴致全让你给打没了，回去，吃饭去。”李明强失去了刚才的兴奋，把右手一摆，叹了口气，讪讪地说，“不知道还有什么烦心事儿在等着呢！”

“你呀，心事儿太重，多少烦恼都是你自找的。”胡斌低着头低声地说，“古人说‘祸起常为多开口，烦恼皆因强出头’啊！”

“是吗？”李明强从四十五度角的方向瞥了胡斌一眼，嘴角泛起了那种带有讽刺意味的微笑。两人都不说话了，并肩向住院部大楼走去。

“李明强！”

“强哥！”

一女一男的声音从他们身后传来。

“邢修省，玉梅——”李明强回过头，吃惊地发现邢修省和许艳梅向他这边跑来。住院部院门口的老大爷本来不让他们进，见到是看李明强的人，也不再说什么，看着他们夫妇一前一后地跑进院子。

“修省，你们可来了，我想死你们了，他们几个怎么样？”李明强拉住邢修省的手激动得不知说什么好。

“我来过一次了，说你请假出去了。你上哪儿了？”邢修省问。

“去看肖明的父母了。”李明强知道邢修省和许玉梅都认识肖明就如实说了，紧接着又问:“他们几个怎么样？”

“都，都——你今天能出去吗？”邢修省吞吞吐吐，答非所问。

“有什么事？”李明强两只虎目画出两个大大的问号，紧盯着邢修省问。

“嗯！”邢修省重重地点了下头。

“什么事儿？”李明强焦急地问。

“你问谁？”邢修省懒洋洋地反问道。

“谁出事儿问谁呢！”李明强焦急地说。

“都出事儿了。”邢修省阴着脸低声说，“你们同学会每个人都有事儿。”说完，看了许玉梅一眼，接着又紧叮一句说，“都不是小事儿。”

“什么？都出事儿了？”李明强的虎目瞪得溜圆。胡斌看邢修省和许玉梅找李明强有重要事情，就插嘴说，“你们聊，我回去打饭去。”

“算了。”李明强冲胡斌摆了下手说，“你给李主任请个假，说我有事儿出去了。记住跟贵珍她们说一声。”

“是。”胡斌响亮地答道。他总是在人们面前，以绝对服从的言行举止，维护和提高李明强的形象和地位。

“都出事儿了？”李明强看胡斌走了，自言自语地嘟囔一句，问，“你们俩不是好好的？有什么事儿？”

“她要跟我离婚。”邢修省喃喃地说。

“离婚？”李明强看了邢修省和许玉梅一眼，笑笑说，“笑话，离哪门子婚呀？”

“他怀疑我对他不贞。”许玉梅抬起头，扬了扬她那双秀眉，瞪了邢修省一眼，看着李明强说。

李明强已经从许玉梅的眼光里读懂了是因为他李明强，就装作非常气愤的样子，阴着脸说："修省，怎么回事儿？"

"没事儿，是丁力喝多了酒瞎说的。现在，我没事儿了，她非离。"邢修省不好意思地说着，低下了头。

"丁力说什么了？"李明强瞪起虎目问。

"没什么。"邢修省轻轻地答，低着头用眼睛瞟着李明强。

"瞟我干什么？"李明强对邢修省说，"你不说我也知道，说我受伤玉梅照顾我是不是？说玉梅给我誊稿子是不是？你呀你，我们之间的关系你还没弄清楚？笨死了，守着这么好的媳妇不好好过日子，胡闹什么！走！"李明强说着在前边屈着膝走，邢修省和许玉梅低着头跟在他的身后。

"你呀你，怎么说你好！"李明强一边走一边说邢修省，"你不单污辱了我的人格，还伤了玉梅的心，更是低看了你自己。好好向玉梅认错！"李明强说着转过头，对许玉梅说，"玉梅，别瞎闹了，好好过日子！你当是小孩子过家家呢，说散就散了。"

"他没事儿找事儿。"许玉梅喃喃地说。

"行了，听我一句话，原谅他吧。一日夫妻百日恩，离了你就后悔了。"李明强说着把左手习惯地举过头顶，甩了甩，聚集在左手部的血回流了，那种肿胀感涌向了心头。他深深地吸了口气，低沉地说，"我这一谈一吹，就够窝心一辈子了！你们要是离了，恐怕——"

李明强看到了住院部门口，就把话打住，邢修省和许玉梅也不作声跟在李明强身后。看门儿的老头儿撇开与他纠缠着想进去探望病号的人，冲李明强大声喊："李连长，出去啊。"

"大爷，您老辛苦了。"李明强脸上现出了灿烂的笑，答非所问地说，

"不辛苦，不辛苦。为你们这些伤病号创造个安静的休养环境，是我的职责。"老头儿乐呵呵地说。

"谢谢您老了。"李明强抬起左手向老人摇了摇，也算是"再见"的意思了。

"你们知道他是谁吗？大英雄李明强！"老头儿大声地说给那些纠缠者听，也是说给李明强听，"你们以为里边住的都是像你们家的那些普通人啊，要是那样，就不要我这个门岗了！"老头儿声若洪钟，俨然一位真正的哨兵在捍卫自己神圣的使命。

"什么？你连李明强都不知道是谁？"老头儿急了，嗓门儿更大了，嚷了起来，"去，去，去，弄明白李明强是谁了，我就放你进去。"

李明强听了，心里涌起一种说不明道不清的情愫，有自豪也有失落。看了看自己那硬板儿似的左手，屈着膝默默地继续向前走。邢修省和许玉梅跟在他身后，对老头儿的声音没什么反应，倒是为了是否要跟李明强说卫和平的事儿，小声商量着。

"看来他心里还爱着和平。"邢修省说。

"废话，我早说过他是不想连累她，你们都不信。"许玉梅阴着脸说。

"谁不信了？你干吗老冲我发火？"邢修省拉了许玉梅一下说，"关键是，关键是卫

和平怎么不这么想呢？”

“她呀？‘不识庐山真面目’！”许玉梅一字一顿地说，“爱得越深，恨得越烈！”

“跟强哥说她和陈——”

“说你个头！”许玉梅猛地拉了一下邢修省，黑着脸说，“他不问，就别说。”

“我认为，只要强哥，强哥一句话，准有救！”邢修省怯怯地看着许玉梅说。

“救你个头！有什么救？结婚证都领了，还能救吗？”许玉梅冷冷地说。

“那，那怎么办？你，你看强哥，痛苦得……”

“要心疼他，就跟我离，我嫁给他！”许玉梅又冷冷地说。

“你——”邢修省张大了嘴巴，直直地盯着许玉梅。

“你还没有看出来，我在明强心中是什么位置？笨死你了！”许玉梅打了邢修省一下，学了李明强说邢修省的一句话。

“我——”邢修省看了许玉梅一眼，深沉而坚定地说，“那，我们就当亲哥对他！”

“这就对了！”许玉梅笑了，拉住邢修省的胳膊，把头依上去，泪水却怎么也止不住地涌了出来。

“哎呀，强哥——”邢修省看到李明强屈着膝前边走，他们跟在后边，三个人早已走过了他的红色夏利车，急忙叫道。

许玉梅也急忙松开邢修省的胳膊，擦干了眼泪。

“强哥，你在那儿等着，车在这边呢。”邢修省见李明强停下来，冲李明强比画着说完，对许玉梅说：“等着，我去开车。”转身向他停车的地方跑，脚下一滑，摔倒了，又爬起来冲李明强和许玉梅笑笑，招招手，兴奋地喊：“等着！”又一颠一颠地跑着开车去了。

李明强与许玉梅几乎是同时叫道：“慢点儿！”叫罢，两个人都静静地站在雪地里，对望着，保持着这段距离，直到邢修省把车开过来，一一把他们带上汽车。

李明强上了汽车也不问上哪儿去，从许玉梅一上车就坐在副驾驶位置上，以及许玉梅上车后与邢修省的言行举止看，他们俩儿的问题已经和平解决了，就漫不经心地问：“阿力又惹什么事儿了？”

“他给卫和平拉皮条儿——”

“不是，他喝多了酒，给鸿涛打架，把晓丽推倒了。”许玉梅急忙打断了邢修省的话说，“晓丽，晓丽，流产了。”

“这个愣头青！”李明强把那只硬得像木板似的左手习惯性地重重砸在左膝盖上，然后急切地问：“晓丽现在身体怎么样？”

“挺好，挺好，就是，再也不让丁力进门了。”邢修省接着说。

“啊——这好说，时间长了，等他们再有了孩子，就没事儿了。”李明强出了长长一口气说，接着又问，“李彬和孟华一家呢？”

“出大事儿了！”邢修省急切地说，“我，我们就是为这，才一大早儿来接你的。”

“出什么事儿了？”李明强把身子探向前排，焦急地问。

“李彬昨晚被抓起来了！”许玉梅低声地说，那声音低得几乎让人听不见。

“什么？李彬被抓起来了？”李明强用右手扒住许玉梅坐的副驾驶员车座后背大声地问：“为什么？谁抓的？”

“他挪用公款，伙同他人做假账，开公司……”许玉梅喃喃地说，“具体我也说不清楚，是孟华打电话说的，公安局凌晨把李彬堵在被窝里。她哭哭泣泣的，也没说清楚。我们也没办法，就来，就来找你了。”

“找我有什么用！”李明强又举起硬板似的左手砸向左膝盖，愤愤地说，“该，该抓，我看他就不正常。瞧他穿的，抽的，还开车，腐败，小腐败分子，是得让公安治治，好好修理修理他，他，他忘本了他！”李明强一边说一边用左手打自己的腿，突然，他好像想起了什么，问：“做假账？他是不是贪污了？数额多大？”

“不知道。”邢修省和许玉梅异口同声地答道，又都不约而同地摇摇头。

“走，上李彬家，先弄清情况再说。”李明强把左手重重地砸在左膝盖骨上，车内一片寂静，三人彼此都能听到对方的呼吸。

汽车缓缓地行驶在三环路上，一辆跟着一辆，谁也不超谁，红灯停，绿灯行，格外遵守交通规则。马路上撒了盐，雪都化了，汽车轮子压着融化的雪渣向两边分飞着，黑乎乎的。

李明强一边看一边想，多么洁白的雪啊，一落入这嘈杂的人间，就变黑了。李彬也像这雪一样，变了，变黑了，变得被人踩，被车压了。他罪有应得，那孟华、孩子该怎么办呢？

汽车不知行驶了多长时间，三个人都没有说一句话，当汽车行驶到西直门桥时，“学院路”的路标一下子映入李明强的眼帘，他先是一怔，然后又装着漫不经心地样子，懒洋洋地问：“修省，你刚才说阿力给和平拉皮条儿是怎么回事儿？”

“这儿，我，我不大清楚。鸿涛就是因为这，和他打起来的，鸿涛知道。”邢修省吞吞吐吐地说。

“说吧，如实说，卫和平现在不是我女朋友了。”李明强抑制住内心的激愤，平静地说。

“强哥，你，你要是还爱她，我去，她不会走，肯定不会走！”邢修省语无论次地说。

“瞎说什么？”许玉梅像头发怒的狮子大声喝斥邢修省，“还有余地吗？”

“你别嚷，让他好好开车。”李明强对许玉梅说，“玉梅，你说说，怎么回事儿？”

“有什么好说的，卫和平与那个陈晓伟领结婚证了。”许玉梅冷冷地说。

“什么？领结婚证了？这么快？”李明强简直不敢相信自己的耳朵，吃惊地问，“为什么？”

“为什么？跟你赌气！也为了出国！”许玉梅的脸憋得通红，气呼呼地说。

“出国？怎么回事儿？”李明强睁大眼睛问。

“陈晓伟那个陈世美父亲，在美国取得了绿卡，为儿子办理了出国留学手续，外加一个陪读名额。妻子陪读，你懂吗？”许玉梅一直为李明强与卫和平恋爱舍弃了自己而耿耿于怀，现在，他们两个没走在一起，还耽误了自己，心里有气没处撒，当着邢修省的面又不好发泄，就没好气地对李明强说。

“噢——是这样。”李明强咬了咬牙，笑起来，笑着说，“这样好，这样好，我们同学中有人出国了！以后，我们还有个海外关系，是不是？”

“你——”许玉梅回过头惊讶地看着李明强，一句话说不出来，她万万没有想到李明强是这么个表情。

“好，好啊，她有了个好归宿。出国，到美国，多少人向往啊！好，好，美国是天堂啊！”李明强像是对邢修省和许玉梅说，又像是自言自语。

“好？没个好儿。没有感情，你想想到那个国家会怎么样？性解放！天堂？我看是地狱！”许玉梅没好气地说，她在心里也恨卫和平，骂她水性杨花，诅咒她到美国沦为妓女。

“你怎么知道他们没感情？”李明强反问道，“那个陈晓伟一直在追和平，发誓要和我一争高下。好了，这回他赢了！”李明强说着自嘲地笑了，“他赢了，赢了，他赢了。”

“你知道那姓陈的追和平？”邢修省看半天车内没了动静，打破了沉寂的空气。

“怎么不知道？我是干什么的？侦察兵啊！”李明强发现了自己失态，笑着大声地说，“现在好了，我不用背耽误人家大好前程的骂名了！”

“你怎么办？”许玉梅忧心忡忡地低声问道。

“我怎么办？我和军区首长的女儿谈恋爱，结婚，攀高枝儿啊！”李明强笑着说。

“强哥。”邢修省咬咬下嘴唇说，“我们都知道了，你没有。我们俩始终不相信你会——上次我们来看你，你去正定了，我们都问清楚了。”

“哈，我这个侦察兵反被你侦察了！”李明强笑着说，“我现在没有，不能说我今后没有啊！”

“强哥！”邢修省轻轻地喊了一句李明强，再没了下句，咬着下嘴唇开车。

“什么事儿？”李明强等了半天，见邢修省没了下句话，不解地问。

“爷们儿，真爷们儿！”邢修省用左手扶方向盘，右手伸出大拇指，回过头冲李明强晃了晃，又转过头把右手重重地拍在方向盘上，接着说：“拿得起，放得下。”

“我本身就是爷们儿嘛！”李明强笑了，为缓和车内的气氛，故意轻松地笑着问：“是不是你们以前看我婆婆妈妈的，像个娘们儿？”

“你要是娘们儿，全世界没男人了！”邢修省也笑了。

“我看他就像个娘们儿。”许玉梅有点怨气有点无奈也有点笑骂地冷冷接了一句，说过，也随着他们似笑非笑地笑了起来。

“男人女相，有福，大福大贵！”邢修省说，“强哥这一生错不了！走着瞧吧，强哥永远是你们同学会中最棒的！”

“别给我戴高帽子安慰我了。我现在是个残废，以后好多事儿都得麻烦你们呢。”李明强笑着说。

“强哥，我和玉梅说好了，从今儿起，你就是我们俩的亲哥，有什么事儿，我们在所不辞。”邢修省诚恳地说。

“噢——认我当亲哥，那，你们俩儿不离婚了？你不怀疑我和玉梅有暧昧关系了？”李明强笑着问，他不等邢修省回答，接着笑着说，“修省，这可是你说的啊，认我当亲哥了。以后，你们家我可是要常来常往了。不过，我可要警告你，别引狼入室啊。”

“没正经！”许玉梅笑着说，狠狠地剜了李明强一眼。

“亲哥和亲妹，那是乱伦，遭天下唾骂的！”邢修省放声大笑起来。

“哎呀，完了，完了。本想跟卫和平吹了，好对许玉梅有点儿非分之想，这又上你的套儿了，完了，完了。”李明强装出无可奈何的样子，懒洋洋地靠在座位上，两手一摊，头一耷拉，一副晕旋的样子。

“没正经！”许玉梅回过头来笑骂一声。

三个人都笑了，笑没了误会，笑没了烦恼，笑出了真诚，笑出了亲情。

“好了，好了。下车，到了。”邢修省把车停在了一座新式的摩天大楼下。

“这是什么地方？”李明强看到车窗外的一切都很陌生，疑惑地问。

“李彬的家。”邢修省冷冷地说，“住 8 层，标准的四室二厅。”

“就是因为这套房子，才——”许玉梅喃喃地说。

“得了，他就是不要这套房子，也照样得被收拾，太张扬了。”邢修省一边说一边开门下车。

李明强下了车，看了看眼前十几幢新起的摩天大楼，又环顾了一下四周，问：“这是什么地方？”

“万豪花园。”邢修省冷冷地低声说道。

“万豪花园？”李明强情不自禁地重复一句。

“说白了，就是富豪们住的地方。”邢修省不以为然地把车钥匙环套在右手的食指上转了转，说，“这是北京第一批商品房，高级住宅区，也只有商人和那些暴发户能买得起。”

“这个李彬！”李明强咬了咬牙，把那硬得像木板似的左手狠狠地打在左腿上。

“他一个上班族能买起这房子，能不让人眼红吗？”许玉梅将双手插进羽绒服的斜兜里，看着面前的大楼说。

“从哪儿进？”李明强对着这新型塔楼摸不着北了，问邢修省和许玉梅。

“这边。”邢修省说着把车钥匙装进口袋，向前走去。

三人进了楼，上了电梯。开电梯的妇女问：“几楼？”

邢修省也不答话，伸手按下了电梯上的操作数字键“8”。

“你们是警察？”开电梯的妇女看三个人的面色都很严肃，好奇地问。

“检察院的？”开电梯的妇女见三人都不说话又追问一句。

“不是，串门儿。”李明强从四十五度角的方向瞥了开电梯的妇女一眼，心里骂道，“真是娘们儿，好打听个事儿。”

“串门儿？别蒙我了，一看就知道你们是办案的。”开电梯的妇女自作聪明地说，“今儿一大早儿，8 楼 3 号的李彬就让公安给铐走了。哎，他犯什么事儿了？”

“不是给你说了吗，我们不是办案的。”邢修省不耐烦地冲开电梯的妇女冷冷地说道。

“那你们上谁家呀？我们小区规定，来生人都得问清楚。”那妇女的脸立马儿阴了下来，不高兴地说。

“我们是上李——”许玉梅看邢修省把开电梯的得罪了，急忙说。

“李明强家。”邢修省不等许玉梅说出口抢断了她的话，冷冷地说。李明强听了一怔，咬了咬下嘴唇，没有说话，两眼瞪视着邢修省。

“八楼就一户姓李的，今天让公安局给带走了，也没有叫什么强的。”开电梯的妇女不高兴地说着，用疑惑的眼神瞪视着邢修省。

“啊——”邢修省突然意识到了自己失态得罪了对方，哈了口气，用双手搓了把脸，笑着胡诌一句：“对不起，他是我同学，住他舅的房子。”

“噢——是 2 号，许经理家吧？”开电梯的妇女脸上又绽开了笑。

“啊，对。可能是，我也不知道他舅叫什么，就是出了电梯向右边，第二个门儿。”邢修省知道李彬住的是 3 号，猜想着 2 号的方位说。

“就是 2 号，许经理家。”那妇女脸上的笑更灿烂了，笑着说，“怪不得你牛儿呢，许经理家的客人都牛儿，不是有钱的，就是有权的，你们摊上好亲戚了。”随着那女人的话落，“叮咚”一声电梯停了下来，门自动打开。李明强三人像贼似的，伴着那女人“到了”的声音，争先恐后地跨出了电梯。

邢修省按响了 3 号房的门铃。

门开了，赵鸿涛站在门口。几双目光相对，无一人开口，三个人默默地走进屋，见孟华伏在张晓丽的怀里哭。丁成理坐在沙发上，见众人进门站了起来，看了李明强一眼，把头转向一边，从兜里摸出一根儿香烟。

赵鸿涛把门关上，冲沙发上喊：“孟华，明强和玉梅他们来了。”

张晓丽冲李明强三人点了下头，算是打了招呼。孟华从张晓丽的怀里抬起头，看见李明强三人，“呜”地一下放声哭了起来。

“别哭了，别哭了。”张晓丽一边拍孟华一边说，眼睛却斜看着李明强和邢修省。许玉梅已走到沙发前拉住孟华说：“孟华，别哭了，大家都来了，商量商量怎么办。”

“没法办了！玉梅，我也不想活了。”孟华又抱着许玉梅哭起来。

“别哭了，办法总是有的。别哭了，别哭了啊。”许玉梅拍着孟华安慰道。

“他那挨千刀的，我让他跑，他不跑。他说没事儿，没事儿，这，这，这丢下我们娘俩可怎么办呢？”孟华一边哭一边拍打起许玉梅来。

“到底是怎么回事儿？”李明强坐在沙发上看着众人威严地问，全然一副老大哥的样子。

孟华听到李明强的声音止住了哭，抬起哭肿了的泪眼看看李明强，又看赵鸿涛。

赵鸿涛看到了孟华乞求的眼光，低下头，轻声地说：“李彬与他们部管财务的副司长一起挪用公款二百多万，套汇两千多万，在广州开了个公司……”

“这么大数目？”李明强倒吸一口凉气，眼光暗淡下来。心想，就凭这个数字就没救了。

“他一分也没往家里拿呀！”孟华又哭了，她一边哭一边说：“都是他们副司长让他干的！他一个主管会计，领导让干，他敢不干吗？”

“有证据吗？”李明强冷冷地问。

“没有，那个没良心的副司长，一推六二五，全推到李彬身上了。”孟华哭得更痛了。

“关键就在这儿。”赵鸿涛说，“所有的假账都是李彬做的，检察院的人都验过了笔迹，李彬也都承认了。”

“还牵涉到什么人没有？”李明强又问。

“没有。”赵鸿涛摇摇头说，“就是他俩干的。”

“有。”孟华突然止住了哭，用沙哑的声音急切地说：“李彬前两天对我说，有个叫沈家昌的人，是他们在广州的合伙人，找到沈家昌，就能为他开脱不少。”

“沈家昌？”李明强突然想起了他在戏校演的《审椅子》，里边一个人物就叫沈家昌。老地主王三槐为找回“变天账”，深夜潜入大队部偷回他家祖传的太师椅，被民兵发现后弃椅而逃。沈家昌正好路过发现椅子放在路旁，背起来往家走，一边走一边唱：“有人来找，我认账，没人来取，就归我沈家昌。”想到这儿，李明强打了个激灵，急忙问：“有沈家昌的地址和电话吗？”

“我找找，我找找。”孟华站起来走进最里边的那个卧室。

“鸿涛、晓丽，你们都好吧？”李明强看了看赵鸿涛和张晓丽说，说话时从四十五度角的方向瞥了丁成理一眼，发现丁成理也在偷看他，就装作没看见，把眼光落在了赵鸿涛身上。

“好，我们都还好。”赵鸿涛急忙说，“你的伤怎么样了？早想去看你，只是，只是……”

“只是我们误会了你。”张晓丽抢过赵鸿涛的话茬说，“前几天听小邢和玉梅说，大家冤枉你了，就想去看你，结果，出了这事儿。”

李明强死死地盯着张晓丽的下颌听她讲，他知道张晓丽是不想让赵鸿涛把她流产的事儿说出来，怕丁成理难看，就一语双关地说：“我都知道了，知道了，你们都好就好，就好。”

李明强说完，回过头，正视着丁成理，拉长声音说：“丁成理同志，真的不认我李明强了？”

“强哥！”丁成理转过身低着头，手里还玩弄着那支一直没点着的香烟，喃喃地说：“强哥，我、我对不起你。”

“阿力。”李明强抬起右手，摆了摆说，“自己兄弟，什么都别说了。”

“我，是我把陈晓伟——”丁成理突然大声地说。

“阿力，我说了什么都别说了！”李明强轻轻地说，“给我一支烟抽。”

丁成理赶快走上前，把手里玩弄半天的烟含在嘴里，从兜里掏出烟盒为李明强取烟。李明强指着丁成理嘴里叼着的那根儿烟说：“就这根儿。”

“这——”丁成理已对李明强生分了，觉得自己含了不太合适，迟疑着站在原地没动。

“找到了，找到了。”孟华从卧室里走出来，手里拿着一个蓝色小塑料皮记事本说：“都在这里，地址，电话，来往账目。”

“我看。”李明强伸出了右手，接过记事儿本看了一会儿，将本一合说：“报案，快，报案，以防沈家昌把资金转移，或者携款逃跑。要是那样，不仅给国家造成了损失，李彬也就真的没救了。”

“怎么报？”

“把这本交给检察院？”大家一边问一边看着李明强。

李明强好像又恢复了同学会首领的地位，把那记事本捏在手中向众人点了点，说：“本儿不能交，数额太大了，得做李彬的工作，让他自己坦白出来，争取宽大处理。”李明强扫视众人一遍，见大家都洗耳恭听，就坐在沙发上，展开记事儿本，用那硬得像木板似的左手压住记事本，右手捏住记着沈家昌电话地址的那一页，轻轻地撕起来，撕掉一块长方形纸，捏住说：“这样，孟华跟着修省和玉梅去检察院报案，就说这是李彬留下让交给他们的，让快拘捕沈家昌，冻结他们银行的账号。记住，一定要说是李彬让你们去报案的。拿着，这是李彬的字，他们会相信的。”李明强把那小块儿纸交给孟华，接着说：“我们几个去想办法见李彬一面，做做他的工作，现在只有他戴罪立功了！”

“我们问公安局的朋友了，说不让见人。”赵鸿涛喃喃地说。

“公安局有朋友？”李明强惊喜地问。

“有。我有几个，晓丽有几个，都是安排他们旅游认识的，没共过别的事儿。”赵鸿涛说。

“太好了。我们就去找他们，让他们想想办法，只要有一个人有办法就行了。实在不让我们见，也得让他们把我们的意见带给李彬。”李明强说完，把记事儿本又交给孟华说：“放到原地儿。大家记住了，我们谁都没见过这个本儿。等李彬交代了，公安人员会来取的。”

“明强，你来一下。”孟华接过本儿，转身走向卧室，刚到门口，好像突然想起了什么似的回过身叫李明强。

李明强随孟华走进卧室。孟华从衣柜里拿出一串钥匙，对李明强说：“这是车和车库上的钥匙。车库在地下室一层17号，是同楼的一个人卖的，他急需用钱就卖给了我们，现在谁也不知道是我们的。李彬说，车后座下有三十万元，让你拿走，以后明浩就交给你了。”孟华说到这儿，又哭起来，一边抽泣一边说：“他还说，你若有办法，就让你把车开走，这车是外商送的车，没任何手续，他是套用朋友的牌照。要查他开的车，他就说是借那个朋友的，车型牌照都一样，查不出来。”

“不行。”李明强咬了咬牙，他已经知道李彬陷得有多深了。从孟华的话中，他也听出李彬已经早知道自己有今天了，也早知道自己罪行有多重了。

李彬呀李彬，你是知法犯法啊！李明强痛苦地摇了摇头，深沉地对孟华说：“都交了吧，给李彬减点儿罪。”他又咬了咬牙，低沉而又有力地说，“孟华，记住，我们是中学同学，我还是孩子的干爸，到什么时候，我都不会丢下你们不管的！”

# 第六十一章

李明强从四十五度角的方向瞥了程富荣一眼，嘴角泛起了那种带有讽刺意味的微笑。他又扫了一眼那三位处长，接着说：“我李明强除了自己趴下，任何人任何事情别想把我打垮！”

“赵一刀”捐出一万元钱给肖明母亲治病的消息不胫而走，陆军总院医护人员和香山步兵侦察大队的官兵踊跃捐款。这些捐款，一张张，一沓沓，一袋袋，都放在了肖明母亲病床前的床头柜上，感动得老太太泪流满面。

肖明母亲抖抖地看着眼前这么一大堆钱，大叫一声：“明儿，你看见了吗？”就抱头痛哭起来，胡斌、郭燕和几位护士都急忙上前安慰老太太。

“大娘，别哭了。”

“别哭了。”

“我们都是你的儿女啊。”

“这点儿钱，是我们孝敬您老人家的。”

肖明媳妇用泪眼把屋内扫了一遍，没有发现李明强，就悄无声息地走出门外。

院里，融化了一天的积雪散发出一种凝冰似的潮湿，强烈的亮光，耀得肖明媳妇睁不开眼睛。她捂着眼，暖干了眼泪，漫无目的地在住院部楼前走，不知不觉地向楼角的那棵大松树走去。昨天夜里，她刚在那里为肖明烧了纸，跟肖明说了话。

李明强正蹲在那棵大松树下的雪地里。他点燃一堆白纸，一边用小树棍拨弄，一边深沉激昂地轻声哼着：

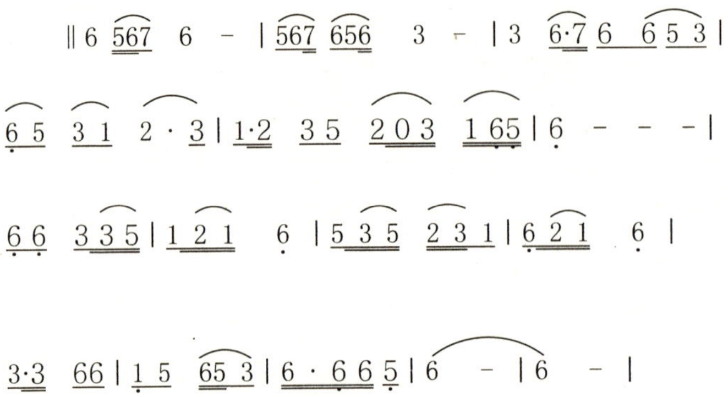

肖明媳妇又落泪了。她知道自己昨晚给肖明烧纸的事儿李明强一定是看到了，她不知道李明强哼的什么，但她清楚李明强肯定是在为肖明哼唱。

李明强哼着哼着，突然停了下来，他听见身后传来了踏雪的“唰唰”声。

李明强看到是肖明媳妇，先是一愣，接着站了起来，轻叫了一声：“贵珍。”

“哥——”肖明媳妇叫了一声，眼泪就又扑簌簌地掉了下来。

“我也是，是来给肖明说一声。”李明强喃喃地说，“妈的手术很成功，住院费也有着落了，让他放心。”

“哥，那钱，咱，咱不能要！”肖明媳妇把头一扬，甩掉了眼睫毛上挂着的泪珠。

“收下吧，是战友们的一点儿心意。”李明强深沉地说。

“那个田医生把他们准备结婚用的钱全拿来了。”

“我知道。”李明强用脚重重地踾了一下地上的雪，轻轻地答道。

“还有，胡排长和他女朋友也拿出了他们的全部积蓄。”肖明媳妇说着把两手一摊。

“我心里有数。”李明强又用脚重重地踾了一下地上的雪，重重地丢了一句，“你都收下。”就低着头，屈着膝向住院部走去。

“哥——”肖明媳妇冲李明强的后背大叫一声。

李明强突然停住了脚，肖明媳妇真情的呼唤，唤醒李明强的亲情和责任。他从小就照顾着被人打成傻子的哥哥李志强，他很少叫傻志强“哥”。他从小就被人当作“狗崽子”，也没有人叫过他“哥”。

李明强转过身，又屈着膝走到肖明媳妇面前，深沉地说：“听话，照顾好妈，其他的事儿，哥会办好的。”

“他们说，你为了让妈——住院，办出院手续了。”

“嗯。”李明强冲肖明媳妇点了下头，说，“我也该出院了。”

“他们说，你的手——”

“就这样了，医生说给评残。”李明强抬起左手看了看，嘴角泛起了那种讽刺意味的笑，笑过，他咬咬牙，把左胳膊一挥，说，“我就不信这邪，我非把它练好不可！”

“你——”肖明媳妇拉住李明强那由于疤痕增生而鼓成蛤蟆肚子的左手，摁了摁，又掉了泪，喃喃地说："这么硬——"

李明强抽回左手，看了看，在自己左腿上打了几下，笑笑说："没事儿！比假肢强多了！"

"他们说，你，你女朋友——"肖明媳妇吞吞吐吐地说。

"吹了，是吧？"李明强又笑了，冲肖明媳妇摆下手说，"走，回去，别听他们瞎说。"李明强说着，转身欲走。

"哥，那位，那位田医生，追过你？"肖明媳妇在李明强身后追问一句，李明强听的出她问得很艰涩。

李明强回过头，阴着脸丢了一句："我不是说了，别听他们瞎说。"。

"他们说，她是和你赌气，才把结婚的钱全部捐出来的。"

"瞎扯！"李明强重重地把左手一甩，重重地说，"别把人家的真情想歪了。"

"她真的对你有情。"肖明媳妇喃喃地说。

"你又想歪了！"李明强从四十五度角的方向瞥了肖明媳妇一眼，转身向住院部走去，嘴角泛起了那种带有讽刺意味的微笑。他屈着膝快步行走，犹如不拄拐杖的喜剧电影大师卓别林。

李明强回到病房，看胡斌已经收拾好了他们的行囊，就对肖明的母亲说："妈，我得回部队去，部队要求严，不能在这儿陪您。我跟医生、护士都交代过了，有什么事儿，就让贵珍找他们。您安心养着，听医生和护士的，我一有空儿，就过来看您。"

"你——"肖明母亲想说什么，又咽了回去，只是指了指窗台下的物品柜说，"那东西，你拿点儿回去。"

李明强看了那物品柜一眼，那里边都是人们送他的补养品，就笑着对肖明母亲说："我这么壮，用不着。让贵珍慢慢给您调剂着吃，有好处。"

李明强说着，用右手拎起提包，胡斌也赶紧一手拎包，一手提装着脸盆和洗漱用品的网兜。李明强对肖明媳妇说："照顾好妈，有事儿找李主任，让他给我打电话，我会常来的。"说完，转向病床，对半躺着的肖明母亲说，"妈，我走了。"

"走吧。"肖明母亲冲李明强扬了扬手，把头转过去，哽噎着说。

李明强见状，眼前立刻浮现出他们家搬出杜甫故居的那个雨夜，母亲笑二嫂站在山间的三岔路口，向背着他的"山羊胡子"扬扬手，哽噎着说："走吧。"十一岁的哥哥大喊一声"弟弟！"扔下竹篮儿追了上来……

李明强的眼睛湿润了。他深情地看了看满脸泪水的肖母，猛一回头，快步走出门去。他知道，他若再说两句话，再停几秒钟，老太太非大声痛哭不可。胡斌见状，也不说话，冲肖明母亲和肖明媳妇咧咧嘴苦笑一下，匆匆点了点头，随李明强走出了病房。

李明强走出病房，到护士站告别。护士站里只有刘红军一个护士值班。刘红军从护士站的柜台里拿出一个手提式小型录音机，对李明强说："这是我们骨东全体医护人员送给您的礼物，不成敬意，希望您每次用它，都能想起我们。"

“哪能忘了你们，你们是我的救命恩人啊！”李明强笑着说。

“他们都开会去了，让我做代表送您。这是您最喜欢的歌曲——《军营男子汉》。”刘红军把一盒磁带递给李明强，冲李明强嫣然一笑。

“谢谢了。”胡斌从护士台上拿起录音机冲刘红军上下抖两下，笑了笑，打开放脸盆的网兜把录音机往里装。

“你怎么知道我——”李明强用惊异的目光看着刘红军。

“你身边有我们的奸细。”刘红军一边笑着说一边看胡斌。

李明强突然明白了，他在去肖明家的火车上对胡斌说过，平时也时常不管跑调儿不跑调儿地哼上几句。他看到胡斌正在装录音机，就说：“别装，磁带收下，录音机留下。”

“不行，这是我们全科人的心意，你一定得收下。”刘红军急忙跑出护士台。

“恭敬不如从命，就收下吧。”胡斌也帮刘红军说话。

“你这个叛徒！”李明强从四十五度角的方向瞥了胡斌一眼，在心里骂了一句，嘴角泛起了那种带有讽刺意味的微笑。他已经猜想到，这个礼物也是胡斌和郭燕一块儿定的。

李明强和胡斌，还有紧随其后的肖明媳妇，走出住院部的楼门。三个人同时怔在了那里，只见骨东的医生护士都身着青一色的绿军装，齐刷刷地并排站在路的两旁，郭燕站在路的中间，高声领唱：“我来到这个世界上，预备——唱！”

“我来到这个世界上，没有想去打仗，只因为了祖国的需要，我才扛起了枪……”骨科的医生护士唱着嘹亮的歌声为李明强送行。

李明强尽力挺直腰板，绷直两条残疾的腿，举起骨科全体同志竭尽全力保下的左手，机械地向骨科的同志们挥手致意。尽管这只手不会弯曲，手碗也不能活动，僵硬得像块木头，像一把五齿耙子。但是，李明强举起来了，它是血肉之躯，是骨科全体医护人员的深情厚意。

李明强使劲儿地摇着左手，就像摇着一座至高无上的奖杯。他摇啊，摇啊，一直摇到看不到骨科的队伍，他还在摇，一直摇到歌声停息。

李明强放下左手，已是满眼泪花。他用右手抹了把泪，对胡斌说：“老胡啊，说实话，我可不是为了祖国的需要才来当兵的。”他说着，又用右手在脸上抹了一把，咬咬嘴唇，轻轻地说，“我是为了自己，为了自己能冲出西流村，冲出那可爱而又可恨的山沟……”

“你是为了祖国的需要才上战场的。”

“不全是，我有私心。”李明强低沉地说。

“李明强。”一辆吉普车停在李明强和胡斌身旁，陆建峰打开车门，跳了下来。

“陆建峰，你又干吗来了？”李明强吃惊地问。他清楚地知道，陆建峰上午为送大队给肖明母亲的捐款已经来了一趟。

陆建峰一边接过李明强手中的提包，一边说：“我来送部队的捐款，听聪颖说你要出院，所以就等着你——”

“你一直没回去啊？”李明强看着陆建峰的眼睛问。

“我给大队长报告了，他同意。”陆建峰笑着说。

“李明强，我代表医院送你回部队，请吧。”田聪颖从车后座上打开门，跳下来，冲李明强把手向后车门一摆说。

“假公济私，你们俩儿黏糊一天还没有腻歪够啊。”李明强冲田聪颖和陆建峰频频点头，言语中有玩笑也有批评的意思。

“随你怎么说。上车！”田聪颖的脸阴了下来。

“让李连长坐前面吧。”陆建峰急忙说。

“带好你的车！”田聪颖瞥了陆建峰一眼，把李明强推上了后座。她坐在李明强和胡斌的中间。

车开了。田聪颖拍了陆建峰肩膀一下，笑着说：“你知道你坐的那位置是什么角色吗？那是秘书或保卫干事坐的。首长一般坐后排，你懂吗？”

李明强从四十五度角的方向瞥了田聪颖一眼，嘴角泛起了那种带有讽刺意味的微笑。他知道，田聪颖这番话，一是安慰陆建峰，别让他看着自己的爱人与别的男人挤在一起吃醋；二是给大家调侃，在李明强面前故做轻松的样子；三是表现出她和陆建峰的暧昧，偷视李明强的表情。

田聪颖看李明强没有注意自己，就故意向李明强挤了挤，说：“今天，咱这车坐的，李连长是首长位置，建峰是保卫干事，我是秘书，胡排长吗，是公务员，呵……”田聪颖一边笑一边向李明强靠，还用手直拍李明强的大腿。

李明强尽管心里感到不舒服，但他知道田聪颖是在找心理平衡，就闭上眼睛装作睡觉，由田聪颖随意挤他靠他拍他摸他。

吉普车走到东四七条胡同的学校门口，正赶上学生放学，接小孩儿的家长们推着自行车，小学生们背着小书包，熙熙攘攘，嘈嘈杂杂，将路堵得水泄不通。司机鸣着喇叭艰难地向前移动，好不容易到了人少的地方，迎面驶来了辆黑色轿车，司机说：“坏了，堵死了。”

黑色轿车挂着上海的车牌子，稳稳地停在吉普车的前面。

司机骂道：“北京本来就人多地少，还大老远地从上海把车开来，干什么呀？不是贪官，也是个烧包儿。好了，都别走了。”

说话间，轿车的前门开了，一个身着长黑呢子大衣的年轻人从车上走下来，笑着对吉普车喊：“解放军同志，我给您看着，您倒一下。”

“长大衣”一边挥手一边慢声慢气地用“南方普通话”喊：“让一让了，让一让，堵着谁也走不了，磕着谁碰着谁都划不来啊！让一让，让一让了。小朋友，慢一点儿，别碰着了啊。解放军同志，倒，倒，好，向左。好，好，向右，倒，倒。后边的大姐，麻烦您把自行车挪一挪，好，谢谢，倒，倒，向右，向右，倒，倒，好咧，停。”“长大衣”非常潇洒地向吉普车做了个停的手势，冲吉普车喊了句：“谢谢了啊。”转身上了轿车。

黑色轿车一溜烟儿离去。

“瞧，还是人家上海人，素质就是高。要是北京人，得，不知要堵到什么时候呢！”司机兴奋地说。

李明强瞥了司机一眼，嘴角泛起了那种带有讽刺意味的微笑，笑着说：“是啊，南方人就是活范。你左一把右一把，倒车倒得满头大汗，人家一溜烟跑了，你还得夸人家素质高。”

“哈……”全车人都笑了。

“我操，让别人卖了，还帮着人家数钱呢！”司机恍然大悟，抬起右手在方向盘上拍了一下，笑着说。

“南方人脑子就是活，你不服不行。唉——”陆建峰好像突然想起了什么，回过头问：“明强，你知道吗？老大队长退了。”

“啊，知道，他来看我时说命令快到了。”

“我是问，你知道是谁接大队长了？”

“不是参谋长吗？”

“错！”陆建峰又转过头，重重地说：“程富荣！那个南——蛮——子！”他把“南蛮子”三个字拖得开，说得很重很响。

“怎么是他？”李明强瞪大了眼睛问。

“什么？是他？”胡斌抱住司机的座椅靠背，把头伸向陆建峰，不相信这个事实，盯着陆建峰追问，“真的是程富荣？那个王八蛋！”

“唉——我说大队长怎么能批你在这儿等一天呢？原来是他！‘老大队’和参谋长都不会这么做！”李明强说完，顿了顿，似自言自语又像是问大家说：“怎么能选他呢？”

“就是，这人贼不地道，典型的跑官要官者！”胡斌愤愤地说。

“可不是吗？我爸当团长时，他才是一个排茬子，整天往我们家里跑！我爸说他太过分了，跟个哈巴狗似的。他整天赖在我们家里不走，烦人着呢！”田聪颖也愤愤地说。

“烦人，还气人呢！我爸当时是政委，根本看不上他。可他整天拍着我妈，阿姨长阿姨短地叫得可亲了。我爸没办法就送他去上了学，谁知这小子又投机钻营，钻进了北京。嘿，还噌、噌、噌一个劲儿地往上蹦，现在也他妈的副师职干部了。我爸一退休，他立马儿就变了，甭说再没有登我们家的门儿，在门诊部见了我妈，大姐长大姐短地叫上了，差点儿把老太太气背过气去。你们说，气人不气人，我爸退休了，我妈的辈儿也降了！”

“行了，行了，毕竟是人家把你调到北京的。”田聪颖不耐烦地说。

“他给我调到了北京？我爸干什么了？姥姥，他为这收了我多少礼，你又不是不知道？”陆建峰气愤地说。

“你愿意！”田聪颖没好气地抢了陆建峰一句。

李明强摆摆手说：“行了，行了。说的是人家，您俩儿吵什么！我真纳闷儿，直工部不是报的参谋长吗？”

“是啊，参谋长也认为这次非他莫属了，带着部队到内蒙去参加军区的冬季适应性训练演习，本想凯旋而归，荣升大队长。谁知，带着部队回到大队，见政委和程富荣站在操场上，没有老大队长，就列队后颠儿颠儿地跑上前，冲政委打了个敬礼。政委却向后退一步，右手向程富荣一摆说‘向大队长报告’，参谋长差点儿背过气去，张了半天嘴硬是没报告出来。那程富荣更是气人，把手一摆，像轰小孩儿似的说‘好了，甭报告了’，没等参谋长归队下命令，他就向前大跨一步，大喊一声‘同志们’，牛气冲天地讲开了。”

“真他娘的狂！”胡斌接过陆建峰的话愤愤地说，“这样的人也能当主官儿？”

“简直是狂到了极点。你们猜他怎么讲的？”陆建峰回过头问。

“兔子们，猪尾（yi）巴，咸菜太贵了！”胡斌学着以往程富荣主持会议时，拉着长腔喊“同志们，注意了，现在开会了！”的声音说。

“不是。”司机接过话茬说，“现在可狂了，张口就讲，我现在是大队长了，用社会上最流行的话说，就是我们大队的法人。”

“这个王八蛋！”胡斌咬着牙骂了一句，“干部部门是怎么考察干部的？！”

“干部部门是听首长的！”陆建峰说。

“哪个首长能看上他？”胡斌不解地问。

“谁知道！不过，有一点儿可以肯定，肯定是个贪官儿。”陆建峰回过头冲胡斌也是冲大家说。

“别瞎说！”李明强冲陆建峰向司机仰仰下颌，从牙缝中挤出三个字。

“没事儿，这是我的小老乡。”陆建峰笑着说，“现在，大队里除了追随他的几个亲信外，没有人不骂他的。”

“究竟是哪个老王八看上他这个王八羔子了！”胡斌又骂上了提拔程富荣的人。

“你别骂他了，总有一天，程富荣会骂他的。”田聪颖接过胡斌的话说，说了，还捂着嘴笑。

“什么意思？”李明强瞥了田聪颖一眼，问。

“什么意思？程富荣本身就是个过河拆桥的人，你一没用，准骂你，他爸就是最好的例子！”田聪颖见李明强看着她，把嘴向陆建峰一努，冲李明强露出了甜甜的微笑。

“别瞎说！”陆建峰知道田聪颖的话题，头也不回地丢了一句。

“我告诉你。”田聪颖不顾陆建峰的警告，扒拉一下李明强的大腿，向李明强挤挤说。

“他也不是没骂你爸。”陆建峰说着，咳了一声向车窗外吐了口痰。

“呵……”田聪颖揉着李明强大腿未说先笑。

“你笑什么？”李明强不解地问。

“她吃笑屁虫了。”陆建峰回过头来，看着田聪颖笑。

田聪颖见陆建峰回过头，把手从李明强的腿上抬起来指着陆建峰说：“当时，程富荣听说他爸要提副军长，就派人去送礼。问财务处长送什么好，财务处长说他妈病了，送几只王八，几百块钱一只，没人舍得买。程富荣说了句人话，送六只，六六大顺，老领导准高兴。谁知道，刚送到他家不久，他爸的退休命令就到了，气得程富荣把财务处长骂了个狗血喷头，说‘送王八，送王八，都送给王八了’！呵……”田聪颖说到这里扶在李明强的肩上笑了起来。

陆建峰也不生气，接着说：“他不是骂我们的，你们不知道。我爸听说是程富荣送的，就让司机给他送了回去。你猜怎么着？他娘的财务处马处长自己弭[①]了两只，就给我们家送了四只，他是骂马处长的。”

“得了，是司机听说他骂你们，告诉了你爸，你爸才让司机给他送回去的。”田聪颖反驳陆建峰说。

“唉，不管怎么说，那程富荣不是个好鸟。现在，仗着上边有人，自己是大队长，一手遮天，根本不把政委当回事儿，把参谋长治得干什么都不是。”

“得志的狸猫赛猛虎，落架的凤凰不如鸡。”李明强突然放声唱了两句，人们都不说话了。吉普车已经驶过五孔桥，在灰蒙蒙的道路上，向西山的落日追去。

程富荣大队长和卫廉清政委带领机关干部站在大队部门口迎接李明强。

李明强打开车门，同志们鼓起热烈的掌声。他向众人招招手，在车前整理了一下军装，径直跑向卫政委。卫廉清像对待凯旋而归的参谋长一样向后退一步，用右手向程富荣一摆，说：“大队长。”

李明强装作没听见，向卫廉清行了个标准的军礼，高声喊道：“政委同志，侦察连副连长李明强伤愈出院，向您报到，请指示。”

“欢迎，欢迎你回来呀，李明强同志！”卫政委激动地用双手握住李明强的右手一边摇一边说。

“听说你的左手和双腿都残废了。”程富荣阴笑着不冷不热地问。

众人一愣，政委的手情不自禁地松开了。

李明强从四十五度角的方向瞥了程富荣一眼，嘴角泛起了那种带有讽刺意味的微笑，抬起右手，例行公事儿地向程富荣敬了个礼，大声说：“报告副大队长，李明强身残——心不残。”李明强本想说“身残志不残”，可是，面对程富荣，他突然感到说“心不残”更为贴切一点。

“是大队长。”政委轻轻地说。

李明强有力的右手已经握住了程富荣的右手。程富荣本来想在还礼后不经意地与李明强轻描淡写地握一下，例行个公事儿也给李明强个下马威，没想到他伸出松软的右手被李明强那老虎钳子似的右手牢牢抓住，想再用力，已经来不及了，况且他再用力也不是李明强的对手，就急忙把左手搭上去增援，并装一副很高兴很亲密的样子。

李明强也装作很亲密的样子，使劲儿握住程富荣的手摇，听到政委的话，先是假装一怔，接着说：“不是参谋长——噢——副大队长，不，大队长，恭喜您了，恭喜，恭喜！”李明强一边说，一边用力，痛得程富荣直咧嘴，又不敢叫，还说不出话，只是一

① 悄悄占为己有。

个劲儿地冲李明强咧着嘴点着头吸凉气。众人不知内情，还以为是李明强当众揭了程富荣的老底儿，程富荣有气不好发作。

李明强看程富荣已经痛到了坚持的极限，就松开手，一一向机关的干部敬礼——握手——寒暄。程富荣急忙把双手背向身后，用左手揉搓痛得火辣辣的右手，脸上却恢复了王者风度，高声说："李明强，今天大队为你接风，走，吃饭。"

小灶食堂安排两桌，主题是为李明强接风，田聪颖是陆军总医院的代表，所以他们两个和大队常委一桌，胡斌与机关各部门副职领导一桌，陆建峰作为迎接者自然也在那一桌上。

李明强发现他已经把程富荣的右手握伤了，嘴角泛起了那种带有讽刺意味的微笑。程富荣不动筷子，只是拿着小长勺儿掏菜，抖抖地往嘴里送。李明强的心里有点儿自责，但是，当他看到，程富荣那双大眼总是色迷迷地向田聪颖扫视时，心中又充满了怒气。

这时，炊事员端上一只甲鱼。甲鱼被炊事员分解后摆在盘中，把甲鱼的壳盖上，就跟一只整甲鱼一模一样。因为每上一道菜，大家都等着程富荣先吃第一口后众人才动筷子，所以李明强灵机一动，用筷子指着盘中的甲鱼说："程大队长，您动动，您动动。"

程富荣听了气得七窍出烟，也不好发作，从四十五度角的方向瞥了李明强一眼，没说话，也没动勺子。

李明强装作没看见，继续用筷子点着甲鱼说："程大队长，您动动啊，您动动。"

众人见状，闭声静气，恨程富荣的在心里偷着乐，追随程富荣的也不敢言语。卫政委见状，拿起筷子把甲鱼盖掀开，夹起甲鱼的头放到程富荣面前的小碟子里，笑着说："老程，你独占鳌头！"

程富荣用勺子挑起甲鱼头，看了众人一眼，也是为了应和卫政委，缓和气氛，讪讪地说："我作为一队之长，深感大队难带啊！"他说着，把甲鱼头用勺子挑起，看了看，接着说，"呵，这帮小子今天做出花样儿来了，还有这种吃法。"

程富荣说的不假，炊事班这么做甲鱼还真是第一次，以往都是做甲鱼汤。他们听说李明强在医院吃特餐，常有甲鱼汤，今天就想给他换换样儿，寓意让李明强告别医院。谁知，程富荣这句话，又挑动了李明强那敏锐的神经，李明强见程富荣吃进口中，就接上一句："王八就是这么吃！"

参谋长"扑"地一下笑出声来，又急忙捂住了嘴。与此同时，程富荣也"扑"地一下把甲鱼从嘴里吐了出来。

众人见状，都为李明强捏一把汗。卫政委见程富荣失了态，急忙喊："老程！"接着又缓和了口气问，"是不是太咸了？"

程富荣愤愤地看了李明强一眼，又瞥见卫政委和众人盯着他，就把勺子"啪"地一下扔在桌子上，大声喊道："炊事班，把甲鱼端回去，做的是什么味？"

李明强就是这样，见好就收，他急忙端起酒杯站起来，冲程富荣说："大队长，消消气，菜不是味，酒有劲儿。我敬你一杯。"

李明强说着，走到程富荣身边，恭恭敬敬地说：“大队长，我敬您。”

程富荣阴着脸挤出一个字：“喝！”端起酒杯，一仰头，喝下肚去。

李明强又倒上一杯，冲程富荣说：“大队长，我再敬您一杯。”

“行了，不喝了！”程富荣的脸更阴了，低着头连看都不看李明强一眼，用炊事员给他换的新勺子艰难地掏着菜往嘴里送。

“你这杯酒说什么也得喝。咱俩儿是一个部队出来的，你是前辈，我理当敬你。”李明强站在程富荣身边，一边说一边把自己的酒杯放下，拿起酒瓶先给程富荣倒上酒，再给自己满上。他把酒瓶放下，端起自己的酒杯说：“按我们河南的规矩，敬酒端三个，自己不喝。你是前辈，我不能光让你喝，我先干为敬。”说着一饮而尽，把空杯子放下，为程富荣端起杯子说：“我是个残废，只能用一只手给您端酒了。”

卫政委笑着说：“老程啊，这杯酒得喝，你们从炮兵部队走到步兵侦察大队，是炮兵的骄傲啊！”

“大队长是我们师的骄傲。现在，我们师虽然撤了，但是还出师职干部！”李明强端着程富荣的酒杯向后退一步，冲桌子画了个弧说。

“嗨，你小子不是也成英雄了，还是作家，也是咱们师的人才啊。好，这杯酒，我喝！”程富荣听李明强当众这么夸他心中高兴，站起来，转过身去，接过李明强手中的杯子，一饮而尽，摆出一副王者风范。

“炊事员，来来来，再给大队长倒上，我们得喝够三杯，我有话对大队长说。”李明强见程富荣转过身去，又要落座，伸出左胳膊拦住他说。

炊事员提着酒瓶子走过来，程富荣不让倒，冲李明强说：“你小子还有什么花肠子？！”

“再喝一个归队酒，请老领导多指点多帮助啊！”李明强笑着说。

“你小子，书生气太浓，太各，我是得好好修理修理你，不能把你这个人才给埋没了！”程富荣说这话时，虽然笑着，但李明强分明听出他几乎是从牙缝里挤出来的，特别是那“人才”二字，程富荣说得特别重，简直是咬牙切齿。

李明强用嘴角笑了笑，端起自己的空酒杯让炊事员倒上酒，用左臂缠着程富荣走向墙角，笑着说：“我可不敢让你修理，我跟你学不得，因为咱俩儿走的不是一个道儿！”

“你走什么道？”程富荣刚刚灿烂的脸又阴了下来。好在是李明强用左臂缠着他，高大的身体挡住了人们的视线，谁也看不到他的表情。

李明强用嘴角笑了笑，低沉而有力地说：“人道！”

“你——”

“别喊！”李明强在说话的同时，右脚已踱上了程富荣的脚面。他似笑非笑地对程富荣说：“这么大的副师职干部，失了态是很丢人的，我已经弄痛了你的手，别再让我踩伤你的脚。笑一笑，干杯。”

“干杯！”程富荣大声喊道，皮笑肉不笑地冲李明强咧咧嘴。

“干！”李明强放下左臂，笑着向旁边跨一步，面向众人，与程富荣一碰杯，一饮而尽，并把杯子底朝上抖了抖，示意滴酒未留。

程富荣走向座位，冲人们一摆手，阴着脸说：“这小子能喝，今天让他多喝点儿！”

程富荣的几个追随着，早已弯弓待发了，听到程富荣的话，“噌”的一下全站立起来了。

“李连长，我敬你！”作训处的李处长端起杯子说。

“不，是李干事，这次的命令是宣传处正连职干事！”财务处的马处长笑着说。

“对，又提了一职，得庆祝一下！”军务处刘处长也亮起了他那特有的大嗓门。

“是啊，小李一年内提了两职，每人都得喝两杯！”李处长又加码了。

……

“哈……三个。”李明强从四十五度角的方向瞥了众人一眼，嘴角泛起了那种带有讽刺意味的微笑，端起酒杯，冲着程富荣那三个追随者一语双关地笑着说，“人们说秦桧还有三个朋友，我李明强有你们几位领导厚爱，真是荣幸，来，我先敬你们！”

“三杯，你刚才说的三杯！”

“三杯就三杯。李明强死都不怕，还怕喝酒吗！”李明强又活用了毛泽东的“中国人死都不怕，还怕困难吗”的名句。

“好！这小子目中无人，你们也别欺负他，一人先敬他三杯，然后放开，撂倒他！”程富荣指着他的三个追随着说。

“大队长，这点儿酒吓不倒我。明说了吧，我就是被人吓着长大的！”李明强从四十五度角的方向瞥了程富荣一眼，嘴角泛起了那种带有讽刺意味的微笑，他扫了一眼那三位处长，接着说：“我李明强除了自己趴下，任何人任何事儿别想把我打趴下！”

“今天就让你自己趴下！”程富荣从牙缝里挤出了这句话。

“好！不是西风压倒东风，就是东风压倒西风！来，趁我还没趴下之前，先敬在座的各位领导一杯！”李明强端起酒杯向众人画一个弧，然后一饮而尽。

“李明强，算了，他们都是久经酒场的老手，你别不服气。我来说句话，你来个好事成双，一个处长敬两杯，就算完成任务了。”卫政委看到程富荣是有意想灌醉李明强，出来打圆场说。

“不行，今天放开，我非看看究竟是什么风压倒什么风！”程富荣连看都不看卫政委一眼，用勺子指向作训处长说：“李处长，你先上。”

“停。等等。”李明强抬起那只残废的左手制止住李处长，对程富荣说，“大队长，我听老大队长说过，政委可是咱们的党委书记，是你们大队班子的班长，你都不听政委的，也别怪我不听你的。各位领导我都敬过了，今天我谁都不喝了，就找你，你说怎么喝！”李明强本来就是天不怕地不怕的汉子，喝了点儿酒就更不管不顾了。

“哎，李明强，你敬了我们了，我们也应该回敬你啊！”李处长抢着说。

“就是，我们应该回敬你！”追随程富荣的马、刘两位处长也跟着嚷嚷起来。其余的人都默不作声，心里为李明强捏了把汗。在酒桌上，明眼人一看就知道，这一桌人至少是两大阵营。殊不知，李明强是第三世界，哪个阵营都不是。

李明强不但是天不怕地不怕，又是何等机智精明，今晚一直在含沙射影地说着双关话，现在又被他抓住了契机，扫了众人一眼，斩钉截铁地说："应该？应该的事儿多了，可出了多少不应该，你说是不是？大队长。"

程富荣早听出了李明强的话中有话，见现在咬着自己不放，气得七窍生烟，愤愤地说："李明强，不就是喝酒嘛，你小子说怎么喝就怎么喝！"

"不，不，不。我可不敢，您是酒精沙场的油袖干部，肯定喝酒的词多……"李明强借用"久经沙场的优秀干部"讽刺程富荣说。

"少废话，快说，怎么喝！"程富荣听了更加气愤，把酒杯往桌子上一蹾，几乎是喊了起来。

"对不起，对不起，大队长，惹您生气了？"李明强见程富荣气成这个样子，心里格外高兴，嬉皮笑脸地说。

"快说，怎么喝！"程富荣的肺都快气炸了，心想，老子什么酒场没见过，一斤多的酒量，还喝不过你一个没上过酒场的毛孩子。

"好，好，恭敬不如从命！那，我就说了啊。"李明强掂起酒瓶，冲向卫政委扬扬说："政委，我李明强长这么大，从没上过酒场，也不会说话，今天惹大队长生气了。大队长让我说怎么喝，我也不知道怎么喝好。这样吧，因为我就会立正、稍息，大队长今天又要让我趴下。所以，我今天就和大队长喝三个酒，立正、稍息、卧倒，怎么样？"

"什么立正、稍息、卧倒？"程富荣惊异地盯着李明强问。

李明强放下酒瓶，从旁边拿过喝茶水的大玻璃杯，往面前一放，拿过桌上的一盒香烟靠着杯子一立，说："立正。"然后，又将烟盒竖着一躺，说："稍息。"再把竖躺着的烟盒一翻，烟盒便平躺在茶杯旁，李明强大喊一声："卧倒！"

"这三个？"卫政委瞪大了眼睛，看着李明强问。程富荣也惊讶地看着李明强，说不出一句话来。

"好！"那些对程富荣有意见的常委们见李明强这么大气魄，一下子兴奋起来，齐声叫好。

"好！"

"好！"

另一桌上的部门副职领导与胡斌、陆建峰早发现了这一桌的动静，这时也拍起巴掌叫起好来。

"倒酒！"程富荣满脸杀气地喊，炊事员急忙拿着酒瓶子跑了过去。

"李明强想怎么样？"陆建峰急忙拉住胡斌问。

"鬼知道！"胡斌愤怒地盯着程富荣一边说，一边慢慢地站起来。

# 第六十二章

“我现在若不利用我这点儿可怜巴巴的名望向军区首长上书，恐怕以后更不行了。等程富荣站稳了脚跟儿，我们这个大队就完了。”李明强用右手的拇指、食指和中指使劲儿把燃着的烟头捻灭，咬着牙说。

程富荣被李明强的“立正、稍息、卧倒”三板斧砍得像堆棉花团儿，在他的三个追随者搀扶下，踉踉跄跄地回到了办公楼，硬着舌头说：“给你嫂子打，打，电话。说，说，说今，今晚加，加，加班。不，不回，不回去，了。呜——啊——”程富荣吐酒了，弄得满楼道都是污秽，充满了酒糟味。

李处长搀着程富荣喊：“公务员，公务员！”

“到——”

“到——”

从公务班一下子跑出三个公务员，他们看到楼道内的情境，闻到那股从程富荣肠胃中喷出污物的酸臭气，其中两人捂住了鼻子。

马处长冲三个公务员吼道：“快把楼道弄干净！”

“是！”三个公务员异口同声地答道。

“团长的公务员呢？”刘处长发现他为程富荣选的公务员没在，厉声问道。

“阿姨打电话，让他去，去陪她散步。”一个公务员喃喃地回答说。

“那，你，就你，来，给团长打盆儿洗脸水来。”刘处长亮着高嗓门儿对那位答话的公务员喊。

“是。”那位公务员的回答显然不太情愿。

李处长三人把程富荣扶到办公室的里间床上躺下。这个里间，其实就是程富荣任副大队长时的办公室，与老大队长的办公室紧邻。老大队长与他交接的当天，他就让营房处的孙处长请人把这两间房合二为一，改造成了里外两间，外面做办公室，里面住宿。这里间，除了他的心腹和他自己的公务员，谁也不能进去。

程富荣虽然喝得头重脚轻身发软，但是脑子还是非常清醒的。他看到打水的公务员不是自己的贴身公务员，用手指着公务员大声吼道："你，谁、谁让，让你、让你，进来的！"

"我，我——打水。"公务员支支吾吾地说着怯怯地退了出去。

"呜——"程富荣一动劲又要吐，李处长急忙端过脸盆。程富荣"哇"的一下就喷了出来。公务员刚打了大半盆水，盆里的水受到程富荣喷出的污物撞击，飞溅起来，溅了李处长一身，溅了程富荣自己一脸，还溢了一地。

马处长急忙拿来毛巾，程富荣擦了一把，骂道："妈的，打点儿水都不会！刘处长，明，明天，让他下连！"

"是。"军务处刘处长答道，接着他又叮一句，"再给您挑一个公务员吧。就放家里，省得让嫂子来回打电话，不方便。"

"你看着办吧！"程富荣吐了酒，喝了水，说话也利落了，"有一点儿，就是，就是不能，有影响。"

"我从阳坊那个中队挑一个，放在家里，谁也不知道。"刘处长得意地说。

"哦——我，我要，解大手。"程富荣说。

李处长急忙上前把程富荣扶起来说："我扶你去。"

"不。你，你把那个给我，摆好。"程富荣指着墙角桌子下的一套小座椅和马桶说，"老子当副职去——去公共厕所蹲坑，当正职了，还去蹲？妈的，老子，才不去呢！"

"我来。"马处长把马桶和座椅放好，打开马桶盖，马桶里的腥臭味涌进他的鼻子。他闭着气，将马桶口对准座椅上的椭圆形屁洞，直起腰说："怎么不让营房处给改造个洗手间呢？"

"说了。那个孙，孙文义，说没有管线，不能，不能做。"程富荣在李处长搀扶下一边向马桶走一边说。

"他装孙子！怎么不行？我给他说！"刘处长又亮起了大嗓门儿，显示他军务处长的魄力。

"算了，用得着他吗？"马处长说，"他不愿干，我弄。请几个工人，在这角儿里打几个眼儿，通到一楼电话班，再从电话班挖出去，接好上下水就行了！"

"这下边是电话交换机，参谋长干吗？"李处长是管作训的，对电话班总机房里的摆布门儿清。

"他敢说二话！"程富荣从牙缝里挤出一句完整的话。

"正好用他们的电缆坑道，还省得挖管道了呢！"马处长得意地笑着说。

"就这么定了！"程富荣一边褪裤子一边说，"你们出去吧，有味儿。"

“没事儿。”三个人异口同声地说。

“出去吧，该方便，方便方便，待会儿，待会儿咱，找个地方，洗个澡，按摩一下。”程富荣说话间“嘟噜”一声，那大便就下来了。

“是。”三个人恭恭敬敬地答道，争先恐后地向外间办公室里涌去。

许久，程富荣从里间走出来。李处长急忙说：“我去给倒了。”

“算了。”程富荣一把拦住李处长，笑着说：“让公务员回来倒吧！那玩意儿，怎么能让你倒。”程富荣上吐下泄之后基本恢复了原状，说话也不打磕巴了。

“伺候您老是应该的。”李处长笑着非常虔诚地说。

“什么您老，他老的。我们是兄弟，亲兄弟。大哥能让你干那活儿？”程富荣拍拍李处长的肩膀很仗义地说。

“大队长，上哪儿去？”马处长问。

“听说利源有俄罗斯小姐？”程富荣笑着问。

“对，就上那儿。让俄罗斯妞儿伺候伺候老大。”

“小声点儿！”马处长拉了刘处长一把说。

“他要学会小声说话就出师了。”李处长笑着说。

“怕什么？有什么事儿，我给你们兜着！”程富荣摆出一副大将气魄，把手一挥说：“走！”

走出办公室，程富荣好像突然想起了什么，对马处长小声说：“以后，营房处报什么账，都给我记下来。”

“没用，那孙大个子可抠门儿了，从不乱花钱。”马处长说。

“想找他的碴儿，还不容易！”程富荣阴笑着说。

“是，是，欲加之罪何患无词。”马处长点头哈腰地附和着说。

“你会不会说话？”程富荣不满地瞥了马处长一眼说。

“我，我不是，不是，那个意思。”马处长吓得哆哆嗦嗦，说不出一句整话。

程富荣哈哈大笑，拍拍马处长的肩膀说：“没事儿，是那个意思他能把咱怎么样？拿了他，就像甩个烟头儿一样简单。”

李处长听了这话打了一个哆嗦。他清楚地知道，他在程富荣心中的位置远不如马、刘两位处长，程富荣拉拢他，就是让他干活罢了。作为大队长主抓军事，程富荣不懂训练，又与参谋长是死对头，要出成绩全靠他这个作训处长了。程富荣曾明确地告诉他，要联手挤走参谋长。马、刘两位处长也曾在私下开玩笑地叫他“参座”。可他心里明白，稍有闪失，程富荣首先牺牲的就是他。

程富荣见三位处长都不说话，干咳一声，说：“你们三个都应该研究一下怎么为人处世，这也是门儿学问。用现在时髦的话，叫交际学。我那里名人传记不少，还有曾国藩全集。你们知道吗？毛泽东独服曾国藩。你们没事儿时，拿去看看。”

“是。”三位处长异口同声地应了一声。

四人走到一楼，程富荣看了一眼大队值班室，突然问：“李明强那小子呢？”

“早趴下了！”刘处长大声回答。

“妈的，跟我斗，他还嫩点儿！”程富荣又从牙缝中挤出一句话。

“他以为他是谁呀？军区司令员？军委主席？初出茅厕，不知道天高地厚，敢在太岁头上动土，找死呢他。”马处长赶紧应和，以补刚才言差之过。果然，程富荣听了大悦，笑着说：“初出茅厕，说得好，说得好。老马可教也，老马可教也。瞧，进步多快。哈……”

“哈……”四个人全笑了。三个处长如同三位保镖护着程富荣走出办公大楼。

这时，李明强在机关单身宿舍楼的洗手间里刚吐完酒，对着水龙头含几口水漱了漱口，看着墙壁上大玻璃镜子里满脸通红的自己，拍拍有些发木的头，嘴角泛起了那种带有讽刺意味的微笑。笑罢，唱起了《便衣警察》的主题歌：“金色盾牌热血铸就，危难之处显身手显身手……”

“还唱呢，瞧你喝的。”胡斌又心痛又没好气地说。

“怎么样？首先在气势上把他压倒了！”李明强把右拳在胡斌面前一挥说。

“恐怕，恐怕他醒了酒就该策划怎么把你治于死地了。”胡斌忧心忡忡地说。

“怕什么？怕他我就不是李明强！”李明强又将拳头在胡斌面前挥了挥，接着高咏起流行诗歌《回答》的前两句，“卑鄙是卑鄙者的通行证，高尚是高尚者的墓志铭！我李明强不属他管，他拿什么治我？！”

“怎么？你不属他管？什么意思？”胡斌被李明强的话弄得摸不着头脑，一连问了几句。

“要问路在何方？路在脚下。要问路在何方？路在脚下。”李明强又挥动着右拳摇头晃脑地在胡斌面前嬉笑着唱起《西游记》的主题歌。

“别唱了。”胡斌一把拉下李明强的胳膊说：“是‘敢问’不是‘要问’。”

“我偏‘要问’！”李明强一把挣开胡斌的手，又挥头着右拳摇头晃脑地唱道：“要问路在何方？路在脚下。要问路在何方？路在脚下。”

“别闹了，政委在屋里等你呢！”胡斌又一把拉下李明强的胳膊，焦急地说。

“政委来了？”李明强问了一声，也不等胡斌回答，拧开水龙头，用右手撩着水洗了两把脸。又用右手在脸上抹了两下，甩着手上的水走向胡斌，摇摇头问：“不是骗我吧？”

“我什么时候骗过你？”胡斌一边说一边抬手去挡李明强从头上甩下的水珠。

“走。”李明强把左胳膊向前一抡说。

胡斌问：“你没事儿吧？”

李明强笑笑摇摇头，又转向水管，打开水龙头“嘟噜嘟噜”喝了几口凉水。

“你——”

“肚子吐空了。妈的，空落落的。接什么风？还不如吃碗面条呢。”李明强说着又用右手抹了把脸和嘴，冲胡斌笑笑说：“这酒，真是王八蛋！走，没事儿。”就屈着双膝，拐巴拐巴地向宿舍走去。

这间宿舍与李明强在侦察连的宿舍摆设几乎是一模一样，只是两张二屉桌前不是方凳而是两张木头椅子，李明强住的方位住的是陆建峰，肖明住的方位安排了李明强。卫廉清坐陆建峰那张二屉桌前的木椅上，陆建峰站在屋子中间，田聪颖正在为李明强铺床。

“政委。”李明强走进门，一个立正冲卫廉清行了个标准的军礼。

“怎么样？吐酒了？”卫廉清不动声色地问。

“嗯，全吐了。嘿嘿，我平时就不喝酒。”李明强不好意思地低下了头。

“你呀，逞强！”卫廉清微微一笑，转眼脸又阴了，“程大队长说得不假，你太书生气了。”

“我——”

“好了。”卫廉清没等李明强说出口，抢先说，“小陆，你带小田出去走走，好不容易见一面，别在这儿耗着了。小胡，你先回连里报到吧，参谋长在你们连蹲点儿，他会找你谈的。我现在单独跟李明强谈谈。”

“是。”

“是。”陆建峰和胡斌相继向卫廉清行了军礼离去。

田聪颖飞快地在李明强的白床单上抚了几下，把床单抚平，然后退了出去，到门口，深情地看了李明强一眼，轻轻地把门关上。这扇门，她不知关了多少次，而且还有门上的钥匙。这个屋本是陆建峰一个人的宿舍，现在又住进了李明强，对于领了结婚证的陆建峰来说，是打心眼儿里不欢迎李明强入住的。而对田聪颖来讲，心里又涌出一种说不清道不明的情愫，压倒一切的念头，就是高兴李明强入住。

卫廉清看屋里就剩下李明强他们两个人了，叹口气说：“小李，你今天太冲动了，干吗一回来，就与他正面交锋呢？”

“我就看不上这小人得志，瞧他狂的。”李明强愤愤地说着，把桌前的椅子拉出来，坐在卫廉清的对面。

“你已经把他得罪了。”卫廉清说着掏出一盒烟，递向李明强。

李明强冲卫廉清摆了摆手。

卫廉清说：“抽一根儿，吐吐酒气。”

李明强接过烟，卫廉清的打火机已经打着了火，为李明强点燃，又为自己点上。

李明强抽一口，咳了两声。

卫廉清抽上一口，低沉地说：“可以说，你这次把他得罪死了。”

“我不怕！”李明强擦了一把呛出的眼泪说，“我早就想好了，我要转业。”

“什么？转业？”卫廉清吃惊地问，“为什么？”

“您看，我的左手和两条腿都残废了，留在部队也是个累赘。”

“谁说你是累赘了，你是功臣，国家的功臣啊。大队研究过了，命令都给下了，宣传处干事，让你负责宣传处的内勤。也没什么事儿，你就写你的小说好了。”卫廉清狠命地吸了两口烟，重重地说，“这句话就对我说了，以后不要再提。现在，部队百万裁军还没有进行完，你若是自己提出来，就不好办了。你想想，那不正中程富荣的下怀了！最主要的，你转业到地方，谁照顾你？”

李明强笑笑说：“政委，我当排长时就说过，不让我当排长，我回家拢群羊。找两个上不起学的孩子给我放羊，我不敢说把他们培养成祖国的栋梁，起码要让他们不能像他们父母那样面向黄土、背对烈阳。现在，我不当这个内勤，到社会上做个自由撰稿人，用文字去……”

“行了。”卫廉清的脸更阴了，打断了李明强的话，“你真是太书生气了，太理想主义了。”

“政委。”李明强从四十五度角的方向瞥了卫廉清一眼，嘴角泛起了那种带有讽刺意味的微笑。他收起笑纹，将烟灰弹了弹说：“政委，您不大了解我。其实，我是个很务实的人。您看，我留在部队，就是吃照顾粮，自己干不了什么事儿，还得别人照顾我，白吃白用不说，还每月白拿一百多元工资。像我这样的人都留在部队上，部队还有战斗力吗？能打什么仗？再说，部队还有程富荣这么一些只谋人不谋事、只谋私不谋公的贪官弄权之人，能把部队带好吗？您是党委书记，您说，就我们这两部分人留在部队里，部队会成什么样子？不，我不仅要转业，我还要上书军区把程富荣给免了！”

“谈何容易啊。”卫廉清叹口气说。

“有什么难的？中央组织部元月四号已经发出通知，要调整不胜任现职领导干部的职务，他程富荣的所做所为就不胜任现职，我就不信搬不倒他！”李明强说着，习惯性地把残疾的左手重重地往自己的左腿膝盖上砸。

“你能搬倒他吗？”卫廉清摇了摇头，叹口气说，“弄不好，你搬不倒他，你自己的名望也一点儿不剩了。”

“我现在若不利用我这点儿可怜巴巴的名望向军区首长上书，恐怕以后更不行了。等程富荣站稳了脚跟儿，我们这个大队就完了。”李明强用右手的拇指、食指和中指使劲儿把燃着的烟头捻灭，咬着牙说。

卫廉清看着李明强捻灭那火红的烟头，仿佛看到一位视死如归的战友，激动地说：“小李，你、你的心情我理解。但是，你、你不要感情用事。”

“政委，您不知道，我们今天在路上就议论程富荣了。就因为程富荣，更坚定了我转业的决心！”李明强说着，狠狠地把烟头扔向墙角。

“小李啊，免去程富荣的职务不是一件简单的事儿。你想想，要是没人为他说话，他能调上副师当上这个大队长吗？”

“我看为他说话的首长也是受他蒙骗了。我就不信，我把他的材料呈上去，白纸黑字活证人，首长知道了他的肮脏事儿，还会为他说话？！”李明强说着，又用残疾的左手重重地砸向自己的左腿膝盖。

“小李啊，我作为大队的党委书记，为有你这样的好同志感到骄傲。但是，关于程富荣的问题，我会按组织程序办的，希望你不要自作主张。请相信我，我虽然是到点儿要离休的人了，但是，我决不会随波逐流，决不会任他胡整！我会给侦察大队、给军队、给党一个满意的答复。”卫廉清把烟头重重地踩在脚下，眼睛里射出了坚定的光芒。

“我也是在履行一个共产党员的职责。”李明强也坚定地说。

“那也不能为了他，脱下你心爱的军装啊！”卫廉清的眼圈儿红了，哈了口气，缓缓地说：“李明强同志，你家的情况我都知道了，你不能走。况且，部队现在需要像你这样有理想、有觉悟的同志，只有像你这样讲党性、讲原则的人多了，程富荣他们才没有市场。”

“政委，您的好意我领了。大队里讲党性、讲原则的同志还是占多数的，有好多同志都比我强。大队缺了我一个李明强，没有什么影响。可是，多一个程富荣，这个大队就有可能完了！”李明强说着，激动地站起来，屈着膝在屋里踱步，一边走一边说，“政委，我去意已定。就是参谋长当了这个大队长，我也要转业。我在医院里，已经斗争了好多天了，这个决心确实难下。可是，我若留在部队一天，就会拖累部队一天。况且，现在又有了程富荣这个强劲的对手，就让我在脱下军装前，再为部队做一次贡献吧。我知道，部队最忌讳的就是告状，这个马蜂窝我来捅，让留下的同志少一些烦恼吧。”

“明强同志。”卫廉清的眼泪滚出了眼眶，哽咽着问：“你真的决定要走？”

“真的。”李明强看着卫廉清重重地点了下头。

“不，不行，不行。”卫廉清用右手抹了把脸上的泪说，“不行，这个马蜂窝，我、我更不能让你捅了。若捅不下，你以后咋回大队呢？”

“舍下一身剐，敢把皇帝拉下马！”李明强把右拳一挥，咬着呀说，随即嘴角泛起了那种带有讽刺意味的微笑。他瞥了一眼政委说：“追随程富荣的人毕竟是少数，况且觉悟还会提高，我想群众会给我一个公正的评价的。”

“那好，你得听我的。”卫廉清沉思片刻说，“你得答应我，我让你什么时候打转业报告，你什么时候才能打。”

“你要永远不说让我打报告呢？”李明强微笑着盯着卫廉清的眼睛问。

“我保证让你今年走。”

两双大手紧紧地握在了一起。卫廉清握住李明强那硬得像木板似的左手久久不愿松开。

# 第六十三章

田聪颖在李明强的眼睛里从来没有看到过这么贪婪的光，她知道李明强家里非常穷，但是她也知道李明强把钱看得特别轻，怎么几天不见，就变得这么贪婪了？

嘹亮的军号声唤醒了沉睡的军营，陆建峰一骨碌爬起来，迅速穿好军装，拿着腰带就往门外走。走到门口，突然停下来对艰难地系扣子的李明强说："你起来干什么？大队不会要求你出操的，再睡会儿吧！"

李明强笑笑说："不能跟你们一块儿出操，溜达一圈儿也好。"

"慢点儿，外边黑。"陆建峰一边说一边跑走了。李明强穿好了衣服，屈着双膝走出了宿舍。

收完操，机关干部像战士一样，按要求在刚刚泛白的晨曦中打扫环境卫生。负责喊操的军务处刘处长一下子没了整队时英武矫健的军人样，解下腰带，懒洋洋地迈着八字步走进了办公楼。

刘处长刚上二楼就看见他为程富荣挑的那个公务员，端着程富荣那便桶从程富荣的办公室里走出来，便轻轻地地咳了一声，见公务员看他，就问："大队长起了吗？"

"没，没呢，处长好。"

"好，好。我等会儿再来。"刘处长说着欲转身走。

"处长，他，他醒，醒了。"公务员小声说完，就弓着腰端着便盆小跑着奔向洗漱间。

刘处长没说话，捂住鼻子转过身冲着楼梯口站了一会儿，才慢腾腾地向程富荣的办公室走去。

呼吸了半天新鲜空气的刘处长，一进程富荣的办公室，就感到一股污浊的气味扑鼻而来。他皱了下眉头，旋即笑着走进空气更加污浊的内室，看到程富荣躺在床上养神，笑着问："大队长好。"

"他出操了吗？"程富荣睁开眼睛问。

"没有。"刘处长答。

"好。一上班，你就叫他到我办公室来。"

"我——"

"噢——怕什么？你是负责出操的。"程富荣说，"就是让他知道，跟我过不去，没有好果子吃。"

"是，是。"刘处长答完，笑着问，"昨晚玩得开心吧？"

"臭小子！"程富荣狡黠地笑了笑，反问道，"你说呢？"

"俄罗斯妮儿，有味儿。"刘处长"嘿嘿"地笑着说。

"什么俄罗斯妮儿？普通话比我说得还溜呢！"

"管她是不是俄罗斯的，嘿嘿，只要漂亮，顺溜，能让你舒服、开心就行！"刘处长赔着笑脸说。

"你小子打几炮？"程富荣欠起身笑眯眯地问。

"打一炮出操腿都发软，还敢打几炮？"

"笨蛋！"程富荣笑着骂刘处长一句。

"您老连发了？噢——我说哩，让我们仨在外面等您了那么长时间。"刘处长好像恍然大悟似的说，然后又"嘿嘿"笑着叮了一句，"老大，您行啊您。"

"老汉我本是好老汉，有枪有子弹，一旦子弹上了膛，姑娘媳妇没处藏！"程富荣说完，举起双拳向上一抖，"嘿嘿"一笑说，"那小娘们儿，挺可疼的。就那说话的声音，湿得让你不硬都不行。"

"您老真有福气，要真是给您弄个俄罗斯妮儿，呜噜哇啦的，一点儿情调都没有。"

"对，没错。那妞儿可疼，真可人疼。你知道她说我什么？"程富荣说着"嘿嘿"笑着坐了起来，眯着两眼说，"她说老子最棒，不愿跟别的男人了。"

"那，给她包下来？"刘处长激奋地说，"她可是那几个中盘儿最亮的。"

"我已经告诉她了，让她今天辞职。你今天去给她安排个地方……"程富荣还想说什么，听到公务员进屋的脚步声打住了，咽了口唾沫，对刘处长说，"上午我有时间了给你打电话，再安排这事儿，你先去吧。"

八点一上班，李明强就站在了程富荣的办公室。

程富荣坐在写字台前，右手拿着一支铅笔，敲着桌子上的蓝色塑料皮小笔记本问："李明强，你今天早上为什么不出操？"

"我——"

"你既然归队了，就应该遵守大队的规定。不要以为你立了战功就了不起，高人一等，目中无人了！要谦虚，谦虚，你懂吗？！刚回来，第一天就不出操，让人们怎么看你！"程富荣把铅笔"啪"地一下重重地拍在桌子上，声嘶力竭地喊道，"英雄，得有个英雄的样子，你瞧你，弯着个腿，耷拉着个手，连个熊兵都不如，还英雄呢！狗熊！”

“大队长同志，有事儿说事儿，请你不要骂人好不好！”李明强强压怒火，把右拳握得“咯咯”直响。

“不好！”程富荣把手重重地拍在桌子上，高声地喊，“我不骂，骂，马上严肃地给你指出问题，在群众中造成恶劣的影响你就完了！你知道不知道，你现在不是你单纯的李明强了，你代表我侦察大队。我是侦察大队的法人，你知道不知道？我是法人，我就要为侦察大队负责！”

“好！”李明强大叫一声，打断了程富荣的话，一语双关地说，“谢谢大队长提醒我代表侦察大队，我一定做好这个代表！你说你是侦察大队的法人，要为侦察大队负责，我作为侦察大队的代表就有权对你实施监督！”

“好你个李明强，登鼻子上脸了你！你是代表？我说了吗？你能代表谁呢？！监督我？我先监督你吧！”程富荣说到这儿停下，坐在椅子上，摆出他一队之长的派头，拉着长腔说，“李明强你听着，你刚回来，我犯不着给你治气，这是你自找的！”程富荣又停顿一下，拿起铅笔在手中玩弄，一边玩儿一边用眼斜瞟着李明强接着说，“你想想，我不严格要求你，你这个英雄在人们心中倒下了，会是个什么样子？”

李明强听出程富荣话中的威胁与阴险，从四十五度角的方向瞥了他一眼，嘴角泛起了那种带有讽刺意味的微笑。他不说话，握紧右拳，想听听程富荣还要说些什么话。

“我知道，你回来上班的第一天，第一件事儿，就是接受单位最高首长的批评，心里很不好受。”程富荣阴笑着说到这里，突然提高了嗓门儿：“但是，不好受也得受！回去给我写份检查来，要深刻，要触及灵魂！”

李明强听到让他写检查，还要触及灵魂，就仿佛看到了程富荣那肮脏的灵魂，气得咬牙切齿，又不能发作，就故意打岔说：“写什么检查呢？”

“你没出操，就写为什么没出操的检查！”程富荣“腾”地站起来，大声吼道。

“大队长，我今天出操了。”李明强不紧不慢地说，“有好多人都看见了，我还和他们说话，一块儿打扫卫生了。可是，我们都没有看见大队长您出操啊！”

“我在处理公务，出不出操，你管不着！”程富荣又“啪”地一下把手拍在桌子上。

“大队长同志，有理不在声高。老拍桌子，你的手不痛吧？”李明强故意用不紧不慢的腔调气程富荣，他想，你处理公务？蒙谁呢！谁不知道你，还有心思处理公务。想到这儿，李明强又用挑逗的声调说，“是啊，大队长是一队之长，法人，日理万机！”李明强把“日理万机”说得很重，以引起程富荣重视。因为当时流传一个“日理万机”的笑话，说的是有人问“现在世界上谁最漂亮”？有人答“李万基”。问为什么，那人说：“你看电台、电视、报纸，整天都说这个领导日理万机，那个领导日理万机，领导人都争着日李万基，你说，李万基能不漂亮吗？”

李明强见程富荣不说话，就笑着说：“大队长昨天晚上日理万机，今天早上又处理公务，现在又为教育我大动肝火，我看你也太累了。”李明强说到这儿挑起浓眉，用那双虎目怔怔地盯着程富荣，一句话也不说，盯得程富荣心里发毛，但又放不下自己大队长的架子，不过他的声音还是降低了八度，轻轻地问：“李明强，你干吗这么看着我？”

“大队长，我是侦察兵啊，想侦察一下我们的法人是如何对大队负责的。”李明强不亢不卑一语双关地说。

程富荣一听李明强要侦察自己，心里更毛了，想到自己与那三位处长昨天晚上酒后的活动，有点儿害怕，怯怯地问：“你，你什么意思？”

李明强有嘴角笑了笑说：“没，没什么意思。好了，我不打扰你了，得赶快回去写检查，要不，下班交不了差了。”李明强说完，也不等程富荣说话，转身就往外走。

“哎，哎，哎，李明强。”程富荣抬起右手一边招呼李明强，一边说，“你怎么回事儿，真认真了你？我是善意地提醒你，哪能真让你写检查，以后注意就是了。”

“那——”

“行了行了！”程富荣说着已经走到李明强面前，拍了拍李明强的肩膀，笑着说，“咱俩儿一个单位出来的，不互相提醒点儿，拧成一股绳干，不是让别人看笑话吗！好，今天就到这儿，以后有什么事儿，尽管给我说，我是这个大队法人，我说了算！”

程富荣送走李明强，立即打电话给军务处刘处长：“你查一查李明强昨晚到哪儿去了，我们的事儿他可能知道，要快，对，现在就查！”

李明强回到宣传处，陆建峰急忙凑过来问：“明强，怎么了？大队长的声音怎么那么大，全楼的人都听见了。”

“让我写检查。”李明强一屁股坐到椅子上，懒洋洋地说。

“写检查？写什么检查？”陆建峰惊异地问。

“找碴儿，说我早晨没出操。”李明强不以为然地说。接着，他又像是自言自语又像是问陆建峰，“他妈的，他自己没出操，倒说我没出操，是谁告诉他的？”

“那还有谁？不是刘处长就是马处长，要不就是李处长，别的没人说，也没人去找碴儿给他说话。”陆建峰说。

李明强笑了，从四十五度角的方向瞥了陆建峰一眼说：“你说了半天，到底是谁说的也没说清，弱智。”

“你怎么回事儿？”陆建峰唬起脸说：“不是不让你叫我的外号了吗！”

“我说的是实话。”李明强笑着说，看陆建峰的脸红了，就说，“好了，管他谁说的呢，明天，我就出操！”

“你的腿——行吗？”

“怎么不行？不就是站不直、走着拐吗！”李明强说完，低下头，咬咬牙，片刻，从牙缝里挤出一句话，“我就不信，我这两条腿练不直了！”他咬着牙，把那硬得像木板似的左手重重地拍向桌面。

“你——”陆建峰瞪大眼睛看着李明强。

“我怎么了？不相信是不是？别以为医生给我判了死刑，我李明强还就不信这个邪！”李明强说着又咬着牙举起了左手。

“桌子——”陆建峰指着李明强的桌子挤出两个字。

李明强低头一看，那张旧三屉桌的桌面被他一掌砸破，陷了个大坑。他看了一会儿，突然笑了起来，对陆建峰说：“老同学，看来我这份检查是得写了，程大队免了我一份，这破坏公物也够得上写一份了。好，第一天上班，写检查。”

“你写个鸡巴！”陆建峰抓起李明强的左手，心痛地问，“伤了吗？”

李明强急忙抽回自己的左手。这时，他才感到左手有种撕裂的痛，仔细看了看，也没有掉皮出血，便吸口冷气说：“没事儿？”他甩了甩左手，突然惊叫起来，“建峰，我的手指能动了！”

“真的？”

“你看。”李明强动了动左手，除小指外，其他四个指头都不同程度地动了起来。食指、中指、无名指在靠手掌的关节处微微地摆动。拇指的摆动幅度最大，能随着大脑的指令左右前后地晃动了。

“啊，明强，有希望！”陆建峰抱着李明强的左手高兴地叫起来，“聪颖早就说过，你不会残。昨晚上她还说，奇迹一定会在你身上出现。呵，呵呵，还真让她说中了。”陆建峰抚摸着李明强的左手，爱惜地不愿松开。

“我知道了。”李明强说，“我在内心里也不服残，整天拿左手打自己的腿震动它，就是想早日让它能活便起来。现在我明白了，震动的力度还不够。你瞧。”李明强伸出右手，做了几次抓握动作说：“这几根儿肌腱是活动的，只有它们动，这指头才能动。你看我的左手，这几根儿肌腱都粘上了，只有用大力震动，让手中增生的疤痕撕裂，肌腱脱离肌肉活动起来，我这手才有救！”

“医生给你做了几次手术不都是这个意思吗！”陆建峰不以为然地说。由于田聪颖是医生又对李明强有特殊感情，陆建峰与李明强是军校同学，两人都关心李明强，所以平时谈李明强较多，对李明强的病理也比较清楚。

“弱智，你真是比我弱智。”李明强笑了，“是这个理儿，可是我没悟透啊，他们医生也没想到用大力震动这种物理方法来解决粘连问题啊！”

“对，好像是。”

“是就是，不是好像是！”李明强笑起来，“我得去弄个树桩、沙袋，放在咱们屋里，一有空儿就练，我不但要把腿练好，还要把手练好！”

“行，我陪你练。”陆建峰说，“树桩、沙袋我来整，你甭管了。还有，这桌子，去弄块儿玻璃板压上就妥了。”

“对，聪明，弄块儿玻璃板压上，还写他娘的狗屁检查。”李明强为自己的手指能动高兴得手舞足蹈，拍着陆建峰的肩膀，笑着说，“聪明，真聪明！哎，你小子是变聪明之后找的人家田聪颖，还是为了变聪明才找一个叫‘聪颖’的人呀？”

“去你的。”陆建峰笑着照李明强的胸前打了一拳，然后一本正经地说，“我最佩服你小子的就是这一点，什么事儿都难不倒，总能在忧困重压下找到自我解脱的办法！”

“我跟你不客气。”李明强用右胳膊搂着陆建峰的肩膀说，“说实话，老同学，你呀，这一点，还真得练练。在学校，我就发现你的心理承受能力比较差！”

从此，李明强一有工夫就在宿舍里拍树桩，打沙袋；走到路上，遇到大树就打，见到电线杆就击，靠着砖墙就拍；开会学习时，就用右手按摩左手，那左手的皮也从此再没囫囵过。

星期六晚上，田聪颖来了，看到李明强一个人在宿舍打树桩，走上去抱着李明强的手掉了泪，哭着说：“听小陆说，你练得很苦。看，一点儿囫囵的地方都没有了。慢慢来，你急什么呀！”

李明强笑笑说：“没什么，不就是脱层皮吗！”

“疼吗？”田聪颖轻轻地用手指抚摸李明强左手上渗着油红红体液的嫩肉，轻轻地问。

李明强咬咬牙，摇摇头说：“不疼。”

“你不疼，别人心疼。”田聪颖哭着把脸贴在李明强的左手上，不知是自己的泪水还是李明强手上渗出的体液，她觉得她的脸粘在了李明强的手上。

“别这样，你已经是有夫之妇了。”李明强推开田聪颖。他的左手本来就被田聪颖的泪水杀得钻心的疼，这一推，田聪颖的脸就像揭胶布似的从他那鲜肉上撕下来，疼得他“咝”的一声倒吸一口凉气。

“怎么了？”田聪颖急忙拉住李明强的手问。

“没，没什么。”李明强一边说一边把手向回缩。

“别动！”田聪颖低吼一声，

李明强真的不动了，他看见陆建峰一只脚门里一只脚门外地站着也不动了，就很不自然地说：“建，建峰，田医生来了。”

田聪颖转过头，看了一眼陆建峰，急忙回过头对李明强说：“我给你包一下。”说着，松开李明强的手，打开背着的棕色挎包，从里面拿出一卷儿白纱布，利落地在右手上缠了几圈儿，两手一对，“刺”地一下就撕断了，一边撕一边说：“建峰说你的手全练烂了，没想到这么严重，带的纱布太少了。”说着，用纱布在李明强的左手上蘸了几下，一回手用衣袖顺便把自己脸上的泪水和李明强的体液擦干了。

田聪颖扔下手中的那点儿纱布，用剩下的那卷儿在李明强手上缠，一边缠一边说：“我就带这一卷儿，也好，薄薄的，透气。”

李明强和陆建峰都没说话，两人脸上都有点儿尴尬。

田聪颖给李明强缠完了手，弯腰拾起她扔在地上的那点儿带着李明强体液的纱布，扔在墙角的垃圾篓里，回过头对陆建峰说：“建峰，看着他点儿，别让他把手再练破了。

陆建峰刚打破了醋坛子，听到田聪颖给他下任务，就看着李明强，冷冷地说：“他听我的吗？还是你给他交代注意事项吧！”说完，瞥了田聪颖和李明强一眼，紧叮一句：

“我看，他听你的！”

李明强听出陆建峰话中有话，就紧接着话茬儿，讪讪地说：“你懂个屁，我不听医生的听谁的！”

“听我的！”随着声音，营房处孙处长笑呵呵地走进屋，看到田聪颖，先是一怔，又笑着讪讪地说，“啊，有客人。”

“你们不认识啊？”李明强好像抓住了救命草，笑着说，“来，我给你们介绍一下。”他指着孙处长说，“这是我们营房处孙处长，我们大队的红管家。”随着孙处长冲田聪颖“嘿嘿”笑的工夫，李明强又对孙处长说，“这位就是陆建峰的女朋友，不，应该说是夫人，田医生。”

“听说了，听说了，陆军总院的。”孙处长一边笑一边说，还伴着一边点头一边哈腰。

孙处长的到来驱散了屋内凝固的气氛，陆建峰也笑着问：“处长，到寒舍来有何指示？”

“不敢，不敢。”孙处长谦虚地说，“我哪敢指示你们？我是奉政委指示来给李明强送钥匙的。”

“给我送钥匙？”李明强愣住了，问，“什么钥匙？”

“政委让我给你挤了一套房子。”孙处长说着坐在李明强的桌子前，从兜里掏出一串三把钥匙，在手中抖了抖说：“16楼1号，一层，进出方便，161，绝对值6，绝对的顺啊！”孙处长说着把钥匙放在李明强的桌子上。

“那我的房子呢？”陆建峰红着脸问。

“你的什么房子？”孙处长反问道。

“我要结婚，大队长不是给你说了让你给我找房子吗？”陆建峰说着，脸已经红到了脖根儿。

“啊——大队长是给我说过。不过，你们连职干部不符合分房条件。”孙处长又拿出了公事公办的态度，脸上的笑容也没了，转过脸对田聪颖说，“对不起，田医生，只能委屈你们了。”

“大队长早跟你说了，我要结婚，我等着房子结婚呢！他——”陆建峰说到嘴边停住了，看了李明强一眼。心想，大队长让你给我找房子，你不给找；政委让你给李明强找房子你倒积极；我等着房子结婚，你不给；他单身一人你却给了；我是连职干部，李明强不也是连职干部吗？

“你不能给他比！他是功臣！”孙处长冷冷地说。

“是，我不能跟他比！可他单身一人，需要一套房子吗？”陆建峰的脸憋得通红，话一出口，感到当着李明强的面说不太合适，他们毕竟是同班同学啊，所以又喃喃地嘟囔一句，“他需要时再照顾也不迟啊！”

“他现在就需要。”孙处长的脸也红了，“霍”地一下站起来，重重地说，“你知道吗？他要转业了！他是参战致残的，他要走了，我们不能不让他有个窝吧！”孙处长激动地说完，突然低下了嗓门儿，转向李明强："老李，对不起，政委交代了，不让我把你转业的事儿说出去，我——"

"啊，没关系，都不是外人。"李明强一边说一边若有所思，喃喃地说，"况且，吃饭的时候，政委已经告诉我，让我打报告了。"

"政委就是想让你占上这个房子后，他拿着你的转业报告去说服各位常委呀！"孙处长激动地说。

"噢——"李明强恍然大悟，原来政委不让他对别人说转业，是想在他转业前，为他争取一套房子。他的心头涌上一股温流。

"你要转业？"田聪颖张了大半天嘴，才轻轻地问出这四个字。这四个字，像千钧巨石，压得她喘不过气来。

李明强从四十五度角的方向瞥了田聪颖一眼，又看了看傻愣在那里的陆建峰，转过头，笑着对孙处长说："谢谢领导的关怀。处长，我们还有事儿，就不留您了。"

"好，我走了。"孙处长说着向外走了两步，转过头看了看田聪颖和傻愣在那里的陆建峰，抿了抿嘴说，"小陆，我想办法给你找间平房。你们是双军人，应该照顾。"说了，头也不回地走出门去。李明强屈着双膝把孙处长送到楼梯口，说明他想把房子给陆建峰的意思，只听孙处长大叫一声："不行！你知道弄出一套房子有多难！"

"好了，好了，是我的房子。"李明强推着孙处长说，"走吧，就是先借给他们用用。"

"那，我得向政委报告。"孙处长一边嘟囔着一边向楼下走去。

"明强，你真的要转业？"田聪颖见李明强屈着双膝走进屋，急忙向前跨了两步问。

李明强冲她点了点头，走向自己的桌子，拉开抽屉，拿出转业报告，递给了田聪颖。

田聪颖仅看了"转业报告"四个字，就抖抖地说："不，你不能转业！你还没有完全恢复呢！"

"你不是说了，要慢慢来吗？"李明强笑着说。

"你这样到地方怎么办呢？"田聪颖的眼圈儿红了，急忙把头转过去，怕陆建峰看见。

"我又不需要人照顾，总比人家兰州军区那个刘琦强吧。"李明强笑着说，"刘琦失去了五官和双手，左腿也丧失了功能，人家还进行文学创作呢？我的所有条件都比刘琦好呀！"

"你能不能等两年，等你完全康复了？"田聪颖憋回了自己的眼泪，盯着李明强问。

"是啊，明强，我们马上就要换装了，你这么一走，连军衔都授不上了！"陆建峰这时回过了神也插话说。

"我等不及了，到时候，到时候看你们的吧。"李明强咬咬牙，嘴角泛起了那种带有讽刺意味的微笑。笑罢，李明强说，"实话告诉你们吧，我对政委说是不想拖累部队，其实，我是想成立一个文化公司，到地方大干一番事业，一边搞创作，一边搞经营。"李明强说到这里，脸上浮现出了兴奋的光，把右拳握得紧紧的，在自己脸前抖了抖说，"我要挣很多很多的钱！”

田聪颖在李明强的眼睛里从来没有看到过这么贪婪的光，她知道李明强家里非常穷，但是她也知道李明强把钱看得特别轻，怎么几天不见，就变得这么贪婪了？田聪颖怯怯地问：“你要那么多钱干什么？”

“你知道，肖明的母亲这次住院花了多少钱？他们家里还欠着一屁股账。老太太这次住院的费用解决了，回去后就不需要钱了？我答应认给人家当儿子，我就得负起这个责任！还有，我给你讲的，山海关闫小莉的父母，那是我们班长临死前托付给我的呀！还有，你见到的，我那干儿子他爹，我的中学同学，因侵吞公款被抓起来了，至少得判个十年八年，留下他们母子，我得照顾吧！还有，在医院住的那些伤员，武险峰，少了条腿，以后怎么生活？还有，还有——”李明强还想说杨玉萍但说不出口，想说他要告倒程富荣，突然想起了政委对他说的话：“陆建峰是你的同班同学，各方面都不错，就是心眼太小，肚子里没什么东西，意志不强，别人给他点儿好处，他就可能出卖你。还有，他已经知道你曾跟小田谈过恋爱，就更想在各方面都超过你。所以，他有利用他人治你于死地的动机。我这不是调拨你们同志之间的关系，更何况你们是同班同学，我是发现他这些天老往大队长那里跑。给你提个醒儿，别在他面前露一点儿痕迹。”

“还有，全国几千万人生活在贫困线以下，资本主义国家的人民都生活在水深火热之中，等着你去拯救呢！你能管得过来吗？”田聪颖有点急了，抖着手中李明强的转业报告，连球炮似的轰起李明强来。

李明强也不着急，笑了笑说：“我可没有那么大本事啊，现在啊，就先拯救一下陆建峰和田聪颖夫妇吧。”李明强说着，拿起桌上那串钥匙，走到陆建峰面前，笑着说，“老同学，送你个结婚礼物——16 楼 1 号，孙处长说得没错儿，161，绝对值 6，绝对的顺。祝你们事事顺心如意，百年和好，白头到老。”

“这——”陆建峰不知所措地向后退了一步。

“我已经跟孙处长说好了，拿着。谁问了，就说是我借给你住的。”李明强说着把钥匙塞进陆建峰的上衣口袋中。

“不行，我们不要。”田聪颖把手中的转业报告往桌子上一放，跑过来要从陆建峰口袋里向外掏钥匙。

李明强抬起右胳膊挡住了田聪颖，阴沉着脸说：“这没你的事儿，我是把房子借给我老同学结婚的，谁知道他娶的是不是你？”

“你——”田聪颖再大的劲儿也冲不过李明强的一只胳膊，气得一跺脚，转身坐在陆建峰的床上。

李明强看到田聪颖生气的样子，眼前浮现出他们在秦皇岛相处的日子，田聪颖每每假装生气坐在自己的单人床上，他就会装作恋人抱着她哄她。而这时候，是绝不能再做那种游戏了，他笑了笑说：“大小姐，也是借给你的，谁让你是我老首长的女儿呢！”李明强把最后一句说得很重，暗示他对田聪颖的情感，来安慰一下田聪颖。

李明强看田聪颖没有反应，就拍了拍着陆建峰的肩膀说："还是先解决今天晚上的问题吧，老规矩，我回避！"李明强说完，转身走到桌子前拿起转业报告，一边往门外走一边说："我先给政委送去，再回连里住，明天你们俩请我吃饭啊。"

"等一下。"田聪颖叫住了李明强，也不说干什么，走到墙角端起李明强的洗脸盆，把牙缸和毛巾往陆建峰的脸盆里一放，冲李明强一努嘴，说："坐下等一会儿。"径直向屋外走去。

田聪颖到洗漱间打了小半盆凉水，放到李明强脚前，又端起暖水瓶"咚咚咚咚"地往盆里倒热水，蹲下去用手试了试，又倒点热水，又试了试，把暖水瓶往盆边一放说："把脚泡泡。"就去脱李明强的鞋。

"我来，我来，我自己来。"李明强急忙说，他把两脚向后一移，一只脚尖顶着另一只脚跟儿一蹭，两蹭，两只鞋就脱掉了。他抬起脚，用右手褪下袜子，把脚放到热水里。

"水凉了，就倒点儿热水。"田聪颖站在李明强面前不动声色地说，"以后天天坚持泡，舒筋活血，说不定腿会好得快点儿。"

"对，对，是这个理儿。"李明强笑着说，"你怎么不早说呢？"

李明强看田聪颖不说话，又看了一眼陆建峰说："建峰，还是找个医生好啊，知道怎么照顾人。老同学，你好福气啊！"

# 第六十四章

李明强站在16号楼前的黑暗处，踩着地上炸过的一层厚厚的鞭炮纸屑，嗅着那火药味的奇香，怔怔地盯着窗玻璃，望着屋里热闹的影像，想着那新房本该是自己的新房，那新娘本该是自己的新娘，心头不禁涌上一股酸楚。

军务处刘处长把李明强回侦察大队当晚的活动查得一清二楚，原原本本地向程富荣汇报一遍，其间把他怎么争取陆建峰的功绩夸大其词地说了一通。

程富荣轻轻地拍了一下桌子，长长地出了一口气，仰靠在椅子上骂道："妈的，让他小子给蒙住了，虚惊一场。"

"就是，差点儿坏了您的好事儿。"刘处长乘机煽风点火说。

"把那姑娘安排好了？"程富荣瞥了一眼刘处长问。

"好了，在八大处给她租了两间房子。"刘处长笑着说。

"浑蛋，那不是在军区眼皮底下吗！"程富荣"呼"地坐正了身子，指着刘处长愠怒地说。

"老大，您别着急。"刘处长赔着笑脸说，"古人说，最危险的地方，也是最安全的地方。您想，您得常到她那里去不是。把她放到那儿，您说上军区办事儿，谁敢问你去办什么事儿，办事儿不办事儿，您不都把事儿办了，嘿嘿。"刘处长说到这儿，冲程富荣"嘿嘿"一笑。

程富荣听了，高兴地站起来，笑着说："好你个大老刘，有战略眼光！我说我怎么就这么喜欢你呢？"

"那，那我们上军区办事儿去？"刘处长笑着说。

"走，先认认地儿。"程富荣高兴得合不扰嘴，紧叮一句问："在什么位置？"

“您到那儿就知道了，特隐蔽，您一定高兴。”刘处长卖了个关子，故意不说出来，想让程富荣怀着激动的心情去，对那个地方多一点儿好感。

程富荣也不问在什么地方了，随刘处长走到门前，突然停住说：“不行，我得带着便装。”回到里屋，从衣架上取下夹克上衣，刘处长赶快接过来叠好，装在一个大牛皮纸袋里，冲程富荣笑着晃了晃。

程富荣笑着在刘处长的背上拍了一巴掌，说：“机灵鬼儿，你是不是常干这事儿？”

“出门儿穿便衣方便。”刘处长笑着说，“以后，您就把它放在车上，随时都能换。”

两人说着下到一楼，程富荣冲着值班室的窗口喊：“谁找我，就说上军区办事儿去了！”

值班员的“是”还没有答出，他就同刘处长走出了办公大楼。

……

李明强又一次站在了程富荣的办公室。

程富荣坐在大靠背椅子上，仰着头阴笑着对李明强说：“李明强，你知道我今天叫你来为什么吗？”

李明强从四十五度角的方向瞥了程富荣一眼，没有回答。程富荣也不等李明强回答，就大笑起来，一边笑一边说：“我高兴，你知道不？我今天特别高兴！”

李明强用嘴角笑了笑说：“大队长该不是让我来与您一起分享快乐的吧？”

“让你跟我分享快乐？”程富荣的脑海里浮现出他与那冒牌俄罗斯女孩交欢的情景，愤怒地说，“休想！”

程富荣怒视着李明强，那天说“团结一心”时的情感一扫而空，把桌子“啪”地一拍，说：“你老实说，你回大队这么长时间，背地里都搞了些什么？”

李明强心里一惊，莫非程富荣知道我在收集他的坏材料？不可能，这事儿，只有卫政委一人知道，政委不会出卖我的。想到这儿，李明强故作不知满不在乎地说：“我没做什么事儿啊！”

“没有！”程富荣“呼”地一下站起来，指着李明强说：“我批你一两句，你回去就把桌子都给拍烂了。还在宿舍弄了个沙袋，摆了个树桩，不但破坏了大队的内务条令规定，还闹得机关干部休息不好。别以为有政委给你撑腰，就无法无天了！我实话告诉你，他卫廉清是秋后的蚂蚱，蹦跶不了几天了，这侦察大队，老子说了算！我也明给你说了，在这个大队里，到处都是我的眼睛！到处都有我的人！”

程富荣说着走到屋子中央，背着手在李明强面前转悠，一边走一边说：“你肯定在想是谁告了你，我告诉你，就是你的同班同学，你同一屋里的战友，陆建峰！”

程富荣走到李明强面前，因为个儿低，仰起脸盯着李明强的眼睛说：“陆建峰也恨过我，骂过我，但是，现在他站在我这一边了，我就要重用他。我要让全大队的人都知道，顺我者昌，逆我者亡！”程富说着把右拳向空中一挥，在李明强面前转了半圈儿，突然转过身，指着李明强的脑袋说：“政委不是让营房处孙处长给你弄了套房子吗？我不同意，我就是要给陆建峰！你等着瞧！”

李明强怒火中烧，一掌打下程富荣的手，冷冷地说：“用不着你蹦高儿，我已经把房子让给陆建峰了！”

“好啊，李明强！你敢，敢打我，我处分你！”程富荣真的蹦起来叫道。

“我等着！”李明强说完头也不回地走出屋去。

程富荣说话果然算数，第二天，陆建峰就与警通连的指导员进行了岗位互换。

陆建峰有了房子，又到警通连代理了指导员，高兴得不知如何是好。程富荣告诉他，房子是白来的，可这指导员要下正式命令，必须一半以上党委成员通过，还需要在下边做点工作。陆建峰心领神会，以自己结婚、装修房子为名，向父母要了一万元钱，尽管母亲说这是他们家的所有积蓄，陆建峰为了前途，还是很大方地给程富荣了两千元活动经费。

陆建峰正在紧锣密鼓装修房子的时候，田聪颖用钥匙捅开了李明强的宿舍。陆建峰虽然搬到了警通连住，但是他和田聪颖都没有交钥匙。

这是个星期天，李明强正躺在床上看书，听到有人用钥匙开门，想是陆建峰回来拿什么东西，因懒于和陆建峰说话，就装着睡觉，只觉得一个湿漉漉的东西贴上了自己肥厚的嘴唇，猛睁开眼，方发现是田聪颖那深情的吻。

“别，别。”李明强急忙坐来下床，慌慌张张地叠好被子。心想，这时要是有人来，一男一女，床铺零乱，让人家怎么想、怎么看？

李明强忙完，红着脸看着怔怔地站在屋中的田聪颖问：“有什么事儿吗？”

“下周六，就是五月十六日，我与陆建峰结婚。”田聪颖低着头喃喃地说。

“啊——”李明强不自然地点了点头说，“原来，建峰对我说他父母让你们‘五一’结婚，后来说，推迟了。”

“这日子是我选的。”田聪颖说，“我对他父母说，5 月 16 日，是双日子。‘516’，就是‘我要顺’，又是星期六，两个六，六六大顺。”

“好，好，选得好，选得好。”李明强不住地点头称好，以遮掩自己的不自然。

“可是，我选择这一天，不是这个意思！”田聪颖仰起头看着李明强的眼睛说。

李明强急忙躲开田聪颖的眼光，轻轻地问：“那是什么意思？”

“你真不知道？”田聪颖睁大眼睛看着李明强的脸说。

“你选的日子，又没跟我说，我怎么能知道？”李明强低着头喃喃地说。

“是你的生日，农历四月十九！”田聪颖重重地说。

“啊——”李明强长叹一声，轻轻地说，“我都忘了，当了兵，我就没过过生日。”

“过过，我年年给你过！”田聪颖突然提高了声音，哭着说，“我就是要让你记住，让你记一辈子！”她抹了一把眼泪，哽咽着说，“我也给你过一辈子生日。”

李明强怔怔地站在那里，直到这时，他才知道田聪颖爱自己不是一时的冲动，而是发自内心的，他的所作所为，极大地伤害了田聪颖。可是，现在，说什么都晚了，什么语言都是苍白无力的。

田聪颖也怔怔地用泪眼看着李明强，只要这时李明强把她拥入怀中，说一句“我爱你”，她是绝对不会嫁给陆建峰的。

两个人怔怔地站了有三分钟，田聪颖擦干了眼泪，盯着李明强说：“我要结婚了，想最后求你一件事，你能答应我吗？”

李明强心里一惊，立即说：“只要不是——就是上刀山下火海我都答应你！”

“我想让你送我。”说了这句话，田聪颖又落泪了，哭着说，“我想让我最爱的人，牵着我的手，把我交给最爱我的人。”

“好。”李明强咬咬牙，把涌上眼眶的泪憋回去，一字一顿地说，“我答应你！”

“明强——”田聪颖突然哭着扑上来，抱住李明强，在李明强的脸上狂吻，一边吻一边呜咽着说，“我真的，真的想要，要你！”

李明强像当年抱着张金凤把张金凤送到大门外一样，抱起田聪颖向门口走去。与当年不同的是，李明强没有把田聪颖像张金凤一样放到门外，而是放到了门里，转身到墙角拿来自己的湿毛巾，递给田聪颖说：“擦把脸，出门别让人家看出你哭了，尤其是陆建峰。”

田聪颖接过毛巾在脸上擦了擦，又放在鼻子上闻了闻。她嗅到了她和李明强的气息交融在了一起，遂张开嘴，用嘴和鼻子贪婪地吮吸几下。然后打开门，拿着那毛巾跑了。

李明强看着田聪颖跑去的背影，耳畔回响起那首王红霞作词他作曲的《你走吧，别回头》……

李明强成千上万次地哼唱这首歌，不只是为王红霞，还为杨玉萍、卫和平、田聪颖，更为他自己，他不知道自己为什么这么爱哼这首歌，只要是有别离的情景，这首歌的旋律就会萦绕在他的脑海中。

转眼到了 5 月 16 日。程富荣为显示他的权威，也为了笼络陆建峰，他宣布侦察大队放假一天，为陆建峰和田聪颖举行婚礼。

陆建峰和田聪颖的婚礼定在 11 时 16 分准时开始。李明强拉着田聪颖的手步入礼堂时，《你走吧，别回头》这首歌的旋律又在他的脑海中响起。随着这个旋律，他像机械人一样把田聪颖交到了陆建峰的手中。又伴着这个旋律，他像一位视死如归的战士应对着侦察大队两拨儿人马向他进行的地毯式酒炸。

李明强倒在床上，开始还云天雾地地想入非非，不一会儿就进入了梦乡。不知怎么又回到了对越自卫作战的前线，他和他的战士们又深入敌后抓了个舌头。敌人对他们围追堵截，手枪步枪冲锋枪机关枪，地炮高炮迫击炮火箭炮，炸得他们周围的空气缺氧，战友们一个个喘不过气来。李明强看到一个电风扇，想打开电扇吹风，寥天野地没有电源，急得李明强号啕大叫。

李明强醒了，原来是一场噩梦。真正炸响的是一阵鞭炮声，那响声还没有停息，他判断出来自陆建峰和田聪颖所住的楼区。

李明强怔怔地看着窗外。夜幕早已拉开，天空黑洞洞的，没有月亮，只有几颗稀疏的星星在一闪一闪地眨着眼睛。李明强感到口发干、肠胃有点儿发烧、头有点儿昏沉。他起床倒了杯开水喝了，又到洗漱间空了空。他在心里骂，那次治程富荣他回来都知道吐酒，这次怎么一点儿意识都没有了？睡了大半天，现在一点儿东西也吐不出来了，撒泡尿都是酒味儿。李明强又回到屋里喝一杯开水，吃了两块蛋糕。这点心是陆建峰和田聪颖送的，是请他做伴郎表示的谢意。

李明强拿起第三块放到嘴边，那蛋糕的芳香就如田聪颖的体香，他嗅着，没有吃，怔怔地看着窗外，思绪万千。田聪颖把她的婚礼看作是对我二十八岁生日最隆重的庆典，她对陆建峰究竟有没有感情？他们两人是不是都在顾及双方父母的面子？为了满足父辈的希望？五月十六日，农历四月十九，“天上月圆，地上月半，月月月圆伴月半”，农历十九儿，正是月圆又缺之时。他们的婚姻就是这农历十九的月亮吗？不，不能，他们应该幸福！都是因为我李明强啊！小时候，刘爷爷说我命硬，硬得克死了父母兄长，还拖累了这么多好姑娘。

李明强把疑似田聪颖体香的蛋糕一下子吞进口内，他吞下了田聪颖的情，吞下了田聪颖的爱。农历十九，月亏了，我李明强出生了，该不是来填补这月缺的吧？毛主席曾写过一篇《奋斗自勉》，“与天奋斗，其乐无穷！与地奋斗，其乐无穷！与人奋斗，其乐无穷！”我李明强就是要与天斗、与地斗、与人斗，就是要填补那天上的月缺，就是要扫除人间的不平。程富荣，我就是要让你这样的人官儿当不成！

李明强喝完杯子里的开水，肠胃感觉好了许多，他站起来，活动了两下腿。他按照田聪颖的嘱咐，天天坚持用热水烫脚，天天坚持用背包绳绑着两只脚做牵引睡觉。他的腿现在不像原先那么弯曲了，用力挺着，肥大的军裤腿儿也能直着下垂。练，练，只有练好自己的腿和手，才能对得起田聪颖。

李明强走出宿舍，走上马路，走进家属院，走到16号楼前。一单元一号的两间屋子里灯火通明，欢声笑语不断。李明强站在房前的黑暗处，踩着地上炸过的一层厚厚的鞭炮纸屑，嗅着那火药味儿的奇香，怔怔地盯着窗玻璃，望着屋里热闹的影像，想着那新房本该是自己的新房，那新娘本该是自己的新娘，心头不禁涌上一阵酸楚。

一阵风吹来，李明强打了个寒战。他下意识地抚了下军装，正了下军帽。这一整，他一下子惊醒了。今天，军区纪检处的王处长亲口告诉他，他的转业报告已经批了，命令一下，他就不是中国人民解放军中的一员了，这身军装上的领章就要摘掉，头顶上的帽徽就要被取下。李明强的情绪一下子落到了低谷，身体像散了架似的软了下来。他低着头，屈膝着腿，像一个老态龙钟的老军人，背着手，慢慢地向宿舍楼走去。

李明强把收起的点心摆在桌上，又拿出一瓶北京二锅头酒，用牙咬开瓶盖，对着茶缸“咚咚咚咚”倒了满满一茶缸。然后，他脱下军衣，用衣架撑起，整整齐齐地扣好衣服上的五个纽扣，挂在桌前的墙上。又摘下军帽，在手里掂了掂，放在桌上。从抽屉里找出一颗铁钉，用右手的拇指和食指捏着，抵在军衣的上方，然后抬起左手，看了看左手掌，吸一口气，将铁钉拍入墙中。

李明强把军帽挂在军衣上方这颗钉子上，拉出椅子坐在桌子前端详。许久，他咬咬牙，端起茶缸对着军衣军帽举了举，然后慢慢地送到嘴边，像刚才倒酒似的往自己嘴里灌。

“李明强，你在干什么！”

一声断喝，把李明强震住了。整个屋子一片寂静，李明强慢慢地转过身，见是卫廉清，笑了笑，喷着酒气说：“政委，您——吓我一跳。”

卫廉清拉过对面的椅子，坐在李明强的身边说：“来，咱哥儿俩喝。”

李明强把酒瓶递给卫廉清。

卫廉清拿过一个茶缸，“咚咚咚咚”把瓶中的酒全部倒了进去，端起茶缸说：“李明强，我敬你。”

李明强不说话，拿起茶缸与卫廉清一碰，一口气喝了个干净。

卫廉清低沉地说：“李干事，今天是陆建峰和田聪颖的大喜日子，我知道，你心里不舒服。”

李明强摇了摇头，拿起一块蛋糕吃。

“我们是无话不谈的兄弟，你把分给你的房子让给他们结婚，人家很感激你，大家也都在背后夸你。今晚，你不去闹房，也有情可原。谁看到那房本该是自己的新房，那新娘本该是自己的新娘，心里都会不舒服。要我，我也会喝闷酒。不过……”

“政委，您说得对，他俩结婚，我心里是有点儿酸酸的。可是，我不是为这个喝酒。”李明强截断了卫廉清的话说。

“那是为什么？”卫廉清惊讶地瞪视着李明强。

“我的转业报告军区已经批了。我，我又舍不得这身军装！”李明强低沉地说，眼睛里充满了泪水。

“我就是为这事儿来找你的。”卫廉清说，“今天，军区王副参谋长给我打电话，问大队为什么要报你转业，批评我们是不是没有把你安排好，质问我，像你这样，到地方谁照顾你呀！

“我说，是李明强自己强烈要求转业的，他不想拖累部队。其实，他也不需要照顾，他的生活能自理。”

“他怎么说？”李明强喃喃地问。

“首长发火了。哎，你从未提过，你和王副参谋长什么关系？”

“没有关系。”李明强从四十五度角的方向瞥了卫廉清一眼，伸出右手说：“给根儿烟吸吧。”

卫廉清给李明强一支香烟，帮他点着，自己也点燃一支。李明强吸了一口，嘴角泛起了那种带有讽刺意味的微笑，接着说：“报告都批了，他发火也没用……”

“首长指示，让直属工作部压下你的报告，说，安排不好，不能宣布。”卫廉清抢过话茬说。

李明强低下了头。他虽然没有和王副参谋长说过一句话，但是他知道，一定是王红霞从中做了工作。

卫廉清吸了口烟，见李明强还不说话，深深地吸了口气，呼出，问：“把材料交给谁了？”

“王处长，还有一个李干事在场。”

“那你今天怎么和他们——，程大队长怎么当众宣布把他的团职房给你？”

“我无意中发现了他一个秘密。”李明强吸一口烟说，“这次，搬不倒他，我告到军委去！他一个师职干部，在外边养了个小秘。”

“你说什么？”卫廉清惊讶地问。

“他在八大处一居民家里养了个小秘，我亲眼看到的。他说给我房，是为了堵我的嘴！”李明强愤愤地说。

“那你——”

“我想稳住他，弄清他的底细，一举把他拿下！”李明强咬咬牙，愤愤地说，“让这样的人留在部队，还当领导，我们解放军在群众的心目中还有地位吗？！”

“唉，我还真认为你让他收买了呢。”卫廉清笑着将烟头扔向墙角。

“最可气的是孙处长，在酒桌上往死里灌我，真把我看成‘王连举’了。”李明强也笑着把烟头扔向墙角，接着说，“我还想把程富荣的房子弄过来给他呢。你看，他一个团职干部，一家五口，就挤在那一间半的营职房里，多不方便。”

“你还不知道孙处长？他说过，只要他当营房处长，有一个团职干部住不够面积，他就一直住营职房。”

“唉，具体问题具体分析嘛！”李明强为孙处长扼腕叹息。

“他和你一样，只分析别人和集体！”卫廉清说着端起茶缸说：“我替他给你道个歉，冤枉你了。这杯酒，我全喝了，我没能为你们这些好同志创造一个好的工作生活环境，我自己认罚！”卫廉清说完，仰起脖子一口气把茶缸里的酒全部喝下。

# 第六十五章

李明强也不回答，提着冲锋枪走向观察棚，走到程富荣面前，不紧不慢地说："三十八发，还给你留了一颗。"说着突然端起枪对准了程富荣。

李明强想摸清程富荣的底细，可程富荣是什么人，是专门琢磨人的人啊！李明强第二天一早去八大处侦察的时候，那金发女郎已经人去屋空了。房东说："我哪管得了那么多，人家又不欠我的房租，交一个月，住十几天，合适。"

李明强问："都谁常来？"

"租房时，是一个高个子络腮胡的山东大汉。第二天，那高个儿带了个矮胖子，一看就是他的领导，像个老板。别看都不穿军装，装得像老板和保镖一样，我一眼就看出他们是军人。你说说，你们军人还在外边养女人，成何体统，这不和国民党兵一样了吗？！"

"像他们这样的人只是少数！所以，组织上派我来调查处理他！"李明强说着拿出一张侦察大队部分人员的合影，递给房东说："你看看，来那两个人是不是在这里边。"

房东接过照片，仔细看了看，笑了笑说："小老弟，实话给你说了吧。你一进门，我就认出你了，你就是那个报纸上登的那个侦察兵。可是，那个矮胖子我也熟了，人家比你有势力啊。你一个英雄，宣传一阵子没了。人家不一样，有权有势，上边有人，官运亨通啊，咱得罪不起。我劝你，别追查了，现在玩儿个女人算啥。你回去告诉领导查无此事，给他遮住了，他还不感激你、提拔你？"

"我宁可丢了这顶乌纱帽也不能放过他！"李明强坚定地说，"老哥，别说让这种人当权，就是让他留在部队，都有损人民解放军的形象！"

"我敬佩你的人品，但是，我还是不能告诉你他是谁。"房东看了李明强一眼，把头转向另一方，不再与李明强照面。

“大哥，您刚才不是说了，像他这样，跟国民党兵差不多。这说明您是有正义感的，请您配合一下我们的工作。”

“有正义感，正义感值几个钱？”房东转过身，冷冷地对李明强说，“我只是个小市民，没有那么高的觉悟，拿了人家的钱，就不能出卖人家。”

“他给您多少钱？”

“小老弟，你就别问了。”房东把双手一摊，红着脸说，“我敬佩你，才给你说了这么多，要是别人来，我说没有这事儿不就完了。你想想，我告诉你了，不但得不到什么好处，说不准哪一天让人暴揍一顿，或者把我们家给砸了，弄不好我们全家人的工作都会丢了！谁不知道，你们军人虽然不是北京人，可在北京能通天啊！”

李明强从四十五度角的方向瞥了房东一眼，笑了笑说：“大哥，我知道你有顾虑。就这样吧，我告辞了，古人有句话叫‘邪不压正’，我们会找出证据严肃处理他的。”

“那敢情好，敢情好。”房东连连点头，笑着说，“还是部队严，部队严。”

李明强暗访八大处的消息很快传到了程富荣的耳朵里，程富荣用鼻子“哼哼”笑了两声，对刘处长说：“跟我斗，他还嫩点儿！”

“多亏您老行动快，要不，让他抓住了把柄，可不好办了。”刘处长及时拍程富荣的马屁说。

“哼哼，就他那拐巴拐巴的两条腿，还能跑过咱们的小汽车！哼哼！”程富荣一边说，一边用鼻子“哼哼”地笑，突然，他抓起电话对着话筒说，“让李处长到我这里来一趟。

不一会儿，作训处的李处长来到程富荣的办公室，毕恭毕敬地问：“大队长找我有事儿？”

“嗯！”程富荣用鼻子呼出一个“嗯”字，然后把手中的铅笔放到桌子上一拍，吓得李处长打了个哆嗦。

程富荣站来，踱着方步走到门口把门关上，回过头问：“你们作训处不是安排大队公勤人员赶超作战分队训练吗，什么时候开始？”

“您批的，从下月中旬。”李处长立正答道。

“不，明天就开始！”程富荣把右手一挥做出了决断，然后，又用鼻子“哼哼”两声，说：“他李明强不是干部训练标兵吗，让他领着训，安排几个机灵的战士，平时跟他叫板，拖他累他，练擒拿格斗时把他往死里打，谁能打伤李明强，我给谁立功授奖！”

“那战士，谁能打得过他呀？”李处长为难地说。

“真是榆木脑袋，训练又不是动真格的。他比画他的，让战士动真的不就成了！”程富荣说完“哈哈”大笑起来。

“是。”李处长立正答道，又怯怯地问，“哎，大队长，您给老大队长批5吨训练用油，是不是多了点儿？”

“岂止多了点儿，是一点儿不给！”程富荣面露怒容，拿起桌子上的铅笔点着桌子说：“你没看见我是用钢笔签的，落的是我的全名？”

“看了，您批的是‘请在训练用油中解决5吨’。”

“噢——”程富荣把铅笔放在桌上，缓口气说：“对了，平时也没你的事儿，没给你交代过。来，过来。”程富荣又拿起桌上的铅笔，点着桌子说，“记住，以后看我的批示，凡是铅笔写的，落一个‘程’字，是急办；落我的全名，是缓办。凡是钢笔批的，落一个‘程’字，是可办可不办；落全名，是不办！记住了？”

“记住了。”李处长怯怯地点头应道。

“好，去吧。”程富荣把铅笔往桌子上一丢，紧叮一句，“把李明强伺候好了！”

“是。”李处长一边喊“是”，一边退着走向门口，开门闪出程富荣的办公室。

香山步兵侦察大队公勤人员赶超作战分队训练轰轰烈烈地开始了。陆建峰对田聪颖说，这是表现的好机会，得为早日下了指导员命令创造条件。因此，他放弃了婚假，投入到警通连的训练队伍中。

黄昏时分，陆建峰吹着口哨乐颠颠地回到了家。田聪颖正拿着抹布在擦桌子，见陆建峰用钥匙打开了门，冷冷地问：“吃了吗？”

“吃过了，你呢？”陆建峰把军帽摘下挂在门后的衣架上，随口问道。

“你还管我的死活呀！”田聪颖一脸的不悦，把抹布往桌子上一扔，说，“又有什么事儿了？老往家里跑，这指导员的命令还能下吗？”

“嘿嘿。”陆建峰赔着笑脸凑上前，从身后抱着田聪颖，一边亲吻田聪颖的秀发、脖子，一边说，“知夫者莫如妻啊，还是老婆了解我。”

“我一点儿也不了解你，跟你结婚只是为了了却双方父母的心愿。”田聪颖一挣，挣脱陆建峰，面无表情地坐在了椅子上。

“我说过多少遍了，你爸和我爸是老搭档，两家知根知底儿，门当户对，我们的工作、生活都是他们给安排好了的，画了线，圈了圈儿，让我们照着他们的意愿走的。我们是他们的子女，摆脱不了他们的影子。但是，我们也是自小一起长大，你又不是不知道，我从小就喜欢你，上中学就爱上了你。上军校，我每周给你写一封信，毕业了，又想方设法跟你调到了一起。我们不了解，你跟谁了解？难道——”陆建峰气得脸红脖子粗，回来时一路的好心情全没了，连珠炮似的向田聪颖轰了起来。他本来想说“难道你和李明强了解吗”，但是，理智使他将后边的话吞进了肚里。

陆建峰直挺挺地站了一会儿，蹲在田聪颖的面前，拉着田聪颖的手，看着田聪颖的脸说：“聪颖，我们既然结了婚，我就要为你负责，我要奋斗，要成为强者，你能理解吗？”

陆建峰见田聪颖无动于衷，接着说：“今天，大队长在大队全体干部会议上表扬了我。会后，他又专程到我们警通连给官兵鼓劲儿。他特意把我叫到一边，告诉我他要为我创造一切条件，为我造舆论，可是，现在的事儿比较难办，各方面都要摆平。”陆建峰说到这里停住了，拉着田聪颖的手站起来，俯看着田聪颖的脸继续说，“我听他那意思，是想让我们再给他点点儿。我就是回来跟你商量商量，给他点不点？点多少？”

“不点！”田聪颖一下子甩开陆建峰的手，吓得陆建峰倒退一步。

田聪颖“霍”地一下站起来，指着陆建峰气愤地说：“瞧你们大队成什么了，简直就是买官卖官！不点！他不是说我们青梅竹马吗，我嫁给你，你当一辈子排长，我也认了！”

“别，别着急。”陆建峰抬起双手在自己脸前直摇，一边摇一边说，“我不是回来跟你商量的嘛。你看，我和李明强是同班同学，人家都正连了，我还是个排茬子，有这么个好机会，我们能错过吗？”

“你和人家李明强比什么？人家是拿命换来的，你呢？就是李明强不上战场，我看人家当连长你当排长也不过分！”田聪颖说着，又生气地坐在椅子上。

“你——”陆建峰的脸又红到了脖根，他清楚地知道田聪颖对李明强一往情深，总想爆发，又怕惹恼了田聪颖。田聪颖要是耍起性子，什么事儿她都做得出来。陆建峰的喉结动了几动，咽了口唾沫，坚定地说：“不成，这件事儿必须得办，就是买，我也得把指导员这个命令买下来，要不，我代理了半天，让人家上了，我还怎么在人前抬头呢？”

田聪颖看陆建峰决心一定，也就不再坚持了。她也清楚地知道，陆建峰生性高傲，总想高人一等，一旦受到挫折，就会一蹶不振，贻误终生。

陆建峰见田聪颖不作声，知道是默认了，喃喃地问：“你说，给他点多少是好？”

“我哪知道你们大队的行情！”田聪颖不屑一顾地说。

“那，你给我两千。”陆建峰向前跨一步哈着腰问田聪颖。

“不是都在柜子里放着的吗，你爱给多少给多少，反正那钱是你们家给的。从今儿起，咱们俩儿各挣各的，各花各的，谁也别管谁！”田聪颖把头向卧室一摆，气哼哼地说。

陆建峰到卧室内翻腾一阵，出来对田聪颖说：“给三千吧，以三为定，一下子把他砸死！”

“还好事成双、六六大顺呢！”田聪颖没好气地说。

“我不跟你吵架。”陆建峰把钱装到一个大牛皮纸信封里，用手拍了拍，说，“我现在到他家去，你去吗？”

“我看见他都恶心！”田聪颖把头一扭，恨恨地丢出一句。

“好好好，我的姑奶奶，你以后见了人家给点儿好脸色，别把我的事儿给坏了，行吗？”陆建峰说着走到田聪颖跟前，弯腰照田聪颖脸上吻了一下。

田聪颖一把将陆建峰推开，气哼哼地说：“去，去，做你的升官梦去吧！”

……

李明强带着伤残之躯同战士们一起摸爬滚打几天，累得腰酸腿痛，特别是在擒拿格斗中，遭到几个战士的重创，弄得他浑身是伤。他躺在床上，越想自己打报告转业的决定越觉得正确：自己确实不是以前的李明强了，部队不养老不养小，更不养残废，现在连带领公勤人员训练都坚持不了，还怎么能回战斗连队？可是，他万万没有想到，这都是程富荣暗中的安排。

“李干事，李明强，电话！”楼道里传来了一声高喊。

“来了。”李明强从床上爬起来，跑到楼道的电话桌前，只见电话的手机被拿下放在桌子上，叫他接电话的人已不知踪影。

李明强拿起电话“喂”了一声，电话里就传来了赵鸿涛的声音：“明强，最近好吗？”

“鸿涛，是你啊！好，好，就是想你们呢！你和晓丽都好吧？什么时候到我这里来玩儿？”李明强兴奋地对着话筒喊。

“我有时间一定去。”

“好，孟华家你最近去了没有？噢，你抽空多去看看。阿力怎么样？”李明强对着话筒一个劲儿地喊。

“好，玉梅和修省他们也都很好。明强。”赵鸿涛顿了顿，接着说，“明强，告诉你一件事儿，你不要生气。”

“什么事儿？你就说吧。”

“明天，明天，卫和平请我们去喝她的喜酒，她的出国手续已经办妥了，可能马上要走。我问她给你说了没有，她说没有。她不让我告诉你，我想了想，还是告诉你好。”

“这个卫和平，告诉我又怎么了？明天几点？我也去，怎么也是老同学嘛！”李明强故意装出很大度的样子，在话筒里充满了笑音，但是，他的心里确实荡起了层层酸波。

“十一点半。你千万别去，别弄得太尴尬了。喜庆事儿，别给她心里添堵。”

“好吧，十一点半，我在这边准时为她举起祝福的酒杯！”李明强的声音里依旧充满了笑意，可是，他的泪水已经不知不觉地流到了脸上。

第二天十一时三十分，李明强并没有为卫和平举起祝福的酒杯，而是被程富荣叫到了办公室。

程富荣掂着一份厚厚的军区机关上报首长的呈阅件复印件，阴笑着对李明强说：“李明强同志，要不要看看军区机关的调查报告和首长的批示，诬告，纯碎是诬告。”程富荣重重地把那复印件摔在桌子上，阴笑着说：“告我？你告得动吗？不自量力！”

程富荣说着翻开那复印件，冲李明强奸笑一下，阴阳怪气地说：“看，人家机关干部写得多好。‘这类现象虽有，但不像材料上反映的那么严重，许多单位都有类似现象。’哈哈哈哈，我实话告诉你吧，我做的比你写的还严重，可是人家调查组调查，查无此事，你怎么解释？嗯——”

“你别得意得太早！”李明强气得咬牙切齿。

“我不得意。可是，让你失意了。”程富荣故意停顿了一下，阴笑着盯着李明强，停了一会儿，他慢条斯理地说：“很抱歉，本想给你一套团职房，可你的转业报告军区已经批了，我要再给你，哪位好事的往军区一告，那可就是铁的事实了。”

“我压根儿就没想要你的房子！”李明强愤愤地说。

“你根本就要不了！哈……”程富荣狂笑起来。

“你等着，扳不倒你，我不姓李！”李明强气愤地拂袖而去。

“好，我等着你！不过，我还得告诉你一件事情，军区工作组马上就要来调查卫廉清滥用党费开支的问题。滥用党费，什么后果，你知道吗？哈……”程富荣的笑声回荡在办公楼内，挤出窗子飘向天空。

李明强回到宿舍，抓起早已放好的他与卫和平的合影，“嚓嚓嚓”几下撕了个粉碎，拿酒瓶，用牙咬开瓶盖，“咚咚咚”直往嘴里灌，然后，仰天长笑，倒在水泥地板上。

当李明强醒来的时候，已经是晚上八点钟了，大队广场上正在放映电影《开枪为你送行》，这个预告是李明强写在宣传栏里的，他本想去看看这么悬乎的名字究竟是什么内容，可是，现在已经放映了一半，他的头也有点儿痛。李明强发现自己躺在水泥地板上，摇摇头笑了，笑出了眼泪。楼道里传来了急促的电话铃声，许久，没有人接。李明强想，大家都去看电影了，就想去接。可是，两条腿怎么也不听使唤，腰眼也钻心地疼。李明强想，坏了，这就是农村人说的，地太凉，阴气太重，受阴浸①了。

李明强咬着牙几次想站起来，都没有成功。他就坐在地上，慢慢地运气，让气血向双腿上行。楼道里的电话响了一遍又一遍，就像催促李明强站起来打冲锋的军号声。

“李明强啊李明强，在战场上你没有倒下，现在倒下算什么？站起来！站起来！你是不屈不挠的李明强啊！”李明强的耳边响起了另一个李明强的声音，他大喝一声“嗨——”摇摇晃晃地站了起来。他扶着桌子，慢慢地活动双腿，楼道里的电话铃声又响起来了。

李明强踉踉跄跄地跑到电话桌前，拿起电话，喘着粗气对着话筒说：“您好，请问，您找谁？”

“明强，你，你怎么了？”话筒里传来了对方急切的问候。

“啊，平，和平啊，我，我跑着上楼，有点儿喘。”李明强听到是卫和平的声音，脑子一转编了个瞎话。

“我结婚了。”

“知道。”

“我今天举行了婚礼。”

“我知道，我十一点半准时为你举起了祝福的酒杯！”李明强又编了个瞎话。

“你知道，你知道，我的婚礼上没有新郎，你知道吗？”卫和平在电话那边哭上了。

“平，别哭，别哭，和平。”李明强这时反而平静了下来，对着话筒说，“追求幸福，不在于形式，而在于内容，在大洋彼岸，你们同时举杯也是难以忘怀的事情。”

“我难以忘怀的就是你！”卫和平在电话那边哭得更痛了，一边哭一边说，“我恨你，

① 地面的潮湿逐渐侵入人体。

恨你，我恨你！”

“我也觉得我挺遭人恨的。不过，我求求你，看在我们曾是‘唇围舌攻’的战友的份上，你就别恨我了。”李明强的声音里带着笑意。

“都到什么份上了，你还笑得出。没正经！”卫和平在电话那边也差点儿被李明强那“唇围舌攻”逗乐了。

“好，我说正经的。到美国去，好好生活，记住国内还有你最忠实的朋友，你们全家什么时候回来，他无论好赖都能给你一个现成的窝儿。”李明强说着，脑海里翻腾着他转业后驰骋商场的景象。

“我明天就走，你能送我吗？”

“明天走？能，能！几点，你说几点的飞机，我提前去。”李明强有点儿语无伦次，但他的心里还是很明白，又紧叮一句：“用不用我先到北大接你？”

“不用了，在这里有我们同系的师生送，你能在中午一点赶到机场吗？我们能最后见上一面就够了。”卫和平在电话中又有了抽泣声。

“都谁到机场送你？”李明强轻轻地问。

“只有你。”卫和平放声哭了起来：“我就要你一个人送！”

“平，别，别哭，别哭，我一定去，一定去，一定。”李明强说着眼泪也不知不觉地流了出来。

第二天，侦察大队组织实弹射击。为了安全，大队长、政委都到了现场。李明强悄悄告诉卫政委，昨天程富荣把他叫到办公室的经过，并告诉他卫和平今天出国的事情。

卫廉清叹口气说：“你要转业，我要退休，我们俩儿谁也不图什么，让他们查吧，我倒要看看那帮调查者的党性在哪里！你中午用我的车去，咱也搞一次特权。人家女孩儿要出国了，你也不能在她面前太掉价了，让她看看你混得还不错，放心地去。”卫廉清又叹口气，低沉地说：“我知道，她对你，对你还是有感情的。”

李明强的一举一动都没有逃过程富荣的耳目。程富荣走到李明强面前，阴笑着问：“李明强，你的腿脚怎么没有昨天灵便了？越练越抽抽了！”

李明强从四十五度角的方向瞥了程富荣一眼，嘴角泛起了那种带有讽刺意味的微笑，用双手拍着双腿，冷冷地说：“我想弯弓射大雕啊！”

“哎呀，志气不小啊！只可惜运气不好。‘心比天高，命比纸薄’呀！刚才，又向你那位要退休的‘老干部’汇报什么了？”程富荣阴阳怪气地说。

“商量一下，怎么把你拉下马！”李明强毫不畏惧地回答。

“好啊，只怕我先把他拉下马呀！”程富荣奸笑着，拉了一下李明强的衣袖，压低声音说：“听说，你准备开个什么公司？”

“随便找个活路吧。”李明强淡淡地说。

程富荣咬牙切齿地说：“你相信不？你开一个，我砸一个。让你永无立足之地，让你活不如死！”程富荣小声说完，拍了拍李明强的后背，放声大笑，笑着喊，“你放手干吧，我说得到，做得到！哈……”

程富荣的奸笑声回荡在山谷，响彻在李明强的耳边。李明强在射击时把靶子当作程富荣，把单发变成了连射，将靶心打成了蜂窝。

“李明强，你装了多少发子弹？”坐在射击区后观察棚下的程富荣“霍”地一下站了起来，大声喝问。

李明强也不回答，提着冲锋枪走向观察棚，走到程富荣面前，不紧不慢地说：“三十八发，还给你留了一颗。”说着突然端起枪对准了程富荣。

“你——”程富荣一句话没说出来就瘫倒在了椅子上。

“李明强，你别乱来！”卫廉清急忙站起来叫道。

李明强冲卫廉清笑了笑，把枪举起抛向空中，笑着喊：“吓吓他！”然后一抬右手把枪抓在手中，转向程富荣，摇着头轻蔑地说：“你也怕吓呀！”说着，猛地举起冲锋枪对准程富荣，大喊一声：“你见鬼去吧！”然后从牙缝里挤出一个字——“啪”。就这一声叫喊，这一个字，把在场的人都吓出了一身冷汗，把程富荣吓得尿了一裤子。

“哈……”李明强放声大笑，笑着走到程富荣面前，附在他耳边小声说，“还砸我的公司吗？瞧你这熊样儿！”

程富荣好长时间才缓过神来，哆哆嗦嗦地喊：“停止射击！”然后，又转向卫廉清，少气无力地说：“我要求开党委会，研究处理李明强。”

李明强是实弹射击的组织者，在程富荣威胁他说要砸他的公司让他永无立足之地时，他就想拿枪崩了程富荣。转而又想，一命抵一命，太不值了。他李明强的命比程富荣的值钱。所以，就把弹夹压得满满的，冲着靶子发泄了一翻。谁知程富荣竟大呼小叫地喝斥他，他脑子一热，就走上前去吓唬程富荣。当他听到程富荣向卫政委要求开党委会研究处理他时，方想起自己违反了“枪口不准对人”的规定。现在，他想起刚出院时卫政委对他说的话：说不定扳不倒程富荣，反而把自己的前途给毁了。李明强咬咬牙，举起左手狠狠地向左腿打了两下！

李明强在组织人员撤离靶场时，心里像倒了五味瓶，整个思绪都乱了，一会儿想到党委会决定给他处分，在宣布他转业命令的同时宣布了对他处分的决定；一会儿想到军区调查组向军区首长呈报了卫政委违反党的组织纪律的报告，军区决定让卫政委停职检查；一会儿又想到自己开的公司被程富荣派人砸了，他开一家公司程富荣砸一家，逼得他真的走投无路了；一会儿又想到卫和平忘恩负义，在这么短的时间内就与别的男人结了婚，还打电话让自己到机场送她，简直是在污辱自己。

《开枪为他送行》，李明强的脑海里突然又冒出了昨晚电影的名字。对，开枪为她送行，反正我李明强也混不下去了，我得不到她卫和平，别人也别想得到她！开枪，打死她，再打死程富荣，功过是非让世人评说吧！

想到这，李明强趁收摊的混乱之机，偷偷地抓了一把手枪子弹塞进了上衣口袋。在枪弹入库时，他又偷偷地掖起了一把五四式手枪。

李明强腰间掖着压满子弹的手枪，坐上卫廉清的专车向机场驶去。路上，他不与司机说一句话，脑海里就反复回放着六个字——开枪为她送行。昨天的电影广告本来不该李明强去写，当时电影员外出了，处长说他的字好就让他写了。这是天意，是上天提醒他要他这么办的！

李明强胡思乱想着，眼睛茫然地看着车窗外边。忽然，他看到一个熟悉的影子，杨玉萍，是杨玉萍。再定睛看时，汽车已经驶过好远了，后边的车一辆接一辆挡住了他的视线。

不会，杨玉萍怎么会在北京呢！春节后，许玉梅的父母到北京来玩，他想打听杨玉萍的消息，可是，老头老太太一点儿情况都不知。杨玉萍怀上我的孩子了吗？她现在怎么样？李明强回北京后，一直在想杨玉萍，可就是没有勇气给她写信，更没有勇气回家看她。如果杨玉萍哪一天找来了，我该怎么面对她？李明浩，我的干儿子，李彬被判死刑了，孟华母子俩儿以后怎么办？肖明的母亲出院回保定了，现在怎么样了？我可是答应给人家当儿子了呢！还有，闫小莉的父母，不，我不能死，不能死，这么多人都期盼着我，我还要做许多事！我是不屈不挠的李明强啊！

“我是不屈不挠的李明强！”李明强在心里呐喊着。他突然找到了卫和平为什么深深地装在他内心深处的答案了，就是卫和平这句话，“我要的是不屈不挠的李明强！”这就是李明强爱卫和平的真正原因！

“人家女孩儿要出国了，你也不能在她面前太掉价了，让她看看你混得还不错，放心地去。我知道，她对你，对你还是有感情的。”卫廉清的话又回响在李明强的耳边。是啊，我们是有感情的，彼此爱得很深。为了爱，在我参战前，身为学生的卫和平从老家追回北京，在西直门火车站要让我给她留下一个孩子。为了爱，我与王红霞协议恋爱，赶走了卫和平。赶走她，不就是为了让她过上更好的生活吗！我是爱她才放弃她的呀！现在，她就要奔向新生活了，政委说得对，应该让她放心地走，不，要让她毫不留恋地走！

“停车！”李明强大叫一声，惊出一身冷汗。司机一脚急刹车，紧跟其后的汽车一把方向蹿上了马路牙子。那司机停下车，怒气冲冲地跑到李明强的车门前大声质问：“怎么回事儿！”

“没事儿了，好了，没出事儿就好，没事儿了。”李明强还沉浸在自己那噩梦般的想象中，自言自语地说。

“有病！”那司机见车内坐个穿四个兜的军官儿，看着面熟又想不起在什么地方见过，怕是惹了自己朋友的朋友，嘟囔一句，气哼哼地走了。

“什么事儿？”卫政委的司机不高兴地说。

“掉头，先到陆军总院！”李明强说。

“唉，我当啥事儿，太危险了。”卫政委的司机嘟囔着说。

“是，太危险了，差点儿酿成大错！太危险了，太危险了，真是太危险了。”李明强还沉浸在自己曾一度要开枪给卫和平送行的错误想法中，自责地自言自语。卫政委的司机认为李明强知错了，向自己道歉，就不再说什么，向陆军总医院开去。

汽车停在住院部门口，李明强对司机说："稍等一会儿。"就下了车。

看门的老头早已熟悉了李明强的走路姿态，一眼就认出了他，笑着问："李连长，来复查啊？"

"嗯。大爷您好吗？"李明强应付着问了一声就走进了住院部的小院。

"好，好，你慢点儿走。"老头看着李明强说完，回头自言自语说，"看他那样，准是有什么急事儿。"

李明强到了骨科，医生护士都围上来问寒问暖，李明强说："对不起，我今天不能跟大伙儿聊了，我找郭燕有急事儿。"说着，一把拉住郭燕的胳膊，说："走，要不就来不及了。"

"怎么回事儿？是不是胡彬出什么事儿了？"郭燕一边跟李明强走一边焦急地问，回头对李放主任喊："李主任，我请假。"

"去吧，别着急。"李放主任冲郭燕扬扬手说，又冲李明强喊，"老李，闲了来玩儿。"

"好哩！"李明强头也不回地答道。

"到底什么事儿？"郭燕着急地问。

"扮演一次我女朋友。"李明强看都不看郭燕一眼一边回答一边往前走。

"什么？扮演你的女朋友？"郭燕愣着不走了。

"走吧，我求求你，要不就来不及了。"李明强回头又拉住郭燕的胳膊一边向前拉一边说。

"上哪儿呀？"

"飞机场，送卫和平出国。"

"噢——"郭燕好像明白了什么，但还是一脸疑惑。

李明强和郭燕走进首都机场国际出发二号进口，见卫和平焦急地踮着脚尖四处张望，就拉着郭燕的手屈着膝想快步跑过去，可是昨天他躺了一下午地板腿严重受凉痉挛，痛得他举步维艰。

"和平。"李明强右手拉着郭燕的手，抬起左手向卫和平打招呼。

卫和平看到李明强拉着身着军装的郭燕，先是一怔，然后，笑着扬起手喊："明强。"然后，奔过来，扑进李明强的怀里。

李明强推开卫和平说："对不起，我们来晚了。我给你介绍一下，这是我的女朋友——"

"郭护士。"卫和平打断了李明强的话，伸出右手与郭燕握手，笑着说，"郭护士，难为你了，我知道你是李明强请来的演员。"

"不——"郭燕欲言又止。

"我比谁都了解他。"卫和平笑着说，"他不把腿和手练好，或者不做出超乎常人的成绩，是不会再找女朋友的。”

“真的，我们就要结婚了。”李明强喃喃地说，从四十五度角的方向瞥着郭燕。郭燕的脸红了，把脸扭到了一边。

“行了，李明强。”卫和平拉着李明强的手说，“你就是卖冰棍、收破烂，我也对你有信心！来，让我看看你的手。”

李明强伸出左手，活动了几下手指。卫和平拉着李明强的左手，摸摸按按，笑着说：“恢复得挺快，医生说要残废，我就不相信！我再看看腿。”卫和平说着蹲在地上，挽起李明强的裤褪儿，用她那小手又摸按李明强的小腿，笑着说：“肌肉都挺起来了，可你走路怎么没长进呢？”

“我——”李明强语塞了。

“谁知道他怎么搞的，听田医生说，他的腿基本上都恢复了，还带兵训练呢！”郭燕抢先说。

“我，我昨天训练，蹚了凉水。”李明强没法说自己醉了，在地板上睡了一下午，就撒了个谎。

“原来是这样。”郭燕若有所思地自言自语道。

“哈……”卫和平笑着站起来，对郭燕说，“我说你是李明强请来的演员吧，怎么样，演砸了吧？”

“我——”郭燕的脸红了，看了看李明强，一副歉疚的样子。

“你没有必要自责，是他还不了解自己。”卫和平拉着郭燕的手，转向李明强说，“我知道你是怕自己残废了连累我，可是，我压根儿就不相信你会残废！对于你，康复是早晚的事儿，这一点，我比你有信心！我思来想去，你既然下决心赶我走，我若死缠在你身边，对你的压力太大，你会因为怕连累我整日内疚的。我们俩儿都是事业型人，又太以自我为中心，所以，我们结合，就是玉梅说的‘不合适’，我就——”卫和平说到这里停住了，深情地看着李明强，轻轻地说，“我昨晚给你不知打了多少次电话，就是没人接，我决心打一晚上，如果还没人接，今天一早就去找你，我就想临走前见你一面，当面给你把话说透了。”卫和平又停下来不说了，她见李明强盯着她的脸一眨也不眨地看，就勇敢地迎着李明强的眼光，轻轻地问，“你恨我吗？”

李明强用嘴角笑了笑，抬起右手在卫和平的肩上拍了一下，讪讪地说：“我也认为，我们做朋友比做夫妻更合适。”

“明强。”卫和平依进李明强的怀中，喃喃地说，“再抱抱我吧。”

郭燕见此情景，背过身向远处走去。

# 第六十六章

**李明强怔怔地对着陆建峰的尸体看了好一会儿，提着冲锋枪屈着双膝一步一步地走出大楼，走到程富荣面前，捧着冲锋枪递向程富荣。**

李明强没有开枪给卫和平送行，陆建峰却开枪给首都军区制造了个特大案件。

原来，陆建峰放弃婚假回连队训练的第一天下午，程富荣就敲开了陆建峰的家门。

程富荣从兜里掏出一条金项链，对田聪颖说："你结婚了，我也没有什么好送你的，就给你买了条链子，你看看喜欢不喜欢。"

因为在秦皇岛的时候，程富荣为巴结田聪颖的父亲常到田家去，那时还是小学生的田聪颖总是对程富荣叔叔长叔叔短地叫。程富荣为讨好田聪颖的母亲，一见面就点头哈腰地叫阿姨。所以，有一次程富荣当着田聪颖父母的面对田聪颖说："你应该叫我哥哥，不能乱了辈分。"可是，后来田聪颖再也没有见到程富荣，无论是叔叔还是哥哥，田聪颖都没有叫。时过境迁，如今陆建峰又成了程富荣的部下，陆建峰对田聪颖讲，程富荣开始管他妈妈叫大姐了。所以，田聪颖首次见程富荣时，就叫了声"程叔叔"，程富荣也笑呵呵地答应了。现在，田聪颖看着程富荣手中的金项链，不好意思地说："让程叔叔破费了。"

程富荣笑着说："哎，你又忘了。我早就说过，你应该叫我哥哥，不能乱了辈分。"

田聪颖低着头说："本来你当兵时，我就该叫叔叔嘛。"

"好了，老规矩，还叫哥。"程富荣说着站起来，走向田聪颖说，"来，让哥帮你带上，看合适不合适。"

"我有，你这礼物太贵重了，我不能收。"田聪颖见程富荣走向她，急忙站起来，向后退了两步，退到卧室门口。

程富荣向前走两步，淫笑着对田聪颖说：“贵什么？哥是大队长，整个大队都是咱家的，还缺这条链子钱。我可是专门跑到王府井给你买的，这可是商店里最粗的一条啊！”

“不，我不能要。”田聪颖又向后退了两步，退进了卧室。

程富荣紧跟两步，淫笑着说：“哥喜欢你，就去给你买最贵的，带上试试，若不合适，哥再到前门去给你买。”

“不，不，我不要。”田聪颖隐隐约约感觉要发生什么事情，一边摆手一边摇头一边往后退，可是屋子太小了，她退得急，腿被床沿绊住一屁股坐在床上。

程富荣这时原形毕露，把金项链往床上一扔，淫笑着说：“你不要链子，我可要你。”说着就扑到田聪颖身上。

田聪颖一边挣扎一边乞求道：“别、别这样，看在我爸的面子上，你，别这样。”

“看你爸的面子！”程富荣凶神恶煞地说，“你爸骂我是‘哈巴狗’，我这哈巴狗今天就要吃他女儿这块小嫩肉。”程富荣说着就用自己的嘴唇在田聪颖的脸上、脖子上乱吻。田聪颖用力推他，他趁机抽去了田聪颖的皮带。田聪颖急忙抓住裤子，哭着喊：“我爸爸骂你，陆建峰的爸爸可是帮了你了呀！”

“他帮我？他是腻歪我！老子整天去他家干活，上学前让他给弄个副连的命令，他都不给弄！”程富荣一边说一边用手褪田聪颖的裤子。

田聪颖紧紧抓住裤腰，哭着说：“你这样，怎么和陆建峰见面呢！”

“老子从正排一下子给他提个正连，让他戴个绿帽子也是便宜他。”程富荣说着一下子将田聪颖掀翻在床上。

……

田聪颖家住在一楼，她和程富荣对话的异常声调，正好被经过16楼的一位干部家属听到。那位好事的家属，蹑手蹑脚地走到窗根想听个究竟。没想到当医生的田聪颖爱给屋子通风换气，开着一扇窗户，而且窗帘留了一拃宽的缝儿。透过那道缝，那位家属看到了程富荣在田聪颖身上发泄兽欲的一幕。所以，就一传十，十传百地传开了。几乎全大队都知道了，就陆建峰不知。李明强不知道有两个原因，一是大家都知道他和陆建峰是同班同学，二是认为他与程富荣来自一个部队，程富荣要给他团职房，是同路人。

程富荣要求开党委会研究处理李明强，没有形成决议。大队党委却从稳定部队确保安全的角度考虑，多数同意安排军区树的优秀干部标兵机降连指导员到警通连担任指导员，并要求即刻到位。

陆建峰出卖了李明强并送给程富荣五千元钱也没有当上指导员，心情非常苦闷，大中午独自一人在院中的松树林中溜达，却听到了几个没有午休躲在树林中聊天的干部的谈话：“陆建峰把新婚的漂亮老婆让给程富荣，也没有当上指导员。”

“什么放弃婚假带兵训练，是专门给程富荣与他老婆通奸创造条件罢了。”

“你说陆建峰知道这事儿不？”

“肯定知道，要不，谁刚结婚晚上都不回家住。”

“这美人计白使了。”

陆建峰听不下去了，跑回家，质问田聪颖是怎么回事儿。田聪颖哭得死去活来，说没脸见人了。陆建峰狠狠地抽了田聪颖一巴掌，摔门而去。正是上班时间，他发现所有人都在用异样的眼光看他，并有几个人在他的身后指指点点，与几个机关干部迎面，还听到一个干部说什么赔了夫人又折兵的话。

陆建峰一气之下，决定去找程富荣算账，刚转过身走了两步，就听见身后有人焦急地喊：“指导员，指导员。”他回过头，只见连队的文书一手提着一支冲锋枪向他跑来。

文书跑到陆建峰跟前，喘着气说：“指导员，下午大队在训练场抽考咱连，连长正在整队。他让我到家里接您，差点走岔了。”

陆建峰刚到警通连，论资历年龄都没有连长老。但是，连长非常照顾他，处处为他着想，就像自己的兄长一样。今天让文书带着枪到家里找他，是让他和文书一起直接去训练场，免得再到连队耽误时间。陆建峰接过枪看了看说：“你去告诉连长，我到机关办点事儿，晚一点到。”说完，提着冲锋枪转身离去。

文书见陆建峰说话虽然平静，但是脸色铁青，像是刚刚生了一场大气。怔怔地看着陆建峰的背影，喃喃地说了声：“是。”

陆建峰提着冲锋枪气势汹汹地来到机关大楼。大楼门卫是警通连的战士，见自己连队的指导员来到，立正打了个敬礼就把陆建峰放了进去。机关的人因知这些天大队进行打靶和枪械训练，谁也没有把提枪的陆建峰当回事儿。

陆建峰一脚踹开程富荣的办公室，程富荣正和军务处的刘处长、财务处的马处长和作训处的李处长在商量联名状告政委卫廉清的事情，他们为上午的党委会愤愤不平，看到陆建峰提着枪气冲冲地进来，一下子愣住了。

程富荣冲陆建峰吼道：“陆建峰，你要干什么？”

“我要杀了你！”陆建峰愤怒地吼道，“你这禽兽不如的东西，为什么奸污我老婆！”陆建峰气得哆哆嗦嗦，他本想找程富荣理论理论，没想到屋里多了三个人，一气之下，放出了狠话。

“别，别胡来啊！”程富荣抬起右手冲陆建峰摆了摆，“哧溜”一下就钻到了桌子底下。

“我胡来？你当着几位处长的面说说，究竟是谁胡来！”陆建峰说着就要去抓程富荣。军务处刘处长乘机一步跨过来抓住了陆建峰手中的冲锋枪，将枪口推向了天花板。

陆建峰见刘处长抓住了他的枪，本能地用力呵护。刘处长双手抓住枪管冲李、马两位处长喊：“快，快下了他的枪。”

程富荣躲在桌子底下哆嗦着叫：“下，下了他的枪，他持枪行凶！”

正在发愣的李、马两位处长如梦初醒，也冲上来与陆建峰夺枪。

三个处长一齐上来夺枪，程富荣躲在桌子下边喊“行凶”，一下子将陆建峰惊醒了。心想，决不能让他们将枪夺走，枪到他们手中，自己有理也说不清了。再说这几个处长平时与程富荣沆瀣一气，跟他们根本就没有理可讲。刚想到这儿，就感到腹部被连连重击，不由得怒火中烧，抬膝对着马处长的裆部用力一顶，顺势将头砸向李处长的鼻子。李、马两个处长立马松开了夺枪的手，一个抱头一个捂裆向后退去。陆建峰又顺势将枪向下一拉，猛地推向刘处长。

刘处长见冲锋枪的枪身直奔门面而来，急忙头向后仰用力推枪。他抓的是枪管部位，这一推反而加大了枪托奔向他胸部的速度和力度，正胸口处挨了枪托重重一击，一个趔趄，抓着枪管向后倒去。

陆建峰抓着枪身用力一拧，做了个刺杀的标准动作，那枪口“咚”地一下就顶上了刘处长的心窝。多亏这枪没上枪刺，要上枪刺，非把刘处长捅穿不可。

刘处长的心窝被重重一击，疼得“啊”地一声松了手，“登登登”退了几步撞在了墙上。

陆建峰刚把枪收回，后腰窝就被李处长狠狠地踢了一脚，他一趔趄，眨眼之间，冲锋枪就被李处长紧紧抓住，又将枪口对向了天花板。

刘处长见状，又扑了过来。

步兵侦察大队的人，多数都会点功夫。这三个处长，除了马处长一直管财务很少参加训练外，刘、李两个处长想当年也是摸爬滚打干出来的。只是这两年跟着程富荣吃得肥头大耳，喝得大腹便便，行动不那么灵便罢了。陆建峰是李明强军校的同班同学，毕业后也参加了上前线的选拔训练，自然是身手不凡。三个人你来我往，打得不可开交。刘、李两个处长合战陆建峰也不占上风，程富荣躲在桌子下面一边看一边冲马处长指指点点，马处长为了在程富荣面前表现，不顾裆部疼痛，瞄准机会，一下子蹿起抱住了陆建峰的后腰。陆建峰拖着一个二百多斤重的活人与两个人对打，很快就招架不住了。眼看着冲锋枪就要被李处长夺去，陆建峰扯着嗓子吼道：“松手，再逼我，我就开枪了！”

这一嗓子，震得天花板上的皮灰直往下落，把桌子下边的程富荣吓得打了个哆嗦，三个处长也个个被吓得呆若木鸡。这几个人，虽然都没少打枪，但是都没有参加过实战，听陆建峰喊“开枪”，个个都傻了眼。

陆建峰趁机脚踢枪砸，把李、马两个处长打翻在地，跳到门口，用冲锋枪对着他们说：“都别动！你们四个，一丘之貉，毙了你们都不为过！程富荣，你等着，老子到军区告你去！”说完，拉开门扬长而去。

陆建峰提着枪跑出办公楼，值班员黄中臣冲陆建峰喊：“哪儿那么乱？”

陆建峰答：“大队长办公室。”

陆建峰答完，正遇上营房处孙处长迎面走来。孙处长问：“小陆，干啥呢？”

“去军区！”陆建峰答完就走。

“去军区——”孙处长一愣神的工夫，二楼就喊起来了：“抓住他，抓住陆建峰！”紧接着军务处刘处长就从二楼跑下来，对黄中臣喊：“大队长指示，通知全大队，捉拿陆建峰！”

孙处长听到刘处长的喊叫，急忙跑到值班室，抓起另一部电话，“哗哗哗”地拨了三个号，对着话筒大声：“是营门吗？快，关上大门，堵住陆建峰！我是孙处长，注意，他拿的有枪，注意安全！”孙处长放下电话，对随后到值班室的刘处长说：“他要到军区去，快找车，通知机降连，堵住他！防止事态扩大！”孙处长说完，就跑出了值班室。

陆建峰听到刘处长的喊声飞速向车场跑去，他要开车去军区。他决不能让步兵侦察大队的人抓住。否则，程富荣一准儿定他“持枪行凶”，他就是有一百张嘴也说不清楚，仅那三个处长就能把他证死。他必须到先军区去，只有上级介入，才能查清真相，才能揭开程富荣之流搞腐败的盖子，才能洗脱他“持枪行凶”的罪名。他跑到车场门口，往靶场送子弹的大屁股吉普车正好开出来。司机是警通连的战士，看到陆建峰提着冲锋枪急呼呼地跑来，急忙停下车，关切地问：“指导员，怎么了？”

陆建峰一看是自己的兵，将手一摆叫道：“下来！”

司机懵懵懂懂地下了车。陆建峰钻进驾驶室，见车厢座位上还坐着两个押送子弹的战士，遂将冲锋枪往副驾驶位子上一扔，冲那两个战士吼道：“下去！”

那两个战士是警通连的新兵，被自己的直接首长吼一嗓子，吓得大气也不敢出，相继跳下车厢。陆建峰挂挡，加油，“噌”地一下驶离了车场。只听车后司机在喊：“指导员，子弹！”

陆建峰开车拐入主路，看到孙处长站在马路中央拦车，一把方向躲过，擦着孙处长的身边向前冲去。孙处长一跃抓住吉普车的车窗，悬在汽车右侧，一边探身往车里钻，一边喊：“陆建峰，停车！”

陆建峰一脚急停把孙处长甩在车下，又加速向大门口冲去。门卫已按孙处长的要求把大门关上，陆建峰一闭眼睛撞开大门闯了出去。那铁大门被吉普车撞得打开到最大限度又弹了回来，正好把追到跟前的孙处长拦在门内。

孙处长看着陆建峰远去的汽车，冲收发室大喊：“收发员，摩托车！”一把又将大门推开。

收发员将取送信件的三轮摩托车开到门口，孙处长跳上去喊了声：“军区！”就箭也似的向陆建峰驶去的方向追去。

不一会儿，追赶陆建峰的四辆汽车也相继驶出侦察大队的大门。天空机降连的六架三角翼飞行器也抄直线顺序飞向陆建峰到军区的必经之地。

孙处长的摩托车与陆建峰的汽车并行在马路上，孙处长冲陆建峰喊：“停下！陆建峰，你给我停下！”

陆建峰见孙处长的摩托车夹在他的吉普车和相向驶来的汽车中间，冲孙处长大喊：“你追什么？不要命了！”

两辆军车疾驰在公路上，老百姓不知怎么回事儿，用惊异的目光观看这汽车和摩托车大赛。突然，迎面驶来几辆大卡车，陆建峰大喊一声：“注意，危险！”一把方向驶出了公路，吉普车一头扎在路旁的水沟里，摩托车向右闪过大卡车顺着公路驶出了一百多米。

陆建峰掂着枪从吉普车内钻出来，冲着跑过来的孙处长喊：“处长，别追我。车里有几箱子弹，交给你了！”喊罢，看了看后边追上来的汽车，跑向路边刚刚峻工的一幢大楼。

孙处长跑到吉普前，向车里看了看，里边真有几个没开封的弹药箱，遂停止了追赶。

摩托车转了回来，司机看着水沟里的吉普车，心有余悸地对孙处长说：“指导员要不闪开，咱俩都完了。”

孙处长铁青着脸，冷冷地说：“看好车里的子弹！”然后，指挥着后边追上来的汽车，驶向陆建峰藏身的大楼。

这座大楼共有七层，说是俊工，其实就盖起了主体结构，门窗还没有装。四面敞开，只有一人看守。那人先看到陆建峰提着冲锋枪跑进了大楼，还没上前问个究竟，后边又来了四车官兵。他感觉出事了，站到一边不敢吱声。

程富荣指挥着侦察大队荷枪实弹的官兵“哗”的一下把大楼围了起来，军务处刘处长挥着手枪声嘶力竭地冲大楼内喊：“陆建峰，你被包围了！放下武器，争取宽大处理！”

陆建峰也冲楼外声嘶力竭地喊：“都撤回去，我是去军区自首的，我不想连累大家！”

“你要自首，就放下武器，否则就是与人民为敌！”刘处长接着喊，他要在全大队特别是程富荣面前表现表现。

“我不想与任何人为敌，我只对程富荣，大家都回去！”陆建峰继续向外喊，“我不想伤害任何人！”

“同志们，别听他的，他已经打伤了马处长和李处长。他拿枪对着我们，就是我们的敌人，就是敌我矛盾！我们决不能让他到军区闹事！”程富荣夹在人群中挥着手枪冲侦察大队的官兵喊。

陆建峰听到程富荣的声音，气得火冒三丈，遂将声音提高了八度：“程富荣，有本事你自己来，别连累大家！”

“共产党员，共青团员，干部骨干，党考验我们的时候到了，冲进去，抓活的！谁抓住陆建峰给谁立功！”刘处长挥着手枪冲官兵们喊。

陆建峰看着刘处长挥枪呐喊的样子，气得咬牙切齿。心想，我已经伤了马、李两个处长，再伤一个也不多，免得官兵们一轰而上。想到这儿，陆建峰冲楼外喊：“刘德奎，你也不是好东西！”喊罢，从兜里摸出一发子弹，“嗖”地一下向刘处长甩去。那子弹并非真弹，是警通连的一个新兵捡的弹头和弹壳组装的。那新兵准备在枪械训练时，用它练习装子弹，被其班长发现没收，吃中午饭时交给了陆建峰，陆建峰顺手装进了口袋，一共六发，弹壳里装的全是细沙。这样的子弹，陆建峰出手无声，所有的人都没有觉察，一直飞到刘处长的面门前。刘处长感觉眼前黑影一闪，一偏头，那子弹不偏不邪，正中刘处长的太阳穴。刘处长身子一歪，瘫倒在地。众人一看，那太阳穴处插着一发子弹，顿时毛骨悚然。有人失声叫道：“子弹！”

“不要进攻！不要进攻！他有子弹！”卫政委听到刘处长被子弹所伤，以为陆建峰拿的是无声步枪，跳到队伍前面，挥着手冲官兵们高喊。

“冲进去，抓活的！”程富荣一着急，用他浓重的江西话蹦着高地叫道。他见卫廉清向他走来，冲卫廉清大喊：“你政工干部，瞎指挥个屁！”

“你知不知道他，陆建峰，弹无虚发！”卫廉清也急了，大声冲程富荣喝道。程富荣不说话了，现场立时鸦雀无声。卫廉清对停下来的官兵大喊：“把楼围上，没有我的命令，谁也不许进楼！”

陆建峰见卫廉清到了现场，就冲楼外大喊：“卫政委，让大家撤了，我不想伤害大家！”

“陆建峰，你已经伤了人，触犯了国家法律，快放下武器，争取宽大处理！”卫廉清冲楼内喊，“你对领导有意见，可以向组织反映，如果真实可靠，有利于部队发展，可视为立功表现！”卫廉清喊完瞥了程富荣一眼。他很清楚，李明强写程富荣的举报材料陆建峰知道。陆建峰这一折腾，程富荣不可能堵上这个窟窿，若陆建峰能将程富荣违法乱纪的问题和盘托出，可作为宽大处理的依据。

“卫政委，你让程富荣站出来，我问他几个问题，他只要如实回答，我决不开枪。问完了，我跟您回去，任您处理！”陆建峰冲楼外喊，听说话的口气已经平定了情绪。

卫廉清鄙夷地看了程富荣一眼，冲楼内喊：“陆建峰，这不符合组织程序，我不能满足你！你所能做的，就是放下武器，争取宽大处理！”

“好，卫政委。你们俩平级，我不难为您。您派人到军区报告，让军区来人。军区领导问程富荣问题，符合程序。”陆建峰的声音在空旷的工地上回荡，侦察大队的官兵们都猜到或问到了发生这件事的缘由，都将目光看向卫廉清和程富荣。

程富荣一脸茫然，他不知道往下将要发生什么事情。事情到此已经捂不住了，他肯定要受到组织审查，提拔他的首长会不会保他？他的三个亲信伤了，好多事都平不了了。

卫廉清看了看躲在人群中的程富荣，大声地说：“大队长，发生这么大的事情，是该向军区报告一下。”

“慢，慢。”程富荣故作镇静地摆摆手说，“事情还没有弄清原因，怎么报？再想想办法。”其实，他是在拖延时间，为自己下一步怎么做想办法。

“找李明强，李明强是他的同学，他最听李明强的。”有人提议说。

“李明强，李明强呢？”程富荣脸红脖子粗地冲着官兵们大喊，好像是抓到了一根救命稻草。

李明强这时正好赶到。他从机场回到香山步兵侦察大队，恰巧看到机降连的三角翼飞行器接连起飞。他问为什么起飞这么多三角翼，问明了情况，立即对卫政委的司机说：“走，找政委去！”又坐上卫政委的专车驶出了大门。

汽车刚在众人的身后停下，就听到卫政委和陆建峰的喊话。李明强急忙钻出汽车，又听到了程富荣在叫他的名字。

李明强也不答话，分开众人，走到卫廉清和程富荣中间，狠狠地瞪了程富荣一眼，冲卫廉清立正敬礼道：“政委！”

卫廉清嗯了一声，也没还礼，指着大楼直截了当地说：“陆建峰，你看咋办？”

李明强看了看大楼说：“我大致了解点情况，试试吧！”

李明强也不等卫廉清说话，走到队伍最前面，对着大楼喊：“陆建峰，我是李明强，我进去，有话跟我说。”

“你别动，我谁都不见。让程富荣出来给我对话。”陆建峰在大楼里喊道。

李明强听了陆建峰的话，回头看程富荣。程富荣躲在一个大个子战士身后，根本就不露头。李明强的嘴角露出了那种带有讽刺意味的微笑，他笑罢，屈着膝一边向前走一边冲大楼喊：“他有问题，组织会处理，你干吗要拿自己的命跟他换呢？”

“你别动，再向前走我就开枪了。”陆建峰看李明强一步一步地向大楼走焦急地喊道。

“你的枪是打坏人的，打我李明强干啥？”李明强边说边走根本没有停，“你想想你的父母，想想你的新婚妻子，想想我们……”

“我什么也不想！你回去！再向前，我打死你！”陆建峰声嘶力竭地打断了李明强的话。

李明强也不答话，继续向前走。

陆建峰又甩出一颗子弹，“啪”地一声砸在李明强的脚前，冒起一缕白烟。

大楼周围一下子又静了下来，静得一根针掉在地上都能听见。所有的人都屏住呼吸看向李明强，李明强的嘴角又露出了那种带有讽刺意味的微笑，继续迈步。

“啪、啪、啪、啪”陆建峰颗颗子弹都砸在李明强的脚前，李明强迎着脚前子弹穿地冒起的缕缕白烟一步一步向前。

“李明强——啊——”陆建峰冲着李明强的脚前“啪啪啪”又连扔三根木条，那木条插进地里就像三支梭镖。李明强就势拔出一根，向左一跳，闪电般地钻进了大楼。

“同志们，冲啊！”程富荣见李明强进了大楼突然冲官兵们大喊。

“都不许动！不许动！”卫政委跳到队伍前挥着双手喊。

“外边的人听着，谁要敢走近大楼，我李明强先废了他！”随着李明强的叫声，一根木棍飞出大楼，像一支标枪似的扎进队伍前的硬地里。

大楼周围又恢复了宁静。只听见李明强在楼内喊：“陆建峰，我已经进来了，你在哪儿？动动脑子，别胡来了。”

李明强开始上楼，人们在楼外能听到他那清晰的脚步声，他一边上楼一边说：“陆建峰，你听见我说话了吗？拿你的命换他的命值吗？”

“陆建峰，我是死过几次的人了还怕死吗？死，要有价值。别给我捉迷藏了，我知道你在哪儿。你我是一个老师教的，我还不知道你选哪儿做阻击位置？”

“我来了。你告诉我，只要你做得对，死得值，我陪你跟他们玩了。”

寂静，大楼外的人再也没有听到楼内有任何响动。人们焦急地等待，等啊等啊，突然听到三角翼的响声。原来，乘三角翼拦截陆建峰的官兵，降到去军区的必经之路上，没有发现陆建峰，听到连队呼叫又拐了回来。他们在大楼上空盘旋一会儿，在楼顶机降三个战士，然后向驻地飞去。

这三个战士，从楼顶悄悄进入大楼，一层一层地搜索，直到第二层楼梯口，才发现李明强与陆建峰在对峙。

陆建峰哭着对李明强说："他几次三番收了我两万多元。这次，又问我要了五千元。要钱，也就算了，他，他还，还把聪颖给，给糟蹋了。"

"他把聪颖给糟蹋了？"李明强简直不敢相信自己的耳朵。陆建峰的哭诉虽然声音很低而且断断续续，在他听来却如五雷轰顶，一下子把他给击晕了。他怔怔地站在那里，不知道该怎么对陆建峰说。田聪颖，多好的女人，没有嫁给他李明强，却被程富荣这个畜牲……

"我咽不下这口气，咽不下这口气！"陆建峰说着痛哭起来。

"你知道，我已经实名举报了他，组织上会调查处理的。"

"你实名举报？你当我不知道啊？调查组来转了一圈，不了了之了。如果调查处理了他，聪颖就不会被糟蹋了！"陆建峰用幽怨的泪眼看着李明强。李明强也痛恨调查组那帮人，怎么会是这么个结果呢？他想起父母在世时经常说的话，组织上没有错，是那些代表组织的人把事弄错了。他叹了口气，慢慢地说："你这次把事儿闹得够大了，我相信，组织还要来查，我陪你告他，搬不倒他，我就不转业了！"他想起了纪检处长给他说的那句话，他安排不好，不得宣布转业。

"好。那你帮我，帮我从这里逃出去。我到军区自首，他们查不出个子鼠寅卯，我就撞死在军区办公大楼。"

"你别冲动，我帮你。先把枪给我，不能把矛盾激化。"李明强说着，伸着双手屈着双膝走向陆建峰。

"你答应我，我把枪给你，你把我送到军区。要是回咱们大队，我就成'持枪行凶'了。"

"好。你只要不做傻事，我陪你上军区。"李明强说着走到陆建峰面前，就在他接枪的霎那间，他看到陆建峰身后闪出一个战士，冲陆建峰抛出了绳套，他想制止已经来不及了。枪到李明强手中的同时，那绳套从陆建峰的头顶落下，正好套住陆建峰的双臂。那战士用力一勒，陆建峰的双臂就被箍在了身上。

"啊！李——明——强！"陆建峰叫着一边用力架起膀子挣脱绳子一边用怨恨的眼光照着李明强。那战士只怕陆建峰挣脱，一边拉紧绳子一边喊了声："快，快帮忙。"随着声落，又一个战士跳出来，拉住了绳子。

李明强刚才把精力都用在开导陆建峰身上了，特别是听到田聪颖被程富荣糟蹋的事，脑袋都大了，根本没有注意到机降连的战士到来，急忙冲那两个战士叫道："别，别，别！"

“李明强，你暗算我！”陆建峰一边叫一边挣扎，突然脚下一滑跌下了楼梯。李明强右手拿着冲锋枪，下意识地伸出左手抓住了陆建峰的衣服，被陆建峰带着硌在了楼梯角上。他伤残的左手本来就没有多大指力，被楼梯一硌就滑脱了。那楼梯还没有安装扶手，陆建峰的身子一滚就向一楼坠去。那两个战士死死地拉着绳子的另一头，套着陆建峰双臂的套子，向上滑脱，一下子勒住了陆建峰的脖子。

李明强屈着双膝跑下楼，陆建峰已经被勒着脖子悬在空中伸长了舌头。等三个人手忙脚乱地把陆建峰放在地上，陆建峰已经没有了气息。

李明强怔怔地对着陆建峰的尸体看了好一会儿，提着冲锋枪屈着双膝一步一步地走出大楼，走到程富荣面前，捧着冲锋枪递向程富荣。

程富荣伸出双手接枪的时候，李明强暗中运气把枪重重地砸向程富荣的双臂。程富荣“啊”地大叫一声，两只手就像两个钟摆似的在他的身体两侧不停地晃动起来。

李明强用他那虎目盯着程富荣，嘴角泛起了那种带有讽刺意味的微笑。他微笑着，把冲锋枪挂在程富荣的脖子上，又从腰中取出他偷拿的那把五四式手枪，塞进程富荣的口袋里。抬起那只曾被吴国军妓射穿致残、如今又被楼梯硌掉一块肉血乎乎的左手，在程富荣的眼前晃了晃，屈着双膝一步一步地向落日走去。

# 第六十七章

"我不怕。"李明强从四十五度角的方向瞥了王副参谋长一眼，嘴角泛起了那种带有讽刺意味的微笑，在心里说，我李明强就是让别人吓唬着长大的。

程富荣的双臂骨折韧带拉断、军务处刘处长的太阳穴处被击穿，两人双双被送进了医院。军区工作组当晚就进驻香山步兵侦察大队，对案情进行全面调查，对大队进行全面整顿。

李明强躺在床上翻来覆去睡不着，他不关心程富荣和李处长的伤情，只考虑部队将怎么给陆建峰定性。田聪颖的蜜月还没有度完就失去了丈夫，部队把陆建峰定性为什么，田聪颖就是什么家属，直到她改嫁为止。

娶了田聪颖，娶了她。李明强想，以前拒绝她，是因为有卫和平。现在卫和平走了，还有什么顾虑的？王红霞，是王红霞，就是今天王红霞又来信了。

李明强拉开灯，从桌子上拿起王红霞的信。这信是陆建峰事件完息后，他拖着沉重的脚步，屈着膝回到办公室发现公务员放在他桌子上的。他看到是王红霞的笔迹，就懒洋洋地捏在手里，一步一步地向宿舍挪去。

李明强懒散地半睁双目，迷迷糊糊地把信封打开，懒散地拨开折叠的信纸，懒散地扫了一遍，也没有别的意思，就是表达爱情，最后还附首打油诗，李明强也没有细看，更没有记住。现在，他又重新翻看这封信。

王红霞在信中用风趣的语言说卫和平、田聪颖都结婚了，她还是个嫁不出去的姑娘，请李明强可怜可怜她，张开怀抱，为她把心门打开。他们俩在 1986 年最后一天订的协议，到了 1987 年秋收的时候是不是该正式签约了。那诗写道：

天空下着毛毛雨，

悠悠伤伤想起你，
无论你是在哪里，
我会永远祝福你，
让我欢心的是你，
让我等待的是你，
让我痴心的是你，
让我懊恼的是你，
让我日思夜梦的是你，
让我想依靠的更是你。
是你，
是你，
还是你……

李明强翻身起床，打开抽屉，翻出田聪颖和卫和平写给他的东西。田聪颖的是今年元旦送给李明强的贺卡，上面写道：思念就像巧克力，苦苦的，甜甜的……不敢想你，怕会想你。不敢说想你，怕更想你……其实，我真的真的好想你！

李明强还清楚地记得，田聪颖中午给他买回了他最爱吃的羊杂和熘肥肠，饭盒上写的字条是："我是你的麦乳精，我是你的香酥糖，我是你的羊杂，我是你的熘肥肠……"李明强当时，心里尽管在骂田聪颖就知道吃，但是为了表示对田聪颖的感谢，逗田聪颖开心，他还是深情地把那字条吞进了肚子。田聪颖看了他新年第一天给她写的一句话，低着头，跑出了病房。那神态是羞愧、是自卑、是逃跑的样子。正是那次田聪颖逃跑后，就决心与陆建峰结婚了。

唉，是我害了她呀！李明强长长地叹了一口气，在思索自己当时给田聪颖写的那句话，大意是：思念就像桑蚕，常常在夜深人静的时候去咀嚼记忆的桑叶，桑叶嚼完了，思念也成熟了。就是这句话伤害了田聪颖，田聪颖是认为李明强说她不成熟，含羞离去的。后来，田聪颖在什么地方也曾指桑骂槐地说过李明强："我就是不成熟嘛！"

成熟，卫和平是成熟的，她成熟地分析了李明强与她的将来，最后选择了陈晓伟，选择了出国。但是，她出国前给李明强的一首诗让李明强落泪。

李明强拿起卫和平出国前在机场递给他的字条，当时李明强没有看出是什么意思，卫和平就消失在出境的甬道中。那字条上写着：

　京城做桃色梦
在
　恨古千怀空场一

李明强在回来的路上看明白了，这是一首回环诗，诗句是：

在京城做桃色梦，
做桃色梦一场空，
一场空怀千古恨，
怀千古恨在京城。

就这首诗来看，卫和平在机场那番关于她与我分手的宏论是违心的还是诚意的呢？鬼才知道！

李明强把左手重重地拍在脑袋上，骂自己无能，还以为自己聪明，到头来伤害了别人还苦了自己，卫和平选择了陈晓伟，田聪颖选择了陆建峰，还让王红霞选择谁？不，我不能再失去王红霞了，她暗恋着我，要不是她的作用，王副参谋长能让直工部扣下我的转业报告吗？安排不好，不得转业，这又是谁说的？

李明强拿出信纸，提笔写了“红霞”两个字，就停住不写了。这是他第一次这么称呼王红霞，以前要么是打哑谜讲话，不带称谓，要么是称王教员，从来没有这么软绵绵、酸溜溜地称“红霞”。

不行，我不能答应她。王红霞嫁给谁都不会差到哪里去，而田聪颖就不同了。我要娶田聪颖，给她力量，给她希望，给她幸福。李明强想了想，提笔在“红霞”两字前面加了个“王”字，又在后边加了个“同志”，拿出王红霞的诗看了看，嘴角泛起了那种带有讽刺意味的微笑。他在“同志”后边点上帽号，就写12个字：我是个残废，还不知依靠谁呢？

李明强写完，看了看，嘴角又泛起了那种带有讽刺意味的微笑。笑吧，他从抽屉里取出一个信封，装好封妥，往桌子上一撂，上床熄灯睡觉。

……

军区在充分调查的基础上，研究决定：开除程富荣党籍军籍，其涉嫌犯罪问题移送司法机关依法处理；军务处刘处长、财务处马处长、作训处李处长和军区原调查组包庇程富荣等人的成员分别给予相应的党纪军纪处理；卫廉清同志被任命为军区政治工作研究室正师职研究员，不到职继续担任步兵侦察大队政委；营房处孙处长担任香山步兵侦察大队参谋长；参谋长担任大队长；等等。

陆军总院按规定，把程富荣搬出高干病房。自军区决定之日起，医疗费由程富荣自理。

自此，首都军区这一大案要案以及连带出的问题得到了较好的处理。

李明强左手的硌伤已经愈合，只是留了个大坑。医生说，人体比电脑的灵敏度还高，它会慢慢修复的。但是，李明强的心灵深处又多了一块疤痕，他不知能不能修复。闲暇时，总是一个人待在宿舍里，对着他们军校毕业的集体合影一杯一杯地喝闷酒。他对军校领导、教员和全班同学一一敬酒，向他们诉说，忏悔，他恨自己当时没有拉住陆建峰，让陆建峰送了命；更恨自己不该把自己偷拿的那把五四式手枪也算在陆建峰头上。他当时不知道陆建峰的冲锋枪是文书送给陆建峰的，他认为警通连管着枪械库，是陆建峰私自从枪械库中拿出的。

陆建峰私自从枪械库中拿出一支冲锋枪，与拿出一把手枪和一支冲锋枪，在整个事件中都是一样的；李明强偷拿枪支与陆建峰私自从枪械库中拿出枪支，对处理侦察大队管理中存在的问题来说，也都是一样的。李明强正是出于这种考虑，当时才灵机一动，把手枪插入了程富荣的口袋里。在军区调查组调查时，他说是陆建峰交出的枪支。但是，李明强痛恨自己说慌，痛恨自己不敢正视自己的错误。他曾安慰自己，他是在陆建峰被勒死后才把自己的错误转嫁在陆建峰身上的，陆建峰若不死，他是绝对不会这么做的。转而，他又怒骂自己欺负陆建峰死无对证，陆建峰若不死，他敢说那手枪是陆建峰拿的吗?

私心，怕背处分!

栽脏，卑鄙小人!

无赖，推托责任!

李明强整日生活在自责之中，又下不了决心向组织承认错误。组织认为，虽然陆建峰的手枪没有弄清来源渠道，但是，他有枪有子弹，却始终没有开枪，足以驳回程富荣对他“持枪行凶”的指控，不属于犯罪。陆建峰到军区自首的途中，一直顾及战友的生命安危，不惜将自己的车开进水沟，也说明他无意犯罪。所以研究决定，对陆建峰按事故致死处理，其错误行为免于追究责任。这样，田聪颖这个家属也没背什么政治包袱。但是，李明强的心灵深处一直不能安宁，总想为田聪颖做点事情，可田聪颖就是躲着不理他。他曾几次向田聪颖求婚，田聪颖一连几次都恼羞成怒地骂他个狗血喷头：

“你是陆建峰的同学，他尸骨未寒，你要不要脸？！”

“你是可怜我吧？我田聪颖还没有到让你可怜的份上！”

“你以为你是谁？想甩就甩，想爱就爱，我没有那么贱！”

“给你的钥匙！把房子还给你！我一辈子都不想见到你！”

田聪颖把侦察大队16楼1号房的钥匙甩给李明强，搬回了陆军总院的单身宿舍。

李明强感到痛心，感到憋气，感到像千钧压顶一样的沉重。他说不出倒不出，总觉得有一口气吐不出来，很想和人打上一架。

李明强真的打了一架，出了口恶气。可这一架，打断了他与同学会的来往。

原来，那天李明强安排邢修省和许玉梅陪孟华去检察院报案，孟华他们走到半路上，又拐了回来，先把李彬那辆桑塔纳轿车和钱转移了，然后才去。等他们赶到检察院，已经是下午三点多了。

孟华三人谁也没有把实情告诉李明强，而是找赵鸿涛和丁力商量。孟华不想把汽车和现金交给检察院，得到赵鸿涛和丁力的支持，丁力负责保管汽车，赵鸿涛负责保管那三十万元钱。邢修省说要听听李明强的意见，遭到了同学会的一致反对。

直到今天，李彬被宣判死刑，李明强才知道事情的真相。沈家昌正是在孟华、邢修省和许玉梅三人转移车、钱时携款外逃的，而李彬正是因为给国家造成了不可挽回的巨大损失才被判处了死刑。

李明强怒火中烧，站在李彬家的大客厅里，指着赵鸿涛、丁力和孟华声嘶力竭地喊：“浑蛋！为什么不早告诉我？！是你们给李彬判了死刑！你们知道不知道？！”

骂完，看到邢修省、许玉梅、张晓丽和“马虎帽”都低着头站在一边，就像一头发狂了的狮子，一一点着他们喊：“你，你，你，还有你！帮凶！帮凶！一个个帮凶！”

李明强喊着屈着双膝蹦到邢修省跟前，用右手一把扭住邢修省的衣领，大喊一声：“你开的好车！”随着声落，那只硬得像木板似的左手也从空中砸下。他两手同时用力，一拧一砸，邢修省就被打翻在地。

赵鸿涛和丁力上来拉架，被李明强一一撂倒。

李明强把右一挥，指着众人转了一圈，怒吼道：“从今以后，我不想再见到你们！”喊完，摔门而去。

李明强感到精疲力竭。搬倒了腐败分子程富荣，丢掉了军校同学陆建峰的性命，加重了中学同学李彬的罪行，失去了亲情友情爱情，他将何去何从？

李明强懵懵懂懂地倒了三路公共汽车，屈着膝到了朝阳区第二监狱。执勤的几个武警战士认出了李明强，非常抱谦地对他说：“李连长，实在对不起，上级规定非直系亲属不能探监！您是英模人物，能帮助罪犯转化，可以给他写封信，我们帮你转交给他。”

“谢谢，谢谢。”李明强一边道谢，一边接过武警战士递过的钢笔和信纸。

李明强提起笔，写上“李彬”二字，再也没有什么好词可写了。这支笔似有千钧，让能洋洋洒洒写几万几十万字小说的李明强感到沉重和艰涩，他的脑海里浮现出他为了李彬痛打邢修省、赵鸿涛和丁力的情景。他与同学会的人断绝了关系，仅剩下了李彬和卫和平。李彬，近在咫尺，不能相见；卫和平，远在天边，难以相见。

李明强仰天长叹，心情非常沉重。突然，他眼前一亮，想到了自己当年验上空军被取消资格时的消极颓废，是卫和平的一张字条燃起了他生命的火焰，那字条上写着：“我要的是不屈不挠的李明强！”

想到这儿，李明强抬手扯下了写着“李彬”二字的第一张纸，挥笔写道：我要的是痛改前非的李彬！

李明强在这句话后边打上了个重重的感叹号，然后签上“李明强”三个大字，交给了武警战士。

武警战士看了字条，向李明强投来了惊异的目光。李明强用嘴角笑了笑，试探着问：“你们能不能再帮我给他带点儿东西，比如书、水果——”

“对不起，这不行。”几个武警战士不住地摇头，一个战士想了想说：“接待处，可以接受犯人家属寄存的物品，不知您——可不可以？”

“我带李连长去试试。”一个武警战士自告奋勇地说。

李明强随那战士来到接待处，一个地方工作人员听了武警战士的介绍说：“我们这里有小卖部，是专供犯人购买日用品和图书的，你可以给他存点儿钱，他想买什么就买什么多好。”

李明强把身上准备给孟华母子的二百元钱全部给李彬存在了接待处，拿了收据，返回了香山步兵侦察大队。

“哎呀，你上哪儿去了，让我找了你一天。”新上任的营房处处长黄中臣见了李明强焦急地说。

“什么事儿？”李明强带着一身疲惫，冷冷地问。

“走，好事儿！”黄中臣拉了一把李明强说，“我知道，你这些天不高兴。别跟人家都欠你二斤黑籽麻似的，见人都耷拉着脸。”

李明强随黄中臣上了吉普车，一路无话到了香山。

美丽的香山南麓繁华区，一幢红檐绿瓦古香古色的二层小楼，窗明几净，空无一人。楼顶矗立的一幅广告牌——北京老墨文化发展有限公司，在阳光的照射下熠熠生辉，非常醒目。黄中臣指着这幢小楼说：“看，就是这幢小楼。名字是卫政委起的，用你的笔名。各种手续都办齐了，你只需招兵，不用买马就可以开业了！”黄中臣眉飞色舞地对李明强说。

“我的转业手续还没办呢，怎么营业执照就办下来了？”李明强不解地问。他一脸的疑惑，不过，精神好了许多。

“这是北京市安置办出面办的。其实，你的进京手续早就办好了。只是军区首长有指示，不把你安置好，不让离开部队。”黄中臣一边说，一边领着李明强挨着房间看房，他笑着说：“瞧，这楼就是大队出面租下的，办公物品一应俱全。你看，这位置还可以吧？”

“好，太好了！”李明强掩饰不住自己内心的激动，一下子振作起来，习惯性地举起他那只能半握拳头的左手，在空中使劲儿地摇了摇说。

“你先别臭美！这一切都是部队给你垫着，等你挣了钱，我连本儿带利一块儿收。”黄中臣指着李明强一本正经地说。

“我一定加倍偿还！”李明强爽快地答道。然后，一边抚摸办公桌，一边自言自语地说：“加倍偿还，加倍还，加倍，加倍。”

李明强招的第一批人就是肖明的父母和肖明媳妇。老头子的职责是看门，老太太的职责是看屋。贵珍问：“哥，你开文化公司，把两位老人养起来就是了。我又没文化，我去能干啥。”

李明强说：“做饭，老人爱吃啥就做啥，别给我耽误了。”

四个人安顿完毕，李明强写了一个招聘启事贴在门口。

香山是北京十大名胜之一，游人如织。文人墨客也都相约而来，写生采风。看到此处有家文化公司招聘，报名者接踵而至。没几天，公司的各个部门都成立了，采编绘画、事务策划、照相洗相、图书音像制品都紧锣密鼓地开张了，第一笔大的进项，就是为别人主持婚庆，一条龙服务，小赚一笔。

李明强想出的第一套书是系列丛书——《再度辉煌》。他说，复转军人到地方二次就业，有许多成功者，把他们的事迹汇编成书，不仅是对复转军人的激励，而且对现役军人也有启迪，可以为他们转业时提供借鉴。

有心栽花花不开，无意插柳柳成阴。谁知他们公司弄出的第一本书不是《再度辉煌》，而是《跟我写》，并且成了系列丛书，还一下子为公司打出了名气。

原来，公司里的成员个个能写会画，在准备出《再度辉煌》一书的同时，李明强又有了个新的想法。他说："咱们把汇编《再度辉煌》的广告发了，自己也不能闲着。写作要从小学生抓起，我们每个人写一个或几个童话故事，留个尾巴，让小朋友想象以后的发展，跟着写下去，咱们再把小朋友的好作品修改发表，给他们开辟一个创作园地。"就这样，一本图文并茂的《跟我写》很快上市了。

好家伙，人们一下子看中了这本书，一版再版，成了当年最畅销书之一，总印数突破了一百万册。紧接着更为热闹，小朋友们充分展现想象力，续篇像雪片似的飞来，《跟我写》中一个故事引出了几十个、上百个故事，全公司忙得不亦乐乎，一连出了几十本小朋友自己写的童话故事，一下子为公司打下了经济基础。

李明强桌头的信件日益增多，事务一件连着一件，他也配上了助理和秘书。这天下午，李明强感到非常高兴和轻松，拿着方脚刀在为自己那盆喇叭花松土。突然，他转过身，好像有什么急事儿，冲外屋的秘书小张喊："小张，把武助理叫来。"

这个武助理就是在青屏山前线要替李明强执行任务、后来被地雷炸掉一条腿的武险峰。武险峰刚到文化公司时，什么也不懂，李明强就给他安了个虚职，轮换着给各部门经理当助理，刚刚熟悉了那个部门的工作，就又给他换一个部门。部门经理们遇到难办的事就到李明强那里诉苦，说是给我配了个助理，一点儿也用不上，这武助理真成了"无助理"。李明强就从四十五度角的方向瞥那经理一眼，嘴角泛起了那种带有讽刺意味的微笑，淡淡地说："我还没配助理哩，你就把武助理当作'无助理'吧。"

武险峰也有点儿受不住了。一天，他到李明强面前发牢骚："我在部队待得挺好，你非把我弄来，说要干一番事业。这可好，我刚在这里熟悉一点儿，你就给我调到那里，是拿我玩儿不是！你知道，人家背后里说我什么？人家不叫我武助理，叫'无助理'！有无的'无'，你知道吗！"

李明强从四十五度角的方向瞥了武险峰一眼，嘴角泛起了那种带有讽刺意味的微笑，赖不拉叽地说："我说了，咱们是出生入死的战友，公司是我的也是你的，哪个部门都转转，玩儿呗。管他有助理还是无助理呢！"

"我说你是拿我玩儿吧。你在别人面前一本正经地当老总，没事儿时把我叫来寻开心放松放松。要这样，还不如让我去找个瞎子学按摩，回来给你当按摩师好了！"

李明强又从四十五度角的方向瞥了武险峰一眼，嘴角那种讽刺意味的笑更浓了，说话的腔调更赖不拉叽了，简直有点阴阳怪气："好啊，我正是这么想的，不过你得先给我把各部门转完。到时候，你给我按不舒服了，我还不干呢！"

"不转儿，我不干了。让我干，你就把这个部门交给我，我肯定干得比其他部门都出色！”武险峰不服气地说。

李明强听了也不着急，还是那副赖不拉叽的样子，不过说话强硬了许多：“好啊，要官来了。我说，不行！这公司里我说了算，你敢不干，我再打断你那条左腿！”

“我辞职！”

“我卸了你的假肢！”

“你——”

“我是干部你是兵，在部队你敢这么给我说话吗？部队那种服从命令听指挥、叫干啥就干啥的劲头儿哪去了？！”李明强看武险峰急了，也虎着脸喊了起来。

“这是公司，不是部队！”

“我就是要实行军事化管理！”

李明强还真是把部队的管理方法用在了管理公司上，不仅在社会上取得了较好的信誉，而且也极大地提高了工作质量和效率。

武险峰把公司里各个部门都转了一遍，就连贵珍负责的饮事班他也整整待了一个月。他就是为给李明强赌口气，每到一个部门都非常努力，不让别人说他这个武助理就是“无助理”。

李明强看着武险峰那认真的样子，嘴角泛起了那种带有讽刺意味的微笑。就在武险峰在炊事班干满一个月的当晚，李明强在公司全体员工大会上宣布：“从即日起，武险峰同志担任总经理助理！”

人们这时才恍然大悟，李明强那样做是有意锻炼武险峰的，特别是那些抱怨武险峰在他们部门是“无助理”的经理们，更是感到如履薄冰，因为这位总经理助理把他们部门的情况摸得门儿清。武险峰更是感激李明强为培养他的良苦用心，工作更加尽心尽力，用他的话说，就是要把李总按摩得舒舒服服。

李明强看到公司管理井然有序、业绩蒸蒸日上，说要到他新兵训练的地方了却一件心事，就没带随从去了山海关。回来时，带了一位络腮胡子的老头和一位花白头发的老太太。李明强笑着对肖明的父母说：“爸、妈，我给您二老找了两个伴儿，还是你们河北老乡哩。平时，你们聊聊天儿，打打牌，要不就到咱那茶社里嗑点儿瓜子、喝点儿茶，给我当个托儿。”

李明强的话说得四位老人都笑了。当人们弄清公司里养这四位老人的缘由，没有不向李明强竖大拇指的。无意间，这四位老人成了老墨文化公司的活广告，人们抱着对这个公司赞助的心情，有意识地到老墨文化公司喝茶、购物、定货，再加上老墨文化公司的信誉好，有了许多固定客户。许多老人都是转坐几路公共汽车，专程到老墨公司的茶社喝茶，听四位老人讲他们如何走进老墨文化公司的故事。

这一天，秘书小张走进李明强的办公室说：“总经理，外面有一位五十多岁的男同志来应聘，也没有简历，口气很大，说您只要见了他，肯定能留下。”

“快请。”

“不用请，我已经进来了。”一位身材魁梧、气宇轩昂的老人笑呵呵地走进来。

“您是——”

“老兵。”

“啊——王参谋长，您老怎么来了？首长，快请坐。小张，倒茶。”李明强屈着双膝站了起来，不知所措。

“你认识我？”老人笑着盯着李明强问。

“听过首长几次讲话。”李明强憨笑着说。

“还有？”老人盯着李明强追问。

“还有，在，在王教员那里，见过您的照片。”李明强的脸红了，低下头，喃喃地说。

“哈……”老人大笑起来，“小李呢，别不好意思了。现在，我退休了，和你一样，平民一个。闲着没事儿，想到你这儿谋个职，不知你给不给我这个面子。”

“首长，您饶了我吧。我这个小公司，怎么敢招聘您这样的高级干部呢？”李明强不好意思地用右手捏着右耳唇说。

“你也不问我来谋什么职务？”老人盯着李明强的眼睛神秘地说。

“我——”

“我说出来别吓着你。”老人摇着头显得更神秘了。

“我不怕。”李明强从四十五度角的方向瞥了王副参谋长一眼，嘴角泛起了那种带有讽刺意味的微笑，在心里说，我李明强就是让别人吓唬着长大的。

“老——泰——山！”王副参谋长一字一顿地说。

李明强惊得张大了嘴巴。

# 第六十八章

李明强怔怔地站着，屈着双膝，不知所措地举起了双手。

李明强送走了王副参谋长，想着自己的婚姻大事终于有了眉目，心里像灌了蜜似的，嘴角那种讽刺意味的笑没有了，鼻子眼睛都是笑的。他一边笑一边到窗前伺弄那盆喇叭花。这盆花被李明强命名为公司的教育花，他曾对公司全体员工说，有一首诗写得好，“劝君莫做喇叭花，口口夜夜吹喇叭，一生未结半粒籽，花开花落谁念它”，我养这盆花，就是要提醒我自己，脚踏实地地为党、国家和人民做一点儿实事儿。

李明强一边用方脚刀松花盆里的土，一边想着王红霞的音容笑貌。王红霞既有英国女人的优雅，也有澳大利亚女人的率真，更有美国女人的奔放，有着一般女人没有的迷人的独特魅力。李明强想着军校时她留着与当时多数青年女子一模一样的运动头，展现着其他女子没有的俊俏、英武、自信和潇洒。又想到她到陆军总院时，身着一袭黑的蝙蝠衫、紧身裤，留着一头长长的披肩发，还是展现着其他女子没有的俊俏、英武、自信和潇洒。让自信留披肩发最体现个性的田聪颖都自愧不如，赌气剪了个“幸子头”。王红霞就是有气质，既有女人的娇柔之美，又有军人的英武之气。王红霞的一颦一笑常常清晰地浮现在李明强的眼前，而卫和平的相貌在李明强的回忆中始终是模糊不清的。李明强在去机场送卫和平出国的路上，就领悟出了她爱卫和平的真正原因，那就是卫和平写给他的 12 个字——我要的是不屈不挠的李明强。卫和平少女时代对李明强一句激励的话，竟成了李明强突破万难的座右铭，是他念念不忘痴心爱恋卫和平的真正动因。那天，卫和平在机场讲她为什么要选择陈晓伟时，李明强想把他为什么爱卫和平的原因也说了，又怕伤了卫和平的自尊，所以，他只是用嘴角笑了笑，讪讪地说他也认为他们两人结合不合适。现在，李明强又清楚地悟出了，他真正喜欢的是王红霞。

李明强想着，突然看到了楼下走动的贵珍，充满喜悦的心中，又蒙上一层阴影。就让秘书小张去叫武险峰。

武险峰走进李明强的办公室，毕恭毕敬地问："李总，有事儿找我？"

"来来来，坐，坐，别给我穷正经了？"李明强笑着屈起双腿欠欠身子指着旁边的沙发说。

"你就是老总吗？"武险峰依旧一本正经地说。

"你恶心谁呀你？我说过，这公司是我的也是你的，进了我这屋，我就是大哥，什么李总老总的。"李明强假装生气的样子对武险峰说，"以后，少给我来这一套。"

"水大漫不过船，你成就了我，我也得有点儿规矩不是！"武险峰坐在沙发上笑着说。

"规矩？那是场面上的事儿，关起门儿咱是兄弟，是出生入死的兄弟。"李明强习惯性地左手握拳在空中一挥。这是他抓紧一切机会锻炼左手的结果。现在，他左手的手指已经活动自如，只是肌键还粘连着，拳头还握不紧，正像总院理疗科那小个子女军医说的，手腕抬起没问题，就是弯不下去。

"这一点儿，我时刻都不会忘记！"武险峰认真地说，接着他问，"李总，您找我什么事儿？"

"看，又来了，我咋听你叫李总就那么别扭呢！你现在把我按摩得舒舒服服，我叫你来聊聊天儿就不行吗？"李明强从四十五度角的方向瞥了武险峰一眼，接着说，"好，我先跟你谈点儿正事儿。你说，我加倍偿还我们大队给公司的垫资，他们不要。可我这心里过意不去呀。"

"你真想报答部队？"武险峰盯着李明强说。

"废话，要不是部队，还有咱们的今天？！"李明强又从四十五度角的方向瞥了武险峰一眼，不高兴地说。

"你也得等我把话说完了。"武险峰不紧不慢地说，"你要是真想报答部队，那还不好说，咱们开的是文化公司，有那么多文体活动器材，那么多书，拉几车送去不就是了，他们肯定高兴。你那么直不棱登地去把提包往人家桌子上一放，一堆钱，连个仪式也没有，什么手续也不要，谁敢接呀！"

"哎呀，兄弟，你真是好兄弟，我怎么就没有想到这儿呢！好，还是好哥们儿讲真话！"李明强又习惯性地握着左拳一挥说，"就这么定了，你去办，一个连队给配一个图书室。文体活动器材嘛，你就看着办吧，别怕花钱，保证质量，不能给我凑数！"

"你也太小看我了。"武险峰笑着说。

"我可没有小看你啊，我是高看你了！"李明强盯着武险峰，赖不拉叽地笑着说，"我还想高攀你呢！"

"什么意思？"武险峰惊异地盯着李明强，瞪大眼睛问。

李明强屈着膝，笑着凑过去，坐在武险峰旁边的沙发上，盯着武险峰问："愿不愿意做我的妹夫？”

“你妹夫？”武险峰把身子往旁边一闪，盯着李明强问，“你又从哪里弄来个妹妹呀？”

“我哪有妹妹，我说的是贵珍。”李明强一本正经地说。

“李明强，朋友之妻不可欺，贵珍可是咱牺牲战友的老婆啊！”武险峰“噌”的一下站起来，指着李明强说。

“你懂个屁！”李明强也站了起来，瞪着武险峰说，“贵珍还是个大姑娘哩，她是抱着肖明的遗像结的婚！”

“真的？”武险峰的眼睛又瞪圆了。他一进公司，李明强就给他封了个项目部经理助理，接着又挨着部门地换，哪个部门也没待住，别人认为他是个摆设，一个一条腿的人，像那四位老人，只不过是李明强收容的对象而已，又碍于他是经理助理的面子，对他敬而远之。而他自己又是个要强的人，总想干出个样子，闷着头子干工作，根本没心思找人闲谈。等他当上了总经理助理，人们知道了他是李明强真正的铁杆儿，更是敬畏三分。所以，很少有人跟他闲聊，他根本没有听说过贵珍抱着肖明遗像结婚的故事。

“可不是真的咋的！”李明强拉武险峰坐下，笑着问，“怎么样？同意吗？”

武险峰沉思了一会儿，慢慢地摇摇头。

“怎么了？人家哪一点儿配不上你？不就是黑点儿嘛，你还是一条腿儿呢！”李明强看被武险峰拒绝了，着急地说。

“你还是拐子呢，怎么你不要她？”武险峰听李明强揭他的短，气得反问道。

“我要能要我早要了！”李明强气得握着左拳一挥，像似要打武险峰似的。武险峰本能地向旁边闪了闪，喃喃地问：“为什么？”

“哪有哥哥娶妹妹的？”

“她又不是你亲妹妹！”

“我不是认给肖明的父母了吗！”

“那不更好了，亲上加亲呀。”武险峰这时学着李明强的样子，赖不拉叽地说。

“你呀你。”李明强指着武险峰，一副难以启齿的样子，紧皱着眉头说，“好，我实话告诉你，我已经有了。”

“我怎么一点儿都不知道？”

“我自己也定不下来。”李明强若有所思地说，因为他既考虑现在躲着他的田聪颖，又考虑以身相许他的杨玉萍，还考虑紧追不放他的王红霞。这些天他一直在想，王红霞没有他照样能找到一个爱她的人，杨玉萍没有他照样跟张根过日子，而田聪颖没有他，恐怕要单身过一辈子，即便是再婚，那生活也可能很难用“幸福”来形容。在他的心中刚刚把爱情的砝码倾斜到田聪颖那边，王副参谋长就出现在眼前。

“怎么回事儿？”

“我现在已经定下来了。”李明强又一次把左拳头挥了挥说。

“谁？干什么的？”

“她叫王红霞，石家庄陆军学院的教，教员。”李明强本想说“教授”，话到嘴边情不自禁地改成了教员。

“不是总院那个田医生呀？”

“不是。我现在想通了，爱情不是怜悯！”李明强又将左拳挥了挥说。

“我不信！”武险峰盯着李明强说。

李明强从四十五度角的方向瞥了武险峰一眼，嘴角泛起了那种带有讽刺意味的微笑。从抽屉里拿出一个写有“李明强亲启”，落款为石家庄陆军学院的信往桌子上一放说：“这是她给我的信，刚才我送走的就是他父亲。对了，顺便告诉你，我这未来的老泰山，明天就来上班儿。我这里地方大，就叫人在那里放张桌子让他用吧。”

“怎么能让他在你这里……”

“我早想过了，放哪里都不合适，就这儿。”李明强打断武险峰的话说，“况且，我和他在一起，还能从他身上学不少东西呢。你想想，在部队能混个将军，不是闹着玩的，都是人精啊！”

“好，我这就去安排。”武险峰说着转身要走。

“哎——我说的正事儿还没完呢，你到底愿意不愿意，说句痛快话！”

“你没问人家愿意不愿意，万一人家要为肖明守终身呢！”

“守你个头，我能看着让她独身一辈子吗？！”李明强冲武险峰瞪起了虎目。

“那、那，你看着办吧！”武险峰喃喃地说。

“那就是同意了！”

“拟同意，呈李总批示。”武险峰笑着说出了他自己经常在文件上的批语。

“好呀，你这个独腿儿！”

“你这个拐子！”武险峰说完，拖着假肢快步走出了李明强的办公室。

李明强看着武险峰走路那姿态与正常人没啥两样，不知情的人根本看不出是假肢，就挥起左拳重重地砸在自己的左腿上，嘴角泛起了那种带有讽刺意味的微笑，恨恨地说：“我就不信，我练不直它！”然后冲门外喊，“小张，弄点儿热水来。”

秘书小张走进屋说：“两个暖瓶都满着呢！”

“我要泡脚。”李明强淡淡地说。

小张从李明强的写字台下取出一个大深盆，打上小半盆凉水端回来，又把那两个暖水瓶提到李明强身边，刚要往盆里倒热水，李明强说：“我自己来吧。”

“第一次我知道倒多少。”小张笑了笑，把暖水瓶里的热水向盆里倒了些，依旧笑着说，“李总，好了。”

李明强脱了鞋袜，把脚放进盆里，水温正好。自从田聪颖那夜为李明强泡过脚后，李明强还真是坚持每天泡脚，腿好不容易好了许多，卫和平结婚那天躺在地板上睡一下午，又受凉痉挛，比先前严重了。因此，他到了公司也坚持泡脚，有时一天泡两三次。

他一边泡脚一边办公，看材料、写东西、谈事情，一点儿不耽误。公司员工开玩笑说，李总每天洗脚比洗脸还勤。

武险峰带人抬着写字台搬着椅子来到李明强的办公室，按李明强说的位置放好，问：“李总，您看可以吗？”

“可以，可以，挺好的。”李明强放下手中的书笑着说。现在，他是越看武险峰越喜欢，不仅能妥善处理公司里的多数事务，而且还答应下了和贵珍的婚事，让李明强心中的一块石头落地了。

“那，你们忙你们的事儿去吧。”武险峰对干活的三个员工说完，又毕恭毕敬地对李明强说：“李总，我有个建议不知当说不当说？”

“说，说，你给我客气什么？”李明强笑着指着沙发说，“坐，慢慢说。”

“不了。”武险峰站在原地，依旧毕恭毕敬地说，“我想，您一定有考虑了，就是明天王副参谋长来，总得给人家在公司里封个头衔吧。”

“对呀！我怎么把这事儿给忘了。”李明强用左手拍了拍脑袋，然后“哈哈”大笑说，“还是有助理好啊，要不，老头子来了，我怎么给大伙儿介绍呢？”

“我想，他跟您一个办公室，叫他老总也不合适，叫他董事长，我们没有董事会。我想，就给他封个顾问吧。”

“好，好主意，就是顾问，王顾问。”李明强笑着对武险峰说，“看来，你这个助理该当老总了。”

“我可没这个野心。”武险峰瞥了李明强一眼说，“我只是以公司为家罢了。”

“你必须得接我这个老总。”李明强把左拳挥了挥说，“你真提醒了我。我们现在的势头这么好，就要扩大规模，成立董事会，我当董事长，你不当总经理，难道让我到外边聘请去？”

“我觉得我们维持住现在的现状就很好，我们公司不敢说别的，比他们国有企事业单位的待遇都好。”

“好什么？”李明强打断了武险峰的话，阴着脸说，“这就满足了？人家有房子，你有吗？我们要发展，争取给每个员工挣一套房子。”李明强又一次把左拳挥了挥。

“你倒真有野心，就咱们这么经营，等到猴年马月了。”

“容易，我们上新项目，搞电影、电视剧。”李明强说着弯下腰，提起暖水瓶，打开盖，向盆里续了点儿热水，然后抬起头说，“就说我这泡脚吧，就不能发明一个保温的，凉了还能加热。我们再上点儿高科技的东西，通过泡脚，我想到了这方面，再搞发明创造。”李明强说着又挥了挥左手。

“好吧，我坚持支持你的革命行动。”武险峰笑着说。

“好，等明天我们的顾问来了，咱们三个好好聊聊。这老头可是个宝啊，不能说通天，他那关系网顶咱公司业务员跑好几年的了！”

就这样，王副参谋长成了老墨文化公司的顾问。

这天下午，李明强拿着一沓手稿走到王副参谋长的办公桌前，轻轻地叫了一声：“首长。”

“啊。”王副参谋长抬起头，看了一眼李明强说，“我说过多少次了，你应该改口。一、在这个公司里，你是经理，我是员工。二、我已经退休，就不是什么首长了。三、咱这门儿亲事定下了，按你们家的风俗，你该管我叫爸爸。”

“是，首长。”李明强点着头笑着应和道。

“嗯——”王副参谋长直盯着李明强的眼睛。

“不好改，不好改，我改，慢慢改。”李明强的头点得如鸡啄米，那笑也更虔诚了。

“总经理，外面有一位女同志找您，说是你表妹。”秘书小张走进屋对李明强说。

“让她进来。”李明强对小张说完，附在王副参谋长耳边说：“您女儿来了。”

“这么快？好，我躲起来。”王副参谋长拿着桌子上的手稿，像小孩子似的乐颠颠地跑进里屋。

“明强——”

“杨玉萍。”李明强惊得张大了嘴巴。

杨玉萍一下子扑到李明强的怀里，流着泪，喃喃地说：“我离婚了。”

李明强怔怔地站着，屈着双膝，不知所措地举起了双手……